普通高等学校汉语言文学专业21世纪课程国标教材 | 总主编 ◎ 肖百容

中国当代文学史
（1949—2019）

赵树勤 ◎ 主编

湖南师范大学出版社
·长沙·

图书在版编目（CIP）数据

中国当代文学史（1949—2019）/ 赵树勤主编. --长沙：湖南师范大学出版社，2025.6. -- ISBN 978-7-5648-5873-5

Ⅰ. I209.7

中国国家版本馆 CIP 数据核字第 2025L4V695 号

中国当代文学史（1949—2019）
Zhongguo Dangdai Wenxue Shi（1949—2019）

赵树勤　主编

◇出　版　人：吴真文
◇策划组稿：李　阳
◇责任编辑：刘　葭　李　阳
◇责任校对：李　开
◇出版发行：湖南师范大学出版社
　　　　　　地址/长沙市岳麓区　邮编/410081
　　　　　　电话/0731-88873071　0731-88873070
　　　　　　网址/https：//press.hunnu.edu.cn
◇经销：新华书店
◇印刷：长沙市宏发印刷有限公司
◇开本：787 mm×1092 mm　1/16
◇印张：35.25
◇字数：850 千字
◇版次：2025 年 6 月第 1 版
◇印次：2025 年 6 月第 1 次印刷
◇书号：ISBN 978-7-5648-5873-5
◇定价：108.00 元

凡购本书，如有缺页、倒页、脱页，由本社发行部调换。
投稿热线：0731-88872256　　微信：ly13975805626　QQ：1349748847

总　序

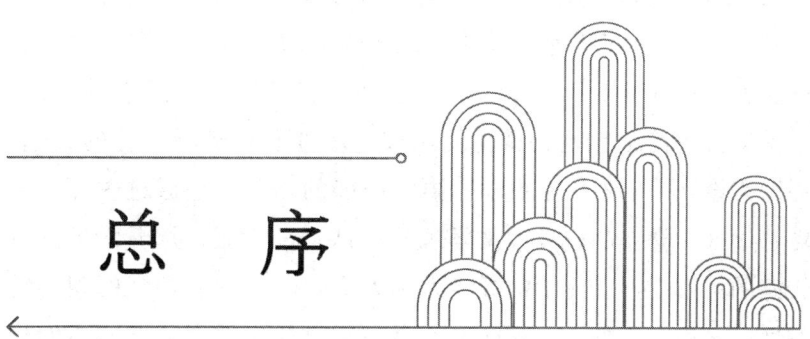

2018年1月，教育部颁布《普通高等学校本科专业类教学质量国家标准（中国语言文学类）》（以下简称《国标》），提出要"坚持以马克思主义为指导，培养学生具有坚定正确的政治方向、扎实的中国语言文字基础和较高的文学修养，系统掌握中国语言文学的基本知识，具有较强的文学感悟能力、文献典籍阅读能力、审美鉴评能力和运用母语进行书面、口语表达的能力"。《国标》的实施，有助于科学、规范、有效地推进中国语言文学类本科专业建设和人才培养工作。

湖南师范大学始终坚持将立德树人作为汉语言文学专业教学改革的根本，以《国标》为指引，以传承和发展中华优秀传统文化为目标，以"读、说、写"三种核心能力为抓手，致力于培养卓越的中文人才。为了更好地贯彻落实《国标》，肖百容教授率领中国语言文学教学团队深入总结我国汉语言文学教育教学的实践与经验，组织精干力量编写了这套"普通高等学校汉语言文学专业21世纪课程国标教材"。可以说，这套国标教材既凝结了肖百容教授教学团队的集体智慧，也是湖南师范大学中国语言文学学科探索新时代汉语言文学教学改革、贯彻实施《国标》的努力实践。

这套教材有三个鲜明特点：**一是人文性强**。人文性是汉语言文学教育的本质特点之一。当代世界面临的挑战与情况日益复杂，人文教育变得越发重要，汉语言文学教育更应注意引导学生树立积极向上的人生观及价值观，塑造健全的人格，使学生形成宽广而又深邃的视野、充满理性智慧而又不失人伦情感的生命立场、清醒地了解自我责任而又能推己及人的生命关怀。**二是实用性强**。这套教材在内容上努力降低理论重心，以实用的知识点传授为主，注重行文的简洁明快，避免使用较为艰涩和过于学术化的表达。在课程设计上，不仅注重学生语言技能的培养，还通过中外文学史、中外文学作品选读、文学理论等课程的设置，培养学生具备较好的思维能力、文学赏析能力和人文素养，具有很强的现实针对性。**三是时代性强**。教材内容紧贴新时代人类命运共同体的构建和中华文化"走出去"的战略要求，在坚定文化自信的视域下，将中华优秀传统文化教育融入汉语言文学专业教学的全过程，积极推进专业教育与其他人文社会学科知识教育双向融合，有利于培养"内外会通"的高质量人才。

这套教材是《国标》实施以来，湖南师范大学文学院编写的第一套汉语言文学专业国标教材，希望这套教材能够为全国高校本科汉语言文学类专业建设和人才培养发挥更加重要的作用。

肖百容
2025 年 3 月于湖南师范大学文学院

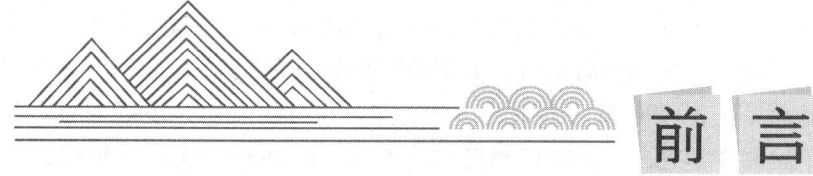

前言

  由于中国当代文学发展过程的曲折性和延续性、时代话语环境的差异，以及主流意识与民间立场之间扑朔迷离的关系，新时期以来，如何梳理和建构中国当代文学史就一直是个热门话题，相关研究成果也很多。孟繁华、程光炜合著的《中国当代文学发展史》（"面向21世纪课程教材"，人民文学出版社2004年版）"绪论"中提供了一个信息：据辽宁大学王春荣老师统计，从1960年开始到1999年已经出版了60部中国当代文学史著作。这60部著作还不包括体裁和专题性质的文学史编写。如果加上已经出版的中国当代文学分门别类的文体史，如诗歌史、小说史、散文史、戏剧史，那显然是个更大数目。如果还要注意阶段史研究，如十七年文学、"文革"文学、新时期文学、90年代文学，以及一些专题研究，如先锋文学、寻根文学、新写实文学、新历史文学、女性文学等，那就不胜枚举了。而如果截至2019年，即使是完整的中国当代文学史著作也不止60部了。此外，由于一些学者认为应该将中国20世纪文学视为具有历史整体性的研究对象，提倡"打通研究"后，将中国现代文学和当代文学进行"整合"的文学史编写也随之出现。如朱栋霖等主编的《中国现代文学史（1917—1997）》（"面向21世纪课程教材"，高等教育出版社1999年版）就是如此。

  在同类著作如此之多的情况下，是否还有必要编写中国当代文学史著作呢？我们的答案是仍然需要。之所以仍然需要，主要有三个理由：

  其一，中国当代文学是个"进行时态"而仍在发展的文学过程。

尽管很多学者对"当代"的无限延长有些困惑，但又不能不承认这就是中国当代文学的研究现状。既然不断发展，就必须不断跟进。这种延续与跟进，虽然造成了中国当代文学发展史的缺乏沉淀和稳定，也多少导致了研究的匆忙甚至急功近利，但恰恰又提供了可以不断言说和重新阐释的空间。王春荣提供的1960—1999年的60部文学史著作目录、出版时间就能够说明上述情况。这60部文学史，1980年后出版的就有54部，即绝大多数为新时期后出版。而1990年后出版的有32部，其中1995年后出版的有14部。显而易见，1990年前出版的不可能涉及之后的文学；1995年前出版的也必然留下了1995年后的文学空白。除非以修订方式不断加以补充。这也就是说，对于"进行时态"而不断延续着的中国当代文学史，很多文学史著作在时间上就无法完整。编写较早者，时间问题更加突出。

其二，时代话语环境的制约。

新中国成立以来，我们的人文话语环境及其价值观念存在明显的时代差异。即使改革开放后，人文话语环境仍然是起起伏伏。这种时代思想差异直接影响到了文学史的研究与编写。所谓一个时代有一个时代的文学，文学创作与文学研究都会受到时代话语环境的制约。比如上述60部文学史著作，它们的文学观念和审美取向就明显体现了时代影响。有些出版较早的著作，因为当时社会思想的局限，有些观念就显得比较陈旧。而不断出现的新的文学现象，也需要在沉淀中才能更理性地评判和把握。研究与编写文学史，通常需要一个历史沉淀过程，需要对相关的作家作品、文学事件、文学思潮、文学接受等进行不断总结，很多"文学现场"也需要一个冷静反思的过程。中国现当代文学虽然属于一门学科，但现代文学史研究就比当代文学史研究成熟。这不仅因为前者面对的是尘埃落定的文学世界，也因为其研究经过了不断总结的学术积累过程。而当代文学时代话语环境产生的问题较多，留下了很多需要重新阐释的话题。

其三，学术研究应该"百花齐放，百家争鸣"。

对于仍然需要编写中国当代文学史，这是个最简单但也相当重要的原因。"百花齐放，百家争鸣"虽然说得有些堂而皇之，这个理由却无可置疑。确实，无论面对什么话题，大家都可以自由言说，这样讨论才可以更充分，更深入。不过这种自由言说也有相应前提，至少有两点需要注意：首先是必须有话可说，或有新看法，或有新理解，或提供了新材料，总之不可只是复述别人的话，照搬公共史料。人云亦云当然没有意义。其次，即使文学观念与理论构建不是特别与众不同，论述也多少要有自己的特征和风格，否则就难免平庸。

上述三个方面，"百花齐放，百家争鸣"的理由更为重要。面对"当代"延长而造成的时间跨度问题，对于编写文学史并不是个难题，甚至不是个问题。因为完全可以以修订方式补充内容，实在不行就推倒重来。而时代话语环境制约问题，同样能以修订方式或者另起炉灶进行重新阐释。但真正要写出与众不同，并在大的方面能够经受时间检验的文学史，那就非常不容易了。比如就目前已经出版的众多中国现当代文学史著作来看，编写水平就明显参差不齐，既有优秀或比较优秀的，也有一般化甚至有些平庸的。

一部优秀的文学史著作，不仅要有相当的理论深度、独树一帜的学术立场、别具一格的看法和理解，而且要有鲜明的论述风格，如此才能令人信服。从中国现当代文学史教材使用情况看，这些年来，甚至目前仍在国内各高校使用最普遍的有两本：一本是钱理群等著《中国现代文学三十年》（包括修订本），另一本是洪子诚著《中国当代文学史》（包括修订本）。一个现代一个当代，这两个文学史教材所以受到欢迎，就是因为在理论深度、文献资料、梳理情况、论述风格等方面，都有颇为出色的表现。这当然反映了作者的知识结构、理论水平、思想立场和论述风格。众所周知陈思和主编的《中国当代文学史教程》也颇为流行。作为一本文学史教材，这个以作家作品为导入的本子并不周全，但它非常有特色，因此也受到学生们的欢迎。在同类文学史教材如此多的情况下，能够脱颖而出都自有原因。对于文学史的研究者和编写者，这些道理大家其实都心知肚明，只是实践起来不易。

编写文学史，有个问题值得特别注意，这就是主客观如何统一。

作为一种历史写作，文学史研究当然应该注意科学性和客观性。换言之，面对复杂纷纭的文学发展史，文学史写作应该尽可能地呈现其真实的历史状况。钱基博先生的《现代中国文学史》是民国时期的一部学术经典，关于历史写作（包括文学史写作），钱先生在该书绪论中就提出了一些颇有意思的看法。如通常认为《史记》是中国史传写作中"信史"的模范，钱先生却以为："太史公的《史记》不为史。何也？盖发愤之所为作，工于抒慨而疏于记事，其文则史，其情则骚也。"由此，钱先生又认为："胡适《五十年来之中国文学》不为文学史。盖褒弹古今，好为议论，大致主于扬白话而贬文言，成见太深而记载欠翔实也。夫纪实者史之所为贵，而成见者史之所大忌也。"由此，钱先生对文学史写作提出了一种评判原则："盖文学史者，文学作业之记载也，所重者，在综贯百家，博通古今文学之嬗变，洞流索源，而不在姝姝一先生之说。"① 钱先生的这些评价和看法，未必完全妥当，我们可以视为一家之言。但钱先生认为写史须"持中记事"，不能偏执一端而"成见太深"，则显然在理。不过这里有个区别问题：文学史写作不同于一般历史写作，前者必然充满审美评判，其"持中记事"与一般历史写作毕竟不同。

韦勒克、沃伦合著的《文学理论》有一章专门讨论了文学理论、文学批评和文学史的内涵、功能以及三者关系。如果说文学理论是对文学的原理、范畴、判断标准等问题的研究，文学批评是对具体作品的研究，文学史则是对各种文学事实作编年史式的研究，那么正如韦勒克们所说："文学理论不包括文学批评或文学史，文学批评中没有文学理论和文学史，或者文学史中欠缺文学理论与文学批评，这些都是难以想象的。"当文学史编写者使用某种文学理论，进行某种文学批评时，必然就体现了编写者的文学观念和价值尺度，当然也能够体现其知识结构、理论水平、审美能力。这种主体存在，使得文学史写作几乎不存在纯粹的客观性。难怪韦勒克们认为："在文学史中，简直就没有完全属于中性'事实'的材料。材料的取舍，更显示对价值的判断；初步简单地在一般著作中选

---

① 钱基博：《现代中国文学史》，东方出版社 2008 年版，第 3—4 页。

出文学作品,分配不同的篇幅去讨论这个或那个作家,都是一种取舍与判断。"① 事实上,研究者的主体倾向如思想立场、价值取向、欣赏趣味等,都会影响到文学史写作的客观性。通常说来,文学史写作确实难以做到钱基博先生认为的那种不偏不倚的"持中记事",但"成见太深"也肯定不行。

也因此,研究的科学性和审美的主体性的合理结合,就成为文学史写作的基本要求,同时也是个莫大难题。而正是在这种结合中,我们能够发现编写者水平的高低。

回到我们编写的这部《中国当代文学史(1949—2019)》,确实不敢说能够怎样与众不同。从时间跨度看,这部文学史的历史呈现倒是包括很多新近的文学发展内容。比如中国作家莫言获得2012年诺贝尔文学奖这一重大文学事件,本身就包含了很多耐人寻味的文学内外的话题,也提供了重要启示。关注新近文学内容,虽然这也可以称为一种特征,但如前所说,时间跨度的拉长更多的只是一种客观状况的存在,关键还是编写水平如何。不过可以告诉读者的是:在讨论如何编写时,我们对前面说到的那些问题都有过认真思考。而在阶段划分、内容设置、重点选择、价值取向、论述风格等方面,也都有过反复讨论。

需要说明的是,由于中国台湾、香港、澳门等地区的文学与中国大陆(内地)文学,在文学史研究中如何"整合"的问题,学界至今尚无文学史模型予以解决,所以本书各编的篇章语只对中国大陆文学进行了概述。

毫无疑问,我们这些编写者都希望能够写出一本较为不错的中国当代文学史教材。但意识到了并不等于能够实践得好。作为集体成果,必然也存在参编者的个体差异。我们的劳作如何,自己最好不要多说,要让接受者去评价。我们会虚心倾听各方意见,凡种种不足之处,期待修订时再改正。

编者

2025年5月于长沙

---

① 韦勒克、沃伦:《文学理论》,刘象愚等译,读书·生活·新知三联书店1984年版,第30-39页。

目录

第一编 1949—1962 年文学

第一章 文学思潮 (2)
- 第一节 概述 (2)
- 第二节 作为源头的延安文艺思想 (3)
- 第三节 首届全国文代会的重要意义 (5)
- 第四节 三次全国文艺批判运动 (7)
- 第五节 "双百"方针与文艺政策调整 (13)
- 第六节 "社会主义现实主义"与"红色经典" (17)

第二章 诗歌创作 (23)
- 第一节 概述 (23)
- 第二节 政治抒情诗 (26)
- 第三节 生活抒情诗 (31)
- 第四节 长篇叙事诗 (36)

第三章 小说创作 (40)
- 第一节 概述 (40)
- 第二节 革命历史小说 (43)
- 第三节 农村小说 (54)
- 第四节 另类小说 (67)

第四章 散文创作 (77)
- 第一节 概述 (77)
- 第二节 抒情性散文 (79)
- 第三节 叙事性散文 (83)
- 第四节 议论性散文 (86)
- 第五节 报告文学 (89)

第五章　戏剧创作 (92)
第一节　概述 (92)
第二节　革命历史题材剧 (97)
第三节　历史题材剧 (99)
第四节　"第四种剧本" (103)

第六章　台港文学的分流与走向 (106)
第一节　概述 (106)
第二节　"现代派"的功与过 (108)
第三节　在"美元文化"笼罩下 (110)
第四节　台湾文学创作 (111)
第五节　香港文学创作 (116)

第二编　1963—1976 年文学

第七章　文学思潮 (121)
第一节　概述 (121)
第二节　两个"批示"与《纪要》 (122)
第三节　"三突出"创作方法 (125)
第四节　反抗时代潮流的写作 (128)

第八章　诗歌创作 (130)
第一节　概述 (130)
第二节　老诗人的隐秘创作 (131)
第三节　青年诗人的地下写作 (133)
第四节　"白洋淀诗群" (135)

第九章　小说创作 (140)
第一节　概述 (140)
第二节　农村小说 (141)
第三节　历史小说 (144)
第四节　"文革"小说 (147)

第十章　散文创作 (151)
第一节　概述 (151)
第二节　潜流散文 (151)
第三节　报告文学 (154)

第十一章　戏剧创作 (156)
第一节　概述 (156)
第二节　社会主义教育剧 (158)

第三节　革命现代京剧和样板戏 ⋯⋯⋯⋯⋯⋯⋯⋯⋯⋯⋯⋯⋯⋯⋯⋯⋯⋯⋯⋯⋯⋯⋯⋯（161）
第十二章　台港文学 ⋯⋯⋯⋯⋯⋯⋯⋯⋯⋯⋯⋯⋯⋯⋯⋯⋯⋯⋯⋯⋯⋯⋯⋯⋯⋯⋯⋯⋯⋯（165）
　　　第一节　概述 ⋯⋯⋯⋯⋯⋯⋯⋯⋯⋯⋯⋯⋯⋯⋯⋯⋯⋯⋯⋯⋯⋯⋯⋯⋯⋯⋯⋯⋯⋯⋯⋯（165）
　　　第二节　乡土文学大论战 ⋯⋯⋯⋯⋯⋯⋯⋯⋯⋯⋯⋯⋯⋯⋯⋯⋯⋯⋯⋯⋯⋯⋯⋯⋯⋯⋯（168）
　　　第三节　台湾文学创作 ⋯⋯⋯⋯⋯⋯⋯⋯⋯⋯⋯⋯⋯⋯⋯⋯⋯⋯⋯⋯⋯⋯⋯⋯⋯⋯⋯⋯（171）
　　　第四节　香港文学创作 ⋯⋯⋯⋯⋯⋯⋯⋯⋯⋯⋯⋯⋯⋯⋯⋯⋯⋯⋯⋯⋯⋯⋯⋯⋯⋯⋯⋯（179）

第三编　1977—1989年文学

第十三章　文学思潮 ⋯⋯⋯⋯⋯⋯⋯⋯⋯⋯⋯⋯⋯⋯⋯⋯⋯⋯⋯⋯⋯⋯⋯⋯⋯⋯⋯⋯⋯⋯（186）
　　　第一节　概述 ⋯⋯⋯⋯⋯⋯⋯⋯⋯⋯⋯⋯⋯⋯⋯⋯⋯⋯⋯⋯⋯⋯⋯⋯⋯⋯⋯⋯⋯⋯⋯⋯（186）
　　　第二节　启蒙主义文学 ⋯⋯⋯⋯⋯⋯⋯⋯⋯⋯⋯⋯⋯⋯⋯⋯⋯⋯⋯⋯⋯⋯⋯⋯⋯⋯⋯⋯（188）
　　　第三节　现代主义文学 ⋯⋯⋯⋯⋯⋯⋯⋯⋯⋯⋯⋯⋯⋯⋯⋯⋯⋯⋯⋯⋯⋯⋯⋯⋯⋯⋯⋯（190）
　　　第四节　理论借鉴与批评繁荣 ⋯⋯⋯⋯⋯⋯⋯⋯⋯⋯⋯⋯⋯⋯⋯⋯⋯⋯⋯⋯⋯⋯⋯⋯⋯（193）
第十四章　诗歌创作 ⋯⋯⋯⋯⋯⋯⋯⋯⋯⋯⋯⋯⋯⋯⋯⋯⋯⋯⋯⋯⋯⋯⋯⋯⋯⋯⋯⋯⋯⋯（197）
　　　第一节　概述 ⋯⋯⋯⋯⋯⋯⋯⋯⋯⋯⋯⋯⋯⋯⋯⋯⋯⋯⋯⋯⋯⋯⋯⋯⋯⋯⋯⋯⋯⋯⋯⋯（197）
　　　第二节　"归来者"的诗 ⋯⋯⋯⋯⋯⋯⋯⋯⋯⋯⋯⋯⋯⋯⋯⋯⋯⋯⋯⋯⋯⋯⋯⋯⋯⋯⋯⋯（200）
　　　第三节　朦胧诗 ⋯⋯⋯⋯⋯⋯⋯⋯⋯⋯⋯⋯⋯⋯⋯⋯⋯⋯⋯⋯⋯⋯⋯⋯⋯⋯⋯⋯⋯⋯⋯（211）
　　　第四节　"第三代"诗 ⋯⋯⋯⋯⋯⋯⋯⋯⋯⋯⋯⋯⋯⋯⋯⋯⋯⋯⋯⋯⋯⋯⋯⋯⋯⋯⋯⋯⋯（220）
　　　第五节　女性诗歌 ⋯⋯⋯⋯⋯⋯⋯⋯⋯⋯⋯⋯⋯⋯⋯⋯⋯⋯⋯⋯⋯⋯⋯⋯⋯⋯⋯⋯⋯⋯（225）
第十五章　小说创作（上） ⋯⋯⋯⋯⋯⋯⋯⋯⋯⋯⋯⋯⋯⋯⋯⋯⋯⋯⋯⋯⋯⋯⋯⋯⋯⋯⋯（236）
　　　第一节　概述 ⋯⋯⋯⋯⋯⋯⋯⋯⋯⋯⋯⋯⋯⋯⋯⋯⋯⋯⋯⋯⋯⋯⋯⋯⋯⋯⋯⋯⋯⋯⋯⋯（236）
　　　第二节　伤痕小说 ⋯⋯⋯⋯⋯⋯⋯⋯⋯⋯⋯⋯⋯⋯⋯⋯⋯⋯⋯⋯⋯⋯⋯⋯⋯⋯⋯⋯⋯⋯（239）
　　　第三节　反思小说 ⋯⋯⋯⋯⋯⋯⋯⋯⋯⋯⋯⋯⋯⋯⋯⋯⋯⋯⋯⋯⋯⋯⋯⋯⋯⋯⋯⋯⋯⋯（242）
　　　第四节　改革小说 ⋯⋯⋯⋯⋯⋯⋯⋯⋯⋯⋯⋯⋯⋯⋯⋯⋯⋯⋯⋯⋯⋯⋯⋯⋯⋯⋯⋯⋯⋯（246）
　　　第五节　寻根小说 ⋯⋯⋯⋯⋯⋯⋯⋯⋯⋯⋯⋯⋯⋯⋯⋯⋯⋯⋯⋯⋯⋯⋯⋯⋯⋯⋯⋯⋯⋯（251）
　　　第六节　军旅小说 ⋯⋯⋯⋯⋯⋯⋯⋯⋯⋯⋯⋯⋯⋯⋯⋯⋯⋯⋯⋯⋯⋯⋯⋯⋯⋯⋯⋯⋯⋯（258）
　　　第七节　历史小说 ⋯⋯⋯⋯⋯⋯⋯⋯⋯⋯⋯⋯⋯⋯⋯⋯⋯⋯⋯⋯⋯⋯⋯⋯⋯⋯⋯⋯⋯⋯（263）
第十六章　小说创作（下） ⋯⋯⋯⋯⋯⋯⋯⋯⋯⋯⋯⋯⋯⋯⋯⋯⋯⋯⋯⋯⋯⋯⋯⋯⋯⋯⋯（267）
　　　第一节　现代派小说 ⋯⋯⋯⋯⋯⋯⋯⋯⋯⋯⋯⋯⋯⋯⋯⋯⋯⋯⋯⋯⋯⋯⋯⋯⋯⋯⋯⋯⋯（267）
　　　第二节　先锋小说 ⋯⋯⋯⋯⋯⋯⋯⋯⋯⋯⋯⋯⋯⋯⋯⋯⋯⋯⋯⋯⋯⋯⋯⋯⋯⋯⋯⋯⋯⋯（271）
　　　第三节　新写实小说 ⋯⋯⋯⋯⋯⋯⋯⋯⋯⋯⋯⋯⋯⋯⋯⋯⋯⋯⋯⋯⋯⋯⋯⋯⋯⋯⋯⋯⋯（275）
　　　第四节　新历史小说 ⋯⋯⋯⋯⋯⋯⋯⋯⋯⋯⋯⋯⋯⋯⋯⋯⋯⋯⋯⋯⋯⋯⋯⋯⋯⋯⋯⋯⋯（280）
　　　第五节　女性小说 ⋯⋯⋯⋯⋯⋯⋯⋯⋯⋯⋯⋯⋯⋯⋯⋯⋯⋯⋯⋯⋯⋯⋯⋯⋯⋯⋯⋯⋯⋯（285）
第十七章　散文创作 ⋯⋯⋯⋯⋯⋯⋯⋯⋯⋯⋯⋯⋯⋯⋯⋯⋯⋯⋯⋯⋯⋯⋯⋯⋯⋯⋯⋯⋯⋯（291）
　　　第一节　概述 ⋯⋯⋯⋯⋯⋯⋯⋯⋯⋯⋯⋯⋯⋯⋯⋯⋯⋯⋯⋯⋯⋯⋯⋯⋯⋯⋯⋯⋯⋯⋯⋯（291）

第二节　抒情性散文 …………………………………………………（293）
　　第三节　叙事性散文 …………………………………………………（297）
　　第四节　议论性散文 …………………………………………………（300）
　　第五节　史传性散文 …………………………………………………（302）
第十八章　报告文学 ………………………………………………………（305）
　　第一节　概述 …………………………………………………………（305）
　　第二节　问题报告文学 ………………………………………………（306）
　　第三节　知识分子报告文学 …………………………………………（307）
　　第四节　体育报告文学 ………………………………………………（309）
第十九章　戏剧创作 ………………………………………………………（312）
　　第一节　概述 …………………………………………………………（312）
　　第二节　探索戏剧 ……………………………………………………（315）
　　第三节　现实主义话剧 ………………………………………………（320）
　　第四节　话剧双峰 ……………………………………………………（322）
　　第五节　历史剧 ………………………………………………………（325）
第二十章　台港文学 ………………………………………………………（332）
　　第一节　概述 …………………………………………………………（332）
　　第二节　台湾文学创作 ………………………………………………（335）
　　第三节　香港文学创作 ………………………………………………（339）

第四编　1990—1999 年文学

第二十一章　文学思潮 ……………………………………………………（345）
　　第一节　概述 …………………………………………………………（345）
　　第二节　文学市场化状况 ……………………………………………（346）
　　第三节　大众文学与精英文学 ………………………………………（348）
　　第四节　人文精神讨论 ………………………………………………（349）
第二十二章　诗歌创作 ……………………………………………………（353）
　　第一节　概述 …………………………………………………………（353）
　　第二节　"个人化"诗歌 ………………………………………………（354）
　　第三节　女性诗歌 ……………………………………………………（359）
第二十三章　小说创作 ……………………………………………………（366）
　　第一节　概述 …………………………………………………………（366）
　　第二节　现实主义小说 ………………………………………………（369）
　　第三节　现代主义和后现代主义小说 ………………………………（376）
　　第四节　女性小说 ……………………………………………………（382）

第五节　历史小说 ……………………………………………………………… (390)
　　第六节　新生代小说 …………………………………………………………… (396)
第二十四章　散文创作 ……………………………………………………………… (404)
　　第一节　概述 …………………………………………………………………… (404)
　　第二节　抒情性散文 …………………………………………………………… (406)
　　第三节　文化散文 ……………………………………………………………… (410)
　　第四节　议论性散文 …………………………………………………………… (412)
第二十五章　报告文学 ……………………………………………………………… (415)
　　第一节　概述 …………………………………………………………………… (415)
　　第二节　生态报告文学 ………………………………………………………… (416)
　　第三节　科技报告文学 ………………………………………………………… (417)
第二十六章　戏剧创作 ……………………………………………………………… (419)
　　第一节　概述 …………………………………………………………………… (419)
　　第二节　当代生活写实 ………………………………………………………… (421)
　　第三节　历史剧与传奇剧 ……………………………………………………… (427)
第二十七章　台港文学 ……………………………………………………………… (435)
　　第一节　概述 …………………………………………………………………… (435)
　　第二节　台湾文学创作 ………………………………………………………… (437)
　　第三节　香港文学创作 ………………………………………………………… (441)

第五编　2000—2019 年文学

第二十八章　文学思潮 ……………………………………………………………… (446)
　　第一节　概述 …………………………………………………………………… (446)
　　第二节　"底层文学"的新变 ………………………………………………… (447)
　　第三节　科幻文学异军突起 …………………………………………………… (451)
　　第四节　网络文学迭代更新 …………………………………………………… (453)
　　第五节　"非虚构"写作的勃兴 ……………………………………………… (456)
第二十九章　诗歌创作 ……………………………………………………………… (461)
　　第一节　概述 …………………………………………………………………… (461)
　　第二节　"70 后"诗歌写作 …………………………………………………… (463)
　　第三节　底层诗歌 ……………………………………………………………… (464)
第三十章　小说创作 ………………………………………………………………… (467)
　　第一节　概述 …………………………………………………………………… (467)
　　第二节　乡土小说 ……………………………………………………………… (473)
　　第三节　底层小说 ……………………………………………………………… (482)

第四节	非虚构小说	(487)
第五节	生态小说	(494)

第三十一章　散文、报告文学创作 (502)
- 第一节　概述 (502)
- 第二节　文化散文 (506)
- 第三节　思想随笔 (507)
- 第四节　抒情散文 (509)
- 第五节　报告文学 (510)

第三十二章　戏剧创作 (515)
- 第一节　概述 (515)
- 第二节　现实主义话剧 (517)
- 第三节　先锋戏剧 (521)
- 第四节　变革中的戏曲 (525)

第三十三章　台港文学 (529)
- 第一节　概述 (529)
- 第二节　台湾文学创作 (534)
- 第三节　香港小说创作 (536)

第三十四章　澳门文学 (540)
- 第一节　发展迟缓的原因 (540)
- 第二节　散文的写实性与日常化 (541)
- 第三节　小说的写实表现 (543)

后　记 (548)

第一编 1949—1962年文学

1949年中华人民共和国成立，中国进入了一个新的历史阶段，呈现出不同于以往的社会形态。中国共产党所领导的社会主义国家体制，重新塑造了中国文学生存与发展的政治与社会文化环境，深刻地影响着中国文学的现代化历史进程。这一时期，中国文学在谨严并不断趋向纯粹的革命文学规范制约之下，以高度的体制化形态呈现出与20世纪上半叶迥然不同的面貌。

这一时期整体性的文学主流思想特征鲜明，即继承并强化以毛泽东《在延安文艺座谈会上的讲话》为思想标准的延安文艺思想。毛泽东的文艺思想，在1949年召开的第一次文代会上被确定为中国社会主义革命与建设时期的文艺方针。文艺为无产阶级政治服务，文艺为工农兵服务，成为从解放区到新中国文艺的方向与旗帜，它全面而深刻地支配了随后的文学艺术的创作实践、制度建立与各种运动的开展。此时期，一大批作品在毛泽东思想指引下相继问世，取得了一系列文学实绩；同时，文艺界思想斗争运动也轮番上演。文学事业紧密地与社会主义革命事业联系在一起，以完成基于无产阶级革命立场的对于人的革命文学想象。1956年倡导的"双百方针"，则是这一过程中呈现一定新异色彩的插曲。

第一章　文学思潮

第一节　概　述

　　1949—1962 年的文学思潮状况，充分体现了这个时期的社会建构及其思想状况。

　　新生共和国的建立和新政权的巩固，除需要其他方面的社会保障和制度建设，同时还需要进行文化思想的统一和规范。因此新时代文学的所有活动，包括文学理论、文学批评、文学创作、文学运动、文学会议等，都必须服从于意识形态需要。与此同时，作为社会主义国家都特别强调的一种文学实体结构的文学体制日趋完善，包括文学团体的组织化和文学工作者管理的制度化等，也使得文学基本为国家意志和权力话语所规范。

　　首先，这个时期整体性的文学主流思想特征非常鲜明：就是继承并强化了以毛泽东《在延安文艺座谈会上的讲话》（简称《讲话》）为思想标准的延安文艺思想。这种价值取向不仅依然强调文学服从于政治，而且促使传统"左"翼革命意识形态更为突出。关于《讲话》有无数大同小异的解释（新时期才出现不同看法），不管怎么理解，《讲话》显示的阶级政治意识非常明确：革命文艺是无产阶级文艺，无产阶级文艺是首先为工农兵服务的文艺。这就是人们常说的"工农兵主义"。其出发点还是强调"文艺为政治服务"。

　　1949 年 7 月在北平举行的第一次中华全国文学艺术工作者代表大会，对新中国文学发展的影响至关重要。首届全国文代会奠定了新中国文学发展框架。继承延安文艺思想是这次大会思想的根本标志；文学组织实体结构的初步形成则开启了中国社会主义文学体制的基本构架；作家身份的确立及其"排位"，则表明了首届文代会已经显示了对历史上不同文学阵营的看法。

　　这个时期出现过多次规模不等的文艺批判运动。其中对电影《武训传》、俞平伯《红楼梦》研究思想和胡风文艺思想进行的批判运动，影响甚大。这三次全国性文艺批判运动具有相同的演变模式：先是学术批评，后是政治批判，并且变成群体性批判运动，但最后脱离批评轨道成为政治斗争，甚至导致刑罚处理而造成冤案。作为文学思想事件，文艺批判运动实际上是一种形式特殊的文艺思潮。它们对其时的整个文艺思想、文艺理论、文艺创作和文人心态都有巨大影响，起到了确认思想、控制方向、调整文艺形势的巨大作用。因此在中国当代文学思潮史上具有巩固特定文学观念的思想功能。

回顾这个时期的文学思潮，当然不能忽视具有"解冻"性的文艺思想事件。其中，1956年"双百"方针的提出和1961—1962年的文艺政策调整无疑具有代表性。在几乎铁板一块的文艺思想界，它们曾经带来了文艺思想的生机，如人道主义思潮及"干预生活"的创作，也给当时中国文艺界和知识分子带来了希望和想象。但遗憾的是都好景不长。如"双百"方针鼓励知识分子"鸣放"，但不久就展开了全国性"反右"运动。这个在中国当代思想史上具有深远影响的历史事件，导致了文艺界的一场灾难，制约了中国知识分子的精神世界。

成为社会主义国家集体奉行的体制化创作方法，"社会主义现实主义"的一统天下，也是这个时期中国文学的一种标志性思想表现。从苏联照搬而被我们推崇的"社会主义现实主义"，既是一种创作方法，同时又是一种文学思潮。从无产阶级革命意识形态出发，流行于"社会主义大家庭"的社会主义现实主义，属于一种特殊的现实主义话语体系。其价值取向，则在这个时期红色经典的叙事实践中得到了充分体现。主要以中共革命历史斗争和新中国农业建设运动为题材的红色经典，其主题有着鲜明的一致性，如革命英雄主义、阶级意识、阶级感情、军民鱼水情、对党忠诚、献身精神等。这些主题都体现了延安文艺革命传统意识。这些主题表现，固然也有现实生活的支持，但从意识形态出发却也无可置疑。与此同时，其政治思想和创作观念都具有战争文化和战争思维的明显特征。

第二节 作为源头的延安文艺思想

作为特定领域的思想潮流，不同文学观念指导的不同文学思潮的影响力是不同的。有的是一时之势，有的则影响深远。对于新中国文学思潮尤其前27年的文学思想来说，延安文艺思想不仅是具有源头性质的文学思潮，而且影响深远。延安文艺思想涉及方方面面的文艺工作问题，不过其中有两个基本文艺观念特别重要。

一、文艺为工农兵服务

1942年5月毛泽东代表党中央在延安文艺座谈会上发表重要讲话。后来成为新中国文艺纲领的《讲话》，可以说集中体现了延安文艺思想的精髓。其中，文艺为工农兵服务是一个具有根本性的文艺观。《讲话》分两次进行：第一次是5月2日"引言"部分的讲话，第二次是5月23日"结论"部分的讲话。"引言"提出了文艺的立场、态度、工作对象和学习等问题，"结论"是对"引言"的展开和解释，也是关于延安文艺思想和文艺工作的全面总结。"结论"第一部分就是谈文艺"为谁服务"。关于文艺服务对象，毛泽东将"最广大的人民"分为四种群体：第一是工人，因为他们是革命的领导阶级，第二是农民，因为他们是革命的最广大、最坚决的同盟军；第三是武装起来的工人农民即八路军、新四军和其他人民武装，因为这是革命战争的主力；第四是城市小资产阶级劳动群众和知识分子，他们是能够长期合作的革命同盟者。因此革命文艺要为广大人民服务，但"首先是为工农兵服务"。

《讲话》提倡文艺为工农兵服务，强调应该创作工农兵喜闻乐见的作品，使很多进入延安的知识分子作家意识到必须转变过去的立场，在必须向工农兵学习的同时，创作上也深受鼓舞。如艾青进入延安后，置身其间，很快就感到为人民服务、为抗战服务是作家的神圣职责。1941 年秋艾青写了《开展街头诗运动》，热情呼吁"诗必须成为大众的精神教育工具，成为革命事业里的宣传与鼓动的武器"，必须"提倡写给老百姓看的诗，更提倡老百姓自己写的诗，提倡不离开生产的工农兵大众写的诗"。由此艾青写出了歌颂翻身农民的《吴有满》。这种改变是因为延安生活的感染。1943 年担任中央党校秧歌队副队长、在文艺大众化普及工作中锻炼后的艾青，在《谈大众化和旧形式》中这样说明自己的亲身体会："1943 年我在延安看见了鲁迅文艺学院的同学们，在广场中演出《兄妹开荒》和花鼓，成千成万的观众狂热地欢迎他们，我是深深地感动了，我改变了过去对民间文艺所抱的那种错误的态度，我开始接触民间文艺，看了一些民间文艺的作品，搜集了一些民歌和剪纸，在创作的时候，努力使自己的作品接近民间的风格。"① 来到解放区的何其芳在《关于艺术群众化问题》的长文中，也认为自己过去写的东西只是"小资产阶级知识分子的自我表现"，而且是"脆弱、伤感、温情主义、空想"的表现，与工农兵思想相去甚远。

二、提倡文艺大众化

服务对象与首要服务对象明确了，如何服务就至关重要。其中普及与提高是个关键问题。毛泽东在《讲话》中认为普及是首要的，而提高"只能是从工农兵群众的基础上的提高"，只能"沿着工农兵自己前进的方向去提高，沿着无产阶级前进的方向去提高"。因此必须"从工农兵出发，向工农兵学习"。因此，应该提倡文艺的大众化、通俗化，文艺工作者应该了解劳动人民的喜怒哀乐，创作为工农兵喜闻乐见的作品，坚持文艺大众化路线。

正是在文艺大众化的号召下，延安文艺界提出了"赵树理方向"。因为在文艺大众化方面，一直为广大农民和普通大众写作的赵树理，其乡土文学创作最具代表性，和延安文艺思想提倡的文艺大众化有很多切合处。关于"赵树理方向"，陈荒煤有篇文章《向赵树理方向迈进》，对"赵树理方向"有三点概括：一是很强的政治性，二是创造了大众喜闻乐见的民族新形式，三是高度的革命功利主义精神。这种理解显然符合当时延安文艺领导层的看法。不过后来不少研究者更看重赵树理作品大众化风格的意义。如有人认为：已经发表了包括旧体诗《打卦歌》、欧化小说《悔》和《白马的故事》等大量作品的赵树理，1932 年的长诗《歌生》才"标志他开始转向大众化、口语化的探索"。

---

① 鲁煤：《我和胡风：恩怨实录——献给恩师益友胡风百岁诞辰》（六），《新文学史料》2004 年第 1 期，第 94 - 99 页。

而1934年发表的长篇小说《盘龙峪》则证明赵树理的大众化风格已基本形成。而赵树理也宣称"我有意识地使通俗化为革命服务萌芽于1934年"。① 特别值得注意的是：由于长期在农民中间和社会底层中生活，也由于长期喜爱中国传统文艺作品和民间文艺形式，赵树理的创作不仅体现了一种与广大农民、普通民众心心相印的情怀，也确实通俗易懂。正如有研究者指出的："赵树理追求大众化主要是出于一种生活实践的内在的要求，是与农民进行精神对话的自然需求，而不是自上而下的赐给，所以他不像二三十年代许多提倡大众化的革命作家那样，写出来的作品总是有些隔，往往'衣服'是民众的，'品貌'仍是知识分子的。"②

在《讲话》精神指引下，延安文艺思想提倡的文艺大众化或者说大众文艺，极大地鼓舞了延安文艺工作者的创作热情，出现了《李有才板话》《李家庄变迁》《吕梁英雄传》《新儿女英雄传》《小二黑结婚》等一批不同题材的优秀作品。孟繁华等曾认为："解放区在《讲话》精神的指导下，艺术家通过有效的组织，第一次创造了新的人民文艺，中国文学史上也第一次出现了活泼、健康、生动的民众形象，并通过这样的文艺实现了民众的全民动员、建设一个现代民族国家的目标。"但由于强调为政治服务，也出现了忽视"文学艺术多样化发展对于民族文化健康发展的重要性，对于塑造民众文化性格的重大意义"的问题。③

总的来说，以毛泽东《讲话》为指导思想的延安文艺思想，不仅对当时整个解放区文艺工作产生了重要作用，而且对新中国长期以来的文艺工作也具有深远影响。

第三节 首届全国文代会的重要意义

1949年7月2日至19日在北平举行的第一次中华全国文学艺术工作者代表大会，对新中国成立以来的文学整体发展尤其前27年文学状况的影响，实在至关重要。这次大会在思想方面的继承与拒绝，直接规范了这个时期（包括整个前27年）的文学思想。正如很多研究者认为的，首届全国文代会奠定了新中国文学的发展框架。我们可以从三个方面来了解首届全国文代会对新中国文学思潮的重大影响。

首先，继承延安文艺思想路线。

作为解放区和国统区文艺工作者大会师的首届全国文代会，标志着全国文艺工作者开始聚集在毛泽东文艺思想旗帜下，最根本的思想收获就是继承了延安文艺阶级政治的文化思想路线。中共高层领导非常重视这个会议。7月6日毛泽东亲临会场，以执政党最高领袖身份对代表们表示了具有革命意味和政治姿态的欢迎："你们对于革命有好处，对

---

① 苏春生：《从通俗化研究会到大众文艺创作研究会：兼及东西总布胡同之争》，《中国现代文学研究丛刊》2003年第2期，第202—206页。
② 萨支山：《"延安文艺"与"当代文学"》，《中国现代文学研究丛刊》2003年第2期，第51—59页。
③ 孟繁华、程光炜：《中国当代文学发展史》，人民文学出版社2004年版，第23页。

于人民有好处。因为人民需要你们,我们就有理由欢迎你们。"① 出席会议的朱德、周恩来、董必武等中共领导人也发表了讲话或作了报告。高层领导人的讲话和报告,基本都是围绕落实毛泽东文艺思想作文章。如周恩来的报告系统阐释了文艺与革命、文艺与政治、文艺与阶级的关系,强调了"文艺工作者应当特别努力向工人阶级学习"。

具有文艺家和文艺领导者双重身份的周扬和茅盾的会议报告,显然更为重要。作为"内行"发言,两人报告涉及很多具体文学理论和创作问题。尽管在评价解放区文艺和国统区文艺方面,周扬褒贬鲜明,茅盾相对温和,但高度赞扬《讲话》精神则是两个报告的核心主题。周扬从多个方面阐释了《讲话》思想指导下的"新的人民文艺"后,斩钉截铁地宣称:"毛主席的《在延安文艺座谈会上的讲话》规定了新中国的文艺方向,解放区文艺工作者自觉地坚定地实践了这个方向,并以自己的全部经验证明了这个方向的完全正确,深信除此之外没有第二个方向了,如果有,那就是错误的方向。"② 周扬这段话被不少教材引述过,确实显示了《讲话》在当时中国文艺思想中的绝对地位。"完全正确"的绝对判断,则意味着新中国文艺将行进在思想高度统一的轨道上。至于周扬报告强调文学批评"必须是毛泽东文艺思想之具体应用",当然也是对毛泽东文艺思想的全面认同。换言之,新中国文艺必须以毛泽东文艺思想为唯一指导思想,《讲话》当然是最高权威的思想范本。

其次,确立了新中国文艺体制的基本建构。

这些年研究者都很重视中国当代文学的体制问题。文学体制化就是从首届全国文代会始。确立新中国文艺体制建构也是这次文代会的重要成果。1949年7月成立的"中华全国文学艺术界联合会"(1953年9月第二次全国文代会改为"中国文学艺术界联合会")是新中国成立最早也一直是最大的文艺工作者联合组织。当时全国各大区和部队有10个代表团参加了大会。大会设立了主席团,郭沫若任总主席,茅盾、周扬任副总主席。会议通过了《中华全国文学艺术界联合会章程》,选举了"中华全国文学艺术界联合会全国委员会"以及各协会负责人("中国作家协会"后从中国文联分出单独建制)。从这时起,当代中国文学艺术工作不仅有了全国统一的组织,也有了明确的章程和制度。

这种理应属于"民间团体"或"半官方半民间"的文化工作者组织,基本是按照以特定意识形态为指导、以党政组织形态建构的团体。正如有人指出的:"大规模的民间性组织在中国实际上是不存在的。无论中国文联还是中国作协,事实上都是由官方控制的组织"。③ 文艺组织体制化、文艺工作组织化和文艺工作者集中管理,包括国家财政对文学体制的支持,对中国当代文学的整体发展的意义当然非同小可。它不仅为执政党掌管全国的文学艺术工作奠定了组织和管理机构的保证,也为高度政治化的文化思想路线提供了有效保障:不仅利于规范文学观念,制约作家个体意识,也便于"上级指示"的传达和操作,使文学为政治服务落到实处。这种文学体制建构至今仍然发挥着重要作用。

---

① 《中华全国文学艺术工作者代表大会纪念文集》,新华书店1950年版,第3页。
② 《中华全国文学艺术工作者代表大会纪念文集》,新华书店1950年版,第96页。
③ 孟繁华、程光炜:《中国当代文学发展史》,人民文学出版社2004年版,第49页。

最后，对作家的历史身份和历史表现进行了评价和排位。

首届全国文代会与会代表共753人。谁能参加这次重要会议，显然不仅是凭文学成绩和文学影响。对于沈从文、朱光潜、萧乾等人来说，文学成绩可以忽视。与会代表资格问题实际是对作家历史身份和历史表现的评价和排位。这种有历史背景的身份确认，虽然掺杂有昔日文坛恩怨甚至个人因素，总体还是表现为对文学历史和文学思想的一种清理。20世纪40年代以来中共领导的"左"翼文学阵营中，中国作家的身份确认已经存在，"左"翼作家、解放区尤其来自延安的作家，在文学界确立了主导地位，国统区其他"进步作家"则逐渐边缘化。首届全国文代会对作家身份的确立问题，因此也得到很多研究者的关注。洪子诚曾从40年代国统区文艺状况和重要文艺论争等方面，寻找划分作家"类型"和隐含的"等级"关系的识别"标准"。由此，"左"翼作家根据世界观和阶级立场，区分出了革命作家、进步作家和反动作家。如张道藩、潘公展等被列为反动作家。萧乾、沈从文、朱光潜和"鸳鸯蝴蝶"派以及买办文艺、色情文艺等，被列入"反攻"对象①。孟繁华、程光炜合著《中国当代文学发展史》第二章"当代文学'合法性'的建立"有"作家身份的确立与危机"，也引用了洪子诚的观点并着重分析了"危机"问题。董健、丁帆、王彬彬合著的《中国当代文学史新稿》第一章"文学体制与文学运动"谈论首届文代会的团结和排异性时，也涉及了作家身份问题，指出与会代表中不少极有成就的作家如沈从文、朱光潜、萧军、端木蕻良等被排斥在外，证明首届文代会在空前"团结"的宣称中也存在排异性。②

作家身份与他们对中国革命的态度及"左"翼文学界内部斗争有极大关系。而是否贯彻"工农兵文艺方向"则成为划分作家"等级"的重要标准。如1948年3月在香港创办的《大众文艺丛刊》，所刊文章就不仅体现了中共的文化意志，也对作家身份有了鲜明区别。郭沫若的《斥反动文艺》就将沈从文、朱光潜和萧乾等人的创作归为"反动文艺"，嘲弄他们是"桃红色"、"蓝色"和"黑色"的作家。这类划分也决定了这些作家后来的政治身份和文化地位。郭沫若、周扬、郑振铎、茅盾、丁玲、邵荃麟、冯雪峰、田汉、张庚、何其芳、张光年、林默涵等成为文艺界的实权人物；巴金、曹禺、沈从文、朱光潜、李健吾、萧乾、陈白尘等则被边缘化。这种具有鲜明意识形态和浓重政治色彩的划分，不仅加剧了文艺界的内部矛盾，也对很多作家造成严重的精神损害与创作阻碍。

第四节　三次全国文艺批判运动

新中国成立以后出现了规模不等的文艺批判运动。如新中国成立之初对《我们夫妇之间》"小资产阶级创作倾向"的批判，对《青春之歌》《战斗的青春》中的爱情描写的

---

① 洪子诚：《中国当代文学史》，北京大学出版社1999年版，第8页、9页。
② 董健、丁帆、王彬彬：《中国当代文学史新稿》，人民文学出版社2004年版，第25页。

质疑，就是为了强化"无产阶级感情"。《百合花》这种"没有爱情的爱情牧歌"，如果不是茅盾肯定它，命运也难说。特别是对电影《武训传》、俞平伯《红楼梦》研究和胡风文艺思想进行的全国性批判运动，对中国当代文学的发展影响最为深远。

一、对电影《武训传》的批判

作为新中国成立后首次全国规模的文艺批判运动，批判电影《武训传》主要围绕"千古奇丐"武训"行乞兴学"的行为、目的和评价问题展开，集中批判了武训行乞兴学的几个"罪责"，包括宣扬封建地主阶级文化、丑化农民革命和美化个人投降行为。

武训是清朝末年山东堂邑县贫苦农民。由于数十年的"行乞兴学"和"苦操奇行"，他被清代和民国时期的统治者尊为"圣人"。陶行知等文化教育界人士也对武训历尽磨难的"行乞兴学"义举给予高度赞扬。编导孙瑜是位思想进步的电影工作者，拍《武训传》也是受陶行知的启发。1944年陶行知送给孙瑜一本《武训先生画传》，孙瑜为武训的"行乞兴学"深为感动。1948年孙瑜编导、赵丹主演的《武训传》开拍，因经费不足中断。1949年2月上海昆仑影业公司把《武训传》的摄制权和已拍成印好的声底片和拷贝一起买下。之后，多次讨论写出的修改本经中共中央宣传部审查，由昆仑影业公司继续拍摄。影片经上海市委宣传部和上海市文化局审查后，1950年12月在全国上映。公映数月，北京、上海等地就发表了四十多篇颂扬武训和《武训传》的文章。《大众电影》举办的电影评选活动中，《武训传》被评选为1950年全国"十佳国产片"之一。事实上《武训传》修改本已经带有跟随新中国文化建设的意图，即用武训办学事迹配合当时中国农村的扫盲和普及教育的"冬学"运动①。但伴随着广泛赞扬，《不足为训的〈武训传〉》和《陶行知先生表扬"武训精神"有积极意义吗？》等批评也相继出现。而毛泽东以其政治敏感和政治思维，觉得电影《武训传》受到欢迎不是简单的文艺问题，可以作大文章。毛泽东为此专门撰写了《应当重视电影〈武训传〉的讨论》，并在1951年5月20日的《人民日报》上以社论方式发表。毛泽东指出：

> 《武训传》所提出的问题带有根本的性质。像武训那样的人，处在清朝末年中国人民反对外国侵略者和反对国内的反动封建统治者的伟大斗争的时代，根本不去触动封建经济基础及其上层建筑的一根毫毛，反而狂热地宣传封建文化，并为了取得自己所没有的宣传封建文化的地位，就对反动的封建统治者竭尽奴颜婢膝的能事，这种丑恶的行为，难道是我们所应当歌颂的吗？向着人民群众歌颂这种丑恶的行为，甚至打出"为人民服务"的革命旗号来歌颂，甚至用革命的农民斗争的失败作为反衬来歌颂，这难道是我们所能够容忍的吗？承认或者容忍这种歌颂，就是承认或者容忍污蔑农民革命斗争，污蔑中国历史，污蔑中国民族的反动宣传为正当的宣传。

---

① 戴知贤：《文坛三公案》，河南人民出版社1990年版，第27页。

很显然，成功领导"农村包围城市"武装革命的毛泽东，将《武训传》现象视为一种思想文化立场的重大问题，同时决不能容忍党内出现"资产阶级的反动思想"，因此激愤地指出：

> 特别值得注意的，是一些号称学得了马克思主义的共产党员。他们学得了社会发展史——历史唯物论，但是一遇到具体的历史事件，具体的历史人物（如像武训），具体的反历史的思想（如像电影《武训传》及其他关于武训的著作），就丧失了批判的能力，有些人则竟至向这种反动思想投降。资产阶级的反动思想侵入了战斗的共产党，这难道不是事实吗？一些共产党员自称已经学得的马克思主义，究竟跑到什么地方去了呢？

全国主要报刊都转载了这篇语辞严厉的社论。同日《人民日报》"党的生活"专栏发表短评《共产党员应当参加关于〈武训传〉的批判》。5月23日文化部（今文旅部）电影局向全国发出展开对电影《武训传》批判的通知。在一边倒的批判中，各种检讨随着开始。电影《武训传》的编导、演员和肯定过武训的人都被迫检讨。时为上海"文管会"副主任兼文化局局长的夏衍发表了题为"从武训传的批判检查我在上海文化艺术界的工作"的检讨。包括周恩来、周扬等曾支持或未阻止这部电影公映的领导人，也以不同方式进行了检讨。1951年7月23—28日的《人民日报》发表了"武训历史调查团"的《武训历史调查记》。经毛泽东审改过的调查记，对武训及其"行乞兴学"作了如此定性："武训是一个以'兴义学'为手段，被当时反动政府赋予特权而为整个地主阶级和反动政府服务的大流氓、大债主和大地主。"并且告诫道："现在是中华人民共和国的时代了，用武训这具僵尸欺骗中国人民的恶作剧应当结束了，被欺骗的人们也应当觉醒了。"同年8月8日《人民日报》发表了周扬的《反人民、反历史的思想和反现实主义的艺术——电影〈武训传〉批判》，可以视为这次批判运动的总结。

二、对俞平伯《红楼梦》研究思想的批判

由学术讨论变为大规模政治批判运动，在电影《武训传》的批判中还显得有些突然，不同意见的讨论没有怎么展开。这种运作模式在对俞平伯《红楼梦》研究思想和胡适资产阶级唯心论的批判中，体现得更加充分。这既与这场讨论的曲折过程有关，也与"红学"研究及胡适派"资产阶级唯心论"本身具有的学术性和思想含量有关。尽管政治批判和思想斗争可以强势进行，但思想学术问题还是需要大体清楚，否则无法批判。

这里先简要描述"红学"研究的发展过程。

中国古典小说研究领域对《红楼梦》的长期研究被统称为"红学"。"红学"研究有个发展过程：自清乾隆年间《红楼梦》问世到五四时期之前的《红楼梦》研究被称为"旧红学"。"旧红学"又分为"消闲派"和"索隐派"。"消闲派"主要关注《红楼梦》的男女情爱故事，欣赏其中的一些庸俗趣味；"索隐派"的研究特征是对号入座的"索

隐"，喜欢将《红楼梦》的人物故事和历史上的真人真事联系起来猜测。如认为《红楼梦》是写清康熙时代宰相明珠家事，或是写清顺治皇帝和董鄂妃的情爱故事。蔡元培《〈石头记〉索隐》也认为《红楼梦》是"清康熙朝政治小说也。作者持民族主义甚挚。书中本事在吊明之亡，揭清之失，而尤于汉族名士仕清者寓痛惜之意"①。因此认为写的是康熙雍正年间满汉间的斗争故事。

五四时期及以后，以胡适为代表的《红楼梦》研究被称为"新红学"。"新红学"讲究实证主义"考证法"。曾写过《水浒传考证》和《水浒传后考》的胡适，1921年写出了《红楼梦考证》，之后还写了四篇红楼梦考证文章。在《红楼梦考证》中，胡适这样说明他的考证内容和目的："做《红楼梦》的考证，尽可以不用那种附会的法子。我们只须根据可靠的版本与可靠的材料，考定这本书的著者究竟是谁，著者的事迹家世，著书的时代，这书曾有何种不同的本子，这些本子的来历如何。这些问题乃是红楼梦考证的正当范围。"对《红楼梦》所以要做这般的考证，是为了"打破从前种种穿凿附会的'红学'，创造科学方法的《红楼梦》研究"②。除胡适外，俞平伯和顾颉刚也是"新红学"研究的代表人物，也是"新红学"家。

再来看这次对俞平伯《红楼梦》研究进行批判的起因和过程。

1952年俞平伯修订1923年出版的《红楼梦辨》，易名《红楼梦研究》重新出版，并发表了《〈红楼梦〉简论》和《读〈红楼梦〉随笔》等文章。俞平伯这些著述发挥并强调了"新红学"的"自传说"，认为曹雪芹《红楼梦》是在"感叹自己的身世"和进行一种"情场忏悔"。林黛玉和薛宝钗两位贵族少女形象，并非对封建礼教的叛逆和卫护的二元对立角色，而是"双美合一""双峰对峙"的艺术人物。《红楼梦》基本主题含有浓重的"色"与"空"的意味，《红楼梦》的艺术风格则是"怨而不怒"。这些观点看不到《红楼梦》的反封建。

1954年，青年学者李希凡与蓝翎投稿并附信给《文艺报》，对俞平伯《红楼梦》研究提出批评。文章没发表，也没得到《文艺报》的答复，于是两个青年写信给母校山东大学的教师，得到鼓励，合写的文章《关于〈红楼梦简论〉及其他》也在山东大学校刊《文史哲》（1954年第9期）发表。当时任职于中共中央宣传部文艺处的江青看见后，要求《人民日报》转载，未能实现。后经折中，《文艺报》1954年第18期被指定转载了该文。主编冯雪峰为该文撰写了持保留态度的"编者按"。同年10月10日《光明日报》"文学遗产"副刊又发表了这两位青年作者的新作《评〈红楼梦研究〉》。相比《关于〈红楼梦简论〉及其他》，该文更见思想锋芒，直接将俞平伯《红楼梦》研究与胡适资产阶级唯心论思想联系起来。

两位年轻人对俞平伯和胡适的批判引起了毛泽东的高度重视，毛泽东又以其特别的政治敏感发现了其中的阶级文化思想问题。1954年10月16日，毛泽东给中共中央政治

---

① 郭绍虞主编：《中国历代文论选》（第四册），上海古籍出版社1982年版，第499页。
② 《胡适红楼梦研究论述全编》，上海古籍出版社1988年版，第118页。胡适"新红学"研究观点可参考欧阳健等著《红学百年风云录》（第二章），浙江古籍出版社1999年版。

局委员及有关人士写了《关于红楼梦研究问题的信》，这封信将之前的《武训传》批判联系起来，口气并不严厉但实含锐利，信中指出：

> 事情是两个"小人物"做起来的，而"大人物"往往不注意，并往往加以阻拦，他们同资产阶级作家在唯心论方面讲统一战线，甘心做资产阶级的俘虏，这同影片《清宫秘史》和《武训传》放映时候的情形几乎是相同的。被人称为爱国主义影片而实际是卖国主义影片的《清宫秘史》，在全国放映之后，至今没有被批判。《武训传》虽然批判了，却至今没有引出教训，又出现了容忍俞平伯唯心论和阻拦"小人物"的很有生气的批判文章的奇怪事情，这是值得我们注意的。
>
> 俞平伯这一类资产阶级知识分子，当然是应当对他们采取团结态度的，但应当批判他们的毒害青年的错误思想，不应当对他们投降。

毛泽东肯定了李、蓝的文章"是三十多年以来向所谓红楼梦研究权威作的错误观点的第一次认真的开火"，而且指出"看样子，这个反对在古典文学研究领域毒害青年三十余年的胡适派资产阶级唯心论的斗争，也许可以开展起来了"。用"也许"一词，其实胸有成竹。毛泽东将俞平伯"新红学"研究纳入"胡适派资产阶级唯心论"，真正意图当然是要清算胡适资产阶级文化思想的流毒和中国旧知识分子的传统"学道"意识。为更为有效地全面清理"胡适思想"，当时专门成立了一个指导批判运动的委员会，由郭沫若、茅盾、周扬、邓拓、潘梓年、胡绳、老舍等人组成。并且出台了批判计划，决定从哲学思想、政治思想、文学思想、历史观等九个方面对胡适进行批判。1955年3月到1956年4月，三联书店编辑出版了八辑《胡适思想批判》的"论文汇编"；其他出版社也编辑出版了批判胡适思想的文集。全面清理胡适思想有其深远的历史原因。五四时期到20世纪40年代末，胡适文化思想和学术研究在中国文化学术界有广泛影响。在毛泽东的思考中，胡适的价值观与方法论不仅是"资产阶级"的，而且潜在影响大，因此必须彻底清除流毒。也因此经由批判俞平伯"新红学"研究而直指胡适思想的批判运动，成为不折不扣的政治思想清理，对知识分子的思想震动自然巨大。把俞平伯一类知识分子划入"资产阶级"，认为其思想在"毒害青年"，这些观点也体现了阶级斗争思想，关于"红学"的学术争鸣也就上升为无产阶级与资产阶级的思想斗争。在毛泽东看来，阶级思想斗争就是政治斗争。也因此，批判所指就不再是俞平伯个人的学术研究和思想立场，而是指向了一个"资产阶级知识分子"群体及其思想的普遍问题。对"大人物"同资产阶级作家讲统一战线而"甘心做资产阶级的俘虏"的指责，显然更是视为一种政治斗争问题。

三、对胡风文艺思想的批判

当年对胡风文艺思想的批判，实际是"左"翼文学内部的文艺思想交锋。这次文艺思想斗争，不仅能说明运动方式对文艺批评性质的改变，更重要的是能够证明"左"翼文艺批判运动本身就具有明显的权力话语特征。这就需要交代胡风的"左"翼文学活动简历：

胡风原名张光人，1922年参加中国共产主义青年团，1925年冬自动退团。1929年9月去日本留学，参加了"左"翼组织活动。1933年因在留学生中组织抗日文化团体被日本警察机关逮捕，后被驱逐回国。回国后胡风参加了"左联"，曾任"左联"宣传部长和"左联"常务书记；"左联"时期胡风和鲁迅关系很好。后因遭人诬告而离开"左联"，抗战初期参加"中华全国文艺界抗敌协会"筹备工作，并任"文协"理事会理事和研究部副主任。胡风创办的《七月》杂志，1938年7月至1941年9月共出版32期，发表了大量进步作家的作品，团结了一批进步文学青年。1942年3月胡风在桂林组织南天出版社，出版了《七月诗丛》和《七月文丛》。1949年初胡风由香港转入东北解放区。新中国成立后胡风参加了第一次全国文代会，并任大会主席团副总主席；参加了政协会议，出席了开国大典。1949年11月至1950年1月完成抒情长诗《时间开始了》，歌颂新中国和毛泽东。

李辉《文坛悲歌》全面论述过批判胡风文艺思想的前因后果。新中国成立后胡风虽然也出现在堂皇场合，实际已受到文艺权力中心的冷遇和质疑。也许是环境逼迫，思前想后的胡风终于拿出《关于解放以来的文艺实践情况的报告》（1954年7月完稿）。送呈这"三十万言书"时，胡风给党中央写了信。在这封"请习仲勋同志转呈中央政治局、毛主席、刘副主席和周总理"的信中，胡风表示"我热忱地希望得到中央的审查。我热忱地希望得到中央的批评和指示。我要遵照指示随时做补充的检查。我要担负我应该担负的任何严重的责任"。字里行间，表现虽诚恳，其实惶惑更多。

新中国成立后对胡风文艺思想的批评一直没有间断过。作为全国性批判运动，则以1954年12月10日《人民日报》发表周扬的《我们必须战斗》为标志。批判运动中集中批判了胡风提出的"五把理论刀子"，包括创作非得有共产主义世界观，工农兵生活才算生活，思想改造好了才能创作，题材能决定作品价值，传统形式才是民族形式。早在20世纪40年代，胡风就以"主观战斗精神"论来构筑其文艺思想，强调了作家的主观能动性、真正的现实主义意识、题材选择自由而"到处都有生活"、民族形式不等同传统的旧的民间形式，要汲取世界进步的文艺创作形式等。1939年重庆文艺界讨论民族形式问题，1945年重庆文艺界讨论文艺倾向问题，胡风都发出过异议。1945年1月胡风主编的《希望》杂志创刊号发表了舒芜的《论主观》，第二期接着发舒芜的《论中庸》，这些也是异议的表现。

事实上，胡风文艺思想属于马列主义理论体系。但他对"五四"新文学传统的认同，对鲁迅精神的赞扬，对现实主义客观性的强调，对作家"主观战斗精神"的提倡，对民族文艺形式的理解，都异于"左"翼主流意识，特别是其观点与《讲话》相违，更是埋下敏感的"历史宿怨"。正如李辉说的："毛泽东与胡风的矛盾显而易见，他总有一天要解决这矛盾。他的观点,他的精神,在一切领域,甚至每一个人的思想上,都应该是君临一切的。"①

1955年5月13日《人民日报》公布了《关于胡风反党集团的一些材料》,即通常所说的第一批材料,是舒芜交出的胡风写给他的34封信(1943—1950)的内容摘编。5月24日《人民日报》公布了《关于胡风反党集团的第二批材料》。6月10日《人民日报》又公布了第三批材料。后两批材料主要摘编胡风和其集团成员的来往信件,其中很多"编者按"为毛泽东亲自撰写。6月15日三批材料汇编成册,并将"反党集团"字样一律改为"胡风反革命集团"。毛泽东写了"序言"。此书印数高达7629000册。与此同时,群体批判运动也就铺天盖地般展开。

特别值得注意的是对"胡风反革命集团"的刑罚处理。1955年5月18日,经全国人大常委会批准,胡风被捕入狱,夫人梅志同时被捕。1965年11月26日,北京市高级人民法院判处胡风有期徒刑14年(其时胡风已被监禁10年)。而1970年1月四川省"革委会"以胡风新的"罪状"加判成无期徒刑。1978年胡风被释放。1980年9月胡风冤案初步平反;1988年6月18日中共中央办公厅发出《关于为胡风同志进一步平反的补充通知》,彻底平反。

第五节 "双百"方针与文艺政策调整

回顾这个时期的文学思潮,当然不能忽视具有"解冻"性的文艺思想事件。其中,1956年"双百"方针的提出和1961—1962年的文艺政策调整无疑具有代表性,也是中国当代文学史津津乐道的历史事件。在中国文艺思想界,它们曾经确实带来了文艺思想的生机,也给当时中国文艺界和知识分子带来了希望和想象。

一、"双百"方针的出台与"鸣放"的收获

"双百"方针的出台与当时的社会主义国际背景有明显关系。苏共内部的反斯大林个人崇拜,苏联文学的"解冻"和人道主义思潮,对当时中国的意识形态和文艺思想都有影响。洪子诚曾对"双百"的来龙去脉作过梳理。② 新中国成立后,毛泽东在一些场合也表示过提倡"双百"的意思。作为政策方针正式出台则是1956年。1956年4月下旬,在中共中央政治局扩大会议上,毛泽东作《论十大关系》的报告,对"双百"有所涉及。讨论报告时,陆定一、陈伯达等人提出,在科学和文学艺术事业上,应该实施把政治问题和学术、技术性质的问题分开的方针。陈伯达说:"在文化科学技术问题上,恐

---

① 李辉:《文坛悲歌》,花城出版社1998年版,第210页。
② 洪子诚、孟繁华主编:《当代文学关键词》,广西师范大学出版社2002年版,第44-51页。

怕基本上要提出两个口号去贯彻，就是'百花齐放，百家争鸣'，一个在艺术上，一个在科学上。"毛泽东在会议总结发言中采纳了这种提法。毛泽东说："百花齐放，百家争鸣，我看应该成为我们的方针，艺术问题上百花齐放，科学问题上百家争鸣。"5月2日最高国务会议上，毛泽东正式把"双百"作为方针提出，还作了如此说明："在中华人民共和国宪法范围之内，各种学术思想，正确的，错误的，让他们去说，不去干涉他们。""只有反革命议论不准发表，这是人民民主专政。"洪子诚认为："这一方针（政策），采用了比喻性的修辞方式来表达，并与我国古代的被'理想化'了的历史情景（战国时代诸子百家的学术繁荣）相联结。这一命题本身在特定历史情景中存在的矛盾性因素，和这一比喻性概念的含混，既让具有不同思想立场的知识者寄托各种想象，也给政策的制定者和实施者留出根据不同情势阐释其内涵的广阔空间。"① 这种分析点到了关键。

"双百"方针提出后，知识分子开始也担心"一放、二收、三整"。费孝通"惹过大祸"的《知识分子的早春天气》就谈到过这种情形：上面让大家"鸣放"时，许多知识分子"对百家争鸣还是顾虑重重，不敢鸣，不敢争；在和实际政治关系比较密切的问题上，大家更是守口如瓶，有点事不关己，高高挂起的神气"。而且"最好是别人争，自己听"。这当然是心有余悸。但知识分子还是寄托了希望和想象，开始了真诚的"鸣放"。事实上，思想禁锢稍有松动，文艺政策稍见开明，文艺理论和文艺创作就呈现出难得的活力。

文艺理论方面，出现了巴人的《论人情》、王淑明的《论人情与人性》和钱谷融的《论"文学是人学"》等文章，关注了以往忌讳重重的人道主义和人性问题。现实主义理论也多闻新声，出现了周勃的《论现实主义及其在社会主义时代的发展》、陈涌的《为文学艺术的现实主义而斗争的鲁迅》和《关于社会主义的现实主义》，以及刘绍棠的《我对当前文艺问题的一些浅见》。其中，何直（秦兆阳）的《现实主义——广阔的道路》（1956年第9期《人民文学》）最有理论意义。这篇副题为"对于现实主义的再认识"的文章，目的正如作者所说"我想以文学的现实主义问题为中心，来谈一谈教条主义对于我们的束缚"。当时教条主义和庸俗社会学对文学的禁锢是个普遍问题。作为一种独立思考，秦兆阳对现实主义的认识与之前胡风的有关认识有相似处，都批评了对现实主义的僵化理解，包括真实性、世界观、作家主体性、现实生活的复杂和创作多样化等问题。但秦兆阳的认识更深入，尤其对一些敏感问题，如"社会主义现实主义"定义和"政治标准第一，艺术标准第二"，就提出了大胆看法。秦兆阳认为"从这一定义被确立以来，从来还没有人能够对它作出最确切最完善的解释，常常是昨天还被认为是很正确的解释，今天又被人推翻了"。而自己研究"社会主义现实主义"的缺点，是因为这一定义产生的庸俗思想，"在我们中国还跟另外一些性质相同的庸俗思想结合起来了"，主要就是对《讲话》的庸俗化理解，而且主要表现在对文艺与政治关系的理解中。秦的理

---

① 洪子诚、孟繁华主编：《当代文学关键词》，广西师范大学出版社2002年版，第45页。

论也难以摆脱时代约束，但已经显示了极大勇气。

1956年下半年至1957年上半年，文艺创作出现了《在桥梁工地上》《本报内部消息》《组织部新来的青年人》《在悬崖边》《爬在旗杆上的人》《红豆》《田野落霞》《西苑草》《改选》等"干预生活"的报告文学和小说。相对以往工农兵话剧的流行，话剧创作出现了《洞箫横吹》《布谷鸟又叫了》《新局长到来之前》《还乡记》《葡萄烂了》《墙》等批判性的"第四种剧本"。1957年6月11日《南京日报》有篇评论《布谷鸟又叫了》的文章，题目就是《第四种剧本》。文章指出新中国成立以来的现代话剧流行着"工农兵剧本"模式——工人剧本：先进思想与保守思想的斗争；农民剧本：入社与不入社的斗争；部队剧本：我军和敌人的军事斗争。而批评官僚主义和揭露社会阴暗面的则是"第四种剧本"。今天来看这些很快就被打成"毒草"的作品（新时期后被誉为"重放的鲜花"），能感到它们的思想其实比较谨慎，时代约束明显，但当时已属难能可贵。

遗憾的是费孝通担忧的结果不幸出现。"双百"的昙花一现与赫鲁晓夫时代结束后苏联意识形态回归的情况很相似。1956年巴人在全国宣传工作会议发言中曾提到毛泽东的一句话，"高级干部中十个有九个反对'双百'方针"，可见阻力之大。"鸣放"后的"反右"运动在中国当代思想史上是个影响深远的历史事件，不仅涉及人数多，对中国知识分子的精神也是一次全面性打击。关于当年右派的人数，胡平《1957：苦难的祭坛》有如此说明：据中国官方统计是552877人，《剑桥中华人民共和国史》（1949—1965）估计有40万到70万人。① 胡平认为："反右运动，比起9年后的'文化大革命'来，在手段上有所不同的是，从总体上看，还未对知识分子进行肉体的摧残（以后被送去劳教、劳改的或是下放的，那当然自当别论了），但在精神摧残方面，已经成了集此前历次运动和斗争的大成者。"② 这种看法不无道理。

文艺界"反右"对文学产生了严重影响。一批著名民主人士、学者和作家，如章伯钧、罗隆基、章乃器、费孝通、钱伟长、陈达、潘光旦、傅雷、黄药眠、吴祖光、艾青等被扣上了"右派"的帽子；一批有才华的中青年作家如刘宾雁、王蒙、刘绍棠、从维熙、李国文、邓友梅、公刘、流沙河、邵燕祥等被逐出文坛，"干预生活"使他们付出了沉重的代价。

二、20世纪60年代初期文艺政策调整

相对"双百"时期"鸣放"的短暂，1961—1962年文艺政策调整的时间就长些。一般认为该阶段中国文艺状况有了很大改善。

该时期召开的几次重要文艺会议，成为当时文艺政策调整的标志性事件：

1961年6月1日至28日，中共中央宣传部在北京新侨饭店召开了全国文艺工作座谈

---

① 胡平：《1957 苦难的祭坛》，广东旅游出版社2004年版，第329页。
② 胡平：《1957 苦难的祭坛》，广东旅游出版社2004年版，第423页。

会，提出了文艺政策调整问题，会议主要议题是讨论中共中央宣传部起草的《关于当前文学艺术工作的意见（草案）》（简称"文艺十条"，中共中央批转的是由"文艺十条"改成的"文艺八条"）。主要内容包括进一步贯彻"双百"方针，努力提高创作质量，批判地继承民族遗产和吸收外国文化，正确开展文艺批评，培养、鼓励优秀人才，加强团结、继续改造，改进领导方法和领导作风等。这些观点体现了务实态度。与此同时还召开了故事片创作会，周恩来到会并作了《文艺工作座谈会和故事片创作会议上的讲话》。周恩来讲话对文艺政策调整提出了基本思路，特别强调了艺术民主和创作规律等问题，同时希望文艺批评改变那种套框子、挖根子、扎辫子、戴帽子、打棍子的"五子登科"风气。

1962年3月在广州召开了"全国话剧、歌剧和儿童剧创作座谈会"。周恩来亲自到会并作了《关于知识分子问题》的报告。陈毅也到会讲了话。周恩来报告和陈毅讲话，都体现了为知识分子"脱帽加冕"的意思，即脱去"资产阶级知识分子"的帽子，"加冕"为"人民的知识分子"，肯定了知识分子的社会价值，强调要正确对待知识分子和落实知识分子政策。

1962年8月，中国作家协会在大连召开"农村题材短篇小说创作座谈会"。会议讨论了文艺创作如何反映人民内部矛盾，更好地为社会主义服务，强化现实主义创作等问题。会上邵荃麟结合当时主题先行、概念图解和无视生活复杂性的不良情况，提出"写中间人物"和"现实主义深化"两个影响很大的观点。鉴于"落后人物"和"先进人物"二元对立模式，邵从实际出发的两个文学主张虽有纠正意义，但还是属于修补性，结果也受到极"左"人士的指责。

上述几次重要文艺会议，既反映了当时文艺政策调整的主要思想倾向，同时也体现了周恩来等部分国家高层领导的良苦用心。但不难发现：无论是当时的现实状况还是后来的现实变化（后来的意识形态又逐渐收紧，并且继续走向极"左"思想，终于导致"文革"的发生），文艺政策调整的近两年时间，基本还是在做一些条条框框方面的"形而上"的政策调整工作，主要集中在政策宣传、观念转变、重新评价作品等理论批评方面，而创作实践方面并没有多少收获。这方面还不及"双百"时期的创作，毕竟当时还出现了一批影响很大的"干预生活"的作品。所以如此，显然和很多作家仍心有余悸和形势不明有关。如康濯后来有这样的回忆："五七年受批后，以为自己'看阴暗面'不对了，五八年便盲目'跟上'宣扬浮夸；待六二年大连会议召开，发现五八年的创作路子不对头，因此回去后又写了篇联系现实矛盾的短篇小说《代理人》。殊不知又遭指责，说犯了'现实主义深化'和'写中间人物'的'右倾错误'。"[①] 这种无所适从，在当时很多作家中应该是种普遍情况。创作思想转变也非一时之事。

上述几次著名的文艺会议，对当时的文艺事业和知识分子当然是种福音。但同样遗憾的是，文艺政策调整也是好景不长，最终情况与"双百"方针结果几乎如出一辙。

---

① 康濯：《再谈革命的现实主义》，《文学评论》1979年第6期，第15-24页。

第六节 "社会主义现实主义"与"红色经典"

我们长期推崇的"社会主义现实主义"是从苏联照搬的。由于苏联在社会主义阵营的"老大哥"的强权势力,推崇社会主义现实主义的并非中国一家,东欧社会主义各国同样照搬,成为社会主义国家集体奉行的体制化的创作方法。社会主义现实主义既是种创作方法,同时又是一种文学思潮。作为从无产阶级革命意识形态出发,流行于"社会主义大家庭"的社会主义现实主义,属于一种特殊的现实主义话语体系。

其定义最早出现在1934年第一次苏联作家代表大会通过的《苏联作家协会章程》中:

> 社会主义的现实主义,作为苏联文学与苏联文学批评的基本方法,要求艺术家从现实的革命发展中真实地、历史地和具体地去描写现实。同时,艺术描写的真实性和历史具体性必须与用社会主义精神从思想上改造和教育劳动人民的任务结合起来。

据孟繁华一篇文章所说,社会主义现实主义的定义应该是1932年5月20日提出的,当时斯捷茨基和格隆斯基到斯大林那里去谈文学,格隆斯基提出苏联艺术理论的基础应该是共产主义现实主义,斯大林听后思考了片刻,认为还是"社会主义现实主义应该成为苏联艺术的口号",并且指出"应该写真实,真实对我们有利",而解释是:"一位真正的作家看到一幢正在建设的大楼的时候应该善于通过脚手架将大楼看得一清二楚,即使大楼还没有竣工,他决不会到'后院'去东翻西找。"[①] 显而易见斯大林的"写真实"不仅完全出于意识形态考虑,所谓不用到"后院"翻找和"脚手架"比喻也是先验论。社会主义现实主义的关键所在是"必须与用社会主义精神从思想上改造和教育劳动人民的任务结合起来"。也就是说"艺术描写的真实性和历史具体性"必须以完成政治思想任务为前提。这种工具意识理论当然有问题。然而这个曾被"拉普"派当棍子而造成恶劣影响,也导致苏联文学创作虚假的创作方法,却被我们完全照搬过来。首次全国文代会上,已明确了"社会主义现实主义"是新中国文艺的主流创作方法。第二次全国文代会则更加强调其至尊地位。为此,邵荃麟专门作了《沿着社会主义现实主义的方向前进》的专题报告。周扬和茅盾分别作的《为创造更多的优秀的文学艺术作品而奋斗》与《新的现实和新的任务》两个报告,同样强调了社会主义现实主义的重要性。三个大会报告代表"官方"确认了该创作方法的至高无上的权威性,所有文艺创作都必须奉其为圭臬。

但由于文化背景、政权情况、国家意识形态以及和苏联的关系问题不同,东欧各国

---

① 孟繁华:《当代文学关键词》,广西师范大学出版社2002年版,第8—9页。

的具体文艺实践情况并不相同。社会主义阵营中,铁托领导的南斯拉夫是最早和苏联公开决裂的。20世纪40年代末,南斯拉夫文艺界就开始反抗苏联的文艺模式。1952年南斯拉夫举行第三次作家代表大会时,这种反抗更上层楼,不仅对日丹诺夫等人论述的社会主义现实主义进行了全面批判和彻底否定,同时还对"作家是人类灵魂的工程师"的提法进行了尖锐批评。从此,在南斯拉夫,"社会主义现实主义"和"作家是人类灵魂的工程师"便成了人们嘲讽的对象,成了公式化、教条主义的代名词。①南斯拉夫文艺界的反抗,当然和南斯拉夫与苏联的决裂相连,但苏联模式的社会主义现实主义本身,不仅理论上存在种种问题,也导致文艺实践的荒唐。1953年,斯大林的逝世和苏联作家爱伦堡小说《解冻》的发表,不仅在苏联本土导致了思想的解放和文艺的"解冻",也给东欧各国文学带来影响和冲击。就苏联本土看,1954年12月召开的第二次全苏作家代表大会就是一次"解冻"的大会。会议不仅修改了苏联作协章程中关于社会主义现实主义的长达20年的定义,不再提倡艺术的真实描写和思想政治教育任务的相结合,还批判了所谓现实生活"无冲突论",也不再赞成塑造十全十美的理想化英雄人物。次年,《共产党人》杂志又发表了《关于文学艺术中典型问题》的专论,批判了马林科夫关于"典型是党性在现实主义艺术表现中的基本范畴"的理论。这些提倡和反对对于斯大林时代的苏联文学,当然是巨大突破。1956年苏共二十大的召开和赫鲁晓夫的秘密报告,对社会主义阵营的文学更是影响巨大。但耐人寻味的是唯独中国坚守不变,甚至中苏关系的公开破裂也没有影响到这种坚守,反倒是认为苏联出了"修正主义"。

这种坚守可以从两个具有标志性的事件中得到证明。

一是"反右"期间对秦兆阳等人的现实主义理论的批判。

"鸣放"时文学界对社会主义现实主义提出了不同看法。在当时谈论现实主义的文章中,何直(秦兆阳)的《现实主义——广阔的道路》(1956年第9期《人民文学》)最有影响。这篇副题为"对于现实主义的再认识"的著名文章,写作目的正如作者所表明的是"我想以文学的现实主义问题为中心,来谈一谈教条主义对于我们的束缚"。作为一种独立思考,秦兆阳对现实主义的认识与胡风的主观战斗的现实主义认识有相似处,但更有不同点。相似之处就是都批评了对现实主义作绝对僵化的一元论理解,包括真实性、世界观、作家主体性、现实生活等。不同的是两者对"社会主义现实主义"定义的理解。当年胡风的看法还显得拘谨,抑或说其理论本身就拘于马克思主义规范。在《关于几个理论性问题的说明材料》中,胡风虽然对林默涵、何其芳上纲上线的批评进行了激愤驳诉,但对苏联社会主义现实主义却是赞同的。秦兆阳则质疑了其定义问题,认为"从这一定义被确立以来,从来还没有人能够对它作出最确切最完善的解释,常常是昨天还被认为是很正确的解释,今天又被人推翻了。又例如,所谓旧现实主义,也并非绝对的只是批判的现实主义。而且,对于今天资本主义世界里某些现实主义作家的作品,以及中国五四以后的某些作品,人们都很难说明它们是哪一类现实主义的作品"。秦兆阳说

---

① 林洪亮主编:《东欧当代文学史》,中央编译出版社1998年版,第8页。

自己所以要研究"社会主义现实主义"的缺点，是因为由这一定义所产生的一些庸俗的思想，"在我们中国还跟另外一些性质相同的庸俗思想结合起来了"。秦兆阳当然难以彻底摆脱局限，还是肯定了"一切进步的杰出的文学作品都有强烈的思想倾向和政治倾向，这早就证明了文学在为政治服务的问题上具有必然性和极大的能动性"，但也认为不能"以配合了每一个临时性的政治任务为文学作品的最重要的标准"，也不能说作品中的任何成功或错误，任何文学思想倾向，都要从政治上找原因。因为"如果违背了或缩小了现实主义真实地反映现实然后才能影响现实的大前提，如果忽视了或违背了现实主义文学的艺术特征，如果忽视了各个作家本身的某些情况，而单纯从主观愿望和政治概念出发，简单地想用艺术去图解政治，那结果必然只会产生虚伪的概念化公式化的东西，或者类似普通宣传品式的东西；那就甚至于连最适宜于迅速反映当前生活的短小的文艺形式，也是很难写得比较精彩的"。诸如此类看法，其实现实经验就完全可以证明。尽管秦兆阳对社会主义现实主义的问题还有所保留，结果还是受到严厉批判。

二是革命现实主义和革命浪漫主义"两结合"的提出。

1958年3月毛泽东在一次党内会议上提议收集民歌，倡导革命现实主义和革命浪漫主义相结合的创作方法。尔后周扬在《新民歌开拓了诗歌的新道路》中对此作了具体阐述，但隆重推崇"两结合"则是1960年7月召开的第三次全国文代会上。大会的重要报告和发言，不仅对"两结合"作了无以复加的高度赞扬，具体解释也是完全"紧跟时代形势"。除郭沫若的大会开幕词明确提出"我们应该掌握毛主席提出的革命现实主义和革命浪漫主义的相结合的艺术方法，努力表现我们伟大的英雄时代"，茅盾和周扬的报告都有详尽阐述。

茅盾报告《反映社会主义跃进的时代，推动社会主义时代的跃进》共五个部分，第三部分专谈"革命现实主义和革命浪漫主义的结合"。开头就指出："自从毛泽东提出革命现实主义和革命浪漫主义相结合的口号，给了我们很大的启示和鼓舞，使我们无限振奋。"接着就谈为何"无限振奋"的原因，基本是复述已被人们谈过无数遍的"社会主义现实主义"观点。紧接着，茅盾说道："同时，我们也必须强调指出，革命现实主义和革命浪漫主义的结合这个口号又是针对我们当前时代的特点和需要而提出来的。什么是我国当前时代的特点，只要看一看十年来我们国家的大事记就能完全明白。"列举了一些"完全明白"的大事记后，就谈到了"大跃进"："当一九五八年党提出了鼓足干劲、力争上游、多快好省地建设社会主义的总路线的时候，宛如仙杖一指，顿时整个国家动起来了，顿时各个战线上捷报频传，出现了一九五八年、一九五九年连续大跃进的奇迹。""宛如仙杖"的比喻，完全是一种典型的"冒进思维"。

周扬共七个部分的报告《我国社会主义文学艺术的道路》中，也有专章论"革命现实主义和革命浪漫主义的结合"。周扬一如既往发挥了其斗争哲学，在肯定"两结合"方法"是毛泽东同志对马克思列宁主义文艺理论的又一重大贡献"后，就开始批判"修正主义"的"写真实"，因为"他们的所谓现实主义，是没有先进思想的现实主义，实际上不是现实主义，而是卑琐的自然主义或颓废主义。他们的所谓'真实'，其实是对现实的歪曲。我们从来主张文艺必须真实，反对虚伪的文艺。但是我们却不是'为真实而真实'论者"，而是"真实性和革命的倾向性"的统一。尽管周扬也谈到继承中外现实主义优秀传统，甚至重言需要百花齐放、百家争鸣，但这些只是官样文章的说说而已。

作为"大跃进"思潮的产物，"两结合"的根本问题在于：不仅坚持政治先行，而且更加强调文学工具化。

社会主义现实主义在这个时期红色经典的叙事实践中，得到了最充分的体现。

红色经典是对延安文学至新时期前革命主流文学或"左"翼正统文学代表作的统称。相关说法还有"红色文学""红色叙事"等。就共和国红色经典看，所谓"三红一创，青山保林"（即《红日》《红岩》《红旗谱》《创业史》《青春之歌》《山乡巨变》《保卫延安》《林海雪原》）当然是佼佼者。此外还有《三家巷》《战斗的青春》《苦菜花》《敌后武工队》《烈火金钢》《铁道游击队》等一批作品。红色经典曾拥有广泛的读者，尤其受青年的喜爱。从作品的销售情况就可看出：《保卫延安》1959年被文化部（今文旅部）密令禁毁前已发行百万余册；《红岩》1961年出版后三年印行400多万册；《青春之歌》1958年1月出版，到1959年上半年就售出130余万册；《创业史》《红旗谱》《林海雪原》《三家巷》《战斗的青春》《苦菜花》等都加印过十几次，出版数量都相当可观。这种接受情况说明了当时的审美风尚。当然也有控制出版物的政治原因，导致物以稀为贵的阅读情况。如当时出版一部长篇小说不仅是文坛大事，甚至成为"社会大事"。遵循延安文艺"为政治服务"的红色经典，无疑也遵循社会主义现实主义理论规范。红色经典叙事不仅是社会主义现实主义的代表性实践，而且成为最有主流性质的创作思潮。冯牧、缪俊杰主编过一套《共和国长篇小说经典丛书》，评价其问题时指出："由于政治的制约，从五十年代迭起的政治运动，以及理论上'左'倾思想的发展和泛滥，文艺思想战线的'斗争'愈演愈烈，行政上和理论上对创作的干涉愈来愈多，这就不能不对文艺创作产生一些消极的影响。"[①] 这些消极影响包括"从概念出发"、按概念"修改创作构思"、把"精彩的章节或很有光彩的人物性格加以删节和修改"等。红色经典的创作特征和消极影响带来的问题是密不可分的。可以从几个方面来描述：

其一，充分体现延安文艺革命传统意识。

主要以中共革命历史斗争为题材的它们，主题内容有鲜明的一致性，如革命英雄主义、阶级意识、阶级感情、军民鱼水情、对党忠诚、献身精神等。这些主题都体现了延安文艺革命传统意识。而这些主题表现，固然也有现实生活的支持，但从意识形态出发和主题模式的存在却也无可置疑。比如战争文化、战争思维和阶级立场就影响到主题的单一、极端和片面。从生活经历、思想资源和思想基础看，红色经典作者和国统区作家有明显不同。他们多是从战争年代过来的革命队伍成员，深受延安文艺思想和革命主流文学影响，因此创作观念都具有战争文化和战争思维的特征。如对我军"神圣化"和对敌军"妖魔化"的二元对立思维：我军将士尤其英雄人物，都是苦大仇深、阶级感情鲜

---

① 冯牧、缪俊杰：《共和国长篇小说经典丛书·总序》，花山文艺出版社1995年版，第9页。

明、英勇善战、敢于献身等；敌军则是里外坏透的脸谱化。关于民族苦难，则强调了阶级斗争意识。地主阶级不是《半夜鸡叫》中欺压长工的"周剥皮"，就是鱼肉百姓的"刘文彩"。抗战题材的红色叙事也将国民党军队主战场的抗战历史抹杀，不仅掩盖了其抗战功劳，而且使其成为"消极抗战"的民族罪人。

其二，遵循时代政治和意识形态需要。

红色经典作者对于其描述的历史，大都有亲身经历和切身体会。包括现实题材的《创业史》和《山乡巨变》，作者也是亲历了"土改"和合作化运动。但出于时代意识形态的需要，导致了以政治规范马首是瞻的图解意识。如《野火春风斗古城》首次出版时，作者在"序"中说道：这本小说写的是历史题材，写历史题材要合乎历史的真实性，违反历史真实或任意更动历史都是不能允许的，但"更重要的，我认为写历史题材的时候，眼光要看准今天，要为工农兵、为社会主义革命与社会主义建设服务，要选择对今天有教育意义的内容，要使作品洋溢着合乎时代精神的思想感情"①。承认历史真实重要，却更强调为时代政治服务，当然容易导致因"时代需要"而牺牲历史真实的矛盾。《野火春风斗古城》1977年由人民文学出版社重新排印出版，1999年3月第2次印刷时，作者有个"重印再记"，内中说道："我在前个重印记里说过违心的话。说什么跟随'英明领袖'新的长征之类的话。都怪自己头发白了见识浅，人云亦云，今后应引以为鉴。"② 这种"紧跟意识"和"头发白了见识浅"没关系，原因还是政治先行。简化历史复杂性和回避历史真实性的问题，在红色经典中普遍存在。同时对现实问题却讳莫如深。"社会主义没有悲剧"的强调和"以写光明为主"的提倡，导致现实题材的红色经典对新时代全是歌功颂德。这种思想规范还体现在"改写本"现象上。如人们经常列举的《青春之歌》的改写，就是突出了阶级意识。

当然，有些红色经典也有克服政治图解的意识。如《红日》对敌军营长张小甫的刻画就较成功。作为职业军人，张小甫崇拜师长张灵甫，曾冒死相救而得后者器重。涟水战役张小甫被俘，我方知其和张灵甫的特殊关系，特地放他回去劝降。我方声张大义的说明以及战斗形势打动和震撼了张小甫，他愿意回去劝降。但张灵甫顽固不化，劝降未成。这就写出了职业军人的关系：既有很难逾越的上下级关系，也有战场结下的生死感情和军人义气。像朱定的《关连长》、路翎的《洼地上的"战役"》、原版《青春之歌》和《战斗的青春》中的爱情描写，茹志鹃《百合花》的抒情化和人性展示，都较为真实地写出了人物和环境的关系。

其三，追求宏大叙事及叙事艺术模式化。

总体说，红色经典都表现了故事好读、结构有序、矛盾张弛、语言通俗等特点。不少红色经典也显示了个体风格，除上述作品，《红旗谱》《红岩》《三家巷》《创业史》在人物刻画和情节设置上也都有自己的特点。《林海雪原》的传奇叙事更是体现了艺术

---

① 李英儒：《野火春风斗古城·序》，人民文学出版社1962年版，第5—6页。
② 李英儒：《野火春风斗古城·重印后记》，人民文学出版社1962年版，第527页。

特色。但由于从既定政治观念出发，追求宏大叙事的红色经典普遍存在主题先行问题，史诗结构、设置情节、组织场面和刻画人物，都是依照主题先行和为了贯彻主题需求。如红色军旅小说对我军"神圣化"和对敌军"妖魔化"的脸谱问题，写农业合作化运动的则按照"两条道路斗争"来设计情节、渲染场面和刻画人物，如此等等都导致了叙事艺术的模式化和艺术表现的失真。

整体来看，苏联模式的社会主义现实主义，由于理论本身的矛盾、教条和僵化，创作又多遭政治干预，相关创作普遍存在"夹生饭"现象：一方面作家们也想"反映生活真实"，也能够写出生活气息浓郁的场景细节；一方面又受到意识形态和政治需要的约束，从而导致意识形态与艺术常规的冲突。如《李双双小传》，既写出了农家妇女李双双形象具有生活基础的真实可爱的方面，如性格开朗、敢想敢干、奉公忘私等；同时又歌颂"大冒进"而"拔高"双双形象。长安十四载、根落皇甫村的柳青，虽有深厚生活基础，但由于悉心领会"上级指示"，结果《创业史》出现众所周知的矛盾：既表现了某些生活真实又存在概念化问题。柳青将完全是尝试性的社会主义农业运动断定为"千年万年长"就很能说明这点。为政治服务也导致了回避现实矛盾的普遍问题，使现实描述变得极不彻底，甚至出现"伪现实主义"，此类创作往往变成豪言壮语的"颂歌"。巴金曾感慨："我感到惊奇的是从一九五〇到一九六六年中间，我也写了那么多的豪言壮语，我也绘了那么多的美丽图画，可是它们却迎来了十年的浩劫，弄得我遍体鳞伤。我更加惊奇的是大家都在豪言壮语和万紫千红中生活过来，怎么那么多的人一夜之间就由人变为兽，抓住自己的同胞'食肉寝皮'。"[①]

拓展阅读：

1. 北京大学、北京师范大学、北京师范学院中文系中国现代文学教研室主编：《文学运动史料选》（第5册），上海教育出版社1979年版。
2. 李杨：《抗争宿命之路："社会主义现实主义"（1942—1976）研究》，时代文艺出版社1993年版。
3. 洪子诚、孟繁华：《当代文学关键词》，广西师范大学出版社2002年版。
4. 钱理群：《1948：天地玄黄》，人民文学出版社2017年版。
5. 洪子诚：《1956：百花时代》，人民文学出版社2017年版。
6. 岳凯华：《文学会议与中国现当代文学的发生》，知识产权出版社2020年版。

问题与思考：

1. 当代文学的概念、分期与"当代性"的发生。
2. 第一次文代会与中国当代文艺机制的建立。
3. 三次全国文艺批评运动的起因、过程、评价。
4. "双百方针"与知识分子的"早春天气"。
5. "社会主义现实主义"在中国的传播与接受。

---

① 巴金：《真话集》，人民文学出版社1986年版，第116页。

第二章 诗歌创作

第一节 概 述

从1949年新中国成立到1962年,是大陆当代诗歌发展的第一个时期。

跨入这一时期的诗人,曾分别活跃在解放区和国民党统治区。来自解放区的诗人,有的是作为知名诗人进入根据地和解放区的,如艾青、何其芳、田间、柯仲平等。有的是在投身革命后才逐渐走上文学道路的,这些诗人的一个分支,是集中在晋察冀边区、受田间影响较多的一群,如邵子南、魏巍、远千里、蔡其矫等;另一分支更多地从民族民间文化中取得借鉴,力求实现艺术风格上的"中国作风,中国气派",最突出的有李季、阮章竞、张志民等。此外,还有严辰、公木、芦芒、贺敬之、郭小川、闻捷等。① 来自国统区的,有老诗人郭沫若、臧克家、冯至、卞之琳、李广田、梁宗岱、王亚平、柳倩;另一部分是20世纪30年代末到40年代初走上诗坛的作者,如力扬、袁水拍、吕剑等。其中,有两个诗人群体值得注意,一个是抗日战争期间形成、发展的"七月派"诗群,② 另一个是20世纪40年代中后期出现的"中国新诗"派(在20世纪80年代,他们被称为"九叶"诗人)。

颂歌、赞歌是这一时期诗歌的主旋律。歌颂刚刚获得新生的祖国,歌颂党和领袖,歌颂新生活,成为新时代赋予诗人的一个共同主题。郭沫若的《新华颂》、何其芳的《我们最伟大的节日》、艾青的《我想念我的祖国》、王老九的《想起了毛主席》等,都以强烈的自豪感和欢快的情感节奏歌颂着划时代的最高主题。诗人们幸福地看到,在自己的国土上,"凡是能开的花,全在开放,凡是能唱的鸟,全在歌唱"(严阵《钟声》)。

随着经济建设的全面展开,"颂歌"主题大量向建设的题材转移。蔡其矫的《生活的歌》、李季的《玉门诗抄》、邵燕祥的《到远方去》、梁上泉的《高原牧笛》、雁翼的《在云彩上面》、傅仇的《伐木声声》,都是工农业建设第一线的生动写照。另一些诗人把火热的建设浪潮与时代的昂扬情绪联系起来,创作出富于鼓动性的政治抒情诗。郭小

---

① 贺敬之、郭小川、闻捷,20世纪40年代在解放区已开始写诗,不过在当时尚未引起注意(贺敬之主要以新歌剧《白毛女》的创作知名)。

② "七月派"诗人多数活动于国统区。但鲁藜、胡征等,在30年代末到40年代后期,先后进入解放区。

川的组诗《致青年公民》、贺敬之的《放声歌唱》为当代政治抒情诗开了一代诗风。不少诗人把眼光投向塞北南疆的兄弟民族。闻捷的诗集《天山牧歌》、公刘的诗集《在北方》、梁上泉的诗集《云南的云》等，描绘了以新的劳动生活为主体的、富于浓郁民族色彩的时代风情画。

这一时期维护世界和平、表现抗美援朝的诗作大量涌现。这方面的佳作有石方禹的《和平的最强音》，艾青的组诗《南美洲的旅行》和长诗《大西洋》，未央的《驰过燃烧的村庄》《枪给我吧》等。另外，描写人民革命斗争的诗歌创作也有一定的收获，如乔林的《白兰花》、李冰的《刘胡兰》、李季的《报信姑娘》、冯至的《韩波砍柴》等，都是受到好评的篇章。

1956年"双百"方针的提出，促进了诗歌创作的活跃。1957年，《诗刊》及四川的诗歌月刊《星星》相继问世，为诗人开辟了新的创作园地。诗歌在反映生活矛盾、生活深度和表现艺术个性方面有了较大的拓展。艾青的《在智利的海岬上》（1957）、郭小川的《致大海》（1956）、流沙河的《草木篇》（1957）、公刘的《迟开的玫瑰》（1957）、邵燕祥的《贾桂香》（1957）等，都或多或少地反映了诗人加强认识世界和艺术创造的个性化和自主性追求。但是，1957年下半年的反右派斗争和随之而来的严重扩大化，使诗人的艺术探索遭致了不断升级的批评，一大批优秀的新老诗人的名字从诗坛消失，诗人队伍遭受严重损失。

1958年的新民歌运动，是本时期出现的一个较复杂的文艺现象。这场运动始于群众的自发创作，在它的早期，确实反映了中国农民建设新农村的愿望和热情，也出现了一些内容健康、形式优美的作品。但后来它转化为一场有组织、有领导的"全民运动"，实际上配合与反映了当时以忽视客观规律的"共产风""浮夸风"为标志的"左"倾错误思潮，它在总的倾向上与"大跃进"的假大空风气是一致的，绝大多数作品在艺术上粗制滥造，毫无艺术性可言，在思想内容方面更是充满了狂热、浮夸和虚伪的气息。新民歌给当时的诗歌创作带来了不可忽视的影响，它在抒情方式、表现手法以及语言等方面的特色虽然为新诗的创作提供了某些有益的借鉴，但总的说来，它对新诗发展的影响主要是消极方面的。当不少诗人纷纷应时"改写民歌体"受到舆论称赞时，却消亡了自己成熟的创作个性和艺术风格。

在新民歌运动开展的同时，理论上出现了长达两年的关于新诗发展道路的讨论。这次讨论，以毛泽东同志提出的"在民歌和古典诗歌的基础上发展新诗"作为前提和结论，提出要"开一代诗风"，并宣告中国诗歌的"新时代"已经到来。讨论未能深入地展开，一些有益的意见和看法未能引起重视，探讨后来也被限制在形式的范围内。

1959—1960年前后，长篇叙事诗的创作形成热潮，先后有百余部作品问世。闻捷的《复仇的火焰》、郭小川的《将军三部曲》、李季的《杨高传》、阮章竞的《漳河水》、田间的《赶车传》等，是其中的佼佼者。这些长诗，大多取材于历史斗争生活。塑造革命英雄人物的形象，规模宏大，结构严谨，色彩绚丽，是这一时期诗歌创作的重要收获。

60年代初，国民经济出现暂时困难，始终与政治关系密切的诗的狂热情绪，也多少有所冷却。一方面，有的诗人感受到人民的意志和战胜困难的信心，抒写了许多充满英雄主义豪情、鼓舞革命意志、颂扬革命者人生哲学和思想情操的抒情篇章。贺敬之的《雷锋之歌》《西去列车的窗口》，郭小川的《甘蔗林——青纱帐》《厦门风姿》，显现出政治抒情诗的新的创作水平。另一方面，李瑛、严阵、张志民、梁上泉、雁翼、傅仇等一批诗人在各自长期深入的生活领地辛勤耕耘，艺术感受更为精深，艺术个性也更为鲜明。

这一阶段大陆诗歌收获颇多。其间诗歌创作的特点及缺陷带有为此后诗歌确定美学规范，决定艺术发展走向的性质。

第一，颂歌作为一种诗歌美学规范，得到空前发展。诗歌表现的情感领域走向单一。对于几乎所有生活领域的题材和主题，诗人们都以颂歌的方式加以表现，这种诗的美学规范，作为一种历史性的潮流，是必然的，并有所成绩的。但也存在明显的不足，相当数量的诗歌回避矛盾冲突，将歌唱停留于辉煌的表面和胜利的结局，把一切表现得尽善尽美，成为轻浮、肤浅的颂歌。人的生活领域和感情领域，是异常广阔、丰富和复杂的，把诗歌的职能简单地规范为颂歌的流行观念，使诗人放弃了对历史与现实的辩证思考，放弃了对人的自身及其生存状况的探索，放弃了对人的审美情感多样性的表现，这就从整体上使诗歌表现的生活领域和情感领域变得单一、狭小。

第二，抒情主人公形象发生根本性变异，诗的个性化程度削弱和模糊。本阶段诗歌中诗人的自我形象既不像二三十年代那样狭隘和琐屑，也不像解放区诗歌那样完全隐遁，而是追求"诗人的'自我'跟阶级、跟人民的'大我'相结合"。① 随着诗歌"为政治服务"的片面强调和对诗的社会作用的偏狭理解，这种以"自我"同"大我"相结合塑造的抒情主人公往往用时代、阶级、人民代言人的"大我"的共性否定和替代了独特的"自我"的个性，使诗成为生活本质的例证或单纯的时代精神的传声筒。

第三，诗歌形式、艺术方法有所变化、发展。从诗体形式看，这一阶段流行的主要是自由体和半自由体。五四以来几乎定型了的半自由体（四行或六行、八行一节，每行字数、顿数大体相近，逢偶行押大致相近的韵脚）和受外国诗歌影响较多的自由体（包括马雅可夫斯基式的楼梯体）得到普遍的运用。从抒情方式看，以郭小川、贺敬之为代表的政治抒情诗和以李季、闻捷为代表的生活抒情诗，成为两种基本的抒情方式，影响着此后二三十年的诗歌创作。

纵观大陆头13年诗歌，还应特别提及旧体诗词创作和少数民族的长篇叙事诗。

旧体诗词创作主要有两个诗人群体：老一辈革命家的诗词和学者文人的旧体诗词。经常以旧体诗词形式抒写情怀的老一辈革命家有毛泽东、陈毅、董必武、朱德等，他们的作品，描写了中国革命和建设的战斗历程，展现了革命者的人格光辉，有一定的文学价值和文献价值。郭沫若、赵朴初、聂绀弩、田汉、老舍、公木、夏承焘等人在新中国成立后仍然没有中断旧体诗词的写作。郭沫若是中国新诗的开拓者和奠基者，但他同时

---

① 贺敬之：《战士的心永远跳动：〈郭小川诗选〉英文本序》，《光明日报》1979年6月19日。

又对中国传统诗词有强烈的爱好，他的新诗与旧诗是互为表里，可以参照阅读的。他的《访日杂咏》（1955）、《重庆行》（1960）等给读者留下了深刻的印象。赵朴初的旧体诗词创作上的成绩令人瞩目，著有《滴水集》《片石集》等。他的《过瓯江》（1952）、《西江月·参观密云水库工程》（1959）等，娴熟地运用传统形式反映新生活和新情感，无论是抒情、叙事，还是议论、讥讽，都自然得当，不落俗套。

毛泽东是当代旧体诗词创作中卓有成就者。他的诗词博大精深、奇情壮采、气象万千，抒写了一位革命伟人的壮美情怀，描绘了中国革命和建设的历史画卷。毛泽东在艺术创作方法上主张革命现实主义与革命浪漫主义相结合，而他本人的诗作似乎更多地倾向于浪漫主义。他诗词浪漫主义的艺术特征主要表现为诗歌构思和想象的超时空性、意象表现与主观抒情的融合以及多样而生动的比兴手法。毛泽东诗词的最精彩之作往往出于那些充满浪漫主义色彩的篇章中，如《沁园春·雪》《水调歌头·游泳》《蝶恋花·答李淑一》等。

中国作为一个统一的多民族国家，许多兄弟民族都有自己丰富的民间诗歌传统。少数民族诗歌与汉民族诗歌的渗透交融、相互补充，使中国诗歌表现出极大的丰富性与多层次性。在当代的这一时期，少数民族诗歌创作有了较大发展，出现了一批青年诗人，他们的创作是中国当代诗歌的重要构成部分。蒙古族的纳·赛音朝克图和巴·布林贝赫、藏族的饶阶巴桑、壮族的韦其麟、维吾尔族的克里木·霍加和铁依浦江、幺佬族的包玉堂、白族的晓雪、朝鲜族的金哲、土家族的汪承栋、傣族的康朗甩等人的诗歌作品，丰富了中国多民族的新诗创作。其中壮族诗人韦其麟根据民间传说写成的长篇叙事诗《百鸟衣》与云南省人民文工团搜集、黄铁等整理的彝族撒尼族叙事诗《阿诗玛》尤为优美动人。这些洋溢着浓郁民族色彩的诗歌弥补了我国文学史上长篇叙事诗的匮乏，是中华民族宝贵的文化财富。

第二节　政治抒情诗

政治抒情诗这一概念的提出，约在20世纪50年代末、60年代初。但是，这一诗体在新中国成立初期就已存在。1950年石方禹的《和平的最强音》、1954年邵燕祥的《我爱我们的土地》、1955年郭小川的组诗《致青年公民》，以及1956年贺敬之的《放声歌唱》等，都是最早一批有影响的政治抒情诗。60年代初期，政治抒情诗创作由贺敬之、郭小川两位优秀诗人的艺术实践而走向成熟。贺敬之的《雷锋之歌》《西去列车的窗口》，郭小川的《甘蔗林——青纱帐》《厦门风姿》等，把政治抒情诗的创作水平推向了一个新的高度，对诗坛和全社会产生了广泛巨大的影响。张志民、严阵、阮章竞、李瑛、韩笑、戈壁舟、闻捷等，都不同程度地按照当时诗风的趋向演化着自己的风格，张志民由轻柔细腻的《西行剪影》转向豪迈激越的《红旗颂》，严阵轻盈恬静的《江南曲》也让位于风吼雷鸣的《竹茅》。从此至70年代中期，政治抒情诗是居主导地位的诗歌潮流。

作为这一时期诗歌的重要样式，政治抒情诗呈现如下特征：

首先是思想内容上强烈的政治性，以及对诗的政治功能的强调。它要求诗人服膺政治斗争的需要，关注和表现国内外正在进行的政治斗争，反映社会的重大矛盾。诗歌的主题通常是一个普遍性的政治主题，诗歌的抒情主人公常常不是富有独特个性的诗人自己，而是阶级、人民代言人的抽象"大我"。

其次，政治抒情诗的艺术结构往往表现为观念演绎的形态。诗人对现实政治与社会问题的观察、感受和思考，所获得的观念，是诗的主干，成为贯穿感情、联结形象的线索。因此，政治抒情诗往往具有强烈的政治色彩。

第三，重视情感效应。这一诗体十分重视思想观念的激情负载，重视诉之读者耳朵和心灵的，能直接产生情感效应的节奏与音韵，而它所表现的感情，又偏于对激越、豪壮的追求。因此，政治抒情诗反对主题的含蓄、隐蔽，也不考虑感情表达上的节制和内敛，它寻求明快、直接。与之相适应，政治抒情诗倚重容纳激情的形式因素——音乐感和形式感，使作品适于朗诵。无疑这是强调其战斗性和宣传鼓动作用的结果。

政治抒情诗被确立为当代一种诗体，有多方面原因。其一，与社会政治环境有直接的关系。20世纪50年代到"文革"期间，大陆的政治运动几乎未曾间断，人们的日常生活蒙上了诸多政治色彩，政治情绪成为社会中最普遍的情绪，这是政治抒情诗发展、繁荣的现实土壤。其二，一批在战争年代投身革命，在拿枪的同时，以笔作为实现革命手段的诗人，成为政治抒情诗的主要创作力量。其三，从艺术渊源关系分析，30年代的"左联"革命诗歌，以及抗战时期大量涌现的鼓动性诗歌（如蒋光慈的《血祭》、殷夫的《别了，哥哥》、蒲风的《地心之火》、田间的《给战斗者》等），从创作思想、艺术方法上给当代政治抒情诗创作以启发和推动；西方19世纪浪漫派诗人（如拜伦、雪莱、裴多菲、密茨凯维支等），尤其是苏联革命诗人马雅可夫斯基的创作为当代政治抒情诗提供了可借鉴的样本。

政治抒情诗在当代的生长，为中国诗歌的艺术积累提供了一些值得重视的经验。它肯定并加强了自20世纪30年代以来，一部分诗人关心社会人生，以诗人的情感去概括、表现时代大哲理的可能性。但是，它在发展、演变过程中，由于对具体的政治事件、政治命题的依附越来越严重，也难免带来令人不安的失误。政治往往要求诗的及时配合，而诗则有其自身规律性的要求。诗人的独特审美角度和独特的感情体验，对诗来说是至关重要的。真正的诗，不是产生于对某一政治、社会事件的直接依附，而是产生于对它的"超越"。

政治抒情诗在当代诗坛的风行，是我国特定历史时期社会生活和人们心理情绪高度政治化的结果。随着政治因素在整个社会生活中地位的变化，也随着诗人对诗歌艺术自觉意识的增强，这一诗体的地位、性质也将产生变异。新中国成立后头27年的这种"政治抒情诗"，将是只属于某一特定历史时期的诗体概念。

政治抒情诗的代表诗人有贺敬之、郭小川等。

一、贺敬之的诗

贺敬之（1924— ），山东峄县（现枣庄市）人。中学时代参加抗日救亡活动，15岁开始发表诗作，1940年奔赴延安，进鲁迅艺术文学院学习。1945年与丁毅等集体创作了新歌剧《白毛女》。他新中国成立前创作的诗歌收入《并没有冬天》《朝阳花开》《乡村的夜》等诗集中。新中国成立后，贺敬之的诗歌创作进入了成熟期，虽诗作不多，但其中大部分都曾产生过很大影响。出版的诗集有《放歌集》《贺敬之诗选》等。

贺敬之在新中国成立后的诗作，大体可分为两类：一类是表现某种具体感受的抒情短诗，其中出色的作品有《回延安》《桂林山水歌》《三门峡歌》等；另一类是长篇政治抒情诗，这类诗作更具有贺敬之自己的独特风格，并对当代诗歌产生过重大影响，其中《放声歌唱》《雷锋之歌》以及作于新时期的《中国的十月》等，都曾在广大读者中激起过强烈共鸣。《雷锋之歌》写于20世纪60年代全国性的学雷锋热潮中，诗人把雷锋看作伟大时代新人形象的集中代表，从人生道路、人生价值、幸福观等根本问题上去领悟雷锋精神的时代意义和思想意义。《西去列车的窗口》从一群上海支边青年和一位"三五九旅"的老战士两代人身上看到了革命历史进程的坚定步伐。

贺敬之极其重视诗歌的时代性，他的诗紧紧追随时代和社会政治生活的步履，以充沛饱满的政治热情和尽可能企及的思想高度表达对时代、历史和社会人生重大问题的思索和理解，并及时地、热烈地描绘赞颂了我国社会主义时期的建设成就与政治生活中的重大变革。但他的部分作品对时代特征和社会矛盾的理解，囿于某些既定的政治命题和流行观念，将诗作为演绎这些政治命题的手段，因而没能真实、深刻地反映和歌颂我们伟大的时代。

贺敬之的诗富有鲜明的革命浪漫主义色彩。他认为革命浪漫主义必须有理想，有广阔的胸怀，有集体英雄主义精神。他的政治抒情诗，激情奔放，气势磅礴，格调高亢、豪迈，想象纵横驰骋，具有历史的纵深感与宽广的时代空间感。

贺敬之诗歌中的抒情主人公形象是作为阶级、人民与时代这一整体代言人出现的。在《回延安》《雷锋之歌》《放声歌唱》《中国的十月》等诗章中，"我"的形象与诗人所理解的阶级与人民的性格、意志、思想感情紧密联系在一起。

在诗歌形式上，贺敬之作了多方面的探索和创造。《回延安》主要运用了信天游的民歌形式，长篇政治抒情诗则多采用"楼梯式"。后者是借鉴外国诗歌长句拆行排列法的优点，吸取我国传统诗歌在词法、句法、章法上的整齐美、对称美，创造出的一种上下两层、遥相对应的中国式的楼梯诗。

《放声歌唱》是贺敬之长篇政治抒情诗的代表作。1956年，贺敬之为庆祝中国共产党诞辰35周年和党的第八次代表大会即将召开，创作了这首1600余行的长诗。这首诗是诗人献给伟大的党和祖国母亲的一支高亢的颂歌。全诗气势如虹，激情如潮，从多个角度纪念碑式地塑造了党的光辉形象。

《放声歌唱》在艺术上集中体现了贺敬之政治抒情诗的风格特征。它以充沛的政治激情、高昂的思想格调、磅礴的气势和宏大的画面表现了重大的社会政治主题，具有很强的情绪感染力和思想鼓动性。诗作的另一个特征是它生动可感的形象性。在那些充满思想内涵的诗行中很少出现抽象、单调的政治概念、术语，诗人通过丰富奇伟的想象、象征，把具体的思想和生活内容熔铸成多姿多彩的艺术形象，由形象本身焕发出思想和艺术的力量。长诗结构上呈现出多维性的特征。从时间顺序上看，诗歌表现了党的35年的战斗历程，但诗人往往把历史进程的深度与时代生活的广度交织起来，把现实图景与超现实的联想连接起来，把具体的人、事与由此而发的思想意义组织起来，构成一个时间与空间、客观与主观交融统一的立体画卷和抒情过程。

《放声歌唱》的基本体式采用马雅可夫斯基的"楼梯式"以适应长诗宏大的抒情结构。但诗人在这种体式中融进了自己的创造，将外来形式与民族传统形式有机地结合起来了。诗句虽然拆句分行，排列参差，但从整体上看，又构成了比较整齐的对偶和排比。这些形式上的创造，为诗歌形式的民族化作了有益的尝试，也成就了诗人的个人风格。

《回延安》是一首真情流溢的抒情名篇。曾在延安哺育下走上革命之路的诗人，向延安母亲倾诉了自己魂牵梦绕的赤子之心，真挚而强烈地抒发了革命儿女对于革命圣地的高度热爱、深切依恋和衷心崇敬的情怀，表现了一种特定的时代情绪。

《回延安》的构思独具匠心。全诗五个部分，记叙了诗人在延安的全部经过和情感活动。而所有叙述都为一种情感凝聚力所吸引，趋向一个鲜明而集中的意向，即"我"与延安母亲不可分割的血肉之情。"母亲"的意象有规律地反复出现，生动地暗示和诗化了作品的思想主题。

在《回延安》中，作者特别善于捕捉和选择典型的情绪高潮、典型的形象和情节，以达到诗歌的高度凝练集中。例如全诗的开头"心口呀莫要这么厉害的跳，／灰尘呀莫把我眼睛挡住了。／……手抓黄土我不放，／紧紧儿贴在心窝上。／……几回回梦里回延安，／双手搂定宝塔山"，诗人抓住了特定情境下最动人心魄的一瞬间，抓住了情绪最典型、最感人的表露方式，因而使得怀念的强烈情绪得以集中地表现出来。

《回延安》所选择的"信天游"民歌形式正出自延安所在的陕北，诗人以它的亲切音调来歌唱延安，本身就深刻地体现着诗人与"延安母亲"的血缘联系。而信天游的抒情格调淳朴、深厚、真挚，这正与诗人歌唱庄严朴实的革命圣地的情感基调相吻合。诗人在修辞上对民歌中比兴手法的运用，使诗歌充溢着浓烈的乡土气息。

二、郭小川的诗

郭小川（1919—1976），原名郭恩大，河北省丰宁县人。1937年参加八路军，1941—1945年在延安马列学院学习。新中国成立初期，与陈笑雨等同志合作，以"马铁丁"为笔名写作"思想杂谈"。50年代中期以后，以主要精力写诗。1950年出版的诗集《平原老人》，收集了他早期创作的诗歌。1956—1965年，先后出版《致青年公民》《投入火热的斗争》《雪与山谷》《昆仑行》等九本诗集。诗人逝世后出版的《郭小川诗选》《郭小川诗选续集》收入了他的绝大部分诗作。

郭小川的诗歌创作可分为三个阶段。50年代是第一个阶段。1955年，郭小川带着他的组诗《致青年公民》登上当代诗坛。此后创作的抒情诗《致大海》和《望星空》，以及《白雪的赞歌》《深深的山谷》《一个和八个》《严厉的爱》《将军三部曲》等五部长篇叙事诗最能体现诗人这一阶段对诗歌思想创见的追求。诗人离开了单纯的"宣传鼓动员"的立场和方法，把生活矛盾、人的丰富的感情世界作为开掘的对象，努力表达自己对生活的"独到的见解"。① 60年代前期为第二阶段。由于客观环境的巨大压力和诗人自身内在的思想矛盾，诗人对诗歌思想的探索转为对诗歌形式的追求与创新。这个阶段郭小川的抒情诗，在取材上完全与他作为《人民日报》特约记者的足迹所及的地域相联系。不过，无论是草原钢城、大兴安岭林区、西北雄奇的昆仑山，还是南国秀美的厦门，浓烈的地域色彩淹没了前一阶段诗歌思想上的探求，都是他所要表现的"继续革命"主题的凭借。诗歌形式上有了明显的创新和突破。《林区三唱》运用了新散曲体，《甘蔗林——青纱帐》《厦门风姿》《乡村大道》等采用的新辞赋体则是郭小川诗歌形式的独创。这批作品体现了郭小川诗歌艺术的最高成就，也体现了诗人成熟的艺术风格。"文革"十年是创作的第三个阶段。诗人在蒙受迫害、被剥夺写作权的情况下，仍写出《万里长江横渡》等一批作品。其中《团泊洼的秋天》《秋歌》以尖锐的思想锋芒和深沉的艺术表现保持了诗人的独特风格和创作水平。

郭小川在诗歌创作中，自觉地追求着时代精神。他的诗，具有火一样的革命激情和强烈的政治倾向性。不过，郭小川观察和反映时代生活、表现时代风貌，有自己独特的视角和表现方式。他很少像贺敬之等诗人那样正面表现社会政治生活中的重大事件和重要人物，也不着重描述生活中的客观事物，而是通过自己的视角所注视的生活现象或人物，去发掘和揭示人的内心世界和精神面貌。诗人所关心的生活主题是一个战士，一个革命者，在不同的历史时代，面对不同的困难、问题和考验，应该如何生活，他的一生应该有什么样的人生理想、人生态度和人格操守，我们时代的精神面貌，正是从每一位革命者的精神风貌中体现出来。这一独特的视角，形成了郭小川突出的艺术个性。

郭小川的诗富有深邃的哲理，是革命激情和人生思考的结晶体。如果说，贺敬之的诗侧重于对我们民族精神和阶级精神的哲理抒发，郭小川的不少诗歌则力图在生活体验中用自己的眼睛和头脑去发现和把握关于人的真理，而不去重复地阐释"现成的流行的政治语言"。他要求自己的作品有足够的思想深度，能"引起长久的深思"而不是仅仅让读者产生一时的激动。

郭小川的诗在艺术上长于采用"感物咏志"的象征手法，这也是体现他艺术个性的一个鲜明特征。他的大部分诗作，包括名篇《林区三唱》《厦门风姿》《甘蔗林——青纱帐》《团泊洼的秋天》等都是以感物咏志或借物抒怀的手法创作的。

郭小川尝试过各种诗歌体裁。《致青年公民》用"楼梯式"写成；《白雪的赞歌》属于"半自由体"；《将军三部曲》等采用了散曲的短句形式；《林区三唱》等在自由体形

---

① 郭小川：《月下集·权当序言》，《郭小川全集》第五卷，广西师范大学出版社2000年版，第394-396页。

式中糅合民歌特色；最具个人特色的是他在《甘蔗林——青纱帐》等作品中采用的"新辞赋体"。

《甘蔗林——青纱帐》是郭小川抒情诗的杰出代表作。1962年，中国人民在共产党的领导下逐步战胜了天灾人祸造成的重重困难，郭小川在此前后写下许多激励人们蔑视困难、不断革命的诗章，《甘蔗林——青纱帐》就是其中之一。

这是一首别具一格的咏物诗。诗人运用巧妙的艺术构思、丰富的艺术想象和联想，以表现作品深刻的思想。诗人独具匠心地选择他人看来平淡无奇的事物，借助艺术想象的翅膀，在地北天南的青纱帐与甘蔗林之间建立起紧密的意义与情感联系，赋予自然对象以丰富深厚的象征内涵。芬芳的甘蔗林显然暗示着今天的美好生活，而北方遥远的青纱帐则象征着昨天艰苦的斗争岁月，从它们意义的连接当中体现出继承革命斗争传统的思想主题。

郭小川在这首诗中采用了由他本人创造的优美的新辞赋体。这种体式在自由体中融进了楚辞汉赋的某些特点。诗歌大量采用半逗律，将几个参差的短句有节奏地组合成较整齐的长句，行与行、节与节之间大体对称，对仗和韵律比较严格。抒情方式上，采用铺陈渲染、反复咏叹的手法，以唤起对"青纱帐"革命精神的深沉而久远的动人情感。

第三节 生活抒情诗

新中国成立后头13年，与政治抒情诗并行的另一种诗歌潮流为"生活抒情诗"，以闻捷、李瑛、李季为代表。他们所追求的主要是，如何在对生活场景与事件具体描摹的基础上，表现新的生活风貌和诗人的精神境界。他们认为：离开了具体的生活，"顶多也只能让读者去咀嚼一支雕刻得很精致的蜡烛"[①]。因此，他们的抒情诗中增加了"写实"的叙事因素，往往带有单纯的情节，即使那些没有情节的抒情诗，也常常有现象的具体的而不是想象的场景描绘。这种具有写实风格的生活抒情诗在20世纪50年代初、中期对当代诗坛产生过广泛的影响。公刘的组诗《西盟的早晨》、严辰的诗集《晨星集》等都是描叙与抒情结合的佳作。50年代后期至60年代初，李瑛、严阵等学习我国古典诗歌中情境结合的表现方式，对生活现象加以"诗化"，诗作达到由境入情，由感性向哲理的升华概括，将"生活抒情诗"创作推进到一个新水平。

"生活抒情诗"的出现及流行，首先源于创作方法上现实主义的强调。这导致了五六十年代诗歌注重写实的总趋势。其次，这是解放区诗歌的"写实"风格和叙事诗热潮在当代向抒情诗的延伸和继续。由于叙事诗创作的影响，在解放区的诗歌运动中，相当一部分抒情诗也具有一定的叙事倾向。这个传统延伸到50年代，其结果是：一方面五六十年代，叙事诗创作保持着异乎寻常的势头，涌现了近百部叙事诗；另一方面，诗歌创

---

① 李季：《热爱生活，大胆创造》，载李季著《李季文集》（第四卷），上海文艺出版社1986年版，第540页。

作的叙事倾向向抒情渗透，使抒情诗中增加了"写实"的叙说因子。即在一定的人物、场景和情节的描述基础上抒情。再次，苏联诗人伊萨科夫斯基乐观的田园牧歌，① 在"情节"框架上抒情的构思方式，也促成了"生活抒情诗"的出现和发展。

"生活抒情诗"在具体摹写经济建设、工农兵形象，表达纯真、美好的社会情绪等方面，无疑是有成绩的。诗歌变得十分的具体和实在，不再是以前那样云雾般虚幻和不可捉摸了。但这种诗歌仍留下了不少的遗憾。其一，"生活抒情诗"几乎是以单纯的颂歌去描述那个时代的。热情庄严的颂歌和揭示生活矛盾的战歌没有很好结合起来，影响了诗歌的思想深度。其二，过分重视生活现实图景的描绘，缺乏艺术想象。不少诗歌在描绘场景和人物方面迈开了雄赳赳的步伐，但在想象空间里却缺乏灵巧的翅膀。诗歌与其他文学品种区别的一个重要特性在于：它不擅长直观如实地描绘生活，它不是说明（直接地）着什么，它总是暗示（间接地）着什么。诗歌直观如实的描写总是吃力而不讨好，只有象征性地加以启迪，才能达到事半而功倍。李季等诗人的创作实践很可以说明这一问题。

生活抒情诗以闻捷、李瑛的创作最有代表性。

一、闻捷的诗

闻捷（1923—1971），原名赵文节，江苏丹徒县（今镇江市丹徒区）人。抗战初期在武汉参加抗日救亡演剧工作，1940年到延安，从事过各种文学和新闻体裁的写作。1949年随军到新疆，他最有影响的作品都源于这一段生活经历。1956年，《天山牧歌》出版。此后闻捷曾在东南沿海和兰州等地深入生活，出版了诗集《祖国，光辉的十月》《河西走廊行》等。1959—1962年，发表长篇叙事诗《复仇的火焰》第一、二部。

《天山牧歌》是闻捷的第一本，也是最有代表性的诗集。其中包括5个组诗（《吐鲁番情歌》《博斯腾湖畔》《水兵的心》《果子沟山谣》《撒在十字路口的传单》）和一首小叙事诗（《哈萨克牧民夜送"千里驹"》）。这些诗作，缩影般地预示了他此后诗歌创作的题材领域和主题的两个走向。第一是通过富于特殊风情的新疆少数民族的生活来表现这一地区的历史变化。这在开始时或许只是他50年代初在新疆的记者工作之余的无意积累，但却因这些诗作，奠定了他在当代新诗中的地位。除《天山牧歌》外，长诗《复仇的火焰》也属于这类作品。第二种走向是，紧密配合现实斗争的政治抒情。如组诗《水兵的心》和《撒在十字路口的传单》这类作品。后者是为宣传农业合作化运动而写的。后来出版的政治抒情诗集《祖国，光辉的十月》、反映西北农村"大跃进"的诗集《河西走廊行》和长篇叙事诗《东风催动黄河浪》等都属于第二种"走向"的作品。

《天山牧歌》是反映新疆哈萨克、维吾尔、蒙古等民族解放后生活新貌的"激情的

---

① 20世纪50年代初，我国不仅公开刊登、出版了伊萨科夫斯基的译诗，而且《人民文学》等刊物多次刊载他谈诗歌创作的理论文章，出版了他谈诗的专著《论诗的"秘密"》。

赞歌"。它之所以得到读者的喜爱，原因之一在于诗人用牧歌的笔调来处理颂歌的主题。在诗人的笔下，葡萄园边青年人挑动姑娘心弦的歌唱（《葡萄成熟了》）、琴师和鼓手火热而坦诚的爱情追求（《舞会结束以后》）、青年男女喜庆日子策动的骏马（《赛马》）、和硕草原豪爽骁勇的猎人（《猎人》），都洋溢着浓郁的民族色彩，散发着轻快、柔和、明媚的天山牧场的清新气息。另一个重要的因素源于诗作涉及了50年代初期诗歌很少表现的爱情题材。当时，许多诗人对爱情书写，表现得"过分地胆怯和谨慎"。① 诗在处理爱情时，要么是把爱情作为政治附属物，以爱情来证实某种政治性原则；要么是以神话或民间传说的形式出现，如《金色的海螺》《阿诗玛》等。闻捷在诗人大多被爱情表现的禁忌所束缚的环境下，把爱情表现得强烈而真挚，确实难能可贵。不过，严格地说，闻捷也是借助了类乎"神话""传说"的外在因素——少数民族特异的地域风情为依凭的。

闻捷的这些爱情诗，不只是写了爱情，更重要的是，表现了爱情生活的时代特征，揭示了新的生活观、爱情观的萌生和发展。对于诗中的青年男女来说，创造美好生活的劳动是超越爱情本身的崇高目标，也是他们爱慕、选择对象的主要标准。这些情歌，既揭示了社会政治的理想，也肯定和歌颂了率真、炽热的爱情。《天山牧歌》常常把爱情这种"最个人"的感情，看作就是政治观点、阶级立场和劳动态度的一种表现形态，一种附属物，并以对爱情的政治含义和选择标准作点题式的提示这一构思形式表现出来。"枣尔汗愿意满足你的愿望，／感谢你火样激情的歌唱；／可是，要我嫁给你吗？／你的衣襟上少着一枚奖章。"（《种瓜姑娘》）这种"奖章＋爱情"的写作公式显露出诗人忽视个人内心世界和把个人感情政治化的局限。

《天山牧歌》表现了诗人长于叙事的特点。这些抒情诗大都有简单的人物和情节，通过对生活画面的描述以抒发优美热烈的情感。诗人在对叙事因素的艺术处理上呈现出如下两方面特点：一是和谐完整的艺术构思。诗人努力建立一个完整的、首尾呼应的结构，使诗歌中场面、事件的描述与情感的表现、主旨的实现达到和谐与统一。《苹果树下》优美地描写了一段生长在苹果树下的爱情。诗作选择姑娘即将对小伙子吐露心曲前的一刹那作为开头和中心场景，以姑娘心跳得失去节拍这一生动细节，表现了初恋的珍贵、激动和甜美。接下来追述姑娘和小伙子相爱的经过。诗作采用整体比喻的手法，以苹果的生长过程暗喻爱情由萌生、孕育到成熟的经历。苹果树的形象同时象征着劳动与爱情，体现了新一代青年高尚健美的爱情观，场景、情感、主旨在诗中得到了有机统一。另一个特点是，善于提炼"情节""事件"，使之简化、单纯化，叙事简洁清晰。《舞会结束以后》通过一个戏剧性的情节，节日舞会之后，年轻的琴师和鼓手伴送美丽的吐尔地汗回家，途中小伙子们争相向姑娘表达爱慕之情而遭婉拒的曲折经过，表现了维吾尔姑娘在新生活中的爱情选择。在《猎人》中，猎雁的复杂过程、猎人的热情好客和精湛

---

① 力扬：《谈闻捷的诗歌创作》，《人民文学》1956年第2期，第116页。

枪法,只借助枪响、女主人眉梢飞舞的欢喜和一支未燃完的香三个富于表现力的细节便充分传达出来。过程的叙述转化为场面的描绘,复杂的事件单纯化了,减轻了抒情诗中叙述的负累。此外,《天山牧歌》对青年男女恋爱心理的变化和差异有着惟妙惟肖的刻画,诗歌语言具有轻快明媚、回环往复的民族风味的音乐美。

二、李瑛的诗

李瑛(1926—2019),河北丰润县(今唐山市丰润区)人。20世纪40年代后期在北京大学读书期间参加学生运动,并在《文学杂志》等报刊上发表诗作。1949年春北平解放后,未及大学毕业便参加人民解放军南下。之后一直在部队从事文化工作。

李瑛是一位随同共和国的步伐走过近半个世纪创作生涯的诗人。他的诗歌创作,大致可以分为三个阶段。50年代初、中期,是他创作的摸索阶段。诗作反映已处于尾声的解放战争和抗美援朝斗争。诗人表现出对生活感觉的敏锐,以及一定的艺术构思和剪裁的能力。但诗作侧重现实生活本身的表现,较少主观感情的投入,因而显得平淡。《野战诗集》《战场上的节日》等反映了这一期间的创作风貌。50年代后期至六七十年代,为成熟阶段。李瑛发挥自己较细致的艺术感受力和对中外诗歌较为广泛的借鉴的长处,注意在对客观事物的具象描绘中,增强主观情绪的投入,将生活现象加以"诗化"。由于李瑛对当代这种"生活抒情诗"的模式有较熟练的把握,因而,在一段时间他的创作曾对诗坛产生过较大影响。主要的诗集有《红柳集》《花的原野》《红花满山》等。80年代至今是李瑛诗歌创作的探索创新阶段。这一时期出版的《我骄傲,我是一棵树》《红豆》《月亮谷》《多梦的西高原》《睡着的山和醒着的河》等诗集,标志着李瑛的诗歌艺术变革取得了突破性进展。抒情主体由战士身份向诗人个体的转变、超越社会政治层面的历史的生命感与生命的历史感、形式结构从单一平面到多维空间的跃进等,都是李瑛诗歌创作取得重要突破的基因。

描写解放军战士的生活,是李瑛诗作中最主要又最亮丽动人的诗篇。他开始通过炮火,后来通过战士和平时期的日常生活——站岗、巡逻、月夜潜听、戈壁行军、海岛演出……来表现祖国保卫者们的自豪和忠诚。李瑛诗中活跃的抒情主人公形象是一位战士,无论是描绘南海诸岛的水兵、边防哨所的战士,还是注目于边疆人民的新生活、苦难的非洲大陆,他都是以一个士兵的胸怀和情感在体验、感受。即使是自然风物,如南海的波涛、戈壁的日出、沙滩上金黄的贝壳、"平静地倒在大地上"的树……都是战士形象和感情的对象化、人格化。应该指出的是,李瑛对于战士行动和心灵的探索,往往停留于流行的社会观念、社会情绪的展示,而未能将之置于人类历史、人类面临的生活处境这一背景上来体验、思考,因而缺乏广度和深度。

李瑛的诗大都是蕴涵一定叙事因素的抒情短章。为了使短小的诗包容丰富而深刻的内容,他往往采用由小见大的手法。大处着眼,小处落笔,小中见大,从浩瀚的生活海洋中,选取一人、一事、一景,甚至一个细节来反映战士的风貌、时代的旋律。戈壁滩上的一个兵站（《戈壁兵站》）、雄踞山巅的一个哨所（《哨所鸡啼》）、万山丛中的一条小路（《果子沟山路上》）、黄河边上的一个渡口（《过黄河渡口》），都折射出祖国的变化、生活的脚步。典型的人物、事件、场景、细节经过诗人情感的酿造，化为情景交融的优美诗境。这种以小见大、情境互融的抒情方式曾受到广泛的赞誉，但同时也造成了作者表现方式上的雷同。

李瑛诗的语言精练含蓄，新巧细腻。他总是严谨地、细致地使用他的笔墨："一朵云，/拧下一阵雨，/匆匆地掠过车篷。"（《雨中》）"在敦煌，/风沙很早就醒了。/像群蛇紧贴地面，一边滑动，一边嘶叫。"（《敦煌的早晨》）戈壁滩上有一朵云，化成了雨，不是洒，不是落，更不是飘，而是拧。"拧"使我们想起雨下得艰难，那云仿佛是一块布，要使劲拧，才能绞出水来。一个字的选择，可以想见李瑛的细腻。后一例，不说敦煌一早起风沙，而说风沙早醒；不是一般地说风沙"滚滚"，声势"蔽天"，而说如群蛇紧贴地面，滑动着，嘶叫着，语言精美而新巧。

李瑛的诗已经开始形成自己的风格：于细柔中见刚健，于精致处抒深情，精致细腻，清雄深挚。《戈壁日出》可称为李瑛创作风格的代表作。

《戈壁日出》写于1961年诗人去新疆采访途中，是一篇即景抒情的佳作。诗作以出色的感受和想象力，细腻地描绘了一幅壮丽奇伟的自然景观，同时又折射出祖国的建设者和保卫者们崇高壮美的精神世界。

从时间顺序上看，诗中描绘了旭日初升到烈日当空这一段自然的行程，但每一个阶段都出现一幅突如其来的奇丽景观，一个出人意料的热烈性格。在这首诗中，太阳的性格具有不同于其他吟咏日出作品的特殊的壮美，它是一个烈性的、粗犷甚至狂暴的天体。特别在这些最有魅力的诗句中："太阳醒来了——它双手支撑大地，昂然站起。"它是一个充塞于天地间的巨人，带着令人悚惧、窒息的沉重的力度；"它好像暴怒起来……抛一把火给冰冷的荒滩，然后又投出十万金矢……"它是一个强大恣肆、变化无穷的造物者。诗中的太阳形象，在美感形态上，是一个中国文学中不多见的粗粝、暴烈甚至给人带来痛苦的形象，李瑛在诗中创造了一种独特的崇高之美。

诗作在艺术上达到了主客观的高度融合。太阳形象的急剧跳跃性是诗人从沙漠气候特征的敏锐感受中体验到的。"哈，仿佛只需再走几步，就要撞进它的怀里。"这种感受来自大漠中宽阔的视野给视觉造成的"偏差"；"几小时我们便经历了四季"，反映出戈壁气温变化的急骤频繁。

诗作还显示出诗人多角度、多层次的精美而丰富的想象，诗歌意境的美感很大程度上是由这些想象创造的。其中有空间的想象："仿佛只需再走几步，/就要撞进它的怀里。"时间的想象："一下子从马头前跳上我们的背脊。"视觉的想象："然后又投出十万金矢。"听觉的想象："从哪里飞来一片歌声，/雄浑得撼动戈壁。"色彩的想象："像褐色的荒碛滩头，萎弃一片雉鸡的翎羽。"

第四节　长篇叙事诗

20世纪50年代末到60年代初，诗坛从颂歌到战歌的变化使抒情诗表现的领域日益狭窄，逐渐形成了一种难以突破的模式。而有过在解放区叙事诗创作成功经验的一批诗人，经过诗歌路向选择的阵痛与反思，渴望告别浮躁，书写出主题内涵更深广的诗歌。于是，"史诗情结"再次诱使他们投向叙事诗创作。据有关统计，这一时期涌现的长篇叙事诗近百部。较重要的有李季的《菊花石》《生活之歌》《杨高传》《向昆仑》，闻捷的《复仇的火焰》《东风吹动黄河浪》，郭小川的《白雪的赞歌》《深深的山谷》《一个和八个》《严厉的爱》《将军三部曲》，田间的《英雄赞歌》《赶车传》，阮章竞的《漳河水》《金色的海螺》《白云鄂博交响曲》，李冰的《赵巧儿》《刘胡兰》，臧克家的《李大钊》，徐嘉瑞、公刘、徐迟的三部同名长诗《望夫云》，白桦的《孔雀》《鹰群》，韦其麟的《百鸟衣》，戈壁舟的《山歌传》，梁上泉的《红云岩》，雁翼的《彩桥》，王致远的《胡桃坡》，康朗英的《流沙河之歌》，波玉温的《彩虹》等。

这些长篇叙事诗，大多从不同侧面描绘了中国近半个世纪历史的风云变幻，塑造了不少具史诗性特征的英雄形象，故事情节曲折多变，结局安排往往为光明最终战胜黑暗。其中产生较大影响的有李季的《杨高传》、闻捷的《复仇的火焰》、郭小川的《将军三部曲》等。

一、李季与《杨高传》、闻捷与《复仇的火焰》

李季（1922—1980），原名李振鹏，河南唐河县人。1938年到延安军政大学学习，毕业后在八路军工作。1942年来到陕北三边。1946年发表著名叙事诗《王贵与李香香》。新中国成立后曾先后担任过《长江文艺》《诗刊》《人民文学》的主编。

李季作为专业诗人的创作生活开始于新中国成立后。1950—1953年，是李季探索诗歌新主题和新形式的过渡阶段。这种新旧交替的特点明显地表现在《短诗十七首》中。其中颇有影响的叙事诗《报信姑娘》从主题到人物，仍然是《王贵与李香香》的延续，但是形式变了，诗人第一次采用比较自由的新诗形式进行创作的有益尝试。1953年，李季发表了以湖南民间传说为基础创作的叙事长诗《菊花石》。为了表现题材的地域特色，长诗运用了我国南方五句头山歌和盘歌的民歌形式，表现了诗人进一步向民歌学习，努力开拓自己独特风格的可贵努力。但长诗人物形象比较单薄，主要事件与革命斗争背景的联系似嫌勉强，民歌形式在表现新生活时也显现出局限。

李季诗歌创作的真正突破，是在他到玉门油矿建立了自己的生活基地以后。从此，石油工业建设者的形象和生活占据了他诗行中最重要的位置，他成为名符其实的"石油诗人"。长篇叙事诗《生活之歌》、诗集《玉门诗抄》、《玉门诗抄二集》、《致以石油工人的敬礼》、《心爱的柴达木》、《石油诗》（一、二集）以及粉碎"四人帮"后出版的长诗《石油大哥》等，都展示着诗人从"黑色的琼浆"中提炼的诗意。诗人不仅从生活中概括出了自己的新主题、新人物，并且比较自如地掌握了新的形式。他打破了依靠情节叙写人物漫长经历的局限，采用"小叙事诗"形式写作抒情诗的方式，从生活中提炼富于概括性和想象弹性的场景和细节来表现人物和主题。《玉门诗抄》标志着李季诗歌创作的新突破。诗人不仅用火热的情感、质朴的语言描绘戈壁滩上艰苦创业的生活图景，而且运用了以上提及的新的抒情方式和半自由的四行诗体。第一部反映石油工人生活的长诗《生活之歌》也体现了诗人以新的语言和格局描绘新生活和新人物的尝试和探索。1959—1960年，李季写出了他的重要作品《杨高传》。

李季是一位勤奋而朴实的诗人，他质朴真淳的诗风表现出以下特色：其一，对叙事的特殊偏爱和对情节的重视。因此，叙事诗是李季主要的创作，即使是抒情诗，也普遍具有明显的"叙事"倾向。其二，总是采用"战争—建设"互相转换的视角构思诗作，这一视角在李季的创作中几乎未曾改变。其三，新诗对民族化、群众化方面的执著探索。在解放区，他以信天游形式创作了《王贵与李香香》。新中国成立后，《菊花石》基本采用一种七字句的民歌体，《杨高传》则尝试七言体民歌与北方民间说唱形式的结合。

《杨高传》是李季诗歌创作的代表作，也是他一生中规模最大的一部叙事诗。全诗分为《五月端阳》《当红军的哥哥回来了》《玉门儿女出征记》三部，表达了一个时空跨度极大的历史背景：刘志丹三边闹革命、红军长征到陕北、太行山抗日烽火、延安保卫战、玉门油田建设和柴达木油田开发。主人公杨高就是在这一广阔的时代背景上走过来的一位传奇式的英雄人物。杨高形象无疑是王贵的形象、"石油诗"中的那个"厂长"形象以及《向昆仑》中的主人公等形象的一个总结。他与王贵们的共同特点在于：从贫困和艰难中磨炼出来的奋不顾身、百折不挠的英雄主义精神。他高于王贵之处则是：他不仅为本人的命运而奋斗，更主要的是为了祖国和人民，他能自觉地牺牲一切，从个人的健康到忠实的爱情。诗人往往将人物置于艰难困苦环境，甚至是死亡的边缘进行表现，但给读者的印象仍是英雄事迹的外在表现多于对英雄内心的独特显示。另外，诗作某些章节对事件情节的叙述不够简练，对社会主义建设中矛盾的揭示也不够深入。

《杨高传》吸取了民歌和鼓词的某些手法和形式特点，创造了一种崭新的诗歌形式。长诗采用鼓词中由叙述人统摄全篇的方式，使得复杂的情节结构在生动有序的叙述中保持完整统一。同时又注意运用悬念和巧合等手法，增强情节的曲折性和传奇性，这一特点也来自鼓词。在情节进行中时常插入人物富有民歌风味的独唱，使形式丰富灵活。诗行结构基本采用七字句与十字句交替，以"四三、三三四、四三、三三四"节奏排列，近似鼓词韵律。诗人又善于运用精美的比兴，使叙事与抒情的过程融为一体。如果说杨高形象主要凭借动作性很强的情节来塑造的话，崔端阳的形象则主要是凭借连续运用比兴手法而形成的抒情独白。

闻捷的《复仇的火焰》是一部具有史诗规模的长篇叙事诗。长诗共三部。第一部《动荡的年代》、第二部《叛乱的草原》分别发表于1959年和1962年。第三部《觉醒的人们》初稿完成于60年代前期，并曾发表了其中第五章和尾声，但全部原稿在"十年动乱"中散失。长诗发表后受到热烈的肯定，被称为"史诗性"作品和"诗体小说"。

长诗气势磅礴，规模宏大，以解放初期人民解放军进军新疆，平息巴里坤草原上由帝国主义分子策划的武装叛乱事件为题材，在这一事件的结构基础上展开了西北边疆兄弟民族丰富多彩的历史生活画卷。为适应宏大而复杂的内容，长诗采用了多层次、多头绪的诗体结构。各种社会政治力量之间的内外部矛盾被组织为三条线索：人民解放军挺进大西北；以惯匪乌斯满为代表的民族反动派勾结帝国主义分子策动叛乱；广大牧民在共产党教育、领导下觉醒和解放。在表现这场大规模复杂斗争的过程时，诗人的中心意念，始终落在反映哈萨克牧民从受奴役到觉醒，最终获得解放，成为草原新主人的艰难历程上。

诗歌刻画了各个社会阶层的众多人物。一定数量的人物性格的鲜明，是长诗获得成功的重要因素。诗中出现的解放军官兵、哈萨克牧民、外国领事马克南、叛匪乌斯满、少女苏丽亚等，都各具特点。青年牧民巴哈尔更是一个具有复杂性格和情感的人物。作为贫苦牧民的一员，他正直、纯朴、勤劳、善良，性情剽悍，有自己纯真的爱情。但由于世代被奴役的生活，他意识中也有愚昧的种子。出于狭隘的民族观念和宗教意识，更由于以错误的动机和方式去追求爱情的实现，因而他轻易地被反动头子诱骗卷入了叛乱。天性中的善良品质使他在误入歧途后内心仍存在矛盾和痛苦。经过灵魂的反复激烈搏斗，巴哈尔幡然醒悟。

浓郁的抒情风格赋予长诗以强烈的艺术感染力，这是长诗成功的又一原因。诗人以抒情作为结构布局的出发点，章节布置和情节安排、人物刻画都从是否利于发挥抒情的特长来考虑。长诗中那些赛马、歌舞、摔跤的精彩场面，天山草原的奇丽风光，无不精美如画。草原婚礼更是最精彩的抒情篇章。诗人又善于把客观叙述主观抒情化，用人物或叙述人诗情的咏叹歌唱来替代情节叙述，用渲染、烘托等手法使客观交代形象化。

长诗采用的格式为半自由体，四行一节，整齐中有变化。语言方面大量汲取了兄弟民族诗歌的精华，例如富有民族色彩的谚语、民谣、比喻和幽默机智的对话等，形成了长诗优美、活泼、睿智的语言风格。

三、郭小川与叙事诗

郭小川叙事诗主要有《深深的山谷》、《白雪的赞歌》、《严厉的爱》、《一个和八个》以及《将军三部曲》。这组1956—1959年间以战争生活为题材的长诗，战争大都不在作品中作正面描述，而是作为个人愿望、情感与历史运动之间潜在矛盾表面化的背景。《深深的山谷》写一对奔赴延安的青年男女由相爱到分手的故事，表达了对坚持"个人主义""叛徒"的谴责；《白雪的赞歌》叙说的是夫妻在一次战事中失散后的漫长等待，以及孤独、绝望的情感考验，涉及了革命队伍中极为自然的婚外恋情。

郭小川向人的内心的发掘也促使他向革命历史的纵深处挺进，他要写出在革命队伍中难以忘怀的异样体验，这就是使他付出沉重代价的叙事诗《一个和八个》。长诗当时并未公开发表，多数读者知道这首诗，要到22年以后[①]。长诗虽写到革命内部"冤案"

[①] 诗写成于1957年，1979年，香港的《文汇报》和武汉出版的文学期刊《长江》，才先后刊发了该诗的全文。

这一当时题材的"禁区",但诗的着重点,并不在对"阴暗面"的揭露。被怀疑为奸细而被投入八路军随军监狱的我军营教导员王金,既受到同狱的罪犯的挑衅和欺辱,也被他忠诚的革命组织所抛弃。在身陷囹圄却无法为自己申诉的严峻考验面前,王金仍坚持其信仰,极其艰难地以自己的言行去影响、感化和改造八个罪犯,终于使土匪洗心革面,给"黑暗的角落"送去了亮光。这部长诗和《白雪的赞歌》等,给 50 年代的"新世界"论争提供了一种人道主义和个体精神价值的社会想象,这种想象的动人、脆弱及其乌托邦性质,都在诗中得以体现。①

《将军三部曲》通过一次大战役的战前、战中、战后三个战争生活片段,深入刻画了将军丰富的精神世界,成功地塑造了我军高级将领的形象。长诗具体表现了出身贫苦的将军在战争考验中磨炼成的非凡的军事胆魄与指挥才能。此外,诗歌还通过一些细致的情节表现了将军与普通战士间朴实亲密的情感联系,展示了将军平凡而伟大的人间情怀。

长诗在结构上集中而灵活。诗中表现宏大壮观的战争图景,场面纷繁、气势磅礴而又纹理不乱。诗中山川景物的描绘和诗人富于哲理性的抒情独白自然有机地融汇于情节中,一方面渲染了战争气氛和环境,加强了主题的阐发,另一方面,又生动地调节了叙事的节奏,使结构丰富而流畅。长诗在诗歌格式上有新颖的创造。其基本句式多采用轻捷明快的短句,体式上又融合民歌与自由体的形式,以参差的长短句配合整齐中寓变化的韵律,构成一种节奏明快、音韵优美、活泼而和谐的诗体形式。这种形式可称为新散曲体。

拓展阅读:

1. 姜彬:《1958 年中国民歌运动》,上海文艺出版社 1959 年版。
2. 杨匡汉、杨匡满:《战士与诗人郭小川》,上海文艺出版社 1984 年版。
3. 孟繁华:《"突围"欲望与重返起点:郭小川创作道路再评价》,《人文杂志》1996 年第 5 期。
4. 陈涌:《关于政治抒情诗》,《文艺理论与批评》1999 年第 2 期。
5. 王德威:《抒情传统与中国现代性》,生活·读书·新知三联书店 2018 年版。
6. 朱晓进等:《非文学的世纪:20 世纪中国文学与政治文化关系史论》,南京师范大学出版社 2004 年版。
7. 丁永淮:《贺敬之诗歌论》,华中师范大学出版社 1988 年版。

问题与思考:

1. 十七年时期政治抒情诗的艺术特色。
2. 郭小川诗歌在思想和艺术上的探索性。
3. 20 世纪五六十年代爱情诗的创作模式。
4. 长篇叙事诗的艺术特质。

---

① 洪子诚、刘登翰:《中国当代新诗史》,北京大学出版社 2005 年版,第 100 页。

第三章 小说创作

第一节 概 述

新中国成立后,来自国统区、解放区以及新中国出现的作家,面对新的社会、新的生活、新的任务,内心充满着高度的政治热情,主动树立新的政治信仰,适应新的文化环境,既植根于新文学深厚的艺术土壤,又吸纳着俄苏文学的精神乳汁,更承继了解放区的文艺传统,以文学创作为新生政权服务,为工农兵服务。长、中、短篇小说创作呈现出繁荣景象,具有重要的文学史地位。

从创作主体来看,本时期的小说作家构成发生了重大转变。

新中国成立后,小说作家发生了大规模的更替和变换。一方面是"五四"新文学阵营中的"自由主义作家"和国统区"左"翼作家阵营中的相当一部分在新中国成立后的历次政治运动中被清理和批判,绝大部分人失去了写作和发表作品的权利和机会,如张爱玲离开大陆去了美国,钱钟书从事"毛选"英译,古代文学研究者极少发表作品,沈从文转行从事古代服饰和文物研究,废名、萧乾、师陀的写作受到限制,老舍、巴金、张天翼、沙汀、艾芜等人的小说创作始终与新的文学规范处于"紧张的,难以融合、协调的状态"[①],茅盾虽相当活跃却无小说新作问世。另一方面是小说创作队伍不断扩大。这种新生的文学力量主要是"知识分子新作家和工农作家"[②]。来自解放区和人民军队的作家逐渐占据了主导地位,成为新中国成立后小说创作的主力军。杜鹏程、梁斌、杨沫、王愿坚、峻青、刘白羽、茹志鹃、赵树理、周立波、丁玲、孙犁、柳青、李准、刘绍棠、曲波等都是本时期小说创作的佼佼者。

就发展历程来看,本时期小说创作大致经历了两个阶段。

1949—1956 年为小说创作的酝酿期。这期间,新老作家涉笔农村生活,农村题材作品初现成绩。稍后,多以抗日战争、解放战争和抗美援朝等为题材,反映革命战争风云的小说引人注目。另外,工业题材的小说小有成就,少数民族文学创作始得首批成果,干预现实生活的作品引起较大反响。不过多数作品受到批判,暴露出文艺批评中"左"的倾向。

---

① 洪子诚:《中国当代文学史》,北京大学出版社 1999 年版,第 29 页。
② 吴秀明主编:《当代中国文学六十年》,浙江文艺出版社 2009 年版,第 26 页。

1957—1962年为小说创作兴盛期。这期间，长篇小说创作独占鳌头，一大批反映农村生活、城市生活、工业建设和革命历史风云的作品纷纷问世，以恢宏深广的历史容量和鲜明独特的艺术形象而脍炙人口；而中、短篇小说创作亦佳作频现，成绩显著。这是我国当代小说发展史上的第一个高峰期。

从题材风貌而言，该时期小说创作主要有如下几种类型。

一是革命历史题材小说。中国革命经历了漫长曲折的历程，不少作家有参加革命斗争的体验，着力反映和描绘革命斗争的历史和生活关乎情理。梁斌的《红旗谱》、曲波的《林海雪原》、杨沫的《青春之歌》、茹志鹃的《百合花》等作品，标志这类小说创作的最高水平。此外，孔厥和袁静的《新儿女英雄传》、孙犁的《风云初记》、马加的《开不败的花朵》、碧野的《我们的力量是无敌的》、柳青的《铜墙铁壁》、杜鹏程的《保卫延安》、吴强的《红日》、罗广斌和杨益言的《红岩》、欧阳山的《三家巷》、李英儒的《野火春风斗古城》、冯德英的《苦菜花》、知侠的《铁道游击队》、徐光耀的《平原烈火》、李六如的《六十年的变迁》等长篇，刘白羽的《火光在前》、杨沫的《苇塘纪事》等中篇，峻青的《黎明的河边》、王愿坚的《党费》、孙犁的《山地回忆》等短篇，也各具特色。这些小说艺术性地概括和记录了中国革命从辛亥革命到新中国成立的不同历史阶段和全部历史行程，俨然一部中国近现代革命的历史演义。而巴金的短篇《团圆》、陆柱国的中篇《上甘岭》、杨朔的长篇《三千里江山》、路翎的短篇《初雪》，则善于揭示人物的内心世界，从不同侧面反映了抗美援朝战争的风貌。

二是现实生活题材小说。新中国成立后百废俱兴，各行各业掀起了轰轰烈烈的改造运动和建设高潮，这必然吸引众多作家，反映社会现实生活的小说纷纷面世。这类小说，首先以表现农村生活面貌的小说成就最大。数量较多、质量也属上乘的是短篇小说，如赵树理的《登记》《锻炼锻炼》，马烽的《结婚》《一架棉花机》，谷峪的《新事新办》《强扭的瓜不甜》，李准的《不能走那条路》《李双双小传》，周立波的《山那面人家》，秦兆阳的《农村散记》，西戎的《赖大嫂》，王汶石《新结识的伙伴》，茹志鹃的《静静的产院》，或展现农村新貌，或塑造农村新物，或关注农村问题，以浓郁的生活气息和鲜明的乡土色彩赢得了人们的喜爱，思想性和艺术性达到了相当高度，显示了不凡的艺术魅力。但就描写的历史深度和触及的生活广度而言，长篇小说更具魅力。赵树理的《三里湾》、周立波的《山乡巨变》、孙犁的《铁木前传》、柳青的《创业史》影响较大，占据显赫的史学地位，摄取了从"土改"、农业合作化、"大跃进"到人民公社每一历史阶段的影像，政治寓意和现实功效十分明显。其次是反映工业题材的小说取得了突破，一改现代中国文学工业题材书写素来薄弱的局面。短篇有艾芜的《夜归》、杜鹏程的《工地之夜》、陆文夫的《二遇周泰》、张天民的《路考》等，中篇有杜鹏程的《在和平的日子里》《不疲倦的斗争》《浪涛滚滚》，长篇有周立波的《铁水奔流》、草明的《火车头》、白朗的《为了幸福的明天》、雷加的《春天来到了鸭绿江》、萧军的《五月的矿山》、艾芜的《百炼成钢》等，并出现了一批描写工人生活的工人作家，如胡万春（《骨肉》）、唐克新（《车间里的春天》）、费礼文（《竞赛没有结束》）、陆俊超（《国际友谊号》）等，开拓了文学创作的新领域。而周而复的《上海的早晨》则较完整展现了新中国成立后资本主义工商业改造的复杂历程，是继茅盾《子夜》之后又一部反映中国民族资产阶级历史命运的长篇巨作。此外，一些大胆实验探索、干预现实生活的"另类"小说出现了。这类小说多以短篇为主，着眼人物的精神世界，触及时弊，针砭黑暗，讴歌人性和爱情，如萧也牧的《我们夫妇之间》、路翎的《洼地上的"战役"》、朱定的《关连长》、王蒙的《组织部新来的青年人》、刘宾雁的《在桥梁工地上》《本报内部消息》、秦兆阳的《改造》、南丁的《科长》、李国文的《改选》、方纪的《让生活变得更美丽罢》、邓友梅的《在悬崖上》、宗璞的《红豆》、风村的《美丽》等，努力表现生活新领域，令人耳目一新。值得一提的是，反映少年儿童生活的小说也开始取得显著成绩，张天翼、严文井、袁静、贺宜、金近的儿童小说产生了很好的影响。

三是少数民族题材小说。新中国成立以后，我国少数民族文学创作取得了长足进步，一批少数民族作家开始成长，一批反映少数民族历史和现实生活的作品引起关注。彝族作家李乔的长篇《欢笑的金沙江》、蒙古族作家玛拉沁夫的长篇《茫茫的草原》和短篇《科尔沁草原的人们》、扎拉嘎胡的长篇《红路》和中篇《春到草原》、壮族作家陆地的长篇《美丽的南方》等，均是反映少数民族生活的上乘之作。

从人物形象塑造来讲，本时期小说的人物类型多种多样。

虽存在着公式化、概念化、模式化倾向，但依然成功地塑造了一批富有鲜明个性的人物典型。第一类是以工农兵为主体的英雄形象，如《红旗谱》中的朱老忠，《青春之歌》中的林道静，《红岩》中的江姐、华子良，《林海雪原》中的杨子荣，《创业史》中的梁生宝，《李双双小传》中的李双双等形象，个性鲜明，蕴涵深广，民族性与阶级性得以完美统一。第二类是反面人物，如《红旗谱》中的冯兰池、《红岩》中的徐鹏飞、《红日》中的张灵甫、《青春之歌》中的于永泽、《三家巷》中的陈文雄、《上海的早晨》中的徐义德等，颇有深度，富于立体感。第三类是"中间人物"，如《红旗谱》的严志和，《三里湾》中的"糊涂涂""常有理""能不够""惹不起"，《创业史》中的梁三老汉，《山乡巨变》中的盛佑亭，《青春之歌》中的王晓燕，《李双双小传》中的孙喜旺等，性格复杂，血肉丰满，给读者留下了深刻印象。

从创作呈现的艺术风格着眼，众多作家在民族化、大众化道路上探索不同的叙事方式和言说姿态，逐步形成了较为鲜明的艺术个性与风格。

柳青《创业史》的精雕细刻，恢宏凝重，深沉热烈；周立波《山乡巨变》的清新纤丽，朴实隽永，宛如秀丽楠竹；欧阳山《三家巷》的委婉迂徐，充满南国情调；梁斌《红旗谱》的浑厚雄健，富于北方色彩；赵树理的淳朴幽默；李准的质朴幽默；茹志鹃的细腻俊逸；杜鹏程的粗犷严峻；王汶石的含蓄明快等[1]，使本时期的小说世界呈现绚丽多彩的艺术格局。

---

[1] 郭志刚等：《中国当代文学史初稿》（上册），人民文学出版社1985年版，第126页。

第二节 革命历史小说

革命历史小说也常被称为"革命历史题材小说",这是一个具有"断代"意义的称谓,在中国当代文学史上占有重要地位。在第一次文代会的报告中,周扬把写陕北土地革命时期的作品称为"历史题材";50年代初有人提出"革命历史题材"概念;直到60年代初长篇小说高潮出现,"革命历史题材"的说法才渐渐流行;80年代,有些研究者进一步提出"革命历史"小说的概念。由此可见,当代中国文学史上的"革命历史"是从宏大"历史"中剥离出来的一个特定概念,特指中国共产党领导下的革命斗争的历史,因此三次国内革命战争和抗日战争构成了"革命历史小说"叙述的主要对象,主要叙说中国共产党领导的革命斗争所经历的艰难曲折以及如何走向最终胜利的历程[①]。鉴于这类小说着眼于"革命历史"的叙述,受到表现题材的影响和规约,诸多作家以执著的艺术信念,实践着带有特定时代印记和政治色彩的民族国家想象,大规模描写近现代以来的中国革命斗争,追求"史诗化""历史感""传奇性",气势恢宏,跨度宏阔,表意内涵和书写策略凸显出主流意识形态倾向,全面改写了五四以来的启蒙路向。

其中长篇小说的影响力最大,宛如一部卷帙浩繁的革命历史画卷。有反映大革命时期到土地革命时期斗争的作品,如梁斌的《红旗谱》、欧阳山的《三家巷》、高云览的《小城春秋》和杨沫的《青春之歌》等;有反映抗日战争的作品,如孔厥和袁静的《新儿女英雄传》、孙犁的《风云初记》、冯德英的《苦菜花》、李英儒的《野火春风斗古城》、冯志的《敌后武工队》等;有反映解放战争时期的作品,如杜鹏程的《保卫延安》、罗广斌和杨益言的《红岩》、柳青的《铜墙铁壁》等。此外,以革命历史为题材的短篇,也出现了王愿坚的《党费》《七根火柴》,峻青的《黎明的河边》,朱定的《关连长》,茹志鹃的《百合花》等精品。

这些小说的叙事宗旨,基于主流意识形态话语视域内的革命历史,注意适应大众的审美心理,揭示民族解放、革命运动和新生政权的历史正义性、合理性和合法性,塑造了一批具有典型意义的革命英雄形象,形象再现了艰难曲折的革命历史进程。

当然,革命历史小说也有明显不足,诸如"不再以知识分子的启蒙主义的立场和视角去描写战争"[②],浓厚的意识形态色彩,狭隘、封闭、单一的审美观念,单纯、直露、粗糙的艺术手法,单一化、类型化的人物形象等。

革命历史小说中,重要的代表性作品有梁斌的《红旗谱》、曲波的《林海雪原》、杨沫的《青春之歌》、茹志鹃的《百合花》等。

---

① 张岩泉、王又平:《20世纪的中国文学》,武汉大学出版社2009年版,第224页。
② 陈思和:《中国当代文学史教程》,复旦大学出版社1999年版,第56页。

一、梁斌与《红旗谱》

梁斌（1914—1996），原名梁维周，河北蠡县人。1927年加入共青团，1929年参加反"割头税"运动，1930年考入保定二师，此间参加了护校斗争，1932年参加高蠡武装暴动。"九一八"事变后，积极投入抗日救亡运动。1933年到北平，开始文学创作，并加入北平"左联"。1937年加入中国共产党后，长期在冀中一带从事文艺宣传和地方工作。1947年曾随军南下至湖北，担任过地委宣传部长、《武汉日报》社长。1954年调北京，在文学研究所工作，不久转河北文联，后长期定居天津，从事专业创作。主要作品有短篇小说《夜之交流》《三个布尔什维克的爸爸》，中篇小说《父亲》，剧本《千里堤》《五谷丰登》，三卷本长篇小说《红旗谱》《播火记》《烽烟图》《翻身记事》及回忆录《一个小说家的自述》等，其中《红旗谱》是梁斌的代表作。这是一部反映农民革命斗争的史诗性作品，具有鲜明的民族风格。一发表，即被誉为"是一部比美玉珍贵千倍的书"[1]。

作为一部壮阔的农民革命"历史图画"[2]的《红旗谱》，由三部长篇合成，结构宏大，气势磅礴，主题鲜明。

《红旗谱》（第一部）出版于1957年，第二部《播火记》出版于1963年，第三部《烽烟图》出版于1983年。从清朝末年写到抗战时期，时间跨度近半个世纪，生动再现了从第一次国内革命战争到抗日战争前夕我国北方农民革命斗争的历程。《红旗谱》第一部成就最高，以1927年大革命前后到"九一八"事变这一历史时期为背景，以冀中平原锁井镇农民朱老忠、严志和两家三代和地主冯老兰一家两代的斗争过程为主线，以朱老巩大闹柳树林、脯红鸟事件、反"割头税"运动和保定二师学潮为主要内容，从历史的高度真实地再现了大革命前后我国北方乡村和都市的阶级斗争和革命运动状况。第二部主要描述1932年发生的高蠡暴动；第三部主要描写抗日战争刚刚发生时的斗争状况。虽然有人认为《红旗谱》乃"复制革命历史"的媚俗之作[3]，但我们不能忽略作者的创作意图。梁斌曾经说过："从我的青年时代开始，受到党的阶级教育，亲身经历了反割头税运动及二师学潮斗争，亲眼看到'四一二'政变及高蠡暴动，一连串的事件教育了我。后来在党的培养之下，读了马列主义书籍，渐渐明白马列主义革命哲学中最主要的一条真理是阶级斗争。阶级斗争可以打倒统治者，阶级斗争可以推动社会进步，所以我肯定了长篇的这一主题。"[4] 即中国农民只有在共产党的领导下，才能更好地团结起来，战胜阶级敌人，解放自己。为了表现这一重大历史课题，梁斌借鉴中国传统的父子相继的伦理模式，将传统家庭的复仇故事转化成中国共产党领导下的农民阶级与地主阶级的生死搏斗。小说通过对三代农民不同的斗争道路和结局的描写，深刻揭示了共产党领导

---

[1] 胡苏：《革命英雄的谱系：〈红旗谱〉读后记》，《文艺报》1958年第9期。
[2] 方明：《壮阔的农民革命的历史图画：读小说〈红旗谱〉》，《文艺报》1958年第5期。
[3] 参见许子东：《当代小说中的现代史》，《上海文学》1994年第10期，第73－80页。
[4] 梁斌：《漫谈〈红旗谱〉的创作》，《梁斌研究专集》，刘云涛编，海峡文艺出版社1986年版，第39－40页。

的巨大作用，这是《红旗谱》的突出成就之一。

《红旗谱》的另一突出艺术成就，在于着力关注农民在革命浪潮中探寻自身解放途径的曲折心路历程，成功塑造了三代农民英雄形象谱系。

老一辈农民朱老巩单枪匹马，赤手空拳与恶霸地主做斗争，结果家破人亡。第二代农民朱老忠最为耀眼动人。朱老忠是一个横跨新旧两个时代，带着世代农民的反抗性和现实革命性走进无产阶级队伍，是一个集民族精魂、时代精神和反抗性格于一体的农民英雄典型。在他身上，既有旧时代农民起义英雄的传统性格，又有新时代无产阶级的革命精神。小说围绕朱老忠的形象塑造，设置了四场斗争。一是朱老巩"大闹柳树林"。作为全书的"楔子"，以此来拉开斗争的序幕，很好地强调了作品的主题，也为朱老忠被迫闯关东和在25年后抱着复仇的决心回到家乡做了很好的铺垫。二是"脯红鸟事件"。这是朱老忠回到锁井镇后与地主冯老兰（冯兰池）展开的第一次冲突。三是"反割头税运动"。这是四场斗争中农民取得的唯一一次胜利，也是作品最为重要的部分。从江涛回乡发动群众，到朱老忠和大贵在家门口宰猪抗税；从刘二卯向冯老兰求救，到冯老兰派儿子冯贵堂代表割头税包商向县衙门求救；从反割头税大会和示威游行，到朱老忠、严志和、大贵等举行入党仪式等，整个过程写得有声有色，峰回路转，跌宕起伏。通过这场斗争的胜利，形象说明农民只有在中国共产党的领导下，放弃个人的自发斗争，走自觉的有组织的集体斗争道路，才能取得胜利。四是"保定二师学潮"。这是作品的压轴戏，也为下一部作品《播火记》描写"高蠡暴动"作了重要准备。作家不仅将视线从农村转向城市，而且中心人物也由朱老忠改成江涛。面对青年学生与军阀部队面对面的激烈斗争，朱老忠化装成车夫救学生。在朱老忠身上，作家希望赋予他中国农民几千年来传统的反抗性格和英雄品质，突出他与老一代旧式农民英雄的不同特点，强调25年背井离乡的经历在他身上的重要作用，让他成为一个勇猛豪爽、疾恶如仇，既有勇有谋，又有胆识的新一代农民英雄。一方面，他具有强烈鲜明的阶级爱憎、刚强不屈的反抗精神和坚忍不拔的斗争意志。父辈的英雄壮举和悲剧结局，在他心里埋下了仇恨的种子；二十多年饱经忧患的生活，并没有使他忘掉这份血仇。长期闯荡江湖的经历，造就了他深谋远虑、有胆有识、顽强坚忍的品格。他常说"出水才看两腿泥"，报仇要"拉长线儿"，决不能逞一时之勇。为了报仇，他制订了培养后代成为"一文一武"的长远计划，充分体现了朱老忠斗争的韧性和智谋。尤其在找到共产党以后，他的性格获得了发展和升华。他开始把个人的报仇雪恨和阶级的寻求解放联系起来，从自发反抗转入自觉斗争，从一个农民英雄走进了无产阶级先锋战士的行列。另一方面，朱老忠具有正直豪爽、为朋友两肋插刀的英雄品格。他掏出血汗钱给朱老明治病，毅然卖掉心爱的牛犊帮助江涛上学，帮助严志和主持老奶奶的丧事，冒着生命危险徒步前往济南探望运涛，无私处理春兰与运涛、大贵的婚姻问题。如果说这些只是表现了朱老忠慷慨好义的传统美德和"路见不平，拔刀相助"的江湖义气的话，那么"二师学潮"后，他的这种传统正直的义和爱就开始升华为阶级的友谊和感情，它突破了个人朋友间的狭隘界限，闪烁出崇高的思想火花。

小说还成功塑造了严志和形象。他勤劳朴实，善良本分，乐于助人，充满对地主阶级的仇恨，但心胸比较狭窄，有些胆小怕事。然而，残酷的阶级压迫，使他终于走向觉醒。严志和的思想发展，集中表现了中国大多数农民由隐忍到逐步觉醒的思想历程，揭示了历史发展的丰富内容，具有深刻的典型意义。

作品还塑造了一些有浓郁乡村生活气息的人物形象。春兰是作为新一代农村女性的代表来塑造的，也是当代文学创作中最优秀的农村闺女形象之一。她与运涛的相爱过程，从两小无猜到以身相许再到忠贞不渝，都写得朴实无华，真挚动人，表现出在北方保守环境中的农村姑娘对新生活的向往。在春兰身上弥漫着的浓郁的村野气息中，饱含着作家对农村生活的眷念。

作者曾对鲁迅、赵树理以及《水浒》《红楼梦》《三国演义》等作家和作品进行认真学习和分析，期望创造出一部具有"民族气魄"的小说。事实上《红旗谱》艺术成就的最大特点正是具有鲜明的民族风格，"表征着中国文学的革命历史叙事所达到的成熟阶段"①。

第一，小说的故事内容、人物风貌、生活习俗乃至风光景物，都洋溢着浓郁的地方色彩。朱老巩大闹柳树林、朱老明告状、反割头税运动等一系列生活事件，表现了中国北方人民勤劳朴素、不甘屈服的民族精神和雄浑豪放的燕赵风骨。小说绘制的风俗画、风景画，如赶集市、走庙会、过除夕、架锅杀猪、安机织布、捕鸟、说媒等都是具有独特的民族气息和地方特色的。

第二，小说的艺术表现具有鲜明的民族特色。在艺术形式和创作手法上，它成功地继承了中国古典小说的传统手法，并在这个基础上形成了自己的艺术风格。小说的故事性很强，开头部分便相当富有戏剧性。此后尖锐紧张的矛盾冲突此起彼伏。声势浩大的"反割头税运动"和"保定二师闹学潮"描绘得有声有色；作品在刻画人物性格的时候，着重于他们的行动和对话，常把他们置于尖锐的矛盾冲突中，以大幅度的外部动作来揭示其内心波澜。

第三，在章法结构上，《红旗谱》吸取了民族传统作品的艺术特色，继承我国古典小说可分可合、疏密相间、分卷分章、似断实连的表现形式。还用多事件串结的结构方式——一个序幕、两个主峰、几个生活事件串连一线，既使故事主干突出，又相对独立，层次分明。

第四，语言运用追求民族化、群众化，既朴素生动，又通俗易懂。它以北方农民的语言为基础，适当运用古典文学和现代白话文学语言，融会成新鲜活泼、简明生动的语言体式，使之既有浓厚的乡土色泽，又具有较强的艺术表现力。

作品的不足之处在于：几个主要事件之间缺乏内在紧密的必然联系；战争场面描写失真，人物关系模糊，阶级身份随意置换②；主要人物如朱老忠、严志和的性格在入党

---

① 陈晓明：《中国当代文学主潮》，北京大学出版社2009年版，第126页。
② 宋剑华：《〈红旗谱〉：非农民本色的英雄传奇》，《福建论坛（人文社会科学版）》2009年第7期，第103 – 109页。

以后没有多少变化和发展，贾湘农的性格显得单薄。

二、曲波与《林海雪原》

曲波（1923—2002），山东黄县人。1938年参加八路军，1940年加入中国共产党。最初在部队剧团工作，后来又当过文化教员和连队指导员等职。1943年入胶东抗大学习，毕业后在军区任报社记者。1946年冬，任牡丹江军区二团副政委。新中国成立后因负伤转到工业战线。胶东抗大学习期间开始文学创作，写过《麦收之后》和《排难除害》两个剧本。1957年发表《林海雪原》，一经出版便受到读者好评。其他长篇小说还有《山呼海啸》《桥隆飙》《戎萼碑》《狂飙曲》等。其创作颇受中国章回小说传统的影响，情节跌宕起伏，故事性强，善于塑造传奇性的英雄，显示社会主义革命文学发展到了一个新的阶段[①]。

《林海雪原》是作者根据亲身经历创作的一部战争小说。1946年冬，根据斗争形势的需要，曲波奉命亲自率领一支小部队，数度深入林海雪原，与在东北牡丹江地区的国民党残匪周旋，经过近半年的艰苦战斗，终于剿灭了这些残匪。昔日的战斗生活，战友的斗争事迹，使曲波难以忘怀。自1955年2月起，他开始了这段剿匪经历的写作，到1956年8月，终于完成了这部40万字的长篇小说书稿。后来，曾多次修改并出版，填补了武侠、言情、鬼怪等通俗文学领域的阅读空白。

这部具有史诗性的长篇小说，与一般的史诗性军事题材小说不同，它不是大兵团作战场面的全局性的宏观展示，而只是截取了第三次国内革命战争时期东北战场的一个侧面。一支由36人组成的我东北人民解放军小分队，在人迹罕至的林海雪原，克服不可想象的冰天雪地和高山险阻的困难，同国民党余匪斗智斗勇，历经波折，最后全歼众匪，抒写了一曲革命英雄主义赞歌。

传奇性是《林海雪原》的鲜明特色，主要表现在以下四个方面：

首先是题材的传奇性。它以奇特新颖的题材内容，曲折离奇、惊心动魄的故事，强化了革命战争小说的传奇性。这是一场特殊的战斗。它发生在人迹罕至的林海雪原，人民解放军小分队与土匪巧妙周旋，敌众我寡，特殊的环境，特殊的条件，我军与敌作战不宜力拼、硬拼，而只能奇袭、智取。分队派出杨子荣，化装成土匪，孤身深入虎穴，终于内外夹攻，全歼匪徒。虽然当下有人试图以大量资料证明《林海雪原》的故事描写与生活原型严重不符，进而将整个故事情节都视为"作者和编辑、出版者"屈从于政治意识形态压力的"虚构契约"[②]，但小说题材本身就带有强烈的传奇性质，是以往战争文学、传奇小说未表现过的题材，具有开拓意义。

其次是情节的传奇性。为真实再现小分队剿匪斗争的错综复杂和惊险环生，小说精心组织了离奇的情节结构。全书38章，主要围绕着奇袭狼虎窝、智取威虎山、绥芬草甸

[①] 李扬：《50~70年代中国文学经典再解读》，山东教育出版社2003年版，第1-34页。

[②] 姚丹：《"事实契约"与"虚构契约"：从作者角度谈〈林海雪原〉的"历史真实"》，《中国现代文学研究丛刊》2003年第3期，第98-117页。

大周旋、大战四方台等四次大的战役的描写，又适时穿插一系列曲折惊险的小故事，大故事里套小故事，纵横交错，环环紧扣，突发事件，意外变故，一波未平，一波又起，情节跌宕曲折，故事波澜起伏，具有极强的吸引力。

再次是人物的传奇性。小说集中塑造了一批具有独特个性特征和传奇色彩的英雄人物形象。少剑波、杨子荣、刘勋苍、孙达得、栾超家等，都是身怀绝技而又独具个性的传奇式英雄人物，其"神性"智慧得到了极大程度的张扬和发挥。少剑波是贯穿全书的中心人物。作者除赋予他应有的战斗品格外，更以重笔写他如何神机妙算地用兵，如何出奇制胜地歼灭敌人，并通过"兵分三路"的奇妙部署、消灭九彪的计划、草甸子遇刺后随机应变的战术、被匪徒包围后转危为安的运筹等，充分表现了他卓越的指挥才能，从而使这位多谋善断的指挥员带有浓厚的传奇色彩。杨子荣是小说里更为丰满的传奇式英雄。这位侦察能手，具有沉着老练、足智多谋、出奇制胜、胆识过人的英雄性格和生死不惧、无限忠于革命事业的崇高品质。特别在"智取威虎山"的战斗中，他假扮胡彪，只身闯入匪穴，凭着一口流利的黑话和见面礼"先遣图"，取得座山雕的初步信任，接着又经受了多次严峻的考验，赢得座山雕的赞赏，而且设法将情报送下山。"舌战小炉匠"中，他沉着镇静，临危不乱，充分利用匪徒间的猜忌与矛盾，随机应变化被动为主动，终于化险为夷。这动人心魄地表现出杨子荣的大勇大智，使这位孤胆英雄既有浓郁的传奇色彩，又非常真实可信。他是我国当代文学人物画廊中的一个独特的英雄典型。此外，小说里跨谷飞涧的栾超家、力大无穷的刘勋苍、耐力过人的孙达得、医术过人的卫生员白茹等小分队战士，都有浓重的传奇色彩。对反面人物的描写，作者力避类型化、公式化，做到夸而有节，不失其真。座山雕的老奸巨猾、嗜血成性，小炉匠的贪生怕死、卑劣狡诈，特务宋宝森的道貌岸然，许大马棒的冷酷残暴，蝴蝶迷的妖艳心狠等，各具神采，也烘托了解放军战士的凛然正气和神勇超人的英雄本色。因此，人们多年来都视《林海雪原》为"富有传奇特色的革命英雄故事"[1]。

最后是环境的传奇性。《林海雪原》浓郁的传奇色彩，得力于它传奇式的题材、传奇式的情节、传奇式的人物，更得力于它那奇异神秘的自然环境的描写。作者把整个剿匪活动，放置在时至隆冬的长白山区、绥芬草原的冰天雪地和人迹罕至的林海雪原之中。那巍峨险峻、杀机四伏的奶头山、威虎山，那虎狼和土匪出没、让人不辨东西的原始森林，那铺天盖地、让人扑朔迷离的漫天大雪，那横空倒悬、奇峭险峻的鹰嘴岩，那明澈如镜的镜泊湖，那表面平静却内藏杀机的河神庙和神秘的定河道人，所有这些描写，都给小说罩上了一层神秘、恐怖、奇异而优美的气氛，增强了作品的传奇色彩。

富有民族性的特征，使《林海雪原》成为继《铁道游击队》后又一部利用传统民间文化因素来表现战争的成功之作。小说力求在结构、语言、人物的表现手法以及情与景的结合上都比较接近于民族风格。

---

[1] 宋剑华：《林海雪原："兵"的传奇与"兵"的神话》，《暨南学报（哲学社会科学版）》2009年第2期，第180-188页。

第一，在结构上，作品采取中国古典小说的结构手法，以三个主要的战斗故事为轴线单线发展。三个主要战斗故事各有首尾，各具特色，既独立成篇又互不偏离，大故事里又套进了一些小故事。这种重叠交织的结构布局，使小说头绪纷繁复杂而又和谐统一，脉络分明而又富于变化，主题集中而又叙述多样。

第二，在人物塑造上，受到了民间传统小说"五虎将"模式这一隐形结构的支配①。自《三国演义》首设"五虎将"模式，这五种性格英雄人物常常是古典武侠小说的基本人物模式，《林海雪原》也不自觉地套用了这"五虎将"结构。"五虎"之首当然是忠诚（政治方面）、勇毅（个性方面）双全的少剑波，接下来依次是骁勇威猛、谋略不足的刘勋苍，胆识过人、百战百胜的杨子荣，身怀绝技、粗俗诙谐的栾超家，忠厚老实、吃苦耐劳的"长腿"孙达得。"五虎将"当然都是英雄人物，而各具一种主要性格，有的是忠，有的是勇，有的是谋，有的是技，有的是德等，有主有次，互为衬照。那时还没有流行"文革""样板戏"的所谓"三突出"创作原则，"五虎将"模式使每个人物都有独立的经历和故事。如刘勋苍擒刁占一、奇袭虎狼窝、活捉许大马棒等一系列故事，突出了他的"勇猛"；杨子荣从智捉小炉匠到化装成土匪里应外合智取威虎山，突出了他的"智勇"；而栾超家作为攀山能手，则在飞越绝壁、出奇制胜上突出了他的"绝技"……英雄个个性格鲜明，传奇经历也不重复，以至读者读罢掩卷，脑子里留下了一个个鲜活的印象，难怪有人视其为"传统武侠小说"的"现代翻版"②。因为是明显借鉴了民间小说的手法，所以读者也不会在真实性上过于苛求，完全能够接受这样的艺术处理。

第三，在语言运用上，作品明白晓畅，刚健有力，具有评书的韵味。民谣、俗谚、山歌、俚语、传说等的大量运用，增强了小说的地方气息和通俗色彩。

总之，《林海雪原》把新中国成立初期反映革命斗争历史的新通俗传奇，推向了一个新的艺术高度。传奇叙事从通俗走向艺术，是新传奇小说艺术质量提高和整个小说创作获得艺术进步的表现。但是，它仍以截然分明的"两军对阵"的思维模式宣扬英雄主义和革命乐观主义，并未完全摆脱当时战争小说的审美模式。同时，小说的一些缺点也与它的民间叙事特性相关联，如过于夸张和煽情的描写、陈旧的"英雄＋美人"的传统表现模式。此外，作品借鉴我国古典小说的艺术手法留有较为明显的模仿痕迹，语言杂有陈词套语，笔法不够圆熟。然而，该书出版后，多次改编成电影、京剧以及各类戏曲，杨子荣、少剑波、座山雕等更是家喻户晓，给读者带来了强烈的阅读快感。

三、杨沫与《青春之歌》

杨沫（1914—1995），原名杨成业，又名杨君默、杨默，祖籍湖南湘阴，出生于北京。1928年入北京温泉女子中学。后为反抗封建包办婚姻离家出走。曾先后做过乡村小学教师、家庭教师、书店店员，接受了进步思想的影响。1936年加入中国共产党。抗战

---

① 参见陈思和主编：《中国当代文学史教程》，复旦大学出版社1999年版，第65－67页及73页的注释⑥。
② 程光炜：《〈林海雪原〉的现代传奇与写真》，《南开学报》2003年第6期，第23－28页。

爆发后，她在晋察冀边区做妇女工作和宣传工作。1949年后，曾任《人民日报》编辑、北京市妇联宣传部长等职。出版了短篇小说集《红红的山丹丹花》，中篇小说《苇塘纪事》，长篇小说《青春之歌》《芳菲之歌》《英华之歌》（被称为"青春三部曲"），散文集《大河与浪花》《自白——我的日记》等。

1958年出版的《青春之歌》带有"自述传"色彩，它是作者杨沫以亲身经历为素材创作的小说，也是中国当代文学史上第一部描写学生运动、表现知识分子成长道路的优秀长篇小说。小说主要通过对知识分子林道静从不屈服于命运而对家庭和社会的个人反抗到最后投入时代洪流走上革命道路的"苦难历程"的生动叙述，形象展现了"九一八"至"一二·九"（1931—1935）这一特定历史时期爱国学生运动的历史风云和形形色色的知识分子的精神风貌，指出知识分子只有把个人前途同国家民族的命运、人民的革命事业结合在一起，投入时代的洪流中去，才有真正的前途和出路，才有真正值得歌颂的美丽青春。事实上，小说如此严肃的主题就是通过"一个青年知识分子的命运，一个少女、少妇的青春之旅"来显现的。虽然有关女性命运的主题因素，在小说里尤其是作者后来的两次修改（1959年和1977年）中被刻意压抑和淡化，即大量删减林道静的"小资产阶级感情"和"不健康的思想意识"①，特意加写了林道静去农村"与工农相结合"的第七章、"领导北大学生运动"的第三章，以更加符合时代政治的话语规范，但还是有人将这部小说解读为"三个男人和一个女人的传奇故事"②。由此可见，小说关于"女性"与"爱情"的主题诠释难以人为规避和"遮蔽"，作品也因此更能"呈现出稍为繁复而有趣的格调"③。

《青春之歌》最大的成功之处，在于它以开阔的视角塑造了不同类型的知识分子形象。作者善于动用各种艺术手段，如对比映衬的表现手法，特别是通过人物富有个性特征的细节描写，来深入细致地揭示人物的心理和性格，把人物外貌描写和内在精神世界巧妙地结合起来。

主人公林道静出生于一个封建官僚地主家庭，生母是一个受到父亲玩弄欺骗的贫贱女子。不幸的人生遭际和特殊的生活环境，铸就了她的双重性格。一方面，她有着小资产阶级的情调，幼稚、狂热、软弱、急于求成、耽于幻想；另一方面，她又具有倔强、执拗、善良、同情不幸者的品格，这注定了她在寻找光明道路时，要经受更多的痛苦与磨难。她在没有接受正确的革命理论指导前，作为一个中学毕业生，深受五四思潮的影响，为了寻找个人出路，逃避为男人当"玩物"和"花瓶"的命运，愤然离家出走，幻想以个人奋斗的方式谋求出路。她逃到北戴河附近的杨家村小学，投亲不遇，做了代课教师。然而，校长余敬唐却阴谋把她嫁给当地的权贵，走投无路之下她投海自尽，被一

---

① 洪子诚：《中国当代文学史》，北京大学出版社1999年版，第120页。
② 宋剑华：《〈青春之歌〉："革命+恋爱"的现代翻版》，《生命阅读与神话解构：20世纪中国文学经典文本的重新释义》，广东人民出版社2010年版，第131-145页。
③ 戴锦华：《〈青春之歌〉：历史视域中的重读》，载唐小兵编《再解读：大众文艺与意识形态》（增订版），北京大学出版社2007年版，第195页。

直注意着她的北大学生余永泽搭救。"诗人兼骑士"的余永泽，唤醒了林道静对生活的热情。在余永泽的追求下，她答应和他共建爱巢，从小孤苦无依的林道静暂时感受到了家庭的温馨。但在随后相处的日子里，林道静并没有获得自由独立的人格，精神再度陷入苦闷彷徨的境地。直到参加东北流亡学生的除夕聚会以后，林道静在卢嘉川等人的帮助下，才接受了进步思想启迪。她认真学习革命理论，积极投身革命活动，逐渐摆脱了郁郁寡欢、缠绵悱恻的苦闷，在如火如荼的时代洪流中终于变得开朗坚强。尤其是卢嘉川的豁达、坚定、真诚、忘我地献身革命的精神，使得余永泽空虚、庸俗、自私的灵魂更加相形见绌。具有追求自由、向往光明性格的林道静，经过一番感情的痛苦斗争，终于与余永泽分道扬镳，实现了她思想发展的第一次飞跃。从这次飞跃中我们看到了她严肃的生活态度和执著的精神追求。此后的林道静，虽然摆脱了个人苦闷和温情的狭小天地，但并没有摆脱小资产阶级的个人英雄主义的幻想，更没有摆脱天真和幼稚，终于导致了她的第一次被捕。但在江华、林红等共产党人的言传身教下，林道静不断克服自身的弱点，特别是经过两次被捕的生死考验，参与了农村革命工作和领导北大学生运动等实际斗争后，林道静重新塑造了自我，她加入中国共产党，成长为一名坚强的无产阶级战士，找到了自己的人生方向和历史归宿，实现了她思想上的第二次飞跃。从这次飞跃中，我们看到了一个小资产阶级知识分子向无产阶级战士转化的过程中所经历的艰难曲折和痛苦历程。林道静的成长道路不仅概括了那个时代多数青年知识分子的人生道路，也概括了那一代不甘受人摆布而成为封建牺牲品的觉醒了的青年知识女性的人生之路，因此，这个艺术形象具有很高的典型意义和美学价值。从反抗封建家庭、要求个性解放到谋求民族的解放和阶级的解放，从一名小资产阶级知识分子到无产阶级先锋战士，林道静成长的整个过程曲折反复但清晰可辨。而男性或权力话语对她发出的呼唤，使得她的爱情不断更换或转移，也非常耐人寻味，难怪有人称《青春之歌》是"一种特殊的读本：一部知识分子的思想改造手册"[①]。

　　小说还成功地描写了对林道静产生深刻影响的共产党员形象。卢嘉川是北大地下党的负责人之一，作者通过南京请愿和狱中斗争，集中描写了他出色的领导才能和顽强不屈的英雄性格。与卢嘉川相比，江华显得更稳重、沉着、冷静，更具有工人阶级气质。在监狱中坚持不懈地进行革命斗争的林红，是作者着力塑造的又一英雄人物。这些光辉形象交相辉映，共同谱写了一首青春之歌。

　　小说也描写了与之相对的形形色色的人物形象。有一心追名逐利、到处投机钻营、庸俗猥琐的知识分子余永泽，有曾经追求过革命、最终沦为资产阶级玩物的白莉萍，有背叛革命的戴愉，也有在残酷事实面前觉醒而走上新路的王晓燕和她的父亲王鸿宾教授，还有开始软弱动摇，最后成为坚强战士的许宁。作者通过这些人物之间的矛盾冲突，概括出那个时代复杂的阶级关系和社会生活。

[①] 戴锦华：《〈青春之歌〉：历史视域中的重读》，载唐小兵编《再解读：大众文艺与意识形态》（增订版），北京大学出版社2007年版，第196页。

其次，小说结构严谨而完整。众多的人物、复杂的事件、纷纭的生活场景，都通过林道静等知识分子的生活经历予以贯穿，成为一个有机的艺术整体。它以学生运动为主线描绘了当时抗日救亡运动的面貌，结构和气魄比较宏伟，情节较生动。

20世纪50年代出现的同类题材小说中，《青春之歌》所以备受关注，原因有以下几点：

首先，在于其内容上的大胆拓展。小说打破了50年代末期中国文坛沉闷的创作空气，大胆表现了知识分子从个人奋斗到自觉革命的艰难历程。这在某种程度上继承了"五四"新文学传统，是对五四个性解放和追求自由精神的怀念，是对当时"反右"扩大化斗争所带来的沉重、窒息状态不满情绪的隐蔽流露。

其次，在于其形象的生活化。主人公林道静是一个不需仰视就可以看清的、生活在人们周围的人物。头上没有灵光，身上没有光环，可以就近学习和效法。她那时常伴随着忧伤、孤独、苦闷的个人奋斗历程，也容易引起敏感的青年知识分子的共鸣，因而使看惯了紧张斗争作品的读者有一种亲切感。

最后，小说艺术描写细腻真实，文笔流畅秀丽，注意刻画人物丰富、复杂的内心世界。与当时轻视小说审美性、片面追求功利价值的同类题材相比，显得别具一格，更适合广大知识分子的阅读需求。

在艺术上，《青春之歌》仍有明显的不足，如"后半部结构比较松散，语言不够丰富多彩，人物的对话缺乏个性"①，多处通过人物的讲述来平铺直叙局势的变化、交代环境背景，显得比较呆板。再如林道静入党后，性格缺乏进一步的发展。作者在铺叙林道静的英雄行为时，忽视了对人物内心世界的开掘。特别是《青春之歌》修订本增补的章节，有明显的政治化、模式化的倾向。江华等人物的塑造比较平淡。由于采用了中国传统小说的表现手法，结构呈单线发展，叙述与描写的角度缺少变化等。

四、茹志鹃与《百合花》

茹志鹃（1925—1998），祖籍浙江杭州，出生于上海。1943年参加新四军，1955年转业到中国作协上海分会。1958年发表成名作《百合花》。"文革"前的创作，主要收集在短篇集《高高的白杨树》《静静的产院》中，小说取材大致有两个方面：一是反映革命战争年代的生活，如《关大妈》《百合花》《三走严庄》等；一是反映社会主义时期的现实生活，如《妯娌》《静静的产院》等。新时期以来的作品，主要有《剪辑错了的故事》《草原上的小路》《儿女情》等，作者勇于对现实生活中的问题进行思考与揭示，注重发掘人物微妙的精神世界以反映纷繁复杂的社会风貌，"从微笑到沉思"，不仅在手法上借鉴现代主义技巧，而且色调也日趋冷峻、凝重。

《百合花》最能体现茹志鹃"文革"前的创作风格。作者曾说："战争使人不能有长谈的机会，但是战争却能使人深交。有时仅几十分钟，几分钟，甚至只来得瞥一眼，便

---

① 张钟、洪子诚、佘树森、赵祖谟、汪景寿：《当代文学概观》，北京大学出版社1980年版，第349页。

一闪而过,然而人与人之间,就在这个一刹那里,便能够肝胆相照,生死与共。"① 因此,小说写淮海大战,却避开正面写炮火冲天、血肉横飞的战场,也不集中笔墨大力讴歌英雄的崇高精神,而是写发生于前沿包扎所的一个插曲。一个出身农村的军队士兵与两个女性在激烈战斗时短暂交往过程中发生的情感关系。它以淡淡的抒情笔调,写了一位小通讯员为掩护担架队员牺牲了,而一位农村新媳妇一针针地缝好死者衣肩上的破洞,含泪将自己新婚用的百合花被子盖在死者的身上。小说始终笼罩在一种温馨而又让人感伤的情感氛围里,着力军民之间真挚、纯洁、深厚情意的诗意赞美,讴歌了子弟兵对人民的忠诚和人民对子弟兵的敬爱,表现了人民群众朴素而崇高的人性美、人情美。这是一首情节单纯明快、富于风味抒情的诗篇。

《百合花》人物形象塑造很有特色,通篇着力刻画了三个人物形象:小通讯员、"我"和新媳妇。

小通讯员是一位"怕女性"的"年轻的,尚未涉及爱情的"小战士。小说用主要篇幅写他护送"我"去前沿包扎所和借被子,通过途中刻意与"我"保持距离,因与"我"坐在一起而涨红了脸,借被子时慌张地挂破了衣服的细节,深入细腻地展现了他在与"我"和新媳妇的人际交往中流露出来的张皇局促的举止和忸怩羞涩的心态,凸现了他的憨厚朴实、天真稚气。同时,他又是一个处处为别人着想的好同志。去包扎所的路上,发现"我"走不动时,就"自动在路边站下"等着;当得知借来的被子是新媳妇唯一的嫁妆时,他感到"很不合适",要"送回去";当他要回团部时,还把馒头留下来给"我";在战斗中,当敌人落下的手榴弹在人缝里冒着烟乱转时,他毫不犹豫地扑在手榴弹上,为保护群众献出了年轻的生命。由此,我们看到了一名平凡的人民子弟兵无私为人民的美好心灵。

"我"是战争年代思想感情开放、比较"泼辣"的新女性,与外表腼腆、内心却荡漾着对女性的喜爱的小通讯员形成对比。"我"在前往包扎所途中性别意识十分自觉,开始因生气而任性,由奇怪而对他发生兴趣,途中休息时对他"越加亲热起来",后来,"我已从心底爱上了这个傻乎乎的小同乡",以至看见重彩号中"通讯员"三个字"打了个寒战,心跳起来","我"对小通讯员的关心已到了梦绕魂牵的地步,这份纯真的感情跨越了战争,超越了性别,显得无比珍贵而美好。

新媳妇形象也塑造得鲜明生动。她是一个勤劳、纯朴的农家少妇,长得很美,"高高的鼻梁,弯弯的眉,额前一溜蓬松的刘海"。除了外表美,作者主要刻画了她的心灵美,而这种美的体现又有一个转变的过程。开始,她舍不得将自己唯一的嫁妆——那条"枣红底色上洒满了白色百合花的被子"借给伤员盖。在"我"和小通讯员第二次登门时,她抱出了心爱的嫁妆,最后还主动将它盖在小通讯员的遗体上。她到包扎所帮助护理伤员,开始忸怩害羞,放不开手,后来却庄严虔诚地给通讯员拭身子,缝衣肩上的破洞。作者并没有把她当作"民拥军"的代表,突出其政治意识、阶级意识,而是挖掘凸显出

---

① 茹志鹃:《我写〈百合花〉的经过》,《青春》1980年第11期"青年女作者专号"。

作为"人"身上的人性之美。

《百合花》"与众不同、独树一帜"① 的艺术风格主要体现在以下方面：

首先是构思精巧缜密。整个小说没有曲折离奇的情节、惊心动魄的场面，却起伏跌宕，富有节奏感，在自然和谐的结构中，完成了人物的刻画和主题的表达。

在人物塑造上，既侧重人物的心理刻画，又采用了生动的细节描写，具有较强的抒情色彩。新媳妇在借被子、擦身体、缝衣服、盖被子等不起眼的细节中，细腻显示出了通讯员的思想感情变化，揭示了新媳妇的心灵美。而两次写到的小通讯员枪筒里插的树枝、野菊花和留给"我"的两个馒头，则有力表现了通讯员天真、纯洁的性格和他对大自然、对生活的热爱。而那床白色百合花的新被子多次出现，象征着纯洁、美好的军民之情。这些细节的反复出现，不仅成为塑造人物不可缺少的重要笔墨，而且使作品前后呼应，首尾贯穿，增强了结构的严密性。

在叙述角度上，小说采用第一人称的手法，以"我"贯穿全篇。通过"我"这一女性视角，细致清晰、由远及近、由淡到浓地刻画出了小通讯员和新媳妇两个人物的性格特点，人物感情表现得细腻、绵密而富有层次。

在语言运用上，小说具有散文诗的韵致，清新优美，委婉流畅，情感浓郁，富有浓厚的抒情色彩。文中写道："啊！中秋节，在我的故乡，现在一定又是家家门前放一张竹茶几，上面供一副香烛，几碟瓜果月饼。孩子们急切地盼那烛香快些焚尽，好早些分摊给月亮娘娘享用过的东西……"这种抒情笔调，在战争小说中显得弥足珍贵，女性作家柔美善感的笔触把读者带进了诗化的意境。

茹志鹃的创作整体属于主流文学，也有一些反映合作化运动、为政治服务的应时之作。在整个时代文学都呈现激越雄壮的高亢格调时，《百合花》这种柔美风格自然引起了一些指责。而正是凭借这种独特的风格，《百合花》作为红色经典小说才能穿越时空，成为诠释茹志鹃创作风格的最佳文本。

第三节　农村小说

新中国成立之后的13年，赵树理、周立波、孙犁、柳青等一批从解放区走过来的作家和李准、王汶石、高晓声等新近涌现的作家，纷纷深入乡村，捕捉新人新事，创作了一批在数量和质量上引人注目的农村题材小说，在中国当代文学史占据了重要地位。

这些农村小说，不仅与革命历史小说有着深厚的血缘关系，因为大多数革命历史小说如《红旗谱》《苦菜花》《风云初记》等往往离不开对农村生活和农民形象的描写，而且与以往的乡土小说相比也发生了很大的变化。它承继了以鲁迅为代表的重视农村生活、

---

① 董之林：《旧梦新知："十七年"小说论稿》，广西师范大学出版社2004年版，第185页。

关心农民命运的新文学传统，但由"隐现着乡愁"①的乡土书写传统转向讴歌社会主义新农村，"一扫人们对乡村温情脉脉的想象，把农村生活提升到革命叙事的范畴，把阶级斗争和路线斗争纳入到文学叙事中"②。它用色彩缤纷的农村生活图景，展现了20世纪五六十年代中国的农村变革历程和农民思想情感的变迁；在广阔的历史背景中描写各种人物命运，在满怀热情地塑造社会主义农村新人形象的同时，着力刻画具有艺术感染力的农村中间人物和落后人物形象系列；它从农村生活底层出发，提炼具有典型意义的生活素材，吸取民间文化和传统文学的艺术营养，描绘具有乡土风味和地方色彩的社会风俗画卷，结构严谨完整，情节曲折有致，语言口语化，走向民族化、大众化，为人喜闻乐见。

当然，本时期的农村小说也存在明显的不足，或在很大程度上成为传达现行政策、宣谕意识形态的传声筒，"完全按照当时的时代所规范的思想和精神而表情达意"③；或在追逐时代潮流中迷失了创作个性，题材狭窄，主题单一，手法单调，人物雷同，导致许多农村小说出现了严重的公式化、概念化、模式化。

本时期农村小说的代表作品，主要有赵树理的《三里湾》、周立波的《山乡巨变》、孙犁的《铁木前传》和柳青的《创业史》。

一、赵树理与《三里湾》

赵树理（1906—1970），原名赵树礼，山西沁水人。1925年于长治就读师范时，受到"五四"新文学影响。30年代初开始发表作品，1937年参加革命，此后长期在解放区从事文化宣传和报刊编辑工作。新中国成立后，曾任工人出版社社长、《说说唱唱》副主编，不久重返晋东南工作。40年代，他发表的《小二黑结婚》、《李有才板话》和《李家庄变迁》等作品，受到很高的评价。新中国成立后，长期深入太行山区农村工作，创作了短篇小说《登记》《求雨》《锻炼锻炼》《套不住的手》《实干家潘永福》《卖烟叶》等，结集为《下乡集》。1955年出版了长篇小说《三里湾》，1958年有长篇小说《灵泉洞》，另外还创作了若干曲艺、戏曲作品如《三关排宴》《十里店》等，其中以《三里湾》的影响和艺术成就最大。

作为一个有代表性的农民作家，一个"在创作、思想、生活各方面都有准备的作家"，"在成名之前已经相当成熟了的作家"④，赵树理既站在农民的立场看问题，同时又是实践《讲话》精神的楷模、方向和旗帜，自然也更能引发人们的关注。新中国成立后，由于他的创作不可避免地触及了政治执行中的失误，50年代以来当代文坛围绕赵树理有过较大规模的讨论和争论，1951年胡乔木就认为他写的东西"不大不深"，应该继

---

① 鲁迅：《中国新文学大系·〈小说二集〉序》，载《鲁迅全集》第6卷，人民文学出版社1982年版，第247页。
② 陈晓明：《中国当代文学主潮》，北京大学出版社2009年版，第94页。
③ 李运抟：《中国当代小说五十年》，暨南大学出版社2000年版，第89页。
④ 周扬：《论赵树理的创作》，《解放日报》1946年8月26日。

续学习毛泽东思想和马列著作①，1962年的"大连会议"上赵树理却被树为"现实主义深化"的榜样，而在随之而来的"文艺反修"运动中又受到批判，但"文革"开始后却被上纲上线成"政治问题"，不仅被剥夺了写作的权利，而且被迫害致死，"赵树理现象"②值得人们反思。

长篇小说《三里湾》的故事性很强，全书沿着秋收、扩社到计划开渠这样一条线索展开，大致可分四个层次。除"从旗杆院说起"一节综述三里湾的概貌外，作者首先着重描写了两个家庭的生活的对比情况，这就是以党支部书记兼副社长王金生为中心的"万宝全"的家庭生活和还想死守住封建习俗与个体经济基础的马多寿的家庭生活，其间穿插着党员袁天成家庭的两个落后人物（他的老婆"能不够"和女儿袁小俊）的描写。接着，进入到秋收的正面描写。一方面暴露出多留"自留地"的社员袁天成的秋收的困难，另一方面又揭发身为村长、党员，但不愿搞合作社，想走资本主义道路的范登高赶买卖的"秘密"。再次，作者插上了一大段县里派来的何科长检查工作的描写，对三里湾给予了一个综合的鸟瞰，展示了三里湾农业生产合作社的前途，归结到计划开渠的必要。最后，作者展开了在三里湾农业生产合作社发展中的斗争。从党内对范登高和袁天成的斗争起，到马多寿家庭生活的分裂、三对青年男女婚姻事件的变化，这样，三里湾的最后一个顽固的堡垒被攻破了，开渠计划也就得以实现。作品富有生活气息，颇能引人入胜。

被誉为农村题材小说创作"铁笔圣手"的赵树理，善于将笔触深入到农民的日常生活和劳动中，通过对人们的家庭、爱情、婚姻等各种社会关系的调整和变化的描写，展现农村激烈的生活变迁与社会变革。《三里湾》的创作，与农业合作化变革几乎同步进行，但它的成功不在于最早描述了办合作社的过程和斗争，而在于提炼三里湾这个村庄开展的秋收、整社、整党、开渠等事件，着重表现支部书记王金生、村长范登高、老党员袁天成、富裕中农马多寿四个家庭在社会主义改造过程中的两种思想和道路的错综矛盾的纠葛和挣扎，真实、生动地展现合作化运动给农村的生产关系、家庭关系、婚姻恋爱及道德观念等方面带来的深刻而微妙的变化。它写的虽是农村社会主义和资本主义两条道路的斗争，但并没有把这种斗争设置为残酷的你死我活的阶级斗争模式，而是从生活出发，准确把握农业合作化初期社会矛盾的性质和斗争的特点，显示了农村社会主义改造的必然趋势和艰巨复杂。而富裕中农马多寿一家则汇聚了小说矛盾焦点，成了艺术表现的重心，也是小说艺术描写最为精彩的部分。

当代农村小说创作中，赵树理是最能另辟蹊径的一位作家。《三里湾》中给人印象极为深刻、生动传神的人物，主要是所谓的"中间人物"。赵树理作品的"中间人物"，一般是指"有缺点的农村干部和落后的农民"。《三里湾》中的范登高、袁天成、"糊涂涂""常有理""铁算盘""惹不起"等人，都属于这一类。村长范登高，因为翻身翻得

---

① 参见温儒敏、赵祖谟主编：《中国现当代文学专题研究》，北京大学出版社2002年版，第213页；戴光中：《赵树理传》，北京十月文艺出版社1993年版，第298页。
② 参见孟繁华：《中国当代文学通论》，辽宁人民出版社2009年版，第138—141页。

太高了而被称为"翻得高",他是开展工作时的积极分子,在斗争中也起过积极的作用。可后来逐渐热衷于雇工跑买卖,反对扩社修渠。他有时又很圆滑,使别人找不出驳斥他的理由。当支部动员扩社时,他以维护党的"自愿原则"为借口,反对扩社工作,目的却是怕自己互助组的人入社后,自己不得不参加。在给菊英调解家庭纠纷时,他反对菊英分家要求的理由冠冕堂皇,说是马家落后势力大,让菊英这个团员留在里边做些工作。其实,还是怕菊英分家后加入合作社,从而引起"糊涂涂"等人也入社,所以才找些理由让他们维持现状。党员袁天成,也是一个落后人物,他虽然加入了合作社,却在老婆的指使下,用参军的兄弟的名义多留一份自留地,很难算是个真正的社员。中农马多寿一家写得最为生动,他们都有一个绰号。马多寿,绰号"糊涂涂",对集体利益常犯糊涂,个人利益却算计得十分清楚;他的老婆"常有理",能把没有理的事也说得仿佛"有理";大儿子马有余,绰号"铁算盘",自私自利,精打细算,小说第七节写他在老婆和弟媳菊英、满喜吵架时出来息事宁人,这份"仁义"也是"用算盘算出来的",因为"得罪了菊英,怕菊英提出分家;得罪了满喜,怕满喜离开他们的互助组。不论得罪哪一个,对他都是很不利的事"。马多寿的大儿媳,人称"惹不起",是一个愚昧自私、蛮横撒泼的妇女,她在和满喜吵架时撒泼的场面令人过目难忘。

与这些中间落后人物相对应,作品中还塑造了王金生、王玉生、王玉梅、范灵芝、王满喜等先进人物的形象。对农村新人形象的塑造,对赵树理来说是一次极有意义的探索。支部书记王金生坚持党性、一心为公,他那个写着"高、大、好、剥、拆、公、畜、欠、配、合"的奇怪的笔记本,便是他热心工作的反映。王玉生,"聪明、肯用思想,琢磨出来的新东西很多",作者抓住一切机会,通过老一代的农民,通过干部和群众,通过初中毕业的女学生范灵芝,不厌其烦地从正面和侧面介绍玉生,让读者看到了他的聪明能干和热情无私。玉生的妹妹玉梅,也是一个青年团员,她勤劳、正直、热情,迫切追求进步,是一个充满活力的农村女青年形象。中学毕业生范灵芝,作为一个掌握了一定文化的知识青年,朝气蓬勃,积极上进,是农村中的一种新生力量。"一阵风"王满喜,"在自己的利益上不算细账",是一个很有特色的人物形象。

从整部小说来看,作家虽然着力塑造了一批社会主义新人的形象,但对旧人旧事的刻画较为生动具体、血肉丰满,对新人新事的描写则显得比较单薄、粗糙。"糊涂涂"、"常有理"、"能不够"、范登高等人,显得栩栩如生,生活气息浓厚;而王金生等党的优秀干部,却只是一心为公,坚持党性,性格比较单一,有点概念化。

赵树理小说创作具有现实主义精神、执著的美学追求和鲜明的艺术风格,这在《三里湾》中也得到了集中体现。

首先,结构布局严谨,故事性强,留关节及扣子,设置悬念,刺激读者的好奇心和阅读欲望。《三里湾》共有34节,作者要写的故事情节和人物活动,集中在一夜、一天、一个月的时间中展开。前八节,写在一夜中所发生的事,基本上介绍了所有要写的人物,而所要表现的有关主题思想也揭示了出来。从第九节到第十九节,写一天中的事,在这些章节里作者把表现主题思想的各个侧面的矛盾展开了,并为以后各节解决这些矛盾提供了线索。二十节以后，两条道路的斗争发展到高潮，并随着其他有关矛盾的解决而解决了。《三里湾》一书中最大而最突出的"扣子"，是"刀把上"那块地，不少章节的情节发展和人物心理的刻画，都是围绕着这一关键性的问题的。正由于作者设计了这样一个"扣子"，这部小说的故事情节便显得很集中、很紧凑。

其次，赵树理善于运用"烘云托月"的表现方法。在《三里湾》中的表现是：人物穿插地活动着，故事交错地展开着，一个人物引出另一个人物，一种情节引出另一种情节，这些人物的性格、气质、声音、笑貌、心理状态，在这种人物与人物、情节与情节的交错中生动而自然地表现出来了。如看起来是写金生媳妇，实际重点是在写小俊和玉生；看起来是写玉生，结果又引出范登高、"能不够"、马家院……

最后，赵树理在表达他作品的主题思想和塑造人物的时候，讲究传神的"白描"手法，很少孤立地描写人物的精神面貌和心理状态，也不太着重于人物外貌的刻画，但并非不重视人物的心理状态，而是通过人物的语言、行动来显示，这是继承了我国古典文学的优良传统的。如在《三里湾》的开头，还有"接线"一章，便是特别精彩的例子。

《三里湾》也存在明显缺陷。其中重要的一点是将小说的"政治性"仅仅理解为配合当前工作、解决工作中的具体问题（"问题小说"）①。这种"问题"意识显然过于"狭小"。其次是矛盾冲突展开不够充分，收缩得过于匆忙，范登高的转变、"糊涂涂"的入社过于突然，三对青年男女的匆忙结婚也不自然真实，对于农村"无比复杂和尖锐的两条路线斗争"的展示没有达到应有深度②。在结构上，也给人前紧后松、不够均衡的感觉。

《三里湾》是新中国第一部关于农业合作化的长篇小说。它的叙事方式，以及对它的批评，都或多或少对以后其他作家的同类题材写作产生了深远影响。

二、周立波与《山乡巨变》

周立波（1908—1979），原名周绍仪，又名凤翔、凤梧，湖南益阳人。立波是他创作时用的笔名。1929年入上海劳动大学学习，并开始创作。1934年被捕出狱后加入"左联"。翻译了普希金的小说《杜布罗夫斯基》、基希的报告文学集《秘密的中国》、肖洛霍夫的《被开垦的处女地》（第一部）等名著。1939年到延安，1946年参加东北土地改革，创作了我国最早反映"土改"斗争的长篇小说《暴风骤雨》，1951年获斯大林文学奖三等奖。新中国成立后，周立波多次深入钢铁厂生活，于1954年出版了反映工业建设的长篇小说《铁水奔流》。1955年率全家回家乡益阳桃花岺乡落户，并创作了大量农村题材的短篇小说，如《盖满爹》、《和场上》、《山那边人家》、《腊妹子》和长篇小说《山乡巨变》。"文革"期间，遭受迫害。复出以后，重新提笔，《湘江一夜》获1978年

---

① 赵树理曾说："我写小说，都是我下乡工作时在工作中所碰到的问题，感到那个问题不解决会妨碍我们工作的进展，应该把它提出来。"（赵树理：《当前创作中的几个问题》，载《三复集》，作家出版社1963年版，第30页。）

② 萨支山：《试论五十至七十年代"农村题材"长篇小说》，《文学评论》2001年第3期，第117－124页。

全国优秀短篇小说奖。原计划写作反映抗战后期三五九旅南征的小说，终因1979年9月病逝，未能付诸实现。

《山乡巨变》分为正篇、续篇两部，以1955年、1956年中国农村合作化运动高潮为背景，描写湖南一个偏僻山村清溪乡从建立初级社到高级社的整个过程，反映了农村从生产关系到人民思想、精神风貌的巨大变化。在对合作化运动的态度上，周立波站在时代共名的立场上，鼓励农民走合作化道路。小说虽然不是最早描写合作化运动的小说，但却有着非常鲜明的艺术个性，体现了周立波创作的独特风格，即从自然、明净、朴素的民间日常生活中，开拓出一个与严峻急切的政治空间完全不同的艺术审美空间①。

首先，小说善于将火热的斗争融化在娓娓动听的日常故事之中，通过对农村日常生活的精细描写，来展示出人物心灵的变化以及这种变化与现实生活的复杂联系。小说描写了老农民盛佑亭从害怕私产充公到口授申请的变化，刘雨生的"婚变"到"新婚"，中农王菊生拒绝入社的"装病"和夫妻"假离婚"，贫农陈先晋家中出现的女儿、婆婆、女婿的轮番"围攻"，富农龚子元夫妇的暗中破坏，中农张桂秋（秋丝瓜）的"宰牛"风波等一系列颇具幽默情趣和生活气息的情节，展现了在合作化运动冲击下出现的农村家庭关系、婚姻关系及各种社会关系的矛盾、斗争，揭示了50年代中期我国农村社会变化的真实走向。

其次，小说人物形象的塑造没有被大幅度地拔高，而是保持着一个农民应有的性格和素质。周立波说过："创作《山乡巨变》时我着重地考虑了人物的创造。"② 这使得作品中的人物颇具个性。李月辉是刻画得较为成功的农村基层干部形象。他外号"婆婆子"，作为清溪乡的党支书兼农会主席，性格绵软，沉着稳重，注重实效，又有工作方法。全乡所有人都喜欢他，但是没有人怕他。这似乎不是读者想象中的那种"高大"的干部的形象，倒是儿女情长，英雄气短。作者无意把他拔高到什么位置，也无意避讳他的缺点、他的软弱，甚至作为农民的滑稽。合作化初期，他犯了右倾的错误，别人批评他是右倾小脚女人，他理直气壮地反驳："我只懒气得，小脚女人还不也是人？有什么气得？"谈到自己的过去，他对邓秀梅说："不瞒你说，秀梅同志，解放前，我也算是一个赖皮子，解放后，才归正果的。"他还把自己打小牌，"隆日隆夜，打得飞起来"，都说出来。对于农业合作化，他说："我只有个总主意，社会主义是好路，也是长路，中央规定十五年，急什么呢？还有十二年。从容干好事，性急出岔子。"当申请入社的农户超过百分之五十以后，他及时提醒邓秀梅，应该停顿一下，他担心的是"贪多嚼不烂"。正是在这种方法的指导下，他领导的合作社朝着健康的轨道扎扎实实地向前发展。

刘雨生的位置，相似于梁生宝在《创业史》中的位置。但比较这两个人物，他们之间的距离非常大。首先，梁生宝是贯穿作品的主要人物，《创业史》实际上就是围绕这个人物展开的。而在《山乡巨变》中，作者写人物更类似于中国古代小说的散点透视，

---

① 陈思和：《中国当代文学史教程》，复旦大学出版社1999年版，第37页。
② 周立波：《关于〈山乡巨变〉答读者问》，《人民文学》1958年第7期，第111–112页。

是众多人物平分篇幅。在上卷中,邓秀梅占据一个相对重要的位置,但在下卷,邓秀梅竟然淡出了。而刘雨生,在上卷中并不是一个突出的人物,只是到了下卷,成为常青社社主任以后,占的篇幅才多了一点。其次,刘雨生身上一点也没有那种英雄气。堂客的离去曾使他灰心丧气。早期办社的时候,"他自己心里对互助合作,也有点犹豫。互助组到底好不好?他还没有想清楚"。面对堂客的离去,他不是没有犹豫。当然,邓秀梅来了以后,他办社的思想才坚定了起来。

《山乡巨变》刻画的老农形象中,盛佑亭是最突出、最成功的。这个绰号"亭面糊"的老农民,性格上面面糊糊,随和风趣,他嘴狠心善,骂牛骂鸡骂子女,可是谁也不怕他。他曾饱尝了旧社会的苦难,新中国成立后,对共产党有着真挚的感情,热爱社会主义,具有农民的本真、勤劳、善良等特点。但是旧社会的影响和他特殊的生活经历,使他形成了糊涂、虚荣、自私、啰嗦、"面里面糊"等性格。在他矛盾、复杂的性格特征中,"面里面糊"是他性格的主要特点。自己本属于贫农,却又怕别人瞧不起,总爱吹嘘"我也起过几次水"(发财、发迹之意),差点被划为富农、地主。分了土地以后,他很感激新社会,但一听到办社的风声,害怕私产充公,偷偷砍掉自家的楠竹。在动员入社时,他悄悄溜去睡觉,鼾声大作。他极爱面子,又有些自私,不喜欢动脑筋。邓秀梅派他去龚子元家探听虚实,他却被龚的几句奉承话、一瓶镜面酒灌得酩酊大醉,把正事忘得一干二净,回来时还醉倒在水田里,出了洋相。在"亭面糊"身上,我们似乎可以感受到某种阿Q精神的承袭,但在合作化运动中,新的思想也在他的头脑里孕育成长。从他向儿子口授入社申请的一段话中,我们可以看到这种思想的孕育过程:

我婆婆讲:"搭帮共产党,好不容易分了几丘田,还没有做得热,又要归公了?"我开导她说:"这不叫归公,这叫入社。我问你,我们单干了一世,发财没有?还不是年年是现路子,今年指望明年好,明年还是一件破棉袄。"……我婆婆又问:"田土都交出,不留一丘吗?"我说:"当然,一入,都入,留一丘,你来作吗?我是不作的,入一点,留一点,脚踏两边船,我不干。"

在这里,"我婆婆"的话是他虚拟的,其实是他自己思想的另一面,他说服"婆婆"的过程事实上也就是说服自己的过程。盛佑亭形象的意义在于表现了中国农民在合作化过程中是如何一步一步地剔除旧思想和性格弱点而走向觉醒,尽管有些艰难与缓慢。在普遍提倡创造英雄人物的环境中,周立波却把这个"中间人物"写得活灵活现,为文学反映生活的多样性、复杂性提供了重要启示。

第三,人情美、乡情美和自然美是这部小说所展示的主要画面。大量的民间传说、乡村风俗、自然风光,都恰到好处地穿插在故事情节当中,看似闲笔,却在丰厚的民间文化基础上开阔了小说的意境,使合作化的政治主题不是小说里唯一要表达的东西。小说第一章写了县工作组下乡推动合作化运动,女干部乘小船随着缓缓流水进入山乡,隐含了外来政治风雨将席卷自在民间社会的征兆。小说叙事处处将两副笔墨重叠起来,政治是一景，乡情也是一景，而且是更加美好和本色的景致。如那个深深坠入情网中的胖姑娘盛淑君，对爱人的火辣辣的热恋和复杂细腻的心理；如桂满姑娘因吃醋与丈夫大闹，闹到丈夫服毒自杀，她还在一旁发脾气的蠢相；如盛佳秀被丈夫遗弃后的患得患失，重新有了爱情后又温顺体贴等，人生众相，千姿百态，即使没有合作化运动的穿针引线，也同样展现了民间生活的丰富蕴涵。

《山乡巨变》具有浓郁的南国的地方特色，湖南山村清秀俊美的乡风水色和当地特有的风情民俗，赋予小说一种特殊的文化蕴涵。周立波以他优美、细腻的笔触，淳朴自然、平易流畅的语言，描绘了南国山乡的水光山色、风土人情、服饰装扮、居室饮食等，使《山乡巨变》有别于《暴风骤雨》的粗放、浑厚、宏阔，也不同《创业史》的质朴、凝重，而呈现出明净、流畅、秀美、隽永的风格。在作者绘制的一幅幅既有地方色彩，又充满诗情画意的农村风景画、风俗画中，农业合作化这一重大的政治运动和两条道路斗争的政治主题被融合在浓郁的乡野气息和淡朴的风光景致中，这在一定程度上冲淡了作品整体氛围所表现的高亢的政治色彩，而具有艺术的审美价值。周立波是驾驭语言的巨匠，《山乡巨变》最值得称道的也是作品的语言洗练流畅，清丽自然；人物对话幽默风趣，含蓄传神，特别是对湖南方言土语如"想得几脚棋出""艄公多了打烂船""都是叫花子照火，只往怀里扒"的运用，更见语言大家的功力。

总之，作者通过散淡疏朗的结构、速写画式的人物和场面、肃静淡雅的山村美景、流畅生动的雅俗共赏的语言，寄托了典雅的文人兴味，弹奏着优美的心灵乐章。

《山乡巨变》也存在明显缺陷。如对反动分子龚子元夫妇的描写，显然是图解"以阶级斗争为纲"，有失真实；对青年农民盛淑君、陈大春的描写，笔墨不够丰厚；运用湖南方言叙述故事，不少冷僻的方言让人费解；小说的下篇枝蔓过多，不够精练。

三、孙犁与《铁木前传》

孙犁（1913—2002），原名孙树勋，河北安平人。1937年参加革命，在冀中和晋察冀边区从事文化教育、报刊书籍的编辑工作。1939年发表散文、短篇小说和诗歌等作品，1944年在延安鲁迅艺术文学院担任教学工作，在此期间发表了《芦花荡》《荷花淀》《嘱咐》等作品。1945年回到冀中，参加了土地改革运动。新中国成立后长期在《天津日报》工作。出版有长篇小说《风云初记》，中篇小说《铁木前传》，诗集《白洋淀之曲》，评论集《文学短论》《孙犁文论集》，另有《孙犁文集》正续编8册和《晚华集》《秀露集》《澹定集》《尺泽集》《远道集》《老荒集》《陋巷集》《无为集》《如云集》《曲终集》等10种散文集传世。他的小说多以冀中平原的农村为背景，白洋淀、滹沱河的绮丽风光不时闪现在他的作品中。他笔下的农民形象，特别是农村妇女的美好形象，塑造得十分成功。无论是人物还是景物描写，他都善用白描，在质朴自然的叙说中，显露出冀中平原的地方色彩；他的小说语言朴素、柔美、清丽，不事粉饰雕琢，极富表现力。因此，孙犁的小说被誉为"小说的诗，诗的小说"，他也被认为是"荷花淀"派的核心代表人物。而晚年发表的《芸斋小说》系列，以笔记体记录作家在"文革"中的见闻，或描摹世相，或洞察人情，格调也由早先的清新、俊逸一变为冷峻、苍凉，短小精悍，发人深省，既是新时期"伤痕文学""反思文学"的组成部分，又是当代"笔记小说"的重要收获。① 至于新时期孙犁的散文创作，也以文体的创新、思想的精湛、风格的鲜明和语言的炉火纯青，在文学界产生了广泛影响。

中篇小说《铁木前传》1956年发表，表面上看是作者1953年下乡的产物，其实是作者"有关童年的回忆""当时思想情感的体现"②，其蕴涵颇为复杂。

在这篇作品中，孙犁力拒政治观念束缚，将笔触深入到人的性格变化、人与人关系的变化和人的心灵变化中展开描写。故事发生在河北省的一个村庄，将发生在十几年间的故事通过几个高度集中的生活镜头表现了出来，通过铁匠傅老刚和木匠黎老东的血肉友谊因贫富悬殊而破灭的类似"嫌贫爱富"的故事，敏锐地发现了农民在传统观念影响下形成的狭隘、自私的心理以及由此带来的后果，从道德批判的角度、人情世态的描写层面，反映抗日战争直至农业合作化前夕二十多年的农村生活，直面农村中两极分化严重、贫富差异悬殊的社会现实，表现了农村中日益紧张尖锐的社会矛盾，揭示出农业合作化运动的必要性、艰巨性和意识形态变革比社会制度变革更为艰巨这一丰厚、深邃的思想主题。小说避开了对两条道路斗争的正面描述，远离了空洞、单调的政治说教，为农村题材小说在主题的揭示和艺术的表现上开拓了新路，超越了以往描写农村题材的作品，充分体现了孙犁的现实主义精神。

孙犁采用他最擅长的白描艺术塑造人物，用简省而精练的笔墨，画龙点睛地抓住人物的神态加以勾勒，产生了传神动情的艺术效果，含蓄流露了自己对社会人生的态度以及对生命价值的思考。

小满是《铁木前传》中一个鲜活的人物形象，聪明机灵，敢作敢当，她从我们眼前招招摇摇地走过，一颦一笑，一举一动，嬉笑怒骂，都牵动着我们的目光。这个聪明机灵的女子，不再是受难的女性形象，她轻轻松松甩脱了养母和姐姐强加在她身上的包办婚姻的枷锁，毫无顾忌地寻求她的真爱。她的机灵，不仅使她出人意料地摆脱了让她厌烦的青年会，也让我们感到干部在工作中的迂腐与可笑。当小满跨上了六儿的大车，我们除了赞赏她的勇敢，就只有为这个浑身充满魅力的"精灵"祝福了。小满似乎前途未卜，但谁又能说这不是作家为她选定的一个最佳的结局呢？

九儿是与小满儿相对立的女性形象。她含蓄忍耐，贫穷乐观，积极追求自己的人生。她明白，每个人的人生都不会十全十美，都有或多或少令人遗憾的甚至痛苦的东西，勇于正视现实、改变现实并创造未来的人是生活的强者，而随波逐流、任意放纵则无法经受考验。所以，她能够正确地把握人生的方向，把握自己的命运。九儿看着小六儿的远去，也曾痛苦过，但她正确地认识了自我，理解了爱情，她意识到生命的结合与童年玩伴的不同，她知道爱情必然要有坚实的基础，她从心里已经放弃了小六儿，倾向于勤劳

---

① 张志忠主编：《中国当代文学六十年》，高等教育出版社2009年版，第48页。
② 孙犁：《关于〈铁木前传〉的通信》，载《孙犁文集》第4卷，百花文艺出版社1982年版，第616—617页。

朴实的小四儿了。这是她爱情观的一个真实表露。相反，小满对小六儿却紧紧相随，以此来逃避婚姻生活的痛苦与空虚。

结构上，《铁木前传》采取了新颖的复调结构。

小说的显性主题仍然是歌颂农业合作化运动，歌颂社会主义新生活。为表现这个主题，作者设置了新、老两代两组对垒人物。老一代的黎老东和傅老刚，前者反对农业合作化运动，后者拥护；新一代的人物小满儿、六儿和四儿、九儿，前者是落后人物，后者则热心参加集体活动，勇于舍弃个人、家庭利益，以集体利益为重。50年代的社会语境决定了作家的取舍态度，他只能将歌颂的笔墨洒向傅老刚和四儿、九儿，以此为农业合作化运动呐喊助威。但是孙犁的文学修养和文学人格以及他"离政治远一些"的文学主张，又决定了《铁木前传》的主题不可能是单一的，而有着更深的思想意蕴。如果说孙犁小说多是表层关注人的道德取向和社会关系的话，那么《铁木前传》则将这种关注引向深层思考。

《铁木前传》虽是描写合作化进程，具有明显的政治色彩，但它却不像共和国同时或以后的此类作品那样，将努力表现合作化道路的光明前景作为小说主体，而是在字里行间显现出对于人情、人性、人生道路的密切关注与深入探究，立意于"悲歌友情的失落，渴求人性的复归"。战争年代、贫苦岁月里相濡以沫的铁木二匠，胜利后再见面，已经站在不同的地位上，多年的友情终于破裂了。友情决裂的真正原因是什么？不仅铁、木二匠说不清楚，而且"村里人都说不出那真正的道理"。确实，这不是个简单问题。从战争时期对于农民身上所焕发出的人性光彩的乐观描写来看，孙犁曾十分坚定地相信，革命会促使人向社会的人即合乎人的本性人的自身复归，但生活使他经历了理想的失落。从表面看来，铁、木之间的决裂是因为黎老东奴役了朋友，其实在傅老刚才走进黎老东家门，黎老东翻起大毛羔皮袍给亲家看时，决裂的种子已经种下，这就是非人性的社会地位的差异对正常人性的侵扰。也许在现实生活中这是不可避免的，但对孙犁这样一位人道主义作家来说，它却难以被容忍。从本质上来看，孙犁的文学思考其实并不以与历史认同为目的，而是将人性看得高于一切。在战争年代，这一点也许表现得并不突出，但在和平年代，这种人性的文学思考与政治的文学思考之差异就显现出来了。孙犁孜孜以求的是人如何更像人，如何摆脱现实的羁绊走上人性与人格的自由完善之路，如何在历史与道德的困惑中保持住人的自主性，因而当他发现历史的进步并非与人性的全面发展同步之时，浓浓的失落感立刻笼罩了全文。

与此同时，《铁木前传》通过小满儿的形象，从另一角度表现了来自传统、又存在于新生活中间的非人性力量对正常人性的摧残。小满儿年轻、美丽、聪明、能干，但又落后、放荡。在她身上，作者集中了人性的自然美与人性被扭曲后的痛苦，留下大片任人想象的艺术空白。小满儿爱美同时又拥有美丽，这本身并不构成任何过错，但它却使小满儿在封闭落后的乡间成为男人们避嫌、女人们嫉妒的对象。她有充盈的生命力、止不住的热情、无边的幻想、对幸福的渴求，但她更有心灵的重创和难以为人理解的巨大痛苦，以至于常常一个人深夜在野外徘徊、啼哭。那么，小满儿的心灵重创从何而来？

作品中显而易见的解答是包办婚姻，但这远不是答案的全部。大壮和媳妇的一场争吵，起因于大壮为小满儿的美丽所陶醉，尽管"她低着头，连一句话也没讲"，但她还是从此成为祸根，村里的青年团也把她看成"后"人群的"主心骨""组织者"，只是因为要吸收六儿参加学习和工作，才想到从改造小满儿入手。聪明伶俐的小满儿当然很明白这一点，这使她备感孤独，感到自己"是没有亲人的，是要自己走路的"。她曾经十分动情地对上边派来的干部说："你了解人不能像看画儿一样，只是坐在这里。短时间也是不行的。有些人，他们可以装扮起来，可以在你面前说得很好听；有些人，他就什么也可以不讲，听候你来主观的判断。"小满儿最终又一次消失在漫漫人生路上，没有人能说清等待着这个年轻女人的是什么样的命运。但借助这一形象，孙犁却使我们看到了封建陈腐观念的非人性的力量，在新时代到来之后仍对正常人性进行摧残，但人们常常只是看到人性被扭曲之后的丑恶，却忽视了对非人性力量的抨击与检讨。

《铁木前传》保持了孙犁小说的散文化风格，通篇贯注着温馨、浓郁的诗情，并以平易、蕴藉、淡远的笔法自然出之，宛如行云流水，言近旨远，诗意盎然，韵味悠长，堪称"一部诗的小说或小说的诗"。

四、柳青与《创业史》

柳青（1916—1978），原名刘蕴华，陕西吴堡人。1934年开始写作活动，并翻译介绍外国文学。1936年加入中国共产党。1938年到延安，创作的短篇小说部分收入《地雷》。1943—1945年间，到米脂基层农村深入生活三年，写出了反映抗日根据地变工互助生活的长篇小说《种谷记》。新中国成立后，毅然带着全家到长安县（今西安市长安区）皇甫村落户，在那里生活、写作了14年，出版了长篇小说《铜墙铁壁》、《创业史》和中篇小说《狠透铁》等。1959年问世的多卷本长篇小说《创业史》（第一部），标志着作家思想和艺术进入了一个新的发展阶段。"文革"中惨遭残酷迫害，但仍坚持写作。1973年抱病回城。1978年6月13日去世。

《创业史》是一部探索中国农民历史命运的多卷本"史诗性"长篇小说，在相当长时间被认为"代表了'十七年文学'中农村题材长篇小说的最高成就"[①]。作者原计划写四部：第一部写互助组阶段，第二部写农业生产合作社的巩固和发展，第三部写合作社运动高潮，第四部写全民整风和"大跃进"，至农村人民公社成立。随着"文革"的到来，作家写作计划被中断，"文革"结束后虽改定了第二部的上卷和下卷的前四章，但留给人们的仍是一部残缺不全的史诗性著作。不过，这部小说所要说明的仍是民族国家认同的真理："中国农村为什么会发生社会主义革命和这次革命是怎样进行的。回答是通过一个村庄的各阶级人物在合作化运动中的行动、思想和心理的变化过程表现出来的"[②]。

[①] 张炯、邓绍基、樊骏主编：《中华文学通史·第九卷·当代文学编（小说 戏剧）》，华艺出版社1997年版，第65页。
[②] 金汉主编：《中国当代文学发展史》，上海文艺出版社2002年版，第171页。

《创业史》（第一部）作为描写中国农村社会主义革命的史诗性作品。虽然只写了一个互助组建立、巩固和发展的过程，但反映的却是从私有制到公有制，涉及中国农民命运的重大变革。小说通过描写我国西部地区的一个村落下堡乡蛤蟆滩各阶级、阶层人物对私有制变革的不同态度和行动，以及由此引起的错综复杂的矛盾与斗争，表现了农村社会制度经历变革中农民的思想、心理，以及人与人之间关系的艰难而曲折的变化过程。

　　在广阔的历史和现实的背景下，在错综复杂的矛盾冲突中，《创业史》以新、旧二元对立的方式展开农民形象的书写，比较成功地塑造了一系列性格鲜明生动的人物形象。

　　梁生宝是作者塑造的当代农民新人形象，是一位农业合作化的带头人，也是社会主义创业者的典型。他生活在新旧两个历史阶段的转折期。小时候讨过饭，少年、青年时期为财主扛过活，为逃避抓丁还当过"地下农民"。他跟继父梁三老汉为创一点可怜的家业，饱尝了痛苦辛酸。旧社会生活的苦难和创业的艰辛，使他深切体会到新社会的优越。新中国成立后，在党的教育扶持下，他入了党，当上了互助组长。小说通过"买稻种"、"活跃借贷"、"进山割竹"和"接纳白占魁入社"等一些典型事例的描写，突出表现了梁生宝作为一个共产党员在蛤蟆滩农业合作化运动中的带头作用，将一个社会主义时代的英雄人物展现在读者面前。他热爱新社会，对党有着深厚的感情，勤劳质朴，善良厚道，吃苦在前，享乐在后，朝气蓬勃，踏实肯干，克己奉公，富有自我牺牲精神。在蛤蟆滩这个特殊的斗争环境里，他既要与贫穷落后作斗争，又要与党内外的资本主义自发势力和暗藏的阶级敌人作斗争。不管遇到多大的困难，他总是以农业互助组这种新的生产组织为依托。他是一个普通农民，却比普通农民有更高的思想境界。正是在这错综复杂的环境中，蛤蟆滩的农民开创出了社会主义的大家业。但梁生宝形象却不及梁三老汉生动感人，既缘于作家对人物不够熟悉而生硬拔高，也因为作家根据政治思想观念而进行安排，使得观念大于形象。

　　梁三老汉是《创业史》中描写得最为成功的人物，虽然只用了少量的篇幅，却给人们刻画出了一个有血有肉的传统农民典型，这是一个具有现实主义深度的艺术典型，从中我们才能"真正体验到一个真正的中国农民性格的本质内容"[①]。如果说梁生宝的塑造过于理想化，那么梁三老汉则是一个真实深刻、血肉丰满的农民典型形象，在小说中具有特殊的地位和意义。作者把梁三老汉植根于深厚的历史与现实生活的土壤中，完整细致地从精神上、心理上揭示梁三老汉从旧的创业道路走上新的创业道路、从留恋私有制到接受公有制的思想转变过程。梁三老汉勤劳、朴实、善良、厚道，当幼年的梁生宝和母亲逃荒到蛤蟆滩时，穷困的梁三收留了他们。在旧社会，他拼死拼活地创业，但一次次都失败了。当他累弯了腰、得了厉害的哮喘病、再没有力气拼命的时候，共产党领导"土改"，10亩土地分到他名下，多年的梦想一夜间成了现实。然而，这是一个性格极为复杂的两面人物。他毕竟背负着几千年私有制观念因袭的重担，狭隘自私、保守愚昧。

[①] 朱栋霖、丁帆、朱晓进主编：《中国现代文学史（1917—1997）》下册，高等教育出版社2000年版，第23页。

他只想靠个人的力量发家致富，当上"三合头瓦房院的长者"，因此在大办互助组的集体化运动中，不赞同梁生宝领导互助组，私有制观念使他本能地持反对抗拒态度。然而对共产党帮助自己翻身又充满着感激、热爱之情，对党的政策无比信赖，这让他处处替儿子担心，十分关注合作化命运，不时怀疑自己态度的正确性。互助组的创业成功教育了他，最后他终于站到了农业合作化运动一边。梁三老汉的转变，完整准确地揭示了旧式农民告别私有制、放弃个人发家致富时心灵上所经历的痛苦和迷惘，展示了中国农民选择社会主义道路、走向新的创业道路的艰难转变过程，进而成了《创业史》中"概括变革中农民心理的复杂变化过程最生动、最典型的形象"①。

蛤蟆滩个人发家致富的"三大能人"郭振山、郭世富、姚士杰的形象，也塑造得各有特色。郭振山，党员、村长，曾是战争年代、"土改"时期叱咤风云的人物，此时却一心个人发家致富，对党的政策阳奉阴违，对农业合作化持反对态度，成为党内资本主义自发势力的代表。富裕中农郭世富，精于算计，狡诈贪婪，妄图用和平竞赛的方式，把互助组比垮、赛垮。富农姚士杰，对共产党、新社会有刻骨仇恨，妄想变天，暗中破坏。"三大能人"虽然阶级属性各有差别，但在反对梁生宝互助组的问题上却完全一致，这表明在社会主义革命高潮到来时，各种力量都将出来表演，并会迅速集结成新的阵营。正是通过这些生动的艺术形象，小说"真实地记录了我国广大农村在土地改革和消灭封建所有制以后所发生的一场无比深刻、无比尖锐的社会主义革命运动"②。

《创业史》在艺术上颇有成就。深邃宏大的构思、时空跨度的延展与内容的真实性、广阔性密切联系，增强了小说的历史厚度和思想境界，使作品具有了"史诗"的规模与特点；刻画人物时，对比手法的运用，精微细腻的描写，特别是符合人物身份、性格的心理描写，颇见功力的环境描写，充满浓郁的地域色彩和乡土气息；小说语言上，常常叙议结合，抒情、议论深沉精辟，有时是蕴含哲理的议论，有时是作者直接抒情，有浓厚的意蕴和思辨色彩。

出于时代局限，《创业史》的缺点也相当明显，并引发了60年代学界的激烈争论③。一是对阶级斗争的严重性有些夸大，将个体经济与私有制、阶级剥削等同看待；二是在主要人物梁生宝身上涂抹了太多的理想化色彩，损害了人物的真实性；三是作者自己情不自禁地发议论、抒情感，有极大的阐释主题的嫌疑。特别是"文革"后期作者对第一部的修改，增加了有关政治性明显的议论和对刘少奇走资本主义道路的批判内容，几乎对作品造成了致命的伤害。

---

① 江晓天：《也谈柳青和〈创业史〉》，《文艺理论与批评》1990年第1期，第20-24页。
② 洪子诚：《文学史中的柳青和赵树理（1949—1970）》，《文艺争鸣》2018年第1期，第6-17页。
③ 相关争论情况，参见洪子诚：《中国当代文学史》，北京大学出版社1999年版，第102-103页。

第四节 另类小说

　　新中国成立后出现的所谓"另类小说",其产生有两种情形:一是指解放初期一部分富有探索精神的作家从事创作活动时,没有如同时期那些主流政治意识特别浓厚的作家一样从政治层面落笔,而是坚持现实主义原则,将目光转向了身边的现实生活,拒绝成为政治的传声筒,以自己对生活的独特发现和颇具个性的艺术追求,创作出了一批个性鲜明、艺术价值较高、与同时代要求不尽相同的作品。二是和当时的政治环境有一定关系,如王蒙、宗璞等人的创作就与1956年"双百方针"提出后较为宽松的政治环境和苏联解冻文学的影响有着密切的关系。

　　这类作品大致可以分成两类:一类是大胆干预生活,暴露官僚主义、教条主义等阴暗面,具有现实批判性,如萧也牧的《我们夫妇之间》、刘宾雁的《在桥梁工地上》、王蒙的《组织部新来的青年人》、李准的《灰色的帆篷》、南丁的《科长》、刘绍棠的《田野落霞》、耿龙祥的《入党》、李国文的《改选》、耿简的《爬在旗杆上的人》等;另一类是走进人性深处,大胆书写男女爱情,展示情感复杂多样性的作品,如路翎的《洼地上的"战役"》、宗璞的《红豆》、邓友梅的《在悬崖上》、陆文夫的《小巷深处》、丰村的《美丽》等。

　　萧也牧、路翎、王蒙、宗璞等是这类小说创作的代表作家。

一、萧也牧与《我们夫妇之间》

　　萧也牧(1918—1970),原名吴承淦,后改名吴小武,笔名萧也牧,吴兴(今浙江省湖州市)人。先后担任《救国报》编辑、《前卫报》编辑、铁血剧社演员、宣传队干事。1945年8月加入中国共产党,并担任张家口铁路分局工人纠察队副政委。50年代初,在中共中央宣传部工作,后调中国青年出版社任编辑。不久,任文学编辑室副主任。1970年10月15日,在河南"五七"干校被迫害致死。1980年平反昭雪。主要作品有《秋葵》《连绵的秋雨》《识字的故事》《我和老何》《锻炼》《山村纪事》《地道里一夜》《难忘的岁月》《海河边上》《携手前进》《我们夫妇之间》《萧也牧作品选》等。

　　《我们夫妇之间》发表于1949年秋天,不久被拍成电影,是萧也牧的代表作。小说提出了老干部进城后所面临的新问题,描写了他们在新旧交替时代的复杂性格,萧也牧也因此被认为是第一个试图表现新中国城市生活并尝试城市题材创作的作家。

　　这篇小说应该说是最早反映革命者进城后生活和思想变化的小说,但它展开的是城市日常生活的描写,遵循的是从日常生活中寻找超越意义的现实主义典型观念。作为干部的政治敏感和作为小说家对生活的观察,使他敏锐地发现了现实生活中出现的问题,即进城后党的干部在生活适应过程中出现的问题,在小说中具体表现为"我和妻子"进城后的矛盾。小说的高明之处,在于小说反映的不仅仅是夫妻感情的矛盾、理想与现实的矛盾，还在于"来自城市的知识分子"和"来自农村的工人干部"在思想上的矛盾。这三种矛盾，实际上可以看成是城/乡、理想/现实、现代/传统的矛盾，而在小说中则被作者精心聚焦为"我"（李克）／"妻子（张同志）"的生活矛盾。

  作品中的主人公李克夫妇曾被认为是"知识分子和工农结合的典型"，虽然两人的文化背景和身份不同，但他们婚后"不论在生活上、感情上……却觉得很融洽，很愉快！"但是进城以后，"我"却怀疑"我们的夫妇生活是否能继续巩固下去"。从城市投身革命的"我"，进了北京后，觉得"好像回到了故乡一样"，"虽然我离开大城市已经有十二年的岁月，虽然我身上还是披着满是尘土的粗布棉衣……可是我暗暗地想：新的生活开始了！"做丈夫的，城市唤醒了自己早年的城市生活欲望，可以说，他是堂堂正正地以一个胜利者的身份，骄傲地回到了自己曾经熟悉的环境里。但是，城市生活对妻子而言，却是全新的挑战。进城后第一次上街，她便对城市生活提出了自己的批评："那么多的人！男不像男女不像女的！男人头上也抹油……女人更看不得！那么冷的天气也露着小腿；怕人不知道她有皮衣，就让毛儿朝外翻着穿！……总之，一句话：看不惯！"矛盾来得急切而且尖锐，但并没有涉及个人感情上的问题。

  他们矛盾的焦点，不是感情的变化，而是两种不同的观念在他们的现实生活中竖起了一面对抗的大旗。"我（李克）"是城里出身的学生，看到的是城市物质文明给生活带来的变化；"我的妻子张同志"是生长在农村的革命者，看到的是与她以往经验截然不同的审美理念和道德观念，厌恶之情油然而生。在李克看来，十多年的革命奋斗，就是为了换来这种新生活。当这一切实现的时候，他有理由和资格来接受它，并享受它的便利与舒适，更何况他曾经就享受过这种生活。而妻子"张同志"则从革命者的立场出发，坚信自己肩负着改造城市的使命，凡是与自己旧有观念不符合的，就是应该改造的，二元对立的思维模式根深蒂固。但是，她的很多做法却使李克感到了其精神的高尚，如为顽皮的儿童仗义执言；帮助保姆小娟补习文化功课等。而李克之所以会感到自愧弗如，原因在于他身上有着知识分子难以摆脱的自私性与局限性，事不关己、高高挂起的思想仍可在他身上找到一些影子。最终，他终于慢慢地对自己的小资产阶级习气进行了反思；而妻子"张同志"通过工作中接触的人和事，也逐渐感觉到了自己与城市格格不入的地方，不再单纯地以意识形态来看待生活中的新鲜面，接受了城市中的部分的生活习惯。最后，夫妻俩都坦然承认了自己的错误，并谈出了自己对矛盾的看法。妻子意识到了自己看待问题的简单粗暴，丈夫批评了自己身上"保留着一小部分小资产阶级脱离现实生活的成分"，在理解与包容中，夫妻两个和好如初。

  虽然夫妻两个的矛盾解决了，但这种问题的解决是想象性的。在现实生活中，小说所反映的城/乡、现代/传统等方面的矛盾，并没有很容易地得到解决。

  这篇小说艺术上并没有取得实质性的突破，观念化、概念化痕迹相当显豁，譬如张同志"有些急躁、有些狭隘"[①]，但可贵之处在于它展现了一个作家直面生活的勇气，小

[①] 萧也牧：《我一定要切实地改正错误》，《文艺报》1951年第1期，第24–27页。

说本身也揭示了当时新中国一个普遍的现代性问题,那就是进城后,怎样解决革命队伍里的思想冲突?怎样对待以前不甚熟悉的城市生活?

小说发表后曾遭到批评。1951年6月,陈涌率先在《人民日报》公开批评这篇小说的"小资产阶级趣味",认为萧也牧是"依据小资产阶级观点、趣味来观察生活,表现生活"①;《文艺报》也刊登署名"李定中"(冯雪峰)的文章,批评作者"脱离政治","以玩弄人民的态度"描写工农出身的干部②;丁玲则撰文将萧也牧"个人的创作问题"提高到一种"文艺倾向的问题"③。这些批评者并没有意识到萧也牧这篇小说的深刻性,而是采用一种单一性的政治眼光看待审美问题。这位优秀作家也由此率先成为了新中国成立初期未能"贯彻工农兵文艺方向"的牺牲品。

二、路翎与《洼地上的"战役"》

路翎(1923—1994),原名徐嗣兴,笔名冰菱、烽嵩、未明等。原籍安徽无为,生于江苏南京一个商人家庭。1938年,编辑合川县(今重庆市合川区)《大声日报》的文艺副刊《哨兵》,开始发表小说,引起文坛注意。后在胡风的影响和帮助下,迅速成为"七月派"最有代表性的作家。1940年起,在经济部矿冶研究所、中央政治学校图书馆等处任职。1948年,任教于中央大学。在此期间出版有短篇小说集《青春的祝福》《求爱》《在铁链中》,中篇小说《饥饿的郭素娥》《蜗牛在荆棘上》,长篇小说《财主底女儿们》《燃烧的荒地》,戏剧《云雀》等。中华人民共和国成立后,先后任南京军管会文艺处创作组组长、北京中国青年艺术剧院创作组组长,后调中国戏剧家协会剧本创作室从事创作。著有短篇小说集《平原》《朱桂花的故事》,戏剧《迎着明天》《英雄母亲》《祖国在前进》。散文集《板门店前线散记》,小说、报告文学集《初雪》等。1955年因"胡风集团"案蒙冤入狱多年。1980年平反,任中国戏剧出版社编辑,发表长篇小说《群峰顶端的雕像》(《战争,为了和平》第一部)。

路翎小说以严峻的现实主义笔触展现了中国广阔的社会历史生活图景,反映了战乱岁月中下层人民的苦难生活和自发反抗的精神。他善于表现人物性格的矛盾和复杂丰富的心灵世界,丰富了现代小说的艺术表现力,显示了强烈的主观色调和悲壮的艺术风貌。从抗美援朝战场归来后两年,路翎先后发表了一系列以抗美援朝战争为题材的小说,如《初雪》《洼地上的"战役"》《你的永远忠实的同志》等,在读者中引起热烈反响。其中以《洼地上的"战役"》影响最大。

这篇小说以抗美援朝为背景,既用写实手法显现志愿军战士日常的训练生活和一场惊心动魄的抓俘虏战斗,又用含蓄笔触点染志愿军战士王应洪与朝鲜姑娘金圣姬之间的爱情故事,进而塑造了志愿军战士王应洪的可爱形象。

作为一名新征入伍的战士,19岁的王应洪单纯、淳朴、忠诚、上进,肩负国际主义

---

① 陈涌:《萧也牧创作的一些倾向》,《人民日报》1951年6月10日。
② 李定中:《反对玩弄人民的态度,反对新的低级趣味》,《文艺报》1951年第5期。
③ 丁玲:《作为一种倾向来看:给萧也牧的一封信》,《文艺报》1951年第4期。

的使命来到朝鲜战场，因此怀有强烈的战斗意识与责任感，一门心思都在执行任务上面。站岗放哨，他保持高度的警惕性，连自己的班长居然也被他俘虏了；住在老百姓家里，他帮助老百姓担水、劈柴、种地，按部队要求模范搞好与群众的关系；上战场，他勇敢机智地抓住了俘虏，出色地完成了首长交给的任务；遇到危险，他不惜牺牲自己的生命掩护战友。这个人物身上，典型地体现了时代要求，是一个集英雄主义、集体主义、国际主义于一身的典型的志愿军形象。

由此可见，路翎的这篇小说并没有背离符合时代趣味的"宏大叙事"。它如杨朔的《三千里江山》、魏巍的《谁是最可爱的人》、巴金的《生活在英雄们中间》等作品一样，写了抗美援朝，写了英雄主义、集体主义、国际主义，取材和主题都符合主流意识形态的要求。但这篇小说却是路翎小说写作传统的延续，它并没有机械地图解政策和政治，它所探索的是"心灵史诗"，凸显的是战争环境下的儿女情长，把人性的美好糅进残酷的战争中去。路翎以细腻老到的叙述笔触，深刻地展现了部队纪律与爱情幸福的矛盾冲突，达到了政治性与艺术性的完美统一。

在王应洪帮住家老百姓干活时，身为平民的金圣姬就暗自喜欢上了这个青年，不再和王应洪大笑，见到王应洪时就显得激动，在他走过的时候总是痴痴地看着他，和王应洪说上几句话就要脸红起来，而王应洪却完全没有察觉到。但是，老班长王顺却注意到了这个情况。按照部队纪律，志愿军战士是不允许与驻地百姓恋爱的。于是，他找王应洪谈了一席话，也了解到王应洪并没有违反纪律。然而，就是这番谈话却使王应洪处处不自然起来。生活经验的缺乏，使他对金圣姬的态度过于生硬，以至于王顺不得不打圆场。王顺也十分苦恼，一方面觉得王应洪不应违反部队纪律，另一方面又对金圣姬抱有歉意，不好解释，伤了姑娘的心。事实上，年轻战士王应洪和朝鲜姑娘金圣姬都经受住了纪律的考验和战争的锤炼。出于对反侵略战争的献身志愿和严明的纪律性，王应洪主动远离了爱情。是人民的感情与愿望，促使他更深刻地认识到自己身负的现实责任。他从爱情旁走过，想得更多的是"人民的热爱，人民的愿望、痛苦和仇恨，他为这个而战"。最后，王应洪战死沙场，他的牺牲掩护了战友，也染红了绣有名字的那条手帕，这场跨国爱恋还没开始就结束了。在现实斗争面前，金圣姬也懂得了战争需要付出怎样的代价，了解了志愿军战士的崇高品质。她也把个人的感情升华，转化为坚强的斗争意志。但作者的具体描写和深层意识里，战争与爱情的天平总是有意无意地向爱情倾斜，只不过作者总是以纪律来补救与匡正，时刻警惕和遮拦着爱情的可能放任。

由此可见，与一般抗美援朝战争小说不同，路翎选择的是一个独特的视角。他试图从人性的角度来阐释故事中的种种矛盾，通过美好人性情感的毁灭来显示战争的残酷，但这种从个人情感、个人命运、人性深处透视战争的创作思路，在当时受到了严厉批判。在批判者看来，"作者没有着重去写王应洪的自觉的把战争放在压倒一切位置的那种忘我的甘愿牺牲一切的精神状态，所以贬低了战士们的高贵品质"[①]，从而"攻击了工人阶级

---

① 荒草：《评路翎的两篇小说》，《文艺月报》1954 年第 9 期。

的集体主义，支援了个人温情主义，并且使后者抬起头来"①。事实上，路翎遭遇的批判已宣告了"作为个人的思想感情和心理体验的丰富性和复杂性，在共和国初期就已经被排除于文学表现的领域之外"②。

三、王蒙与《组织部新来的青年人》

王蒙（1934— ）曾用笔名阳雨。河北南皮人，生于北平。上中学时就参加了中共领导的城市地下工作。1948年加入中国共产党。1950年从事青年团的区委会工作。1953年创作长篇小说《青春万岁》。1956年发表短篇小说《组织部新来的青年人》，由此被错划为右派。1958年后在京郊劳动改造。1962年调北京师范学院任教。1963年起赴新疆生活、工作了十多年。1978年调北京市作协工作。后任《人民文学》主编、中国作协副主席、中共中央委员、文化部（今文旅部）部长、国际笔会中心中国分会副会长等职。著有长篇小说《活动变人形》《暗杀—3322》《季节三部曲》（《恋爱的季节》《失态的季节》《踌躇的季节》）、《青狐》，中篇小说《布礼》《蝴蝶》《杂色》《相见时难》《名医梁有志传奇》《在伊犁》系列小说，小说集《冬雨》《坚硬的稀粥》《加拿大的月亮》，诗集《旋转的秋千》，散文集《轻松与感伤》《一笑集》《王蒙自述：我的人生哲学》，文艺论集《当你拿起笔……》《文学的诱惑》《风格散记》《王蒙谈创作》《王蒙、王干对话录》，专著《红楼启示录》《王蒙评点红楼梦》《王蒙话说红楼梦》《王蒙讲稿》《王蒙新世纪讲稿》，及10卷本《王蒙文集》、23卷本《王蒙文存》等，2006—2008年出版了三部自传《半生多事》《大块文章》《九命七羊》。作品被译成英、俄、日等多种文字在国外出版。曾获意大利蒙德罗文学奖和日本创作学会"和平文化奖"，2000年获诺贝尔文学奖提名。王蒙在文学道路上不断探索和创新，他的作品反映了中国人民在前进道路上的坎坷历程，风格也由初期的热情、纯真趋于后来的清醒、冷峻，融追求诗意的文学传统与富于哲理的西方现代派文学特质于一体，成为当代中国文坛上创作最为丰硕、最有活力、最具个性的作家之一。

《组织部新来的青年人》（原名《组织部来了个年轻人》）是王蒙早期短篇小说的代表作，最初发表于《人民文学》1956年9月号，小说标题为发表时编辑部所改。在中国当代文学史上，这篇小说"用清新的文字，讲述了一个对革命抱着单纯而真诚的信仰的青年，来到中共北京某区委工作的情形"③，"两个年轻人走向生活、走向社会、走向机关工作以后心灵的变化，他们的幻想、追求、真诚、失望、苦恼和自责的描写，远远超过了对于官僚主义的揭露和解剖"④，因此完全可以当作一篇"表述叙述人心路历程的成长小说"来读⑤，但结合特定的历史情境和阅读期待视野来看，它实在是第一篇正面描

---

① 侯金镜：《评路翎的三篇小说》，《文艺报》1954年第12期。
② 孟繁华、程光炜：《中国当代文学发展史》，人民文学出版社2004年版，第74页。
③ 洪子诚：《1956：百花时代》，山东教育出版社1998年版，第113页。
④ 王蒙：《〈冬雨〉后记》，《读书》1980年第7期，第65－66页。
⑤ 参见陈思和主编：《中国当代文学史教程》，复旦大学出版社1999年版，第97－100页。

写和揭露党中央所在地北京一区党委组织部门官僚主义作风的小说。小说通过对新到组织部工作的年轻人林震的所见、所闻、所感以及组织部对麻袋厂事件的处理经过的描写，表现了年轻人林震对社会主义事业的忠诚和与官僚主义的斗争，揭露了刘世吾、韩常新等官僚主义分子的丑恶行径。

新近调到区委组织部工作的、年仅22岁的党员林震，是个朝气蓬勃、积极向上的小伙子，对组织部的工作"充满了神圣的憧憬"。但是，当踏入组织部的大门、真正成为其中一员的时候，他觉得一切不是想象中的样子。面对的现实与理想之间，出现了太多的不同，他觉得很陌生，也很迷茫。全面负责工作的副部长刘世吾，虽然工作能力强，却得过且过，对工作中出现的问题采取听之任之的态度；直接负责领导林震工作的韩常新，是一个外表光鲜、实则世故虚浮的干部，却得到重用；赵慧文热情向上，在工作上却用冷漠的外衣将自己包裹住。到基层了解情况时，林震发现麻袋厂厂长在工作时间下棋，根本不负责任，只懂得压制正确意见，对生产和工人漠不关心。林震非常着急，组织部领导却不顾他的一再请求，以种种借口拖延问题的解决。后来在林震的鼓动下，工人集体写信给《北京日报》反映麻袋厂的问题，引起上级领导的重视，组织部刘世吾副部长等雷厉风行地作了处理，林震却受到了不公正的批评，说他无组织无纪律等。他觉得自己在维护党的纯洁和群众利益的斗争中，陷入了孤立，党的机关原先在他心中的美好形象与现实的差距，使他陷入沉重的忧虑与痛苦中。

小说不以情节取胜，精彩的是那些针锋相对的政治对话，尤其是人物内部心理冲突的出色描写，给人以强烈的艺术感染，弥漫着一种感伤、忧郁的情调。

作者不仅揭露了当时的现象，更重要的是表示了对未来的担忧。如果说苏联小说《拖拉机站站长和总农艺师》中的主人公娜斯嘉是林震理想中的老师，那么刘世吾不啻林震现实生活中的老师。林震虽对刘世吾的处世态度和工作方法抱有审视和批判的意识，但是他们也有很多思想交流。刘世吾的口头禅是"就那么回事"，但他对下面工作情况和部里的干部却看得很清楚，这是林震感到钦佩的地方，这也是他内心冲突的地方：为什么老刘什么都清楚却不采取行动呢？刘世吾与林震有四次谈话，看得出他还是很喜欢这个朝气蓬勃的青年人的。正是这四次谈话，使我们看清了刘世吾内心深处还拥有一块理想的天地。这种理想，也曾使他充满锐气，但他最终将理想锁进了文学的角落里。林震想知道的，就是这种理想和激情是怎样被现实磨灭，使人变得冷漠和消极的。

小说发表以后，便在文艺界引起了激烈的争论。肯定的意见认为小说"是好的，有积极意义"，作者"没有一点歪曲这个作为典型环境的党组织，他逼真地、正确地写出了这里所发生的一切"[①]。更多的是否定的意见，认为这篇作品"完全是歪曲现实，歪曲了我们的老党员老干部的面貌，并且诬蔑了我们整个党和党中央"[②]，以至惊动了日理万

---

① 参见朱寨主编：《中国当代文学思潮史》，人民文学出版社1987年版，第331页。
② 《编者的话》，《文艺学习》1957年第3期，篇首。

机的毛泽东,但毛泽东支持小说的思想倾向,所以修改王蒙的小说也成了问题。1957年5月9日,《人民日报》特刊出了由"人民文学编辑部"整理的《〈人民文学〉编辑部对〈组织部新来的青年人〉原稿的修改情况》一文,把原稿和修改稿对比刊在中国最大的一家报纸《人民日报》上,这在当代文学史上恐怕也是"绝无仅有的现象"①,但最后王蒙还是不得不发表专文交代小说写作的过程以及自己对文学观念的一些理解,实际上是检讨了自己某些"小资产阶级的思想"和"非无产阶级的思想"情绪②。不久,小说被认为是"相当猖狂进攻"的毒草,作者也因此被划为"右派"。直到二十多年后,小说才成为"重放的鲜花"③受到应有的肯定。

四、宗璞与《红豆》

宗璞(1928—),原名冯钟璞,笔名还有绿蘩、任小哲等。原籍河南省唐河,生于北京,哲学家冯友兰之女。童年在《大公报》发表处女作《A.K.G》。1946年入南开大学外文系,1948年转入清华大学外文系。1951年被分配在政务院宗教事务委员会工作。同年末调入中国文联研究部。此后在《文艺报》和《世界文学》任编辑,并在"文革"结束后调入北京外国文学研究所工作。主要作品有童话集《寻月集》,散文小说集《宗璞散文小说选》,散文集《丁香结》,系列长篇小说《野葫芦引》第一部《南渡记》、第二部《东藏记》、第三部《西征记》,翻译《缪塞诗选》(合译)、《拉帕其尼的女儿》等。《弦上的梦》获1978年全国优秀短篇小说奖,《三生石》获1977—1980年全国优秀中篇小说奖,散文集《丁香结》获全国优秀散文(集)奖,长篇小说《东藏记》获得第六届茅盾文学奖。宗璞学养深厚,多年从事外国文学研究,小说创作吸取了中国传统文化与西方文化之精粹,文字优雅,叙述细密,风格温婉,气韵独特,含蓄蕴藉,在看似平淡的生活情境和细节中缓缓展开人物命运和世相心态,尤其是"文革"后的创作如《我是谁》《蜗居》《泥沼中的头颅》等追求现代主义技巧的探索,注重心理描写,具有超现实的荒诞和象征意味。

《红豆》发表于1957年7月,由《人民文学》"革新特大号"作为"新人的作品"推荐发表。小说以回首往事的方式,叙述了发生在1948年未名湖畔一个剪不断、理还乱的恋爱故事,用极其细腻优美的笔调,描写了单纯善良的女大学生江玫和贵族少爷齐虹的初恋,以及江玫在女友萧素的影响和父亲精神的感召下,在矛盾苦涩中最终选择祖国和革命,放弃了去国的恋人的青春经历,颇为温情地表现了年轻知识分子"在人生的十

---

① 谢泳:《重说〈组织部新来的青年人〉》,《南方文坛》2002年第6期,第31-34页。
② 王蒙:《关于〈组织部新来的青年人〉》,《人民日报》1957年5月8日。
③ 《重放的鲜花》是一部多人作品合集。1956年至1957年上半年,"百花齐放,百家争鸣"的政策给中国当代文学带来勃勃生机,出现了一批眼光敏锐、关注社会问题的青年作家和诗人,产生了一些张扬个性的诗歌和一批揭露社会弊端的特写和小说。不久,"反右"斗争扩大化,这些青年作家遭到严厉的批判,作品被彻底否定,打成"反党反社会主义的大毒草"。1979年,上海文艺出版社从这些被封杀多年的作品中选取了王蒙、刘宾雁、耿简、邓友梅等17位作者的小说和特写,编辑为《重放的鲜花》出版。

字路口进行选择的艰难和选择成功后的欢乐"①。

小说虽沿袭了"左"翼革命文学"革命+恋爱"的叙事模式，但并未着力展示男女之间缠绵悱恻的过程，而是用理性精神制约情感世界，有意识地将革命和爱情两条线索交织在一起，创作视点从外部世界转向以情感为中心的心灵世界，将尖锐的矛盾冲突置于主人公的心灵深处，细腻入微的刻画，真实描绘出江玫幻想、期待、甜蜜、痛苦、矛盾、悲伤等一系列丰富复杂的心理活动。

江玫是一名在斗争中逐渐成长起来的革命者。但令她痛苦的是，自己恋人的信仰与她的信仰完全处于对立的状态中。由此，在时代巨变面前，她面临着人生道路的抉择。但她一开始就不是英雄，最终也没有成为英雄，她虽然走上了革命的道路，却没有像林道静等典型人物那样"与工农结合"。刚进大学时，她并没有一开始就追求共产主义，而是一个典型的好学生形象："白天上课弹琴，晚上坐图书馆看参考书，礼拜六就回家"。但在1948年她大二那年，她生命中出现了两个物理系大四的学生，彻底结束了她与世隔绝的生活。她的新同屋，萧素"总是给人安慰，知识和力量"，而且还具有江玫想不出的"更丰富的东西"。在萧素的影响下，江玫开始接触一些朴素的革命道理，并且一步步地加入革命运动当中了。另一个人是"老像在做梦的"齐虹，以其独特的个人魅力悄无声息地闯进了江玫的感情天地，对音乐和文学的共同爱好把两颗年轻的心联系在一起。一方面，江玫越来越多地主动参加到社会活动之中，先是十分不情愿地参加了红五月的诗歌朗诵会，再是怀着民族的义愤以救护队员的身份参加了"反美抗日"的北京学生大游行，最后则是在抗议国民党屠杀东北来的青年学生的游行中走到了队伍的前列。另一方面，她与齐虹的感情越陷越深，矛盾也越来越尖锐。随着解放军解放北平的日子越来越近，江玫不得不在革命和齐虹中做一个艰难的选择。江玫的情感开始脆弱、纤细、敏感，到了后来逐渐坚强起来。她的感情始终受到时局的影响，她越是关注社会运动，她和齐虹的感情也就越不稳定，波动越大。最后江玫选择放弃爱情，留在了新中国。但是作品的缺陷在于并没有给江玫选择的"主动性"提供足够的支持，使人感觉到她身上有过多的萧素的影子和客观条件的束缚。最后做决定的时刻，她在心里的天平上还要靠失父之痛来增加自己留下的砝码。而萧素对齐虹的敌视只因为政治立场不同，但客观地说，齐虹并没有站到革命的对立面上去。因此，作品成功之处并不在于"思想完美"，而是一种逼真呈现。

诗意化的意境，使小说具有一种温馨浪漫的情调和浓郁含蓄的人情味，这是《红豆》又一显著的艺术特色。

宗璞在《小说与我》一文中曾经这样阐释她的艺术观："中国画讲究'似与不似之间'，讲究神似，对我很有启发。中国画论以山水画为最高，并主张不做自然皮相之模仿，而为诗人理想之实现。有的名画看去似乎不成比例，却能创造意境，传达精神，给

---

① 陈思和主编：《中国当代文学史教程》，复旦大学出版社1999年版，第86页。

人许多画外的东西。绘画和文学是两种艺术，所凭借的手段不同，但也总有相通之处。"实际上，这就是她的美学追求。她以描写知识分子特别是女性知识分子的思想感情见长，这与她幼承家学和始终生活在高等学府这一幽静的校园环境相关。江玫与齐虹相识后，爱情悄然渗进少女的心房，而她自己尚未觉察时，作者这样写道：

> 他们愈来愈熟。不知从什么时候起，从图书馆到西楼的路就无限度地延长了。走啊，走啊，总是走不到宿舍。江玫并不追究路为什么这样长，她甚至希望路更长一些，好让她和齐虹无止境地谈着贝多芬和肖邦，谈着苏东坡和李商隐，谈着济慈和勃朗宁。

这段描写，透露出江玫与齐虹相识后感情上的靠近与变化，探幽烛微地表达出少女初恋时影影绰绰、似有若无的微妙心理，含蕴生动，真切自然，余味无穷。

散文化的笔法，是《红豆》语言的显著特色。小说用笔细腻委婉，行文朴素平实，力避矫揉造作，讲究含蓄节制，并形成一种风韵与情致。请看：

> 春天的颐和园真是花团锦簇，充满了生命的气息。来往的人都脱去了臃肿的冬装，显得那样轻盈可爱。江玫和齐虹沿着昆明湖畔向南走去，那边简直没有什么人，只有和暖的春风和他们作伴。绿得发亮的垂柳直向他们摆手。

类似这样的精粹语言比比皆是。它们有着明显的节奏感，含蓄而有余韵，流动而无枝蔓，读来朗朗上口，充分表现了作者驾驭语言的精湛技艺。孙犁这样称赞她的语言："于细腻之中，注意调节。每一句的组织，无文法的疏略，每一段的组织，无浪费或蔓枝。可以说字字锤炼，句句经营。"① 评价极高。

小说发表后，《人民日报》《中国青年报》《文艺月报》《人民文学》等对它进行了将近一年的批判，认为作品宣扬了资产阶级的"人情味"和爱情观，"并未站在工人阶级立场上来描写小资产阶级知识分子的心理状态。当进入具体的艺术描写，作者的感情就完全被小资产阶级那种哀怨的、狭窄的诉不尽的个人主义感伤支配了"②。

拓展阅读：

1. 王蒙等：《重放的鲜花》，解放军文艺出版社2000年版。
2. 刘纳：《写得怎样：关于作品的文学评价：重读〈创业史〉并以其为例》，《文学评论》2005年第4期。
3. 李怡：《十七年文学研究"热"的几个问题》，《重庆大学学报》2011年第1期。

---

① 孙犁：《读作品记（四）》，《孙犁文集》第四卷，百花文艺出版社2002年版，第494页。
② 姚文元：《文学上的修正主义思潮和创作倾向》，《人民文学》1957年第11期，第109页。

4. 钱振文：《〈红岩〉是怎样炼成的：国家文学的生产和消费》，北京大学出版社 2011 年版。
5. 李杨：《50—70 年代中国文学经典再解读》，北京大学出版社 2018 年版。
6. 蔡翔：《革命·叙述：中国社会主义文学、文化想象（1949—1966）》，北京大学出版社 2018 年版。
7. 黄子平：《灰阑中的叙述》，北京大学出版社 2020 年版。

问题与思考：

1. 茹志鹃《百合花》与十七年短篇小说的创作特色。
2. 《洼地上的"战役"》对战争与人性的思考。
3. 《创业史》中梁三老汉形象的讨论。
4. 杨沫《青春之歌》的主题思想。
5. 《山乡巨变》与中国当代文学的地方色彩。

第四章 散文创作

第一节 概 述

　　新中国的成立,为散文创作表现新时代和新生活提供了现实基础。承接着现代散文传统,1949—1962年的散文出现了复兴的状况。一些老作家重新充满热情地进行散文创作,一批新人崭露头角,报纸副刊开辟或扩充发表散文的园地,出版社也加强了散文的编辑出版。这一时期的散文创作可以分为两个阶段,1949—1957年为第一阶段,其中在1956—1957年,由《人民日报》开始,许多报纸纷纷恢复或开办副刊,出现了散文创作的第一次高潮。此期的报告文学等纪实性散文得到了空前的发展,主要有二:一是反映抗美援朝战争的作品,如巴金的《生活在英雄们的中间》、魏巍的《谁是最可爱的人》、刘白羽的《朝鲜在战火中前进》等作家个人专集以及专业文艺工作者和志愿军指战员的合集,如《朝鲜通讯报告选》(三集)、《志愿军一日》(四集)、《志愿军英雄传》(三集),这些通讯报告真实生动地叙写了中国人民志愿军英勇抗击美国侵略者的战斗场面,讴歌了黄继光式的战斗英雄。二是迅速及时地反映社会主义建设和祖国新面貌的作品,如柳青的《一九五五年秋天在皇甫村》、秦兆阳的《王永淮》,描绘的是农村经过社会主义变革之后的气象和初期合作化运动中干部群众的精神面貌。李若冰的《在柴达木盆地》、萧乾的《万里赶羊》,勾画出戈壁沙滩、内蒙古草原等祖国各地建设者勇敢跋涉的足迹。储安平《新疆新面貌》中的《石河子新城》《在塔里木河的下游》写出了社会主义建设中新疆的新面貌。这方面的代表性选集有《祖国在前进》、《经济建设通讯报告选》(二集)、《散文特写选》(1953—1956)等。此期的抒情性散文也立足于抒情的文体特点,或借景抒情,或托物言志,唱出的是新时代与新生活的颂歌。老舍的《我热爱新北京》、杨朔的《香山红叶》、叶圣陶的《游了三个湖》、秦牧的《社稷坛抒情》等作品是其代表。在叙事散文中,革命英雄传记和回忆录大行其道,有高玉宝的《高玉宝》、吴运铎的《把一切献给党》、柯蓝的《不死的王孝和》以及新中国成立后第一部有组织的集体创作作品《志愿军英雄传》等。议论性散文中的杂文在新中国成立之初趋于冷寂,1956年"双百方针"提出后,杂文创作出现了短暂的复兴,《人民日报》《文汇报》《解放日报》开出杂文专栏。巴金、夏衍、巴人、徐懋庸、马铁丁等作家加入杂文创作之中,出现了一些批评当时社会上的官僚主义等错误思想和不良作风的文章,巴人的

《遵命集》、徐懋庸的《打杂新集》、夏衍的《灯下闲话》、马铁丁的《思想杂谈》等是其代表。不过，由于杂文是"百花齐放、百家争鸣"的急先锋，又是"百花齐放、百家争鸣"的晴雨表，当"双百"方针被随后而来的"反右"运动中断时，这一创作势头也就很快夭折。

1958—1962 年是第二阶段。60 年代初期，中央执行调整政策，针对文艺创作中存在的问题，1962 年初制定了《关于当前文艺工作的意见》（《文艺八条》），批评文艺工作中"左"的思想，鼓励发扬艺术民主，遵循艺术创作规律，散文创作出现了第二次高潮，1961 年被称为"散文年"。以杨朔、刘白羽、秦牧为代表的一批散文作家的创作，推动了散文走向繁荣。当时出版的散文集很多，如杨朔的《海市》《东风第一枝》，秦牧的《花城》《潮汐和船》，刘白羽的《红玛瑙集》及峻青的《秋色赋》等。在创作繁荣的同时，散文理论的讨论也十分活跃，从 1961 年 1 月起，《人民日报》开辟了"笔谈散文"的专栏，发表了老舍的《散文重要》、李健吾的《竹简精神》、萧云儒的《形散神不散》、师陀的《散文忌散》、柯灵的《散文——文学轻骑队》、菡子的《诗意和风格》等文章，诸如散文是"文学的轻骑队""形散而神不散"等观念被广泛接受并在创作实践中运用。与第一阶段相比，此时抒情散文的题材更为广泛，艺术更为精湛，作品的数量更多，出现了风格日臻成熟的作家和艺术趋于圆熟的作品。杨朔、秦牧、刘白羽、峻青的作品以外，巴金的《倾吐不尽的感情》、冰心的《樱花赞》、碧野的《情满青山》、袁鹰的《风帆》、菡子的《初晴集》等都是代表性作品。叙事散文创作则有吴伯箫的《北极星》、方纪的《挥手之间》以及 1957 年开始出版的大型丛刊《红旗飘飘》，其中大部分是纪实体的叙事散文。另有大量出版的革命回忆录，如罗广斌、杨益言合写的《在烈火中永生》等。文艺政策的调整，也促进了杂文创作的再次复苏，徐懋庸、巴人、邓拓、吴晗等杂文作家身体力行，《论人情》（巴人）、《燕山夜话》（邓拓）、《三家村札记》（邓拓、吴晗、廖沫沙）、《打杂新集》（徐懋庸）、《思想杂谈》及《残照集》（马铁丁）是此时期杂文的重要收获。

报告文学在此时也发展成了散文中活跃而独立的一支。1958 年《文艺报》开辟"大家来写报告文学"专栏，发表了《充分发挥报告文学的革命威力》的署名文章和《大搞报告文学》的专论，积极推动报告文学创作，出现了《一场挽救生命的战斗》（巴金）、《为了六十一个阶级弟兄》（《中国青年报》记者集体采写）、《向秀丽》（郁茹）、《万炮震金门》（刘白羽）、《三门峡截流记》（雷加）等一批有影响力的作品。

1949—1962 年的散文创作成绩突出，但是由于"左"的文艺理论要求文艺必须直接配合政治运动与宣传任务，"写中心，画中心，唱中心"，散文创作题材和体裁的多样化受到限制，也束缚了作家的艺术创造性，变成了比较统一的颂歌。散文只能歌颂生活的真善美，不能抨击生活的假恶丑，更不能触及时弊与揭露现实中客观存在的尖锐矛盾，因而思想空间和生活空间偏颇、狭小。从散文创作主体来考察，一次接一次的政治运动，使作家的主体精神萎缩，如巴金所说："运动一个接着一个没完没了，每次运动过后我就发现人的心更往内缩，我越来越接触不到别人的心，越来越听不到真话。我自己也把心藏起来，藏得很深……"① 作家习惯于豪言壮语式的歌颂，说假话、大话、空话，在散文中很少真实生动地表现"自我"的精神个性。

第二节 抒情性散文

狭义的散文即抒情性散文，也有人称为"艺术性散文""美文"，它是一种注重抒情，突出作品的艺术审美功能的散文。抒情性散文在中国古典文学中有深厚的传统，现代文学中也出现了不少抒情散文大家。在13年特定的时代与政治氛围中，抒情性散文是一种颂世散文，创作上有追求诗意的倾向，结构上形成了"'开头入境，中间通幽，结尾显志'的所谓'三大块'结构模式"②，出现了杨朔、秦牧、刘白羽三大散文作家。

一、杨朔的散文

杨朔（1913—1968），原名杨毓瑨，山东蓬莱人。他致力于抒情性散文的写作，散文结集出版的有《海市》、《东风第一枝》、《亚洲日出》和《生命泉》。杨朔的抒情散文写于1955—1965年间，题材广泛，试图表现生活的激流和时代的风貌，讲究艺术构思，注重创造诗的意境，结构安排缜密，往往卒章显其志，也讲究选词用字的精练。

杨朔的散文努力追觅时代生活的足迹，"从生活的激流里抓取一个人物、一种思想，一个有意义的生活片断，迅速反映出这个时代的侧影"。③ 在描写新生活、新时代之时，杨朔也注重且善于描写普通劳动者献身祖国建设事业的执着精神和高尚情操。他从普通劳动者身上挖掘社会主义建设者真诚美好的心灵，在《茶花赋》中的养花人普之仁、《荔枝蜜》中的养蜂人老梁、《雪浪花》中的老泰山等人物身上，作者倾注了对劳动人民的满腔热忱，唱出了劳动人民的赞歌，哲理性地概括与揭示出"凡是生活中美的事物都是劳动创造的"。

杨朔还写作了一些国际题材的散文，如《埃及灯》《金字塔夜月》《印度情思》《蚁山》《樱花雨》《生命泉》等散文。这类题材的散文，描写的是异国风情，但发掘的是外国人民精神世界的美，表现了他们的美好追求和不畏强暴、反抗殖民主义的民族精神。

杨朔是一名时代的歌唱家，他不能摆脱同时期散文那种歌颂性的思想表现模式，但他不满于简单的豪言壮语式颂歌，而是积极探索以打破散文艺术表现的沉闷局面。1959年，杨朔明确提出了诗化散文的艺术主张。他说："好的散文就是一首诗。"④ 后来又说："我在写每篇文章时，总是拿着当诗一样写。"⑤ 这一艺术主张注重散文自身的艺术表现，

---

① 巴金：《随想录·说真话》，载巴金著《巴金全集》第16卷，人民文学出版社1991年版，第230页。
② 佘树森、陈旭光：《中国当代散文报告文学发展史》，北京大学出版社1996年版，第81页。
③ 杨朔：《海市·小序》，作家出版社1960年版，第1页。
④ 杨朔：《海市·小序》，作家出版社1960年版，第1页。
⑤ 杨朔：《东风第一枝·小跋》，载杨朔著《杨朔散文选》，人民文学出版社1978年版，第220页。

为当时的广大读者所接受，对当时诗化散文的创作产生了积极的影响，他自己的散文也因追求"诗"的目标和审美理想，具有了诗意美。

杨朔散文善于抓住一人一事、一景一物、一个片断来生发联想和想象，使作品的思想得到寓大于小、寓远于近的艺术表现，具有诗的视角。《荔枝蜜》借助蜜蜂之小，创造之多，生命之短，却勤劳为人类造福，对人无所求，给人的却是极美好的东西的精神，歌颂了祖国大地上辛勤劳动者的高尚情操，言微旨远。《樱花雨》借一家旅店的侍女君子的视角，通过着力透视她在罢工前生性怯弱，躲躲闪闪，而罢工后忽而判若两人，变得异常的镇定和无畏，柔和的眼睛里，"隐藏着日本人民火一样的愿望"，"有两点火花跳出来"，写出了日本人民不忘美国投掷原子弹的惨痛，反对《日美安全条约》的罢工史实。作品由小及大、由近及远地揭示了罢工运动的广泛性和深刻性，达到了"当诗一样写"的艺术效果。

杨朔散文注重创造诗的意境。他曾说："我向来爱诗，特别是那些久经岁月磨炼的古典诗章……于是就往这方面学，常常在寻求诗的意境。"① 他的很多散文托物言志、借景抒情、物我相融，创造诗的意境。如以海边浪花冲击礁石的执著姿势，比喻"老泰山"人老心不老、奉献残生余热的美（《雪浪花》）；以海市蜃楼，比喻人间的"海市"——欣欣向荣的长山列岛（《海市》）；用美丽的童子面茶花这一意象来象征祖国的欣欣向荣（《茶花赋》）等。作家还让人物活动于诗意的画面中，使人、景、情交融为一体，成为动人的艺术境界。如《雪浪花》的结尾部分描写老泰山退场的画面，既描绘了金光灿烂、辉照西天的一抹晚霞，又故意渲染了老泰山带几分孩子的天真、把野菊花插到车上的细节，如同写意画，把自然景物的美、人物精神的美和作者抒情的美浑然一体地融合在一起，黄昏颂主题因而显诗意隽永。意境的展示虚实相生，思想的揭示步步开拓、层层转深，因而形成了富有诗美的意境。

杨朔散文也非常讲究艺术结构，"再三剪裁材料，安排布局，推敲字句，然后写成文章"。② 他的散文起笔从生活入手，似乎漫不经心，行文曲径通幽，引人入胜，结尾"卒章显其志"，浑然一体。如《荔枝蜜》一开始从生活经验入手写对蜜蜂的疑惧，后来随着行文的展开，逐渐写出蜜蜂的高尚品质，最后写自己愿意变成一只小蜜蜂，点出对像蜜蜂一样辛勤劳动的人民的赞美。文章以欲扬先抑的手法，写出了"我"对蜜蜂由畏惧厌恶到乐意"变成一只小蜜蜂"的感情变化和历程，对各种材料进行剪裁、缝合，组织文章的波澜，变化多端而又缜密精巧。

杨朔散文还讲究选词用字的精练。他记人叙事、写山水风景，三言两语，干净利落。如写桂林山石："两岸都是悬崖峭壁，累累垂垂的石乳一直浸到江水里去，像莲花，像海棠叶儿，像一挂挂的葡萄，也像仙人骑鹤，乐手吹箫……"写故乡蓬莱："我的故乡蓬莱是个偎山抱海的古城，城不大，风景却别致。特别是城北丹崖山峭壁上那座凌空欲飞

---

① 杨朔：《东风第一枝·小跋》，载杨朔著《杨朔散文选》，人民文学出版社1978年版，第220页。
② 杨朔：《东风第一枝·小跋》，载杨朔著《杨朔散文选》，人民文学出版社1978年版，第220页。

的蓬莱阁,更有气势。你倚在阁上,一望那海天茫茫、空明澄碧的景色,真可以把你的五脏六腑洗得干干净净。"写渔民老泰山,"长得高大结实,留着一把花白胡子。瞧他那眉目神气,就像秋天的高空一样,又清朗,又深沉",三言两语将一个饱经风霜、朴实豪爽的老人形象推到了大家面前。

杨朔的散文创造了那个时代颂歌的"杨朔模式"。比起那种口号式的颂歌来,杨朔散文的艺术表现力应当还是技高一筹。杨朔散文的不足在于,表现宏大的政治主题,其思想内容不可避免地为时代所局限,像《泰山极顶》等作品因歌颂"三面红旗"而留有"左"的印痕。同时,因为刻意求"诗",在艺术表现上也有"为诗意而诗意"的倾向和做作的痕迹,过于诗意化的艺术描写遮蔽了生活的真实。此外"开头设悬念,卒章显其志"的结构也遭到了诟病,有人批评"杨朔模式"为"散文新八股"。①

二、秦牧的散文

秦牧(1919—1993),原名林觉夫,广东澄海县(今汕头市澄海区)人。他一生致力于散文创作,提出了散文题材和表现形式的多样化主张,出版有《星下集》《贝壳集》《花城》《潮汐和船》四本散文集和文艺随笔集《艺海拾贝》。"文革"后,还写作了《晴窗晨笔》《长街灯语》《秋林红果》《花蜜和蜂刺》等散文。秦牧散文融知识性与思想性于一炉,富有情趣性和幽默感,语言流利酣畅,简练生动,具有广泛的影响。

融知识性与思想性于一炉是秦牧散文的鲜明特点。秦牧散文立意深刻,闪耀着思想的火花。他的散文有一条思想线索,即以"一个历史的民族的子孙"的激情,始终赞美祖国和人民,赞美社会主义新生活,宣扬真善美。如《古战场春晓》,作者观古战场三元里,触景生情,把现实和历史联系起来,既抒凭吊怀古的豪情,又写古战场春晓的美景,鼓舞人们战胜困难前进,体现出鲜明的思想性。秦牧散文具有丰富的知识性,他曾说:"占有丰富的生活知识的材料,对一个散文作者是十分重要的,这样,对一个道理,发挥起来,才能够有丰富的材料加以体现。"② "丰富的知识,有助于思想的敏捷,想象的翱翔,以及作品内容的深厚和境界的开拓。"③ 他的散文中有一些传说、故事、轶闻和趣谈,以及中国和世界各地的风物人情。从古到今,从中到外,天上地下,各种知识在他的笔下得到表达,其散文甚至可以当作百科知识的教科书来读。例如《土地》,作者从历史上和日常生活中关于土地的许多见闻生发开去,谈到《左传》中记载的晋公子重耳亡命的故事,谈到中国古代帝王给诸侯封疆土的仪式,谈到19世纪殖民者杀戮土人、强迫他们把泥土撒上头顶跪地投降的暴行,谈到旧中国怀念乡土的风俗和为土地而不断战争的历史以及《红旗歌谣》中的民歌,旁征博引,知识丰富。秦牧的《花城》《社稷坛抒情》等名篇也都寓思想于丰富的知识中,让人体会到了作者的思想与智慧。

---

① 黄浩:《当代中国散文:从中兴走向末路——关于散文命运的思考》,《文艺评论》1988 年第 1 期,第 73 - 81 页。
② 秦牧:《散文创作谈》,载《秦牧选集》,四川人民出版社 1981 年版,第 594 页。
③ 秦牧:《三十年的足迹和笔迹》,载《秦牧自选集》,花城出版社 1984 年版,第 919 - 920 页。

秦牧散文还富有情趣性和幽默感。丰富的传说、故事、轶闻和趣谈，新颖、奇异、怪诞，使秦牧散文产生了情趣性和幽默感。如《鬣狗的风格》用一种跟在最凶猛的食肉兽后面吃嚼余的尸体的动物来比喻那些恶势力的"帮凶"。《两个圆圈的比喻》从两千多年前的古希腊哲学家芝诺为向他请教的青年学生在地上画一大一小两个圆圈的故事入手，得出"能够掌握较多的知识，就比较能够认识自己知识上的缺陷"这一道理。《不老》引用了一位法国主教在大街上见到的趣闻故事：一位83岁的老人挨了父亲的打坐在大门前哭，主教于是去见他的父亲，这位110多岁的父亲解释说，责罚儿子是因为他不尊敬他的祖父，于是主教又见到了那位140多岁的祖父。文艺随笔集《艺海拾贝》，以林下谈心、灯前漫话的散文笔调阐述一些文艺理论问题，短小精粹，轻松幽默。如作者"从鲜花的百态，想起了艺术的各种各样的风格"，① 从"并蒂莲、双飞蝶之类能够激发人们的美感，而血吸虫则完全不能，充分地说明了离开思想原则的形式主义美学的破产"。②

秦牧散文语言流利酣畅，简练生动。他说自己"从来不回避流露自己的个性，总是酣畅淋漓地保持自己在生活中形成的语言习惯"。③ 他采用"林中散步"和"灯下谈心"的语言，具有亲切感。他注意运用抑扬顿挫的音节和一连串的排比句，营造声情并茂的语言气势。他还擅长运用譬喻，在《艺海拾贝》中，就通过贴切生动的譬喻，把复杂深刻的文艺思想和各种艺术规律说得深入浅出、平易近人、可读性强。他对用字造句也相当讲究，形象贴切且有生活气息。秦牧散文的不足在于：一些知识性材料在不同的篇目中反复使用，有时围绕一个中心，过多地罗列材料，史料纷呈，知识性有余，难免冗杂，反为材料所使。

三、刘白羽的散文

刘白羽（1916—2005），北京人。1936年开始文学创作，新中国成立之前曾创作过一些中、短篇小说和报告文学。新中国成立后，他的创作以散文为主，结集的有《红玛瑙集》、《芳草集》、《晨光集》、《早晨的太阳》和《万炮震金门》等。刘白羽认为散文创作要显示"时代精神、人民精神、革命精神"，④ 因此他的散文总是充满时代气息，有着热烈的政治抒情，形成了一种"战士式"的政治抒情散文。

刘白羽从社会主义"建设者的身上获得了我在火线上所熟悉的那种忘我的战斗精神"，认识到"建设是另一种革命战争"，⑤ 于是他迅速反映社会的变革，放声歌唱英雄的人民群众和新时代，这是刘白羽散文的主调。《红玛瑙》写作者重访延安的观感，通过现实与过去的对比，充满激情地表现了劳动人民群众生活的新貌与艰苦奋斗的精神，也提出了从延安起步的革命者应永葆战斗青春的命题。《青春的闪光》写天安门工地上

---

① 秦牧：《鲜花百态和艺术风格》，载《秦牧选集》，四川人民出版社1981年版，第463页。
② 秦牧：《鲜花百态和艺术风格》，载《秦牧选集》，四川人民出版社1981年版，第454页。
③ 秦牧：《花城·后记》，作家出版社1964年版，第138页。
④ 孟广来、牛运清：《刘白羽研究资料集》，解放军文艺出版社1982年版，第48页。
⑤ 刘白羽：《早晨的太阳·序》，作家出版社1959年版，第1页。

的一位青年建设者,通过展开今与昔、血与火的联想,为青年身上和心上的"红色闪光"而歌唱。

借景抒写浓烈的诗情是刘白羽散文的又一艺术特色。《日出》写作者在飞机上看到的太阳冲破黑暗、冉冉升起的瑰丽景象,融情于景,以此来寓意年轻的中华人民共和国蒸蒸日上、一片光明。《长江三日》借巍巍群山、浩浩江流、灿烂灯火等壮丽景色的描写,抒发了人的一生应该在搏斗中前进的生活感慨,灌注了作者的豪迈激情。在《冬日草》《秋窗偶记》这些近于散文诗的小札中,作者选取清晨、绿叶、急流、夜月等进行托物言志,既蕴含了深厚的哲理,又有奔放的激情。

精心结构,波澜起伏也是刘白羽散文的特色。刘白羽的散文有的用对比手法,如《红玛瑙》通过将延安的现实与过去作对比来展现时代的风采;有的用重复的手法,如《青春的闪光》中对"红彤彤的笑脸""亮晶晶的眼睛"的反复。刘白羽还运用抑扬来构造文章的波澜。如《日出》写了五幅关于日出的画面,先引用海涅散文和屠格涅夫小说中描写日出的文字,接着记述自己两次在日出胜地想看日出又未能如愿的情景,经由欲扬故抑、一抑再抑之后,造成了读者的心理悬念,并为文章蓄势,作者最后才把自己在飞机上看到的日出奇景推至读者的面前,具有异峰突起的美感。

刘白羽强调散文是"壮丽生活的赞歌""战斗生活的号角",① 其作品紧跟时代,因此打上了历史的烙印,他的散文创作完全纳入了政治宣传的模式,常见的是豪言壮语和政治议论,以政治激情代替审美情感,削弱了散文的艺术力量。

第三节 叙事性散文

叙事散文是一种侧重于写人记事的散文,同抒情散文相比,1949—1962年的叙事散文创作数量相对较少,但出现了一些有影响的作品,如吴伯箫的散文集《北极星》、曹靖华的《望断南飞雁》、菡子的《乡村集》、秦兆阳的《农村散记》等。这些叙事性散文的一个特点是着重回忆革命历史中的人和事。其中吴伯箫是对延安生活的回忆、曹靖华是对革命家和战友的回忆,高玉宝的《高玉宝》和吴运铎的《把一切献给党》等革命回忆录则讲述的是个体的革命成长故事。

一、吴伯箫的散文

吴伯箫(1906—1982),原名吴熙成,山东莱芜人。主要有《羽书》《烟尘集》《出发集》《北极星》等散文集及《吴伯箫散文选》。其叙事散文既写新社会的风物人情,也写对过去生活回忆,讲究散文创作艺术。

---

① 刘白羽:《创作我们时代的新散文——在上海一次创作座谈会上的讲话》,《上海文学》1963年第7期,第3—5页。

《北极星》是吴伯箫在20世纪60年代初出版的散文集，其中关于延安生活的一组叙事散文如《北极星》《记一辆纺车》《菜园小记》《延安》等是代表作。这组散文回忆与反思延安生活，礼赞延安精神和革命传统，不仅有浓郁的生活气息，还有美好的情思和文采。这组散文创作于"三年困难时期"，作者以延安革命精神与传统激励全国人民战胜困难，具有重要的思想教育意义。作者不说教，不拿架子，不唱高调，还原延安人衣、食、住等日常生活图景，质朴地叙述延安精神，具有切近读者的审美效应。《记一辆纺车》，以作者曾经使用过的一辆纺车为叙事主线，讲述纺车不寻常的经历，写自己纺线的过程与劳作的乐趣，赞美了延安军民"自己动手，丰衣足食"的劳动创造精神，点出"跟困难作斗争，其乐无穷"的主题。文章层层铺陈，写的是作为一名纺车手的真切感受。《菜园小记》从小小菜园写起，写自己种菜的乐趣，抒发"自己动手，丰衣足食"的艰苦奋斗思想。另外一些散文如《难老泉》《猎户》《天下第一山》等，作者同样以个人真实的情感去打动读者，以个人内心的真实感受书写新社会新时代的风物人情，读起来自然清新。

　　吴伯箫的散文讲究散文艺术，他在《记一辆纺车》中说："美的概念里是更健康的内容，那就是整洁，朴素，自然。"以这样的审美理想与艺术趣味进行散文创作，吴伯箫的散文整体上表现出一种质朴的自然美。吴伯箫的散文构思单纯明朗，以与个人生活密切相关的纺车、菜园、窑洞、歌声等为主线，托物言志，落笔于一枝一叶，却能够于平凡中见深意，如郁达夫对散文写作所要求的那样："一粒沙里见世界，半瓣花上说人情。"① 吴伯箫的散文同时追求自然、朴实的抒情，他的抒情与叙述、描写融为一体。如《记一辆纺车》中写纺车，"总是安安稳稳地呆在那里，像露出头角的蜗牛，像着陆停驶的飞机，一声不响，仿佛只是在等待，等待"。而纺线这一原本是单调枯燥的劳动，在作者写来却充满情趣，纺纱抽线"像魔术家帽子里的彩绸一样无穷无尽地抽出来"，纺手"从锭子上取下穗子，也像从果树上摘下果实"，从中见出劳动的快乐。吴伯箫散文进行朴实平易的叙述，叙事状物不用华丽的词藻与奇巧的修辞。如《菜园小记》的结尾："园里连江西腊、波斯菊都要开败的时候，我们还收了最后一批西红柿。天凉了，西红柿吃起来甘脆爽口，有些秋梨的味道。我们还把通红通红的辣椒穿成串晒干了，挂在窑洞的窗户旁边，一直挂到过新年。"语言朴素自然。而善于运用口语、短句以及整齐中有变化的句式，也让吴伯箫的散文表达呈现出本色。例如《猎户》中写董昆"人很爽快，又有些腼腆，看他眯缝着眼睛，好像随时都在瞄准的样子。不笑不说话，一笑眼睛就眯得更厉害……"语言如叙家常，有口语本色和质感。

二、菡子等的散文

　　菡子（1921—2003），又名方晓，江苏溧阳人。写过小说、电影剧本，主要成就在散

---

① 郁达夫：《中国新文学大系·散文二集·导言》，上海文艺出版社2003年版，第9页。

文创作上，其散文大部分是叙事散文。新中国成立以来出版的散文集有《和平博物馆》《幼雏集》《前线的颂歌》《初晴集》《素花集》《乡村集》等。菡子是诗意散文的追求者，在《诗意和风格》《作家自述》等文章中明确主张自己的散文"追求诗的境界"，其散文诗意不仅表现在语言的诗化，更表现在注重生活中诗意的挖掘。

《幼雏集》是菡子早期散文代表作的结集，其中最动人的一组文章是歌颂朝鲜战场上志愿军战士的光辉事迹。《和平博物馆》写的是战士们自豪地把自己开挖的坑道叫作"和平博物馆"，启示读者珍惜战士用流血牺牲换来的和平生活。《和黄继光班相处的日子》以女性的细腻写出了青年战士的纯真和坚贞。作者还热情歌颂了社会主义建设者们的闪光品质，50年代初期社会主义建设者们的高昂热情和献身精神都在她的笔下得到了表现，"八方井的彩虹，'青年工段'上的红旗，大于庄的牛群，佟公坝上的灯光，陈学孟的鞋子，罗木命的手，小端午的糖……都是一首诗"，① 生活本身的光辉成了诗意的火种。后来的《乡村集》收入散文28篇，是菡子多年深入乡村生活的散文结集，相比于《幼雏集》，技巧更为圆熟。其中《万妞》《妈妈的故事》《赠予》等文章，有事件、有人物、有情节，具有叙事的基本元素，是其叙事散文的代表作。最能体现菡子散文风格的作品是《黄山小记》，作者有意对人们熟悉的黄山松进行略写，用优美细腻的笔法描写黄山的动植物世界，如植物中的花、叶、草，动物中的鸦、鸟、猴等，写仙女花"涓洁、清雅，穿着白纱似的晨装，正像喷泉的姐妹"，写叶子"兼有红、黄、绿各种不同颜色，就是通称的绿叶，颜色也有深浅，万绿丛中一层层地深或一层层地浅，深的葱葱郁郁，油绿欲滴，浅的仿佛玻璃似的透明"。菡子对植物王国充满生机的特点进行诗意描绘，体现出诗意散文的特点。

这一时期叙事散文创作还值得一提的有曹靖华。曹靖华（1897—1987），原名曹联亚，河南卢氏人。代表作有《花》《飞花集》等。曹靖华的叙事散文基本上是对往事的漫忆，歌颂了革命者伟大崇高的斗争精神和同志间深厚的情谊。在《飞花集》中，作者以"往事漫忆"为总标题，写了《永生的人——怀周恩来同志》《梅园断想》《风雨六十年》《"电工"鲁迅》等十篇文章，另有《素笺寄深情》《道是平凡却不平凡》《无限沧桑怀遗简》《望断南来雁》《忆当年，穿着细事且莫等闲看》等。如《望断南飞雁》，文章以"望断南飞雁"的思绪为经，以鲁迅先生逝世的噩耗传来后的悲痛为纬，回忆自己与鲁迅的书信交往，生动感人且有史料价值，深受读者的喜爱。而《忆当年，穿着细事且莫等闲看》写自己过去的几件穿着细事，或蓝大褂或洋马褂，或新或旧，及因之引发的遭遇，抒发了"穿着也不能等闲视之"的感慨，行文舒缓幽默。

曹靖华曾说："古今中外的文艺大师，除在文章内容上用工夫外，没有不兼在艺术技巧上下工夫的。"② 他因此十分重视散文的艺术技巧。其散文善于抓住一些小事、细节来

---

① 菡子：《幼雏集·编后记》，人民文学出版社1958年版，第285页。
② 曹靖华：《飞花集》，上海文艺出版社1978年版，第293页。

做文章，因小见大，展现日常生活的诗情。如写鲁迅，就写其举手投足、只言片语来表现鲁迅丰富的内心世界。曹靖华的散文语言优美，简练流畅，朗朗上口，有一定的古典文学语言色彩，富有节奏感和音乐性。如"漫漫街巷何时尽，两腿如木行不得"，"未见时，满腔万语千言，波涛起伏。待相逢，意乱如麻，只字难吐"。

第四节　议论性散文

新中国成立初期，尽管有杂文家黄裳呼喊"杂文复兴"，但受政治气候的影响，杂文创作相对冷寂。在1956年的"大鸣大放"时期，相对宽松的政治环境促进了新中国成立后杂文创作的第一次繁荣。1956年5月2日，毛泽东在《关于正确处理人民内部矛盾的问题》的报告中提出"双百"方针。5月26日，宣传部长陆定一作了《百花齐放 百家争鸣》的讲话。7月1日《人民日报》改版，大胆提倡和刊登杂文，这一势头一直持续到1957年6月，随后在反右斗争中消失。60年代初，国家开始调整经济政策，文艺政策也相应得到调整，政治环境再次有了一些宽松，杂文创作又出现了短暂的复兴。杂文创作针砭时弊、尖锐泼辣、坚持真理，能够有的放矢地触及社会中的一些问题与矛盾，为思想界吹进了一股新鲜的、民主的空气。"三家村"及徐懋庸的杂文是此期杂文的代表。

一、"三家村"的杂文

在60年代初政策调整的时期，邓拓与吴晗、廖沫沙以吴南星的笔名在北京《前线》杂志上开辟"三家村札记"专栏，合写《三家村札记》，"三家村"因此得名。"三家村"杂文的作者都是敢于坚持真理、勇于针砭时弊的人。从1961年10月到1964年7月，他们共写了62篇杂文。这些杂文取材丰富，主题鲜明，情感炽烈，暴露"大跃进""浮夸风"的危害或者是对官僚主义、主观主义和教条主义的批判，笔锋锐利，酣畅淋漓，是当代杂文中思想性和艺术性都较高的作品。"文革"发动初期，"三家村"的杂文受到了猛烈批判。

邓拓（1912—1966），原名邓子健，又名邓云特，福建省闽侯县人。新中国成立后，曾任《人民日报》总编辑、北京市委书记等职，并主编理论刊物《前线》。1961年3月，《北京晚报》首先开辟了以"燕山夜话"为题的杂文专栏，邓拓被邀为专栏作家，笔名马南邨。作者用大手笔写小文章，熔思想性、知识性、文学性于一炉，别具一格，受到读者的好评，产生了广泛的影响，该书当时就发行数十万册，邓拓被人称为"新中国建立四十年来首屈一指的杰出的杂文家"。①

---

① 曾彦修：《中国新文艺大系（1949—1966）·杂文集》，中国文联出版公司1991年版，第21页。

《燕山夜话》起自 1961 年 3 月 19 日，止于 1962 年 9 月 2 日，在《北京晚报》"五色土"副刊上发表，共 153 篇。作者说："燕山，是北京的一条山脉；夜话，是夜晚谈心的意思。"①《燕山夜话》具有深刻的思想性。邓拓说："我写燕山夜话都是谈所见所闻所感的，如果仅仅所见所闻，那只是录音机，必须有所感，才能成为自己的东西，成为有思想的东西。"② 如《事事关心》，从东林党人的一副旧对联入手，论述了"既要努力读书，又要关心政治"的道理。《一个鸡蛋的家当》，举重若轻，引用明代笔记小说中的一则笑话，用一个盲人拾得一个鸡蛋，浮想联翩，终至鸡蛋打破，发财梦破碎的故事，告诉人们："历来只有真正老老实实的劳动者，才懂得劳动产生财富的道理，才能够摒除一切想入非非的发财思想。"《围田的教训》一文从古代讲起，引用历史上围湖造田失败的教训资料，指出了围湖造田是一种图眼前小利，长久终成害的弊政，这一论断，不只在当时，时至今日仍然显示出思想的深刻。《燕山夜话》观点精辟，见解独到，针砭时弊，切中要害，能够有的放矢地触及社会中的一些问题与矛盾，为思想界吹进了一股新鲜的空气。

　　《燕山夜话》具有广博的知识性。邓拓本人是知识广博的人，杂文取材广泛，举凡政策时事，工作学习，思想作风，道德修养，历史文物，民俗人情，草木虫鱼，无所不包；天文地理，文史哲经，科学技术，教育医卫，古今中外，尽在其中，是一部小百科全书。如针对时政的《爱护劳动力的学说》，从"大跃进""大炼钢铁""大办民兵师"，直到"全民写诗"，不知多少个大办，把一个人分成十个人也不够用。邓拓援引历史上历代有眼光的政治家主张爱护民力的学说和政见，主张爱护劳动力。《守岁饮屠苏》《金龟子身上有黄金》等篇，也都引经据典，涉笔成趣，显示出作者厚积薄发、知识积累丰富的特点。

　　《燕山夜话》行文语言犀利明快，机智幽默。如针对"踢皮球"的推卸拖拉作风，写的《"推事"种种》；针对学阀作风，写的《多学少评》；针对某些人因国家面临暂时困难而意志消沉，无所作为，虚度年华，写的《生命的三分之一》。特别是《一个鸡蛋的家当》，借古喻今，影射了当时不从生产实际出发，以空想代替现实，用假设的结果为前提奢望致富的幻想，用语锐利幽默，独具风格。

　　吴晗（1909—1966），原名吴春晗，浙江义乌人。新中国成立后曾任北京市副市长，《三家村札记》的又一作者，出版有《灯下集》《投枪集》《学习集》《海瑞罢官》等。因创作《海瑞罢官》而蒙冤，后被迫害致死。作为明史专家，吴晗的杂文博古通今，以古为鉴，具有丰富的历史知识性和强烈的思想性。他常常从一件事、一个问题说起来讲道理。如《赵括和马谡》借古讽今，批判了讲空话、讲大话和讲假话的现象。《反对繁文》提出反对文牍主义的问题，作者用大量可查的史料说明明太祖吃了文牍主义的苦，坚决反对文牍主义，并提出了解决文牍主义的办法。《况钟和周忱》《海瑞骂皇帝》等文看似信手拈来，实则有感而发，借古论今，给人以深刻的启迪。《古人的业余学习》一

---

① 邓拓：《燕山夜话·自序》，北京出版社 1979 年版，第 1 页。
② 顾行、刘孟洪：《邓拓同志和他的〈燕山夜话〉》，载廖沫沙等著《忆邓拓》，福建人民出版社 1980 年版，第 119 页。

文，作者举出一批古代农民、穷人发愤学习成为著名学者的事迹为例，说明克服困难、勤奋学习的优良传统值得发扬，倡导在全社会形成业余学习之风，知识性和思想性并重。

廖沫沙（1907—1991），原名廖家权，湖南长沙人。新中国成立后任北京市委宣传部副部长、北京市政协副主席等职，《三家村札记》的作者之一，出版有《分阴集》等。廖沫沙的杂文常借助于历史人物与事件的分析，来针对现实问题。《乱弹杂记》谈的是八股文的危害，实际上批评的是官僚主义："老子说：'圣人不死，大盗不止。'我现在发现：官僚不死，八股文不止！"《郑板桥的两封家书》从"扬州八怪"郑板桥的两封家书说起，告诉人们教育儿子"要明理做个好人"。《开卷有益和出井观天》简要回顾欧洲与中国的革命斗争史，并援引一系列例证，阐述读马克思主义的书，只要开卷就能有益，而当我们从中学到看问题的观点和方法以后，就可以"出井观天"了。

二、徐懋庸的杂文

徐懋庸（1910—1977），原名徐茂荣，浙江上虞人。1934 年加入"左联"，现代文坛"鲁迅风"杂文的重要代表。50 年代中期重新写作杂文，以"弗先"的笔名写了《想到〈活捉〉》一文，并随后进入"爆发期"，从 1956 年到 1957 年他发表杂文近百篇，当时有"徐懋庸旋风"一说。1957 年 4 月 11 日，他发表《小品文的新危机》一文，引起了杂文在当代命运的讨论。主要有《不惊人集》《打杂集》《打杂新集》《徐懋庸杂文集》等。徐懋庸杂文具有强烈的社会批判精神，现实针对性强，分析深入，说理形象。

徐懋庸此期的杂文将批判的矛头主要指向官僚主义、教条主义和宗派主义。在《不要怕民主》《不要怕不民主》《批评和团结》等文章中，从社会中的一些矛盾现象入手，通过深入分析，对特权思想、不民主作风进行了尖锐批评。如《教条主义和心》一文，引用和列举生活中的若干教条主义例子，诸如"你因为有事不参加集体的游园会么？自由主义！""你立志想做一个专家么？名利观念！"等，形象地勾画了那些"自以为阶级性强，原则性强，掌握大道理，反对小道理"的教条主义理论家形象，指出了教条主义害人害己的危害。在《同与异》一文中，从"双百"方针的目的与现状，谈到"同中求异"与"异中求同"两者都不偏废的重要，并指出"最可怕的是戴上宗派主义的眼镜"，"那眼镜，使我们对于异派，只见异而不见同，对于同派，只见同而不见异"，对宗派主义进行了批评。

徐懋庸的杂文并不只是对现实问题进行揭露和批判，他一边抨击习见的弊端，一边透过现象把握事物的本质，进行多层次和多侧面的分析。如《武器、刑具和道具》，徐懋庸从刀在不同的人手上充当武器、刑具和道具的不同，分析了分别以理论为武器、以理论为刑具、以理论为道具的三种理论家，一针见血，力透纸背。

徐懋庸还对当代杂文创作理论有所探索。在《小品文的新危机》中，他指出如果不解决民主问题，杂文就难免出现消亡的危机。在《关于杂文的通信》中，认为杂文必须通过作家的个性形式反映真理，必须讲实话，杂文的艺术性，有"出于群众的街谈巷议的特点"，"形式和色泽也不拘一格"，为当代杂文理论的建设做出了自己的贡献。

第五节 报告文学

　　报告文学兴起于欧洲，是一种注重纪实性的文体。在中国现代文学中，报告文学开始产生并得以发展。新中国成立后，新人新事新生活，再加上作家对这一文体的自觉，使报告文学的创作初步繁荣，一批作家创作了一批有影响的报告文学作品。这些作品，从题材和内容来看，主要有三：一是反映新中国成立初期时代新生活与抗美援朝战争的创作。如靳以的社会主义工业建设的报告文学，柳青关于农业合作化的通讯报告，巴金的《生活在英雄们的中间》、魏巍的《谁是最可爱的人》等关于抗美援朝战争的报告文学；二是受"双百"方针的提出及苏联"干预生活"的批评特写影响，出现了"干预生活"的报告文学，这种报告文学以对人民内部矛盾的揭露和对工作上的缺点的批评为主要内容，如刘宾雁的《在桥梁工地上》《本报内部消息》等报告文学作品；三是20世纪60年代初，报告文学走向繁荣时，徐迟、黄宗英等人的知识分子人物报告文学创作，如徐迟的《祁连山下》等。这一时期的报告文学创作具有鲜明的新闻性，是反映时代生活的"轻骑兵"，同时也注意突出文学性，显现出文体自身走向成熟的探索。但多是颂歌，创作主体的批评意识有所欠缺。在艺术方面，典型失控，往往以事件淹没人物及其思想，多写人物的英雄壮举而缺少细致的内心揭示，存在着概念化的倾向。

一、魏巍的《谁是最可爱的人》

　　魏巍（1920—2008），原名魏鸿杰，曾用笔名红杨树，河南郑州人。其创作有散文杂文集《幸福的花为勇士而开》《春天漫笔》，报告文学集《人民战争花最红》，诗集《不断集》等。1951年出版的朝鲜通讯报告文学集《谁是最可爱的人》为作者赢得了读者的欢迎。1978年完成的长篇小说《东方》荣获首届茅盾文学奖。

　　《谁是最可爱的人》是一部反映抗美援朝战争的优秀报告文学集。作者从多个侧面，写了有崇高思想崇高品质的英雄人物，热情歌颂了中国人民志愿军的革命英雄主义精神，表现出中国人民志愿军是"世界上第一流勇敢的军队"，是"最可爱的人"。如子弹打光了，英勇的战士们冒着火苗向敌人扑去，与敌人同归于尽。（《谁是最可爱的人》）手提手榴弹，爬上敌人的坦克，坦克炸毁了，战士光荣地牺牲了。（《前进吧，祖国！》）《谁是最可爱的人》同时也歌颂了中国人民志愿军的革命乐观主义精神。志愿军战士以苦为乐，以苦为荣，在防空洞里吃一口炒面，吃一口雪，但他们说："我在这里吃雪，正是为了我们祖国的人民不吃雪。他们可以坐在挺豁亮的屋子里，泡上一壶茶，守住个小火炉子，想吃点什么就做点什么。"（《谁是最可爱的人》）作品的爱国主义和革命英雄主义影响了几代人。

　　《谁是最可爱的人》严于选材。魏巍说："写《谁是最可爱的人》，就只选择了几个例子，在写完后又删掉了两个。事实告诉我：用最能代表一般的典型例子，来说明本质的东西,给人的印象是清楚明白的,也会是突出的。"① 由此,把本来要用的二十多个例子变成了三个。多用抒情化的议论是《谁是最可爱的人》的又一特点。魏巍具有诗人气质,用诗人的眼和笔去观察和描绘使他的报告文学具有了诗的神韵。在《谁是最可爱的人》的开头用诗的语言排比来称赞志愿军战士,在事例中间不时插入抒情性议论,在结尾又用排比抒发激情,都显现出魏巍作品的强烈诗情。

二、刘宾雁的《在桥梁工地上》

刘宾雁(1925—2005),吉林长春人,曾任中国作协副主席。1956 年,发表《在桥梁工地上》《本报内部消息》引起强烈反响,成为"干预生活"报告文学的代表,后被打成右派。改革开放后,刘宾雁写作了《人妖之间》《第二种忠诚》等多篇报告文学,其中第一次在报告文学中表现中国共产党内腐败的《人妖之间》获得 1977—1980 年全国优秀报告文学奖。敢于揭露社会黑暗和问题,喜欢以政论的语调来夹叙夹议是刘宾雁报告文学作品写作的突出特点。

《在桥梁工地上》直指党内干部的官僚作风。主人公罗立正是桥梁工程队队长,本是一个富有青春活力的年轻技术干部。但是,当他头上的光环渐渐增多时,他变得世故了。他患得患失,视创新为冒险,思想日益僵化,认为"不犯错误,就是胜利",信奉"最重要的就是领会领导意图"的为官哲学。当工地上的一号桥墩受到洪水威胁时,他不是及时组织人员抢救,而是一味打电话请示工程局,结果造成国家财产的严重损失。刘宾雁以高度的社会责任感,尖锐讽刺和批判了官僚主义及其体制上的弊端,在当时产生了积极的影响。

《本报内部消息》着力描绘某省报《新光日报》的一位女记者黄佳英如何在弥漫着官僚主义气息的环境中不隐瞒自己的观点、敢说真话的艰难生存状态。总编辑陈立栋是一个官僚主义的领导。他"五年如一日"兢兢业业地勤奋工作,但他脱离群众和实际,主观武断,一心想保住位子,在他的领导下,《新光日报》风气不正,刻意揣摩领导意图、不反映群众疾苦、唯唯诺诺之风盛行,独立思考精神受到压抑,报纸亦失去活力。敢说真话的黄佳英是一个思想解放、富有朝气的编辑,她坚持报纸要说实话,对新事物要敏感,要敢于同不良倾向作斗争,因而在办报方针上与陈立栋存在着尖锐的矛盾,受到压制。作品对执政党干部队伍中的保守主义与官僚主义作风进行了大胆揭露,有很强的现实针对性,也体现了作者的思想勇气。

刘宾雁曾说:"满足于人云亦云,重复前人的主题和思想而不作有所发现、有所创新的尝试,文学就不会发展。"② 他的"干预生活"的报告文学作品,就以主题的新颖和表现的大胆轰动文坛,他也因此很快被打成右派。刘宾雁报告文学中的议论性语言,深刻有力,具有激情和感染力。其报告文学的写法影响到了后来的问题报告文学的写作。

---

① 魏巍:《我怎样写〈谁是最可爱的人〉》,载魏巍著《谁是最可爱的人》,人民文学出版社 1959 年版,第 134 – 135 页。
② 刘宾雁:《艰难的起飞·前言》,湖南人民出版社 1982 年版,第 1 页。

拓展阅读：

1. 百花文艺出版社编：《笔谈散文》，百花文艺出版社 1962 年版。
2. 周立波编选：《1959—1961 散文特写选》，人民文学出版社 1963 年版。
3. 罗竹风：《中国新文学大系（1949—1976）·杂文卷》，上海文艺出版社 1997 年版。
4. 王岩森：《"香花"与"毒草"：1955—1957 年中国杂文档案》，中国社会科学出版社 2014 年版。

问题与思考：

1. 刘白羽散文与十七年时期散文的创作模式。
2. "三家村"杂文创作的思想特质。
3. 1961 年为什么被称为"散文年"？

第五章 戏剧创作

第一节 概　述

　　中国戏剧发展到20世纪中期，出现了形式上的多元并存和内容上高度划一的局面。形式方面，既有中国固有的或古老或年轻的戏曲剧种，也有来自西方但已经在中国发展成熟的话剧，还有同样源自西方也有相当发展基础的歌剧。如果说当代文学是"现代文学"中延安文学的全国性延伸和发展，那么，作为其中一个部分的戏剧也同样是沿着延安和解放区的路径进入新中国的。延安文学强调的是文学的政治宣传功能，文学是一种政治的工具，戏剧又是直接诉诸观众的有广大接受面并相比之下更接近工农兵的文艺形式，因此戏剧在新中国也就受到党和政府更高的关注：建立了空前的各级研究机构，组织了庞大的国有的创作队伍和演出系统。戏剧紧跟各个时期的政治任务和社会政策形势，创作和演出了大量的作品。

　　中国戏曲有悠久的历史和广泛的观众，清末以后虽然也受到时代风气的影响，发生了一定的变化，但总体上还沿袭着旧有的传统，传达着旧有的思想和情趣。在五四新文化运动中，它们很大程度上也是被视为旧文化旧艺术而受到批判的。在新旧政权交替之际，戏曲艺术更被从阶级斗争的角度和高度进行政治定性，被认为是反动的旧的压迫阶级用以欺骗和压迫劳动群众的一种重要的阶级斗争的工具。所以在20世纪的后半程即将开始的时候，它们面临的是被全面改造的命运。1949年7月，第一次全国文代会在北京召开，在这次大会上周恩来代表新政权提出了改革旧剧的要求。随后成立了旧剧改革的全国性领导机构"中华全国戏曲改进委员会"。毛泽东为该会的题词是"推陈出新"，即排斥旧的创作新的。1951年5月，中央人民政府政务院颁布法令性文件《关于戏曲改革工作的指示》，规定了戏曲改革的三项任务：改戏、改人、改制。这是一个全面的改造计划，其中的改戏就是用新的价值观和社会政治要求对传统戏曲剧本进行改造。

　　新中国初期的戏曲写作以整理和改编旧剧本为主，这是当时戏剧界一个时代性的重要动作，它是"戏改"的一个方面，是"推陈出新"号召的贯彻，是对传统戏剧的社会主义化，也是对这些剧目的一定程度的承认，许多传统剧目通过不同程度的改变得以保存下来和继续演出。其中，"整理"是较轻微的加工调整，50年代初期演出的剧目许多属此类;"改编"是变动较大、往往在旧有情节上提炼出新的主题的剧目。但两者也很难截然区分,总体而言是整理在前,改编在后,因为后者更具有新创的性质,需要更多的思考和更长时间的准备。通过整理改编,剧本剔除了"封建性的糟粕",保留和发扬了"民主性的精华",也免不了加入新时代的思想,内容干净,风格明朗,情绪乐观,所表现的都是爱国主义、歌颂劳动人民的优秀品质、青年纯洁美好的爱情或反封建等主题。优秀的改编剧目大都出现在1956年以后,这一工作一直延续到20世纪60年代初。作品有田汉的京剧《白蛇传》、陆洪非的黄梅戏《天仙配》、杨子静等的粤剧《搜书院》、翁偶虹等的京剧《将相和》、吴白匋等的锡剧《双推磨》、宋词的豫剧《穆桂英挂帅》、黄志德等的川剧《拉郎配》等。在众多的整理改编剧目中,昆剧《十五贯》因被认为具有提倡实事求是调查研究作风的现实政治意义而受到国家领导人的重视,它的成功演出也引起了社会对昆剧的关注,有"一出戏救活了一个剧种"之说。而陈仁鉴改编的莆仙戏《团圆之后》和《春草闯堂》更被认为是化腐朽为神奇的典范之作,达到了传统剧目改编的高峰,基本上是新创了。

创作新的作品当然是更重要的。新创剧目按故事发生的时间又分新编历史剧和现代戏两种。前者指以历史时空为背景的剧作,即古装戏,并非一定是以真实的历史人物和历史事件为表现对象的历史剧,这些戏因此也被称为新编古代戏。现代戏是指剧中故事发生的时间为现代的剧作。新中国最初的现代戏多是婚姻家庭领域歌唱新生活嘲笑旧习俗的,而且全出现在比较年轻、形式相比之下较为灵活、容易表现现代生活的剧种中,如沪剧、淮剧、评剧、豫剧等,出现了一定数量的剧本和演出,较好的有评剧《小女婿》《刘巧儿》,沪剧《罗汉钱》,淮剧《王贵与李香香》,吕剧《李二嫂改嫁》等。这些婚姻家庭题材的剧作尽管不可避免地都带有政治含义,如借婚恋问题对新社会进行歌颂和赞美,但由于是人们喜闻乐见的婚恋故事,贴近生活,又都是大团圆的结局,因此很受观众的欢迎。"大跃进"运动中也出现了戏剧的大跃进,而且现代戏受到空前的提倡,当时的口号是"歌颂大跃进,回忆革命史",戏曲"以现代剧目为纲"。在这些方针指导下出现的作品自然都属于现代戏,但和"大跃进"的其他方面一样,此时的创作只造出许多戏剧的废渣而已,只有个别特例存留下来,那就是杨兰春的豫剧《朝阳沟》。但由于现代戏的提倡,在以后的几年中现代戏逐渐成熟,尤其是革命历史题材的作品。"大跃进"以后,片面强调现代戏的倾向有所纠正,1960年文化部(今文旅部)举办了现代题材戏曲会演大会,但却又提出了传统戏、现代戏和新编历史剧"三并举"的方针。来自党政当局的创作历史题材剧的明确倡导,对历史剧创作起到很大的推动作用,出现了一批新创作的历史剧,如吴晗的京剧《海瑞罢官》、王慎斋的吕剧《姊妹易嫁》、魏峨等的越剧《胭脂》、王冬青的高甲戏《连升三级》、李明璋的川剧《夫妻桥》、俞百巍等的黔剧《奢香夫人》、范钧宏等的京剧《杨门女将》、顾锡东等的绍剧《孙悟空三打白骨精》、何凌云的豫剧《花打朝》、吴白匋等的扬剧《百岁挂帅》、田汉的京剧《谢瑶环》、孟超的昆剧《李慧娘》、王肯的吉剧《包公赔情》等,都是相当优秀的作品。

话剧和歌剧对中国来说完全是现代的剧型，表现古代生活和现代生活都是没有任何障碍的。话剧本来就是近代中国政治运动的一个派生物，又用通用语演出，特别适合直接地传达思想和进行宣传，所以到了新中国也没有必要进行改造，只是沿着原来的方向发展即可。歌剧在20世纪的上半期虽然也表现出西洋化和民族化等不同的方向，但对于革命的文艺来说，究以成型于延安的革命化民族化歌剧为正宗，一开始就是表现当代的革命内容的，到了新中国几乎是清一色的革命历史剧和革命斗争、阶级斗争题材。由于话剧和歌剧的现代性和政治性，新中国成立后两者都快速和高度地正规化和剧院化，而且普及全国，成为真正的官方艺术。话剧的创作更呈现空前的繁荣局面。在新中国成立后的头三年中，全国出版的剧本中话剧和歌剧本占绝大多数，远远超过戏曲，尽管这些剧本在艺术上大多比较粗糙和幼稚。

新中国成立后的几年间即20世纪50年代前期，话剧创作遵循着社会主义文艺独有的工、农、兵题材模式，表现各种直观的政治性主题，歌颂工农兵的斗争或在新中国的新生活。作品描写工农的如《在新事物的面前》（杜印、刘相如、胡零）、《四十年的愿望》（李庆升等）、《不是蝉》（魏连珍）、《六号门》（天津码头工人集体创作）、《考验》（夏衍）、《幸福》（艾明之）、《不平坦的道路》（兰澄）、《百年大计》（丛深）、《姐妹俩》（兰光）、《赵小兰》（金剑）、《春风吹到诺敏河》（安波）、《人往高处走》（旅大市①兴台村业余剧团）、《春暖花开》（胡丹沸），还有独幕剧如《妇女代表》（孙芋）、《妯娌之间》（田心上）、《三个战友》（赵寰、董晓华）、《两个心眼》（赵羽翔）等。另一类事实上更为重要的题材是军事和革命历史题材的剧作，其人物主要是兵，它是社会主义时期戏剧文艺的特有的和典型的内容和题材，如《母亲的心》（刘沧浪等）、《人民的意志》（赵寻、兰光）、《把炮弹打上去》（黄悌等）、《战斗里成长》（胡可）、《冲破黎明前的黑暗》（傅铎）、《无名英雄》（杜宣）和《游击队长》（邢野）；取材于抗美援朝战争的有《钢铁运输兵》（黄悌）、《杨根思》（沈西蒙）、《战线南移》（胡克）、《保卫和平》（宋之的）；还有取材于当代海防前哨斗争的《海滨激战》（王军、张荣杰）。其中描写长征的《万水千山》被认为是一部较好的作品。剧本用长征途中的几个场景不仅较为完整地显示了长征的过程，而且塑造了一个指挥员李有国的形象，他不仅是一心想着长征胜利革命成功的革命者，也显示出了一定的人性色彩，这在那个时代是尤为珍贵的。

话剧到50年代中期，题材、风格和主题都有多样化的迹象。除了以上列举的作为主流的工农兵题材剧作，还有反映知识分子思想改造的《明朗的天》（曹禺）、描写资本家在社会主义制度下生活的《上海滩上的春天》（熊佛西），还有《西望长安》（老舍）、《新局长到来之前》（何求）等暴露讽刺当代官场丑态的讽刺剧，不仅真实可信，讽刺犀利，而且因稀少而珍贵。话剧在这一个阶段最引人注目的发展是1956年夏到1957年初夏反右运动发动以前的短暂时间内的突兀的繁荣，这是"双百"方针贯彻的结果，也和

---

① 旅大市为大连市1980—1981年称谓，1981年后改称大连市。编者注。

苏联文学的解冻思潮相关。在"双百"方针的鼓励下,在一直作为中国文学榜样的苏联文学的新动向的示范下,中国的剧作家们得以按照自己的观察和认识、自己的意愿和风格创作剧本,它们和前几年的作品大不相同,后被称为"第四种剧本",即超越工农兵剧本的剧本。但是,这些深入生活内部、真实地反映生活的戏剧新芽都被反右运动的狂风暴雨摧折了。"第四种剧本"的代表作有《洞箫横吹》(海默)、《布谷鸟又叫了》(杨履方)。

从1957年5月开始,中国社会和政治显露出完全失去理智的态势。反右必然导致社会向左运动,强行贯彻教条主义路线,无中生有地搞阶级斗争;1958年又开始了狂热的"大跃进"运动;1959年是批"修"和反右倾运动。在这一系列运动中,只要有点真实感和引起人们共鸣的戏剧作品几乎无例外地先后遭到批判。《葡萄烂了》《墙》《新局长到来之前》《被遗忘了的事情》《提升》《一墙之隔》等作品率先遭到打击,被诬指为"毒草"、反党反社会主义的武器、向党猖狂进攻的毒箭,作者则纷纷被打成"右派"分子。类似的作品当然更不可能再出现。在1959年批判修正主义文艺思潮的运动中,话剧《上海滩的春天》《还乡记》《三代》,还有在1957年漏网的《洞箫横吹》《布谷鸟又叫了》《同甘共苦》都被作为修正主义的产物而遭到补批。《洞箫横吹》《布谷鸟又叫了》两剧受到重点批判,被说成是把我们社会主义生活写成一团漆黑,使反面的现象居于主导地位,恶毒地、颠倒黑白地把党的领导当作社会发展的障碍来打击的作品。《洞箫横吹》的作者海默被打成"漏网右派"和"右倾机会主义分子"。《同甘共苦》和《还乡记》一类作品则被批为宣传了"资产阶级人性论"。赵寻的《还乡记》本是还没有发表的剧本,为了斗争需要也被拿出来进行公开的批判,说它是"歪曲革命战争""贩卖资产阶级人性论"。由于只要敢于创新和突破的作家都受到了粗暴无理的批判打击,一批有才华和创造力的作家从此销声匿迹。而创作不仅回到了1956年以前,而且在原来的方向上变本加厉。这时的戏剧不能反映现实生活中的矛盾,不然就是"暴露黑暗";不能反对官僚主义和写干部的缺点,不然就是"反对党的领导";当然也没有人敢于写人情人性了,因为那是资产阶级人性论和人道主义,虚假、浮浅、做作、粉饰等品质也就统治了话剧创作。

在1958年开始的"大跃进"中,和工业、农业、教育等各行各业的跃进一起,戏剧也上演了"大跃进"运动,那就是追求足以惊人的创作数量和速度,多写快写,放文艺卫星。这时提出了"领导出思想,群众出生活,作家出技巧"的"三结合"的口号,而且号召"歌颂大跃进""写中心,演中心,唱中心"。由于要快速配合政治形势,所以创作上就搞突击和集体创作,速度是50个小时就写一个剧本,排一部戏。在这种情况下,作品的数量空前飙升,而略有真情实感和合乎常识的作品都极为罕见,连一些知名作家也加入了这一或被迫或自愿的集体呓语,为"大跃进"鼓噪欢呼,火上浇油,作品自然也都逃不脱失败的命运,成为历史的笑柄。这一时期当代题材的作品较有可取之处的是王炼的话剧《枯木逢春》等少数几个。

和现代题材剧的浮泛空乏形成对照的是这一时期历史题材剧的繁荣。这些历史题材剧的作者几乎都是老作家，他们有些人也创作现代题材剧，但可以说都失败了，当他们面对和现实社会和政治基本无关的古代题材时，他们对描写对象的个人见解和感受都能较好地表现出来，这保证了这些剧作的艺术质量和思想深度。自然，这些剧作中许多也被拿来做"古为今用"的批判。古代题材并不是发挥个人才情和思想的避风港，也不能保证这些有个人思想和见解的剧作的安全，尽管他们在剧中总或多或少地要迎合时代思想和时代政治，只是它们的歌颂较为曲折不是那么直露而已。这类作品有老舍的《茶馆》，田汉的《关汉卿》，郭沫若的《蔡文姬》《武则天》，曹禺的《胆剑篇》等。这一个创作的潮流一直延续到1962年。

20世纪60年代初期，由于"大跃进"造成了经济和社会的严重灾难，党中央开始反思并纠正"大跃进"以来"左"的错误，提出了国民经济实行"调整、巩固、充实、提高"的方针，与之相伴随的是文艺政策和导向上的调整。1961年6月，中宣部在北京召开全国文艺工作座谈会，提出了全面调整文艺政策的问题。同时，"全国故事片创作会议"也在北京召开，周恩来发表了《在文艺工作座谈会和故事片创作会议上的讲话》，强调了发扬艺术民主和尊重艺术规律的问题，对动不动就套框子、抓辫子、挖根子、戴帽子、打棍子的"五子登科"的文艺批评作风提出了批评，意在遏制极"左"的置文艺创作于死地的文艺批评潮流。1962年3月文化部（今文旅部）和中国作协在广州召开"话剧、歌剧、儿童剧创作座谈会"，会上周恩来和陈毅发表讲话，继续清算极"左"的错误，给知识分子和文艺创作松绑和打气，赢得文艺界由衷的好感和信任，但由于中共八届十中全会又开始大张旗鼓地宣扬阶级斗争，创作并没有出现可喜的复苏。

歌剧和当代的其他文艺体裁一样，也呈现着工、农、兵三大题材的题材分布模式，而又以革命历史和革命斗争题材（多和兵有关）的歌剧更为典型，更有代表性。此后这类题材的歌剧最多，影响最大，而且一直延续不断。这可能和它的第一部作品《白毛女》开创的阶级压迫和革命斗争、解放受压迫者的叙事模式有关。新中国成立初期的革命历史题材的歌剧有《打击侵略者》（宋之的等）、《地雷大搬家》（胡可）、《长征》（李伯钊）、《星星之火》、《如兄如弟》（苏一萍）等，可以说这些都是写工农兵中的兵。反映新生活情态的歌剧有《结婚》（张万一）、《新事新办》（苓芳等改编）等。1953年以后，歌剧创作渐趋繁荣，题材风格都比较多样。表现现实生活景象的有《草原之歌》（任萍编剧）、《一个志愿军的未婚妻》（丁毅、田川编剧）、《漳河湾》（张万一、寒声编剧），有反映历史斗争的《嘎达梅林》（李悦之编剧），有神话题材剧《槐荫记》（卢肃改编），还有一些小歌剧如《海上渔歌》（周行）、《两兄弟》（胡小孩）、《五里流水》（张永枚）等。更重要的是革命历史题材的歌剧，如《刘胡兰》（于村、海啸编剧）、《小二黑结婚》（田川、杨兰春编剧）两剧，它们在刻画人物性格方面比此前的作品有很大进步，注意吸收熔铸中西戏剧和音乐的营养，人物性格更分明生动，歌剧唱段塑造人物和心理描写的功能受到重视，一些唱段因清新优美、富于民族和地方色彩，曾广为传唱，成为流行歌曲。

歌剧在20世纪60年代以后也出现了一些较好或者说影响较大的作品,基本上还是阶级斗争和革命历史故事,自然它们的成功有的是因为音乐而不是剧本。这一个创作潮流一直延伸到"文革"前。反映革命斗争历史的歌剧有湖北实验歌舞剧团的《洪湖赤卫队》,梁上泉、陆棨的《红云崖》,阎肃编剧的《江姐》(该剧发表于1963年,但因为性质上的连贯性,我们放在这里论述)等。柳州市创编组创作的歌剧《刘三姐》虽然为壮族民间传说题材,但也是阶级斗争故事。

50年代中期有一批儿童话剧和童话剧也值得注意,作品有《蓉生在家里》(张天翼)、《夏天来了》(刘厚明)、《祖国的园地》(任德耀),童话剧有《大灰狼》(张天翼)、《巧媳妇》(熊寒声、梁彦)、《马兰花》(任德耀)、《小白兔》(孙维世)等。其中的《马兰花》成为保留剧目,是儿童剧中最优秀的作品。

第二节 革命历史题材剧

革命历史——主体是共产党领导的武装斗争——题材的文学创作是新中国文学创作中最重要的题材类型,在戏剧文学中这类题材的作品也占有同样的比例和地位,甚至更高,这是由它在革命传统和革命历史教育中的特殊地位决定的,人们对革命历史的了解和认同、对革命英烈的崇敬和学习,主要是通过这些文学艺术作品完成的。这种剧本的创作开始于延安文学阶段,自然延伸到1949年以后的新中国,到了21世纪,也还在不断出现。革命历史题材的剧作可以说覆盖了整个革命斗争史,从八一南昌起义到刚刚发生的朝鲜战争,几乎无遗漏地出现在戏剧舞台和电影银幕上,构成了一部完整的文艺的中国革命史,主要是武装斗争史。它也就成了各个时期重要的文学的和戏剧的现象,尽管各时期其取材的重点热点以及主题和风格并不完全相同。

新中国成立后的前几年中,革命历史题材的剧作多表现革命史上的重大事件,主要是长征,如李伯钊编剧的歌剧《长征》、陈其通的话剧《万水千山》、石凌鹤的话剧《方志敏》。在革命中牺牲的人很多,那些突出的、事情经过复杂、富于戏剧性的也被剧作家关注和复活,如陈其通的歌剧《董存瑞》、于村等的歌剧《刘胡兰》都是影响很大的作品,他们的故事的流传几乎都是靠这些戏剧作品,人们心中的董存瑞和刘胡兰也都是戏剧中的形象。除了这些革命烈士的故事,还有一般革命者在革命队伍中成长的故事,后者因为是较为平凡的人,他们的成长也许更有普遍性和教育意义,更能引导今天的青年认识革命和认识自己,这类作品也包含了阶级斗争的内容,这成为革命历史题材戏剧中的一个重要的模式,如胡可的话剧《战斗里成长》的赵铁柱和石头、《万水千山》中的李有国等,他们都是受压迫的苦孩子,在党的教育下、在革命的磨炼中成长为优秀的革命战士,因而也是今天青年效仿的榜样。20世纪50年代中期以后,革命历史题材的剧作全面铺开，对革命史的舞台描绘连成一片，组成了完整的一部革命史，从描写工农红军诞生的刘云的话剧《八一风暴》，到陈其通的话剧《井冈山》；从反映南方革命根据地斗争的话剧《杜鹃山》、歌剧《洪湖赤卫队》，到描写抗战的新四军斗争生活的京剧《芦荡火种》；从反映陕甘宁边区军队生活斗争的话剧《豹子湾的战斗》，到反映辽沈战役的话剧《兵临城下》，整个的革命史都在戏剧中得到表现。但这一阶段的革命历史题材作品因为受到神化革命和革命者的"左"的时代大潮的影响，更多的是写军事斗争的过程，写革命者的高大形象，他们的大智大勇、无畏无私，缺乏对他们的心灵的描写，作品普遍缺乏真切感和亲切感，难以让观众产生心底的共鸣。

革命历史题材的剧作有以叙述革命历程和重大事件为主的如《万水千山》的写长征，也有从个人经历的角度写革命的过程和力量的如《战斗里成长》的写个人的成长。《万水千山》是20世纪60年代以前新中国戏剧中反映长征质量最高的一部作品，《战斗里成长》则是从革命战士的角度描写革命的代表性作品之一，它们可以标志这一时期革命历史题材作品的风格和水平。

陈其通与《万水千山》

陈其通（1916—2001），生于四川省巴中县（今巴中市），1935年参加长征，曾在红四军中任宣传队长。抗战中任旅宣传队长、团参谋长、八路军留守兵团烽火剧团中队长。在新中国曾任解放军总政治部（今政治工作部）文工团团长、文化部（今文旅部）副部长、总政宣传部副部长兼解放军艺术学院副院长。陈其通在几十年中创作了数以百计的剧目，有话剧《黄河岸上》《炮弹是怎样造成的》《同志间》《万水千山》《井冈山》，歌剧《柯山红日》《两个女红军》《董存瑞》《缚住苍龙》等，因剧作基本是军史题材，所以有"红军戏剧家"之称。

《万水千山》发表于1954年，是陈其通的代表作。此剧初写于1938年，剧名为《艰苦路程两万里》，经几次修改，最后得现名。剧名来自毛泽东的《七律·长征》，是对长征过程的描述和对长征业绩的歌颂。这样一个历史事件，时间漫长，空间广阔，人多事繁，将它铸造成艺术形象表现在舞台上是十分困难的，但陈其通成功地解决了这个巨大的对象和有限的艺术表现上的矛盾，选取了长征途中的六个场景，不仅以少见多地概括了历时两年跨越万水千山的长征，而且赞颂了毛泽东军事思想的英明和正确，歌颂了党的伟大和红军指战员崇高的精神境界、高尚的革命情操以及无畏的献身精神。这六个地点是娄山关下、彝族山寨、藏民村庄、大渡河岸、草地、腊子口。这些地方不仅是红军经过的"有故事"的地方，而且也足以表达作者要表达的思想和主题，如第二次攻打娄山关是毛泽东直接领导下的第一次胜利，民族地区的两场则说明党的少数民族政策的英明及红军和少数民族的血肉关系等。所有这一切主题用意都是通过人物的语言和行动来实现的，其中最重要的人物是营指导员李有国，他被认为是此剧塑造的最成功的艺术形象。李有国是一位政工干部，不仅善于讲说革命道理，而且身体力行。他意志坚强却又感情细腻，受了伤，他拒绝同志们抬他走的好意，拖着病体在草地上艰难行走；为鼓舞士气，他会不断和战士们竞赛，表现出革命乐观主义的精神和工作的技巧；临死之前，他想的不是自己即将失去的生命，而是想着革命大业，命令把马匹送给党中央，"让革命骑着马前进！"尽管这样浪漫的修辞不像是一个临死的人的话，但却很简洁地表现了他对革命的忠诚和信念。另一方面，在长征途中，在知道自己生命垂危的时刻，他也在考虑妹妹未来的生活和婚姻，闪现出动人的人性光彩，成为全剧最使人感到亲切的段落。李有国的形象和那个时代着意塑造的英雄形象一样，都是完美无缺，十全十美的。

第三节 历史题材剧

戏剧钟情历史题材，善于讲过去的故事，观众也盼望跨越时空在舞台上看到重演的历史，这是一个世界性的现象。我国传统的戏曲中也有大量的历史戏，它们可以说完整地覆盖了中国的历史，是一般国民了解历史的主要渠道，也是戏剧剧目库存的主体。中国戏剧发展到当代，历史剧仍然势头不减。传统戏中的历史剧根据新时代的思想和政治的需要被加工改编，重新上演，虽然不少有将古代生活现代化、将自己的价值观和好恶硬塞给古人的毛病，但艺术上也往往超过原本。从文学史的角度看，新创历史剧更为重要。新创编的历史剧包括写历史上的真人真事、以历史记载为故事依据的历史剧，也包括以历史为故事背景虚构的历史题材戏，而以前者为主，为历史剧的正宗。形式上，戏曲是表现这种题材的本行，歌剧和话剧也没有技术处理上的障碍，因此三者皆有成就，其成就超过其他题材，其中以话剧最为突出。

新中国成立之初，中国发生的巨大变化和令人兴奋的新现实似乎使作家们想不起上百年上千年的陈年旧事，人们的目光只能停驻于现实和展望未来，很难往后看，这是很自然的现象。到了1956年，因昆剧《十五贯》的改编和上演的成功，又由于新中国成立引起的昏热已经渐渐冷却，也由于"双百"方针的鼓舞，历史剧的创作才逐渐恢复起来。1956年出现了越剧《宋景诗》，山西梆子《石达开》，京剧《林则徐》《屈原》《梁红玉》等，报告着新编历史剧创作兴起的讯息。历史剧繁盛的另一重要的社会原因是，经过1957年的反右运动的教训，作家们认识到，写现实题材是很不安全和容易招祸的，弄不好就人剧俱毁，而创作水平很高的老作家对现实把握起来本来就不能得心应手，所以面对复杂的历史境遇，特别是老作家们，都纷纷拿起了笔，进入历史题材剧的创作，表达着正直文人恒定的正面的价值观念和作家们曲折难言的心境。于是，一批当代戏剧文学史上的杰出历史剧相继出现，田汉、老舍、郭沫若、曹禺等都有创作，到1962已经蔚为壮观，尽管成就互有差异。

新编的历史剧和以往的历史剧一样，表现的多是见于记载的历史事件和历史人物，主要是帝王将相等大人物，当代的剧作家们在表现这些事件与人物的时候，多能站在历史发展的立场上对他们进行评价和褒贬，表现出对贤明公正、为民着想和为民请命的帝王和将相的呼唤，对昏妄残暴的君王和奸诈丑恶的将相的贬斥和批判。这些作品对帝王的历史作用和地位能够大胆肯定，如《蔡文姬》中的曹操、《武则天》中的武则天、《胆剑篇》中的勾践、《文成公主》中的唐太宗等。而对帝王的贬斥也是从这个角度进行的，如《海瑞罢官》和《海瑞上疏》中的嘉靖皇帝、《胆剑篇》中的吴王夫差等。

由于受新中国"爱国史学"和"农民起义"史学的左右，这一阶段的历史剧对历史上的农民起义题材和近代的反帝反封建的农民运动题材有明显集中的开掘，歌颂这些运动成为这一批剧作的主流主题。有些剧作写农民起义领袖，如京剧《闯王进京》、越剧《宋景诗》、山西梆子《石达开》等。描写农民即中国人民反帝爱国运动的作品有京剧《三元里》、越剧《天国风云》、桂剧《金田村起义》、话剧《天京风雨》《神拳》《甲午海战》等。这些作品的主题都是反抗本国统治者和反抗外国侵略者，肯定农民战争夺取政权的合法性和正当性，长中国人和中国农民的志气，灭封建统治者和帝国主义的威风，这也是新时代中国意识形态要求的一种体现。

一、老舍与《茶馆》

老舍（1899—1966），原名舒庆春，满族，出生于北京。老舍1918年毕业于北京师范学校，毕业后任小学校长和京师学务局劝学员等职。20世纪20年代后期在留居英国期间开始文学创作。20世纪30年代初回国后一边在大学任教，一边创作。抗战期间任中华全国文艺界抗敌协会总务部主任。1946年赴美讲学写作，1949年底回国。在新中国任北京市文联主席等职。"文革"开始时受到残酷迫害，投湖自尽。主要作品有小说《骆驼祥子》《我这一辈子》《牛天赐传》《四世同堂》《二马》《离婚》《猫城记》《正红旗下》等。抗战中开始剧本创作，剧本有《残雾》《方珍珠》《面子问题》《龙须沟》《茶馆》等。

《茶馆》发表于1957年《收获》创刊号，三幕剧，为老舍戏剧的代表作，也是新中国戏剧文学的经典作品。《茶馆》的故事发生在北京的一家大茶馆裕泰茶馆，只是三幕戏发生在三个不同的时代，这三个时代前后相隔近五十年，它们依次是清末戊戌变法失败后、十多年后的北洋政府时期、抗日战争结束后的国民政府接收时期。该剧没有中心的故事情节和戏剧冲突，只是一幅幅按顺序展出的风俗画，活动在这些风俗画里的是三教九流、各色人等。正是这些人物的活动所构成的风俗画自然而然、举重若轻地展现了中国现代社会的发展进程，揭示了现代中国的历史本质。剧本中描写的近五十年的历史总体上是越来越黑暗，越来越混乱，坏人当道，民不聊生，正直的人无法生存，救国者的愿望不得实现，社会已经不可救药，一个新的社会正呼之欲出。老舍用生动具体的描写实现了他用三幕戏"葬送三个时代"的创作意图。

《茶馆》的场景选择和场次设计颇具匠心，人物设置也独特而有趣。那个时代的茶馆是一种重要的公共场所，不同阶层的人都会到茶馆喝茶或交际，人们在这里交流信息，也在这里解决各种纠纷，因而是全面展示社会面貌的最佳窗口。《茶馆》人物众多，全剧有名有姓的人物就有五十多个。如此众多的人物可以分成三类：一是主要人物，自壮到老，贯穿全剧，他们是王利发、常四爷、秦仲义等人；二是次要人物，他们是父子两辈，子承父业，在三幕中分别出现，演出时所用的却是同一个演员，他们是刘麻子、唐铁嘴、宋恩子、吴祥子、二德子等及他们的儿子；三是无关紧要的人物，处理时一律招之即来、挥之即去，根据需要随时上台下台。第一类人物在近五十中自然是由青年变为老年，他们经历了巨大的变化，积累了几十年的人生辛酸和对社会变化的感受和感慨，是历史的见证人，舞台上出现的一切也都是他们的见闻和经历。他们是剧中的主要人物，也是性格最丰满的人物，作者主要是通过他们表达自己对历史的认识和对人生的感叹。这几个人物性格分明，且具有丰富的历史内涵。他们性格、身份不同，却有着大体相同的命运归宿和迷惘失落的心态，在共同阐释和控诉着他们经历的时代。第二类所谓次要人物其实也是很重要的，他们基本上都是坏人。这些坏人在那个时代如鱼得水，是人民或好人的直接威胁者和伤害者。他们骄横跋扈，下作无耻，而且越来越坏。这类人一代一代生生不息，让人觉得坏人总是不老，永远年轻，永远得意和走运，当然未必下场都很好。在他们身上同样体现了作者对那个时代人生和社会的悲剧感。

《茶馆》揭示了现代中国不同政治形态下社会的混乱、腐朽、不公，政府的腐败、残暴、专制，坏人恶徒的横行猖獗以及与政府力量的共生。在这样的环境里，民不聊生，好人没有好报，再小心也会遭灾，善良的努力都没有结果，救国的心愿和奋斗都归失败。虽说是三个时代，它们在性质上并无大的不同，可以统称为黑暗的中国。剧本通过本真的风俗画面，对这个社会进行了彻底的否定。

《茶馆》将人物个性刻画、民生状况的描写和历史趋向的揭示完美地融为一体，阔大深刻的主题和丰满有趣的形象相得益彰。剧本的历史具体感和人物行为、心理的地道真切又和老舍对语言的高超运用密不可分。《茶馆》的语言简洁、俗白、地方化又个性化，动作性强，又富于潜台词和幽默感。他的人物一开口就带着动作和表情，也带着个性和人物自身的逻辑，炉火纯青，不露痕迹，为汉语话剧语言的典范。

二、田汉与《关汉卿》

田汉（1898—1968），原名田寿昌，出生于湖南省长沙县。少年时代先在本乡读私塾，继而在长沙市读中学，后留学日本，在五四新文化运动爆发后参与组织文学社团创造社。1921年回国，从事话剧创作和演出活动，创办南国艺术学院、南国社，主编《南国月刊》，是中国话剧的开拓者之一。1930年加入中国共产党，曾参加"左"翼作家联盟和"左"翼戏剧家联盟。抗战期间，参加郭沫若主持的军委政治部第三厅。新中国成立后，为文学和戏剧界主要领导人之一，任全国文联副主席、中国戏剧家协会主席、文化部（今文旅部）戏曲改进局局长等职。

田汉是为中国戏剧事业做出整体性贡献的作家和领导人，是中国话剧运动的奠基人之一，被称为"现代的关汉卿"和中国的"戏剧魂"。他还是中华人民共和国国歌《义勇军进行曲》的词作者。在剧本创作方面在不同的时代田汉都有影响广泛的成绩。早期有《咖啡店之一夜》《获虎之夜》《乱钟》《扬子江暴风雨》《名优之死》《丽人行》等，后期有《关汉卿》《文成公主》等话剧，也有大量的优秀戏曲作品问世。其晚年力作《关汉卿》更是以其巧妙的构思、真实典型的历史环境、浓烈的浪漫诗情成为当代话剧的代表作品之一。

《关汉卿》发表于1958年《剧本》5月号，是田汉戏剧创作的高峰和代表作，被称为田汉众多优秀剧本中的瑰宝，也是"文革"结束前27年中最优秀的剧本之一。该剧是应世界保卫和平理事会（一个社会主义阵营的国际组织）之约，为纪念世界文化名人元代剧作家关汉卿而作。

关汉卿是元代的戏剧大师，尽管在戏剧界似乎是编剧中心制，但剧作家在那个时代社会地位低下，关汉卿的生平材料见诸文字的极少，流传于世的几乎只有他的剧本，要理解和描述关汉卿也只能依据他的剧本。由于难以在传记材料的基础上编织故事，田汉也就没有把它写成一出传记剧，而是在一个剧本的创作和演出中刻画关汉卿的形象，这样做不仅巧妙地避实就虚，而且所编织的故事虽为虚构却十分真实可信。这个成为《关汉卿》一剧结构主轴的剧本就是《感天动地窦娥冤》。《关汉卿》从《窦娥冤》的"本事"开始，一波三折又充满激情和正义感地描述了剧本的写作和上演所引发的一系列激烈的冲突和斗争，直到关汉卿被下狱和流放。剧本展示了一出戏从动机的产生到演出的全过程，通过这个过程描绘出作家关汉卿的性格和风采，同时也展现了一个时代的社会风貌，三方面丰满的内容自然贴切地融合在紧张激烈、扣人心弦的故事情节中。通过一件艺术品的创造来表现创造者和他周围的社会，是一个俭省巧妙的切入角度。作品将人物性格刻画得鲜明饱满，对社会本质的揭示也深刻准确。作者不仅了解关汉卿，也极为了解元代的社会政治状况，更了解戏剧创作的过程。田汉通过关汉卿的作品解读关汉卿其人，也通过关汉卿的戏剧创作来表现关汉卿，既充满想象，又真实可信。

《关汉卿》惊心动魄地表现了发生在几百年前的一场正义与邪恶、光明与黑暗、压迫与反抗的斗争，作者无疑是站在关汉卿和朱帘秀一边的。由于是戏剧家写戏剧家，也可以说田汉在写作时是以关汉卿自居的，或者说田汉在相当程度上通过关汉卿表现了自己的理想，表现了他所肯定的艺术和政治、社会、人生的关系，不仅在关汉卿身上折射了田汉本人的性格和理想，田汉的艺术风格也在关汉卿这个人物身上和整个剧作中得到充分体现，使得剧本在真实描写的基础上洋溢着浓郁的浪漫抒情气质和为理想斗争、献身的精神。

第四节 "第四种剧本"

"第四种剧本"也就是超越和突破了工人剧本、农民剧本、部队剧本这三种模式化剧本的另类剧本,出现在1956—1957年的短暂时间内,因为此前多是清一色的工农兵剧本,那些剧本都有一定的故事和主题模式,是某种政治观念和欲求的空洞图解:"工人剧本——先进思想和保守思想的斗争;农民剧本——入社和不入社的斗争;部队剧本——我军和敌人的军事斗争。"① "第四种剧本"突破了此前为表现一定的政治观念而形成的公式化、概念化的创作套路和脱离生活的虚假描写,因此可以看作是对新中国成立以来文学创作思想和实践的一次超越、批判和否定。如果前三种剧本代表了正统,那么这些剧本就具有某种异端的性质,它也标志着戏剧文学从脱离人和社会实际的政治观念的推销回到了人性和现实主义的道路上了。由于到"文革"结束以前再也没有出现过此类剧本,它也就成了"二十七年"戏剧中的一道独特风景,该时期最有价值的话剧创作多属于这一类剧本。可以纳入第四种剧本的有《洞箫横吹》(海默)、《布谷鸟又叫了》(杨履方)、《新局长到来之前》(何求)、《被遗忘了的事情》(段承滨)、《桥》(刘川)、《墙》和《葡萄烂了》(王少燕)、《同甘共苦》(岳野)、《还乡记》和《人约黄昏后》(赵寻)、《归来》(鲁彦周)等。

"第四种剧本"作为此前剧本和主流剧本的对立物,对生活和所描写的人物不是表面描述和歌颂,而是要真实呈现特定人生处境中的特定性格和精神世界,对生活中和社会上存在的问题不再是掩盖、涂饰或视而不见,而是采取深入其中、干预与批评的态度。它敢于揭露生活的矛盾,反映生活的复杂性及所存在的问题,显示出作家对生活的真知灼见和诚实态度,真实性和尖锐性是这些剧本的最大的和共同的特点。由于作家摆脱了统一标准的束缚,或者说在一个时代特定的思想政治气氛下冲决了思想的罗网,他们都用自己的目光和方式观察和解剖生活,因此显得千姿百态,各有各的独到之处,尽管这些剧本对矛盾的最终解决等方面也出现了模式化的处理。

"第四种剧本"多有对生活中社会上存在的阴暗现象的揭露和讽刺,用意不在歌颂光明,而是鞭挞丑恶,或揭示人的隐秘心理和微妙处境。这些剧作来自生活,而非来自概念、想象或宣传的需要。这些作品因忠实于生活,不仅避免了简单化、公式化和雷同,也呈现出生活本身的复杂和严峻。不少"第四种剧本"把矛头指向干部,戳穿他们在堂皇衣冠下的私欲经营和丑恶嘴脸,这是以前没有人敢染指的题材,因为否定性的描写从来是指向"敌人"的,即地主、资本家、国民党反动派等。海默的《洞箫横吹》的故事背景是合作化运动,但表现的却不是贫农怎么坚决入社、中农怎么犹豫抵抗、富农怎么

---

① 黎弘:《第四种剧本》,《南京日报》1957年6月11日。

破坏捣乱的公式化内容，而是揭露了一个县委书记的好大喜功、弄虚作假、借着合作化运动中培养典型一心向上爬的丑恶人格，这种描写无疑既有冲击力又很容易在生活中得到验证。

和"双百"期间的小说一样，"第四种剧本"除了揭发官僚，也大胆地开掘人的内心世界，表现人的爱情生活和复杂的、丰富的精神世界。描写人心人性本来就是文学作品最重要的任务之一，但教条主义统治下的文学创作却只满足于给人物贴上阶级的标签，用抽象的甚至是想象出的阶级性来代替对人性、人的感情的忠实描写和揭示。"第四种剧本"重新回到了具体描写人的内心和感情的道路上去，写出了一批颇为新鲜传神的能够滋润人心田的作品。岳野的《同甘共苦》、赵寻的《还乡记》、鲁彦周的《归来》等都不仅描写了人物的社会生活，也多方面地描写了他们的感情生活、家庭生活和个人的心灵世界，显得丰满而有底气，与干巴巴的编造故事来说明一个尽人皆知的道理的作品形成鲜明的对照。

杨履方与《布谷鸟又叫了》

杨履方（1925— ），出生于重庆璧山县（今重庆市璧山区）。1949年毕业于上海实验戏剧学校研究班，同年参军。历任苏南军区文工团、华东军区艺术剧院、马鞍山市文化局、武汉军区京剧团编剧或创作员，广州军区（现南部战区）离休干部。杨履方的话剧创作有《我们的队伍向太阳》《布谷鸟又叫了》等，京剧《千秋节》曾获1982年全国戏曲、现代剧汇演优秀剧目奖。

杨履方的代表作是1956年创作的《布谷鸟又叫了》。此剧曾在多家剧院上演，轰动一时，并被拍成电影。故事发生在20世纪50年代前期的江南农村。童亚男是一个开朗大方、爱笑爱唱的姑娘，因歌声动听，人称"布谷鸟"。她和团干部王必好恋爱，答应他自己学开拖拉机回来就结婚。王必好本来就看不上她的爱说爱唱，当他听说童亚男要和经常跟她一起唱歌并也爱着她的申小甲一起去学开拖拉机时，就用自己的职权联合生产队长用堂皇的政治辞令禁止她去，并拟好约法五章，让童亚男签字。童亚男无法接受这限制个人自由的侮辱性的五个条件，气得将其撕毁。王必好又用开除团籍的高压手段迫使童亚男就范，童亚男在被开除团籍后继续斗争，终于得到党组织的支持而取得胜利。她看透了王必好的阴暗和狭隘，完全失去对他的好感，最后和真心爱她的申小甲走到了一起。

《布谷鸟又叫了》犀利而不失幽默地表现了压制和反压制的较量、专制的力量对人的自由天性的扼杀和反扼杀的斗争。虽然背景是合作化时期的中国农村，但却完全超越了写入社和不入社斗争的属于工农兵中农的题材的创作公式，它在合作化集体生产的大背景下，表现了新社会中在爱情婚姻关系中丑恶思想和行为的存在，而且是借着组织名义的存在。布谷鸟的歌唱是快乐、自由、舒展的性格和内心的展示，但自私的王必好却用各种手段包括堂皇的政治教条去压制她，使她噤声。当这种强大可怕的压制遭到失败的时候，布谷鸟的歌声就又响起来了，仍然是一片大自然的也是人心的明媚和舒畅。其次，王必好怀抱着狭隘自私、视女性为私产的旧观念，要把女人锁在自己身边以确保安全，这一相当普遍的社会心理势力，在剧中遭到了可耻的失败，因此剧本也就是对这种封闭的非人化的妇女观的批判，它支持了妇女社会活动和交往的正当性，这在长期打压妇女的中国社会仍是一个严峻的问题。第三，剧本揭示了农村干部中存在的对人的忽视和对物的重视的现象，他们只关心生产，对人却完全是漠视的，干部这种"伤马乎？不问人"的作风和思想倾向有相当的普遍性和象征意义。正因为如此，该剧在上演后就受到猛烈的敌意的批判，批判者都是站在剧本中被揭露的势力的一方的，更说明了该剧的思想意义和时代价值。

拓展阅读：

1. 董健、胡星亮编：《中国当代戏剧史稿（1949—2000）》，中国戏剧出版社 2008 年版。
2. 汤晨光：《老舍与现代中国》，湖南师范大学出版社 2002 年版。
3. 黄寒冰：《突围与复归：社会主义现实主义语境下的"第四种剧本"》，浙江人民出版社 2010 年版。
4. 董健：《田汉评传》，南京大学出版社 2012 年版。
5. 陈军：《郭、老、曹与北京人艺：戏剧文学与剧场的关系研究》，中国戏剧出版社 2019 年版。
6. 申燕：《1949—1966 年"社会主义戏剧"研究》，人民出版社 2020 年版。

问题与思考：

1. 《茶馆》中的"两个老舍""两种结构"说。
2. 《茶馆》中的"幽默"与"讽刺"艺术表现。
3. 田汉《关汉卿》的"戏中戏"结构。
4. 田汉话剧创作中的戏曲传统。
5. "第四种剧本"的异质性。

第六章 台港文学的分流与走向

第一节 概 述

一、台湾:"反共文学"一体化

抗日战争全面爆发后的1937年,中国分为国统区、沦陷区、解放区三大板块。到了日本投降后的1945年,情况有了变化:沦陷区收复后,只剩下国统区与解放区。在解放区,文艺界以毛泽东《在延安文艺座谈会上的讲话》为指导,强调写工农兵,文艺为解放战争服务,为工农兵服务。在国统区,情况完全不同,那里右翼文艺是最有影响力的派别,三民主义文艺论成了主流话语。

1949年10月中华人民共和国成立后,国统区被解放,右翼文艺的大本营移植到台湾。1949年5月19日陈诚颁布戒严令后,台湾地区的文学基本上延续了国统区的"反共文艺"传统。这在五六十年代表现得尤为突出。这时的"反共文学",是20世纪40年代国民党鼓吹"戡乱"文学的承续,是"三民主义文艺"在20世纪50年代登峰造极的产物,也是政治社会共同构造的组成部分,其关键问题并不在于右翼文艺与"左"翼文艺的对立或冲突,而在于让所谓"自由中国"站稳脚跟,让"中华民国"以新的政治形态出现。"反共文学"的出笼及兴盛,正适应了这种新的政治需求。"反共小说"、"反共诗"和"反共歌词"充满了"保卫反攻战线,保卫台澎金马"的标语口号,其中有"战斗"无"文艺",是所谓"战鼓与军号齐鸣,党旗共标语一色"[①]的八股之作。

戒严时期的文学之所以是国统区文学的延续,还表现在当局沿袭了20世纪40年代的"反共文艺"政策。"中国文艺协会"主要负责人张道藩,在40年代写了一些指导右翼文运的论著,最重要的是《我们所需要的文艺政策》[②]。此文是为了对抗和抵消同年发表的《在延安文艺座谈会上的讲话》的影响。

20世纪50年代的台湾右翼文坛在许多方面虽然与国统区相似,但毕竟出现了新问题,他们需要对文艺运动的历史叙述、现实判断和对未来作出新的期望,以指明新的前

---

① 郭枫:《四十年来台湾文学的环境与生态》,《新地文学》1990年第2期。
② 张道藩:《我们所需要的文艺政策》,《文化先锋》1942年创刊号。

进方向。为了适应这种新形势的需要，张道藩又按《我们所需要的文艺政策》的基本观点，新写了《论当前文艺创作三个问题》①，这是指导右翼文艺运动的第二个重要文本。此外，还有第三个文本《略论民生主义社会的文艺政策》②。如果说这两个文本与第一个文本《我们所需要的文艺政策》有什么不同的话，那就是增加了"反共复国"的内容。至于强调民族主义、服膺写实主义、排斥现代派文艺，则和过去没有什么不同。

20世纪50—60年代前期的台湾文学，在军、警、宪（兵）、特（务）铁桶式戒严体制统治下，尽管出现过以胡适为灵魂人物的自由主义思潮，但这种崇尚西方思潮的理念一直为官方所排斥，"反共文学"一体化趋向于是全面实现。

二、香港：右翼文学成为主流

香港文坛的情况和台湾也差不了多少。当五星红旗在天安门前高高升起的时候，二十多万的香港居民返回内地。其中"左"派文人黄谷柳、端木蕻良，早在1949年10月前返回。1950年还有陈残云，1951年又有林焕平，1952年有司马文森等人返回。另一方面，有大批资本家、地主、国民党军官、青年学生和一般居民到香港避"难"。当时随"难民"一起涌入香港的作家有徐訏、杨易歧（易文）、南宫博、李辉英、黄思骋、易君左、卢森、黄霞遐等人。评论家去得极少，只有胡秋原（1953年后去台湾）等少数人。

20世纪50年代的香港，基本上是个移民或曰"难民"社会。鉴于大批"左"派回内地，20世纪50年代的文坛，虽然初期有黄绳、于逢、司马文森撰写或编辑的论著出版，但很快随着他们返回内地影响减弱，于是，香港文坛成了"难民作家"或曰右翼文人的天下。

由于香港的特殊地位，因而在国民党眼中，"台湾宝岛是反共的大本营，50年代的香港却是反共文学的最前哨"。③ 出版物绝大部分为港台作家的反共作品，如司马璐的《斗争十八年》、林适存的《鸵鸟》。评论方面仅丁淼一人就有《中共统战戏剧》《中共工农兵文艺》等几种。

1949年至60年代初，与大陆文学分流后的台港文学，走着完全不同的道路：大陆文学属社会主义性质，提倡文艺为政治服务、为工农兵服务，其理论基础是毛泽东的《在延安文艺座谈会上的讲话》；而台湾地区的文学，属三民主义文学，其指导思想是张道藩的《我们所需要的文艺政策》，"反共文学"在那里成了主流；号称自由地区的香港"左右翼换班"之后，右翼文艺占了上风，以反共为主旋律的"难民文学"有相当大的市场。当然，"反共文学"并不是台港文学的全部，尤其是诗歌还有不少别的题材的诗作。从20世纪50年代后期开始，台湾有"现代派"文艺的产生，香港也有"左"翼文学的存在，昆南等人则在试写具有现代风的作品。

---

① 张道藩：《论当前文艺创作三个问题》，《文艺创作》1953年第21期。
② 张道藩：《略论民生主义社会的文艺政策》，《文艺创作》1954年第6期。
③ 南郭：《香港的难民文学》，《文讯》1985年10月号，第34页。

第二节 "现代派"的功与过

一、"现代派"的成立经过

从 1954 年起，现代主义文学由新诗带队登陆台湾文坛。其中"现代诗社"极端前卫，在台湾新诗现代化过程中扮演了重要的角色。"现代派"和"现代诗社"既有联系又有区别。在"现代派"还未成立的 1953 年 2 月到 1955 年冬，"现代诗社"主办的《现代诗》总共出版了 12 期。其选稿标准除趋时的"反共抗俄"外，另有"现代性"的艺术标准。在理论建设上，肯定新诗否定传统汉诗，艺术形式上反对格律诗，主张新诗必须走自由化的道路，而自由化必须和现代精神结合起来。

纪弦领头成立"现代派"的时间为 1956 年 11 月 15 日，号称有 115 位同仁，主要成员有林亨泰、季红、郑愁予、李莎、羊令野、李魁贤、商禽、罗门、辛郁、蓉子、白萩等。成立大会那天，洛夫代表"创世纪"诗社从高雄左营赶来列席。据他回忆："当纪弦以主席身份宣称，请与会四十余位诗人以鼓掌承认入盟，并宣告现代派的正式成立时，台下顿时响起一片热烈掌声。"[1] 作为"现代派"机关刊物的《现代诗》季刊，到 1958 年共出了 23 期，所发表的作品除以反共为主题、以战斗为主调的政治诗外，有相当一部分是讲究艺术性的自由诗。在理论上，该刊主张用"现代诗"之名与"新诗"相区别。"现代诗"不同于"新诗"之处在于放逐抒情，强调知性[2]，但该刊发表的众多诗作并不符合这一理论要求。由于经费拮据，好稿不多，《现代诗》所刊登的作品多为纪弦本人之作，另有新面孔。这时出版的 21 期《现代诗》，"战斗性"已不再像从前那样被强调，标榜现代性的自由诗已繁盛起来。关于"现代派"终止于何时，学术界看法不一致。纪弦认为《现代诗》终刊于 1964 年 2 月 1 日，而"现代派"解散是在 1962 年春，[3] 故"现代派"运动的衰亡应以这年春天为准。

二、对"现代派"的评价

"现代派"从诞生起，就受到寒爵等人的质疑。一般认为，"现代派"功在提倡新诗现代化，由诗人们过去着重"写什么"到现在重点考虑"怎么写"，从而促进了新诗艺术质量的提高。他们的创作，与传统诗最大不同的是表现自我，走向内心，强调反理性，企图躲进与现实隔绝的象牙塔中去寻求精神解脱。他们还致力于潜意识的表现，把梦幻、本能、下意识看作艺术创作的源泉。他们注重意象的经营和象征、暗示手法的运用，爱用声色交感、扭曲变形和歧义性手法，追求时空的交错、转移以及主客体的对立和换位，

---

[1] 洛夫：《诗坛春秋三十年》，《中外文学》1982 年 5 月第 120 期。
[2] "现代派"一词并不是纪弦的发明。它最先出现在台湾杨炽昌 20 世纪 30 年代主编的《风车》诗刊中。
[3] 纪弦：《现代派运动二十周年之感言》，《创世纪》1976 年第 43 期。

为刷新诗艺做出了应有的贡献。此外,"现代派"还注意培养新人,像郑愁予、方思、林泠、梅新后来都成了重要诗人,这与纪弦的栽培与提携是分不开的。

"现代派"最为人诟病的是不分精华糟粕的反传统。正是在"横的移植"的影响下,出现了玩世不恭和虚无主义、形式主义倾向;把"怎么写"强调过分,乃至主张用机器的噪声写诗,排斥诗的音乐性,导致相当一部分现代诗读起来佶屈聱牙,味同嚼蜡。对这些连自己都看不懂的怪诗和伪诗,纪弦十分恼火,乃至宣布"现代诗是邪恶的象征",要取消现代诗。① 正是因为这个原因,"新诗"的名称在 20 世纪 70 年代以后再度流行起来。但"现代诗"的名称已经写进历史,谁也取消不了。纪弦当年写的《一片槐树叶》及郑愁予那些声籁华美的佳作,就说明了"现代诗"的生命力。下面是纪弦的《你的名字》:

用了世界上最轻最轻的声音,
轻轻地唤你的名字,每夜每夜。

写你的名字。
画你的名字。
而梦见的是你的发光的名字:

如日,如星,你的名字。
如灯,如钻石,你的名字。
如缤纷的火花,如闪电,你的名字。
如原始森林的燃烧,你的名字。

刻你的名字!
刻你的名字在树上。
刻你的名字在不凋的生命树上。
当这植物长成了参天的古木时,
啊啊,多好,多好,
你的名字也大起来。

大起来了,你的名字。
亮起来了,你的名字。
于是,轻轻轻轻轻轻地唤你的名字。

---

① 纪弦:《现代诗是邪恶的象征》,《葡萄园》总第 17 期。

此诗虽然有理性表白，但意象显得繁复驳杂，文字一读就懂，内涵却极其丰富。全诗以喃喃自语的口吻，滔滔不绝地诉说着"你的名字"，轻轻地呼唤着"你的名字"，可"你"又不在场。此诗用了"如日""如星""如灯""如钻石""如火花""如闪电""如燃烧的森林"比喻作者心中发亮的名字，给人留下深刻的印象。末尾用六个"轻"字结束全诗，为的是表达不尽的绵绵之情。作者在艺术形式上作了许多文章，如结构的紧凑、旋律的急促、造句的随意和首尾照应，均增强了此诗的艺术魅力。

"现代派"作为台湾光复后出现的第一个诗歌流派，同时也是诗社组织，为新诗现代化迈出了重要的一步，并影响了后来各大诗社的发展。

第三节　在"美元文化"笼罩下

自"抗美援朝"战争发生后，美国改变对华政策，即由消极观望到积极进攻。具体表现在文化上他们由亚洲基金会出面，决定每年拿出60万美金资助香港的文化事业。在出版方面，大力资助20世纪30年代受到鲁迅批评的黄震遐任总编辑的亚洲出版社。

亚洲出版社由于有强大的美援做后盾，故除出版外，还设有通讯社、画报社与影业公司。它标榜"中国的文艺复兴运动"，设立保险版税制度，大量出版反共文艺作品和文学论著，一时成了香港文坛的重镇。它还多次组织短篇小说征文比赛，在台港及南洋等地有巨大的影响。亚洲出版社之所以能成为20世纪50年代香港文坛的反共堡垒，除领导班子个个是坚决的亲台文人外，另一巨大吸引力是每千字20美元的高稿酬。20世纪50年代中期，张爱玲重新翻译台湾"反共作家"陈纪滢的《荻村传》，拿到一万多美元的翻译报酬，创历史最高纪录。

同受美援并和亚洲出版社齐名的还有"友联出版社"。这个出版社不仅出书，还办有面向知识分子的《祖国》周刊、面向青年学生的《大学生活》及《中国学生周报》、面向下一代的《儿童乐园》，其中《中国学生周报》影响最大。

靠美援是不能持久的。到了20世纪50年代后期，美援逐渐枯竭，亚洲出版社只得紧缩业务，直到20世纪60年代前期关门大吉。

20世纪50年代在"美元文化"笼罩下的文艺创作和文学评论，从坏的方面来说，"它扼杀了自由局面的扩展"，[1] 使作家和评论家们无法独立思考。它还"对一切私营的自由文化事业予以莫大的打击，使它无法抬头超生，其次是廉价供给中共以大量的造纸原料。这不是利鲜见而害已多吗？"[2] 但不能只看到它的负面作用，而应看到"美元文化"在客观效果上促进了香港文学的发展，如打开了香港作家的眼界，让他们从固守传统中接触到美国新诗、文学理论等西方文化；尤其是用美钞做后盾的《中国学生周报》，

---

[1] 巫非士：《十年来的海外文艺》，《文艺季刊》1963年夏第2期。
[2] 尚方：《说美元与美援文化》，《香港时报》1956年1月12日。

成了香港新生代作家的摇篮，培育了像西西、也斯、小思、亦舒、昆南、钟玲玲等新一代本土作家。对张爱玲在香港写作的《秧歌》《赤地之恋》，也不能只强调是"美元文化"的产物，而应正视张爱玲作品提供了另一种不同于主流文学的艺术特质，表现了真实动人的人生欲望，写乱世男女物质世界时透出一股悲凉气氛，有不同凡响的民间文化形态，并启发高晓声后来写的以农村为题材的作品。

20世纪50年代的文坛虽是右翼文艺的天下，但不等于说"左"翼文人没有发出自己的声音。就在"美元文化"占上风时期，北京方面已开始注意到占领香港文化阵地的工作，创办了以白领阶层与知识分子为主要读者对象的《新晚报》，和右翼的《星岛晚报》争夺读者。当时较著名的"左"翼作品有揭露国民党黑暗面的《侍卫官杂记》（宋乔）、《人渣》（阮朗）、《金陵春梦》（唐人即阮朗），散文有曹聚仁表现新中国面貌的《北行小语》《北行二语》《北行三语》等。

第四节　台湾文学创作

一、代表性小说家

从台北到高雄，从各文艺杂志到各大小报纸副刊，每天刊登的小说起码有两万字。这些小说以大时代变迁为经纬，力图反映出国家多难的状况。

20世纪50—60年代初的台湾小说，多取材于现实生活，乡土气息浓厚。其中表现的怀乡思绪，是由大陆到台湾的文人的通病。在手法上，摆脱了五四以来的欧化倾向，民族色彩突出。在作家队伍方面，由于本土作家在光复后一时无法适应从日文到中文的转变，故大陆迁台作家成了这时期创作的主力军。值得注意的是军中作家司马中原、段彩华、朱西宁，这时期显得尤为活跃。下面介绍几位有影响的作家和作品。

林海音（1918—2001），本名林含英，台湾苗栗县人。出版有散文、小说、儿童文学多种。

林海音生于日本而在中国成长，但她写的作品只是北平童年生活悲欢的回忆，其内容不是历史文化就是人情风俗，并没有什么"战斗意识"。从北京城南走来而在台北发亮发光的林海音，她为做一个"在台湾的中国作家"自豪。林海音走上创作道路，无疑受过冰心、凌叔华等人的影响，但她的作品并没有"可远视，不可近闻"的淑女气质。其作品没有贵族味，没有书卷气，有的是北京的豆汁味、四合院的泥土味。

出版于1960年的《城南旧事》，是林海音的代表作。它由五个相对独立性的短篇合成中篇小说。作品以小姑娘英子的眼睛观察大千世界，描绘出一幅具有地方特色的北京风俗画。小说的素材来源于作者本人的经历，但经过加工提炼，具有更大的概括性。作品以儿童视角切入，使人误以为是儿童文学作品，其实作品主要是写秀贞、兰姨娘、宋妈及小偷这些大人的故事。这些人物既不是中上层社会的异类，也不是一般的劳苦大众，故小孩才不会另眼看待他们。《城南旧事》这种题材既满足了流亡到宝岛的老北京人的心理，又迎合了台湾读者希望了解大陆的好奇心。后来通过电影的改编，林海音的名字几乎达到家喻户晓的地步。

林海音还是一位出色的编辑家。当今文坛重镇黄春明、林怀民、七等生等人，受过林海音这位"文坛保姆"的哺育。钟理和后来知名度大幅度提高，与林海音慧眼识新人分不开。

钟理和（1915—1960），祖籍广东梅县，屏东县人。1932年，协助其父经营笠山农场，翌年迁居北平，开始走上创作道路。他备尝人间疾苦，不改其志献身文学事业，被陈火泉称为"倒在血泊中的笔耕者"。他去世后，由钟铁民编辑出版有《钟理和全集》六册。

钟理和唯一的长篇小说《笠山农场》于1954年底写成，1956年获中华文艺奖金委员会长篇小说第二名。这篇作品以刘致平与淑华的恋情受同姓婚姻的制约为主轴，体现出反抗传统观念、争取婚姻自由的思想。作品人物多达45人，却能寥寥数笔，把人物的音容笑貌写得栩栩如生，尤其是淑华的沉着稳重大方，给人留下深刻的印象。既宽容又严厉的农场主刘少兴、执拗怪异的巡山老人饶新华、凶狠的老住户何世昌，也写得很有艺术个性。在场景处理方面，有些地方细致得如同工笔画。写客家人的风俗，无不跃然纸上。

钟理和的小说主人公多为贫困农民。作者同情他们，却哀而不怨。其主人公不因物质生活匮乏而意志消沉，这表现了中华民族的艰苦奋斗精神。钟理和写的故事平淡而不枯槁，文字朴质，语调亲切。他有势不逞，不少本可以开拓发展的故事只点到为止，给人联想的余地。作为农民文学的演绎者，钟理和是台湾当代文学史上第一位深入农民内心深处、进入整个农村世界的作家。他写农民其实是表现自己，这就不难理解他的作品为什么自传色彩很浓。

钟理和一再说明他不是刻意去表现意识形态，但强调自己身上流的是原乡人的血。这种与祖国割不断的血缘关系，处处表现在他的作品中。

廖清秀（1927—　），台北县（现台湾省新北市）人。曾任小学教员。出版有小说《冤狱》《不屈服者》《反骨》等十余种。

无论是小说还是散文，廖清秀的创作均与政治社会关系密切。他笔下的官场以及所描写的金钱、婚姻、生老病死等题材，文笔朴拙而略带讽刺。

《恩仇血泪记》为廖清秀的代表作。小说以日据时期为背景，写台湾同胞所受日本人的压迫，充满了强烈的爱国主义精神。当台湾小学生受到日本学生的侮辱时，姓罗的先生含泪说："受苦待是由于我们是'被异族统治的人民'。"回家后，祖母谈起历史，才知道台湾不属于日本，祖国叫唐山，就是中国。祖父在抗日战争中壮烈牺牲……在作品中，祖母和罗先生均是爱国者，可叔父毫无反抗精神，父亲也装作"失忆"，所有这些情节及对比手法的运用，均显得自然。① 为了增强作品的真实性，作品有意使用了日

---

① 张素贞：《五十年代小说管窥》，《文讯》1984年3月。

据时的一些特殊用语，还适当运用了方言，并在括号内加以注解，以便读者了解。

彭歌（1926—   ），本名姚朋，河北宛平人。政治大学新闻研究所毕业，退休后旅居美国，出版有评论、散文及小说集多种。《落月》是彭歌的代表作。这部十万字的长篇，用第三人称的叙述角度，描写京剧著名演员余心梅的成长过程，从学艺到成名，从恋爱到结婚，表现了"唯有艺术生命才可以永恒不朽"的主旨。这部小说有浓郁的民族风格，如对平剧（京剧）的介绍非常详尽。作者认为平剧是代表中国水准的大众化艺术，其潜在的寓教于乐的作用不可低估。倒叙手法的运用，在当时是个尝试。一语双关的语言，还带有哲理味，如心梅在日本投降后返回北平，体会到"人生原来就是一副不甚合理的七巧板哪，拼拼凑凑的，它有许多形状，而完全都是由许多偶然联合起来而组成的"①。

姜贵（1908—1980），原名王意坚，山东诸城人。参加过"北伐"和抗日战争，早年写过《迷惘》《突围》，到台湾后，长篇《旋风》与《重阳》给他带来极大声誉。

《旋风》虽然被称为20世纪50年代"战斗文艺"的代表作，但作者投稿时几十次均被掷回，最后是自费印刷才得以和读者见面。这部被誉为"现代水浒传"的作品，以20世纪30年代的山东方镇作故事背景，从山东"共产主义研究会"的开创阶段，一直写到抗战。小说通过共产主义信徒方祥千、旋风队司令方培兰、卖师求荣的许大海、贤良美妇方冉武、炊事班长陶老六等各式各样的人物，把中国共产党崛起的来龙去脉交代得一清二楚。书中对共产主义充满了偏见，但正如有的论者所说，它是一部"能发人深省的研究共产主义的专书"。《旋风》描绘人性时能以小见大。其写作技巧受了中国传统小说的影响，隐喻用得生动，反讽笔法也有独到之处。缺点是不够精练，结构欠严谨。夏志清曾推崇姜贵为晚清、五四、30年代小说传统的集大成者，显然过誉。即使这样，这部小说绝版近四十年后，1999年"重现江湖"时仍被冠于"台湾文学经典"的美名。

二、散文和新诗

相对小说来说，台湾这时期散文的创作成绩逊色得多。当时"中华文奖会"所鼓励的是小说、诗歌、戏剧，没有散文的份儿，主流刊物《文艺创作》也几乎不刊登散文。即使这样，仍取得了一定成绩。这主要表现在女作家的作品中，如徐钟佩的《英伦归来》、钟梅音的《小楼听雨集》、王文漪的《爱与船》、张漱菡的《凤城画》、林海音的《冬青树》、陈香梅的《寸草心》、张雪茵的《拾回的梦》、邱七七的《这一代》，等等。其中成绩较显著的作家为张秀亚、罗兰。

张秀亚（1919—2001），河北沧县人。1949年到台湾，1964年移居美国。出版有散文、新诗、小说、翻译80余本。其中写于20世纪50年代的散文著作《三色堇》《牧羊女》《七弦琴》《爱琳日记》深受读者欢迎。

从少年时代登上文坛的张秀亚，早期作品着重表现人生百态，中期转向描写现实的

---

① 张素贞：《五十年代小说管窥》，《文讯》1984年3月。

碎片，后期以探索生命的奥秘为主。她的作品文笔柔美，境界恬静，语言含蓄，字里行间带有伤感气氛。她不满足于怀旧，生活面较为宽阔。作为一位虔诚的天主教徒，她的作品在很多地方表现了宗教信仰，其作品陪伴许多年轻人成长。不少初入文坛的青年，均以她极富人生诗意和文学梦幻的作品为学习范本。

罗兰（1919—2015），本名靳佩芬，河北宁河人。天津女师学院毕业，曾任音乐教师、广播节目主持人。出版有散文《罗兰小语》多集，另有小说、戏剧数种。罗兰的散文多为短章，她认为从事文艺创作必须具有思考力、观察力、联想力、活力、表达力、特立独行的能力，她的散文正是这种主张的实践。不论是描写人物，抒写自然，还是刻画心理，均有音乐的美感。她的散文调子平和乐观，哲理简约深刻。她那"小语"式的迷你文体，曾使两岸年轻人痴迷。

这时期的诗歌创作比散文取得了更大的成绩。

纪弦（1913—2013），本名路逾，河北人。1948年由上海到台湾前，在大陆共出版过9本诗集，办过7种诗刊。从36岁至64岁，纪弦在祖国宝岛度过了将近28年。他最引人重视的是创办《现代诗》，组织"现代派"。作为"现代派"的旗手，他高呼新诗要走"横的移植"的道路。由于这一主张矫枉过正，引起诗坛强烈不满。

纪弦反对抒情，提倡"主知"，可他本质上是浪漫唯美的诗人，故他的创作实践无法贯彻这一点。纪弦爱冲动，发表演说和行文常常偏执。他坚定地认为：这是一个不同于李白的时代，20世纪不再像古代那样宁静、悠闲，抒情气味十足；作为工业化的现代人，在讲究效率的同时，享受着威士忌外加摇滚乐。那个被工人及火车、轮船的煤烟熏黑了的月亮，不属于李白。如果李白生活在今天，他也会同意自己所主张的"让煤烟把月亮熏黑/这才是美"的美学①。其诗作《存在主义》《春之舞》，比较符合他的诗学主张。

纪弦的诗之所以有生命力，在于抒情主人公的形象突出。"古怪的家伙""唯一的过客""独步之姿"以及反复出现的槟榔树，是他自己的写照。纪弦诗的另一特点是意象显得繁复驳杂，语言奇巧而乖张。它强调诗人对外界现实的主观驱使力，强调艺术创造者主体对客体的重新组合作用，轻视诗的情节性和明朗化的理性表白，追求意象直觉感，多采用象征、暗示、隐喻、变形的手法，打破直抒胸臆的传统表现方式，读了后使人似懂非懂、半懂不懂，留有咀嚼的余地。

郑愁予（1933—2025），原名郑文韬，河北人。毕业于中兴法商学院，1958年去美国，后任美国耶鲁大学东亚语文学系教授。著有诗集《梦土上》《郑愁予诗选集》《寂寞的人坐着看花》《燕人行》等。

郑愁予虽是"现代派"作家，但他不似纪弦那样彻底否定传统，而是注意把西方现代派手法中国化。他心目中的现代化不等于西方化，他最为人称道的是常常把古典诗词的意境、韵味融化在自己的作品之中。正如痖弦所说："郑愁予的名字是写在云上的。他

---

① 纪弦：《纪弦自选集·我来自桥那边》，黎明文化有限公司1978年版，第254页。

那飘逸而又矜持的韵致,梦幻而又明丽的意境,温柔的旋律,缠绵的节奏,与贵族的、东方风的、淡淡的哀愁的调子,这一切造成一种魅力,一种云一般的魅力;这一切造成一种影响,一种巨大的不可抗拒的影响;这一切造成我们这个诗坛的'美丽的骚动'。"[1]这"美丽的骚动"在《错误》中表现得最为明显:

(我打江南走过
那等在季节里的容颜如莲花的开落)

东风不来,三月的柳絮不飞
你底心如小小的寂寞的城
恰若青石的街道向晚
跫音不响,三月的春帷不揭
你底心是小小的窗扉紧掩

我达达的马蹄是美丽的错误
我不是归人,是个过客……

这首诗被普遍认为是对情人的怀念,其实是对母亲的思念。它通过对大陆生活一段旧情的追忆,抒写与亲人久别后所产生的惆怅心情。作者没有按时间顺序叙写生活插曲,所以此诗使人感到朦胧。此诗有王昌龄《闺怨》的投影,但诗中所表现的内容并不完全属于传统。诗中的女子是现代人,如果按照流行说法这是"闺怨"诗,那她的"闺怨",以另一种更令人颤抖的姿态流露出来,这就难怪郑愁予的诗篇能扣住众多读者的心弦。

商禽(1930—2010),本名罗燕,四川珙县人。1950年随军到台湾,1956年参加纪弦组织的"现代派",后加入"创世纪"诗社。著有诗集《梦或者黎明》《用脚思想》《商禽世纪诗选》等。

作为台湾现代诗运动初期的健将,他是超现实主义诗作的始作俑者。商禽《逃亡的天空》便被许多论者誉为超现实主义的经典之作。在台湾,商禽还被誉为"鬼才"。"鬼才"之意并不像李贺那样以鬼入诗,而是因为意象的诡异、连缀的出奇而获取。[2] 散文诗《鸽子》的暗喻、象征手法和大跨度的语言方式,充分体现了商禽的奇诡才能。

商禽使用超现实的手法是现实压迫的结果。当时的戒严体制不允许人们抒发情感,何况作为被拘囚与在逃亡中度日的人,他只能把孤独苦闷乃至对现实的反抗用扭曲的方式表现出来。

---

[1] 张默、痖弦:《六十年代诗选》,大业书店1961年版。
[2] 萧萧:《〈五官素描〉导读》,萧萧、张汉良:《现代诗导读》,故乡出版社1979年版。

第五节　香港文学创作

一、"港式小说"

香港之所以长期被贬称为"文化沙漠",一个重要的原因是通俗文学发达,报纸副刊登载的不是侦探故事就是色情小说或言情小说。在50年代刊登爱情、奇情、艳情、武侠、侦探、黑幕故事的多半是报纸而非文艺杂志。香港小说或曰"港式小说",多半为通俗或通俗中夹杂着严肃内容的小说,其中以高雄与侣伦两人成就最为突出。

高雄(1918—1981),原名高德雄。生于广州,1944年从广州到香港,亦商亦文。笔名有三苏、小生姓高等。他除写故事新编、侦探小说、艳情小说、日记体小说外,还写用文白夹杂外加粤语的所谓"三及第""怪论"。"三及第"并非高雄所创,其源头可追溯至鸦片战争前招子庸的《粤讴》,但这种文体到高雄手中才发扬光大,广为人知。高雄出版的小说有《经纪日记》《寒烛怨》《珠联璧合》《香港二十年目睹之怪现状》。

高雄用浅近文言写就的艳情小说,关键处往往点到为止,每天连载在报纸副刊上,只限一千字。除写言情之类的小说,高雄还擅长写反映香港现实社会问题的作品,最著名的是《经纪日记》。作者用纪实笔调写商场中做经纪的小伙计每天跑生意的情况,从中折射出香港社会纷繁复杂的风貌。作者不是记流水账,而是夹杂着许多生动的细节描写。作品写第一天的情况时,用了不少广东话,如不说"吃早饭"而说"饮早茶",不说"大吃"而说"猛擦",不说"摆阔气"而说"充大头",非常富有生活气息和地方特色。正因为《经纪日记》用文言不求深奥,用粤语不至艰涩,用谐谑手法不流于油滑,写日常生活而不有闻必录,故从文人学士到商行跑腿,看了"日记"的上篇还想着下篇。

高雄的小说之所以吸引人,除富有丰富的商业信息和社会历史资料外,还在于极具香港特色的故事与语言。他每日手写一万多字,谦称自己是"写稿佬",最多只是一个"说故事的人"。但他的《经纪日记》,却是香港通俗文学的扛鼎之作。

侣伦(1911—1988),生于香港,原名李林风。1928年开始发表小说,出版有《彩梦》《暗算》《旧恨》等小说集多种。

作为侣伦代表作的《穷巷》,描写职业不同、身份各异的小人物的悲苦生活。其中刻画得最为成功的是记者高怀、小学教师罗建、捡垃圾的莫轮、抗日战士杜全。这些人物不像作者过去的作品是在高楼大厦中出入,而是走到街头巷尾。这些青年男女也不再是一天到晚只会幻想和做梦,而是敢于面对严酷的社会现实,在重新组织生活中表现了坚强意志。作者不限于缠绵悱恻的爱情描写,而是通过情爱表现人与人之间的友善和同情。在侣伦笔下,欢乐的地方有血泪,卑鄙的地方有崇高,真理燃烧在黑暗的角落里,燃烧在不肯失望、不甘沉沦的人们心中。

作为香港新文学的开拓者，侣伦横跨香港现当代文学。在长达半个世纪的创作生涯中，他对香港文学的贡献在于比别的作家较早发现并描写了香港社会华洋杂处、中西混合的一面。他后来的作品再没有超过《穷巷》的影响的。

不用"三及第"语言写的通俗小说，有杰克的《改造太太》、依达的《别哭汤美》等。值得注意的是20世纪50年代中期出现的新派武侠小说，其中牟松庭的《山东响马》是香港首部新派武侠小说，后有梁羽生的《龙虎斗京华》《白发魔女传》，金庸的《书剑恩仇录》《神雕侠侣》。梁氏作品具有文人雅趣，金氏作品注意向现代小说取经，以表现人生的艰难与存在体验。与金庸先后创作武侠小说的作家有许多，其中有些人在氛围的特殊、情节的谲异、武术招式的翻新方面可能比金庸还出色，但在总体成就、影响及号召力方面，金庸无疑超出同辈。他的小说，突破了传统文体的界限，消除了纯文学与雅文学之间的分野。他的读者遍布海内外，从国家元首到普通市民、学生，"金迷"多得不计其数。

香港作家有"南来作家"与本土作家之分。从大陆南下的主要有徐訏、徐速、曹聚仁、李辉英、刘以鬯等人，后者有侣伦、舒巷城、夏易等人。徐訏还在上海时就以《鬼恋》一炮走红，到香港后又创作了《盲恋》《江湖行》等小说。后者长达五十多万字，时间跨度大，场景也很可观。作者借这出人生悲剧，寄寓"命运注定，造化弄人"的感慨。徐速的长篇《星星、月亮、太阳》写动荡年代的罗曼蒂克爱情故事，主人公有忧郁的亚兰、温柔的秋明、豪爽的亚南，作者分别用星星、月亮、太阳作为她们的象征。作品用真善美的三种恋爱方式，表现崇高的文艺精神。这部奠定徐速文坛地位的作品非常畅销，在港台和东南亚影响巨大，多次被改编成电影、电视、话剧和广播剧。不足之处是人为的巧合情节过多。曹聚仁的小说《酒店》通过"南来文人"落难香江的生活，表现了当时的社会风貌。作为东北流亡作家的李辉英，去港后创作的《人间》《哈尔滨之恋》影响不大。同是"南来文人"，赵滋蕃的长篇《半下流社会》写一群内地知识分子南逃香港后的流亡生活。无论是何种出身，去港后都困居在小木屋中，可穷达并没有改变他们的志节。其中有不少意识形态的内容，但写得很真实，以至一时洛阳纸贵。本土作家舒巷城于1962年连载在《南洋文艺》上的小说《太阳下山了》，写下层人民的生活，笔触简练，行文抒情，有鲜明的乡土色彩。另一本土作家夏易的处女作《香港小姐日记》，写娇生惯养的女孩与两个男人的故事，表现了社会风尚和爱情心态，能启迪读者反思人生价值。

二、诗歌和散文

20世纪50年代的香港诗坛，在海峡两岸意识形态的制约下，"难民文学"与"左"翼文风对峙，写实与浪漫并存，现代与传统抗衡，港台两地诗风互为激荡，充分体现了香港作为自由港的写作特征。这时的诗风以力匡和马朗为代表。力匡的作品，不讲究雕饰，少用严谨的对句，读来亲切自然，富于音乐美，而马朗的诗不拘形式，他和卢因、王无邪等作者采用的既不是浪漫主义，也不是写实主义，而是崭新的现代主义创作方法。

殖民者重英轻中的教育政策，使这些作者比较容易呼吸到西方的"自由空气"，接触到对许多人来说还颇为陌生的现代派技巧。这时还有一部分在文坛上初试啼声的诗人叶维廉、戴天、蔡炎培、金炳兴、张错等先后到台湾求学。他们带去香港现代诗的火种，又把台湾现代诗的最新动态向香港诗坛输进。这些以香港侨生身份参与台湾现代诗运动的作者，成了港台两地诗学交流的纽带和桥梁。

昆南（1935—　），原名岑昆南，生于香港，出版有诗集《吻·创世纪的冠冕》。

昆南这时的诗作，深受西方现代派和中国作家无名氏的影响，其中《吻·创世纪的冠冕》，系一位青年人对社会不满、对爱情痴迷的发泄，其中有几节用艾略特荒原般的咒语反抗香港的殖民文化，是所谓从本土出发之作。在五六十年代的香港，殖民者不许香港人有自觉的民族意识，再加上世界上流行的冷战氛围，在这个"借来的地方"生活的市民不可能掌握自己的命运，尤其是那些白领阶层，乍看起来生活优哉游哉，其实他们在办公室过着不是打电话就是抄报表的机械单调的生活。他们被物化为可作利益交换的商品。而昆南希望还人的本来面目，希望人们不再被长期积压下来的愤怒与郁闷所击倒。《卖梦的人》写都市人理想的幻灭和生活的潦倒，强调"我赤裸地走出来"，这和《吻·创世纪的冠冕》中写的"你们脱下衣服"，均有象征意义，即这里讲的"脱"是指摆脱殖民者强加给自己的理想的破灭和失落的情绪，同时摆脱拜金主义给人们带来的唯利是图的价值取向。但正如现实中人们不可能一丝不挂上班一样，要求人们返璞归真，彻底摆脱现实制约的"裸露"是不可能的，因而作者便在"裸露"与遮掩、"脱掉"与穿上中彷徨徘徊。

力匡（1927—1991），原名郑健柏，生于广州，1950年到香港。出版有诗集《燕语》《高原的牧铃》。

作为20世纪50年代首批去港的"南来文人"，力匡对香港的一切倍感陌生，无法适应新的生活环境，因而写了许多思念故乡的诗作。不同于小说，力匡的诗作以倾诉内心苦痛和放逐的悲情为主调。和去国怀乡的主题相关的是对香港的不认同：香港不仅没有清泉，就连最后的花瓣也纷纷凋谢。对这个商业社会所出现的赚钱享乐的风尚，他尤其看不惯，这促使他把香港当作旅途中歇息的"村舍客店"。在《燕语》时期，力匡还未完全打造出自己的风格。到了《高原的牧铃》，才逐渐形成自己的艺术个性：注重情景交融，语调苦涩，诗风平实，其想象力既温婉又凄清。他不追求时髦，在现代主义面前不动声色，不讲究主题的多义性，语言也不深奥，意象不斑驳而单纯。其作品属半格律体的自由式，有的一节四行，有的一节两行。他后期的诗多半两行押韵，不仅有音乐的美，还有建筑的美。

香港这时期的散文，多寄生在报章上。休闲野趣、讽刺社会的杂文及"怪论"，由于有独特见解，再加上港式语言，因而有广大的读者群，代表作有三苏（即"高雄"）在《成报》等地发表的专栏文字。至于"专栏"，原指报纸评论版，或谈政治、经济，或谈军事、文化的署名文章。在香港，把自己的栏目正式称为"专栏"，始于20世纪60年代初十三妹在《新生晚报》撰写的《十三妹专栏》。这里讲的"怪论"，是指用唱反调来说理的杂文。这些杂文，文字怪（用文言、白话和粤语混杂的"三及第"文体写）、方法怪（用指桑骂槐的方式批评指鹿为马的人），但主题不怪，内容不歪，社会效果不坏。"怪论"虽非高雄开创，但其嬉笑怒骂的手法运用得娴熟，用旁敲侧击的手法抒发政见显得炉火纯青，成了这类通俗化杂文的一枝独秀。其他亲台文人的专栏作品，不属正言若反的杂文，政治色彩不浓，多为怀乡之作，其中充满了对客居地文化的轻视。他们有家不能归，文风显得荏弱、空洞，有的甚至表现为呓语式，其题材不是夜、梦、海、雪，就是落叶、故园、故土，以及孤独情怀。"左"翼作家的散文参与意识多于闲暇，爱国情怀跃然纸上。题材除故乡故人外，还有民俗考据、文物掌故、读书札记，手法写实，语言质朴，代表作家有黄蒙田、吴其敬、张千帆等。

拓展阅读：

1. 纪弦：《现代派运动二十周年之感言》，《创世纪》1976 年第 43 期。
2. 洛夫：《诗坛春秋三十年》，《中外文学》1982 年第 120 期。
3. 张素贞：《五十年代小说管窥》，《文讯》1984 年 3 月。
4. 蓝天：《文化视阈下钟理和创作研究》，人民出版社 2019 年版。

问题与思考：

1. "现代派"反传统问题的再思考。
2. 林海音小说的自传体性质与"爱的集大成作"。
3. 论析钟理和小说中"原乡人的血，必须流返原乡，才会停止沸腾！"。
4. "南来作家"与香港新文学的开拓。
5. "难民文学"与"左翼"文风的激荡。

第二编

1963—1976 年文学

1963 年直至 1976 年"文化大革命"结束，文艺界的政治激进化倾向日益严重。文艺成为开展政治活动的一个舞台，成为社会主义革命与建设的组织动员手段，成为思想清理运动的工具。在这场历史清理中，最突出的就是否定过去"不够革命"的文艺。随着激进思潮的走向狂热，"不够革命"的作品也变成了"反对革命"的毒草。

这期间的"文革"阶段，主流文学思潮具有三个明显特征：其一，政治上极端的功利主义；其二，创作上极端的乌托邦空想色彩；其三，高度组织化的实践形态。此阶段，"三突出"创作方法与"集体写作"流行。

这一时期，一方面有公开的文艺创作，代表性的有与时代政治关系密切的长篇小说和形成过程较复杂的"革命样板戏"；另一方面，有以民间传播方式存在的"地下写作"，主要有老一辈作家的隐秘诗作与潜流散文，知青诗人群落的诗歌。这些反抗时代潮流的地下创作，体现出民间立场、独立思考和批判意识，难能可贵。

第七章 文学思潮

第一节 概 述

1961—1962年文艺政策调整的重要原因,是当时中央高层决心"反冒进",也是为情况严重的经济形势所迫,而并非意识形态的一种主动转变。而在当时中央高层领导中,坚守传统革命意识形态显然还是占据主导地位的普遍意识。

1962年9月北戴河八届十中全会上,毛泽东突然改变他在"七千人大会"上的态度,不仅继续发挥其素来重视的阶级斗争观点,提出"千万不要忘记阶级斗争",而且强调"阶级斗争必须年年讲,月月讲,天天讲"。强化阶级斗争及其意识形态,必然涉及被视为意识形态晴雨表的文艺问题。果不其然,康生在此次会上就以抓意识形态领域的阶级斗争为名,把李建彤的长篇传记小说《刘志丹》打成"为高岗翻案的反党大毒草"(后造成祸及万人的冤案)。毛泽东不仅认可,并作了"利用小说进行反党是一大发明。凡是要推翻一个政权,总要先造成舆论,总要先做意识形态方面的工作。革命的阶级是这样,反革命的阶级也是这样"的批示。如此一来,文艺政策调整时期的几个著名会议就成为权力博弈和意识形态的牺牲品,周恩来等领导人鼓励文艺政策调整和为知识分子"脱帽加冕"的良苦用心也就此受阻。

由此文艺又在极"左"思潮轨道上运行,文艺思想工作也开始了新一轮的历史清理。这场历史清理中,最突出的就是否定过去"不够革命"的文艺。随着激进思潮的走向狂热,"不够革命"的作品也变成了"反对革命"的毒草。在此期间,毛泽东先后发出两个著名的"批示",措辞严厉,态度激烈。而在两个"批示"导致的紧张气氛中,江青又以林彪的名义在上海秘密召开部队文艺工作座谈会,最后炮制出《林彪同志委托江青同志召开的部队文艺工作座谈会纪要》(简称《纪要》)。《纪要》提出的所谓"文艺黑线专政论",不仅是对两个"批示"思想的进一步强化,而且变本加厉。

"文革"的发生和"文革"时期的文学思潮都是有历史铺垫的。从"无产阶级文化大革命"的发生过程看,起先是文化领域的革命,然后扩展到政治领域。但毛泽东决意发动这场"史无前例"的"文化大革命"时,已经包含政治考虑。毛泽东始终认为阶级文化和阶级政治密不可分,前者是后者的舆论工具,掌握了文化话语权也便于推行政治路线。这从"五一六通知"就可清楚看到。

1966年5月16日，中共中央政治局扩大会议通过了毛泽东亲自主持制定的《中国共产党中央委员会通知》。它明确告知全党全国，发动"文化大革命"的目的就是："彻底揭露那批反党反社会主义的所谓'学术权威'的资产阶级反动立场，彻底批判学术界、教育界、新闻界、文艺界、出版界的资产阶级反动思想，夺取在这些文化领域中的领导权。而要做到这一点，必须同时批判混进党里、政府里、军队里和文化领域的各界里的资产阶级代表人物，清洗这些人，有些则要调动他们的职务。"由此显然可见文化革命的政治目的。同年8月党的八届十一中全会通过《关于无产阶级文化大革命的决定》，中国就此进入"文革"时期。

　　关于"文革文学"研究有个逐步深入的过程。初始阶段的认识比较情绪化，关注的多是政治运动、极"左"思潮，也就认为和其紧密联系的"文革文学"没多少价值。随着反思的深入，人们逐渐注意到"文革文学"的复杂情况。如起初有"八个样板戏一部小说"（小说指《金光大道》）和"文学沙漠"说，其实"文革"中出版了近百部长篇小说①。除风行一时的《金光大道》和《虹南作战史》、《牛田洋》之类，像《激战无名川》、《桐柏英雄》、《征途》、《大刀记》、《万山红遍》和《剑》等作品也拥有很多读者。这固然因"文革"书禁厉害（外国文学经典很难读到，有些作品又属"内部读物"，即使本土红色经典也多入"另册"），但也反映出当时的审美取向。而当时的一些秘密创作（"地下写作"），也随着研究的深入而浮出水面。此外，关于"革命样板戏"的评价，人们的研究也逐步深入。比如由于集文学、音乐、美术、舞台表演等易为大众接受的传播方式，"革命样板戏"除政治原因，其传播方式和艺术创新问题也值得关注。当年"革命样板戏"的家喻户晓以及新时期以后仍然不断出现，显然和这些原因也有关。

　　在前27年文学思潮中，"文革文学"思潮具有特别证明的意义：对以往"文艺黑线专政"的斥责似乎表现了新的思想观念，狂热的现代迷信却是"发扬光大"了十七年文学"左"翼激进思潮。

第二节　两个"批示"与《纪要》

　　毛泽东在八届十中全会上突然改变态度，提出"以阶级斗争为纲"的继续反右倾的思想路线，不仅导致中国意识形态的转变，也导致文艺思想工作开始了新一轮的历史清理。如1963年昆曲《李慧娘》的演出和廖沫沙的评论《有鬼无害论》，被康生斥为"用厉鬼推翻无产阶级专政"。小说《三家巷》、《苦斗》、《陶渊明》和《杜子美还乡》，京剧《谢瑶环》，邓拓的《燕山夜话》以及他和吴晗、廖沫沙的《三家村札记》，电影《红河激浪》《早春二月》《不夜城》《林家铺子》《舞台姐妹》《兵临城下》等，都受到严厉批评。

　　在此期间，毛泽东先后发出两个著名"批示"，不仅明确了他关于当时中国文艺工

---

① 洪子诚：《中国当代文学史》，北京大学出版社1999年版，第209页。

作的态度，也为后来《纪要》的出台作了思想铺垫。

一、两个"批示"的立竿见影

先来看两个"批示"。1963年12月12日，毛泽东看了中宣部文艺处编写打印的柯庆施在上海举行故事会活动的《情况汇报》后，作了语辞严厉的批示：

> 各种文艺形式——戏剧、曲艺、音乐、美术、舞蹈、电影、诗和文学等等，问题不少，人数很多，社会主义改造在许多部门中，至今收效甚微。许多部门至今还是"死人"统治着。不能低估电影、新诗、民歌、美术、小说的成绩，但其中的问题不少。至于戏剧等部门，问题就更大了。社会经济基础已经改变了，为这个基础服务的上层建筑之一的艺术部门，至今还是大问题。这需要从调查研究着手，认真地抓起来。
>
> 许多共产党员热心提倡封建主义和资本主义的艺术，却不热心提倡社会主义的艺术，岂非咄咄怪事。

接到这个批示，中宣部立马开始了在全国文艺界展开检查工作、揭发问题、清除异见的整风运动，弄得人心惶惶。之后中宣部汇集整风情况材料，整理出《中央宣传部关于全国文联和所属各协会整风情况报告》的草稿。1964年6月27日，毛泽东在这个草稿上作了第二个语辞更为严厉的批示：

> 这些协会和他们所掌握的刊物的大多数（据说有少数几个好的），十五年来，基本上（不是一切人）不执行党的政策，做官当老爷，不去接近工农兵，不去反映社会主义的革命和建设。最近几年，竟然跌到了修正主义的边缘。如不认真改造，势必在将来的某一天，要变成匈牙利裴多菲俱乐部那样的团体。

毛泽东做第二个批示期间，文艺界有件大事：1964年5月5日至7月31日文化部（今文旅部）在北京举行了全国京剧现代戏观摩演出大会，毛泽东多次出席观看。诸如《智取威虎山》《芦荡火种》《奇袭白虎团》《红嫂》《红色娘子军》《红灯记》等洋溢着革命英雄主义精神和革命传统思想的现代戏，显然使毛泽东深有感触。这不仅是他所喜爱的革命文艺形态，也使他看到了延安文艺思想的发扬。顺理成章的，他对于那些可能沦为"裴多菲俱乐部"的"修正主义"文艺现象，自然深恶痛绝。

两个"批示"不仅支持了极"左"思潮，文艺的政治批判也再度流行。

当时对《海瑞罢官》的批判特别值得注意，不仅开始就蕴藏着现实政治的考虑，而且成为"文革"前的舆论准备。明史专家吴晗写作新编历史剧《海瑞罢官》，最早还是由于毛泽东的鼓励。1959年毛泽东针对"大跃进"和"人民公社"时期的讲假话现象，提倡学习和研究敢讲真话、能办实事的海瑞。吴晗积极响应，先后写了《海瑞骂皇帝》、《海瑞的故事》和《清官海瑞》。1960年年底写出的《海瑞罢官》描述了明隆庆年间海瑞任应天巡抚时除霸、退田、平冤狱的事迹。1961年初在北京正式演出。吴晗还特别注意了"真假海瑞"的问题，以示"庐山会议"罢彭德怀的官是对的。毛泽东起初很高兴，曾请扮演海瑞的马连良吃饭，请马连良唱海瑞的戏。但后来形势发生变化，康生和江青将《海瑞罢官》与彭德怀事件相联系，诬指《海瑞罢官》的要害问题是"罢官"，是攻击"庐山会议"，为彭德怀鸣冤叫屈。毛泽东一改当初态度，1964—1965年间先后授意批判《海瑞罢官》，但被彭真抵制。于是江青在毛泽东的部署下到上海组织写作班子。姚文元写出《评新编历史剧〈海瑞罢官〉》（发表于1965年11月10日《文汇报》）。文章上纲上线，认为海瑞的退田、平冤狱是借古讽今，是当时资产阶级反对无产阶级专政和社会主义革命的反映。

二、《纪要》的出台与"文艺黑线专政论"

两个"批示"的激风兴雨，《海瑞罢官》变成严重现实政治问题、江青等人的不甘寂寞，这一切都为《纪要》的出台作了逐渐加温的铺垫。

1966年2月3日，中央文化革命五人小组组长彭真主持制定了《关于当前学术讨论的汇报提纲》（后称《二月提纲》），试图将越演越烈的政治批判控制在有组织的学术讨论范围中进行。"息事宁人"的《二月提纲》引起毛泽东的极大不满。在这种暗藏矛盾的政治气候下，同年2月2日至20日，江青以林彪的名义在上海秘密召开部队文艺工作座谈会，召集解放军总政治部（今政治工作部）有关干部看电影看戏，阅读毛泽东的文艺论述，最后炮制出《林彪同志委托江青同志召开的部队文艺工作座谈会纪要》。《纪要》的主要观点就是针对《二月提纲》。毛泽东不满意初稿，指定由陈伯达、张春桥、姚文元对《纪要》进行全面修改，并亲自作了三次修改。《纪要》由起先的三千多字扩展到万余字，增加了很多座谈会中未涉及的内容。《纪要》先在中共党内一定范围内传阅。1966年4月10日，中共中央依据毛泽东的意见将《纪要》作为中央文件批发全国，并指出：适合于整个文艺战线的《纪要》系统清算了"十六年"文学艺术存在的"问题"。《纪要》清算的"问题"，包括"写真实"论、"现实主义广阔的道路"论、"现实主义的深化"论、反"题材决定"论、"中间人物"论、反"火药味"论、"时代精神汇合"论以及"离经叛道"论。《纪要》不仅认为"文化战线上存在着尖锐的阶级斗争"，而且新中国成立以来的文艺界"被一条与毛泽东思想相对立的反党反社会主义的黑线""专了政"，"这条黑线就是资产阶级的文艺思想、现代修正主义的文艺思想和所谓30年代文艺的结合"。林彪在"给中央军委常委的信"中，不仅强调了《纪要》的"现实意义"和"历史意义"，还认为："十六年来，文艺战线上存在着尖锐的阶级斗争，谁战胜谁的问题还没有解决。文艺这个阵地，无产阶级不去占领，资产阶级就必然去占领，斗争是不可避免的。这是在意识形态领域里极为广泛、深刻的社会主义革命，搞不好就会出修正主义。我们必须高举毛泽东思想伟大红旗，坚定不移地把这一场革命进行到底。"① 危言耸听的"文艺黑线专政论"，将新中国成立以来有些独立思考和有所争议的文艺作品及其观念统统打入另册，归为"资产阶级、现代修正主义文艺思想逆流"。

无论是两个"批示"的咄咄逼人，还是"文艺黑线专政论"的全盘否定，都体现了典型的激进主义思维：不破不立，大破大立。但破与立并没有本质差异。"文革"时期的"解构"尽管有些复杂，但政治思想和文学主潮都是传统革命意识形态的延续，只是更为极端。有些老革命被打倒，革命作家受到打击，有些做法被斥为"封资修"，实际是政治斗争的朝秦暮楚，并不等于传统革命思想有了变化。如"造反有理"，虽然客观上带有对权力的瓦解，也给受压抑的人提供了宣泄渠道（很多"出身不好"的青年纷纷参加"造反"），但这是为了"无产阶级专政下的继续革命"。而且"造反有理"还加强了文化专制和造神意识。一个不移的事实是："文革"文艺中，凡新中国成立以来颂扬的对象，如新中国、执政党、革命领袖、工农兵、社会主义、阶级斗争以及无产阶级专政等，都不但仍被颂扬而且走向神化；而以往的批判对象，如资产阶级、修正主义、帝国主义，如地、富、反、坏、右，同样还是打击对象。很多研究者都论述过"文革文学"与17年文学的联系，基本认为它是50年代"左"翼激进文学的发展。如王尧《关于"文革文学"的释义与研究》就认为：文学与政治的关系是"文革文学"的基本问题；两个阶级、两条道路、两条路线斗争的"基本路线"是"文革文学"的出发点；"塑造无产阶级英雄典型形象"是根本任务；"三突出"是创作原则；"革命的浪漫主义和革命的现实主义相结合"是根本创作方法。②这些观点比较确切地归纳了"文革文学"的基本特征。这些特征在17年时期已经存在，"文革文学"主流只是变本加厉而已。

第三节 "三突出"创作方法

批判"文艺黑线专政论"的同时，《纪要》提出了不少豪言壮语，如要创造"开创人类历史新纪元的、最光辉灿烂的新文艺"，要"搞出好样板"，"要努力塑造工农兵的英雄人物"，"要采取革命现实主义和革命浪漫主义相结合的方法"。这些似乎不无"新意"的口号，其思想其实是"新瓶装旧药"，只是以往极"左"文艺思潮的变本加厉。作为"文革"舆论导向，《纪要》精神也在"文革"时期得到大力贯彻。而塑造人物形象的"三突出"创作方法则不仅体现了《纪要》的根本精神，同时也是"文革"时期极"左"文艺思潮的一种典型标志。

"文革"时期公开的文艺创作，可以分为三种情况：

---

① 孟繁华、程光炜：《中国当代文学发展史》，人民文学出版社2004年版，第131页。
② 中国社会科学院文学所当代室编：《中国年度文论选（99卷）》，漓江出版社1999年版，第280页、281页。

一是"帮派文艺"(或称"阴谋文艺""影射文艺")。这类创作的思想特征就是推行极"左"思潮和专制文化,为特定政治任务服务,甚至为个人"树碑立传"。如小说《虹南作战史》、《牛田洋》、《西沙儿女——正气篇》、《西沙儿女——奇志篇》、《初春的早晨》、《一篇揭矛盾的报告》、《警钟长鸣》和《第一课》,电影《春苗》、《决裂》、《反击》和《盛大的节日》,都是迎合时尚政治的"帮派文艺"。至于江青直接经营的"小靳庄赛诗会",也是配合政治任务的文学活动。小靳庄农民一年创作两千多首诗歌,①绝大部分是公式化的政治口号诗。其渲染的"批林批孔"、吹捧江青和"打倒走资派",完全是借群众运动推销帮派政治文艺。

二是和时代政治关系密切,但又与帮派文艺有别的创作。"文革"时期出版的百余部长篇小说,很多作品便是这种情况。有教材指出:《艳阳天》是"文革"时期唯一可以公开出售的"文革"前创作的文艺作品。②其实"文革"中出版的不少长篇小说,如黎汝清的《万山红遍》,姚雪垠的《李自成》第二卷,克非的《春潮急》,曲波的《山呼海啸》,郭澄清的《大刀记》,李云德的《沸腾的群山》第二、三部,也都是"文革"前开始创作或有所构思的。它们和帮派文艺确实不同。但能在"文革"时期出版,则无疑是符合时代政治的。

三是形成过程较复杂的"革命样板戏"。"文革"文艺主流思潮中,"革命样板戏"最有代表性。就迎合时代政治看,它们确实和帮派政治有关。但必须注意它们的形成过程。"革命样板戏"得名源于1966年12月26日《人民日报》的专论《贯彻毛主席文艺路线的光辉样板》。专论首次将京剧现代戏《红灯记》《沙家浜》《智取威虎山》《海港》《奇袭白虎团》,芭蕾舞剧《红色娘子军》《白毛女》和交响音乐《沙家浜》,并称为"江青同志"亲自培育的八个"革命现代样板作品"。以后又出现了京剧《龙江颂》《平原作战》《红色娘子军》等第二批革命样板戏。到"文革"结束前夕,样板戏增加到18个,其中京剧达11个。③根据以上情况,"革命样板戏"应该划归帮派政治文艺。但改编于"文革"前优秀剧目的历史又不能忽略。有研究者将"革命样板戏"的兴衰起伏分为四个时期,即成长期、荣耀期、耻辱期和争论期。意思是:"革命样板戏"多是"文革"前全国文艺汇演的优秀剧目,有成长过程;荣耀期,即"文革"时期的走红;耻辱期,指"四人帮"垮台后遭受批判;争论期,指新时期的重新评价。④重新评价涉及三个问题:首先是成果归属。通常认为是江青负责抓的,事实并非如此。刘长瑜回顾当年排演《红灯记》时就说江青根本没怎么管,"只是说头绳不够红,窗帘应该怎样卷,补丁应该

---

① 赛诗会结集《小靳庄诗歌选》由天津人民出版社于1974年和1976年分两集出版,两集共收159首。
② 陈思和主编:《中国当代文学史教程》,复旦大学出版社1999年版,第166页。
③ 陈思和主编:《中国当代文学史教程》,复旦大学出版社1999年版,第165页。
④ 刘起林:《"样板戏现象":政治文化诉求蚕食审美的病态生命体》,《理论与创作》2004年第6期,第27－31页。

怎样钉",倒是周总理非常关心。① 其次是艺术成就。"革命样板戏"的艺术创新,如钢琴伴奏、通俗易懂的唱词、抑扬顿挫的现代唱腔,包括一流演员阵容,一直得到认可。再次是接受情况。"革命样板戏"不仅在"文革"时期确实受到群众喜爱,新时期仍有不少观众喜欢(还引发怀旧心理),其"经典片断"还经常在各种文艺演出场合出现。

上述三种创作,除第二类创作有些节制(也看具体作品),其余创作方法基本都是"三突出"。而"革命样板戏"的运用显然最为突出。可以说"三突出"创作方法体现了"文革"公开文艺的典型思维方式和代表思想。关于"三突出"的源起和发展,古远清文章《三突出》中有较详细的说明。"三突出"提法最早出现在于会泳的《让文艺舞台永远成为宣传毛泽东思想的阵地》中,文章说道:"我们根据江青同志的指示精神,归纳为'三个突出'作为塑造人物的重要原则,即:在所有人物中突出正面人物,在正面人物中突出英雄人物,在主要英雄人物中突出最重要的即中心人物。"

其实"三突出"创作方法和传统社会主义现实主义创作方法有相承关系,不仅显示了社会主义现实主义二元对立的阶级思维,而且强化了"两结合"的革命浪漫主义。如果说"三突出"是种典型的政治至上和极"左"思潮的混合物,那么在传统社会主义现实主义文学中,无论是歌颂革命英雄还是塑造"社会主义新人",就已经隐含着"三突出"思维。总体而言,"三突出"创作方法有两个根本问题:一是"政治图解"的创作思维。"三突出"和所谓"三陪衬",都是将文艺视为政治工具,并将政治图解发展到极端。人物形象的高、大、全,说到底都是出于政治图解。二是人物塑造的脸谱化。这种主题先行的人物塑造方法,不仅造成了人物塑造的脸谱化,也导致场面情节的模式化,使艺术成为典型的"政治传声筒"。

除天津小靳庄赛诗会的"运动式创作","文革"时期有种"集体创作"现象,出现了各种组合的"写作组"。集体创作方式是"三结合",即"党的领导"、"工农兵群众"和"专业文艺工作者"相结合(其实"文革"前就有所谓"领导出思想,群众出生活,作家出技巧"的说法)。据统计"文革"时期有近二十部长篇小说标明为"集体创作",这类集体创作都是采取"三突出"创作方法,作品多是政治宣传品。值得注意的是,即使有些被认为疏离当时极"左"思潮的创作,也是覆巢之下无完卵。如歌颂大庆石油工人艰苦创业的电影《创业》就被认为是这样的作品,但编剧张天民回忆当时创作情况却是:"我更多地向左,向左……其中,写人、写个性、写感情的因素还有,但已是十分克制,为了保存作品中的一点'人性',我从剧本到拍摄过程中,经过多次斗争,有时与批评者大喊大叫,获得不走群众路线的罪名,至于其中的削足适履,硬加阶级斗争的情况,是很明显的。一方面是由于压力,一方面也是自己认为大概这是正确,主动地这样。"② 在那种时代,确实很难产生真正的艺术自觉。

---

① 刘起林:《"样板戏现象":政治文化诉求蚕食审美的病态生命体》,《理论与创作》2004年第6期,第27–31页。
② 中国社会科学院文学所当代室编:《中国年度文论选(99卷)》,漓江出版社1999年版,第284页。

第四节 反抗时代潮流的写作

在流行"三突出""集体写作"和口号化工农兵文艺的"文革"文艺思潮中,在"语录歌""忠字舞"等造神运动的风行中,出现了两个反抗时代思想潮流的特殊文学事件:"地下写作"与"天安门诗歌运动"。

在极"左"激进主义思潮泛滥的"文革"文艺时期,"地下写作"及其民间传播方式具有特别的思想意义。所谓"地下写作"就是不能公开。不能公开,就意味着其思想和当时的官方意志、时代话语是相抵触的。从整体情况看,"地下写作"是"文革"中最有个人言说性质的创作。陈思和主编的《中国当代文学史教程》第九章专论"文革文学"时,特别关注了地下文学活动和秘密写作情况,列举和分析了丰子恺的《缘缘堂续笔》、牛汉的《半棵树》、穆旦的《神的变形》和曾卓的《悬崖边的树》等中老年作家的作品,描述了包括《波动》、《公开的情书》、"白洋淀诗群"和食指诗歌等在内的知青地下写作情形,总体评价很高。从文学史看,"地下写作"体现的民间立场、独立思考和批判意识,当然难能可贵。

但具体作品的思想表现需要具体分析。如"手抄本"《第二次握手》,尽管当时被视为大逆不道,作者也因此坐牢,但作品对周恩来和知识分子爱国主义的歌颂并未超越十七年时期的思想尺度。当时的知识分子政策虽然多有极"左"意识,但至少理论上对知识分子的爱国主义是肯定的。小说不被接受,完全因为当时政治环境太恶劣。而《波动》、《公开的情书》和"白洋淀诗群"等知青地下写作的思想情形,则无疑更有独立精神。被称为"最早的诗艺探索者"和中国当代"现代主义诗歌第一人"的食指,不仅对诗歌艺术进行了探索,也表现了较强烈的批判精神。其《这是四点零八分的北京》和《相信未来》就是如此。

不少研究者还谈到贵州民间诗人黄翔的"地下写作",除《野兽》和《火神交响曲》,还认为其1962年写的《独唱》就显示了特立独行思想。就是说"地下写作"并不限于"文革"时期。① 如洪子诚等就谈到过朦胧诗源于"地下诗歌"的问题,涉及1960年年初北京的"诗歌沙龙"、黄翔的早期写作以及贵州"启蒙社"的活动。② 作为只要有笔和纸这种简单工具就可以进行的写作活动,各个时期恐怕都存在"地下写作"。不过很多人写了也就写了,特别是当他们后来没有从事创作,他们的写作也就消散了。关键要看后来是否产生了影响。

"天安门诗歌运动",这个由群众自发组织,直抒胸臆、激烈悲愤的广场文学运动,

---

① 陈思和主编:《中国当代文学史教程》,复旦大学出版社1999年版,第170页。
② 洪子诚:《序》,载洪子诚、程光炜编选《朦胧诗新编》,长江文艺出版社2004年版,第8—9页。

因反抗现代迷信、阴谋政治的思想追求，曾被视为思想解放运动前夜的"一声春雷"。作为思想解放的预演，这次诗歌运动确实体现了反抗文化专制和帮派政治的思想，但落实到现实问题则要具体分析。比如悼念周总理是这次诗歌运动的重要主题，"人民的总理爱人民，人民的总理人民爱"显示了人民群众对周总理的爱戴。周恩来在"文革"中也做了不少平稳大局、解救冤屈的好事。又如反抗现代迷信，呼唤"真正的马克思主义"，但什么是"真正的马克思主义"？当时的理解还是回归传统，并没脱离革命意识形态框架，没有提供新的价值观念和思想方法。将"文革"灾难归咎"四人帮"也显然肤浅，与后来巴金提出"全民族忏悔"的深刻相差悬殊。可以说"天安门诗歌运动"只是一种和当时社会情绪相关的特殊文艺现象。

拓展阅读：

1. 何直（秦兆阳）：《现实主义：广阔的道路》，《人民文学》1956年9月号。
2. 《人民文学》编辑部：《现实主义还是修正主义?》，作家出版社1959年版。
3. 王尧：《关于"文革文学"的释义与研究》，《文艺理论研究》1999年第5期。
4. 王尧：《文革文学大系》，文史哲出版社2007年版。
5. 杨健：《1966—1976的地下文学》，中共党史出版社2013年版。
6. 林贤治：《地下写作和秘密阅读》，香港城市大学出版社2019年版。

问题与思考：

1. 两个"批示"与十七年文学的关系。
2. "现实主义广阔的道路"论在十七年时期的深化与发展。
3. 作为方法的"三突出"与传统社会主义现实主义创作方法的关系。
4. 何谓"地下写作"与"民间立场"。

第八章 诗歌创作

第一节 概 述

1963—1977 年，中国当代诗歌的行进曲折而艰难。

1962 年底，"千万不要忘记阶级斗争"的提出，使全国的政治形势再次发生变化。诗歌迅速做出了反应。从 1963 年到 1965 年间，诗歌创作出现了如下现象：

第一，政治抒情诗成为占据诗坛主导地位的潮流。具有"写实"倾向的作品大量减少。以政治激情来演绎当时流行的某些政治信念，成为诗歌创作的时尚。

第二，诗的主题从对劳动、建设的歌颂，转向对"继续革命"的感情和行动的宣扬。诗歌在题材、结构和形象体系上，都走向空疏博大。

第三，诗的想象方式和象征体系也发生了变化。比兴、象征、托物言志的方法大量运用。将现实和革命历史联结起来，成为常见的构思方式。红日、红旗、青松、风暴、井冈山、天安门再也不是它们本身，而是赋予了政治含义的一组使用频率极高的通用的象征符号。

"文革"十年，原本"统一"的诗界"分裂"为"公开"和"非公开"（"地下"）两大部分，后者的写作、传播，处于秘密或半秘密状态。此时诗界的不同部分，在人员构成、发表方式、诗作思想情感和艺术追求等方面都存在严重的差异，"地下诗歌"相对于"公开的诗界"，在当时特定情境下具有"异端"的性质，他们之间也构成潜在的对立状态。

在 1966 年到 70 年代初这段时间里，全国所有的文艺刊物相继停刊，包括诗集在内的文艺作品的出版也告中断，直到 1972 年前后，这种情况才有所改善。"文革"期间正式发表的诗，其内容均与当时的政治运动相关，具有明显的政治宣传品性质。张永枚的诗报告《西沙之战》和天津的小靳庄"民歌"便是典型的例证。"文革"期间发表作品、出版诗集的诗人有李瑛、李学鳌、臧克家、严阵、顾工、张永枚、阮章竞、刘章、梁上泉等，以及一批工人作者。李瑛是当时作品数量最多、影响最大的诗人。相对于当时诗歌大量的陈词套话和"豪言壮语"，其语言风格仍留有些许的清新柔和，一定程度上显现了抒情主体的个性化色彩。

"地下诗歌"是指在"文革"中未公开发表（出版），与公开发表的主流诗歌相对峙的、共时性存在并产生文学影响的"另类"文学创作。这些诗歌是因为其诗歌创作者迫于某种政治原因而被迫转入"地下""潜在"写作，并在诗歌的创作观念、创作特征、审美旨趣、审美接受等方面表现出了与当时的主流诗歌迥异的艺术特色，因而在当时甚至相当长的一段时期处于被湮没、被遗忘的潜流状态。老一代诗人与青年一代诗人在"文革"时期的秘密写作构筑了20世纪中国新诗史上一段被湮没的辉煌，他们的创作不仅是"'文革'地下诗歌"的重要组成部分，同时也酝酿了新时期诗歌潮流的两种主要流向——"归来者诗歌"和"朦胧诗"。青年诗人是"地下诗歌"创作的一支生力军，不论从数量还是质量上他们的创作都构成了"'文革'地下诗歌"最具实力、成就最高的一部分。

1976年爆发的"四五"天安门诗歌运动是中国诗歌史上一个罕见的奇观。童怀周①编辑的《天安门诗抄》，集中体现了天安门诗歌的创作成就。表达对周恩来总理的热爱之情、对"四人帮"的无比痛恨，要求社会主义民主，是天安门诗歌的政治主题。天安门诗歌的政治意义在于：它显示了人民群众的政治意志，发出了解放思想的呼声。它对于诗歌发展的意义是：启示了诗歌的现实主义战斗传统，成为新时期诗歌大潮的先声；对于诗与真实、诗与人民意志的关系等问题，提供了最有启发性的实践；以它纯洁高尚的情感内涵、壮烈悲愤的美学风格、朴实生动的艺术语言等，展示着作为人类情感记录的诗歌应有的基本素质。

第二节 老诗人的隐秘创作

"文革"中老一辈诗人的诗歌创作构成了"地下诗歌"具有代表性的一部分。他们在"文革"时基本上都步入了人生的中老年，在"文革"前甚至新中国成立前已经开始诗歌创作并取得了一定成就，其中不少已是著名诗人。如绿原、牛汉、曾卓等"七月派诗人"，穆旦、唐湜等后来被追认的"九叶诗人"，以及五六十年代即成就诗名的郭小川、蔡其矫、流沙河等。他们中有的人的诗歌，或写于监狱、或写于"牛棚"等特殊环境，这也决定了作品写作和保存的特殊方式。有的人就是靠反复默念来达到在记忆中保留的目的，就如牛汉诗中所写："……他想写的诗，/总忘记写在稿纸上/多少年/他没有笔没有纸/每一行诗/只默默地/刻记在心里。"（《改不掉的习惯》）

老诗人的隐秘创作具有以下鲜明的特征。其一，受难与觉醒、失望与希望相交织的思辨性主题。这种主题与"十七年"延续至"文革"的"颂歌"与"战歌"主题有着深刻的变异性与不相容性。如绿原的《重读〈圣经〉》、蔡其矫的《劝》、穆旦的《理想》等。其二，将生命置于逆境中的硬汉精神和强悍的生命意识。老诗人往往在苦难的黑暗世界里，创造出一个与之相对峙的抗争、光明甚至偶尔柔和的诗意世界。如牛汉的

---

① 当时北京第二外国语学院汉语教研室16位老师的集体笔名，取"同怀周（恩来）"的谐音。

《半棵树》、绿原的《母亲为儿子请罪》、穆旦的《冬》等。其三,以自然之动植物借喻自我人生。由于特定的环境与心境等原因,充满生命质疑的"树"的形象成为中国新诗在特定时代出现的一个具有特殊意义的意象。在一个万马齐喑的时代可以听到各种"生命树"的怒吼,如"悬崖边的树"(曾卓)、"半棵树"(牛汉)、"老朽了的芙蓉树"(蔡其矫)、"智慧之树"(穆旦)等,树的力度、抵抗外力的坚韧、生命力的顽强,这时获得了诗人灵犀相通的情感认同,"树"成了诗人生存境遇的形象写照。与"树"的表达相似的是,老诗人们还常以动物界的猛禽凶兽来譬喻人生与自我,比如诗中常出现的"受伤的老狗""华南虎""麂子""鹰""飞鸟"等均成了不屈不挠地反抗压迫的强者形象的化身,这一形象往往充满血泪和伤痛,被灌注了饱满的个人化的感情色彩,其中最有代表性的诗人有穆旦、牛汉(牛汉在以后的章节中将专门论述,在此不作赘述)等。

穆旦的诗

穆旦(1918—1977),本名查良铮,笔名梁真,祖籍浙江海宁,出生于天津。著名诗人、翻译家。1935 年入清华大学,1940 年毕业于西南联大外文系,留校任教。1948—1952 年在美国留学,1950 年获芝加哥大学英美文学硕士学位。1953 年回国后任南开大学外文系副教授。1958 年被打成"历史反革命"调校图书馆监督劳动。在逆境中仍坚持翻译和写作。1977 年突发心脏病辞世。出版有诗集《探险者》《穆旦诗集》《旗》《穆旦诗全集》等。另翻译有外国诗人普希金、拜伦、布莱克、济慈等多部诗集和苏联季摩耶菲夫的多部文学理论著作。

穆旦是 20 世纪 40 年代具有浓厚的现代意识和时代色彩的"九叶诗派"的主要成员之一,在 50 年代被迫搁笔沉默 20 年后,他再度挥毫写下了《春》《秋》《智慧之歌》《自己》等二十余首诗歌,为中国诗坛留下了诗人最后的绝笔。这些诗作虽少了他 40 年代诗歌的尖锐与紧张,但仍保留了那种富于智性思辨的特征。他的繁复的诗意,在层层转折中对个人身世的感叹,对时代乌托邦理想的审视与反讽,冷静与回想的语调,以及奥登式的语言方式,透示出别样的抒情意味。

《智慧之歌》是目前存留的穆旦的诗作中写作年代最早的诗,具有某种原型性的意义。诗歌将生命自审与历史考问引向灾难岁月,表现了现代知识分子令人痛苦的自觉性。诗的首节面对人生的惨淡血痕毫不退避,直揭生命的底色与本质,为全诗定下了冷峻悲切的调子。生命从欢喜的幻想开始,以飘零的落叶结局,就像一片叶子的旅途:从碧绿到枯黄。中间四节可视为诗的第二部分,是对人生由喜转悲的变化过程和以痛苦为日常生活真相的具体呈现。其中前三节选择了爱情、友谊、理想三种代表人生美好的事物逐一展开抒写,但当时过境迁,它们都不敌社会腐蚀与人世变迁:爱情退烧,变得"冰冷而僵硬";友谊变质,被实际利害取代;理想褪色,"终于成笑谈"。因此,紧随而来的"那绚烂的天空都受到谴责,/还有什么彩色留在这片荒原"的质询就越发显得震撼心魄。在其他诗作中,穆旦一再抒写过现代人一脚踏进荒原而进退两难的困境,但诗人并不是一个绝对的悲观主义者和虚无主义者,他对欢喜的怀疑源于对痛苦乃是人生本质的确信。因此，诗在末节以酸涩之笔冷静展示了一个严肃思想者在苦难的宿命中必然收获的"智慧的痛苦"："但唯有一棵智慧之树不凋，/我知道它以我的苦汁为营养，/它的碧绿是对我无情的嘲弄，/我诅咒它每一片叶的滋长。"生命智慧从痛苦中收获，人类精神的成长当以物质生命的损耗为代价，这固然是诗人晚境苍凉的一己感悟，也是一种普遍道理的深刻揭示。

穆旦的诗冷硬阴晦，岩浆似的热情经过冷却处理变为内心世界的冷风景，知性成分浓缩成"一种十分含蓄，几近于抽象的隐喻似的抒情"（唐湜《怀穆旦》）。像《智慧之歌》将痛苦凝聚而成的智慧拟喻为一棵不凋之树，全诗对它的刻画就不是表现"树"的自然情状，而是隐秘地指向诗人错综难言的人生体验与思想意识。

第三节 青年诗人的地下写作

"文革"期间，不少散落于北京、上海、山西、贵州、福建、河北等地的知识青年，重新思考时代人生并开始诗歌写作，如郭路生（笔名食指）、北岛、顾城、舒婷、杨炼等。其中还形成了一定的诗歌群落，如以芒克、根子、多多为代表的"白洋淀诗群"和以黄翔、哑默、曹秀青等为代表的"贵州诗人群"。"贵州诗人群"是"'文革'地下诗歌"中被长久淹没的一群。20世纪70年代中后期，在偏远的贵州高原，这些青年诗人及文艺爱好者经常聚集在一个废弃的天主教堂里，探讨文学，谈诗论艺。他们曾冒着生命危险，面临随时都会被劳改、监禁、处决的厄运，"站在觉醒的大陆上"（黄翔《火神交响诗》），写下了叛逆者的心声，用诗歌为长满毒素的时代注射了一剂解毒药。在追溯"新诗潮"的源头时，黄翔无疑是"新诗潮"先行者行列中走在最前面、最优秀的一位，是他用《火神交响诗》擎起了"文革"暗夜中的第一支火炬。哑默是贵州诗人群中的另一个重要成员，他的诗是典型的个人化的灵魂独语。与黄翔澎湃的激情不同，哑默的诗所表现的是沉思默想者的形象，所见其最早的一首《海鸥》（1965），用清丽的辞句和精短的篇幅刻写了一个翻飞在自己的精神空间中的求索者的形象。从这首小诗起，哑默似乎已铸就了他作为"独行的梦幻者"的人生姿态与写作立场，"一直坚持在主流意识形态的专控之外创作"。

年青一代"地下诗歌"创作的生成有它的文学传统以及文化渊源，其中地下阅读活动起了重要的作用。地下阅读的书目主要有当时被作为文化批判的禁书，供"高干"学习的"内部读物"等灰皮书、黄皮书，其中多是西方政治学、哲学以及思想史、文学史的名著，这使青年一代有了长长的"一部精神阅读史"。浪漫主义诗歌、西方现代派、存在主义、"垮掉的一代"等作品与思潮混杂在一起被接纳，其中怀疑主义、俄罗斯文学深沉的现实参与感、俄国"十二月党人"的反抗精神等得到了较深的文化认同。尽管他们的阅读非常有限、芜杂，但从整体而言，地下读书毕竟为当时处于闭目塞听状态下的青年打开了一扇面向另一世界的窗口，不仅在思想上促使他们对社会既定的价值、文化以及个人的存在进行重新思考，而且在艺术表现上给地下诗歌以至关重要的启迪。

食指的诗

食指是"文革"期间地下写作中最具影响的诗人。

食指（1948—　），原名郭路生，祖籍山东鱼台，生于山东朝城。1964年他接触了当时前卫的秘密文学团体"X诗"及"太阳纵队"中的文学青年，"文革"前的1965年开始新诗写作。1967年写《鱼儿三部曲》，《相信未来》《这是四点零八分的北京》《海洋三部曲》等均完成于1968年。1968年赴山西杏花村插队，后入伍从军。"文革"后期患精神分裂症。著有诗集《相信未来》《食指、黑大春现代抒情诗合集》《诗探索金库·食指卷》《食指的诗》等。

食指是他的同时代人中音质出色的歌者，他自身那碎片般的惨烈人生与脉络清晰的诗歌标本成为考察一个时代的活的、诗性的历史档案。他的真诚、他的矛盾，他的清醒与疯狂、信仰与背叛、理想情怀与现实苦闷相交织而成的诗歌精神使他在更真实的意义上成为一代青年的精神代言人。他以天然的个人抒写保持了诗歌所应有的真实。食指的诗歌基本上采取传统的抒情与结构方式，抒情色彩浓郁，情调忧伤浪漫，语言精致华丽，结构整饬，讲究节奏与格律，富有音乐性和形式美；非常适于朗诵。食指被认为是"新诗潮"的前驱式人物，其诗歌被认为是"白洋淀诗群"与朦胧诗的"一个小小的传统"（多多语）。

写于1968年的《相信未来》，是食指诗歌创作黄金时期的代表作。当"文革"的迷雾使人们陷入迷茫与混乱而普遍对未来充满了怀疑和哀叹之时，食指的《相信未来》以一个预言般充满希望的光辉命题照亮了前途未卜的命运。在《相信未来》中，诗人发出了一个理想主义者真诚而深情的呼唤，阐明了一种积极的人生态度。无论是面对"蜘蛛网无情地查封了"的"炉台""失望的灰烬"，还是"凝露的枯藤""凄凉的大地"，诗人都并不气馁和绝望，而是要用"美丽的雪花"、"摇曳的曙光"和"孩子的笔体"写下"相信未来"，为那个特殊的时代镌刻墓碑昭示希望。尽管万物凋零、大地冰封，但诗人的内心依然坚守着希望，"我"要用自己内心的火热，来抵抗外界的凄凉、寒冷与孤独。在这种对信念的无比忠诚中，我们听到了诗人纯洁灵魂里发出的智者的声音，看到了永不放弃希望的人们。诗的前三节抒情笔调隽永而深切，感动人心，尤其是第三节，最能体现食指的浪漫主义情怀。诗人幻想着用手掌翻起大海中冲向天空的波浪，用它托起太阳，并用曙光这枝"温暖漂亮"的笔，写出孩子般坚定、纯真的对于未来的信念，确是神来之笔。而后四节的论述、讲解则稍嫌多了一些，多少有些理过于情的缺憾。

在离开北京赴山西插队的火车上，食指构思了《这是四点零八分的北京》这首流传甚广的名作。这首诗令人感动地表达了诗歌体验的个人性，以一己命运的悲欢映衬了时代变动的庞然身影。诗作选取了一个相当日常化的场面：车站里熙熙攘攘的告别。这一场面在那个时代的普遍性，是这首诗能够引起共鸣的重要基础。对于被卷入那场浩大的社会运动的多数青年而言，这种经历无疑是别具意味的，它几乎象征着他们人生的一次重大抉择，他们不仅因为面临与亲人生死离别的现实而产生悲恸，而且由于这场突如其来的变故，而隐约地滋生青春的凄迷、前途的惘然和对美好生活的留恋等复杂的意绪。因此，在这首诗平淡的字句底下，包含着丰富而微妙的人生体验和社会内涵。

全诗表面上是对一次离别经验的完整描述，但叙写的重心实则是置身于外部喧哗中的内心感受。值得称道的是，作者在处理具体场景及其勾起的复杂思绪时，采用独特的片断式连缀法，将可感的细节刻画与细微的心理波动交织融合，如"北京车站高大的建筑/突然一阵剧烈地抖动"两句，显然既是对实际景象的观察，又是心理受到震动的表现；而"我的心骤然一阵疼痛，一定是/妈妈缀扣子的针线穿透了心胸"，则将强烈的体验与想象性记忆联系起来，从而维护了个人感受的真切性。

第四节 "白洋淀诗群"

"文革"时期，河北省的白洋淀成为新诗潜流期的一个卧虎藏龙之地，这里诞生了一支诗歌劲旅——"白洋淀诗群"，它是伴随着1968年底大规模的知识青年"上山下乡"运动而出现的一个知青诗人群，有时也被称为白洋淀诗歌群落①。"白洋淀诗群"作为一个被追认的命名，只具有约定俗成的意义。从时间角度来看，它开始于1969年，形成于"文革"中后期，1972—1974年达到高峰，随着"文革"结束与知青返城而在1976年终止；从地域角度来看，它诞生于河北省安新县境内白洋淀，是插队知青以此为聚集地形成的相对独立的诗歌群体，由于距离北京较近而具有一种得天独厚的文化优势；从诗人角度来看，它是以北京知青为主构成的创作群体，如芒克、根子、多多（三位均来自北京三中）、依群、方含、宋海泉、林莽等，且对现代诗艺均情有独钟。

"白洋淀诗群"又有广义与狭义之分。狭义的仅仅包括在白洋淀插队的知青诗人；广义的还包括白洋淀外围的准白洋淀成员，包括同时期在其他地方插队的北京青年（如山西的食指、黑龙江的马佳、内蒙古的史铁生等），留在城里的北京青年，后来聚集在民刊《今天》周围的成员，如北岛、江河、杨炼、顾城、严力、田晓青、阿城等。另外，新时期后的一部分诗人、作家、画家、电影导演等艺术工作者在"文革"时期都曾与"白洋淀诗群"有着或深或浅的交流，如画家彭刚，书法家卢中南，作家史铁生、马佳、甘铁生、郑义，电影导演陈凯歌、田壮壮等。许多人虽然不写诗，但通过其他形式的艺术精神和艺术探索不同程度地参与、启迪了"白洋淀诗群"。

"白洋淀诗群"无疑是20世纪70年代中叶最有思想成果的群体，或许在思想与精神的探险程度上他们未必是最好的，但从诗歌的角度看，他们却无疑是遗产最丰富的一群。这不仅因为这一群落"是以现代诗为其主要标志的"，他们"在1973—1974年之间最终

---

① 这是牛汉为该诗群的命名。1994年5月6—9日，《诗探索》编辑部在白洋淀召开白洋淀诗歌群落寻访活动研讨会，会上，牛汉认为白洋淀诗歌群落这个名字本身很有诗意。"群落"一词，给人一种苍茫、荒蛮、不屈不挠、顽强生存的感觉。

汇流于'现代主义'旗帜之下"①，接续了20世纪中国现代主义诗歌的流脉；而且更重要的是，他们以自己的诗歌写作据守了这个时代理性精神的高度，展示了他们对现实世界的诘问与怀疑，对暴力、迷信、愚昧与专制的决绝和批判，以及他们对人生、对世界的自由理解和独立思考。

一、芒克的诗

芒克（1950— ），原名姜世伟，生于辽宁沈阳。1969—1976年在河北白洋淀"插队"，1970年开始文学写作。1978年与北岛共同创办文学刊物《今天》，1988年与杨炼、唐晓渡创办幸存者诗歌俱乐部和民间诗刊《幸存者》，1991年与唐晓渡等创办民间诗刊《现代汉诗》。著有诗集《心事》《阳光中的向日葵》《芒克诗选》，长篇小说《野事》，随笔集《瞧，这些人》等。作品被译成多国文字，并先后应邀赴美、法、意、德、日、荷兰、澳大利亚等国访问。

芒克是个忠实于感性的诗人，他与自然和民间社会有一种显著的亲和关系。与他一起插队的多多就曾这样说："芒克是个自然诗人……他诗中的'我'是从不穿衣服的、肉感的、野性的，他所要表达的不是结论而是迷失。"② 这也可以在芒克的诗中看出来，他的诗歌中有渔家兄弟忧伤的歌曲（《致渔家兄弟》），有田野的芳香和辽阔（《我是风》），也有"输掉了的爱情"（《给》）……这些诗与生活有一种亲和，诗中的感情正常得让人吃惊，几乎放置在任何一个时代都可以。在这个意义上，也许可以说，芒克本来天生是个"素朴的"诗人——"秋天悄悄地来到我的脸上，/我成熟了。""我将和所有的马车一道/把太阳拉进麦田……""多么可爱的孩子，/多么可爱的目光，/太阳像那红色的苹果，/它下面是无数孩子奇妙的幻想……"（《十月的献诗》）——他的这种与自然和民间的和谐，放在任何时代，读来都让人产生一种愉悦感。当然，时代的恐怖氛围也使他的诗中常出现扭曲变形的自然意象："太阳升起来，/天空血淋淋的。"（《天空》）"果子熟了/这红色的血！/我的果园/染红了同一块天空的夜晚。……"（《秋天》）但这些意象不附加任何意识形态的解说，仅仅是自我感觉的自然呈现。芒克不属于技巧型诗人，他不擅长北岛式的思辨写作，他的诗歌魅力更多地来自一种敏锐、独特的艺术直觉，来自一种一气呵成、倾泻而出、自如自然的流畅感。

《天空》这首诗，表达了作为"文革"时期先觉者之一的芒克对主流政治话语毫不掩饰的颠覆精神和对自然的皈依情怀。诗以一个奇崛的意象开篇："太阳升起来/天空血淋淋的/犹如一块盾牌。"这个被唐晓渡称为是"新诗有史以来最摄人魂魄、最具打击力的意象之一"的"太阳"形象，既不同于当时主流政治语境里象征崇高事物的太阳，也不同于多多《致太阳》里的那个被不断经典化被束缚的、不自由的太阳，它的出现伴随着象征暴力的"盾牌"，展示着"血淋淋"的威力，是一个狞恶的形象。但接下来诗人

---

① 林莽：《白洋淀诗歌群落寻访活动·主持人的话》，《诗探索》1994年第4辑，第119页。
② 多多《被埋葬的中国诗人（1972—1978）》，载廖亦武主编《沉沦的圣殿：中国20世纪70年代地下诗歌遗照》，新疆青少年出版社1999年版，第199页。

并没有让批判流于激愤的发泄,而是通过"囚徒一样被放逐"、"把耻辱用唾沫盖住"抒写了失落、苦闷和期待被救赎的内心挣扎。诗人的批判也并非毫无留恋的疏离:"我遥望着天空/我属于天空。"透露出"被放逐"的诗人在孤独与寂寞里依然对被他疏离的主流社会存在着美好的向往。在这里,"天空"作为一种与"太阳"相反相成的背景性意象,衬托了"太阳"的残暴和狰狞。诗人虽然失望,却不愿就此放弃对于希望的向往:"谁不想把生活编织成花篮/可是,美好被打扫得干干净净/我们这样年轻/你能否愉悦着我们的双眼。"他急切地呼唤和吁求:"天空,天空/把你的疾病/从共和国的土地上扫除干净。""希望,请你不要去得太远/你在我身边/就足以把我欺骗。"结句呼应开篇:"天空"被升起的"太阳"裹挟而呈现出鲜血淋漓的质感。整首诗中,我们能感受到芒克率性的语言背后诚挚的情感流动,能读出无奈与不甘、迷惘与追寻在他心灵中的交替沉浮。

二、根子的诗

根子(1950—),原名岳重,生于北京。其父为北京电影制片厂编剧,家有藏书四千余册。15岁他即把《人、岁月、生活》《往上爬》等黄皮书阅尽,19岁写出《三月与末日》。根子诗歌不多,在白洋淀时期共写了8首诗,目前存世的仅3首,但其作品的重要性却是当代诗界无法回避的,他无疑是"白洋淀诗群"里最为独特的一位诗人。

《三月与末日》是一首狞厉而磅礴的诗,它用否定、质疑和诘问的方式写出了抒情主人公——"我"走出欺骗和盲从、走向意志自由和精神独立的蜕变历程。全诗充满了激情的怀疑与背叛,更像一篇渎神的判决书。它以一句读来感觉坚硬和冷酷的断语开篇:"三月是末日。"这让人想起艾略特《荒原》的开篇"四月是最残酷的月份",几乎如出一辙的话语方式一开始便奠定了全诗阴冷绝望的基调。在诗中,"三月",这个春天的代名词,不再与理想、希望、生机与繁荣有关,而是化身为一个妖冶、虚伪的放荡女子。她用假笑占有大地,一年一度的降临成了生命的灾难,她总是不断地抛弃大地,欺骗人们的心,用盛装掩盖下的血腥洗劫纯真。她曾是"大地"和"我"的信仰,是理想主义的支撑,一尊被偶像化了的神。然而,在被她的"赐予"一次次欺骗之后,"我"听到了信仰坍塌的声音,触摸到了理想碎裂的划痕,感受到了精神被奴役、被欺骗的痛苦,于是决定"永远不再闪烁"。清醒了的先觉者将心变成了"一座古老的礁石",它"冷静地沉没",并且"永远烤不熟",最终成了时代的"漏网之鱼",成为一个偶像破坏者,宣告"三月是末日",对"春天"这个"刽子手"做出了终审判决。然而,"我"的反抗虽然痛切坚定,却无法唤醒"墙头草"一般的"我的挚友——大地(在此是众生的象征)"。"大地"是愚昧的、麻木的,这个"极认真的""迟钝的人"并未觉醒,依然为春天所惑,甘愿做她裙下的俘虏,并"猴急地摇曳"。在"大地"的屈从和卑微面前,"我"的反抗被反衬得更为悲壮和孤绝。在此,根子敏锐地觉察到了先觉者的呐喊与周遭世界的迟钝之间的错位与疏离,伴随神性话语的颠覆而来的,不是反叛的喜悦,而是对不曾觉醒的社会群体奴性的更深忧虑,他对绝望的书写也因此被表现得更为深刻。正如有论者所指出的那样:根子"使诗人的视线聚成焦点,回到自我本身,回到了对人存在状态的准确、冷静和近乎残酷的把握。他第一次敢于对未来喊出：'不'"。

这首诗的独特之处，不仅在于奇警的思想、批判的视角和充满人文关怀的价值指向，更在于根子从语言到意象、从情绪到力度所呈现的一种"狰狞"之美。他对"春天"意象的颠覆性描写，为之添加了一种新的令人震惊的"反义"内涵，借此实现了他对人在荒谬处境中精神体验的表达。

三、多多的诗

多多（1951— ），原名粟世征，生于北京。1969年到白洋淀插队，后调到《农民日报》工作，1972年开始写诗。1989年出国，旅居荷兰15年，并曾任伦敦大学汉语教师，加拿大纽克大学、荷兰莱顿大学驻校作家，现为海南大学人文传播学院教授。著有诗集《行礼：诗38首》《里程》《阿姆斯特丹的河流》《多多诗选》等，获得第三届华语文学传媒大奖2004年度诗人奖，2010年获美国纽斯塔特国际文学奖等。

多多是一个真正的汉语诗人。他的诗歌以精湛的技艺、明晰的洞察力、义无反顾的写作勇气，近乎完美地承续了汉语在当代中国的艰难使命。他将自己对世界和生命的温情理解，融于每一个词语和句子中，并在每一首诗歌的内部构造上，力图实现他孤寂而坚定的美学抱负。他对汉语尊严的忠诚守护，使他的诗歌很早就形成了显著的个人风格：意象简洁，节奏明快，语言准确、锐利而富有张力，对心灵细节有深切的敏感和痛苦的体认，对人类的精神困境有明确的艺术承担。

《致太阳》是多多写于"文革"后期的作品。众所周知，"太阳"在当时的社会文化语境中，是一个具有特殊意义的象征符号，常常用以指称伟大、崇高，进而成为"信仰"的代名词。于是，"太阳崇拜情结"成了当时一种极为普遍的社会心态与精神现象。然而多多的这首《致太阳》，则消解了"崇高事物"的神圣，宣告了这种崇拜情绪的虚妄。

这首诗塑造了一个迥异于以往的独特的太阳形象。与当时的流行用语不同，诗人没有把太阳置于一个神圣庄严、高不可攀的位置，而是用第二人称"你"将之人格化，并在此基础上进行想象和平等对话，从而赋予了诗作充分和自然的情感流动空间。全诗在一系列动宾结构的短语铺陈中展开："给我们家庭，给我们格言""给我们光明，给我们羞愧""给我们时间，让我们劳动""给我们洗礼，让我们信仰"，"太阳"在人类生活的方方面面不断被赋予各种世俗意义，并且这种意义在一种类似"礼赞"的语气中不断堆积并得到强化，在"你是上帝的大臣""你是灵魂的君王"这样的指认下奏出了最强音。不过，在"你创造，从东方升起"的高潮中诗人却突然反转，用一句"你不自由，像一枚四海通用的钱！"戛然而止，强行终结了不断高涨的"赞美诗"情绪，犹如交响乐结束般留下了一片令人震撼的空白。这首诗独特的美感便由此而生：最后一句的否定意义与前边不断的"正面"铺排形成强烈对比，这种结构上头重脚轻的晕眩感，最终在"你不自由"掷地有声、不容置疑的情感基调中得到了平衡。结句四两拨千斤，像孩童玩积木一般，将前文一系列"四海通用"的意象层层堆叠后又漫不经心地一下推倒，于轰然倒塌中释放出巨大的"反讽"力量。正是通过这种在诗歌内部营造的分裂和对抗，多多解构了特定语境中的"太阳"，用"一枚四海通用的钱"的喻象对之进行了揶揄，使"太阳"的形象脱离了主流政治话语的模式，变得更为真实、立体、丰富和深刻，也使得读者对于诗歌开篇提到的"格言""光明""劳动""希望""信仰""名誉"等一系列"好词"的含义自然生发质疑，从而拒绝了集体话语对于个人经验的伤害，完成了诗人具有独特体验的书写。

这首诗充分体现了多多诗歌的"话语策略"：他对事物复杂本质的把握和因此而呈现的深刻思想性，并不是出于激愤的宣示与说教，而是出于冷静的充满观察力的讽喻。他喜欢用嘲讽、玩世的口吻来表达他对现实的清醒与愤怒，用狂傲狷介的姿态显示他的反叛和与现实的距离。正如杨健的评论所说："多多的诗歌创作，总是带有清醒的理智，他大睁着双眼，表达出一种绝望的镇静……他的诗句是出色的直觉和清醒的绝望者的混合体。"

拓展阅读：

1. 廖亦武：《沉沦的圣殿：中国20世纪70年代地下诗歌遗照》，新疆青少年出版社1999年版。
2. 王家平：《文化大革命时期诗歌研究》，河南大学出版社2004年版。
3. 易彬：《穆旦与中国新诗的历史建构》，中国社会科学出版社2010年版。
4. 易彬：《个人写作、时代语境与编者意愿：汇校视域下的穆旦晚年诗歌研究》，《中国现代文学研究丛刊》2018年第3期。
5. 刘禾：《持灯的使者》，牛津大学出版社2000年版。

问题与思考：

1. 穆旦诗歌的"晚郁风格"。
2. "白洋淀诗歌群落"的文学地理学考察。
3. "太阳"之于地下诗歌的多重意蕴。

第九章 小说创作

第一节 概 述

1949年以来,作家们纷纷以饱满的热情和赤诚的信念为新中国文艺努力工作,创作了大批的中长篇小说。这些作品积极贯彻《在延安文艺座谈会上的讲话》与首届文代会精神,继承与发展"解放区文学"为政治服务的价值取向,致力于社会主义文艺的建设与发展。但因过分倚重意识形态功能的发挥,再加上"左"倾思潮的影响,作品呈现出简单粗糙、狭窄单薄的倾向。特别是随着各种批判的开展,"反右"斗争的扩大化,"大跃进"运动的兴起,文学发展的空间日渐逼仄。

20世纪60年代初,随着党的政策的调整,文学创作一度出现转机。1961年春,《文艺报》发表了《题材问题》专论,对题材问题的戒律、文艺与政治关系的狭隘理解提出了批评,要求"广开文路""百花齐放"。1962年夏天,中国作家协会提出了"现实主义深化""写中间人物"等创作主张,为小说特别是短篇小说创作注入了新的活力,并使它一度出现活跃的势头。其中有两类作品特别值得注意,一类是从不同角度或隐或显地针砭"左"倾错误,对"左"倾思潮进行现实层面反思的作品。赵树理的《套不住的手》、马烽的《老社员》、西戎的《赖大嫂》、刘澍德的《老牛筋》等就曲折地表达了对"共产风"与"浮夸风"的不满。另一类是历史题材作品。陈翔鹤的《陶渊明写〈挽歌〉》《广陵散》开风气之先,黄秋耘起而响应,相继发表了《杜子美还家》《顾母绝食》《鲁亮侪摘印》等,再加上冯至、姚雪垠、蒋星煜、李束为等人的历史小说创作,使历史小说一度成为诸多作家的首选。据统计,从1961年冬到1963年春,历史小说有四五十篇之多。这些作品多以史为鉴,因事而发,力图避开主流意识形态的种种束缚与限制,曲折地表现出对现实的针砭和期望。

中国当时的社会情势颇为严峻,"左"倾越演越烈,文艺界逐渐一片风声鹤唳。1962年,康生制造"利用小说进行反党活动"的政治事件之后,文艺界接二连三地开展了批判运动和"反修"斗争,继1962年对《刘志丹》的批判后,1963年对《李自成》(第一卷)的批判,1964年对"中间人物论""现实主义深化论"的批判都使小说创作严重受挫。而许多小说为了迎合这种极"左"思潮与某些政治野心的需要,不惜远离生活而夸大阶级斗争的严峻性,将敌我对立的战争文化心理灌注其中,政治话语充斥整个文本。

而有的作品则在一种"左"倾狂热心态中极力夸大主观意志，提倡臆想的"革命浪漫主义"，浮夸成风，漫天想象，极大地损害了文学创作的审美规律与艺术逻辑。

文学绝对地被纳入到意识形态的框架之内，充斥在公开刊物中的假、大、空的作品触目皆是，即使浩然的《艳阳天》、金敬迈的《欧阳海之歌》等作品虽某些方面有所成功，并在当时产生了极大的影响，也因"左"倾印痕明显，难有丰厚持久的艺术魅力。但就在这种政治意志泛滥的社会主流之外，也有一些作家坚贞于艺术规律与人性良知，以"潜在写作"的方式继续从事文学创作，以个体存在的方式承担起文学的自由追求与价值向度。张扬的《第二次握手》、赵振开的《波动》、靳凡的《公开的情书》等就是这种"潜在写作"的典范，它们以手抄本形式流传或刊发在民间刊物上，并在群众中产生了极大的影响。

对于"文革"小说特性，我们可以简单地概括为两点：一是政治属性达到了无以复加的地步，二是对文学传统与艺术逻辑的彻底抛弃。

第二节　农村小说

1962年，中国共产党在八届十中全会上提出了"千万不要忘记阶级斗争"的口号，国内进一步开展阶级斗争的浪潮再次席卷整个城乡。与前期《红旗谱》《创业史》等表现农民革命的历史必然与社会主义道路时代必然的作品相比，此一时期的农村小说同样注重表现农村社会主义改造过程中的种种矛盾，但因受"左"倾思潮的影响，在设置主题、组织情节、塑造人物时特别借重阶级斗争与敌我矛盾，即使党内干部的蜕化也被强化为社资阵线，从而有着明显的阶级斗争扩大化的倾向。但是许多作品并非直接地进行意识形态的图解，而是怀着改变农民历史命运的赤诚情怀与忧患意识去反映广大农民在那一特定时期所有的情感与渴望、矛盾与困惑，表现出独特的审美情感与艺术风格。其中陈登科和浩然就是这一时期的代表。

一、陈登科与《风雷》

陈登科（1919—1998），江苏省涟水县人。读过两年私塾，后因家境贫寒而辍学谋生。1940年参加抗日游击队，1948年担任记者，并于同年发表了第一篇中篇小说《杜大嫂》。后来进入中央文学讲习所学习，在赵树理的帮助与指导下文学创作有较大的进步，陆续发表《活人塘》《淮河边上的儿女》等作品，以亲身经历为基础再现了血与火的严酷斗争。新中国成立后曾创作以社会主义革命与建设为题材的小说《黑姑》《移山记》，电影文学剧本《柳湖新颂》、《卧龙湖》（与鲁彦周合作）等。"文革"期间受到迫害，拨乱反正后继续从事创作，但未能有所突破。《风雷》是其影响最大的一部作品。

《风雷》以1954年冬到1955年春我国农业合作化运动为背景，叙述了淮北重灾区中贫穷落后的黄泥乡农民组织起来生产自救的故事，再现了农民在党的领导下为改变苦难命运而激荡起的革命"风雷",揭示出只有社会主义才能救中国的伟大真理。黄泥乡是当年淮海战役的战场,祝永康和他的战友们、万寿年的亲人们曾在这片土地上为新中国的诞生洒下了鲜血,甚至献出了生命。虽然新中国已经成立了五个年头,可因这里湖水为患,交通闭塞,坏人作祟,依然贫困异常。祝永康从部队转业回到黄泥乡后,在错综复杂的矛盾中理清头绪,深入群众中,通过处理救济粮制止粮食投机、组织编席组、开垦荒湖等一系列活动或生产自救,或与以黄龙飞为首的富农展开斗争,积极引导农民群众走上社会主义道路。后来,暂时落后的黄泥乡与县内先进的九里店、赵集乡等展开互助合作,给黄泥乡的贫苦农民展现出一幅共同富裕的远大前景。

可以说,《风雷》的故事情节基本上是以现实生活为基础,在具体的人事矛盾与时代环境中展开,从而作品中的人物形象个性鲜明,具体真切,带有强烈的现实感。作品的中心人物是祝永康。他单纯朴实,务实真诚,对党和人民的事业一片忠心耿耿。虽然由战场转到地方工作有些不适应,但随着工作的深入,他很快就在一系列的考验与磨难中成熟起来,果敢中增加了细致,直率中添入了深沉。可以说,祝永康的这样一种转变,不仅是其个人性格的转变,同时真实地反映出革命干部从新民主主义向社会主义革命所必须经过的历史跨度。万寿年、任为群也是作品中性格鲜明的形象,作为土生土长的农村干部,他们身上更多的是与农民群众血脉相连的真切与朴素。其中,万寿年雪夜送粮、任为群勘测九湖的情节都写得十分动人具体。但是作者也没有掩饰他们的弱点,而且较为深入地揭示出贫困的重压与斗争的复杂是形成他们某些弱点的重要原因。

同时,小说中熊彬与黄龙飞这两个反面形象的刻画也十分成功。熊彬早年参加革命,务实上进,积极为公,但隐藏在内心深处的权力欲望让他日益丧失党性原则与人民立场,最终被资本主义的势力所利用。对于这个人物,作者在艺术上并没有采取漫画式或概念化的简单处理,而是逐层剥落他为谋求个人权力的心计与手腕。在具体工作中他善于掩饰,城府深藏,随意编造列宁思想为自己张目,徒步参加黄泥乡互助组的砍草劳动以示表率,遇事沉着老练,工于心计,让人直觉到他对官场权术的烂熟。小说对黄龙飞的刻画与塑造也有着独到之处。他作为黄泥乡落后与反动势力的渊薮,精明老辣,圆滑世故,往往于不动声色中实施险恶意图,在精心算计中推进如意算盘,人物性格的丰富性与复杂性在他身上体现得非常突出。

《风雷》成书于50年代末与60年代初,十分明显地带有那个时代的局限。作品把阶级斗争描写得过于严重,走社会主义道路的热情与"左"倾冒进思想黏合并论,人物的塑造受先在性的阶级斗争模式影响等,影响了作品主题内涵与审美表现的进一步提升。

二、浩然与《艳阳天》

浩然(1932—2008),原名梁金平,河北蓟县(今天津市蓟州区)人。幼年家境贫寒,仅读过三年半小学,参加革命工作后积极自学,于1956年冬发表第一篇短篇小说《喜鹊登枝》。后来坚持文学创作,先后汇编成《喜鹊登枝》《苹果要熟了》《新春曲》《蜜月》《珍珠》《小河流水》《杏花雨》等集子。他于60年代中期与70年代初期先后完成了两部多卷本小说《艳阳天》与《金光大道》（第一部与第二部）。"文化大革命"中曾受到冲击，被迫写了《西沙儿女》《百花川》等听命违心之作。《艳阳天》与《金光大道》是最能体现浩然创作水准的代表作。

《艳阳天》描写了京郊东山坞农业合作社麦收前后的一系列矛盾冲突。其中以农业合作社支部书记萧长春为代表的社会主义力量与以农业合作社副主任马之悦为代表的资本主义势力之间的斗争是整个作品的基本结构，他们在土地分红、闹粮、倒卖粮食、抢粮库、退社等一系列问题上展开抗衡，形象地再现了开创社会主义集体经济道路所经历的种种曲折与艰难。小说虽极力表现"社、资"两种矛盾的冲突与斗争，甚至不惜将内部矛盾转化为敌我矛盾，但是小说中最为具体与真切的当数集体主义的时代趋向与农民传统意识中的私有观念、社会主义道路坚信者的豪迈激情与农民实用理性的持重保守之间的冲突等。沟北富户闹土地分红、"弯弯绕"闹粮荒、韩百安倒卖粮食、马大炮拉牲口退社，都是上述矛盾的具体体现。可以说，《艳阳天》所反映的生活虽受"左"倾思潮的影响，但还是有着深厚的生活基础与文化心理底蕴的。

与《风雷》相似，《艳阳天》中也塑造了许多个性鲜明且又能充分表现那个时代特征的人物形象。其中萧长春便是作者倾力塑造的一位有着"革命硬骨头"精神的基层农村干部形象。作为东山坞社会主义道路的带头人，萧长春身上所具有的对党和人民事业的真诚与热情、在工作中的智慧和魄力，都表现出共产党人的优秀品质与那一时代所特有的英雄气概。作者不仅将他置于尖锐的"社、资"矛盾上去予以表现，而且从他与焦淑红的爱情、与马老四的邻里关系等多方面地展示了他性情的丰富与多样，使他身上散发出浓厚的生活气息与人性本色。

同时，小说中在塑造反面形象与中间阶层人物时，笔触所到也是颇见功底的。作品在表现马之悦的老于世故、奸诈狡猾的性格特征时，许多地方都是拿捏准确、极有分寸的。他一方面以老党员自居以掩盖自我私心，一方面又为自我私心煽风点火。但是因为作者为强化阶级矛盾的尖锐，最终让马之悦怂恿他人杀人、煽动不明真相的人们拉牲口退社、抢夺粮库等又是违背了生活逻辑与人物的性格逻辑，概念化意图极为明显。而对那些中间阶层人物的刻画，作者注意仔细把握人物心理与性情变化的波澜，让人见到背负着几千年传统意识重负与过着苦难辛酸生活的农民蜕变的艰难与复杂。作者在叙写他们小我算盘落空时的可悲可笑的同时，也写出了用社会主义思想教育农民的长期性与艰巨性。

《金光大道》也是浩然的代表作之一。作者通过描写北方一个农业合作社成长的过程，比较真实地记录了当时党在农村领导农民进行的多次斗争，表现了广大贫苦农民走社会主义道路的强烈愿望与蓬勃热情。主要人物形象高大泉与萧长春相比，其"高""大""全"更为鲜明突出，但其生活基础与艺术感染力则要淡薄得多。

浩然是以表现社会主义农村的新人新事见长。他怀着社会主义是"金光大道"和"艳阳天"的坚定信念和强烈憧憬，让作品带上了鲜明的乐观精神与浓郁的革命浪漫主义的气息。同时，作者对农村生活中勤恳劳作和惬意休憩的描写、对青年男女恋情与朴实友谊的叙述、对农村生活情趣的热爱与绚丽风光的描写，也使作品充满着明丽的色彩与浓厚的乡土韵味。但由于60年代初期"左"倾思潮的影响,其作品阶级斗争的气息分外浓厚,再加上创作主体反省意识的匮乏则让其创作整体呈现下滑情形。时代的发展与生活的演变与作者"想给中华人民共和国的农村写一部'史',给农民立一部'传'",想歌颂农业合作化的奇迹和"这个奇迹的创造者"① 的诚挚初衷之间形成的反差,确实让人慨叹沉思。

第三节　历史小说

从中国文学发展历程来看,文、史合流源远流长,及至"讲史""演义"的不断发展,特别是《三国演义》的出现,历史小说已然成为影响深远的一种传统小说样式。20世纪五六十年代作家对此一文学样式的借鉴较现代有所增强,积极从历史生活取材,反映历史时代的风貌,日益成为一种创作倾向。同时,由于50年代以来各种文艺批判运动的开展、整个时代"左"倾思潮愈演愈烈情势的影响,直接取材现实生活的创作越来越受到各种外来力量的压制与束缚,许多作家便纷纷转向历史小说创作,或者借历史"酒杯"浇自己块垒,或借助历史以针砭现实,或再现农民战争风云以探寻历史发展的必然规律。与当时许多大写"革命史"的作品相比,他们在时间的回溯上走得更远,篇幅更为长大,在表现生活与凸显主题上也更显得自由与自如,要么力求勾画包蕴丰厚的历史内容,探索农民战争对中国封建社会的影响,要么力求以历史见证人的身份再现中国革命的来龙去脉。其中最有代表性的当数姚雪垠的《李自成》与李劼人的《大波》。

一、姚雪垠与《李自成》

姚雪垠(1910—1999),原名姚冠三,河南省邓县(今邓州市)人。出身贫寒,少年时期就经历了农村的破败与动乱,后来通过自学走上文学道路。新中国成立前就创作了在文坛上产生过一定影响的《牛全德与红萝卜》《差半车麦秸》《春暖花开的时候》等作品,为日后创作的进一步发展打下了坚实的基础。《李自成》是他在新中国成立后奉献给中国文坛的一部力作。从40年代开始,他就为此书的创作积极准备。1957年秋,他顶着政治批判所施加的种种压力开始了《李自成》的创作。这部多卷本小说的创作与出版前后近三十年,前三卷分别于1963年、1976年、1983年出版,第四卷与第五卷于1999年出版,其中第二卷曾获茅盾文学奖。

在谈到这部历史著作的主旨时,姚雪垠曾一再阐明自己是"企图通过明末农民大起义这条主线,写出一个历史时代的风貌,反映当时各个阶级、各个阶层、各种不同地位和不同行业的人们的社会生活,使之成为中国封建社会后期的'百科全书'"②。小说也

---

① 浩然:《有关〈金光大道〉的几句话》,《文艺报》1994年8月27日。
② 姚雪垠:《谈〈李自成〉的若干创作思想》,《文艺理论研究》1984年第2期,第1-12页。

正是以李自成领导的农民起义军推翻明朝的腐朽统治、英勇抗击清军为主线,再现了明末清初波澜壮阔的历史生活风貌。具体来看,无论是繁华京城还是偏僻乡野,无论是宫廷官邸还是沙场行营,无论是重大军事政治斗争还是民间风情日常习俗,都是力求真实于三百多年前的历史事实。展卷而读,生活质感扑面而来,令人身临其境。

在《李自成》前三卷中,作者用其如椽大笔真实地叙写了明末农民大起义的巨大力量。第一卷写明王朝为筹划全力"剿贼"而密谋与清兵议和,交代各种矛盾与事态情势,为整个作品的充分展开准备背景。第四章起到这一卷末,写"潼关南原大战",正面展开两个敌对阶级的搏斗。第二卷写起义军总结经验教训,制定正确的斗争策略,得到了人民群众的支持与保护,突出了商洛重围,克洛阳、杀福王,完成了战略与力量的大转换。而在第三卷中,作者用浩荡之笔再现了壮阔的松山之战与开封大战,既表现出起义军在鼎盛时期的巨大声威,也初步揭示其在战略上的失误与李自成思想深处的弱点,也为接下来叙写明末起义军的悲剧作了必要的铺垫。

这部历史小说不仅再现了波澜壮阔的历史事件,而且塑造了许多个性鲜明、特色各异的人物形象。全书中心人物非李自成莫属,但作者并未将这一明末农民起义领袖概念化,而是将他置于各种矛盾之中,写出其性格与心理的发展变化。既表现他坚忍不拔的精神毅力、化险为夷的大智大勇、英武果断的形势决断、运筹帷幄的领袖风度的英雄品格,也表现出他无法避免的时代的局限、根深蒂固的王权思想、源自小农的狭隘短视以及行动上的刚愎独断……同时,围绕在李自成周围的勇猛刚烈的刘宗敏、刚毅坚定的李过、忠厚淳朴的田见秀、胆识情义兼备的红娘子都个性鲜明,生动传神。在与起义军相敌对的明王朝群体中,对崇祯皇帝的刻画也是极为出色。他不仅不荒淫腐朽,而且励精图治,一心想实现明王朝的"中兴",但是历史发展的必然、明王朝分崩离析的大势,再加上他本人的猜疑多忌、反复无常,都让他带上了浓厚的悲剧色彩。可以说,作者在他身上所投射的远非简单的阶级眼光,而是真正进入到人物生命主体的当下情境中去体验和把握生活的种种复杂体验,在他身上体现出的诸多因子与李自成相映而成,都表现出特定时代与特定境遇中生命个体的感受与体验,给读者以强烈的艺术感染力。但由于作品政治理念先行,在对人物形象特别是起义领袖塑造时过多顾及阶级立场,而对其缺陷进行有意回避与"净化"。如起义军进城后的烧杀抢掠、奸淫妇女的流寇行为,被化解为李自成不曾知情的失误;本无其事的"商洛竖旗",意在突出其农民领袖的大局观念而极力淡化其帝王意识;虽叙及张献忠的流氓习气与草莽作风,却对其野蛮屠蜀一事只字不提。

艺术形式上,作者对于结构的探索用力不少,用他自己的话来说是在追求长篇小说的美学方面"做些探索"。纵向上看,全书以李自成领导的农民军同明王朝统治者的斗争为中轴线,交织错杂其他各种矛盾,主次表里相互制约,螺旋式地向前推进,时而波涛骤涌,时而水波不兴,在变幻莫测中显出多样的动态之美。横向来看,全书分成许多章,章又结合成单元,围绕农民起义军消长这一事件展开;单元与单元之间却又不枝不蔓,衔接自如,毫不松散,既有整体感,又富层次性,表现出作者极强的艺术功力。

二、李劼人与《大波》

李劼人（1891—1962），原名李家祥，出生于四川成都的一个知识分子家庭。1911年曾参加四川"保路同志会"，并经历了辛亥革命的全程。他于1912年开始小说创作，新中国成立前创作了《编辑室的风波》《梦痕》等短篇小说，《同情》等中篇小说和《死水微澜》、《暴风雨前》、《大波》与《天魔舞》等长篇小说。作者以成都为中心，涉笔全川，展示了以四川为横截面的近二十年的重大政治与社会事件，勾勒出这个时期风云变幻乃至大波汹涌的历史进程，被郭沫若誉为"小说的近代《华阳国志》"①。

新中国成立后，李劼人对旧作进行了相应的修改，对《大波》更是进行重写。在这部卷帙浩繁的小说中，作者抱着忠于史实的态度，力求客观地再现直接导致辛亥革命爆发的四川保路运动后的复杂社会矛盾和政治斗争。1911年，清政府向列强出卖铁路修筑权的行径，激起了四川各界的强烈不满，久已郁积的对于清政府的不满也就以之为导火线而猛然喷发。人们自发成立"保路同志会"，与反动官僚和腐朽清王朝展开了广泛的斗争。以赵尔丰为首的反动势力的疯狂镇压更是激起了人们的反抗激情。于是，保路运动进一步发展为武装反抗，其性质也就不仅仅限于对腐败官僚的对抗，而转变为对整个清政府的"革命"。作品着重描写了以津新为中心的川西坝民众的武装反抗，表现了反动官僚与封建政客之间的钩心斗角、立宪派的妥协投降、资产阶级的软弱与不彻底。正如作者所说，由于四川保路风潮的激荡，清政府驻扎在湖北的新军被调往镇压，"以致武昌空虚，革命党人振臂一呼，而于十月十日打出革命第一枪，这才算得'轩然大波'，也才是《大波》的主题"②。

作者虽亲身经历了辛亥革命，但为了更加深入地把握历史的真实而作了大量的考察与研究。他对辛亥革命时期四川和全国的重大事件、历史人物乃至生活细节都进行了反复的考证核实，即使当时的档案文牍、报纸杂志他也尽力搜集，以求获得历史的质感。作者不仅真实地按照历史的客观进程去表现保路运动的消长变化，而且从各种人物的生活情趣、心理状态、言语口吻、衣食住行等细节处也表现出那个时代所特有的风神与面貌，有着浓郁的生活气息。

李劼人善于塑造人物形象，这在之前的《死水微澜》中就有着突出的表现。在《大波》中，他的这一艺术才能得到了同样的发挥。《大波》中的人物众多，朝中重臣、革命党人、学者政客、流氓无赖、三教九流、五行八作无所不有，但在作者笔下一一被调度得自如妥帖，不仅充分展示了不同人物的精神风貌与生活状态，而且再现了潜藏在各个阶层中的时代矛盾与历史潜流。许多人物写得生动传神，极具个性，其中贯穿全书的黄太太更是个性熠熠，鲜亮生动，给人以深刻印象。她与《死水微澜》中的蔡大嫂一样，有着川地女子的泼辣美丽与精明利索。她聪明能干，说话办事有主见，有办法。她

---

① 郭沫若：《中国左拉之待望》，《郭沫若学刊》2001年第4期，第1—4页。
② 李劼人：《〈大波〉第二部书后》，载《李劼人选集》第2卷（中册），四川人民出版社1984年版，第953页。

敢于反抗封建礼教加给女性的种种束缚，但又放荡不羁。她那妩媚美丽的风姿，那动人心魄的笑容，让无数男人为之倾倒。她不用东奔西走，也能把握形势的变化；在不动声色中，尽显为人处世的泼辣老练。可以说，她与蔡大嫂一样，是新文学以来不可多得的女性形象。

李劼人对于四川的民俗风情有着特有的亲和与熟悉，具有四川特色的风俗习惯、起居服饰、地方特产、方言土话都被纳入到他的作品之中，如黄澜生逛皇城坝、黄太太和楚用同游劝业场，都写得情趣盎然，充满了浓郁的巴蜀风情，成了他作品中极为诱人的组成部分。同时，这些风俗民情与世态习俗不仅让其作品带有浓厚的地方色彩，而且与人物的性情气质有着内在的一致，可以说，民情风俗与人物形象的塑造总能相得益彰。

总的来看，《大波》各部之间艺术上不平衡，第二部胜于第一部，第三部又强于第二部，第四部未竟稿却更为脍炙人口。但像这种多卷本小说在结构上彼此相应，在艺术上能够不断进展与提升，也是相当不易的。

第四节 "文革"小说

"文革"中流行"三突出"创作方法，一大批瞒和骗的文艺作品纷纷出笼。除了大家所熟知的"样板戏"、话剧和电影（如《海港》《龙江颂》《盛大的节日》等）之外，在小说领域，也出现了"三突出"小说。这些小说严格遵循"领导出思想、群众出生活、作家出技巧"的集体创作方式，极力表现阶级斗争与路线斗争的严峻与紧张，大力打造失真失血的所谓英雄形象。其"样板"典型则是《虹南作战史》《欧阳海之歌》《牛田洋》等。"文革"期间，主流意识形态如偏离河道的洪水泛滥肆虐，政治的高压更是让各种刊物与其他传播渠道畸形地"统一"于《纪要》精神与其他种种的戒条之下。但是，也有许多作家怀着追求真理的信念与人道主义的情怀，怀着对于艺术的虔诚与执著探索的精神，自发地抵制公开刊物上"假、大、空"的作品，拒绝文学作为政治传声筒的粗暴做法。于是，他们为坚持自己的生命体验和艺术个性而转入"潜在"创作状态，即虽然创作作品但并不拿去公开刊物发表，而只是在小范围的人群中秘密地传播，其中"手抄本"便是此种"潜在"写作传播的独特样式。在这些以"手抄本"形式传播的创作中，最具代表性的作品是张扬的《第二次握手》和诗人北岛（原名赵振开）的《波动》。

一、样板小说：《虹南作战史》与《欧阳海之歌》

《虹南作战史》出版于1972年2月。这部长篇小说是由"四人帮"操纵的上海市委写作组直接插手，拼凑土记者、基层干部等组成的"三结合"创作组所炮制出来的。全书分为"初战""办社""高潮""较量"四章，描写上海市新泾区虹南乡虹南村在50年代农业合作化运动中的矛盾与斗争，其内容完全按照"两条路线斗争"的主题来写，在政治上为"四人帮"的阴谋张目。作品中第一号"英雄"人物洪雷生，是按照"四人帮"的政治意图所炮制的所谓高大全的无产阶级英雄典型，没有一般意义上的个性，也没有形象的具体性。全书充满着政治说教，人物成了无产阶级与社会主义路线的传声筒，缺乏生活真实的根基，毫无个性与真切的生命质感。每章开头都是大讲政治路线与斗争形势、时代发展的必然进程，再讲本地的斗争形势。语录的摘抄和对语录的阐发、理解，谶妄式的信念说教是整个文本的基本话语，枯燥啰嗦，空话连篇，令人难以卒读。可以说《虹南作战史》是遵循"领导出思想、群众出生活、作家出技巧"的"三结合"创作的标本，开创了变文学作品为赤裸裸的政治说教的先河。

金敬迈的《欧阳海之歌》是另一个在当时影响极大的"样板小说"。这部作品叙写了普通战士欧阳海在革命军队这个集体大熔炉中不断成长，不断觉悟，终于成长为一个高度"纯粹"、高度"自觉化"了的英雄战士的过程。

这部小说与五六十年代的其他红色小说相比，形式更加诗化，情节更加集中，社会面貌与人物关系更加单纯，语言也是"流畅的、健壮的、明朗的、感情充沛的，有着一种战士的风格"①。但是，整个作品在叙事上并不精心构思传奇情节，也不借助于人物命运的大起大落积聚张力，而是以革命激情作为内核，让所有情节围绕人物灵魂的斗争展开。小说中欧阳海碰到了许多革命的"难题"，这些"难题"不是因为他有了强烈的非革命意识与错误行为，或者是受了世俗幸福的蛊惑，而是因为他"太积极"了，呈现出一种革命激情"过剩"的状态。正是因为其内在革命激情的"过剩"，让他不能"纯粹"，老是无法绝对地符合"革命意识形态"的要求，有时甚至有些超前。在小说矛盾的设置上，整个作品未曾出现一个阶级敌人，也没有一个破坏分子，而是战士的革命激情与党的要求之间的协调与和谐所形成的"冲突"。可以说，在这里斗争对象已经不是阶级敌人，而是革命者本人，是革命者未曾受到纪律约束与革命需求的过于超前的革命意识与革命激情。于是，如何用革命纪律对这样一种革命激情进行规范与改造成了整个作品主要的结构性内容。在小说中，这种矛盾具体表现为欧阳海与代理指导员薛新文之间尖锐的批评与自我批评。欧阳海在炽烈的革命激情的燃烧中感到单纯地按照命令条例行事永远满足不了源自"活学活用"革命理论带来的"饥渴"，无法去西藏平定叛乱，无法去解放金门、马祖，让其焦灼难耐。他就薛新文对自己"骄傲自满"帽子展开的批评与自我批评闹意见，为老百姓救火修屋迟归的误会而愤懑，但领袖的教导、部队的纪律、战友的帮助、批评与自我批评让他的思想境界和革命意志得到了进一步的提升与坚定，最终升华为一个有着高度革命觉悟的超凡战士。在作品最后，面对风驰电掣的列车，他奋力把受惊的战马推出了轨道，谱写出自己作为"革命战士"最为壮丽的一章。在他生命的最后刹那："他是那样的安详、那样的平静，脸上没有一丝痛苦，就好像刚刚完成了一次任务回来，带着憨笑在思考着即将挑起的建设重担。蓦地，他深邃明亮的眼睛里迸出两朵火花，嘴唇兴奋地抖动了几下，满含着笑容似乎想说什么……"在这里，死亡

---

① 刘白羽：《〈欧阳海之歌〉是共产主义的战歌》，《文艺报》1966年第4期。

成了庄严的、诗意的、神圣的政治事件，从生到死，"革命"都给他以心灵最甜蜜的幸福感和崇高感。可以说，整个小说确实创作出了一个最符合在非战争环境中的崭新的英雄的军人形象。但由于作家过分强调人物在意识上的"革命性"，从而让欧阳海的工作与生活的点滴都完全服膺于革命的需要，其成长过程也就变成了他生命主体意识被意识形态整合的过程，其作为文学形象的审美个性也就由此丧失殆尽。火红的革命年代、火热的政治激情，给予了欧阳海这样一个普通战士热烈的歌颂，但整个生命的意识形态化，注定了其审美价值失落的必然。

二、"手抄本"小说：《第二次握手》与《波动》

张扬的《第二次握手》初稿写于1963年2月，是个短篇小说，名为《浪花》，后多次充实丰富、加工改写，篇名也曾变更为《香山叶正红》《归来》，1979年正式出版时定为《第二次握手》。虽然作品在诸多方面有所变化，但是故事的基本框架与主题内涵还是没有大的变动。1928年夏天，齐鲁大学学生苏冠兰在南京度假时，从水中救起了被困的女大学生丁洁琼，两人一见钟情。但苏冠兰的父亲苏凤麒执意要儿子和故友之女叶玉菡成婚，于是，苏冠兰托词拒绝，准备与丁洁琼赴美留学。由于齐鲁大学校长、美国联邦调查局特务查路德从中作梗，苏冠兰不能成行，丁洁琼只能只身前往美国求学。丁洁琼在美国潜心学习，在核物理学上取得大的突破，顺利地获得博士学位、晋升教授，并参加了著名的"曼哈顿工程"。当"二战"结束后，她因被联邦调查局怀疑为"间谍"而受到严密的监视，从此与苏冠兰断绝了联系。苏冠兰历尽曲折与辛酸后，同叶玉菡结婚。但远在美国的丁洁琼却始终铭记与苏冠兰的誓言，不为名利与威逼所动，毅然回国。当她确认苏冠兰已经成婚后，知道爱情已经无法实现，便决然抛开个人的不幸，奔赴遥远的新疆，为祖国的建设事业而努力工作。后在周恩来与科技界其他人士以及苏冠兰夫妇的诚恳挽留与殷切期盼下，她决心为祖国的科研事业而奋斗，与苏冠兰第二次握起手来。

作品题材与当时盛行的阶级矛盾、路线斗争迥然不同，而是真切地贴近个体生命，关注人物的爱情与命运。故事中最为感人的当数丁洁琼和苏冠兰之间的爱情。两人之间的相识、相恋虽在很大程度上是传统"英雄救美"与"才子佳人"的陈套，但是两人的爱情并没有走向俗气的"大团圆"，在一种"哀而不伤"中给人无限的伤感与惆怅。双方对于爱情的坚守，特别是丁洁琼的执著与纯情更是让人感动。同时，作品中还洋溢着五四以来国人梦寐以求的"科学"话语与深厚的人道情怀，既让广大的知识分子在作品中寻求到一种价值认同，同时也传达出作者在极"左"路线"文革"期间目睹祖国各项事业几近瘫痪的焦虑。当然，作品中以科研事业与爱国主义来平衡与掩盖个人命运的悲剧与不幸则又带有那个时代的影子。

如果说《第二次握手》依然是以单纯诚挚的眼光面对生活中的苦难和矛盾的话，那么同为"手抄本"名篇的《波动》则开始从个人独特的生活遭遇中去思考未来与现实，以尖锐严峻的声音去诘问时代的苦难与黑暗。这一点最为集中地体现在主人公萧凌身上。

作为特殊时代的青年,她遭受了人世间最为惨烈的苦难与不幸:父母惨死、被人抛弃、未婚先孕、遭人唾弃、孤苦无依……可以说,正是这些创伤性经验让她变得孤僻与封闭,趋于严峻地怀疑一切。她不相信什么"终极意义",认为那只不过是"一种廉价的良心达到一种廉价的平衡的手段"。她眼中看到的是现实的黑暗与血污,是自己的亲人死去的悲惨与残酷。面对那个狂乱与黑暗的年代,她没有任何理想与奢望,她深深地感到他们"这代人的梦太苦了,也太久了,总是醒不了,即使醒了,你会发现准有另一场噩梦在等待着你"。但就在这样一种残酷的现实与绝望的心态中,她总是力求保留人性中的一点"优雅"与"诗意",而这就是整个作品引人向上的"星光"。可以说,她的经历与遭遇、质询与思索不仅戳破了权力意识形态庄严外表下所隐藏的卑劣与丑恶,也标志着年轻一代从时代所构筑的"乌托邦神话"中清醒过来,开始了以作为主体的人的方式对"我"以及外在世界进行体验和探索。同时,作品在多角度勾勒当时社会上的各种矛盾与人物心态、对知识青年绝望与希望复杂情感的深入把握、对个体感觉的敏锐捕捉、象征手法的圆熟运用等都表现出了独特的艺术魅力。这里特别值得一提的是,小说采用杨讯、萧凌、白华、林媛媛、林东平等人的第一人称内心独白的意识流形式构筑全篇,形成了独特的多元性视角,而每一视角之间采取了类似于电影蒙太奇式的切换技巧,形成了跳跃、朦胧、散乱而又深邃的艺术效果。这在革命的现实主义与浪漫主义盛行的时代,显得极为独特而超前。也正因如此,有论者称赞其为"文革"时期潜在写作中最成功的小说。

拓展阅读:

1. 杨健:《中国知青文学史》,工人出版社 2003 年版。
2. 北岛、李陀:《七十年代》,生活·读书·新知三联书店 2009 年版。
3. 刘晓红:《独特的浩然现象与中国当代文学》,巴蜀书社 2011 年版。
4. 李怡:《历史如何"小说":再论李劼人〈大波〉兼及魏继新〈辛亥风云路〉》,《当代文坛》2011 年第 S1 期。
5. 邵部:《浩然的"读法":兼及 20 世纪 70 年代阅读史研究》,《当代作家评论》2022 年第 5 期。

问题与思考:

1. 浩然现象的文学史反思。
2. 李劼人小说的地方路径。
3. "样板小说"的叙述模式。
4. "手抄本"小说的传播形态。

第十章 散文创作

第一节 概 述

　　1962年10月,"千万不要忘记阶级斗争"口号提出,党的工作重心转移到阶级斗争,早先开始的包括文艺调整政策在内的一系列调整政策结束。在大抓阶级斗争的形势下,到1964年,文艺领域的革命大批判不断升级,散文创作开始萎缩。在1962—1966年"文革"正式爆发的几年间,一些作家尚能用公开发表的抒情性散文或叙事性散文比较曲折地表达个体心中的情感,如沈从文发表于1963年第4期《人民文学》上的《过节与观灯》,写记忆中江南的端午节、云南的跑马节及元宵节的场景,有浓厚的民俗文化内蕴,沿袭了沈从文创作的固有道路,与政治和时代隔得较远。当然大多数公开发表的抒情性或叙事性散文参与当时的主流创作潮流,唱政治和时代的颂歌。这一时期的议论性散文,主要是"三家村"的杂文创作。1966年,长达十年的"文化大革命"开始,在极"左"路线和文化专制主义的影响下,本来已呈弱势的散文创作禁锢良多,一些写作题材成为禁区,作家们感到"下笔如有'绳'",散文创作全面走向萧条。好的抒情或叙事散文凤毛麟角,装腔作势、言之无物的散文连篇累牍。谢璞的《珍珠赋》以诗意的构思和笔调抒写洞庭湖的新面貌,是当时受到好评的作品。而周立波的《韶山的节日》也属于领袖颂歌中有较好审美艺术追求的作品。这期间最值得注意的是一批潜在写作。这些作品是一些在当时的客观环境下,不能公开发表的文学创作,如丰子恺的《缘缘堂续笔》、张中晓的《无梦楼随笔》、沈从文的《从文家书》、傅雷的《傅雷家书》、陈白尘的《牛棚日记》等。此期的报告文学则着重选取一些已有定评的具有无产阶级人性深度的事件和人物来正面显示人民的可贵品质,对日趋恶化的文艺现实构成了补充,《中国青年报》记者集体撰写的《为了六十一个阶级兄弟》和穆青的《县委书记的榜样——焦裕禄》是这时期报告文学的优秀作品。

第二节 潜流散文

　　潜流散文指的是"文革"时期与按照文学规范创作的显流散文相对的一种散文,受客观环境的制约，它们一般以隐藏的方式进行创作且不能公开发表。这种散文有的是作家的自觉创作，如丰子恺的《缘缘堂续笔》；有的是作家的不自觉创作，如张中晓的《无梦楼随笔》、沈从文和傅雷的家书。潜流散文的特点在于情真，是一种个体性话语。由于公开发表的散文创作艺术水准相当贫乏，因而这些不能公开发表的潜流散文实际上成了这个时期散文创作水平的代表。

一、丰子恺的《缘缘堂续笔》

丰子恺（1898—1975），浙江崇德县（今桐乡市）人，其代表作有《缘缘堂随笔》《缘缘堂续笔》等。始于1971年4月的《缘缘堂续笔》共33篇，是丰子恺利用凌晨时分悄悄写作的《往事琐忆》系列随笔集，1973年修改时，改名为《续缘缘堂随笔》，最后定稿时定名为《缘缘堂续笔》。这些作品作者生前都未发表。

在一个举国狂乱的大浩劫年代，《缘缘堂续笔》远离时代的喧嚣与疯狂，对旧人旧事与生活琐事的记忆使心地暂时脱离尘世。《酒令》《五爹爹》等写作者儿时的记忆，《三大学生惨案》《陶刘惨案》写作者在浙江省立第一师范读书时发生的事，《算命》《旧上海》写旧社会的阴暗丑陋，《癫六伯》《阿庆》写的是两个孑然一身却自得其乐的小人物。这些发现人生真趣味的创作，在近于亢奋的口号式写作环境中，代表了一份冷静和人性，它承继了丰子恺一贯的亲切、平和、自然、朴实的文风。在当时那种残酷的境况下，丰子恺自觉与显流文学话语格格不入的写作立场和态度，显示了一份在那个年代难能可贵的超脱、从容和淡定，以及作者的真诚人格，如有的评论者所言："由此，我愈益感到随笔是外衣，而诚实却是灵魂。"①

二、张中晓的《无梦楼随笔》

张中晓（1932—1967），浙江绍兴人，代表作《无梦楼随笔》。在个人因"胡风案"牵连遭受厄运时，他写作了《无梦楼随笔》。张中晓"始终怀着一颗在知识中寻求力量的赤子之心，这不是每个中国知识分子都可以做到的"，② 以坚强的意志力将"无梦"的绝望变为精神净化的炼狱。《无梦楼随笔》表现了一个正直的知识分子在精神困境中的心灵孤独和精神探索。在遭遇到巨大打击时，张中晓坦白了个人心中所产生的困惑。他在《无梦楼文史杂抄》第十四则中写道："少年时期，真理使我久久向往，真实使我深深激动。但后来，我感到真实像一只捉摸不住的萤火儿，真理如似有实无的皂泡了，康德的阴影逼近我。"他也以坚守孤独的方式反抗着孤独，进行精神上孤独的抗战："孤独是人生向神和兽的十字路口，是天国与地狱的分界线。人在这里经历着最严酷的锤炼，上升或堕落，升华与毁灭。这里有千百种蛊惑与恐怖，无数软弱者沉没了，只有坚强者才能泅过孤独的大海。"（《拾荒集·五十》）他坚持担当知识分子所应担当的人类正义与

---

① 徐开垒：《随笔与诚实：兼忆丰子恺先生》，《随笔》1983年第3期。
② 王元化：《无梦楼随笔·序》，上海远东出版社2004年版，第5页。

良知,说:"即使狂风与灰土把你埋没了,但决不会淡忘,当精神的光明来临,你的生命就会更大的活跃。"(《狭路集·六一》)"知识人的道德责任,坚持人类的良知。只有正直的人们,才不辜负正义的使命。"(《狭路集·六四》)他对现实进行个体性观察和批判,成为这个体制杰出的观察者与批判者。他批判权力对个体的暴力:"权力的灾难,一方面是明显的残暴行为,另一方面是一切通过强力或强烈的心理上的影响(灌输教育、愚民政策、神经战)对个人自由的干预。"(《拾荒集·五六》)批判思想的专制:"在颠倒的世界和混乱的时代中,人们的言论悖理和行为的违反人性,是当然的现象。"对待思想异端"现代的方法是使他沉默,或者直到他讲出违反他的本心的话"(《无梦楼文史杂抄·五七》),"如果精神力量献给了腐朽的思想,就会成为杀人的力量。正如人类智力如果不和人道主义结合而和歼灭人的思想结合,只能增加人类的残酷"(《狭路集·六九》)。他继承鲁迅以来的"国民性"批判传统,揭示主和奴的发生心理学及其现代存在基础:"统治者的妙法:对于已不利者,最好剥夺他一切力量,使他仅仅成为奴隶,即除了卖力之外,一无所能。欲达到此目的,首先必须剥夺其人格(自尊心)。盖无自尊心,说话不算数,毫无信用,则无信赖,也就没有组织力量(影响)了。于是,人无耻地苟活(做苦工),天下太平。"(《拾荒集·五八》)《无梦楼随笔》也有少数论及治学的文章,如"无梦楼曰:欲为学问,当有二途,一曰贯通……二曰博学"(《无梦楼文史杂抄·一五〇》),"学问之道,当观其会通"(《无梦楼文史杂抄·一五一》),"读书粗究其说而不细求其理,不智也;细求其理而不实体诸身,不仁也。不智不仁,何以为学,终于庸愚而已矣"(《无梦楼文史杂抄·一七五》),"治学之道有四,博览以见异说,贯通以求重点,温故以求流变,比较以得是非"(《无梦楼文史杂抄·一七六》)。《无梦楼随笔》有一种严肃凝重的风格,流动着被压制的激情,塑造出了一座知识分子自己的雕像,在那个时代,这种私人话语显得格外有力,它不仅具有文学价值,还有重要的思想价值。

三、沈从文等的家书

潜流散文还包括一些作家的家书,如沈从文、傅雷的家书。新中国成立后,由于多种原因,沈从文基本上中止了文学创作,"转业"到历史博物院从事物质文化史的研究工作。1970年,沈从文携着多病之躯被下放到湖北双溪,条件十分艰苦。在此期间,他写的《从文家书》或与夫人交流思想认识,或对现实人生进行慨叹,表达了他对家人的关爱,对时代和人事的理解,文情并茂,个性明显,是一种有真情和艺术水平的散文。《傅雷家书》也是傅雷优美的散文创作,他与儿子谈心交心,谆谆教导,砥砺其艺术与道德人格,培养其正确的人生观、恋爱婚姻观及艺术观。他告诫儿子"一个艺术家只有永远保持心胸的开朗和感觉的新鲜,才永远有新鲜的内容表白,才永远不会对自己的艺术厌倦","以艺术为生命的人,也是把真理、正义、人格等等看做高于一切的人,也是以工作为乐的人",《傅雷家书》因此成为以情感动人的"教子书"。在书信的字里行间,同时也能见出翻译家傅雷自我人格的高洁。傅雷的家书行文流畅,真情流露,语言优美且不少饱含生活哲理。

这时期一些作家的日记和传记也属于潜流散文，如陈白尘的《牛棚日记：1966—1972》、张志新被捕以后在狱中写的大量日记及朱东润的《李方舟传》。日记作为自传文学的一种，因其记录的真实性和私人性而有很高的传记文学价值。陈白尘的《牛棚日记》是作者冒着生命危险记录的自己在遭批判和幽禁后的见闻，历时七年，将特定时代的人生与国家民族的苦难客观真实地保存了下来，具有震撼人心的力量和极为可贵的史料价值。

第三节　报告文学

20世纪60年代初期，报告文学创作又迎来了一次高潮。1963年3月，《人民日报》和中国作协联合召开了我国文学史上第一次报告文学创作和理论研讨会，对报告文学的特征、定义等理论问题的研究走向深入。理论的深入随即带动了报告文学创作艺术品位的提高，报告文学创作在夹缝中居然有所发展，《人民日报》出版社1963年出版了《人民日报》报告文学选集《春天的报告》，作家出版社1963—1965出版了报告文学集《小丫扛大旗》等。单个作品则有《为了六十一个阶级兄弟》（《中国青年报》记者集体署名撰写）、《县委书记的好榜样——焦裕禄》（穆青）、《小丫扛大旗》（黄宗英）、《毛主席的好战士——雷锋》（陈广生等）、《南京路上好八连》（西虹等）等，雷锋、焦裕禄、南京路上好八连纷纷走进报告文学天地。但由于政治环境要求，以上作品也不可避免地打上了极"左"的烙印，报告文学政治化、主题局限、题材狭窄、批判精神与理性精神退位和缺席，成为此时报告文学创作中十分普遍的现象。

一、穆青的《县委书记的好榜样——焦裕禄》

穆青（1921—2003），河南杞县人，回族，著有《雁翎队》《湘中的红旗》《县委书记的好榜样——焦裕禄》《为了周总理的嘱托》等报告文学作品。发表于1966年2月的《县委书记的好榜样——焦裕禄》是穆青的代表作。作品塑造了焦裕禄这样一个堪为时代楷模的共产党员干部形象，突出了他作为兰考县委书记的艰苦奋斗、恪尽职守、廉洁奉公、体恤民情、踏实顽强等精神品质。作品把焦裕禄放到人与自然灾害等矛盾中来表现，他带领人民改造盐碱地、治理风沙。他身患重病，意志坚强，将桌椅顶破却坚持工作。他带着救济粮款走进孤老的门，他拄着棍子带兵察看水情。总之，他"心中装着全体人民，却唯独没有他自己"。在简洁的笔墨和有限的篇幅内，穆青真实而全面地展现了焦裕禄"一心为革命，一心为群众"的高尚品质，突出了他的共产主义思想，为时代树立了一个具有深刻历史内涵和艺术魅力的县委书记的好榜样。与此同时，由于有十多次提及"毛主席"或"毛泽东思想"，也留下了突出政治和神化领袖的不足。

二、集体署名的《为了六十一个阶级兄弟》等

与个人创作形成对照的是，此期还出现了一些以集体署名的报告文学作品。《中国青

年报》记者集体撰写的《为了六十一个阶级兄弟》，表现出来的是那种冲破一切困难的行为和极为高贵的人道精神。文章报道的是抢救山西省运城市平陆县六十一个生命垂危的中毒民工事件，在人命关天与死神赛跑的关键时刻，有关方面和人民群众以最大的热忱投入到了抢救六十一个普通民工的行列，充分显示了急人之急、想人之想的无私情怀和人道精神。作品也有比较强的艺术表现力，运用电影的分镜头叙述手法，在同一时间内，围绕着生命拯救突发事件，分别展开农村城市、基层机关等不同的生活场景。这样，不仅层次分明，而且辐射面广，场面生动感人，是集体署名的报告文学中比较成功的作品。而同样是集体署名的报告文学作品，如《中国工人阶级的先锋战士——铁人王进喜》以及《南京长江大桥》等作品，则大量引用毛主席语录，写阶级斗争，写主人公空洞的豪言壮语，如《南京长江大桥》中人物提到"毛主席""毛泽东思想"或引用毛泽东语录的频率极高，在突出"英雄人物"时，走向人物形象的公式化、高大和苍白，艺术处理上有着明显的不足。

拓展阅读：
1. 杨剑龙：《特定历史语境中的个人话语：论〈傅雷家书〉》，《上海师范大学学报》2003年第6期。
2. 富华：《丰子恺"缘缘堂随笔"深度细读》，《文学评论》2009年第3期。
3. 黄擎、李超：《1949—1976年间的集体写作现象评议》，《长沙理工大学学报》2010年第1期。

问题与思考：
1. 集体写作与当代文学的生产。
2. 潜流散文的思想形态。

第十一章　戏剧创作

第一节　概　述

从1962年的中共八届十中全会到"文革"结束后的1978年中共十一届三中全会,是一个中国社会和文艺同时经历了在"左"的方向上急剧拉升、达到史无前例的顶点然后结束回落到基本正常状态的过程。和文艺的其他部门一样甚至还超过了其他部门,戏剧创作在反右以及接踵而来的"大跃进"和反右倾运动中受到沉重打击。到60年代初期,政治上对"大跃进"及其灾难性后果有所反思和补救,文艺界包括戏剧界也出现反思和调整的趋势,那就是要纠正极"左"路线,放松对文艺的禁锢和干扰,要"破除迷信,解放思想",恢复文艺创作的活力。在经过一系列的准备之后,1962年3月2—26日在广州召开了由文化部(今文旅部)和中国戏剧家协会主办的"话剧、歌剧、儿童剧创作座谈会"。这次会议是一次关于戏剧创作的讨论会,但又远远超出了这个议题。除了出席会议的剧作家、理论家和导演关于戏剧的讨论,还有周恩来、陈毅等高层领导的讲话,如周恩来的讲话题目就叫《关于知识分子的报告》,内容具有全局性,他想解决桎梏中国社会正常发展的深层问题,并不仅仅针对戏剧界。但这次会议只是给与会的作家、理论家带来了一时的振奋,因为它与政治的主导潮流并不吻合。它给创作注入的活力还没有显示出来,1962年的9月毛泽东在中共八届十中全会上就提出了"阶级斗争必须年年讲、月月讲、天天讲"的著名口号,接着就有毛泽东1963年和1964年的"两个批示"。两个批示都用十分严厉的口吻否定了新中国成立以来的文艺界,其中关于"帝王将相、才子佳人"的指责又特别针对戏剧界,戏剧创作的生态环境因此比1962年以前还要恶劣,创造性的写作事实上已经不可能。由于要"厚今薄古",要突出现代题材的地位,这几年中出现的作品逐渐都变成了现代戏。到1964年还有一个很有象征意味的"全国现代京剧观摩汇演",隆重推出了一批现代题材其实也就是革命题材的京剧,并使它们成为"文革"中戏剧的主导剧目。1965年11月10日,姚文元在上海《文汇报》发表《评新编历史剧〈海瑞罢官〉》,该文带有浓重的政治宣判色彩,成为"文革"的导火索,而"文革"的熊熊烈火就是借着一个京剧剧本点燃的。第二年5月,被事后定性为内乱的"无产阶级文化大革命"就正式发动。在被后人称为"十年动乱"的"文化大革命"中,中国大陆的戏剧创作十分有限，和社会政治的发展一样，量小质次，题材狭窄，几乎都是"文革"中政治观念的演绎，充满着斗争的叫嚣和极"左"幼稚的思想，艺术感十分薄弱，无法提供人们要从艺术中得到的美感和精神满足。这一个潮流在1976年以后又惯性地延续到1978年，在党的十一届三中全会召开以后，中国的戏剧才和社会整体一样进入到一个新的阶段。

这是革命文艺或社会主义文艺在风格上走向成熟、文学的政治性和革命性发展到顶点的一个时期。但是，因为"文革"中绝大多数作家被迫害致死或被剥夺创作发表的权利，未被打倒的人在这样的非常时期也难以创作，所以，在"文革"的前期，新创作品极少，对戏剧来说，"文革"中更多的是演出前几年创作的作品。"文革"爆发前的三四年中出现了一批话剧，其中不少被改编成电影，如《甲午海战》《第二个春天》《霓虹灯下的哨兵》《赫哲人的婚礼》《年青的一代》《豹子湾战斗》《兵临城下》《南海长城》《不准出生的人》等。到了"文革"后期，有些工作包括文艺工作又有某种调整和恢复，也创作了一批话剧，如《青松岭》《枫树湾》等，而且拍摄了一些电影，但这些作品的得以出世也正是因为它们符合"文革"意识形态的要求，都是渲染阶级斗争、路线斗争的主题，人物高大虚假、思想空洞贫乏是它们的通病。

1964年文化部（今文旅部）举行了全国话剧创作、演出颁奖大会，同时有"全国现代京剧观摩汇演"，也都是革命戏和阶级斗争戏，汇演中出现的京剧作品几乎成了"文革"中仅有的戏曲演出。这些京剧作品中被认为最革命、最无产阶级化的都经江青亲自过问和参与修改加工，也都经毛泽东亲自审看并提出修改意见，成为后来被叫做"样板戏"的主体剧目，它们是《红灯记》《沙家浜》《智取威虎山》《海港》《奇袭白虎团》。"样板戏"并不局限于京剧，它还包括芭蕾舞剧《红色娘子军》和《白毛女》、交响音乐《沙家浜》，一共8个。此后"文革"中陆续出现了一批京剧或舞剧作品，其中精雕细刻、思想上能体现毛泽东革命文艺思想而且宣传了阶级斗争和无产阶级意识形态、艺术上十分讲究而达到相当高的水平的，也被笼统地看作是样板戏，如京剧《龙江颂》《平原作战》《磐石湾》《红色娘子军》《杜鹃山》，芭蕾舞剧《沂蒙颂》，钢琴伴唱《红灯记》等，其中的京剧一般也被叫作"革命现代京剧"，这些京剧作品虽然也多是改编自"文革"前的小说或话剧，但作为京剧却是创作于"文革"中的。这十多个京剧支撑着"文革"期间的戏曲舞台，也最能代表这一时段的戏剧创作水平和风貌。

民族化的歌剧也是20世纪60年代舞台演剧的亮点之一。"无产阶级"要占领的是封建阶级、资产阶级和现代修正主义的舞台。革命现代京剧的实验和成功就是占领了封建阶级的舞台，而交响音乐、芭蕾舞和歌剧是西方资产阶级和现代修正主义的艺术，其舞台也是必须被占领的。不属于本书论述范围的芭蕾舞和交响音乐都已经被占领，歌剧也自然不会被忽视。事实上，革命化的歌剧和芭蕾舞同样是"文革"期间醒目的艺术风景，歌剧的影响只是略低于京剧，最有名的作品也基本都是进入60年代以后创作的，和革命现代京剧的情形类似。作品有《江姐》《阿诗玛》《阿依古丽》《红珊瑚》等。

第二节　社会主义教育剧

在革命作为中心甚至唯一价值的年代，必然出现继续革命的问题，革命者要继续革命，革命者的后代也要继承革命，走前辈革命的道路，永远革命下去，一代红，代代红，这样，就不能回避教育青年、教育下一代的课题，因此在20世纪60年代出现了一批影响很大的具有教育青年用意的作品。自然，这类作品的出现也和实际生活中青年不够革命或不革命的思想和精神面貌甚有关系。京剧《红灯记》是样板戏的代表作，它表现的就是代代革命、继承先烈遗志、"子子孙孙"将豺狼打下去的主题，李铁梅就是供新一代青年学习的榜样。这种教育青年的剧作更多地出现在话剧中，如《霓虹灯下的哨兵》《年青的一代》《千万不要忘记》等。这些作品的背景都在和平年代，虽然没有"拿枪的敌人"，没有血肉的厮杀，但这个年代却潜伏着面貌不同的危险，或者是阶级敌人梦想变天，或通过他们的资产阶级的思想和行为腐蚀拉拢青年，或者青年自身存在的私欲和不良品质要把自己引向背叛革命、背叛先辈革命业绩的道路上去，这是每一个青年都要警惕防范的，只有这样才能世世代代保持革命的精神，才能千秋万代红旗不倒。尽管主题是要教育人，是政治性的观念，但当时受到欢迎的作品往往感情较为真挚，人物心理和精神世界更贴近生活，故事也曲折有趣，有较强的艺术魅力。

一、沈西蒙与《霓虹灯下的哨兵》

《霓虹灯下的哨兵》为沈西蒙、漠雁、吕兴臣集体创作，沈西蒙执笔。沈西蒙（1919—2006年）出生于上海。1936年参加上海文化界救亡协会扬帆社，1938年参加上海职业界救亡服务团。1939年参加新四军、入党。历任新四军第一师服务团戏剧副主任和文工队副队长、苏中军区前线剧团团长、华中军区文工团团长、南京军区（现东部战区）文化部长、总政文化部副部长、上海警备区副政委、中国戏剧家协会副主席等职。创作有《重庆交响曲》《盐城之战》《好男要当兵》，参与创作《南征北战》《甲申记》《杨根思》等多部剧作。

《霓虹灯下的哨兵》的故事发生在1949年5月及以后的一年时间里，正是解放军进驻上海的期间，官兵们从长期艰苦的革命战斗生活转入物质、文化都发达、先进得多的城市生活中，环境的变化会在革命战士身上引起什么样的变化，他们会怎样面对这样的变化了的环境呢？剧本一开始就渲染了上海刚刚解放时的混乱和危险，因为有特务在活动、在破坏，但和进城的大军比起来，这一小股力量实在并不需要小题大做。最有意思和意味深长的是，解放军中有的人对上海这样一个现代化的城市生活有着迷醉和崇拜，这个人就是故事的主人公陈喜。陈喜所在的部队某部八连进入上海以后，接到任务，不再继续作战，而是要留在上海站岗，陈喜担任排长的三排又是在最繁华的南京路，别的人并不满意上级的这个安排，想继续打仗，而陈喜却很高兴，他要看看上海是什么玩意，他对上海表现出强烈的好奇和亲近的愿望，他是爱慕、向往繁华的。接受了任务以后，别的人不习惯这样的工作，而陈喜却如鱼得水，他觉得上海的什么都是好的，这里的女人漂亮时髦，衣着精致鲜亮，南京路上连空气都是香的。面对这样的上海，陈喜开始了和过去告别的行动，他脱下行军打仗时穿的土布袜，换上了针织的花袜子；妻子从农村来看他，他很不自在，不欢迎，觉得她丢脸；他甚至觉得班长赵大大太黑，在这样高级的地方站岗不般配，对上海兵也特别地优待等。陈喜代表的倾向自然引起了上级的关注，领导对他进行了批评教育，更重要的是现实的阶级斗争形势使陈喜认识到自己的错误。在各方的批评教育和帮助下，陈喜终于认识到了自己的错误，到第二年主动要求到朝鲜战场抗美援朝去了。

　　该剧把过去从农村带来的、行军打仗时的价值观，低下的生活水平和生活理想作为完全肯定的不可变动的一方，而把上海的生活环境和生活质量作为需要否定和抗拒的另一方，通过陈喜先是受到诱惑然后发现危险而改正的过程，表现了一个非常微妙的主题，那就是要用坚强的意志和对阶级斗争形势的认识强迫自己拒绝城市提供的享受从而继续革命，不然，不仅对不起人民对不起党，而且自身也会覆亡。这其实是一个革命和生活享受之间的抉择，不仅是革命者而且连革命者的后代都要面临的一个选择，剧作的一系列故事无非都是在证明这一点。该剧的剧名中的"霓虹灯"是上海的繁华的资产阶级生活的象征，而"哨兵"却是一个警惕的阶级斗争的符号，它表现的是哨兵对霓虹灯的胜利，是革命军人在霓虹灯下拒绝被腐蚀和同化、战胜城市或资产阶级的生活、继续革命、继续阶级斗争的过程和道理。

　　《霓虹灯下的哨兵》不仅生动再现了特定时代的上海气氛，也记录了20世纪60年代的价值观念和革命意识形态对人的思想要求和思想教育的惯常做法。更可贵的是作品成功的人物塑造，连次要人物都眉目清晰，各有趣味，如憨实正直的赵大大、消沉冲动的罗克文、温柔贤惠又不无心眼的春妮等。当然最重要的是陈喜形象的塑造。在众多的描写革命队伍或塑造无产阶级英雄形象的作品中，主人公都是高大完美的，政治正确，品德高尚，作风顽强，无私无欲，但陈喜却是一个所谓变化中的人物，他是一个在敌情、领导、工人阶级的教育下认识到自己错误的人物，因而他不是一个可供人学习的榜样，也就是说他是一个常人，这样亲切真实的人物保证了观众对他的喜爱和亲近，也使他在众多的英雄中别具一格，在那个时代的文学作品中具有特殊的意义。

　　《霓虹灯下的哨兵》是那个时代少有的意趣盎然、充满着人的真实感情的作品。它的主人公不是一个社会主义文学所要求塑造的高大完美的英雄，而是一个有缺点也就是有人性的人，是一个转变、"进步"中的人，是一个真真切切的活人。剧本虽然意在表现严肃的主题，但外在风格和形式却是喜剧的。喜剧性主要表现在陈喜身上，如他和妻子春妮的冲突，一个情意绵绵，一个冷淡回避，各有各的心思，不能交流和呼应，造成喜剧冲突，但效果却是否定陈喜的。再如赵大大在南京路上各种感官冲击中的惊慌失措、面对阿香时的不习惯和防范、对阿香所表达的爱意的指责等,都十分传神又让人不能不笑。这种喜剧性自有它的必然性,它是质朴和精巧、城市和农村、简单和复杂、正面和反面等冲突的结果,它是自然的,并非勉强的喜剧效果。该剧的生命力可以说主要来自这种喜剧性。

二、陈耘与《年青的一代》

陈耘(1923—1999),福建永春县人,毕业于上海戏剧学院,后留校任教。话剧《年青的一代》1963年由上海戏剧学院教师艺术团首演,曾在"文革"前和"文革"后期两次被拍成电影。故事发生在20世纪60年代初的上海。正像剧名所显示的,它表现的是当时年青一代的生活,而这年青一代自然是处于老一代的甚至是已死去的老一代的密切注视中的,这老一代当然是以社会的权威的姿态出现的:年青的一代在怎样生活?他们有怎样的理想?我们希望或命令他们有怎样的生活?这就是该剧要展示和说明的。老一代都是出生入死的革命者,但他们的后代中的一些人表现得令人忧虑。故事主要发生在地质学院毕业生林育生身上。他毕业后分配到青海,条件艰苦。他伪造了一个医生证明,想调回上海,过物质富裕、文化丰富的都市生活。他还给女朋友买最时髦的裙子,还给她听外国的音乐,为女朋友的生日买大家都不能接受的高级点心,总之他追求的不是在最艰苦的地方为社会主义建设做贡献,而是要享受资产阶级式的生活,在本质上他和陈喜有一致性。而和他形成鲜明对照的是他的同学和邻居萧继业。萧继业一心扑在工作上,坚定地在西北艰苦的环境中探矿采矿,他觉得那才是有意义和价值的生活。在萧继业的督促下,在林父的教育下,特别是在知道了自己原来是革命烈士的遗孤以后所产生的悔愧情绪的冲击下,林育生终于决定重返青海的地质队。林育生的妹妹林岚,先是拒考电影学院,而是报考了在作者看来具有劳动人民意味的农学院,临考时因帮助他人而耽误了考试,遂决心到江西当农民。夏倩如的同学则不是要到新疆就是要到西藏,他们都把留在上海工作看成坏事、可耻的事,认为留在上海就是走资产阶级的道路、庸俗的道路,而且对不起革命先烈;只有到艰苦的地方工作才是正确的道路、革命的道路,才是无产阶级的道路。从逻辑上讲,剧本所讲的道理并没有说服力,因为它把在上海工作的人都看成了没有志气、对国家没有责任感、贪图享受的人,但是从反面也显示了自愿地到艰苦地方去的人并不多,因而才需要制造这样一种气氛,使得一些青年在这样的意识形态的压力下到艰苦的地方去工作,因为那些地方的工作需要人去做,在这里更显示了该剧青年教育剧的作用和性质。该剧是那个时代"到边疆去,到最艰苦的地方去"的号召的一个舞台演绎,它用否定作为城市代表的上海的物质和文化生活的手法,树立了另外一种相反的生活的价值和意义,而且把它上升到了政治的原则的高度。

《年青的一代》用自己的方式忠实地记录一个时代的精神风貌,展示了一代青年人的生活情态、理想和追求,以及他们对生活意义的思考和实践,为人们留下了富于时代特质的心灵的和社会的老照片。

第三节　革命现代京剧和样板戏

　　戏剧创作向来分历史题材和现代题材，本不算一个问题，但在20世纪60年代，题材的时代变得异乎寻常的重要，由于"帝王将相、才子佳人"的指责，戏剧创作很快就一边倒，现代题材迅速占据上风，1964年又举办了全国性的京剧现代戏观摩演出大会，传统戏和新编的历史题材戏已经失去了地盘。这现代戏的取材时段，除了要"大写十三年"的新中国成立后的十三年，就是写党领导的革命历史，话剧和京剧都是如此，尤以京剧的表现为突出，而不少京剧就是从话剧改编的。这样的京剧就是所谓的"革命现代京剧"。后来被着意加工打磨为"样板戏"的几部京剧作品都出现在20世纪60年代前期或者更早，也都是参加了全国京剧现代戏观摩演出大会的作品。这些革命现代京剧到后来可以说基本上覆盖了一部中国革命史，可以说是一部党发动和领导的阶级斗争史和武装斗争史的京剧版，放在一起构成一部庞大的红色史诗。《杜鹃山》、《八一风暴》和《红色娘子军》表现的是抗战前十年内战时期的武装斗争；《红灯记》《沙家浜》《白毛女》《平原作战》是抗日战争时期的故事；《智取威虎山》和《红云岗》是抗战后解放战争时期的故事；《奇袭白虎团》讲的是抗美援朝战争，也是当代最重要的军事事件；《海港》《龙江颂》《磐石湾》《箭杆河边》《黛诺》是新中国成立后的阶级斗争或对敌斗争的故事。

　　革命现代京剧是"文革"中的艺术宠儿，是标准的革命艺术、无产阶级艺术，它们无不阐发阶级斗争、武装夺权的主题（少数几部涉及民族斗争，但也是在党的领导下的武装斗争），风格刚劲挺拔，高亢明亮。正面人物高大威严，无私无畏，充满智慧，又能舍生忘死地为党和革命事业奋斗献身。主要人物都是无产阶级的英雄，一般是党和军队的基层干部。故事叙述往往紧张惊险，富于悬念，穿插得当，少有散软无用的场面。革命现代京剧在音乐上完成了传统京剧和交响乐及歌剧音乐的结合，使得京剧唱腔和伴奏在表现人物上达到新的高度，主要人物的音乐形象也因而得以树立，且更加丰富动听，在音乐结构上完成了京剧的现代化转型。

　　"样板戏"这一官方命名的舞台演出类作品的头衔正式颁布于1967年，出自当时最高的意识形态杂志《红旗》当年的第6期的社论《欢呼京剧革命的伟大胜利》。第一批被命名的样板戏共八个，其中现代舞剧两个：《红色娘子军》《白毛女》；交响音乐一个：《沙家浜》；现代京剧五个：《红灯记》、《沙家浜》、《智取威虎山》、《海港》和《奇袭白虎团》，京剧成为样板戏的主体，以至人们提到样板戏认为就是京剧。第二批样板戏也由这三种作品构成，它们是现代舞剧《沂蒙颂》和《草原儿女》，钢琴伴唱《红灯记》，交响音乐《智取威虎山》，以及五个京剧现代戏《龙江颂》、《杜鹃山》、《红色娘子军》、《平原作战》和《磐石湾》。这些作品在思想上自是革命到了极致，表达的是人类有史以来最正确、最先进的思想,到了足以和全人类的思想文化传统彻底决裂的高度,但它们所采用的形式却是"封、资、修"(当然有很多的改造和创新)的:京剧为封建时代的艺术,交响音乐和芭蕾舞剧是资产阶级和修正主义的艺术,但这三种艺术的阵地全被无产阶级占领,用来宣传毛泽东思想和革命观念,用来为工农兵服务。这是它们在形式方面的意义。

翁偶虹与《红灯记》

京剧《红灯记》由翁偶虹、阿甲合作编剧。翁偶虹(1908—1994),北京人,毕业于京兆高级中学,自幼喜爱京剧,并以票友身份演出。1930年,入中华戏曲专科学校兼课,开始编写剧本,一生编写、移植、整理剧本有130部,排演的达110部,为近代以来中国最高产的剧作家。代表作有《锁麟囊》《将相和》《大闹天宫》《响马传》《楚宫秋》《野猪林》《生死牌》《李逵探母》《周仁献嫂》《夜奔梁山》《百鸟朝凤》《红灯记》等。

《红灯记》是革命现代京剧的代表作,也是样板戏的头号作品,其故事来自沈默君、罗静1962年创作的电影剧本《革命自有后来人》(拍成电影时去掉了"革命"二字)。这部电影内容上是工人阶级几代人前仆后继的革命斗争史,典型地体现了时代对文学内容的要求,形式上又极富戏剧性,情节紧张曲折,情调惊险沉郁,很快就被多种戏剧形式改编上演,计有京剧《革命自有后来人》、歌剧《铁骨红梅》、沪剧《红灯记》、话剧《密电码》、评剧《三代英雄》、昆剧《红灯传》等,其中以凌大可、夏剑青编剧的沪剧《红灯记》成就最高。在江青的提议和中宣部领导的直接过问下,中国京剧院在沪剧本的基础上创作出京剧《红灯记》,而比前者更胜一筹,成为当代戏曲影响最大的作品,"文革"中更是荣登样板戏头牌的宝座。京剧《红灯记》故事发生在抗日战争时期的东北。铁路扳道工人、中共地下党员李玉和接到上级派人送来的一份密电码,要他转交给柏山游击队,但在接到密电码的时候目标已经暴露,交通员被日本宪兵打伤,同志王连举朝相反的方向开枪引开敌人,李玉和才得以把交通员背回家里,密电码交到了李玉和手上,但还没等将密电码转移出去,王连举叛变,导致李玉和被捕。李玉和的母亲李奶奶看出问题的严重,预料到自己也会被捕,转移密电码的任务将落在17岁的孙女铁梅的肩上,她就把从来没有提起过的家史讲给铁梅听。原来这是一个有着悲壮过往的奇特的革命家庭。"二七"大罢工时李奶奶当铁路工人的丈夫和他的一个徒弟惨遭杀害,另一个徒弟张玉和在一个寒冷的深夜抱着陈姓师兄尚在襁褓中的遗孤敲开了李奶奶家的门,他决心把这革命的一条根抚养成人,从此就有了这祖孙三代本不是一家人的家庭。铁梅在这壮烈革命家史的鼓舞和激励下,坚决承担起革命的重任。祖孙三代为保护和递送密电码在狱里和狱外跟狡诈凶残的日本侵略者鸠山进行了斗智斗勇的较量,不久李奶奶果然遭到逮捕,李玉和与李奶奶都被枪杀,敌人留下并释放了铁梅,以放长线钓大鱼,阴谋从她那里获得密电码。铁梅忍着巨大的悲痛,担起了革命的重担,面对敌人的威逼和诡计，穿越艰难险阻，在邻居也就是工人群众的帮助下终于将密电码送到了柏山游击队。

从标题来看，《革命自有后来人》故事的中心人物是铁梅，《三代英雄》则有点平均用力，《红灯记》的中心人物转移到李玉和，这三个人中唯有他是共产党员，这种改变有其逻辑的必然性。红灯是铁路上的号志灯，《红灯记》这一剧名的确立，不仅艺术化地显示了李玉和的职业，显示了他是工人阶级；红灯由于其红而和革命相联系，成了革命精神的一种象征，这一革命精神要在工人阶级身上代代相传。从剧名可以看出，《红灯记》的主题偏重在代际继续革命的思想和理论，这一主题要比故事自身所展示的内容更为广阔，因为《红灯记》的故事只是一个具体的传送密电码的过程，表现的是李家三（代）人不屈的革命意志和无畏的牺牲精神，而更多的内容是间接叙述的革命精神的传承延续。从李玉和在车站接应送密电码的同志开始，一直到铁梅将它送到柏山游击队，场上故事完全是对日本侵略者的斗争，是民族斗争，作者不满足于此，把间接的场外的故事拉到国内的阶级斗争，主要通过李奶奶的痛说革命家史来表现，那就是在"二七"大罢工中李玉和的师傅和师兄都死于军阀的镇压，活下来的李玉和是"擦干了血迹、埋葬了尸体又上战场"，他本来就是继承了师傅的革命精神，当然也是他自己革命精神的继续。到如今日寇又来烧杀掠抢，李玉和又继续与日寇斗争，虽然全剧描写了工人阶级的斗争史，但这两种斗争的性质并不相同。采取这样的处理方式是因为，工人阶级的本质并不是和侵略者做斗争（因为国家被外敌入侵并不是必然的和经常的），而是和资产阶级和代表资产阶级的政府做斗争，这才是阶级斗争理论的真正基础，作者因此才为李玉和及其他两个人安排了这样的前史。

另一方面，这种革命精神和实践的代际承续以及"二七"大罢工的血案直接塑造了这个故事的最大看点，那就是"祖孙三代本不是一家人"，三个不同姓的人组成了极富传奇色彩的家庭，这一家庭的构成是革命带来的，同时又构成了一个新的革命家庭。在大量的革命叙事中，下一代为替父报仇走上革命道路是一个很普遍的模式，但在《红灯记》中却超越了这种模式，而只取了一个家庭的表面形式，或者说它是一箭双雕，既强调了家庭的意义，也强调了阶级的重要。这不是一个血亲家庭，而是一个阶级家庭，因而也是一个革命家庭。所以李玉和才唱道："人说道世间只有骨肉的情义重，依我看阶级的情义重于泰山。"这种非血亲的家庭构成充分凸显了阶级论的思想，成为阶级论时代意识形态的最精致、最经典的艺术体现，而这样的一个家庭又将革命和继续革命的主题发挥到极致，故事也因此而更加动人。

《红灯记》的人物关系设置、情节的安排照应都巧妙又自然，而且富于思想内涵。更重要的是统领全剧的两个意象，即密电码和号志灯，前者发挥结构功能，后者负责发挥主题思想，两者的使用不仅使剧情集中凝练，避免松散和直白，而且为情节的发展提供了全部的戏剧动力，成为该剧中多功能的意象。它们保证了剧本的成功，成为全剧的枢纽和亮点。

拓展阅读：

1. 祝克懿：《语言学视野中的"样板戏"》，河南大学出版社 2004 年版。
2. 惠雁冰：《样板戏研究》，中国社会科学出版社 2010 年版。
3. 李松：《"样板戏"编年与史实》，中央编译出版社 2012 年版。
4. 王彬彬：《〈白毛女〉与诉苦传统的形成》，《扬子江评论》2016 年第 1 期。

问题与思考：

1. 样板戏与"文革"文学的生产动员机制。
2. "社会主义教育剧"的情感结构。

第十二章 台港文学

第一节 概 述

一、台湾文学呈西化趋势

20世纪50年代后期,台湾社会呈现出西化的发展趋势。作家们对"战斗文学"思潮普遍厌倦和反叛,部分青年因"反攻大陆"无望而产生的逃避主义心理和颓废情绪,使现代主义找到了广泛滋生的温床。如第一编第六章第二节所述,被称作"新诗再革命"的领导者纪弦成立了"现代派",成就突出者有纪弦、林亨泰、羊令野、罗门、覃子豪、余光中、蓉子、周梦蝶、白萩、叶维廉、管管等。无论是洛夫的《魔歌》、商禽的《梦或者黎明》、痖弦的《深渊》,还是郑愁予的诗和叶珊的《水之湄》,与传统诗最大的不同是表现自我,走向内心,企图躲进与现实隔绝的"象牙塔"去寻求精神解脱;强调反理性。他们还致力于潜意识的表现,把梦幻、本能、下意识看作艺术创作的源泉。与此相关的是他们十分注意意象的经营和象征、暗示手法的运用,爱用声色交感、扭曲变形和歧义性手法,追求时空的交错、转移以及主、客体的对立和换位,为刷新诗艺做出了应有的努力和贡献。

现代主义文学鼎盛于现代小说的出现之时。在《文学杂志》《现代文学》这两个刊物的引导下,小说家们的艺术视野从外在的现实世界拓展深化到人物的内心世界,使自己的小说世界成为作家的一己心像图和人性负面的呈露。他们还深受存在主义哲学的影响,注意强化小说主题的比喻性和形象的抽象化、手法的荒诞性,并广泛运用了以弗洛伊德精神分析学说为依据的意识流手法。这批作家主要有白先勇、聂华苓、於梨华、陈若曦、王文兴、欧阳子、七等生、丛甦、林怀民、水晶、施叔青、王祯和、陈映真、李昂、王拓、黄春明、李乔、季季。代表作有白先勇的《台北人》、王文兴的《家变》、七等生的《我爱黑眼珠》、聂华苓的《桑青与桃红》、於梨华的《又见棕榈,又见棕榈》。

当西化之风劲吹时,不仅《现代文学》作家群写了"新""乱""怪"的作品,而且别的文体和流派、社团的作家,也或多或少受到现代主义思潮的影响。就连《笔汇》《文学季刊》这些富于浓厚乡土气息的刊物也在卖力地介绍外国作家及其文艺思想、理论著作,但这并不等于说当代文学已全盘西化。这是因为,当时的台湾社会还不存在全盘西化的土壤。正是在这一情势下，林海音写了女性意识突出的成长小说《城南旧事》，钟肇政开始创作他的大河小说《台湾人三部曲》，散文家柏杨、言情小说家琼瑶、历史小说家高阳也在这时崛起。

20世纪70年代后由于国际重大事件的冲击，台湾的社会政治和经济环境发生了急剧变化，使得文学界和社会各界一样，对社会、经济、政治、文化方面作出反省。这种剧变，激发了作家反抗殖民经济和买办经济的民族意识及文化侵略的强烈愿望。在这种情况下，便产生了政治革新要求、经济平等和反剥削要求，随之而来的是文化从唯西方马首是瞻到回归乡土。"乡土文学"适时地顺应了这一历史潮流。乡土作家关心自己赖于生长的土地，努力表现台湾乡村和都市的具体社会生活，用富有地方色彩的语言和形式揭示社会内部矛盾和体现民族精神，去批判精神上和物质上殖民化的危机，从而在宝岛上高高举起了中华民族自立自强的旗帜。这种乡土文学，与其说是文学流派，不如说是文学潮流变革的先声；是文学由虚假变作真实，由西方文学的附属变为独立自主的民族文学的报春燕。这类作家前行代有吴浊流、杨逵、钟理和、钟肇政等，新生代有《嫁妆一牛车》的作者王祯和、《锣》的作者黄春明、再现五六十年代台湾乡村"浮世绘"的陈映真以及王拓、杨青矗等。他们的作品虽然多以乡村为背景，但不限于表现田园风光和地方风俗人情，还广泛地反映现实生活中大众的思想感情，描写了他们的奋斗、悲欢、挣扎和心理愿望。透过这些作品，能使读者对台湾社会有更深切的了解和关切。

由于"乡土文学"的产生有文学以外的政治和社会因素，因而引起激烈争论。先是有关杰明、唐文标对现代诗的激烈抨击，后有1977—1978年发生的乡土文学论战。

二、香港文学：本土意识抬头

20世纪60年代的香港已从解放战争及抗美援朝的动荡中安定下来。在人心安定、市场繁荣的环境下，年轻一代所受的是突出英文、轻视汉语的殖民教育，加以当时不是"东风压倒西风"就是"西风压倒东风"的冷战气候，无论是"左"派还是右派，仍像20世纪50年代那样在香港华文社会争夺意识形态阵地。在这场争夺战中，港英政府基本上奉行不介入政策，在文化上则不提倡作家用英语创作，对华文文学创作同样不鼓励，任其自生自灭。这种无民主但有高度自由的统治方式，使得左右两翼的政治势力及其文化活动，均可以得到宽广的发展空间，甚至连海峡两岸都不容许存在的托派，也可以在这个自由港发展组织、成立出版社和创办刊物。香港这种"公共空间"的特色，使年轻一代可以抛开左右两种势力的支配而追求自己的独立发展。① 正是这种既不封闭也不保守的环境，加上资讯的先进和四通八达的运输网，使香港接触外来的新思潮比内地甚至比台湾有更便利的条件。继1956年创办的《文艺新潮》后，《香港时报》推出由刘以鬯主编的《浅水湾》副刊。这个副刊多发新锐的小说和现代新诗，向传统文艺提出挑战。1963年3月，昆南和李英豪又轮流主编了半月刊《好望角》，它以富于锋芒的理论批评

---

① 黄继持、卢玮銮、郑树森：《追迹香港文学》，牛津大学出版社1998年版。

和有创意的现代诗作及小说，为现代主义在香港扎根打下了基础。这时期的香港小说有昆南的《地之子》，另有刘以鬯的实验小说和徐訏的长篇小说《悲惨的世纪》。舒巷城的长篇《太阳下山了》，是香港作家本土意识转化的开始。在内地一直被打入冷宫的科幻小说，在倪匡手上得到重大发展，以致使"科幻"与"武侠""言情"三足鼎立。这时还出现了"三毫子小说"。这种作品售价三毛钱，字数约在三四万之间，开本小，放在口袋或提包里十分轻便，其内容以浪漫爱情、都市奇情为主，还有惊险小说、侦探小说、武侠小说，对象都是老百姓，作者有亦舒、严沁、岑凯伦、魏力（倪匡）、西西、杜红（蔡炎培）。在诗歌方面，"南来诗人"不再是诗坛重镇，现代主义已位居主流地位。不少有志于开拓文艺新疆土的青年作者，已开始意识到在左右政治夹缝中寻找抒情加口语①的新出路的重要性，这便为"本土意识"诗歌的产生埋下了种子。

在20世纪五六十年代，香港人心中无祖国，口中无阶级，也说不上有什么集体意识和共同文化。70年代后，香港金融业、地产业、旅游业迅猛发展，社会福利的改善和言论的充分自由，使那些抱过客心态，把香港当成瞭望站的文人，逐渐认同了这个"既非异国，亦非故土"的香港。在文化上，一种将香港与海峡两岸的文化加以明确区分的香港意识已经出现。和这种趋向相联系，许多作者努力反映香港社会的变貌，如西西的长篇小说《我城》。陈若曦在香港工作期间发表的《尹县长》，则是内地伤痕文学的先声。新移民作家陶然的《表错情》，反映了人生的喜怒哀乐和世态炎凉。

人们常将台港文学并称，其实两地无论是社会风俗还是文学风貌差异甚大。经济上它们虽然同属资本主义，但港人对台湾人颇有"心病"。且不说语言上的隔阂———一地说闽南话，一地说广东话，单说出入境，直至20世纪80年代台湾对香港防范之严简直是神经过敏。在作家队伍的构成上，香港没有台湾的"军中作家"群，但有台式的"学院派"。20世纪70年代中期以后十年间，坐落于沙田的中文大学文士之多、文章之盛，"可以说是香港高等学府文学园地空前的一段花团锦簇"。②代表作家有从台湾来的余光中，另有在台湾读书返港的金耀基、黄坤尧，以及当地作家林以亮、思果、黄维梁、梁锡华、黄国彬、小思、黄继持等人。非学院作家海辛推出的三部短篇小说集，完全取材于本地生活，探索了殖民地社会的新貌。作为现代主义诗论批评健将的李英豪，锋芒不及十年前，但仍有评论文章和散文发表。没有本土色彩的叶灵凤的读书札记和文艺随笔，不施粉黛，淡而有味，清新隽永。

关注香港命运的作家不仅有本土诗人，也有外来作家。综观这时期的香港新诗，通过对"难民文学"和现代主义的深刻反省，既不囿于新月式的浪漫抒情，也不盲从西方现代派，以香港作为立足点，关注中华民族的命运，诗风从晦涩走向明朗，存在主义色彩弱化，具有本土意识的诗刊及其诗作得到蓬勃发展，香港诗人的文化身份由此从暧昧走向认同。这是一个从抒情走向描述的转型时代，也是香港新诗踏上一个里程碑的开始。

---

① 黄灿然：《香港新诗名篇》，天地图书公司2007年版。
② 梁锡华：《沙田出文学：香港文学史料一则》，《大公报》1993年11月3日、10日。

第二节　乡土文学大论战

一、两篇文章引爆论战

1977—1978 年在台湾发生的乡土文学论战，是两种政治势力、两种意识形态、两种文学创作路线酝酿已久的较量。文学辩论是名，对台湾的经济体制提出批判，再以对经济体制的价值判断来攻讦政治体制的正当性和合法性是实。这场论战，可追溯到 1977 年 9 月，台湾《中央日报》对乡土文学论者提倡"社会文学"提出批评。台湾《中央日报》总主笔彭歌在《联合报》上发表了《不谈人性，何有文学》[①] 的长文，则正式揭开了乡土文学论战的序幕。这篇由 7 篇短论拼成的文章，把矛头直接指向乡土文学的代表作家和理论家王拓、陈映真、尉天骢。作者用老谋深算的眼光和犀利的文笔，尤其是大量引用蒋经国的话和三民主义资料，硬是要追出这三人的"左"派原形。

第二篇攻击乡土文学、充满情绪语的文章是余光中写的。本来，这次论战的参加者多为小说家，很少诗人上阵，再加上余光中长期在香港中文大学教书，可他按捺不住从遥远的香港参加乡土文学的论争，这就不能不使人刮目相看了。他在《狼来了》一文中以公开告密的方式煽动说："北京未闻有'三民主义文学'，台北街头却可见'工农兵文学'，台湾的文化界真够大方。说不定，有一天'工农兵文艺'还会在台北得奖呢！"此文以将近一半的篇幅引证毛泽东《在延安文艺座谈会上的讲话》，指责乡土作家追随毛泽东在台湾搞"阶级斗争"，余光中最后用咄咄逼人的口气说："说真话的时候已经来到。不见狼而叫'狼来了'，是自扰。见狼而不叫'狼来了'，是胆怯。问题不在帽子，在头。如果帽子合头，就不叫'戴帽子'，叫'抓头'。在大嚷'戴帽子'之前，那些'工农兵文艺工作者'，还是先检查检查自己的头吧。"[②] 这是公开把乡土作家往共产党阵营推而主张动武"抓头"。在台湾三十多年来大大小小的文学论争中，鲜见有如此露骨的政治指控。

二、两种意识形态的对决

这两篇带有鲜明政治旨意的文章发表后，震撼了整个台湾文坛。其后两个月，指控者与被指控者展开了不同寻常的混战。乡土文学作家为捍卫自己的民族立场严斥买办文学，努力作战，可当时的新闻机构和报纸杂志均为官方所控制，围剿乡土文学的文章便如决堤黄河滚滚而来。据郭枫截至 1977 年 11 月的统计，由《联合报》、台湾《中央日报》、《青年战士报》、《台湾新生报》发表社论 80 篇、专论 30 篇、方块短评 20 篇批判

[①] 彭歌：《不谈人性，何有文学》，《联合报》1977 年 8 月 17 日、18 日、19 日。
[②] 余光中：《狼来了》，《联合报》1977 年 8 月 20 日。

乡土文学。其中前面讲的《狼来了》，作者用"狼"咒乡土文学家，他给对方"所戴的恐怕不是普通的帽子，而可能是武侠片中的血滴子。血滴子一抛到头上，便会人头落地"①。当时的一片白色恐怖气氛，使论战成为一场朝野作家意识形态的决斗。这就难怪乡土文学的声援者照批判者的做法离开文学主题去进行政治较量。像从《狼来了》中获取灵感而写作三评余光中诗的陈鼓应②，作者所持的解剖刀就不是文学，其出发点不过是以其人之道还治其人之身，用《评余光中的颓废意识与色情主义》《评余光中的流亡心态》这种加色标题，让读者看清余光中本人的"头"就有问题，他凭什么资格去检查别人的"头"？同样，《现代文学》的重要骨干王文兴所发表的《乡土文学的功与过》③，除了攻击乡土文学的创作"交了白卷"外，亦未曾涉及乡土文学的本质，和陈映真等人的理论也未正面交锋，而大谈反对西方就是"反对文化"，"世界上只有军事侵略，才会造成亡国，文化侵略和政治侵略都不能算是侵略，都不会危害到国家的安全"。

陈鼓应和王文兴这一正一反远离乡土文学的极端笔战例子，充分证明这场论战"是一场文学见解上没有交叉点的战争，只是两种相对立意识形态的对决"④。尉天骢在淡江文理学院举办的"20世纪文艺思潮及中国文学前途"的座谈会上提倡"工农兵文学"，离开了"乡土文学"本来的认识而鼓吹自己的文学主张，这显然是出于一种激愤的情绪："知识分子既然可以写他们的文学，工农兵为什么不可以写他们的文学呢？……我们应该鼓励我们的农人、工人、军人努力创作。我们应该走出象牙塔，多关心工人、农人、军人的生活，这样有助于知识分子良心的发现。""假如说，大陆提倡工农兵，我们就放弃工农兵，不唯愚蠢，亦复胆怯。"⑤

尉天骢这番话，给乡土文学的"批评者"提供了再好不过的靶子。以至像下面这类攻讦，在报纸杂志隔几天就可看到："现在，文坛上也有一小批披着人皮的'狼'，假'乡土文学'之名，贩卖'阶级文学'的毒素，甚至张牙舞爪喊出'工农兵文学'的口号，他们的嚣张，简直视天下如无物。"⑥ 这种攻讦显然是借政治权势压人。但应该承认，将"乡土文学"与民族精神、民族文学联系在一起，是使乡土文学论者不被"政治解决"的一个重要原因。也是这一点，使原属三民主义体系的作家、评论家分化出来站在乡土文学一边，或对乡土文学表示同情。如胡秋原为尉天骢主编的《乡土文学讨论集》作序时，就认为乡土文学有其存在的理由和价值，反对对乡土文学作家进行迫害。他以保护乡土作家又给"总批判"作者面子的折中态度，给这场论争打了一个句号。徐复观、任卓宣、郑学稼等人也凭借他们在国民党文化界的地位，帮乡土文学说过话。还由于发生了"中坜事件"，这种政治形势的变化和广大群众迫切要求民主呼声的高涨，

---

① 徐复观：《评台北有关"乡土文学"之争》，《中华杂志》1977年10月。
② 陈鼓应：《这样的"诗人"余光中》，大汉出版社1977年版。
③ 王文兴：《乡土文学的功与过》，《夏潮》1978年第23期。
④ 彭瑞金：《台湾新文学运动40年》，自立晚报出版部1991年版，第163页。
⑤ 尉天骢：《文学为人生服务》，《夏潮》1977年第17期。
⑥ 转引自尉天骢：《乡土文学讨论集·出版说明》，远流出版公司1978年版。

逼得"国防部总政作战部"主任王升在1978年元月"国军"文艺大会上讲话时，不得不承认"纯正的'乡土文学'没有什么不对，我们基本上应该'团结乡土'。……应该团结这些人，不要把他们都打成'左'派，统统给戴上红帽子"①。后来得知尉天骢主编《乡土文学讨论集》时，又去信嘉勉，这均说明了他们的通达。

正因为乡土文学论战经军界要人出来调解，要求"每个人都要平心静气，求真求实的化戾气为祥和"，所以这场论战才"和平"收场，不像中西文化论战那样酿成"政治事件"。

三、乡土文学论战的意义

在乡土文学论战之后，能对这一事件作全面检视的除《联合报》为纪念该报创刊40年撰写的《15年后看乡土文学》外，当推陈正醍的《台湾的乡土文学论战》②和宋冬阳发表的《现阶段台湾文学本土化的问题》。回顾三十多年前发生的这场乡土文学论战，其意义在于：

第一，"乡土文学论战，代表台湾作家对过去30年台湾社会经济的一个总的认识"③。由于长期受政治环境的限制，台湾省籍作家对他们所赖以生存的社会经济条件很少展开全面而公开的评估，这场论战正好为他们提供了一个彻底回顾与反省的机会。像王拓的文章，对台湾文学与现实社会经济之间交互关系的过程便讨论得极为全面。

第二，"乡土文学论战，理清了30年来官方文学与民间文学两种不同路线发展"。这里讲的"官方文学"，"乃是根据国民党文艺政策，配合政治上基本国策所写出的文学作品"。④民间文学则是指乡土文学。

第三，乡土文学论战最重要的意义，在于解构了官方主导的"战斗文艺"思潮。尽管国民党的文艺政策仍未放弃"反共抗俄"的鼓噪，在1977年、1978年官方还高喊清除新的30年代文艺即乡土文学的旋风，但收效甚微。可以毫不夸张地说，自乡土文学论战后，官方的意识形态的主导权已被乡土作家们所逐渐取代。

第四，为乡土意识演化为本土意识打下了基础。原来乡土意识中的乡土，既指台湾也指大陆。自蜕变为本土意识后，这本土只包括台湾而不含大陆，这便埋下了日后必然再度产生论争的种子，导致了乡土文学阵营的分裂。而"台湾文学"这个名词在论战中正式得到确立，这既为本土作家争来了正宗的文学席位，同时也为台湾文学出现了前所未有的分裂思潮打开了缺口。

第五，政治上的反对势力在这场论战中作了一次较为漂亮的演习。这场演习对台湾社会中诸多政治内涵，如本土性、公平性、基层性、独立性以及生态保育、经济正义等观念，添益附丽不少。而且，在当时戒严的一片恐怖氛围中，借文学手段进行政治辩论，

---

① 转引自曾祥铎：《参加国军文艺大会的感想》，《中华杂志》1978年第175期。
② 陈正醍的《台湾的乡土文学论战》原文以日文写成，发表在东京出版的《台湾近现代史研究》1981年1月第3期。中文发表在台北《暖流》，1982年第8期、9期。
③ 宋冬阳：《现阶段台湾文学本土化的问题》，《台湾文艺》1984年1月。
④ 宋冬阳：《现阶段台湾文学本土化的问题》，《台湾文艺》1984年1月。

借乡土文学之名作主流文化与非主流文化的对决，是可以理解的一种迂回策略。

对乡土文学论战的意义，各派有不同的解读。如由"统派"作家陈映真策划，台湾社会科学研究会、人间出版社、夏潮联合会主办的"回顾与再思——乡土文学论战20年讨论会"，于1997年10月19日在台湾师范大学举行。会议内容有参与70年代台湾文学论战诸刊物编辑的回忆和对论争的评价，共发表6篇论文。由"独派"作家王拓担任总策划、"文建会"主办、春风文教基金会承办的"青春时代的台湾——乡土文学论战20周年回顾研讨会"，于1997年10月24—26日在台北诚品敦南店举行，共发表19篇论文，另有三次座谈会。两场乡土文学论战研讨会没有合并举行，且从策划人和论文观点的不同来看，俨然20年前的战火再起。虽然彼此没有针锋相对展开辩论，但不难发现当年意识形态差异的影响。

不管如何解读，乡土文学论战在某种意义上来说是政治意义大于文学意义。它是"台湾战后历史中一次政治、经济、社会、文学的总检验，一场新兴的、强调农村土地生活经验的、相信普遍正义原则的'人民论述'，群起对抗长期霸占绝对权力优势的'官方说法'的关键论战"。①

第三节　台湾文学创作

一、重要小说家

这时期的台湾小说创作，现代主义高于乡土写实小说的艺术成就，重要作家有陈映真、七等生等人。

陈映真（1937—2016），台北人。淡江大学外文系毕业后，参与《文季》《夏潮》的编务。1984年创办报导文学杂志《人间》，出版有小说《第一件差事》《将军族》《夜行货车》《华盛顿大楼》《山路》等，另有15册《陈映真集》。

陈映真从1959年到1965年的作品，忧郁、伤感、苦闷为其基调，后来用理性的凝视取代感性的排斥，冷静而写实的剖析取代了煽情、浪漫的发泄。他目光如炬，探讨跨国企业对弱势群体的经济和文化侵略，用鲜明的意象描绘了第三世界民众的心灵扭曲与抗拒、颓废与挣扎。世纪末写的中篇小说牵涉人性、省籍矛盾、祖国丧失等重大社会问题。

1964年陈映真在《现代文学》上发表的《将军族》，不同于张大春表现将军生活的《将军碑》，亦不同于朱西宁刻画的驰骋战场的《将军与我》。陈映真写的"将军族"，是指生活在社会底层的康乐队的吹鼓手，为农村去世的人奏乐的团队，由于他们的穿着打扮酷似"将军"，故陈映真采用反讽手法戏称他们为"将军族"。具体说来，作品叙述的是三角脸（大陆老男人）和小瘦丫头儿（台湾小女人）这两个下层市民相知、相助、相

---

① 陈明成：《陈芳明现象及其国族认同研究》，硕士学位论文，成功大学历史学研究所，2002年。

爱的故事。他们同是"天涯沦落人":一个从大陆流放到宝岛,退伍后成了康乐队吹喇叭的乐手,另一个是干瘪的女孩,被父母卖掉后成为无家可归的孤女。陈映真非常同情他们的遭遇,写他们相濡以沫,不求回报,体现了富人难有的高贵精神境界。这篇小说的开拓意义在于选取了"大陆人在台湾"这种题材,并用历史主义方法去处理和发掘。艺术独创性体现在用喜剧笔法写悲剧故事,将知识分子灵魂的苍白和虚无情绪表露无遗。其中所体现的悲天悯人的情怀,系台湾60年代小说的共同题旨。① 人物形象栩栩如生,理念与情感汇合,使人赞叹不已。这篇小说奠定了陈映真在文坛尤其是小说界的地位。

七等生(1939—2020),原名刘武雄,台湾省苗栗县人。1959年毕业于台北师范学校(今台湾师范大学),出版有十册《七等生全集》。

1962年首次登上文坛的七等生,永远是那么忧郁,一直在为读者创造着午睡时梦魇一般的世界。像发表于1967年的短篇小说《我爱黑眼珠》,写一位既自卑又自傲、既孤独又具有叛逆精神的忧郁青年。这位名叫李龙弟的主人公为救生病的妓女和妻子决裂。作品以怪异的形式探讨了道德及人性问题。作者受西方作家卡夫卡、海明威、福克纳、陀思妥耶夫斯基的影响,专写现代社会中人的寂寞、孤独、绝望与怪异。七等生认为这篇小说"没有男女爱情的伦理学存在,只有圣·芬济式的人类爱和怜悯的理念"。有的评论者如黄克全却认为"《我爱黑眼珠》'根本'就是一则令伦理为之恐惧的'宗教性'信仰故事"。

七等生的写作灵感来自他生命的不幸与卑微、潦倒与屈辱。他毕业后被发配到偏远的矿区当小学老师,《精神病患》《复职》《迷失的蝶》便反映了他这一段精神极端苦闷的日子。《隐遁者》所揭示的也是人物思想意识的隐蔽性,并借鉴了影视技巧的手法,达到了一种陌生化的效果,体现了现代派小说的整体艺术风格。马森称七等生是一个不谐世、不媚俗、不搞小圈圈的很有风骨的作家,并肯定他的作品"比之于当代欧美最好的小说,都毫不逊色"。正如吕正惠所说:"七等生的小说之所以引起一些人的共鸣,是因为七等生可说是下层知识分子的'典型':他的出身限制了他的发展,他的敏感让他知道自己的命运,他的命运使他对社会产生深刻的敌意,从而把自己从社会割离出来,把自己封闭起来,然后在自己的思想意识所建造的王国之中自封为王。七等生是下层知识分子的'极端的发展',他成为这些知识分子没有出路之中的一种'出路'。他是他们的主观代言人,是他们主观世界的'精神领航人'。"②

王祯和(1940—1990),花莲人。台湾大学外文系毕业,美国爱荷华大学访问作家,曾任花莲中学英语教师,后长期供职于台湾电视公司影片组。

王祯和的小说与他土生土长的花莲有密切的关系。无论是60年代的《鬼·北风·人》《嫁妆一牛车》,还是70年代的《寂寞红》《三春记》,乃至80年代的《香格里拉》《美人图》《玫瑰玫瑰我爱你》《两地相思》,均掌握了台湾的乡村背景与人物性格,为台

---

① 应凤凰:《台湾文学花园》,玉山出版公司2004年版,第63页。
② 吕正惠:《战后台湾文学经验》,生活·读书·新知三联书店2010年版,第244-245页。

湾转型期留下了历史的见证。

王祯和来自悬挂在台湾进步发展的边陲和背后的花莲，其作品描绘了小人物在贫困地区的生活，有较强的乡土文学烙印。他善于化腐朽为神奇，以嘲弄态度处理小说人物。《嫁妆一牛车》是他的巅峰之作。它不是写"一牛车"的嫁妆，而是写一个名叫万发的农村男子，因年迈外加穷困，其最高理想是希望有一部自己的牛车。最后虽然实现了这一愿望，却是用嗜赌且输惨了就要卖女儿的老婆交换所得。"嫁妆"的典故便源于此。小说真实地表现了台湾经济从落后过渡到商业社会的转型过程，以及在此转型过程中人们难堪的心态，还探讨了小人物如何在时代浪潮中沉没与挣扎。

这篇小说1967年发表时就非常轰动。那时正是乡土文学试图抬头的狂飙年代。王祯和善于运用喜剧手法表现悲剧人物，对小说的语言锤炼和人物对白下了很大功夫。此作品曾获第三届时报文学奖小说推荐奖。

黄春明（1939— ），台湾省宜兰县人。屏东师专（今屏东教育大学）毕业，曾任小学教师、记者、广告企划，并编辑制作儿童电视及纪录片，为吉祥巷工作室负责人。

黄春明的创作以小说为主。他是说故事的能手，其创作多以受侮辱、受压迫的小人物为主。黄氏对中华民族有深厚的感情，不少作品均有反对崇洋媚外的内容。《我爱玛莉》对洋奴买办的代表大卫·陈所作的无情嘲讽，就是突出的一例。黄春明的作品还受了鲁迅的影响，像风格与《儿子的大玩偶》相似的《锣》中主角憨钦仔，其打锣的职业虽不像坤树那样"丢人现眼"，但他常吃不饱，只好偷木瓜充饥，可快到手的木瓜却掉到了粪坑里，这种滑稽场面使人想起鲁迅笔下的阿Q偷萝卜那一幕。还有，憨钦仔打锣的饭碗被喇叭车抢去了，他却说老子正不想干呢，这种精神胜利法，也酷似阿Q。鲁迅并没有把阿Q写成坏人，黄春明同样写出了憨钦仔善良的一面。《苹果的滋味》则是一篇带有寓言意味的小说。《莎哟娜啦·再见》也是一篇民族意识非常强烈的作品。黄春明小说艺术上的成功，得力于写实方法。其作品中的人物，大都通过人物的对话和行动去表现，很少有大段的静止的内心世界剖析。他描绘农村风景画时，文字简洁生动。

陈若曦（1938— ），台北市人。1961年台湾大学外文系毕业，后赴美国攻读英国文学。1966年秋和丈夫一起从加拿大取道欧洲回中国。1973年到香港。1995年返回台湾从事专业创作。

陈若曦的创作，按叶石涛意见将其分成三个时期：写于留美之前的《陈若曦自选集》大部分作品，是她的"少作"；发表于70年代中后期的《尹县长》、《老人》和长篇小说《归》，是有关大陆"文革"和"回归"的小说；70年代末以后，陈若曦的小说背景主要是美国，像《城里城外》《突围》《二胡》《纸婚》，写的都是美国华人的坎坷命运。陈若曦的小说，来源于她的政治生活经验。其作品虽然被归入现代派行列，但她写"文革"的小说用的是写实主义手法，文字质朴而简练，且善用白描。

陈若曦的小说之所以引起文坛的重视，除作品的艺术性外，作者的政治态度及小说中的思想内容占有重要因素。如写于大陆"文革"末期的《尹县长》，是因为向海内外率先暴露了大陆"文革"的黑暗面和十年浩劫的某些真相，成为"伤痕文学"的先驱，一时洛阳纸贵，陈若曦本人也成为文学界的一颗明星。

王文兴（1939— ），福建福州人。台湾大学外文系毕业，留美后回母校任教授。大学时代曾与白先勇等同窗创办《现代文学》杂志，一起推动了台湾现代小说的创作风气。

王文兴的创作引起最大争议的是小说《家变》。作品揭示的是一个由大陆去台湾的家庭生活情景及其父子之间的冲突，这一冲突带有很大的叛逆性。在艺术上，《家变》与写实主义创作方法相悖。作者打乱时空顺序，经常改变叙事的角度，跳跃性非常大，节奏感也很强烈，这一切都是为了渲染因"家变"引起的中西文化冲突的内涵。作品在语言上呈现出"新""奇""怪"的特色。作者常常用不文不白的语句乃至生造的词汇，向传统写法提出挑战。但他的创新在一定程度上破坏了现代汉语某些语法。这种与众不同的书写和文字，特殊到几乎令人难以卒读。王文兴后来创作的《龙天楼》、长篇小说《背海的人》，出版后几乎没有什么反响。

钟肇政（1925—2020），台湾省桃园市人。台湾大学中文系肄业，曾任《台湾文艺》社长兼主编，出版有35册的《钟肇政全集》。

钟肇政为台湾文学战后第一代作家。"台湾"与"台湾人"，是他文学创作着力表现的主题，由此展开他对民主、客家人、高山族及对中华民族认同的看法。他于60年代前期出版的《浊流三部曲》，把陆志龙作为贯穿全篇的线索，先后写他在各种不同地方的经历，以此去反映台湾人民和知识分子的心声。《台湾人三部曲》的生活画面比《浊流三部曲》恢宏得多，小说既有义兵与日寇决斗的场面，又有数十万农民游行示威的雄伟画面，还有爱情、婚姻、家庭的穿插和国际背景的交代。作品通过客家族群的遭遇，表现了台湾人民在日据时期各历史阶段中的抗争。这两部"三部曲"，使钟肇政成为台湾"大河小说"（以一位主角或一个家族为中心去表现深厚的历史意味的长篇小说）创作第一人。

在钟肇政的文学观念转变以前，他曾描述过光复后不久，台湾人民"含着兴奋的泪水，回归祖国的怀抱"。在"二二八"那段时光，钟肇政内心充满着对国民党镇压台湾人民的仇恨。

高阳（1922—1992），浙江杭州人。1951年起开始写作，1962年成为职业作家，其写作总量在250万字以上。

高阳的创作以历史题材著称，他的六十多部长篇可分为宫廷系列、将相系列、红曹系列、青楼系列、商人系列、侠士系列，其中写清朝统治集团内部矛盾斗争的有《慈禧前传》《清宫外史》。高阳还善于从民间故事和野史中吸取养料，如《汉宫春晓》《小凤仙》《胡雪岩》就是根据民间故事改写的。从古典文学中选取素材进行再创造的有《李娃传》《红楼梦断》。无论哪类题材，高阳作品中的正面人物形象大都按照儒家的政治思想塑造。

高阳的历史小说有强烈的现实感。他尽可能模拟历史的真实，不厌其烦地把各种考证结果呈现出来。作品还具有生活化、世俗化的特点。有人曾把高阳和金庸相提并论："有水井处有金庸，有村镇处有高阳。"

琼瑶（1938—2024），湖南衡阳人。从1963年发表《窗外》开始，出版的作品绝大部分被改编为电视和电影，是海峡两岸少有的言情小说巨匠。主要作品有《窗外》《几度夕阳红》《在水一方》《我是一片云》《庭院深深》《彩云飞》《梦的衣裳》《还珠格格》等。

琼瑶的四十多部小说大都渗透了中国式的人生、伦理道德和中国的人情味，尤其是小说中表现出来的中国女性的智慧、生活的涵养、灵秀的思维、优美的笔调，是别的小说无法取代的。琼瑶在歌颂美好的人性和道德品质的同时，善于创造一种如诗、如画、如梦、如幻的境界，读之使人有一种飘飘然、渺渺然的神秘感觉。她的小说中的人物不是多情种就是痴情种，其女主人公显得坚强和任性，具有强烈的自尊心。她们大都超凡脱俗，飘逸得像天上的白云，清雅得像初生的嫩竹。男主人公也表现得洒脱飘逸，或风流倜傥，或温良恭俭。

不少人赞美琼瑶描写人性纯真的感情和美好的情操，但也有人认为琼瑶过多地暴露了社会的畸形、不正常。有些读者认为她笔下的许多悲剧性的故事，读后能得到抑郁舒泄后的快感。但李敖等人认为琼瑶的小说题材狭窄，思想过于消沉，人物环境离不开客厅、咖啡厅、歌厅，在情节结构上离不开"钟情—遇阻、冲突—回归、团圆"的模式。甚至有人认为琼瑶那些堆金砌玉的语言只不过是美丽的谎言。

二、散文和新诗

这一时期台湾的散文作家成绩突出者有琦君、王鼎钧、陈之藩、三毛等。

琦君（1917—2006），本名潘希真，浙江人。杭州之江大学毕业，出版有《烟愁》《桂花雨》《留予他年说梦痕》《琦君寄小读者》等。

琦君以散文饮誉文坛。她的作品，取材于故土风情、台湾宝岛生活及异域见闻，其中最能打动读者的是忆旧之作。她用雅洁细腻的文笔，传达自己的心声。这里有她的欢笑，有她的眼泪，有她的悲伤，有她对读者的期待，有她对未来的憧憬。

1963年出版的《烟愁》，所记叙的是生活片段，所追怀的是昔日人事，所描写的是花木猫狗一类的琐事，无不表现了作者宽容善良的人性。其中生活随笔充满了人生的智慧，怀乡思亲体现了人道主义的情怀，杂谈琐记给人思想的启迪。读她的作品，就好似与友人促膝谈心，既陶冶性情，又给人美的享受。

王鼎钧（1927—　　），山东人。1949年到台湾，曾任中广公司编审，出版有《开放的人生》《左心房漩涡》等。

王鼎钧的成名之作为"人生三书"：《开放的人生》《人生试金石》《我们现代人》。所写的克己修养、处世态度、勤学求知、励志上进，是青年人成长的精神食粮。书中的故事新鲜动人，叫人一读难忘。语言平淡，言近旨远。作者擅长记叙、抒情和议论，文字简洁，耐人寻味。王鼎钧产生影响的作品还有历时十七年出版的《昨天的云》《怒目少年》《关山夺路》《文学江湖》。这血注其中、神驻其上、魄铸其间的回忆录四部曲，具有重要的历史文献价值。

陈之藩（1925—2012），河北人。北洋大学电机系毕业，在美国获博士学位。曾任职台湾"国立编译馆"，后在美国普林顿大学任教。陈之藩的散文六七十年代曾风靡台湾大学校园。他文笔简练,笔端饱含思想,字里行间体现了一种漂泊的悲凉,如令人如沐春风的《在春风里》、令人心向往之的《剑河倒影》。他追忆胡适的文章,是性情中人的美文。作为科学家,他常用科技眼光写自己的人生感悟,并将科学知识有机地溶化在作品中。他笔下的异国风光,体现出敏锐的穿透力。

三毛(1943—1991),原名陈平,生于重庆,1964年入中国文化大学哲学系当旁听生。出版有《撒哈拉的故事》《雨季不再来》《温柔的夜》《滚滚红尘》等作品多种。

三毛的散文取材于自身经历与异国风情。她以浪迹天涯的经历及其敏锐的感触,缔造了一个充满传奇、不无任性的女人的世界。她那支灵动的笔,写下了她特殊的人生经历和充满奇幻色彩的故事。她作品中出现的人物和事件,大多是生活中实有其人或事出有据,不像琼瑶以虚构的爱情故事填补读者窄小而饥饿的心灵。她的撒哈拉的故事诚然不是反映时代精神的鸿篇巨制,但三毛有她的清朗、勇敢、真实的一面,能给普罗大众美的享受。像悼念亡夫荷西的《梦里花落知多少》,是情感颤抖的记录。作者由心而诚,由诚而言,由言而文,显得悲痛欲绝,感人肺腑。她和琼瑶同属于"闺秀派",唯一不同之处是她比琼瑶多了一把黄沙。

三毛说:"岁月极美,在于它必然的流逝,春花,秋月,夏日,冬雪。"但她终究没有走完这极美的过程。她焚心似火地投入爱情,投入写作,投入一切美好和痛苦中。1991年1月4日,她终于透支了一生的燃烧,去世时年仅48岁。

在这一时期的新诗创作中现代主义占了上风,乡土诗后来逐渐兴盛起来。

余光中(1928—2017),福建永春人。毕业于台湾大学外文系,现为高雄中山大学讲座教授,出版有九卷本《余光中集》。

余光中诗作题材多样,蕴涵丰富,情采兼备,内容多为抒发个人的悲悯情怀以及对土地的眷恋、对环保的呼喊和对现代人事的透彻剖析。他的散文诗意盎然,意象生动,文字典雅,俊逸而雄浑。他在诗歌、散文、评论、翻译四个领域均取得了不同寻常的成就,尤其是他一生与诗为友,写诗、译诗、教诗、评诗、编诗,成就甚高,以至在诗歌创作领域有"当代大诗人"之美誉,还被著名评论家颜元叔称为中国现代"诗坛祭酒"。

台湾众多著名诗人差不多都经历过从西化到回归的演变。以余光中来说,有一度他是"浪子",向西天取经不回头。1958年,余光中第一次到美国,他发现碧眼黄髯儿看不起黄皮肤黑眼睛的东方人,这使余光中受到巨大的刺激,促使他写出《我之固体化》。此诗准确而生动地写出赴西天取经者受排挤的冷漠情怀。"中国的太阳"虽然离他太远,但从遥远的新大陆中仍能隐约感受到民族的苦难,使他十分不情愿在西方的鸡尾酒会里,和金发碧瞳们一起融化。这是作者潜藏的民族意识抬头的开始。

余光中每次回国,诗风均会有所变化,有人称余光中为"艺术的多妻主义者"① 不无道理。《白玉苦瓜》典型地体现了他以"中"抗"西"、以"今"对"古"的回归特点。余光中最著名的作品是抒发了海外游子赤子情怀的《乡愁》:

---

① 洛夫、痖弦、张默编:《七十年代诗选》,大业书店1967年版。

小时候
乡愁是一枚小小的邮票
我在这头
母亲在那头

长大后
乡愁是一张窄窄的船票
我在这头
新娘在那头

后来啊
乡愁是一方矮矮的坟墓
我在外头
母亲在里头

而现在
乡愁是一湾浅浅的海峡
我在这头
大陆在那头

此诗出现的"邮票""船票""坟墓""海峡"这四种绝妙的意象，贴切地表达了离乡、漂泊、诀别和望归而不能归的离愁别恨，将抽象的"乡愁"真切、生动地呈现出来。这是余光中流传最广的诗，也是他有可能传世的作品。总之，"在这六十年里，论作品之丰富、思想之深广、技巧之超卓、风格之多变、影响之深远，余光中无疑是成就最大者之一。要选择大诗人的话，他是一个呼声极高的候选人"①。

洛夫（1928—2018），本名莫运端，湖南衡阳人。1949 年 7 月去台湾，毕业于淡江大学英文系，为《创世纪》创办人之一。先后出版诗集《石室之死亡》《洛夫自选集》《因为风的缘故》《洛夫小诗选》《洛夫诗抄》《漂木》等。

作为重量级诗人的洛夫，其诗名和余光中并驾齐驱。他对现代诗创作最投入，比余光中更具前卫性。他和余光中一样，系诗坛硕果仅存的少数几位重量级选手，属 20 世纪 50 年代崛起至今仍冲劲十足的寥寥几座活火山之一。

洛夫的创作，分为抒情时期、探索时期、回归时期、整合时期。第一时期较短，题材以爱情居多，所写的均是个人情感的体验，意象大胆鲜明，语法单纯明晰，诗风纯情甜美。进入第二阶段后，洛夫作品意象的营造不再生涩，语言也不再浅白直露，其诗风以阳

---

① 黄维梁编著：《火浴的凤凰》，纯文学出版社 1986 年版，第 14 页。

刚取代婉约，以知性取代感性，以超现实取代反映现实，由向外到向内心世界掘进。①

《石室之死亡》是"创世纪"提倡独创性、纯粹性、超现实性、世界性的里程碑。这首长诗存在诸多混沌难解的片段。它所探讨的生与死的问题，交错着知性与感性、天使与魔鬼的冲突，表现得深沉而复杂。此诗主题严肃，结构庞大，内容繁杂，气势雄伟。诗作词汇丰富，语言新颖，格局变化多端，不囿于传统的格式，意象跌宕不定地前进。不足之处是语言太紧，因而受到许多论者的非议。

洛夫回归传统时期，把过于标榜实验性与前卫性的作品转化为一种既现代又浪漫、既现实又古典的现代诗。其诗风走向从内心到外界，从动态到静态，从知性到灵性，从繁复到简洁。洛夫先后出版过《魔歌》《诗魔之歌》等作品，再加上他"我一挥手，群山奔走；我一歌唱，一株果树在风中受孕"②的"魔法"运用，因而人们戏称其为"诗魔"。在纪弦"主知"、覃子豪"强调抒情"的情况下，洛夫和《创世纪》的诗友一起强调潜意识、直觉、意象的铸造，无疑增添了台湾现代诗的容量。

痖弦（1932—2024），原名王庆麟，河南人。1949年到台湾，曾任《联合报》副刊主编，出版有《痖弦诗集》。

痖弦写的近200首诗中，代表作《深渊》可以说奠定了他在台湾诗坛的地位。其作品的魅力表现在他将西方技巧与五四诗歌传统和个人生活道路相融合，发展出深沉而富于乐感、流畅而闪烁的意象，将生命力、创造力、想象力合而为一。

在痖弦笔下，无论是什么人物，他都用戏剧手段将其写得栩栩如生。相当于小小独幕剧的《上校》，有时间，有人物，有地点，有情节，同时也运用了情境反讽、命运反讽、态度反讽、性格反讽等手段。和戏剧性相关的是，痖弦诗作音乐性相当突出。

张默在评痖弦诗时说："甜是他的语言，苦是他的精神。"③的确如此。如《春日》《我是一勺静美的小花朵》，话语亲切，有一股甜味。《秋歌》则是典型的"甜"与"苦"的矛盾又和谐的统一体。《创世纪》创刊初期提倡"新民族诗型"，这表现在痖弦的创作中，有不为五斗米折腰的陶渊明的飘逸和田园风味，有李贺的瑰丽和李义山的深情绵邈。他还偏好冰心的清丽雅洁和何其芳的深致冷艳。痖弦心目中的诗神主要是冰心和何其芳这两位作家，何其芳对其影响尤其大。

罗门（1928—2017），原名韩仁存，海南人。1949年去台湾，出版有诗集《死亡之塔》《罗门诗选》《整个世界停止呼吸在起跑线上》《有一条永远的路》等。

作为前卫的"现代派"诗人，罗门特别推崇现代主义的各种诗歌艺术手法，并在不同题材的诗作中加以实验。他的作品写战争和都市的居多，其中写都市诗最为有名，以至被余光中称为"都市诗国的发言人"。

为了探索宇宙的奥秘、历史与人类生存的关系，罗门用他的诗性智慧，在作品中不断探求时空与死亡问题。比起战争和都市这两大主题，时空、死亡与诗人的生存状态更

---

① 龙彼德：《一代诗魔洛夫》，小报文化公司1998年版，第73页。
② 洛夫：《魔歌·序》，中外文学月刊社1974年版。
③ 张汉良、张默编：《中国当代十大诗人选集》，源成图书供应社1977年版。

为接近，罗门也将其写得更加深刻和震撼人心。在罗门的思想情感世界中，生命相当于一道墙，墙的两侧分别摆放着"死亡"与"永恒"。罗门最重要的作品是《麦坚利堡》。这首现代悼亡诗在悼念七万美国官兵时，情感哀伤悲切，情调低沉，语句凄婉。全诗调子低沉、阴冷，阴冷得"凡是声音都会使这里的静默受击出血"。此诗想象力丰富，有些警句叫人一读难忘。

第四节 香港文学创作

一、武侠小说

金庸（1925—2018），原名查良镛，浙江海宁人。毕业于东吴大学法学院，后任上海《大公报》记者。1948年《大公报》在香港复刊，被派往香港，1959年与友人创办《明报》。从1955年发表《书剑恩仇录》开始，一直到1972年"封刀"，共创作了15部武侠小说，出版有《金庸作品全集》。

金庸曾把他的14部书名的第一个字，做成一副对联："飞雪连天射白鹿，笑书神侠倚碧鸳"，即指《飞狐外传》《雪山飞狐》《连城诀》《天龙八部》《射雕英雄传》《白马啸西风》《鹿鼎记》《笑傲江湖》《书剑恩仇录》《神雕侠侣》《侠客行》《倚天屠龙记》《碧血剑》《鸳鸯刀》，《越女剑》则未计在内。

金庸的创作，是20世纪后半叶香港文学最重要的收获，也是当代中国文学的一个极为重要的创作现象。其作品的第一个特征是有强烈的历史感，有真实的历史背景。除早期作品借用"红花会"反清复明故事外，金庸的其余作品超越了狭隘的"尊夏贬夷"的汉族中心主义思想，改从中华民族的整体利益出发，体现出一种平等和开放的民族观。正如有的论者所说："在武侠小说中承认并写出中国少数民族及其领袖的地位和作用，用平等开放的态度处理各民族间的关系，金庸是第一人。"① 金庸小说的历史感，多半通过"戏说历史"去实现，诸如把宫廷江湖化，把帝王将相武侠化。《书剑恩仇录》的清廷和乾隆，均系来源于历史事实，但不局限于史书记载，而是在历史因由的基础上"添油加醋"。《鹿鼎记》中的康熙也是正史里的皇帝，但其事则不可能有。不满足于正史的取材，而从野史和民间传记中吸取养料，或用现代思想来解释古人的行为与动机，是因为在历史和现实之间，金庸更看重的是作品的现实感。另一方面这样写有助于形成亦庄亦谐、雅俗共赏的艺术风格，使作品更富于娱乐性和可读性。

金庸小说的第二个特征是融儒、道、佛于一体，散发出浓郁的中华文化传统的芬芳。武侠小说不同于文化读本，也不能与文化典籍画等号。但金庸的作品从书名到情节，从人物到故事，从细节到诗词，佛家、道家、儒家的文化观念得到生动的体现。诚如《书

---

① 严家炎：《金庸小说论稿》，北京大学出版社1999年版，第34页。

剑恩仇录》书名所示,他的作品有"书"有"剑","剑"中暗藏"书"味,"武"中隐含文化与哲学的底蕴。金庸用"纸上江湖"重构中华文化空间的做法,无疑提高了武侠小说的文化品位,使俗文化与雅文学嫁接起来。就这点而言,金庸小说连接了由于五四"打倒文言文"而造成的传统与现代的断裂,从而使中国五千年的文化在武侠小说中大放光芒。当然,金庸对某家学说并不特别偏爱,而是以综合的形态表现中国传统文化,"比方说,他的小说赞美了儒墨两家的人生态度,同时却又肯定了佛道两家的哲理精神:采取一种儒墨与佛道互补的态度。令狐冲那么狂放洒脱,对师父却总是毕恭毕敬,蒙冤受屈也不反抗,保持尊师重道的传统道德,这既是人物性格的自然体现,也是金庸本人文化观念的不自觉流露。在爱国、重义、尽孝、尊师、守信这类基本道德观念方面,金庸小说从儒墨两家吸取很多,但在个人与社会相互关系的选择上,作品又颇多佛道两家的思想。了解传统文化问题上的这种多元性,是正确把握金庸小说内容、防止和避免简单化论断的关键之一"。①

金庸小说的第三个特征是以文学为人学,刻画了众多栩栩如生的人物形象,如郭靖、黄蓉、小龙女、杨过、张无忌、韦小宝、梅超风、岳不群、乔峰、令狐冲等,就像关云长、赵子龙、宋江、武松、贾宝玉那样令人过目难忘。金庸给读者留下难忘的人物不少于百个,栩栩如生的也有几十个,其中最值得一提的是韦小宝。作为一个体现了"义"的重要性的无赖好汉,无论是在皇宫内院、异国宫廷,还是在武林江湖、儒林学苑,他都能凭自己那点雕虫小技无往不胜。这里以战争的表现为例,他以过去赌输耍赖被人脱了裤子丢尽了脸面的糗事,推论罗刹(俄罗斯帝国)兵被脱裤子必然士气没落。照此一试,"韦氏兵法"果然显奇效。再如外交,韦小宝用市井流氓口吻,与罗刹的横蛮对着干,以蛮制蛮,做到主动,为国家赢得了名誉。如此小人物,驰骋于上层文化社会中竟然一路绿灯,这显然是对传统上层文化的讽刺和攻讦。用喜剧的方式,将上层文化的虚伪和无价值撕破给人看,就是韦小宝的价值所在。②

金庸小说的第四个特征是情节结构庞大紧张,波澜起伏,奇峰突起;前呼后应,细针密线,因果相连而又相隔,叙事无意而实有意;奇情壮采,瑰思幻想。③ 诚如有的论者指出,金庸小说情节结构方式"是江湖传奇、历史视野、人生故事组成一种独特的三维结构,而这一结构的焦点或核心则是人性/文化的寓言。外在的三维结构保证了金庸小说时空的开放性及其叙事与想象的自由度,从而使之能极大限度地施展其创造性的艺术才华。而内在的、形而上的寓言层面,则又保证了金庸小说的整体性,及其开放结构框架的向心力。金庸小说也采用复仇、夺宅、探案、伏魔、情变等通常的武侠小说的类型情节模式,但在金庸小说中没有任何一部是由某一单独的模式组成。这就是说金庸从未将通俗的类型模式作为其小说结构支架,而仅仅用它们作为一种材料或一条'边线'

---

① 严家炎:《金庸小说论稿》,北京大学出版社1999年版,第37页。
② 卢敦基:《论金庸对中国文学的独特贡献》,《浙江学刊》1999年第6期,第127-132页。
③ 冯其庸:《读金庸》,《中国》1986年第8期。

（三维之一），这就使金庸小说超越了绝大多数讲故事的武侠作家作品"。①

金庸小说的第五个特征是善于写各式各样的情：男女之情、结义之情、手足之情、师门之情、亲子之情、知音之情。尤其是在言情方面，超过了任何言情小说。如作者在《射雕英雄传》中写黄蓉与郭靖携手共艰危，在义守襄阳时双双殉国。正如金学专家所言，"这并不是封建伦理中的所谓'殉节'，而是可歌可泣的'殉情'"。②

罗孚曾用"一时瑜亮"③ 形容梁羽生、金庸的成就，其实两人成就不一样。在诗词的修养和韵文的造诣方面，作为武侠小说开天辟地挂印先锋的梁羽生虽然超过金庸，但将诗词运用在小说中不如金庸娴熟。梁羽生名士气味甚浓，而金庸小说除民族风格外，还多了一种"洋味"，即在接受西方文学影响和内容深刻性方面比梁羽生突出。

二、实验小说

这一时期的香港小说，实验小说取得了突出的成绩。

刘以鬯（1918—2018），原名刘同绎，浙江人。1948年从上海到香港。长篇小说有《酒徒》《陶瓷》，中短篇小说有《天堂和地狱》《寺内》《一九九七》《春雨》，另有《刘以鬯选集》等。

和叶灵凤、曹聚仁、徐訏相同，刘以鬯也是从沪到港的老作家。他自称"写稿佬"，为煮字疗饥，"娱乐别人"，写过大量的流行小说。出书时作者却不惜大砍大删，将连载小说压缩为中篇乃至短篇，如《对倒》《珍品》。

刘以鬯并非专写赚取稿酬的"行货"，也写"娱乐自己"的严肃文学。在创作上，他主张探求内在的真实，捕捉物象的内心，不固守传统的现实主义。他认为作家必须大胆创新和实验，不应用老一套的技法。他是最早用意识流写小说的作家，其《酒徒》被誉为"中国第一部意识流小说"。作品用第一人称写一位以"爬格子"为生的酒徒，在做编辑之余左手写武侠小说，右手写流行小说乃至黄色小说。这种身份及经历有点像作者自己，但毕竟作了虚构和加工，作者只是把从不喝酒的自己"借"给了"酒徒"。作品对社会的鞭笞，对维护人的尊严的表达，均通过"我"的无规则流动的意识和富于诗化色彩的语言表现出来：

> 金色的星星。蓝色的星星。紫色的星星。成千成万的星星。万花筒里的变化。希望给十指勒死。谁轻轻掩上记忆之门。HD的意象最难捉捕。抽象画家爱上了善舞的颜色。潘金莲最喜欢斜雨叩窗。一条线。十条线。一百条线。一千条线。一万条线。疯狂的汗珠正在怀念遥远的白雪。米罗将双重幻觉画在你的心上。岳飞背上的四个字。"王洽能以醉笔作泼墨，遂为古今逸品之祖。"一切都是苍白的。香港一九六二年。福克纳在第一回合就击倒了辛克莱·刘易士。解剖刀下的自傲。蚝油牛肉

---

① 陈墨：《金庸小说与20世纪中国文学》，《当代作家评论》1988年第5期，第32—40页。
② 孔庆东：《空山疯语》，重庆出版社2008年版，第182页。
③ 罗孚：《香港文坛剪影》，生活·读书·新知三联书店1993年版，第48页。

与野兽主义。嫦娥在月中嘲笑原子弹。思想形态与意象活动。星星。金色的星星。蓝色的星星。紫色的星星。黄色的星星。思想再一次"淡入"。魔鬼笑得十分歇斯底里。年轻人千万不要忘记过去的教训。苏武并未娶猩猩为妻。王昭君也没有吞药而死。想像在痉挛。有一盏昏黄不明的灯出现在我的脑海里。

这种有诗的韵味的语言显得荒诞，对平常人显然不合适，但对嗜酒如命的人来说却显得合情合理。

《酒徒》的创新之处，还在于"对于西方价值的自觉不自觉的供奉，显示了香港的自我殖民化的心理状态"。[①] 此外，还表现在借主人公之口发表了作者对文艺问题的看法和对香港文学现状的评价。这是典型的具有香港特色的实验小说。刘以鬯还用现代手法改编《白蛇传》一类的故事，《寺内》《蛇》《蜘蛛精》均是鲁迅式的"故事新编"。

徐訏（1908—1980），原名徐传琮，浙江人。1950年由沪到港后，他最著名的小说是1959—1961年由亚洲出版社出版的《江湖行》。他还写过反映内地十年浩劫的长篇小说《悲惨的世纪》，出版在"文革"结束不久的1977年。在这部作品中，他仍运用他说故事的手法，写十年动乱给内地带来的无穷灾难。他由习惯写浪漫的软性小说转向表现时代风云的"硬性小说"时，人物的心理描写不够充分，对"文革"不熟悉，但仍不失为写"文革"题材的最初尝试。

西西（1938—2022），原名张彦，祖籍广东，生于上海，1950年到港定居。出版有《东城故事》《我城》《像我这样一个女子》《飞毡》等。

西西创作于1974年的长篇小说《我城》，背景可以泛指任何城市，但香港的影子毕竟十分突出。作品写年轻人何青所看到的水灾、水荒、越南难民船、海员、公园等各种事物，用童心将其表现得淋漓尽致。作者用了幻想手法，但不是魔幻现实主义，而是富于幻想的现实主义，或叫西西式的童话现实主义。小说没有惊天地泣鬼神的故事，无论是人还是事均司空见惯，但作者常常透过有趣的细节或场面将"我城"的历史性变化写了出来。

倪匡（1935—2022），原名倪亦明，笔名卫斯理，浙江人。1957年到香港，从60年代起出版有武侠、科幻、奇情、侦探、神怪、推理、文艺等各类型的小说及杂文、评论、剧本等多种。他以卫斯理的笔名发表的科幻小说《钻石花》《无名发》，情节曲折，有神秘莫测的奇观和扑朔迷离的氛围。60年代末，他转向武侠剧本创作，代表作有《独臂刀》。

三、新诗和散文

新诗创作方面，这时期的主要作者有戴天、温健骝等人。

戴天（1937—　），原名戴成义，广东大埔人。毕业于台湾大学外文系，著有诗集《岣嵝山论辩》《石头的研究》《戴天诗选》等。

戴天是很难以"南来"、本土、外来三部分加以区分的作家。他出生于毛里求斯，

[①] 赵稀方：《小说香港》，生活·读书·新知三联书店2003年版。

1957年自毛里求斯到台北留学,为《现代文学》编委。大学毕业后赴美参加爱荷华大学国际写作计划。1967年到香港定居,长期任财经杂志《信报》月刊总编辑。以他这种复杂的经历,他不可能是力匡式的"难民"诗人,也不可能是踏浪归来、对新中国认同的犁青式"南来诗人"或"华侨诗人"。

抛开戴天的经历,仅从作品判断,戴天是一位重量级的诗人。他精通唐诗宋词、五四以来的新诗,又受过台湾现代主义的洗礼。他的作品,具有开拓性,语言精纯,有的地方还富于禅味。他注重文化身份的探求,总不忘记把自己的命运注入中国文化的叶脉中。《1959年残稿·命》开头一段好似看手相,其实是通过富于中国情调的描写,写出自己作为中华儿女的骄傲。此诗充满民族自豪感,同时对大陆在"大跃进"中饿得只剩皮包骨的老百姓表示深切的同情。在《长江四帖》中,作者扬言要把长江"打一个蝴蝶结……当成庄重的礼品/送给乡情如断弦/暗地里弹尽日月星辰的异客",这种缩小的夸张描写,所表现的是对祖国深挚的爱。正因为爱之深,他才责之切,毫不留情地抨击内地僵化的教条主义和盛行的极"左"思潮。他这类作品的风格由过去的典雅化为激烈和亢奋。戴天的诗歌,受存在主义、超现实主义影响,主题多义,遣词造句接近外国作家奥登,不过后转向明朗,不再艰涩。

温健骝(1944—1976),广东高鹤人。毕业于台湾政治大学外文系,1974年由美返港,出版有诗集《帝乡》《苦绿集》《温健骝卷》。

一位从香港到台湾上学的侨生,正碰上现代主义运动如火如荼展开,温健骝先是受了自己的老师余光中"新古典主义"的影响,某些地方用字用典酷似这位温和现代主义者。台湾另一激进现代主义的代表人物洛夫,也影响过温健骝。1968年到美国求学的温健骝,重温了一百多年来的中国现代史,凭着一腔热血投身到与中华儿女有密切关系的现实里。由此他挣脱了逃避主义,走出了颓败的影子,诗风为之一变。收集在《帝乡》中的作品,不再从古人作品中吸取灵感,也不以今人"人生的失落与痛苦"为创作根源。由于视野的扩大,带来题材的多样,诸如国际事件、港台社会变迁、殖民者和抗争者等,均出现在他的诗中。

温健骝后半期从遁世走向入世,从内心世界走向外在社会,写自己二十多年来在东漂西泊中所见所闻,不少篇章具有强烈的现实感,讽世意味突出。从内容上的突破变为形式上的革新(如不用分行排列),其作品就不是像镜子单纯反映现实,而是走向对现实生活积极的创造和批判,还给历史一个清清楚楚的眉目。"这一系列作品,就其创作观念来说,是现代主义的,但就其世界观来说,又何尝是逃避主义,何尝不是敢于面对现实的现实主义呢?"①

这时期的散文创作有叶灵凤、司马长风的作品值得注意。

叶灵凤(1905—1975),南京人。1938年由上海到广州,住了半年多再到香港定居。出版有《香港方物志》《晚晴杂记》等多种。

---

① 古苍梧:《编后记》,载古苍梧、黄继持编:《温健骝卷》,生活·读书·新知三联书店1987年版,第130页。

作为藏书家和著书家，叶灵凤散文多为读书札记和文艺随笔。这些小品不仅有渊博的知识，还有文字的韵味。《书淫艳异录》《欢喜佛庵随笔》，题目虽俗，内容却雅。他那些怀乡和回忆往事的作品，不施粉黛，淡而有味，清新隽永。他的散文，人与书交融，知性与感性互补，其成就在其小说之上。

司马长风（1920—1980），原名胡若谷，辽宁人。1949年到香港，出版有《司马长风散文选》多种。

司马长风除创作小说、评传外，他的多部散文集均追求独、纯、炼、朴的境界，堪称美文。他用秋贞理等多种笔名写作，见报后人见人爱，为不少读者收藏。他专攻历史和政治，表现在他的散文中，重知性却不写哲学讲义，而是用抒情的笔法表明自己对社会的评价。他兴趣广泛，他的作品中影响最大也是争议最多的是《中国新文学史》三卷，他把自己"尚抒情，崇文藻"的笔法运用在学术研究中，使枯燥无味的文学史实骤然变得生动起来。

拓展阅读：

1. 梁若梅：《陈若曦创作论》，中国华侨出版社1992年版。
2. 费勇：《洛夫与中国现代诗》，三民书局1994年版。
3. 曹正文：《金庸小说人物谱》，学林出版社1996年版。
4. 周伟民、唐玲玲：《论东方诗化意识流小说：香港作家刘以鬯研究》，中国社会科学出版社1997年版。
5. 朱双一：《近20年台湾文学流脉："战后新世代"文学论》，厦门大学出版社1999年版。
6. 黎湘萍：《文学台湾》，人民文学出版社2003年版。
7. 赵稀方：《小说香港》，生活·读书·新知三联书店2003年版。
8. 王尧：《余光中：诗意尽在乡愁中》，大象出版社2003年版。
9. 陶保玺：《台湾新诗十家论》，二鱼文化公司2003年版。
10. 朱立立：《知识人的精神私史：台湾现代派小说的一种解读》，上海三联书店2004年版。

问题与思考：

1. 《现代文学》与现代主义在台湾的勃兴。
2. 台湾乡土文学论战中意识形态的对决。
3. 高阳历史小说的现实感。
4. 陈映真小说的忧郁与讽刺基调。
5. 王鼎钧"回忆录四部曲"的个体记忆与历史书写。
6. 余光中艺术的"多妻主义"。
7. 《石室之死亡》的混沌性。
8. 金庸小说的艺术特质。
9. 司马长风与《中国新文学史》的文学史书写姿态。

第三编 1977—1989 年文学

1977—1989 年的文学，学界通常称之为新时期文学。1977 年，一个文学新时代拉开了序幕。这一时期的文学思潮始终与政治思潮、社会思潮捆绑在一起，呈现出三个鲜明的特点。其一，文学具有明显的"文以载道"特征，甚至成为各种"道"的说明者和代言人，这也使当时文学不断引发"轰动效应"。其二，文学自身的独立和自觉并不充分。这个时期的文学始终有个阶段性中心话题，如伤痕文学、反思文学、改革文学、寻根文学、现代主义文学、新写实文学等。其三，"文化热"现象。所谓"文化热"也正是各种文化观念的变革、寻找、解构和建构。中西文化的交流、传统文化与现代文化的碰撞，不仅给当时的文学提供了一个视野开阔的文化思想参照系，而且形成了多元混杂的文学文化景观，对文学产生了不可估量的影响。

这一时期的文学丰盛而热烈，文学创作空前繁荣，文学论争多姿多彩，创作和理论成果与 20 世纪二三十年代新文学全盛期交相辉映。它是人们至今仍乐于讴歌和留恋的历史。

第十三章　文学思潮

第一节　概　述

我们通常所说新时期文学是 80 年代文学，其时段其实包括了 20 世纪 70 年代末至 1989 年。

1976 年 10 月粉碎"四人帮"后，中央部分领导依然坚持"两个凡是"，使得当时中国社会思想具有人们所说的"后文革"色彩。尽管 1977 年 5 月中共中央批转解放军总政治部（今政治工作部）的报告宣布撤销《部队文艺工作座谈会纪要》，开始批判"文艺黑线专政论"，伤痕文学发轫之作《班主任》也在同年 11 月号《人民文学》发表，而且轰动一时，但整个时代思想还是乍暖还寒。如短篇小说《伤痕》在 1978 年 8 月 11 日《文汇报》发表后，还有人指责它是"攻击无产阶级文化大革命"，作者的老师和同学还劝作者不要出去谈"创作经验"。① 显而易见，"文革"意识形态还在影响着人们的思维和心理。也因此，从"文革"中走出的新时期，是个政治逐步解冻、思想逐步解放、文化逐步开放、文学逐步恢复、文学观念逐步更新的时代。这个阶段的文学思潮也始终和政治思潮、社会思潮捆绑在一起。

这种密切关系导致了四种情况：

其一，文学和政治、社会、民众的联系紧密，导致文学具有明显的"文以载道"特征，甚至成为各种"道"的说明者和代言人，这也使当时文学不断引发"轰动效应"。

其二，由于过多受到政治思潮和社会思潮的影响，文学自身的独立和自觉并不充分。文学和时代政治之间始终存在着微妙复杂的关系起伏：有时互相配合，有时出现矛盾和对抗。这个时期的文艺批判现象也能证明这种状况。

其三，也因为受到政治思潮和社会思潮的影响，群体意识成为文学标志，个体言说缺乏。也因此，这个时期的文学与后来 20 世纪 90 年代文学的多元状况有个显著差异：始终有个阶段性中心话题，如伤痕文学、反思文学、改革文学、寻根文学、现代主义文学、新写实文学等。

其四，作为文化逐步开放的时代，这个时期的文学有个意义重大的现象：文化热。

---

① 卢新华：《关于〈伤痕〉及其他》，《飞天》1981 年第 5 期。

文化作为一种价值体系，其核心是文化观念，而所谓"文化热"也正是各种文化观念的变革、寻找、解构和建构。很显然，中西文化的交流、传统文化与现代文化的碰撞，不仅给当时的文学提供了一个视野开阔的文化思想参照系，而且形成了精英文化与大众文化并存、民间文化与权力文化碰撞、主流意识与边缘文化混杂的文学文化景观。"文化热"对文学产生了不可估量的巨大影响。与文学关系密切的哲学热、美学热、方法论热的出现，以及文学"走向世界"的意识，都与文化思潮有关；文学创作思想与艺术的探索、文学理论与文学批评的繁荣、启蒙主义的重演、现代主义的借鉴、人道主义的讨论，同样受到了"文化热"的洗礼。

总体而言，20世纪80年代文学思潮的发展有个显著特征：既受惠于政治解冻带来的思想宽松，又受到政治环境起伏的影响。

对于中国的政治解冻来说，1978年是个具有历史转折意义的年份，中国的思想解放运动也由此真正展开。这得益于两个重大思想事件：

1978年5月11日《光明日报》发表了《实践是检验真理的唯一标准》。这篇经过反复讨论修改的著名文章，很快引起全国范围的热烈讨论。这次关于"真理标准"的大讨论，哲学意义上并非"真理"的发现，甚至只是一种哲学常识的强调，但对于当时中国思想界却意义重大，极大地推动了中国的思想解放运动。

1978年底召开的中共十一届三中全会，则是中共最高领导层思想解放的标志性会议。全会不仅提出了"解放思想，实事求是"的纲领性思想原则，而且有了很多政治解冻的具体表述。如撤销了"反击右倾翻案风""天安门反革命事件"等系列错误文件，终止了"两个凡是"，不再提"以阶级斗争为纲"，强调以经济工作为社会发展的中心任务。特别是会后对一系列重大冤假错案开展了全国性平反工作。解放思想自此成为整个中国社会变革主潮。

作为文学的思想生态环境，政治意识和社会思想的解冻非同小可，中国文学也开始踏上突破禁锢的探索之路。这一切依然和几个标志性事件有关：

1979年1—9期的《文艺报》接连发表了一批呼吁解放思想的文章。《文艺报》本刊评论员的《解放思想 迅猛前进》，首先就体现了渴望变革文艺的激情和姿态；随着一系列冤假错案平反工作的展开，很多被放逐的老作家和中年作家重返文坛。而1979年10月30日在北京召开的第四次全国文代会，则可以说是中国文艺工作思想解放的一个标志性事件。尤其邓小平出席大会并作了《在中国文学艺术工作者第四次代表大会上的祝词》，让文艺工作者欢欣鼓舞，人们欢呼"文学的黄金时代"来了。这次文代会确实是中国政治和中国文学合作的"蜜月"时期。

但文学思想的解放并非一蹴而就的事。如1981年对白桦电影剧本《苦恋》及根据该剧本拍摄的电影《太阳与人》的谴责，对中篇小说《飞天》、社会讽刺话剧《假如我是真的》、《在社会的档案里》与《女贼》进行的批判，1983—1984年文艺界开展的"清除精神污染"和"反资产阶级自由化"都能证明这点。权力意志干预从具体论争中可以看得更清楚。如电影剧本《苦恋》在1979年第3期《十月》发表后，1980年年初开始受到批判。《解放军报》发表了"特约评论员"的《四项基本原则不容违反》；《时代的报告》则出专辑加以批判，杂志主编黄钢的《这是一部什么样的"电影诗"》的批判最为严厉。问题不是该不该批评，而是批判的上纲上线和专横话语显示了过去"大批判运动"的作风。当时《文艺报》收到12封来信，其中有10封对《解放军报》"特约评论员文章"的批评方式提出批评。黄钢则受到了北京大学学生的袭击，原因是"黄钢挥舞棍子的凶狠不下于《解放军报》的特约评论员"。① 1983年张笑天因小说《离离原上草》受到批评。作者开始不服，写了《索性招惹它一回》以示坚持己见。但同年年底却又写出《永远不忘社会主义作家的职责——关于〈离离原上草〉的自我批评》。作者在表示了"感到惭愧又感到沉重"的同时，对自己的"严重错误"作了自我批评。这种急转弯，尤其作者的自我批评如同批判文章，使人感到作者的认错明显是迫于压力。

作家思想的彻底解放也不容易。如中共十一届三中全会召开后，很多文化人的思想还没彻底改变。1979年6月人民文学出版社再版了朱光潜的《西方美学史》，作者为此版写了篇长序，内中有段文字："多谢以华国锋同志为首的党中央一举粉碎'四人帮'，为知识分子解脱了'两个估计'和'黑线专政'的精神枷锁。和一般的知识分子一样，我对这'第二次解放'无限欢欣鼓舞，誓趁八十开外的余年，努力在自己毕生从事的美学领域里多出点添砖加瓦的微薄力量，来报答毛主席对我们旧知识分子的殷切关怀和谆谆教导，和响应党中央抓纲治国、大干快上的号召。一息尚存，此志不容稍懈！"② 这是一个著名老知识分子当时的心情和意识。希望努力治学而弥补光阴荒废，确实显示了中国知识分子的事业心，但表白所用的流行语式，"多谢"和"报答"的说法，也显示出当时大陆知识分子的精神状态。

第二节　启蒙主义文学

该时期文学始终处于时代舞台的中心。作者满怀激情，出版异常活跃，读者充满期待，"轰动效应"此起彼伏。肩负时代使命的社会角色也使该时期文学有个显著特征：每个阶段都有个共同关注的中心话题，如伤痕文学、反思文学、改革文学、先锋文学、现代主义文学、寻根文学、新写实文学等。这种阶段性特征，既有文学自身的调节，更有社会思潮和文化思潮的作用。但正如很多研究者认为的20世纪80年代文学是启蒙主义的文学时代，这确实不无道理。在中心话题的推移中，启蒙意识始终贯穿其中。

启蒙主义也是中国20世纪文学的重大思潮。新时期的"启蒙重演"包括两个意思：

一是中国思想文化界的启蒙主义被中断，需要继续进行。关于启蒙中断的原因有种种说法，最流行的是李泽厚关于革命和救亡压倒启蒙，革命成功后又放弃"补课"的观点。

---

① 陈美兰等编：《文学风雨四十年》，武汉大学出版社1989年版，第77页。
② 朱光潜：《西方美学史·序论》，人民文学出版社1979年版，第16页。

二是启蒙所以要继续,是因为中国思想文化的启蒙任务远未完成,中国社会和中国民众还存在很多需要启蒙的问题。所谓"重演"就是"回到五四",回到五四时期科学与民主的启蒙主张。"回到五四"是个耐人寻味的话题,其中包含了很多文化思想和社会现实问题。

不管怎么理解"启蒙重演"的原因,可以肯定的是启蒙主义主要是种文化反思,是触及中国传统封建文化和民族集体无意识的思考与探索。在具体作品中,"启蒙重演"有着或表面或深刻、或局限或彻底的种种良莠不齐的表现,但总体看体现了两个显著特征:

首先,启蒙主义体现在各种题材和各种流派的创作中。

20世纪80年代确实是启蒙主义文学时代。如伤痕文学对"文革"浩劫的控诉、反思文学对"文革"前极"左"路线的批判、改革文学对计划经济管理体制矛盾的揭示,都是针对着极"左"思潮和现代迷信的危害问题。即使首先在艺术表现方式上引起争辩的"朦胧诗",同样充满启蒙主义的批判意识和怀疑精神。而寻根文学的"文化寻根",虽然表现了不同的文化态度,但倡导者韩少功的"寻根"至少是以启蒙主义的批判为主的,《爸爸爸》《女女女》就是代表。后来关注平民日常生活状况的新写实文学,也体现了启蒙意识。主要针对现实问题的新写实文学,启蒙意识主要体现在权力批判方面。如《单位》、《一地鸡毛》、《纸床》、《单身贵族》、《特别提款权》、《风景》、《厂医梅芳》、《瑶沟人的梦》和《灰色迷惘》等,既揭示了中国现代权力在利益重组中的表演,同时也揭示了"小人物"在权力关系中的多重表现:有抗争亦有顺从,有不满也有同流。启蒙思考同样体现在现代主义和先锋文学中,它们的离经叛道就包含对传统文化的反叛和解构。如余华小说关于暴力与血腥的书写,刘索拉《你别无选择》的荒诞呈现,就是在思考传统文化对人性和生存意义的扭曲。

其次,启蒙主义有个逐步深入的过程。

作为伤痕文学发轫之作的《班主任》,其"救救孩子"的呐喊是针对"四人帮";当年鲁迅《狂人日记》"救救孩子"的呐喊则是针对中国几千年的"吃人的文化"。两者启蒙思想的起点就无法相提并论。事实上,新时期早期文学的启蒙意识都受到了时代制约。比如《乔厂长上任记》等为时代变革鸣锣开道的改革文学,对计划经济管理体制矛盾的揭示固然也体现了现代思想,但时代局限非常明显,充满激情的同时也有太多理想主义。

就批判极"左"思潮和现代迷信来看,最能够表现启蒙意识的还是反思文学,而其逐步深入的过程也非常明显。如早期的《天云山传奇》《犯人李铜钟的故事》等,针对极"左"思潮的批判就存在明显约束和理想化。张贤亮的"大墙小说"可谓代表。作者曾说他创作《唯物论者的启示录》是受阿·托尔斯泰《苦难的历程》的启发,从而想写"一个出身于资产阶级家庭,甚至有过朦胧的资产阶级人道主义和民主主义思想的青年",经过苦难而"最终变成了一个马克思主义的信仰者"。[①] 姑且不论主人公章永璘是

---

① 张贤亮:《绿化树·前言》,《十月》1984年第2期。

否如此，至少《绿化树》确实存在批判极"左"又认可"思想改造"的矛盾。有人就认为章永璘的精神发展为极"左"思潮的合理性提供了例证。①相对这种流行的"忠良落难"的模式，巴金《随想录》体现的启蒙思想就完全不同。巴金在批判极"左"思潮的同时，就始终在反思民族文化心理。无论"全民族忏悔"的提出、"长官意志"的批判，还是知识分子的自审意识，都触及民族文化结构的深层意识。值得注意的是：同样批判极"左"思潮，后来"新反思小说"就明显深刻些。如从维熙《走向混沌》、杨绛《洗澡》、王蒙"季节系列"、杨显惠"夹边沟系列"、尤凤伟《中国1957》等，对知识分子在政治运动中触目惊心的苦难展示就更为彻底，也体现了启蒙思想的深刻。又如女性文学，《爱，是不能忘记的》《东方女性》等对封建道德的批判就有所犹豫，而王安忆"三恋"（《小城之恋》、《荒山之恋》和《锦绣谷之恋》）对女性生命和"性意识"的肯定，反叛显然更彻底。我们还要特别注意20世纪80年代"新生代"报告文学的启蒙主义的文化反思。如《神圣忧思录》《世界大串联》《西部在移民》《土地与土皇帝》《中国的眸子》等，它们表现的文化比较和社会学思考，不仅显示了思想的现代性，而且体现了一种现代思维方式。

第三节　现代主义文学

20世纪80年代的文学创作中，现代主义无疑也是具有普遍性的文学思潮。

谈论现代主义文学思潮，首先要了解现代主义文学和先锋文学的关系。因为人们谈论这两种前卫文学现象时，有时分而论之，有时笼统看待。我们认为：这两种文学现象虽然也涉及具体的艺术方式、语言表达、价值取向和生存认识等，但从反叛传统和挑战常规的前卫意义出发，它们可以视为性质接近的文学新潮。两者之间有密切关系。且不说现代主义本身就具有先锋性，关键在于先锋文学也是直接受到现代主义思潮的影响，并且常常运用现代主义方法。正因为存在密切关系，人们评价某些作家作品时，往往难以做出明确评判，常常交替使用"现代主义"和"先锋"概念。特别是关于莫言、苏童和残雪的定位。如莫言《红高粱》和苏童《一九三四年的逃亡》先是作为寻根的先锋之作出现，谈论先锋文学的发展轨迹时无法回避它们。但它们又具有现代主义特征。尤其莫言的小说，对民族文化、原始生命、个人记忆、个体经验的认识与发掘，以及出色的语言表现和敏锐的艺术感觉，都具有既现代又先锋的文学特征。如《透明的红萝卜》《爆炸》《球状闪电》《金发婴儿》。而残雪的小说，既是"永远的现代"也是"永远的先锋"，其阴冷、怪异、荒诞的感觉和深刻的形而上思考，在起初的《山上的小屋》《苍老的浮云》中已经显示，后来仍一如既往。

---

① 湖畔：《〈绿化树〉的严重缺陷》，《文艺报》1984年第9期。

有研究者认为："中国当代文学中先锋精神的源头一直可以追溯到'文革'中青年一代在诗歌和小说领域的探索，但是直到80年代中叶文学中激进的实验才形成了强大的阵容和声势。所谓先锋精神，意味着以前卫的姿态探索存在的可能性以及与之相关的艺术的可能性，它以不避极端的态度对文学的共名状态形成强烈的冲击。"①这种对先锋精神的表述显然较宽泛。正如有人认为食指诗歌就是中国当代最早的现代主义文学创作。所谓"先锋"实际是种比喻性说法。也正是从前卫性出发，可以将现代主义和先锋创作视为性质接近的文学新潮。而从思潮性质看，现代主义属于超越具体流派的有普遍意义的文学思潮，在20世纪80年代文学实践中，现代主义创作方法已经运用到各种文学流派的创作中。

20世纪80年代中国现代主义思潮的兴起与发展，具有这样几个特征：

首先，接受方面经历了一个困难时期。

在成为一种得到普遍认可的文学思潮前，中国现代主义创作曾经遇到很大阻力。早期支持中，如果说1981年9月高行健《现代小说技巧初探》的出版在小说理论方面对现代主义创作起了推波助澜作用，徐迟1982年发表的《现代化与现代派》则是当时鼓励"现代派"的标志性文章，因此也引起激烈争论。但争论中很多理论问题并不清晰。肯定者多从社会现代化角度来确认"现代派"创作的合理性，批评者则往往将传统现实主义和革命意识形态搅在一起，不仅反映出观念陈旧、思想保守问题，而且思维方式存在简单化。起初，不少人对意识流、怪诞、荒诞等"现代派小说"就不理解，想不到"小说竟可以这么写"。而形式探索开始就比较自觉也较自然的朦胧诗，同样受到了"读不懂""内容晦涩""玩弄形式""片面追求新奇"的严厉批评。包括有些艺术思想开明的老诗人也表示了不理解。而以谢冕《在新的崛起面前》、孙绍振《新的美学原则在崛起》和徐敬亚《崛起的诗群——评我国诗歌的现代倾向》三篇文章为代表，更多人肯定了朦胧诗从审美意识到艺术形式的探索意义。尽管遭遇到了种种阻力，现代主义创作在中国还是发展成为不可阻挡的文学潮流。

其次，创作逐渐走向自觉和多元。

创作逐渐走向自觉和多元，体现在互为关联的两个方面：

一是注意了形式探索与思想表达的融合关系。王蒙的意识流小说可谓新时期最早的"现代派"作品，而这类早期现代小说，形式层面与思想内涵有所分离，处于简单的形式模仿中。后来则逐步成熟，如宗璞、李国文、林斤澜的"怪诞小说"就避免了简单的形式模仿。它们不拘一格的"变形"艺术，隐喻性更突出，都以"神似"方式逼近现实荒诞，揭示生活的变态真相。包括率先"吃螃蟹"的王蒙，其后的《蜘蛛》和《坚硬的稀粥》也克服了早期的形式模仿问题。"朦胧诗"倒是开始就体现了令人欣慰的艺术自觉性。它们被很多没有"高深理论"的文学青年所接受和喜爱，不仅在于这些文学青年

---

① 陈思和主编：《中国当代文学史教程》，复旦大学出版社1999年版，第291页。

没有条条框框的束缚，更因为艺术新颖的"朦胧诗"表达了一代青年的思想情感。值得注意的是：除早期创作存在浮躁模仿和"土洋结合"的生硬，后来某些先锋作家的形式主义策略，如马原们的"叙事圈套"，不说"玩形式"，至少有形式主义的故弄玄虚，只能是一时之举。形式主义策略和看重"怎么写"的试验，即使有艺术创新意义，但如果抛弃了关注人类生存的"思想"意义，形式探索的价值就要打折扣。

二是思想观念更具现代意识。这大体可以分为两种情况：一是中年作家在艺术实验逐渐自觉的同时，对本土文化和本土社会状况的思考越来越具有现代意识的穿透性，如宗璞等人的历史反思和文化批判就摆脱了传统思路。高行健的小剧场实验剧《车站》和《绝对信号》、魏明伦的"荒诞川剧"《潘金莲》等，其现代主义性质很快得到认可，固然与现代主义思潮已经铺开有关，也和它们思想观念的现代性有关。二是青年作家的离经叛道。相对中年作家的思想观念，青年作家的离经叛道虽然有些"西化"，但在超越日常生活和日常经验的形而上层面，更加表现了与传统思维分道扬镳的反叛性。刘索拉《你别无选择》所以被视为真正意义上的现代小说，就因为森森、李鸣、孟野等新一代大学生形象，与西方现代派作品表现的现代人的迷惘、失落、反抗和寻找更为接近。徐星的《无主题变奏》也是如此。这些具有黑色幽默意味的迷惘与反抗落在本土社会时，曾被认为多少有些"吃饱了撑的"，但这恰恰证明了其现代意识的突出。事实上西方现代主义文学就是具有思想的极端性。

再次，中国现代主义文学具有本土化性质。

西方现代主义思潮有着深刻历史背景、特定文化原因和社会内容。其兴起原因，人们曾从多种角度阐述，包括资本制度、经济、哲学、文化、精神信仰和战争等。袁可嘉等选编的6卷本《外国现代派作品选》是中国最早系统介绍西方现代主义文学的选本。第一卷1980年由上海文艺出版社出版，介绍了后期象征主义、表现主义、未来主义、存在主义的代表作。袁可嘉为该书写的"前言"中，对西方现代主义文学的源起、发展、思想、艺术、不同流派作了较全面的概括。西方现代派作家对人与社会、人与环境、人与人、人与自然等关系的质疑，来自世界大战对人类文明的摧毁、资本社会的激烈竞争和物质时代的精神困惑，生存的巨大荒诞感催化了文学的表现性和荒诞、黑色幽默等艺术。也就是说西方现代主义文学从形式到思想都有特定含义。由于中西社会状况、文化思想和文学观念都有明显差异，因此中国现代主义创作，无论在形式主义阶段，还是在自觉和多元阶段，尽管不同程度都受到西方现代主义思潮的影响，但主要还是本土文化和本土社会的产物，或者说还是中国式"现代主义"。

最后说说先锋作家的"后现代"问题。

一般认为，以马原为代表的部分先锋作家（包括洪峰、孙甘露等）的创作，具有反文化、反权威、反价值、无意义、叙事平面化和形式游戏化等后现代性质。如马原小说的"叙事圈套"，不仅消解故事意义，采取展示创作过程的西方元小说叙事，突出"怎么写"，而且解构了现代主义看重的思想寓言。由此，这类先锋作家似乎在反现代主义，至少和现代主义存在矛盾。其实现代主义与后现代主义的关系一直有争论。道格拉斯·凯尔纳、斯蒂文·贝斯特合著的《后现代理论》① 第一章"后现代理论探源",从各个方面描述了后现代理论的产生和主要观点。后现代理论指向丰富复杂,涉及政治理论、资本制度、文化理论、批判理论等。而后现代主义究竟是与现代主义决裂的产物,还是仍在现代主义内部发展的争论,还没有定论。目前有两种对立观点:一是认为"后现代"是对"现代"的反叛和解构。后现代艺术,对于"与庄严性、纯粹性及个体性等现代主义价值相对立,后现代艺术展现了一种新的随心所欲、新的玩世不恭和新的折中主义"。二是认为"后现代"是"现代"的一种发展,两者有千丝万缕的联系。"后现代"理论虽然对"现代"社会进行了质疑,但也在"现代"的基础上提出了有意义的新思想。不过极端性的后现代主义存在虚无倾向,没有看到"现代性"的价值,彻底解构"现代性"后便是迷惘。而理解中国部分先锋创作的"后现代"情况,也应该综合分析,特别是要放在中国现代主义思潮的历史过程中来理解。但无论作为社会思潮还是艺术思潮,完全拒绝传统和抛弃建构都难以持久。

第四节 理论借鉴与批评繁荣

韦勒克在为《20世纪世界文学百科全书》撰写的"文学批评"词条中认为,只有20世纪才担当得起"批评的时代"这一称号。20世纪是批评的时代,也是西方文论界的流行看法。正如韦勒克所说,这个时代的文学批评有新的自觉、新的方法、新的评价标准,并获得远比以往重要得多的社会地位。而文学批评时代必然也是文学理论兴盛的时代。文学批评说到底就是文学理论的具体运用。这也正如弗马克、易布斯《二十世纪文学理论》"导论"部分开宗明义指出的:"为了阐释文学作品和把文学当作人们一种特殊的传达模式来看待,我们必须掌握文学理论;不依赖于一种特定的文学理论,要使文学研究达到科学化的程度是难以想象的。"② 而在文学研究中,所谓"特定的文学理论"当然包括多种。《二十世纪文学理论》中,弗马克等理论家就描述和比较了俄国形式主义、法国结构主义、马克思主义文学理论、接受美学、符号学、知识社会学等,同时涉及新批评、现象学、解释学等。

当西方现代文艺理论和批评在20世纪初期(如俄国形式主义学派)开始发端,到"二战"后蓬勃发展时,社会主义国家则长期处于马克思主义文艺理论的一统天下。我们共和国前27年文学理论与批评亦然。这个时期中国文学理论批评便出现两种情况:一是跟随政治解冻开始了思想解放,二是采取拿来主义大量引进西方文论。在解构传统和价值重建的时代,总体说中国的文学理论与批评非常活跃。主要体现在三个方面:

---

① 道格拉斯·凯尔纳、斯蒂文·贝斯特:《后现代理论》,张志斌译,中央编译出版社2006年版,第1页。
② 弗马克、易布斯:《二十世纪文学理论》,林书武等译,生活·读书·新知三联书店1988年版,第1页。

一是对文学创作的积极支持。这个时期文学创作的兴盛显然和文学批评的支持分不开。很多作品的"轰动效应"也得力于批评的推波助澜。有突破意义的新作一旦出来，很快会有很多评论甚至评者云集。《班主任》《伤痕》《乔厂长上任记》《爱，是不能忘记的》《西线轶事》《高山下的花环》《人到中年》等作品的不胫而走，都和其时的评论相关。当时批评界非常关注各种创作现象，批评者的文本阅读很投入。评论甚至可以决定作品的社会影响，因作品"一炮打响"而改变作者命运的情况也比比皆是，这也极大激励了创作积极性。这种支持当然还和大量读者的认可相连。一般读者的话语权是通过口口相传和购买作品来实现的，可谓一种"无声的文学批评"。

二是文学争鸣活跃。这个时期文学争鸣的活跃主要有两种情况：一是对具体作品和创作现象的争鸣。如早期问题小说、朦胧诗、实验剧、先锋文学、现代主义文学、问题报告文学、新写实小说等，都引起过规模不等的争论。褒贬扬抑虽然见智见仁，但不少争论却有力支持了创新性和探索性创作。如关于朦胧诗的争论，谢冕、孙绍振、徐敬亚的文章就起到了保护作用。再如新写实小说，由于描述了"小人物"的现实尴尬和琐碎生活，与传统社会主义现实主义完全不同，有些人就指责新写实小说专写生活中的平庸灰暗，是自然主义，但更多评论者予以支持。尘埃落定后，新写实小说的文学史价值还是得到了普遍认可。二是关于文艺观念、文艺思潮、文学史、创作走向等大话题的讨论。这类争论，理论性更强，涉及问题更复杂，也更有学术史和文学史的表现意义。诸如文学与阶级性、文学与人性、文学主体性、美学本质、艺术典型、形象思维、"歌德"与"缺德"、现实主义开放性、现代主义文学、通俗文学与纯文学、"干预生活"与"向内转"、人道主义等，都有过热烈讨论和激烈争论。在文学争鸣中，有两个问题的提出与争论特别重要，即"文学主体性"争论与"重写文学史"的提出。

1985年刘再复接连发表了《文学研究空间的拓展》、《文学研究应以人为中心》和《论文学的主体性》，引发了一场全国性讨论。其中有两组呼应性的笔谈产生了很大影响。一组是上海师范大学8位教师对《文学研究应以人为中心》的讨论摘要，于1985年9月30日《文汇报》整版刊登；一组是1986年中国社科院文研所文艺理论室组织的文学主体性问题讨论会（2月18日和3月1日两次召开）的发言摘要。此后国内不少报刊陆续发表了系列相关文章。由于文学主体性涉及文学内外很多复杂问题，争论较分散，但对刘再复观点基本形成了赞成与反对两派意见。回顾持续几年的文学主体性讨论，尽管刘再复的文章存在不足和疏漏，但主要观点的提出本身就非常有意义，打破了文学主体性方面的传统和僵化的理论局面。

"重写文学史"的讨论尽管未彻底展开，但已经形成意义重大的理论事件。这种重新认识文学传统的研究，涉及传统马列文论、中国"左"翼文学理论尤其是延安文艺思想。事情虽然起于1988年《上海文论》"重写文学史"栏目（意在重新评价一些文学史上有定论的作家作品，专栏开办后来稿踊跃，引起很大反响），但呼吁"重写文学史"有个渐进过程，王晓明有如此说明："1988年，《中国现代文学研究丛刊》也开设了一个

'名著重读'的新栏目；钱理群、黄子平、陈平原的《二十世纪文学三人谈》，公开在会议上宣读的时间是1985年；而实际上，早在1982年、1983年，许多人就开始讨论这个问题了，当时有非常多的私下交流。记得1983年秋天，我和钱理群在北大未名湖散步，当时就听他说过这个想法。"王晓明还特别提到前辈学者的支持："虽然看起来是我们这一辈人在出头，发文章啊，主持专栏啊，背后其实有很多前辈学者的支持，如北京的王瑶先生，上海的我的导师钱谷融先生，他们的支持是很重要的。我们都是他们的学生，而'重写'包含了对老一辈的研究成果的重新审视，例如对王瑶的《新文学史稿》，唐弢、严家炎的《中国现代文学史》等文学史著作的重新评价。如果他们那儿有阻力的话，情况就会不同。可他们却积极支持，在背后推动这个事情，这一点非常重要。"① 可见"重写文学史"已成为很多学者的共识。讨论虽未彻底展开，这种意识却已经深入人心，并且在众多学者的著述活动中得到多种方式的表达。

三是文学理论的"拿来主义"。

文学批评需要文学理论的依据和支持。这个时期的中国文学理论建设，一个显著特征就是采取"拿来主义"，大量引进西方现代文学理论和文化理论。其实从五四时期开始，文艺理论的"拿来"就颇为流行，只是新时期的"拿来"更为系统也更学术化。从当时的情况看，"拿来"起到了至关重要的作用。不仅开启了获取思想资源的新途径，而且引进了我们长期隔膜的文化学、哲学、美学、语言学和文学的理论，包括人类文化学、精神分析学、心理学、存在主义、实证主义、现象学、阐释学、接受美学等；西方现代批评的"新方法"，如结构主义、形式主义、新批评、比较批评、叙事学、符号学、文本分析和文化批评等，更是直接催生了中国文学批评方法的多样化。如1985年被称为"方法论年"，该年中国文艺批评界对国内文学研究运用新方法的状况进行了热烈讨论。方法论问题讨论主要集中在两个方面：新方法与传统方法的关系；文学研究与自然科学方法的关系。同时还借鉴了自然科学的系统论、信息论、控制论等研究方法。"拿来主义"中，翻译工作和出版界的努力功不可没。如著名老牌出版社商务印书馆的"世界汉译名著"，以往就给中国文化思想建设提供了有力支持，在新时期更加不遗余力。当然，这个时期的"拿来"也出现了简单借鉴和生搬硬套的问题。

拓展阅读：

1. 许子东：《现代主义与中国新时期文学》，《文学评论》1989年第4期。
2. 孟繁华：《1978：激情岁月》，山东教育出版社1998年版。
3. 尹昌龙：《1985：延伸与转折》，山东教育出版社1998年版。
4. 张光芒：《中国当代启蒙文学思潮论》，上海三联书店2006年版。
5. 洪子诚等：《重返八十年代》，北京大学出版社2009年版。

---

① 李世涛：《从"重写文学史"到"人文精神讨论"：王晓明先生访谈录》，《当代文坛》2007年第5期，第42—46页。

6. 黄发有：《第四次文代会与文学复苏》，《文艺争鸣》2013 年第 10 期。
7. 吴义勤：《文学制度改革与中国新时期文学》，文化艺术出版社 2013 年版。
8. 贺桂梅：《"新启蒙"知识档案：80 年代中国文化研究》，北京大学出版社 2021 年版。

问题与思考：

1. 第四次文代会前后的历史处境与文学问题。
2. 1980 年代文学思潮与政治思潮、社会思潮的互动。
3. "新启蒙"对五四的回归与偏离。
4. 1985 "方法年"的历史感与现实感。
5. "重写文学史"的兴起缘由与目标指向。
6. 新时期现代主义思潮的兴起与本土化发展。

第十四章 诗歌创作

第一节 概 述

从1978年开始,大陆诗歌创作步入了与前两个时期既有联系、又有明显区别的新时期,这一时期诗歌创作取得的成就是前27年难以比拟的。

这一时期的诗人由以下几部分构成。一是一批20世纪五六十年代始终活跃于诗坛的诗人,如贺敬之、李瑛、严辰、邹荻帆、严阵、顾工等。他们在十年动乱中也受到迫害,但在"四人帮"垮台后,最先用笔对社会生活作出情感反应。第二部分是在50年代以来的历次政治运动中,由于政治以及与政治有关的艺术原因在"文革"之前就相继从诗坛消失的诗人,他们在新的历史转折中重新归来。他们包括1955年因"胡风事件"而罹难的"七月派"诗人、1957年"反右"扩大化中被错划为右派的诗人,以及与政治艺术有关的种种原因离开诗坛的"九叶诗人"等。上述三部分人后来被批评家们统称为"复出诗人"或"归来诗人"。第三部分是70年代末以后涌现的青年诗人。这个时期"青年诗人"称谓所涵盖的面相当宽泛。如果粗略划分,70年代末到80年代初走上诗坛的是被称为"朦胧诗人"的一群,后来开始写作的"第三代"则是另一群。这些青年诗人以蓬勃的朝气、革新的面貌对待"传统"的锋芒,他们被称为"崛起的一代"。

这一时期的诗人情况与50年代的相比,出现了一些新的因素。对于在"文革"以前就开始创作的诗人来说,社会和个人的曲折道路以及诗歌发展自身经受的挫折使他们中的多数人获得了历史所赐予的经验和教训,他们对50年代以后占统治地位的诗歌观念和艺术方法的偏差、失误有了程度不同的认识,这使他们再次执笔时,或多或少地会寻求对原来道路的突破。对于这一时期成长的青年诗人来说,他们艺术创造的主动精神、在文化修养和艺术创造上所作的准备,都要比50年代的青年诗人充分。更为重要的是,这一时期的诗人置身于一个改革开放的文化环境中,他们的眼界开阔了,对外来文化有更为积极的借鉴,对传统有更加主动的审视。

这一时期诗歌发展的历程,大致呈现为三个阶段。

以天安门诗歌运动为先导,1978年,诗歌创作进入现代诗歌传统全面恢复的阶段,诗歌重新负起"战歌"与"颂歌"两种社会职能。这一阶段的许多诗作,集中抒写了批判斥责"四人帮"、缅怀老一辈无产阶级革命家这两大主题。贺敬之的《中国的十月》、李瑛的《一月的哀思》、柯岩的《周总理，你在哪里》、白桦的《群山耸立盼贺龙》、邵燕祥的《中国又有了诗歌》等众多诗篇，以蓄积已久的强烈情感唱出了人们亟待宣泄的情怀。这一阶段的诗，基本上沿袭着当代政治抒情诗的轨道：诗歌表现的政治内容有了变化，但对诗与政治的关系的理解并未发生更改；具体的政治事件，仍然是诗歌创作取材的主要对象；诗对于人民情感、愿望的表达大多停留在比较直接的层面上；诗人们在表现对社会历史的看法时，也仍然持一种绝对化的态度，缺乏辩证的精神。当然，从荒芜走向繁荣的最初苏醒之时，诗歌存在上述缺陷，是完全可以理解的。

1979—1984年前后，这是本时期诗歌发展的第二个阶段。1978年底党的十一届三中全会后，一个以全面审视历史为主要内容的思想解放运动波及社会各个领域。思想解放运动拓展了人们的胸襟和视野，动摇了束缚、禁锢思想的栅栏，促使诗人发出恢复诗歌真实性的呼吁。艾青的《诗人必须说真话》①、公刘的《诗与诚实》等冲击着曾遮天蔽日的虚假。诗歌主题也从大悲大喜的歌颂、怀念和控诉，转向了对于历史的反思。公刘的《沉思》、白桦的《阳光，谁也不能垄断》、邵燕祥的《假如生活重新开头》、流沙河的《故园九咏》、蔡其矫的《祈求》、牛汉的《悼念一棵枫树》、绿原的《重读〈圣经〉》、曾卓的《悬崖边的树》、梁南的《我不怨恨》等，表达了在历史的错位和回归的艰难时代人们的复杂感受。1979年，张志新事件披露，激起全社会的震惊与愤怒，雷抒雁的《小草在歌唱》、流沙河的《哭》、公刘的《刑场》、韩瀚的《重量》等超越了以往英雄颂歌的模式，以对自我与历史进行双重反思的深度，撼动着读者的心灵。而艾青的《古罗马的大斗技场》、公刘的《车过山海关》、邵燕祥的《不要废墟》、骆耕野的《车过秦岭》等，在对社会现实进行批判性思考中，也都深入到对历史的追索，深入到对"自我"包孕其间的民族和人类发展进程的解剖中。

诗的反思主题，在对现实生活的曲折进行相当广泛的扫描之后，逐渐从社会政治层面深入到对民族性格、民族心理结构的挖掘中。1983年以后出现的"现代史诗"（或"史诗性抒情诗"）体现了这种努力。"现代史诗"显现出两种不同的流向。一是从上古神话、宗教、传说和历史遗迹中取得诗的意象和抒情构架，女娲、共工、精卫、夸父、藏族男神诺日朗，以及敦煌、半坡遗址等，用现代意识重新审视和解释。这些诗作，更多地突出对人的生命意识、人的生命创造过程和民族的审美心理的揭示。"现代史诗"的另一流向，则表现为对现实生活的人类文化特征的感性体验：各民族的带有原初、古朴生活的印记，与传统生活、生产方式有更多联系的自然、民情、习俗、精神性格等。这种流向，在"新边塞诗"（或"西部诗歌"）中有典型的展示。诗人们回溯历史的动机不同，诗中的情感意向也并不一致，但是，对历史生活中基本、恒久因素的发掘，对在土地上生生不息的劳动者质朴、坚韧的生命力的确认，是相当普遍性的因素。"现代史诗"最早萌动了这一时期文学的"寻根"潮流。

---

① 1978年，艾青为新版的《艾青诗选》撰写的序言中，明确把诗的"真实"和诗人的"说真话"作为新诗创作的首要任务提出。两年之后，艾青摘出这篇序言的第六节，加以"诗人必须说真话"的题目，作为诗集《归来的歌》的序言。

这个阶段诗歌发展有两个重要标志。其一是一大批曾遭受不公正待遇的诗人重返诗坛。他们以特有的感情与思想的穿透力，从富于历史纵深感和切身体验的角度，丰富和深化了"反思"的主题。其二是一批年青新人——"朦胧诗人"的出现。他们从另一侧面加入了诗歌反思主题的展示。一部分青年诗人的创作倾向与美学追求中体现的新异特征所导衍的长达数年的所谓"朦胧诗"的论争，使本来分散的艺术探索发展为一项自觉的诗歌运动。这是本阶段值得重视的诗歌现象。

80年代中后期，是一个充满创新热情和挑战精神的诗歌发展阶段，也是"第三代"诗人崛起的阶段。整个诗坛被一种漠视秩序和规范的流派竞起的局面所代替，出现了很多自以为是的诗歌主张和宣告，也有一些表面喧腾的"展出"。但总的说来，这阶段的诗歌言说多于创作实绩，得到公众肯定并且能够保留下来的诗作并不多，呈现出热闹中的寂寞。

这一阶段诗歌迅速走向个人化。诗人从社会的群体回到单纯意义上的个体，把以往关注外部世界的目光停留并凝注于个体生命的细观默察上、心理的和潜意识的微妙之处的体察和把握上，诗歌创作发生了由外向内的转移。这种背景也促成了当代女性诗歌的兴起和繁荣。

这一时期的诗歌创作，呈现出强烈的艺术革新趋势。这种艺术革新，表现在如下几个方面：

第一，诗歌审美特征的个性化追求。新时期诗歌起始阶段的个性化，是"自我"对诗的直接加入。在20世纪70年代末至80年代初的不少获得好评的诗里，抒情主体往往在一定程度上可以看作是诗人自身。这和"文革"前当代诗歌回避"自我"、以追求表现阶级群体意志、以情感的"大我"代之的状况，形成鲜明对照。之后，诗的个性化进入更高层次，更多地体现为诗人观察、体验的独特角度和方法，体现为对人的心灵世界的不同发现，以及在把情感、生活经验上升为意象的不同方式上。

第二，浓郁的思辨气质进入诗歌。"复出"诗人归来后的歌声，由于身世、心境和惯于思索而变得深沉。"朦胧诗人"的理性世界更为冷峻，思想锋芒更为犀利，诗情哲理化倾向更突出。思辨化倾向还表现在，诗人们更多地从哲学、历史、伦理、心理等多种角度认识社会生活，以求对现象作出完整的立体的把握。

第三，诗歌的情绪结构趋向复杂化。过去那种简明单一的情绪已很少见，多种冲突的意志情感为多数新老诗人所共有。与此相适应，诗歌的艺术表现手法也趋于多元化，多元意象组合、时空跳跃等结构方式被较多采用；情感表达方式也由直白率露转向含蓄，出现了整体象征和冷抒情等所谓间接抒情方式。

第四，诗体形式发生变化，语言得到创新。作为对六七十年代当代诗的"骈文"化的逆反，这一时期诗歌在诗体样式上朝着偏重散文化的自由诗的方向发展。六七十年代诗在语言上、节奏韵律上人工雕琢的匠气，那种讲究排比、对偶、韵脚的体式，因感情和形式的造作而为读者所厌弃。自然、朴素的诗风，逐渐占据主要的地位。

当然，这一阶段的诗歌远非尽善尽美，它的不足之处表现在：高屋建瓴地表现时代、有深度力度的作品太少；一些作品的思想内涵还不能适应已经更新的思维和观念；关注、参与现实的民族深层文化心理常为一些超脱社会的时尚所干扰；不少作品缺乏独创性，一种创新的风格问世立即成为新的模仿对象；与诗坛上繁多的旗号喧哗相对应的是读者的渐次减少。但是，我们不必苛求仍处在复苏、摸索、选择道路中的"过渡"阶段的诗歌，毕竟诗的新前景正在创造着。

第二节 "归来者"的诗

20世纪50—70年代，多次突如其来的政治风暴和文艺批判运动，湮没了一批又一批诗人。70年代末期，随着社会生活的又一次变化，他们才陆续回归诗坛。"归来"（或"复出"）的诗人大致包括下面三种情况：一是1957年反右扩大化中被错划为右派的艾青、公刘、流沙河、邵燕祥、昌耀、白桦、周良沛、梁南、林希、赵恺、胡昭等；二是1955年因"胡风事件"罹难的"七月派"诗人绿原、牛汉、曾卓、冀汸、鲁藜、彭燕郊、罗洛等；三是因为艺术与政治有关的种种原因，五六十年代从诗坛"消失"的诗人，如蔡其矫和"九叶诗人"辛笛、唐湜、郑敏、陈敬容、杜运燮等。

时隔二十余年之后，历史的巨手为这些曾经以"一道无声的泪痕划过群星灿烂的夜空"的"天庭的流浪儿"（林希，《流星》）洗刷去不白之冤，重新纳入原来运行的轨道。大约在1978—1980年这段时间，他们纷纷把自己由于生活道路的坎坷、曲折所获得的人生感受，投射在重新归来之后的诗篇中。他们的创作（同时也是以他们为突出代表的这时期的最初诗坛）便呈现某些重要的共同特征。

第一，凝聚着历史沧桑感的"归来"主题。诗人们把自己的复出看作是原有的生活和艺术位置的"归来"，创作常带有"自白""自叙传"的性质。艾青把他复出后出版的第一部新诗集命名为《归来的歌》，流沙河和石天河有诗《归来》，梁南也写了《归来的时刻》，几乎所有复出的诗人，都有"归来"主题的歌唱。这种"归来意绪"，成为复出诗人们一段时间里的典型心态和诗情核心。艾青笔下那条鱼，由于猝不及防的灾难，也许是地震，也许是火山爆发变成了化石（《鱼化石》）；曾卓诗中那棵被"奇异的风"刮到生存绝境的"悬崖边的树"，无疑都是诗人在那段异常岁月中生存状态的自述，但同时也是对异常状态下历史某一侧面的描绘。历史凝聚在个人生命里，对个人生命——自我的表现，便同时映射着历史。

第二，以历史反思为核心的理性思辨倾向。历史的劫难，使诗人们一度跌入生活的底层，他们对祖国"母亲"的"第一声爱还没落地，就凝成一颗苦涩的泪滴"。二十余年痛苦的历程，他们获得了对底层人民生活的更为真切的观察、体验和思考，因而变得深沉和诚挚，更富于理性色彩。复出诗人的诗歌思辨倾向，突出地表现为两个角度：其一是通过自身经历中凝聚的历史创伤，思考个人与历史的关系这一主题。梁南的诗《我不怨恨》中，引人注目的是这样一组形象："马蹄踏倒鲜花，鲜花，／依然抱住马蹄狂吻;/就像我被抛弃,/却始终爱着抛弃我的人。"这是一种无以解释的执著,一种痛楚与挚爱、冷酷与热情的复杂情绪组合。离乱和践踏并不能摧毁诗人对于人民和土地的热爱,这一主题在林希、曾卓、绿原、牛汉、流沙河的创作中也有集中的体现。另一种角度是,从祖国和民族的悲剧出发,去探寻历史曲折进程的原因。公刘在《沉思》中写道:"既然历史在这里沉思,/我怎能不沉思这段历史?""沉思这段历史"的主题,在艾青、公刘、白桦、邵燕祥笔下有更强烈的表现。这些作品,更见批判锋芒和思想深度。

第三,感伤诗情。欢乐的主题在这一时期开始时曾经出现,那是由于意识形态持续制约的惯性运行的结果,属于主潮的欢乐的命题,已是混沌历史的过去,人们对于自身以及社会思考的深入导向了悲怆主题的萌兴。近百年来中国人振兴民族的忧患意识、20世纪60年代中叶开始的"文革"的经历和记忆,以及进入20世纪80年代以来逐渐显现的世纪末的悲凉感,融合成世纪之交的文学的"悲回风"。复出诗人的笔下涌动着一股感伤情绪的潜流:老年人悲哀于不可复得的《失去的岁月》(艾青);中年人悲哀于失去了宝贵的青春与爱情(林希《你曾经是我的舞伴》、周良沛《要求》、流沙河《归来》)。这些归来的歌,以血泪的声音传达出几代人的悲凉情致,创造了一种感伤美。

第四,对艺术个性和艺术独创性的重新肯定和追求,使诗歌开始呈现多样的风格和色彩。诗人们从各自人生经历中所获得的独特感受和体验,形成了他们迥异的艺术个性,艾青的淡泊、机智、富于哲理,绿原、牛汉、曾卓的冷峻与苦涩,昌耀、流沙河的浓重忧伤,公刘的火焰般的激情……无不闪耀着个性的炫目光彩。

一、艾青的诗

艾青(1910—1996),原名蒋海澄,浙江金华人。1929年赴法习画期间开始写诗。1933年以抒情名篇《大堰河——我的保姆》震动诗坛。1941年到延安,任教于鲁迅文学艺术学院,主编《诗刊》(延安版)。新中国成立后,艾青的诗歌创作分为两个时期:1949—1957年为第一个时期,这一时期的作品保留在《欢呼集》《宝石的红星》《春天》《海岬上》等诗集中;新时期为第二个时期,1978年以来的作品,收入《归来的歌》《彩色的诗》《域外诗选》《雪莲》等诗集中。

50年代前期,艾青曾满怀热情地抒写新生活。但他表现社会主义建设和劳动者形象的作品,却成就不高。《官厅水库》等作品,停留于对生活表象的一般对比和记述;《女司机》等作品,显露出诗人对自己歌颂对象广大劳动人民缺乏了解;用民歌体写的表现抗战时期浙东人民斗争事迹的《藏枪记》则属于一次不成功的尝试。艾青把这一段的创作危机归于他与时代生活的远离,实际上,一个更重要的原因是,表现新生活所需要的欢乐、明朗的基调与诗人以忧郁、深沉为基质的抒情个性发生矛盾,困惑之中,诗人不少反映新生活的作品,过分偏离了自己已经成熟的艺术个性。

艾青这一时期富有光彩的创作是他的国际题材作品。《给乌兰诺娃》《一个黑人姑娘在歌唱》《维也纳》《在智利的海岬上》等优秀篇章都体现出:经过一段时间的徘徊和探索，诗人已开始自觉地把握自己的艺术思维对现实世界的切入点。尤其是《在智利的海岬上》标志着艾青重建艺术个性方面的突破。本时期一些蕴含生活哲理的小诗，如《礁石》《珠贝》《启明星》等，也体现了艾青的艺术个性和人格面貌。

《维也纳》比较集中体现了艾青这一时期诗歌创作的成就。诗作于1954年，当时的维也纳正值苏、美、英、法四国军事占领，失去民族自由，诗人在诗中写入了自己对奥地利人民痛苦境遇的深切理解和深厚同情。博大的国际主义、人道主义胸怀，凛然的道德正义感，深切的民族同情心是这首诗突出的情感思想素质。这种素质贯注到诗行里每一个深沉有力的笔触中，对一个远在异域的被压迫民族，诗人的情感深厚纯真，没有丝毫虚矫、雕饰或无病呻吟。这是艾青域外诗具有感人力量的根本所在。

艾青在这首诗里采用了他所擅长的象征方式，有力地构成诗情的形象化和思想性的高度契合。在象征形象塑造中，又充分展露了诗人出色的想象力，创造出单纯、集中而又丰富的诗歌意象：第一节中美丽而痛苦的少妇是一个整体的象征，第二、三节由此而展开残损的钢琴、樱桃等具体可感的象征意象，第四节由象征形象转向现实图景，又由空间的实景跃入想象的虚境，第五节再将空间想象楔入时间的遐想。全诗的意象转换构成了高度活泼的、多维的想象世界，又涵纳在"美丽的病妇"这一核心意象之中。此外，艾青诗歌形象新颖贴切、丰满优美的特征在诗中也有出色的体现。

艾青的诗艺探求，由于1957年的政治风暴而被迫终结。他作为右派先后被遣送到黑龙江、新疆等地劳动，沉默了整整20年。

1978年，艾青复出于诗坛。20年的世道沧桑，非但没有磨去诗人的生活热忱，反而丰富了他的人生体验、他的情感和艺术创造力。新时期艾青的创作，显示了倔强旺盛的艺术生命力。这一时期的作品，大致可分为三类。第一类是以现实时事为题材的政治抒情诗，代表性的作品有《在浪尖上》《清明时节雨纷纷》等。第二类是充满象征、寓意的哲理性抒情诗。其中有纵横捭阖、境广思阔的长篇巨构，如《光的赞歌》《古罗马的大斗技场》，更多的是那些借题发挥而意味深长的哲理小诗，如《鱼化石》《互相被发现》《盆景》《蛇》《镜子》等。第三类是艾青的域外诗，如《欧罗巴圆舞曲》《重访维也纳》《纽约》《墙》等。这些域外诗是诗人50年代同类题材的继续，而在思想和艺术上更见成熟。

《光的赞歌》是艾青新时期的一部重要代表作，几乎包含着艾青思想和艺术上的全部精华。透视《光的赞歌》及艾青当代的其他代表作，我们将获得艾青当代诗歌创作的总体印象。

第一，从时代特征、民族和人类命运的角度观察生活、处理题材，是诗人艺术个性的基本出发点。艾青自认为是对揭示时代的重负、斗争和出路负有重任的时代"代言人"，他的诗作中凝聚着对生活、时代、历史的思考。诗人复出后最先引起轰动的作品《在浪尖上》，是"四五"运动平反后的急就章。诗人以激愤悲壮的笔触描绘了震惊中外的天安门诗歌运动，揭露了"四人帮"的反动行为，歌颂了觉醒的一代中国人惊天地泣鬼神的英勇斗争。从诗中我们看到归来后的艾青，依然是激情饱满的"代言人"。在《光的赞歌》中，诗人以切身的现实体验同历史经验相交织，揭示了光明与黑暗、生命与死亡、前进与倒退、科学与愚昧、美与丑、善与恶之间的激烈斗争，概括了历史的规律、社会的本质和生活的真理。诗作避免了《在浪尖上》过于"时事性"的弱点，有意使自己的创作与社会的具体历史事实保持一种距离，把对个人遭遇的观照，扩展为对历史现象和更具普遍性的人的心态的概括。

艾青这种处理题材的方法，这种面对人类社会历史的思考，是为了使他的创作富于深沉的历史感。但是，二十多年被迫的封闭生活使他与20世纪后半叶的时代律动和复杂矛盾的感知，存在着相当的距离，因而无力完全达到预期的目的。另外，在《光的赞歌》及其他一些作品中，又出现了感性因素欠缺的"政治判断"倾向。从诗歌艺术的角度看，倒是不少从眼前事象出发而随意发挥的短章，更具艺术魅力。在这些作品里，对人的命运的关注，使他的政治视角得到拓展，诗中表现的政治激情包容着的浓郁的命运感、某些他习惯使用的理性叙说也凝聚进人生悲欢离合的复杂韵味。《鱼化石》和《互相被发现》写的既是一种具体的际遇，也是对人的某种异常生存状态的揭示。

第二，从如实的微观具象层层推移到宏观象征的象征手法。艾青是一个不善于刻画生活具体情状的诗人，对生活事件的"写实"性描述，往往会削弱他诗歌艺术的光彩。20世纪50年代初艾青某些描述新生活作品的失败就是证明。只有当他在对客观事物的关注中，把握到一种超越对象本身的更广阔、更深刻的思想感情，并把对这种事物的具体描述向着象征的宏观层层步步推进，构成有别于事物本身的一定程度的象征性意象时，他的艺术能量才能得到有效的发挥。《光的赞歌》中，艾青从"光"这个实在的物理现象出发，展开惊人的联想，使其触角既伸向空间——从自然世界到人类社会的鸟瞰，又伸向时间——"从周口店到天安门"的人类历史长河的回顾，从而暗示出"光"的丰富的象征意义：就主体而言，它象征一种高尚的人格；对于大自然，它象征生命之源；针对暴政，它象征革命与民主；对于愚昧，它象征智慧、理性与科学；对于现状，它象征进步、未来和希望……这种手法，在50年代的诗作《在智利的海岬上》《礁石》，以及在新时期创作的《鱼化石》《仙人掌》《盆景》《虎斑贝》《镜子》《古罗马的大斗技场》等作品中，都有过成功的运用，不过这种象征手法在新时期运用得更加广泛和娴熟。

第三，哲理思辨色彩。艾青的成功之作大都带有一种哲理思辨的气质，而且往往以象征的方式呈现出来。如《礁石》，诗人从礁石和海浪这两个对抗性的象征形象中，生发出对压迫者与被压迫者之间辩证关系的领悟：与象征"正义""真理"的礁石相对立的海浪，其外在特征是凶狠的、强大的、进击的，而从内在力量来看，它却是怯懦、虚弱和无能的。相反，巍然屹立的礁石，虽然总是被动无辜地受到侵害、践踏，但由于具有不灭的内在伟力，海浪的冲击砍削只能更加增强它坚硬顽强的本质，它永远以强者、胜者的自信心与昂然姿态撞碎外强中干的海浪。再如《鱼化石》，诗人首先描绘了象征物鱼化石曾"在浪花里跳跃，/在大海里浮沉"的活泼形象，因为火山爆发或是地震，被埋进岩层，在化石里它依然"栩栩如生"。这个形象既是诗人失去自由的人生经历的悲剧写照，同时又折射出复杂的哲理情思：被掩没的悲哀与被发现的欣喜。《光的赞歌》更是被称为"诗体的哲学"。在诗人的构思中，光的本质的形态由于多义的象征性被高度抽象化，而又从这种抽象里演绎出无穷的联想和想象，这本身就是典型的哲理性思维。再看诗人对于"光"的直接描述，"没有重量而色如黄金"，"漫游世界而无形体"，"来源于燃烧和消亡的过程"……这既非物理的判断，也不同于纯粹的直觉把握，而是一种由情感引导、由艺术形象来展现的哲理抽象，是强烈的情感、鲜明的形象和深刻的哲理融合为一体的诗歌意象。有时诗人直接使用思辨语言表达自己的思想："认识没有地平线，地平线只能存在于停止前进的地方。""统一中有矛盾，前进中有逆转/运动中有阻力，革命中有背叛/甚至光中也有暗/暗中也有光"……浓重的哲理气氛使长诗充溢着庄严睿智的理性之美。

应该指出的是，艾青一部分作品的哲理体悟并非为情感体验所渗透，而是观念推论、演绎的结果。这不免使诗失去感性的光彩，形象失去质感、立体感。

第四，语言的朴素美，诗体的散文美。艾青诗歌的形式在新中国成立后有所变化和发展。语言方面，他大刀阔斧地削减过去诗歌语言中的繁枝杂叶，有意识地避免华词丽句，不故作曲折，而常以明白的口语入诗，使诗歌语言具有单纯、明快、质朴的朴素美。当然，对事物的直观描绘和思想感情的直白陈述，可能造成语言缺乏启悟暗示和丰富层次的内在张力，诗人50年代的一些诗就存在这一缺陷。但是，在不少优秀篇章，如《礁石》《鱼化石》《镜子》《酒》《眼睛》《墙》中，诗人将丰富的内涵化为平淡、近乎白描的语言形式的努力，却达到了较高的成就。当读着"一个浪，一个浪/无休止地扑过来……"这样的诗句时，人们感受到一种朴素与深厚交织的美。《红色磨坊》一诗在淡化了雕饰、浓缩铺陈之后，展现于人们视野的是极富内蕴和魅力的对比形象："要是说/巴黎有一个跪在圣母院/祈求宽恕的白天/它同样也有一个/不穿紧身衣的夜晚。"诗体方面，诗人一贯倡导诗的散文美，成为我国自由体诗的杰出代表，但他在新中国成立初期的一些诗却转向对诗歌格律的追求。50年代，他动用民歌格律写的叙事诗失败了，运用半格律写的抒情诗《礁石》《一个黑人姑娘在歌唱》《给乌兰诺娃》等则取得了成功。复出之后，自由体诗重新占主要地位。但他不论写自由体或格律体，都不像以往那样偏执一端，而是深深懂得自由中求规范、规范中显自由的辩证原则，他的自由诗或格律诗，既遵守格律又随时突破格律，散发着散文美的光华。

二、右派诗人的诗

公刘（1927—2003），原名刘耿直，江西南昌人。1946年开始发表作品，1949年参军至云南。曾参加搜集、整理著名长诗《阿诗玛》。1957年前出版的诗集有《边地短歌》《黎明的城》《在北方》等。1978年后出版的诗集有《尹灵芝》《白花·红花》《离离原上草》《仙人掌》《骆驼》《大上海》等。另有诗论集《诗路跋涉》《诗与诚实》等。

公刘早期的诗写西南边疆军民生活，有如一朵带着深谷底层寒气的奇异的"云"，一支由悠扬"叶笛"吹出的旖旎而清新明朗的牧歌。《山间小路》《西盟的早晨》等都是其中让人倾心的优美诗章。自然，由于"叶笛"的轻快，不少诗篇显得缺乏提炼，缺乏思想深度。1956年，公刘来到北方，他在"唢呐"雄浑、欢快的音调中，融入"叶笛"俊美的旋律，吹奏起新的乐曲《在北方》。诗集《在北方》标志着公刘诗歌创作的成熟。《在北方》中的作品，包括《上海抒情诗》、写北京的一组和西北之旅的一组，尝试把南方的"梦与情丝"与北方"棕黄色"土地的广袤、雄浑结合起来，即把生活诗意的敏锐感受与哲理思考的升华结合起来，在当时诗坛独树一帜。这些诗几乎形成了一种诗歌的表达公式：从对生活的具象描述出发，循着理性思维逻辑的发展，由实到虚，由感性向"哲理"升华的概括。这种构思方式对后来的当代诗坛产生了相当的影响。不幸，反右和"文革"中公刘两度遭厄运，他的歌声，"由于缺乏活命的水"而变得"黯哑"了。

公刘复出后，他以喷发般的写作状态，先后出版了十余部诗集。30年的人世沧桑，公刘的创作风格发生了很大的变异，30年前那朵升自西南边疆，带着旭日光彩的"云"由于历史的曲折和岁月的煎熬，变成熔铸着至爱大憎的愤怒的"火"了。[1]

复出后的公刘是一个有着丰富人生经验的沉思者，他的注意力集中于对现实和历史的深沉思考，诗歌表现出强烈的政治性和理性的思辨倾向。《哎，大森林》典型地体现了这一时期的辩证思维和艰深的复杂感情。诗人看到，充盈生命的森林之海同时又在酝酿着无知和残酷的自我毁灭，对现状如不警觉，未来将是可忧的："海底有声音说：这儿明天肯定要化作尘埃，假如今天啄木鸟拒绝飞来。""四五"运动为周恩来总理写的《沉思》，为张志新烈士写的《呼喊》《刑场》，为古老而多难的中华民族而写的《读罗立中油画〈父亲〉》，关于领袖与人民、关于现代迷信的《十二月二十六日》《关于〈摩西十戒〉》等，都体现出诗人对历史教训的痛苦的深思和渴望改造现实积弊的一腔热忱，且带有50年代不可能有的辩证色彩。

公刘诗歌炽热情感的一个基本元素是融注着辛辣的痛苦。这种元素常常诱发他诗歌的奇特联想与意象。50年代，公刘的"奇想"是喜悦，他把上海关钟楼上的时针与分针比作一把剪刀："一圈，又一圈，铰碎了白天。"（《上海抒情诗》）；他写在云南海拔3000公尺高的湖上撒网，"如果湖底透明，鱼儿就游到天上"（《这是个美丽的地方》）。而现在，他的"奇想"则叫人震悚。他这样写黑暗年代的秋天："为何树木也悲号？／落叶满天飘，／像一群自杀的鸟，／啄碎了美丽的羽毛。"他记述张志新烈士死难的洼地上，参观的人默默俯身采摘野花，连"四周的杨树也禁绝了喧哗"："原来杨树被割断了喉管，／只能直挺挺地站着，像她……"

七八十年代之交，公刘一些政治性强烈的作品曾获得热烈的社会反响，但这些诗也暴露出与现实政治问题距离过近的缺陷，以及由情感宣泄造成的失控、直露的毛病。

---

[1] 公刘：《离离原上草·自序》，载《离离原上草》，人民文学出版社1980年版，第1页。

流沙河（1931—2019），原名余勋坦，四川金堂县人。1948年开始发表作品。50年代有诗集《农村夜曲》和《告别火星》。1957年因散文诗《草木篇》而罹文祸，被遣送原籍劳动。1979年，流沙河复出后，有诗集《流沙河诗集》《故园别》《游踪》等出版。

流沙河复出后的诗篇，有着浓重的伤感，有着拂拭不掉的宝贵年华逝而不再的失落感："岁月，岁月，你到哪里去了？/我像蠢笨的哑巴被扎了巨款。"（《归来》）这种恍若隔世、怅然若失的情绪在他的《重逢》《故园别》《科学讲习所旧址》《人和船》中都有表现。流沙河的诗，一方面力求抒情自我的心声得到坦白而真切的传达，另一方面又很留意于学识涵养。《故园九咏》《情诗六首》《梦西安》《妻颂》《蝶》一类带有自传色彩的抒情诗和剖析现代迷信的长诗《太阳》一类作品，分别体现这两种特色。还有一些作品如赠台湾友人的《就是那一只蟋蟀》，则能反映出两种追求的契合统一。

《故园九咏》作于"吟罢低眉于写处"的"文革"期间。诗人以日常生活的琐屑写历史的不幸，寄深沉的悲哀于强作欢颜的谐谑之中，再现了那个变态社会生活中个人的哀痛与艰辛。在当时的环境里，诗人过着思想被"管制"、人格受歧视、疲于劳作的困顿的日子，精神生活是苦涩的，《故园九咏》却是这苦涩中泛出的一个含泪的微笑。这微笑里，有对虽遭暴虐却幸有一个相濡以沫的小小家庭而感到的慰藉（《吾家》），有包含对德行有愧于"小狗"的"芳邻"的超然一笔（《芳邻》），有给儿子当马骑时感慨于自己以至全家运交华盖而流露的酸辛的自嘲（《哄小儿》），还有对于惩罚并辛苦劳作对精神生活的"侵占"所发生的幽默的叹息（《中秋》）……诗人在现实中是无力反抗的弱者，但在精神境界上却未必是弱者，因为非有充分的自信和精神力量便不足以嘲弄当时被视为神圣不容怀疑的东西，也不可能以幽默超然的态度面对自己不幸多难的境遇。对于逆境中普通人之间相互的同情、慰藉、温暖，诗人也表达了无比的珍惜和渴望（《乞丐》《芳邻》《吾家》等篇）。这组小诗在形式上显然受古代诗词的启发，风格朴实亲切，较好地传达了诗人诚恳而幽默的感情。

邵燕祥（1933—2020），浙江绍兴人。1946年开始发表作品。50年代出版了《歌唱北京城》《到远方去》《给同志们》等诗集。邵燕祥在新中国成立初期就以真切的生活感受专心致志地表现祖国工业建设的时代大潮，他的诗因而在新中国文学史上有着特殊的地位。1956年，邵燕祥写出了干预生活的《贾桂香》后，被错划为右派，不得已停止了歌唱。新时期，他出版的诗集有《献给历史的情歌》《含笑向七十年代告别》《在远方》《为青春作证》《如花怒放》《迟开的花》《岁月与酒》《邵燕祥抒情长诗集》等。

邵燕祥始终是一个社会责任感强烈的诗人。50年代前期，邵燕祥曾经歌唱青年拓荒者的创业豪情，表现共和国蓬勃向上的时代气息。"复出"不久，诗人意识到50年代的那种诗情不能容纳穿过炼狱之后对社会生活的复杂体认和感受。于是，诗人在某种程度上告别了过去的抒情音调和方式，以及透明乐观的豪情，让位于一种永远无法宁静的愤激的情绪基调；对特定的具体生活情景的描述，转向了对烙印着沉重历史印痕的现实生活的思考。诗人的笔触审视着历史和现实，反思着我们民族的精神品格、文化环境和发展轨迹。《我是谁》《长城》《不要废墟》《走遍大地》《与英雄碑论英雄》等抒情长诗都贯穿着这一思想主题。诗人从历史进步、人民幸福的立足点上企盼着祖国工业的腾飞，他写了《中国的汽车呼唤着高速公路》，毫不掩饰对祖国人民无端损失掉的发展速度和自主权利的痛惜和愤怒。诗人把自己比作一只五百年前那个"苦孩子的魂"，为了救人，为了补过而化成的"愤怒的蟋蟀"（《愤怒的蟋蟀》）。不过，在肯定这种社会责任感、这种强烈的愤激情思的同时，也应该指出，作者对自己的情绪有时还缺乏艺术的控制；与不少精彩诗行并存的，也有缺乏锤炼、平淡的句子。

写于70年代末的《中国的汽车呼唤着高速公路》可以看作作者50年代的《中国的道路呼唤着汽车》的续篇。诗人敏锐地透过"车"与"路"矛盾的戏剧性转化，谛听到祖国历史要求加速前进的急切呼声。汽车—公路是具有丰富象征暗示力的意象。摊晒在道路上的"三家两户的粮食"，暗示着落后的小农经济的经营方式，道路上频繁的"停滞、梗阻""红灯、障碍物"，又不能不使人联想到某些年月中我们国土上那些无休止的内耗、盲目的指挥和愚蠢的自我束缚。因而，象征意义上的高速公路，绝不仅仅是经济建设的简单比喻，而是为建立一个具有现代化的政治、现代化的生产方式等的现代强国所必需的开放的社会文化环境，这才是"高速度"的切实保障。通过象征，诗的意蕴和境界极大地扩展和提升了。另外值得注意的是，尽管追赶时间的紧迫感使人如沸如焚，但诗人的眼光不再只停留于人民的热情和干劲智慧之上，即不再把祖国的建设看作单纯的经济问题，铺设高速公路不再仅仅是多少"双手"，而是"这么多的痛苦""这么多的愤怒"，甚至"这么多的血肉！"这就是说，通过多次政治祸患的磨难和洗礼，诗人对人民在精神觉醒的伟大能量寄予了无限期待。

三、"七月"诗派的诗

50年代中期，因所谓"胡风反革命集团"的事件而沦落、失去创作权利的"七月"派诗人，在新时期陆续重返文坛。1981年，人民文学出版社出版了由绿原、牛汉编选的这一诗人群体20人的诗合集《白色花》，宣告了这个诗人群体的复出。

绿原（1922—2009），原名刘仁甫，笔名刘半九，湖北黄陂人。40年代初曾就读于重庆的复旦大学，1955年因胡风集团案件受隔离审查。1942年开始诗歌创作，新中国成立前出版的诗集有《童话》《又是一个起点》《集合》等。新中国成立之初，出版诗集《从1949年算起》。新时期陆续出版了诗集《人之诗》《人之诗续集》《另一支歌》和诗论集《葱与蜜》等。

执著于政治思想信念和人格节操，坚持为人民、为祖国而歌，是贯穿绿原诗作的精神品质。诗人在一首题为《信仰》的诗中写道："我是滔天白浪下面一块礁石，你来砸吧/我是万仞海底一颗母珠,你来摘吧/……你在梦里也休想扑灭我/除非——愿上帝与你同在——/连同这个人的生命力一同取走。"《又一个哥伦布》写于被隔离审查的漫长岁月中,是诗人明显的自况。诗中的航海家"告别了亲人/告别了人民,甚至/告别了人类",被另一种更为可怕的孤独和忧伤困扰着。然而他却并不放弃自己的信念和思想的权利,坚信"即使终于到达不了印度/他一定也会发现一个新大陆。"《重读〈圣经〉》勾画了十年动乱中大千世界的众生相,嘲讽和批判了那段被颠倒的历史中的被颠倒的人性和真理,显示了诗人崇高的社会责任感、历史使命感和睿智的思想洞察力。"诗人的坐标是人民的喜怒哀乐"(《听诗人钱学森讲演》),是"我的中国"(《白云书简》),这是绿原创作宗旨的概括。

融汇多种素养于自己的创作,使哲理与情感,思想与艺术,学识、才具与想象等,都在诗的境界中得到统一的表现,是绿原诗歌突出的艺术特色。抒写了诗人瑰奇的异国之思的组诗《西德拾穗录》,典型地体现出这一特色。长时期的隔离人世和从事文艺理论翻译,给绿原的诗思加入了相当的思辨气质。50年代初他曾有过像春天一样单纯天真的《小河醒了》,新时期的创作则较多的是像《歌德二三事》《一点光明》《听诗人钱学森讲演》等探求真理与人生的理性篇章。绿原的诗风冷峻苦涩,语言却极平易近人,凭着亲切而丰富的表达呈现着自己的艺术魅力。

曾卓(1922—2002),原名曾庆冠,祖籍湖北黄陂,生于武汉。1939年开始写诗,1941年曾与邹荻帆等编《诗垦地》诗刊,后就读于中央大学(重庆、南京)。1944年出版第一本诗集《门》。1955年因胡风集团案受到株连。1981后出版的诗集有《悬崖边的树》《老水手的歌》《曾卓抒情诗选》《给少年们的诗》等,另有诗论集《诗人的两翼》。

赤裸裸地呈现自己的灵魂,赤裸裸的内心独白,曾卓诗的这种透明的品质构成它独有的魅力。诗人在异常艰难寂寞的岁月里,有如一棵被"奇异的风"推至绝境的"悬崖边的树",渴望着难得的爱抚、温暖的慰藉,苦苦地期待着神圣的集体将重新接纳这片孤帆(《寂寞的小花》《我期待,我寻求……》《老水手的歌》等);由于得不到理解,他"以严肃而明澈"的心情进行苛刻的自省(《醒来》);而他写得很美的爱情诗就是"一捧水就可以解救我的口渴"的旅人在接受太多的抚爱时发出的心声(《有赠》《我能给你的》等)。花甲之年他仍珍藏着他的爱心和对世界、对生命深深的眷念(《是的,我还爱着……》)。诗人的爱不是自私的,在新的时代里,他以自己的爱拥抱着人民和时代的伟大事业(《生命的激流》《呼唤》等)。他的诗,凄苦中带有温煦,"即使是遍体鳞伤,也给人带来温暖和美感"。[①]

《悬崖边的树》是曾卓的代表作,也是诗人自我形象的写照。诗歌创造了一个有着沉重时代感的形象:弯曲而变形的身躯,即将跌进深谷而又像展翅飞翔,因被抛进边缘的孤独而痛楚,却仍顽强地倾听远方心魂所系的大地的喧响;落寞而不甘沉落,横遭遗

[①] 牛汉:《一个钟情的人》,载《空旷在远方 牛汉诗文精选》,时代文艺出版社2005年版,第198页。

弃而不倦地寻找归程，品尝孤独而又渴望回到集体，有所怨恨但更多的是爱和信念。诗中表达的这种感情的典型性，引起了多难而执著的一代人的共鸣。

牛汉（1923—2013），原名史成汉，又名牛汀，笔名谷风，山西定襄人，蒙古族。1941年开始发表诗作，40年代曾就读于西北大学。1946年因参加学生运动入狱。1955年因胡风案件被拘捕被迫辍笔。50年代初出版的诗集有《彩色的生活》《祖国》《在祖国的面前》《爱与歌》等。复出后的诗集有《温泉》《海上蝴蝶》《蚯蚓和羽毛》《沉默的悬崖》《牛汉抒情诗选》等，并有多种诗论集和散文集出版。

以拟人的生命形象倾诉人类中发生的悲剧，是牛汉诗的一个别致而显著的特征。他1984年前后的众多作品，几乎无一不是为被损害的生灵们歌唱（《车前草》《毛竹的根》《蚯蚓的血》《伤疤》等）。在同情、惋惜那些无辜的生命受到敌视、囚禁、戕害的同时，诗人又尽力抒写了它们美好、高尚、圣洁而天真的品质，和对生活与自由的无比向往，从而形成一种浓烈的悲剧气氛，使人沐浴在净化的沉痛之中（《麂子，不要朝这里奔跑》等）。牛汉笔下的一些受害者又表现出刚烈不屈的强者意志，这可以说是从另一个方面深化了生命悲剧的意义。《华南虎》中被禁锢的猛兽，由于仍然向往"苍苍莽莽的山林"，由于屈辱和愤怒，以自己的利爪和牙齿，在冷硬的水泥墙上抓出了一道道"血淋淋的沟壑"。一声怒吼中，诗人感到，"一个不羁的灵魂"正腾空而去。《鹰的诞生》和《鹰的归宿》两首诗里，悲壮的苍鹰在暴风雨里诞生，在"霹雳中焚化"，完成了灵魂的涅槃，向自由和光明的境界"幸福地飞升"。

牛汉的诗注重内在力度的追求。这种力往往产生于充盈深切的情感与严肃的理性思考完美的融合之中。牛汉长于用朴素的现代口语创造出鲜活动人的意象，而诗人的情绪均匀地弥漫在全部细节里面，给人以整体的情绪感染。牛汉复出后的创作，仍保持原有的风格，而情调更为深沉。但由于对艺术个性的一力追求，使他的创作在风格和题材上不免单一。

《悼念一棵枫树》集中体现了牛汉的艺术个性。诗人以饱含生命汁液的抒情形象，塑造了一个高贵的死、美丽的死。"它象征着那个特殊时期的一个个无辜被害的革命烈士的死，象征着千百万人对他们的沉痛而愤怒的悼念。"① 这首诗艺术上相当成熟，情感的纯真深切和艺术表达的完美，达到了似乎"无技巧"的炉火纯青的境界。例如，诗的结构大体是将枫树的死和她的死所造成的影响交错来写，但全诗浑然一体，刻画无痕，仿佛在记录着感情的自然流动。

四、"九叶"诗派的诗

1981年，江苏人民出版社出版了20世纪40年代以《中国新诗》和《诗创造》为中

---

① 绿原：《活的诗（试以牛汉的〈温泉〉求证）》，载《葱与蜜》，生活·读书·新知三联书店1985年版，第26页。

心形成的现代诗派中九位诗人的诗合集《九叶集》，这不仅完成了对"九叶"诗派的历史追认，而且激发了老诗人的创作热情。除穆旦早逝，杭约赫、袁可嘉兴趣转移不再写诗外，辛笛、郑敏、陈敬容、唐湜、唐祈、杜运燮等人在新时期都有新诗集问世，他们在保持原有艺术个性的同时寻求变化、突破，迎来了艺术生命的第二个春天。

郑敏（1920—2022），福建闽侯人，生于北京。1943年毕业于西南联大哲学系，与穆旦、杜运燮同为"联大三星"。1952年获美国布朗大学英国文学硕士学位。1955年回国后，在中国社科院文学所工作，1961年后任教于北京师范大学外文系。著有诗集《诗集1942—1947》《寻觅集》《心象》《早晨，我在雨里采花》《郑敏诗集》等。另有诗论文论集《英美诗歌戏剧研究》《诗歌与哲学是近邻——结构、解构诗论》等。

作为九叶诗派的重要成员，郑敏在诗艺上接受冯至的引导而受惠于里尔克，她总是能将精致的情思凝结在智性的意象里，以达成智性与感性的统一，使诗获得一种静穆的雕塑之美。郑敏50年代归国后，因多种原因不再写诗。1979年秋，她在参加了与辛笛、曹辛之等为编辑《九叶集》的聚会后，以一首《如有你在我身边——诗呵，我又找到了你》回归了久别的诗坛，并一发而不可收。郑敏归来之初的诗作还带有50年代政治抒情诗的印迹，其中值得称道的是那些青年时代记忆的书写。80年代中期以后，诗人迎来了艺术生命的"第二个童年与海"，进入自由创造的境地。她参照西方诗歌的创新发展，深入反思新诗历史与个人诗歌写作的经验教训，"挖掘出自己长期被掩埋，被束缚，隐藏在深处的创作资源"。写于1986年的《心象》组诗，是她"走出早期诗歌语言，找到适合新的历史时期的自己的风格"的标志①。在此后的诗作中，这位擅长将清纯脱俗的"荷花"、博大深邃的"海"和"黑夜"、"寂寞"、"死亡"等意象、主题并置的诗人，相继创作了《流血的令箭荷花》《晓荷》《和海的幽会》《成熟的寂寞》等诗作，这些诗与90年代的《诗人与死》等一起，共同构成了诗人对历史、个体的生与死的体认，对存在与虚无踪迹的探寻，对无意识之渊记忆的捕捞。

组诗是郑敏常用的写作方式，她尝试用一种既阻断又绵延的形式表达繁复的哲理与思绪。从80年代中期开始，诗人每年都推出组诗，以检验、巩固和强化自己的创新探索，《诗的交响》《心象组诗》《不再存在的存在》《秋的组曲》《诗人与死》等是其中的代表作。此外，"郑敏还以自己深厚的哲学、美学功底，执著于语言学、文化学意义上的诗歌阐释，为当代中国诗学理论添薪加火。她在传统与现代、科学与美、语言与生命等重大命题上的顽强探索……表现出了一个学者诗人的承担与灼见"。②

《流血的令箭荷花》一诗意象蕴含丰富而独特。"荷花"是一极富中国古典美韵的意象，该诗既承继了古典文化赋予其的美德与神韵，却没有流于"出淤泥而不染"式的单纯赞叹、"菡萏香销翠叶残"似的闲愁或"水面清圆、一一风荷举"似的幽韵的抒发，

---

① 见《郑敏诗集》，人民文学出版社2000年版，第2页。
② 2008年，中央电视台的《新年新诗会》将郑敏先生评为年度推荐诗人，此评价见于给郑敏先生的评语。

而是将之升华为诗人人格和生命意识的隐喻。"只有花还在开/那被刀割过的令箭/在六月的黑夜里/喷出暗红的血,花朵带来沙漠的愤怒",被割过的花、暗红的血、花朵带来沙漠的愤怒,这些意味深长的心象进化的意象奇异错杂地组合在一起,制造出诗的张力和陌生感,生发出令人震惊的交响曲般的审美效果。

第三节 朦胧诗

20世纪70年代末80年代初,"朦胧诗"在各式各样的批评声中进入诗坛,对传统诗歌创作方法和艺术规范造成了强烈的冲击。对已经习惯于一个延续了数十年基本不变的新诗模式的读者群来说,它的确不够明了和通俗易懂,因而被批评者赠予"朦胧"的称号。

朦胧诗的产生与发展大致经历了三个阶段:

酝酿探索阶段(60年代末—1975)。"朦胧诗"的酝酿与探索可追溯到"文革"时期某些"老红卫兵"的地下诗歌创作。但真正具有现代主义特征的诗作则是20世纪60年代末郭路生创作的《相信未来》。它的出现,唤醒了一代青年诗群,郭路生也因此被誉为"文革"中新诗歌运动的第一人。继郭路生之后,新诗歌运动中崛起的又一知名诗人依群,他把诗歌形式向前作了大胆的一跃,其最有影响的诗作是《纪念巴黎公社一百周年》。如果把郭路生、依群的诗歌革新看成是尝试的话,那么到了1972年左右出现的"童话诗"(顾城《迷途》《梦之鸟》等)与"白洋淀诗派"(芒克、根子、多多等),就基本上奠定了后来的"朦胧诗"的基础。不少朦胧诗人,如严力、杨炼、林莽等,在当时都曾受到"地下诗坛"的雨露滋润。

发展争鸣阶段(1976—1983)。"天安门诗歌运动"给"朦胧诗"由"地下"走向"地上"提供了契机,这种诗歌迅速地在年轻人中传播开。1978年12月,这帮勇于探索的青年人作了一次整体集合,他们自办的刊物《今天》终于印发了出来。这样,长期处于孤军备战状态的年轻诗人们终于凝聚成一股力量,作为一个完整流派的"朦胧诗"从此诞生了。"朦胧诗"获得正统刊物的公开承认是在思想解放运动进一步深入的1979年。是年3月,《诗刊》率先发表了北岛的《回答》,接着是舒婷的《致橡树》《祖国啊,我亲爱的祖国》,顾城的《一代人》等,很快,他们的诗作纷呈于《星星》《福建文学》《上海文学》《人民文学》《青春》等诸多具有全国影响的诗歌和文学刊物上,"朦胧诗"作为一种全新的诗体得到了某些方面的承认。"朦胧诗"影响的进一步扩大,是在理论界的介入之后。自1980年始,中国诗歌理论界围绕"朦胧诗"问题展开过三次理论探讨:第一次是在1980年。谢冕的《在新的崛起面前》引起理论界的不同反响。同年9月全国诗歌理论座谈会和1981年中国当代文学研究会年会把讨论推向高潮。第二次,1981年孙绍振发表《新的美学原则在崛起》,程代熙、洁泯、敏泽等撰文发表不同意见。第三次,徐敬亚发表《崛起的诗群》,程代熙等进行公开的批评;1983年召开的"重庆诗歌讨论会"，对"崛起派"进行批评。三次讨论的论题超出了对"朦胧诗"本身的评价，关于新诗的发展基础、继承与借鉴、民族化问题，对"十七年"诗歌的评价，关于表现自我以及诗的审美特性等课题，都得到认真的讨论。虽然双方各有偏颇，未能达成一致的认识，但使"朦胧诗"得到了社会的全面认可。

深化成熟阶段（1983—1986）。一批朦胧诗的始作俑者开始进入冷静反思与系统借鉴的创新时期。他们的创作走出了痛苦的历史和人性、主观和客观、个人与社会的冲突困扰，努力在超越现实社会又超越个人命运的尽量客观的境界中获取一种全方位意识，以探寻民族文化心理结构及本源，走向人类自我空旷、孤独的内心，把对现实的强烈关注转化为对生命本体存在的体悟和感知。这种转化的杰出代表就是杨炼和江河。

"朦胧诗"的作者是一群年龄相仿的青年人，"文革"正发生在他们的少年时代。这场浩劫在他们心灵上留下的创伤、他们对社会人生独特的认识方式和情感方式，使他们在诗歌的思想内涵和艺术表现上不再因袭传统范式而努力探寻新的艺术道路。在创作思想上，朦胧诗人首先强调人的权利、价值、尊严和人性的崇高，将文学的主体性提高到至为重要的地位。这里所说的"人"，不是如过去所理解的，在思想水平、精神境界等方面都要比政治家、英模人物低一个层次的"一般群众"，而是同样具有高尚情操、深刻思想和独立人格的现代新人。他们比较一致地主张：诗应该从独立感受和思索的"自我"出发去寻找个人同现实世界的临界点，通过个人的独特感受折射世界，创造个性化、心灵化的诗美境界。其次，朦胧诗人在其诗作中表现出一种共同的济世态度、民族责任感和忧患意识，这与传统中国诗人的思想素质与文化心态是一脉相承的。他们大多倾向于"内向"发掘，意在唤醒人们的良知以改善、提高民族的心理素质，关注和切入时代生活、现实矛盾（北岛《回答》、舒婷《祖国啊，我亲爱的祖国》、顾城《眨眼》等）。另外，朦胧诗人在广泛地探求本体、人类文化的时候，把现代意识与东方古老文化结合起来，直接在远古的神话传说和人类进化的历史遗迹中，构拟一种人类文化的永恒模式，以探索生命和宇宙的奥秘（江河《太阳和它的反光》，杨炼《半坡》《诺日朗》等）。在美学特征上，朦胧诗人大多采用意象与哲学联姻的思维方式，诗中呈现意象与思辨的融合、诗与哲学的交汇（骆耕野《车过秦岭》、舒婷《赠别》《双桅船》等）；他们一般都摒弃直白的抒情方式，普遍采用象征手法，广泛运用通感、超感、错感、变形和反逻辑语言等技巧以传达复杂的内心世界（北岛《古寺》、舒婷《致橡树》、梁小斌《中国，我的钥匙丢了》等）；结构上多采用心理时空和蒙太奇手法组接意象（江河《没有写完的诗》、北岛《结局或开始》、舒婷《思念》），情感的表现往往作冷调处理。

"朦胧诗"在传统的现实主义和浪漫主义之外建立了一种新的诗歌美学，为打破单调划一的创作规范、拓展诗艺的自由空间开通了道路。尽管他们清高的人格理想、冷静的思想锋芒以及幽隐的艺术语言在当代社会里显露出曲高和寡的贵族化倾向；他们以之对抗封建意识的人道主义原则，往往终止于道德自我完善而暴露出批判现实的脆弱性，但"朦胧诗"仍如一道卓然独立的风景，在新中国诗坛上留下了潇洒而辉煌的定格。

"朦胧诗"的代表诗人有北岛、舒婷、顾城、杨炼等。

一、北岛的诗

北岛（1949—　），原名赵振开，祖籍浙江湖州，生于北京。"文革"期间下乡插队，后回北京当过建筑工人、报刊编辑，80年代末移居海外，现居美国，并继续主编文学刊物《今天》。北岛的诗歌创作开始于1970年。出版的诗集有《北岛诗选》，《太阳城札记》《北岛、顾城诗选》，发表过小说《波动》《稿纸上的月亮》等。

北岛的诗以深沉、冷峻、凝重显示了自己独特的风貌。他的诗表现了那一代人所特有的悲愤和深思，最鲜明、最突出地呈示出朦胧诗那种深沉而冷峻的理性批判精神。作为一个较早的觉醒者，对于黑暗的痛苦体验和感受在他的心灵上打下深深的烙印。荒谬的岁月使他学会了怀疑，对生活的怀疑使他习惯了以冷峻的目光注视现实，以受骗者的警惕和戒备审视生活。如《回答》："告诉你吧，世界，我——不——相——信！如果你脚下有一千名挑战者，那就把我算作第一千零一名。"这种情绪不仅表现在"文革"时期创作的作品中，即使在结束十年动乱之后，北岛也没有如人们所期盼的那样从怀疑和悲愤中解脱出来，因而也没有产生与新的时代生活的亲近感。他似乎已经形成了一种心理，一种警惕和反抗生活的习惯，在这种心理和习惯的支配之下，他的感情与现实世界常常显得不太调和。在生活中，他感受更多的是欺骗、丑恶和束缚，他看到的多是阴暗的图景。外在的现实与他内心所追求的人性境界总是相距甚远，他处处感到丑恶、恐慌和冷酷。乡村之夜在多少诗人笔下被描写过，它大都是宁静温馨而美好的，但在北岛的笔下，却是"大路绕过水塘/追着一只毛色肮脏的狗"（《乡村之夜》），"小村庄和全村的瘦驴/被几棵枯树拴住/瘟疫之路纵横/奔向他乡/百年的尘埃遮蔽天空"（《守灵之夜》）。

作为诗歌抒情主人公的"我"，在他诗中常常表现出一种决绝的否定态度、一种毫不妥协的反抗精神和一种"横眉冷对"的精神姿态。这个抒情自我没有欢歌笑语，没有天真烂漫，有的只是众人皆睡我独醒的拧眉苦思和拉着架势随时准备慷慨赴死的姿态。他的自我带有一种英雄主义的悲剧色彩，诗因为英雄主义的悲剧色彩而显示着悲壮，如《雨夜》："即使明天早上/枪口和血淋淋的太阳/让我交出自由、青春和笔/我也绝不会交出这个夜晚/我决不会交出你/让铁条分割我的天空吧/只要心在跳动，就有血的潮汐。"这种英雄主义精神常常表现为悲天悯人的情绪。这种情绪挟带着强烈的忧患意识和牺牲精神，使他的诗产生了一种动人的悲壮力量。

北岛刻意追求属于自己的表现方式。他认为："诗歌面临形式的危机，许多陈旧的表现手段已经远不够用，隐喻、象征、通感、改变视角和透视关系、打破时空秩序等手法为我们提供了新的前景。"他试图打破时空秩序，重新组合意象，使诗歌的空间感凸显，并增添诗的流动感和意象的跳跃。他把电影蒙太奇的手法引入自己诗中，造成意象的撞击和迅速转换，激发人们的想象力来填补大幅度跳跃下的空白。他强调对现实世界的感觉，并直接表现这种感觉。如"在镀金的天空中，飘满了死者弯曲的倒影"，"尸骨在夜间走动"，"千万个幽灵从地下/长出一棵孤独的大树"，这是对现实感觉的符号记录，而不是想象。这样的感觉意象以蒙太奇手法组合在一起，在他的诗歌中形成了一种生僻奇崛的意象结合。

此外，北岛惯用象征和隐喻。他的象征与传统诗歌中的象征大不相同，不满足于对某个象征形象的寻找而追求诗的整体象征。他的隐喻的喻体更加不确定，很难从中寻找确指。如《迷途》，"鸽子的哨音""高高的森林""迷途的蒲公英""蓝灰色的湖泊""深不可测的眼睛"，这些意象组成一个整体隐喻结构，暗示出"迷"和"寻"的纵向轨迹，但寻觅的对象到底是什么，却是不确定的。

80年代末以后，在国外生活的北岛，写作发生了重要变化。前期那种预言、判断、宣告式的语式，为陈述、反省、犹疑、对话的基调所取代。作者与世界、与诗歌的关系，和他所扮演的"角色"，显得复杂起来。① 前期写作中的强烈的社会政治意识，转移为对普遍人性问题的探索；意象、情绪与观念的较为单一的联结开始走向多元；语言、情感也渐趋简洁、内敛。

《古寺》是北岛艺术上十分成熟的作品。古寺是一个整体性的象征形象，在这首诗里，它传达的是现代意识对一种古老文化的透视和感受，迭出的意象展现出一片旷古洪荒。一方面各种生命在不断地更替、衰竭——龙和怪鸟、僧鞋都在逝去，另一方面"没有记忆"的山石却标识着宇宙的永恒，这种对比，构成深邃的时空感、强烈的历史感。"钟声、蛛网、年轮"这些时间的对应物是那么冷漠，让人感受到历史推移的迟缓和缺少生机。然而，"荒草"虽然"漠然"，却仍旧一年一度——如此麻木的生命居然又如此顽强！这或许隐喻着：古旧的文化因素一代一代征服着又嘲弄着它们形式上的"主人"，事实上的"奴仆"——无力主宰他们的人们。"墙上的文字……"启示人们，由于时代心理的距离，古文化的面貌早已模糊不清了，或者只有在一派变革和扬弃它的"大火之中"，才能认清它的真实面目。对这样一场变革，诗人在最后一个意象里表达了自己的信念：象征着已经凝冻的传统文化生命的"乌龟"，在睿智的现代人的"目光"里才有可能再度"复活"，爬出"古寺"，进入新时代的空间。至于那个"沉重的秘密"，人们自会依据自己的时代需要、自己的文化背景去破译它。诗无达诂，对于朦胧诗更是如此，这里不过提供一种可能的理解罢了。

这首诗纯熟地运用了象征、隐喻、通感、蒙太奇等多种手法，刻画无痕。诗的开头，"消失的钟声/结成蛛网，在裂缝的柱子里/扩散成一圈圈年轮"，由一个主体意象的通感滋生出新的分意象，再由新的分意象连续扩展……这种手法，受启发于电影艺术的"套层结构"，它大大增强了"意象的碰撞"的感性深度和意象间的联系，产生了奇特的艺术效果。

《回答》写于1976年的丙辰清明，可以看作是一代先驱者对专制的反抗宣言。"告诉你吧，世界/我——不——相——信！"诗人用生命喊出了震撼人心的时代强音，它彻

---

① 欧阳江河指出，北岛在国外的诗，与他的前期和中期的诗比较，表现了当代诗人"身份""角色"上的不同选择："是通过写作成为同时代人的代言人和见证者，还是相反，成为公众政治的旁观者和隐身人，这一问题贯穿北岛的几乎所有作品。"见欧阳江河著《站在虚构这边》，生活·读书·新知三联书店2001年版，第193页。

底撕碎了旧秩序神圣而无耻的面具。四个"我不相信",一气贯注,表达了对"合理世界"的深刻怀疑和否定。从无数疲惫的谎言里("冰川纪过去了……"),诗人已坚定地认清:一切"真理"都可以是伪造的。而且笃信,眼前只能埋藏在人心里的正义的意愿,不可能只是一种永远的梦。

"卑鄙是卑鄙者的通行证/高尚是高尚者的墓志铭。"诗人以一般真理的方式表达了对某个特定时期道德秩序的深刻批判,事实上,这一警句的意义确实远远超出了它生产的时代而显示出不朽的思想力量。而在产生它的那个时代,诗人所揭露的这种无耻与荒谬又确实已登峰造极。"看吧,在那镀金的天空……"含有诗人极度的愤怒:在卑鄙者的枪口下,烈士为正义付出了生命,但他们的灵魂甚至在死后还要在"镀金"的卑鄙世界里遭到歪曲,充满正义感的强烈的仇恨激发起人们摧毁那个畸形政治的同样强烈的欲望。

"如果海洋注定要决堤"象征新时代的到来将付出的代价,诗人以博大的人道主义胸怀表示:愿代人类承受这种痛苦的牺牲;"如果陆地注定要上升……"则显示出对未来人类新的生活选择的乐观的信念和衷心的祝颂;诗的最后,诗人在历史和未来的连接点上俯瞰期待中的"新的转机",体现出思想先觉者超越现实的历史使命感。

二、舒婷的诗

舒婷(1952—),原名龚佩瑜,祖籍福建晋江,生于泉州。17岁时曾在闽西山区插队,1972年返回厦门后做过各种临时工。1971年开始写诗,在知青中传抄。1977年与后同成为"朦胧诗"旗手的北岛结识,创作受其影响。出版的诗集有《双桅船》《会唱歌的鸢尾花》《舒婷·顾城抒情诗选》等。80年代中期以后,舒婷更多地转向散文创作,出版有《心烟》等多种散文集。

舒婷的诗具有鲜明的浪漫主义气质,表现出理想与现实、主观情怀与客观环境的反差与矛盾,以及由此而来的渴望与忧郁情怀,舒婷诗的特色和动人之处即在于一种美丽而忧伤的抒情风格。这种情绪在她的《寄杭城》《思念》《啊,母亲》《雨别》等诗中表现得尤为突出。

舒婷这一独特抒情风格的一个重要构成元素即她诗中姣美而忧郁的意象创造。舒婷创造了属于她个人的独特的意象世界。作为天性敏感的"大海的女儿",她笔下的意象,一方面与她生活的南方的景物有关:大海、帆船、灯塔、岛屿、鲜花、潮汐……另一方面,又是忧伤的指代:珠贝、橡树、古井、落叶……这一切,在诗人也在读者的想象空间组成了一支奇妙的船队,美丽而伤感地在海上缓缓行驶。舒婷不像北岛那样,以意象的撞击和迅速转换构成一种生僻奇崛的意象组合,而是擅长以清新明朗的语言、"非结构"的贴近自然的意象排列,捕捉一种仿佛很具体又很抽象、可意会不可言传的感觉综合体,在理趣与情趣的相互渗透中,试图把握某种人类情感深层的集体原型,如以"花木掩映中唱不出歌声的古井"象征儿女长期被压抑着的对母亲"甜柔深谧"的怀念,用"飞天袖间/千百年来未落到地面的花朵"象征古代人民微渺而执著的希望,均达到了浑然天成的诗美境界。

舒婷诗歌的抒情魅力还来自浸润于诗中的"情感流"。尽管她有时抒情过于直接，表现上也时有不够简洁之处，但是，用流畅的句子来传达隐秘的情感活动，抵消了某种夸张和泛漫可能产生的损害。舒婷情感的潜流不似北岛那般叛逆冷峻、朦胧沉重，它"不是激流，不是瀑布"，是一条温婉明丽且透着淡淡忧伤的暖流，"美丽的梦留下美丽的忧伤/人间天上，代代相传"，"当洞箫和琵琶在晚照中/唤醒普遍的忧伤"，"我的忧伤因为你的照耀/升起一圈淡淡的光轮"……正是这种无时无处不在的感伤的情绪流，频频叩击着读者的心弦，引起久远的幽思与鸣响。

舒婷独异的抒情风格构成的根本原因在于复合抒情手法的妙用。她很少简单地表现一种单一的情绪，即便是在比较纯粹的爱情篇章中，如《雨别》《自画像》等，也总是从相对立的另一种情绪的导向发展中，找到它们统一的焦点，在痛苦中写甜蜜，在相聚中写离别，从而使自己作品的抒情形象立体地站在读者面前。

舒婷追求人文主义的理想，始终寻求人的权利、价值、尊严和人与人之间的相互理解和信任。"我通过我自己深深意识到：今天人们迫切需要尊重，信任和温暖。我愿意尽可能地用诗来表现我对'人'的一种关切。"① 这种洁身自好和诚挚的人道主义精神产生了《致橡树》《惠安女子》《神女峰》《风暴过去之后》《啊，母亲》等众多的优秀篇章。舒婷诗歌的自我形象，展现了许多青年在特定时代的心灵历程和美好的灵魂。舒婷把挚爱的情感上升到对民族和国家命运的深切关注时，她也写了《祖国啊，我亲爱的祖国》这样的好诗。然而，舒婷的局限也在于她的人道主义理想的软弱性，她往往只能把对现实困境的挣脱和未来理想的营造寄托于精神力量的化育之功、道德的自我完善之上（《风暴过去之后》《读给妈妈听的诗》）。

舒婷长于自我情感律动的内省，在把捉复杂细致的情感体验方面特别表现出女性独具的敏感。情感的复杂、丰富性常常通过假设、让步等特殊句式表现得曲折尽致。舒婷的敏锐和睿智使她能在一些常常被人们漠视的常规现象中发现尖锐深刻的诗化哲理（《神女峰》《惠安女子》），并把这种发现写得既富有思辨力量，又楚楚动人。

《致橡树》热情而坦诚地歌唱了诗人的人格理想。比肩而立、各自以独立的姿态深情相对的橡树与木棉，可以说是我国爱情诗中一组品格崭新的象征形象。这组形象的树立，不仅否定了老旧的"青藤缠树""夫贵妻荣"式的以人身依附为根基的两性关系，同时，也超越了牺牲自我、只注重相互给予的互爱原则，它完美地体现了富于人文精神的爱情品格：真诚、高尚的互爱应以不舍弃各自独立的位置与人格为前提。这是新时代的人生在情爱观念上对前辈的大跨度超越。这种超越出自处于仰视、攀附地位的女性更为难能可贵。这首诗，一般来说是描写爱情的，如果我们不仅仅把作品题旨局限于爱情的视野，从橡树与木棉的意象构成中也可引申出对平等互爱的人际关系的思考与渴望。

在艺术表现上，诗歌采用了内心独白的抒情方式，便于坦诚、开朗地直抒诗人的心

---

① 舒婷：《人啊，理解我吧》，载老木编《青年诗人谈诗》，北京大学五四文学社1985年版，第21页。

灵世界；同时，以整体象征的手法构造意象（全诗以橡树、木棉的整体形象对应地象征刚硬的男性之美和丰盈、刚健的女性之美），使得哲理性很强的思想、意念得以在亲切可感的形象中生发、诗化，因此这首富于理性气质的诗却使人感觉不到任何说教意味，而只是被其中丰美动人的形象所征服。

《神女峰》写出了长期受压抑和漠视的女性生命的苦难和忧伤，对要求女性从一而终的封建贞烈观表示了决绝的反叛：

美丽的梦留下美丽的忧伤
人间天上，代代相传
但是，心
真能变成石头吗
为眺望远天的杳鹤
而错过无数次春江月明

沿着江岸
金光菊和女贞子的洪流
正煽动新的背叛
　　与其在悬崖上展览千年
　　不如在爱人肩头痛哭一晚

神女峰坐落于长江巫峡，一向被历代文人作为女性坚贞的化身而礼赞。但是在舒婷以前，却从未有人从女性生命的角度揭示过这一神话的悲剧性质。航行在巫峡，面对千百年来被人赞颂的神女峰，诗人感到了辛酸和不忍，她以女性的慈悲和仁爱看到了"风景"背后的痛苦与残忍，对男性视觉中的贞节观发生了深刻的质疑："心真能变成石头吗？"对神女为"眺望远天的杳鹤"而错过的"无数次春江月明"表示无限惋惜，并进一步对散发着男权气息的"妇道妇德"进行了彻底解构："与其在悬崖上展览千年/不如在爱人肩头痛哭一晚。"这是新时期女性发出的基于生命本真的呼唤。在悬崖上展览千年，虽然可作为封建礼教与男权的祭品而为人礼赞，却永远不可能享受到生命的欢乐。在这首诗中，宣扬礼教的古老神话被改写，洋溢着青春气息的女性生命变得鲜活，在对传统女性观念的叛逆和唾弃中，现代女性意识得以充分张扬。

这首诗在艺术上是独特的，从那寂静、悠远、情景契合的意境，从那纷繁流动的意象，从诗人对潜意识的捕捉，从诗中所表现的现代意识，分明看到了中国传统诗歌与西方现代诗的精髓。整首诗达到了形象与情感、感性与知性的和谐统一。

《祖国啊，我亲爱的祖国》是诗人献给祖国母亲的一首真挚炽热的情歌。全诗四节，依次表现出古老民族的贫困落后，痛苦之中的长久期待，灾难过后出现的生机和诗人渴望为祖国光辉前景做出自我奉献、承担牺牲的激情。四个意象群组接递进，不但描述了祖国历尽苦难获得新生的历史进程，同时又无形中表现了"我"这一代人由"迷惘""沉思"到"沸腾"的心灵跃进。

诗歌通篇采用"我是……"这种意象结构。这是一种物我交流的手法，它将一些观念性的东西，如"贫困""希望"，具象化为"干瘪的稻穗""飞天袖间的花朵"，同时也就是在将这些东西主体化、情绪化，使对象的描述与主体的抒情天然融为一体，在祖国的贫困中埋藏着诗人的沉痛，在祖国的生机里洋溢着诗人的欢欣，读者从中感受到的不仅是客体的真实，同时也体验到渗透于物象之内的诗人炽热的赤子之情。

全诗的情感不是直线的迸发，不是单一的情绪推进，而是复合情绪的曲折辐射。几乎每一种情感内部都含有相互抗衡或相互作用的力：沉痛背后的焦灼、失望之中的希望、痛苦过后的欣慰、为了奉献的牺牲等，使得爱国之情因包孕了历史、时代和心理的丰富内涵而具有巨大的感人力量。

诗歌意象的构成运用了通感手法，使读者通过交织在一起的多种感觉对祖国的苦难历程产生更深切的感性体悟。

感情的深沉、炽热，多向度以及抒情手法的多姿多彩，是这首诗比许多同题材诗作更有力量、更为动人的主要原因。想象、比喻的新奇瑰丽也为这首诗平添光彩，如用"飞天袖间／千百年来未落到地面的花朵"象征古代人民的希望，堪称绝响！

三、顾城的诗

顾城（1956—1993），原籍上海，生于北京。"文革"中曾随其父、部队诗人顾工下放到山东的一个农场，其后开始诗歌写作。1974年回到北京。80年代末以后，生活在新西兰等国。1993年在新西兰自杀身亡。著有诗集《黑眼睛》《顾城诗集》《顾城童话寓言诗选》《顾城诗全编》，以及小说《英儿》等。

少年时代顾城就开始写诗，歌唱自己的童心，这个主旋律在以后的创作中一直延续下来，因此，顾城有"童话诗人"之称。"用我生命，自己和未来的微笑，去为孩子们铺一片草地，筑一座诗和童话的花园，使人们相信美，相信明天的存在，相信东方会像太阳般光辉，相信一切美好的理想，最终都会实现。"顾城这样表白他投身于诗的初衷，在顾城的美学中，"诗就是理想之树上，闪耀的雨滴"。这颗雨滴中的世界温馨、轻柔、恬美，有如安徒生童话的梦境（《给我的尊师安徒生》《冬日的温情》等）。顾城的诗不像舒婷那样，以多少带些理性的情感来维护独立于污浊环境之外的精神家园，而是凭着还原人类的童真来生成这样一个未经污染的世界。这种境界在顾城的诗里，表现为儿童们天真的感受，也表现为纯净的自然景观。"合上双眼，世界就与我无关。"（《生命幻想曲》）这往往被人看作顾城诗歌美学观脆弱的一面。实际上，童话世界只是顾城心灵的正面袒露。"黑夜给了我黑色眼睛，我却用它寻找光明。"（《一代人》）人们不可忘记顾城的"眼睛"毕竟是从"黑夜"里带来的，它们事实上并不畏怯或回避黑暗。"为了坚信，我双目圆睁。"（《眨眼》）诗人清醒地知道，自己的梦境无法不受"黑暗"和"灰色"的侵扰而只能是隐隐约约闪现在人心深处的若干亮色（《梦痕》《感觉》）。为了向现实环境索回"我最初的记忆"(《梦痕》),顾城才一心营造自己的童心世界,追求一个否定之否定。

1987年顾城移居国外后,仍旧维护着他一直精心构造、并已昭示给世人的诗歌写作姿态,但诗歌写作和现实生活的双重困境,加剧了他内心的分裂。1993年10月8日,在新西兰激流岛寓所,他杀害妻子谢烨后自杀身亡。曾经打动一代中国青年心灵的诗人,最终以一个杀人凶手的形象结束了自己的写作。此后一段时间,顾城之死以及诗人、诗歌与"残暴"的关系成为学界广泛谈论、争辩的话题。

顾城特别长于用简洁而抽象的意象、最单纯的语言造成深邃完美、富于哲理的诗境,《远和近》就是这一类型的杰作。

"你"象征一般的"人"。这里的"我",既作为一个独立的主体,又是作为"你"的对应者。"远和近"指的是心理的距离,是由"我"始终审视着"你"而产生的主观感觉。将"云"和"我"对举,可见"云"是象征一种非社会、非人类的纯洁的对象,应该就是宇宙自然。"你""看云"的时候,神情是那么真挚无邪,那么忘我,使人感到"你"和"云"之间息息相通,亲密无间,因此"我"感到"你"和"云"相距"很近"。这时,"我"也必定会感到"你"离"我"也"很近":因为我们之间还没有发生"人"与"人"的关系,这时的"你"应该是一个完全真实的"你","我"会感觉到被大自然"还原"的"你"是那么纯洁天真,那么可以信赖。但当"你"转过脸来看着"我"的时候,"你"的——或许是我们之间的——冷漠(或敌意或虚伪)必定将"我"和"你"远远推开,使人感到咫尺天涯。诗歌以直觉般的高度、单纯的意象表达了人类一种最古老、最深刻而又最普遍的心灵处境:人类能够取得与自然的和谐却难以消除同类间的隔膜。诗歌潜在地呼喊人与人之间的互相理解、互相信任、和谐融洽。诗的构思巧妙利用了心理距离与物理距离的矛盾所造成的表层逻辑的错觉,将人心理感受的真实性埋藏在错觉下面,形成交叉的对比,显示出诗的思辨的魅力。

四、杨炼的诗

杨炼(1955—),出生于瑞士,成长于北京。70年代中在北京郊区插队期间开始写诗。1983年发表了长诗《诺日朗》,蜚声文坛。1987年与芒克、多多、唐晓渡等创立"幸存者"诗人俱乐部。1988年起旅居海外,现定居伦敦。著有诗集《荒魂》《黄》《杨炼作品:1982—1997》《杨炼作品:1998—2002》等。

杨炼基本的诗意内核为以当代人对种族生存苦难的清醒意识,开凿和逼近传统文化的深积层面,在超出常人想象综合力的宏大时空框架中,张扬生命的强韧、绚烂和死亡的庄严、浩茫,以及由此凝聚而成的形而上意义。从《大雁塔》到组诗《屈原》《半坡》《敦煌》《诺日朗》《西藏》,直至结构庞杂的《自在者说》,勾勒出这个有着朝圣者灵魂的年轻诗人的一趟又一趟漫长、艰难而又激动人心的精神跋涉。跋涉的地域,包括从"楚骚精神""易经思辨"到所有被他视作生存和文化的启发性源头的实物遗址和经典文本,由此确立了他在当代诗人中无可替代的特殊位置。

为历史文化的某种精神所震撼，以及古老文化的深厚魅力与这块大地上正在发生的急骤进程之间潜藏着的悲剧性冲突，构成了一个属于杨炼感知和表述的世界。他的诗总是充满着崇高的悲剧精神和强烈的现代意识。

杨炼舍弃了中国诗歌一贯遵循的雅洁、节制、含蓄以及和美之类的规范，对诗歌氛围作了凝重化的处理和渲染。诗人采用富有煽动力的外表狂暴的语词结构，专断地撕裂本来彼此连贯完整的语象，或者相反，把彼此根本无缘的物象强行扭集在一起，像造物主一样，用一种阅尽人类全部生存奥秘的智者的高傲口气，给世界命名或重新命名，并宣谕人类生存的各种道理。

组诗《诺日朗》是杨炼的代表作之一，包括《日潮》《黄金树》《血祭》《偈子》《午夜的庆典》五首。"诺日朗"是藏语音译，意即"男神"。全诗以藏族聚居的高原，及其独特文化为建构诗歌意象的基本元素，把对民族悲剧的思考投射到神话和历史纠结的东方文化古老而深厚的世界中，力图挖掘民族精神的底蕴和内在活力，寻求现代意识与原始精神的契合，因而，富于苍凉的意境与深沉的蕴涵。

这组诗的最大特色是为我们塑造了一个抒情主体——诺日朗男神的形象。这是个全知全能的、高踞人类之上的男神形象。他不同于西方古典悲剧中的英雄，他是人类的主宰、命运的主宰，永远乐观，代表希望，很明显带有东方悲剧英雄的特征。这个抒情主体象征了原始的苦难、欢乐、抗争、宁静与统一。

其次，组诗把西藏高原神秘的自然景观与佛教文化熔铸成深沉的诗歌意象，以揭示自然和文化的奥秘。如《日潮》中写落日浑圆地向高原泛滥，如"古代女巫的天空再次裸露七朵莲花之谜"，无疑是受了佛教中莲花涅槃等意象的启示。《偈子》中那类偈语，更是佛教哲学精神的极好表述。

在诗歌创作形式上，《诺日朗》也独具特色。它的发表，标志了"现代史诗"模式的诞生。所谓"现代史诗"模式就是把诗思投射到神话、传说的东方古老而深厚的文化世界中，以探求民族文化心理结构的本源，走向人类自我空旷、孤独的内心，把对现实的强烈关注转化为对生命本体存在的体悟和感知，从而使诗歌完成由外向内的艺术转向。

第四节 "第三代"诗

"第三代"诗，又称"新生代"诗、"后新诗潮"等，泛指"朦胧诗"之后的青年实验性诗潮。"第三代"概念源于《第三代诗会》题记："随共和国旗帜升起的第一代人/十年铸造了第二代/在大时代广阔的背景下，诞生了我们/——第三代人。"[①]

1984年前后，当"朦胧诗"的论争渐趋消歇、朦胧诗人的合法地位终于获得诗界承

[①] 参见万夏主编的《现代诗内部交流资料》（1985年第1期），四川省东方文化研究学会、整体主义研究学会主办。

认的时候,"pass 北岛""舒婷的时代已经过去"之类"第三代"挑战的声浪就无情地漫到了新诗潮的脚下,一场新的诗歌革新运动展开了。这股反拨"朦胧诗"的浪潮是由众多抒情诗人群落与创作层面汇成的合声奏鸣。两千多家社团星罗棋布,诗歌流派也数以百计,诸如边塞诗、巴蜀诗、关东诗、红土诗、黄河诗应有尽有。1986 年 10 月,安徽的《诗歌报》和《深圳青年报》联合,用七个整版的篇幅,举办了"中国诗坛 1986 年现代诗群体大展"。"大展"荟萃了包括"朦胧诗"在内的新传统主义、整体主义、非非主义、莽汉主义、他们诗派、日常主义、撒娇派等 60 余家诗派,推出了韩东、于坚等 100 多名"第三代"诗人,全景式地展现了 1986 年中国新诗流派林立、百家蜂起的纷纭景观和前倾姿势。这是一次第三代诗人的盛典,以此为标志,第三代诗群以不可遏制的生机和漫山遍野的气势正式完成了对诗坛的"圈地运动"式的占领。从此,"朦胧诗"被挤到了诗坛的一隅,而第三代诗歌成为主潮。促成这场诗歌革新运动的原因一方面来自"朦胧诗"自身,大多数朦胧诗人创作上出现停滞,这一诗潮的许多"前卫"诗人出现分化;另一个重要原因在于更年轻的第三代诗人们不像朦胧诗人经历过噩梦般的悲愤年代,与朦胧诗人那种英雄主义倾向、忧患意识和使命感格格不入,他们更多地为一种自由感所鼓舞,不愿做朦胧诗歌唱者"类的社会人",也不愿拘泥于稳定而沉重的诗思规范,尽管他们都曾受"朦胧诗"精神智慧的启蒙。

第三代诗由于极端的个人意识、五花八门的诗学追求和私人性很强的诗风,呈现出各自为政、自以为是和分立割据的格局,在诗学和文化情绪等方面也存在矛盾和差异,但是仍然可勾画出一些共同的基本特征(对第三代诗中的女性诗歌,此后有专论)。

第一,平民意识及反崇高倾向。"第三代"诗歌表现出对崇高化规范的拒绝。他们认为,诗歌赖以生存的真正人间气味是残酷和平庸的,搔痒痒、剪指甲、放屁、吃饭与工作、学习、生活中的崇高事件同样重要,不可或缺。因此,一个无地位、无特殊身份的普通人代替了以往英雄式的自我,平视视角取代了仰视视角,他们诉说着平民百姓日常生活的困顿和烦扰,且这种诉说改变了以往那种高贵典雅的抒情、严肃的叙事方式,以一种明显的揶揄态度取代了过去的庄严感(蓝色《轨带》、王小龙《外科病房》、李亚伟《中文系》等)。

第二,非文化倾向。现代人的觉醒使人第一次感到都市文明乃至整个人类文化构成了人性发展的障碍。文化曾经由人创造而又创造出人的异化。"第三代"诗提出"反文化",指出文化化的世界存在危险性。非文化倾向的基本价值只在于观念的提出,在艺术实践上更多借助于不动声色的冷抒情,以及极端的不加任何修饰的口语化,以对抗风靡一时的意象化(韩东《有关大雁塔》《半坡的雨》,胡冬《我想乘一艘慢船到巴黎去》)。

第三,全方位的生命体验。"第三代"诗认为:诗只能是诗人生命的形式或自身,它是诗人灵魂的裸露。诗人对自我生命体验的重视是纯粹意义上的现代意识,它具有超脱民族局限的全人类性。因此,他们热衷于表现无边无涯的感觉、生命冲动、死亡、性等,以及由此派生的折磨、痛苦、焦灼、恐惧和"无家可归"的"厌世感"(于坚《好多年》、曹汉俊《病房》、廖亦武《越过这片神奇土地》)。

"第三代"诗已构成中国80年代中期至90年代初诗坛的一段不可忽略的历史。"第三代"诗体现了对人的本质除社会属性外的另两种属性——心理和生理属性的回归，他们从摆脱"类"意识的个体生命存在角度写下的大量诗篇，某种程度上动摇了理想主义、集体主义、禁欲原则支撑的价值观念，功不可没。当然，灵感爆发的急遽、个体的隐私性与无限制无休止的诗歌实验也演绎出迷误：个体经验的极端强调带来了琐屑无聊的病态缠绕，降格为低浅层次的情感偏瘫，付出了牺牲社会意识的惨重代价；激情冲动暗合天籁同时也导致了自动创作的迷狂与模糊，在把人引向真正"人的道路"的同时，也把人引向一个平庸无聊的孱弱世界，一个脱离现实的心灵世界；生活具象的烦琐描述使缪斯丢掉了最为可贵的深沉思索、内在情感的飘忽灵动；口语化的超载运行留下了力度不足的苍白、单调、生涩等。

"第三代"诗的代表诗人可推韩东、于坚、海子等。

一、韩东的诗

韩东（1961— ），祖籍湖南，生于南京。八岁时随父亲、小说家方之下放苏北农村，1982年毕业于山东大学哲学系，曾在西安、济南等地的大学任教。1980年开始发表诗歌。1985年在南京与丁当、于坚、小海等创办《他们》，并成为该社的主要代表人物。影响较大的作品有《有关大雁塔》《山民》《你见过大海》《温柔的部分》等。出版诗集《白色的石头》，小说集《西天上》《我们的身体》《我的柏拉图》等。

在精神内涵上，韩东的诗大致可分为两类：一类是你可以明确感觉到他在说着一些东西的时候，同时又掩去了另外一些东西，也就是说，说了的和没说出的既存在某种影射关系，又存在某种抵触、消解关系，因而语义蕴涵有较强的发散力。《有关大雁塔》属于此类。其特点是，抒写者为了保持对世界直观冷静的体认，常常不动声色到冷漠的地步。"有关大雁塔/我们又能知道些什么。"这诗句，一方面暗示文化的神秘和它的不可知性，一方面以完全漠然的语言表示对文化的冷淡。另一类诗是直接诉说底层生存者平凡生活的，感情是年深日久的温暖。《温柔的部分》具有这方面的代表性。这首诗讲述诗人对寂寞而又朴实的乡村生活的亲情，以及如今无法重新走进这份曾经把温柔植入他性格的生活悲哀，就像赫拉克里特断言人无法两次进入同一条河流一样。

在语言上，韩东的诗拥有一种懒散的放任，所有热闹、紧凑的事物或景况，都可以被他化解为肌质松散或迂缓琐碎、沉闷乏味的散文句式，他有意把诗写得平淡无奇。但这种无奈的懒散又常常展示着某种荒谬。这种写法在开始的时候，有着背离"朦胧诗"所体现的社会、民族拯救者的激情冲动，向非社会、民族和非英雄的个人抒情转换的意义。

较为典型地表现了韩东诗歌风格特征的是《有关大雁塔》。这首与杨炼的具有浓郁的文化意识、充沛的理性激情的《大雁塔》形成鲜明对照的同题诗作，集中显示了韩东语言的简约、意绪的淡漠、人生的无奈和反英雄主义、反理想主义、反启蒙主义的平民化和庸常化特征："有关大雁塔/我们又能知道些什么。"在许多诗人的笔下，大雁塔、长城、圆明园旧址、故宫……都是内涵无比丰富的历史象征,因而引发诗人的许多联想和浩叹。而在韩东笔下,大雁塔不再有任何伟大和崇高之处,登塔也不会大发怀古之幽思,而只不过是"看看四周的风景/然后再下来"。它失去了令人感慨万端的英雄色彩。但是,在漫不经心的叙述背后,在那"我们又能知道些什么"的平静诘问中,却同样感到一种历史和生活的沉思,感到抒情主体深处透露的这一代人的无奈感。没有抒情性的铺排渲染,更没有点题性的哲理语言,而只写一种感受,一种体验。这种不动声色的叙述方式被称作"冷抒情",也有把它称作"零度写作"。这是中国 80 年代末期文学的普遍现象,而韩东却早在 80 年代最初几年就已使用,在这方面成为后现代诗歌在叙述方式上的一个范式。韩东的语言的确是返璞归真的,不再存在任何装饰性,决不追求华丽的词藻,更不创造复杂的意象,而是一种明白的口语。

二、于坚的诗

于坚(1954—),生于云南昆明。1984 年毕业于云南大学中文系。1970 年开始,当过近十年的工人。1973 年前后开始新诗写作。1984 年与韩东等创办《他们》。著有诗集《诗 60 首》《对一只乌鸦的命名》《一枚穿过天空的钉子》《诗歌、便条集》等。另著有随笔集和诗论集《棕皮手记》《棕皮手记·活页集》等。

于坚最初是裹挟着云南边地的神奇和粗犷闯进诗坛的,在最早的诗作里,他写了边地人的性格气质与自然相互创生的景观:高原上的人显得特别沉默和孤独,大河就像高原鼓起的血管,居住在河北的山民们,怎样用谈论上帝般的敬畏口气谈论河流……与南京"他们"诗群结盟后,于坚旋即以《尚义街》系列组诗、《芸芸众生》组诗和似乎永不会完结的《作品第……号》,表明了他的创作才情。

于坚的诗不再强调命运重大的外部转折点的意义,而专注于生命过程中日常生活的琐屑描述。他认为,在生命过程的任何时候拣取到的任何碎片中,都包含着生命的意义,而且人的整个命运也可以由此被表达出来。《在旅途中不要错过好机会》一诗直接标明了他的诗歌精神特点。他不是那种只管自己低头赶路的孤寂的苦旅者,他是在旅程中不肯放弃和错过任何一个机会的享乐型行吟诗人,气性浅凡,容易满足。在诗中,现实不过是一堆杂乱无章的组合,而人与事,都是现实的碎片,人的生命不过是一系列盲目、浮躁和重复的姿态:"我生活在人群中/穿普通的衣裳/吃普通的米饭/爱着每一个日子。"他的这类诗一方面犹如卡通片,毫无节制地展示出当代世事景观的五光十色,另一方面也透出价值准则的飘移不定,以及由此而来的感情和认知的随意性和表面化。

于坚重视诗中的语感,认为在诗歌中,生命被表现为语感,语感是诗人心灵的呼吸。他的诗用表面看来冷静、淡漠、不动声色的宣叙语调加以陈述。如《远方的朋友》:"你的信我读了/你是什么长相我想了想/大不了就是长得像某某吧/想到有一天你要来找我/不免有些担心/我怕我们无话可说……"仿佛给你的全部东西就是语言,就是生命节奏的自然奔涌,谈不上令人回味的内涵,可仔细品味后仍觉得美不胜收。这种自觉的口语化来源于诗人对自己生活位置的认知,他说:"我属于'站在餐桌旁的一代'。上帝为我安排了一种局外人的遭遇,我习惯于被时代和有经历的人们所忽视。"这种"局外人"的位置,使他与人生永远有某种距离,可以观照,但对于人,这距离就成了一种痛苦。这种矛盾是于坚作品中深刻之处的主要根源。

《感谢父亲》是于坚80年代末问世的一篇感动人心的著名诗作。

诗的核心是对父亲的绘写和言说。每个人都有父亲,每个人心目中的父亲都不尽相同,于坚笔下的父亲是这样的:喜欢抽烟,"一年十二月/您的烟斗开着罂粟花";是家里的主要经济支柱,是有权威的家长,"作为父亲您带回面包和盐/黑色长桌您居中而坐\那是属于皇帝\教授和社论的位置/父子们拴在两旁不是谈判者/而是金纽扣使您闪闪发光";在工作单位,有不俗的表现,"积极肯干热情诚恳平易近人/尊重领导毫无怨言从不早退";对于家庭孩子,极富有责任感,"您深夜排队买煤把定量油换成奶粉/您远征上海风尘仆仆采购衣服和鞋"……在《感谢父亲》中,这些细节性的言说包含着对父亲的高度肯定性评价,以及对生活的细致体察和对亲情的温情表达。当然,诗人也没有回避父亲的弱点:在政治气氛紧张的时期,父亲为了做安全的"好人",也干过"交代/揭发/检举/告密"和"检查儿子的日记"之类的事情;在平时的为人处世中,父亲也有一套明哲保身的哲学:"您认识医生校长司机以及守门的人/老谋深算能伸能屈光滑如石。"对父亲的这些所作所为,诗人在如实叙述的同时,表示出理解和宽容。因为当"我"长大,也做了父亲,才真正体会到做父亲的不易。

这里,诗人并未简单地从政治上的是与非、道德上的善与恶去对父亲的为人行事加以评判,而是从凡人生存的艰难不易中去感觉它、看待它。父亲的为人处世虽然说不上尽善尽美,但却是现实而有效的。诗人对父亲的感情也是丰富的,其中有敬畏,有理解,更有深深的感恩之情。

诗歌注重生活流的录写,作者在处理父亲的形象时,主要是杂取生活琐事来构成父亲的总体形象,并且对父亲形象不抬高也不压低,使父亲形象更加真实与血肉丰满。诗人大量书写有关父亲的生活琐事,也表达了他对世俗平凡生活的高度关注与亲近,而口语化的语言铺排则使得这首诗更显质朴与动人。

三、海子的诗

海子(1964—1989),原名查海生,安徽省怀宁县人。海子在农村长大,1979年15岁时考入北京大学法律系,大学期间开始诗歌创作,1983年毕业后在中国政法大学哲学教研室任教,1989年3月26日在山海关卧轨自杀。重要作品有抒情短诗《亚洲铜》《五月的麦地》,长诗《土地》,诗剧《太阳》等。

在海子身上,中国古老的文化传统和面向世界的精英意识有着良好的结合。他在80年代诗歌更新的喧嚣气氛中,以充满神奇的创造力,以两百多首抒情短诗和几首长诗如喷泉般装扮了他实在太过匆匆的诗歌生命。

海子采用多重抒情的手段,以多种声音和化身写他的诗。海子的短诗中有一类是以幻想和超现实之物作为抒写对象的,它们表明了诗人对传达隐秘的情绪和稍纵即逝的体验极为神往。这些诗通常呈现出这样一种抒情格局：在喧哗和骚动中沉静下来，以宁静的悟性穿透时间和存在，从而使诗成为一种通体澄明而又显得神秘的有关某一神圣秩序的仪式，如《打钟》《妻子和鱼》《思念前生》《坛子》《我的窗户里埋着一只为你祝福的杯子》等。海子另一类抒写早年艰辛而又朴实的乡村生活经验和较为晚近行旅感受的作品，则立意将一种透明的智慧、高贵的单纯和永恒的忧伤，植入静寂的泥土、草原和天空之中，如《回答》《九月》《花儿为什么这样红》《黄金草原》《海子小夜曲》等。

在海子的笔下，"麦地"这一意象成为一种生命的蕴藏，成为一种滋生于此的生命现象对自己的根源的感恩之情的疏导和集结。麦地中回响着大地无声的召唤，同时又是自然对人类宁静、慷慨的馈赠。麦地本身带有温和的母性意味，有着富饶、祥和与博爱的性质，而它的金黄色泽则无可置疑地具有一种高贵和庄重的美质。麦地坚实而永恒，向一望无际的远方延伸而去，在它的起伏中，幽静的村舍时隐时显，炊烟从庄户人家院落中袅袅上升。因此，麦地是人和大地和睦相处的象征。是一种播种和收获、奉献和领受的和谐循环过程中的象征，也是一种经年不断的看护与更新过程的象征，麦地就像一座神殿，在诗人心目中，象征着幸福生活的最后堡垒："麦地/别人看见你/觉得你温暖、美丽/我则站在你痛苦质问的中心/被你灼伤/我站在太阳痛苦的芒上。""麦地/神秘的质问者啊。""当我痛苦地站在你的面前/你不能说我一无所有/你不能说我两手空空。"（《回答》）

海子说过："我的诗歌理想是在中国成就一种伟大的集体的诗。我不想成为一个抒情诗人，或一位戏剧诗人，甚至不想成为一名史诗诗人，我只想融合中国的行动成就一种民族和人类的结合，诗和真理合一的大诗。"① 海子是一位诗的理想主义者，为了伟大的诗，他宁可牺牲个性而服膺于集体的"行动"，他的声音是真诚而孤独的，从这个意义上说，海子不属于任何诗的流派，只属于他自己。

第五节 女性诗歌

在"第三代"诗人的天幕上，还闪耀着一个女性诗人的璀璨的星群：翟永明、唐亚平、伊蕾、陆忆敏、海男、郑单衣等。她们是仅次于"朦胧诗人"（当然，女性诗人中有些人也是"朦胧诗"的参与者）而加入了中国新时期诗歌实绩的一支不可忽视的创作力量。

女性诗歌最简括的表述就是：它不再是"女性写的诗"，而是"写女性的诗"。这样看似简易的词语倒换，却表达了诗歌在一个新的时代里的巨大进步。女性诗人大踏步地超过"朦胧诗"造就的成果，很快使舒婷的《致橡树》或《惠安女子》成为古典的话题

---

① 海子：《后记》，载《海子的诗》，江西人民出版社2018年版，第196页。

(这位女诗人传达的美丽的忧伤尽管震撼人心,却也并不是单单属于女人的那些感受)①。她们进军的方向不是向着外界而是向着自身,向着女性自身丰富而隐秘的内在世界。这就使诗歌找到了过去未曾深掘甚至是没有真正发现的一个巨大主题——女性的精神性别。

具体而言,这些女性主义诗歌表现出如下基本特征:

第一,"黑夜意识"的阐释。翟永明在组诗《女人》自序"黑夜的意识"中写道:"每个女人都面对自己的深渊——不断泯灭和不断认可的私人痛楚与经验……这最初的黑夜,它升起时带领我们进入一个全新的特殊的布局和角度的,只属于女性的世界。"在这一理论的导引下,心有灵犀的女诗人们几乎不约而同地大胆走向"黑夜","黑夜"及与"黑色"相关的意象在诗人们手里被集束性地、铭心刻骨地、近乎夸张地使用。翟永明在《独白》里自白:"渴望一个冬天,一个巨大的黑夜。"林珂的笔下也有"我来自黑夜走向黑夜"的诗行,伊蕾有《黑头发》,杰丁有《黑色封面》。"黑色"的意象在唐亚平那儿更是得到了尽情的挥洒:"黑色沙漠""黑色洞穴""黑色沼泽""黑色眼泪"等。女性的生存状态、生理状态、心理状态带来的种种困惑,对女性生命奥秘的沉思带来的种种苦闷,使诗人"在白天看见黑夜"。对这种与女性气质相近的具包容性、融化性的"黑夜"的崇尚,既意味着对男性中心的白昼世界的逃离以及与男性世界的分庭抗礼,也表明女性性别自信与性别平等的回归。黑夜使女性的精神世界拥有更广大的时空和自由度,成了女性"激情的来源"。

第二,女性躯体的书写。为了找回失落的女性话语,为了让陈旧而习惯的世界听到女性的声音,女性主义诗歌以前所未有的叛逆精神,突入到躯体写作的独特领域。如西方女性主义理论家所说的那样:"妇女必须把自己写进本文。""必须通过她们的身体来写作,据此创造无法攻破的语言。"② 女诗人们如同发现新大陆一般发现了自己的身体、身体内部的感觉、那些仅仅属于女人的生理的心理的体验,找到了过去未曾真正发现的女性话语源泉。这种躯体写作,主要沿着两个方向展开。其一,将身体语言推向情欲言说。女性主义诗歌呈现的情欲言说,摆脱了以往灵肉分离的空茫、欲说还休的踌躇,以身体的书写洞开女性生命之门,大胆表现女性真实的情感欲望乃至隐秘的性体验,颇有些离经叛道、惊世骇俗的意味。林祁的《浴后》惊喜地发现了"女人":从"全身镜里走来女娲/走来夏娃/走来我/直勾勾地望着我/收腹 再收腹/乳峰突起/我抚摸着温情似海/我看到/地狱之门/充满诱惑/哦 给我一百次生命/我只愿切实地/做一回女人。"其二,通过对女性身体与生理经验的描述,表现女性独特而隐秘的生命体验。从某种意义上说,女人的存在是一种"身体的存在"。女性有别于男性的生理现象,诸如初潮、怀孕、流产、生殖、哺乳等,它对于女性心理状态、情感体验的深刻影响,是男性永远无法感同身受的经验世界。女性诗人在这个经验世界里的表情丰富、细腻,几乎囊括了女性生命现象的全过程。从初潮的恐惧:"当我十二岁,流出最早的鲜血/浑身发抖。"(翟永明

---

① 谢冕:《丰富又贫乏的年代:关于当前的随想》,《文学评论》1998年第1期,第115页。
② 埃莱娜·亚苏:《美杜莎的笑声》,载张京媛主编《当代女性主义文学批评》,北京大学出版社1992年版,第188页、201页。

《静安庄》）到怀孕的欣喜："我的欲望有了形体/有了珍珠的莹洁/花粉的甜蜜/你由我塑造。"（梅绍静《孕》）从流产的创痛："……在已臆想好的关系里/母与子/我与你/我已磨好了刀/血在天花板上喷出斑斓花纹/一双细足倒提着。"（张真《流产》）到生育的受伤："一次诞生是一种偶然/如一个没有凶手的流血事件/我含着泪水/在襁褓的镜子里/发现了自己的原形。"（赵琼《我参与地狱的大合唱》）再到哺育滋生的博大平和的母爱："我的乳汁丰淳，爱使我平静/犹如一种情愫阻在我胸口/像我怀抱中的婴儿。"（林雪《空心》）女性身体的不同阶段的姿态的表达、不同情感的宣泄，创造出一套独特的女性话语，既反叛着"男女都一样"的"无性别"的政治话语，又颠覆着父权文化将女性身体物化及商品化的男性美学。

　　第三，自白叙说的方式。女性主义诗歌大多选择了"自白"的言说方式，这不仅因为自白是一种灵魂的探险，可以使心灵语言与诗的语言达到契合，陌生而神秘的潜意识得以实现；也不仅因为女诗人们普遍受到了20世纪60年代西方"自白派"女性诗人的影响；而主要是出于对抗男权话语对世界的遮蔽和对语言的"污染"的需要。面对"带着性别的语言"，女性唯有借助自己的言说——"自白"抵达自己的生命起源和自身存在。正像翟永明在《女人·独白》中所说："我，一个狂想，充满深渊的魅力/……我的痛苦/要把我的心从口中呕出。"唐亚平在《自白》中所刻画的自己的世界是和"一张白纸悄声细语"，倾诉和独白构成了女性诗人与世界的基本关系。在自白言说时，不少女诗人选择了"迷狂"式的表述，采用启示录式的居高临下的视角和语气。因为女性诗人是在承受着某种意识到了的偏见和强加的压力下展开抒写的，偏见和压力反过来激活了她们的想象力和深潜的激情。但这种"迷狂"式表述有时也流于表面和个人化的混乱，缺乏对女性经验的深度认识和分析，给人以平面、单调、疲累感。

一、翟永明的诗

　　翟永明（1955—　），四川成都人。1980年毕业于成都电讯工程学院。1981年开始发表诗作。著有诗集《女人》《在一切玫瑰之上》《黑暗里的表现》等。代表作有组诗《女人》《静安庄》《人生在世》《我策马扬鞭》等。

　　在诗歌界，翟永明的名字是和她的组诗《女人》及其序言《黑夜的意识》联系在一起的。这分别写于1984年和1985年的一诗一文是使翟永明震撼诗坛的成名作，它一方面奠定了翟永明在诗歌界的地位，另一方面，它又标志着中国女性主义诗歌的诞生。

　　事实上，翟永明一开始就有别于舒婷等吟唱着启蒙主题的女诗人，她对作为人类一半的女性发出的是新诗史上从未有的十分成熟的女性的声音。她在《黑夜的意识》一文中，惊世骇俗地明确地宣布了她的女性主义立场：作为人类的一半，女性从诞生起就面对着一个完全不同的世界，她对这世界最初的一瞥必然带着自觉的情绪和知觉……她是否竭尽全力地投射生命去创造一个黑夜？并在危机中把世界变形为一颗巨大的灵魂？这是最初的黑夜，是一个有着特殊布局和角度的、只属于女性的世界。这不是拯救的过程，而是彻悟的过程。

翟永明发现了女性存在是千百年来被男性中心话语世界遮蔽的黑暗,是一个巨大的黑夜。由此,这个黑夜中诞生的诗歌女神开始了黑夜意识的自觉讲述。在翟永明笔下,"黑夜"是一个殊异于常态的隐秘空间,一个个体性的女性自我世界。《女人》组诗全部的20首中几乎无一例外地出现了黑夜的意象,首先卷首题词引用的杰佛斯的两句诗"至关重要/在我们身上必须有一个黑夜"定下了全诗的基调,接下来,黑夜的意象在全诗得到了尽情的挥洒。比如《预感》:"犹如盲者,因此我在白天看见黑夜。"比如《世界》:"我创造黑夜使人类幸免于难。"比如《独白》:"渴望一个冬天,一个巨大的黑夜。"比如《沉默》:"你的眼睛变成一个圈套,装满黑夜。"比如《结束》:"一点灵犀使我倾心注视黑夜的方向。"这种黑夜及在黑夜中的表达一直贯穿于她此后写作的《静安庄》《死亡的图案》《人生在世》等大型组诗中,相当长时间成为她诗歌的一个主旋律。

值得我们注意的是,翟永明"黑夜意识"的讲述是建立在二元对立思维基础上的,建立在男人/女人、白昼/黑夜、雄性/母性二元格局的背景上的,她认为女性只有在"既对抗自身命运的暴戾,又服从内心召唤的真实"的"充满矛盾的二者之间"才能"建立起黑夜的意识"[①],这无疑是符合中国古老的阴阳二极说和辩证法的。翟永明诗歌对黑夜意识的讲述采取了一种不依赖于男性诗歌话语的女性躯体写作方式,"女性黑夜"的阐释始终与躯体写作实验同时展开,正如有评论家所言:她的组诗和长诗都是围绕女性身体某一生命阶段而开展,不存在身外之物的表达,历史与现存、死亡与时间、风土民俗与爱憎之情,直接滋生在身体里,由女性身体的反应实现对外世界历史物景的再现。《女人》组诗初现了女性躯体的种种姿态,长诗《静安庄》更是"躯体写作"的典型个案。《静安庄》取材于作者下乡的"知青"生活,但与一般"知青文学"迥然不同的是,它将女性身体的变化与历史场景的发展变迁结合起来。全诗从第一个月写到第十二月。从一开始写天真未凿的十九岁少女对陌生的外部世界的敏感:"我来到这里,听见双鱼星的嘹叫/又听见敏感的夜抖动不已。"到看见"每天都有溺婴尸体和服毒的新娘",以及听见"分娩的声音突然提高/感觉落日从里面崩溃",以至由"水是活的,我触摸,感觉欲望上升",还有使她从内心感触到"夜晚这般潮湿和富有生殖力",凡此种种,都是诗人用"我"的身体的感觉及其变化来对应静安庄随着时序变化而发生的民俗事件、婚丧嫁娶,以及形形色色的人物,并着重表现随着女性身体的成长发育以至成熟,女性对自身和外部世界的潜意识活动。[②]

翟永明诗歌受惠于美国"自白派"女诗人西尔维娅·普拉斯,普拉斯处理素材时所表现出来的那份阴郁的激情,极端的自我揭示、自白语言、语调直接影响了翟永明的言说方式,使得翟永明在对所倾心的"黑夜"进行讲述时,不由自主地采用了一种迷狂式的非理性表达。在《女人》《静安庄》《都是真话》等组诗中,抒情者均以第一人称进行自白,采用的是一种凌驾于一切之上的造物者式的语气:"我,一个狂想,充满深渊的魅

---

① 翟永明:《黑夜的意识》,载中国作家协会诗刊社编《中国新诗百年志理论卷下》,中国工人出版社2017年版,第71—73页。

② 翟永明:《静安庄》,载《称之为一切》,春风文艺出版社1997年版,第29—50页。

力。""我在梦中目空一切/轻轻地走来,受孕于天空。""我是夜的秘密无法被证明。""我来了我靠近我侵入。""我目睹了世界/因此,我创造黑夜使人类幸免于难。"这种迷狂式语气,一方面显现出女性在自我体认过程中遭遇的巨大的迷茫,但主要的方面在于它使黑夜深渊中站立起来的放任内心激情、欲望和幻想的抒情女子达到了仿若造物者般自足而诗意的表达境界。尽管这种黑夜迷狂式的话语方式,在根本上还是生成于与男性世界的对立,但它却仍有着巨大的创造性意义,即迷狂式话语不仅消解着主流话语的控制,如"太阳,我在怀疑"(《臆想》)和"外表孱弱的女儿们/当白昼来临时,你们掉头而走"(《人生》)之类的诗句则明确表明了对以太阳和白昼为象征的男性世界的疏离,同时也因为诗人无拘无束的激情叙说,彻底还原出个体经验层面的女性自我世界。简洁而阴森、坚硬而富穿凿力的迷狂式自白使翟永明成为80年代诗坛真正独特的"这一个"。耐人寻味的是,率先操觚的翟永明80年代后期又率先从具有强烈自白性效果的迷狂基调中抽身而出,进入到新的演变序列。在组诗《人生在世》中,原先那种启示录式的高高凌驾的视角和语气开始淡化,渐次被一种受到世俗限制的日常性视角和语气所替换。90年代的《咖啡馆之歌》,则完成了自白方式的转变。她在《〈咖啡馆之歌〉及以后》一文中说:"通过写作《咖啡馆之歌》,我完成了久已期待的语言的转换,它带走了我过去写作中受普拉斯影响而强调的自白语调,而带来一种新的细微而平淡的叙说风格。"① 《咖啡馆之歌》确实是翟永明诗风转变的代表作。诗歌叙述了境外的一次不成功的怀旧聚会,但却是一首成功的诗。从这首诗中可明显看出,翟永明摒弃了她所惯用的毋庸置疑的自白语调、自白方式,诗中的"我"往往以叙述代替自白,更像一个旁观者或旁听者,因而也更平易近人。

二、伊蕾的诗

伊蕾(1951—2018),原名孙桂贞,天津人。曾就读于鲁迅文学院和北京大学作家班。已出版诗集《爱的火焰》《爱的方式》《独身女人的卧室》《女性年龄》等。

随着"孙桂贞"这个真名的消失和新的笔名"伊蕾"的出现,这位女诗人向我们提供了迥异于她以往诗作的新的诗歌面貌。

伊蕾是一位有着浪漫精神和理想主义的诗人,她常常将性爱尊崇为生命的全部意义和最高价值。她自称:"我的诗中除了爱情还是爱情,我并不因此而羞愧。爱情并不比任何伟大的事业更低贱。"她甚至在《独身女人的卧室》这本诗集的扉页上作过极端的表述:"爱的自由,就是全部的自由!"把爱情当作伟大的事业,将自由全部维系于爱,固然带有将爱情理想化的虚幻,但更重要的更有意义之处在于它是对非理想和黑暗的两性关系的反叛。几千年来,妇女在两性关系中一直居于被动地位,她们被迫按照男权文化的规范塑造自己,而不能依从自己的意愿和健康正常的人性要求去爱。伊蕾的诗歌以烈火般的女性生命情欲烧毁着既有的两性秩序。在伊蕾的笔下,"这充满情欲的奋不顾身

---

① 翟永明:《〈咖啡馆之歌〉及以后》,载《称之为一切》,春风文艺出版社1997年版,第214页。

的冲锋/这企图摆脱囚笼的全力的挣扎/这瞩目新天地梦一般的飞腾/这妄想摧毁世界的叛逆的行动"(《潮》),使女性从原有的被动德行和温良恭顺一变而成为热情奔放、无拘无束的强者,她发自生命爱欲的情感和激流如暴雨、如烈火势不可挡:"生命放任自流/暴雨使生物钟短暂停止/哦,暂停的快乐深奥无比/'请停留一下'我宁愿倒地而死。"(《独身女人的卧室·暴雨之夜》)

伊蕾女性生命表达的不同凡响还在于她创造了一系列女性新象喻。传统文化为女性创制了庞大的象喻系统,女性欲要表达自身,几乎无法不借助这实质性的男性话语。然而,伊蕾却顽强地抗拒着男权象喻系统所给定的角色、给定的命名,她拒绝成为一个传统构想中的"女人"。在一首题为《我的意义不确定》的诗中,她宣称"舆论是个虚伪的家伙/我蔑视它,使它无地自容/我本来是不确定的/我的意义也不确定"。在《被围困者》一诗中,伊蕾干脆宣言"我无边无沿"。这里所表达的是作为女性的诗人对压迫着她的历史、语言和文化传统的拒绝,她不是它们所限定的东西,她是它的栅栏所无法规定的,她要跃出这一切。于是,她以大无畏的姿态,以艰苦卓绝的努力,投入女性象喻的更新创造之中。

轰动诗坛的《独身女人的卧室》恐怕是伊蕾最振聋发聩的女性象喻,它象征着女性独立的物质和精神的空间。这一象喻可见出伍尔芙"自己的房间"的影子,但它已带有中国女性生存经验的特色。在"在家从父,出嫁从夫,夫死从子"的男权戒律禁锢下,中国妇女历来只是寄生于男性屋宇下的附属品。古代贵为皇妃的杨玉环不过是先被养在父亲深闺、后被锁于皇上后宫的任人宰割的弱女子,当代"解放"了的劳动妇女李双双也不过是丈夫认可的"俺屋里"人,实际上都无纯粹个人的立锥之地,都只能在男权文化的囚笼中苦苦挣扎。而伊蕾却以前所未有的女性自觉,为女性独辟了一块"心理空前安全/心理空前自由"的不依赖于男性的生存空间,女性在这一空间里可以为所欲为地尽情舞蹈,获得了从未有过的主体地位。从这种带极限意味的"独身女人卧室"出发,伊蕾找到了一条女性象喻的狭长而不失明亮的通道。"独身女人卧室"这一当代女性主体地位和生存空间的象征,成了伊蕾此后写作的《情舞》、《被围困者》和《流浪的恒星》等诗歌的一种潜文本,一种精神背景。

除此之外,为了反叛传统文学男性定位的女性象征,伊蕾一方面以无所畏惧的姿态、饱和着个人经验的语言,将"欲语泪先流""人比黄花瘦"的弱女子命名改写为敢于与命运抗争的"黄皮肤的旗帜""黄果树大瀑布"这样的刚健不屈的女性形象。另一方面,她又将一向由男性审视的香木花草端出来,全部改由女性审度,赋予其崭新的女性意识。比如《女人眼中的水柳》,其偏正结构的诗题所宣布的性别立场令人震惊和耳目一新。传统文学中一贯用以形体上所具有的曲线及由此而来的为男性所认同的柔弱美,所谓弱柳轻腰;二是女性在感情上的依附性和由此而来的不专一性,所谓水性杨花,在伊蕾的诗中,通过女性审度的水柳,却是另一番全新的面貌:"当一个柔弱的名字/被烙在我的额上/我疯狂地高叫着:不!""把我叫做柳絮吧/让沙子,街道和脚/变成任意驱赶我的鞭子/让心不在焉的手把我毁碎/然后我淡淡地笑了/去到任何一个我认为可以落脚的/地址扎根。"与男性眼光中水柳与肤浅、轻浮相继连接不同，女诗人笔下的水柳以其坚韧的生命承担、以其对女性生命力的深刻领悟感动读者。《处女湖》《野芭蕉》《神女峰》《石榴树》等诗篇，也是伊蕾重新审视旧象征物之后的成功之作。

伊蕾师承美国自白派诗人普拉斯和民主主义诗人惠特曼，诗歌大多采用汹涌澎湃、江河直泻的自白式语言形式。但伊蕾的自白诗却不囿于前辈而是真正独特的，她的切入为中国女性自白的诗歌潮流增添了些许新鲜的因子。首先，伊蕾的自白语言摒弃了普拉斯的阴郁和晦涩，她非常直白、急促的表达完全随生命之流的裹挟而来，是生命欲望和内心激情的"本色"表演，具有女性内在性的真实。当我们读着《黄果树大瀑布》里一口气排列的12个"把我"砸碎的句子，《独身女人的卧室》中不断发出的近似诅咒的痛呼"你不来与我同居"，《被围困者》中那呼吸般回环的"我无边无沿"时，不能不为之震撼。这一声比一声高、一声比一声沉重的无以遏制的打击乐般的语言，犹如一场永无止息的女性生命狂舞，既涌动着女性欲望的潮汐，又极大地调动着读者的共鸣。

其次，伊蕾式的自白诗不逃避叙事，而是把叙事当作可供利用的有效因素，以避免浪漫主义的单一的情感宣泄的弊端。因此，她的诗往往由叙事引起话题，并常常伴有一具体的时空场景。在《独身女人的卧室》中，几乎每一首看上去都有某种个人经历的踪迹，都具有叙事性。但伊蕾的叙事是一个忽隐忽现的影子，事情的前因后果、人物的过去与未来都不在伊蕾的视界之内，她要表现的是"现时"的瞬间，以及瞬间中的无穷感觉和激情。伊蕾的叙事常常成为她诗作的"支撑点"，只有附着某种个人的生命经历，她才能自由地展现其想象力和感觉。

另外，伊蕾不同于翟永明、唐亚平等自白式女诗人，她们以营造某种意象，构筑繁复、振荡的情绪世界见长，对直截了当的议论兴趣不大，而伊蕾却以议论见长。她的语言因其特有的快节奏和刻不容缓的气魄而具有一种不容置疑的雄辩力量。她从不回避在诗中正面争辩和讨论问题，也不回避抽象的概念和观点。如《被围困者》就不断对人类巅峰的哲学问题"我要到哪里去""我从哪里来""我为什么而来"进行追问和讨论。伊蕾并不要求自己在论争的每一点上都无懈可击，她只是把议论与女性特有的感性和敏锐融合起来，而那一份女性的感觉又使论辩有了浓厚的情感。

伊蕾的诗之舞也不可避免地存在着迷失。她过于迷恋《独身女人的卧室》孕育出的以第一人称"我"为主语的排列复句形式，以至于将之作为普遍的语法规则绝对化，从而导致了语法结构上的习惯性重复的滑行。《独身女人的卧室》每一首结束句的设置甚至句法结构，在《被围困者》和《情舞》中再度以同样的面孔出现："我的精神因此而无边无际/我无边无沿。""让我的理智从此漆黑一片/我愿意被你主宰。"语言的再生能力几乎被同样令人心悸的自我复述所取代。如此的循环往复，人们在阅读时，就不再觉得新鲜，相反，会感到单调和疲惫。

三、陆忆敏的诗

陆忆敏（1962—　），出生于上海，上海师范大学中文系毕业。诗作收入《中国当代实验诗选》《后朦胧诗全集》中国当代女性主义诗集《苹果上的豹》等多种重要诗歌选本。代表作《美国妇女杂志》《年终》《老屋》《沙堡》《我在街上轻声叫嚷出一个诗句》《避暑山庄的红色建筑》《出梅入夏》等。

与翟永明用那双"大得出奇"的黑眼睛对女性命运的黑暗深渊作高高在上的全景式审视,并为女性面临的困境进行激愤的迷狂式的情感宣泄相比,陆忆敏的诗歌就像"用眼睛里面的黑色瞳仁向你微笑"(陆忆敏语)。或许因为陆忆敏文静、温柔的天性,因为上海大都市娴雅、精致的精神气质的熏陶,因为她如俄国女诗人阿赫玛托娃一样,是先前文明孕育出来的优雅、纯粹、凝练的结晶式人物,陆忆敏的诗歌没有其他先锋女诗人的敢于砸碎一切桎梏,敢于担当自渎自虐的风险而向公众倾泻自我的气魄,而只想表达女性个人的沮丧感和受挫感,是自己对自己心灵的诉说。这种女性心灵的诉说有如坚硬刺手的纤维织成的柔和酥软的缎子,有着尖锐而柔和的美,有着"唯一的女性才具有的高贵"(诗人柏桦语)。

陆忆敏诗歌的高贵在于它从一开始便有着不同于他人的独特声音:内向、凝练、节制。在她诉说女性心灵的诗篇里,看不到通常在当代先锋女诗人那里见到的撕心裂肺的景象,听不见那种呼天抢地的叫喊,所见到的是另外一番情景:

> 即使小草折断了
> 欢乐的人生
> 我也已唱出了像金色的
> 圣餐杯那样耀眼的情歌。
> 满脸通红。
>
> (《我在街上轻声叫嚷出一个诗句》)

我们注意到,诗中有关世界、人与命运之间的比例已经于不经意之中被稍稍改动,某种厄运般降临的怪物,此时已经被减弱至折断的小草那般柔弱、纤细的东西,因而有可能取出微不足道的个人之杯,来承担"欢乐的人生"。这种盛得满满却不会溢出,"金色""耀眼"却不刺目的圣餐杯,它所蕴含的无限浇铸在用嘴唇便可轻轻触碰的量化形式之内,表现出激情的高度自我节制。从这样的杯子里饮入的爱情是经过提炼的、喜悦的、柔和的,任何凶残的元素都褪变为遥远的背景,而"满脸通红"这一羞涩的表达则透露出女性个体存在的深层秘密。陆忆敏早期诗作中体现出的这种"高贵"特质在此后的写作中得到了更加深入的表现。

即使是描写死亡,陆忆敏也想"用最轻柔的声音""为整个树林致哀"(《Sylvia Plath》),而没有将之发展为一种"呓语"或"嚎叫"。她不像她热爱的普拉斯那样用"血""骨头""亡魂""创口""杀人""自杀"等令人惊肉跳的刺激性字眼渲染死亡,而是把死亡放在一个能够接受的位置上,作为一种始终与人相伴的柔情蜜意的事物,用一种包容的宽大态度对待它。这不是说陆忆敏没感觉过死亡的沉痛,而是这种沉痛已经和她内在地结为一体,她的友善的"宽怀"的表达正是沉痛过后的理性和超然。这种内蕴的、有节制的表达可从她的一些诗题上看出,如《死亡是一枚球形糖果》《温柔地死在本城》《可以死去就死去》;也可从她别具一格的诗句中见到:"我们不时地倒向尘埃或奔来奔去/挟着词典,翻到死亡这一页/我们剪贴这个词,刺绣这个字眼/拆开它的九个笔画/死亡这个词,又装上。"这里的死亡由"倒向""奔来奔去""挟着""翻到""剪贴""刺绣""拆开""装上"等一连串动作组成,由此提供了一个非常具体、确切的女性手工劳动的场面,从而避免了将死亡说成一个深不可测的黑暗深渊。

陆忆敏心灵诉说的"高贵"气质还表现在她诗中没有那种凶恶狰狞、险象环生的意象和言词,她宁愿采撷日常生活中随处可见的事物,如阳光、灰尘、餐桌、花园、墙壁等。表现被压抑的女性生存恐惧的诗作《风雨欲来》,从头至尾不曾正面提及这种阴沉的恐怖,只是一而再再而三地进行日常生活描述:那是一个最平静的日子,既无人出门旅行,也没人上门喝酒,清淡的生意和冷清的生日,通过信、通过卡片,在纸上进行,窗帘蒙尘,光色黯然,夫妇俩相对无言,说什么才好呢?"穿过门厅回廊/我在你面前提裙/坐下/轻声告诉你/猫去了后院。"这恬淡平静的生活场景,这小心翼翼、左躲右闪的日常话语后面,显然暗示着女性被压抑得几近精神崩溃的生存惊恐。此类女性刻骨铭心的被伤害的经验也一再以日常生活的面貌出现:"在幽暗的内室/我的心被搁浅。""除了随歌而至/我无法接近/为笔迹描红的生活/那歌就像一道墙阻止了我/永远不可能途经花园。""从我衣袋和指缝中/失落了饰品、餐具/和灰色的食物/我驻足,起意寻找/他们已更改了面目。"(《室内一九八八》)这种内隐性很强的日常生活意象和平静幽冷的低声诉说比掏肝撕胆式的表述更深沉、更富有暗示力,因而也更动人心弦。

陆忆敏的诗,形式上比较接近中国古典诗歌中的长短句——词,上下行字数参差不一,段落的划分也比较随意,词语和节奏较为疏朗和洒脱。有两种形式可以说是她独有的并运用起来得心应手的:一种以三行诗句组成一个段落。这种类似于长短句的诗歌形式,似乎更利于表现陆忆敏内在而有节度的典雅情怀。陆忆敏女性心灵的诉说尽管比不上翟永明们浓烈、宽泛和棱角毕露,但她的诗在一定程度上实现了先锋的女性意识与有节度的古典情怀、西方女性话语与本土女性生活的良好结合,这无疑是对女性诗歌的一份独特奉献。

《美国妇女杂志》是陆忆敏最出色的诗歌之一。80年代中期,美国诗人西尔维亚·普拉斯所挟带的痛苦的死亡风暴帮助女诗人们恢复和建立了女性主体意识,在"受伤害"的身体方面,女性也找出了自身存在不可剥夺的证据。受这位大洋彼岸自杀的女诗人的影响,翟永明于1984年写下了才华横溢、不同凡响的《女人》组诗,以女先知的口吻,宣布了女性的精神性别,引起了不小的轰动。陆忆敏自然也处于这场由"死亡"和"受伤害"的冲击波所带来的诗坛地震之中。然而,由于特殊的气质和修养,陆忆敏在这股潮流中加入了自己的语调和姿态:一种内向的外松内紧、抑扬有度的情感。和翟永明写下《女人》组诗几乎同时,陆忆敏写下了同样出人意料、使人惊讶的《美国妇女杂志》。该诗开头以一种迅速而又轻松的快捷方式,将"此窗"突然打开:

> 从此窗望出去
> 你知道，应有尽有
> 无花的树下，你看看
> 那群生动的人
> 把头发绕上右鬓的
> 把头发披覆脸颊的
> 目光板直的，或讥诮的女士
> 你认认那群人，一个一个

这是一个成熟的女性视角中呈现的女性群体：一群如花般"生动"的女士，却不得不对世界做出种种"无人认领"的姿势，像一群永远流浪的囚徒。在"你知道""你看看""你认认"这种无可辩驳的指认语气背后，含有一种隐隐的激愤，但这种激愤最终还是被一个无声无息的女性群体轻轻压住。诗中的叙述者没有叫喊，没有抗议，只是默默地隐匿于"她们"背后。在这里，我们既看到了建立女性主体意识的另一种方式：不是在一个封闭的天地中和男人上演激烈的对手戏，也不是在男人离去之后于黑暗中注视自己身体上所受的"伤害"和留下的"伤口"，而是在面临一个女性群体时所产生的认同感；也感觉到了女性情感内化后突然释放的触目惊心的力量："谁曾经是我/谁是我的一天，一个秋天的日子/谁是我的一个春天和几个春天/谁？谁曾经是我？"这种对女性在劫难逃的隐秘命运的突如其来的追问，展现出陆忆敏特有的内向的抑扬适度的抒写方式的异乎寻常的魅力。①

拓展阅读：

1. 程光炜：《朦胧诗实验诗艺术论》，长江文艺出版社1990年版。
2. 王光明、荒林：《翟永明：用诗歌想象世界》，《南方文坛》1998年第3期。
3. 郑敏：《新诗百年探索与后新诗潮》，《文学评论》1998年第4期。
4. 陈旭光、谭五昌：《秩序的生长 "后朦胧诗"文化诗学研究》，陕西人民教育出版社2002年版。
5. 罗振亚：《朦胧诗后先锋诗歌研究》，中国社会科学院出版社2005年版。
6. 李振声：《季节轮换："第三代"诗叙论》，复旦大学出版社2008版年。
7. 王干：《废墟之花：朦胧诗的前世今生》，江苏文艺出版社2009年版。
8. 吴思敬：《论北岛》，《中国现代文学研究丛刊》2014年第10期。
9. 霍俊明：《于坚论》，作家出版社2019年版。
10. 郭海玉：《韩东诗歌创作研究》，天津人民出版社2019年版。
11. 张清华：《海子六讲》，人民文学出版社2023年版。

---

① 关于陆忆敏的诗歌，可参阅李振声：《季节轮换："第三代"诗叙论》，复旦大学出版社2008年版，第228–230页。

问题与思考：

1. 新时期诗歌的多元趋势与发展轨迹。
2. 艾青在归来时的诗歌创作新变。
3. 朦胧诗的美学原则。
4. "三个崛起"与新诗观念的现代性。
5. 北岛诗歌的精神理想。
6. "第三代"诗歌与朦胧诗的异同。
7. 精神现象学视域的海子及其诗歌。
8. 于坚的诗艺探索。
9. 1980年代女性诗歌的嬗变。

第十五章 小说创作（上）

第一节 概 述

整个20世纪80年代，可以说是中国小说家热情最高、探索最积极、成绩极为可观的十年。

80年代小说发展紧承70年代末期小说创作，在短短两年时间里，伤痕小说、反思小说、改革小说大量出现，并逐渐汇集成当代文学史上罕见的小说创作潮流，社会轰动效应频频出现。

1977年11月刘心武短篇小说《班主任》的发表，是"伤痕小说"创作潮流兴起的最初标志。这股中短篇小说创作潮流敢于触及重大政治问题，敢于暴露生活矛盾和阴暗面，敢讲真话，敢吐真情，因而在群众中引起了广泛而持久的轰动效应，也是揭批"四人帮"、清算"文革"错误的有力的精神武器，也是新时期小说开始恢复现实主义传统的最初标志。而且它在当代文学史上第一次真正地从人道主义立场来塑造文学人物，描写了人性遭受专制主义与极"左"路线摧残的悲剧，成为新时期人道主义文学思潮的先导。

"伤痕文学"初始，一批敢于思考而有坎坷人生阅历的作家，如王蒙、李国文、从维熙、张贤亮、方之、高晓声等，率先突破了一般的提倡"恢复现实主义创作方法"口号的局限，提出了现实主义深化的主张，并写出了一批具有相当思想深度和历史深度的作品。茹志鹃于1979年2月在《人民文学》上发表的短篇小说《剪辑错了的故事》，是"反思文学"的起步标志。"反思文学"从单纯揭示社会谬误上升到历史经验教训的总结，比之伤痕小说，其目光更为深邃清醒，带有更强的理性色彩。

党的十一届三中全会召开后，全党的工作重心开始由原来的抓阶级斗争转移到抓经济建设上来。作家们纷纷将热情投注于沸腾的现实生活。以蒋子龙的《乔厂长上任记》为滥觞，逐渐形成了一股新的"改革小说"创作潮流。总体上看，改革小说侧重反映的是新旧体制转换时期的社会矛盾，记录了改革的艰难及其导致的伦理关系和道德观念的变化，在创作方法上以现实主义为主，注重人物形象特别是改革者形象的塑造。因为作家所关注的现实问题与人民群众的意志和愿望是一致的，因而对现实的变革产生了极大的鼓舞和推动的力量。

"伤痕"、"反思"和"改革"小说的基本言说，是其所处的"拨乱反正"和"改革开放"的社会情境之下的主导性社会政治话语,其所从事的启蒙工作主要还立足于社会政治层面,叙事目的主要还是为当时的社会政治实践进行"文学"的论证。

80年代所出现的军旅小说、风情小说和历史小说等,由于具有某些突出的特点,其创作状况也令人关注。军旅小说是新中国成立后17年小说创作的热点与亮点,"文革"一结束,则出现了邓友梅的《追赶队伍的女兵》《我们的军长》,孟伟哉的《昨天的战争》,魏巍的《东方》,周立波的《湘江一夜》等小说。伴随着70年代末中国南部边境上战事的爆发,开始提倡"文学即人学""军人即人"的命题,对过去的英雄主义模式进行了调整,不再是简单地叙述英雄主义和爱国主义故事,不再是简单地塑造英雄和爱国人物,而是捕捉战争中人的真实的深层心灵,把英雄当作人而不是当作"神"来写,回到了"文学是人学"的现实主义的轨道。代表作有徐怀中的《西线轶事》、李存葆的《高山下的花环》、朱苏进的《射天狼》、张廷竹的《他在拂晓前死去》、韩静霆的《凯旋在子夜》等。

作家在摆脱单一政治视角后,进入到"人"的情感领域和文化领域,历史题材小说的创作开始兴盛,变得多样化。尤其是80年代中后期,作家在尊重史实的前提下,进一步发挥主体的创造性、能动性,力图找到自己对历史独特的理解,努力写出丰厚的历史底蕴,重构具有美学内涵的历史故事,涌现出一大批优秀历史小说,如徐兴业的《金瓯缺》,凌力的《星星草》《少年天子》,端木蕻良的《曹雪芹》,任光椿的《戊戌喋血记》《辛亥风云录》,冯骥才的《义和拳》《神灯》,刘亚洲的《陈胜》《秦时月》,李晴的《天京之变》等。

在20世纪80年代中期的小说创作中,最引人注目的是"现代派小说"、"先锋小说"和"寻根小说"。它们在艺术表现与审美内涵的探索和发掘上,都表现出了与"伤痕""反思"等小说迥异的新锐气息。

1980年前后,中国当代小说创作受到西方现代主义的影响,开始了对现代派文学的艺术表现方法的借鉴与吸纳。宗璞的《我是谁》《泥沼中的头颅》等,借用现代主义中荒诞、变形、象征等手法来揭露"文化大革命"对人的尊严与人性的残酷戕害;茹志鹃的《剪辑错了的故事》采用打破时间顺序的结构方式,其"剪辑"式的心理结构给人一种耳目一新的感觉。而王蒙率先突破传统小说的结构方式,从学习和借鉴西方小说"意识流"手法入手,把小说的情节结构变成心理结构,有意淡化情节而突出人物的意识流程,使大量的感官印象和意识流动进入作品,从心理角度处理时间次序和空间位置,构成一种新的小说形式——"意识流"小说。王蒙在1980年发表的中篇小说《布礼》是新时期文学中"意识流"小说的开山之作,此外,他的《夜的眼》《春之声》《蝴蝶》《风筝飘带》等一组以描写人物心理为主的"意识流"小说,在文坛引起了极大的轰动。应指出的是,早期的这些作品多着重于对现代主义技巧的吸收,较少现代派的真正内核即"现代意识",而80年代中期出现的刘索拉的《你别无选择》《蓝天绿海》《寻找歌王》,徐星的《无主题变奏》,莫言的《球状闪电》《透明的红萝卜》,残雪的《苍老的浮云》《黄泥街》,洪峰的《奔丧》等一批"现代派"小说,则无论在思想意识、文学精神、审美观念和表现手段等方面，均具备了较为明显的现代主义特点。

1985年以后新时期小说探索进入全新阶段，一种激进的叙事实践初露潮头，这便是以马原的《拉萨河女神》、《冈底斯的诱惑》和《西海无帆船》等小说为肇始的"先锋小说"潮流。"先锋小说"命名五花八门，又被称为"探索小说""实验小说""新潮小说""现代派小说""现代主义小说""后现代主义小说"等。以"先锋"为之冠名，是取其在文化内涵、文学观念和文本特征方面激进的反叛色彩和先锋实验品格，其中很大程度上并不是其主题话语的独特性，而是得力于先锋作家在小说叙事领域所进行的声势浩大而又卓有成效的革命。而叙事领域的革命既是新潮小说观念和主题内涵革命的具体体现和实践载体，同时也为它们的实现提供了保证。"先锋小说"自1985年前后以马原的出现为标志始，历经1987—1990年以洪峰、孙甘露、苏童、余华、格非、北村等作家为主将的先锋潮，到20世纪90年代先锋写作转型，以长篇小说的纷纷面世而重掀高潮。先锋小说的代表作有洪峰的《极地之侧》，格非的《迷舟》《褐色鸟群》，苏童的《平静如水》，孙甘露的《访问梦境》，余华的《现实一种》《鲜血梅花》《四月三日事件》等。

1985年也是文化寻根思潮兴起的一年。在此前后，一批中青年作家面对不断变革的社会现状，怀着对人类和民族未来的空前热情，在现代背景下对民族文化、传统精神进行挖掘和剖析，试图在世界文学的大背景下确认我们民族文学和文化的个性。他们除发表了大量的文学作品之外，还纷纷撰文表明自己的文化观，如韩少功的《文学的"根"》、李杭育的《理一理我们的根》、郑万隆的《我的根》和阿城的《文化制约着人类》等，积极地参与到有关问题的讨论中。文化寻根引起了文坛的广泛瞩目，并形成中国新时期文学中重要的文学思潮——寻根文学。贾平凹的《商州初录》、韩少功的《爸爸爸》、阿城的《棋王》、扎西达娃的《系在皮绳扣上的魂》、王安忆的《小鲍庄》、李杭育的《最后一个渔佬儿》是寻根文学重要的代表作品。寻根文学在当时文坛上突出的贡献集中体现在作者在主题内容上对中国传统文化进行了开掘与弘扬，同时，在审美意识与艺术精神上也对传统文化进行了重构。

随着新时期小说在表现形式和文化内涵上的深入发展，小说创作多元美学格局渐趋形成。女性文学、新写实小说、新历史小说等的出现，则进一步让多元文学生态得以丰富与深化。

新时期之初，追随着"人的自觉"的文学潮流，女性文学开始解冻、复苏。张洁、张辛欣、铁凝、王安忆等女性作家，上承五四时期女作家的自主精神，下应当代兴起的女性主义思潮，自觉地以女性身份看待人生，构建女性写作空间，向男性中心话语挑战，在创作中充分地表现出女性意识，形成前所未有的女性作家群体。80年代具有代表性的女性文学作品是张洁的《爱，是不能忘记的》《方舟》，张辛欣的《在同一地平线上》《我在哪儿错过了你》，王安忆的《小城之恋》《荒山之恋》《锦绣谷之恋》《岗上的世纪》，以及铁凝的《麦秸垛》《棉花垛》等。

新写实小说兴起于80年代末期，是80年代末期到90年代初期的一种重要小说潮流。这是内应中国小说的求新求变要求，外缘"二战"后意大利的新写实主义（Neorealism，又译"新现实主义"）的启发，而出现的一批有别于传统的现实主义和现代主义的创作潮流。1987年，池莉的《烦恼人生》和方方的《风景》问世，标志着新写实小说的诞生。1989年第2期《钟山》开辟了专栏"新写实小说大联展"，正式提出了"新写实小说"的概念。新写实小说以池莉的《烦恼人生》《不谈爱情》《太阳出世》，刘震云的《塔铺》《新兵连》《单位》《一地鸡毛》，方方的《风景》《随意表白》等为代表。新写实小说改变了小说创作中对于"现实"的认识及反映方式，有意瓦解了文学的典型性，以近似冷漠的叙述态度来掩藏作者的主观倾向性，提倡作家应"退出小说""零度介入"，以还原生活本相，表现出生活的"纯态事实"。虽然从文学精神来看，新写实小说仍属现实主义范畴，但无疑具有了一种新的开放性和新锐性。

"新历史小说"是新历史主义理论影响下的产物。它力主对历史重新激活、重新书写。小说家在创作中实践着视历史为一种重新书写的个人化话语。当他们努力消解某种外在力量所强力规定的历史必然性，转而强化历史进程中的复杂性尤其是偶然性时，读者的确感到耳目一新。这也是新历史小说得以迅速走红的主要原因之一。尤其是在对20世纪前、中期的中国历史的重新书写上，新历史小说的那种凸现其历史的偶然性，重"野史""戏说"，或对作为文化语境的历史的零散化的认知倾向，体现得更为充分。80年代中后期代表作主要有乔良的《灵旗》，莫言的《红高粱》，苏童的《妻妾成群》《米》《我的帝王生涯》，格非的《敌人》《边缘》，叶兆言的《夜泊秦淮》系列小说，刘震云的《故乡天下黄花》，刘恒的《苍河白日梦》，池莉的《预谋杀人》等。

本章与第十六章将逐一对上述小说创作现象进行评述。

第二节　伤痕小说

"文革"浩劫基本结束后，小说家们作为"文革"运动的受害者与见证者，纷纷从悲愤与痛苦中起来，用自己的作品揭示"十年浩劫"与极"左"思潮给人的身心与社会发展造成的巨大"伤痕"。文坛出现了一大批描述知青、知识分子与老一辈革命家在"文革"中的悲剧性遭遇与精神创伤的小说，人们名之为"伤痕小说"。"伤痕小说"这一名称源自卢新华1978年8月发表在《文汇报》上的短篇小说《伤痕》。但刘心武1977年11月发表于《人民文学》上的短篇小说《班主任》可以说是真正的开山之作。伤痕小说中较有影响的有王亚平的《神圣的使命》、张洁的《从森林里来的孩子》、梁晓声的《这是一片神奇的土地》、竹林的《生活的路》、叶辛的《蹉跎岁月》、宗璞的《弦上的梦》、韩少功的《月兰》、周克芹的《许茂和他的女儿们》、冯骥才的《啊！》、方之的《内奸》、老鬼的《血色黄昏》等。

作为一种创作思潮，伤痕小说在批判与揭露"文革"所造成的灾难的同时，积极呼唤人性的复归，力图续接五四以来的人道精神，重新确立"人"的地位和价值。在具体表现中，直面惨淡人生与严酷现实，强调社会政治批判功能，注重创伤展示与义愤宣泄。

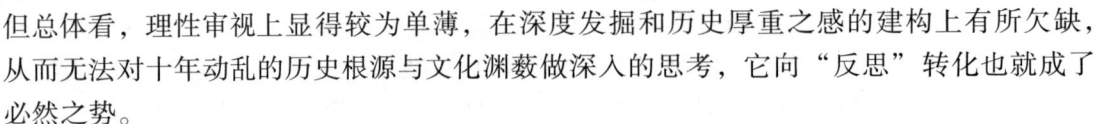

但总体看,理性审视上显得较为单薄,在深度发掘和历史厚重之感的建构上有所欠缺,从而无法对十年动乱的历史根源与文化渊薮做深入的思考,它向"反思"转化也就成了必然之势。

一、刘心武与《班主任》

刘心武(1942—),原籍四川安岳,出生于成都,后随父母迁居北京。从北京师范专科学校毕业后在中学任教,1977年发表成名作《班主任》。出版有中短篇小说集《班主任》《如意》《公共汽车咏叹调》《大眼猫》《立体交叉桥》《5·19长镜头》等,长篇小说《钟鼓楼》《风过耳》《四牌楼》《栖凤楼》等。

《班主任》被公认为是新时期小说的开山之作和伤痕小说的发轫之作。小说讲述了粉碎"四人帮"之初,光明中学要接收与改造一个在当地很有名气的"小流氓"宋宝琦。初三(3)班班主任张俊石发动班里的其他学生帮助和改造这位特殊的同学时,同学们很是谨慎,而团支书谢惠敏愤然宣称:"我怕什么?这是阶级斗争,他敢犯狂,我们就跟他斗!"张老师感到非常欣慰,但随着工作的展开,他发现受"文革"毒害与扭曲的不仅是宋宝琦这样的"坏学生",还有谢惠敏这样的"好学生"……

宋宝琦长着满身的横肉,表面上看是一个营养充足、精力充沛的健康少年。实际上他却因为缺少知识与文化的滋养而变得粗野荒芜,"眼神空虚而愚蠢",对美与丑、善与恶都缺少起码的认知和判断,是一个有着斑斑劣迹和犯罪前科的畸形少年。而造成宋宝琦这种精神畸形的并不是什么"资产阶级思想的毒害",他压根就对资产阶级思想一无所知。他之所以成为一个小流氓,恰恰是极"左"意识形态强力控制与"左"倾错误教育的结果。

与品行恶劣的宋宝琦不同,谢惠敏是以单纯、先进、积极的面貌出现在读者面前。但随着文本的展开,其精神的扭曲与病态同样令人震惊。她根正苗红,有着朴素的阶级情感,认为《牛虻》这些描写爱情的名著是黄色书籍,穿短袖衫、穿裙子是资产阶级作风,报纸上讲的才是做人应当遵循的标准。在她脑子里,除了在"文化大革命"时期所流行的阶级斗争理论与意识形态所要求的思想原则之外一无所有。她显然是"文革"理念所教化和塑造的产物,表现出那个时代"进步""思想红"的青少年的共同特征。如果说宋宝琦被毒害的心灵如外伤一样赤裸裸地暴露在人们面前的话,那么谢的偏执与僵化则如同内伤不容易被人发现。因此,这个典型的出现更能提醒人们对"文革"潜在危机的深思。小说在最后再次发出了五四时期鲁迅所发出"救救孩子"的焦灼呼唤,在当时激起了强烈而广泛的反响。

随着作家对生活与文学本质思考的深入,刘心武创作上也呈现出新变的向度与态势。在创作"伤痕小说"的同时,他把写作重心转移到普通人身上,将社会问题和日常人生结合起来,赞美人性与人情,呼唤人与人之间的理解和尊重。《如意》中,对石义海与末代格格金绮纹之间的爱情思考,《立体交叉桥》中对人与人之间理解和宽容的渴望,都是此一取向的体现。20世纪80年代末以来,他对当代知识分子心灵历程与历史命运极为关注，其作品也呈现出人性审视与文化反思的深度。《钟鼓楼》《风过耳》《四牌楼》都体现出对人性善恶与复杂性进行多向度探索的努力，并获得了某种穿透力。一些作品既写出了人性中狰狞原始的一面如何在极"左"思潮中的放纵与恣肆，也写出了民族文化心理中"人道遗风"的温情与感动、朴实与崇高。在艺术上，其作品主要是写实手法与直接议论相互交织。后来，他作品的议论成分有所削弱，艺术手法也渐趋多样，在写实的基础上，积极地吸收了象征、隐喻、反讽等成分。但整体来看，其小说创作始终存在质胜于文的不足。

二、冯骥才与《啊!》

冯骥才（1942— ），祖籍浙江慈溪，生于天津。高中毕业后就在地方刊物上发表文学作品。1977年底发表长篇历史小说《义和拳》（与人合作），后来，创作日丰。出版有《冯骥才中短篇小说集》《雕花烟斗》《高女人和她的矮丈夫》《怪世奇谈》等。

冯骥才作品以伤痕小说开始引起文坛关注，在《雕花烟斗》《铺花的歧路》《啊!》等作品中，他着重表现人物的精神世界，尤其是通过知识分子灵魂的变异以映照"文革"反人性的历史本质。《雕花烟斗》通过老画家和老花农之间的交往，赞美了老花农作为美的创造者、鉴赏者和守护者的纯洁而美好的心灵。画家和花农间虽只有简单而平淡的交往，但这种交往衬置在风云变幻的社会背景下，以人物命运的变迁和世俗的人情冷暖为对照，显得分外珍贵与温暖。

《啊!》是"伤痕小说"中不可多得的佳作。历史研究所的科研人员吴仲义，"文革"期间因丢失了一封家信而陷入了惶惶不可终日的状态。吴仲义的这种畸形心理是有着丰富而深刻的个体经验与社会历史内容的。20世纪50年代的他，曾经是一个热情淳朴、积极上进、有独立思想的青年。一次在"读书会"上，他对国家体制中的某些弊端发表了一番议论，他哥哥与陈乃智因在"鸣放会"上发言时援引了他的观点而相继被打成右派，他却阴差阳错地由于没抢到发言机会而暂时逃过了厄运。从此，他变得拘谨怕事、敏感怯懦。当"清理阶级队伍"的运动降临历史研究所时，陈乃智又被确定为重点审查对象，这无疑让其陷入了极度紧张之中，整个"好像突如其来发生了一场大地震"。他慌忙给哥哥写回信，发信时，信却不知去向。他猜疑信笺已经落入本单位政工干部贾大真的手中，于是他只得主动交代了信中所涉及的内容。他成了监管对象，过着"不如一条狗"的生活，却因不再担惊受怕而"安心"。运动的风暴过后，他却意外地发现这封信竟然没有丢失。作品着重表现吴仲义胆小多虑、恐惧脆弱的畸形心理。当他误认为信件丢失后，心烦意乱，神情紧张，以至于偶然接触到贾大真冷峻而逼人的目光时，竟慌张得连手里的糨糊桶都拎不稳。在批斗会上，"他的手冰凉，抖得厉害，满是粘粘的冷汗"，带着一颗"绝望而破碎的心"交代了自己的"问题"。可以说，残酷的政治环境造成了他精神的惊悸与心理的扭曲。虽然吴仲义身上未迸发出传统知识分子那种舍生取义的凛然正气，但他也未曾与恶势力沆瀣一气变得卑劣无耻，他只是"文革"期间渺小的个体，却是高压斗争形势下畸变心灵的真实写照。与吴仲义相对的贾大真，平时并无本领，但当狂飙骤起时他就会以"两道冷峻而逼人的目光"寻觅猎物。他用卑劣无耻的手段攫取所谓的"罪证"，毫无人性与人道意识地把自己的快感和价值感建立在别人的痛苦与灾难之上，以此获得病态满足。在他身上同样也体现出十年动乱期间人性的疯狂与暴戾。

冯骥才能敏锐地感应社会和人生的新信息，并以自己的艺术潜能顺应文学潮流，创作出不同风格类型的作品。20世纪80年代中期，他写出了表现清末民初天津卫的市井生活的《神鞭》《三寸金莲》等。对此，文学界虽褒贬不一，但作者在通俗性、传奇性与"津味"的融合方面做得较为成功。

第三节　反思小说

伤痕小说虽具有强烈的情感冲击力，但理性思考与深度发掘存在着明显不足。痛定思痛，作家们开始审视"文革"形成的缘由，目光也从当下回溯到新中国成立之初，甚至到民主革命时期，于是也就出现了被评论界命名的"反思小说"。反思小说是对伤痕小说的继承与发展。就继承而言，反思小说同样叙写"文革"给民族、社会与人性所带来的深重的灾难；就发展而言，它写"伤痕"不仅是在叙写社会的悲剧与灵魂的创伤，而是寻找病灶，去揭示"伤痕"的根由，呈现出相当的思想深度与历史深度。

与伤痕小说比较，反思小说关于"人"的思考更加深入，注重表现人物在特定的历史环境中情感、性格的复杂性与矛盾性，力争做到立体感、饱满感和历史感相互渗透。在艺术表现上对意识流、象征等也予以了相应的借鉴，呈现出积极的探索精神。鲁彦周的《天云山传奇》、茹志鹃的《剪辑错了的故事》首开风气，后来高晓声的"陈奂生系列"、张贤亮的《灵与肉》、张一弓的《犯人李铜钟的故事》、史铁生的《我的遥远的清平湾》、王蒙的《蝴蝶》、李国文的《冬天里的春天》、古华的《芙蓉镇》、张炜的《古船》以至陈忠实的《白鹿原》等都产生了广泛的影响。

一、古华与《芙蓉镇》

古华（1942—　），原名罗鸿玉，湖南嘉禾人。他于1962年开始发表小说，先后出版过《莽川歌》《古华中短篇小说集》等，其代表作品是长篇小说《芙蓉镇》和短篇小说《爬满青藤的木屋》。

古华的作品不算多，但都表现出对习俗方物、地域风情的喜好。《芙蓉镇》中那四时八节的吃事习俗、普通人家新婚宴庆的歌堂仪式等，《浮屠岭》中山民聚众盟誓、喝鸡血酒、惩治叛徒等；《金叶木莲》中瑶家山寨别具一格的"送情郎"场景、"打伞妹"的花帕舞等，都让作品带上了浓郁的地方风情与生活气息。但作品最为吸引人的则是在时代中起伏变化的人物命运，以及与命运挣扎抗衡的生命意志。也正如茅盾所说："单有了特殊的风土人情的描写，只不过像看一幅异域的图画，虽能引起我们的惊异，然而给我们的，只是好奇心的餍足。因此在特殊的风土人情而外，应当还有普遍性的与我们共同的对于命运的挣扎。"① 而古华的小说可说是真正有机地将风俗民情、时代变迁与人物命运结合了起来，做到了作者所说的"寓政治风云于风俗民情图画，借人物命运演乡镇生活变迁"。(《芙蓉镇·后记》)。

《芙蓉镇》是古华的代表作品，曾获首届"茅盾文学奖"。作品所叙事件的时间跨度较大，前后将近三十年。作者选取了新中国成立初期、1958年大炼钢铁、三年困难时期和"四清"后期四个时段，通过芙蓉镇带有地域民俗色彩的"圩"期间隔时间的长短、集市贸易荣消的描写来反映政治震荡给农村生活造成的影响。新中国成立初期，这里是"一旬三圩，一月九集"；"大跃进"时期，逐渐演变成"星期圩""十天圩""半月圩"；三年困难时期后"圩"期缩短为五天，到了十年浩劫期，圩场干脆没有。一个小小的圩场，也就成了时代风云的晴雨表，把一场席卷全国的政治运动在乡村小镇投下的侧影精细地勾画出来了。同时，作品中还成功地塑造了许多个性鲜明、命运曲折的人物形象。"芙蓉姐"胡玉音容貌秀美，心地善良，外柔内刚，有着对美好生活与真诚情感的向往与追求。她爱上了童年伙伴、转业军人黎满庚，却因"血统论"的限制而嫁给了老实巴交的屠户黎桂桂。在"四清"运动中，丈夫被打成了"新富农"而上吊自杀，她也因此沦为"新富农婆"。"文革"中，她与右派秦书田结为患难夫妻，结果双双被判刑，直到"文革"结束才得以团聚。"铁帽右派"秦书田是另一个典型。他原为中学音乐教师，1957年因"利用民歌反党"的罪名而被划为右派，下放到芙蓉镇劳动改造。在残酷的外在打击下，他并没有陷入绝望中，依然"穷快活，浪开心"。但就在他那油滑混世、似癫若狂的表象下，除了灵活机智以图委曲求全的一面，更潜藏着自尊自爱的可贵气节、善良仁爱的人道情怀。他与胡玉音在打扫芙蓉镇街道中相爱，在苦难中相濡以沫，在动荡与扭曲的时代中，相知相怜相偎相依，真情与温暖显得分外的美丽动人。

"运动根子"王秋赦是作品中一个极有认识价值的形象。他原本是个游手好闲、无所事事的流氓无产者。在"土改运动"中，他也曾积极参加土改工作队。在看守逃亡地主的浮财时，他依靠权势钻进了地主小老婆的被窝，并由此积累起依托运动来获取"翻身"的经验。"土改"后，好逸恶劳、不事生产的他很快坐吃山空，再陷贫困。在"再来一次土改，再分一次浮财"的愿望中，他盼来了1964年。在随之到来的"文革"中，他更是如鱼得水，当上了公社革委会主任，将整个芙蓉镇搅得鸡犬不宁。这个形象让人们认识到，某些具有破坏性的因素在破坏旧的世界时，可能有着一定的"革命"效用，但在时代的进程中，其与"革命"效用同在的破坏性势能则会逐渐暴露其朽败的本质，对社会与时代产生极其恶劣的影响。可以说，整个作品既深刻地揭露了极"左"路线给人民与社会带来的深沉灾难，同时又将人情冷暖融入具有政治内涵的世态变化中加以表现，深刻而细致地揭示出特定社会政治环境下人性复杂而微妙的变化历程，深入发掘了社会运动中所潜藏的各种因子。

---

① 茅盾：《关于乡土文学》，载《茅盾全集》第21卷，黄山书社2014年版，第99页。

二、张贤亮与《绿化树》

张贤亮（1936—2014）祖籍江苏盱眙，出生于南京一个没落的官僚家庭。中学时代就开始写作，后因《大风歌》被划为右派，并遭监禁、劳改与管制达20年。1979年获得平反，并进入创作的高产期。先后发表《邢老汉和狗的故事》《灵与肉》《土牢情话》《龙种》《绿化树》《男人的风格》等短、中、长篇小说。

张贤亮的小说基本上可以分为两类：一类反映社会改革问题，如《男人的风格》《龙种》《河的子孙》等。长篇小说《男人的风格》叙写陈抱贴来到T市任市委书记以后积极推行各项改革，致力改变机关人浮于事、效率低下而引发的种种矛盾，作者赞美了那种锐意进取、不怕挫折、敢作敢为的精神。全书充满了对理想人格的呼唤和改革事业的忠心，是新时期改革题材作品中较有影响的一篇。

另一类则是真正标识张贤亮艺术独特性且带有自叙传色彩的作品，如《灵与肉》《土牢情话》《绿化树》等。他曾计划写以"唯物论者的启示录"为总题的九部小说，来再现从苦难中升华的主题，完整地描写"一个出生于资产阶级家庭，甚至曾经有过朦胧的资产阶级人道主义和民主主义思想的青年，经过'苦难的历程'，最终变成了一个马克思主义的信仰者"① 的过程。其中发表于80年代中期的姊妹篇《绿化树》《男人的一半是女人》，曾引起文坛的广泛关注。

《绿化树》是"唯物论者的启示录"系列中的首部。作品叙写了出身于资产阶级家庭的知识分子章永璘，因写诗被打成了右派，改造了几年后于60年代的大饥馑之时来到黄土高原的一个偏远农场落户。在他遭受饥寒、劳累与冷漠煎熬的时候，马缨花奇迹般地闯入了他濒于绝望的生活。马缨花的温情与体贴，使章从肉体到精神获得了一种超越的力量。作者在文本中尽其所能地凸现了人的精神和肉体的种种"饥饿"。作为一个受过良好教育的知识分子，在饥饿境遇中，他所有的知识和才华都用在了对食物的获取上：他用钉子代替糨糊，省下打糨糊的稗子面做煎饼；利用炊事员的视觉误差改用罐头筒打稀饭，以图多得100毫升；宁可不领馒头，而自告奋勇去刮蒸笼屉布；凭借自己的聪明用3斤土豆换5斤胡萝卜，赚取2元钱的便宜……反省与自审总让他在事后意识到自己道德与心理的亏欠，但求生本能与对食物的欲望，又让他陷入新的循环之中……但就在这种反复中，主体萌发出了生命应然方式的寻求。精神的低落、境遇的困苦，让他无法在焦虑与痛苦中获得突破。也就在绝望的边缘，以马缨花为代表的一组劳动者的出现让其获得了真实的镜像。海喜喜粗犷、朴拙的歌声唤醒了他久废不用的艺术想象力和灵感；谢队长对他的尊重与关心、劳动人群的乐观开朗，使他感到了生活的欢乐与温暖。马缨花的出现，更是让他获得了生之幸福与美丽。在马缨花的家里，他体验到了家庭的温暖；在马缨花开朗野性的性格中，他感受到了爱意的萌动；在改造土炕的劳动中，他享受到了体力劳动的乐趣；马缨花"你还是好好念你的书吧"的话，让他获得了警醒与

---

① 张贤亮：《绿化树》，北京十月文艺出版社1984年版，第1页。

提升。他在认真阅读《资本论》中获得了智慧之光的引导,增强了对马克思主义和人民力量的信念。

这部小说对苦难历程近乎崇拜的描述是其鲜明的思想特征。苦难与屈辱是其作品的题材,作者关注了生命如何从苦难中获取超越,表现"伤痕上的美"①,也就让其作品显得更为复杂与丰富。作品通过人物的自我反省、自我分析、自我辩解,再加上幻觉、梦境、想象和生理上的感受把人物的心灵世界多侧面地展示了出来。于是,其作品也就具有了一种强烈的思辨色彩。同时,张贤亮的小说中的雪山戈壁、河湟僻壤、高原牧场、黄河浪涛都袒露着大西北所特有的自然风貌,再加上响遏行云的火辣情歌、粗陋鄙俗的语言、放荡不羁的习俗,让大西北的自然和大西北的人性人情两相凑泊,妙合无垠,从而使其作品构成了一种独有的意境。

三、张炜与《古船》

张炜(1956—),山东龙口市人。自 1980 年发表《达达媳妇》以来,创作十分强劲,发表了《玉米》《烟叶》《声音》《一潭清水》《秋天的思索》《秋天的愤怒》等中短篇小说,还先后发表了《古船》《九月寓言》《柏慧》《家族》等长篇小说。

《古船》是张炜的代表作品。作品进一步深化了作者《秋天的思索》与《秋天的愤怒》等对农村生活的严正思考,力图从历史与文化、当下与既往的整体中去反思与审视,作品的生活容量、思想意蕴和艺术表现都有着新的进展。作品以胶东洼狸镇自新中国成立前夕至改革开放四十多年的历史变化为背景,讲述了隋、赵、李三个家族的兴衰变迁。隋家在新中国成立前是芦清河两岸屈指可数的富有人家,但隋家并不残忍贪婪,而是乐善好施,甚至老作坊主隋迎之在死时依然负债累累,但新中国成立后的"左"倾思潮依然让这个家族戴上了罪恶的重枷。儿子隋抱朴、隋见素,女儿隋含章等也长期受到身心的折磨,心灵的创伤久久不能愈合。而赵家的赵多多、赵炳却在历次的政治运动中如鱼得水。当洼狸镇的粉丝厂实行承包时,赵多多利用特权接管了粉丝厂,并一度成为镇上富户。然而赵多多买小轿车、聘女秘书,大肆挥霍,粉丝厂很快濒临倒闭。从整体来看,作品表现出作者对于民族道德意识的深刻反省和对民族文化品格重铸的执著追求。社会变革的风云际会、宗法家族的恩怨情仇、极"左"路线的是非倒置和以小农经济思想为核心的农民文化意识,相互交织构成了我们民族在数千年传统因袭重负中重建精神心理和思想性格的艰难历程。

在这个时间跨度大、内容充实的作品中,张炜成功地塑造了隋抱朴、隋见素、赵多多、赵炳等人物形象。其中隋抱朴、隋见素兄弟俩给人印象尤为深刻。隋抱朴是时代苦难的受害者,又是时代发展的见证人。家族所遭受的苦难让他在一开始就表现出深沉的苦闷和忧郁,并在生活之中有着一种似乎与生俱来的退缩与怯懦。但在作为家族标志的

---

① 张贤亮:《从库图佐夫的独眼和纳尔逊的断臂谈起——〈灵与肉〉之外的话》,《张贤亮选集(一)》,百花文艺出版社 1995 年版,第 182 页。

粉丝厂即将倒闭的关键时刻，他挺身而出，表现出了从未有过的觉醒与勇气。隋见素与哥哥相比要精明能干，也更富有激情。他十分看重家族的荣耀与屈辱，一心想让粉丝厂回到隋家手中，重新创建昔日的荣耀。在生活中，他与赵家展开的斗争也更为激烈，表现出年轻人的血性与激情。但是，在他身上也存在诸多的缺点，他太过功利，太注重当下实际利益，从而表现出较为自私的一面。同时，作为他们对立面存在的赵炳也是十分成功的艺术形象。他圆滑阴险，狡诈沉着，深谙世道人情而又贪婪残忍，处处示其公正仁厚而又无不现出其伪善阴险的嘴脸，可以说在他身上所体现出来的依然是传统文化集政治、经济与道德于一身的劣根性与阴暗面。老中医郭运珍诊断他有"怪疾"、张王氏看到他体内有蛇，这种带有魔幻色彩的寓意暗示，更让赵炳带有阴戾与邪恶的诡异气息。

在这个作品中，张炜在艺术上也进行了努力的探索，既继承了传统小说注重从客观生活本身出发去表现生活的做法，同时又积极地借鉴西方现代表现手法，特别是对魔幻现实主义的借鉴。其中古船、老磨屋、雷击老庙、赵炳怪疾及人蛇同体的象征与魔幻表现，都让他的作品在整体的现实主义特色上带有了诸多的新的色彩，呈现出开放多元的"现实"特色。

1992年张炜发表《九月寓言》《柏慧》《家族》《能不忆蜀葵》等作品。其中最具代表性的是《九月寓言》。在这部小说中，作者通过一个农民流浪群体不停息迁徙的过程，展示了破败小村中人们围绕食与性所进行的生存抗争。作者通过想象、象征与隐喻，极力营造能够引发读者关注整个人类生存的氛围。在叙述上采取模糊时空和高度抽象的写法，让人们在文本表层能直觉到作品深层的隐秘意义，但在某种层面又让人感到有种过于抽象的趋向。

第四节　改革小说

1978年底党的十一届三中全会召开，确定把全党工作重心转移到经济建设上来。这是一次历史的转折，也是一场深刻的社会革命。许多作家在述说苦难与伤痕的同时，积极调整创作的方向，把目光转向现实的变革。1979年，蒋子龙的《乔厂长上任记》轰动了文坛，改革小说的创作一时成为潮流。可以说，凡是正面、直接反映我国各个领域改革进程及其矛盾斗争的作品都可纳入改革小说范畴。随着改革开放的深入，改革文学也逐步走向深化，改革小说的笔触开始关注改革进程引起的人们文化心理、伦理道德、意识形态和价值观念等各个方面的变化。改革小说也呈现出两种不同的发展趋势：其一，以《乔厂长上任记》为代表，包括《三千万》《新星》《厂长今年二十六》《改革者》等小说，着重在政治经济层面上进行开掘，揭示改革出现的矛盾与斗争，热情地讴歌锐意进取的改革者，但对改革进程的理解较简单，人物形象的塑造也趋于模式化。其二，以"陈奂生系列"为代表，包括《沉重的翅膀》《花园街五号》《男人的风格》《浮躁》等，虽依然以改革与保守的矛盾为主线，但却突出表现改革给社会带来的伦理道德、价值观念、文化心理等方面的变化,力争更为深入全面地对社会蜕变予以表现。在艺术表现上,这些作家也不固守现实主义窠臼,而是在立足现实的同时努力吸收现代主义的表现方法,使现实主义呈现出一种开放性的状态。

一、蒋子龙与"开拓者家族"

蒋子龙(1941—),河北沧县人。1960年参加中国人民解放军,复员后到天津重型机器厂工作,并开始以工厂生活为题材进行创作。成名作《乔厂长上任记》产生了广泛的影响,开启了改革小说的先河。后来陆续创作了《一个工厂秘书的日记》《拜年》《开拓者》《赤橙黄绿青蓝紫》《锅碗瓢盆交响曲》《燕赵悲歌》等中短篇小说,以及长篇小说《蛇神》《人气》等。

蒋子龙的小说成就集中体现在他所创作的"开拓者"人物系列身上。这些人物具有相似的思想风貌与主导性格,他们积极进取,勇于创新,有着向保守陈旧思想挑战的勇气,更有着开创的激情。可以说,这些形象在知识分子、革命群众相继作为历史的主体形象后,力图赋予时代主体以富有创造精神与开拓气质的崭新质素。《乔厂长上任记》中,乔光朴身上凝聚着雷厉风行、果敢善断的开拓者气质与精神。他敏锐于时代与社会的变化,认识到发展与进步对于一个企业乃至于一个社会的重要意义。他明辨事理、通晓业务、干练沉着、锐意创新,给人以向上的活力与希望的感奋。面对积弊如山、问题成堆的电机厂,他"快刀斩乱麻",力行整顿与改革,让厂子的生产效率在短时间内提高了一大截。也正因为这些特征,他成了新时期文坛第一个引人注目的"改革者"形象。当然,在他身上,我们可以见到作者的理想主义倾向、在矛盾与生活处理上的简单,但却给反映改革生活创了先声。随后,蒋子龙又塑造出了许多不同行业、不同年龄、不同个性的"开拓者"形象,如车篷宽(《开拓者》)、高盛武(《人事厂长》)、应丰(《狼酒》)、解净(《赤橙黄绿青蓝紫》)、牛宏(《锅碗瓢盆交响曲》)、武耕新(《燕赵悲歌》)等。蒋子龙在叙写改革生活中的人事时,是作为一个怀着对社会与国家的使命感与责任感、敏锐地感受着新生活气息的知识分子立场去表现的,是在时代与生活的沉闷中迫切地呼唤改革生活的到来。正是这个原因,我们在阅读他的作品时,可以真切地感受到那个时代知识分子对时代、社会所抱有的纯正感人的真挚情感,那种热诚向上的精神。但正因为作者过于借助这样一种表述,从而在认识生活与人物挖掘上显得略微简单。

粗犷是蒋子龙小说创作的基本特色。叙事时,他往往用笔如椽,劲健有力,善于在紧张尖锐的矛盾冲突中刻画人物性格;写人时,轮廓大都线条粗放凝重,不拖泥带水,很少细节铺排;在谋篇布局上,也是重在气势的宏大和内容的充实。作品有棱角、有锋芒,有的地方显得粗糙,但在创作主体纯真朴实情感映照下,显得浑朴自然。

二、高晓声与"陈奂生"系列

高晓声(1928—1999),江苏武进人。新中国成立之初开始文学创作。1957年因发表体现"探求者"文学主张的小说《不幸》,被划为右派,下放到武进劳动。新时期重返文坛，创作出版有《79 小说集》《高晓声 1980 年小说集》《高晓声 1981 年小说集》《高晓声 1982 年小说集》《高晓声 1983 年小说集》《高晓声 1984 年小说集》《陈奂生上城出国记》和长篇小说《青天在上》等。

  长期的农村生活让高晓声对农民的遭遇与命运有了深刻认识，他的作品总能够透过普通日常生活去揭示农民的思想与愿望、辛酸与苦难。但更为深刻的是，他能够从历史发展、民族性格、文化心理等方面去探索与反思苦难的根源，从而能站在历史高度认识到民族文化心理的弱点与弊病才是"左"倾错误与封建残余得以蔓延的温床，也是新的改革与进步的最为内在与艰巨的阻力。高晓声的这种视角让他有意或无意地延续了鲁迅所开创的"国民性"探讨的取向，也就把农村题材小说的创作推进到一个新的高度。

  高晓声在新时期的文学成就，主要体现在《李顺大造屋》、"陈奂生"小说系列之上。《李顺大造屋》叙写了农民李顺大新中国成立前没房子，新中国成立后想建造三间瓦房却屡受挫折与艰辛的事件。故事从土地改革回溯到新中国成立前十几年，又从"土改"写到"文革"结束、"四人帮"倒台，通过几十年的生活历程，具体而深刻地反映出农村建设路线给农民生活造成的影响。但作品最为深刻处在于对农民淳朴坚韧与奴性意识同在、善良愿望与历史惰性交织的复杂文化心理与性格的表现。

  高晓声作品中最有影响的还是由《"漏斗户"主》《陈奂生上城》《陈奂生转业》《陈奂生包产》《陈奂生出国》等组成的"陈奂生"小说系列。这些小说以朴素的生活与生动的人物反映了新时期改革以来农民物质生活与精神心理的变化与发展。如果说在《"漏斗户"主》中，我们从陈奂生身上见到了农民那种善良忠厚、诚笃忍耐与怯懦苟且、拘谨奴性同在的状态，那么在《陈奂生上城》中则表现摘掉了"漏斗户"帽子的他在心理与性情上的新变。初步脱贫之后，他表现出了一种前所未有的活力，上城去寻求新的财富。他恢复了自尊，获得了自信与活力，在改革的道路上着实前进了一大步。但他的惰性与弊病，让人们深思其改变的空间。招待所里的矜持、怯懦，不敢坐皮椅子，提着鞋子走路，到得知住一夜要花费五元钱后，他便心痛得要"忿忿然"了，不但使劲坐沙发，而且用提花手巾擦脸，用被单擦鞋子，以此发泄不满、寻找平衡，小农意识中的自私、狭隘与粗浅刹那间就暴露无遗。而更为精彩的是，作者以充满反讽意味的笔墨叙写他在回家路上的醒悟："这五元钱花得值。"因为这可以作为日后炫耀与自夸的谈资。于是，在他身上我们见到了一种与阿Q"精神胜利法"神似的虚荣自大与自欺欺人，陈奂生们"还没有从因袭的重负中解脱出来"①。《陈奂生出国》与《陈奂生上城》在生存空间的陌生化设置上较为相同，前者是城乡不同，后者则是域外空间。作为一个地道的中国农民，当他以传统农民的价值观念、思维方式、生活习俗进入到美国这样一个极度发达的异域时空，自然也就会有一系列啼笑皆非的事件发生：去餐馆打工想赚美元，用教授家的文物铲草皮、挖地种菜，指责"日光浴"等，发笑时引人深思。农村的经济与社会从传统向现代转变是一项长期而艰巨的任务，摆脱旧的思想意识、价值观念、性

---

① 高晓声：《且说陈奂生》，《人民文学》1980 年第 6 期，第 110 - 112 页。

情心理的因袭与重负，更是一项长期而艰巨的任务。

高晓声的作品并不多，但他创造的"陈奂生"这个典型，不仅丰富了当代小说的人物画廊，而且具有久远的艺术生命。他的小说在平实朴素中夹杂着苦涩与幽默，在讽刺中又有着温婉的善意，不仅体现了作者对农民的关爱与思虑，而且表现出对农民命运关注的清醒与热望。他擅长概括，往往将人物几十年的生活压缩在一个或几个生活片段上，在行动中不露声色地开掘人物的性情与心理。作品语言平实流畅，生活气息浓郁，既具苏南地方色彩与乡土风味，同时又有鲁迅式杂文的峭拔，让作品显得自然精警。

三、贾平凹与"商州系列"

贾平凹（1952—　），陕西丹凤县人。1975年毕业于西北大学中文系，后从事文化出版与专业创作。先后出版《山地笔记》《小月前本》《腊月·正月》《天狗》等中短篇小说集与多卷本《贾平凹文集》，从1989年到现在先后创作了《浮躁》《白夜》《废都》《土门》《高老庄》《怀念狼》等多部长篇小说。

《满月儿》是贾平凹在文坛崭露头角的作品。在这个小说集中，作者以单纯润泽的笔触叙写山乡的劳动与爱情。而"商州系列"小说，如《小月前本》《鸡窝洼人家》《腊月·正月》《远山野情》《天狗》《黑氏》《人极》《古堡》，乃至后来的《浮躁》等，则标志着其艺术风格的形成。他立足"商州"，真实而敏锐地叙写新时期农村生活中种种新的矛盾与冲突，反映出人们伦理道德与价值观念的微妙变化。可以说，小月对爱情做出的重新选择、鸡窝洼两户人家发生的分化与重组、王才与韩玄子在乡村地位的变化、香香和黑氏走上的新生之路，无不表明改革潮流对偏僻山村的冲击与影响，无不展现出社会生活与文化心理所发生的种种微妙变化，在男女风情和乡村习俗中，蕴藏着新的时代气息、生活情趣与价值追求的蜕变。

"商州小说"中最为引人注目的是《腊月·正月》。小说中矛盾的纠缠并非源于人物间的利益冲突，而是人物心理意识中的抵牾与纠葛。这种抵牾与纠葛集中体现在韩玄子与王才关系的微妙变化中。韩玄子是一个年过花甲、德高望重的乡村知识分子，他顽固地守卫着旧有的生活秩序，本能地压制和阻挡王才所实行的乡村变革。他并非与王才有着个人的恩怨与利益冲突，也并非品行的败坏与道德的恶劣，而是在他的头脑中有一不可更改的顽固律令："是龙的还在天上，是虫的还得在地上。"这种观念一头同久远的传统知识分子自我本位意识相联系，另一头则是同现实的社会权势相联系，而韩玄子身上则扭结着两种这样的力量。原先是"虫"的王才以经济的实力改变先前的社会秩序，引发了韩玄子内心的紧张。其对王才进行的压抑与抵牾，是传统文化心理中保守迂腐、虚荣自大的典型表现。这种矛盾心理的细腻表现，让其作品对农村生活的发掘与人物思想性格的塑造上都达到了相当的深度。

与上述的中短篇小说相比，《浮躁》更是对变革时代的社会与人生作出了全景观照与深层探讨。在这部小说中，作者不再聚焦于个别的人事，而是以商州州河（即丹江，编者注）为纽带，把笔触伸向州河子孙的整体蜕变上，在各色人等的塑造与刻画中反映出农民的心理演变轨迹和社会整体的那种躁动不安、又充满生命追求与活力的典型情绪——浮躁。这种概括超越于具体事件之上，极富象征意味与审美张力。

20世纪90年代以后，贾平凹创作的《废都》《白夜》《土门》《高老庄》《怀念狼》等长篇小说凝聚着作者对客观世界与文明进程的关注，贯穿着对人类生存意义和自身灵魂的不懈追问，也贯穿着作者对于艺术不辍的追求与探索。贾平凹积极吸收明清白话小说的优点与长处，力求形成自然、含蓄、韵味悠长的格调；在借鉴传统小说艺术之长的同时，他还积极向马尔克斯、川端康成等国外作家学习，努力在艺术表现上呈现出多样的状态。

四、路遥与《平凡的世界》

路遥（1949—1992），陕西清涧县人。1976年他从延安大学毕业后到陕西文艺创作研究室工作，先后发表了《优胜红旗》、《风雪腊梅》、《姐姐》、《在困难的日子里》和《人生》等中短篇小说，多卷本长篇小说《平凡的世界》。

《人生》是在路遥作品中非常有影响的一部小说。回乡青年高加林有着才华与理想，但因无权无势，原本属于自己的民办教师的职位被大队书记的儿子所顶替。在其失意痛苦之时，农村姑娘刘巧珍给他带来了温暖与信心。一个偶然的机会，高加林进入县委做通讯干事。他遇到了中学同学黄亚萍，并与她建立了新的爱情。不久，高加林因走后门进城一事被人揭发，他重新返回农村时，深爱他的巧珍也已经嫁给他人。高加林的爱情悲剧揭示了在巨大的城乡差异背景下农村青年命运的多样况味，给人以深刻的思考。

路遥的作品中最值得称道的是《平凡的世界》。作品共分三部（第一部出版于1986年，第二部出版于1988年，第三部出版于1989年），荣获第三届"茅盾文学奖"。小说选取了1975—1985年这一时期所发生的种种重大事件：农业学大寨运动、老一辈革命家相继去世、"四人帮"被粉碎、十一届三中全会召开、农村生产责任制开始实施等。作者用历史和艺术的眼光关注着时代蜕变中黄土高原中的城镇与乡村，关注着孙、田、金三个家庭的命运遭际与矛盾纷争，展现出农村变革的艰难历程。同时，这篇小说还为当代文学画廊增添了孙少安、孙少平两个感人至深的人物形象。孙少安善良正直，心地美好，勇挑家庭重担，努力与贫穷和饥饿抗争，但他并不是像老一代农民那样死守着"土里刨食"的僵化教条，而是积极求新求变。改革开放伊始，他率先在村里搞起了承包。富裕之后并不止步，而是寻思着进一步发展。他兴办乡村企业时，失败了爬起来，成功了想着其他人。可以说，在他身上寄予了作者对新型农民在道德与价值取向上的殷切期望。孙少平与孙少安不同，他走出了农村，迈着蹒跚的步子在都市生活中寻求着自己的人生之路，最后在煤矿成长为一名优秀的工人。他一面保持着传统文化质朴的本色，另一方面又积极吸收城市文化中的进步因素去冲刷"乡巴佬"式的狭隘与偏见，不断走向成熟与进步。可以说，在这两个人物身上所表现出的独特的审美价值和认识价值，反映了古老黄土地上的子孙们在农村改革的新形势下逐渐觉醒和与传统观念决裂的过程，奏出了一曲艰难沉重而又积极奋进的人生凯歌。

《平凡的世界》的成功还得力于其在艺术上的不俗表现与创造性。作者总是将客观描写与主观展示巧妙地结合起来，表现出作者对美好爱情与积极进取的人生的讴歌与追求。在结构上，小说以孙少安、孙少平的人生经历为纵线，以不同人物的具体生活为横线，纵横交织，浑然一体，既广泛地反映了农村社会生活的各个方面，又写出了人物的人生悲欢与命运沉浮。作品以现实主义为主导，却并不封闭自守，而是多方面地吸取与借鉴了其他创作方法，注重表现新旧交替时期城乡交叉地带农民特有的文化心态与性格心理，作品因而拥有了丰厚的审美内涵。

第五节　寻根小说

寻根文学是新时期重要的文学现象。1983—1984年间，在先锋实验小说兴盛文坛的同时，也有许多作家意识到了世界文学背景下本土文化对于文学创作所能产生的意义。以"知青作家"为主的一些中、青年作家，如韩少功、李陀、郑义、阿城、李杭育、郑万隆等，围绕文学"寻根"问题交换过意见，并在1984年12月召开"杭州会议"专门座谈。1985年，他们纷纷撰文，倡议、宣扬文学寻根的主张。韩少功《文学的根》首先提出"寻根"的问题，文中说："文学有根，文学之根应深植于民族传统文化的土壤里。"文学界对"寻根"问题展开了讨论，"寻根文学"创作在一段时间内蔚然成风。其主要作品有韩少功的《归去来》《爸爸爸》，陆文夫的《美食家》，阿城的《棋王》《孩子王》《遍地风流》，张承志的《黑骏马》《北方的河》，郑万隆的《异乡见闻》，贾平凹的《古堡》《远山野情》，李杭育的《最后一个渔佬儿》《土地与神》，王安忆的《小鲍庄》等。寻根小说以现代意识观照现实和历史，反思传统文化，重铸民族灵魂，探寻中国文化重建的可能性；作品题材和文化反思对象呈鲜明的地域特点；表现手段上既有中国传统文学的手法，又运用现代派的象征、暗示、抽象等方法，丰富和加深了作品的文化意蕴。

一、汪曾祺与《受戒》

汪曾祺（1920—1997），江苏高邮人。1939年考入西南联合大学中文系，师从沈从文、杨振声、闻一多、朱自清等文坛名家。历任中学教师、北京市文联干部、《北京文艺》编辑、北京京剧院编剧等职。1940年开始发表小说、诗和散文。1956年发表京剧剧本《范进中举》。1963年出版儿童小说集《羊舍的夜晚》。"文革"中参与样板戏《沙家浜》的定稿。1979年重新开始创作。80年代以后写了许多描写民国时代风俗人情的小说，得到了很高的赞誉。出版了小说集《晚饭花集》《汪曾祺短篇小说选》等。所作《大淖记事》获1981年全国优秀短篇小说奖。比较有影响的作品还有《受戒》《异秉》等。

汪曾祺的小说创作具有独特的艺术追求。首先，他坚持写小说就是"写回忆"。在汪曾祺眼中，所谓小说，就是"跟一个可以谈得来的朋友很亲切地谈一点你所知道的生活"①，而自己真正意义的"所知道的生活"，通常都只能是过去的生活。过去的生活也就是"回忆"。所以他很少写现实题材，而是把笔触延伸到久远的过去，用孩童的纯洁真挚去感受生活，从而回到精神上的昨天。回忆使他把"热腾腾的生活熟悉得象童年往事一样，生活和作者的感情都经过反复沉淀，除净火气，特别是除净感伤主义"②，从而使文本在对往事的回忆中获得了平淡和谐的田园诗般的境界。

其次，他的小说注重写气氛，重精神气韵、意趣氛围，而不讲究故事、情节的结撰设置。他认为"气氛即人物"，通过对特定地域的自然风光和民情风俗的娓娓道来，引出人物，进而在这种和谐的生存环境中勾勒出人物美好善良的心灵、自由浪漫的天性。他的小说显得和谐宁静，在人物关系、自然风光、风俗民情的徐徐展现中，努力营造出物我两忘、天人合一的散文诗化的意境。在他的笔下，浓郁的风俗画中透出人生滋味，散淡的笔调下多有一分从容的画意与诗情，从而带给读者一份特殊的审美感受。

最后是注重写语言。汪曾祺认为小说的魅力之所在，首先是小说的语言；语言是小说的本体。他擅长以平和幽远、清新雅致的笔墨描绘真实的生命、真实的生活。他从宋人笔记、桐城散文等古代文学中汲取营养，又将自己家乡话与普通话、文言与口语巧妙地糅合在一起，讲究文学语言的绝、妙、精、洁、雅和生活语言的色、香、味、活、鲜相融合，形成自己错落有致、亦庄亦谐的散文化语体。

《受戒》是汪曾祺小说的重要代表作，开新时期"小说散文化"的先河。主人公明海是一个11岁的少年，因家境贫寒，出家当了小和尚，在荸荠庵那非僧非俗的环境中，过着逍遥自在、随缘放旷的恬淡悠然生活。在受戒后的归家途中，他和乡村女孩小英子在朦胧的爱情萌动中"私定终身"。

小说题为《受戒》，乍看当是表现古佛青灯的佛门清规、压抑人性的枯寂生活，其实作者是反其意而行之，不仅展示了世俗化的田园牧歌般的乡村生活，而且通过明子和小英子这对活泼可爱的小儿女之间的纯真友情，抒发了对健康纯洁人性和人情的赞美。从小说中，读不到佛门森严的清冷，看不到佛家乖违人性的戒律。荸荠庵里，洋溢着世俗的温馨气息，和尚们讨债收钱，打牌唱花调，杀猪娶媳妇，连"很枯寂"的老和尚普照，在人手不够时，也上牌桌凑个热闹。即便做很庄重的"法事"（放焰口），也能成为"年轻漂亮的和尚出风头的机会"，把十多斤重的大铙钹飞得如同"耍杂技"。受了戒的大和尚们尚且如此，"从小就确定要出家"的明子自然更为自由无拘，他"老往小英子家里跑"，和她一道玩铜蜻蜓，一起挖荸荠，为村姑画绣花图案，为小英子家车水打场……生活得如此自由自在，佛门的清规戒律也未能阻止这对不谙人事的童男童女"私定终身"。在

---

① 汪曾祺：《汪曾祺人生漫笔》，同心出版社2005年版，第424页。
② 汪曾祺：《〈桥边小说三篇〉后记》，载陆建军主编《汪曾祺文集·文论卷》，江苏文艺出版社1993年版，第67页。

小说作品里,人性的欢歌压倒了佛门对人性的束缚。小说几乎没有写"受戒",通篇都是写"破戒",以表现那洋溢着健康欢快情趣的民俗风情和不可遏制的生命活力。

艺术上,《受戒》吸收了洒脱自如的散文笔法和散点透视的传统绘画手法。小说结构随便,散漫自由,看似信马由缰,了无约束,其实却是一个和谐统一的整体。作品不讲究情节、故事,而着意捕捉人物心灵外化的神情、动作和话语,以极简练、传神的笔墨揭示人物的感情世界,勾勒人物的音容笑貌,尤其重视气氛的渲染和意境的创造,描绘富有情趣的地方习俗和人情世态。语言平实、洗练、淡朴而又明澈,具有诗的格调和韵律。小说的叙述也是曲尽自然,一地一景或一人一事,信笔拈出,娓娓道来,如行云流水,潇洒自然中自有法度,显示出作者深厚的文化底蕴。

小说中自然、纯朴的民俗世界实际上是汪曾祺自然、通脱、仁爱的生活理想的一个表征。在汪曾祺的笔下见不到儒家森严的等级制度和秩序,儿女和父母之间、劳力者和劳心者之间并不执意表现对尘世的超脱和退隐,而是出于一种对审美的人生态度和理想人格的赞赏。汪曾祺说:"有评论家说我的作品受了两千多年前的老庄思想的影响,可能有一点。……我自己想想,我受影响较深的,还是儒家。我觉得孔子是个很有人情味的人,并且是个诗人。……曾点的超功利的率性自然的思想是生活境界的美的极致。……我觉得儒家是爱人的。因此我自诩为'中国式的人道主义者'。"① 《受戒》中表现的就正是这种传统文人追慕的"超功利的率性自然的思想",这种"生活境界的美的极致"。作者是爱世间的,对之有无法割断的牵系,在态度上也就特别宽厚通脱:"用充满温情的眼睛看人,去发掘普通人身上的美和诗意。"这种生活态度和人生立场在五四以来的新文化传统中肯定不占主流地位,也不可能以完整的形态呈现,由此散落在民间世俗世界中,与被遮蔽的民间文化建立了某种关联。正是基于此,虽然严格地说,汪曾祺的小说不被我们看作"寻根小说"这个门类,因为早在这个流派80年代中期被命名以前,汪曾祺就已经创作了一系列以其家乡(江苏高邮地区)市镇风俗为题材的小说,如《受戒》《大淖纪事》等;但正是这些作品,被"寻根文学"的提倡者们视为重视民族文化底蕴而取得成功的范例,故此从某种意义上说,汪曾祺的小说堪称寻根文学的先声。

二、韩少功与《爸爸爸》

韩少功(1953—),湖南长沙人。1969年初中毕业后,下放汨罗县(今汨罗市)的农村插队。1974年调县文化馆工作,开始发表作品。1978年考入湖南师范学院中文系。1984年开始从事专业创作。1988年底去海南。早期作品有《月兰》《西望茅草地》《飞过蓝天》等,后两篇分获1980年、1981年全国优秀短篇小说奖。这一时期韩少功的创作大多运用传统的现实主义手法表现插队时期的农村生活。1985年韩少功发表《文学的根》,提出"寻根"的口号,并以自己的创作实践了这一主张,成为倡导"寻根文学"的主将。寻根文学代表作有《爸爸爸》《女女女》等,表现了对民族文化形态的反思和

---

① 政协江苏高邮县文史资料委员会编:《高邮文史资料(高邮当代人物)》,1990年第十辑,第116-117页。

批判，饱含深邃的哲学意蕴，在文坛产生很大影响。90年代以来较有影响的创作除了《夜行者梦语》《世界》等一系列思想文化随笔外，1996年出版的长篇小说《马桥词典》因其标新立异的形式尝试引起各方争议，2002年另有新作《暗示》，是自《马桥词典》之后把小说扩展成一种广义的"读物"的又一次文体探索。新世纪有中篇小说《报告政府》、散文集《山南水北》等。

中篇小说《爸爸爸》虚构了一个叫作鸟部落鸡头寨的历史变迁故事。这是一个远古、蛮荒、粗野的化外之地，山民们从远处迁徙而来，愚昧麻木地生活着，愚顽地按照祖宗的成规去思维和行动，一代代地重复着人生的悲剧。小说体现出对封闭、凝滞、愚昧落后的民族文化形态强烈的主体理性批判精神，对这种文化状态的各种劣根性内容给予了深刻的揭露。而这一文化批判的主题是通过对"丙崽"这一形象的描绘完成的。丙崽是个具有丰富文化蕴涵的象征性形象，他一生只会嘟哝两个简单音节，高兴时叫"爸爸爸"，恼怒时则喊"×妈妈"，是东方古老民族的"非好极坏"的绝对化简单思维方式的体现；他那声口状貌、言谈举止的迟钝愚顽、痴呆无知，无疑是象征了人类生存中的丑恶、顽固和浑浑噩噩的一面。但就是这样一个令人厌恶的人物竟然得到了鸡头寨全体村民的顶礼膜拜，被尊称为"丙大爷"，成为指点迷津的神灵。在此，缺少正常理性的丙崽揭示出其他人的精神病态——理性迷失之后的愚昧与残忍。这也就难怪村人们祭告神灵要杀人，且与鸡尾寨发生了你死我活的争战，做出种种从现代文明角度看来是毫无人性的事情。让人惊奇的是部落里经过一次生死劫难之后，独独丙崽不死，他依然喊着"爸爸爸"，依然顽固地生存下去。丙崽作为一个象征性的形象，显然还意味着传统与当代现实之间的难以割舍的联系，丙崽死不了，也就表明了那些古老文化的丑陋之处是难以根除的。

这篇小说借鉴了拉美魔幻现实主义的创作技巧，运用荒诞隐喻的手法，通过描写在湘山鄂水之间一个原始部落的历史变迁，把祭祀打冤、迷信掌故、乡规土语糅合在一起，刻画出一幅具有象征色彩的民俗画。在艺术上别具风格：模糊了历史时空，抽空了人性内容，具有强烈的象征色彩，成为民族的"现代寓言"；强化了认识的深度，弱化了体验的深度，显示了鲜明的知性色彩。

三、阿城与《棋王》

阿城（1949—　），原名钟阿城。原籍四川江津，生于北京。高中一年级逢"文革"中断学业，1968年下放山西、内蒙古插队，后又去云南农场。1979年回北京。1984年首次发表的文学作品《棋王》获全国优秀中篇小说奖，成为寻根小说的扛鼎之作。随后又发表了《孩子王》《树王》等。这些作品在日常化的平和叙述中，倾向于从民族文化和大自然中寻求精神力量，以求达到对当代生存困境的解脱和超越。阿城的"三王"系列及其在1985年发表的关于"寻根"的理论文章《文化制约着人类》，使他成为当时揭示民族文化心理的寻根文学的代表人物。他的具有散文化倾向的系列短篇《遍地风流》也引起评论界的广泛关注。90年代后定居美国，有不少杂感散文作品发表。

阿城的作品大多取材于他本人亲历的知青生活，但其主题意旨和表现形式都与通常的知青小说有很大的不同。阿城无意去描绘一种悲剧性的历史遭遇和个人经验，也避免了当时流行的浪漫主义和理想主义的风格模式，力图从文化的视角对现实世界进行整体的审美把握。认为文化涵盖着社会、文化制约着人类的阿城，在创作中寻找到的是以庄禅为代表的传统哲学。他的《棋王》阐述的是人道、棋道、食道在"道"上的统一。王一生是一名下放知青，在"文化大革命"这样的浩劫中，像王一生这种小人物好比狂风中的沙粒，要在不能自主的命运中获得意义和价值，唯一的力量只能来自内心，寻求自身精神的平衡和充实。王一生痴迷于"汇道禅于一炉，神机妙算"的棋，他对"棋"的态度，其实正是他人生的态度。他以棋来排遣人生痛苦，追求心灵的清净和精神的自由，这样就达到了对喧嚣乱世的超越、对人生苦闷的超越。作者赋予了王一生一种颇带道禅色彩的随遇而安、淡泊宁静的生活态度，并且还通过他的迷恋棋艺，体现出道家哲学和禅宗思想超然出世、虚中静内的人生境界。也许，他对现实的态度不无消极，是"无为的"，但他对棋的一种精神寄托其实也是对当时丑恶现实的一种抗争，因而又是"无为无不为的"。在这里，《棋王》表现出一种对中华传统文化的精深认识，这就使此作成为文化"寻根"的一个颇为成功的范例。阿城的《孩子王》、《树王》和《棋王》一样，都直指中国传统文化的内核，棋、字、树，都是中国文化中人格的象征，小说里的人物便在与传统文化的相融之中，实现了一种超越世俗的人生追求。

在阿城那些平实故事中的人物形象尽管千姿百态，但不少人物的性格都像王一生一样，给人以淡泊、无为、超脱的印象。而且阿城作品中的人与环境大多和谐统一，给人一种冲淡、虚静之美。哪怕人物生活在动乱之中，作者笔下的许多环境也显得淡远、幽静。《棋王》里，在"文革"期间的大串连中，人们看到的是一角的棋盘。"乱得不能再乱"的车站里，作者推出的特写却是车厢里"冬日的阳光斜射过来，冷清清地照在北边儿众多的屁股上"。人物在这样的环境里活动，与环境相映成趣，达到"天地与我并生，万物与我为一"的境界，因而超越现实束缚，摆脱功名利禄，得到生命的自由舒展。小说在人物、环境浑然和谐的描写中，表现出天人合一的哲学观和人生观。

当然，阿城对传统文化的审美观照，绝非仅仅迷恋于庄禅哲学，他那天人合一观也远非庄禅的淡泊、虚静所能涵盖。在他那裹着"道"的外衣里有着"儒"的筋骨，在貌似庄禅的超脱旷达内隐藏着儒家的进取精神。王一生的呆痴、淡泊并非对现实的不屑一顾，在关键时刻他的执著、顽勇便表现了出来。在九局连环的车轮大战时，他下棋已经不仅仅是寻"异人"、求"养性"了。他仍然那么安然，"把手放在两条腿上，眼睛虚望着"，但却已经摆开决战的架势"拼了"，真正"把命放在棋里搏"。这时的"安然"里，有火，有铁，成为"铁铸一个细树桩"。九局连环大战之后，他喊出："妈，儿今天明白事了。人还要有点东西，才叫活着。"这是他潜在的创造欲、实现欲的升腾和发现。淡泊与顽勇，就是这样统一在王一生的生命形态里。

四、扎西达娃与《系在皮绳扣上的魂》

扎西达娃（1959—　），四川巴塘人，藏族作家。1975年高中毕业后参加工作。现为中国作家协会会员、西藏作家协会副主席。1978 年发表处女作《朝佛》。其短篇小说《系在皮绳扣上的魂》获全国优秀短篇小说奖。扎西达娃的小说往往以现代人的眼光，观照西藏人民的历史和现实；他将具有批判、反思意识的荒诞感寓于特定的历史社会文化范畴中，并通过不同叙事方法的创造性运用，为意义的表达寻找一种新奇的魔幻形式。因此他的小说被称为"西藏魔幻现实主义创作"。

扎西达娃的作品为我们描绘出一幅幅富有地方特色、民族特色和魔幻色彩的藏民生活图景，但他并不满足于简单地描摹生活的表面现象，而是喜欢把西藏放在时代的冲突对比中，努力写出民族的真正精神气质，并在古老的传统与不可阻挡的历史潮流的冲突中显示出人的灵魂。在《西藏，隐秘岁月里》中，他曾满怀激情又满怀痛苦地写了西藏民族在艰难历史中顽强的生命力和无谓的重复徘徊。作为民族缩影的家族、村社和人的发展简史，故事在次仁吉姆和达朗两个主要人物命运的扭结中循环往复地螺旋展开。扎西达娃在书写达朗家族五代人（包括达朗的父辈）的繁衍生息和次仁吉姆的命运中，对 1910—1927、1929—1950、1953—1985 三段时距里西藏社会的历史变迁作了神话式的高度概括。到了《系在皮绳扣上的魂》时，他的人物便开始在历史传统与文明的夹缝中苦苦寻求真正的西藏，迷惘于未来的命运。《骚动的香巴拉》则主要以闭塞落后的凯西村和文明已斑斑渗入的拉萨为背景，展现了自新中国成立前贵族庄园时代以来的四十多年的历史，以及在这段历史中藏族人民经历的重大的历史变迁，是作者对民族历史命运不无迷惘痛苦的思考。

《系在皮绳扣上的魂》是扎西达娃"西藏魔幻现实主义小说"的代表作。小说人物婛告别度过童年和少年时代的寂寞简朴的小山岗，跟着手提一串檀香水佛珠、对前途充满信心的远方旅人出走了。婛在腰间的皮绳上一天系一个结，记下她与塔贝一天又一天流浪中极原始的风餐露宿和寺庙里虔诚的顶礼膜拜。婛在茫然的行进中难以抵御现代生活方式的诱惑，不愿再跟着塔贝走。塔贝虽然对前方的目标感到迷惘，却一如既往地继续他的路。有意思的是，这段故事里作品的主要人物"我"写的一篇虚构小说的内容，在作者第一叙事的时间场里具有非时间的性质。扎西达娃巧妙地打碎了时间与非时间的界限，将非时间意义故事的未来结局（或疑团）提前纳入到第一叙事的时间场内，以预叙的方式构成"宿命情节"——作品开篇，扎妥寺第 23 位转世活佛桑杰达普在生命的弥留之际与"我"讲起的一男一女来到帕布乃冈山的事，恰是在背诵"我"锁进了箱子给谁也没有看过的关于婛和塔贝的虚构小说。在第一叙事的时间场内虚构与非虚构情节的融合，通过活佛之口预叙出塔贝在"我"小说里的未知——去寻找通往"人间净土"的理想之国香巴拉的路，那条路藏在莲花生大师纵横交错的掌纹里。作品结尾，当"我"翻过喀隆雪山去莲花生似的掌纹地带去寻觅自己小说里的主人公时，作者所描绘的情景显然是在开先知先觉大活佛那个预叙的玩笑：塔贝临终前听到的神的说话，其实是在美国洛杉矶举行的第二十三届奥林匹克运动会通过太空向地球上的每一个角落报道的比赛实况。"我"难以使塔贝相信他要寻找的地方是根本不存在的。宗教与习俗对藏民文化心理与行为方式的负面作用，犹如"我"的全自动太阳能电子表在翻过喀隆雪山后出现的时间倒流现象。通过这种对民族存在状况同世界文化与现代文明间巨大落差和逆差的反思，扎西达娃超越狭隘民族主义立场，满怀沉重和悲悯地完成了他基于荒诞体验的现代理性批判。在与活佛的预叙开过玩笑之后，"宿命情节"即被崭新的结尾所取代。"我"代替了塔贝带着婢一起往回走——时间又从头算起——开始一个新的轮回，这意味着婢不用再往皮绳上一天系一个结。"我"手表上的指针和日历在翻过喀隆雪山后将不会再出现倒流现象，象征愚昧、落后的皮绳结和系住西藏之魂的愚昧与落后一旦被抛却、被改变，西藏的希望便会随之诞生。

五、张承志与《黑骏马》

张承志（1948— ），回族，生于北京。中国社会科学院历史学硕士。曾供职于中国历史博物馆、中国社会科学院民族研究所、海军创作室、日本爱知大学等处。现为自由职业作家。1978年开始发表文学作品。代表性作品有小说集《黑骏马》《北方的河》《黄泥小屋》，长篇小说《金牧场》《心灵史》，散文集《荒芜英雄路》《清洁的精神》等。其中《黑骏马》《北方的河》先后获全国优秀中篇小说奖。张承志被称为一个理想主义的精神漫游者，早期以草原生活为题材，从大地、民间汲取精神养料；稍后他把个人理想与宗教信仰结合在一起，开始了他对于回民生存和真主信仰的探索。1984年，他到回民聚集地西海固，在那里结识了一大批哲合忍耶的教友，他们为了维护信仰的纯洁及心灵的自由而不惜牺牲的英雄主义精神极大地震动了张承志。他不仅成了哲合忍耶教徒，而且用文学的形式写了一部宗教史《心灵史》，在文坛引起了很大的震动。张承志以一种独白的方式表达着他的精神哲学，以一种自信坚定的姿态捍卫着一种神圣价值观，以一种熔铸诗歌、音乐、绘画、历史和哲学的复杂形态创造着"美文"。他那种具有燃烧性和震撼力的新语言和新思想，显示了中国当代文学的独创性魅力。

《黑骏马》是张承志早期代表作。幼年丧母的白音宝力格8岁的时候，在公社当社长的父亲把他托付给伯勒根草原上一位慈祥的老奶奶。他与老奶奶的孙女索米娅一起度过了青梅竹马的少年时代，并且在情窦初开的年龄产生了爱情。但是，世世代代延续下来的草原生活中阴郁、丑恶、愚昧、落后的力量吞噬了像朝霞一般美丽的爱情，索米娅在白音宝力格到畜牧技术训练班学习时被恶棍希拉奸污，纯洁的爱情、美丽的憧憬遭到践踏，白音宝力格愤而弃走，到大城市进了畜牧学院。9年以后，当他随畜牧厅规划处几位专家调查仔畜价值问题而重返草原时，奶奶已经过世，索米娅远嫁他乡，在好心的赶车人达瓦仓的一间肮脏的泥屋里，"迎送着沉重的，而又是大家都在过的生活"。白音宝力格找到了索米娅，可这个索米娅已经不是当年那个"披着朝霞、眸子黑黑"的索米娅了，她"像草原上所有的姑娘一样"，"走完了那条蜿蜒在草丛里的小路，经历了她们都经历过的快乐、艰难、忍受和侮辱""草原上又成熟了一个新的女人"。白音宝力格告别了索米娅，告别了草原，"怀着一颗更丰富、更湿润的心去迎接明天，就像古歌中那个骑着黑骏马的牧人一样"。

《黑骏马》既是这篇小说的题目，也是一首古老的蒙古民歌的歌名。这首民歌讲的是一个爱情故事：一个牧人骑着一匹名叫"钢嘎·哈拉"的黑骏马穿越茫茫草原去寻找他的妹妹，可是他一次次总是找不到她，最后终于在长满了艾可草的山梁上找到了她，可她已不是他要寻找的妹妹了。歌曲在"不是"这个终止符上戛然而止，留下了一个激越辽远的尾音。现在，阔别草原 9 年的小说主人公白音宝力格，也骑着一匹名叫"钢嘎·哈拉"的黑骏马去寻找他昔日的恋人索米娅，"亲身把这首古歌重复了一遍"。小说以这首民歌古朴的歌词和与歌词相似的爱情故事作为结构框架，让现实的和历史的画面在白音宝力格的视线与心绪中交替出现，伴之以古歌低回悲怆的旋律和骏马踏踏的蹄音，组成了一首富有浓郁的草原情调的人生奏鸣曲。

小说的意蕴正如作品所说，这里的爱情故事，"不过是一些倚托或框架"，"它的内在的灵魂却要隐蔽得多、复杂得多"。《黑骏马》深情地叙述着一个浸染着悠远而又漫长的草原文化的故事，于张承志而言，这是心灵的秘史，是情感的皈依，是文化的审视。在张承志心中，这是一片神奇的土地，养育着一个传奇的游牧民族。数百年来，他们在清流和绿草间寻找栖身之所。他们默默承受着自然带给他们的灾难，并且相信是天上的神庇护着他们不断地繁衍生息。他们从容地面对生死兴衰，用歌声传递对生命和自然的热爱。他们善待一切有意识的生命，把所有灵动的东西都看作是上天的恩赐。张承志来到了这片土地，并深深地被这样的民族精神吸引。在这个民族的立场上，他开始摒弃自己原有的思想观念和文化形态。张承志之所以要顺着寻找索米娅的线索来回忆，是因为，在他心中，索米娅、老额吉都是草原的化身，他要追寻的是一种对文化的信仰。无论是老额吉的言语还是索米娅对白音宝力格归来时的态度，都体现出草原人性格中的深沉，这是一个民族在经历了深刻的苦难后留下的痕迹。历史和地理的环境深深地影响着草原文化的形成。这种包容性的形成，源于草原文化的母性特征，她可以包容一切，使罪恶的行为在这博大的胸怀面前自惭形秽。就是这种封闭的地理环境将最原始、最质朴的天地精华保留了下来，使张承志钦服于这种文化，从而走上皈依原始文化的道路。

第六节　军旅小说

由于长期以来创作思想与艺术视野的束缚，当代文学在表现军人作为普通"人"的愿望、情感方面，一直未能产生大的突破，直到 1979 年对越自卫反击战结束之后，反映这场战争的徐怀中的短篇小说《西线轶事》问世，才带来了军旅小说创作的巨大变化。此后，李存葆的中篇小说《高山下的花环》，将新时期军旅小说的影响推向了又一个高峰。由此，军旅小说真正回到了"文学是人学"的现实主义的轨道。军旅作家们把目光转向战争与人、战争中的人性，开始抹去英雄头上"神"的光环，突破了过往那种僵化、单调、片面和极端突出政治目的的英雄主义写作模式，关注人性的现实性、具体性，也更关注人在社会关系中的自然属性。创作由外在的战争环境、战争进程的描写向描写战争中人的心灵世界、人的丰富性的转变，使得 80 年代英雄形象的塑造与五六十年代的军旅小说呈现出不同的艺术效果。不少优秀的军旅小说如朱苏进的《射天狼》、李栋的《兵车行》、宋学武的《山上山下》、张廷竹的《他在拂晓前死去》、韩静霆的《凯旋在子夜》、黎汝清的《皖南事变》、魏巍的《地球的红飘带》和沈石溪的《战争和女人》等相继出现，并以异常丰富的形式为当代军旅小说创作注入了强大的生命力。

一、徐怀中与《西线轶事》

徐怀中（1929—2023），河北邯郸人。1945 年参加中国人民解放军，此后长期在军队做文化宣传工作。1979 年对越自卫反击作战时，先后两次到前线体验生活，发表了《西线轶事》《阮氏丁香》等小说，前者获 1980 年全国优秀短篇小说奖，被评论界称为"中国战争小说的换代之作"。主要小说作品有中篇小说《地上的长虹》，长篇小说《我们播种爱情》和短篇小说《西线轶事》《阮氏丁香》，及小说集《徐怀中小说选》等。

《西线轶事》具有军旅文学"里程碑"的意义，是新时期军事文学创作领域内的第一次突破。第一，它打破了新中国成立以来的战争题材小说单一陈旧的模式（即注重描写战争的过程），把笔触深入到人的内心世界进行正面描写；第二，它打破了圣化、神化了的"英雄"偶像，代之以活生生的有血有肉的普通战士形象，突破了当代军旅文学中根深蒂固的颂歌式的人性写作，写出了普通的英雄身上人性的平凡与不完美，再现了英雄的真实性和完整性。

《西线轶事》的时代背景是发生在 1979 年初的"对越自卫反击战"。主人公刘毛妹，无疑是一个悲剧英雄，但又是一个完全不同于以往军旅文学中的英雄。他自由散漫，玩世不恭，孤僻冷漠，偏激执拗，年纪轻轻就似乎看破了红尘。上战场之前，战友们表决心、申请火线入党搞得热火朝天，他冷眼旁观，无动于衷。他甚至连战场纪律也不肯遵守。为了伤后的救治，上战场前士兵必须推光头，他却违纪保留着一头长发，并且示威似的让一缕长发从歪戴着的军帽下露出。坐在极为危险的弹药车上，他竟然怀抱步枪，吊儿郎当，嘴里还叼着一支燃着的香烟。无论从哪一个角度来看，他都不是个好兵，更不是中规中矩的英雄，而是一个迷惘、颓唐的现代青年。然而，刘毛妹性格并非生来如此，而是社会环境的丑恶和家庭环境压抑的结果。他十分敬爱的父亲是一位职业军人，却被打成了叛徒，母亲为避免株连而与丈夫断绝关系，父亲因而含冤自杀，刘毛妹也因此而怨恨、蔑视自己的母亲。他从此再不相信一切人，也不相信人间还有真诚，性格也变得越来越孤僻冷漠。但是，在他牺牲后留给世上唯一亲人——母亲的遗书里，人们看到了玩世不恭的外表下，是一颗对祖国、对人民的赤诚的心。作为战争题材中的悲剧主人公，刘毛妹身上还有许多不尽如人意的"疵痕"，不是通体光明的英雄塑像，但他作为一个有血有肉的普通人出现在读者面前，与此前军旅小说中某些概念化的英雄相比，更使人感到亲切、真实，因而整个作品所产生的悲剧美感更能引起广大读者的共鸣。

而值得注意的是，作者在描写英雄性格的过程中，很少像过去的战争题材作品那样，把炮火硝烟的战争画面和英雄的悲壮性格直接显示在读者的面前,而是以内在的心理冲突和战场之外的生活作为描写视角,多方位地描写英雄的性格特征。即便是写刘毛妹壮烈牺牲的场面,也是通过小战士的平淡叙述间接反映出来的,然而这种"冷处理"引起的感情反差,却更能激起读者对这位英雄的景仰之情。

《西线轶事》在当时难能可贵的是表现了以往军旅小说中少见的人情味和人性色彩。虽然这一点在很大程度上借鉴了苏联小说《这里的黎明静悄悄》(瓦西里耶夫)和德国小说《西线无战事》(雷马克)等外国战争题材小说,但它们在淡化文学的政治性、阶级性之后的中国军旅小说中首次出现,仍然十分可贵。写战争而不写战斗场面的厮杀拼搏,却选取阵地之外的、意趣盎然的花絮镜头,写女兵重点不在写"兵"的威猛而写"女孩"的善良、纯真、欢快、活泼(讲小话、吃零食、爱穿戴、喜流泪等),真实地表现她们在军营里、在战场上所遇到的问题以及她们一步步地克服困难,战胜畏惧心理,在炮火和艰难生活环境中经受的锻炼和考验。这些琐闻轶事的描写非但没有损害形象的美感,反而增加了整个作品生活化、真实化的美感。即使写"冷漠"的刘毛妹,作者也让他有过笨拙的、年轻男子汉的真情流露。在电影场外夜幕的掩护下,他冷不防轻"啄"了女孩陶珂一口,而陶珂的第一反应是回敬一耳光,过后又为这一耳光痛悔不已。这些细节情节的出现,既是人性、人道主义的闪光,更是尚未完全走出极"左"年月蒙昧、压抑状态下的青年男女心灵的真实写照。

自《西线轶事》以后,当代中国军旅战争题材小说的创作原则和审美价值取向都发生了很大改变。"但开风气不为师",尽管《西线轶事》由于篇幅短小而显得容量不够,但"开创"之功足以使它成为当代军旅小说的重要里程碑。

二、李存葆与《高山下的花环》

李存葆(1946—),山东五莲县人。1964年参军入伍,1966年开始创作。1982年发表的中篇小说《高山下的花环》,引起巨大的社会反响,被称为"一部震撼人心"的战争题材的佳作。1984年发表《山中,那十九座坟茔》。90年代与人合作创作长篇报告文学《沂蒙九章》《大王魂》等弘扬主旋律的文艺作品。

《高山下的花环》是继《西线轶事》之后军旅题材小说创作的又一次重要收获,当代军旅文学的思想艺术水准因此提升到了一个全新的高度。小说真实而生动地展示了对越自卫反击战前后的社会生活、军旅生活,以及令人惊心动魄又发人深省的战争场面,塑造了"位卑未敢忘忧国"的英雄战士形象和劳动妇女的形象;在表现英雄人物上,打破了"文革"及其之前军旅文学创作中所构筑的"英雄神话",并在将英雄人物还原为人方面作出了一定的努力。作品中的英雄人物有血有肉,真实可信,生动感人。

连长梁三喜是个成熟的英雄形象。他是沂蒙山老革命根据地的农民子弟,身上继承了中国农民吃苦耐劳、坚韧宽厚的气质。他在解放军的革命大熔炉中成长,对祖国、对革命事业一片忠诚。在战前的日子里,他严以带兵,宽以待人。他处处以身作则,长期过着艰苦的生活。为了连队的工作,他推迟探亲。在激烈的战斗中,他英勇、沉着、果断,身先士卒,带领全连战士冲锋陷阵,英勇杀敌,为掩护赵蒙生而光荣牺牲,而在他口袋里留下的只是一张血染的欠账单。在善后工作中,作者通过他杀上战场前夕写给妻子的信,进一步揭示了他的美好心灵。他对妻子真挚、深沉的爱情,"位卑未敢忘忧国"的高尚情操以及勇于冲破封建世俗观念的宽广胸怀和思想境界,都深深打动了人们的心灵。但他并非没有缺点,与薛凯华相比,他作为连长,缺乏现代化的军事知识,这是严重缺陷。

副连长靳开来是一个独具特色的英雄形象。他疾恶如仇,性烈如火,刚烈耿直,牢骚满腹,是有名的"牢骚大王"。他当兵十年未获提升,战前被提升为副连长,他说是给了他一个"送死的官"。为了解救干渴的战士,他冒着违反纪律的风险和生命危险,搞来一捆甘蔗,却不幸踩中了地雷。如果当时没有他这种果敢的行为,要攻上364高地,是难以想象的。但在战后评功时,团部却以他平时爱发牢骚,割甘蔗是"严重地破坏三大纪律、八项注意"为由,连下等功也没给他评上。然而,他的功绩将铭刻在人民的心中,正如雷军长所说的:"当祖国需要他们的时候,他们一个个都以身许国。"他们"真正称得上是我们民族之魂"。

将门之子赵蒙生是个灵魂一度被锈蚀,但在血与火的战斗中转变和成长起来的英雄形象。由于长期生活在优越的环境里和受他母亲搞特殊化的庸俗作风的影响,个人主义的灰尘蒙住了他的眼睛。在"曲线调动"之事败露以后,他遭到了全连战士的鄙视。但是在具有光荣传统的队伍里,在梁三喜、靳开来他们的崇高行为面前,他的羞耻心、自尊心和进取心开始复苏,在血与火的洗礼中,他的灵魂一步步得到净化和升华。

此外,作品还塑造了质朴善良、深明大义的梁大娘,胸怀大志、才华出众、生气勃勃的将门虎子"小北京",身经百战、坚定刚强、疾恶如仇、对党无限忠诚的雷军长等一系列人物。这些出身、经历、个性和气质各不相同的人物,在这场自卫反击战中,都各自喷发出闪光的火花。

作品在军事题材社会化方面也具有创造性。小说虽然描写的是一个连队在对越自卫还击战中的英雄业绩,但作者没有局限于对战争过程的描写,而是把战争、部队和整个社会联系起来,把部队生活、战斗历程作为整个社会生活的一部分来加以表现,让读者通过战斗生活和部队生活,看到我们整个社会生活的掠影。例如作品通过战前、战中、战后的生活场景描写,深刻地反映了部队中的某些不正之风和现实生活中的阴暗面。我们从吴爽为赵蒙生搞"曲线调动",看到了一些军队干部利用人民给予的权力搞不正之风;从靳开来难以"记功"等事件,看到部队政治工作中还存在着形式主义、教条主义的倾向;从雷凯华牺牲在"两发臭弹"之下,深刻地揭示了"文化大革命"给我们国家带来的后患;梁三喜牺牲时留下的欠账单,梁家一家人坚持用抚恤金还账的动人情景,以及梁家婆媳在实行责任制后生活状况改善,坚决退回赵蒙生的汇款等情节,都真实地反映了极"左"路线造成的农村贫困和三中全会以后党的政策给农村带来的转机。作品还表现了雷军长与吴爽之间的冲突,梁三喜、靳开来和赵蒙生的思想交锋……这都从不同的角度增强了军事题材社会化的艺术效果,突破了过去军事题材只追求"战壕真实"的老框子,这也是军事题材文学在现实主义道路上的新开拓。

三、朱苏进与《射天狼》

朱苏进(1953—),江苏涟水人。1969年应征入伍。1971年开始发表作品。1982年加入中国作家协会。其主要作品有长篇小说《炮群》,中篇小说《射天狼》《引而不发》《凝眸》《金色叶片》,短篇小说《轻轻地说》等。朱苏进是擅长描写和平年代军人的生存状态与精神世界的作家,其作品常在和平时期军人日常生活的表现中,深入刻画和平年代军人的烦恼与苦闷、梦想与幻灭,融入对军人价值的思考,塑造了一批既具有平凡人性又有着独特魅力的现代职业军人形象。

《射天狼》在勾画一幅真实、多彩的当代军营生活图景的同时,深刻挖掘和平年代军人的独特价值,显出了当代军人在没有刀光剑影的军旅生涯中"把高山一样的功劳铺得又平又远"的牺牲奉献精神。

在打破军人形象塑造中的"非常人"化模式的一面,《射天狼》可说是与《西线轶事》相呼应的。《射天狼》塑造了一个事业心强、家庭责任感也强的连长袁翰的形象,典型概括了一代军人在心灵和现实两个世界中的艰难历程。在返乡探亲的一连连长袁翰面前的景况是:四年不孕的妻子,一下给他生了两个十分瘦弱的女儿。母女赢弱,妻子孤独无助,探亲假已经超过期限,理智告诉他应该即刻归队。然而丈夫和父亲的责任、对妻子和女儿的亲情,又使他不忍离去。他写过续假信,但又写不下去。他一拖就是二十天,感情的因素完全占据了上风。在经历了一番思想曲折以后,主人公袁翰回到了部队,理所当然地受到了军纪的严厉处分。但他并没有一蹶不振。他从一连调到了后进的三连,开始了对三连战士的严格训练。即使家中接二连三打来电报,告知女儿病危,为了不耽误连队的正常训练,他没有请假,而是将自己身上仅有的13元钱寄回家里。袁翰终因自己离不开连队、连队离不开自己而没有再回家。半年过去了,三连面貌大变,袁翰因此而荣获三等功。与此同时,他的大女儿也已不幸夭折了。他牺牲了一个女儿,用一个父亲忏悔、内疚的痛苦的心换来了部队战斗力的提高。作品本要在这里打上一个圆满的句号,但还是加了个尾声——新的"战争"开始了,就在这时,妻子抱着幸存的小女儿向营房走来,他乘坐的"战车",擦着妻子的身子疾驰而过。铁汉柔情的袁翰深情而又沉重地说了一句独白:"亲人哪,为了你们,我才离开你们。"这一句道出了袁翰心中所有的苦楚与挣扎,也点出了当代军人默默牺牲无私奉献的主题。作为一个普通人,袁翰是贫穷的、卑微的、哀怨的;但作为一名军人,他却是富足的、强悍的、高尚的。作家在袁翰的心中发掘出当代军人事业心与亲情矛盾交错的复杂感情,不动声色地讲述着平凡军人的喜怒哀乐与悲欢离合。这些优秀军人的和平生涯中都伴随着这种左右搏击的痛苦与自律的艰辛;他们虽然没有经天纬地之才情,没有惊天动地之壮举,但他们身上的英雄主义色彩丝毫不比以往的英雄们逊色。他们艰难地镇守着自己的精神阵地，自己号召着自己冲锋。他们的胜利，是一种自我控制、自我驾驭的胜利。

朱苏进凭他十几年的部队生活的体验、那双善于捕捉常人所不见的眼睛以及那支出神入化的笔，将军营生活写得精细入微、五彩斑斓。他不单注意到队列美里所表现出来的军人形体美和素质美，不单注意到内心情感被队列口令锁住时的军人外部动作，他更深入一层，窥见凝结在机械般动作里面的一颗颗活蹦乱跳的军人的心。那行进中的连队用海潮般的回令和顿打地面的动作，向刚受处分的袁翰连长表示敬重和支持；打靶优秀的连队，用停止欢歌笑语、一路哀兵，来向偏弹伤人的连队倾诉抚慰和体恤等，这一系列对军营生活的风俗事态的精细描绘，表现出作者具有穿透性的观察力和感受力。

第七节 历史小说

新时期之初，历史小说以叙写农民起义战争为多，随着思想解放运动的深入和文艺事业的发展，小说家们跳出政治、阶级的创作框架，进入到"人"的情感领域和文化领域，历史小说的创作由此而展开了新的画卷。他们的笔触已上至炎黄二帝，下至清末民初，其间帝王将相、墨客骚人、后妃宦阉甚至梨园倡优，几乎无所不及。自姚雪垠的《李自成》火爆文坛后，历史小说不断涌现，且时有佳作问世。如徐兴业的《金瓯缺》，刘斯奋的《白门柳》，凌力的《星星草》，端木蕻良的《曹雪芹》，任光椿的《戊戌喋血记》《辛亥风云录》，冯骥才的《义和拳》《神灯》，刘亚洲的《陈胜》《秦时月》，李晴的《天京之变》等。

一、凌力与《少年天子》

凌力（1942—2018），江西于都人。1960年中学毕业后进入中国人民解放军军事电信工程学院学习。1966年到第七机械工业部工作。1978年调入中国人民大学清史研究所。"文革"中身处逆境，潜心研究历史，历时十载，七易其稿，创作出她的处女作、长篇历史小说《星星草》。长篇历史小说《少年天子》荣获第三届茅盾文学奖。此后又创作出《倾国倾城》和《暮鼓晨钟》两部作品，与《少年天子》共同构成了"百年辉煌"系列。

《少年天子》描写了大清朝入关后第一个皇帝顺治入主中原后所采取的一系列改革、与满洲贵族势力的矛盾和斗争，中间穿插了顺治帝福临与皇贵妃乌云珠的回肠荡气的爱情故事。

这部小说的成功之一就是人物描写。《少年天子》始终以少年天子顺治皇帝福临为创作中心，全书的所有人物、情节、各条线索，都紧紧围绕着他展开。福临是一位有理想、有抱负、有魄力的年轻改革者。他力排众议，广纳新知，改革旧制，准备大刀阔斧地推行崇儒教、施仁政、习汉俗、重文士的改革措施，提倡"满汉士民，俱是一家"，主张民族和解，反对黩武政策，提倡向汉文化学习。他饱读汉家诗书，沉醉于《史记》《通鉴》之中，决心仿效明制，撤销祖宗立下的议政制度，改内院为内阁，罢免诸王兼六部，以削弱清朝王族的权力。虽然只活了短短二十四年，但他积极改革，锐意进取，大力推进满汉文化的融合，为建立多民族的统一的大清帝国、为"康乾盛世"的到来，奠定了一定的基础。锐意改革进取的顺治皇帝，同时又是一个崇尚人性自由、追求美好爱情的多情天子。他与乌云珠（董鄂妃）的热恋、苦恋、狂恋，在作品中描绘得十分充实美好、哀艳动人，而且还被赋予了"满汉文化融合"的象征意义。乌云珠的生母本是江南世家，她自己又饱读汉家诗书，深得汉文化之真味。为了乌云珠，顺治失魂落魄、如痴如狂以至于缠绵病榻、沉疴不起。虽然最后有情人终成眷属，但贵为天子的顺治皇帝已是受尽了爱情的折磨。而正是在关于婚姻爱情的描写中，顺治才完全脱下黄袍，撤掉头上那圈圣光，变成了一位倔强执拗、痴情多感的普通人。

凌力同时还为我们塑造出了一位兰心蕙质的女性形象——乌云珠。她是一位将生命的全部倾注于爱情的女性，可说是为了爱情而生和存在。为了她与福临之间的爱情，乌云珠勇敢地承受了横亘在她和福临面前的、包括皇太后在内的来自皇族内部的阻挠，以及来自天下百姓的舆论嘲笑，终于成为福临的妃子。为了帮助福临在实现理想的道路上尽量走得顺畅，她无怨无悔地放弃皇后的尊贵地位，甘居侧妃之位；在最具排他性的婚姻爱情生活中，面对福临对她的专宠，她可以劝说福临宠幸其他嫔妃，甚至亲自引荐；作为母亲，她可以强忍失子之痛而装作若无其事；她瞒着福临独自与致命的病痛抗争……所有这一切的忍辱负重都是为了能让福临无后顾之忧，全力去实现他的理想。当男性以慷慨大气的无畏无惧展示着充满阳刚之气的英雄的人性的同时，借助乌云珠这样的女性形象，凌力也为我们描画了由女性构筑完成的温婉而执著、柔美而坚定、甘甜而纯净的另一种人性光芒。

《少年天子》对其他次要人物，如深藏不露然而举足轻重的孝庄太后，位高权重、忠勇刚直但又力阻改革的简亲王济度，以及其他满汉贵胄、后宫嫔妃，甚至是平民百姓，也刻画得栩栩如生、血肉丰满。

小说第二大成功之处在于结构严谨，不横出枝蔓，不喧宾夺主。全书的主要线索是以福临为代表的君权与满洲贵族势力的矛盾和斗争，也就是变革派与保守派的矛盾和斗争。福临的命运和性格发展，就贯穿在这条主要线索上；主线之外，则又写了宫廷内部的派系斗争、满洲贵族内部的矛盾、朝廷内满汉朝臣之间的矛盾、汉人中入仕官宦与在野人士间的矛盾、满汉两民族间的矛盾以及统治者与平民百姓间的矛盾等。但无论各种矛盾如何变化多端，结构作品时，始终遵循一个原则，那就是所有其他矛盾都依附于主要矛盾，随主要矛盾的起伏变化而起伏变化，随主要矛盾的尖锐、激化、缓和、放松而各自变化矛盾的形态和程度。这样结构整个作品，比较符合封建君主专制制度下人际关系的客观规律。

第三个成功之处是小说有较高的审美价值，不仅有金戈铁马也有琴棋书画，对爱情的描写也有独到之处。作者驱遣细腻柔雅的文笔、诗情画意的语言，对恋爱中的青年人内心炽热的情愫进行洞幽烛微的刻镂；写人叙事状物，往往糅进写意式的渲染和工笔式的细描，并把自己的感情流贯其中，从而为作品营造了一种诗的氛围和美的意境。

二、徐兴业与《金瓯缺》

徐兴业（1917—1990），曾任上海教育出版社历史编辑，退休后执教于上海师范学院历史系，主讲宋金史。1982年加入中国作家协会。代表作长篇历史小说《金瓯缺》，全书四册共132万字，在1980—1985年陆续出版。此书描写了12世纪初、中叶中国内部宋、辽、金之间的民族战争，在绚丽多彩的历史画面上塑造了宋、辽、金三朝众多历史人物形象，以宏大艺术结构和对于历史生活深湛的百科全书式的描写、强烈的爱国主义情感、艺术的真实与历史的真实的有机融合，赢得第三届茅盾文学奖荣誉奖。

宋、辽、金之间的战争，涉及三个民族、三个政权的盛衰兴亡，这是我国历史上的一个大动荡的时期，其复杂的社会矛盾（民族矛盾和阶级矛盾）、层出不穷的历史事件、各色各样的历史人物，既为文学家提供了丰富多彩的创作题材，又是极难驾驭和概括的。但是作者以其对这段历史的深刻了解和驾驭历史题材、进行艺术概括的才能，在不拘于历史的基础上，大量地进行艺术再创造，巧妙地选中了马军司神龙卫四厢都指挥使刘锜这个人物做个"牵头"，并以之引出马扩一家。作者以马扩和刘锜两家人为中心，建构起庞大的艺术结构：从东京到燕京，从醉生梦死的宫廷到生死搏斗的战场，从赵官家、萧皇后、大金皇帝、各官僚集团、军事统帅、各级将领到普通士兵、平民百姓，尽收笔底，展现出色彩缤纷的历史画卷。

小说以雄健的笔力描绘古代的战争和军旅生活，描绘了一幅幅惊心动魄的战争场面，勾画出军事斗争生活的诸种形态。如环绕着两次伐辽之役和两次东京保卫战这些中心事件，小说展开了对古代军旅生活与战争活动的多层次艺术描绘，诸如行军、演习、野战、攻城、防御等军事行动方式，军营特有的生活秩序与传统作风、军人的性格特征与战争心态等，在小说中几乎都有绘影绘形的表现。第一卷开头写刘锜接着宋徽宗的诏旨来到西军统帅部以后，军营中肃穆、威严的气象，接风宴会简朴、质实而不失热烈的氛围，将领们粗豪坦直的谈吐以至主帅种师道重拙大度的沉稳形象，不消几笔就勾勒出一支久经征战、军功卓著的劲旅的轮廓画像。第三卷中，叙写藩将郭药师以阅兵的方式给前来探查虚实的童贯以威胁的情节，其间对常胜军演练阵法的具体描摹，彩旗翻卷，人马如潮，阵形瞬息变幻，杀气汹涌澎湃，足以显露训练有素的军队之声威气魄。从这些地方可见作者描写古代军事生活的精到之处。

作者的笔触并没有局限于战争本身，而是围绕着战争的进程向四面延伸，触及生活的各个领域。作者描绘了各种生活画面，并且赋予生活以多种色调，使作品的故事情节显得丰富多彩。例如同是宴会，种师道军中宴请刘锜一场，写得紧张激烈而又充满豪情；而李师师宴请刘锜、马扩，则又别是一番侠骨柔肠的绮丽风光。马扩单骑冲敌阵，何等壮烈；弹娘的刻骨相思，又是何等深情。沙场血战和东京的灯节，气氛更形成强烈的对比。这都表现了作者丰富的才思和以多种色调描绘历史场面的本领。

小说还具有强烈的情感，作者常常忍不住评论历史，使得他的作品既气势磅礴又感情洋溢，充满强烈的历史感与倾向性。小说以马扩一家的命运为线索，以爱国主义精神为灵魂，纵横开阖，缓急错落有致，叙述清晰而不含混，作者本人态度鲜明，文章一气到底，情感洋溢，痛快淋漓。马扩是贯穿全书的一个重要人物，也是体现小说的爱国主义精神最为充分、鲜明的主要形象。马扩所从事的一切政治、军事和外交的活动，始终围绕着抗敌救国这个中心，这是他的事业与生命的归宿。小说对马扩精神世界的揭示，就是循着这条脉络深化下去的。马扩在契丹人占领燕京时立下的重誓："今后哪怕筋骨磨成粉，鲜血流成河，好歹也要把这座城池拿下来，重还给汉家人民，不辜负千百万父老对俺的殷切期望。"一直作为他的志愿和理想，支撑他矢志不移地奋斗不息。权贵的压制、同僚的陷害、处境的艰危，都不能动摇其信念。相反，他却"愈久愈不变，愈不可为愈为"，只要一息尚存，他就要为挽救这个国家、保卫这片净土战斗至死。尽管马扩还不可能摆脱作为封建时代的官吏所固有的历史局限，尽管他也没有成为赵宋王朝的贰臣逆子、和农民义军站到同一立场，然其炽烈如火的爱国主义情怀和始终不渝的战斗精神，却代表了当时广大人民的思想愿望和时代精神的主流。

拓展阅读：
1. 陈思和：《当代文学中的文化寻根意识》，《文学评论》1986年第6期。
2. 李遇春：《拯救灵魂的忏悔录：张贤亮小说的精神分析》，《小说评论》2000年第3期。
3. 程光炜：《伤痕文学的历史局限性》，《文艺研究》2005年第1期。
4. 李兆忠：《中国当代文学的一个突破：重读〈芙蓉镇〉》，《理论学刊》2009年第10期。
5. 李珂玮：《从全球到本土：对"寻根文学"之"根"的追索》，东南大学出版社2017年版。
6. 程光炜：《反思文学研究资料》，百花洲文艺出版社2018年版。
7. 王彬彬：《高晓声评传》，江苏凤凰文艺出版社2019年版。
8. 熊修雨：《中国当代寻根文学思潮论》，中国人民大学出版社2020年版。

问题与思考：
1. 伤痕小说的文学史意义与历史局限性。
2. 反思小说对伤痕小说的超越。
3. 张贤亮小说中知识分子的心灵发展史。
4. 古华《芙蓉镇》中的政治与人性反思。
5. 高晓声笔下陈奂生形象的性格特征及精神溯源。
6. 寻根文学发生的历史语境及文化意义。
7. 韩少功与阿城的精神寻根路径。
8. 拉美魔幻现实主义在中国的传播与接受。

第十六章 小说创作（下）

第一节 现代派小说

受到西方现代主义的影响，新时期小说创作开始了对现代派文学的艺术表现方法的借鉴与吸纳、创新。在宗璞的《我是谁》、茹志鹃的《剪辑错了的故事》、王蒙的《春之声》等早期小说中所出现的现代主义因素，到80年代中后期获得了长足的发展。早期的这些作品仅着重于对现代主义技巧的吸收，较少现代派的真正内核即"现代意识"；而到80年代中期出现的刘索拉的《你别无选择》《蓝天绿海》《寻找歌王》，徐星的《无主题变奏》，莫言的《红高粱》《球状闪电》《透明的红萝卜》，残雪的《苍老的浮云》《黄泥街》，洪峰的《奔丧》等一批"现代派"小说，则无论在思想意识、文学精神和表现手段等方面，均具备了较为明显的现代主义特点。

一、王蒙与"意识流"小说

王蒙在新时期开创国内意识流小说创作的先河。意识流作为西方现代派创作的一种艺术手法，在20世纪传入中国之后最早是被应用于诗歌领域，朦胧诗正是滥觞于此。而在小说领域，虽然新时期茹志鹃的《剪辑错了的故事》、谌容的《人到中年》等作品中有借鉴这种手法的痕迹，但意识流并未因此在小说领域繁盛起来。真正集中运用意识流技巧创作小说并使文坛引发起一场对意识流创新手法纷争的是王蒙。王蒙新时期创作的《春之声》《夜的眼》《海的梦》《布礼》《蝴蝶》等小说都体现了意识流小说的特点，中篇小说《蝴蝶》更可算是其意识流小说的代表性作品。

所谓意识流小说，实际上是打破了传统小说的叙事方式和结构方式，以主观的心理意识流程来安排叙事时空。这类小说中的情节实际上成了人物意识流程的外在框架，而人物的意识流动本身就是小说的结构线索。王蒙的《蝴蝶》正是以主人公张思远的意识流动来展开的。张思远三十多年的升降沉浮、悲欢离合、心理变化，通过自由联想、内心分析、内心独白等形式表现出来。小说打破时空秩序，进行多时空交错。《蝴蝶》一共有13个小标题，可以说就是13段生活，它们以交错排列的面目出现在我们面前。小说一开始就是张思远坐在小车里，他刚刚告别了小山村，告别了秋文和冬冬，告别了乡亲们，一个人怅然而归。坐在颠簸的车里，意识迷离恍惚，过去的生活细雨烟云般地涌到张思远的意识屏幕上。特定的环境，朦胧的思绪，配合这种特殊的艺术手法，很是吻合。他的思绪流动着、跳跃着，忽而过去忽而现在，忽而城市忽而山村，忽而张副部长，忽而老张头，前后跳动，不循轨迹，不受时空限制，不受情节制约，呈现一种自由的心理结构。

王蒙批判地吸收了西方现代意识流表现手法上的优点而又有自我追求。西方人着重表现的是人物深藏的内心，比如卡夫卡的《变形记》、普鲁斯特的《追忆似水流年》，而王蒙着重表现的是对个人命运和理想的理性思考。虽然《蝴蝶》中有大量的意识流动、内心独白、联想、跳跃，但并没有扑朔迷离、晦涩难懂的感觉。这是由于王蒙在借鉴意识流手法的同时，又继承和发扬了传统小说的特点，注重故事情节，小说中有完整的生活片段和性格鲜明的人物形象，而我们需要做的只是将这一切理顺，然后，就会获得一种完整的故事以及全新的感受。《蝴蝶》打破了情节发展的时空限制，看上去只是描写了人物心理的自然流程，通篇行文却是紧扣张思远如何"丢了魂"、后来又"找到了魂"这一基线展开的。在意识流动中，张思远由小石头—张指导员—张副主任—张书记—"走资派"—"囚犯"—老张头—张副部长，这三十年来的地位、身份的变化展现的实际上是中国政治的风云史、历史的变迁命运。而张思远最终"找到了魂"则蕴含了作者的理性思考，揭示了党的干部应该是人民的公仆、人民才是社会的主人这一道理。总之，这部中篇小说呈现这样一种特点，即心理结构（描写）与情节结构（描写）相结合，并且心理结构（描写）大于情节结构（描写）。王蒙"意识流"小说的探索创新是对新时期文坛的重要贡献，被评论称为"东方意识流"。

二、刘索拉与《你别无选择》

刘索拉（1951— ），北京人。毕业于中央音乐学院作曲系。从事作曲、音乐演出、文学写作。1985年发表处女作中篇小说《你别无选择》，随后发表中篇小说《蓝天绿海》、《寻找歌王》和长篇小说《女贞汤》等。著有小说集《你别无选择》《混沌加哩楞》，散文《蓝调之缘》，对话散文集《行走中的刘索拉》《曼哈顿随笔》等。1986年加入中国作家协会。小说有英、日、意等外文译本，曾获全国优秀中篇小说奖及多项文学奖。现在北京和纽约居住。

刘索拉的处女作《你别无选择》是我国新时期"现代派小说"最具代表性的作品之一。小说以一所音乐学院为背景，描写了作曲系的一群师生颇具黑色幽默色彩的生活。在其中我们能看到对事业的执著追求与厌倦、对艺术法则的反叛与泥守，以及真诚的友谊与婚姻的悲剧，弥漫作品之中的是难以扼制的创作激情与无所事事的空虚无聊，更是深深的孤独、压抑、迷茫与厌倦。孟野、森森、李鸣……是作曲系的学生，这些年轻人表面看来都懒惰油滑，看破红尘，只知谈情说爱，不负责任，玩世不恭等，但实际上他们内心中都有献身艺术探索的渴望，并且敢说敢做，敢怒敢骂，敢歌敢哭。但在以传统为基础的社会格局和思想格局中，他们似乎"别无选择"，只能依照习俗给予的方式作曲、背诵、考试、生存，这就构成了小说里现代与传统、张扬与扼杀个性生命价值两种观念的冲突。贾教授刻板、平庸，不会作曲，只会照搬理论教条，孟野、森森不喜欢他，故而在充满原始生命和个性生命的世界探索着音乐中"妈的力度"、音乐生命中的源头和现代人生的感觉。到异域去另寻艺术创新的小个子对森森说的"去找找看"，成了森森的箴言，激励着他去寻找自己的音响、自己的力度。终于，他以自己的声音被世界所了解，这是一个艺术者庄严而悲壮的求索过程。而孟野呢，却被贾教授的阴影隔断了走向成功的创造之路。贾教授把孟野的创新之作上纲为"法西斯音乐"，以一种无法抵御的行政力量，把孟野逐出了校门，这是反叛贾式规范者的悲剧。在这群年轻的艺术探索者中，除了森森和孟野被置于革新与守旧的漩涡中心之外，最令人深思的是李鸣这一形象。这位有才能、有气质、富于乐感的学生，从进校开始，"就不止一次想过退学这件事"。退学这个念头一直萦绕着他，他似乎一直待在被窝里消极地观望着学院的生活，一直到森森在国际比赛中获奖，才使他从被窝里钻出来，并且再也不打算钻进去了。李鸣的行为几乎是青年学生中一种情绪的概括。这种消极冷漠的情绪测出了贾教授们做法的荒诞性——狭隘、死板，扼杀创造，扼杀人才。整篇小说充满了疯狂的闹剧气氛，怪诞的人物性格、动感的语言，折射出一幅荒诞化了的生活画图，此中反复地流露出创造、发展的主题。黑色幽默借助于《你别无选择》在中国小说界激起了"巨大的音响和强烈的不规则节奏"。这个带有明显的世界末日感的西方现代派文学流派，"移植"到中国这块蓬蓬勃勃的大陆上来了。

  《你别无选择》中的"黑色幽默"特征主要表现在三个方面：其一，叙述语言的"恶谑"格调；其二，情节和场面处理的闹剧手法；其三，非线性的叙述方式。刘索拉的作品揭示了一种骚动，一种不安，一种期待超越世俗的欢乐和痛苦而走回内心的渴求。包括她的《蓝天绿海》《寻找歌王》等，它们准确地体验和传达了一代人乃至一个民族的心态和情绪，将人们在一个确定的历史时代所郁结的痛苦、烦恼、苦闷、彷徨、感伤，寻找新的出路以及在这种寻找中经常处在无可奈何的状态中的感觉通过一种精神的直接描写表现了出来，让人们在这看来混乱不堪的内心世界中，一下就超越了世俗的欢乐，回到对人自身的精神状态和生存环境的审视之中。在刘索拉笔下这群像疯子一样的音乐学院的大学生那里，一种旧的东西正在逐渐断裂、死亡，而新的东西还没有来得及生长，他们好像也并不知道这种新的东西是什么、在哪里，所以，在表面那种痛苦得疯狂的氛围的笼罩下，是更深重的怀疑、怅惘、彷徨和迷茫。刘索拉以一种中国人陌生的方式，表现了中国人生存的真实，内心世界的真实，精神状态的真实。这意味着更年轻一代的作家，在以一种富有哲学意识的形而上的眼光去观察和思考今天中国人的生活，并试图通过对西方现代派文学的借鉴达到与更广大的世界和更广大的人类精神上的对话。

  当然这种借鉴也显得过于匆忙。刘索拉们还来不及将西方大师们的观念细嚼慢咽，以化为自己的血肉，故而给人留下"伪现代派"的口实。此外，西方大师们的反理性精神是对传统文化咀嚼之后的一种倾吐，那种博大精神也是刘索拉、徐星等作家所不及的。

三、残雪与《苍老的浮云》

残雪（1953— ），湖南长沙人。原名邓小华。1966 年小学毕业。4 年后，进入长沙一街道小厂当铣工十年。后为服装缝纫个体户。1985 年开始发表作品。1988 年加入中国作协。出版有小说集《天堂里的对话》《黄泥街》，长篇小说《突围表演》等。她的具有"先锋"色彩的小说《山上的小屋》《天窗》《阿梅在一个太阳天里的愁思》等在读者和批评界中反响颇大。作品有不少被海外文学翻译和介绍。残雪是具有鲜明个性化创造风格的作家，她着眼于深层的精神世界，不断开拓和挖掘，表现出一种极为独特的生命体验。20 世纪 90 年代以来，残雪推出一系列关于西方经典文学的评论，以纯粹艺术家的感悟，独辟蹊径，以创作与评论相结合的文体形式对卡夫卡、博尔赫斯、歌德、莎士比亚、但丁等经典作家作了全新的阐释和描述。残雪的小说中到处充斥着朦胧晦涩、离奇可怖的审美意象，在呓语般的陈述中对人性的丑恶进行近乎残酷的透视，对人类生存的悲剧本质进行无可保留的暴露，表现出一种极为独特的生命体验。

《苍老的浮云》深刻揭示出存在的深渊处境。残雪在这篇小说中对人与人之间的丑恶关系，尤其是以血缘、亲情为纽带的家庭成员之间的对立、冷漠、敌意给予了冷峻展示。《苍老的浮云》里主要是以家庭血缘关系和邻里关系联系起来的人物，这些人一方面为一种损害别人的欲念所激动，而坐立不安，哪怕以毫无意义的恶作剧的方式，甚至宁可自己与别人两败俱伤，也为损害了别人或者仅仅是惊扰了别人而幸灾乐祸。另一方面，又深恐自己遭到别人的伤害，哪怕不过是微不足道的或想象中的伤害。在这种无孔不入的恶浊空气中，人不由自主地陷入了纯由搅扰人家而来的快感和被人搅扰的恐惧交织起来的错综复杂的罗网之中，人与人之间以相互猜忌、相互扰乱、相互摧残为乐。人物的变态性格和神经质心理各异其趣：虚汝华的婆婆有着强烈的操纵、支配他人的权力欲望，老况则呈现出在其母面前自恨自卑的自贬性心理，慕兰则是从敌对感中获得慰藉的"攻击型"神经质人物，而她母亲的睒睒冷视，是报复性心理的流露，等等。在这种丑陋的人际关系形成的精神桎梏中，人们各自有着匪夷所思的举动：更善无的岳父从他结婚的第二天起，就接连过来"窥视"屋里，将他心爱的东西拿走，并隐藏在街上阴暗角落"刺探他一切"；慕兰则在女儿睡觉前把老鼠藏在她的枕头底下，把她写给朋友的信偷去烧毁；虚汝华则在丈夫熟睡时，用牙齿咬噬他的肩膀，吸他的血。这种紧张可怕的家庭成员间的精神折磨，将传统意义上的家庭和亲情彻底消解。

小说中明显地表达了这样一种情绪：意识在妄想的世界中飘荡，一种对世界的怀疑和逃离、不安和恐惧充斥其中。丑陋的人际环境对人性的戕害，把作品中所有的人物都投入悲剧的深渊。更善无和妻子慕兰，虚汝华的丈夫老况，以及他们的亲属、邻人、同事都身不由己地生存在困境中而无力自拔。因为置身于猜疑症、被窥视狂与迫害狂的折磨之下，虚汝华不得不把自己封闭在四面钉上铁条的居室里，以病态地逃避，病态地屈服，孤立压抑自己，试图从各种丑恶的人际关系的残酷罗网中挣脱出来。然而，这种神经质的隐退选择也无法驱尽其内心的恐惧、焦虑与孤寂感，她得了萎缩症，只能在精神焦虑的煎熬中一点点自我毁灭。

考察残雪的创作轨迹不难发现，从一开始她就对人类的精神存在倾注了极大热情。无论一个情节多么复杂的故事、在残雪看来都是人性的故事、心灵的故事。残雪小说中的种种人生世相，其实并不是或主要不是展示在"社会""文化""现实生活"的层面，而是作为残雪的内心世界而得到一层比一层更加深入的揭示。这在《苍老的浮云》中亦得以明确地突现：一切外部冲突（亲戚、邻居、同事等）都成了更善无和虚汝华这一对主要矛盾的诱因和营养；而这一对矛盾则是残雪自我的一种自相矛盾。即一方面力图给自己一个规定，以免成为一个"什么也不是的人"（更善无），另一方面又力图摆脱任何规定，努力做出惊世骇俗的举动，蔑视一切限制自己的规范，越来越走向封闭和孤独，大胆地朝虚无迈进（虚汝华）。

作为新时期中国现代派小说的代表作家，残雪在现代主义非理性的道路上走得最远，"现代派"可以说到了她这里才真正摆脱了从技巧到观念的移植性的束缚。她的对人物的活动环境以及人物形象的审丑透视、非常态的梦幻叙述、从非理性与潜意识层面开掘人物生存本相，以及对现代人存在的深渊处境的揭示和对"他人即地狱"的存在主义主题的深刻表达，等等，所有这些都在她的小说中浑然一体地体现出一种成熟的现代主义文学作品的艺术特质。

第二节 先锋小说

先锋小说意味着 1985 年以后小说探索进入全新阶段。代表作家除马原外，还有洪峰、苏童、余华、格非、叶兆言、孙甘露、潘军、北村等，代表作分别是马原的《拉萨河女神》《冈底斯的诱惑》，洪峰的《极地之侧》，格非的《迷舟》《褐色鸟群》，苏童的《平静如水》，孙甘露的《访问梦境》，余华的《现实一种》《鲜血梅花》《四月三日事件》等。先锋小说具有实验性。创作上的特点主要有：一是思想上表现为对意识形态的回避、反叛与消解；二是在文学观念上颠覆传统的真实观，放弃对历史真实和历史本质的追寻，也放弃对现实的真实反映，文本只具有自我指涉的功能；三是在文本特征上，体现为叙述游戏，更加平面化，结构上更为散乱、破碎，人物趋于符号化，通常采用戏拟、反讽等写作策略。

一、马原与《冈底斯的诱惑》

马原（1953— ），出生于辽宁锦州，当过农民、钳工。1982 年从辽宁大学中文系毕业后进入西藏电视台、群众艺术馆工作 7 年，1989 年回辽宁任沈阳文联专业作家，2000 年调任上海同济大学教授。马原 1982 年开始发表作品，著有《冈底斯的诱惑》《西海无帆船》《虚构》等小说集，长篇小说《上下都很平坦》。

在中国当代文学史上，马原第一个把小说的叙事因素置于比情节因素更重要的地位。

他广泛地采用"元叙事"的手法，有意识地追求一种亦真亦幻的叙事效果，以多样化的叙事，打破传统叙事的局限，创建了著名的"马原叙事圈套"。他的以西藏生活为题材的实验性小说，将西藏地区奇丽的自然风光、独特的民族风情、神秘的地域文化等，与反传统的怪诞的叙事方法融合在一起，形成了神奇诡异的异域色彩。马原的小说观念和叙事方式影响了余华、格非、苏童、洪峰等后来的先锋作家。

叙事文学的先锋意义首先表现于叙事结构的革命。先锋小说首先颠覆的就是小说的传统思维模式，以其前所未有的反叛姿态对传统小说的叙事结构进行大胆实验。1985年马原《冈底斯的诱惑》刚一出台，就唱响了实验小说的前奏。作为先锋小说的经典文本，《冈底斯的诱惑》首先消解了小说的具体意义，不再把主题思想、人物形象、情节叙述和事件的真实性当作写作的中心内容，它不再关心小说应该写什么，而是关注小说应该怎么写，从而把怎么写当作绝对目标。这样马原就在叙事结构上精心打造，以形式为内容，以内容为形式；在他著名的"叙事圈套"里，小说的本体就是叙述，而不是故事，也不是生活的真实。生活的真实是混沌的，是不可描述的，所谓文学中的真实反映，只是逻辑的筛选、弃除和编织而已。

《冈底斯的诱惑》讲述了四个互不关联的故事：一是老作家的西藏经历，二是猎人穷布的猎熊故事，三是陆高和姚亮看天葬的过程，四是藏民顿珠、顿月兄弟的故事。四个故事共16节，各自独立却又交错叙述，制造一个个悬念，形成一个个圈套。第1节讲"我"雨夜找陆高参加探险队，带出姚亮，留下悬念：姚亮是谁？第2节用第一人称讲述，首句为："这是穷布。"带出穷布但不介绍他，又设一个悬念。然后接着前一节述说：你们连夜来了，我给你们讲我的故事——西藏经历。结尾照应第一句说：穷布是我猎人中的朋友，姚亮是队长，穷布是第一个队员——留下关于探险队的悬念。第3节是插叙，用第二人称讲述穷布打猎的故事。第4节转换话题，用第三人称讲关于陆高和姚亮的另一个故事。应该明确一下，姚亮并不一定确有其人，这里明确告诉读者姚亮是虚构人物，文本却煞有介事地叙述陆高和姚亮在西藏准备看天葬的故事。第5节中断读者期待的看天葬故事，回到第2节叙述我的藏族生活。第6节、7节回溯穷布的猎熊故事。第8节、9节、10节讲陆、姚看天葬的故事。第11—14节突入一个新话题讲顿珠顿月兄弟的故事。第15节抛开故事内容转谈故事的技术技巧问题。第16节回讲陆高、姚亮的故事，然后以他们的诗歌结尾。这个中篇如果按传统的思维模式设计，故事的起点似乎是讲探险队在西藏的冒险经历，可是叙述内容却毫不相干，直到文本结束读者对探险队的经历也一无所知，马原整个儿把它悬置了。这样马原采用设置圈套的叙事方法，使三种人称、三个叙事视角在穿插、回溯、评论、断裂等叙述方式中轮换交替，将没有结局的故事组成一个又一个圈套，制造一个又一个玄机，引诱读者往前走，走到最后的结果就是没有结果，只见一个个散落于文本的故事碎片。这些故事本身不封闭，也不唯一，故事与故事之间有巨大的空缺，也就是说，整个文本从结构到内容均是开放性的。比如穷布猎熊的故事可以换成猎其他动物的故事，顿珠和顿月的故事也可以换成别的西藏故事来填充，故事的独立性减轻了文本内在的关联性。可是这些故事一旦嵌进文本以后，拼贴的故事碎片会产生某种整体效果并呈现特殊意义。作品的全部意义都蕴涵在这个拼贴过程中。

"元叙事"手法的运用在《冈底斯的诱惑》中亦得到很好的体现。在小说的第 4 节中，第 1 节的叙事者"我"直接跳出来，向读者声明这里的故事不是爱情故事；在第 15 节，"他"又站出来与读者直接讨论小说的"结构"、"线索"与"遗留问题"，如顿月为什么莫名其妙地断线，为什么不给他未婚妻尼姆写信。这个叙述者以讨巧的态度粗暴地告诉读者，顿月"入伍不久就因公牺牲了"等。他显然不回避这样设置结局出于小说技术上的考虑。这种自觉地暴露小说的虚构性的技法当然会产生一种间离效果，明确地告诉读者：虚构就是虚构，不能把小说当作现实。马原通过元叙事的手法不但反讽了传统现实主义小说的情节连贯性以及基于此基础上的整体性与真实性，他还从根本上质疑经验的整体性、连续性与确实性，正是因为这一点，小说的"真实"与"虚构"之间的墙壁被拆除。

二、余华与《四月三日事件》

余华（1960— ），浙江海盐人。曾做过 5 年牙医，1983 年开始小说创作，后在浙江海盐县文化馆工作。主要作品有长篇小说《许三观卖血记》、《活着》、《呼喊与细雨》（又名《在细雨中呼喊》），中短篇小说集《十八岁出门远行》《偶然事件》《河边的错误》，及《现实一种》《世事如烟》《战栗》《鲜血梅花》《黄昏里的男孩》《我胆小如鼠》等。在早期余华的笔下呈现的是灾难、鲜血、暴力、死亡等令人绝望的生存景观，在叙述上他打破了传统文学的完整性和连贯性，将现实与幻觉、正常与癫狂糅为一体，让时间和空间发生交错，建构起一个个奇异、怪诞、隐秘的独立于外部世界的真实的文本世界。90 年代以《活着》《许三观卖血记》的问世为标志，他的创作风格发生明显转化：开始逼近生活真实，以平实的民间姿态呈现一种淡泊而又坚毅的力量，提供了历史的另一种叙述方法。新世纪以后推出长篇小说《兄弟》（上、下部）、《第七天》。

余华在 80 年代独具个性的创作形态的形成，源于对现实的真实性问题的思考。余华曾自言："我觉得我所有的创作，都是在努力更加接近真实。我的这个真实，不是生活里的那种真实。我觉得生活实际上是不真实的。生活是一种真假参半、鱼目混珠的事物。"[①] 他认为生活常识中包含着许多人为的理性内容和庸俗气息，拥有常识的人常常据此来认识生活，力图找到现实中的对应物。这种日常经验使人们的想象力只能墨守成规，不敢越雷池一步，在作家那里，更是束缚了他们的创造性，禁锢了他们的想象空间。因此余华试图借助叙述话语的突围，获得思想的解放，打破僵化的常识观念的控制，树立起对文学真实性的丰富而复杂的理解。

余华刻意瓦解叙述的完整性和有机性，打破叙述的因果关系和逻辑链条，使得叙述表现为一种特定时空中的语言错乱。这种叙述方式的获得，根本上取决于对幻想的对象

---

① 余华：《我的真实》，载吴义勤编《中国新时期文学研究资料汇编·余华研究资料》，山东文艺出版社 2006 年版，第 3 页。

与现实的情境的大幅度转换和压迫。这种情况之下,时间的错乱与幻化的感觉就成为一个保证上述叙述目的得以实现的客观必要手段,幻觉与现实的互相转化促使了感觉的彻底开放,也带来了小说言说"现实"与"真实"的新的可能性。《四月三日事件》就是余华这一叙事实验的典型个案。小说的主人公"他"似乎是一个迫害症妄想者,如同鲁迅的《狂人日记》中的狂人一样,执著于将现实的一切情景事件都用来证明自己的幻觉。而小说的主题正存在于这种幻觉之中。整个对少年的描述——即小说整个情节的发展——都是小说中作者预设的一个现实。小说的第二个现实是"四月三日事件",这也可以说是少年与作者共同预谋的。少年在18岁生日的晚上有了某种预感,觉得周围人都在合伙算计一个阴谋来对付自己,而且梦中的预感都一一变成了现实。例如他在梦中预感到第二天有四个同学将会在敲门后一拥而入,将他绑架到楼下,他会说我还没有刷牙,第二天清晨确实出现了这样的情况,而他也不自觉地重复了梦中的那句话。幻觉一次次被证实,以至于他完全相信"四月三日"将是一个早已计划好的阴谋,一种巨大的恐惧笼罩着他。为了躲避这个日子,也许也是害怕幻觉最终得到证实,他在四月三日前爬上了一列火车逃离了自己居住的小镇。一个被谋害的事实在为作者所设计之后,在小说中被那少年一步步地听到并且在所有他的亲朋中证实了的这个"四月三日"事件在幻觉中的未来必定存在,于是这个既定事实影响了主人公的行为——他出逃了。这是小说中的第三种现实,这是少年采取的一种方式,他深信了第二种现实之后的主动行为,终于将自己混同于这么一种现实。这里面极为有趣的逻辑就是,在他相信了那个谋杀的事件之后,他的头脑是承认了那个现实的存在的,而他自己的行为却是要逃离现实。他的所有感觉、体验乃至行动都在"现实"和"幻想"的中间状态漂移不定,幻觉的感觉变成了现实,而现实变成幻觉的一部分。生存的虚幻性和不可把握性令人吃惊地在一个18岁的少年身上表现出来,它如此夸张,又如此真切。你无法辨析生活的真实与虚假,因为幻觉已经最大限度地侵入和改变了现实。通过感觉世界的提纯、变形,最后有形世界被无形世界给主宰了。在这里,事实与真实、存在与不存在是由主人公的感觉和过程来决定的。在这个过程中,叙述与世界的真实转化为纯粹幻觉的真实,而幻觉的世界又是非逻辑的、超理性的。

在《四月三日事件》中,幻觉主要还是作为一种叙述方法被体现的,先锋小说对幻觉的爱好并不像西方现代主义那样热衷于探索人的深层心理状态,以此作为揭示生活隐秘内核的唯一通道和反抗生存的有效手段。不过,虽然对叙述形式的刻意追求使得小说中由经验记忆演变而成的故事情节变得支离破碎,甚至偏离了正常的理性框架,但这篇小说还是异常准确地传达出了现实世界中个人的孤独感和恐惧感,孤独和恐惧既藏在那个"他"的内心独语之中,也藏在小说的形式之中。而且,小说的形式使得那份孤独和恐惧的感觉更加生动逼真。

三、孙甘露与《访问梦境》

孙甘露(1959—),祖籍山东荣成,生于上海。1976年高中毕业,1986年开始发表作品，现为中国作家协会会员，上海市作家协会专业作家。代表作品有长篇小说《呼吸》《像电影那样恋爱》，中短篇小说集《访问梦境》和随笔集《在天花板上跳舞》等。成名作《访问梦境》，随后的《我是少年酒坛子》《信使之函》和《请女人猜谜》等作品采用"极端"的"反小说"的文体形式，常被作为"先锋小说"在文体实验上的典型文本加以讨论，亦使他成为80年代中期兴起的先锋文学的代表性作家。

孙甘露在文体形式实验上的极端性姿态，在1986年的中篇小说《访问梦境》中就显露出来。《访问梦境》中没有完整的人物，没有故事情节，甚至没有一个贯穿始终的叙述。小说有一个第一人称的叙述人，然而它却徒有叙述的形式和文本写作的进程，而无叙述的实质。小说的几十个段落之间并没有有机的联系，零散化的叙述以片段的形式呈现。同样，在阅读这篇小说时，人们所能读到的只是一些互不关联的描写和议论："我行走着，犹如我的想象行走着。我前方的街道以一种透视的方式向深处延伸。我开始进入一部打开的书。它的扉页上标明了几处必读的段落和可以略去的部分。它们街灯般地闪亮在昏暗的视野里，不指示方向，但大致勾画了前景。"这样的句式可以称之为作品中的"典型段落"，语言叙述往往表现出非线性的特征。正如小说中所说："我把沿途收集的趣闻轶事戏谑地编成可供行吟的断章残卷。"这些毫无联系的断章残卷，使人无法把握住内在的逻辑性和意义的明确性而陷入迷惑之中。小说中说道："在这迷宫里，我的理性是无所作为的，我只能为我遐想的冲动所驱使，在悲观的侥幸中择路而行。"因此读者的理性也是毫无作为的。但也不必为难以把握其意义而懊恼，因为小说就根本没有内在意义。小说的题目《访问梦境》就已经规定了内容的不确定性，对梦境的追踪也只能得到支离破碎的感受。

这篇小说通篇的叙述方式都是这样组成的，而"我"的自语显然是这一切语言碎片的中心，作品呈现出"梦呓"般风格。为配合这一叙事风格，作者在文中采用了诗性的、音乐般的叙述声音，在一定程度上加强了作品所刻意追求的"内心化"和"自语性"的艺术效果。当然，孙甘露的《访问梦境》其实也是一首不分行的诗，是一篇无主题的音乐作品。作者在有意突破小说、诗歌和音乐的文体界限，作品消解了文本的中心，建构了文本的边缘，并在文本的边缘进行了多种复杂的交叉，体现出文本之间的一种复杂关系，组成了"互文性景观"。显然，作者在进行一种叙事话语的实验、一种"反小说"的修辞游戏，他把哲学的、诗歌的永恒性与存在的瞬间性以小说的形式书写出来，从而对小说做一次"先锋性"的探索。正因为是小说实验，那么也就不可避免地会出现叙述混乱、语言冗长和拖沓等问题，在阅读上与一般读者形成某种较难逾越的障碍。这也是不少先锋小说存在的问题。

第三节　新写实小说

80年代中期涌现并一直持续到90年代初的新写实小说，是随着中国小说的求新求变，多少受到"二战"后意大利的新写实主义的启发，而出现的一批有别于传统的现实主义和现代主义的创作潮流。新写实小说主要取材于平平淡淡的凡人琐事，关注的是普通人的生存状态，着重表现人的生存困境以及人对生活之网的认同；叙述中往往隐蔽作者的主观感情和思想倾向，中止主观的价值判断，采用客观化的叙述态度，提倡作家应"退出小说""零度介入"，即有意采用一种缺乏价值判断的冷漠叙述等。代表性作品有刘震云的《塔铺》《新兵连》《单位》《一地鸡毛》，池莉的《烦恼人生》《不谈爱情》《太阳出世》和方方的《风景》等。

一、刘震云与《单位》

刘震云（1958— ），生于河南延津县。1973年入伍，1978年复员在家乡当中学教员，同年考入北京大学中文系，1982年毕业到《农民日报》当记者。现为中国作协会员。1982年开始创作，已相继发表《塔铺》《新兵连》《头人》《单位》《官场》《一地鸡毛》《官人》等中短篇小说，引起强烈反响，被称作新写实小说的主力作家。其中《塔铺》获1987—1988全国优秀短篇小说奖。作品一以贯之的精神是对小人物或底层人的生存境遇和生活态度的刻画，对人情世故有超人的洞察力，用冷静客观的叙事笔调书写无聊乏味的日常生活来反讽日常权力关系。自1991年始他开始追求新的创作境界，先后发表"故乡"系列：《故乡天下黄花》、《故乡相处流传》和《故乡面和花朵》等。《故乡面和花朵》体现着他在文体和内容上的双重探索，结构的庞杂、技巧的多变、语言的繁复、意义的含混等都令人叹为观止，也引起了一些争议。2007年推出《我叫刘跃进》；2009年推出《一句顶万句》，该作品获第八届茅盾文学奖。

《单位》是刘震云创作于80年代末、90年代初的单位系列小说（另如《一地鸡毛》等）之一。作为新写实主义的代表之作，和其他作品一样，《单位》不再按照传统的套路去粉饰生活及对现实作任何意义的附丽，而是按照生活的本相，原汁原味地再现了普通人的生存之苦与不堪重负之累，突现了生存环境对人的不可抗拒的挤压力与莫可名状的吞噬力，还原了一些普通人生存的状态与情态。整个小说描绘的是一些发生在单位生态中的平淡无奇甚至有些琐碎的日常小事：过"五一"节单位分梨子、会餐，两份菜、一瓶啤酒、一个皮蛋。争取入党，打开水，扫地，职务升迁，你上去了，我下来了，分房子，搬家，两个女人因为蝈蝈笼子和乱翻抽屉斗气，等等。在叙述这些日常琐事的时候，作家不作刻意的夸张与雕饰，而是以深细入微的"零度情感"的逼近和不事浮华的文笔对单位社会生存状况作妥帖观照，某种意义上来说具有社会记录的社会学价值。

《单位》消解了崇高与理想的光环，直接把人推向了充满困窘的生存环境之中，作品中散发着对日常世俗生活本身的无奈和承受，带有存在主义哲学的底蕴。生活在社会上，人必须面对关系，在种种关系编织的牢笼中被迫调整自己。单位可以说是当下人们生存环境中独特的小社会，在现存体制下，它不只是一个人工作或生产劳动的场所，而且也管着每个人的工资、提职、住房、调动、结婚、生孩子与丧葬，甚至操纵着每个人的命运。但它绝非人们想象的那种温馨处所，在日复一日的人际耗损中，它侵蚀了人的肌体与灵魂，磨掉人的青春和锐气，使人在这种生存环境的挤压下活得心力交瘁，疲惫不堪，一步一步陷入生存困境。小林作为一个有理想、有事业心的大学生，在生活中的各种实际问题如结婚后没房子、工资收入跟不上物价飞涨等面前，他逐渐意识到生活本身的沉重分量，为了解决问题他不得不谋求在单位里提级、涨工资，不得不改变从前大学生的自由脾性，向过去深恶痛绝的世俗关系下的人与事低头。小说写道：小林要想混上去，混个人样，混个副主任科员、主任科员、副处长、处长，就得从打扫卫生打开水收拾梨皮开始。而入党，是混上去的必要条件。假如小林反抗单位这种模式对他的改造，不去扫地，不去讨好管他入党的女老乔，不擦掉局长家便缸上的尿渍，不装愚守拙甚至装孙子，他就升不了职，分不到独单元的房间，就得和妻子一块儿日复一日闻着令人恶心的厕所倒涌的屎尿味。最后的结果是在单位里的"小林像换了一个人"，变成了一个规规矩矩的、毫无自我特点的小公务员。

《一地鸡毛》基本上承续该思路，继续写小林在家庭生活中所经历的精神磨砺与变化。"小林家一斤豆腐变馊了。"这是小说开头的第一句话，小说情节就始于这样一件看起来微不足道、再平常不过的日常琐事，但正是诸如此类的日常琐事组成了小林的全部生活内容：买豆腐，请保姆，孩子入托，坐班车，排队抢购大白菜，拉蜂窝煤，帮妻子调工作四处求情等。平庸琐屑如"一地鸡毛"的生活把他的理想消解殆尽，并把他塑造成了一个十分平庸知足的小市民。"一地鸡毛"这一标题形象地揭示出作者所理解的生存本相：生活就是种种无聊小事的任意集合，它以无休无止的纠缠使每个现实中的人都挣脱不得，并以巨大的销蚀性磨掉他们个性中的一切棱角，使他们在昏昏若睡的状态中丧失了精神上的自觉。

二、池莉与"烦恼三部曲"

池莉（1957— ），湖北沔阳人。高中毕业后下乡插队，当过农村小学教师。后就读于武汉大学中文系。曾在《芳草》杂志社做编辑，现为湖北武汉市文联主席、中国作家协会会员。1981年开始发表小说，有中篇小说《烦恼人生》《不谈爱情》《太阳出世》《你是一条河》《你以为你是谁》等，短篇小说《冷也好 热也好 活着就好》《白云苍狗谣》等，长篇小说《来来往往》以及散文随笔集多部。其中《烦恼人生》获得全国优秀中篇小说奖，《心比身先老》获首届鲁迅文学奖。

池莉的小说主要取材于普通百姓的平常生活，以冷静客观的笔调来描绘生活的原生状态，所以她被誉为"新写实小说"的代表作家。在池莉的笔下，生活是琐碎而充满温情的，平淡如水却又不乏命运的峰回路转；人物往往远离英雄主义的光辉，在事业爱情、婚姻家庭的凡俗里品尝着生活的酸甜苦辣。池莉以其作品语言朴实晓畅、故事真实可感和鲜明的平民风格赢得了相当大的读者群。《来来往往》《生活秀》等小说被相继搬上了荧屏或银幕，为作者带来了更为广泛的声誉。

池莉1987年发表的《烦恼人生》，是被批评家用来阐述新写实小说特征的主要文本之一。作品描写了一个普通的钢板厂工人在短短一天中经历的种种琐事。流水账似的叙述方式保持了与当下生活的同步，"零度情感"的叙事态度使文本呈现出生活的原汁原味。

小说从印家厚的儿子半夜掉下床开始写起，如同纪实片般地展现了印家厚一整天的繁忙劳碌：清晨百般不情愿地离开被窝，跟老婆拌嘴，给儿子煮牛奶，排队上厕所，挤公车，吃早点，赶渡轮，评奖金，捐款，上班下班，回家吃饭……生活紧张琐屑，又充满了无奈：一等奖金的告吹、小白菜里的青虫让印家厚窝火；徒弟雅丽的一腔深情、旧日好友的来信令印家厚怅然；四块八一两的茅台、马上就要拆迁的房子更使印家厚为难。正如小说题目所示，人生总是伴随着无穷无尽的烦恼，已婚男人印家厚早已告别年轻时的憧憬理想，生活凌乱得仿佛一地鸡毛。然而，也正是在这些林林总总的麻烦面前，方显示出亲情、友情、爱情的温馨可贵：儿子排队买凉面时的伶俐劲儿令印家厚大感欣慰，貌似聂玲的幼儿园阿姨唤起了印家厚对于初恋的美好回忆，下班后饭桌上的红烧豆腐和五香萝卜条让憔悴、絮叨的老婆可爱起来。其实，这就是平凡人的生活，柴米油盐、鸡毛蒜皮，遗憾伴随着惊喜，幸福和烦恼交织，没有轰轰烈烈和波澜壮阔，只有细碎零星的欢娱和连绵不断的烦扰。

作为新写实小说的代表作，《烦恼人生》最大的成功在于开辟了一个真实的艺术领域——人在生活中的本真状态。叙事技巧上，结束了浪漫主义的幻想诗意，摒弃了过度的形式主义与语言迷宫，在继承现实主义传统的基础上，吸收一些西方现代主义理论，直面生存本相的世俗与琐碎。小说结构紧凑，语言熨帖自然，体现出作者敏锐的生活感悟力和良好的艺术表现力。

《不谈爱情》、《太阳出世》和《烦恼人生》一起，组成了池莉抒写人生"烦恼"的三部曲。它们都以家庭为视角，不动声色地讲述了关于家庭生活中没有诗意、没有爱情、没有理想、只有烦琐家务事的烦恼故事。《不谈爱情》讲述的是外科大夫庄建非与妻子吉玲为看电视而引起的烦恼。吉玲回娘家，岳母执意要庄家父母挽回面子；庄建非则因这种事影响了出国观摩，受到了别人的排挤。作品揭示了"人人不可超脱的生存状态的缺陷"。《太阳出世》则描绘了一对年轻夫妇在婴儿诞生和养育过程中的烦恼与责任。池莉不避烦琐地诉说着作品中小人物生活的悲苦和欢乐，少有抽象的议论和哲理的思考，她的叙述态度既不是居高临下的俯视，也没有以仰视的角度使人物的生活变形，而是置身其中地体验和认同，体现了新写实小说的基本特点。

三、方方与《风景》

方方（1955— ），原名汪芳。原籍江西彭泽县，生于南京。1957年随父母迁至武汉。1978年考入武汉大学中文系。毕业后到湖北电视台任编辑，1989年调湖北省作协从事专业创作。1975年开始写诗。1982年发表小说处女作《大篷车上》。出版作品集有《大篷车上》《十八岁进行曲》《江那一岸》《一唱三叹》《行云流水》等。早先的作品以反映青年人的生活和心理为主。1987年发表的《风景》获全国优秀中篇小说奖，被批评界认为"拉开'新写实主义'序幕"。此后发表的《祖父在父亲心中》《行云流水》《桃花灿烂》《乌泥湖年谱》等一系列作品，均受好评。方方以对历史宿命、人性复杂、现世荒谬的多重理性感悟，以独特的生命哲学与生存智慧，穿行于城市市民与知识者家族之间，逼真而深刻地展示了市民们粗鄙丑陋、野蛮冷酷的生存图景和知识者悲剧性的生命形态与人格命运。

方方的市民系列小说着重描写底层人物的生存景状，刻画卑琐丑陋的病态人生。作者往往以冷峻的眼光剖析人性的弱点，探索生命的本真意义，语气中常透露着一种冷嘲和尖刻，在简洁明快、舒畅淋漓的叙述中蕴含着敏锐的洞察力和深邃的人生思考。中篇小说《风景》是方方"市民系列"小说的代表作。它以武汉著名的贫民区"河南棚子"为背景，以死者小八子的视点叙述一家十一口人真实的生活，展示这种司空见惯但又无法改变的人生"风景"。这里充满了噪声，每隔几分钟就有一趟火车"从屋檐下擦过"。而"我"一家人就"像猪狗一样"挤在一间十三平方米、又潮又湿的小棚屋里。这里的码头工人被生活所迫，不是夫妻吵架，就是父子斗殴、兄妹倾轧，或者受本能支配，毫无羞耻地去完成性的程序。其中的二哥和七哥因不满这种愚昧的生活，走进了反叛者的行列。然而结果怎样呢？二哥殉情而死，七哥却悟出了"当你把这个世界的一切连同这个世界本身都看得一钱不值时，你才会觉得自己活到这会儿才活出点滋味来"的人生哲学，从而变得冷酷无情，完全被平庸的社会所同化。小说对每段故事的叙写都集中于对生存景象的刻画，所有人物都为他们的生存境况所紧紧捆绑着，他们在生活中的任何跌爬滚打和生死忧乐，都生成于他们最基本的生存欲求与所处境遇之间的摩擦和冲突中。作品以贴近生活的真实笔触和冷峻的叙述语调，讲述了经典文本以外的生活，把严酷的现实和盘托出，让观念的升华为全部事实所消解。它写出了下层市民的生存本相，展示了民族性格的消极面和"生存竞争"的冷酷无情。

小说的叙述者被设置为一名死者，即那个夭折的小儿子。小说正文前引波特莱尔的诗句作为题词"在浩漫的生存布景后面，在深渊最黑暗的所在，我清楚地看见那些奇异世界"。由死者的视角来讲述生存的故事，显然是一种机智的安排，这使得作品中的生存景观看来异常的冷漠和残酷。由死者的观察所得出的结论，是生存在这个世界上的无比艰辛而凄惶："我宁静地看着我的哥哥姐姐们生活和成长。在困厄中挣扎和在彼此间殴斗。……我对他们那个世界由衷感到不寒而栗。"这生存充满了无价值的毁灭：在械斗中死去的工人被沉入江底，一个可爱的女孩突然被火车碾死，"文革"中一对夫妇在绝望中投水自杀，货车上的货箱无端落下，将人砸得脑浆四溅。生存的处境狭仄得令人透不过气来：十一口人全都拥挤在肮脏鄙陋、只有十三平方米的一间板壁房子里过活，七哥从小到大只能睡在暗湿的床底，饥饿和贫穷困扰着他们，他们的心灵也为生存挤压得异常卑琐贫瘠。如此恶劣的生存更呈现出极野蛮、残酷而无人道的景象：父亲无故地以毒打自己的子女取乐时，母亲则若无其事地坐在一旁翘着大腿剪脚皮；棚户里的床板上两个男孩粗暴地轮奸一个女孩，人的廉价的生命力全都消耗于自然本能的宣泄。在这种生存状态中看不出任何文明和理性的痕迹。死者视角或多或少地产生了"陌生化"的叙述效果，使《风景》以一种极端强化的方式为我们还原出了赤裸裸的生存本相，由于这种还原摈弃了以往意识形态内容的遮蔽，从而使得整个叙写充满了令人惊愕的新异和逼真感觉。

四、刘恒与《狗日的粮食》

刘恒（1954— ），原名刘冠军，北京人。1979年调入北京市文联，任《北京文学》编辑，现为北京作协专业作家。70年代末开始文学创作。1977年发表处女作《小石磨》。1986年发表的小说《狗日的粮食》获全国优秀短篇小说奖。著有长篇小说《黑的雪》《逍遥颂》《苍河白日梦》，中短篇小说《伏羲伏羲》《白涡》《虚证》《教育诗》等。刘恒在创作中总是侧重于把人物作为类的存在进行考察，进而对人的自然存在与社会存在的关系，以及人的发展所面临的现实障碍进行深入的探究，文风冷峻。90年代的创作如《贫嘴张大民的幸福生活》等文风有所变化。

刘恒的小说惯于营造人生悲剧。生存要素的极端缺乏造成了人性的悲剧，生存要素的充分拥有也同样会造成人性的悲剧，悲剧看来是现代人无法逃避的宿命。《伏羲伏羲》是一个欲望悲剧；《虚证》是一个性障碍患者的心理悲剧；《力气》是旺盛的生命力个体在时代衍变中的个性悲剧；《黑的雪》是一个心理无法沟通的孤独者的悲剧；而《狗日的粮食》是一个食本能导致人性退化的悲剧。

《狗日的粮食》以十分冷静的笔触叙写一个在特殊年代里发生的有关粮食的故事，亦表现出了人的欲望与现实生活的矛盾冲突，以人物灵魂的骚动展示人性的本相。民以食为天，吃是人的最基本的生物本能，粮食也就必然地成了人生存的最基本的需求和条件。小说从"粮食"这一基本的生存需要入手，用它观照杨天宽一家所走过的单调而又艰难的生活道路。杨天宽用两百斤谷子买来媳妇瘿袋（曹杏花），而后生育了6个用粮食命名的儿女。但他们的生活却始终与饥饿相伴。曹杏花为一家人的粮食费尽心机，直至从牲口粪中找玉米粒儿、偷一切可偷的食物充饥。但这个逞强了一辈子的女人最后却因丢了购粮证而寻了短见。这篇小说一方面反映了人因粮食的匮乏而产生的生物性的退化，道出了作者对人性的深刻理解；另一方面，由于作品所表现的这种退化是发生在一定的社会历史关系和环境之中的，因此就使得小说在表现人的生物本能的同时，也包含了丰富的社会性内容，显示了对于造成这种退化的社会历史关系和环境的否定与批判。

第四节　新历史小说

80年代中后期以来，对"历史题材"的关注成为文坛的一个新的热点。在这些历史题材创作中，作家以现代哲学思想认识历史的新观念及其相应的话语方式对某些历史事件进行重新陈说或再度书写，致力于解构或颠覆被既往的话语赋予了特定价值和意义的历史叙事。"新历史小说"带来的是对于历史的一种新的叙述方式，而且是对于传统的历史故事的叙述方式的一种颠覆或消解。"这是对历史生存状态与方式的重新界定与阐释。这类作品，就其表层特征而言，所写内容主要是为传统的历史小说创作所忽略、所遗漏、所回避的现代历史生活；就其深层特征而言，主要是在探求历史进程和人物命运中摈弃某些传统的历史观念,重新思索历史。"① 代表作主要有乔良的《灵旗》,莫言的《红高粱》,苏童的《妻妾成群》《米》《我的帝王生涯》,格非的《敌人》《边缘》,叶兆言的《夜泊秦淮》系列小说,刘震云的《故乡天下黄花》,刘恒的《苍河白日梦》,池莉的《预谋杀人》等。

一、乔良与《灵旗》

乔良1955年1月9日生,祖籍河南省杞县。1970年初中毕业后参加工作,1972年入伍。1983年加入中国作家协会,任空军政治部创作室创作员。主要作品有中篇小说《大冰河》《陶》《灵旗》等。其中《大冰河》获第二届解放军文艺大奖。

80年代中后期以来,新历史小说继续挖掘革命战争年代中国共产党领导的人民军队经历的艰苦卓绝的斗争,从无到有、从小到大发展成熟起来的光辉历史。这一类型的历史写作无论在题材的选择和取舍、叙事结构的谋划和搭建、思考的经纬和力度上所做的突破性的努力和所取得的成就,都是过去几十年间同类题材作品无法相比的。乔良的《灵旗》是最早正视革命历程中的低潮期和失败主题的作品。它重拾被遮掩了的历史真实,在宏大的叙事背后正视普通人的生命轨迹,探讨战争与人的关系,为读者展现了革命战争历史上鲜为人知的一幕。52年前在湘江东岸发生了一场中国革命战争史上惨不忍睹的悲剧,8万红军陷入重围,几遭灭顶之灾。作家以深邃的目光穿透历史的乌云注视着五十多年前湘江边的血色一幕,缓缓地举起了一面血红的灵旗。

作为一部为湘江之战抒写心灵悲歌的小说,《灵旗》的艺术构思是极其巧妙而独特的。作者似乎厌倦对于战争外在形态的单纯描摹,有意避开了纷繁的战争场面,也不把笔触陷入对垒的两军中,而是选择湘江岸边、包围圈之外的一个小山村,搭起一个观察和瞭望历史的"哨棚",从这里俯瞰整个湘江战役,审视历史的血色与火光。同时又通过一个与敌对双方都有瓜葛的人物青果老爹——五十多年前那场恶战的目击者兼参加者的幻觉式回想带出了这段含血粘肉的历史,以深入地窥视这场历史悲剧中灵与肉的拼搏,细致地聆听这曲历史悲歌中人性的颤音。这个浑身沾满斑斑血迹、刻着道道心灵伤痕的孤独老人联结着中国革命五十多年历史的两端,前端的历史悲剧是由革命者用流涨江河的血写成的,这血有革命队伍内错误路线的戕害而付出的惨重代价,有反动派的血腥屠杀而犯下的滔天罪恶,还有因民众愚昧助纣为虐的无谓牺牲。后端的现实谬误则是和平年代那种对人的无形的围困和"不见血"杀法,造成历史悲剧的另一种形式的重演。青果老爹的一生命运与其说是由个人的传奇经历涂写的,不如说是由这历史悲剧和现实谬误的双重合力而抛出的生命轨迹。

乔良无意于还原湘江战役,也无意于对这一巨大悲剧作功利主义的价值判断,而希望将历史作为心灵审美的过程,借此展开对战争本体的思考、对人的存在的哲学省悟。而对人的存在的意味深长的揭示是与人物形象的成功塑造分不开的。《灵旗》中的"那

---

① 雍文华:《新历史小说的历史观念》,《文艺报》1993年2月2日。

汉子"，是军事文学人物画廊中一个独特的形象，蕴含着深厚历史内涵和人性深度。此人浑身充满杂色，杂得自身就是一丛矛盾：为了心上人，他曾动摇过革命意志，但始终不曾怯懦过。他敢于口吞毒蛇，手刃仇人，为受害的红军兄弟报仇，也可以默默地为心爱的人当牛做马相守一生而不求情欲的占有。他一生似乎都在"搓洗"自己的灵魂，忏悔往昔岁月，又似乎总想透过那双阴郁的眼睛，弄懂沧桑人世中一些令人弄不懂而终于没有弄懂的东西。这种四顾茫然的沉郁形象通过作者或明或暗、似朦胧似明晰的描写，又给人物涂上了一层神秘的传奇色彩和悲哀苍凉的色调，再辅以九翠的命运线以热写冷，以冷衬热，使得人物在浓重冷峻的背景上凸显出来，复杂多面，恰为一座立体雕塑。

《灵旗》的叙事视角富有特色。作者安排了三种视角：一是隐形的全知全能的叙述视角；二是主人公青果老爹（50年前被称作"那汉子"），大部分故事叙述都受这个主人公的感知视角限制；三是小说里又有一个关于讲故事的故事，故事叙述人是二拐子，当年目睹"红军死得好惨"受了刺激，几十年来一直坐在树下同乡亲们讲故事。作者的俯瞰，是对人类命运的深沉体味；青果老爹的视角，则是作为现实人物和历史人物的对应展开小说的情节；二拐子的讲述与青果老爹的回想相互补充。三种视角交织在一起，组成离奇的意识流动的画面，其间时空的跨越和情境的跳跃变幻多端，诡谲莫测，构成独特的神秘、空灵的氛围，体现了作者对历史和人生的独特理解。

二、莫言与《红高粱》

莫言（1955—　），原名管谟业，生于山东高密。1976年参军，曾在解放军艺术学院和鲁迅文学院研究生班学习。现为中国作家协会会员。1980年开始创作。1985年以中篇小说《透明的红萝卜》引起文坛关注。1986年发表的中篇小说《红高粱》获全国优秀中篇小说奖。著有《莫言文集》五卷，长篇小说《红高粱家族》《天堂蒜薹之歌》《丰乳肥臀》《酒国》《红树林》《檀香刑》，中篇小说《透明的红萝卜》《红高粱》《牛》，短篇《拇指铐》等。莫言的创作"题材广泛，色彩斑斓，手法多变，在对现实世界的感知和表达中，融入了烙有鲜明独特个性纹章的天马行空般的主观灵性，构成了独具魅力的感觉世界和意象世界，塑造了众多神采盎然、真力弥满的人物形象"。[①] 2011年莫言凭长篇小说《蛙》获第八届茅盾文学奖。2012年10月，莫言以其"用魔幻现实主义将民间故事、历史和现代融为一体"而获得诺贝尔文学奖，是首位获得该奖的中国籍作家。

《红高粱》是莫言重要的代表作。小说中历史被主体化、心灵化甚至奇想化，以抗战为题材的传统军旅小说和有关抗战英雄的几十年根深蒂固的文学观念和价值标准被撼动。《红高粱》描绘了发生在故乡山东高密东北乡高粱地里的抗日故事，但它已不是人们传统认识上的抗日故事和战争小说。主要人物余占鳌率众奋不顾身打击日寇的同时，也在干着杀人越货草菅人命并与共产党胶高大队、国民党支队拉锯抗衡的土匪勾当。同在抗日的共、国、匪几支队伍又在或趁火打劫或背信弃义地互相利用互相攻击。小说中

---

① 潘旭澜主编：《新中国文学词典》，江苏文艺出版社1993年版，第989页。

甚至有这样的内容：共产党胶高大队伏击余占鳌的人马时国民党支队来偷袭他们双方，三方混战火并之际又出现来攻击他们的日本鬼子，三方不得不联合抗日。在这里，战争的是非曲直、正义与非正义都被莫言抛开，他从更深层的人的角度、文化的角度把握和展示战争，"反映人类的某种生存状态"（莫言语）。

强烈的生命意识充斥于整部小说，"红高粱"则被作为生命力的象征，寓意丰富，萦绕全篇，以表现自由生命意志的激情张扬、奇伟的民族魂魄和历史精神。余占鳌和戴凤莲在高粱地神圣地结合，戴凤莲在高粱地流尽最后的鲜血，罗汉大爷也是在高粱地被活活剥了皮，人与狗群在高粱地殊死争斗以图生存……莫言对带有原始野性质朴强悍的生命力、自由奔放的生命形式的张扬展露热烈赞美，甚至超越伦理道德对生命加以肯定。余占鳌为得到戴凤莲杀死无辜的单家父子，余大牙贪财好色却能够慷慨赴死……对这些违背伦理的行为，在亮丽描写的背后，作家突出的是敢爱敢恨、敢作敢为、痛快淋漓的生命活力。

《红高粱》中的"我爷爷"余占鳌和"我奶奶"戴凤莲鲜明体现了中华民族的生命活力。余占鳌本是个轿夫，因喜欢戴凤莲杀了她的麻风病的丈夫，并与之野合而成为其"丈夫"。他杀人越货野性十足却热爱幼小的生命；他与戴凤莲挚爱情深，但也与戴的丫头恋儿私会；他为了生存率众与国军、八路军拉锯争夺，但更为民族义愤同日寇殊死拼杀。善与恶、美与丑、兽性与人性矛盾地交织在这个人物身上，又化成一个声音传出：活要痛快生要潇洒！戴凤莲的形象突破了中国传统女性贤妻良母式的窠臼，她热情果敢，充满着情欲和野性，渴求人性的自由与本能的满足，在对于欲望的追求与纵情中反抗着封建礼教传统，张扬了具有反叛色彩的生命意识。贪财的父亲把她嫁给了麻风病人，敢爱敢恨的戴凤莲爱上了年轻健壮的余占鳌。为了给罗汉大爷报仇，戴凤莲把掺杂了罗汉大爷鲜血的高粱酒一饮而尽时的气概不逊于任何一个热血儿郎。这些人物展现了民间世界生命力的蓬勃张扬，对我们传统的阅读经验是一个极大的考验。正如有的评论者所说，"他由此张大了叙事世界的空间，几乎终结了以往文学叙事中'善—恶'、'道德—历史'冲突的历史诗学模式，也改造了人性中'道德'的边界和范畴，构建了他的'生命本体论'的历史诗学"。①

新历史主义小说在叙事结构上的探索是明显的，常采用时空交叉或文本空缺等方式构建情节，完全突破了传统叙事的线性结构模式和追求故事完整性的习惯。《红高粱》整体上都是第一人称"我"来叙述我爷爷、我奶奶的故事，而实际叙述中，往往又是通过小说中人物"我"父亲豆官的视角或戴凤莲视角，有时甚至是一种全知全能视角来进行。表面看这造成叙述的混乱，而实际上使小说产生了独特的多声部叙述的叙事魅力。由于"我"是叙事人，"我"的叙述和小说中人的叙述又往往产生矛盾，小说都将之悬而不决，叙述的独特性、主观性昭然若揭，小说的审美空间被大大拓展。

---

① 张清华：《叙述的极限——论莫言》，《当代作家评论》2003年第2期，第59-74页。

三、苏童与《妻妾成群》

苏童（1963— ），原名童忠贵，祖籍江苏省扬中县（今扬中市），生于苏州。1980年考入北京师范大学中文系学习。1984年大学毕业到南京艺术学院工作，1986年调入《钟山》文学期刊任编辑，后为专业作家。苏童于大学期间开始了文学写作，1983年开始有作品散见于报刊之上。1986年以后他的以"枫杨树"故乡为题材的系列小说使他成为引人注目的小说家。中篇小说《妻妾成群》以其浓郁的旧时代和旧文化色彩引人注目，被改编拍摄成电影《大红灯笼高高挂》，反响更大。先后出版有中短篇小说集《一九三四年的逃亡》《祭奠红马》《妻妾成群》《伤心的舞蹈》《妇女乐园》《红粉》等，长篇小说《米》《我的帝王生涯》《武则天》《城北地带》《河岸》和《碧奴》等。苏童小说以"大量颇有灵气的氛围、情景、想象、幻觉、意象纷呈，诗意盎然，在扑朔迷离、引人入胜的叙述中显示出创造形式的强烈欲望。多元的叙述视角，时空的自由超越，由情绪体验统摄的故事演进，构成了独特的艺术魅力"。①

《妻妾成群》是苏童重要的代表作。家道中落的富家小姐颂莲为生计所迫而辍学，于是嫁给50岁的陈佐千做第四房姨太太，随即陷入了陈府妻妾之间此起彼伏的连绵不断的你死我活的明争暗斗之中，以致颂莲很快就由得宠而失宠进而发了疯。在这个古老的封建大家庭妻妾争风的悲剧故事里，苏童却以现代意识对人、人性、生命、历史等多方面进行深入的观照，使得封建大家庭中的女性生活和女性命运这一传统的、古老的题材闪现出全新的艺术魅力，凸现出一种独特的、意义深刻的主题蕴涵。

小说使传统叙事话语在吸收了一些现代表现技巧之后重新焕发生机。尤其是把陈府妻妾四人间的争风吃醋、性饥渴中的沉沦与挣扎，刻画得凄凉哀婉；对人物的悲剧命运，如梅珊落井、颂莲由变态到疯狂等，描绘得异彩斑斓。首先，通过对陈府家庭生活尤其是妻妾之间关系纠葛的描写，小说相当深刻地揭示了女性的生存悲剧——历史的悲剧和自然的悲剧。前者主要是指文化传统和正统婚姻秩序所造成的女性的悲剧，后者主要是指在女性身上所体现出来的某种本然的人性弱点的悲剧。小说主题的独特和深刻之处，在于它着重表现了同是作为"玩物"的女人之间的生存肉搏。她们为了能在这"有钱人家"得到更多一些的欲望的满足和享受，取得优于同类的生存条件和地位，而不择手段地相互践踏和残害。生存竞争的本能，使她们往往暴露出比正统的吃人者更残忍的阴暗心理。其次，《妻妾成群》的人物塑造也获得了成功。陈府的四位太太尤其个性鲜明，如诵经念佛、虚张声势地维护自己后宫霸主地位的大太太毓如；具有大家闺秀风范，对人热情礼遇，却暗藏杀机、阴险手狠的二太太卓云；原本是倾国倾城的京剧演员，性格怪诞却不乏善良，蔑视陈府家规，敢笑敢骂，勇于追求性爱自主的三太太梅珊等。再次，《妻妾成群》显示了作家结构故事的讲述技巧；在与某些现代表现手法相融合之后，传统叙事话语得以重新焕发生机。它在叙事上不同于那些以"叙述冒险"的实验为特征的

---

① 潘旭澜主编：《新中国文学词典》，江苏文艺出版社1993年版，第550页。

形式主义文本，而是突出了小说的传统优势——故事性。但它所讲述的故事，又并不符合传统小说关于故事情节展开的叙事规定。比如在小说中，局部性的"时间"的提示是非常明确的，几乎每一个情节段落开始时，都会有诸如"这天""第二天""后来""以后""秋天""天已寒秋"等明晰的自然时间标志和提示；同时，每一具体细节也都是符合人们的现实经验、符合生活逻辑的。但这些时间提示，除了某些紧密衔接的相邻语段外，其他大都没有延展情节、连贯事件的确定性的所指意义，就是说，故事整体的发展，并不是按照那些时间提示语词的所指而演进，不是遵从自然时序而运行的，而是带有随机转换性和跳跃性，使传统叙事话语闪现出新的生机和活力。

第五节 女性小说

新时期伊始，女性文学开始复苏并很快成长。80年代前期的女作家是在"花木兰式的境遇"中力图以超越性别的身份写作，张洁的《爱，是不能忘记的》《方舟》，张辛欣的《在同一地平线上》《我在哪儿错过了你》等作品中较早地反映了女性意识的觉醒，大胆反叛男权社会强加给女性的性别定位和角色安排，力争与男性站在同一地平线上而不甘于充当男性的傀儡和附庸。80年代后期以来的女作家们则以鲜明的女性身份来表达属于女性的独特经验、感受和思考。王安忆、铁凝等一批女作家站在女性的立场上，来透视父权制历史中女性生存的真实境遇，对被剥夺了话语权的女性命运提出了尖锐的质疑与挑战。在对于人性觉醒和性别复苏的艺术表现中，女性自身性爱欲求的描写上升为一个重要的文学主题。王安忆的《小城之恋》、《荒山之恋》、《锦绣谷之恋》和《岗上的世纪》，以及铁凝的《麦秸垛》、《棉花垛》等都是颇具代表性的作品。

一、张洁与《方舟》

张洁（1937—2022），生于北京。1979年加入中国作协，同年发表的短篇小说《爱，是不能忘记的》触及爱情与伦理道德的关系这一敏感问题，引起文坛的大反响。现为专业作家。主要作品有《从森林里来的孩子》《有一个青年》《谁生活的最美好》《方舟》《七巧板》《祖母绿》等。其长篇小说《沉重的翅膀》获第二届茅盾文学奖，是反映改革的代表作品；长篇小说《无字》2002年获第二届老舍文学奖、第六届茅盾文学奖。作为一位女性体验丰富、女性意识自觉的作家，从《爱，是不能忘记的》到《无字》，张洁一方面解构了对理想男性的幻想，表现了对男权中心文化价值观念的否弃，另一方面也展现了女性对爱情价值、社会价值和生命价值从朦胧到理性思考的心路历程。

在《方舟》的写作中，张洁已从《爱，是不能忘记的》的理想爱情走入了女性严峻的生存现实。"方舟"具有双重象征意义。一方面，作品展示了三位知识女性在工作、事业上的相互帮扶与不懈奋斗；另一方面，在男权社会的价值评判标准与性别歧视的环境围困之中，三位女性之间患难与共的姐妹情谊，才是她们精神的避难所与喘息地。小说中的三位女性的婚姻是不幸的,但使她们"格外不幸"的,却因为她们是女人。荆华、梁倩和柳泉遇到的种种艰难与挫折的原因,不是由于她们的能力低下或不合时宜,而仅仅由于她们是独身女人,并且是拥有独立的人格与尊严的女人。"方舟"的意象既象征着被庇护、被救赎,同时也意味着一种飘无定所的漂泊感。小说带有浓厚的主观色彩,作家以密集的内心独白和议论的方式,表现了作为现代知识女性的主人公在人生道路上追求的焦灼、孤独与悲凉感受。在作者的笔下,《方舟》中的男性展现出群体性的卑俗与拙劣,因他们所带来的工作上的阻碍、事业上的打击、精神上的围困,使三位独身女性必须面对难以摆脱、难以逃避的环境,而《方舟》所要展示的正是知识女性生存境遇的困顿。

在实现女性价值的奋斗与抗争中,三位女性又陷入了新的异化状态中,即使她们在各自的岗位上依靠个人艰苦不懈的努力,取得了不同程度的成功,但同时又难免出现了一种新的压抑,即为了实现新的人生价值目标,她们不得不重新压抑自我天性中的一部分自由,包括作为女性的自然欲望的需求,这样,她们就如在小说《方舟》里所描写的那样,一个个都显得那样孤独、雄化,甚至都不同程度体现出某种变态心理。比如,她们都有点歇斯底里;在她们身上看不到女性特有的温柔优美。作家和主人公一样都陷入了两难的境地,认知了女性现实生存状态的缺陷:旧有桎梏还没有完全清除,又陷入了新的异化困境。《方舟》没有回避现实生活中这样一种女性处境的严峻性,它用文学的方式表现了当代知识女性所面临的新旧困境与希望并存的生存状态。

小说在叙述结构和叙述方式都有着鲜明特色。作者善于将人物放在理想与现实的冲突交点之上,把多种情感交织在一起,支撑或撕扯着人物的内心,使心理描写富于戏剧性和抒情意味。为了直接切入人物心理,作品的叙述改变了通常的固定视点,每一个章节大体由一个人物视角叙述,人物视角的交叉变化使每个主要人物都能直接表露自己的感情。大量的内心独白、频繁的随感式议论,使叙事、抒情与议论达到了和谐与统一。

《方舟》是一篇真正具有中国特色女性意识的作品。它不但是张洁创作历程的转折点,而且也是20世纪下半叶中国女性文学创作主体女性观念的转折点。在20世纪前半叶的女性文学创作中,"人"的意识并没有进一步发展为明确的性别体认,而是被激烈的革命政治思潮彻底隔绝,而历史又一次地从"人"到"女人"的观念上的突围,正是从《方舟》开始的。

二、王安忆与"三恋"

王安忆(1954—),生于南京,次年随母亲茹志鹃迁至上海读小学,初中毕业后赴安徽淮北农村插队,后调地区文工团工作,1978年回上海,任《儿童时代》编辑。1978年发表处女作短篇小说《平原上》。现为中国作家协会会员、上海市作家协会主席。已出版《王安忆自选集》六卷,长篇小说《黄河故道人》《69届初中生》《流水三十章》《富萍》《上种红菱下种藕》,中短篇小说《小鲍庄》《尾声》《我爱比尔》《隐居的时代》《忧伤的年代》《三恋》《妹头》等。曾多次获得全国各类优秀小说奖,如《本次列车终点》获第一届全国短篇小说奖，《流逝》《小鲍庄》获全国中篇小说奖，《长恨歌》获第五届茅盾文学奖等。

新时期伊始女性文学作品表露出鲜明的女性意识，但更多是关心女人作为"人"的价值意义。80年代中期以来，女性写作对于传统的女性禁忌展开了全方位的进攻与颠覆，王安忆首当其冲，是新时期第一个大胆涉笔"性爱"禁忌的女作家。她的"三恋"（《荒山之恋》《小城之恋》《锦绣谷之恋》）、《岗上的世纪》等作品的主旨直接指向男女性爱生活，抒写女性性爱体验，探索性在爱情、友情间的地位和力量，消解神圣叙事，颠覆男性中心的性观念。尽管80年代的中国已过了谈"性"色变的时代，但是"三恋"的出现却令许多人瞠目结舌。它以率先"解放女性的自然本能，还女性的自然本能以生命的意义"的勇气而撼动文坛，并奠定了王安忆在女性文学发展中的重要地位。

《小城之恋》首先对女性性禁忌提出挑战。作品揭示了处于成长发育期的女性所受到的来自"自然的本能"和来自文明社会的道德禁忌双重压力下身心分裂的痛苦，把女性放在人性困境中来展示女性的生理与文化的矛盾冲突，打破了所谓"金童玉女"的古典神话。作者从性爱这个角度，显示出女性作为生理上的女人与文化中的女人既相重叠又相抵触的矛盾状态。《小城之恋》的女主人公"她"，不漂亮，又显得有些笨拙、憨厚，但她在遭遇性爱过程中所体味到的心理感受，却并不比任何人逊色。情窦初开的女性意识，异性相吸的朦胧神秘，为了吸引对方的自我折磨，彼此佯装仇视的谩骂宣泄，"他们并不懂得什么叫爱情，只知道互相无法克制的需要"。她终于偷情了，堕入情欲的深渊，日复一日纵欲偷欢，感到"出奇的幸福"，但随之而来的是深深的罪孽感，但"这罪孽是那样有趣，那样吸引人，不可抗拒"。在欲望与罪感的激战中，她几乎不能承载了，直到腹中孕育了生命，才"扑灭"了"她心中那一团情欲的火焰"，归于平静。小说的结尾，女主人公最终在母性的皈依中，升华了自己曾经堕落的灵魂，圣化了自己，达到了对男人、对本我的超越。这充分表明了王安忆对性爱之于女性人生重要性的一种深刻理解。

《荒山之恋》中作者显然强化了人的生命本能欲望情欲的冲动。作品主要写了两个女人："她"与"金谷巷女孩"。她们一个忍辱负重，用圣母一般的爱心对待着大提琴手的背叛；一个为大提琴手而殉情。王安忆以其深邃的女性之笔对女性的性爱心理进行了刻画："女人爱男人，并不是为了那男人本身的价值，而往往只是为了自己的爱情理想。""她"和"金谷巷女孩"分别代表了父权制下的两种女性："她"代表着有理有序社会中规范性的妻子角色，代表着牺牲、奉献、宽容、忠诚；而"金谷巷女孩"则是另一种女性形象的代表，代表了一种欲望主体，她不安于现状，"鄙薄文化习俗，在两性关系的各种周旋中玩乐人生，聪明地驾驭男人"。但对于"金谷巷女孩"来说，曾与她"仅打了个平手"的高大壮实的丈夫证实不了她的价值，填满不了她心灵的欲望，结果在与大提琴手逢场作戏中她弄假成真，她跌入欲海深渊，生命欲念的冲动之火湮没母性、妻性等一切伦理亲情，燃烧在荒山之上。结果，有理有序的规范性妻子角色在无理无序的欲望角色的进攻面前败北、退隐。尽管温柔、宽容的妻子希望自己的忍辱负重和家庭的温暖能召回大提琴手,但最终还是无可奈何地听任他一次又一次投向金谷巷女孩的怀抱。

《锦绣谷之恋》也显示了王安忆采用女性视角和女性立场自觉的写作姿态。平静的毫无激情的家庭生活、刻板麻木的丈夫,使女编辑失去了自己的女性性别意识,她无端地烦躁、发脾气、使性子。庐山笔会的邂逅使她同一位作家展开了一场虚无缥缈的爱情,从而使她的女性性意识、生命意识重新觉醒,她发现"她的肉体是这样的美丽,她的青春是那样的美好,做一个女人是那样的幸福"。于是她大胆地冲破原有角色的规定性,听从自己内心的欲求,在与男作家若有若无、似真似幻的恋爱中,她重新建构了女性自我意识和女性自我。然而五天之后,一切又恢复老样子,她重归生活的原有轨道,再次成为理性规范中的妻子,一个因为对现状极为烦躁不满而失去女人宁静美丽的本性的妻子。

"三恋"改变了既往男性欲望书写的历史,首次将女性性爱的生命活动和强烈欲望原生态地呈现在读者面前,突破了女性性意识的禁区,展示了性爱在人类经验里所具有的神秘深度,它"标示着一种女性叙事视点的转折——女性对自我的认识开始由第一阶段女性主义叙事中对外部处境、命运的关心探索位移到从人性(生命本体与文化造就)意义上对女性灵魂的深层叩问——一种女性本体觉醒所必不可少的内省意识"。①

三、铁凝与"三垛"

铁凝(1957—),生于北京。1975年于保定高中毕业后到河北农村插队,1979年回保定,在保定地区文联《花山》编辑部任小说编辑。1996年开始担任河北省作协主席,2006年当选为中国作家协会主席。自1975年开始发表作品。1982年发表的短篇小说《哦,香雪》获当年全国优秀短篇小说奖。同年,中篇小说《没有纽扣的红衬衫》获全国优秀中篇小说奖。中篇小说《永远有多远》获第二届鲁迅文学奖和首届老舍文学奖等。

铁凝早期作品描写生活中普通的人与事,特别是细腻地描写人物的内心,从中反映人们的理想与追求、矛盾与痛苦,风格柔婉清新。《哦,香雪》描写一个农村少女香雪,在火车站用一篮鸡蛋向一个女大学生换来一只渴望已久的铅笔盒,表现了农村少女的纯朴可亲和对现代文明的向往;《没有纽扣的红衬衫》则真实描写一个少女复杂矛盾的内心世界和纯真美好的品格。而其首部长篇小说《玫瑰门》,一改以往的诗意境界,透过几代女人生存竞争间的较量厮杀,彻底撕开了生活中丑陋和血污的一面。20世纪90年代末推出的《大浴女》执著于对女性命运、女性自我的质询、探索,在文坛引起较大反响。

铁凝最先勘测女性生命奥秘的作品是《麦秸垛》《棉花垛》等具有寻根余韵的小说。《麦秸垛》着重叙述发生在麦秸垛下的不同年代、不同人物之间的一系列性爱与婚姻的悲剧故事,展现了两代女性类似的性态度与性行为。大芝娘是一个具有"杂色"性格的村妇,在她身上投射着社会的、历史的、文化的阴影。她被胜利后当了干部的丈夫遗弃

---

① 王宇:《主体性建构:对近20年女性主义叙事的一种理解》,《小说评论》2000年第6期,第4—9页。

后,又追上他表示"不能白做一回媳妇",像"滚落一棵瓷实的大白菜似的"生下女儿,母性的行为在这里成了作为第二性的女人自我实现和价值认定的唯一可能。女儿被死神夺走后,那个放在被窝里磨得发亮的枕头,伴随她度过无数漫长而又孤寂的长夜。如果说大芝娘的命运是特定时代和文化造成的,那么知识青年沈小凤并没有因为时代和文化风尚的变化从本质上拒绝重演上一代妇女命运的悲剧,她的形象体现着古老的妇女性态度和性行为的轮回。沈小凤同样以母性行为的渴求作为证明自己性经历成果的通道,以此挽救与陆野明短暂又迷茫的爱情,也使她人生仅有的一次处女代价的付出不被贬值和落空。小说中的"麦秸垛"不是简单的自然风景的点缀,作者把麦秸垛这种北方农村里最普通的景观与无处不在的女性生命欲望、世代传承的民族文化历史心理结构联系在一起考察,使之成为女性生命悲剧的见证,成为包含着种种隐秘的传统重负的象征体。

《棉花垛》则摒弃了从传统认识论角度对女性世界所作的政治、社会、道德的评判,直接在本体论的范围里,以性生活为视角触及女性历史重负和因生活贫困、文化荒芜、意识蒙昧落后所造成的女性悲剧的双重主题。小说通过对米子、小臭子、乔三个女人的生命状态、生命体验及生命欲望的客观讲述,展示了女人生存的原初模样,揭示出这三个农村女人对男性世界的依附心理和不可逆转的命运悲剧。米子理直气壮地出卖色相,钻看花人的窝棚挣棉花。在这里,性爱已异化为一种获得必要生活资料的手段,一种为生存而委身于男子的有悖人性的变相卖淫。血与火的全民族抗战的时代洪流并没有冲淡这种女性悲剧的宿命,乔和小臭子在抗日的时空背景下仍然演绎着自然人的一种永恒的关系——男人和女人。在抗日战争这种特殊的残酷背景下,小臭子没有像她的母亲米子靠钻窝棚出卖肉体挣棉花,她和娶了媳妇的秋贵"淫乱",根本没考虑到秋贵的汉奸身份,选秋贵做情人是因为秋贵能满足她,能为她买葱绿毛布大褂。小臭子介入抗日不是源于理性的自觉选择,但毕竟在抗日干部乔和国的授意下以出卖肉体为抗日索取情报,而且也以此为荣;但面对考验时,小臭子为了保全秋贵的性命而出卖了乔,乔被日本兵轮奸后遇害。在民族大义与个人利益的权衡中,小臭子选择了作为衣食父母而身心依附的秋贵,成为民族的罪人。她理应受到惩罚,但她的"下场"令人深思:她在跟随国去县抗日敌工部受审的途中被国占有,而后在情意绵绵的幻觉中被国枪杀。小臭子被唾为淫荡女人和民族败类,国则成为功臣。铁凝以女性敏锐的洞察力超越了时代社会和政治层面,揭示出男权文化意识形态中女性无法摆脱的被塑造、被物化、被践踏、被牺牲的悲剧宿命。

《青草垛》写于1995年12月。小说用了一种超现实主义的荒诞手法写一个小山村茯苓庄里,一个在车祸中失去了肉体而灵魂获得自由的农村青年变成了一个有思想的"空人"后游荡中的所见所闻。在这个表面叙述饶有趣味的故事中,潜隐着的是作者对商业化时代男性世界中女人沦为物、沦为性、沦为工具的生命悲剧的现代文明的严峻质询。商业社会的残酷击碎了十三荃天真的梦想,也剥夺了她作为一个女人的尊严和信心,她的情感世界被抽空,她学会了跳脱衣舞,逐步变成了靠与男人"办事"挣钱的"小黄米"。卖淫的畸形生活彻底摧毁了她的人生,使她最终沦落为动物一样的人,成为只有吃的本能的行尸走肉，胖得像座山。作者直面当代并不完美的生活中女性再次沦为商品经济的牺牲品的现实，令人沉痛的是受男权文化的精神污染的"小黄米""小姐们"竟重复了米子、小臭子的古老职业，再一次心甘情愿地交出自己的身体，不可避免地成为商业化社会的物化对象。

"三垛"以农村日常生活中最平淡无奇的景物麦秸、棉花、青草作为故事的切入点，"三垛"中的女性与这些富有象征意味的"垛"的意象密不可分："三垛"既是女主人公们永远也躲不开的生存依赖，是她们与现实物质境遇永远无法分割的纽带，也是在一种滞缓恒久的巨大文化背景中，不同的女性走马灯似的上演着同一悲剧剧目的历史见证。铁凝以强烈的女性自审意识揭示了"三垛"中女性悲剧的根源：一方面她们都受制于传统文化环境和封建残余的社会认同，一方面源于自身传统的历史惰性和对男性身心依附的局限，从而使女性永远摆脱不了某种悲剧命运。

拓展阅读：
1. 刘思谦：《关于中国女性文学》，《文学评论》1993 年第 2 期。
2. 张清华：《从启蒙主义到存在主义——当代中国先锋思潮论》，《中国社会科学》1997 年第 6 期。
3. 邢建昌、鲁文忠：《先锋浪潮中的余华》，华夏出版社 2000 年版。
4. 贺绍俊：《铁凝评传》，郑州大学出版社 2005 年版。
5. 乔以钢：《中国当代女性文学的文化探析》，北京大学出版社 2006 年版。
6. 残雪：《残雪文学观》，广西师范大学出版社 2007 年版。
7. 吴锡民：《接受与阐释：意识流小说诗学在中国 1979—1989》，中国社会科学出版社 2008 年版。
8. 张学昕：《南方想象的诗学：论苏童的当代唯美写作》，复旦大学出版社 2009 年版。
9. 黄健：《穿越传统的历史想象：关于新历史小说精神的文化阐释》，暨南大学出版社 2010 年版。
10. 温奉桥：《王蒙文艺思想论稿》，齐鲁书社 2012 年版。
11. 苏童、王宏图：《南方的诗学：苏童、王宏图对谈录》，漓江出版社 2014 年版。
12. 张闳、谢有顺：《莫言论》，作家出版社 2021 年版。
13. 张清华：《幻变的蝴蝶：先锋之后的文学景观》，中国书籍出版社 2021 年版。

问题与思考：
1. 王蒙对东方意识流小说的探索。
2. 1980 年代先锋小说的基本特征与文学史意义。
3. 余华创作从先锋到世俗的发展过程。
4. 残雪"审丑"的途径与实质。
5. 新写实小说的审美特征。
6. 新历史小说的思想内涵与话语模式。
7. 苏童小说的南方特征。
8. 莫言小说的母题及其表现形式。
9. 新时期以来女性小说的嬗变。
10. 王安忆小说创作中女性形象的演变。

第十七章 散文创作

第一节 概 述

"文革"结束后，社会主义文学发展进入新时期，新时期的散文创作同其他文学文体一样，迎来了创作的春天。报告文学繁荣，杂文发展迅速，抒情散文和叙事散文呈现出新貌，散文虽然没有小说"轰动"，但它以自己独有的节奏与色彩，推进着文学发展的进程。80年代散文创作出现了老中青三代作家共同耕耘的场景。以冰心、巴金、孙犁、汪曾祺、杨绛等为代表的老一辈作家引人注目，老年散文成为文坛一道独特的风景。中青年作家成为80年代散文创作的主力，以宗璞、姜德明等为代表的中年或近于中年的散文作家，在承继与超越中实现着散文审美的调整。而以贾平凹、韩少功、赵丽宏、王英琦等为代表的一批50年代后出生的青年作家，创作活跃。此外，以曹明华为代表的一批生于60年代、长于70年代的更年轻的"新生代"散文作家，也以独特的风格成为80年代散文的"新星"。这一时期的散文发展可以1985年为界分为两个阶段。

第一阶段（1978—1985），首先是出现了大量的"忆悼散文"，如巴金的《怀念萧珊》、楼适夷的《痛悼傅雷》、宗璞的《哭小弟》、韦君宜的《当代人的悲剧——悼杨述》、郭风的《致亡妇》等。人们深深怀念那些被迫害而死的亲人和朋友，凝重的哀思与真情的回忆、对极"左"政治的揭露和控诉，使作品具有感人肺腑的力量，也开启了"伤痕文学"的创作潮流。这些散文，如袁鹰所言："以高亢苍凉的旋律，悲壮深沉的色彩和朴素无华的风格，为我国70年代后期的散文谱写了第一个乐章。它们将以表达一个历史年代的人民的心声和开拓一代文风而在现代文学史上占有一个鲜明、突出的位置。"① 随后，与小说中的"伤痕文学""反思文学"相呼应，新时期散文创作开始了对历史"伤痕"的表现和对历史悲剧的反思。如巴金的《随想录》、丁玲的《"牛棚"小品》、孙犁的《秀露集》、杨绛的《干校六记》、萧乾的《"文革"杂忆》等。作者在抚慰动乱岁月的心灵伤痕之时，思索历史悲剧的原因，显示出强烈的悲剧感和使命感。当改革开放的历史变化到来时，一些散文作家又迅速用笔作出反应，写出了礼赞时代精神、表现当代生活的作品。如邓友梅的《说说家乡平原》表现了新时期农村的变化，刘真的

---

① 袁鹰：《中国新文艺大系（1976—1982）·散文集·导言》，中国文联出版公司1984年版，第2页。

《望截流》描绘了葛洲坝电站截流的场景，赵丽宏《你早，年轻的上海》记录了上海重获新生的新貌，铁凝的《洗桃花水的时节》对时代精神和社会世相进行了展示。20世纪80年代初，还开始出现文化散文，如汪曾祺的老北京散文等。

第二阶段（1985—1989），此期散文开始受到人们的注目，迎来了世纪末的繁荣。老作家笔耕不辍，晚年巴金、孙犁的散文创作仍在继续。而文化散文在此期开始走向兴盛，一批散文作家的文化意识觉醒，他们或着眼于乡土，或走进风俗传说及历史文化，对民族的文化精神和心理进行发掘，出现了贾平凹的《秦腔》《商州三录》等秦川文化散文，王英琦的《不该遗忘的废墟》等遗址文化散文，韩少功的《文学的根》等具有文艺理论色彩的文化散文。余秋雨在80年代末也开始了历史文化散文的创作。另外，女作家的散文创作在20世纪80年代显示出强劲的势头，女性散文在此期走向活跃。张洁、斯妤、梅洁、苏叶、王英琦、唐敏、叶梦、韩小蕙等人灿若星空，她们以不凡的创作实力对社会、人生进行独特的观察，对生命进行独特的感悟，共同绘就了姿态万千的女性散文风景。

这一时期的游记、传记、杂文的创作也取得了明显的成绩。游记方面，随着旅游的迅速发展，有施蛰存的《在福建游山玩水》、汪曾祺的《天山行色》、冯牧的《瀑布之歌》等；还有一些作家写作了不少外国游记，如巴金的《访法散记》、徐迟的《德国，一个春天的旅行》、冯亦代的《漫步纽约》等。传记文学方面，出版了一百多部传记文学作品，数量多，质量也高，具有较强的艺术感染力和影响力，其中《徐悲鸿的一生》（廖静文）、《超越自我》（陈祖德）和北京十月文艺出版社出版的中国现代作家传记丛书共十本是代表。杂文方面，由沉寂走向复兴，杂文专栏及专门的杂文报刊得到恢复或创办，关于如何繁荣杂文创作的理论探讨也得以进行，创作队伍空前壮大，新老作家齐上阵，参与拨乱反正，抨击不正之风，批判陋习时弊，出现了一些杂文精品，秦牧的《鬣狗的风格》、邵燕祥的《忧乐百篇》、廖沫沙的《回到马克思主义》是其中的代表。

20世纪80年代的散文创作有自身的特色与价值。它一方面体现在对真实与真诚的散文精神品格的追求上。散文评论家林非曾说："一个散文创作的新时期已经来到了，它最为突出的标志就是追求着尽量地达到'真'。"① 80年代的散文去除了过去虚假矫情的流弊，散文作家根据自己的亲历，真实地反映社会生活、人事物景，作品多情真意切；另一方面，散文作家显现出散文文体意识的自觉。进入80年代，散文作家开始打破"形散神不散"的旧有范式，注意按照散文文体的规律进行审美性的创作，作品的视域得到了拓展。散文作者既关注重要的人物事件，又更多地叙写日常生活场景或作者个人的故事；既观照外在的生活，又"向内转"，表现人物丰富的心灵世界。至80年代中期以后，刘烨园、赵玫等还主张散文"文体革命"，自觉对文体新质进行探索变革，他们将主体潜意识与现代哲思引进散文，扩大和丰富了散文创作的艺术空间。

---

① 林非：《新时期优秀散文精选·序言》，载廉正祥选编《新时期优秀散文精选》，四川文艺出版社1991年版，第1页。

第二节 抒情性散文

20世纪五六十年代，抒情散文成了散文的中心，抒情性成了散文的突出标志，杨朔、刘白羽更是将散文的抒情性推向了极点。"文革"以后，一些作家对此发出质疑，巴金针对抒情散文过去的抒假情、过度抒情与技巧化，强调散文创作要"讲真话""无技巧"。孙犁批评说："本来中国的散文，是多种多样的。历代大作家的文集，除去韵文，就都是散文。现在只承认一种所谓抒情散文，其余都被看作杂文，不被重视。哪里有那么多情抒呢？"① 汪曾祺也说："二三十年来的散文的一个特点，是过分重视抒情。似乎散文可以分为两大类：抒情散文和非抒情散文。即便是非抒情散文中，也多少要有点抒情成分，似乎非如此即不足以称散文。"② 80年代的抒情散文有意突破杨朔、刘白羽式的写作模式，广泛选材，内容切实，语言本色，摒弃滥情主义，自然抒情，抒真情。

一、巴金的《随想录》

巴金（1904—2005），原名李尧棠，四川成都人，曾任中国作家协会主席。巴金新时期的创作成就集中体现在《随想录》上。《随想录》共150篇散文，写作始于1978年12月，止于1986年8月，单篇作品曾发表于香港《大公报》等报刊。作者以时间为序将其编为《随想录》《探索集》《真话集》《病中集》《无题集》五集，以《随想录》作为总题。《随想录》是巴金叩问、探索、总结历史之旅与人生心路的实录，是一生的总结和收支总账，它以其深厚的思想文化内容和独特的文体意义，成为新时期乃至当代最为重要的散文创作成果之一。有人认为《随想录》在巴金数十年的创作历程中，是"最重要、最有价值的巨著"，是巴金"以散文形式在自己的文学道路上竖起的一座丰碑"。③

《随想录》深刻的思想文化内容，集中表现为作家的批判精神。历经十年"文革"炼狱磨难的巴金，基于一种历史责任感说："我就有责任揭穿那一场惊心动魄的大骗局，不让子孙后代再遭灾受难。"④ 他从自己的亲身经验出发，同时也是择取真实而典型的材料对"文革"进行反思和批判，使之成为《随想录》的一个中心主题。《"腹地"》将"新文字狱"的制造展现给读者，具体地揭露了专制主义对人性人格的践踏。《小狗包弟》着重描写通人性的小狗"包弟"，写出了狗非人，却通人性，人非狗，而竟有不如狗者，将"文革"期间人性良知的泯灭暴露无遗，视角独特，具有超越同类题材作品的批判力度。《多印几本西方文学名著》呼吁多印几本西方文学名著，批判"文革"期间的禁书、焚书的愚民做法。《随想录》对"文革"的反思和批判并不只是作为一位亲历

---

① 孙犁：《读一篇散文》，载《孙犁全集》第6卷，人民文学出版社2004年版，第41页。
② 汪曾祺：《蒲桥集·自序》，载《汪曾祺全集》第4卷，北京师范大学出版社1998年版，第273页。
③ 李存光：《巴金〈随想录·五集笔谈〉》，《文艺报》1986年9月27日。
④ 巴金：《随想录·合订本新记》，载《巴金全集》第16卷，人民文学出版社1991年版，第6页。

者发出对"文革"的揭露和控诉,作者还从社会思想文化的深层探究"文革"发生的根由。巴金认为正是封建主义的余毒导致了"文革"劫难:"我常常这样想:我们不能单怪林彪,单怪'四人帮',我们也得责备自己!我们自己'吃'那一套封建货色,林彪和'四人帮'贩卖它们才会生意兴隆。不然,怎么随便一纸'勒令'就能使人家破人亡呢?不然怎么在某一个时期我们会一天几次高声'敬祝'林彪和江青'身体永远健康'呢?……封建毒素并不是林彪和'四人帮'带来的,也不曾让他们完全带走。"(《随想录·一颗桃核的喜剧》)因此他疾呼"还是要大反封建主义"(《无题集·衙内》)。巴金对"文革"的反思和批判还表现在他大声疾呼建立"文革"博物馆:"最好建立一个'博物馆',一个'文革'博物馆。"(《无题集·纪念》)他希望人们不要将这场"浩劫"看作"遥远的梦"而加以忘却:"建立'文革'博物馆是一件非常必要的事,唯有不忘'过去',才能做'未来'的主人。""建立'文革'博物馆,这不是某一个人的事情,我们谁都有责任让子子孙孙,世世代代牢记十年惨痛的教训。"(《无题集·"文革"博物馆》)在对历史与人生作出深刻的检视与理性的反思之时,巴金还严于责己,无情地解剖自我,具有强烈的自我批判精神:"我写作,也就是在挖掘,挖掘自己的灵魂。"(《真话集·〈随想录〉日译本序》)他将自己在"文革"中所特有的隐秘心态全盘端出,无情地、真诚地将自己的灵魂作无掩饰的展示与剖析,进行自我审判。"不能保护一条小狗,我感到羞耻;为了想保全自己,我把包弟送到解剖桌上,我瞧不起自己,我不能原谅自己!"(《探索集·小狗包弟》)"我还要在这里向路翎同志道歉。……我当初评《洼地上的'战役'》并无伤害作者的心思,可是运动一升级,我的文章也升了级。"(《无题集·怀念胡风》)这些都表明了巴金作为一个正直作家所具有的高尚人格风范和知识分子的良知良心,这种深刻的自审,在当代文坛,无人能及。巴金的彻底自审,实际也是在审视民族的灵魂,解剖时代、社会和一代知识分子的心灵。巴金的"忏悔"不是宗教意义上的"忏悔",而是以现时态的文化观念作为参照,将个人的内省与民族的反思结合,将个人批判与社会批判结合,他的自审自省具有更为深刻而丰厚的思想文化意义。因此,《随想录》是一部表现"文革"时代知识分子心灵轨迹的史册,具有重要的思想文化史的价值。

《随想录》同时具有独特的艺术价值。《随想录》是作者真诚的人格与真实的文格化合的产物。巴金用自己的脑子思考,在《随想录》中奉行和倡导"讲真话",他曾说真话就是"自己想什么就讲什么,自己怎么想就怎么说——这就是真话"(《说真话集·说真话之四》),"讲出了真话,我可以心安理得地离开人世了。可以说,这五卷书就是用真话建立起来的揭露'文革'的'博物馆'吧"(《随想录·合订本新记》)。《随想录》一方面真实地反映历史与现实的原生图景以及社会的众生相,另一方面真实地烛照作者自我的内心世界,从解剖自己、批判自己做起。作者有感而发,敢于掏出自己的一颗心,其间有真人、真事、真情、真理、真货、真性灵,我们能感受到的是作者有一颗真诚的文心,《随想录》因此是一部讲真话的书,它引领散文创作由虚空伪饰走向求真务实。这种以心换心式的真诚,为80年代散文创作提供了某种可贵的借鉴的范式,它标志着散文进入一个能说真话、敢说真话的时代。正如王西彦所说：真诚在巴金"五本《随想录》里是最突出的。他是拿心与读者交换心"。①

在题材内容开拓方面，《随想录》充分展示散文文体的优势，既有对社会生活、历史场景、国际交往等大题材的摄取，更有对个人心迹的袒露、友人亲人间真情的表现、凡人俗事的叙写。在新时期，它较早地将个人生活引入了散文创作天地，写自我故事，抒自我情愫。此外《随想录》的话语方式在当代散文史上也具有某种转型意义。他的《随想录》打破将散文当作诗写的主张，或叙或议或抒情，随意运笔，不着意于技巧，不事粉饰，自然质朴，所谓无法而法，笔法灵活，挥洒自如，杂体相生，天然自成，全然不是做作之物，较好地展现了散文随意自然的审美艺术品格，实践了巴金"艺术的最高境界是真实，是自然，是无技巧"的主张（《探索集·探索集之三》）。

二、贾平凹的《商州三录》

贾平凹既是一位著名的小说家，也是一位具有创作实绩的散文家。贾平凹的散文创作始于 80 年代初，80 年代的散文有《月迹》、《爱的踪迹》、《心迹》、《人迹》和《商州三录》。其中《爱的踪迹》获 1989 年全国首届优秀散文奖。90 年代，贾平凹任《美文》杂志主编，倡导"大散文"概念与"美文"，推动着新时期散文创作的变革。贾平凹的散文创作体现了他的散文理论，形成了独特的风格。

贾平凹此期的散文创作可分为三大系列，即商州系列、城市系列和自叙系列。商州系列主要包括由《商州初录》《商州又录》《商州再录》组成的《商州三录》，自叙系列有《母亲》《哭婶娘》《我的小学》等，城市系列则有《十字街菜市》《河南巷小识》等。其中最有价值的是"商州系列"，它具有独特的地域文化内涵，是文化散文的精品。在商州系列散文中，作者把自己的视野从传统意义上的故乡扩大到陕西、关中、商州这个大背景下，"我"成为那块文化土壤的生成者和代言人。贾平凹自觉以商州的人文地理、自然风光、历史现实为创作背景，深入表现时代巨变中家乡的民情风俗、社会心理、个人命运的变迁，刻画着乡里人的性格与灵魂，既表现这块充满野情野味野趣、古老而神秘的土地的稳固性，又尽力把握着这块古老土地上历史演进的缓慢节奏。如《商州再录》作者写了 11 幅画面，这 11 幅画面给人的感觉是凝重的，生活的步伐是那样的艰难而迟缓，从文化的深度揭示了人们的生存世相，表现了商州人生命力的坚忍顽强。《黄土高原》写出了陕北高原的风土人情、社会习俗、自然景貌。写婚丧红白喜事，写"绳一般地缠起来"的路、沙质的土，写得具体跳跃，高原的开阔、山民的质朴，得到了美的展现。此外，《走三边》写三边（定边、靖边、安边）沿途的所见所闻，画出了一幅具有黄土高原地域环境色调的独特西北风景画。

商州成全了作为一个作家存在的贾平凹，他的商州系列散文，不仅充满浓厚的地域文化气息，也渗透了作家自己朴素的善恶观念和乡土情感，有着他特有的文化意识。在

---

① 王西彦：《上海部分文学艺术家谈巴金近作》，《文汇报》1986 年 9 月 29 日。

对商州这片土地进行描绘，再现一种社会和精神生活的过程中，贾平凹表达了自己对家乡文化的热爱。《五味巷》表现的是人们融合在一种和睦、宽容的气氛中，重人情及兼爱，讲信用推己及人，相濡以沫，真诚善良，具有和谐的人际关系。《商州三录》始终高扬着传统的朴素的道德评判标准，从中凸显作者的道德意识。作者常常将那些体现着传统美德的人事言行与那种道德败坏或品行不佳的人物对照起来写。比如《刘家兄弟》中老二刘加烈无恶不作，是一方害虫，而老大刘加力则学成了手艺，回来后专为四乡八村盖房搭舍，分文不取。《屠户刘川海》中，一方面描写年轻人朝气蓬勃的爱情，一方面又写到看不得年轻人谈恋爱的屠户刘川海处处给他们制造麻烦，闹出许多的笑话。当然，作者笔下所描写的那个美好的商州社会，从道德上来说还是一种传统伦理社会，它缺乏现代伦理的标尺，这种道德意识因而是苍白落后的。

　　贾平凹的许多散文还蕴涵着深刻的哲理，闪现着理智的光芒。《访梅》中只见树不见梅，领悟到"美是到处都有的，但美却常常被人疏忽了"。在《丑石》中，作者以"丑到极处，便是美到极处"，揭示了美与丑并非绝对对立的深刻哲理，体现的是一种历经沧桑的睿智与冷静，也是一种领悟人生真谛之后的冷静达观。在《一只贝》中，作者用一只曾经孕育过闪光的珍珠而今已是瓦砾般的贝壳说事，表达了这是"一只可怜的贝，也是一只可敬的贝"的生命意义追求的哲理。有哲理而不失情趣，贾平凹的散文深得美文的品质。

　　贾平凹的散文创作在艺术上较多地继承了中国古典艺术精神，形成了静虚创作观。"静"作为中国古代的哲学概念，是对内心观照宇宙万物时一种审美精神状态的描述和概括。贾平凹对此不仅心领神会，而且融入了自己的创作经验。他认为，所谓"静"，是静观自然万象，对大千世界冷静处之。所谓"虚"，即强调心之虚空，要"虚怀天下风雨"，超然于万物之外。贾平凹还将自己的居住地取名为"静虚村"，并经常把"静虚村"当作书斋名字附于文末。从这一审美心态和创作观念出发，基于对静虚境界的向往与追求，贾平凹的散文在艺术上，追求虚静闲适的审美风格。在《月迹》《静虚村记》中，他用心拥抱商州山水和商州人，展示出一种空灵的境界，形成了虚静闲适的风格。贾平凹还把自然质朴当作自己的审美理想和审美追求的目标。表现在行文章法上，是力求做到文理自然，做到文章的内在逻辑和外形结构和谐统一。贾平凹的行文突破了中国当代散文发展的"景—人—意"的模式，不拘成法，没有结构上的煞费心机，长短自如，构思谋篇完全是行云流水顺势而行，可谓文理自然，各臻其妙。在散文语言的运用上，不用豪言壮语，不取浮词艳句，而是以西安地区群众的日常生活口语为基础，兼容部分文言词汇的准确生动，进行杂糅调和，词句一般很短促，给人一种亲切之感。如"这么多年兄并不敢侈奢，只是简朴，唯恐忘了往昔困顿，也忘不了往昔，方将所得数钱尽买了书籍。所以小妹生日，兄什么也不送，仅买一套名著十册给你寄来，乞妹快活。"（《读书小妹十八生日书》）这段文字口语与文言结合，读之有亲切的谈话风。

第三节 叙事性散文

这一时期的叙事散文尽管在几代散文作家那里都有创作，但以孙犁、汪曾祺、杨绛等为代表的老一辈作家更为引人注目，他们写作的以回忆过去生活中的人和事为主要内容的叙事散文成了代表。

一、孙犁与"小说化"散文

小说家孙犁的散文创作始于 40 年代，新中国成立后，1956 年一场大病，加上社会政治运动多，他的创作渐少，所谓"十年荒于疾病，十年废于遭逢"。"文革"结束后，认为"老年人宜于写散文"的孙犁，视散文创作为最大的、最有效的消遣，进入了散文创作的旺盛期，出版了《晚华集》《秀露集》《澹定集》《尺泽集》《远道集》《老荒集》《陋巷集》《无为集》《如云集》《曲终集》等十部专集，其中后两部是 90 年代出版的散文集。

孙犁晚年的散文主要有叙事散文、杂文和文艺随笔三类。此期的叙事散文，不再像早期散文那样迅速追踪生活中各种新的变化，而是回忆往昔生活，"所写的就都是旧事、往事、琐事"。[①] 有的以回忆自己的人生经历为主，如《保定旧事》《服装的故事》《童年漫忆》等。其中《服装的故事》写自己在 1939—1945 年抗日战争期间的关于穿衣的几个故事，表现出朴素的同志情，以及"穿着这些单薄的衣服，我们奋勇向前"的精神风采。《童年漫忆》写了听德胜大伯说书的事，还记了一个"第一个借给我读《红楼梦》的人"，回顾了严酷的生活本身。《保定旧事》则既写保定城的风景，又重点叙述城中的学校生活，从中隐现出时代的变化与人物追求。有的文章以回忆亲人、战友和其他人的人生事迹为主，如《亡人逸事》、《远的怀念》及以"乡里旧闻"为总标题的一些写乡村人事的文章等。"乡里旧闻"见于《秀露集》《澹定集》《尺泽集》《远道集》《老荒集》《无为集》共 21 篇，写家乡的度饥荒、看大戏和小戏等事，写凤池叔、干巴、玉华婶、秋喜叔等人，将乡村生活和小人物移到纸上，在对真善美的赞美中，显示出纤弱敏感的人性本色。《亡人逸事》是怀念妻子的佳作，作者选择第一次见面、婚后生活中的一些琐事，从容用笔，真情溢于文字。

孙犁晚年的散文尚真，文字自然朴素，不虚伪矫饰。他认为："要有真情，要写真相。""文字、文章要自然。"[②]《亡人逸事》结尾即是一例：

> 我们结婚四十年，我有许多事情，对不起她，可以说她没有一件事情是对不起

[①] 孙犁：《近作散文的后记》，载《孙犁全集》第 5 卷，人民文学出版社 2004 年版，第 149 页。
[②] 孙犁：《孙犁散文选·序》，载《孙犁全集》第 7 卷，人民文学出版社 2004 年版，第 93 页。

我的。在夫妻的情分上，我做得很差。正因为如此，她对我们之间的恩爱，记忆很深。我在北平当小职员时，曾经买过两丈花布，直接寄至她家。临终之前，她还向我提起这一件小事，问道：

"你那时为什么把布寄到我娘家去啊？"

我说：

"为的是叫你做衣服方便呀！"

她闭上眼睛，久病的脸上，展现了一丝幸福的笑容。

孙犁晚年散文在文体上有多种探索，"耕堂散文""芸斋琐谈""乡里旧闻""耕堂读书随笔""芸斋短简"等不同名目，显现出格式体裁的多样。而最值得注意的是孙犁的散文写得像小说，大量融进小说的笔法，"以类型或典型之法去编写"，① 这构成了他晚年叙事散文的一大特色。他所写的是真人真事，而又无意识地以小说笔法出之，因而其散文呈现出小说化特征。如《女相士》这篇散文收录在"芸斋小说"的题下，所记述的主人公杨秀玉是一位女相面士，作者巧妙地运用一种仿佛是不解世事的困惑者的视角，写了女相面士过去带有传奇色彩的人生经历，特别是通过写女相面士为自己相面的灵验，将身陷可笑境地却不自知的相面士还原了出来。与此同时，作者当日的困惑与现在的清醒形成对比，丰富了叙事的内蕴，具有小说化的特点。

与早年散文相比，孙犁晚年的散文不再是荷花般的清新，而是呈现出一种苍郁清疏的意味，文笔更见凝练，思想日见深沉。孙犁晚年的散文对美的追求与捍卫虽然仍一如既往，但对美的认识更加成熟并富于深度，因而对笔下所出现的那些美好人事所倾注的情感也就更加强烈、更加沉重，在"单纯"的背后已融进了人生的种种酸甜苦辣，更多地给人以沉郁、苍凉之感。体现在《亡人逸事》《乡里旧闻》等作品中，作者回顾的虽然仍是凡人小事，然而这些作品所描写的人事都散发着深深的感伤与无奈，传达出复杂的人生况味，已不再是早期作品中的愉快与喜悦。

二、汪曾祺与《蒲桥集》

小说家汪曾祺在这一段时期，除创作小说外，还创作了一些散文，其中有不少怀人忆事的叙事散文，这些文章集中在80年代中后期和90年代，收入《蒲桥集》《塔上随笔》等。

汪曾祺的记事散文多以白描写人状物，笔墨不多但明白具体。叙旧事，谈人生经历，有着自然的韵致。如《觅我游踪五十年》，写71岁时重回昆明的事，于人生旧事中掩不住炽热的情感。《泡茶馆》写出了在西南联大读书长时间坐茶馆的生活。《跑警报》写抗日战争时期在昆明躲警报，充满了原汁原味的生活气息。汪曾祺的怀人散文，有《老舍先生》《金岳霖先生》《我的祖父祖母》等，其中特别值得一提的是一系列写沈从文先生

---

① 孙犁：《〈无为集〉后记》，载《孙犁全集》第8卷，人民文学出版社2004年版，第253页。

的散文，共有《沈从文和他的〈边城〉》《沈从文的寂寞》《沈从文先生在西南联大》《星斗其文，赤子其人》《一个爱国的作家》《沈从文转业之谜》六篇。作为沈从文最为欣赏的学生，汪曾祺在从不同角度回忆沈从文时，塑造了一个勤奋谦和、亦慈亦让、默默工作的沈从文形象，同时也品评其旧作，用一支十分节制的笔，表达出对沈从文的赞美，于朴素中见真情。

汪曾祺此期也写作了一些游记和文艺评论散文。前者如《天山行色》《湘行二记》《初识楠江溪》等，以闲笔运思，不经意间便如同见淡然的水墨画。后者如《林斤澜的矮凳桥》《晚翠文谈》等，评谈小说散文，多有自己的真知灼见。

汪曾祺被戏称为 20 世纪的最后一个"士大夫"，他的散文深受传统文化的影响。汪曾祺的叙事散文对当代散文的贡献是对散文民族化的追求。"一个作家，如果用很讲究的中国话写作，即使他吸收了外来的影响，他的作品仍然会具有鲜明的民族风格……民族风格的决定因素是语言。"① 汪曾祺的散文展现了以汉语为母语的写作与传统的血脉联系，语言自然纯净、冲淡平和，同时，汪曾祺的叙事散文具有一种和谐美，这正是中华民族审美精神的体现，是文化转型时期当代作家对传统的一次成功聚焦。

三、杨绛与《干校六记》

杨绛（1911—2016），原名杨季康，江苏无锡人，曾留学英、法。作为作家的杨绛，20 世纪 40 年代有剧本《称心如意》《弄假成真》等，1979 年以来，创作有文论集《春泥集》，散文集《干校六记》、《将饮茶》和长篇小说《洗澡》等。杨绛的散文数量不多，《干校六记》是其散文代表作，影响广泛，是 80 年代叙事散文的精品。

《干校六记》是杨绛描写"五七"干校生活的一组叙事散文，包括《下放记别》《凿井记劳》《学圃记闲》《"小趋"记情》《冒险记幸》《误传记妄》六篇。《干校六记》以写实的手法，记述了干校日常生活中的种种平常事。在《下放记别》中，先是车站上丈夫和妻子、女儿的分别，东门口"彼此遥遥相望，也无话可说"，再是母亲、女儿的分别，看着女儿"踽踽独归"的背影，作者"心上凄楚，忙闭上眼睛，让眼泪流进鼻子、流进肚里"，这一情景正是"文革"中千万家庭被"不团圆"的写照。《学圃记闲》写老年夫妇约会菜园，写军宣队埋葬自杀者，文字中笼罩着一种苍凉凄楚的情调。《"小趋"记情》写对小狗的通人性及我们对它的关心，表达了严峻生活中的情趣和感受。《冒险记幸》写黑夜走过菜地，担心失足落进粪井，"战战兢兢，如临深渊"的冒险，如此等等，文章自始至终以淡淡笔墨叙写人和事，把情感深深隐藏在写日常生活的字里行间，从文化与人性的层面，显示出特殊年代知识分子的生存状态，对"文化大革命"作出了冷峻平和的理性批判。同那些直接描写、控诉"文革"的作品相比，《干校六记》因为有意识地更多注重作品的艺术传达，从而给予我们以美学上的冲击。

《干校六记》的首要艺术特点是"以小见大"。钱锺书说《干校六记》是"大背景的

---

① 汪曾祺：《我是一个中国人》，载《汪曾祺全集》第 3 卷，北京师范大学出版社 1998 年版，第 303 页。

小点缀，大故事的小穿插"，道出的正是这一特点。①《干校六记》从广阔的时代社会背景上截取其中的某一小角，透过干校这一个点，虚实结合地写整个广阔的时代社会背景，以一个家庭的动荡来反映整个国家、民族的动荡，通过作者自己以及与自己相关的一群人的遭际来反映整个国家、民族的命运，使作品具体所写的人事虽小而少，但其艺术内容却广阔、深远。例如《学圃记闲》中有作者遥看军宣队埋自杀的死人一幕："我看见几个人在胡萝卜地东边的溪岸上挖土，旁边歇着一辆大车，车上盖着苇席。啊！他们是要埋死人吧？旁边站着几个穿军装的，想是军宣队。……当时没有一个老乡在望，只那几个人在刨坑，忙忙地，急急地。后来，下坑的人只露出脑袋和肩膀了，坑已够深。他们就从苇席下抬出一个穿蓝色制服的尸体。我心里震惊，遥看他们把那死人埋了。"② 读者从眼前这特定的一幕，显然可以看到巨大而广阔的时代内容。

《干校六记》的艺术性也体现在语言的简练传神、耐人寻味上。如写作者独守菜园时傍晚的清冷情形：

整个冬天，我一人独守菜园……我买了晚饭回菜园，常站在窝棚门口慢慢地吃。晚霞渐渐暗淡，暮霭沉沉，野旷天低，菜地一片昏暗，远近不见一人，也不见一点灯光。我退入窝棚，只听得秫秸里不知多少老鼠在跳跟作耍，枯叶窸窸窣窣地响。

又如写作者这样一群知识分子和下放所在地贫下中农的关系，"我们不是他们的'我们'，却是'穿得破，吃得好，一人一块大手表'的他们"。③ 在那荒唐而混乱的时代，此种貌似轻松的简练语言所蕴含的那种无法言说的厚重悲哀，无疑是耐人寻味的。

第四节　议论性散文

新时期的杂文创作随着拨乱反正和改革开放政策的实施又呈现出繁荣的局面。杂文创作既有一支新老结合的队伍，又有不断扩大的杂文发表阵地，杂文理论探索落后的情形也得到扭转，作品数量不断增多，杂文艺术和风格多样化。这一时期的杂文，承继和发扬了杂文的批判性和战斗性传统，抨击现实中的多种问题与不良现象，同时也注意弘扬正气，倡导时代新思想、新风尚，文体意识增强，表现手法多样，出现了邵燕祥、黄裳、冯英子、舒芜等有较大影响的杂文作家。

---

① 钱锺书：《干校六记·小引》，载《杨绛作品精选》（散文），人民文学出版社2004年版，第8页。
② 钱锺书：《干校六记·小引》，载《杨绛作品精选》（散文），人民文学出版社2004年版，第25-26页。
③ 钱锺书：《干校六记·小引》，载《杨绛作品精选》（散文），人民文学出版社2004年版，第18页。

一、邵燕祥的杂文

邵燕祥（1933—2020），原籍浙江萧山，生于北京，当代诗人、杂文家。早在 20 世纪 50 年代，邵燕祥就加入了杂文创作的行列。新时期，邵燕祥从诗歌创作转向致力于杂文创作，对于这种转变，他在 1986 年说："近年，特别是从一九八四年初至今，转而多写杂文，——'予岂好辩哉？予不得已也'，——一方面是由于时代的需要、社会的需要，一方面也是找到了一个能对社会生活及时作出反应，能把我和群众的一些思考、情绪、意向直接加以表达的形式。……我说了我想说的话，'我拯救了自己的灵魂'。"① 他以诗人的激情写杂文，表现出强烈的社会批判精神。出版有杂文集《蜜和刺》《晨昏随笔》《忧乐百篇》等，90 年代出版了包括《史外说史》《人间说人》《梦边说梦》的三卷本《邵燕祥文钞》和《热话冷说集》。《忧乐百篇》荣获新时期全国优秀杂文奖。

邵燕祥的杂文，以思想深刻尖锐为人称道，针砭事物，锋芒毕露，有着强烈的批判精神。这种批判精神具体表现为作者指向历史与现实中种种消极、愚昧、阴暗的事物，特别是对十年"文革"和极"左"思潮进行批判与否定。《批判大批判》对"文革"中盛极一时的"大批判"进行否定，指出必须真正给"大批判"以马克思主义的批判，从"大批判"的灵魂深处，揭示出它的渺小、卑劣和龌龊来。《也是一个北大人》在对一个名叫林昭的北大中文系女学生的回忆中，通过林昭"历史将宣告我无罪"的呐喊反思和批判了极"左"政治的错误。《为巴金一辩》一文力挺巴金对"文革"的反思，显示出作者批判"文革"的思想。《当代可以入史》从个人对 1976 年"天安门事件"的认识出发，认为为了全面、深刻、正确地认识当代历史，给青少年进行补课教育，"当代不仅可以入史，而且应当入史"。② 作者在文章中还指出在十一届三中全会以前相当长的时间内，"左"的指导思想占据统治地位，纠"左"则往往是局部地、暂时地解决一些问题，过不了几年，"左"的思潮又以"反右"的名义对纠"左"的努力加以"纠正"，因此我们应始终保持应有的警惕。《墓碣上的真话》批判中国式悼词和墓志铭的套话性质及生活中说"假大空"话的现象，认为中国式悼词"全都没有实事求是之心"。③

邵燕祥还强调杂文的理性，他说："好的杂文的作者，笔锋常带感情，但是光靠感情不足以说服读者；杂文的灵魂是真理的力量，逻辑的力量，所谓'持之有故，言之成理'。"④ 他的杂文不仅有强烈的批判精神，而且有浓厚的理性色彩，表现为缜密的理性和严谨的思想，能对各种复杂的事物作出鞭辟入里的分析。例如，在《论不宜"巴望""好皇帝"》一文中针对 80 年代初不少人希望有一个现代的"唐太宗"的思想，他分析指出这种心理是被十年浩劫扭曲了的一种可悲而又可怕的心理，希望人们不要在好皇帝和坏皇帝之间作选择，而要在民主与专制、科学与蒙昧之间作选择。正是这种理性精神，

---

① 邵燕祥：《绿灯小集·前记》，载《梦边说梦》，作家出版社 1997 年版，第 227 页。
② 邵燕祥：《当代可以入史》，载《梦边说梦》，作家出版社 1997 年版，第 174 页。
③ 邵燕祥：《墓碣上的真话》，载《梦边说梦》，作家出版社 1997 年版，第 249 页。
④ 邵燕祥：《序〈陈小川杂文选〉》，载《梦边说梦》，作家出版社 1997 年版，第 231 页。

使邵燕祥的杂文深刻而不显偏颇，具有很强的说服力和影响力。

崇尚真实也是邵燕祥杂文的重要美学品格。邵燕祥说："杂文，杂感文也，有感而发，不同于无病呻吟的舞文弄墨，怎么能无愁'强说愁'？"① 因此，他的杂文，讲真话，抒真情，真诚地歌哭，真诚地揭露，向读者无情地解剖自己。《迪思科诗话》指出艺术欣赏从来有不同的层次、不同的水平，不可强求一致，对群众喜闻乐见的东西不能不屑一顾，堵的办法是有百害无一利的，文章真诚地说理，具有朴素的力量。邵燕祥认为杂文不能光照别人不照自己，因此他的杂文崇尚真实，还体现在真诚地解剖自己。如说自己评胡风："我也随声附和地写过声讨的诗，伤害过曾经带我上路的人。"（《气势》）表示了对曾经从恶的忏悔。说自己当年成了右派，"减少了我害人的机会"。怀念沈从文先生，他也对自己曾经因工作上的失误给沈先生带来的伤害表达了真诚的歉意等。

总之，邵燕祥的杂文激浊扬清，于平易之中见力量，嬉笑怒骂，涉笔成趣，哲理与诗情并举，文章与人品齐现。他的作品在杂文文体上也有自己的追求，以诗歌等形式入杂文，被人称为"杂文诗"，丰富了当代杂文的创作形式。邵燕祥的杂文无论是主题的深度，还是批判的力度，抑或是格式的特别，在同类题材的杂文中，都具有独特的意义与价值。

第五节　史传性散文

史传性散文，作为一种具有纪实性和史料性的散文，是以人物的生平事迹作为写作题材的散文文学作品，它包括自传性的回忆录和他传文学作品等。新时期以来，思想解放运动和改革开放为史传性散文写作冲破禁锢的樊篱奠定了基础，史传性散文在20世纪五六十年代"革命回忆录"的基础上走向复兴，80年代成了一股写作潮流，数量多、质量较高、影响面广。这些史传性散文，遵循纪实性，注意史料性，突出文学性，推动着文体走向成熟。

自传性回忆录的传主与作者是同一个人，它以传主个人的生平为写作内容。这些作品叙写个人和家庭的亲身经历与感受，回忆往事和亲友，反思和批判极"左"政治尤其是"文革"，具有比较强的思想性和历史感。代表性作品有郭沫若的《晚年岁月》、季羡林的《留德十年》、韦君宜的《思痛录》等。他传文学作品的传主与作者不是同一人，因而题材更广、写作空间更大，作品也更多。新时期以来的他传文学作品，主要有以下几种类型：一是著名作家、艺术家和学者等文化名人传，如田本相的《曹禺传》、凌宇的《沈从文传》、李辉的《萧乾传》、廖静文的《徐悲鸿的一生》。这类传记多为研究专家所写，材料翔实，注重真实性，力图用文学手段再现传主的性格和人格，同时也表现了作者自己对传主一生的独特理解，在知识分子中有较大的读者群。二是现代革命家人物传记，主要是革命领袖和将帅传，如铁竹伟写陈毅元帅的《霜重色愈浓》等，其中革

---

① 邵燕祥：《〈绿灯小集〉前记》，载《梦边说梦》，作家出版社1997年版，第226页。

命领袖传记主要是完成革命领袖从神到人的还原，着力表现他们日常生活中的情感世界，而老将帅传则凸现他们在严峻的历史考验面前刚正不阿、光明磊落的高尚品格。三是一些历史反面人物的传记。徐铸成的《杜月笙正传》是开山之作，此后有《魂断武岭——蒋介石在大陆的最后日子》、叶永烈的《"四人帮"兴衰》等。这类传记，从反面人物的人生兴衰轨迹中，折射出时代和社会风云，突出了他们的罪恶品行，丰富了传记文学的创作题材领域。

一、季羡林与《留德十年》

季羡林（1911—2009），山东临清人，中外著名学者、散文家，学者散文的代表人物。主要散文作品有《留德十年》《牛棚杂忆》《清塘荷韵》等，其中《留德十年》是备受关注的一部自传体回忆录。从"我写自传，只写事实"的原则出发，《留德十年》以时间的脉络记录了作者1935—1945年在德国留学的经历。回忆往事，情真意切，言词质朴，似对面闲谈，清新淡雅，毫无骄矜自饰。如《我的房东》，作者满怀深情追忆女房东，一位母亲般的老妇人，她的音容笑貌、性情喜好，一一道来，分外亲切。当写到即将离开，女房东如失亲人般号啕大哭，作者也是泪洒衣衫，萦绕在字里行间的深情，让人心生感动。《麦耶一家》以温情委婉的笔调，描述了作者同德国姑娘之间一段隐约朦胧的恋情。他们一起打字，促膝谈心，笑语温馨。五十载春秋风雨后，作者感慨："如果她还留在人间的话，恐怕也将近古稀之年了，而今我已垂垂老矣。世界上还能想到她的人恐怕不会太多。等到我不能想到她的时候，世界上能想到她的人，恐怕就没有了。"读来让人唏嘘不已。此外，那一面之交的波兰女孩Wala、在哥廷根大学终于找到梵文学习的道路、"二战"中同轰炸并驾齐驱的饥饿、作别第二故乡的伤感等，使"留德十年"的生活在一位耄耋老人笔下的感怀虽不浓烈似酒，却真实隽永，情深意切，读之弥久弥醇厚。

二、韦君宜与《思痛录》

韦君宜（1917—2002），原名魏蓁一，湖北建始人，生于北京，曾任人民文学出版社总编辑。代表作《思痛录》主要写作于80年代，正式出版于1998年5月。《思痛录》是韦君宜晚年的回忆录，作者说："我写这本书是讲我自己的事。"她克服失语半瘫的困难写作，在病榻上完成的这本书在对人生的回忆中，说出了许多事实的真相，并不是一般的痛定思痛，而是总结、反思和批判历史，显现出知识分子的历史责任感和使命感。韦君宜从延安的"抢救失足者"运动回忆开始，到新中国成立初期、"大跃进""文革"，半个世纪的风雨，大大小小的政治运动，她用知识分子的良知记述了她所经历的时代，把"左"的思想和毒害比较彻底地揭露了出来，"真正使我感到痛苦的，是一生中所经历的历次运动给我们的党、国家造成的难以挽回的灾难。同时在'左'的思想的影响下，我既是受害者，也成了害人者。这是我尤其追悔莫及的"（《缘起》），"我要写的不是我个人的悲痛，那是次要的。我要写的是一个人。这个人在十年浩劫中间受了苦，挨了打，挨了斗，这还算是大家共同的经历，而且他的经历比较起来还不能算最苦的。实际上他最感到痛苦的还是人家拿他的信仰——对党、对马列主义、对领袖的信仰，当做耍猴儿的戏具，一再耍弄。他曾经以信仰来代替自己的思想，大家现在叫这个为'现代迷信'，他就是这么一个典型的老一代的信徒"（《当代人的悲剧》）。《思痛录》是一本说真话的书，作者的回忆是真诚的。在看似平缓的文字中，作者的反思又达到了一般人所不能达到的境地，给青年一代以深刻的思想教育和启示。

拓展阅读：

1. 孙郁：《从杂感的诗到诗的杂感：邵燕祥与他的时代》，《当代作家评论》1996 年第 4 期。
2. 曾令存：《贾平凹散文研究》，中国社会科学出版社 2003 年版。
3. 阎庆生：《晚年孙犁研究：美学与心理学的阐释》，中国社会科学出版社 2004 年版。
4. 季红真：《论汪曾祺散文文体与文章学传统》，《文学评论》2007 年第 2 期。
5. 周立民：《巴金〈随想录〉论稿》，复旦大学出版社 2012 年版。
6. 陈思和：《巴金晚年思想研究论稿》，复旦大学出版社 2015 年版。
7. 王岩森：《解冻与复苏：1978—1982 年中国杂文档案》，中国社会科学出版社 2015 年版。
8. 朱明伟：《被剪辑的知识分子记忆：读〈干校六记〉》，《南方文坛》2019 年第 5 期。
9. 陈剑晖：《散文文化与中华民族精神》，广东人民出版社 2020 年版。
10. 吕约：《喜智与悲智：杨绛的文学世界》，浙江文艺出版社 2021 年版。

问题与思考：

1. 《随想录》与新时期的精神复苏。
2. 邵燕祥杂文的审美品格。
3. 汪曾祺散文对传统文化与艺术的继承。
4. 贾平凹的"大散文"理念与创作。
5. 杨绛《干校六记》的知识分子记忆与历史价值。
6. 20 世纪 80 年代散文实现"真实性"的可能与路径。

第十八章 报告文学

第一节 概 述

　　进入新时期,社会政治、经济、文化的开放,为报告文学创作的繁荣提供了良好的社会环境。报告文学在20世纪80年代走向繁荣,并获得了独立的地位,由附庸成为大国。新时期的报告文学写作呈现出一种群体性的倾向,报告文学作家形成了老中青同堂的局面,作者职业化(专业化)的情形明显,报告文学作家的观念意识也发生着新变,创作主体的思维具有更多的开放性、立体性与变革性,报告文学的发表园地大大拓展,《报告文学》杂志问世,发表的报告文学作品数量多、种类全,中长篇报告文学作品与系列化的作品不断增多。1979—1986年中国作协共举行四次全国性的报告文学评奖,共有103篇作品获奖。1988年12月由《人民文学》《报告文学》等百家文学刊物发起的"中国潮"报告文学征文评奖,征文历时一年,发表作品千篇,报告文学的繁荣成为现实。

　　此期的报告文学可分为两个时段。1984年以前的报告文学作品立足于现实生活,注重人物的再现,主旋律意识鲜明。1978年1月,《人民文学》发表了《哥德巴赫猜想》,标志着新时期报告文学的崛起。1979年,刘宾雁关注腐败问题的《人妖之间》发表,影响巨大。进入80年代,报告文学的题材日见广泛。报告文学作家既叙写改革开放时代发生的重大事件和涌现的各式人物,也披露现实生活中各种令人关注的社会问题;既注重国内题材的报告,也以域外人事为其题材;既立足于现实生活取材,又把视线投向茫茫史海。理由的《中年颂》、柯岩的《船长》、黄宗英的《大雁情》等作品是其代表。

　　1985年起,"问题报告文学"热兴起,这是一种以表现社会上人们普遍关注的热点问题,并试图分析原因,找出解决办法的报告文学作品。"问题报告文学"涉及教育、体育、生态、家庭婚姻、经济、改革等方面的问题,代表性的作品有涵逸的《中国的"小皇帝"》、霍达的《国殇》、沙青的《北京失去平衡》、苏晓康的《阴阳大裂变》等。"问题报告文学"之外,"史志性报告文学"的出现也是引人注目的现象。"史志性报告文学"是指那些有意立足于历史文化,试图通过重大历史事件与人物来重新审视历史的历史题材报告文学。[①] 报告文学作家在中国近现代和当代历史的广阔背景中选取有报告

---

① 李炳银:《一九九五年报告文学的收获与态势》,载《当代报告文学流变论》,人民文学出版社1997年版,第280页。

价值的人物和重大事件来进行创作，在历史与现实的交织中寻找教训，出现了钱钢的《海葬》《唐山大地震》等代表作。"史志性报告文学"的篇幅一般较长，加上历史题材的重大，显示出大气感和史诗追求，但其历史的真实性也被质疑。

新时期报告文学在全方位跃动之时，其艺术上也有明显的进步和开拓。一是题材上前所未有的开放，几乎涉及生活的诸方面，以知识分子题材和体育题材的报告文学最为突出。二是报告文学中的人物形象真实生动多样，出现了陈景润、索桂清、贝汉廷、王守信、中国女排姑娘、李鸿章等中外历史与现实中的人物形象。三是报告文学的艺术发生新变。从80年代中期开始，报告文学创作原有的某些观念受到了冲击，作家不仅从文学、新闻的视角去反映生活，而且也从哲学、社会学、生态学、文化学等角度去观照对象。陈祖芬认为："报告文学必将摄取更广阔的生活面，容纳更多的信息，与经济学、社会学、科技、哲学、心理学等广结良缘。"①《挑战与机会》（陈祖芬）、《世界大串连》（胡平、张胜友）等作品，视角的多样化明显。在报告的视角变化之时，作品的结构也产生相应的变化。报告文学作家从小格局的封闭结构模式中走出，采取多变自如的开放式结构，"集纳式""全景化"报告文学大量发表。作者不再着眼于一人一事，而是直接从宏观上统摄全景，着眼于对象的整体，全方位、多层次地进行把握，《走出神农架》（李延国）、《唐山大地震》（钱钢）是这方面的代表作品。《走出神农架》采用"卡片"式结构，在宏大的时空背景上，自由地择取表现内容，使作品负载有密集的信息量。另外，对艺术表现手法也多有探索，徐迟、祖慰、陈祖芬等运用"意识流""蒙太奇"等方法来连缀生活场景，组成系列生活画面，表现人物的心理活动与情感变化，显示出报告文学艺术的新发展。

第二节 问题报告文学

表现和揭露问题是报告文学的思想传统和文体特征之一。早在50年代，就有刘宾雁等人"干预生活"的报告文学作品。1979年，沉默多年后的刘宾雁发表《人妖之间》，开启了新时期"问题报告文学"的先河。"问题报告文学"作为一种报告文学流派，是"围绕着某一个具有广泛社会性的，人们普遍关注的社会问题、社会现象为中心，进行选材和采访报告"的作品，②它表现社会上人们普遍关注的热点问题，并试图分析原因，找出解决办法。"问题报告文学"最早出现于1985年下半年，赵瑜的《中国的要害》和理由的《倾斜的足球场》为其先驱，随后苏晓康、麦天枢、胡平、徐刚、贾鲁生等一大批作家加入，"问题报告文学"迅速成为一种显著的文学现象，得到人们的高度关注，也进入了一个"问题报告文学"热的新阶段。

---

① 陈祖芬：《挑战与机会·后记》，北京十月文艺出版社1986年版，第327页。
② 李炳银：《"问题报告文学"面面观》，《解放日报》1988年1月26日。

"问题报告文学"如名称本身所示，它立足于80年代社会转型的中国，以报告现实问题为价值取向。社会问题的多样及作家问题意识的自觉，使得"问题报告文学"的题材涉及面很广。有反映独生子女问题的《中国的"小皇帝"》（涵逸），有反映知识分子问题的《国殇》（霍达），有反映生态环保问题的《北京失去平衡》（沙青），有探讨婚姻家庭问题的《阴阳大裂变》（苏晓康），有反映农业和农村问题的《西部在移民》（麦天枢），有反映交通问题的《中国的要害》（赵瑜），有反映体育问题的《强国梦》（赵瑜），有反映改革问题的《大王魂》（李存葆、王光明），有反映严峻人口问题的《东方大爆炸》（胡平、张胜友），有反映乞丐问题的《丐帮漂流记》（贾鲁生）等。

　　"问题报告文学"具有强烈的现实批判性。报告文学作家发扬报告文学的批判精神，面向时代，面向问题，选取人们普遍关注的种种社会问题进行写作，揭示事实真相并对其进行理性审视，深入剖析现象问题，具有浓厚的批判色彩，给读者以思想的力量。例如沙青的《北京失去平衡》报告了北京在污染、浪费与人口压力下的严重水资源危机，并不无沉重地预言有一天中国人会要领一种新的票——水票，批判了人们环境保护意识的淡薄和行政管理的乏力。尽管在生态问题极为突出的今天看来，作者二十多年前的批判仍然不够，但在当时这种生态问题批判之作实属难得。

　　"问题报告文学"在文体上的贡献在于宏观性、综合性。"问题报告文学"创作以宏观型为主，进行"全景式"透视，把人与社会联系在一起，多角度考察尤其是社会学的明细调查，也趋于多种文体的整合，新闻稿、史料、调查报告等融为一体，报告性强，生活容量大，材料详备，具有视野开阔、气势宏大的特点。如《东方大爆炸》，作品全面反映和探讨中国的人口和计划生育问题，作者将宏观审视与微观探讨相结合，从人口学、生态学、社会学、心理学、经济学等多侧面、多层次、多角度、全方位审视我国的人口问题，数字多，材料多，信息量极大，可以说是"问题报告文学"大而全的典型文本。

　　"问题报告文学"在推动社会的现代化进程和民族文化心理的重铸方面取得了巨大的成就，体现出报告文学作家的忧患意识和责任感。但也存在明显不足，有些"问题报告文学"，或只是问题的集中展览，或说理过滥，情事见少，或材料失实，芜蔓粗疏，或评论分析失之偏颇，过分贪大求全，这些问题在一定程度上削弱了作品的思想深度和文学性，如徐迟所言"在'报告什么'上解决得较好，但在'如何报告'上有所不足"。[1]

第三节　知识分子报告文学

　　知识分子报告文学指的是以知识分子为题材的报告文学作品。新时期以来，知识分子报告文学多且有影响。以徐迟的《哥德巴赫猜想》为开端，新时期报告文学的第一个

---

[1] 徐迟：《参与评奖工作的评论家说……》，《文艺报》1988年5月7日。

浪潮是为科学家立传。其后又有为普通知识分子立传的作品，出现了黄钢的《亚洲新大陆的新崛起》、黄宗英的《大雁情》、霍达的《国殇》、胡平和张胜友的《世界大串联》、刘宾雁的《一个人和他的影子》以及乔迈的《中国之约》等代表作品，塑造了李四光、秦官属、李日升等知名或不知名的知识分子形象。知识分子报告文学唱出的是知识分子的赞歌，其中主要是宣传知识分子的成就，赞美他们的民族精神和爱国主义情怀，以及他们的奉献精神。在此时的知识分子报告文学作家中，徐迟和陈祖芬是比较突出的两位。

徐迟（1914—1996），原名徐商寿，浙江吴兴人，诗人和著名报告文学作家。他在50年代出版有报告文学集《我们这时代的人》，1962年发表了报道敦煌艺术家常书鸿事迹的《祁连山下》，获得了好评。"文革"后的徐迟，相继创作发表了《哥德巴赫猜想》《地质之光》《在湍流的涡漩中》《生命之树常绿》《结晶》《刑天舞干戚》等作品。1978年1月在《人民文学》发表的《哥德巴赫猜想》是徐迟最重要的代表作，曾获全国优秀报告文学奖。

专注于知识分子题材是徐迟报告文学的显著特征。他笔下的人物，如陈景润、李四光、蔡希陶、周培源等都是在各自专业中卓有建树的知识分子专家，这一题材拓展具有文学史意义。在当代史上，知识分子曾被视作被改造、教育的对象，钻研科技被认为是走"白专"道路。《哥德巴赫猜想》以报告文学的形式拨乱反正，第一次将一个有争议的知识分子作为正面主人公加以讴歌。作者写陈景润，在6平方米斗室的油灯下，昼夜不舍，刻苦钻研，对科学执著追求，陈景润由此成了新时期报告文学人物中的典型。在《地质之光》中，徐迟生动表现了李四光献身地质科学的人生。作者精心截取人物历程中的典型断面，如在国际地质会议上宣读论文、同毛主席和周总理亲切谈话等，挖掘人物热爱祖国、献身地质科学的崇高品质。在《生命之树常绿》中，徐迟塑造了植物学家蔡希陶的形象，《在湍流的涡漩中》塑造的是科学家周培源的形象，这些人物构成了徐迟笔下的知识分子人物形象系列。在政治气候刚刚转暖的时候，徐迟的知识分子报告文学为知识分子歌唱，显示出他的胆识和才能。

徐迟的报告文学被称为"诗的报告文学"。① 这种诗意体现在多方面：一是强烈的情感。如在《哥德巴赫猜想》中，作者在三次引用陈氏定理之后，激情洋溢地写道："何等动人的一页又一页篇章！这些是人类思维的花朵。这些是空谷幽兰、高寒杜鹃、老林中的人参、冰山上的雪莲、绝顶上的灵芝、抽象思维的牡丹。"二是精巧的构思。徐迟善于调动生活材料进行有机的组合，构思精巧。《在湍流的涡漩中》的标题既巧妙地契合了湍流理论家周培源的学术贡献，同时又暗示了作品叙写的1976年10月的政治背景。《生命之树常绿》写植物学家蔡希陶，成功运用象征手法增强了作品的诗美。三是语言的诗化。徐迟的作品有诗歌语言的清新、凝练和文采。如《生命之树常绿》中写欢迎周总理场面的语言："凤凰树上，开满了色彩鲜丽的大花朵；凤凰树下，攒动着鲜丽色彩的傣族姑娘，皓齿玉臂，笑着舞着。到处是清脆笑声，到处轻歌曼舞。"

---

① 邹荻帆：《给〈哥德巴赫猜想〉作者的信》，《北京文艺》1978年第4期。

陈祖芬（1943— ），上海人，北京作协副主席。1979年起从事报告文学写作，是新时期最具职业化特点的报告文学作家。陈祖芬创作了《祖国高于一切》《中国牌知识分子》《人生的抉择》等知识分子题材系列作品，著有报告文学集《陈祖芬报告文学选》《陈祖芬报告文学二集》等，曾连续五次获全国优秀报告文学奖。

陈祖芬说："我赞美人的精神力量！我们的人民历尽苦难而依然百折不挠，这是我们的国民性中的精华。"① 她所报告的优秀知识分子，将个人荣辱置之度外，祖国利益高于一切，在他们身上集中体现着作为民族精华的伟大精神力量。代表作《祖国高于一切》发表于1980年，讲述的是内燃机工程师王运丰抛家别妻，从德国回国参加祖国建设的故事。在"文革"期间，他被打成"德国特务"，备受折磨，但他忍辱负重，全心全意地奉献自己的智慧才能，为祖国争得了权益和荣誉。在《中国牌知识分子》中，塑造的也是对祖国无比忠诚的程渊如的形象。1984年以后，陈祖芬开始关注经济建设，涉足经济改革领域，写作了《挑战与机会》《全方位跃动》《经济与人》系列作品，以系列的形式描绘了改革开放，在报告文学中属于首创。

陈祖芬的知识分子报告文学大都文采斐然，具有文学的精致与情韵。她"苦心经营，她确实把报告文学当作文学来写，而不是当作报告在写"。②《祖国高于一切》分"柏林妻子""德国特务""中国母亲"三个组成部分，时间与空间跨度大，她用意识流手法把时间上的跳跃和看似零散的内容巧妙地结构为完整的一体，突出令人动情的生活细节，以情动人，文学性强。她的创作思维也呈现出全方位跃动的态势，视界开阔，构架宏大，哲理思辨性强，作品因而具有理性的光芒和思想品格。

第四节　体育报告文学

体育报告文学是以体育题材作为写作内容的报告文学。1959年，华新文发表了《世界冠军容国团》，体育开始进入当代报告文学的视野。新时期，随着中国体育之光的闪耀，与时代同步的报告文学中出现了一些体育题材的作品。20世纪80年代前期，体育报告文学侧重歌颂女排姑娘、栾菊杰等为国争光的体育英雄，如鲁光的《中国姑娘》《中国男子汉》，理由的《扬眉剑出鞘》。到80年代后期，则往往从时代重大的体育事件或现象出发，着重反映和思考中国体育中的问题，赵瑜的《强国梦》《兵败汉城》，理由的《倾斜的足球场》是其代表。

赵瑜（1955— ），原籍河北安平，生于山西上党。70年代末以散文和小说创作进入文坛，后逐渐转向报告文学创作。其创作题材涉及面广，以体育题材报告文学的成绩最大，有80年代的《强国梦》《兵败汉城》和90年代的《马家军调查》，三者构成了赵

---

① 陈祖芬：《当生活呼唤我们的时候》，载《陈祖芬报告文学二集》，四川人民出版社1984年版，第280页。
② 梅朵：《寻火者·陈祖芬报告文学选序》，北京出版社1982年版，第2页。

瑜的"体育三部曲",其中《强国梦》获首届徐迟报告文学奖。《强国梦》发表于1988年年初,它揭露的是"当代中国体育的误区":僵化的管理体制、畸形的金牌战略、狭隘的民族主义情绪、运动员的低素质、教练员的低水平、竞技体育与群众体育的偏离等。作者用大量的事实例证和数据进行一一曝光,并大声呼吁:如果不改变陈旧落后的体育观念,中国成为体育强国的梦想就会成为泡影。《兵败汉城》是《强国梦》的姊妹篇,该文发表于汉城奥运会之后,针对中国体育代表团兵败汉城的事实,作者对体育官员、教练员和运动员进行采访,多方分析失败的原因,认为主要是官僚主义和管理体制的问题。文章还反思金牌主义的传统,探讨了中国竞技体育应当改革发展的思路。

与同时期那些唱世界冠军颂歌作品相比,赵瑜的体育报告文学勇于向现实问题发难,尖锐地揭露和反思问题,因而具有深刻的批判性。赵瑜曾说:"如果一个报告文学家不'惹是生非',可有可无,不是引导人们对真理的再认识,对事物新角度的再思考,就没有价值。报告文学天生就是要'惹是生非',只是要尊重科学、坚持真理罢了。"[①] 他的《强国梦》深入揭露"当代中国体育的误区",《兵败汉城》猛烈抨击体育界的官僚主义,剖析的中肯、语言的犀利和针砭的激切显示出自身的创作个性,也引起了广泛的社会反响。

理由(1938—),原名礼由,辽宁辽中人。1977年开始致力于报告文学写作,1978年发表的《扬眉剑出鞘》,获首次全国优秀报告文学奖。此后,理由发表了大量的报告文学作品,著有报告文学集《她有多少孩子》《痴情》《倾斜的足球场》《香港心态录》等。理由的报告文学并不限于体育题材,《扬眉剑出鞘》《倾斜的足球场》之外,有写企业改革的《希望在人间》,写艺术家的《痴情》,写挡车工人的《中年颂》,写科学家的《高山与平原》《她有多少孩子》等。

体育报告文学《扬眉剑出鞘》是理由80年代前期的代表作品,也是他的成名作。它写的是中国女子花剑运动员栾菊杰获第29届世界青年击剑锦标赛冠军的事迹。栾菊杰在手臂被刺伤的情况下,想到自己是参加决赛的唯一中国运动员,于是以超人的毅力坚持比赛,最后夺取冠军。通过刻画栾菊杰的形象,突出了她在文静清秀的外表之下敢于拼搏、意志坚强、为国争光的精神。《倾斜的足球场》是理由80年代中后期的代表作品,是体育问题报告文学的开山之作。作品客观记叙了1985年中国男子足球队在"进军墨西哥世界杯"的征途中,意外输给香港队的事件过程。写主教练的指挥失误、写赛场的失控、写球迷的骚乱,作者没有激烈的议论,而是将观点和立场隐入事实之中,让读者自己去体会。

报告文学小说化,是理由报告文学创作的自觉追求,也是理由报告文学最为显著的特征。他说:"我是习惯于用小说的手法来写报告文学的。就表现形式而言,我甚至感觉不到报告文学与小说的写作有什么区别。它们同属于叙事性的文学体裁,使它们在艺术

---

① 赵明、赵瑜:《清醒才有前途》,《北京青年报》2004年1月21日。

上天然接近。我认为，小说的一切技法在报告文学中都可以采用。"①《扬眉剑出鞘》是报告文学小说化的代表，特别注重人物的塑造，注意通过环境烘托、心理刻画和细节描写等小说艺术来再现生活中的典型人物，作品有小说的味道。

拓展阅读：

1. 潘旭澜：《报告文学的新里程碑：论〈哥德巴赫猜想〉集》，《复旦学报》（社会科学版）1979年第3期。
2. 郭澄：《新时期报告文学发展中的几个问题》，《新疆师范大学学报》1983年第1期。
3. 张春宁：《论"问题报告文学"的勃兴》，《文艺评论》1988年第4期。
4. 宋玉书：《突进与嬗变：新时期报告文学研究》，辽宁人民出版社2002年版。
5. 章罗生：《中国报告文学发展史》，湖南人民出版社2002年版。
6. 赵学勇：《中国新时期报告文学研究资料》，山东文艺出版社2006年版。
7. 丁晓原：《中国报告文学三十年观察》，作家出版社2011年版。

问题与思考：

1. 新时期报告文学的新探索。
2. 20世纪80年代报告文学的现实批判性。
3. "问题报告文学"的勃兴、特征与文学史价值。
4. 知识分子报告文学的创作倾向。
5. 赵瑜"体育三部曲"的现实批判性。

---

① 刘茵、理由：《说话"非小说"：关于报告文学的通讯》，《鸭绿江》1981年第7期。

第十九章 戏剧创作

第一节 概　　述

　　中国当代社会巨变的契机发生在 1976 年 10 月，一个新时代即将开始，人们在历史的惯性和对历史的反思中迎来了中共十一届三中全会。这是当代中国社会的划时代事件，这次大会彻底否定了"无产阶级文化大革命"，经济工作被定为党的工作的重心，思想意识领域对当代历史的各个方面开始反思，正视和理性地看待近三十年的历史成为时代的潮流，尽管这种反思也是在曲折中前进的，反思的深度和广度也在发展中。反思诱发了社会全面的思想解放和对未来方向的选择的思考。在这样的政治和思想局面中，中国开始经历经济的起飞和文艺的复兴，作为文艺一个重要领域的戏剧的复兴也同样引人注目。在此后的十数年中，中国的戏剧家们创造了和他们的时代相称的丰富的戏剧文化。

　　戏剧是中国文艺走向新时期的先锋。新时期最初的一段出现了一批揭露和控诉"四人帮"、展示"文革"灾难以及歌颂与"四人帮"做斗争的英雄的话剧剧目，如金振家、王景愚的《枫叶红了的时候》，苏叔阳的《丹心谱》，宗福先的《于无声处》，李龙云的《有这样一个小院》等，都有明显的政治视角和直露的主题，风格和以前的革命剧也没有明显差别。这是艺术对生活很正常的反应，也是长期养成的文艺思维惯性的表现。而与此同时，有的剧作家的思想触角伸得更远，他们已经不把社会中出现的问题完全归咎于个别政治人物，而是更注意它们的社会、思想根源及其结构性，出现了崔德志的《报春花》、赵梓雄的《未来在召唤》、中杰英的《灰色王国的黎明》、沙叶新的《假如我是真的》等作品。这些作品被概括为"社会问题剧"，其中的一些是批判现实主义的作品，它们揭示的社会病灶具有更大的普遍性，因此有些作品当时遭到禁演或围攻，甚至诱发全国性的批判运动。批判现实主义的作品因其尖锐性往往不容易在当代社会环境中成活，甚至胎死腹中，因此在 80 年代就很难、事实上也没有再形成声势。

　　70 和 80 年代之交出现了一种特殊的戏剧题材，它与历史的反思和声讨"四人帮"有关，那就是出现了一批歌颂老一辈无产阶级革命家的话剧作品，如白桦的《曙光》，邵冲飞、朱漪、王正、林克欢的《报童》，程士荣、郑重等的《西安事变》，沙叶新的《陈毅市长》，丁一三的《陈毅出山》，王德英、靳洪的《彭大将军》等。这些作品往往有强烈的正义感和明显的战斗精神，其基调都是"拨乱反正"的，多数在思想深度上都难说有什么建树。从中国主流意识形态的角度对中国甚至外国的政治、军事方面的大人物进行舞台表现此后一直都在继续,成为一种重要的题材,这本是中国戏剧的一种特性,那就是热衷于表现帝王将相。但此时的领袖戏有的已经显露出新时期领袖戏的特点,那就是对政治领袖的非神化处理,把他们当常人来写,这也是新时期思想解放的一种体现。但总的来说,这类作品的新意不大。

新时期戏剧(话剧)艺术的创造性开拓既表现在内容上对社会现实的正视和独立思考,也表现在形式上的变革和突破,这种突破在一定程度上也引起了内容和思想的拓展。改革开放激活了中国艺术家的创新求变的意识,长期的思想和艺术的禁锢也反作用出强烈的挣脱的冲动,而此时开放的文化环境使隔绝了几十年的境外现代戏剧文化涌入中国,使中国戏剧家深受启发和诱惑,从而开始了中国戏剧的新实验,这就是"探索戏剧"。当然,这种探索也是对当时出现的戏剧危机的一种回应。这种危机不仅是创作上的陈旧、干巴、浮浅,也是大量观众离开剧场的戏剧生存危机。80年代初期,与以往风格形态迥然不同的话剧作品开始出现,最初是马中骏等人的《屋外有热流》(1980),继而有贾鸿源、马中骏的《路》(1981),高行健的《绝对信号》(1982)、《车站》(1983)和《野人》(1985),刘树纲的《十五桩离婚案的调查剖析》(1983)、《一个死者对生者的访问》(1985),王培公的《WM(我们)》(1985),陶骏等的《魔方》(1985)。到80年代后期虽然探索话剧势头不再,也还有马中骏、秦培春的《红房间·白房间·黑房间》(1986),沙叶新的《耶稣·孔子·披头士列侬》(1988)。尤其是锦云的《狗儿爷涅槃》(1986)、陈子度等的《桑树坪纪事》(1988),被认为是现实主义借鉴探索戏剧的表现形式,两者融合所达到的高峰。属于这一类的作品还有李龙云的《洒满月光的荒原》、李杰的《古塔街》等。探索戏剧是80年代最强大的戏剧潮流,也是新时期以来最明显的戏剧运动。"探索戏剧"的"探索"更多表现在形式上,或者说形式上的出新更引人注目。内容则涉及道德、历史、社会问题、人生选择等各个方面,内容的尖锐敏感和冲击力并不是它们的主要特点,思想上多是正面,甚至有明显的道德建设色彩。此类剧作叙事上的明显心理化使得它引人注目地逼视人的心灵深处,对隐秘精神世界的开掘是探索戏剧突出的特点之一。这也是新时期文学向内转、心灵化大潮的一种表现。

在中国戏剧(话剧)的这个全面繁荣的时期,剧作内容的丰富与复杂和形式上的探索同样值得关注。这一阶段戏剧的兴盛和它在题材、主题上的丰富性和多样性是分不开的。虽然直率地处理现实题材的作品容易引来扑打,但关注现实问题和当下生活矛盾的作品一直维持着旺盛的势头,从农村改革带来的变化,到城市青年的动向,从对特权的揭发,到对历史遗留下来的陈旧观念的批判,当代的戏剧一直在关注着现实,渴望改善现状。现实和历史是相连的,无法割断的,关心现实和反思历史,尤其是刚刚过去的历史也就难免同时进行,甚至无法分清彼此。和文学的其他部门相一致,70年代末和80年代上半期许多戏剧作品带着历史反思的思想特色。80年代初有《小井胡同》《左邻右舍》《红白喜事》《高粱红了》《昨天、今天和明天》《明月初照人》,80年代中后期出现的《狗儿爷涅槃》《寻找山泉》《榆树屯风情》《田野又是青纱帐》等,都是通过刚刚过去的历史或者对隐含在今天背后的历史的描绘，来表达作家对几十年来中国社会历史和人民生活的思考、认识和评判。

进入新时期以后，在思想解放的背景下，对历史的再认识和重新思考很适合以戏剧的形式进行表现，历史剧创作出现相对繁荣的局面。不管是近代的还是古代的历史，引起剧作家关注的仍基本都是和改革及当代中国的社会政治相关的事件和人物，对历史的思考是由对现实的感触引发的，作家们几十年中经历的社会生活为他们的历史剧创作提供了直接的灵感和思想动力，写历史也就是曲折地写现实，历史其实是现实的投影。有些历史剧则和民族团结等政治主题有关。作品如白桦的《吴王金戈越王剑》、陈白尘的《大风歌》、李民生和杨志平的《唐太宗与魏征》、颜海平的《秦王李世民》、翟剑萍的《布衣孔子》、黄志龙等的《松赞干布》、孙德民等的《班禅东行》等写帝王将相、圣人教主的作品。还有赵寰的《马克思流亡伦敦》和沙叶新的《马克思秘史》等作品，都把神化的现代圣人当人来写，为描写现代历史人物打开了一道从神学走向人学的缺口。

革命历史题材以及与此相关的军旅题材的剧作在这一时期继续进行，写军人的时候也更注意写一般的人性和军人新的品质和时代特点。作品有所云平的《决战淮海》、刘佳和王颖等的《平津决战》、漠雁与肖玉泽的《宋指导员的日记》、周振天的《天边有群男子汉》、郑振环的《天边有一簇圣火》等。

这一时期戏剧文学家还有一种追求，或者说是由于对生活的本真表现自然形成的一种风景，那就是戏剧文学的地方特色和地方性。戏剧文学的地方性是由生活自身的地方性和剧作家的地方性的文化人格联手造成的。这些作品在表现某地风俗人情时，追求地方化，而不是"普通化"，主要表现在语言和生活细节上，当然也会表现在人物性格和思想上。这样的作品给人原汁原味的感觉。它们表现了某地的文化、习俗和地方性的人物性格，人物和生活的真实感也就融在其中了。这里说的基本上是话剧，面目最清晰的是北京剧作家群的作品和东北剧作家群的作品。北京有苏叔阳、李龙云、何冀平等，他们的创作似乎都和老舍剧作的示范有关，这种"京味剧"与小说领域的"京味小说"相呼应。代表作品有苏叔阳的《左邻右舍》，李龙云的《有这样一个小院》《小井胡同》，何冀平的《天下第一楼》等。另一个烘托出地方性戏剧风景的作家群出现在东北三省，他们主要是运用写实的手法，创作了一批具有浓烈东北地方特色的剧作，被称为"关东剧"。代表作家作品有杨利民的《黑色的石头》、郝国忱的《榆树屯风情》和李杰的《田野又是青纱帐》等。

20世纪80年代以来，中国舞台戏剧演出的一个全新的现象是"戏剧小品"的涌现。这些多通过电视抵达广大受众的小型话剧，都短小精致，与现实紧密贴合，反映民众广泛关心的问题和社会动态，加上其喜剧的基本风格定位，很受观众的欢迎，成为受众面最广的话剧演出。但因为戏剧小品的演出很依赖表演，造成了演员比剧本作者名声大得多的现象。

戏曲文学创作的繁荣在新时期更加惹人注目。"文革"中戏曲的演出剧目上几乎只有样板戏，剧种是京剧一花独放，虽然在"文革"后期剧目和剧种都有一定程度的开放,但剧种格局并没有改变,而且所创作品都是极"左"空洞的文学。新时期的头几年,戏曲各剧种的演出充分享受新获得的自由,大量上演既有剧目,但市场很快就萎缩,戏曲总体而言像是一种过时的艺术形式,演出萧条。但是,这一时期的戏曲文学创作却形成了历史上的又一个高峰,戏曲创作随着整个戏剧的开放求新的潮流,表现出旺盛的创造活力。戏曲作者们无论是在对历史的反思、对现实的把握、对人性的观照,还是表现形式的新异独创上都表现出超越前人的态势,一片异彩纷呈。如魏明伦的《巴山秀才》、郑怀兴的《新亭泪》、周长赋的《秋风辞》、郭大宇等的《徐九经升官记》等表现出新和深的特点。陈亚先的《曹操与杨修》、盛和煜的《山鬼》、魏明伦的《潘金莲》、徐棻的《田姐与庄周》、郭启宏的《南唐遗事》等更被称为"探索戏曲",表明它们在内容和形式上的创新和独到,作家们能借鉴西方现代戏剧的或用独创的新巧形式,表现自己对历史、对人生的深刻观察和感受,与当代占主流地位的作家隐退、剧本只图解现成的政治概念截然不同,真正显示了一个新时代的思想和艺术的风采。

新时期的戏曲文学创作的又一特点是地域分布上相对集中。总体而言是南方盛于北方。在南方诸省中,最为突出的是湖南和福建两省。前者的戏曲作家有陈健秋、陈亚先、甘征文、陈芜、盛和煜、吴傲君、颜梅魁、曹宪成等,剧作以喜剧更为突出;后者有剧作家郑怀兴、周长赋、王仁杰、诸葛辂、陈道贵、洪川、凡夫、吴永艺和陶闽榕等。其次是四川和湖北,四川的剧作家有魏明伦、徐棻、谭愫等,湖北则有谢鲁、郭大宇、习志淦等作家。

20世纪80年代的歌剧创作也表现出和"文革"以前的当代歌剧不同的面貌,题材和主题上突破了革命历史和阶级斗争一枝独秀的局面,向不同的方向开拓,形式上不再回避歌剧要像歌剧的问题,出现了冯柏铭的《深宫欲海》这样的表现人欲和宫廷阴谋的真正的西洋风格的大歌剧。这种样式的歌剧还有万方编剧的《原野》和王泉、韩伟编剧的《伤逝》等。此外出现了通俗的集歌、舞、剧为一体的音乐剧样式,如向彤、何兆华编剧的《芳草心》。注重戏剧与民族音乐结合的《白毛女》式的歌剧有陆棨的《火把节》等。

新时期的儿童剧创作也呈现出思想解放、切近事物本体真实的特点。作品在维持童心童趣的同时,与以往相较思想深度明显增加,色调也更加严肃,不再是欢快轻松地讲简单化的故事。作品有欧阳逸冰的《闪烁吧,繁星》《红蜻蜓》《和月亮交谈的六个晚上》,秦培春的《童心》,罗英等的《奇怪的"101"》,沈虹光的《五(二)班日志》,任德耀的《魔鬼面壳》,王继厚、任德耀、宋捷文等的《好伙伴之歌》,宋捷文和黄懋伺的《大森林里的小故事》,陈传敏的《皮皮鲁和吹牛大王》等。

第二节 探索戏剧

发生在20世纪80年代前期几年间的"探索戏剧"是一场话剧领域的创新潮流。在此之前,统治着中国话剧舞台的是苏联的斯坦尼斯拉夫斯基的演剧理论和风格,基本上也是西方现代戏剧产生之前的风格。这种话剧是靠演员的道白加上一定的形体动作来叙述故事和表达人物的思想和感情，强调和要达到的是直接的感觉真实，布景和演员的表演等舞台呈现要有逼真感，造成观众的真实幻觉。虽然属于导演、表演范畴，但这种戏剧式样对剧本风格和样式的塑造作用也很大，造成了戏剧文学的单调和枯燥。也可以反过来说，是这种情节整一性和逻辑叙事结构的剧本要求这样的演剧风格。这种艺术在西方现代主义兴起以后受到严重挑战，在欧美各国出现了贝克特和尤奈斯库等的荒诞戏剧、布莱希特的叙事戏剧、格罗托夫斯基的质朴戏剧、阿尔托的残酷戏剧以及象征主义、表现主义、存在主义戏剧等。新时期开始后，西方现代派戏剧文化进入中国，引起不少戏剧家的极大兴趣，而当代中国社会进程所呈现的面貌和人的精神的复杂景象也都使得戏剧家们感到传统的话剧手法无法传神地、理想地进行新的思想和情感的表达，而西方现代派戏剧却具有更多的表达方式和技巧，于是自然地开始以现代派戏剧为主要参照，也吸收中国传统戏曲的思维和技巧（此前被有意摒除的）的戏剧革新试验，此时出现的戏剧作品也就是"探索戏剧"。

探索戏剧在形式和内容上都有创新，使得舞台演出风貌大别于以前。在形式和内容两个方面看，前者的创新更为明显，更多地表现在形式上的走出传统和开拓，戏剧形式感大大强化。主要是舞台假定性的确立，舞台不再是写实的确定的空间，而是根据需要随时定义的表演场所，时空因而可以自由转换，甚至可以出现不同空间的并列，多场景共时展示。剧本也采用非理性的结构、夸张荒诞的手法叙事。由于舞台假定性和随意性的确立，人物的心理活动也可以直接呈现，幻觉、回忆、内心独白、自我对话等都直接呈现在舞台上。象征手法的运用也很突出，探索戏剧喜欢使用意象象征和整体象征，避免作品的平白，增加思想和审美感受的深度。表现手段大幅扩展，探索戏剧不再局限于演员接近生活的对白和形态动作来讲述故事和表达感情，而是采用舞蹈、音乐、诗歌、雕刻、哑剧等多种形式来传情达意，话剧由此不再仅是"话"剧，而是一种综合的表演艺术。

探索戏剧在心灵的探索和思想的开拓上成就并不明显。它热衷于表现心理活动，但深刻的表现却并不多见，心理活动更多用于叙事，是作为叙事手段而出现的。但由于对心理活动的关注，这类戏剧可以看作当代文学向内转的趋势在戏剧领域的表现。探索戏剧并不是脱离现实的，其中的多数都是紧贴现实的，甚至都是对社会问题的回应。其价值观和西方现代戏剧比起来，是积极的、正面的、稳定的，甚至是说教的，如《屋外有热流》和《绝对信号》等。

探索戏剧的形式变革深刻地影响了中国话剧的风貌，开辟了中国话剧的新时代。此后，虽然许多话剧不是所谓探索话剧，但却再也无法摆脱探索戏剧的某些因素，那些探索戏剧开创的戏剧手段已经成了常规，被普遍地接受和使用。

一、高行健与《野人》

高行健（1940—　），江苏泰州人，1940年生于江西赣州，受做过演员的母亲的影响，从小喜欢戏剧、绘画和写作。1957年从南京第十中学毕业后入北京外国语学院法语系，在校期间参与演剧活动。大学毕业后先后任职中国国际书店、《中国建设》法语组、中国作家协会。1980年任北京人民艺术剧院编剧。文艺论著有《现代小说技巧初探》《对一种现代戏剧的追求》等。出版有《高行健戏剧集》、中短篇小说集《有只鸽子叫红唇儿》、长篇小说《灵山》和《一个人的圣经》等。2000年获得诺贝尔文学奖。高行健是少见的戏剧家、小说家、文艺理论家、画家、导演等多重身份集于一身的文艺家，但他影响最大的还在戏剧创作上，他的探索话剧风格迥异，极大地塑造了中国的当代话剧，成为话剧史上里程碑式的人物。高行健的作品形式新颖多变，语言丰富机趣，主题严肃深沉，具有浓郁的沉思气质。

高行健的剧作主要有《绝对信号》《车站》《野人》等。《绝对信号》由高行健和刘会远合作创作，为无场次话剧。剧作在"一列普通货车的最后一节守车"上展示了一代青年的生活情态和心灵世界，表现的是正邪的较量和正的胜利。它最引人注目的是新颖别致的形式，它把过去、现在、未来交织穿插，在火车的一节守车上展现出来，过去和未来是通过想象、内心独白、回忆等心理活动表现出来，收到强烈、独特的效果。《车站》则是一部"无场次多声部喜剧"，其唯一的场景是城郊的一个公共汽车站，不同年龄和身份的人在等车，头发都等白了还是没有一个人能坐上车进城。它用夸张的描写反映了那个时代人民的生活状貌，同时用等车象征了人民长时间中的社会处境和基本的愿望不得实现的现实，名为喜剧，其实是一场悲剧，是经过"文革"的中国人在轻信中等待、荒废了十年时光的整体性悲剧。应该说，《车站》是反思文学思潮的一个部分。

《野人》是高行健最为宏阔的作品，作者题下注明"多声部现代史诗剧"，真正名副其实。该剧作为史诗，并不像典型的史诗那样描述人类发展早期的战争和重大事件，而是涵盖了整个人类的文明史，其时间跨度是迄今为止的七八千年，而地点是一条大河的上下游，城市和乡村，也就是包括了人类生活的全部场景。对人类来说，它是全时空的。尽管如此，该剧主要情节发生的时代还是当代，地点是中国西南的某林区。戏剧情节基本是以生态学家到该林区考察并建议改伐木场为自然保护区为线索的。生态学家无名无姓，表明他是一种思想的代表，不是一个有个性的人。所以，《野人》讲述的不是一个个人的故事，也不是政治意义上的社会故事，而是一个人类的故事。

该剧的结构是不分幕，而分为三章，依次是耨草锣鼓、洪水与旱魃，《黑暗传》与野人，《陪十姐妹》与明天。诸多情节不相连属，但都指向自然，物质的自然和人类的自然，指向自然和人类的关系。它的每一章都有两个部分，那就是相当原始的劳动和生活情景与环境问题。全剧的人物可以分为山里人和山外人，也可以分为自然和人类。生态学家是山外人之一，他关注着生态破坏的现状和人类的未来，拯救森林和野生动物是他此来的目的，而生态的破坏已经触目惊心，人类的前景更是惨淡。寻找野人是和环境破坏相关的第二大问题，而野人在这里是象征性的，象征着自然本身，象征着原始的生态，生态学家希望的是人们和野人和谐相处，人类对他们不要仅仅是猎奇和猎杀。不仅是大自然受到了残忍的对待，原始的民俗文化也受到了致命的摧残，这就是《黑暗传》

的相关故事。野蛮残暴的力量曾对这种文化横加扫灭,当有人再认识到它的价值的时候已经失传了。这种文化属于人文生态,和自然生态一样已经遭到严重破坏。而对大自然毫不尊重的现代社会也即城市社会,心神紊乱,为无意义所困扰。生态学家的妻子就陷入烦恼之中,认为一切皆没意思,而王记者那样的人,则是到山里采访野人,以刺激和愉悦城里人空虚的神经。从某种角度看,这也是一种遭到破坏的生态,现代人的精神生态。

生态问题是当前人类面临的第一大问题,这个问题并不适合用文学作品来表达,戏剧更是如此,但高行健用他自己的方法强烈而韵味十足地表现了这个人类面临的最紧迫和严峻的问题。至少在中国,对这一主题的表达《野人》是最早的。

该剧在形式上是集高行健现代戏剧技巧之大成的作品。它在艺术上最重要的特点是它的复调性,在同一时间展开不同的画面和音响,表现不同的场景和生活内容,不同时间不同地点发生的事情都可以同时出现在舞台上,古今城乡都可以同时展现。该剧除了复调技巧的整体性使用之外,人物和细节都有音乐化的倾向,或者说重视音乐和音响的作用,剧中使用了各种音乐主题,如"芳的旋律""森林中生态平衡状态的和谐音乐旋律""旱魃旋律"等和洪水音乐、獐子的气氛音乐等。光、色、音的强力介入,造成了强烈的视觉和听觉效果。

二、李龙云与《洒满月光的荒原》

李龙云(1948—2012),河北河间县(今河间市)人,1948 年出生于北京南城罗圈胡同。1968 年上山下乡到黑龙江生产建设兵团,十年北大荒生活,赶过马车,当过康拜因手,筑过路、打过井、垦过荒。1978 年入黑龙江大学中文系读本科,1979 年入南京大学中文系攻读戏剧创作研究生,师从剧作家陈白尘,1982 年获文学硕士学位,其后任北京人民艺术剧院编剧。

李龙云为新时期杰出的话剧作家,创作以沉实深邃为特点。他的作品有两个主要的取材地域,一为北京的胡同,一为北大荒,两者都用北京话写作,为"京味话剧"作家之一员。李龙云的剧作有《有这样一个小院》《小井胡同》《这里不远是圆明园》《洒满月光的荒原》《正红旗下》《叫我一声哥,我会泪落如雨》《万家灯火》《天朝上邦》三部曲(《家事》《国事》《天下事》)。另有长篇小说、电视连续剧、纪实文学作品等。《小井胡同》和《洒满月光的荒原》为其话剧代表作。

《洒满月光的荒原》发表时题为"洒满月光的荒原——《荒原与人》",所以也称"《荒原与人》",发表于 1985 年。故事发生在黑龙江省东部荒原上一个叫落马湖的沼泽边上,往东就是中苏界河乌苏里江。"文革"中有一个垦荒队驻扎在这里,垦荒队的连长于常顺外号"于大个子",手中掌握着对队员生杀予夺的大权。他极为崇拜权力,也毫无顾忌地滥用权力,落马湖就是他专横统治下的王国,他就是凶暴无忌的国王。于大个子挥舞着一个武装排的暴力工具,肆意羞辱、查抄、奸污队中的知青:李天甜不堪羞辱而投湖自杀;马兆新的恋人细草被奸污而怀孕,却嫁祸于马兆新。马兆新被逼逃离落马湖，踏过中苏边界，蒙上"叛国犯"的罪名，遭到关押。在中苏边界冲突的时候，苏家祺的恋人宁姗姗参战，苏家琪胆小怕死假装得了瘟疫，逃避参战，但宁姗姗并不怪他，求他在家等着自己，结果她却战死在边境冲突中。李天甜也深爱苏家祺，面对无尽的羞辱和迫害，她只会逃避到文学的天国里，最终被落马湖吞没。懦弱的苏家祺忍无可忍，驾推土车追击于大个子，使他脸面丢尽，最后苏家琪用冲锋枪射击于大个子，打残了他一条腿。更多的故事发生在马兆新身上。他深爱细草，但在得知细草被于大个子强暴怀孕后，再无法接受细草。细草在无助的屈辱中深盼马兆新还能要她，在终于无望之后毅然把自己嫁给当地一个粗蠢的马车夫。因为骄傲，因为尊严，马兆新和细草展开了心灵的搏战。马兆新答应了她的请求，赶马爬犁送细草出嫁，但在接亲的人到来之后，马兆新终因无法忍受而爆发，挥鞭抽打迎亲人，又把细草拉了回去。但他仍然不能接受被于大个子奸污怀孕的恋人，终于远走天涯。15年后，马兆新走遍了人间的草野、山川、大漠和湖泽，他在寻找丢失的自我和信仰，不期然又回到了落马湖。青年时代留在这里的一切都在眼前复活了，用经历了人世沧桑的15年后的目光看取那年秋天，抚摩那个青春岁月里血淋淋的迫害、反抗和自我的搏斗，马兆新心中充满了无尽的感叹。

《洒满月光的荒原》用回述结构组织情节。全剧发生在"文革"中的某个秋天，在重又回到落马湖的马兆新的记忆深处呈现出来，因是马兆新眼睛和心灵的叙述，所以全剧都蒙上了浓郁的主观抒情色彩。在当年情景的呈示中15年后的马兆新是时时在场的，造成了不同时间面的交合与呼应，甚至是15年时间两端的两个马兆新的对话，营造着反思和感叹往事的气氛。有些段落甚至使用三重深度的时间，如于大个子在15年前和毛毛对话时对自己少年屈辱经历的回忆，这种叙事格式十分罕见。由于是心理叙事，所以情节的开始和结束、人物的上场与下场都十分灵活，来无踪去无影，也造成了剧情的梦幻色彩。与此相关，该剧多用表现主义的方法，如两个人的爬犁或马车反复交错而过，但却无法接触；人物非对话性的交流，即两个人都以自白的方式说出对方的感受和所思所想，形成并没有交谈的隐性的对话；也有不少场景人物是直接对观众讲话，剖白自己或描述他人或风景。这些都极具文学性。最重要和突出的是全剧的语言都有强烈的诗的抒情的色彩，甚至可以说，全剧就是由一首一首朗诵的诗所串成，形成剧作特殊的审美面貌。这一切都自然、优美、浪漫而深沉，并不显得做作。有一点可以算作该剧的疵点，那就是有些并非北京人的人物却一口京腔，如四川女人和李长河都是。

《洒满月光的荒原》的主题是不显豁的，隐藏在抒情的感觉化的语言下面的主要有两样东西：一是权力，一是情爱（爱情、性）。剧本把故事的发生地叫作落马湖王国，国王就是于大个子，他是以一个粗野的专制统治者的面目出现的，垦荒队所有的人都是他的权力淫威的牺牲品和受害者。由于受到权力无所不在的镇长的蹂躏，于大个子从小就悟到权力最可爱，权力成为他最渴望得到和使用的东西。权力不仅可以决定他人的物质分配，给他人造成精神的威压，而且能保证权力者对他人的性掠夺。那个镇长就是公然和于大个子的后母通奸，每当这个时候，他的雌伏于镇长权力前的父亲总是要把孩子赶出去以给镇长方便，即使是在暴雨中。权力的横行严重畸变和扭曲了于大个子的心灵和人格。他在垦荒队，对手下的女知青们也就如法炮制。

垦荒队的队员都处在情爱关系中，而且这种关系是他们生活的主要内容：李天甜和苏家琪、宁姗姗和苏家琪、四川女人和邢福林，甚至李长河的虐杀公狗和对于大个子的示威或出谋划策也是其性心理的表达。描写最充分的情爱关系是马兆新和细草，剧作的中心意蕴也通过他两人的关系表现出来。马兆新和细草相互深爱，但细草遭到于大个子处心积虑的强暴并怀孕，完全破坏了两人的关系。马兆新虽然还爱细草，但经过多次挣扎，仍然逃走了。作为一个有尊严的男性，马兆新心中生出的不洁感和羞耻是根深蒂固的，也可能是一种生物性的本能反应。作品中对于大个子父亲背后背着的纸王八以及对王八屯的描写，表现的都是在此类事情上受害者的感觉和评价。所以，于大个子的兽行彻底破坏了马兆新的尊严，就像他的继母公开养汉对他的尊严的破坏一样，其道义的矛头最终是指向权力的。尽管作者让马兆新在遍历人生的磨难后对当初的决定产生悔愧之意，但此事仍然构成了对于大个子和他拥有的权力的控诉。在这里，权力和情爱（性）发生着多重关联，两者完全无法分开。

该剧标题中的"洒满月光的荒原"蕴涵着神秘和欣赏，而"荒原与人"则表现了对人和野蛮凶恶的环境的关系的反思，其意旨是有区别的。作者对此似有些分裂，前者是他对自然存在的荒原的喜爱和神往，后者则暗示他对发生在这荒原上的人事的沉痛记忆和思考。李龙云在剧本开始指示的时间是"人的两次信仰之间的空间"，这个空间就是所谓的"心理荒原状态"，也就是说，这里的荒原是象征性的，是暗指人的内心世界或信仰状态。马兆新用了15年的时间去寻找新的心理平衡和信仰，他找到了吗？他自己说，他也不知道在找寻什么。而他最后竟无意间又回到了那个荒原，更表明了他的困惑和没有出路，他的心仍然是一片荒芜，只能用虚幻的梦境，用心魂构筑的当年同伴的动人婚礼来安慰自己于一时。

第三节 现实主义话剧

新时期前十年的戏剧文学除了主要是形式出新的探索戏剧，还有一派并不着意于形式实验翻新、沿着既有的道路前进的作家作品。这派作家关注的重点是现实生活的内容，并用和人们看到的生活一样的形式将它表现出来，这就是现实主义戏剧。探索戏剧并非不关心现实，这一派所以和探索戏剧形成对照，主要是表现形式的原因。现实主义戏剧采用理性的结构，主要是通过对社会人生的外部的真实描写来反映它的本质，人物的心理也限于理性层面，叙事和描写都真实而符合逻辑。尽管这种话剧是探索话剧要冲破和改变的，但它本身也仍有它的生命力，它自身仍有不小的表达弹性，仍然有能力呈现作家对生活和社会的新鲜感受和深刻的发现。

和形式上的老实、直接一样，现实主义话剧和刚刚过去的历史及与此相连接的现实都是直面相对的，事实上这是文艺上久违的一种态度。现实主义在新时期初期是被深切呼唤的一种文艺精神，它拒绝粉饰、虚假和欺骗，有一种将生活和社会本相揭示给世人的冲动，也是新时期整个社会呼吁说真话的一部分。这些作品属于文学上的伤痕反思的大潮，在戏剧上则多可归为"问题剧"。由于历史的曲折多难和现实的百病丛生，现实主义的文学只要照直写来，就往往会显示出批判性和揭露性。这对那些长期习惯于涂饰和回避现实的眼目来说就难免坚硬和刺激。可以归入该范围的如东北作家群，赵国庆的话剧《救救她》，中杰英的《哥儿们折腾记》，董新民、杜艳、李殿臣的豫剧《谎祸》，蒋晓勤、韩勇的话剧《带血的谷子》，魏明伦的川剧《四姑娘》，彭道城的汉剧《芙蓉女》等。

沙叶新与《假如我是真的》

沙叶新（1939—2018），回族，1939年生于江苏南京，1957年就读于华东师范大学中文系，1963年上海戏剧学院研究生毕业后入上海人民艺术剧院任编剧。20世纪60年代沙叶新创作独幕剧《一分钱》。20世纪70年代末期以后先后创作了《约会》、《假如我是真的》（与人合作）、《大幕已经拉开》（与人合作）、《陈毅市长》、《马克思秘史》、《寻找男子汉》、《耶稣·孔子·披头士列侬》、《东京的月亮》、《尊严》等剧作。由于其思想的新颖和发现的尖锐，他的多部剧作都曾引起关注和争议。沙叶新有强烈的社会责任感，作品对市民生活和社会问题密切关注，生活气息浓郁，现实感强烈。沙叶新是当代风格最鲜明的喜剧作家，机智诙谐，豁达乐观，善于在笑声中使丑恶显形，缺点暴露，使美德和善良更加美好亲切。后者如《陈毅市长》，前者的代表是《假如我是真的》。

《假如我是真的》是沙叶新前期的代表作。该剧来源于当时上海的一个轰动一时的真实事件：一个青年冒充高干子弟在上海受到许多干部的照顾和巴结，最后事情败露，被捕入狱。为创作这个剧本，沙叶新曾到狱中采访当事的犯人。由于是对社会真实事件的报道，所以作者在剧本的序幕中说："我们这出戏也来自活生生的现实生活。"这个由真实事件而来的六场话剧的主人公是农场知青李小璋，他的父亲是工人，注定了他在生活上的被动和艰难。按政策他可以调回城里，但却被有权势的人挤占了。他的女友已经回城而且怀孕，他如果回不了城就无法结婚，形势非常紧迫。一次他在剧院门外闲逛，听到了话剧团赵团长、文化局孙局长和组织部钱处长的谈话，就顺势冒充自己是马部长介绍来看戏的张小理，骗看了一出不易弄到票的热门话剧。由于从剧团团长到市委书记的各色权力人物的积极推动，李小璋也就顺水推舟当起某中纪委领导干部张老的儿子张小理，希望解决调回城里的难题。各种人物积极为他想办法，也希望能从他身上得到好处，一个相互利用的关系网就围绕着张小理编织和运转起来。他通过市委书记批的条子如愿以偿办好了回城的手续，而农场的场长向中纪委检举了该事，张小理冒认的爸爸张老来处理，骗子李小璋落网获刑。在法庭上，李小璋承认自己有错误，但他说："我错就错在我是个假的。假如我是真的，我真的是张老或者其他首长的儿子，那我所做的一切就将会是完全合法的。"

《假如我是真的》用轻松的喜剧方式巧妙而逼真地揭示了社会机体上的溃烂和脓疮。

一个青年相当偶然地走出一步，就身不由己地被权力阶层推动着一步一步骗下去，这些剧团团长、处长、局长和市委书记的表演决定着李小璋的行骗，因为这符合他们自己的利益，或者说能增加他们的利益，而他们所做的就是相互滥用权力和讨好权力。在这个过程中，聪明的李小璋准确地理解和掌握了特权人物的心理和动机，于是配合默契的双簧就精彩地搬演下去了。从某种意义上说，李小璋和被他骗的长官们并没有区别，不管是增加住房面积还是出国散心，是知青上调回城还是看内部电影，都需要通过特权获得，而这些利益的享受除了互惠，就是家庭血缘的传递，没有一个好爸爸就什么都不好。李小璋骗到一张戏票的时候等候的观众表示不满，团长说："他爸爸是首长，你爸爸是吗？"李小璋也激愤地对女友说："等下辈子投胎的时候，我是得调查一下，看我爸爸是不是高级干部，不然，我宁愿死在肚子里，不出来！"正是由于社会的这种现实，他才在"爸爸"上做文章，一厢情愿地认了一个爸爸。有这样一个爸爸，他所做的一切都不会成为问题；因为事实上没有这样的爸爸，这个爸爸是别人的爸爸，他的行为才成为犯罪。李小璋一句"假如我是真的"，向社会提出了一个尖锐得让人张口结舌的问题，冷笑着点破了社会和法律的本质。也正因为这一点，使得该剧只在内部演出几场，最终没有公演。

《假如我是真的》是一出喜剧，从细节到主题都是充满喜剧性的，精彩的喜剧细节遍布全剧，从走了一圈又回到李小璋手里的"特制茅台酒"到农场的工人和干部请假使用的不是奶奶生病就是姐姐结婚的千篇一律的借口，都谐趣盎然。但喜剧的对象也就是剧本讽刺和揭露的并不是主人公李小璋，而是被他蒙骗和加入整个骗局的人，也就是说，喜剧是针对各色长官们而言的。就李小璋来说，他回城的努力和最后的结果却是一个悲剧。作为一个没有任何社会和体制资源的工人的儿子，他抓住了一个送到面前的、事实上是非常危险的改变命运的机会，但他最后失败了，沦落得更深，这是一种必然。李小璋的精神并没有失败，反而到最后还嘲笑被他欺骗过的人和质问审判者，这两者的对比更显示出李小璋命运的悲剧性。

第四节　话剧双峰

80年代前期中国的剧坛上既有长期沿用的形式单纯的幻觉主义话剧，又有突破传统、在表现方法上拓展创新的探索话剧。探索话剧到80年代中期以后逐渐消歇，但是它的艺术成就和经验却并没消失，而是被戏剧作家们不同程度地吸收，成为他们的艺术营养，这就有了此后的所谓"现实主义话剧和探索话剧合流"之说。本来，探索话剧和现实主义就并不是敌对的，探索话剧同样具有现实主义的精神，它的创新更多的是表现方式上的，尽管在内容上它更多地侧重表现人的精神和心理。因此，这种有效的表现形式也就有可能把细腻真实地表现社会历史内容的现实主义话剧在一定程度上吸纳采用。这方面最引人注目的是锦云的《狗儿爷涅槃》和杨健、陈子度、朱晓平的《桑树坪纪事》。

在这两部作品中,开放新颖的形式技巧帮助了深广坚实的社会历史内容的表达,它们成为新时期话剧最有代表性的作品。

一、杨健等与《桑树坪纪事》

《桑树坪纪事》由杨健、陈子度、朱晓平根据朱晓平的小说《桑树坪纪事》《桑塬》《福林和他的婆姨》改编。杨健(1952—),出生于北京。1969年到黑龙江生产建设兵团,1971年参伍,1975年退伍在北京外文印刷厂当工人,1978年考入中央戏剧学院戏剧文学系,1993年起,在中央戏剧学院戏剧文学系任教。

《桑树坪纪事》的故事发生在20世纪60年代后期陕北黄土高原上的一个小山村。正如剧名所显示的,它讲述了发生在不到两年时间里的几个故事,有许彩芳和榆娃的故事、王志科的故事、陈青女和李福林的故事,而与这些人物的故事有关联而贯穿始终的人物是李金斗,他是村长,是当地的权威人物,剧中所有的故事也都是他的故事。这所有的故事都可以归结到生存和繁衍,正是为了这最基本的需要,以李金斗为代表和中心的桑树坪的人们进行着坚韧而惨烈的斗争,他们为此付出了尊严甚至生命的代价。剧本将那个时代中国农民的生存本相无所掩饰地呈露在人们面前,强烈地震撼着人们的良知和灵魂。

全剧的序幕已经显示了带有特殊民俗色彩的生存斗争。时值夏收前夕,因天阴要下雨,桑树坪村民敲锣打鼓祈求暴雨落到邻村的地里,这是在和邻居斗。剧本开始的两节都有关麦收,直接地表现了村里的当家人李金斗为全村的物质利益而进行的用尽心机和牺牲尊严的斗争。他苦口婆心地想让估产员少估一点,又低三下四地巴结、招待估产员,因心情过于急迫而冒犯了估产员,招致后者将茶水泼到他脸上的侮辱,但他是决心要豁出老脸为乡亲求下这个情的,他做到了。剧本的最后,因为公社革委会成立,领导要吃喝,责令桑树坪献出他们的耕牛,饲养员伤痛欲绝,和村民一起杀死老牛以示抗争,这是和官府斗争。而在雇佣麦客的时候李金斗也是手辣心狠,把工价压到最低,这是受苦人和同阶级人之间的争夺和较量,同样表现了生存竞争的残酷。李金斗要诬陷、赶走死了女人的外来户王志科也是为了他那孔破窑,更加表现出李金斗的冷酷不义。

和物质的贫困相关联的是婚姻爱情上的艰难痛苦。守寡的许彩芳和小麦客相爱,但受到李金斗的粗暴打击,因为他想让许彩芳嫁给他的小儿子,为他李家传宗接代,最后导致许彩芳投井自杀。陈青女为给哥哥找媳妇被迫嫁给"阳疯子"李福林,受尽折磨和屈辱,而李福林为了娶陈青女则必须卖妹妹去做童养媳,如此等等。在这里,女人完全没有自由意志和尊严,成为物质支配的奴隶,成为变相的金钱和财产,被迫做着生育的工具。这些从不同角度来看的弱者都成为生存竞争的利爪下的牺牲,即使最强悍有力的李金斗也成为可怜的人,更昭示着环境的严酷。李金斗是自私无情的,但他并不是本性的坏,他的所作所为都是作为生存对策而进行的,都是环境的产物。他的多数损人的行为都是为了他的村庄、为了他的村人。这是一个没有经过意识形态和作者主观愿望修饰和篡改的农民形象,作为一个村干部,他和以往文学作品中所有类似人物都大相径庭,显示出独一无二的真实性。

《桑树坪纪事》采用旋转舞台，布景分正面和背面。正面是刻满深深沟痕的倾斜的黄土坡，有一堆古代的石雕和唐朝遗留下来的水井，两者遥相呼应，象征着生活的古老和岁月的悠远。背面是斜坡上的小路、堆放饲料的小土窑、苍松古柏，贫瘠而凝重。两个布景都不仅是写实的，而且也是象征的。和一些探索话剧一样，它采用了歌队，序幕中歌队是穿现代服装的，其歌唱表达了作者的思考，后来歌队都是以村民或麦客的身份出现的，也为剧中的表演提供演员。歌队的设置代表了作者的自问和追问，起思考和评论的作用。剧中还使用了大量的民歌，或者说是民歌风的歌曲，显示了剧本的地方色彩，而且直接抒发了人物的感情，烘托了故事的气氛，强化了作品的艺术效果。动作的舞蹈化也是《桑树坪纪事》表现上的一个特点，有一点歌舞或戏曲的因素，好比迎亲仪式和麦客的割麦动作等。歌和舞都显示了对传统的写实话剧的超越，也强化和丰富了作品的表达效果。

二、刘锦云与《狗儿爷涅槃》

刘锦云（1938—2024），出生于河北雄县，1963年北京大学中文系毕业，毕业后在昌平农村工作，历任中学教师、公社干部、县委党校干部，1982年入北京人艺任编剧，后任院长。1963年开始发表作品，除了剧作《狗儿爷涅槃》《阮玲玉》《风月无边》《背碑人》《乡村轶事》等作品外，还有中短篇小说集《笨人王老大》等作品。

《狗儿爷涅槃》为刘锦云的代表作，是探索话剧潮流之后采用探索戏剧的技巧和叙事方式而又有较深刻的社会历史内涵的作品。剧本大量采用内心独白，又将人物心理活动直接呈示在舞台上，现实和历史通过心理的中介错杂地出现，两条线扭结着，演绎了一部农民在现代中国奋斗和失败的历史，同时也是对现代政治和农民关系的反思。

《狗儿爷涅槃》的中心意象是一座门楼，一个旧式的砖砌门楼。它原属于地主祁永年，后被贫农陈贺祥得到又失去，成为农民陈贺祥理想的象征，是他一生追求的目标，同时象征着中国农民在现代的苦难。故事开始时，主人公陈贺祥在黑暗中点燃了火柴，他来放火烧毁这心中的圣殿。地主祁永年的鬼魂在这时出现，其实是陈贺祥关于这门楼的记忆，也就是他一生奋斗和灾难的记忆，在意识中展开了。

贫农陈贺祥对物质财富的饥渴是如此强烈，超过了对生命的留恋和对妻子、孩子的安危的考虑。战争到来时别人都避难去了，他却冒死留下来收获被遗弃的已经成熟的庄稼，尤其是经济价值最高的芝麻。他的人生以地主祁永年为榜样，那就是吃好穿好不劳动。不久，当地解放，陈贺祥翻身了，他什么都不要，只要地主祁永年家的门楼，因为这个门楼是气派和富裕的象征，是陈贺祥的理想所在，买下门楼是他最大的人生成功。陈贺祥因而感谢李万江代表的共产党的大恩大德。接着陈贺祥趁土地便宜购置土地，往地主的方向上挺进，但合作化运动的到来把他家里的牲口和土地都入了公。村长李万江让他等着享福，因为他们进入的是社会主义。由于不能接受失去土地和牲口的现实，陈贺祥疯了，一疯就是20年。他病得连老婆都不认得了，但对土地的热情却未曾稍减。到了新时期，牲口和土地又分给他的时候，陈贺祥才又清醒过来，但20年已经过去了，陈贺祥发现自己已经老了，一头黑发全白了。他说，如果倒退30年，他拼出全身力气也要变成他一直痛恨着的祁永年那样的地主。但时代已经变了，他的儿子不仅和祁永年的女儿结了婚，而且小两口还要拆掉他视若命根的门楼，因为他们办了个石厂，门楼碍路。陈贺祥认为儿子的行为是败家，他认为最可靠的是土地，最光荣的是门楼。当发现自己无力保卫门楼的时候，他就自己放火把它烧掉了。这时，隆隆的推土机声也响起来了。

《狗儿爷涅槃》浓缩了几十年的农民生活史，也是他们的苦难史。作品反映了农民所受到的伤害和压迫，同时也反映了农民自身的狭隘性。剧本对"阶级斗争"这个当代最重要的概念、社会主义意识形态的基石作出了新的解释。贫农对地主的斗争表现为拼命当上地主，农民的理想就是做地主。陈贺祥的理想和当代的社会及意识形态完全相悖，在政治力量的打击下彻底落空，和地主的斗争也失去了对象和依托。到了新时期，他的理想也显得落伍，更加没有实现的可能了。从感情上看，贫农的新一代和地主的子女已经结合，成了一家人，至少是有同样的理想，前辈的仇怨和斗争在这时已经化解，这对"地主和农民的阶级斗争"无疑是一个讽刺。地主的本质无非是比贫农过得好，贫农要过得好就要当地主，地主的女儿和贫农的儿子今天的经营同样是为过得更好，有更多的钱，是同一个道理。这是对长时间统治中国的阶级斗争观念的一种嘲讽性消解。

因为注重历史的概括性，该剧显得有些概念化，似乎是作者对历史认识的一个图解，不够本真，细节都显示出较强的目的性，有有意设计痕迹。《狗儿爷涅槃》在艺术上的特点主要是象征的使用，这也和其概念化有关。门楼象征了陈贺祥的理想，因为门楼是地主家的门面，最能显示地主的威风和气派。陈、祁两家的联姻也是一种象征，也在说明地主和贫农的关系，说明两者关系的实质和两个阶级关系的变化。《狗儿爷涅槃》采用倒叙手法，通过主人公陈贺祥的意识活动叙事，而且有鬼魂的出现，这都是探索话剧的艺术馈赠了。

第五节　历史剧

新时期最初十年的戏剧创作在现代题材上有出色的表现，其艺术和思想水平都是远远超过前代的，尽管比起同期的小说创作来还处于明显的劣势。和现代题材戏剧的创作相比，历史题材的作品无论数量和质量都更加引人注目，所达到的思想深度和艺术上的完美程度都是空前的，这又不是同期的历史小说可以比拟的。这不仅是因为新时期戏剧创作在选材、在主题上对各种禁忌的突破，也得自当代历史给剧作家的深刻启示，可以说当代的社会生活和历史进程使剧作家们用更加明亮的眼睛审视历史和历史人物，从而达到了更高的认识高度，也可以说，剧作家们通过对历史的书写表现了他们对现实的认识和评价。当代社会生活的复杂、诡谲和凶暴以及今古生活的共振是新时期历史题材戏剧创作繁荣的根本的客观原因。而通过这些古代的艺术形象表现出来的作家们对人性、历史、政治的认识也达到了前所未有的高度。

帝王将相向来是历史剧青睐的对象,这不仅是因为这些人对历史发展进程的决定性影响,也因为从他们的活动、感情、道德和人生历程中更能看出历史和人的本质,更能加深对人的理解,而且他们的人生、他们的命运也具有更强烈的大开大阖的戏剧性。在新时期,帝王将相戏得到了长足的发展,而且主题向多方面延伸。新时期开始以后很快出现了一批反映吕后阴谋篡权的剧作,以影射当代历史。作者明确站在正统皇权的立场上,认定皇后想当女皇是罪大恶极。被认为最能代表这些作品水平的是陈白尘的《大风歌》。在反思"文革"和当代社会灾难的思想潮流中,又出现了一系列描写封建帝王晚年昏聩误国的作品,如许思言的京剧《汉武哭秋》、周长斌的莆仙戏《秋风辞》。同时一些作品开始深入揭示帝王权力对帝王人格的异化和造成的败坏,将隐藏在历史事变和宫廷丑行背后的悲剧根源剖示在舞台的灯光之下,如白桦的话剧《吴王金戈越王剑》和冯伯铭的歌剧《深宫欲海》。这些作品已经远远超越了对帝王生活的表面描述和对帝王不义和无德的道德谴责,而是重在证实他们个人及国家悲剧的无可避免的规律性。

对帝王的描写也不仅仅是揭露他们的丑恶和昏聩,许多作品从历史中发掘改革时代的恢宏气度和开拓精神,表彰他们才智谋略、善于纳谏、知人善任的英明,肯定他们的历史价值,曲折地表达作家的现实理想,某种程度上也是时代的呼唤和对当代历史的批判,如颜海平的话剧《秦王李世民》,李伦的京剧《唐太宗》,毛鹏的京剧《康熙出政》,朱学、毋政的秦腔《千古一帝》等。在同一意义上被歌颂和呼唤的还有将相大臣或仁人志士,如陈伦元的话剧《商君曲》、谢雨春的京剧《谭嗣同》等,这些都是向往革新、冲破历史旧局的时代精神的一种反映。

与帝王戏相伴随的是大量的清官戏的出现。清官在社会黑暗、人民备受侵害基本权利得不到保障的中国向来是最受欢迎的舞台人物,清官戏也在整个戏剧作品中占据着特别重要的地位。旧时代的清官戏基本上是为民做主、反抗权贵等主题,到了新中国清官的内涵朝着实事求是调查研究等工作作风方面转变,对一般观众来说这已经是索然无味了。到了新时期,这两种倾向都受到了超越。清官被神化和尊崇的总体倾向发生转变,旧的题材被在人的基础上重新开掘和演绎,作为人的清官的心灵世界和复杂性被关注和表现,颠覆了提纯和理想化了的清官形象。如扬剧《包公自责》里的包公也会断错了案并造成严重后果,从中都可以看出作家思维的开放性。武纵的《狱卒平冤》更表现了怕失去清官的名声而知错不改的人性阴暗角落,倒是没有这种负担又没有地位的狱卒为冤枉的人平冤,表现了小人物的勇气、智慧和正直心性。郭大宇、彭金淦的京剧《徐九经升官记》更是把公正断案和个人恩怨放在尖锐的冲突中,从而考验当事官员的个人和政治品质,表明清官要做到"清"是多么困难。这样的作品都摆脱了以往简单化、理想化的思维模式。

一、陈亚先与《曹操与杨修》

陈亚先(1948—),出生于湖南岳阳,曾任湖南省文联副主席。主要代表作有京剧

《曹操与杨修》《宰相刘罗锅》《武则天》，电视剧《乾隆王朝》等。

《曹操与杨修》发表于1987年，是新时期前期最优秀的历史剧之一。正如剧名所显示的，故事发生于曹操和杨修之间。赤壁战败以后曹操急需人才，这时杨修适时地出现在曹操面前，他钦佩曹操和他从事的统一中国的大业，愿意为曹操的事业奉献自己的才智，主动担任曹军的仓漕主簿，为大军备办粮草战马。但就在杨修的工作大见成效的时候，曹操由于听信谗言而杀害了杨修的助手兼好友孔闻岱，而且事后曹操拒不认错，说自己有夜梦杀人的毛病，怪病不怪人。杨修气愤不过，让曹操的爱妾倩娘深夜到曹操给孔闻岱守灵的灵堂去照顾曹操，曹操为维持自己的谎言杀了倩娘，杨修对曹操更加失望，两人互生恶感。后杨修又在对西蜀用兵的问题上表现出比曹操更高的智谋，迫使曹操为他牵马坠镫，更增加了曹操对他的嫉恨。在作战时杨修为了挽救曹军，布置军队后撤，曹操虽然采用了杨修的战术，但仍以扰乱军心的罪名杀害了杨修，于是曹操又走上了招贤之路。

《曹操与杨修》一剧的核心是"招贤"，延揽有才干的人以完成统一国家的大业。招到贤能自然可喜，但招贤者和贤能之间的关系却不可避免地要凸显出来。招贤是为了用贤，他们的才智必然要表现出来。但是，这种才智和能力如果太突出，到了超过任用者的程度时，后者就会感到不舒服，甚至将对方看成是对自己的威胁，因而要嫉恨和设法摧折了。问题恰恰是，只要是贤能之士就很难是唯唯诺诺的奴才，他们的才华定会像招贤者所期望的那样闪耀自身的光华，于是几乎必然要遭到嫉恨，于是招贤也就成了一个无法真正实现的悲剧性的努力。曹操深知人才对于他的霸业的决定性意义，因此他渴望贤才，但矛盾的是，在他的内心深处，在连他自己都未必意识到的隐秘心理中，他是嫉恨贤能的，至少他并不希望他招纳的贤能之士比他更智慧、更英明，渴望贤能和嫉贤妒能就是这样水火不容地纠缠在一处。杨修的被杀既是杨修的悲剧，也是曹操的悲剧，他们之间的冲突产生于情势和人性，在同质的政治制度下是无法改变的，其悲剧也是不能避免的，因此这种悲剧具有普遍性。陈亚先用曹操和杨修的爱恨聚散的故事揭示了一种政治场景的本质。这一悲剧对于杨修来说显得更其不幸和可悲，这也是在封建专制的社会里，智慧和忠心的士人典型的结局。企图在曹操这样的英豪手下发挥才智实现理想的士人也只能带着酒到阴曹去，"我要借酒将愁解，做一个忘忧鬼酒醉颜开。在生落得身名败，到阴曹我再去放浪形骸"了。

《曹操与杨修》艺术上的最大特点是设置了一个招贤者，他的声音像一个音乐主题一样贯穿在全剧中。这一人物不仅结构着全剧，对剧作情节的发展起到评说的作用，同时也提示着剧作的主题，他在每场开幕或闭幕时宣读的招贤词不仅显示了招贤的急迫，也反映着情节的变化以及曹操在招贤问题上遇到的困境。剧作故事的时间跨度只有三年，但第一场的年轻人到第三场就已经须发皆白，这种不合情理的描写说明它是一个长时间存在的问题，而且十分令人发愁。

二、郑怀兴与《新亭泪》

郑怀兴（1948—2023），出生于福建省仙游县。中学毕业后入伍，在江西服兵役两年，转业后在家乡务农，后当民办教师，在此期间和同乡的著名剧作家陈仁鉴结识，在戏剧写作上受到陈仁鉴的鼓励和指导，后因戏剧创作的成绩而进入县文化馆工作。1977年考入莆田师范专科学校政教专业，毕业后到县文化局编剧组工作直至退休。郑怀兴是福建省的戏剧家组织"武夷剧作社"的创始人和首任社长，后任福建省文联副主席等职。

郑怀兴是新时期戏曲创作成就最大的作家之一，被认为是新时期"传神史剧"的代表人物，在历史剧（包括古代故事剧）和现代戏两个方面都有卓越成就。他的作品以结构复杂和思想深刻著称，被认为有浓重的知识分子色彩。郑怀兴80年代的作品有《遗珠记》《新亭泪》《魂断鳌头》《晋宫寒月》《青蛙记》《阿桂相亲记》《神马赋》《鸭子丑小传》《造桥记》等，其中《新亭泪》为其成名作，也是他的代表作之一。

《新亭泪》取材于东晋时的一段史实，剧名来自周伯仁、王导等人为晋朝的命运对泣新亭的掌故。晋元帝在王导、王敦兄弟的拥戴中偏安江左，王导官居丞相，王敦为南征大将军。元帝疑忌王氏兄弟势力过大，危及皇权，于是有意疏远王导，重用镇北大将军刘隗，以牵制王姓势力，这一政治举措引起王敦的不满。王敦以"清君侧"为名，从武昌发兵建康，对皇帝兴师问罪。就国内而言，这是非常危险的信号，可能导致全面内战的爆发，而外敌也将乘虚而入。王导因堂弟造反率全家跪在朝门外待罪，满朝文武无不低头掩面而过，无人理睬。他求好友、吏部尚书周伯仁向皇帝解释说情，不料遭到醉醺醺的周伯仁的一顿嘲骂。在元帝面前，周伯仁却以一家性命力保王导，和怂恿尽诛王氏以窃取大权的刘隗势不两立。王敦大军进入都城，元帝助刘隗逃走，希望他率兵勤王。王敦部队进皇宫捉拿刘隗，力逼知情者供出放走刘隗的人。为避免王敦以此为借口废帝篡权，周伯仁主动代元帝受过，谎称是自己放走了刘隗。王敦派人向王导征求意见，问周伯仁是否可杀，王导怀恨在心，未置可否，即默许杀害周伯仁。元帝听从周伯仁的意见，亲赴王导家劝其重担重任，并承认是自己放走了刘隗，王导又看见了周伯仁力保并荐举自己的奏章，后悔不迭，立即赶到江边的新亭，但为时已晚，周伯仁已丧命王敦刀下，王导深深自责："吾虽不杀伯仁，伯仁因我而死。"周伯仁之死震动了王导，他严厉地责令王敦退回武昌，忠奉朝廷，否则自己将率师讨伐。王敦被迫退兵，一场关系到政局稳定和国家存亡的严重危机得以化解。

《新亭泪》的主题意蕴和思想价值主要通过周伯仁的言动体现出来，而他的言动和思想并不一致，确切地说，两者呈矛盾关系。这种矛盾关系使剧作思想主题的体现显得曲折和隐晦，同时构成了人物心理和主题思想的深刻性，作者的艺术智慧也主要表现在对这种矛盾关系的精准微妙的把握和呈现上。周伯仁豪饮醉酒，是缺乏理性、昏乱糊涂、不负责任的表现，但和魏晋时期的知识分子一样，醉酒只表示他内心痛苦的深沉和忧虑的强烈，而这种痛苦和忧虑又是政情世事引起的，他的醉酒正说明了他的近乎绝望的责任感和对国事的关怀。在面对眼前紧迫的危机时，周伯仁不甘心用庸常的方式表达意见，而是借着酒气用出人意表的反语方式，内心极为焦虑，而表现却十分放诞。他和王导既是好友，又是儿女亲家，但这只是私事，王导正是在私人感情的基础上向周伯仁求救的，而占据周伯仁心灵的则是国家和黎民，是政治的大局。王导的跪地相求未免让周伯仁鄙视,而老是想着自己的身家性命更让周伯仁不满,加上王导劝阻王敦不力,都促成了他对王导的嘲骂调笑。人格上比周伯仁差得多的王导不仅不理解他"无情无义"的行为,反倒心怀恼恨,直接导致了周伯仁的被害,这正说明,作为朋友,他们的知心程度有限,王导读不懂周伯仁。由于他对迫在眉睫的灾难焦虑异常,对形势十分悲观,所以在王家又派儿子即周家姑爷来求情的时候,周伯仁避而不见,索性到新亭喝酒痛哭去了,他的真实的内心和思想主要是在新亭的似梦非梦的心理活动中来展示的。而周伯仁在元帝面前以全家性命保举王导,说服元帝重用他,并不避亲家和朋友之嫌,因为,由王导主政是保证国家安定、人民免遭动乱之苦的最佳选择,立足点仍是国家大局,而不是私人交情,他不需要也不屑向王导袒露他的真实思想,更不会显示自己有恩于对方。

周伯仁的醉也就是醒,他的醉也是因为醒,他的惊世骇俗的行为并不奇怪,而是他的性格、思想与当时情势相作用的逻辑结果。《新亭泪》传达了东晋士人时代性的精神风貌,活现了周伯仁清高自负的性格、苦闷的心灵和高尚的政治品德,也忠实地描画了此时的政治情势以及各种因素的交互作用,其"传神史剧"的论断应该是由此而来的。

《新亭泪》叙事流畅而又波澜起伏,戏剧转折往往出人意料。因为周伯仁这个人物和叙事上一定程度的周伯仁视角,全剧都显得醉眼迷离,虚虚实实,特别是渔父的设置,既显得空灵幽玄,又呈现出开阔的文化历史气象,既充分展现了周伯仁矛盾的内心世界,也使剧作获得了别样的精神气质。

三、郭启宏与《南唐遗事》

郭启宏(1940—),出生于广东饶平县,教师家庭出身。1961年毕业于中山大学中文系,毕业后分配到北京工作,先后在中国评剧院、北京京剧院、北方昆曲剧院、北京人民艺术剧院任编剧,同时兼任北京市文联副主席、北京戏剧家协会主席等职。

郭启宏为高产作家,创作遍及各个文体,戏剧、诗歌、小说、散文、杂文和论文都有出色表现,但他主要以剧作家身份出现。他在戏剧文学的创作中也罕见地涉及多种剧型或剧种,作品有话剧《李白》《天之骄子》《男人的自白》,昆曲《南唐遗事》《司马相如》,京昆合演《桃花扇》,京剧《司马迁》《情痴》,评剧《向阳商店》《评剧皇后》《成兆才》,河北梆子《武拜城》等。在话剧和戏曲中,尤以戏曲创作惹人注目,为当代最杰出的戏曲作家之一。郭启宏擅写知识分子,剧本文学品位高,文辞优美清雅,深具古典韵味而又不伤于陈旧。

昆曲《南唐遗事》为郭启宏的戏曲代表作,创作于1986年,曾被评选为中国当代十大悲剧之一。故事取宋初南唐末年的史实,也是第一次塑造唐后主李煜的舞台形象。宋朝初年,宋太祖赵匡胤踌躇满志,筹划着消灭残存的"十国"政权。软弱无能的南唐李后主派弟弟和大臣向宋朝进贡,以求赵匡胤开恩允许南唐政权的存在,"以修永好",但赵匡胤扣留了李煜的弟弟李从善,并积极备战,进攻南唐。李煜对朝不保夕的危局不仅一筹莫展,而且仍然一味沉溺在诗词箫笛中,更为荒唐的是他又爱上了前来走亲戚的小姨子,对国事麻木茫然。弟弟被北宋扣为人质,他能做的只是到江北岸去生祭弟弟。就在这次生祭仪式中，李煜偶遇到江边来侦察的赵匡胤君臣，本可以一举将其消灭，但李煜却客客气气放走了他们。赵匡胤并没有感谢他的不杀之恩，而是步步紧逼，在李煜的周皇后去世后要把自己的丑八怪侄女许给李煜，李煜拒绝就成了赵匡胤军事进攻的借口，于是城破国亡，李煜和新皇后周玉英被掳至汴梁。在囚徒的生活中，李煜除了悲叹哭泣，仍然是赋诗填词，沉溺在精神的玄妙境界中。在这期间，皇后周玉英的美貌和风采以及她对丈夫的生死爱情让赵匡胤嫉妒和垂涎，他借故奸淫了周玉英，李煜虽感屈辱，却是无可奈何。李煜的一些词作流入江南，成为团聚江南人心的旗帜，李煜存在一天，就一天成为南唐未灭的象征，赵匡胤在其弟的建议下终于在食品中下毒毒死了李煜，周玉英也毅然服毒自尽。

李煜的悲剧是人的精神悲剧，是人的本真性灵无法自由抒发、被扼杀和毁灭的悲剧，也是文化的悲剧。这是美的毁灭，是优美人性的毁灭，是艺术和文化的毁灭。这一悲剧就发生在政治和审美化的文人心灵之间，发生在李煜的社会政治身份和他的个性人格之间，是前者毁灭了后者。做帝王的命运无可抗拒地降临到李煜头上，要让他管理国家保卫国家，让他主宰国家的命运，但他却没有做帝王的能力和兴趣，他喜欢的只有对美的欣赏和创造，这一主观兴致和客观要求的错位是李煜悲剧产生的根源。这一冲突是该剧冲突的主体，赵匡胤和李煜的冲突倒是次要的，或者说赵匡胤是政治一方的具体表现形式和外在例证。首先是李煜的政治身份地位战胜了他，然后才有赵匡胤战胜了他。作品的主题是在两人的对比下完成的，赵匡胤的存在直接造成了李煜的悲剧，也反衬、强化、突出和完成了李煜的个性和内在的悲剧性。赵匡胤不仅是李煜的侵犯者或毁灭者，而且还是李煜的观察者和评说者，在他的视线下，李煜的悲剧呈现出更加完整饱满的面貌。

李煜的悲剧是他的艺术化、审美化的人格造成的，这种人格也是悲剧的承担对象。李煜的人格完全是一种非政治性的人格，正如南唐大臣徐谦所说，李煜"仁厚谦和，温良恭俭，锦心绣口，文才风流，更有天生一段真性情"。这种文化的、审美的人格不仅没有过错，反倒是人类一直在向往和追求的，它代表了人类的正面价值，唯其如此，它的毁灭才成为悲剧。李煜高度的文化和审美造诣以及对自由心性的追求脆弱无用，在政治和军事暴力面前不堪一击，它招致的只是政治暴力的摧残和践踏。这是暴力对文明的胜利，是物质对精神的胜利，是政治对文化的胜利。文化和艺术不是物质力量，在倚赖物质力量运行的世界里，它扮演的一直都是悲剧的角色，《南唐遗事》也在这一点上获得了普遍的价值和意义。

另一方面，该剧一再暗示作为毁灭者的赵匡胤对李煜的喜爱甚至痴迷，以及他和李煜相较时显示的人生缺憾。赵匡胤第一次见到李煜也被他的风采所动，"猛然间魄荡神摇"，李煜的"一脸儿书卷气，似白璧无瑕心地"竟然让赵匡胤一时间"销了豪气"。即使在下毒杀害李煜的时候，赵匡胤对李煜也是有点羡慕和崇拜的。这也是一种矛盾，它显示了文化和艺术的力量，显示了事物的复杂性，但这终究不是主流，赵匡胤也是灵性受到触动，生发一时的非功利的本真心绪，在政治军事利益的考量中，这种纯美仍然没有立足之地。赵匡胤对李煜的主观态度，深化了李煜的悲剧，因为赵匡胤对李煜的毁灭不是基于失误,而是在认识到他的美好和价值的前提下进行的,更雄辩地说明了两者冲突的不可调和及悲剧的必然性。

拓展阅读:
1. 高行健:《对一种现代戏剧的追求》,中国戏剧出版社 1988 年版。
2. 许国荣:《高行健戏剧研究》,中国戏剧出版社 1989 年版。
3. 许文郁:《理性的支点:桑树坪的反思》,《文艺理论与批评》1989 年第 2 期。
4. 康洪兴:《新时期话剧革新运动的贡献及其不足和纰缪》,《文艺研究》1998 年第 2 期。
5. 林婷:《准对话·拟狂欢:1980 年代探索戏剧研究》,中国戏剧出版社 2008 年版。
6. 宁殿弼:《新时期探索戏剧研究》,中国戏剧出版社 2012 年版。
7. 高传峰:《沙叶新话剧创作的三个关键词》,《四川戏剧》2019 年第 7 期。
8. 温雅红:《时代的"惊险剧":〈假如我是真的〉的创作与争鸣》,《文艺争鸣》2020 年第 4 期。

问题与思考:
1. 20 世纪 80 年代戏剧对地方性的探索。
2. 探索戏剧发生的文化语境与现代性探索。
3. 高行健的戏剧观念与创作实验。
4. 新时期历史剧在思想与艺术上的突破。
5. 现实主义戏剧发展的文化语境与历史价值。

第二十章 台港文学

第一节 概　述

一、多元文化激荡的 80 年代

20 世纪 80 年代和 70 年代相比有一个新的社会环境与人文氛围。执政党比过去开放与民主，经济上跨入"第三波"的资讯时代，农业上由停滞期转入扶助期，文化教育普及，各种民间社团蜂起，为文学上的多元发展、混声合唱提供了有利条件。

首先是大陆 30 年代的作品不再被明令禁止。它在民间自动解除戒严后，中断了三十多年的五四新文学传统终于重见阳光。长期受压制、打击的本土文学也有了较宽阔的生长空间，他们不再用"乡土文学"指代"台湾文学"，而名正言顺地举起了"台湾文学"的旗帜。但这里仍埋伏了意识形态的分歧："台湾文学"是用特殊含义的"台湾意识"写成的作品，还是"台湾文学"其本质是"在台湾的中国文学"？1981 年 1 月，詹宏志在为《联合报》获奖的两篇小说而作的《两种文学心灵》中，依据台湾是中国的一部分，台湾文学不能与母体中国文学割裂的看法，认为台湾文学如果没有博大精深的作品，就只能沦为聊备一格"相对于中国中心的'边疆文学'"。1982 年创办的本土文学刊物《文学界》，便凝聚了南部作家的这种共识，把重点放在如何从创作到理论确立台湾文学的自主性上，以"缔造中国文学之外的独立的台湾文学"，其分离主义色彩已昭然若揭。不过被"台湾意识"主宰的南部作家与中国意识强烈的北部作家，还没有酿成激烈冲突。从 1982 年 3 月因陈若曦由美返台举行的一场南北作家座谈会，没有出现唇枪舌剑，只在一片难堪的气氛中结束，便可看出这点。

1987 年 7 月，随着持续三十多年的"戒严令"的解除，以及党禁、报禁、《动员戡乱时期临时条款》的废除，台湾的政治生态有了急剧的变化，一批反思和重新评价从"二二八"到白色恐怖的历史情境的作品应运而生，"政治文学"由此掀起了解冻时代的批判浪潮。弱势人群的人权文学，也表现了农民、工人、渔民、老兵、妓女、本土少数民族贫困悲惨的生活，充分体现了作家同情社会底层民众生活的人道主义情怀。这时期还破天荒地出现了本土少数民族作家。他们的作品水准不高，但在厘清本土少数民族文学观念、建构其理论体系方面作了一系列的努力。此外，还有女性文学、环保文学、"台语文学"的兴起。这里说的"台语文学",还处在萌芽阶段,带有实验性和探索性。它是对统治者用政治力量来管制文学及民众日常语的反弹。不过,在反弹时走入了另一极端,使这些所谓"台湾话文"无论是本地人还是外省人读起来均如嚼鸡肋。

在新诗创作上,本土诗与后现代诗开始时是平行发展,但后来又有相抵触的现象。它们本来就有不同的艺术倾向,在表现题旨上亦有重大差异。一般说来,本土诗的思想性大于艺术性,而后现代诗讲究技巧,题材比较广泛,其议题不局限于族群,还有环保、科技、媒体、电脑文化、女权主义、艺术本质、语言实验、都市文明等,即使与政治有关,其讥讽的对象也只是官方而非整个中国。

关于台湾是否出现了后现代诗,诗坛上有不同的看法。如林亨泰就认为"台湾拥有'后现代'的条件似乎还未成熟,而是'现代主义'该全力发展的时候"。陈芳明也认为解除戒严后繁华的台湾文学不应定义为"后现代时期",而应定名为"后殖民主义文学"。对于20世纪80年代是否本土诗与后现代诗并存,学术界的意见也不一致。吕正惠在一次并非专门谈诗的发言中,就认为80年代以"要求本土化倾向为主"[①]。这些说法本身,反映出台湾文学评论界众声喧哗,任何试图"一言九鼎"让人臣服的文论和诗论均不可能出现。在新诗创作上,出现了新闻诗、录影诗、环境生态诗、政治诗、本土诗、后现代诗。在题材上,写政治和战争,写中国精神或本土意识,写乡村或都市,写生态或科幻,咏乡愁或死亡,写山水或情欲或表现异国情调……说明诗人的创作生命力随着政治的松动充分释放出来。80年代是一个多元发展、"主义"频繁、"混声合唱"的时代,已成不争的事实。

二、以"九七"为题材的香港文学

自1982年9月22日英国首相撒切尔夫人访华,揭开香港前途会谈的序幕以来,香港便有了"九七"问题。从这年底起,香港进入了一个历史转变期,香港文学从此也迈进了一个新阶段。

结束一个半世纪米字旗升的耻辱历史,把割让与租借出去的岛与半岛在"一国两制"前提下缝合回母体,这无疑是值得大书特书的事。但事情是复杂的。虽是天经地义的回归,但鉴于殖民教育,有相当一部分香港人一谈到政治问题必打上某种烙印,比如谈及"九七"问题便认为这是一种阴影,是什么"大限"临头,感到恐惧或无所适从。在短篇中最早接触"九七"题材的是刘以鬯的《一九九七》,作品反映了中产阶层对前景的态度。那时中国刚改革开放不久,一些市民对未来缺乏信心,小说主角吕世强便有这种心态。作为一个产值两百多万元的小厂老板,当他一大早看到日报上特大标题"将来香港九龙新界/一如深圳成为特区"时,面有难色,举止反常。他不了解"九七"后的香港不会等同深圳,因香港仍实行资本主义制度,便由此动了举家(包括情妇和私生子)移民的念头。可当他用炒股的方式使薄弱的资产膨胀起来时,等待他的是失败的命

---

① 封德屏:《以更宽阔的视野,突破过去的规范:"文学与社会"座谈会》,《文讯》1991年4月。

运。他因而不断借酒浇愁，最后死于车祸。作品批判了商人的投机心理，不赞成用侥幸心理解决眼前困难，也委婉讽刺了那些不负责任的传媒的误导。

叶娓娜的《长廊》、陶然的《天平》，也是以"九七"为题材的短篇小说，主人公的出路亦离不开移民。其中《长廊》中的张以良是位中学教师，他在太太的帮助下成功地向加拿大移民。作品批判了某些知识分子软弱、自私的性格。《天平》的主角是广告公司的职员杨竹英，为了移民竟不择手段，宁愿甩掉年轻有为的黄裕思而和庸俗的连福全结合。小说在艺术手法上有所创新，不似《长廊》用过于单调的"他"作叙事角度，在结构上亦有可取之处。许荣辉的《心情》，由于选择了不是单一化的角度表达"九七心情"，获1996—1997年香港市政局中文文学创作组第一名。

长篇小说篇幅大，香港作家充分利用它的长处去反映"九七"前夕的香港人情世态。白洛的《福地》，描写了商界在"九七"前夕为香港前途担忧的种种现象：有的把资金从本港转移到国外；有的人虽想走但又留恋香港的生活方式，陷入极度的矛盾之中；有的人则对未来充满信心，为回归努力做贡献。作品围绕着张氏国际公司的老板和他儿子的事业矛盾展开，人物写得有血有肉，栩栩如生。陈浩泉的《香港九七》，将政治事件与爱情纠葛穿插起来，其中赵敏小姐由移居英国到放弃这个念头的过程写得很自然。作者借留英学生唐明森的口表达了作品的题旨："我想，对香港的前途问题，香港人过分的惊慌了。香港终究要回到中国的版图上，这是无可改变的现实，香港人不能不面对这个现实，逃避、惶恐都是无济于事的。把希望寄托在英国人身上，那更是无知。"

已回加拿大故里的梁锡华在香港工作期间写的两部长篇《头上一片云》《太平门内外》，也很有影响。其中《头上一片云》亦是将爱情与"九七"问题交织起来写，所不同的是还加上了香港常见的基督徒的反应。作品描写了丁慈基的移民悲剧，嘲讽卓警凡"假离婚"的移民手段和移民动机。《太平门内外》则比较了中西不同社会制度的优劣处，作品中的人物无论是移民加拿大还是回中国定居，均感到"世界上，安乐土似乎是没有的"。作者劝人们丢掉幻想，面对现实。结尾一段文字，可谓是"编筐编篓全在收口"上："祖国呀祖国……你快富起来，强起来吧！"郁达夫的呼声，也成了永佑的呼声。是的，普世的中华儿女，都在期望真正的太平门是在故国之内，不在万里的海外。

在"九七"将临的香港文坛，以"九七"为题材的小说越来越多。这些小说，不论是采用传统手法还是现代手法、超现实手法，不论是喜剧结局还是悲剧煞尾，它们均具有下列特点：

一是把香港命运与国家命运紧紧联系在一起。香港是中国的一部分，香港的命运和国家命运本来就息息相关。1949年后香港作家写内地的作品，大都是以"难民"身份写所谓"家亡国破"之恨。70年代末写的作品，则是暴露十年浩劫的黑暗面。而现在香港作家无论是赞扬还是批评内地，均不可能站在第三者的立场。他们均意识到了自己作为中国人的身份，多了一份投入和承担，有可能补救香港文学精巧有余博大深厚不足的弱点。

二是这些作品均是时代精神的投影，与那些写风花雪月或身边琐事的作品形成了鲜明的对照。像梁锡华的《头上一片云》比作者过去写的长篇小说《独立苍茫》，在思想容量和艺术空间上均有极大的拓展：作品不再囿于个人生活领域，而利用卓博耀的一举一动去写时代的变化；作品的情节也随着局势的转变而发展。

三是政治意识的强化。香港作家的文艺观，相对而言，大都强调作品的艺术性，注意形式技巧的创新。而描写"九七"题材的作品，不再像过去有些人认为的那样凡政治均是肮脏的，那种"事不关己，高高挂起"的政治冷漠感不再出现，专写欢场女子、婚外情、同性恋的作品在减少，政治分析与社会分析的能力在增强。作家们从来没有像现在这样忧国忧民。

第二节　台湾文学创作

这时期台湾文学创作主要有探亲文学、眷村文学、旅行文学、政治文学、女性文学、后现代主义文学等。下面分别简要说明。

探亲文学。1987年10月15日，台湾当局正式开放民众赴大陆探亲。开放之初，老兵们纷纷除掉身上的反共刺青回乡团聚。不少国民党作家也不再担心中共报复而开始了返乡之行。朱西宁的《报喜》，写他回山东老家探亲，除了亲情的极大满足外，最为欣慰的莫过于消除了戒备心理，增进了彼此之间的了解。

探亲是乡愁的延伸和持续，这在王书川的《四十年的天伦梦圆》中作了充分的反映。王令娴的《故事没完》，叙述了作者回重庆探亲的动人经过。这些作品，直抒胸臆，文风质朴，读来亲切感人。重游祖国大好河山，当然会撞击出灵感的火花。首批回乡探亲的有军中诗人洛夫、管管、张默、辛郁。他们从杭州、上海到北京，受到大陆诗人的热烈欢迎。他们回台后发表的诗作，由于有梦里河山终得亲临的欣喜和"历史性寒颤"的真实感受，故写得非常动人。如洛夫书写故乡景致和北京、长城的诗作，这都是作者沉淀后的反思。此外，辛郁揭示生命悲凉的《谒泰山无字碑》、向明寓悲怆谐趣中的《虹口公园遇鲁迅》，有为历史作见证的企图。席慕蓉回内蒙古后，发表了《我的家在高原上》，在寻根的同时反映了民族历史的变迁。有的作品则表现了他们共存的大乡土意识与台湾生活经验的碰撞，在乡愁与政治认同之间所存在的犹疑与焦虑，以及爱与怨、悲与苦、失望与希望，如张坤的《初抵广州》。柏杨的随笔《家园》，批判了因内战造成的亲人流离失所的现实。还有的作品抒发了或回归或朝圣或猎奇的心情，个别的还表现了对大陆落后面的忧伤和讽刺。以探亲为题材的电影则有孙越主演的《老莫》，这是台湾50年代遗留下的怀乡文学的余绪。

眷村文学。"眷村"是国民党兵败大陆迁台的产物。自50年代起，全台湾的各军驻地，都为去台的军队家眷安排了特别的住处，作为他们安居乐业、休养生息的场所。住在眷村的第二代虽然也依附于国民党政权，但他们毕竟没有国共斗争的经验，因而比上一辈作家多了一点怀疑主义和自由民主思想，其作品自然不同于父辈作家专以反共怀乡为题材。他们的创作，主要表现眷村中的外省人的处境和眷村后一代适应台湾本土的过程。

作为80年代崛起的眷村文学，其作品主人公离不开父辈及其后一代，由此将笔触伸入台湾社会，表现出外省第二代家国难分或揶揄"反共复国"的特性。故事离不开悲欢离合的套子，情节在现实与理想、他乡与故乡、台湾与大陆之间穿梭，作者们不时涉及敏感的族群问题。近年来这方面的代表作有郝誉翔的《逆旅》、骆以军的《月球姓氏》和《遣悲怀》、朱天心的《想我眷村的兄弟们》和《漫游者》、苏伟贞的《魔术时刻》、张大春的《聆听父亲》、朱天文的《巫言》。

以前台湾每次选举时均有国民党的"眷村铁票"，从80年代后开始流失。眷村作为台湾特定文化政治的产物，在本土化浪潮冲击下也正在消逝。但眷村中的外省第二代无论在政治舞台还是在文坛上均不会消失。进入新千年后，他们仍在发表作品，在叙述乡土、追述童年的同时反思记忆，描写两代冲突，甚至操纵情欲政治；继续铺写外省籍的父辈逃离台湾的遭遇，探讨这些文学上的异乡人兼政治上的孤儿的命运。作为台湾文化的"母文化"之一的眷村文化，是1949年后台湾文化中极重要的现象之一，这集中体现在苏伟贞后来编选的《台湾眷村小说选》中。此书记录了一个被忘却和即将被忘却的世界，编者企图用书中的多篇小说去打造眷村文学史。

旅行文学。所谓旅行文学，就是用文学笔法写的纪游文字。它有作家亲临其境的实际体验，也有作家的心灵活动和人文思考。旅行文学写自然风光的同时常常抒发作者对历史的沉思。在题材上，有一部分写祖国大陆的美好河山，发故国之思，如陈若曦写大西北的《青藏高原的诱惑》、郜莹写少数民族的《酿一罐有情的酒》。另一类是写异国他乡的见闻和风光，如爱亚的《走向法兰西》、吕大伦的《英伦随笔》。

旅行文学离不开历史传奇、人文轶事，作者常用悲哀和苍凉的笔调去感动读者。最具影响力的是三毛浪迹天涯的游记。她的作品，展现了奇特的异域风情。如《沙漠观浴记》，以猎奇的笔调写沙哈拉威人与众不同的洗浴奇观，读了后可以增长见识。她的其他作品常常在叙述中夹带强烈的激情，在自然美景中写出人间的情和爱。她以撒哈拉沙漠为背景写自己和荷西的婚恋，文笔自然天成，很有吸引力。

政治文学。这种文学打破了政治的封锁，多以"二二八"事件的白色恐怖作题材。这方面的作品有林双不编的《二·二八台湾小说集》，另有揭露政治犯在监狱中非人待遇的施明正的《渴死者》《渴尿者》。表现弱势人群的"人权文学"，其弱势人群指生活在社会底层的民众。他们生活贫困，道路坎坷，命运悲惨。这方面的代表作家有洪醒夫、宋泽莱、履彊、吴锦发等。

女性文学。日据时代，台湾很少出现女作家。就是有，也以日文写作。到了50年代尤其是80年代，女作家人数激增。这时期最有代表性的女作家为李昂、龙应台。

李昂（1952—　）原名施淑端，台湾彰化人。毕业于"中国文化大学"哲学系，后赴美攻读戏剧，回台后曾任教于"中国文化大学"中文系。

被封为"台湾劳伦斯"的李昂，在作家姐姐施淑、施叔青的熏陶下，起步甚早，从17岁登上文坛那天起，就以她擅长表现性与禁忌的"特技"受到文坛的青睐。她1983年写了《杀夫》《暗夜》，一鸣惊人，由此成了最受关注与争议的女性主义作家之一。后来李昂不再满足于表现女性及其性欲的残酷处境和相关的循环故事，而把女性与政治经济问题紧密结合在一起，从中发掘两性关系中的政治寓意和政治中的情欲主题，标志着她的创作向前跨进了一步。最明显的例子是李昂在《联合报》连续四天刊载的小说《北港香炉人人插》。作品的主人公林丽姿，在早期反对运动中努力向上攀爬，企图以女人的身体作为获取权力的渠道。正是在这种强大的性攻势下，她不仅成功地睡了反对党某派系的大佬，而且其他男性成员差不多都成了她石榴裙下的俘虏。这篇小说对性的大胆剖析，引起一位女性政治家对号入座，差点诉诸法律，李昂由此也成为媒体的焦点人物。

李昂的代表作《杀夫》所采取的阴性书写策略，目的在于呈现父权对女性从身体到经济的剥削、从人权到法律的歧视，最终目的是要颠覆父权制。作品有意识地加入血腥与暴力的图像，把女性的情欲探讨放在首要位置，这便招来众多卫道士的攻击。后来这篇作品被评为"台湾文学经典"。她的作品《看得见的鬼》，在鬼趣鬼意中蕴含政治寓意。她还创作有笔调浪漫的散文《猫咪与情人》。

龙应台（1952— ），祖籍湖南，出生于高雄。毕业于成功大学外文系，后旅居瑞士，近年在香港教书，后到台湾从政。

龙应台是80年代崛起的专栏作家。她在《中国时报》"人间"副刊开设的"野火集"专栏，悍然勇敢地揭露台湾社会的种种病象，在金碧辉煌的门面上显露出斑驳破烂的地方，用血淋淋的事实逼迫读者张大眼球去看、去反思、去审视。不到一年工夫，龙的作品就像熊熊的野火席卷了整个台湾文化界。这股野火要烧去丑陋和腐朽、一切不义和不公，要开垦出一片清明天地。

龙应台还用社会良知、道德勇气及犀利的文笔写作《龙应台评小说》，笔伐文坛的种种痼疾，造成一股"龙应台旋风"。1985年年底之后，全台湾几乎没人不知道龙应台这个十足男性化的名字，她的书由此被选为"出版界年度十大新闻"之一，《野火集》和《龙应台评小说》还分别获选为"年度最具影响的书"，她本人则被台湾文化界评为1985年"文化界风流人物"。

后现代主义文学。后现代文化思潮伴随着后工业社会出现。商业社会的消费取向和资讯的高度发达，是后工业文明的重要标志。虽然台湾当下还未进入后期资本主义阶段，但它的某些层面上已经有后工业文明的特征，这为后现代文学的产生提供了温床。具体说来，从80年代后期开始，台湾文坛出现了从现代主义母腹中成长发展起来的后现代主义文学。

以众多大众传播媒介的台北市为龙头，在媒介工业再生产的机制下，逐步出现了探索虚构和真实的关系、意符的游戏、泯灭门类界限、布满语言文字迷障、嵌入后设语言以及事件般即兴演出的后现代主义。小说方面主要有黄凡的《娱乐界的损失》、王幼华的《健康公寓》、张大春的《公寓导游》。这些小说均用摄像机般的扫描镜头反映生活，其笔下的生活呈现出一种混乱的都市怪象。其美学特征一是强烈反省艺术自身，二是使生活从象牙塔走向世俗，走向民间。1985—1986年间，还出现了一种作者边叙事边探讨小说中问题的后设小说，如黄凡的《如何测量水沟的深度》、蔡源煌的《错误》、汪宏伦的《关于他的二三事》。

后现代诗则出现得比小说早，70年代末夏宇的部分作品就含有后现代精神。80年代以来的重要诗人有杜十三、林燿德、林群盛、零雨、陈黎、鸿鸿、苏绍连、许悔之、焦桐、陈克华、孟樊等，另还有活跃在网络的诗人群。后现代诗按陈义芝的说法：不再追求个人风格的创新，反而将仿造作为一种写作策略；以不连续的文字符号建构出有别于传统、不具意旨的语言系统；创作的精神不在于抒发情感，而在于表现媒介本身；不在于呈现真实事物，而在于完成宣告式的幻象。此外，表现手法不依赖时间逻辑，而靠共时性空间关系的突出，景物与景物间、事件与事件间，因互不相属而留下更多联想的空间；要求读者参与创作游戏，读者可能在作者有意缺漏的地方填入不同的意符而产生不同的意旨。

这时期的散文作家有杨牧、陈冠学。

杨牧（1940—2020），原名王靖献，花莲人。东海大学外文系毕业。曾任教于普林斯顿大学及华盛顿大学。1996年再次回台湾，任东华大学文学学院院长。

杨牧15岁用"叶珊"笔名发表新诗，1972年另用笔名"杨牧"写诗、写散文、写评论。他的新诗细致而富饶，节奏明朗而深远。他的散文疏落有致，融进了诗的意境和语言，被称为"诗质散文"。他横跨戏剧、翻译、编纂等领域。

近三十年来，杨牧的散文创作成就不亚于新诗。吴三连文艺评审会对他的散文曾作如下评定："在主题意识方面，他关怀乡土，关怀社会，关怀整个世界。他揭露问题，往往提出理想，他关怀的范围由小而大，思考的层面由浅而深。在艺术技巧方面，致力突破形式上的窠臼，别创新格，尝试从西方文学、中国古典文学、现代诗中吸取各种艺术技巧，融入散文之中。"他的《亭午之鹰》悠悠于传统/现代、东方/西方，在生/死、抽象/实存中思辨与探索，透过娴熟的文学技巧去表达独特思维感悟，呈现恢宏壮阔的格局。其散文《搜索者》所穿的是散文外套，跳动的却是诗的心脏。作品使用的象征与隐喻，给研究者留下了较大的诠释空间。它那多重搜寻主题，使其叙事方法从诗中独立出来，让他的散文和诗一样使人重视。这部《搜索者》和新诗集《传说》，同时被选为"台湾文学经典"。

陈冠学（1934—2011），屏东人。毕业于台湾师范大学国文系。当过编辑和教师，出版有《田园之秋》等。《田园之秋》是为唤醒人们热爱自己的土地而写，是一本有关自然环境保育的书。此书最大特色是充满了对田园生活的赞美，及由此产生的人与大自然的和谐、快乐。作品中出现的蓝天白云、鸟鸣声声，以及在小溪里裸泳，或在黄昏中牵着牛在香草中散步，无不使人感到生命的喜悦。

第三节　香港文学创作

一、小说和散文

20世纪80年代的香港，是一个酝酿改朝换代的时代。中英关于香港前途问题的谈判，使1985年后的香港进入了过渡时期。时局的不稳定，不影响经济的繁荣发展，反而为文学创作增添了不少新题材。这时期的重要作家有李碧华、钟晓阳、董桥、梁锡华等人。

李碧华（1959—　），广东台山人。中学时开始写作，1976年任影视编剧、舞台策划，出版有散文、小说、长短句多种。

李碧华的第一个长篇《胭脂扣》，写一个30年代已去世的烟花女子如花，80年代死而复生回到阳间寻找情人，未能如愿后表示要与这个不可思议的世界决裂，后重回阴曹地府。小说出版后非常畅销，再版近20次，还被搬上银幕。这除了小说的诡异风格和神秘气氛外加怀旧色彩吸引读者外，还与作品触及的本土意识有关。在对待历史的态度上，作者态度含混，对60年代以前的香港历史所体现的亦是这种欲迎还拒的立场。作者写痴情的如花、务实的永定和楚娟，所代表的是30年代和80年代不同的生活方式及处世态度。这两者在作品中表述时有天壤之别，却同时出现，属有的评论者所说的"双重编码"的尝试："双重编码凸显了小说在联系今昔、表述身份时所遭遇到的难题。作为一部怀旧小说，《胭脂扣》的第二个吊诡之处就是发现旧的爱情故事尽管诱人，但并不可爱，甚至可怖。与此相反，现代恋爱尽管平庸无聊，却是众人因循苟且的快乐生活。往事只是偶尔供人偷窥，甚至意淫的女鬼，但毕竟人鬼殊途，终须分手。塘西的销金窟（指妓院）纵使可爱，始终是另一个世界里的事情。"①

对于广受欢迎的《胭脂扣》，评论界看法不一致。如王德威认为该小说"原无足观"，另有的香港评论家指出：小说写得"失控"，有媚俗倾向，在压缩历史时舍弃了事物的复杂性，等等。

钟晓阳（1962—　），生于广州，在香港长大，毕业于美国密西根大学。中学时开始写作，出版有《停车暂借问》《流年》等。

钟晓阳的成名之作《停车暂借问》，写东北姑娘赵宁静的爱情经历时，从日本写到中国，从40年代写到60年代，情调哀感缠绵。小说只有13万字，但显得有张力，其象征手法的运用不亚于钱锺书的《围城》。在写这出爱情悲剧时，作者还配之以缠绵可读的诗词："片片梨华轻看露，舞尽春日姿势。无情怎被多情系，好花谁为主，常作簪花计。人间多少闺门闭，门前落花堆砌。隔窗花影空摇曳，近来伤心事，摧得纤细腰。"颇

---

① 危令敦：《论李碧华的〈胭脂扣〉》，载张美君等编《香港文学@文化研究》，牛津大学出版社2002年版，第127页。

有李清照的遗风。除古典诗词外,还有现代诗片断:"回想出事那天/三级的地震微微/当你以灾难的双眉/审视我失火的眼睛/燃毁的平原不可以里计。"正是这种诗情文字使作品更具艺术魅力,作者由此获得"才女"称号。

比起小说来,钟晓阳的诗歌创作也毫不逊色。正因为她对唐诗宋词烂熟于心,故她作品的一大特色是用古典味的篇名叙说故事,如《春在绿芜中》《水远山长愁煞人》《可怜身是眼中人》《忆良人》等。她的作品不限于写香港,有的故事发生在旧金山,更多的是从香港写到美国又返回香港。钟晓阳关注现实,不写不食人间烟火的作品。像写私人医院三位女孩故事的《姑娘》,写出了香港中下层社会的纷繁复杂面貌,生活气息扑面而来,其中还可窥见她风格转型的蛛丝马迹。

在散文创作方面,成绩斐然的是董桥和梁锡华。

董桥(1942—),福建人。毕业于台湾成功大学,后入英国伦敦大学从事东方与非洲学研究。1965年到香港,出版有《这一代的事》《乡愁的理念》《董桥散文》等多种。

董桥不赞成将小说、散文、诗截然分开,他认为"散文可以很似小说,小说可以很似散文"。他就曾尝试用武侠小说写散文,像《薰香记》,写了中国出身的老人、碧眼海魔英人、老人的女儿香港人。眉题文字"欲知谈判如何,且听下回分解",这里说的"谈判",暗指当时的中英谈判。正如罗孚所说:"看似武侠,实谈时事。(《南斗文星高》)"其他《让她在牛扒上撒盐》《偏要挑白色》,同样运用了小说的艺术手段。董桥还有学术性散文,如《辩证法的黄昏》《樱桃树和阶级》《"魅力"问题眉批》,所体现的是浓浓的书卷气。它们虽然不是带着长长注解的学术论文,但学术性与知识性、趣味性兼具。

董桥写作文笔自由奔放,有一股罗孚所说的野趣(《南斗文星高》),如长达5万字的《在马克思的胡须丛中和胡须丛外》。这篇读书札记,没有囿于传统见解把马克思写成圣人。在作者笔下,马克思不只参加风起云涌的革命运动,还谈情说爱,说爱时体现的不是革命豪情而是小资趣味。作者还写了马克思革命工作之余喜欢购书、诵诗和出游。他不仅轰轰烈烈,也爱做清淡的事情,故董桥才把马克思的生活分成胡须丛中与丛外。用反讽手法写的《中年是下午茶》,在探求人生奥秘时常以警句出之:中年是"只会感慨不会感动的年龄只有哀愁没有愤怒的年龄。中年是只吻女人额头不是吻女人嘴唇的年龄"。这里蕴藏着不少哲理。又云:"中年是杂念越想越长,文章越写越短的年龄。"这里既有理趣,更不乏情趣。作者用词精巧,比喻尖新,用句雅致。但董桥并不专写颇具英国绅士风度的闲适小品,也写批判性专栏和关怀天下大事的杂文。这些杂文,从骨子里透出沉重,其情绪的激奋为内地读者少见。

梁锡华(1947—),广东顺德人。1976年从加拿大到香港,后任教于岭南学院,"九七"前重返加拿大。著有传记、杂文、小说、评论集多种。

梁锡华的散文特点是求真、求知、求文。其杂文中的真诚,主要是指心诚、情真。这是梁锡华准确地表现社会生活,达到高度艺术真实的重要条件。他无论是写以香港为背景的杂文,还是涉及外地、外国时事的小品,总是求真诚、戒虚妄。正因为他精诚由衷，故其文感人至深；正因为他是为情造文而不是为文而造情，故他的文章才能在社会上引起反响。求知，是指梁氏的杂文具有丰富的知识性。他的抒情散文和杂文均属学者散文。像《四八集》《有余篇》，熔情趣、智慧、学问于一炉。相对求真来说，求知较难，求文更不易，但梁锡华做到了。他的杂文的艺术技巧，表现在辞曲义畅，意庄语谐。他在讨论一些庄重命题时，常常混杂些闲笔乃至笑料。梁锡华的过人之处在于将诙谐的闲话与庄重的命题联系起来，以造成幽默情趣。他常用漫画手法，抓准表现对象的特征加以"廓大"，遗貌取神地将其本质用夸张手法描述出来。移花接木和仿造词语，也是他造成幽默感的一种重要手法。和轻松的讪笑相关的是带着善意的揶揄。这种揶揄，不是对论敌的蔑视，而是通过讽喻去劝诫。标题的锤炼，又是梁锡华求文的一个方面。总之，梁氏杂文是真、知、文三者的统一，不愧为香港一流水准的散文。

二、新诗创作

诗歌创作除本土诗人也斯外，"南来诗人"非常活跃，主要作者有犁青、蓝海文、黄河浪、秦岭雪等人。

也斯（1949—2013），原名梁秉钧，广东新会人。浸会学院英文系毕业，1970年开始写作。现为岭南大学中文系比较文学讲座教授，出版有诗集《雷声与蝉鸣》《游诗》《游离的诗》《梁秉钧诗选》等。

在香港诗坛中，也斯和戴天一样，属重量级的本土诗人。他学养深厚，视野开阔，经常出入于中西文化、现代与后现代之间。他在题材、形式和语言上作多种现代实验，在咏物诗、颂诗及都市诗的探索方面取得了骄人的成绩。

或叙事、或咏物、或写景、或寄情的《雷声与蝉鸣》，体现了也斯早期的艺术追求，并为他中期写出《游诗》——并非狭义的旅游诗奠定基础。这类诗，不是以游客的身份游山玩水，而是离开原先稔熟的地方去看另一种事物，通过城市与山水反省文化和语言，以及比较各地异同。即是说，作者借周游世界各地抒写放逐的哀愁和发现的喜悦，在彼此相遇的文化中穿梭，其最终目的是落实本土——反思香港的文化问题。这些作品比早期放得开，大至宇宙，小至街道，还有历史电影，都进入他的视野。"游诗"的另一种含义是脱离文字媒介，去借鉴其他艺术媒介，或将文字媒介"游"进艺术媒介之中。也斯将《游诗》与骆笑平的铜版画配搭展出，《形象香港》和摄影对唱，《寻找一个诗人》用戏剧的形式演出，这种多媒体的运用，使也斯成了一个极具现代色彩的诗人。

七八十年代的"南来诗人"，有侨眷，有侨生和港澳居民的子弟，以及从东南亚回国升学的青年。他们大都通过探亲、继承遗产等合法手段移民，也有少数人因家庭出身受歧视等原因冒着生命危险从深圳河泅渡到香港。他们大都在内地受过社会主义的高等教育，也有一些是知识青年。他们中除60年代因父亲在台湾遭冷眼而自我放逐到香港的蓝海文外，和五六十年代的"南来诗人"最大的不同是没有"难民"心态。他们中有少数人较快融入当地社会，更多的人一直"水土不服"。他们多半到香港后才出版诗集，和本土诗坛很少交往。他们的价值判断、艺术手法与本土作家均有不小的差异。

犁青（1933—　），福建安溪人。1949年起生活在印尼，1982年回香港定居。出版诗集有《红花的故事》《翡翠带上的歌声》《踏浪归来》《犁青山水》《犁青的诗》等。

犁青多次往返于澳洲、美国和加拿大等地，最后选择了香港。《踏浪归来》这首百余行的抒情长诗，以久别重逢者的身份写出了自己对香港的独特感受。情感浓烈，气势浪漫，形象生动，是它的基本特色。此诗和从内地直接移居香港的"南来诗人"写的城市诗不同，它没有去表现对都市的一种天然陌生感，更没有让人去领略都市的冷漠和都市生活的孤独，而是对都市抱着一种非常热爱而不是下意识敌视的情感，有意识地把自我放在都市之中，刻画出一个踏浪归来的企业家形象。

在80年代，犁青还写了《香港的夜》等系列诗作。这些诗善于用现代人的眼光审视香港，而且能够有声有色地表现出这个自由港的潜在美感。"用电力点燃的花朵最为绮美。"这是现代高科技与文化工业的合谋，其出现的新象、新景、新尚，让人视野开阔，襟怀远大。

黄河浪（1941—2012），本名黄世连，福建长乐人。福建师范学院中文系毕业，1975年到香港。出版有诗集《海外浪花》《天涯回声》《香江潮汐》等。

黄河浪写了许多"用脚步丈量历史"的旅游诗，这方面的作品表现了他敏锐的审美感受。如《海滩》写海滩风光，离不开"南来诗人"的"南来"视角。《晨曲》也是一首优秀的旅游诗。所不同的是，作者不是单纯写旅游所见和海岛风光，而是借灵泉寺的同源关系，写台湾与大陆的不可分割。

秦岭雪（1941—　），原名李大洲，福建南安人。毕业于暨南大学中文系，1972年移居香港。出版有诗集《铜钹与丝竹》《流星群》《明月无声》等。

和众多"南来诗人"一样，秦岭雪写的诗歌以歌咏故乡的风土人情和祖国的大好河山居多。他眷恋故乡的草木、明月和小巷，渴望再次穿起家织的衣裳，怀念在校园里共唱欢乐的歌的美好时光，其着眼点不在于回忆，而在于故园的历史文化和人文精神。他一边经商，一边写诗，不受外来的意志与异己的声音的干扰，其创作动力均来自心灵潮流的推动。他笔下没有游子的哀叹和漂泊者无根的感觉，而是充满着对故乡的感恩之情。

既有内地又有香港生活经验的秦岭雪，有时也会写些与香港有关的诗。这些都市诗充满了忧患意识和人道关怀。秦岭雪的作品有文体魅力与语言快感，内中的自然万物和人物一样具有平等的主体性，都有其性格和声音。他的作品语言典雅，情调浪漫，其捉形写意的笔法常常使读者动容，于深刻的历史感喟中重新体验人的尊严和存在的价值。

蓝海文（1942—　），广东大埔人。1963年到香港。出版诗集有《中华史诗·神话与传说》《第一季》《蓝海文诗选》等。

蓝海文的诗歌创作，1963—1984年为现实主义时期。此时的作品多以朴实的文笔、动人的旋律和自然的节奏，为没有权势地位的老百姓说话与呐喊。他早期作品的基调是愤懑，表现出深重的忧患意识，很少香港本土色彩。1985年之后，他的创作进入"新古典主义"时期。蓝海文主张新诗必须"归宗"和"归真"，即返回到民族本位的传统诗歌。他喜欢用典，将历史、传说、故事，或古代经典、昔日诗文熔铸在诗中，使诗的意境活泼生动，透彻玲珑。他使用的这种手法和语言，有浓郁的民族色彩，但又不是古人的照搬，而是有现代意识。

拓展阅读：

1. 古继堂：《台湾小说发展史》，春风文艺出版社 1989 年版。
2. 刘登翰：《香港文学史》，人民文学出版社 1999 年版。
3. 王德威：《香港情与爱：回归后的小说叙事与欲望》，《当代作家评论》2003 年第 5 期。
4. 朱立立：《知识人的精神私史：台湾现代派小说的一种解读》，上海三联书店 2004 年版。
5. 樊洛平：《当代台湾女性小说史论》，河南人民出版社 2005 年版。
6. 程国君：《从乡愁言说到性别抗争：台湾当代女性散文创作论》，中国社会科学出版社 2006 年版。
7. 黄万华：《"九七回归"后的香港小说》，《社会科学研究》2007 年第 5 期。
8. 计红芳：《香港南来作家的身份建构》，中国社会科学院出版社 2007 年版；
9. 方忠：《台湾散文纵横论》，江苏教育出版社 2008 年版。
10. 葛浩文、史国强：《性爱与社会：李昂的小说》，《东吴学术》2014 年第 3 期。

问题与思考：

1. 20 世纪 80 年代的历史语境对港台文学的影响。
2. 以"九七"为题材的香港小说创作特征。
3. "眷村文学"的历史语境及发展意义。
4. "性"与"禁忌"在李昂小说中的内涵隐喻。
5. 李碧华在欲望狂欢中对人性的想象。
6. 钟晓阳小说创作的艺术特色。
7. 1980 年代"南来诗人"相较于 50、60 年代"南来诗人"的创作新变。

第四编

1990—1999年文学

相较于1977—1989年的文学被学界命名为新时期文学,1990—1999年的文学可以称为后新时期文学。

从20世纪80年代末到90年代初,中国社会经历了短暂的阵痛和挣扎的迷茫,快速进入了一个市场经济繁荣发展的时代。这个价值多元和立场分化的变革时代,让作家、艺术家和其他人文知识分子面临着痛苦的选择和决裂。从具有普遍性的思潮现象来看,20世纪90年代文学主要体现了如下三个特征:其一,"个人化"写作成为普遍的创作现象。与始终有个阶段性中心话题的20世纪80年代文学相比,个人化写作和多元状况是20世纪90年代文学的总体走向。也正是由于分散化的个人写作,该年代文学出现了令人眼花缭乱的现象,如世纪末情绪、王朔现象、《废都》现象、人文精神讨论、现实主义冲击波、先锋作家转向、身体写作、欲望写作等。其二,文学的市场化。这包括作家创作的市场化、读者市场的多元诉求、出版发行的市场行为等。其三,出现了"大众文学"与"精英文学"并行的格局。

1993年开始出现的人文精神讨论,是本时期具有很大影响的思想事件。

第二十一章 文学思潮

第一节 概 述

关于20世纪90年代文学及其思潮状况已有不少说法，如市场经济时代的文学，全球经济一体化语境的文学，边缘化文学，告别启蒙、告别革命的文学，文化消费主义的文学，等等。这些看法虽然与文学现状有关，但同时也是以80年代的文学状况为参照。70年代末至80年代，文学几乎成为整个社会文化思想舞台的精神中心。当时文学不仅完全的非娱乐化，作家和批评家也多是启蒙主义者和社会批判者，至少积极参与了当时的社会思想变革。

从具有普遍性的思潮现象来看，90年代文学主要体现了如下特征：

首先，"个人化"写作成为普遍的创作现象。

与始终有个阶段性中心话题的80年代文学相较，个人化写作和多元状况是90年代文学的总体走向。陈思和认为该年代文学是一个"无主潮、无定向、无共名"的表现了多元价值取向的多元化时代。[①]虽然90年代文学也存在某些具有"主潮"意味的现象，如文学的市场化，但从宏观上说这种评价基本客观。也正是由于分散化的个人写作，该年代文学出现了令人眼花缭乱的现象，如世纪末情绪、王朔现象、《废都》现象、人文精神讨论、现实主义冲击波、先锋作家转向、都市写作、身体写作、隐私写作、欲望写作等。

其二，文学的市场化。

随着中国市场经济的全面铺开，文学的市场化也成为90年代文学的一个突出标志。且不说部分作家的主动"下海"，坚持创作的众多作家也都程度不同地参与了社会市场化进程。甚至文学批评也具有了商业化意味，不少批评家就成为各种大众传媒的帮忙者和代言人。其实无论主动与否，文学市场化都是无可避免的趋势。而伴随着消费主义、物质主义、享乐主义的流行，文学创作的娱乐功能也得到了极大的发挥和释放。

其三，"大众文学"与"精英文学"并行。

在文学市场化和文学消费中，出现了"大众文化"和"精英文化"的并行局面，这

---

① 陈思和主编：《中国当代文学教程》，复旦大学出版社1999年版，第13页。

成为一个醒目话题。关于精英文学与大众文学、雅文学与俗文学的区别，评论界一直在讨论并且有激烈争论。从价值评判看，主要有两种观点：一是将大众文学与精英文学截然对立，认为前者属于娱乐消遣的文学，后者则是思想严肃的文学，如热衷价值判断，推崇经典，通常具有忧患意识，追求文学的纯粹性等。二是认为两者并非泾渭分明，它们既有各自特征，也存在交织关系。即大众文学中也有严肃作品，也并不完全排斥精英文学中元素；而精英文学中同样存在大众性作品，也有大众文学的元素。

1993年开始出现的人文精神讨论，是个具有很大影响的思想事件。人文精神讨论的引发，开始是出于一些作家"丧失崇高理想"，涉及文学的世纪末情绪、文学的媚俗、文化消费主义流行等"文学危机"问题。但深层原因并不限于文学危机，而是涉及整个中国知识界对整个社会风气和文化状况的忧虑和困惑。人文精神讨论也显示了精英文化和大众文化的矛盾。但它们并非水火不容，既有矛盾也有交织，既有对立也有妥协。

值得注意的是：20世纪90年代文学与80年代文学之间，所以出现了明显的时代差异，并不完全在于市场经济的全面铺开。这种具有突然性的转变，无疑与80年代末那次政治风波有关。东欧和世界发生的种种重要事件，导致意识形态收缩的同时，也促使经济中心意识突然强化。但说90年代的文学是告别启蒙的文学也并不确切。事实上在个人化写作和多元状况中，不少作家仍然坚持了80年代文学的启蒙精神和批判意识。

第二节　文学市场化状况

伴随中国市场经济的全面铺开，以及全球经济一体化的热闹宣传，20世纪90年代后的中国文化与经济市场很快建立了密切关系。这种市场经济虽然缺乏积累和规则，但却刺激了文化消费主义的流行，也使"媚俗"的快餐文化铺天盖地。文化界流行着"经济搭桥，文化唱戏"，往往成"经济是导演，文化跑龙套"。在这种整体文化环境中，文学市场化成为一种涉及文学生产和文学接受的醒目思潮。文学市场化主要体现在三个方面：

其一，出版发行的市场行为。

计划经济时代出版文艺作品以"政治影响"为本，不考虑经济效益。市场经济时代财政补贴的"政府行为"虽然仍在，但文艺出版显然越来越市场化。国家出版社的重视盈亏、民间发行和个体书商的神通广大，使图书市场的竞争日趋激烈，成为没有硝烟的战场。为追求最大效益，市场策划成为文学的主要生产手段。出版作品不再是单一行为，而是包括策划、出版、流通、宣传、评奖等系列环节。市场策划已成为流行模式，效果非常明显。

也因此，研究市场行情、揣度读者心理、迎合流行文化、追求名人效应、高价购书稿、注重包装炒作，成为出版发行的法宝。作品卖得好不都是"好酒不怕巷子深"。畅销书就充分体现了市场行为。这种情况80年代已有。如钱锺书《围城》、林语堂《中国人》、梁实秋《雅舍小品》和周作人的散文在当时"枯木逢春"，固然是作品好，但和出版商抓住了文化空缺和怀旧情绪有关；金庸、琼瑶的小说，柏杨、三毛的散文，固然读者喜欢，也得益于出版商抓住了大众趣味和时代阅读需求。90年代后更是如此。春风文艺出版社"布老虎丛书"的市场成功是个范例。李敖和龙应台的作品进入大陆市场，既是创作有特色，也是出版商看准了它们标新立异的效应。市场策划目的是作品畅销。《曼哈顿的中国女人》畅销后，接着就有《北京人在纽约》《上海人在东京》之类的"洋漂"故事。这些都与市场路线有密切关系。注重包装也非常流行。如卫慧《上海宝贝》封面左上角是个披发女郎，并配有"一部半自传体小说""另类情爱小说"等招徕性文字。市场路线无可厚非，关键要注意尺度。

其二，作家创作的市场化。

在文学市场化及其操作系统的逐渐完善中，创作主体的作家身份发生了变化。主要体现在两个方面：一是生存的经济因素。虽然不少作家还是吃财政饭，但仅靠工资显然捉襟见肘；合同制作家、自由撰稿人和业余作家的谋生手段与体制内专业作家更有差异，靠写作为生须更努力。二是社会身份的变化。作家传统意义的"文以载道"角色和革命意义的"人类灵魂的工程师"，如今变成了社会职业。创作主体身份的转换直接影响到创作心理和创作目的。当写作的致富和清贫、名声的走红和过气，都和作品能否畅销捆绑时，创作就不能不与市场连接。书商都希望自己出版的书畅销，作家也希望自己的作品畅销。创作市场化有多种表现，如为"卖点"写稿，与影视结合（如不少名作家都与张艺谋合作过），因版税高低待价而沽，等等。后来的"80后"作家如郭敬明等几乎在一开始就进入了市场操作系统。出版商、作家和媒体已经形成环环相扣的利益连锁关系，成为一种利益共同体。

其三，读者市场的多元诉求。

作为艺术生产，文学产品当然要投放图书市场。市场化终端就是读者，没有读者无所谓市场。从接受美学讲，读者接受是再创造，作品价值最终由作者与读者共同完成。但读者构成复杂。除专业读者（研究人员和批评家）和一般读者的区别，还包括教育程度、职业、年龄、性别等方面的差异。"读者圈"的差异也导致接受的分化。如琼瑶的读者多是单纯浪漫的女性中学生；余杰《想飞的翅膀》和《冰与火》的读者主要是在校大学生；韩寒、郭敬明、张悦然、春树等人的青春写作，其读者多为中学生；学者散文的读者主要是知识分子。除类型与群体的差异，个体阅读情况更复杂，有的爱"阳春白雪"，有的爱"下里巴人"。正是读者这个"上帝"的审美差异和见智见仁的分化，导致了读者市场的多元诉求。

关于文学市场化有不同看法，有人赞同有人批评。这个问题要综合分析，不能简单赞同或否定。如刺激消费（包括文化消费）是市场经济的主要功能之一，没有消费无所谓市场，因此消费社会是一种现代社会形态。但消费主义却有消极作用，不仅有享乐和纵欲主义意味，奢侈也容易拉大贫富差距，因此理性处理消费社会的消费问题至关重要。文学市场化同样需要辩证看待。一方面，文学市场化是市场经济社会的正常现象，也能够促使文学多样发展。为金钱抛弃道义固然不好，但稻粱谋写作也能出好作品。巴尔扎克就曾为金钱拼命写作，也出了好作品。另一方面也确实产生了不良现象，如单纯地追求市场效应，名不副实地炒作（有的作品还未出版甚至只是"创作意图"就铺天盖地宣传），过度地追求娱乐化，评奖的"金钱开道"，文学批评的"红包评论"，让作者和读者恼火的盗版盗印，等等。

市场化对于文学，可以说是把双刃剑或者说多刃剑。

第三节 大众文学与精英文学

既然20世纪90年代后的中国文化与经济市场建立了密切关系，文学市场化和文学消费的流行不可避免，这个时期出现"大众文化"和"精英文化"的醒目区分，精英文学与大众文学、雅文学与俗文学的激烈争论，也就是自然而然的事情了。而相关的区分与争论，事实上还是有个历史参照系，这就是80年代中国文化和文学的庄严化甚至神圣化。

从总体文化状况看，20世纪80年代中国文化与经济市场关系疏远，至少市场程度低。不仅政府的文化运作围绕思想解放和四个现代化，绝大多数知识分子更是期待中国社会的现代变革，充满启蒙情怀和忧患意识。尽管传统意识形态仍有阻碍，中西文化碰撞带来困惑，但追求民主政治和现代文化是趋势。文化政论电视系列片《河殇》播出后引起全国轰动，就因为这部作品以大量历史镜头，呈现了中国内陆"黄色文明"与世界发达国家"蓝色文明"（海洋文明）的根本差异。这种接受效应也说明了当时中国思想文化的状况。而80年代中国文学与经济市场关系同样疏远，甚至有些格格不入，市场行为甚至被认为是歪门邪道。可以说，非商品化和非娱乐化是80年代中国文学的基本规范。

正是在这种文化庄严和文学神圣的比较下，90年代的文学市场化和文学消费的流行性就显得特别突出，形成了强烈反差。为此，关于大众文化和精英文化、大众文学与精英文学的特征与差异，文学评论界进行了激烈争论。现在看来这类区分并非那么泾渭分明，两者之间也有交织与融合。不过从一些基本特征看，两者还是有明显差异。

大众文学主要体现了大众化审美需求。从阅读目的看，大众通常将文学阅读视为一种文化消费，娱乐消遣的休闲性质较明显；从思想要求看，大众阅读通常不热衷于思想判断和价值取舍，教化功能往往被拒绝；从作品选择看，大众对作品审美形态和文化思想一般不作等级选择，通常以"好看"为主，武侠、侦探、商场、情感、性爱等传奇故事更受欢迎，"心灵鸡汤"类文学读物也受大众喜爱。作品的时尚性、流行性和都市性是大众文学的特征。此外，多元化诉求也是大众阅读的显著体现。如今的"大众"概念不同于革命意识形态时代的"人民大众"或"工农兵"，是指广泛的社会群体。由于教育程度、职业、年龄、性别的差异，大众也存在各种"读者圈"，具有文化消费的多元诉求。评论界谈论的"都市文学""市民文学""小资文学""打工文学""白领文学"

等就显示了大众阅读的多样化和包容性。

精英文学是相对大众文学而言的。理解精英文学，也基本可以以大众阅读和大众文学的特征为比较。如精英阅读热衷于价值判断，推崇经典。因此精英文学也需要表现相关特征，通常具有忧患意识、道义激情，追求文学的纯粹性、思考的深刻性和独特的艺术风格等。

上述区分只是基本特征的比较。事实上区分精英文学与大众文学，认同、判断精英文化与大众文化的差异，都涉及复杂的价值评判。英国当代社会科学研究者马克·J. 史密斯在谈论文化分类时，特别谈到了有些学者"对大众化的恐惧"。问题在于"恐惧"的依据本身存在认识误区。史密斯指出："文化领域中最频繁地被贬损为粗鄙、低级和琐碎的莫过于'大众文化'。以'大众化'的标签界定一个知识领域或一套实践，通过这种方式我们已经玩了一次分类游戏；而我们是在文化分类等级体系中玩这个游戏的。文化传播模型不考虑和'大众化'这个词语的意义相关联的方式，不考虑它是通过与其他范畴相关联的位置才得到界定的。"①既然涉及复杂的价值评判，将精英文化与大众文化进行等级分类的理念就比较武断，从知识内容看也是粗糙的。由此，史密斯批评了将大众文化与精英文化对立的看法，对于将"评论家"视为执行一个文化中一切优秀的、有价值之物的"保管人"角色也表示了怀疑。评判和由谁来评判文化是否优秀，确实是个复杂问题。史密斯的这些看法，对于我们理解和评判大众文学与精英文学的特征与价值，也是有启示意义的。

如果说文化和文学的市场化是要占据更大的消费市场，大众文化和大众文学的兴起顺理成章，那么在"经济全球化"和"全球化语境"的蛊惑中，告别启蒙、告别革命的意识也确实影响着知识分子，冲击着知识分子的精英意识。由此知识分子的话语权也开始转移到大众文化市场，文化人也在适应市场经济准则。而如何理解大众与精英之间的这种文化和文学的冲突（包括交织与互为影响），还是要结合90年代中国社会思想文化的状况来审视。

第四节　人文精神讨论

1993—1995年间的人文精神大讨论从上海波及全国。这个从文学思潮演变为社会思潮的讨论，核心问题就是如何看待大众文化与精英文化的价值取向。

导火线是从"王朔现象"开始的。20世纪80年代末王朔开始在文坛"跑红"。标志有两个：一是王朔小说四处开花，在国内名刊频频亮相。仅1989年王朔就发表了两部长篇《玩的就是心跳》《千万别把我当人》和中篇《一点正经没有》《永失我爱》。二是频频"触电"：1988年《顽主》、《轮回》、《一半是火焰，一半是海水》和《大喘气》被改

---

① 马克·J. 史密斯：《文化：再造社会科学》，张美川译，吉林人民出版社2005年版，第17页。

编成电影；之后《动物凶猛》也被改编成电影。王朔参与的电视剧《渴望》、《编辑部的故事》和《爱你没商量》也成为热播剧目。"王朔现象"便成为批评界关注的焦点。于是出现了后来人们常常说到的"二王之争"：1993年第1期《读书》杂志发表了王蒙的《躲避崇高》。文章回顾五四以来强调教化功能的文学后，不仅为王朔小说和"王朔现象"作了公开辩护，而且认为当下流露着玩世不恭、调侃、粗鄙、过瘾、幽默和随意的作品，也是文学选择。王蒙的文章很快引起关注和争议。王彬彬《过于聪明的中国作家》最有影响，不仅反驳了王蒙"躲避崇高"的观点，而且对王朔现象作了文化批判和文学分析。

"二王之争"引来众多讨论。文学领域"人文精神失落"的话题开始进入学界视野。1993年第6期《上海文学》发表了王晓明和他学生的对话《旷野上的废墟——文学和人文精神的危机》。这篇对话针对王朔的主要有三个观点：一是"媚俗"是王朔创作的主要动机；二是玩世不恭的调侃是王朔作品的主要基调；三是中国式的虚无主义意识是王朔作品不断重复的基本思想内容。王晓明们对"王朔现象"的批评，还只是将"王朔现象"视为当时"文学危机"中的一种现象。而当时所谓世纪末情绪、"废都现象"等文学危机正在不断出现。如标志着"陕军东征"的《废都》和《白鹿原》同时问世；如果说最终以修订本获得"茅盾文学奖"的《白鹿原》，其性描写还无伤大雅（引起主流警惕的是关于国共两党历史关系的描述），《废都》则受到了几乎是一哄而起的严厉批评。批评家指责它是《金瓶梅》的现代翻版，主人公庄之蝶的形象代表了当今中国文化人的"堕落"和"颓废"。作者贾平凹则成为"迎合市场"的"媚俗化"代表作家，被指责为严重违背了精英文学的人文精神。

人文精神讨论的深层原因，不是几个作家的创作问题，也不限于文学危机，而涉及整个中国知识界的忧虑和困惑。李世涛就这个问题对王晓明作过专访。① 作为当事人之一的王晓明对人文精神讨论的深层原因有过分析，认为这场"完全是一些人文学者自发的讨论"所以产生巨大影响，不仅和当时中国和世界发生的重要事情有关，更与当时中国知识分子的精神状况有关。20世纪80年代中国知识分子和学界的绝大多数人都相信"现代化"必然实现，而90年代人们不再乐观和自信，代之的是"深深的困惑"，一批学人对中国文化现状和知识分子的精神状态表示了极度不满。一些作家"丧失崇高理想"或文学危机只是局部现象，社会风气腐败、权钱交易严重、媚俗文化流行、读书人只求利禄功名的缺乏社会良知，都是引发思考的因素。人文精神讨论涉及价值观念和道德规范等诸多内容，但有三个问题值得特别注意：

其一，如何看待大众趣味。

有些精英批评家看不起大众文化和大众文学的世俗化，认为迎合大众趣味就是"媚俗"。这显然片面。如王朔小说确实有"痞子文学"的玩世不恭，但也有解构传统权威

---

① 李世涛：《从"重写文学史"到"人文精神讨论"：王晓明先生访谈录》，《当代文坛》2007年第5期，第42—46页。

的意识，王蒙的辩护并非毫无道理。尤其《废都》，某些故弄玄虚是不可取，但它对知识分子精神沉沦和社会弊病的揭示却发人深省，当年一窝蜂指责它宣泄"世纪末情绪"显然简单。这方面余秋雨的散文的处境很有代表性：一方面大众读者认可他，其作品甚至造成"洛阳纸贵"，成为热门盗版的对象；另一方面批评家总在指责他。朱大可这样描述过余秋雨散文的市场成功："这是一种好莱坞式的戏剧性景象：一方面作家在重构与大众的文本蜜月，一方面批评家在不停顿地控诉这种努力。在这场诉讼中显然只有一个裁决者，那就是大众。"① 有大众青睐，余秋雨就不怕批评家的"控诉"。大众并非无端喜爱，余秋雨的散文固有不足，但特色也突出。还有个例子：已成为品牌电视节目的"鲁豫有约"，2005年12月推出了"周励：曼哈顿的中国女人"。从访谈中可知：《曼哈顿的中国女人》印了十多版，总共发行160万册。周励在国内签名售书的情景也很感人。而这部作品当年并不被批评界看好，认为只是大众通俗读物，想不到它竟然激励了一代青年的奋斗。可见不能认为被大众青睐的作品就是"媚俗"。

其二，需要精英意识但不能极端化。

张承志和张炜一直在反抗"世俗和庸俗"，强调道德"纯净"。其道义可贵，对社会良知的淡化也有反拨作用。但显然存在理想主义和道德主义问题，偏执也难免"曲高和寡"。又如呼唤文学表现崇高也要客观分析。"崇高"是有具体内涵的。极"左"时代流行的革命英雄主义当然崇高，结果导致"假大空"。文学不能丧失崇高，但不能脱离现实高谈阔论。曾有"躲避崇高"与"理解平庸"的说法，就是看到绝大多数人确实生活在平淡平庸中。都市是最有代表性的文化消费场所，市民社会与大众文学的关系也最密切。1996年《上海文学》开设了"新市民小说"专栏，推出了"爱情·婚姻·家庭"小说专号，还发表了学者们关于市民社会与大众文学关系的论文。新市民小说的出现既是文化消费时代的需要，也表明批评家和作家"精英立场"的开始转变。对于这类向大众文化靠拢，理解大众需求，将精英立场与大众立场接轨的现象，同样要客观看待，不能简单说就是丧失了精英立场。

其三，如何看待雅俗共赏。

雅俗共赏最能体现精英阅读与大众阅读的交织。关于文学的雅和俗曾有激烈争论。有人认为雅俗共赏完全可能，有人认为雅就是不俗，俗就是不雅。具体作品的雅俗之争更复杂。学者们对金庸小说的看法就大不相同：有人认为是大众流行文学，有人则称"文化高峰"。见智见仁不奇怪，但至少说明金庸的小说确实具有雅俗共赏的文化品性。余秋雨的散文接受状况也能说明这点。余秋雨的散文穿越历史悲古伤今，主要以精英文化的形象出现，但又有大众易于接受的"泛大众化"特征。批评家可以喋喋不休地指责，但还是阻挡不了它们进入文学史并获得不错的评价。又如王跃文的《国画》也是既受大众喜欢又为批评家看重。从很多作品的接受情况看雅俗共赏确实常见，可见精英与

---

① 朱大可：《抹着文化口红游荡文坛：余秋雨批判》，载朱大可、吴炫、徐江等主编《十作家批判书·一》，陕西师范大学出版社1999年版，第32页。

大众的文化趣味有相同处。

人文精神讨论，既显示了精英文化和大众文化的矛盾，但也说明了它们之间并非水火不容，可以说是既有矛盾也有交织，既有对立也有妥协。不过真正具有思想意义的精英文学还是体现在思考深刻的批判性创作中。如重写历史的"新反思文学"，包括杨绛《洗澡》、李佩甫《羊的门》、王蒙长篇"季节系列"、从维熙《走向混沌》、杨显惠"夹边沟"系列等，就是标志。这些作品的历史反思，较以往的反思文学显然更深刻，也更突破了思想束缚。

拓展阅读：

1. 王晓明：《旷野上的废墟：文学和人文精神的危机》，《上海文学》1993 年第 6 期。
2. 王晓明：《人文精神寻思录》，文汇出版社 1996 年版。
3. 陈思和：《理解九十年代》，人民文学出版社 1996 年版。
4. 黄新民：《王朔现象与后现代主义》，《中国文学研究》2000 年第 2 期。
5. 吴秀明：《转型时期的中国当代文学思潮》，浙江大学出版社 2001 年版。
6. 何言宏：《中国书写：当代知识分子写作与现代性问题》，中央编译出版社 2002 年。
7. 李世涛：《从"重写文学史"到"人文精神讨论"：王晓明先生访谈录》，《当代文坛》2007 年第 5 期。
8. 吴永林：《个人化及其反动：穿刺个人化写作与 1990 年代》，东方出版中心 2010 年版。
9. 孟繁华：《众神狂欢：世纪之交的中国文化现象》，人民文学出版社 2018 年版。
10. 戴锦华：《隐形书写：90 年代中国文化研究》，北京大学出版社 2018 年版。

问题与思考：

1. 市场经济与 20 世纪 90 年代文学格局的变化。
2. "人文精神大讨论"与文学的危机。
3. "王朔现象"的深层逻辑。
4. "陕军东征"与现实主义文学的流变。
5. 20 世纪 90 年代知识分子身份的嬗变。
6. 文化消费模式与 20 世纪 90 年代大众文学的兴起和发展。
7. "精英文学"的审美趣味。

第二十二章 诗歌创作

第一节 概　述

20世纪90年代，以市场经济为主导的"散文化"现实，加速了诗歌"边缘化"的进程，诗人与现实的关系更加复杂。"文革"后期与新时期之初诗歌的醒目风景逐渐为诗歌的"坠落"与"被漠视"所取代。诗歌读者日减，诗人的身份、职业、经济来源也发生了微妙变化。

这一时期的活跃诗人主要有三部分：一是"老一辈"诗人，如郑敏、牛汉、昌耀等，他们保持着旺盛的创造活力，并不断有新的开拓；二是20世纪80年代出道写作并产生一定影响的第三代诗人，如韩东、于坚、朱文、钟鸣、翟永明、王家新、西川、陈东东、王小妮、李亚伟、欧阳江河、柏桦、吕德安、张曙光、肖开愚、孙文波、臧棣、麦城、姜涛、黄灿然、伊沙、西渡等，其中不少人的诗作，在20世纪90年代有了长足的进步；三是1989年后旅居海外的北岛、多多、杨炼、张枣、杨小滨、宋琳、严力等，他们的写作是20世纪90年代汉语言诗歌有探索意义的构成部分。

20世纪90年代，出现了一些重要的诗歌现象和事件。

其一，民间诗刊的活跃。进入20世纪90年代后，除专门的诗歌刊物《诗刊》《星星》《诗选刊》等继续出版外，"民办"的诗刊、诗报很大程度上成为展现最具活力的诗歌实绩的处所。创刊于20世纪90年代初期的民间诗刊，首推芒克、唐晓渡统领，在全国各地轮流编辑的大型诗刊《现代汉诗》，此外还有四川的《象罔》《九十年代》《反对》，北京的《发现》《大骚动》，上海的《倾向》《南方诗志》，深圳的《声音》，河南的《阵地》，新疆的《大鸟》等。20世纪90年代中期以后，民间诗刊朝着小型化、同人化方向发展。《北门杂志》（江苏）和《阿波利奈尔》（杭州）率先为小型杂志的推出带了个头，此后《偏移》、《翼》、《小杂志》（北京）、《说说唱唱》（上海）、《葵》（天津）、《锋刃》（湖南）、《新诗人》（广州）等纷纷问世。这些刊物像一颗颗微弱而倔强的火种，不断地燃烧起年轻诗歌写作者的希望。

其二，"诗人批评"的崛起。20世纪90年代的诗坛，不光活跃着一批职业诗评家，还涌现了众多的诗人批评家。也许是出于"文学史情结"和诗歌史建构的焦虑，也许是对某些"职业"诗评的失望，许多诗人在写诗的同时，也充当起诗歌批评、诗歌理论和新诗史的讲述者和阐释者。这期间，郑敏、西川、王家新、欧阳江河、钟鸣、臧棣、柏桦、韩东、于坚、翟永明、陈东东、孙文波、周伦佑、西渡等，都以自己独特的诗歌批评和诗歌史著述，参与和丰富了新诗理论的建设。

其三，"知识分子写作"与"民间写作"的论争。20世纪90年代后期，"第三代"诗界内部，发生了以"知识分子写作"与"民间写作"为"营垒"的论争。分裂、论争的缘由既表现了诗歌观念上的分歧，也来自"诗歌秩序"建构引发的话语权力的争夺①。1999年的"盘峰诗会"②，以往潜隐的两大写作阵营引发了正面的激烈冲突。论争的双方，一方以欧阳江河、王家新、西川、臧棣、唐晓渡、程光炜、陈超等为代表，力主知识分子的写作立场，强调书面语之于诗歌写作艺术的合理性，强调技艺的重要性，追求诗歌内容的超越性和文化含量。另一方，以于坚、韩东、朱文以及朱大可、谢有顺等为代表，强调口语之于诗歌写作的艺术长处，强调诗歌的活力原则和原创性，注重题材、内容的日常性和当下性。③ 坚持口语化、日常化的民间写作方向。经过一段时间的争论，对立的双方渐趋平静。人们或许意识到，这样简化历史复杂性的泾渭分明的"营垒"划分是困难的。实际上，由20世纪80年代第三代诗中文化诗和生活流诗两股主流生长演化而来的90年代的"知识分子写作"与"民间写作"，在个人化、"及物"性、日常取向、叙事技巧等方面的追求是相通的，只是写作立场、审美旨趣和文本效果的差异使他们各行其道，分属于不同的艺术世界。这一论争使沉寂已久的诗坛重回社会和公众舆论的视野，也提出了一些有价值的话题，可惜许多话题因争战的硝烟未能得到有效的展开。

第二节 "个人化"诗歌④

90年代以来当代诗歌"已进入到一个个人写作的时代"⑤，这一多数诗人和批评家首肯的事实，明确标识出90年代诗歌与此前诗歌迥异的一个本质性特征。

所谓"个人化"诗歌写作，不能和风格写作画等号，也不能和个性化写作相提并论，更不能和狭隘的一己表现的私人写作等量齐观。它是诗人从个体身份和立场出发，独立介入文化处境、处理时代生存生命问题的一种话语姿态和写作方式。它常常以个人方式承担人类的命运和文学的诉求，弘扬个人话语的权力，源自个人话语又超越个人话

---

① 论争的主要文章，收入王家新、孙文波编：《中国诗歌九十年代备忘录》，人民文学出版社2001年版。
② 1999年4月，中国社科院文学所当代室、北京作协、《北京文学》杂志以及《诗探索》编辑部等单位在北京平谷县（今平谷区）盘峰宾馆联合召开了"世纪之交：中国诗歌创作态势与理论建设研讨会"。
③ 谭五昌：《世纪之交的中国新诗状况：1999—2002年》，《诗探索》2003年3-4期，第184-204页。
④ 王光明在《在非诗的时代展开诗歌：论90年代的中国诗歌》中，称90年代诗歌为"个人化"诗歌，见《中国社会科学》2002年第2期，第143-147页。
⑤ 王家新：《夜莺在它自己的时代》，《诗探索》1996年第1期，第5页。

语①，它"不过是拒绝普遍性定义的写作实践，是相对于国家化、集体化、思潮化的更重视个体感受力和想象力的话语实践。它在某种程度上标志了对意识形态化的'重大题材'和时代共同主题的疏离，突出了诗歌艺术的具体承担方式"②，突出了个人独立的声音、语感、风格和个人间的话语差异。它是对新诗尤其是"十七年"以后的意识形态写作和80年代包括政治诗、文化诗、哲学诗在内的集合性写作作定向反拨的结果。

一般而言，90年代以前的新诗皆可视为意识形态写作。因为中国文学"文以载道"的传统规定所有的诗歌写作只能屈尊为一种意识形态的修辞和表达。现代诗歌和五六十年代的政治抒情诗自不待言，就是推崇个人、意欲重建"个人话语空间"的朦胧诗也没能逃脱意识形态写作的窠臼，它不过是把前代诗歌集权主义的政治意识形态转换成了人性人道主义的意识形态，公众性、社会性、启蒙性的"言志"主旨表明它个人的言说还处于"集体无意识"的权力话语控制之下，个人只是一代人的思想情感代言者。不论是北岛的《履历》《回答》里的个人，还是舒婷的《神女峰》《祖国啊，我亲爱的祖国》里的个人，抑或是杨炼、江河"史诗"里追求的个人，说穿了都远未真正建构起"个人"的话语空间。直至高扬"个体生命体验"的第三代诗，诗歌的写作实质依然没有发生根本性的变化，它在意识形态规定思想范畴内的反意识形态的写作意图和实践，却使它令人哭笑不得地凝结成一个中国式的非非主义意识形态神话③。等到90年代的"个人化"诗歌写作的出场，意识形态写作的历史才画上了一个句号。诗人们普遍感到真正的自我应该是"非意识形态化"的个人，真正的个人化应该以"个人历史谱系"和"个体诗学"为生命支撑，应该以个人的方式想象世界。

90年代"个人化"诗歌呈现出姿态万千的多元化景观，王家新好内心独白、西川喜文体综合、欧阳江河多精雕细琢、于坚擅戏仿反讽、伊沙长诗意开掘……但在这众声喧哗背后仍显现出几个恒定的特色：一是注重叙事性。90年代诗歌的"叙事性"是一种具体包容矛盾复杂的现代意识、感觉、趣味的诗歌美学实践，一种从手段上自觉限制大而无当主题和空泛感情，让诗获得开放与"统一"的平衡，获得情境的稳定感的艺术努力。它的提出实际上是对80年代浪漫主义、布尔乔亚的抒情诗风和迷信的"不及物"倾向的纠偏，也是对外部世界——"物"的再度敞开。叙事性从小说接纳的因素来说主要有两个：一是事件或场景，二是感觉化的细节。但即使在这两种因素使用得最多，甚至用诗来"纪事"的诗人臧棣那里（他有本诗集就名为《燕园纪事》），事件、场景、细节不过是展开诗歌的机缘，因为有了它们，想象就更能随物赋形，与心徘徊，就不至于凌空蹈虚，无所凭依。二是语言修辞意识的高扬。于是，反讽、隐喻、引文镶嵌、戏剧化、散点透视、跨文体、互文等传统的或簇新的、诗内的或诗外的技术因子，纷纷落户诗歌文本之

---

① 李志清：《现代诗：作为生存、历史、个体生命话语的特殊"知识"———陈超先生访谈录》，载贺照田、赵汀阳主编《学术思想评论》第二辑，辽宁大学出版社1997年版，第151页。
② 王光明：《在非诗的时代展开诗歌：论90年代的中国诗歌》，《中国社会科学》2002年第2期，第144页。
③ 罗振亚：《"个人化写作"：通往"此在"的诗学》，《中国文学研究》2004年第1期，第24页。

中，灵活、复杂又有广融性。尤应指出的是，许多诗人受"诗的语言是悖论语言"①的启发，热衷以含混、变形等方式形成的反讽训练，使反讽成为一道别致的诗歌风景。90年代诗歌中的反讽意义在于平衡了过去较为单纯的反抗激情与复杂意识的矛盾，经由语言技巧对感情的节制和疏导，强化了思维与语言的活力。

"个人化"诗歌写作的代表诗人很多，由于不少诗人前面已作论述，女性诗人亦将另辟专节介绍，故此节主要评述西川、王家新和欧阳江河的诗歌创作。

一、西川的诗

西川（1963—　），原名刘军，祖籍山东，生于江苏徐州。1985年毕业于北京大学英语系，曾任教于中央美术学院，现为北京师范大学特聘教授。在北大五四文学社，西川与海子、骆一禾被称为北大诗坛"三剑客"。西川最早以"新古典主义"的名头出现在1986年由《诗歌报》和《深圳青年报》共同举办的现代诗群体大展上。出版有诗集《中国的玫瑰》《隐秘的汇合》《大意如此》《西川的诗》和诗学随笔《让蒙面人说话》等。

西川是"第三代"诗人的重要代表。他的诗，既深化了诗歌的抒情传统，又接纳了变动的现实经验，且存留着对存在的神秘体悟。当代诗歌从20世纪80年代到90年代在美学立场和写作风格上的转型，西川的诗歌可谓是一个典范。80年代西川的作品带有"古典主义"的特征，那些描写自然、农业、爱情、愿望的诗篇，以抒情的纯净性和语言、节奏的形式感见长。在《体验》《在哈尔盖仰望星空》等诗作中，亦表现了对"超验""神秘"的兴趣和敬畏。1990年前后，中国社会的戏剧性变化和海子、骆一禾等朋友的早逝，改变了西川对"古典主义"的沉迷。他在反省80年代诗歌的象征主义的、古典主义的文化立场后，认识到诗歌应该探索、重视历史与现实，希望找到一种"能够承担反讽的表现形式"，"将诗歌的叙事性、歌唱性、戏剧性熔于一炉"，使之具有合唱性的效果。由此，西川80年代诗歌对纯净、神秘意象的热爱和偏重感觉的抒情方式逐渐为具有丰富包容性和戏剧性的诗作所取代。这类长诗的代表作有《致敬》《厄运》《芳名》《近景和远景》等。即使那些表面带有即兴性质的短诗，也不再导向感叹与赞美，而是进入经验意识的复杂性。

《午夜的钢琴曲》是一首音乐题材的抒情短诗，虽从"幸好我能感觉，幸好我能倾听/一支午夜的钢琴曲复活一种精神"的感叹开始，但展开的却不是音乐旋律中想象的飞翔，而是百感交集的低回与自省：

> 一个人在阴影中朝我走近
> 一个没有身子的人不可能被阻挡
> 但他有本领擦亮灯盏和器具

---

① ［美］克利安思·布鲁克斯：《悖论语言》，赵毅衡编选《"新批评"文集》，百花文艺出版社2001年版，第151页。

> 令我羞愧地看到我双手污黑
> ……
> 但一支午夜的钢琴曲如我
> 抓不住的幸福,为什么如此之久
> 我抓住什么,什么就变质?

在这里,诗意的题材激活的不是诗意的想象,而是"看到我双手污黑"自惭形秽的感觉,钢琴曲这个"没有身子的人不可能被阻挡"的自由的精灵,映照的是有肉身重负的诗中说话者对个人存在的反观与展望:"窗外的大风息止了,必有一只鹰/飞近积雪的山峰,必有一只孔雀/受到梦幻的鼓动,在星光下开屏/而我像一株向日葵站在午夜的中央/自问谁将取走我笨重的生命。"《午夜的钢琴曲》是一首唤醒自我意识,让对象与自我互相辨认的诗。

二、王家新的诗

王家新(1957—),湖北丹江口人。1977年考入武汉大学中文系,大学期间开始发表诗作。1982年毕业后在高校任教。1985年调北京《诗刊》从事编辑工作。1992—1994年赴英做访问学者。回国后任职于北京教育学院中文系。现任中国人民大学教授。著有诗集《纪念》《游动悬崖》《王家新的诗》,以及诗论、随笔集《人与世界的相遇》《夜莺在它自己的时代》《对隐秘的热情》等。

作为第三代诗的一位重要诗人,王家新20世纪80年代中期创作了一些带有禅宗境界的作品,如《中国画》《空谷》《醒悟》等,热衷于表现微妙、冥想的氛围,透露出对当时热闹喧哗的"文化热"的趋奉。王家新诗歌个人风格的建立是在80年代末至90年代初,这期间,他发表了具有广泛影响的《瓦雷金诺叙事曲》与《帕斯捷尔纳克》等作品。命运、时代、灵魂、承担……这些支撑感情、观念的词语与倾诉、独白抒情方式的融合,形成了他诗歌独特的发自内心的沉重、隐痛的讲述基调:"命运夺走一切,却把一张/松木桌子留了下来/这就够了。/作为这个时代的诗人已别无他求……"(《瓦雷金诺叙事曲》)王家新与同样注重精神性和内心体验的西川、欧阳江河不同,他并不刻意强调词语的修辞策略,而是从个人现实境遇的审视中,从西方和苏俄的思想资源的借用中,不断获取主题和灵感。他一再地与帕斯捷尔纳克、布罗茨基、叶芝、卡夫卡、索尔仁尼琴等心仪的作家对话,一再用风雪、原野、狼群、黑暗和死亡意象叩问、探索内心世界的矛盾与挣扎,探讨的是诗人与诗歌如何驱逐内心的黑暗和自觉承担历史与命运的方式。王家新的写作"为当代中国诗歌注入了一种严峻的时代意识"。

《帕斯捷尔纳克》写作于1990年底,一经发表便传诵一时。这首诗歌咏、倾诉,以期达到"一种灵魂上的无言亲近"的对象是苏联诗人帕斯捷尔纳克。帕斯捷尔纳克是一位注重内心体验的现代诗人,他于20世纪50年代后期发表了长篇小说《日瓦戈医生》,后又因获诺贝尔文学奖受到国内的严厉批判,之后他承受这种专制压力直至去世。显然,这首诗中的帕斯捷尔纳克形象被王家新涂抹上了浓重的主观色彩。

在诗中,王家新深情地刻画了这位异国诗人的不幸境遇和坚忍精神:"你的嘴角更加缄默,那是/命运的秘密,你不能说出/只有承受、承受,让笔下的刻痕更深/为了获得,而放弃/为了生,你要求自己去死,彻底地死。"几乎所有的意象都始终集中于时代的苦难:放逐、牺牲、弥撒曲的震颤中相逢的灵魂、北方牲畜眼中的泪光、人民胃中的黑暗和饥饿……面对苦难的唯一选择只有承受,而承受的结果便升华为幸福,因为这是"从心底升起的最高律令"。诗作以个人的睿智和忧伤塑造了一个令人震撼的时代苦难者和承担者的形象。

这首诗还透露出来自帕斯捷尔纳克的另外一个诗学启示——坚守内心的写作。虽"不能按一个人的内心生活",但要"按照自己的内心写作",只有这样坚持真正属于内心良知、同时也真正属于人类整体的原则,个人才能真正成其为个人。

诗作具有诗人自身精神写照的"自白"的特色,且通篇都采用了一种朴素直接的表达方式,所有的词语都用来营造一个内心化的"深度意象",为汉语诗歌引入了灵魂的声音。

三、欧阳江河的诗

欧阳江河(1956—),原名江河,四川泸州人。1975年中学毕业后曾到农村插队、军队服役,1986年进入四川省社科院从事研究工作,20世纪90年代初曾旅居美国,现为北京师范大学特聘教授。1979年开始发表诗作。著有诗集《透过词语的玻璃》《谁去谁留》,评论集《站在虚构这边》等。

欧阳江河诗歌才华的显现是他1983—1984年间创作的长诗《悬棺》,1988年前后写作的《汉英之间》《玻璃工厂》,诗艺又有明显进展。进入90年代后,欧阳江河迅速找到了诗的个人表达方式:"我在诗歌文本中所树立起来的视野和语境、所处理的经验和事实大致上是公共的,但在思想起源和写作技法上则是个人化的;我以诗的方式在言说,但言说所指涉的又很可能是'非诗'的。"① 这是一种以诗来驯化公共主题的尝试,《计划经济时代的爱情》《傍晚穿过广场》《关于市场经济的虚构笔记》等诗可视为代表性作品,其最大的特点是通过诗歌的想象与修辞,为许多不相容事物建立思维上的关联,产生一种既是意识形态性的又是非意识形态性的艺术效应。欧阳江河长于将东西方两种经验糅合于诗歌,《时装店》《感恩节》《那么,威尼斯呢》等看似书写西方文化的诗篇,实际上表达的还是中国经验。

欧阳江河是90年代最出色的诗人之一,他以精致的思想、惊人的修辞和复杂的技巧写就的诗歌,"将汉语可能的工艺品质发挥到了炫目的极致"。② 他同时还是一位有影响的诗歌批评家,其诗学论文《89后国内诗歌写作:本土气质、中年特征和知识分子身份》被广泛提及与讨论;而诗论集《站在虚构这边》,则彰显了他建立在智慧与学识基

---

① 欧阳江河:《谁去谁留·自序》,湖南文艺出版社1997年版,第5页。
② 姜涛:《失陷的想象》,《在北大课堂读诗》,长江文艺出版社2002年版,第69页。

石上的批评家的才华。

《时装店》一诗注明的写作地点是斯图加特，但诗人所用的比喻和联想大都来自中国文化："……你迷恋针脚/还是韵脚？蜀绣，还是湘绣？闲暇/并非处处追忆闲笔。关于江南之恋/有回文般的伏笔在蓟北等你：分明是桃花/却里外藏有梅花针法。会不会抽去线头/整件单衣变了公主的云往下抛绣球。"这些异常优美的句子，将有关东方的想象温情脉脉地放大了，东方的针线带着共同的复古记忆，显示出时光流转后无与伦比的美感，足以让后现代的时尚黯然失色。

第三节 女性诗歌

从20世纪80年代到90年代的时间位移里，女性诗歌的视角、蕴涵、言说策略和艺术品格等经历了本质性的蝉蜕和裂变。如果说80年代的舒婷一代和翟永明、伊蕾一代分别完成了女性写作觉醒、确认的两个阶段，那么90年代的女性诗歌则进入了回归词语本身、直面词语世界的语言写作时期。女性诗人在80年代关注"说什么"的激情本身基础上，又开始关注"怎么说"的技术问题。

80年代中期最早标举"黑夜意识"的翟永明，10年后又写了一篇文章《再谈"黑夜意识"与"女性诗歌"》，其中有这样的话：

> 尽管在组诗《女人》和《黑夜的意识》中全面地关注女性自身命运，但我却已倦于被批评家塑造成反抗男权统治争取女性解放的斗争形象，仿佛除《女人》之外，我的其余大部分作品都失去了意义。事实上"过于关注内心"的女性文学一直被限定在文学的边缘地带，这也是"女性诗歌"冲破自身束缚而陷入的新的束缚。什么时候我们才能摆脱"女性诗歌"即"女权宣言"的简单粗暴的和带政治含义的批评模式，而真正进入一种严肃公正的文本含义上的批评呢？要求一种无性别的写作以及对"作家"身份的无性别定义也是全世界女权主义作家所探讨和论争的重要问题？女诗人正在沉默中进行新的自身审视，亦即思考一种新的写作形式，一种超越自身局限，超越原有的理想主义，不以男女性别为参照但又呈现独立风格的声音。女诗人将从一种概念的写作进入更加技术性的写作。无论我们未来写作的主题是什么（女权或非女权的），有一点是与男性作家一致的：即我们的写作是超越社会学和政治范畴的，我们的艺术见解和写作技巧以及思考方向也是建立在纯粹文学意义上的，我们所期待的批评也应该是在这一基础上的发展和界定。①

翟永明在这里一方面指出女性诗歌冲破了自身束缚却又陷入了新的束缚，另一方面

---

① 翟永明：《再谈"黑夜意识"和"女性诗歌"》，《诗探索》1995年第1期，第128—129页。

又提出了一种"新的写作形式,一种超越自身局限,超越原有的理想主义,不以男女性别为参照但又呈现独立风格的声音",并预言"女诗人将从一种概念的写作进入更加技术性的写作"。她在这里所说的"独立风格的声音"和"技术性的写作",主要指语言意识的自觉和将目光投向人类、历史、未来、理想和终极关怀的超性别写作。很明显,此时的翟永明们已经开始出离80年代的躯体诗学,逐渐向新的审美维度归趋,学习"重新做一个诗人"。而这一诗学转向的形成则是对抗西方女权主义话语焦虑、对前期女性主义诗歌创作缺陷的自省和"语言论转向"的全球化语境影响的合力作用的结果。

90年代女性诗歌呈现出新的美学特质①,主要表现为以下两方面:

其一,性别意识的淡化。

90年代的女性诗歌群落已从翟永明等人的黑色情思系列跨过,普遍淡化了自赏、自恋和自炫意识,不再受制于性别局限,不再仅仅观照自身;而是积极缓解性别的对抗,不仅言说女性的一切,还以女性和诗人的双重身份,向女性之外的人群、女性问题之外的人类命运与历史文化等广阔认知范围内驰骋神思,进行更为博大、普泛化命题的超性言说。在这一向度上,不但王小妮、虹影、张真、海南、阎月君等先锋代表有意识地转向了宽大的人文视野,如"现在我想飞着走/ 我想象我的脚/ 快得无影无踪"(王小妮《活着·台风》),那对于诗意的不可落实的存在幻想,是人类不满庸俗尘世生活、渴望永恒超越的普泛心理的外化;"隔着一个未知的世界/ 我们永远不能了解/ 你梦幻中的故乡/ 怎样成为我内心伤感的旷野"(翟永明《壁虎和我》),悲悯壁虎的经验,不再是女性独有而成为笼罩全人类的伟大情怀,诗已上升到命运沉痛思索的高度。就是那些90年代崛起的诗人也纷纷尝试,她们相当自觉地表示:"女性的写作可能同样是极为广阔的,没有什么'内在'的限制不可突破的。"并在写作中"有意地摒除明显地归属于'女性'的一些特征"②,用笔与博大的宇宙帝国对话。女性主义诗人们在普遍保持女性的敏感细腻的同时,又以少有的冷静与睿智从人性的观照中发现思想的洞见,这样就打破了理性、知识、抽象等存在常常和男性必然联系、而和女性互相背离的神话,介入了澄明的哲理境界。"在春天的背面/ 有些事物简明易懂/类若时间之外的钟/ 肉体之上的生命/ 或是你初恋时的第一滴泪/ 需要谁的手歌唱它们 并把它们叫醒。"(陈会玲《有些事物简明易懂》)对生命的思考显然已进入了人类的生存和灵魂深处,说明人类的最高言说都存在于肉体之外。"一段无歌的词寻找它世界的歌手/ 由暗变白/ 服丧的钟高处吊挂/ 我看见七朵落霜的玫瑰/ 我看见被称作大地的衰老妇女/ 用血肉喂养蚊虫和诗人。"(沙光《灰色副歌》)对人类共同处境的鸟瞰不再依赖性别角色,大地表象后短暂、破碎、不定因素的幽暗本质的发现,吁求拯救的灵魂承担都在文本中。

其二,向日常化与传统的"深入"。

---

① 参见罗振亚:《激情与技术遇合:90年代女性诗歌的审美新向度》,《文艺理论研究》2004年第2期,第67-70页。

② 戴锦华、周瓒、穆青、贺雷:《女性诗歌:可能的飞翔——关于〈翼的对话〉》,载荒林、王红旗主编《中国女性文化1》,中国文联出版社2000年版,第133页。

90年代后，转向冷静的诗人们意识到诗人的优越感、神圣感顿失，自己绝不是什么"女神""圣女"式的超人，诗人和千千万万的女性并没有什么根本区别。这种对尘世的认同、平凡心态的恢复，决定她们开始顺应诗歌中宏大叙事衰减、个人化写作深入的潮流，将目光的触须下移，向"自己的屋子"外的世俗现实人生、生活场景俯就，注意在身边的生活海洋里寻找、拾捡诗情的珠贝，使经验日常化。如此间的王小妮就把自己界定为家庭主妇和木匠一样的制作者，认为"诗写在纸上，誊写清楚了，诗人就消失，回到他的日常生活之中去，做饭或者擦地板，手上沾着淘米的浊水"，很好地谐调了诗与日常生活的关系，置身于生活的琐屑里，仍能在心灵的一角固守独立的精神天地，在家庭平淡庸常背后保持一颗诗心。

女性主义诗歌向现实的"深入"不仅指对当下的日常化关涉，还包括对传统题材和精神向度的回归。若说翟永明写赵飞燕、虞姬和杨玉环的《时间美人之歌》，写黄道婆、花木兰和苏慧的《编织行为之歌》，写孟姜女、白素贞和祝英台的《三美人之歌》，分别取材于中国戏曲、小说、民间传说，它们和张烨的《长恨歌》《大雁塔》，唐亚平的《侠女秋瑾》《美女西施》，沈杰的《博物馆，与西汉男尸》等一道，在选材上有传统音响的隐约回应，偏重古典素材、语汇和意象的现代意识烛照与翻新；那么燕窝的《关雎》、张烨《雨夜》、安琪的《灯人》等则侧重于传统人文精神和情调的转化和重铸。如"灯火国度里被我们男子带走的/ 我饲养过的马匹和蚕/ 还好吧/ 一个人打秋千时/ 幸福的花裙子/ 飘到天上"（《关雎》），这是燕窝"恋爱中的诗经"，含蓄精美；《灯人》让人读着仿佛走进了潇湘馆，"蟋蟀的洞窟里叫我一声的是灯人/没来得及回应梦就开了/ 天暗、风紧，喧哗缩手/ 百年前的一个女子持灯杯中/ 风中物事行迹不定/ 一小滴水为了月色形容憔悴？白马带来春天"，女诗人心怀高洁又满腹心事的纤弱，犹似林黛玉再现；在农业背景上成长起来的蓝蓝，与四季相互感应与交谈，她那凝结温暖和忧伤的土地、村庄意境，似陶渊明再生，"夏天就要来了。晌午/两只鹌鹑追逐着/钻入草棵/看麦娘草在田头/守望五月孕穗的小麦/ 如果有谁停下来看看这些/ 那就是对我的疼爱"（《在我的村庄》），那份清幽质朴的感恩情怀，那份香色俱佳的宁静画意，那份浸满人间烟火又脱尽人间烟火的天籁生气，都极容易唤醒深深蛰伏在读者心底的遥远记忆。

这一时期，女性诗歌"超性别写作"的弊端也不容忽视。立足性别又超越性别，是女性主义诗歌自我拯救的不二法门，但女性诗歌也因之付出了感召力减弱的相应代价，不少诗人放弃了对男权话语再次覆盖的警惕和反对，诗人们普遍缺少博大的襟怀，震撼人心、留之久远的佳构难觅。

王小妮的诗

王小妮（1955— ），女，吉林省长春市人。1982年毕业于吉林大学，毕业后做电影文学编辑。1985年定居深圳，曾任海南大学人文传播学院教授。作品除诗歌外，涉及小说、散文、随笔等。2000年秋参加在东京举行的"世界诗人节"。2001年夏受德国幽堡基金会的邀请赴德讲学。2003年获得由中国诗歌界最具有影响力的三家核心期刊《星星诗刊》《诗选刊》《诗歌月刊》联合颁发的"中国2002年度诗歌奖",2004年获第二届"华语文学传媒大奖"年度诗人奖,也曾获美国安高诗歌奖。著有诗集《我的诗选》《我悠悠的世界》和《我的纸里包着我的火》等。

王小妮是"朦胧诗"的少数"幸存者"之一,面对此起彼伏的诗歌潮流,她一直保持着沉着、从容的心境。对她而言,写诗完全是一种内心的需要。这使她能够始终保持个人化的写作立场,穿越种种迷思,道出日常事物背后隐藏的力量。她常常被推举为"女性诗歌"的代表,却对单一的性别立场充满警惕。她无意将世界看成一座"象征的森林",相反善于使用朴素的口语,通过精妙的直觉,捕捉"平凡世界"中转瞬即逝的诗意。

也许20世纪80年代的王小妮还不能算一个十分出色的诗人,但她的《印象》《风在响》等诗已经预示了一个诗人"最初的真诚与清新"(徐敬亚语)而使她"奔走在阳光里"。当高度个人化、女性化的大众消费文化的90年代来临的时候,王小妮个人内在的诗性天赋就与这个千载难逢的女性化时代相遇合,而在诗歌写作上发生了一种断裂性的现代转型,使其始而产生"忽然的阴影与迷乱",继而表现了"超然的放逐与游离"(徐敬亚语),而最终成就了她90年代以来独树一帜的个人化诗歌风格。于是有了《应该做一个制作者》中的这样一些诗句:"我写世界/世界才低着头出来/我写你/你才摘下眼镜看我/我写一个我/看见头发阴郁该剪了/能制作的人/才是真正的了不起。"在这些诗句里,微微地透露出了王小妮的女性主义意识。然而这种女性意识只是表现为她内心中理智的清醒、自觉与独立,有了"只为自己的心情,重新做一个诗人"个人化诗歌的本真状态。这意味着她从此将《紧闭家门》,《在白纸的内部》,《通过写字告别世界》而彻彻底底地进入个人化的写作和生活的境界,而不再在乎什么。而只在《最软的季节》里《活着》去静静地欣赏在《晴朗》中成长并盛开着的《十枝水莲》,体悟"怎样沉得住气学习植物简单地活着",在《我爱看香烟的排列形状》里"伸出柔弱的手托举那沉重不支的痛苦",从而成为一个"在一个世纪末尾,意义只发生在家里"的《不工作的人》,"久坐不动成为全身平静的寺院"的《不反驳的人》。这就是王小妮和她90年代以来个人化风格的诗。这种个人化风格的诗呈现出两个鲜明的特征:

一是回到日常生活。

回到日常生活一方面表现为平民化的取材。王小妮在20世纪90年代的个人化经验表述几乎都是在平民化取材中展开的。如她在90年代创作的《西瓜的悲哀》,它题材的来源——买一只西瓜回家,只不过是日常生活中一个最普通、最平常的生活细节。然而就在这个日常生活中普通得人人皆知的生活细节里,诗人却让思索走入其中,从中透视、感悟到人生的命运也正像此刻的西瓜一样悲哀:被一种莫名的力量牵引着,变幻无常而丝毫不能做主,从而赋予了它不平凡的意义。再如《一个少年遮蔽了整个京城》,它取材于送儿子去京城上学这个最为普通的一件小事,然而却在这个普通的小事里,将母亲对儿子那份真挚的亲情挥洒得淋漓尽致。将一份普通的亲情放大到遮蔽了整个京城,以至于"吃半碟土豆已经饱了/送走一个儿子/人已经老了"的地步,这既是艺术的夸张,也是亲情真实的再现。当然这样的例子在王小妮90年代以来的诗歌中随处可见。如《看望朋友》《回家》《活着》《坐在下午的台阶上》《火车经过我的后窗》《他们把目的给喝忘了》等。由王小妮这些日常平民化取材的小诗，我们可以看出，诗人在日常生活中，无时无刻不在思索，她正是通过这种诗思的方式来在日常生活中完成她对人生、世界、生活以及命运的形而上思考。这些小诗也正是她思索的智性结晶。同时也正是在这种思索中，她体悟到了个体存在和人生世界的关系，从而使她真正回到了个体意义上"素色里"的自己。可以说，以思索的深刻透彻，而让普通的日常生活焕发出诗意的光彩，使王小妮在90年代同是日常生活的抒写中，显得高标独拔。

另一方面，则源于平民化视角处理感情的方式。王小妮是一个感情细腻而深厚的人。她是一个善于把激情克制在内心里、克制在文字中的人，用她的话说就是"我的纸里包着我的火"。当然，这也是20世纪90年代女性诗歌写作转型，致力于用语言节制激情的诗歌美学原则的体现。王小妮这种平民化视角处理感情的方式，典型地体现在她的《和爸爸说话》一诗中。在这样一个生离死别的重大题材里，诗人冷静地抑制住了哀痛之情的正常宣泄，将深刻的悲伤转移到诗歌叙事性的文字里，在平淡的诗歌叙事中让其得到有效的克制和缓解，让不能在现世里永恒的亲情在文字创造的另一维度空间里通过她的述说而无限绵延，从而将生死无常带来的悲痛与伤悼因这份平静的叙事而轻轻击碎和瓦解。王小妮这种平民化视角处理感情的方式在另一种更深刻的意义上说，来源于她对人生生死无常的透彻和明达，也许正是这份透彻和了悟，使她始终拥有一种平常人的平凡心态，使她能最终采用平民化的视角，用最朴素的语言去淡化生活中的沧桑与不幸，从而更为和谐地看待和处理人和世界、人和生活、人与自身及他人的关系。

二是语言对激情的节制。

王小妮以语言对激情进行理性节制的个人化写作主要体现在如下方面：

其一是叙事化的语言追求。正是叙事化使王小妮20世纪90年代的诗歌有效地抵制了激情的宣泄，而使其诗歌具有一种陌生化的冷静性的陈述性特征。这种陌生化的冷静性陈述性特征客观上在诗歌和读者之间造成了一种新的现代意义上的陌生化审美距离，从而使诗歌形成一种特有的张力美。这种张力体现在：由于这种陌生化审美距离的存在，让读者智性的思索走入诗中，使读者和诗人，透过诗意的智性思索，在诗与思之间展开一场多维度的意义对话。同时诗歌也就在这种多维度的对话、释义中，将时代以及个人复杂、多元、暧昧、迷离的情境和心态巧妙含蓄而又婉转地揭示出来。如王小妮在90年代后创作的《从北京一直沉默到广州》即是典型例子。《从北京一直沉默到广州》通篇采用叙事的语调，叙述了从北京到广州的一路上诗人的所见所闻、所思所想。诗中的北京和广州，一北一南的两个城市，既是地理位置上的实际城市，又是人生旅途起点和终点的象征，因而它们在诗中既是实指又是虚指。整个诗歌表面叙述的是从北京到广州一路上的旅途遭逢以及在旅途中的沉思，而实际上暗示的是人一生的奔波和遭遇，暗示着人生的短暂、仓促。在这样短暂的犹如从北京到广州一样瞬间就可走完生死的同一条人生旅途里，人却活在不同的存在维度上。这不同层面的存在方式是通过在相同和不同的时间里，而将不同和相同空间生活情态的对比性展现而揭示出来的。如在相同的时间里，不同国度的中国以外的人却可过着花园般的形而上的富足优雅的智者生活，而绝大多数中国人却为世俗生计所累，无暇顾及生死等形而上问题的思索："这么远的路程/足够穿越五个小国/惊醒五座花园里发呆的总督/但是中国的火车像个闷着头钻进玉米地的农民。"但是如果把时间从当下的时代中抽离出来，而将其推回古代，其对比性就更为鲜明。如在物质文明远不如现在发达的古代，人们却在艰苦的条件下苦读深思而以苦为乐，以悟道为乐，过着超越的精神生活。而相反在物质富足的当下时代里人们却为金钱利禄所累，不再对生命进行形而上的追思，而迷失于作为路途的过程里，忘却了生命的来路和目的，实在令人哀叹："这么远的路程/书生骑在驴背上/读破多少卷凄凉的诗书/火车顶着金黄的铜铁/停一站叹一声。"这样就通过古今中外不同时空的生活情态的对比揭示出当下中国人普遍的麻木、不觉悟，迷失于过程和当下，而缺少形而上的终极思考的心态情状。

诗歌关于人生短暂、仓促的书写则是通过下列诗句来暗示的："在中国的火车上/我什么也不说/人到了北京西就听见广州的芭蕉/扑扑落叶。/车近广州东/信号灯已经裹着丧衣沉入海底。"这里的"扑扑落叶"与"信号灯"，一听觉意象与一视觉意象，一动一静相对照，就惟妙惟肖地暗示出生死不是两茫茫，而是近在咫尺，甚至我们的起点就是我们的终点，生命的短暂、仓促和无常性，就可由此窥见一斑。然而在如此短暂、仓促无常的世间，人却是如此的麻木、不觉悟，执著于当下和现世的物质欲望，两相对照，反讽意味何等鲜明。而"在中国的火车上/我什么也不说"则与标题的"从北京一直沉默到广州"相对应。尤其是其中"不说"与"沉默"相对，在某种意义上说，它也是全诗的主要基调。这种由"不说"构成的"沉默"实际上也并非含义单一，而是意味深长。它实际是与当今的话语权力喧嚣所造成的浮躁相对。

其二是口语化的语言风格。在王小妮90年代以来的诗中，触目可见的是大量简洁、亲切的日常口语。这种口语化修辞的采用一方面拉近了诗歌和读者的距离，另一方面形成了一种亲切、含蓄的诗歌风格。她诗歌中的口语并不等同于一般意义上完全生活化的口语，而是既带着个人的直觉，又渗透着艺术性的浸润，常常让人觉得既是来自读者的意中，又出自读者的意外而不落俗套。如在《一个少年遮蔽了整个京城》中"吃半碟土豆已经饱了/送走一个儿子/人已经老了"，再如《他们把目的给喝忘了》中"老远跑我家来的朋友/把目的给喝忘了"，以及上面《从北京一直沉默到广州》中的"扑扑落叶"等。这些诗中的口语运用都简朴、精当、自然得一如生活本色的纯粹，每个词仿佛都刚刚从生活场上走下来，随处飘浮着生活的气息与情趣。

与翟永明的口语风格特点相比，王小妮的口语叙事则在贴近生活的同时，将诗意的智性思索投射在词语的断裂空白处，让一种形而上的精神的光芒照射、穿行其中，如她的《我看见大风雪》《月光白得很》《十枝水仙》等。如果说翟永明的口语诗歌写作令人在后现代性的间隙中睹见的是生活的多种样态和意义变异的多种可能性，也即体现出一种不断流动变化的现代性，让人看见的是一种意义间正在变异的过程；那么王小妮的口语叙事则让人在词语的间隙处瞥见缕缕神性的光亮，体悟到一种言说不尽的禅意，令人在不能诉诸语言思维的顿悟中领悟到一种智慧花开的喜悦，以及语词在打破正常语法规则后临风飞翔的感觉。

拓展阅读：

1. 翟永明：《称之为一切》，春风文艺出版社 1997 年版。
2. 王家新：《知识分子写作，或曰"献给无限的少数人"》，《诗探索》1999 年第 2 期。
3. 王家新，孙文波主编：《中国诗歌九十年代备忘录》，人民文学出版社 2000 年版。
4. 沈奇：《中国诗歌：世纪末论争与反思》，《诗探索》2000 年 Z1 期。
5. 吴思敬：《诗学沉思录》，辽宁人民出版社 2001 年版。
6. 王光明：《在非诗的时代展开诗歌：论 90 年代的中国诗歌》，《中国社会科学》2002 年第 2 期。
7. 罗振亚：《激情同技术遇合：90 年代女性主义诗歌的审美新向度》，《文艺理论研究》2004 年第 2 期。
8. 赵彬：《断裂、转型与深化：中国九十年代女性诗歌写作研究》，光明日报出版社 2011 年版。
9. 孙基林：《知识分子写作：作为思想方法的叙事与其修辞形态》，《中国现代文学研究丛刊》2013 年第 7 期。
10. 张涛：《九十年代诗歌研究资料》，百花洲文艺出版社 2018 年版。

问题与思考：

1. 20 世纪 90 年代诗歌的"个人化写作"路径。
2. 知识分子写作和民间写作论争与 20 世纪 90 年代诗歌创作的转向。
3. "叙事性"在 20 世纪 90 年代诗歌创新中的角色。
4. 西川诗学立场及其对语言秩序的超越。
5. 《帕斯捷尔纳克》中的精神内涵与文化意蕴。
6. 如何理解"诗是语言的游戏方式"。
7. 20 世纪 90 年代女性诗歌的美学特质及其与传统的关系。

第二十三章　小说创作

第一节　概　述

"文变染乎世情，兴废系于时序。"20世纪80年代，诗歌复苏了人们对文学的热望和追求。这一时期诗人成群、流派迭出、旗号林立，蔚然大观。但进入90年代后，诗歌的热浪急骤退潮，在文学整体状况不甚景气的情形之下，小说更成为这个文学时代的表征。

文学一般是时代文化的折光，20世纪90年代小说更是当时文化语境的忠实派生。在强国富民的梦想召唤之下，90年代起初市场经济成了引领社会文化动向和小说创作的坐标。首先，它为小说创作带来了积极因素，市场放活了经济能量，小说作者拥有了较为坚实的物质基础和生活保证。市场经济为文学的发展提供了心理动力和活力，同时也为打破过于单一的文学格局设置了可能。市场经济更进一步加快了中国现代化的进程，作家的生活体验、情感体验亦从中得到了丰富，这也有利于小说创作题材的拓宽和主题的深化。

不过，机遇和挑战向来是互生共进的。市场经济所牵引的整个社会转型给20世纪90年代的文学创作提供优渥条件的同时，也抛售给小说创作前所难遇的要价。市场最明显、最核心的特征就是与经济利益密切挂钩。这就不可避免地影响着整个文化环境朝着货币化方面运转，以至于肇造出一些其他不良的后果。首先，在经济利益的刺激之下，人们的欲望膨胀，作家难以拥有平静的心态和"十年磨一剑"的精品意识来创作。热衷于市场回报，热衷于更新换代……为了迎合日益壮大的市民队伍的胃口，"雪米莉"创作团队出现了，五花八门的畅销小说出现了；为了勾起人们的阅读欲望，有关感觉刺激的描写往往成了作者们着力之所在。其次，在市场经济大潮的浪卷之下，社会的价值观念分化组合，一些作家主动放弃了知识分子的岗位意识和精英角色。20世纪80年代，启蒙思潮风起云涌，广大作家居于时代"中心"的地位，拥有历史使命感和精神优越感。到了90年代，在经济优先的规则之下，许多人文知识分子颇觉无所适从、无可奈何，迅速地滑向社会边缘，展现了世纪末的"零余人"形象。消解意义，消解终极关怀，成了文学价值诉求的普遍现象，这一现象深受西方解构主义思潮的影响。80年代中后期开始，刘震云、池莉、方方等人的作品把社会生活和人生向度还原成"一地鸡毛"和毫无诗意的"风景"。而到了90年代，有些作家干脆卸下知识人的清高，公开叫嚣"我爱美元"，宣扬"玩的就是心跳"、"生活无罪"和"我不想事"等市民哲学，全然呈现出"媚俗"

的心理。90年代的人文精神大讨论，就直接以王朔等人的小说为批评的靶子。最后，在市场潜规则的运作之下，一些出版单位、书商为了重磅推出与自己经济利益挂钩的作品，不惜讲究包装，不惜重金聘请一些文学批评家大肆鼓吹它们，而其实际水准往往与此相去甚远。批评的严肃感、责任性的失重，在某种程度上是对文学的亵渎。

任何事物的迁移变化都是内外原因交互作用之下完成的。20世纪90年代小说一方面受制于市场经济，另一方面也要遵循着其本身的内在路向和发展规律，在某种意义上来说依然是对20世纪80年代小说的赓续。

第一，从作品类型上来说，保持了20世纪80年代以来的内在的一致性和连贯性。一些作品类型在20世纪90年代营构了一道道光彩夺目的风景线，它们是在努力地完成某种升华与超越。实际上它们在20世纪80年代就已经崭露头角，显示出咄咄逼人的发展势头。譬如，在女性小说领域中，像林白、陈染等人沿着20世纪80年代女作家的道路将性别意识更为凸显，甚至进入了私语化写作。另外，陆星儿的《天生是个女人》、张抗抗的《情爱画廊》、蒋子丹的《贞操游戏》、铁凝的《大浴女》、王安忆的《长恨歌》都是进一步地开拓了20世纪80年代的女性写作空间的。历史小说界出现了凌力的《少年天子》《倾国倾城》等，二月河的《康熙大帝》《雍正王朝》《乾隆皇帝》等"落霞系列"三部曲，唐浩明的《曾国藩》《旷代逸才》等，刘斯奋的《白门柳》，这些作品比以前的历史小说更注重历史性与当下性的对话，更注重作家体验和历史人物的有机交融，因而颇具思想深度和艺术感染力。

第二，从作家阵容来看，在这一时期为时代奉献出影响力不小作品的作家有王蒙、贾平凹、叶兆言、王安忆、韩少功、苏童、刘恒、铁凝、莫言、刘震云等人，他们在20世纪80年代就被评论界和广大读者拍手叫好，艺术个性在某些方面是一路延伸下来的，其中尽管也有些作家如余华、格非等蜕变转向的痕迹很明显，但纵览全局，整个实力方阵主要还是跃动着80年代业已入道的作家身影。

第三，从一些文学现象来讲，它们在20世纪80年代小说的创作中就有一定的蓄势。比如，艺术实验依然是20世纪90年代小说的一个重要身份符码。在文体革命和语言实验的舞台上出现了《马桥词典》，它全然打破了传统小说主要通过故事情节的演绎来展示人物性格及其历史命运、社会背景等的惯性写法，以语言（方言）词汇来展示"马桥"世界的充满魔幻色彩的人情世故、悲喜命运。这种"词典"体的小说在中国小说史是首开纪录。能踏上这种探索之路，应该是以20世纪80年代开始的国人日渐活跃的艺术革新思维、文学求异精神为铺垫的。同时，正因为革新思维和求异精神的存在，或者说文化激进立场依然余波未尽，在一定程度上隐性地导致了20世纪90年代小说界一个重要的现象即代际分流周期趋短，一系列以"新"字命名的小说流派或集群一浪逐一浪，令人眼花缭乱。理论界干脆将一些来势猛烈、作品风格迥乎通行格局的作家称为"新生代"作家。

第四，主导20世纪90年代的小说批评界的干将们，他们的文学青春期往往都是得到20世纪80年代文学熏陶的。他们大多是"文革"之后的研究生，有着纯正的学养，对西方理论相当熟稔。"文革"之后的中国文学的春天，让他们曾经激情澎湃、热血沸腾。因此，80年代参照西方理论所定型下来的一些基本的文学观念、理论范畴等，在他们的文学价值观里根深蒂固。所以，对于90年代的小说，他们常常采取80年代的理论视角来观照，使用80年代的言语态势来权衡。就在这些求疵指瑕、爬抉梳理之中，90年代的小说与80年代保持着一些一脉相承的血缘。

20世纪90年代的小说又体现了鲜明的阶段性特征，具体表现在如下几个方面：

第一，多元化的小说格局。在20世纪80年代，作家们都不约而同地紧密围绕启蒙、反思、改革等宏大主题而展开文学创作，以至于主题模式、审美意蕴等出现了趋同现象。在市场经济之手的操作下，整个社会渐于平面化、多维度。在这种转型之中，作家从整体上难再一本正经地充任代言人的角色，而是开始依据自己的审美个性、艺术追求来探寻新的写作空间，建构起个性化标志明显的艺术殿堂。各种创作模型异彩缤纷，各路作家群体斜刺杀出，所以，20世纪90年代的小说格局相对而言更令人眼花缭乱，一方面难以"共名"的方式进行命名，另一方面新的命名不断。比如，同属于现实主义的大家族中，既有旨在表现出更深沉的历史与人性的一般意义上的现实主义，如陈忠实的《白鹿原》、张炜的《九月寓言》、阿来的《尘埃落定》，也有日新月异般的"新写实现实主义""新状态现实主义""人文现实主义""现实主义冲击波"，全面开花，各显神通。在作家群体之内，他们也是分化组合的，既有由雅入俗奉行大众化写作的如王朔以及新生代作家等，也有高举人文大旗、坚守精神圣地精英化呐喊的如张承志、张炜、韩少功等；既有与主旋律合拍的写作者，又有游离体制之外的自由撰稿人；既有守护乡土温情的，又有宣泄都市风流的，等等。当然随着时间的推移，作家的整个写作意向和审美旨趣日趋固定，还是能够清晰地看出作品审美意蕴的分流，它们大致可以归纳为精英小说、大众化小说、私语化小说、主旋律小说几大方阵。它们各擅胜场，其中精英小说与大众化小说之间的对垒局势似乎更为一目了然，或对启蒙、对人文、对理想、对终极的忠贞的守望和呵护，或更多地聚焦日常生活，关注普通个人的生存状态。整体而言，90年代小说是审美意蕴上的多声部的合奏。

第二，解构主义意识凸显。随着八九十年代之交国内外一系列政治事件的爆发以及市场经济的大浪席卷，不少人从20世纪80年代那种关心社会理想的狂热中撤退，传统佛老思想就成了他们的精神支柱之一。另外，西方的后现代主义哲学也得到许多人的迎合。其实，后现代主义在80年代小说中已经崭露头角，20世纪90年代的文化语境无疑更是给它提供了一个大行其道的机会，所以出现了"王朔热"，出现了各类"新"字号的小说，出现了韩东等人旨在挑战文学现有秩序的所谓的"断裂"文本……这种以解构为美学特征的小说将其艺术触角伸向了新的领域，展览了一些新的文学人物族群以及他们的生活与世界，无疑为我们勘探人生世相提供了新的平台和新的视角。

第三，长篇小说势头兴盛。进入20世纪90年代以来，据不完全统计，长篇小说的年出版量有400多部。中国作协系统列入1995—1996年度创作计划的长篇小说，就有640多部，比20世纪50—80年代之总和还要多。如此高产数量的到来，是与文坛领导机构的组织倡导、作者个人的辛勤劳动以及出版方面的积极配合，包括书商、书贩们的商业操作等离不开的。比如，出版界就相时而动地策划了各类长篇小说系列，如"小说界文库""布老虎丛书""探索者丛书"等。为了获得轰动效应和市场回报,其中不乏出现过以高价甚至天价向社会征稿的现象,无疑这在某种程度上刺激了作者们"高效"地去产出长篇。并且,一些作品动辄是以"部曲""系列"等鸿篇巨制的面孔呈现。在历史小说创作中,这一点尤为明显和突出。譬如,唐浩明的《曾国藩》就包括《血祭》《野焚》《黑雨》等三部,《杨度》也由上、中、下三个板块组成。又如在二月河的"帝王系列"中,就《康熙大帝》而言,就达到了四册逾百万言。此外,长篇小说的大潮到来,也是与90年代初的几部小说在社会形成巨大的反响密不可分。陈忠实的《白鹿原》和贾平凹的《废都》的畅销,可以说是拉开了长篇小说大跃进的序幕。在长篇小说的百花园里,张承志的《心灵史》、陈忠实的《白鹿原》、张炜的《九月寓言》、王蒙的《恋爱的季节》与《失态的季节》、王安忆的《纪实与虚构》与《长恨歌》、韩少功的《马桥词典》、朱苏进的《醉太平》、贾平凹的《白夜》、余华的《在细雨中的呼喊》、李佩甫的《羊的门》、阿来的《尘埃落定》等,从中展现出了作者们严肃的创作态度,以审美探求为旨归,显示了厚重的质感。

总的说来,20世纪90年代小说的时代特征是十分鲜明的。而就类型来看,现实主义小说、现代主义小说、女性小说、历史小说、新生代小说颇值得我们去认真关注和深入探讨。

第二节 现实主义小说

20世纪80年代的伤痕小说、反思小说、改革小说等各种形态,都归属于现实主义小说类型。20世纪90年代的社会文化语境,对传统现实主义构成了严峻挑战的同时,也给现实主义打破单一、封闭的审美格局提供了良好机遇。首先,现代主义特别是后现代主义成为时代的一种审美选择后,其本身就对现实主义构成了巨大的刺激,能为它的变革提供一些有益的启示,现实主义进而能对自身焕发出新的活力充满信心;其次,现实主义可以把现代主义、后现代主义的一些创作因子作为一种营养吸收起来,滋养着自身的变化发展。所以,小说界就出现了"新写实现实主义""新状态现实主义""人文现实主义""现实主义冲击波"等各种新异的命名,展示了现实主义在探索与复合的道路上阔步前进的身姿。可以说,真正代表了90年代创作实绩的还是现实主义小说。现代主义或后现代主义作品的真正先锋意义,最终在于它被现实主义所收编。一切正如一直坚守现实主义的梁晓声所说:"我确信,现实主义至少在今后十年里,将继续它的复归实践,而不是在伤痕累累中彻底倒下。我所言现实主义,不只是一种'创作方法',更是一种文学宗旨——对现实社会给予极大的关注,而非故作仪态地逃避的宗旨。在中国,文学必将补上'现实主义'这一课,一切脱离'现实主义'内容的形式上的'现代主义',实在是撑不起中国当代文学的巨大骨架。"[1]

---

[1] 梁晓声:《关于〈浮城〉的补白》,《光明日报》1994年3月2日。

20世纪90年代的现实主义小说，它们基本上构建了品性比较鲜明的三大方阵。一是现实悲歌类的，这些作品主要是被誉为河北"三驾马车"——谈歌、何申、关仁山的《大厂》《穷人》《年前年后》《破产》，刘醒龙的《分享艰难》《威风凛凛》，李贯通的《天缺一角》等。它们紧跟整个市场经济和社会转轨的步伐，关注矛盾，反映困难。二是先锋创新类，这些以"新体验""新状态"等为代表的各类"新"字号的中短篇作品，它们主要通过一些文学媒体杂志的行为而肆意呈现，与20世纪80年代末的"新写实小说"有着一定的血脉关系，客观地或"零度情感"地再现了某些现实的同时又缺乏一种批判精神。三是文化积淀类，如陈忠实的《白鹿原》、张炜的《九月寓言》、王蒙的"季节系列"、阿来的《尘埃落定》以及女作家王安忆的《长恨歌》等，这些小说选题重大宏远，观照现实又和现实保持着必要的距离，文化底蕴深厚。

在庞大的现实主义小说阵营之中，陈忠实、张炜、贾平凹、王蒙、阿来等人的创作成绩斐然，一直受到广泛关注和探讨。

一、陈忠实与《白鹿原》

陈忠实（1942—2016），陕西省西安市人。历任过小学、中学教师及团支部书记，公社革命委员会副主任及党委副书记，文化馆副馆长，文化局副局长，陕西作家协会副主席、主席等，专业作家，文学创作国家一级。1965年开始发表作品。1979年加入中国作家协会。著有短篇小说集《乡村》《到老白杨树背后去》，中篇小说集《初夏》《四妹子》，《陈忠实小说自选集》（3卷），《陈忠实文集》（5卷），散文集《告别白鸽》等。短篇小说《信任》获1979年全国优秀作品奖、《立身篇》获1980年《飞天》文学奖，中篇小说《康家小院》获上海首届《小说界》文学奖、《初夏》获1984年《当代》文学奖、《十八岁的哥哥》获1985年《长城》文学奖，长篇小说《白鹿原》获1993年陕西"双五"文学奖、1996年人民文学出版社"炎黄杯"文学奖、第四届茅盾文学奖。《白鹿原》目前有三个版本，既反映了作者经典的追求意识，也见证了90年代当代文化语境对作者的影响作用，从中我们可以获得不少当代文学的相关信息。

《白鹿原》是陈忠实的代表作，也是中国当代文学史上为人们所称道的优秀长篇之一。作品以西北黄土地上一块沉积着丰厚民族传统文化内涵的坡塬为特定空间，紧密围绕白、鹿两家几代人的争夺与冲突，全方位、深层次地展示了20世纪上半叶中国的时代变幻和社会流迁。家族是中国传统社会的基本单位，浓缩了民族文化许多的奥妙，作品因而不直接从政治、阶级、社会、历史入手，而是站在文化哲学的角度，透视社会历史变革过程中民族文化的裂变，以及个人、民族在这种文化蜕变中的命运走向，最终借此实现作者在扉页上引述巴尔扎克的一段名言"小说被认为是一个民族的秘史"的写作意图。由此看来，《白鹿原》是有着深厚的"史诗"意识的。

白嘉轩是宗法正统文化的人格代表，他一生的历程昭示了民族文化精神的演变史。他一辈子都践行着忠孝节义的道德原则，作为族长，时刻以传统道德的维护者自居。他牢记古训，耕读持家，积善积德，保持着"腰杆始终挺得端直"的长者风度。在乱世中，他置田亩、立族规、修祠堂、办学堂、正民风等，可谓造福乡邻、振兴家业。同时，他还是一个蔼然仁者，对于文化人朱先生和冷先生敬之、效之；以兄弟之礼对待长工鹿三，与他同桌吃饭，同地干活；不论尊卑，视黑娃如子，供他上学，等等。这些都显示出了传统文化人格中的积极面和闪光点，但民族文化人格中的顽劣之处也在白氏身上毕露无遗。作为族长、家长，他骨子里面流淌着虚伪和残忍的血液。为了争夺到风水宝地，他工于心计，对鹿子霖以利相诱；为了做上族长，他处心积虑，种种都显示了其"学做好人"的人生原则的虚伪。同时，他所宣扬的仁义礼智信及其在宗族内行使的强权控制，俨然诠释了封建卫道士的本色。当白孝文、黑娃等触犯族规时，他不悯亲情而施以严刑，果敢严明中夹着专断和冷酷。对背叛家庭的白灵，他以断绝父女关系相威胁。特别是对田小娥，白嘉轩更是显露出残忍的一面，就算田死了之后，也要建造七级砖塔来镇压企图讨回公道的她的冤魂，令其永世不得翻身。这就是传统文化中讲等级、求秩序的铁血政策的结果。同时，白嘉轩也是一面镜子。鹿子霖的卑猥与丑恶、朱先生的睿智与清明，还有乱世沧桑的悲凉与凄壮，都在他这里得以镜鉴。尤其是白氏身上所包含着的一种悖论，更是意味深长。他认为儿子孝文当上了县长是白鹿"显灵"的结果，但孝文本身又是偷鸡摸狗、劣迹昭彰的。这种悖论，暗示了白嘉轩的仁义追求走向了意愿的反面，并最终破产。这也传达了作者对传统的文化精神所持有的眷恋与批判、讴歌与反思相间的历史主义态度。其实，这也正好反映了20世纪上半期的中国处在文化转型的时代特征。在转型期里，人物命运的结局也染织上了变化莫测的时代色彩。白灵和鹿兆海两人曾经以投掷铜圆的方式来抉择人生道路，白灵选择了三民主义，而鹿兆海选择了共产主义。而随着斗争的风云变幻，两人的人生选择却完成了戏剧性的置换，白灵成了共产党员，鹿兆海则反之。后来，曾是抗日英雄的鹿兆海在进犯边区时被红军打死，白灵则在内部肃反中被活埋……读来思之，一切让人不禁嘘唏。

　　从艺术特点上来讲，《白鹿原》不愧为杰作。第一，深沉的悲剧之美。小说以审视传统文化的历史走向为己任，整个作品就是一支吟唱给传统文化的挽歌。同时，小说人物的生存命运也阴差阳错，一个一个地消殒，死亡的恐怖笼罩着全篇。第二，颇具匠心的艺术结构。作者巧妙地将民族文化的历史命运、民族矛盾、国内战争等大事件融入了两个家族的纷争之中，实现了又"入"又"出"，"宏""微"相间，而且把正史的描述和虚构故事的叙说两者有机结合了起来，显隐互现。第三，魔幻现实主义的细节描写。小说多处描写到了"白鹿"的精魂，还有朱先生的仙逝等都有种神秘化的色彩。这是作者成功地借鉴和使用了拉美魔幻主义小说的一些技法，为小说平添了几分审美的意趣，也增加了现实主义的深度。第四，鲜明的小说人物个性。白嘉轩自不待言是作者书写的范本，鹿子霖的自私自利、作恶多端也被刻画得淋漓尽致。田小娥是小说着意描写的一个悲剧角色，她身上闪发出的人性光芒也给人留下难以忘怀的印象。第五，语言典雅而又通俗。《白鹿原》不失故事情节的精妙，让人觉得可读性很强，但这不妨碍作品始终是有着高雅的、精英化的格调。能把这两者完美地结合起来，其根源之一就在于它的语言典雅而又通俗。

二、张炜与《九月寓言》

张炜（1956— ），山东龙口人。作为一个有着思想个性与严肃创作态度的作家，张炜在艺术道路上不断地鞭策自己前进，因而其创作的阶段性特征显著。第一阶段从1975年开始文学创作到20世纪80年代中期。作品主要收集在《他的琴》《芦青河告诉我》《浪漫的秋夜》等中，《声音》《一潭清水》为代表作。作者是在寻求自然乡村世界作为灵魂的归宿地，那儿蕴涵着作者的生命理想。第二阶段从20世纪80年代中期到《古船》于1987年由人民文学出版社出版。主要作品有《秋天的思索》《秋天的愤怒》以及长篇小说《古船》。《古船》以古莱子国故都所在洼狸镇为社会背景，以隋、赵、李三大家族围绕一个粉丝厂的承包问题所展开的族权和政权相互扭结的斗争为主要内容，展现了洼狸镇从土改、"文革"到农村改革大潮初起时的40年历史变迁和命运浮沉，表现了作者对于民族道德意识的深刻反省和对于重铸民族文化品格的执著追求，是中国当代文学史上颇具广度、深度、力度的文化批判之作。这也标志着作者这一阶段的创作是以文化反思、文化批判为主，展示了现实的苦难和复杂的人性。第三阶段从《古船》至今。主要作品有《九月寓言》《柏慧》《家族》《外省书》等。作者摒弃"城市"，"融入野地"。作者一方面表现了对农业文明中道德乌托邦的眷恋和寄望，在作品意蕴中呈现神秘化色彩，另一方面同时展现现实和历史的苦难，就知识分子的精神自救的问题展开了思考。总览起来，张炜是抱着悲天悯人的创作使命，在道德失落、理想破灭、信仰与生存发生困惑的今天，表现出了对道德理想的追求、对人生价值的考问、人文精神的不懈观照和忧患。进入21世纪以来，张炜的小说创作更加丰富和多元。长篇小说《你在高原》2011年获得第八届茅盾文学奖，在文学史上有着重要地位。

备受人关注的《九月寓言》是以寓言的方式展开故事情节的，这本身就意味着作者是在淡化故事的讲述。整个情节可以简单地表述为"建立小村——交往与敌视——工区的渗透——小村的毁灭"。在那个叫鲅鲅村的大地上，九月是充满生机和展望收获的，蕴涵着神性的意味。人们行走与劳作在大地上是充满诗意的。这种美丽本身就潜藏着危机，大地之所以美丽是因为它只属于历史。这正如作者在该作"题辞"中所点明的它只存在于老人的记忆里。事实上，它马上面临着以"采矿"为标志性的现代文明的无情挑战。在接下来的岁月里，充斥在大地上的是电闪雷鸣、地底轰鸣、房屋倒塌、人群奔走……一个弥漫着诗意的大地再也无法从人们的视野中浮现。工业文明对前工业文明的掠夺、侵袭让人们的精神家园流失。在这里有两个问题值得人们深思：一是现代文明究竟是不是预示了人类的历史方向？二是精神归属感在人们的生存位置中有多重要？当然，作者不是在提出问题，深沉的忧患意识让他直接告诉人们：反思、批判工业文明是必要的，一个民族缺乏人文精神是悲哀的。

小说没有刻意刻画出一个或几个人物典型出来，但作品中的不少人物作为一种符码，相当到位地展现了作者的审美理想。金祥为了给小村人买回煎饼的鏊子，千里奔波，不辞辛劳，表现出崇高的牺牲精神；独眼义士为了寻找失散的意中人，苦度30余年；闪婆与自己的恋人为了爱情,不惜出走野外,甘愿过着风餐露宿的生活。特别是肥,一个乡土的守望者,对野地充满感恩,曾经对以挺芳为代表的异质文化(都市文化)动心过,但最后还是回到了生于斯、长于斯的小村上来,可惜小村不复往日。通过这些人物,作者对前工业文明的眷恋情怀尽显无遗。这些人物总体说来都是洋溢着野性与活力的,充满传奇色彩。由此可见,作为批判现实主义作家的张炜也不失浪漫情致。

小说构造出了大量的象征意象,融入了深刻哲理化的沉思。人物形象灵动,故事结构散文化,语言充满诗性且耐人寻味。

三、贾平凹与《废都》

贾平凹(1952—),原名贾平娃,陕西省丹凤县人,是当代文学史上一个独特的存在。他身处西北一隅,以"乡下人"或"独行侠"的姿态默默地笔耕不辍,但他的作品在评论界引起了争议与风波,时毁时誉,或褒或贬。综观贾平凹自20世纪70年代以来的创作轨迹,主要表现出如下一些特点:第一,乡村的民情风俗和生存状态是他创作生命中的重要资源。"商州"系列小说和《小月前本》《鸡窝洼的人家》《腊月·正月》等都是直接勾勒出了一幅幅乡村自然画和人情风俗图。《浮躁》更是将笔触伸入了乡土社会命运的深层次问题,《废都》则有批判现代都市文化的写作意向,从某一侧面说明了作者对乡土有着深刻的回望情结。而到了《怀念狼》《秦腔》中又是着笔乡野。第二,有着强烈的文体探索意识和东方审美情趣的创作风格。作为一个勤奋的作家,贾平凹不断突破自己的艺术短板,不断探索小说的具体写法,广泛吸取西方文学营养。同时,在总体上又是以民族化、东方化为自己的审美情趣。作品多取材西部的黄土地,小说的结构多是散文化的,故事充满了传奇色彩,女性人物都是东方色彩的,而在《废都》中更是表现出了传统文人的言行志趣。第三,贾平凹的小说语言颇有特色,漫卷洋溢着秦地的乡土气息,质朴、机智、简洁、传神是其语言最直观的品质。

《废都》是贾平凹在90年代最为引人注目也最有争议的作品。

和《浮躁》一样,《废都》也是直面时代大潮、以记录民族心绪为己任的。不过,这部作品的争议性也最大。小说讲述了西京城里的文人庄之蝶和与他人私奔到城里的美艳妇人唐宛儿的一段战战兢兢而又疯狂无比的"地下爱情",这段感情在历时几个月之后不得不以二人忍痛分离告终:唐宛儿最后被丈夫寻着,被拖回潼关折磨得死去活来;而庄之蝶本人弄得家破人颓,"双眼翻白,嘴歪着一边",倒在候车室的长椅上。庄之蝶是小说的主人公,因为一场无聊的桃色官司,茫然地周旋于各色人中,愈超拔却愈渐沉沦,欲淡泊名利却为声名所累,最终陷入欲罢不能的精神危机和家庭危机之中。他是一个精神载体,社会文化的寄寓者,反映了90年代整个社会的人文精神失落后,知识分子在现实面前被边缘化的无足轻重和荒凉之感,同时,他们又不能满怀信心地找到新的定位,内心充斥着焦虑,往往只能借助女性和传统文人的癖好来放纵欲望,进而安慰自我,寻回自信。小说表面上写了一个文人的堕落,深深地渗透着悲剧意识,但作者意图将视角聚焦于人的精神层面,观照整个社会在世俗物欲的包围之中所处在的生存状态,让我们认识到人文精神建构之重要性。不过作者的这种忧患意识，在文本里又有所遮蔽。那就是小说过度描写了庄之蝶与几个女人之间的性关系，还故弄刺激地采取"框框"或者"此处删去"等写作策略。作者涉嫌迎合市民阅读胃口的企图，是在制造卖点。

另外，小说的艺术形式有两点值得注意：一是结构的散文化，二是语言的话本化。这又是与20世纪90年代"传统文化"勃兴的语境有着一定的关联。

四、王蒙与"季节系列"

王蒙（1934— ），河北南皮人，生于北京。作为创作力特别旺盛、影响力特别巨大的作家，在长达半个多世纪的创作生涯中，王蒙小说的风格阶段特征十分明显。第一阶段是革命文学期。这一时期主要是指20世纪50年代初至60年代初，其主题是"青春加革命"型的。主要作品有短篇《组织部新来的青年人》和长篇小说《青春万岁》。《青春万岁》可以说是社会主义小说的开山之作，马列主义、毛泽东思想渗透这些作品其间。第二阶段是"复出"阶段。这一时期是指70年代末到80年代，这个时期的特点是内容温和，形式表达上多用意识流。在主题上依然是以歌颂爱国、革命的、积极的主旋律为要，但去掉了先前的幼稚和狂热，取而代之的是温和与幽默。主要作品有《春之声》《风筝飘带》《高原的风》《蝴蝶》《杂色》《活动变人形》等。这些作品复苏了现代主义文学在中国的"幽魂"。第三阶段是升华积淀期。这一时期是指90年代以来至今，其主题主要有爱情和人生的无奈、历史报应和命运的强力等。文本一方面依然渗透着政治话语，另一方面风格上趋于温顺敦厚，审美意蕴上有着形而上学的倾向。主要作品有"季节系列"和《暗杀》《青狐》等。

《恋爱的季节》《失态的季节》《踌躇的季节》《狂欢的季节》这"四部曲"是王蒙在90年代的倾力之作，也是整个文坛的"重磅之作"。"四部"恰似或者象征了人生四季，寓含着作者是写一部有关人生历程的长卷，同时通过人生历程的描绘来折射出历史的沧桑、政教兴衰。

《恋爱的季节》的故事时间是指1951年春天到1953年春天。这正是共和国的早晨，也是少年布尔什维克的花季。他们一个个在编织着未来的理想，热情、乐观，青春期莅临，萌动着对异性的试探、靠近和热恋，"这是一个恋爱的季节"，也是一个政治话语弥漫的特殊时期。政治的狂热主宰着人们的生活，连恋爱都渗透着政治因素和革命激情。《失态的季节》是写1958—1961年间的故事。在"恋爱季节"里的热血革命青年们，于1957年大多数被划分为右派，沉沦到了"阶级敌人"的地狱之中去了。这是历史的失态，导致一群人的失态，他们的灵魂开始失去价值准星，整个社会的心理有点混乱。《踌躇的季节》的故事发生在1962—1963年。这主要是写"失态"过后，人们在憧憬新的希望，但整个人文环境和政治气候又让他们徘徊，他们的内心"既踌躇满志又踌躇不决"。摘掉了帽子，钱文们很是高兴了一阵，但好景不长，党的八届十中全会又重提阶级斗争，冬天提前到来。钱文决定痛下决心，离开生活过30余年的城市，远走边疆。《狂欢的季节》是写钱文离开北京之后，举家迁往边疆，直到"文革"结束。其笔触主要是集中写

"文革"这一民族"大狂欢的季节"。整个"四部曲"比较完整地反映了一个知识分子在30年间的心路历程,更是带着作者自传的成分。

主人公钱文的心灵历程,是中国知识分子在20世纪后半期的苦难历程。作为一个常为"少共情结"而自豪的知识分子,钱文对革命、对祖国是无比的忠诚,但由于特定的历史原因,他却成了党和人民的"敌人",饱受不堪的精神折磨。所以,主人公钱文的悲剧是革命知识分子,特别是以共产党员身份出现的知识分子的悲剧。不过,作者在小说里始终把这种苦难与悲剧化作主人公奋斗不息的动力,让革命的火种不息。

由于这是一部融入自我心魂的作品,这组"季节"系列的最大一个特点就是作者充分地融入了自己的主观感受,主体的情感体验与客体对象在作品中水乳交融。作品的主观色彩非常鲜明,十分浓烈。与其说"四部曲"是现实主义,倒不如说它是浪漫主义。其次是手法的"杂色"。这些作品充分运用了反讽、悖论、荒诞、对比、隐喻、夸张、喜剧、幽默、调侃等艺术手法,这样一次大集结、大狂欢的目的是对严肃厚重内容的戏谑。以轻松的外壳负载厚重的内核,这是艺术的探险。最后,小说的语言汪洋恣肆。这是作者从庄子文章中吸取营养的结果。

五、阿来与《尘埃落定》

阿来(1959—),藏族,出生于四川西北部阿坝藏区马尔康县(今马尔康市),俗称"四土",即四个土司统辖之地。毕业于马尔康师范学院,曾经担任过《科幻世界》杂志主编。1982年开始诗歌创作,80年代中后期转向小说创作。主要作品有诗集《棱磨河》,小说集《旧年的血迹》《月光下的银匠》,长篇小说《尘埃落定》,长篇散文《大地的阶梯》。长篇小说《尘埃落定》获得第五届茅盾文学奖。

《尘埃落定》写的是新中国成立前夕藏族土司制度解体时代的故事。小说描述了藏民社会的风土人情、土司制度的森严等级,更揭示了在这种氛围之中的人和人性的荒谬与灵性,最终注释着人类命运的不确定性。

整个故事情节都是在"傻子"这个具有原型意义人物的视角中得以展开的。这个麦其土司的二儿子"我",静观着周围的"聪明人"世界中的各色人等以及他们的命运被神秘的力量所操纵,而跌入不知趋向的未来。"我"常常绕开聪明人多把事情复杂化的策略而直奔主题,每每能在关键时刻出奇制胜,有着胜出"聪明人"的把握命运的招数。他看清了麦其土司的命运、土司的大少爷和他太太的命运、他心爱的女人的命运、他周围人的命运。而他成了土司父亲无可选择的继承人,这更加印证了一个问题:在权力使亲情变味、人性裂变的时候,保持超然的姿态是难能可贵的,也许更能成为真正的"王者"。无疑,这给人性异化当道的现实生活注了一支清醒剂。当一切尘埃落定的时候,他又选择了最终归属——死。小说的成功之处,就在于它能把命运的不确定性与整个时代背景紧密结合,把土司制度土崩瓦解过程之中所赋予人的走向问题作为一个缺口引导人们去思考人究竟何去何从。这正如"傻子"每天清早都要问的话:"我是谁?""我在哪里?"这又恰是有关人类的永恒话题。而他的"傻"却比"聪明人"更能掌握自己的命运,也充分地表达了一个问题——在人类自以为已经很"聪明"的今天,其实还是很"傻"的。

从艺术上来看,小说细节描写十分到位、具体,淋漓畅快;语言灵秀隽永,具有浓厚的诗性;整体上有着丰厚、深刻、混沌的艺术效果。

第三节 现代主义和后现代主义小说

20世纪90年代的小说在现实主义之外的作品,影响最为深远的莫过于现代主义和后现代主义。现代主义小说和现实主义小说最大的区别,就是现实主义描摹生活,而现代主义虚构生活。现代主义小说家从内心出发,虚构现实,认为面面俱到地描绘生活是没有必要的,表面的现实是虚幻的、不真实的,强调内心的真实。小说中的人物可以用字母代替,环境可以为人物任意虚构,几乎把全部笔墨都用于表现人的内心体验。新时期现代主义文学探索热潮的兴起,带来了文学观念的更新,也带来了艺术形式和艺术手法的多样化。90年代的现代主义小说,是在80年代的基础上发展起来的。80年代中后期崛起的先锋作家苏童、格非、余华、残雪等,依然延续自己技法上的风流魅力。不过,无论是在思想内容还是在艺术形式上,90年代的现代主义小说创作都表现出了更加成熟稳健的姿态,这和整个时代有点荒凉的文化语境息息相关。其中,曾作为"寻根小说"干将的韩少功、莫言等分别奉献出《马桥辞典》《檀香刑》这样沉甸甸的小说,充分运用现代叙事学的技法,各自表达出属于现代性的情绪——焦虑和恐惧,是这个时期现代主义的别开生面之作。

后现代主义在90年代很有市场,与整个消费型社会的确定和知识分子的精英姿态边缘化的历史状态是一致的。从西方后现代主义哲学思潮那里,大致可以归纳出后现代主义小说的一些特征:拒绝崇尚理性主义,采取视角主义和相当主义,反对二元对立和宏大叙事,赞成消解,提倡零度情感,去中心,主张多元化、差异性、片段性、平面性等。依据这些方面,90年代的各种"新"字号小说以及女性小说,都沾染着后现代主义色彩。因为在文学创作这个复杂的精神活动之中,在西方思潮被移植到中国文化土壤之上,各种痕迹本身也就不是很清晰的,何况其中还要经过各种变形。中国式的后现代主义在90年代小说中,最为突出的特点就在于它采取调侃姿态、反权威话语和精神话语。这方面突出的表现,就是王朔和王小波的小说。

一、王朔与《看上去很美》

王朔(1958—)北京人。1976年中学毕业后,曾先后在海军北海舰队服役和地方医药公司工作。1978年开始创作。先后发表了《空中小姐》《浮出海面》《一半是火焰,一半是海水》《顽主》《千万别把我当人》《橡皮人》《玩的就是心跳》《我是你爸爸》《看上去很美》等中、长篇小说。出版有四卷本的《王朔文集》(华艺出版社1992年初版)和《王朔自选集》等,曾引起轰动,一时"洛阳纸贵",不少小说被改编成影视作品。

王朔的早期作品都是以自己部队大院的成长经历为素材,写过一些言情、侦探类的小说。后来的小说则形成特有风格,写一群文化痞子,以游戏、颓废为精神特征,对白通俗化又充满活力,叙述语言则以戏谑、反讽为主,对权威话语和知识分子的精英立场都有嘲讽。他笔下人物的"我是痞子我怕谁"和他自己"我是码字的"的宣言一样,成为一部分青年人的精神象征。后进入影视业,由他策划的电视连续剧《渴望》和《编辑部的故事》都获成功。他的作品虽风靡一时,但评论界却分歧很大,以至在八九十年代之交的中国文坛、影坛出现了引人注目的"王朔现象"。

《看上去很美》是王朔沉寂 7 年之后发表的首部长篇小说,也是他正在创作的系列长篇小说的第一部。小说描写的是北京复兴路××号院的一群孩子,在幼儿园及小学里的种种有趣的事情。故事时间为 1961—1966 年这个特殊的时段。

不过这些故事看似有趣,却不掩作者的深层用意。在这个幼儿园内,小孩子每天必须在规定好了的统一时间之内起床、洗脸甚至上厕所,没有内急的也要站在那里,因为老师说了大清早可以把昨天所存留的废物排放出去的。李老师手里经常使用的一个"小红花"往往成了判断是非、奖赏惩罚的标准,哨音成了无上权威的执行者。在园子里面,这些人物分为三类:其中一类就是"权威者"——老师;一类就是"顺从者"——那些所谓听话的小朋友,他们往往获得老师手里的红花;另一类就是那些"叛逆者",像方枪枪等。在"权威者"的规惩之下,小朋友的个性面临被磨平,他们的日常起居和学习实践都得以一个绳子的形式被套成整齐划一,让人不禁想起著名电影《辛德勒名单》中的那些犹太人也是这样被军警们管约的,严肃之中甚至有点可悲。这种讲秩序、讲权威的生活,从孩提时候就被这些老师反复地灌输。更可笑的是,这些平时很正经、很严肃的老师们一见到更高的"领导"就点头哈腰、阿谀奉承。这些行为在小孩心里慢慢地造成负面影响,老师的光环和权威渐渐褪色。孩子们依然尿床,依然弄出一些让人忍俊不禁的"小动作"来。他们到了最后还把熟睡中的老师捆绑起来,在嬉笑之间将权威的象征——老师解构或亵渎了一番。小说以成长母题的形式,不仅批判了在特定时空之下的教育制度的荒唐,还隐喻了在当时历史条件之下的一些制度和权威的可笑。作品内所包含的世界是通过儿童视角展现出来,从而给人感觉故事是真实的。整个故事所展现出的世界也就是《皇帝的新装》里的世界。

与以往的作品相比,王朔改变一度熟门熟路的创作习惯,在内容上摒弃对生活简单化甚至夸张、变形的描述。结构的设置也一改过去刻意营造的戏剧效果、精心渲染的人文情调,而是自然流淌,形散神不散。语言中的调侃、矫情锐减,将机智、幽默揉进字里行间,令人捧腹不已,而且主旨意味深长。

二、王小波与《黄金时代》

王小波(1952—1997),北京人。当代非常独特的作家,生前鲜为人知,死后声名远扬,被称为真正的大器晚成的文坛高手。死后,他的作品几乎全部出版,评论、纪念文章大量涌现,出现了"王小波热"。出版作品有《黄金时代》《白银时代》《青铜时代》《黑铁时代》《我的精神家园》《沉默的大多数》《地久天长》,纪念、评论集有《浪漫骑士》《不再沉默》《王小波画传》《王小波全集》。

王小波很晚才专心于写作,但他的艺术天赋却似乎与生俱来,对美的事物非常敏感,包括对爱和死,都有十分鲜明的视觉印象、十分丰富的想象力和卓绝的机智和幽默感。他的作品对我们生活中所有的荒谬和苦难都作出了既彻底又原始的反讽,唾弃中国现代文学那种疲软、伤感和诌媚的传统,而秉承西方的批判、思考和想象的精神,同时又把这个传统和中国古代小说的游戏精神作了一个创造性的衔接。王小波的小说大多数以第一人称叙事,而这个人总是一个生活中不顺心、受委屈的家伙。他幽默机敏,理性清澈,是在内心状态和角色定位上最接近于主流而又游离于主流的个体知识分子。

王小波的小说创作富于想象力和幻想力,同时也不乏理性精神。这种结合的完美体现就是他的"时代三部曲"。"时代三部曲"是由三部作品组成,分别是《黄金时代》、《白银时代》和《青铜时代》。在整个三部曲系列作品中,他以喜剧精神和幽默风格述说人类生存状况的荒谬故事,并透过故事描写权力对创造欲望和人性需求的扭曲及压制。小说的故事背景则是跨越各种年代,展示中国知识分子的过去、现在和未来的命运。

《黄金时代》写的是"文化大革命"时期人性备受摧残的故事,却不见一点伤痕文学的影子。那时,知识分子群体无能为力而极"左"政治泛滥横行,备受歧视的知识分子往往丧失了自我意志和个人尊严。主人公王二处在视性爱为洪水猛兽并将其扭曲变形的环境里,遭到各种不公正待遇,但他却摆脱了传统文化人的悲愤心态,创造出一种反抗和超越的方式。他用一种反常的手段进行反抗,不是证明自己的清白,而是宣扬自己的"不清白",故意蔑视周围人的道德评价,放浪形骸、津津乐道,而且坚持到底。于是他以性爱作为对抗外部世界的最后据点,将性爱表现得既放浪形骸而又纯净无邪,对陈规陋习和政治偏见展开了极其尖锐而又饱含幽默的挑战,嘲弄了特殊时代的极权与荒谬。一次次被斗、挨整,但他都处之坦然,乐观为本,获得了价值境界上的全线胜利。作者用一种机智的光辉烛照当年那种无处不在的精神压抑和人生困境,使人的精神世界从悲惨暗淡的历史阴影中超拔出来。

王小波以其汪洋恣肆的笔调直率地描写性,直接从容,流畅传神。其眼中的性,如同吃饭睡觉一样自然。在人的合理欲望被压制的时代,王小波孤绝地弘扬着一种汪洋恣肆的健康人性,抛弃了一切终将破碎的荒谬价值;以一个玩世者的姿态进入,但又守住了自己高贵的精神底线;用一种悲观的喜剧精神去消解自身行为的意义;用一种源自本能的反抗去对所谓的社会道德准则、权威进行嘲弄,竭力宣扬人性的可贵、人享受性爱的天经地义,借以超越现实的破碎和粗暴。王小波笔下的性爱场景,是作为一种突出的对象与奇异的载体而存在的。同时,这种和性相联系的想象文字变成了一种游戏——蓄意冒犯禁忌和自由联想的游戏。因此,性爱成了王小波小说反讽和幽默感的一种源泉。

在王小波的小说中,历来文学所谓真实性的规则全都被从容跨越了。他用了不同的修辞方式来写小说,大量的即兴发挥、错位的角色语体,寓庄于谐,寓文雅于粗野,读者可以在其中感受澎湃的想象力。诗意的写作手法让小说有了超越时空的永久魅力,语言简洁,具有节奏感和韵律,从而使小说具有了诗性的意象美。例如:"最后他也没从我的嘴里套出话来。他甚至搞不清我是不是哑巴。别人说,我不是哑巴。他始终不敢相信,因为他从来没听我说过一句话。他到今天想起我来,还是搞不清我是不是哑巴。想起这一点,我就万分高兴。"这一段话简洁利落,富有节奏感,很有力量。这是王小波行文有意识的追求,他认为文字是用来读的,不是用来看的。事实上,王小波最过人之处,无疑是随心所欲的穿梭古往今来的对话体叙述,并变换多种视角。表达手法方面,他擅长用汪洋恣肆的笔触描绘和言说爱情的欢快场景。

王小波的《黄金时代》,既有幽默与荒诞,又闪烁着人性之光和诗意之美,映现的是作者对人的生存底蕴的思考。无论是荒诞还是诗意,它们都是人的生存状况不可回避的一部分。在触手可及的黑色幽默背后,是作者对自由之诗意世界的向往。《黄金时代》的独特魅力,正在于幽默与诗意的完美结合。

三、韩少功与《马桥词典》

韩少功(1953—),湖南长沙人。《马桥词典》是韩少功1996年出版的一部作品,作者以自己的知青生活为素材,虚构了一个地处湖南汨罗、名为马桥的地方。作品以150个词语条目、编辑词典的方式,叙述当地的风土人情,将人物和事件线索拆散成零碎(看似)独立的单元,可以看作是对小说的一次解构主义实验。小说通过对民间方言的语义还原,为我们展示了一幅六七十年代湖南内地极其真实的乡村图画,让我们感受到真正意义的民间生活——民间的风俗、民间的情感和民间的苦难。在那些看似平常而普通的语词中,深藏着下层劳动者生活的伤痛,折射着马桥人对生存的无奈与悲哀,甚至表达着对生命刻骨铭心的见解。一个语词便是一个生动的故事,每一个生动的故事背后都有着作家独特的人生感悟和深沉的哲学思考。

马桥地处内地,传统文化气息十分浓厚。在当地人的生活中,处处都能看到儒家文化留下的痕迹,民间语言中的许多语词也深深地打上了儒家文化的烙印。"话份"是马桥村的农民对有身份地位的人的形象概括。有了"话份",说话才有权威性,没有"话份"的人说话是无足轻重的。这句话的潜在语义就是:只要有了权势,就会拥有"话份","话份"与当今的"话语权"几乎同义。本义有了"话份",就可以任意呵斥知青和村民,就因为他是村里的大队书记。另一个词语"格"的语义也与之相近,谁一旦有了"格",便可以得到别人的尊敬。马桥的等级秩序通过民间话语的方式体现出来,暴露了儒家文化所造成的社会不平等的真相。从马桥的方言俚语中,还能看到儒家的道德观念对女性的歧视和压制。女性不仅在社会上失去了"格",不可能拥有"话份",甚至在称谓上也被取消了性别权利,只能在男性前加一个"小"字。例如姐姐叫"小哥",

姑姑叫"小伯"。他们还把漂亮女人叫作"不和气",让她们乘船过河时在脸上抹上稀泥,免得河里的女巫兴风作浪。表面看不过是落后的民间习俗,无意识里却渗透了"女人是祸水"的封建遗毒。村里一位农民罗伯,认为女人肮脏,终身不近女色,被人称作"红花爹爹"。由此看出,封建礼教对人性的扭曲到了触目惊心的地步。

马桥方言中有许多词语也表现出道家文化的哲理品性。其一是对待生活的模糊态度。马桥人生活在一个相对封闭的环境中,对时间的感受相当模糊,他们用"茂公当维持会长那一年""光复在龙家滩发蒙那一年""张家坊的竹子开花那一年"指代1948年,时间以碎片的形式存在于马桥人的心目中。其二是在虚幻的心理感觉中寻找精神安慰。村里的农民坚信有钱人死后会在口里长出"葛玮",它不仅能解决饥饿难耐的口腹之需,而且吃了还会长生不老。"津巴佬"兆青挖野坟时总是跑在别人的前面,想在死人口中找到"葛玮"。他们以画饼的方式,求得心理的自足和精神的平衡。

马桥人生活在一种极端贫困的环境中,长期以来都在生存线上挣扎,他们的语言中还留存着许多跟生命和生存相关的语汇。"散发",汉语中一个普通的动词,马桥人却把它当作"死亡"的同义词。用"散发"来描述对死亡的感受,比"死亡"对死亡的表述更为形象,更接近死亡的本质。马桥人对死亡的理解如此准确,是佛教文化长期浸润的结果。在佛教教义里,生命无所谓生死,死亡不过是生命形式的转换和轮回,是肉身的"散发"。志煌的儿子雄狮在荒坡上被一枚陈年炸弹炸得不见了踪影,生命瞬间被"散发"了,村里的妇人反复安慰雄狮的母亲,说儿子"散发"得早,少受苦,说明他命好,是"贵生"。"把生死看开点",是下层百姓面对突然而至的灾祸无可奈何的自我抚慰,同时又融入了佛教的生命观。

小说从方言角度反抗全球一体化趋势下对地域语言的忽略,为保留语言多样性做了一次执著的固守。作者通过传说、考证,阐明马桥人特有的,或同时流传于马桥之外的一个个方言词条的含义,同时借这些词目为索引,讲述发生在马桥的一桩桩奇特动人、有笑有泪的故事。书中的人物故事跨度很大,向前追溯到抗战时期马桥地方的情形,以新中国成立后各类农村运动为主体,一直延续到"文革"结束知青返乡、改革开放为止,通过语言(方言)的重建,来还原一个时空的原貌。《马桥词典》有着它非常的独创性,但在作者与文本的关系上,处理得含糊不清,书中有一位叫韩少功的知青,在叙述上给人一种被写者与作者等同的感觉。这种模糊的距离,因为选取的"词典"这个文本的特殊性而显得问题突出。叙事过程中插入了一些对语言、文化、哲学、历史的思考,但缺少理论性的系统架构,反而破坏了文本原有的节奏。不过作为中国当代文学在语言和小说文体上的一次探索,《马桥词典》具有它不一般的意义。它对中国小说的最大贡献在于,韩少功用源于个人特异的语言感觉,创造出了一种鲜明而独特的"马桥语境";而韩少功的所有语言分析,便体现为种种颇具地方性知识和色彩的"马桥用法";便是这地方性本身,使《马桥词典》的文本性体现出了强烈的边缘化色彩,从而也更加鲜明而强烈地凸显出了韩少功个人的创作个性。小说借用的词典形式,给读者带来了陌生化的阅读刺激，并由此表明了艺术形式本身的魅力依然如故。在一定程度上，《马桥词典》打破了长篇小说艺术形式持续已久的沉默状态，重新激起了人们对于形式话题的热情。

四、莫言与《丰乳肥臀》

莫言（1955— ），山东高密人。2002年出版的《檀香刑》是莫言潜心5年完成的一部长篇力作，获得了第六届茅盾文学奖，意味着人们肯定了莫言在创作道路不断提高的实绩。20世纪90年代，他的《丰乳肥臀》是当时继《废都》之后文坛的又一焦点，因小说中不少地方涉及对身体等狂欢性书写，有人曾斥为"反动小说"，当然更多评论者认为这是一部纯文学，沿袭着他对民间资源发掘的同时又努力突破，表现出了一定的历史深度和精神厚度。它曾获得金额高达10万的"大家文学奖"，被馈之"史诗"的美誉。在这种备受争议之中，《丰乳肥臀》却愈来愈显示出它是一个不能忽视的存在。

小说讲述了"母亲"嫁到上官家三年没有生育，其原因虽归咎于男方，但她还不得不承受家人的羞辱折磨。在中国，"不孝有三无后为大"，"母亲"为了完成传统赋予她的生子续后的责任，于是到处"借种"。她先后与5个男人发生过关系，生下了6个女孩，最后被几个士兵强奸后生下了第七个女孩。夫家对她的"不争气"，更是火上浇油。第八胎是龙凤双胞胎，他们在1937年日本鬼子扫荡高密东北乡的战火血泊中诞生。这是1900年出生的母亲上官鲁氏漫长生育史的最后绝唱——该双胞胎，系与在高密东北乡生活了大半辈子的瑞典籍牧师莫洛亚所生。男孩上官金童从婴儿时期起，就表现出独占母亲乳房的欲念，后来就转向对姐姐们与其他妇女乳房的兴趣，乳房成了他生命的根子。他的人生浑浑噩噩，完全看不到男性的阳刚和生活上有所作为，他成了"杂种优势"的反讽。母亲上官鲁氏生了8个女儿，她们是在水深火热的生活中煎熬成长，她们的人生就等于是成人之后结婚过日子，正常的爱情没有光临过她们，一任青春冲动和男人勾引而结合，她们接力了母亲曾经的苦难与无助……特别是作为上官金童的同胞姐妹上官玉女，丰乳、肥臀，是天生尤物，但在1960年碰到大灾荒，为了减轻家人的负担，投河自尽，更是令人嘘唏。

《丰乳肥臀》可以被称为历史小说典型之一，其成就主要表现在如下几个方面：一是对母亲上官鲁氏及其儿女们的坎坷、曲折的人生遭遇和命运的描写，重新审视了20世纪中国的历史进程。从世纪初德国侵占胶东、日寇侵华、解放战争到新中国成立后的历次政治运动，再到新时期的改革开放、社会体制转型等，经由作家的超越正统历史观念的"新历史主义"视角，而汇聚为一个博大的、整一的艺术整体。尽管这种以家庭成员的命运来潜在地连接历史脉搏的手法已不新鲜，而且这种家庭/历史命运的叙事话语中也包含了过多的戏剧性因素，但它毕竟还是生动地实现了百年中国历史的沧桑变迁的隐喻性叙述。二是塑造了上官鲁氏和上官金童的形象，尤其是上官金童的"恋乳症"的象征意味，更能引人思索。正如莫言自己所说，这种"恋乳症"，实际上是精神的侏儒症。这与莫言对生命强力的张扬和原始人文的呼唤一脉相承。当然，相对于20世纪中国的具体环境，这种"洋杂种"是中西文化杂交之后的隐喻，牵涉了中西文化在中国土壤生存命运的问题，中国知识分子的身份特征有似于此。而上官鲁氏作为"母亲"的形象，她是忍耐的、博大的、生命力旺盛的又是苦难的，和近代以来中国这位母亲有着绝对的对应比拟，也寄寓了作者对"生生谓之易也"的传统哲学观念的形象思考。三是文本的狂欢化叙述、怪诞手法等的综合运用，表现出了极大的写作自由，这也是新历史主义小说在技法上对传统历史小说的突破和超越。

第四节　女性小说

20世纪90年代女性作家以出众的才华、独特的艺术感觉和对生活的深刻体验，对社会多方面进行表现，尤其是对女性在当今社会的生存状态、生活方式以及各式各样的心路历程进行了大胆的审视和思考，从而掀起了一股面目全新的女性文学浪潮，为90年代文坛平添一道秀丽风景。但无论女作家们是刻意营造还是无意为之，在她们的作品中，都把不同女性在这个特殊的变革时期的生存、发展、奋斗，乃至伴随她们必然出现的诱惑、迷惘、孤独、矛盾一一展现了出来。90年代女性小说由社会到男性群体，再及女性自身，进行着多角度的扫描。这审视既是对现实生活的反照，也是不同层次、不同深度的研究。也正是这种审视，才使女性文学体现了另一层次的意义：人应当不断探究和审视自身的存在。人类生活的真正价值，就存在于这种探究和审视之中，存在于这种对人类生活的批判之中。尽管这种审视存在茫然和无奈，但在小说这独特的世界中假设女性的生存状态与心路历程，构想理想的社会环境和理想的女性人格，给现实以启迪，有其文学价值与社会意义。

90年代女性小说的代表作家有王安忆、铁凝、林白、陈染、毕淑敏、迟子建等。这一节主要就这几个作家进行分析，以期总结出90年代女性小说创作的一些特征。

一、王安忆与《长恨歌》

王安忆（1954—　），生于南京。作协上海分会专业作家。作为作家的王安忆是中国文学史上很特殊的一个文学现象，她是当代文坛上屈指可数的、贯穿于新时期以来整个创作过程的作家，曾被人称为是当代文坛上"没有女性气"的女作家。① 然而，这样的评价却随着她荣获第五届茅盾文学奖的小说《长恨歌》的问世而改变。作为女性作家的王安忆，有意选择在政治的大背景下来描写城市人为了自我生存而世代进行的挤兑、腾挪和算计，目的就在于强调它们与外界风云变化的紧密联系。

《长恨歌》是一部透露着强烈的现代气息和女性气息的小说，写一个女人与一座城市爱恨纠葛的故事。一个女人40年的情与爱，被一支细腻而绚烂的笔写得哀婉动人，跌

---

① 李昂、王安忆：《妇女问题与妇女文学》，《上海文学》1989年第3期，第76－80页。

宕起伏。20世纪40年代,还是中学生的王琦瑶被选为"上海小姐",从此开始命运多舛的一生。后来她做了某大员的"金丝雀",从而从少女摇身一变就成了一个真正的女人,开始过上了糜烂的都市生活。上海解放,大员遇难,王琦瑶又成了普通的百姓。表面的日子平淡似水,内心的情感潮水却从未平息。与几个男人的复杂关系,其实都是她以前的生活的继续,然而让她悲伤的是,无论她怎么改变,她都回不到原来的生活了。80年代,已是知天命之年的王琦瑶难逃劫数,与女儿的男同学发生畸形恋,最终被失手杀死,命丧黄泉。

王琦瑶的一生是一出个体无法选择命运的悲剧。她年轻时代参加上海的选美活动,一举成名,随即又成了国民党某要员的外室;中年时代蛰居上海弄堂,与一群游离于体制之外的市民靠怀旧打发时光;老年时代恰逢改革开放,旧上海的繁华梦又焕发出诱惑力,结果吸引了一批粗鄙腐烂的寄生者,作为旧梦象征的王琦瑶被谋财的都市混混杀害。这就是她的命运三部曲。

王琦瑶和上海这座大都市纠葛在一起漂泊。王琦瑶经选美会而崛起,这一点本身就具有极强烈的暗示意义。随之而来的人生事故和她寻找安全、归宿和保障的努力纠缠在一起,她一生的沉浮起落、欢喜悲歌都与此紧密相关。男人、权力、财富,还有爱和陪伴,王琦瑶苦苦争取和抓紧这些可以依托之物,在这样的争取和抓紧的路上漂泊。生命的漂泊意识、女性的不安定感,使王琦瑶永不停息地在路上流浪漂泊。《长恨歌》完整地展示了一个女人的一生,这段历史的刻度就是穿越了几个时代的王琦瑶的一生,王安忆写她充满了幻想憧憬的少女时代,就是为了反衬她尔后深陷红尘短暂不幸的婚姻生活。

《长恨歌》中的王琦瑶一生和四个男人同居,有私生女,但她的情感生活的核心不是性形态。王安忆对王琦瑶没有展开正面肖像描写,只是侧面叙述,"吴佩珍说她简直像是嫦娥下凡","先生眼里的王琦瑶是如人仙一般,举世无双的了"。《长恨歌》的情感话语也力斥性挑逗、性骚动、性狂热,程先生、阿二等痴迷王琦瑶,不是色的诱惑,不是性的骚动,而是如遇故知的心的渴望。王琦瑶不搔首弄姿打情骂俏,她从不处心积虑勾引男人,却不乏男生追随。她的诱惑力,不是性而是隐去政治形态的单纯的生活意识。她的美,是渗透在物化细节里充满文化的亲和力。

王安忆通过"弄堂""流言""闺阁""鸽子"的叙述把40年代的上海重现出来。她用那种极度夸张写意的手法,把旧上海描述成一个朦胧、优雅、静腻且散发着霉气的味道的地方。她把旧上海这个大商场、大赌场、大欢场、大剧场,写得幽幽怨怨、缠缠绵绵,在婉转曲回里,写尽人生的悲欢离合、生老病死。她的笔调细碎、绮丽、怀旧、伤感、哀艳,用尽铺陈之能事,写出旧上海的旧景遗风和万种风情,描绘出当年东方巴黎的浮光掠影,把王琦瑶写成旧上海女人矜持、含蓄、风流的代表,她是旧上海的精灵,也是女人中的精灵。

与王安忆以往的小说创作相比,《长恨歌》体现了作者对传统的全知叙事的更高层面的回归。在这种全知叙事中,众生漂浮的命运和女性细腻的情感世界得到了真实充分的展现。日常话语般的平易直白的叙事语言和丰富的细节描写,构成了一种自由开放、疏密有致、井然有序的散文化的小说叙事风格。小说有意放弃宏大叙事，将目光投向日常生活与世俗人生，从而表现出城市民间的历史意识这一叙事立场。这些世俗人生共同积淀出时代的底色与历史根基，显示出人生的宿命感和漂泊感，从而使小说超越时空，带来对人生和时代精神的思考。

二、铁凝与《大浴女》

铁凝（1957—   ），祖籍河北赵县，生于北京。铁凝前期的小说创作凸显了她的少女式的纯正情怀，而出版于2000年的长篇小说《大浴女》却涵盖了她对历史暴行的反思和对女性命运的关注的两大主题。可以说，此时的铁凝已经从个人狭小的圈子里走了出来，走进了一个范围更广泛、意义更深远的生活世界。

《大浴女》在社会的大背景和家庭的小环境中，描写了女主人公尹小跳备尝艰辛的成长过程与情感历程：因母亲的红杏出墙和小妹的失足丧命，她背负了沉重的精神负累，疏远了与母亲的关系；妹妹尹小帆事事与她较劲，与其说是亲人，不如说是死对头；她一往情深地痴恋着大明星方兢，走近之后才发现是一个只图占有不愿付出的大俗人；她禁不住另一位男性的追求而真正动心动情之后，又发现他早已有贤妻。尹小跳在成长着也在恋爱着，但其心其情却漂泊游移，始终找不着应有的归宿。小说通过尹小跳、尹小帆姐妹俩的关系，讲述了女性任意伤害女性的故事。这种伤害并非出于所谓的"女性本质"，而是畸形的社会环境和男性传统中无限占有的意识给女性带来的无穷灾难。

《大浴女》有一个强大的纽结——尹小荃之死，各种人物和矛盾都拴在这个纽结上。尹小荃是一个仅有两岁生命的女孩，不会说话，过早夭折使她难以成为完整的形象，仅仅只是一个意象符号。她的价值不在于形象本身，而在于她对人物和矛盾的维系作用和由此而生的象征意义。尹小荃幼小生命的两端牵动着书中的主要形象：她的"生"牵动着章妩、唐医生、尹亦寻等，她的"死"则牵动着尹小跳、尹小帆、唐菲、陈在等。这是《大浴女》中的两支队伍——老一辈与新一代。

尹小跳经历着两种"浴"。先是将对母亲不贞的怨恨迁之于尹小荃，于是有与小帆默契的心理谋杀。这是传统的社会伦理意识对美好生命的扼杀，这种扼杀是令人恐惧的，牵扯到那么多有关与无关的人：小跳、小帆、唐菲、陈在等。谋杀者又是那么小的孩子们，这是一种污水的"浴"。这种"浴"使小跳带有了沉重的负罪感，尹小荃成为她终生拂之不去的心理阴影，使她进入另一种"浴"：与方兢性爱的失败，尹小荃让她学会原谅；与麦克的爱，尹小荃让她学会克制；她与陈在跨入真正的爱河，然而，陈在前妻万美辰的善良与痛苦唤起小跳更深广宽厚的爱，尹小荃又使她毅然离开陈在，在失落和痛苦中进入冥思，实现了情感的超越，进入了人性的最高境界。

《大浴女》写的是女性磨难，大浴者，大磨难也。正是在大磨难中，拷问出尹小跳、唐菲、章妩乃至尹小帆等女子的灵魂，从这些灵魂中我们可感到时代的脉搏。作品像是用一个高倍显微镜，细腻而又精微地透视了一个个女性在各种因素的羁绊下事倍功半的一生，并通过女主人公的经历与感触，重新审视并叩问了亲情、爱情与友情，深入揭示了女性与男性、女性与时代之间难以谐和的内在矛盾。尹小跳在走向"成熟"的同时，也添加着诸多的烦恼和困惑。她由一个纯情少女变成现在这个尹小跳，有很多意味值得人们去深入探究。作品在独特的人物和可读的故事之中，包孕了十分丰富的人生内涵，引人咀嚼，耐人寻味。

在叙事方式上，《大浴女》虽然也进行"讲述"，但更热衷于"展示"。在叙事中，作者常常悄然退隐，让小说中人物进行自我"展示"，最常用的是人物的内心独白。第一章开篇便是这样的叙事，通过尹小跳的眼睛写福安市的环境以及对这种环境的感受，通过尹小跳的心理写她的恋爱，写陈在，写尹小帆等，可称为尹小跳叙事。这种叙事既揭示了人物的心理，又介绍了情节故事，情节故事在人物心理情感的透镜里显得摇曳多姿，人物心灵在情节故事的发展中激荡着生气和活力。从叙事人称看，《大浴女》主要采取第三人称，显示了铁凝对情感与审美的双重追求。从叙事聚焦看，《大浴女》主要采用内聚焦。聚焦点是小说中的人物，如尹小跳、唐菲、章妩等，交叉使用各个人物的聚焦，造成多种聚焦的综合效果。《大浴女》叙事的"展示"方式、第三人称和内聚焦，形成独特的叙事情境——人物叙事情境，这是一种第三人称的多个人物的内聚焦展示。在这种叙事中，并非没有作者的声音，但作者尽力隐蔽自己，叙事声音基本是人物的，是作为反映者的人物的复杂心理与行为的展示。这里所展示的，常常是反映者的意识所感受的种种纷乱的印象，这些印象至少在表面上是未经加工整理的，由于缺乏叙述者的居间串联，片段的印象之间留有许多意义空白；同时，由于是多个人物聚焦，人物之间亦缺少叙述者的串联，也留下许多空白。这些空白需要读者通过想象去填补，这给文本带来不确定性，使其含有含混与隐晦的特征，这往往形成文本的多义性、朦胧性、模糊性，强化着读者的探索欲。这正是现代小说的混茫之美。

三、迟子建与《晨钟响彻黄昏》

迟子建（1964— ），女，山东海阳人，当代著名作家，国家一级作家。1983年开始写作。至今为止，迟子建已经创作了《树下》《晨钟响彻黄昏》《热鸟》《伪满洲国》《越过云层的晴朗》《额尔古纳河右岸》《白雪乌鸦》《群山之巅》《烟火漫卷》等多部长篇小说，曾获首届鲁迅文学奖、第七届茅盾文学奖。

20世纪90年代迟子建主要创作了《树下》《晨钟响彻黄昏》和《热鸟》三部长篇小说。《树下》是迟子建长篇小说的处女作，是对作者成长经历的文学性叙述；《晨钟响彻黄昏》是她唯一一部城市题材的长篇小说，而《热鸟》是为少年儿童创作的描述儿童成长经历的长篇小说。《树下》讲述一个关于七斗对家的破碎的悲伤体验与对安顿个体身心的温馨之家的寻找及最后希望破灭的故事。七斗与姨妈到斯洛古镇去看望姥爷的途中，遇到陌生的锁柱叔叔，锁柱叔叔抱着她时，"七斗觉得一种不同寻常的温暖涌遍她全身，她被感动得流泪了"。这种温暖就是亲情的力量，也显示了七斗亲情体验的缺乏与饥渴。《热鸟》中，赵雷家庭的亲情濒临破灭，王进财幸福温暖的家庭就被迟子建关注着；还有马师傅和云钗的家庭亲情也是人性闪光点。《晨钟响彻黄昏》中的菠萝曾梦到晨钟声从天上悠悠而降，结束时还见花瓣徐徐飘落，这也暗示她心灵深处未泯的浪漫情怀。小说中的城市是个是非之地，人的欲望甚嚣尘上，人性被扭曲，每个人既是伤害者也是受伤者。像陈小雅、李其才、留留、冯巧巧、邵言、余红侠等人均是轻浮与浅薄之人，大多被欲望主宰。像宋加文与菠萝、王喜林与刘天园等在城市中也无法掌握命运，目光混浊，心灵茫然。刘天园曾说："这个干枯的消失了的河流、泯灭了水草的城市，它现在正坠落在绵绵不绝的黑夜中。我们都是黑夜中的人。没有月光、星光，没有树影、鸟啼，有的只是暗夜行路的人屡屡相撞的声音和人心底深深隐藏着的对光明的渴望。"这里写出作者对城市隐隐的恐惧之情，城市对大自然的拒斥与镇压最终使自己变成扭曲生命的怪物。小说写菠萝梦到晨钟从天而降，钟声结束时花瓣纷飞。这是城市深处无告的灵魂对大自然最深的渴念，可惜时代已经远离大自然的黄昏，晨钟注定只能在梦中得闻。最后刘天园自杀、菠萝浪迹他乡都显示了城市巨大的吞噬力量。迟子建对城市的潜在恐惧之情溢于言表。

由于迟子建太过沉迷于庸常人生的凡俗性，最终使得她长篇小说的内在精神呈现较为平面化的特色，而只有超越精神的张力结构才能使庸常人生呈现出深度的立体形态。关于温情的叙述，也是迟子建缺乏超越精神的表现。迟子建对温情的寻找是在庸常人生基础上进行的，但她并不对庸常人生进行否定与超越，而是给庸常人生补偏救弊。这种人性闪光点没有打破庸常人生的封闭性、被动性、重复性，在一定程度上反而加强了它们，使庸常人生进入到更稳固的循环中。迟子建缺乏超越精神尤其表现在她对那些弱智者等畸异人物的塑造上。迟子建在一定程度上洞悉了功利世界对人性的残损，但当她寄希望于那些弱智者必要的丧失时，对人生的理解就返回到自然主义之上，而距超越精神遥不可及了。对功利世界的超越要求的是个体人格的创造，而不是从功利世界中后撤到自然世界。迟子建所钟爱的畸异人物对功利世界的矛盾不是采取直面超越的态度，而是采取逃避与抹杀的态度，他们在超脱中获得自然纯真的同时，也舍弃了世界的复杂性，放弃了精神的超越性。

四、毕淑敏与《红处方》

毕淑敏（1952—　），出生于新疆伊宁，籍贯山东文登。1991年毕业于北京师范大学研究生院中文系，硕士。1987年开始发表作品。1989年加入中国作家协会。著有长篇小说《红处方》《血玲珑》《拯救乳房》《女心理师》《鲜花手术》《花冠病毒》等，中短篇小说集《女人之约》《昆仑殇》《生生不已》《预约死亡》《白杨木鼻子》《翻浆》《不宜重逢》《生命》《藏红花》《紫色人形》等，散文集《婚姻鞋》《素面朝天》《保持惊奇》《提醒幸福》等。

毕淑敏的长篇小说《红处方》出版于1997年，烙印着90年代的道德伦理风貌和精神文化痕迹，反映了作家毕淑敏对"欲望"这一时代命题深刻而冷静的思考。小说的主要内容是写美丽端雅的军医简方宁从边疆复员之后，应聘一家戒毒医院任院长。她怀着一种深厚的人文关怀，拯救了不少迷途知返的吸毒者，医院的影响不断扩大，带有独创性的中药戒毒方案的研究实施也已初见成效。但就在这种时候，一个名叫庄羽的女吸毒患者暗设机关，使女院长也染上了根本无法戒除的毒瘾。简方宁怀有崇高的理想，蓄有高贵的灵魂，受到此种致命的打击，当然不能也不愿作为一个不能感知欢乐与痛苦的苟活者偷生于世，于是毅然决然地以自杀的方式去殉自己圣洁的事业，以此昭示人类的意志远超于毒品之上的强力。在整个事件的发展过程中，简方宁的好友沈若鱼以一个"特殊患者"的身份潜入病院，窥见了形形色色的吸毒病人及其演出的光怪陆离的故事，同时也看到了自己好友高洁的情怀与博大的胸怀。在参加好友的葬礼之后，决定继续她的事业，完成她的未竟之志。戒毒与吸毒，是一个崭新的题材，也是一个敏感的题材，毕淑敏凭借着她曾经多年从医的职业认知、崇高的社会责任感和她对生活的敏锐感悟与娴熟的创作技巧，编织了这个环环相扣、跌宕起伏、丰富多彩的故事，让你拿起来之后就一直想读下去。读完后掩卷沉思，又觉余味无穷。

小说的人物形象鲜明突出。其中当然要首推女主人公简方宁。她是从人民解放军这所大学校培养出来的医生，多年部队生活的严格磨炼、革命大熔炉的冶炼，以及她自身冰清玉洁的素质，孕育了她高洁的灵魂、高尚的情操、崇高的理想和真正的救死扶伤的人道主义情怀，使她有勇气、有雄心在医学战线上攀登高峰。为了事业，她抛家舍业，忍受了第三者插足、丈夫背叛，顾不上对身患重病的独子的照料，甚至断绝了与一切亲朋好友的往来；对病人她表面上冷若冰霜，实际上心热如火；可是严峻的现实生活却把她推向绝路，最后只好用自杀结束年轻的生命。而那个吸毒患者庄羽，有幸福的家庭、美满的婚姻、丰裕的财产，却成了一个顽固地吸毒的瘾君子。娇养的任性和薄弱的意志，使其深陷毒井中而难以自拔，最后出于一种畸形变态的心理，把一心想把她从陷阱救出的人拽入陷阱，结果是玉石俱焚。这部作品和毕淑敏的所有作品一样，语言流畅明快，人物对话幽默机智，亦庄亦谐，妙趣横生，读起来有时令人忍俊不禁。此外，这部小说虽然取材于吸毒、戒毒这一独特领域，人物的行为带有某种荒诞色彩，但作者却是在严格的写实基础上进行创作的，同时又融入了传奇因素，设置悬念，情节曲折跌宕，起伏蜿蜒，具有很强的可读性。

五、林白与《一个人的战争》

林白（1958— ），原名林白薇，原籍广西博白，生于广西北流。1982年毕业于武汉大学图书馆学系。主要作品有长篇小说《一个人的战争》《青苔》《守望空心岁月》《说吧，房间》《妇女闲聊录》《致一九七五》《北去来辞》《北流》等，中短篇小说集《玫瑰过道》《子弹穿过苹果》《回廊之椅》《同心爱者不能分手》《致命的飞翔》等，散文集《丝绸与岁月》《前世的黄金》等。她的作品常用"回忆"的方式叙述，女性意识强烈，对女性个人体验进行极端化的描述，讲述绝对自我的故事，善于捕捉女性内心的复杂微妙的涌动。她的这种封闭的自我指涉的写作，特别是有些关于自恋、同性恋的描写也引起了一些争议。

长篇小说《一个人的战争》，因深刻细致地表现了女性经验而引起极大的反响，此后被认为是个人化写作的代表之一。《一个人的战争》以第一人称的回望姿态，讲述了叫多米的那个"穿过我的记忆闪闪发光"的女孩从幼年到成年的成长经历。小说以女性主体成长为主要内容，在女性与自身、女性与世界、女性与男性、女性与女性之间的网状关系中编织出女性欲望化叙事。文中主人公多米是一个身处边缘小镇的女孩，她自幼丧父，而从医的母亲又经常不在身边，可以说这是一个在"父权"缺席的缝隙中真正自生自长的女性主体。小说通过描述她从边远地区进入城市文化中心的艰辛过程，充分地展示了她的主体欲望，她对成长、成名、获取爱情、获得社会的承认、最终自我实现欲望要求的渴望。从多米幼年时代在蚊帐里发现性的差异，到少女时代满怀豪情走向社会，在其被诱骗、被强暴、被利用与被反叛的经历中，处处可见男性社会对女性的拒绝和损害。冰雪聪明、才性极高的多米并不是一个自觉的女性主义标本，相反她曾经对男性主宰的社会采取了卑贱的迎合态度。她懂得作为一名女性在男性社会中生活的艰难。她企求获得他人认同的过程亦是一个被侮辱与损害的过程，这使她明白了女性在男权世界中的四面楚歌和无从选择。她于是选择了"逃离"，重新返回到自我内心深处的封闭性绝境，步入了"一个人的战争"，经由自身来满足一切欲望并完成自我实现。

这是一部完全按照女性主义理论操作的精致的女性文本。林白以其巨大的艺术才能和深刻的理论感悟能力，用女性自传或准自传的记录形式写作而成的这样一部关于女人成长的小说，从写作实践的意义上完成了对西方女权主义理论的认同过程。林白的《一个人的战争》中女性躯体与欲望的写作引起爆炸性的轰动和极具震撼力的效果。她在艺术上的卓越的勇气，她的奇妙的女性语言生成方式，表现出了女人对性的另一种不为人知更不能为人所道的隐秘经验，从对性感及其性感区域的精确描摹，来阐述一个女性成长过程中的自我意识。《一个人的战争》的自传成分，不仅表现在主人公生活经历与作者的大致吻合，还表现在作者通过刻意的叙述策略，以及作者"感同身受"的、与本人亲身经历遥相呼应的可能的虚构，赋予文本作为自传解读的可能性。这种自传性对读者产生了强烈的暗示，以事实真实的框架承载起小说文本的叙述真实，大大增强了小说文本对主流的与男性的叙事——尤其是男性叙事——的颠覆作用。

林白的小说因返回"女性之躯"而执著于细节，并不断重叙女性幻想，形成了她那随意散漫的小说框架——一种打破男性单一线性逻辑的女性发散性思维表达方式。同样，林白小说还体现了高超的语言驾驭和氛围营造的能力。小说中的语言从音韵到汉字的形体声音都非常流畅，其叙述如流水般又具有洞穿岩石的力量，极富表现力，呈现了女性欲望的本体形态。

六、陈染与《私人生活》

陈染（1962— ），出生于北京。曾在北京做过四年半的大学中文系教师，后调入作家出版社做编辑。主要小说专集有《纸片儿》《嘴唇里的阳光》《无处告别》《与往事干杯》《独语人》《在禁中守望》《潜性逸事》《站在无人的风口》，以及长篇小说《私人生活》和散文集《断片残简》《谁掠夺了我们的脸》《人语·物语·狗话》等。《陈染文集》（4卷本)、《陈染文丛系列》(6卷本)先后出版。

陈染的作品从一开始就表现出一种直视自我、背离社会和人群的姿态,这使她具有了一种极为明确的性别意识。她的作品大都是以第一人称的女性叙事,而且都是都市的现代女主人公。这些主人公有着类似的外形和气质,并具有内在的成长轨迹:破碎的童年,充满冷落、背叛、孤独的生存境遇,在成人过程中,她们不断地重温童年的经历,无法与往事告别,也无法与现实融合。她们美丽而又忧愁,清冷而又孤独,常常沉湎于内心体悟之中,既刻骨柔情又冷艳绝俗,带有强烈的自我纠结、自我求赎的意味。

长篇小说《私人生活》最初刊在《花城》1996年的第1期,同年3月由作家出版社出版。出版后就在文学界引起很大震动,学术界为此召开了大型的研讨会,给予了高度评价。《私人生话》讲述的是成长故事,一个感觉自己是"陌生人"的女孩倪拗拗孤独的精神成长之旅。同样,倪拗拗身边还有一群孤独的女人,如母亲、禾寡妇、奶奶。她们是一群让我们陌生的女人,她们喜欢独居、封闭的生活,她们天生是被他人不公正对待的孤独者,这使她们互怜互爱,结成了常人难以企及的"姐妹之邦"。尤其是倪拗拗与禾寡妇的同性恋情谊,是倪拗拗成长岁月的主线。《私人生话》中多处诗性地提到禾寡妇是倪拗拗内心"一座用镜子做成的房子","我在其中无论从哪一个角度,都可以照见自己"。由此看来,倪拗拗对禾寡妇的爱也不失"自恋"的成分。但更多的是因为精神、灵魂相融的吸引。禾寡妇与倪拗拗都喜欢孤独,她们都远离人群,选择独居。最后禾寡妇死于一场莫名其妙的大火,倪拗拗身边那些亲密女人也一个个从她身边消失,去往另一个世界。一种深深的悲哀愈来愈浓厚地笼罩在倪拗拗的生活里,最后倪拗拗只能靠幻觉去怀念和感觉她们。禾寡妇与倪拗拗的关系是美的极致,她们互为镜子,禾寡妇的毁灭也预示着倪拗拗的将来。她们都是孤独的陌生人,不能相容于世。《私人生活》对倪拗拗内心成长经历的书写,甚至是在幻觉、梦境中表现两个否定的自我,逼真地反映了女性的心理成长历程。透过倪拗拗的内心,我们看到的是一个变形了的怪诞世界。

陈染在这部小说中用纯粹女性甚至无性的话语,精致地叙述了一位神经兮兮的女孩成长为女人的经历,特别是自恋与他恋、同性恋与异性恋的复杂心理和体验。小说基本上是在说一个内向、敏感而聪明的女孩青春的过渡史,由性格的绝对、偏执和叛逆慢慢转变成内敛、朦胧和低调。在这性格的转变中,糅杂进她与几个男人剪不断理还乱的微妙情愫。她对于爱情和性渴望而又困惑,始终处于高度怀疑的状态。这种不信任造成的孤独和离群慢慢成为她骨子里的特质,像血型一样不可更改。成长并没带来喜悦,内向的女孩会格外沉默。沉默的空间如此巨大,她可以用来思索一切,由此还不可避免地产生种种幻想或者说是怀疑和恐惧。无法主动地融入外部的世界,将成为她一生中最为明显的残缺。长久的沉思默想,内省的自己会变得越来越沉重,相对而言外部的社会就会越来越轻飘。很多人便因此产生种种心理障碍,包括这本书中的女孩,陈染称之为世纪末的流行病。它不可能靠自己的调节或者努力得到排解,只能巧妙地伪装成一个没有个性的社会人隐遁在同样没有个性的芸芸大众里。这并不困难,谁都可以做到,可能谁都在这么做着。这是一种残缺,一种主动而清醒的残缺,本身并不厌恶但时常意识到的残缺。如果把它理解成人人都有的私人生活，那么这种残缺就显得不值一提。人和人之间的疏离导致的这种残缺在现代社会已经无法避免。好好地保护好私人生活，也就能好好苟延残喘下去。

与以往不同的是，《私人生活》强调了故事的哲理思辨性，把大量飘忽不定的内心独白、记忆片段和时空交替的遐想折叠到叙事中，使小说在复杂、性感而危险的奇观中闪烁穿行，从一个侧面探索了20世纪70年代至90年代女性生命意识深层的那些潜在而微妙的演变，并折射出隐匿在这后边的复杂的社会生活，使小说拓展到一个宽泛的女性"自我"。在90年代的中国文学中，《私人生活》构成了一种奇特而具有挑战意味的文化景观。陈染用张爱玲一样的写作态度来呈现女性，无论是荒谬的还是有悖常理的，她按照她们的本色状况，把女性纷繁细腻的内心用类似意识流的写法很自然地展现出来了。

第五节　历史小说

当代历史小说与当代文学的总体发展密切相关，特别是新时期以来历史小说创作呈现逐步繁荣的趋势。在主题方面，从新中国成立初期的反映农民起义到新时期以来对于历史上的改革实践的礼赞，再发展到对中国传统文化的重估；在人物塑造方面，农民起义的领袖逐渐被帝王将相、历史名人取代，而知识分子则渐渐成为历史小说反映主体的组成部分。在小说结构方面，现实主义宏大叙事的史诗化结构已经成熟，而其他类型的结构呈多元化的格局逐步萌芽、成长。叙述范式也发生了引人注目的重大转型，如从诗化的历史叙述转型为历史的诗化叙述，从故事化叙述转型为生活化叙述，从传统的民族史叙述转型为家族史、个人史的叙述等。

到了20世纪90年代以后，由于艺术视角的转换和作家主体意识的增强，历史小说表现出了前所未有的丰厚的文化和美学内涵。比较典型的有凌力的反映明清历史风云沧桑的"百年辉煌"三部曲《少年天子》、《倾国倾城》、《暮鼓晨钟》以及《梦断关河》，其中后者标志着作家创作风格的转变，它通过个人命运的沉浮反映晚清动荡的历史风云，融传奇故事与历史真实于一体，深刻描绘出历史进程中人的生存方式和生存状况，并升华出人性的主题，体现了作者深广的历史观照和开阔的历史视野。同样以写清朝帝王著称的二月河，在此期间相继创作了《康熙大帝》《雍正皇帝》《乾隆皇帝》等"落霞三部曲"。作者善于在矛盾冲突中刻画人物形象。如写雍正，从诸王子争夺皇位的剑拔弩张写起，一波未平又起一波，将人物性格的发展变化深刻地表现了出来。其作品形象丰满，情节生动，故事性强。相对来说，揭示的思想深度尚显不足，某些描写也流于粗俗。历史小说的另一个走向是唐浩明的《曾国藩》《旷代逸才——杨度》《张之洞》，刘斯奋的《白门柳》、熊召政的《张居正》等文化历史小说。作家以文化哲学的视角考察历史事件和人物，显示出深厚的、扎实的文化和艺术底蕴。这些作品人物性格极为复杂，也常常带有"翻案"的性质，但不可否认，它所带来的独特新异的艺术个性，已被广大读者接受和认可。

对历史文化场景的生动还原,是20世纪90年代历史小说得以雅俗共赏的原因之一。长篇历史小说具有庞大的读者群,被一版再版并频频搬上荧屏,受众更是趋之若鹜。一方面这与历史小说紧张曲折的情节、具备传统小说技巧、符合大众审美习惯有关,另一方面它对历史文化现象细节的复活也吻合读者的期待视野与阅读心理,不同文化层次的读者都可以从历史小说中获得认知满足与审美愉悦。具有一定文化知识的读者可以从历史小说鲜活生动的描述中获得有别于历史教科书概念式叙述的直观形象的审美意象,并可以在小说叙述的文化层面与自己已有的知识经验间进行认知比较与判断。而对于普通受众来说,一定历史文化知识的匮乏正好形成某种心理空白,有待阅读来填充。这一期待与文本形象间就产生了审美距离,使读者感受着因超越日常世俗生活、进入特定历史情境而产生的新异与神秘感。这就可以解释为什么写帝王生活的历史小说一度大受欢迎。封建宫廷作为封建统治的中心,形成了一种独特的颇具神秘色彩的文化现象。这一文化现象与现代受众有着巨大的时空反差与心理距离,是置身日常生活中的大众所无从体验、无法想象的"天家"尊严的全部神秘性所在。如《少年天子》《暮鼓晨钟》《庄妃》《康熙大帝》《雍正皇帝》以及其他一些也涉及帝王生活的小说如《李自成》《金瓯缺》《九月菊》等,几乎全面再现了不同朝代宫廷物质生活与制度生活的全部,包括宫廷的祭祀礼仪、舆服制度、生活习俗(饮食、娱乐)及建筑文化等。

在该时期的历史小说家中,唐浩明、二月河和刘斯奋取得了较大成就。

一、唐浩明与《曾国藩》

唐浩明(1946—),湖南衡阳市人。1982年毕业于华中师范大学,获文学硕士学位。现为湖南省作协主席。在岳麓书社从事编辑工作二十余年,曾用10年时间编辑整理《曾国藩全集》(30卷)。先后被评选为中国书业界十大新闻人物、国家有突出贡献中青年专家。主要从事湖南地方文献的整理与研究。长篇历史小说《曾国藩》于1990年在湖南文艺出版社首次出版,曾获首届姚雪垠长篇历史小说奖,发行已逾百万;《旷代逸才——杨度》曾获国家图书奖;《张之洞》曾获中宣部"五个一"工程入选作品奖。并撰有随笔集《唐浩明评点曾国藩家书》《唐浩明评点曾国藩奏折》等。

《曾国藩》以曾国藩个人的沉浮为主线,并由此展开了极为广阔的历史画卷。帝王宫闱、官场内幕、揭竿豪杰、土匪盗贼、奸商猾吏、地痞无赖、才子名士、平民百姓、洋人教士等几乎无所不涉、无所不包,现代长篇小说的辐射状和网状结构被淋漓尽致地展出,可以说,《曾国藩》是一幅封建社会末世的"清明上河图"。

这部小说成功地塑造出一个令人印象深刻的人物形象。作为贯穿全文始终的主人公,曾国藩被赋予了多重性格。一方面,他忠实于腐朽的清王朝,痛恨造反的农民义军;另一方面,他希望拯民于水火,实现国家的富国强兵。他的残酷镇压农民起义,让人可恨;他的身居高位、清廉自守、热心"师夷制夷"的洋务运动让人可敬;他的生活古板、恪守封建陋规让人可笑;他的为谋一人、一家的兴旺而费尽心机,不择手段让人可怜;他的"知其不可为而为之"的竭尽全力扶持摇摇欲坠的大清王朝,换来的却是朝廷猜忌和各方面的攻讦又让人觉得实在可悲。曾国藩这个人物身上,可以说集中浓缩了传统文化心理的各个层面,体现了诸文化体系对中国传统知识分子的影响及其在人物精神中的互相冲突。从这样一个承担着历史与文化多重重负压抑着生命本能的人物身上,我们看到的是中国传统文化遭逢近代历史境遇后在士人心灵中发生的冲撞与错位,是个体与民族的执拗于这一文化而产生的历史的误会。在这个人物身上,凝结了我们民族文化的优秀质素,又摆脱不了它的惰性与滞重。总之,他的文化心理与行为无一不在印证着文化传统真实的复杂性。因此,曾国藩应当属于当代文学中难得的既有文化蕴含又有历史质感的厚重的人物形象。

在个人立身处世的态度上,他追求的是"内圣外王"。既注重主体的内在修养,又要将修养所得推广于社会,使天下道一风同,即通过修身来齐家,进而治国平天下。我们看到曾国藩在日常生活、政治生活中时时处处注意实践理学的修养方式,并以"明理灭欲"作为自己最高的道德追求。为此,他对自己的一言一行严加修饰,并立下日课,分为十二条并逐一实践。对曾国藩来说,修身的最终目的还是要齐家、治国、平天下。所以他治家甚严,对家中女子、男子都定有由其不同社会地位所决定的规矩与责任。从齐家到治国平天下,曾国藩的终极理想就是"做一个像周公、孔子那样的人,将整个国家治理为一个风俗淳厚、人心端正、四海升平、文明昌盛的社会"。这治世理想和士子的社会责任感、功名事业心共同驱使他几次墨绖出山,隐忍种种非难、挫折,为常人所不能为,终于成就了"中兴大臣"的功业。为了儒家的理想、个人的功名,曾国藩早期采用的是法家的手段,在与官场同僚的斗争中,他锋芒毕露,争于权术。经历了无数挫折后,他才从黄老之学中悟出"柔弱者胜刚强"之理,转用道家"以柔克刚"之术处理与他人的关系。应该说,人物对道家思想的接受仅限于以实有目的去理解,为现实的政治斗争服务,并没有将其化为淡泊名利、超尘出世的文化追求。因此,在人物兼济天下的目的与实现的手段这一对范畴中,儒、法、道三家相安无事地统一在了人物的文化心理中,用陈敷劝曾国藩的话说就是"明用程朱之名分,暗效申韩之法势,杂用黄老之柔弱"。

围绕着曾国藩,作者还塑造了一大批性格鲜明、栩栩如生的人物。睥睨当世、志大才高的左宗棠,机敏干练、好大喜功的李鸿章,目空一切、凶狠贪婪的曾国荃,意气风发、豪情万丈的石达开,还有鲁莽憨直的鲍超,朴讷敏行的杨岳斌(载福),风流倜傥的王闿运,精明敢干的赵烈文,骁勇豪爽的陈玉成等。除了这些主要人物之外,一些不起眼的小人物也写得很有特点,如出卖奇计的邹半孔、坏了总督兴头的施七爹、私贩鸦片的高疤脸、九洑洲上的钓鱼翁。特别对处于特殊历史环境下人物心理的把握显得极为成功,像进退维谷的韦俊、被俘投降而最终被杀的李秀成、刺杀马新贻的张文祥等。这些大大小小、形形色色的人物撑起了整部小说,透过他们的言行,也反映了一个时代的风貌。此外,皇家的权力之争、官场的龌龊伎俩、百姓的困苦生活在书中也都有真实反映。

《曾国藩》的艺术特色之一就是深刻生动地描写了晚清社会各种各样的矛盾,矛盾存在于事物发展的一切过程中。曾创建的湘军,与太平天国有矛盾,与清王朝有矛盾,与地方势力有矛盾,湘军内部有矛盾,太平天国内部依然有矛盾。曾国藩是镇压太平天国的刽子手,但他的清廉自守、坚韧不拔的意志以及为实现富国强兵所做的种种努力却是让人钦佩的,这依然是矛盾。太平天国是一场轰轰烈烈的农民起义,但天国上层领导人在后期争权夺利、贪图享受也是发人深省的,这也是矛盾。正是由于作者表现了这些矛盾,才使作品充满了生动的画面,构成了错综复杂的情节。在结构上,作者很好地继承了古代传记小说以人物为主线的传统,但是又不落前人窠臼,对曾国藩较平淡的前半生以插叙形式穿插在文章当中,使整部小说显得更加紧凑、充实。小说当中引用了不少经过精心筛选的诗词、对联、奏折、书信以及一些野史逸闻,这些引用之作并非游离于小说之外的点缀品,而是与小说中的人物、故事情节紧密结合,是小说牢不可分的有机组成部分。在语言上,作者一方面讲究文字的通俗性,另一方面,也注意切合人物身份,对语言进行锤炼,力求雅俗共赏。例如裁军前彭玉麟征询曾国藩的一段话:"大丈夫当意气纵横,不可仰他人鼻息。今东南半壁无主,涤丈岂有意乎?"这已经是介于文言与白话之间的语言了,不像白话那么直白,也没有文言的古奥,还有一丝回味。像这样的文字在小说中可说是俯拾即是,达到了雅俗共赏的效果。

二、二月河与"清帝系列"

二月河(1945—2018),原名凌解放,山西昔阳人。1966年毕业于河南省南阳第三高中。1986年开始发表作品。1991年加入中国作家协会。著有长篇小说《康熙大帝》(包括《夺宫》《惊风密雨》《玉宇呈祥》《乱起萧墙》4卷)、《雍正皇帝》(包括《九王夺嫡》《雕弓天狼》《恨水东逝》3卷)、《乾隆皇帝》(包括《风华初露》《夕照空山》《日落长河》《天步艰难》4卷)等。《康熙大帝》获河南省首届文学艺术成果奖、河南省改革10年优秀图书一等奖,《雍正皇帝》获河南省第二届文学艺术成果奖、湖北省优秀畅销书奖。

在历史小说创作处于"雅""俗"徘徊之际,二月河在14年的时间里完成的《康熙大帝》《雍正皇帝》《乾隆皇帝》三大部13卷530余万言"落霞三部曲"小说创作,以一种陌生化的审美特征突然脱颖而出,刮起了一股流行风潮,在中国当代文坛形成了一种所谓"二月河现象"。二月河帝王系列小说属于传统意义上的历史小说,作家尊重历史,以历史为本,按艺术规律构建历史小说。小说对康熙、雍正、乾隆三位皇帝励精图治、宵衣旰食、惩处贪官污吏的描写,在当代读者中引起了广泛的共鸣,体现了一种强烈的当代意识和民族精神。文本当中塑造了一大批士的形象,这些人物形象在某种程度上可以作为理解、认知传统文化的符号。小说通过对封建官场的描写和批判,揭示了封建官场和权谋文化的关系。二月河采用通俗化的艺术形式,继承了中国本土文学的传统,这是二月河小说的外部特征。二月河小说的成功,显示了二月河对中国历史文化的浓厚情结,也再次证明了中国传统文学、文化资源的强大的生命力。

雍正皇帝无论在历史上还是在传说中都是一个争论很大的人物,是一个有着"谋父、逼母、弑兄、屠弟"恶名的暴君，是一个"心胸狭窄、刻薄寡恩、阴险狡诈、心口不一"的伪君子。但在创作《雍正皇帝》时，二月河拨开历史的重重迷雾，对雍正皇帝和一系列史实作了独立的判断和描绘，显然带有为雍正翻案辩诬的性质。

雍正的一个突出的性格特点是刻薄，为人不够宽容，人称"冷面王"。但在二月河小说中，他的"冷"主要表现在对贪赃枉法者的坚持原则、严酷执法、毫不通融上。康熙后期，国库亏损严重。雍正和十三阿哥允祥被派往户部主持清理积欠之事，兄弟二人真的毫无顾忌、大刀阔斧地干起来，"在京清理积欠，逼死十九员命官，弄得朝野沸腾"。实际上他的"冷"的性格所派生出来的这种政治作风恰恰符合当时形势的需要。在康熙召集诸王子和大臣的会议上，雍正旗帜鲜明地提出了自己的主张："吏治是当今第一要务，是一篇真文章！"而这正是康熙与三辅臣几天来密谋的主题，于是"康熙的眼中陡然放出光来"。择储的过程中，康熙最害怕阿哥们私结朋党扩张势力而搅乱朝局。在这点上，雍正与他主要的竞争对手胤禩有着明显的区别。比起声震朝野、势力庞大的"八爷党"来，雍正从不结党，始终以独来独往、一心办差的"孤臣"面目示人。应该说，正是雍正在整顿吏治上的严酷苛刻，在竞争储位的过程中识大体、顾大局，以朝局稳重、人心安定为重的立场，赢得了康熙的好感和另眼相看。

二月河正是通过这些生动的细节描写，使得雍正继承帝位的合法性得到了十分合理的解释，从而排除了"篡位说"等种种说法，赋予了雍正继位以令人信服的合理性。我们应该看到，作者如果仅仅写出雍正"得继大统"的合法性，那只是在给封建正统观念作注脚，并没有跳出封建正统的框框。二月河的高明之处就在于，他不仅看出这场夺嫡之争并非完全出于个人权力贪欲而形成的一场狗咬狗的统治阶级内部之争，还写出了这场斗争中隐含着的更为深刻的历史内容，即在当时的形势下，谁能减轻人民的负担，缓解民族矛盾、阶级矛盾、官民矛盾，从而使人民安定、生产发展、社会进步，谁才能顺应历史发展潮流，其"得天下"也才具有历史合理性，其所作所为也才具有历史的进步性、正义性。康熙晚年社会矛盾的焦点是吏治腐败，而雍正正是在怨嫌、大刀阔斧地整顿吏治这点上显出了自己的不凡才干，拉开了与其他阿哥的距离。因此，他能最终继承大统是既合法又合理，既合乎当时的"天心"、民意，又顺应历史的潮流、符合时代发展的规律的。二月河在小说中形象地突出了这一点，因此他的作品也就超出了一般的翻案之作。

为了能够更深入地揭示出人物的内心世界，作者也并不回避对主人公性格缺陷的揭示。作品对雍正的心狠手辣、心胸狭窄、心机深沉作了大量描绘。其实他的"冷面王"绰号与其性格孤僻、阴冷狠毒也不无关系：他不仅活埋了与八爷有勾结的管家高福儿，而且即位后处死了知道他很多机密的心腹坎儿等人，甚至连深知韬光养晦、已经急流勇退的邬思道也不放过，依然派人监视，以便时刻控制他。帝王之术本就不讲人道情分，习惯了宫廷内争和骨肉相残的雍正皇帝在睚眦必报、心狠手辣方面，比普通皇帝就更突出些。作品通过这些描写，比较全面地刻画了雍正这个有雄心、有才干，但又心胸狭窄、心狠手辣的"冷面王"形象。

三、刘斯奋与《白门柳》

刘斯奋（1944— ），广东中山人。1967年毕业于中山大学中文系，曾为广东省文联主席、广东画院院长。他长期从事宣传文化工作，在小说创作、古典诗词、学术研究以及绘画、书法诸领域都深有造诣。长篇历史小说《白门柳》1997年获第四届茅盾文学奖、1998年获广东省宣传文化精品奖、1999年获国家图书奖提名奖。另出版著作《黄节诗选》《苏曼殊诗笺注》《陈寅恪晚年及其他》《快活的蝙蝠》等。同时精研绘事，尤擅中国人物画，曾出版《刘斯奋人物画选》《刘斯奋画集》等画册。

《夕阳芳草》是《白门柳》三部曲的第一部，集中描写了大明王朝覆灭的前夕，江南地区的文人组织"复社"和"阉党"余孽之间的激烈斗争，以及复社四公子之一的冒襄（辟疆）与秦淮名妓董小宛一波三折的爱情纠葛。小说通过当时的一批知识分子，即所谓"士"这一阶层的性格状态，以及上至朝中权贵下至秦淮泪院、江南市井的描写，再现了我国17世纪中叶尖锐复杂的社会矛盾，展示了一幅奢华腐朽走向衰败孕育新生的末世画卷。作品无论是写历史人物生活情怀，还是金粉江南的民情风俗，都细腻传神、绘声绘色。

在第二部《秋露危城》中，作家生动真实地再现了南明弘光王朝的建立及其迅速崩溃的过程。农民军领袖李自成率兵攻入北京，明崇祯的突然灭亡给江南造成了冲击和极度混乱。为江南半壁河山拥立新君，以史可法为首的东林集团与以马士英为首的政治势力展开较量。政权内部的矛盾日趋尖锐，各派斗争惊心动魄，甚至爆发内战危机，直至清兵一举南下。作品通过对黄宗羲、陈贞慧、史可法、钱谦益、柳如是、董小宛等一系列著名人物的命运、性格变化的描写，以姿彩纷呈的运笔多层次、多角度地展现了一幅场景辽阔、人物众多的历史长卷，其中既有政治场中严酷的正邪之战、社党内部的恩怨纷争，又有秦淮两岸男女在乱世中的感情纠葛，交织成一曲波澜壮阔、悲风四起的末世挽歌。

第三部《鸡鸣风雨》情节紧接上一部，描写明朝残余势力在弘光王朝覆灭后，退守浙东地区，继续坚持抗清及其最终灭亡的过程。在本卷中，几个主要人物被命运驱上了不同的道路。黄宗羲毅然参加义军从事武装斗争，冒襄和董小宛成为颠沛流离的难民，钱谦益投降北上，柳如是则独自留在南京，各自经历了种种艰难曲折，最终又集结在抗清的旗帜之下。作为全书的大结局，本卷在继续保留和发扬前两部特色的基础上，结构更加开阔，色彩更加斑斓，情节更加纷纭。其中正义与邪恶、卑鄙与崇高、野心与情欲、征服与反抗、腐朽与新生，种种人性也揭示得更加充分和彻底，使人获得更深的感悟和思考。

《白门柳》的一大特色是写出了"士"阶层的生存状态。从政治理想来看，"士"这一阶层普遍具有强烈的社会责任感和政治抱负，"致君尧舜上，再使风俗淳"（杜甫）可以说写出了知识分子明君治世的社会理想，"穷则独善其身，达则兼济天下"[①]，这是儒

[①] 该句出自《孟子·尽心章句上》第九节，原句为"穷则独善其身，达则兼善天下"，后世将"兼善"改为"兼济"，含义未变。

家处世态度的经典概括，千百年来已经内化为一种普遍的人格心理与文化态度。对国家大事、时政安危具有超乎寻常的关切与敏锐的反应，对社会政治生活有强烈的参与意识，这一点，即使墨守成规、俨居清流的东林复社诸子也不能避免。在《白门柳》中我们看到的是国事的每一点变化都能引起他们强烈的情绪反应：关切、隐忧、焦虑、愤怒、痛苦等，诚可谓忧天下之忧。即使是在野诸子，也要用清议来干预朝政，甚至不得已时，为拯世济民，会想方设法入朝为官。与兼济理想密切相关的是功名事业心，在这些士子轰轰烈烈的济世行为背后，不能不看到这种功名心的驱使，所谓"立德""立功""立言"，都是为求不朽的手段，实际上是士人自我价值获得社会认可的标志。因此士人的重名，从本初的意义上来说，非汲汲于一己之私利，仍然是强调个体对社会乃至对历史发展的价值意义的。

用现代意识去烛照封建社会妇女的命运，也是《白门柳》的一大特色。虽然这部小说的文化语境所指的是明末的江南士子的人生轨迹，但作者的叙述策略却非独是为表现男性的政治生活而设，同样是为表现与政治若即若离的女性的命运与情感而设。甚至可以说，这些女性形象的生动要超过某些男性形象。如果说，代表男性话语霸权的封建史学著作，曾经湮灭甚至歪曲了多少女性的才情与心性，使人只能看见男性的际会风云，那么《白门柳》作为历史真实的艺术复现，就将这些女性从男性背后生动凸显出来，使她们获得了同男性平等的叙述地位。在小说中，不管是出身卑贱、心比天高的柳如是，还是柔弱善良、委曲求全的董小宛，她们或许会有种种私心杂念，但她们从丰富的内心世界中流溢出来的才情、气节却让她们有着不容小觑的魅力。

第六节　新生代小说

新生代小说，也有人称之为"新状态小说""晚生代小说"，主要是指韩东、刁斗、徐坤、朱文、李冯、何顿、鲁羊、毕飞宇、王彪、述平、刘继明、丁天等人的作品。这是一个比较松散的作家群。他们在题材选择、艺术追求和作品风格等方面不尽相同，但共同的社会环境和相似的人生境遇、文化背景，又使他们的作品具有一定的相近或一致，而这种相近或一致又是建立在与过往小说艺术大异基础之上：首先是作家思维方式的变化。过去强调小说如何"客观反映世界"，新生代作家强调的是"我"。他们的作品大都以当下生活为题材，将个体的生存状态置于中心地位，描述现代人在社会生活中的挣扎与奋斗，表现人生的坎坷与艰难。邱华栋的《闯入者》《沙盘城市》，刘继明的《可爱的草莓》，毕飞宇的《生活边缘》等，都展现了都市"闯入者"们坎坷曲折的生活道路。其次，这直接导致了小说叙述方式的革新，过去那种全知全能的客观型叙述人消亡了，叙述人不再是超脱于事件之外的冷观者、宣教者、审判者，而是事件的参与者、故事中的行动者，叙述人不再是超越叙述的而是叙述事件中的一个角色。例如韩东的《障碍》《和马农一起旅行》，鲁羊的《1993年的后半夜》《黄金夜色》，朱文的《食指》《三生修得同船渡》等，小说中只有"我"的视角。第三，深刻地展示了现代人的复杂内心。其中有不堪环境折磨而产生的孤寂与痛苦，如刁斗的《失败的逃遁》致力描写"逃遁者"青春被卷入一场离奇的谋杀案的孤寂心理；毕飞宇的《雨天的棉花糖》中的红豆，无法忍受世人的冷眼，最后精神崩溃而自杀；有展示因环境变化而引起的失落甚至失败的悲哀情绪的，如韩东的《于八十岁自杀》中的主人公为生存环境所迫走向自杀；刘继明的《我爱麦娘》、毕飞宇的《枸杞子》揭示了由于封闭落后而造成的悲哀心理；还有些作品则细致描绘了现代人对于生存的无奈与恐惧心理，如刁斗的《状态》以异乡人的视角，展现了一个寻觅隐身秘方的现代人的变态心理。第四，在表现现代人的生活形态和人生观念时，作家们着重突出了对欲望的书写。如朱文的《我爱美元》、李冯的《招魂术》、韩东的《障碍》等，都涉及了无视情感取向和道德评判的"性"。何顿的《就这么回事》《告别自己》《无所谓》等小说充分表现了对世俗社会的价值认同以及对人的灵魂世界的否定和拒斥。

总之，新生代作家十分重视描写对象的真实和感情的真挚，而不那么在乎思想的深刻、情节的曲折，这显示了他们独特的创作风格。但是，这在消解作品崇高的同时也往往走向了游戏和虚无，注重生活原汁原味的描绘却缺少艺术审美的内涵，这也是他们的作品整体水平不高的一个重要原因。

一、东西与《没有语言的生活》

东西（1966— ），原名田代琳，出生于广西。现任广西作协主席。中篇小说《没有语言的生活》获首届鲁迅文学奖中篇小说奖，长篇小说《耳光响亮》获广西第四届文艺创作铜鼓奖。2023年8月，长篇小说《回响》获第十一届茅盾文学奖。

东西的小说有一种恍惚的美。他关注现实困境，从不凌空蹈虚，同时又善于做出考究的文学处理，务求不入俗流。《没有语言的生活》与其说是一个"伤害与反伤害"的斗争，不如说是描写了一种沟通与沟通失败的困境。这篇小说从头到尾都在写失败的沟通：第一次，是王家宽把父亲王老柄比划的肥皂领会成毛巾，引起了父亲对于以后生活的忧虑；第二次，王家宽领会错朱大爷的意思，与他喜欢的女孩朱灵擦肩而过；第三次的失败最为耐人寻味，王家宽请人写的求爱信，落款是"张复宝"，王家宽被这封求爱信改变了身份，他从求爱者变成了邮递员，这也成为朱灵和张复宝恋情的引子；第四次，哑巴蔡玉珍发现朱灵要自杀，向朱大爷报信时却不被理解，被赶了出去，朱灵最后溺死在一口井中。悲剧就在人们的交流障碍中大大咧咧地登上了人生舞台。当然，小说里也有成功的沟通，在一段描写里，瞎子、哑巴和聋子找到了交流的金钥匙，他们三位一体战无不胜。三个人拆掉通向村庄的那座桥，是用一种孤绝的姿态挑战外界强大的话语秩序。这三个本来不可能正常沟通的残疾人在自己的群体内部实现了最成功的沟通，与之相对的是，他们共同养育的正常人王胜利在密集人群中获取的第一个信息竟是一首这样的歌谣："蔡玉珍是哑巴，跟个聋子成一家，生个孩子聋又哑。"

东西的很多小说是婚恋题材的，如《猜到尽头》《目光愈拉愈长》。2005年出版的

《后悔录》则书写了一个小人物如何在禁欲和纵欲的年代里用一生来犯错、又用一生来后悔的荒诞经历。曾广贤是一个普通的小人物，在禁欲的时代里，他因为无知和恐惧，错过了向他大胆表白的少女。但活跃异常的欲望煎熬，让他蒙着眼睛进入仰慕的女人的房间，什么也没有干却被诬告成了强奸犯。狱中十年，隔着铁窗他倒是获得了坚贞的爱情。出狱后性和爱情对于曾广贤来说依然是海市蜃楼。

二、刁斗与《证词》

刁斗（1960— ），原名刁铁军，辽宁沈阳人。1983年毕业于北京广播学院新闻系。1989年以前主要写诗，1990年后专事小说写作，出版过诗集《爱情纪事》，长篇小说《私人档案》《证词》《回家》《代号：SBS》《游戏法》等，小说集《骰子一掷》《独自上升》《痛哭一晚》《实际上是呼救》等。

刁斗的作品大部分都和情欲有关，可他关心的是情欲的走向（而非"动作"），并以此作为支撑叙事的动力。他以情欲书写、勾勒着美与爱，可最后爱与美却在现实中纷纷毁灭，在这种毁灭中他让富有道德意义的因果凸显出来。也许反过来说也合适：富有道德意义的因果促成了这种毁灭。人们的精神困境常常成为他关注的重点。

《证词》是写主人公即犯人铁军出狱之后的身心历程。他试图寻找新的生活，并应聘于"人与书"书屋，小说以此拉开这出生活剧的大幕。小书屋作为了观察生活的窗口，展示了"我"与相关人物在复杂的经济生活的背景之下，所衍生出的种种生存行为。在社会生活的触角之下，小书屋没能为他带来清净和理性。小书屋的秘密如梦魇般地笼罩着铁军；他在多重的恋爱中纠缠不清；罪恶的朋友拉他下水，他很清醒，但他又无法远离；他不想和政治牵涉在一起，可他的内心涟漪不断，因政治而来……铁军从监狱出来又踏入了"心囚"。他最终痛下决心地想逃离，唯一的选择就是再次犯罪，再次成为嫌疑人。"无处可逃"的主题表达，彰显着卡夫卡《城堡》、钱锺书《围城》等的影子，它续写了人类的精神困境和价值难度，而本小说却又和20世纪90年代的文化和社会环境紧密相连，显示了较大的现实批判意识和介入生活的勇气。作为一部具有一定形而上高度的小说，其艺术性却特别细腻，特别是铁军复杂的内心世界表现得十分感性，小说人物也很鲜活，他们不着意地使用些口语、方言，极具生活味道，而文字表达又显得自然、亲切。所以，小说在主题和形象方面处理得非常得当。

2002年出版的《回家》中，"我"找不到自己的精神栖居地，但又不肯随波逐流轻易地在某处歇脚，"我"在困惑的同时一直没有放弃寻找。小说带着极大的嘲讽意味，如行政力量对人精神的强暴（公园打狗队和狗的主人）、欲望对情感的强暴等。小说把价值转型过程中主体的精神困惑和尴尬痛苦在茫然与焦灼中反复歌吟，使主人公不断在理想与欲念之间冲撞、平衡和失控。《回家》的意义在于，小说写出了缺乏信仰的可怕，同时也表露出了重建一个新的精神空间，为现代人的流浪灵魂找到一个安身立命之处，从而使人与精神家园重新达到统一的愿望。因为刁斗明白，对人自身最深刻、最彻底的批判与否定只能来自信仰，它就是人所把持的精神立场。他所坚持与守望的绝非写作的游戏,而是用自己的血泪与人类生存较量。

三、韩东与《扎根》

韩东(1961—),生于南京。1982年毕业于山东大学哲学系。江苏省作家协会理事。1980年开始发表作品。有小说集《西天上》《我的柏拉图》《我们的身体》,长篇小说《扎根》《我和你》,诗集《吉祥的老虎》《爸爸在天上看我》,散文集《爱情力学》。

《西天上》是韩东的短篇小说集。小说中的主人公,不管是童年时期的小波,还是少年时期的小宇、小松,或者成年后的小东,曾经有过的乡村生活,构成了他们性格中最为温柔的部分。各篇小说既可独立成篇,又有其内在的情感连续性。叙述的角度从天真的童年直至苦涩的少年。这些作品既不是田园牧歌,也不是伤感的怀旧之作,甚至也不是一个少年人单纯的成长史。作者对以上传统主题进行了绝妙的反讽,旨在揭示某种残酷而具体的真实。小说的可读性堪称一流,文字精彩幽默,体现了作者在文学创作中难得的功力。

《扎根》描写了"下放干部"老陶一家五口人的故事。韩东并非下乡知青,但随父母下放的经历使他拥有了关于知青时代的一些记忆。他的记忆与梁晓声、叶辛、陆星儿等一辈作家对于知青的记忆显然是大相径庭的。这里没有苦难叙事,知识分子下乡不是被农村百姓改造的,相反,因为他们有知识,所以格外地有力量,老陶一家下乡不仅能让自己活得很好,还启蒙了周边的村民,知识分子的形象在《扎根》里前所未有地高大。打开小说,人们看到的是对老陶家家具的描写和下放过程的跟踪,然后就是不厌其烦地写老陶一家到三余之后的吃喝拉撒住,写他们的园子、他们养的动物,写盖房子,写老陶一家给三余人带来的"现代化",写苏群行医、陶文江乐善好施……围绕着小陶上学,小说写了靳先生、知青小李、赵宁生、夏小洁,还写到苏群被审查、侯继民被关押,甚至写到陶文江的洁癖、奶奶的吃醋,最后写到老陶的小说和小陶的创作。在这样一幅全景式的画卷中,每个人物既自成一个故事,同时又构成另一个人物的故事背景。这里没有我们熟知的"文革"的大起大落,有的只是凡俗中透着乐趣的日常生活。当下的生存造就了韩东的写作姿态与价值取向,他采取的是以当下的态度切入存在的书写方式。从小说中历史承担的缺席,我们不难看到后现代主义中心离散、价值虚无对韩东创作的影响。

四、何顿与《我们像葵花》

何顿(1958—),原名何斌,湖南长沙人。1983年毕业于湖南师范学院美术系。现任长沙市文联专业作家。代表作主要有长篇小说《我们像葵花》《就这么回事》《荒原上的阳光》《喜马拉雅山》《眺望人生》《荒芜之旅》等,中篇小说集《弟弟你好》《生活无罪》《太阳很好》《只要你过得比我好》等。

《我们像葵花》是何顿把分散在他发表的各个中篇里的人物和故事联合在一起的多幕表演,因而可以看作他创作个性和心理的一次集中展示。主人公冯建军作为中国社会原始积累时期社会底层人物的代表，其生活经历引起多数同龄人的共鸣。何顿以长沙方言的运用与地方风情的描写确立其写作风格。

冯建军是个父母双亡的孤儿，生父抗美援朝复员后因发疯而死，母亲弃他而去。养父收衣服进屋时手中晾衣的竹竿不慎捅破墙上画像，被年少无知的彭嫦娥告知她爱整人的父亲，结果冯建军的养父被判刑，养母不堪批斗跳楼自杀，冯建军沦为"孤儿"。冯建军为了报复彭嫦娥的父亲和彭嫦娥结婚，彭嫦娥断绝了与父母的关系。当冯建军成了有钱的烟贩子时，便与张小英同居，抛弃了彭嫦娥母女，他却因走私的香烟被扣而破产、杀人、判刑。张小英嫁给了刘建国。刑满释放的冯建军因抢劫又被判刑。此书时间跨度长达三十多年，真实反映了这群人的奋斗、挣扎，走向悲怆人生，像朵"葵花"枯萎；反映了个体户原始积累阶段的混乱沉重、新鲜、刺激。何顿具有丰富的情感和生活经历，他的平民意识极强，此书用第一人称写，原生态描写了这群人，呈现在读者面前的角色在生活中找得到，从而极富感染力，让人读得亲切。

对长沙个体户曾经存有的历史不加任何修饰的刻画和描写，是何顿作品的一大特色。作为新生代作家中一个重要的代表，其个人化写作试图描绘的是在社会转型中适应商业化时代的需要而诞生的以"个体户"为代表的市民生存的本真状态。《古镇》《三棵树》《金匕首》所显露的何顿讲传奇性故事的才能，进一步让人们看到了作家对文学的商业化不经意的屈从。何顿甚至采用了长沙方言写作，他纯熟地、游刃有余地运用着自己的语言优势，"鳖""卵""作古正经"等纯方言语词一度在小说中出现。这固然有着便利方面的因素，但也不无满足读者好奇心理的嫌疑。就像喜欢王朔的"京味"一样，在阅读何顿时，人们未必不会被他古怪而新奇却又能理解的"湘味"所吸引。

五、邱华栋与《手上的星光》

邱华栋（1969—　），生于新疆，祖籍河南西峡。1992年毕业于武汉大学中文系。有诗集《从土到水》《岩石与花朵》，中短篇小说集《哭泣游戏》《都市新人类》《黑暗河流上的闪光》等和长篇小说《蝇眼》《城市战车》《刺客行》《正午的供词》《夜晚的诺言》《白昼的消息》等。邱华栋关注现代都市年轻人的生活，对物质导致人的异化十分敏感，对人的欲望剖析深入，想象丰富，作品极具心灵冲击力。他试图去揭示生活的内在矛盾，去表现青年人的生存困惑与恐慌，诸如人的自我认同的危机、存在的绝对意义、西西弗斯式的生存悲剧等。

中篇小说《手上的星光》刊发在《上海文学》1995年第1期，写"我"和杨哭大学毕业后，来到北京准备扎根生存。杨哭开始找到了一个大机关报的工作，尔后被下放到延安老区挂职锻炼，从中他开始尝到政治权力带给生活的享受和心理的快感，他决定跻身仕途，以至于最终在城市里找到真正属于自己的立足之地，在出人头地之中满足自己作为征服者的"傲慢与偏见"。出身卑微的他想到改变命运的途径就是攀上一个官宦之家，于是他不惜委屈拼命追求一个长相平常但父亲身为政要的女孩，结果却败北。这更加刺激了他对这个城市的征服的欲望，他接着对生命轨迹予以了又一次调整，于是离开了机关,下海成为生意人,这才真正迈出把握自己命脉的第一步。而"我"来到北京四处找工作,又马不停蹄地跳槽,一直很难找到属于自己的真正的归宿,内心的自我经历着一场严重的折磨。最为让人苦痛和怜悯的是,折磨的过程往往就是自我拯救的过程,拯救最终却依然抵不过外在世界的进攻,沦为虚无。"我"和杨哭分别与另外两个女孩恋爱,在浪漫中感受理想的回归、精神家园的重建、梦想的纯真。但是这场爱恋最终还是以理想的破灭为结局。于是乎,"我们"就开始变得虚情假意、追求时髦,对世界有些报复性的嘲弄,并在这种玩世不恭中透露出"我们"的冷漠与外来人的无奈。《骆驼祥子》中的"祥子"的阴魂在"我们"身上附体,小说在看似平淡的叙述背后表达了存在哲学思考的深度和精细。

六、毕飞宇与《哺乳期的女人》

毕飞宇(1964—),生于江苏兴化。1987年毕业于扬州师范学院中文系。著有中短篇小说近百篇,主要著作有小说集《慌乱的指头》《祖宗》《青衣》等。小说《上海往事》《那个夏季那个秋天》《玉米》《平原》《推拿》《欢迎来到人间》等,显示了作者与日俱增的创作能力与艺术个性。2011年8月,长篇小说《推拿》获第八届茅盾文学奖。

毕飞宇的小说始终洋溢着灵动的气质,富有哲理的语言充满了对历史强烈而深刻的反思;轻盈而凝重的叙事风格、对人物内心的细微剖析、丰富而博大的艺术内涵展示了令人咀嚼和回味的悲天悯人的大家风范。毕飞宇将历史与现实交织于一体,有着对中国传统文化的反思、审视和批判,让人们在一个又一个悲剧气氛之中学会感悟生命中隐喻的"痛"。

90年代毕氏的代表作是《哺乳期的女人》。很多人都认为新生代小说作家不太擅长讲故事,这应是一个事实,因为他们写作的着力点在于文体的创新和思想的深度,并由此标示出自己与传统或现实主义作家的区别。《哺乳期的女人》的故事很简单:在断桥镇,父母外出打工常年不在家,年仅七岁的男主人公旺旺成了"空巢少年"。小旺旺非常渴望与父母住在一起,忧伤开始笼罩他的心灵,对母爱的期盼当然愈演愈烈。家对面的惠嫂经常给小孩喂奶,小孩在惠嫂怀里幸福、甜蜜、满足,惠嫂喂奶的这一行为更加激起了旺旺对母爱的强烈期盼。有一天,他候得机会竟趁惠嫂不注意,对她的乳房咬了一口,整个断桥镇顿时沸腾了,小旺旺成了焦点。当惠嫂让旺旺吃奶时,旺旺却拒绝了,因为那不是他妈妈的奶。正是在这种亲情的错爱中,毕飞宇给我们展示了弥漫在惠嫂和旺旺之间的忧伤。《哺乳期的女人》的结尾是一种呐喊,所有看似平静、轻松的叙述都在为这一刻的爆发积蓄力量,因此小说在某种程度上是戏剧化的。小说戏剧化的好处,在于作者极有分寸地将问题一步一步延宕,在读者的好奇达到燃点的时候,又自然而然地让情绪的火花点燃无限膨胀的好奇心,在振聋发聩的巨响中升华主题。

七、朱文与《我爱美元》

朱文(1967—),生于福建泉州。1989年毕业于东南大学动力系。著有小说集《我爱美元》《因为孤独》《弟弟的演奏》等,长篇小说《什么是垃圾,什么是爱》《人民到底需不需要桑拿》等。

新生代作家认为，在这个以技术为手段、市场为媒介和欲望为动力的世界，由个人生活构成的现实是永远处于变乱之中的生活碎片，即完全原子化的。在这个原子化的现实中，不存在自我认同的任何意义基础和价值前提，情感被瓦解了，只有欲望是真实的。但真实的欲望在挫折和满足持续不断地交替流动中，也变成了没有任何确定性的一系列似是而非的碎片。《我爱美元》向我们展示的就是这种"真实"。在这篇小说中，生活的真谛被揭示为尽可能多地去满足个人欲望，特别是摆脱了道义限制的性欲。"我爱美元"，因为只有"美元"为我的"满足"提供可靠的保障。小说中的"我"是一个全身心沉浸于当代生活的大学毕业生。对于"我"的生活，"我"没有太多的抱怨，虽然也时有不满足，"我认为生活不过如此，而且只能如此"，一个人就是在如此的生活中追求更多的"美元"，以获得更多的满足和享受。"我"是认同这个现实的，但是这个认同是以"我"完全无条件地把自身沉沦于其中为内容的。正如"我"在"父亲"和"弟弟"面前的优越性来自"我"同时与多个女人有自由的金钱和性的交易一样，"我"以数量取胜。数量并不能充实质量的空虚，因此，"我"骨子里又是空洞的，与这个世界格格不入。在80年代以来的文学中，性的登场尽管都戴着"自由"与"个性"的面具，但事实上"性"越来越蜕变成一种与精神无关的东西，成为一种与情感、心灵无涉的"技术"，成为迎合官能化潮流的商品。

八、李冯与《孔子》

李冯（1968—　），原名李劲松，广西南宁市人。1992年毕业于南京大学中文系。著有小说集《今夜无人入睡》《中国故事》《有什么不对头》及长篇小说《英雄》《十面埋伏》《孔子》，1997年获首届互联网四重奏文学奖，曾被誉为张艺谋"御用"编剧。

李冯的小说，带有"在路上文学"的色彩。《孔子》中，师徒远行时正是一个可怕的混乱的时代，诸侯割据，生灵涂炭。这群志向远大的师徒们试图去做"和平的使者""理想的远征军"——周游列国，推广仁政，拯救众生于水火，但师徒出行的直接原因是鲁莽的子路倡议的"一次象征性示威"；然而，师徒们上路后，很快就意识到当初期望的"和平的使者"实为南柯一梦，可是他们又不得不继续上路，因为旅行已经"开始"了。"伟大的旅行"终于堕落成堂吉诃德式的疯狂、可笑、毫无意义又发人深省的济世旅行。"我们"这些社会的圣人与"那些"无恶不作的流窜犯竟没有差别。

李冯一反传统"在路上文学"的流线式叙述方法。小说采用了反编年史的叙事，时空界限被打破，把时空分割成许多碎片，且错置开来，形成互不连贯的混合体，时间变成了一种复杂的网络，在叙述中展示过去、现实、联想、幻觉和梦境，又融合了人物心理活动的跳跃性和突发性。《孔子》大量运用潜对话、内心独白、重复、设迷、跳跃、折射、类比等手法。特别在语言上大量运用表明视觉的描述性的词，其特点是细致、精确、纯客观，能引起联想、反响、对比和读者假设，它同样使文字背后的意味得到加强和提升。

拓展阅读：

1. 张德祥、金惠敏：《王朔批判》，中国社会科学出版社 1993 年版。
2. 季红真：《众神的肖像》，人民文学出版社 1996 年版。
3. 王宏图：《在禁忌的门槛上：私人经验和公共话语——林白小说略论》，《南方文坛》1997 年第 3 期。
4. 陈菡蓉：《倾听自我：陈染论》，《当代作家评论》1999 年第 2 期。
5. 王一川：《我看九十年代长篇小说文体新趋势》，《当代作家评论》2001 年第 5 期。
6. 黄发有：《准个体时代的写作：20 世纪 90 年代中国小说研究》，上海三联书店 2002 年版。
7. 於可训：《小说家档案》，郑州大学出版社 2005 年版。
8. 王玉：《莫言评传》，清华大学出版社 2014 年版。
9. 厚夫：《路遥传》，人民文学出版社 2015 年版。
10. 邢小利：《陈忠实传》，陕西人民出版社 2015 年版。
11. 费秉勋：《贾平凹论》，陕西人民出版社 2018 年版。
12. 程光炜：《九十年代长篇小说研究资料》，百花洲文艺出版社 2018 年版。
13. 龚政文：《〈从马桥词典〉到〈山南水北〉：1990 年代以来韩少功的文学世界》，湖南文艺出版社 2022 年版。

问题与思考：

1. 20 世纪 90 年代长篇竞写潮的原因探析。
2. 西方后现代主义对 20 世纪 90 年代小说创作的影响。
3. 《白鹿原》的文化立场和精神象征。
4. 从《浮躁》到《废都》看贾平凹创作心态的演变。
5. 《尘埃落定》中的"疯癫"与"文明"。
6. 20 世纪 90 年代韩少功小说的语言新变。
7. 《时代三部曲》中王小波的文学历史观。
8. 王安忆小说中的上海书写。
9. 20 世纪 90 年代历史小说的文化和美学内涵。

第二十四章 散文创作

第一节 概 述

　　20世纪90年代是一个经济和文化转型的年代，社会主义市场经济的确立、大众传媒前所未有的发达、文学的消费化，这种大环境促进了散文作家独立人格的形成和自我的复活，散文成为知识分子精神与情感的存在方式。大众传媒的推波助澜，出版商的策划、操作与出版，为散文的发展提供了有利的契机。加上散文写作的个体化、心灵化、家常化让读者亲近和喜欢，能满足读者的消费需求，因此90年代迎来了前所未有的散文兴盛。"散文热"表现在这几方面：一是作者群体数量非常突出。许多从事诗歌、小说、戏剧创作的作者，甚至科技、管理、学术等领域的文人都进行散文创作。如果说在80年代中后期上述作者还仅仅是偶尔涉及的话，那么到90年代，他们则自觉选择散文来表情达意，散文领域人气旺盛。二是作品数量众多。旧作重刊，各类散文书系、类编、选本层出不穷。出版社大量整理和出版现代散文家的作品，百花文艺出版社出版的《现代散文丛书》率先亮相，它精选了1917—1949年间散文家的名篇佳作，受到读者的欢迎。各出版社也纷纷以各种名目编写分类的散文集出版，且大多数成了畅销书。三是散文刊物增多。贾平凹创办《美文》，倡导"大散文"。全国各地不管是纯文学的还是综合性的杂志，以及各种报纸的"副刊"几乎都竞相开辟随笔、小品专栏，以散文作为它们的品牌，争取读者。此种情景，有散文家用"太阳对着散文微笑"来形容。[1]

　　20世纪90年代的散文在整体上可以说是百花齐放，多元竞艳，艺术上有变革，文体上有探索，将当代散文创作推向了一个高潮。此期出现了从不同标准和内容出发来命名的多种散文，每一种类型的散文都有各自的创作特点与代表作家。滥觞于80年代的文化散文成为90年代最先出现且最重要的散文现象。这类散文注重作品的文化含量，往往取材于具有一定历史文化内涵的自然事物和人文景观，对历史人物、历史事件与历史生活进行新的观照和认识。余秋雨的《文化苦旅》等是其代表。1992年贾平凹倡导"大散文"，认为大散文是大而化之的、大可随便的，在内容上求大气、求清正。他的散文《老西安》是这一理论的实践。20世纪90年代市场经济的快速发展使社会物质发达与人

---

[1] 韩小惠：《太阳对着散文微笑》，《文学报》1991年11月28日。

们精神匮乏之间的矛盾日渐突出，文化转型中的世俗化与消费性取向，使人开始放弃对意义的探寻和对理想的坚守。面对人文精神普遍失落的现状，"重建人文精神"的大讨论应运而生，它使理性色彩浓厚的"思想随笔"显示出了自身的力量，张承志、张炜、韩少功等一些关注人们精神生存的知识分子张扬人文精神和理想主义的大旗，"以笔为旗"，创作了一些思想随笔。张承志在"以笔为旗"的精神抵抗中找到了宗教。张炜作为精神之路上的探索者，在散文《纯美的注视》中强调这个时代真正的艺术家应当持理想主义的精神坚守姿态，"一如既往地专注，并且流露着独特的坦然，内心的纯美"。他的长篇散文《融入野地》依然询问"一个知识分子的精神源自何方？"他用诗性的语言、生动的意象进行精神探索，找到了融入野地的答案。韩少功也自觉选择做一个精神界的战士，寻找精神的支点，致力于人文精神的重建，奉献出了《夜行者梦语》、《灵魂的声音》、《性而上的迷失》及《多嘴多舌的沉默》等力作。

女性散文以独特的风采在 20 世纪 90 年代引人注目。同 80 年代相比，90 年代的女性散文对人生、社会、历史等方面的关注与思考少了，她们更为纯粹、更为强烈地表达了她们在日常生活中所获得的女性经验和所理解的女性意识。斯妤、素素的创作是其代表。90 年代中期，上海与广州两地还推出了一种以表现纯粹女性自身自恋、自怜为旨归且有浓厚商业色彩的"小女人散文"。西部散文作为西部文化与精神的传达载体，在承接 80 年代的内蕴时，又以其雄浑刚健的气质、恢宏浩大的境界及丰富的艺术表现手段而走向繁荣，出现了周涛、张承志、刘亮程、马丽华等代表性作家。王开林、冯秋子等 60 年代出生的作家的散文被称为"新生代"散文，这种散文较多地保留了年轻人蓬勃的朝气，带有比较明显的青春气息。与以上散文同时存在且贯穿这一年代的还有学者散文，它是由学者创作的且以才学等学术文化内涵见长的散文，[①] 具有较强的知识性和学理性，大体属于大文化散文的范畴。张中行的创作是学者散文的代表。由于环境的相对宽松，此时的杂文创作呈现出强劲势头，《杂文报》以及众多报纸副刊功不可没，小说家王小波的杂文因其黑色幽默色彩成为影响很大的作品。

传记散文成了 20 世纪 90 年代文学的又一热点。此期的传记文学在数量上猛增，且呈现出丰富多样的局面：一是任何类型的包括平民传主都有人写；二是出现了一个传主多部传记的现象，如《鲁迅传》；三是艺术形式多样化，或用散文随笔体，或用口述实录体，或用回忆录的形式，或用日记摘抄的形式。出现了大传、小传、评传、全传、传略、正传、合传等类别。由于思想解放运动 20 周年的到来，1998 年出现了一批老作家、老学者反思历史的自传体回忆录，影响较大的有陈白尘的《牛棚日记》、季羡林的《牛棚杂忆》等。这些作品回忆牛棚生活，反思时代政治，发出的是一个老知识分子的心声。作为文艺名人的赵忠祥和杨澜则在各自写作的《岁月随想》《凭海临风》中，用富有情感的笔，回忆记录个人的文化与艺术人生，尤其是袒露内心世界，以其真诚的力量打动

[①] 吴俊：《斯人尚在 文统未绝——关于九十年代的学者散文》，《当代作家评论》1998 年第 2 期，第 45–54 页。

读者。在他传文学写作中，作家、艺术家等文化名人传记中最有影响的是陆键东的《陈寅恪的最后二十年》。该传记文学作品写出了一位国学大师的特殊命运和灵魂，突出了"国学大师"的学术品质和精神追求，为当代知识分子提供了想象式的自我认同对象。平民传记的出现是此期传记文学的重要收获，如刘心武的《树与林同在》、陈丹燕的《上海的红颜遗事》，这些平民传记既写小人物的美德美行，也不回避其缺憾和不足，丰富了传记文学的世界。

第二节　抒情性散文

由于作家抒真情、抒个人情具有比较宽松的外在环境，主体的言说相对自由，因此20世纪90年代是抒情散文收获的季节。抒情散文或表现个体生命的苦乐，或言说精神灵魂的思索，或传达人与自然一体的情怀，或凸显高尚的力量与精神品格，在远离政治化宏大话语中散文情感抒发变得日常化、私人化和生命化。成就突出的有西部散文作家周涛、思想随笔作家史铁生及以斯妤为代表的女性散文作家等。

一、周涛与西部散文

周涛（1946—　）山西榆社人。著名诗人、散文家，现为新疆军区创作室主任。作为诗人，有《神山》《野马群》等多部诗集，是"新边塞诗人"之一。20世纪80年代中期开始转入散文创作，有《稀世之鸟》《游牧长城》《秋风旧雨集》《兀立荒原》等多部散文集，曾获鲁迅文学奖散文奖。周涛的散文创作具有阶段性，从《巩乃斯的马》到《稀世之鸟》是个性化风格的探索阶段，从《稀世之鸟》到《博尔塔拉冬天的惶惑》是奠定独特艺术风格的重要时期，而《博尔塔拉冬天的惶惑》则是周涛在散文创作道路上步入困惑期的一个标志，他由此进入了充满疑虑和惶惑的嬗变阶段，《游牧长城》与《和田行吟》是这方面的代表。

周涛曾说："地域，你不能不承认，它本身就是一种力量。这种力量对于许多人生存的支撑作用，早已远远超过他们自身的力量。地域作为世俗力量的一部分，是政治、经济、文化、历史、地理等诸多因素的综合显示，因而它是强大的，既具有诱惑力也具有制约力。"（《边陲》）由于长期生活在新疆，与天山、草原相依为命，天山与草原成了周涛散文的生命源泉。《巩乃斯的马》以充沛激情的笔触抒写了对"英气勃勃"的巩乃斯马的赞颂和挚爱。《稀世之鸟》赞美珍禽朱鹮的遗世独立，它们濒临灭绝，却还不防范外敌，依然在人面前，展示出自己的超凡脱俗和纯净，作者感叹："美的绝种是对强大世俗丑恶力量的抗议，也是留给这世间的唯一悲剧。它就是要让你永远无法弥补。"《红嘴鸦及其结局》颂扬草原上的红嘴鸦被人类捕捉后，"不肯归顺，不甘心当俘虏和玩物"，宁愿气死的高傲品德。《天山的额顶与皱褶》认为"天山却是我们最容易亲近的山"，额顶博格达峰是"天山之父派遣来观察守望乌城的少年王子"，而"天山的每一道沟就是它身上的一道皱褶",令人流连叹赏。

周涛也常常以"游牧心态"来领略熟悉的意象,进行一种边缘化的言说,表现出中原文化与少数民族文化的二元冲突。周涛的散文总是表现和赞美坚硬与粗粝的大西北,用"边陲"这样"一种被遗忘的,似乎可有可无的存在"的"永恒"和"美"来对抗大一统的内地和沿海地区的世俗观念,让"边陲"在时髦的漩涡之外提供某种不同的存在,从而对现代文明构成极为重要的参照意义。"边陲是永恒的。它的土地,它的人,总是在时髦的漩涡之外提供某种不同的存在。那就是美。"(《边陲》)这是一种真正的西部精神。这种西部精神并不取决于作者所呈现的大量大西北风光,而在于表现和肯定一种游牧式的、劲气四射而精气内敛、既奔放热烈又坚韧沉默的生存方式,以及由这种方式所展示的那种生命精神——生命的野性、狼性与生命的自在,独立与静寂的完美结合。例如《过河》中那个身躯枯瘦衰老、连站起来似乎都很困难的哈萨克老太太却征服了青壮年都无法驾驭的劣马,这是对人格尊严的维护和礼赞。《伊犁秋天的札记》中为那些喝烈酒的酒徒们所写的颂歌,要展示和肯定的是边地生命的力度与光辉。《猛禽》中的鹰,勇猛、美丽,它疾恶如仇,与老狼拼死搏斗,这是一种理想人格的隐喻表达。还有那"奔放有力却不让人畏惧","是进取精神的象征,是崇高感情的化身,是力与美的巧妙结合"的巩乃斯马,那博大沉雄的高原大自然,都让人得到一种生命与人格的启示和明悟。不过,如他在《游牧长城·序》中所说:"我大概是一个两面派,一个种族情感的超越者,对于历史的双方,我均是感情上的叛徒。"作为"历史的双方"的叛徒的周涛并不是一味美化原始的东西,在《预言塔克拉玛干》《新疆,新疆》等文章中,他也希望西北尽快地走向物质文明。周涛的西部散文是以一种淡淡的哀伤传达出立于边缘地带少数民族文化的精神魅力的。

周涛散文以诗意的激情和个体化的文化思索特别是西部情怀显示出鲜明的风格,传达了一种真正的西部精神。作为一位诗人,周涛散文受诗的影响,采用一种诗的想象和情感结构来进行书写。周涛的散文也有滔滔不绝的思辨性议论。在《哈拉沙尔随笔》《蠕动的屋脊》《版坡村》等周涛式的系列散文之作中,整体上看语言虽以叙述、描绘为主,但常有激情奔涌的议论。周涛的长篇甚至是超长篇散文《伊犁秋天的札记》《吉木萨尔纪事》等由各自独立的若干部分组成,打破记叙、议论和抒情的常规界限,手法多变,具有文体上的创造性。

当然,周涛散文也有明显的不足。他似乎一直有意回避流露内心最隐秘的情感,尤其是袒露作为一个普通人日常生活中的那一部分真情实感,过多的主观议论让周涛散文理性有余而节制不足,《巩乃斯的马》等一些文章的结尾有"卒章显志"的散文程式化色彩。

二、史铁生与思想随笔

史铁生(1951—2010),北京人。著名小说家、散文家,有长篇小说《务虚笔记》,短篇《遥远的清平湾》《命若琴弦》,散文代表作《合欢树》《我与地坛》《病隙碎笔》等。

　　作为一名身患残疾的作家，史铁生几乎把所有对苦难的体验融进了他的散文创作之中。由于身体的残疾，他所言说的内容具有了其他作家很难达到的那种严肃与悲怆。在《合欢树》中，作者满怀遗憾地写道："我的第一篇小说发表了，母亲却已不在人世。过了几年，我的另一篇小说也获了奖，母亲已离开我整整7年了。"文字中的那份痛楚是从常态的人生中过来的人所无法体验的。代表作《我与地坛》是20世纪90年代散文中的扛鼎之作。《我与地坛》共七个部分，写命运把残疾的苦难降临到作者身上，作者成了苦难的主角。在地坛公园中，他一方面品尝自己的苦难，另一个方面又深刻体验母亲、一个美丽而痴傻的女孩的苦难，由于作者是苦难中的主角，因此体验他人的苦难也做到了心心相印。作者在言说苦难中陷入了两难境地：一方面承认没有苦难就没有世界，苦难的存在是必然的；另一方面谁来充当苦难角色只能听凭命运的安排，又无奈地落入了宿命的圈套，使人感觉到了他的欲罢不能和苦苦挣扎，文章因此厚重而沉郁。90年代末发表的长篇哲思抒情散文《病隙碎笔》，也是一部充满了生命体验的人生笔记。不论病痛如何折磨自己，史铁生都要尽力挤出时间一次次对所在的世界和所拥有的生命进行审视，用生动优美的语言追寻和探索了人生、命运、爱情、金钱、道义、信仰、健康的心态、成功的途径和价值等，而残疾与苦难在史铁生的笔下又得到特别的强调。比如"生病"，他这样领悟："生病也是生活体验之一种，甚或算得上一项别开生面的游历。生病的经验是一步步懂得满足。发烧了，才知道不发烧的日子多么清爽。咳嗽了，才体会不咳嗽的嗓子多么安详。刚坐上轮椅时，我老想，不能直立行走岂非把人的特点丢了？便觉天昏地暗。等到又生出褥疮，一连数日只能歪七扭八地躺着，才看见端坐的日子其实多么晴朗。后来又患'尿毒症'，经常昏昏然不能思想，就更加怀念起往日时光，终于醒悟：其实每时每刻我们都是幸运的，因为任何灾难的前面都可能再加一个'更'字。"在此，史铁生肉体残疾的切身经历，使他超越了伤残者对命运的哀怜和自叹，由此上升为对生命的执著思索与超越，把写作当作个人精神历程的叙述和探索，也使其散文有着浓重的哲理意味，具有了思想的深度与厚度。

　　史铁生散文创作的成功固然与作者独特的人生体验和生命思索有关，同时也得益于艺术技巧的运用。一是在一定程度上运用了小说手法。散文《我与地坛》中的"我"就是史铁生自己，作品中所思所感、所见所闻，都实有其事，并没有丝毫虚构，表达的是自己十分真实和隐秘的情思。但文章的剪裁结构、布局谋篇，却又体现出"小说家"的匠心，带着明显的小说的痕迹。如文中人称的不断变化，以变换人称的方式来丰富作品给读者的感受。《我与地坛》总体是以第一人称完成叙述的，但在叙述过程中，有时成了"你"，有时则成了"他"，有时更成了"您"。史铁生使用人称变换的方式不仅避免了语感的单调，更把现在的"我"与过去的"我"拉开了距离，增强了小说意味。二是语言的象征化。史铁生散文作品的叙述充满了隐喻式的言说，例如作者描写地坛四季的那一个有名段落，作者将他15年来在地坛度过的春夏秋冬幻化成无数的自然、社会、人生与艺术的影像，这些影像重重叠叠地堆砌起来，将15年来自己心境之寂寞、时光之难熬充分表达了出来。这种隐喻式的诗性表达，显然比直接的言说"我"如何痛苦，要美得多。

三、女性散文

从艺术传达来看，20世纪90年代的女性散文叙事因素相对少些，因而大体上可将其归于抒情性散文一类来把握。宽泛意义上的女性散文指的是由女性创作的散文。女性散文的创作在80年代已显示出强劲的势头，张洁、斯妤、梅洁、苏叶、王英琦、唐敏、叶梦、韩小蕙等群星灿烂，以其不凡的创作实力造就了女性散文美丽的风景。进入90年代，主要由于女性意识的自觉和女性意识的得以自由表达，女性散文作者一下子从几十人增加到近200人，大量的女性散文系列丛书、个集、合集出版，1990—1999年，出版各类女性散文集400余种，迎来了女性散文的黄金时代。①张抗抗曾指出："关注自我、关注内心、关注作为一个女人的存在，是女性散文最显著的特色。而它恰恰是建国以来很长一段时间女性散文所缺少的。"②与80年代的女性散文相比，90年代女性散文对人生、社会、历史等方面的关注与思考少了，她们更为纯粹、更为强烈地表达她们在日常生活中所获得的女性经验和所理解的女性意识，发掘了一个巨大的主题——女性的精神性别。③例如以素素、黄爱东西为代表的"小女人散文"，是90年代女性散文的一种典型文本。作为都市年轻女性的一次话语狂欢，"小女人散文"局限于自我的一方天地，书写的是女性的日常生活经验，衣食住行、家长里短等琐事，是女性的敏感与直觉，对大道理、大叙事构成一种反讽，具有纯粹女性精神私语的性质。也有的女性散文，不满足于一般性抒发女性日常生活的感兴，在表达鲜明的女性意识和精神性别之时，"多以一种更为自觉和敏锐的目光看男权中心社会、历史和文化"。④燕燕的《女人独自上路》、王子君的《不再哭泣》、素素的《女人书简》、斯妤的《一封信，永不付邮》等文章，表达的就是女性在摆脱对男性的依附之后，作为一个独立的性别"看"男性社会、历史与文化的自由自在。更有甚者，如胡晓梦的《我只是逗你玩》通过叙写一个拥有才貌的、年轻的中产阶级女性轻松玩弄一个个男性，将一个颠倒了的性别世界又颠倒了过来。

20世纪90年代女性散文表达了鲜明的女性意识和文化性别身份，具有自觉的女性主题表达。与此同时，女性散文也注意艺术创新，探求建立审美空间的多重可能性。从叙述视角来看，叙述者或抒情主人公"我"与"女人"的统一，实现了特定个体与女性群体的统一。从结构方式来看，立足于女性自我生命的表现，用多种结构形式和手法来表达，出现了王安忆的最自由简单的"生活流"结构、斯妤的"意识流"结构、马莉的

---

① 刘思谦、郭力、杨珺：《女性生命潮汐：二十世纪九十年代女性散文研究·前言》，河南大学出版社2005年版，第1页。
② 张抗抗：《女作家眼中的"女性散文"》，《中国文化报》1995年7月28日。
③ 赵树勤：《找寻夏娃：中国当代女性文学透视》，湖南师范大学出版社2001年版，第308页。
④ 吕若涵：《九十年代女性散文综论》，《中国新时期散文研究资料》，山东文艺出版社2006年版，第415页。

"意象型"结构等。① 而如何在表达女性意识和精神性别之时，使散文创作具有大的容量和表现空间，摆脱女性性别的自我迷恋，走向性别和谐则是90年代女性散文创作留给后来者的问题。

第三节 文化散文

在20世纪90年代走向兴盛的散文创作中，文化散文绝对是重头戏。文化散文指的是"那种在创作中注重作品的文化含量、往往取材于具有一定历史文化内涵的自然事物和人文景观，或通过一些景物人事探究历史文化精神的散文"。② 文化散文书写并品评历史文化，具有批判性和文化超越性。在艺术上，创作主体博大沉雄的气度与表现对象的超拔融会贯通，显现出"大散文"的气象，从而在当代散文中独树一帜。余秋雨、张中行的创作是其代表。

一、余秋雨与《文化苦旅》

余秋雨（1946— ），浙江余姚人。1968年毕业于上海戏剧学院戏剧文学系，曾任上海戏剧学院教授、院长。有理论专著《戏剧理论史稿》《戏剧审美心理学》《艺术创造工程》等多部。20世纪80年代末开始创作散文，散文集有《文化苦旅》《文明的碎片》《山居笔记》《霜冷长河》《千年一叹》《行者无疆》等。随着"文化苦旅"系列散文于1992年结集出版，余秋雨散文的名声开始由学界向社会上扩散，出现了一股"余秋雨热"。

余秋雨曾说："每到一个地方，总有一种沉重的历史气压罩住我的全身，使我无端地感动，无端地喟叹。常常像傻瓜一样木然伫立着，一会儿满脑章句，一会满脑空白。我站立在古人一定站立过的那些方位上，用与先辈差不多的黑眼珠打量着很少会有变化的自然景观，静听着与千百年前没有丝毫差异的风声鸟声，心想，在我居留的大城市里有很多贮存古籍的图书馆，讲授古文化的大学，而中国文化的真实步履却在这山重水复、莽莽苍苍的大地上。大地默默无言，只要来一二个有悟性的文人站立，尘封久远的历史文化内涵也就能哗哗一声奔泻而出。文人本也萎靡柔弱，只要被这种奔泻所裹卷倒也能吞吐千年。结果就在这看似平常的伫立瞬间，人、历史、自然浑浊地交融在一起了，于是有了写文章的冲动。"③ 这段话是余秋雨对创作心态和把握人、历史、自然方式的自我表白。余秋雨的散文将自然山水置于人文山水的层面上，从中探寻中国文明的历史和文人的命运，挖掘积淀千年的文化内涵。《文化苦旅》所描述的主要不是自然山水，而是

---

① 刘思谦、郭力、杨珺：《女性生命潮汐：二十世纪九十年代女性散文研究·前言》，河南大学出版社2005年版，第240—250页。
② 於可训：《近十年"文化散文"创作述评》，《文艺评论》2003年第2期，第37—45页。
③ 余秋雨：《文化苦旅·自序》，东方出版中心1992年版，第3—4页。

一种人文山水，是古代文化和文人留下较深脚印的地方。作者以民族历史和文化为大背景，以对现实生活的体验作为基础，借助自然山水和人文山水的重合，叙写历史人事，谈古论今，想象历史，品评文化，抒写他的文化情感，多有自己的见解，对读者亦具启示性。如《柳侯祠》中结合柳宗元的人生经历揭露封建王朝戕害文人人格，迫使"你不是你"的罪恶。《西湖梦》写白娘子、写苏小小、写白堤苏堤，其中显现对女性个体生命意识与人性意识的肯定，对传统知识分子群体人格的省察。《寂寞天柱山》通过思考天柱山的盛衰升沉，触及了哲学和人类学的本原性问题。《风雨天一阁》借天一阁的变迁历史，表现了对健全人格和文化良知的关注等。《山居笔记》的写作延续了这一特点，如《一个王朝的背影》以承德避暑山庄作为切入点，写清王朝的历史往事，写王国维以生命祭奠清王朝与传统文化所彰显的人格，浸润其中的是一种主体情怀。《十万进士》写中国传统的科举制度，在一个个科举考试的事例与故事中，探讨这一制度的弊病，尤其是对知识分子人格与心灵的戕害。

余秋雨发挥学者兼作家的优势，以感性为情怀，以知性为学养，让灵性浸润历史人事，让悟性彰显思想意义，使他的散文闪烁着特有的魅力。他在追寻文明的星光与文人的足迹时，诗人的激情与才气在他笔端涌动，他的创作也有着理想主义者的精神气息，同时学者的理性又使他的创作具有必要的思想厚度与广度，并且在一定程度上较好地抑制了激情的夸张和倾斜。其散文语言也具有灵性和哲理。余秋雨散文突破了传统散文托物言志、借景抒情等单一主题表达的程式，代之以多角度、多侧面地透视某一物象，并且大胆借助"想象"艺术复现为传统正史所不载的、已经淹没在历史阴影之中的历史瞬间与历史画卷。如《道士塔》中对王道士的所作所为的还原。当然，余秋雨散文创作也有一个在不变的模式中进行激情与理性的叙写的问题，并且其散文创作在观照历史时个体化的生命体验与情感投入也显得不够。叙事方式也近于通俗，且有散文小说化的色彩。另外，正如有的批评者所指出的那样，余秋雨的散文还存在着较多的"知识性差错"，① 主要有历史史实和文化知识的错误，不过这并不能否认余秋雨历史文化散文在当代散文史上所做出的贡献。

二、张中行与"三话"

张中行（1909—2006），原名张璿，河北省香河县人。曾任教于中学和大学，当过编辑。20世纪80年代开始散文创作，1986年出版《负暄琐话》，90年代分别出版了《负暄续话》、《负暄三话》和《流年碎影》。张中行的散文既被视为学者散文的代表，又被视为文化散文的名作。

张中行的《负暄琐话》写的主要是20世纪30年代前期以北京大学为中心的旧人旧事，如《熊十力》《朱自清》写人，《红楼点滴一》至《红楼点滴五》记事。《负暄续

---

① 金文明：《前言：石破天惊逗秋雨》，载《石破天惊逗秋雨：余秋雨散文文史差错百例考辨》，书海出版社2003年版。

话》、《负暄三话》和《流年碎影》体现了题材内容上的承接性，主要忆念现代史上与作者有过交往或某种机缘的人和事。关于这类文章写作的动机，张中行说："转眼半个世纪过去了，有时想到'逝者如斯'的意思，知识已成为老生常谈，无可吟味，旋转在心里的常是伤逝之情。华年远去，一事无成，真不免有烟消火灭的怅惘。""可惜的是并没消灭净尽，还留有记忆。所谓记忆都是零零星星的，既不齐备，又不清晰，只是一些模模糊糊的影子。影子中有可传之人，可感之事，可念之情，总起来成为曾见于昔日的'境'。……这里抄有的是与上面所说之'境'有关的一点点。"① 基于此，张中行叙写了一些与 20 世纪中国思想尤其是文化、学术发展有密切联系的文化人形象，他聊着文人的往事，说着文人的性情人格。例如，写林公铎的"傲慢，上课喜欢东拉西扯，骂人"，写胡适的"忙碌却总是从容不迫的样子"（《胡博士》），写钱玄同的"不判考卷"（《红楼点滴三》），写熊十力"坚于信"的治学态度（《熊十力》），写辜鸿铭的怪等，作者以"过来者""当事人"的身份讲述了许多不见于"正史"的"野史"、轶事，有新"世说新语"的味道。作者的"三话"除了描写若干现代史上可感可传的文化名人之外，也写了"一些无社会之名的人物的小事"，如《汪大娘》《杨舅爷》等篇章。还写了不少历史与现实中的才女们的爱情生活，如《张纶英》《玉井女史》《柳如是》等，对那些终成眷属或比翼双飞的男女流露出羡慕之情，从中隐现出作者的人生况味。此外还有《老字号》《脸谱》《鬼市》等直接写文化现象与历史的作品，具有比较多的文化信息与比较深的文化内蕴。

张中行有"杂家"之誉，他的"三话"以古语"负暄"（一边晒太阳一边闲聊）来作书名，基本上体现了他的写作风格，即用"诗"与"史"的笔法，传达一种闲散而又温暖的情趣，在貌似平淡、枯涩的叙述背后隐藏着浓郁的情感。他的散文承继了京派散文中的"谈话风"，以聊天的方式，将才学、史学和情感交融在一起，其庄重、典雅的叙述，质朴而不失俊峭的文风，均具有知性散文的魅力。也有些文章存在史胜于情的不足。张中行的"三话"还开启了 20 世纪 90 年代以随笔的方式谈论、评说民国人物的潮流。

第四节 议论性散文

20 世纪 90 年代中国社会相对宽松的文化环境，为杂文等议论性散文的创作提供了较大的自由空间。这一时期议论性散文的代表有张承志的思想性散文，杂文方面则有王小波、牧惠等人的创作。

一、张承志与《清洁的精神》

张承志（1948— ），原籍山东济南，生于北京，回族。1968 年高中毕业后曾到内

---

① 张中行：《负暄琐话·小引》，黑龙江人民出版社 1986 年版，第 2 页。

蒙古草原插队。前期主要从事小说创作，20世纪90年代致力于散文创作，散文作品结集出版的有《绿风土》《荒芜英雄路》《清洁的精神》《大地散步》等。

在90年代散文中张扬"崇高"大旗的张承志，其创作姿态和精神与众不同。他自觉强化独立做人、独立思考的思想立场，以笔为旗，旨在独立地树起一面精神旗帜。他的代表作《清洁的精神》似乎要把他的散文作为兴奋剂和清洁剂，他说："感到世俗日下没有正义的时候，当你们听不见回音找不到理解的时候，当你们想活得干净而觉得艰难的时候——请记住，世上还有我的文学。"（《清洁的精神》）张承志的散文有些表达了对学术寄生虫及伪学术的蔑视，如《荒芜英雄路》的批判锋芒指向以学术作为谋生饭碗的文人，认为这些人的所谓学术研究与人类的良知、主体的生命体验与心灵律动毫无关系，于是作者"一翻开资料就觉得有一种嚼英雄粪便的感觉"，态度之激烈可见一斑。有些散文则批判都市文明对人心的侵蚀，渴望回归大自然，如《离别西海固》等文章，读者看到作家在新疆、内蒙古、甘肃这些大地上行走，唯有在那里，在西海固、北庄、大草原，作家才感到天空的辽阔、心灵的升华与生命的本真。还有些散文表达了作者的宗教信仰和精神。在《神不在异国》《背影》等文中，作家热情赞颂了历经磨难的回族平民对宗教的虔诚，并透露出在一个没有理想的时代，宗教可以承担拯救精神重任的信息。

在物欲横流的背景下，张承志弘扬清洁精神，力倡崇高、真诚、正义等价值观念，进行严肃而充满责任感的言说，其"说不"的勇气与理想主义的诉求难能可贵。但其激进的精神战士姿态与寻归宗教的精神拯救思考，对关怀途径的选择并未超越历史的预设，对现实状况因果关系的揭示甚至存在本末倒置的倾向等，这使得张承志和他的思想成为争论的焦点，也表明张承志不是一个成熟的思想家。因此，张承志散文出现的意义，在于它再次触发了对中国当代文化发展与人文精神重建命题的深沉思考。而从艺术上来看，张承志散文的局限性在于情感表达的直露，思想理念大于形象，语言较粗糙，文体美感不强。

二、王小波与《沉默的大多数》

小说家王小波后来成了职业作家，他从自由写作的立场出发来写作杂文，其杂文集《思维的乐趣》《沉默的大多数》《我的精神家园》等是20世纪90年代杂文的代表，在90年代的后期影响很大。

王小波杂文的一部分是对思想文化方面的思考，如知识分子的处境、国学与民族主义等；一部分是从日常生活中发掘出真知灼见，如从知青生活和日常生活中所发现的一些思想；还有一些是对人文社会科学问题的思考特别是对文艺问题的思考；另有一小部分是域外生活的杂感。王小波杂文最大的特点是从自由主义的精神追求出发，对具体的思想文化问题进行批判，发出"独一无二的自由主义精神独白"。[①] 如《一只特立独行的

---

① 许纪霖：《他思故他在：王小波的思想世界》，载程金城主编《中国新时期散文研究资料》，山东文艺出版社2006年版，第352页。

猪》以猪兄说人，对缺少个性的人进行批评。《沉默的大多数》对不做沉默的大多数的坚持，显示出他的独立自由思想。《知识分子的不幸》通过对知识分子设定别人生活的批判，表达作者的自由主义思想诉求，及特立独行的意味和智慧的批判精神。

王小波杂文话语讥诮反讽，幽默性强，别具一格，本质上是自由主义的言说。他杂文中的幽默既融入了作为一个知青的生活体验，又有西方黑色幽默的滋养，还注意到了语言的生动有趣，因而别具力量。如在《一只特立独行的猪》中作者竟然称猪为兄。《沉默的大多数》从《铁皮鼓》中的不肯长大的孩子说起，结合自己在"文革"中的荒诞体验来谈大多数人的沉默，嬉笑怒骂，妙成文章。

拓展阅读：

1. 孙郁：《张中行论》，《当代作家评论》1995 年第 4 期。
2. 李林荣：《游牧心态的裸露与隐匿：周涛散文艺术探微》，《当代文坛》1995 年第 6 期。
3. 王尧：《生命由梦想展开：论史铁生散文》，《当代文坛》1996 年第 2 期。
4. 吴俊：《斯人尚在文统未绝：关于九十年代的学者散文》，《当代作家评论》1998 年第 2 期。
5. 王尧：《知识分子话语转换与余秋雨散文》，《当代作家评论》2000 年第 1 期。
6. 沈义贞：《中国当代散文艺术演变史》，浙江大学出版社 2000 年版。
7. 喻大翔：《用生命拥抱文化：中华 20 世纪学者散文的文化精神》，人民文学出版社 2002 年版。
8. 於可训：《近十年"文化散文"创作评述》，《文艺评论》2003 年第 2 期。
9. 刘思谦、郭力、杨珺：《女性生命潮汐：二十世纪九十年代女性散文研究》，河南大学出版社 2005 年版。

问题与思考：

1. 20 世纪 90 年代文化散文的审美特征。
2. 周涛散文中"游牧心态"的表现。
3. 史铁生散文中的生命哲思。
4. 20 世纪 90 年代女性散文的生命体验与言说方式。
5. 张中行散文的闲话风格。

第二十五章 报告文学

第一节 概 述

相对于 20 世纪 80 年代的喧嚣辉煌，90 年代的报告文学趋于平静沉缓，同时也在沉静中发展，走向成熟与自觉。这一时期报告文学创作主体的独立人格进一步强化，作品的理性精神走向深化，在内容上则有文史哲相融等更深广的开拓，报告文学文体走向长篇化，创作手法进一步开放化。

20 世纪 90 年代的报告文学最先出现的是宏甲的长篇《无极之路》和李存葆、王光明的《沂蒙九章》。解放军出版社在 90 年代初出版的"中国革命斗争报告文学丛书"也产生了很大的影响。由于价值观的多元化与精英文化一定程度上的消解，报告文学的批判精神弱化，80 年代出现的"问题报告文学"在此期有所衰落，但并未消失，在多个题材领域出现了一些泛批判作品，其中比较突出的有反映农业和农村问题的《中国农村大写意》（李超贵），反映教育问题的《希望工程纪实》（黄传会）、《落泪是金》及《中国高考报告》（何建明）等。与现实批判的弱化相呼应，一些报告文学作家走进历史的热情高涨，有报告文学作家认为"报告文学若不将今日之中国放在几千年尤其是这一百年的中国历史上加以审视，报告文学若屈从于眼前的某种功利、某种风险，而不能依据民族变革进程的自觉需要，将一系列重大历史事件延揽进自己的视野，客观存在的深刻性难以为继"。[①] 基于这种认识，90 年代的一些报告文学作家把关注的目光从现实投向历史，"史志性报告文学"的写作形成了一个高潮，出现了"中国革命斗争报告文学丛书"共 30 部，纪念抗日战争胜利五十周年的《中国抗日战争纪实》共 22 部及邓贤的《大国之魂》、金辉的《恸问苍冥》、麦天枢的《昨天——中英鸦片战争纪实》、张建伟的《大清王朝的最后变革》、邓贤的《中国知青梦》、卢跃刚的《长江三峡：中国的史诗》等众多以中国近现当代历史为题材的作品。与"史志性报告文学"交相辉映的创作还有从现实与时代出发的生态报告文学与高科技报告文学。前者的代表是生态文学作家徐刚的《守望家园》系列报告文学作品，后者的代表则是李鸣生的《中国863》系列作品，两者都取得了令人瞩目的成绩。

---

① 胡平：《报告文学，伸出你的两翼》，《当代》1989 年第 2 期，第 228-230 页。

第二节　生态报告文学

20世纪80年代以来，随着我国现代化进程的加快，生态问题逐渐加剧。进入90年代，更是触目惊心。日益严重的生态危机影响了人们的生活，也引起人们对环境生存状况的关注。一些生态环境意识强烈的报告文学作家率先开始了生态报告文学的创作。所谓生态报告文学，是指"从现代生态学的理念出发，以揭示生态失衡和环境危机为主要内容，着重探讨人与自然的关系，倡导生态与环境保护的报告文学作品"。[①] 90年代，生态报告文学写作蔚为大观，出现了徐刚的《守望家园》（六卷本）、《中国：另一种危机》，陈桂棣的《淮河的警告》，何建明的《共和国告急》等有影响的作品。

徐刚（1945—   ），上海崇明人。中国环境文学研究会理事。以诗歌、散文成名。其主要报告文学著作有《伐木者，醒来！》《沉沦的国土》《江河并非万古流》《中国风沙线》《中国：另一种危机》《绿色宣言》《守望家园》等，作品曾获首届徐迟报告文学奖、首届中国环境文学奖。从现代生态学的理念出发，以揭示生态失衡和环境危机为主要内容，倡导生态与环境保护是徐刚生态报告文学的核心主题。围绕这一主题，直面生态危机，揭露批判人对自然的破坏，展现人类诗意栖居地的沦丧是其首要内容。如《伐木者，醒来！》对乱砍滥伐森林的批判，《守望家园》对土地沙化、野生物种灭绝、江河污染的揭露。其次，徐刚生态报告文学并不只是忧心如焚地揭露问题，还从多方面反思问题的成因。徐刚震惊于人们生态意识的薄弱，发出了"最可怕的是人心也似沙漠"的喟叹。作者还深入到思想伦理层面，认为现代科技主义和生态伦理观的缺少是生态危机的深层原因，直言"人类文明被简单粗暴地与科技进步画上等号时，生存环境的恶化正未有穷期"（《中国风沙线》）。徐刚生态报告文学在内容的表达上，还呼唤人类的良知，倡导以可持续发展及人与自然的和谐为核心的生态文明，他以生态牧师的身份发出了"人啊，你应当忏悔！"的呼喊。

徐刚的生态报告文学创作具有内容题材的公共性、警示性。在艺术上它注意采用宏观视野，围绕某个人们普遍关注且有广泛社会影响的问题来进行多角度的全景式报告。如《中国风沙线》，作者对大西北的沙漠化进行报告，从多方面、多地方、多角度扫描和审察大西北日益严重的沙漠化问题，具有纵横交错的结构，视野开阔大气。徐刚的生态报告文学同时具有学术品格，信息丰富。在其报告文学作品中，作家有意识地大量引用生态学、环境学、生物学、水利学、地理学、社会学、考古学、法学等学科知识和历史文献，报告趋向学术化，作者趋向专家化。除专业性、学术性较强的知识信息外，一般的文化知识诸如民俗、神话传说等也不少见，增强了作品的知识性与认识价值。另外，

[①] 罗宗宇：《对生态危机的艺术报告——新时期以来的生态报告文学简论》，《文艺理论与批评》2002年第6期，第36-42页。

语言的激情化和诗化也是徐刚生态报告文学的特点。语言的激情化体现在为生态环保而倾情呐喊，如"伐木者，醒来""救救长江"等。诗人出身的作者还努力用诗的语言来进行写作，他常常以细腻的笔触和敏感的心灵对待大自然中的某一角落、某个细节，他写海浪鸣沙、山湖，写树的根和叶、花和草，写鸟和昆虫的鸣唱，写白蚁的诗意的安居，写出了动物的习性与生活的情趣和温馨，描绘草木的荣枯，写出了大自然的诗意美和生态美，被许多评论家称为生态文学巅峰之作的《守望家园》就是典型。徐刚生态报告文学的艺术不足在于因生态启蒙的急切而导致比较重视宣传功能，往往焦急地直接呼喊，在追求作品宏大的情形下如何减轻读者的阅读负担也是应当注意的问题。

第三节　科技报告文学

新时期迎来了科学的春天。20世纪90年代，随着"科教兴国"战略的实施，科技已成为决定人们生活和国家实力的重要因素，我国科技尤其是高科技的发展取得了重大成就，例如中国航天人就做出了令人瞩目的成就。这种"科技热"在90年代的报告文学中得到了反映，出现了科技报告文学。所谓科技报告文学，是反映科技题材、表现科技知识分子的报告文学。代表作有李鸣生的《中国863》和《走出地球村》等四部"航天系列"作品、徐剑的《大国长剑——中国战略导弹部队纪实》导弹系列、彭继超的《东方巨响——中国核武器试验纪实》、彭子强的《奇鲸神龙——中国核潜艇纪实》以及《中国国防科技报告文学丛书》（共七册）中的作品，它们"揭开了科技题材报告文学新的一页"，① 形成了一股高科技报告文学创作的热潮。这些作品以重要科技人物、重大科技事件为报告对象，传播科学知识、科技思想和科学精神，具有弘扬主旋律的特征。

李鸣生（1956—2022），四川人。现就职于解放军出版社。有《中国863》《走出地球村》《飞向太空港》《风雨"长征号"》《远征赤道上空》等高科技题材报告文学，曾获鲁迅文学奖、全国优秀报告文学奖。李鸣生是继徐迟之后着力写科技题材的又一人，他创作的高科技报告文学是以科技为表现内容，始终以国防高科技为写作重点。"航天五部曲"对中国的航天发射进行了跟踪式的写真和观照。以科技知识分子形象的塑造为中心，塑造了一批从事高科技事业的知识分子与国防官兵形象，如朱丽兰、赵九章、刘纪原、黄作义等形象，突出了他们的爱国精神、奉献精神及勇于探索和顽强拼搏的精神。如《中国863》塑造了"中国863"计划的执行导演、时任科技部部长朱丽兰以及一大批实施这一计划的科学家的形象，他们为科技兴国、科技强军、民族振兴而呐喊，将爱国主义和民族精神的赞扬发展到了一个新的高度。李鸣生的高科技报告文学始终高唱的是时代主旋律，唱出的是一首崇高、雄壮的国家与民族之歌。

李鸣生的高科技报告文学具有气势宏大的结构。"航天五部曲"以一种俯仰天地、

---

① 刘茵：《回应时代的呼唤》，《光明日报》1998年7月2日。

纵横中西的视野来构架，叙事宏阔，场景宏大，内容丰富，采用时空交错的复式结构，将当代航天的画卷带到了读者面前，具有恢宏博大的气象，显现出艺术上的崇高美。但从整体上来看，其高科技报告文学存在创作模式化和单一化的问题，在史实建构与诗性张扬的融合上，还有待进一步增强。

拓展阅读：

1. 周政保：《"非虚构"叙述形态：九十年代报告文学批评》，解放军文艺出版社1999年版。
2. 丁晓原：《论九十年代报告文学的坚守与退化》，《文艺评论》2000年第6期。
3. 罗宗宇：《对生态危机的艺术报告：新时期以来的生态报告文学简论》，《文艺理论与批评》2002年第6期。
4. 丁晓原：《文化生态视镜中的中国报告文学》，复旦大学出版社2008年版。
5. 李炳银：《中国报告文学的凝思》，作家出版社2009年版。
6. 王晖：《二十世纪中国报告文学的叙述模式》，《中国社会科学》2003年第2期。

问题与思考：

1. 20世纪90年代报告文学对日常生活的介入与影响。
2. 20世纪90年代文化生态的演化与报告文学的流变之间的关系。
3. 生态报告文学的主要特征和价值诉求。
4. 科技报告文学的美学追求。
5. 李鸣生报告文学中的"史诗品格"。

第二十六章 戏剧文学

第一节 概 述

　　进入20世纪90年代，中国大陆的戏剧创作比之20世纪80年代，思想和艺术探索的热情都出现衰减的迹象，人们对思想和精神的关注减少，其心理能量转移到对感官刺激的追求和物欲的放纵，促使戏剧舞台演出在视听感官上寻找出路，对剧本的文学性的要求和追求降低，戏剧以奇观化的舞台包装挤占剧作文学的精神内涵。也可以说正是因为剧本文学性和思想性的不足才使舞台呈现畸形华丽以得到某种弥补，剧本创作和舞台的风尚互为因果。

　　在20世纪90年代最初的震荡以后，受复杂的时代氛围的左右，中国戏剧创作呈现出区别于20世纪80年代的格局和风貌。在话剧方面，有所谓的主旋律话剧、先锋话剧和商业话剧三种潮流并流之说。占主流的是主旋律话剧，表现在不同类型的题材上，如现实题材、军旅题材和历史题材等。这类作品在艺术形态上往往比较平实，或说是现实主义的，思想和艺术的锋芒多不明显。此类作品中的佼佼者也有较高的艺术质量，事实上代表了这一时期话剧剧本创作的水平。作品有贺国甫的《大桥》、许雁的《情结》、陈健秋的《水下村庄》、杨宝琛的《北京往北是北大荒》、沈虹光的《同船过渡》、杨利民的《地质师》、邵钧林等的《虎踞中山》、郑振环的《天边有一簇圣火》、姚远的《商鞅》、田沁鑫的《生死场》、徐棻的《辛亥潮》、郭启宏的《李白》、周长赋的《沧海争流》、刘锦云的《风月无边》等。

　　主旋律话剧之外还有先锋话剧和商业话剧的创作和演出。两者的侧重都在舞台，剧本的文学性和思想性相比之下占次要地位，前者主要是导演的艺术，后者以吸引更多观众为目的。先锋戏剧是20世纪80年代探索戏剧的延续，但受欧美后现代主义影响，或现实的原因，表现出反叛和解构一切传统的倾向，也有一些作品在怪诞的形式下透出较深入的生活感悟。有孟京辉等的《思凡》《我爱×××》《恋爱的犀牛》，牟森等的《彼岸》《零档案》《与艾滋有关》，林兆华的《三姐妹·等待戈多》，曹路生的《庄周戏妻》《生存还是毁灭/谁杀了国王》，许杰的《在路上》等作品。商业戏剧则和20世纪90年代开始加速的整个社会的商业化进程有关。只有到了这时，商业和赚钱在中国才真正得以正名，结束了被歧视的历史，让话剧面向市场并赢得利润不再遭受贬责，才可以名正言顺地进行。它同时也是文化体制变革的一种表现，也就是国家不再禁止演出的商业性运作，允许独立制作人也就是演出商人组织演出，使话剧演出变成一种商业活动。投资和演出组织是商业戏剧的一个方面，它还涉及剧作的主题和内容。如费明的《离婚了，就别再来找我》、吴双的《别为你的相貌发愁》、阿丁的《谁都不赖》、梁秉堃的《冰糖葫芦》、马原的《都有一颗红亮的心》等。20世纪90年代的话剧创作不管是不是商业演出，总体上是更加关注世俗生活和世俗情感的表达，剧作者的政治、社会、历史激情淡化，这是90年代中国社会意识整体上世俗化和对生命个体更加关注的社会精神走向在戏剧创作上的反映。

  戏曲在20世纪90年代和话剧的情形相似，艺术形式和思想的探索的潮头回落，创作发展比较平稳沉实，作家们的注意力更集中于人情和人性的表达和挖掘，形式上也更加戏曲化，不管是历史题材还是现实题材，都有比较丰富的收获，历史剧或新编古装剧仍保持着较高的水平。这一阶段的代表作品有钟文农改自同名小说的京剧《骆驼祥子》、徐棻改自同名小说的川剧《死水微澜》、王仁杰的梨园戏《董生与李氏》、罗怀臻的淮剧《金龙与蜉蝣》、郑怀兴的莆仙戏《要离与庆忌》、陈道贵的闽剧《天鹅宴》、魏明伦改自意大利歌剧《图兰朵》的川剧《中国公主杜兰朵》和《变脸》、谭愫和谭昕改自同名小说的川剧《山杠爷》、许一苇的高甲戏《大河谣》、陈道贵的闽剧《天鹅宴》、张敦云和段华的花鼓戏《镇长吃的农村粮》、冯之的花鼓戏《乡里警察》、颜梅魁的采茶戏《榨油坊风情》、盛和煜的滇剧《瘦马御史》、陈健秋的昆曲《偶人记》和湘剧《马陵道》、陈西汀的黄梅戏《红楼梦》、罗怀臻的淮剧《金龙与蜉蝣》及昆曲《班昭》、张福先的评剧《三醉酒》、陈彦的眉户戏《迟开的玫瑰》、张仁胜和常剑钧的彩调《哪嗬咿嗬嗨》、王福义的新城戏《铁血女真》、梅帅元等的壮剧《歌王》等。

  歌剧在20世纪90年代也仍然是不够景气，但也顽强地生存着。这一阶段的歌剧主要以西洋大歌剧的形式存在，甚至可以说更加成熟，有陈宜等的《张骞》、黄维若等的《苍原》等优秀剧目。此外，这一阶段中国歌剧的新发展是音乐剧的尝试和创作。音乐剧来自轻歌剧，其轻松、通俗和娱乐性使它成为世界性的歌剧潮流。在90年代，中国的戏剧家和音乐家创作的音乐剧有张林枝等的《四毛英雄传》和李亭等的《未来组合》等。

  20世纪90年代的儿童剧形式更多样，如出现了儿童歌舞剧、音乐剧、儿童戏曲、儿童滑稽戏等。这一阶段的童话剧创作活跃：儿童话剧有欧阳逸冰的《长城有个黑小子》《少年邓小平的故事》《我的童年在黑土地》，陈永渭的《小白龟》，孙理中的《九色鹿》，秦培春的《白马飞飞》《雁奴莎莎》，翁国生的儿童昆剧《寻太阳》；儿童音乐剧有代路的《陈小虎》、童汀苗的《白雪公主》、吴玉中的《雪童》；儿童歌舞剧有林荫宇的《门闩、门鼻、笤帚疙瘩》、于德义的《潇洒女孩》、王靖的《大森林》、代路的《我爱我班》、吴玉中的《山那边儿》、李冰的《春雨沙沙》、徐葆齐的《之伢子》、张久荣的《少女宋庆龄》等。还有王辉荃的儿童滑稽戏《一二三，起步走》、王正的儿童音乐剧《月光摇篮曲》等。

第二节　当代生活写实

　　进入 20 世纪 90 年代，中国经济发展急剧提速，金钱的占有和挥霍、欲望的实现和释放成为社会的主旋律，社会心理更加倾向自我，倾向生活本身，疏离政治和意识形态。作家的心态也随之发生方向性改变，关注宏大主题的兴趣明显淡化，而将注视的目光转向眼下的生活，不仅紧跟生活的步伐，对变化着的生活进行描写表现，而且对生活的矛盾和缠结、对人的困厄与不幸不再作社会和政治的归因，艺术表现以外没有别的企图。20 世纪 80 年代的现实题材作品往往具有反思历史、反思文化的用意，对生活发生的变化也是赞美的、庆祝的，把它看成是对历史陷阱的逃离，因而多包含着对改革开放政策的歌颂和对生活发展方向的肯定。到了 20 世纪 90 年代，作品同样表现社会的变化和人的变化，但宏大的社会、政治、文化的成分和寓意在作家们的笔下消失了，稀薄了，作家们视点下移，调门放低，用平等注视的目光真切地关注起普通人的个体体验和命运遭际，带着新的时代特征的酸甜苦辣。这些作品对所刻画的人物更能设身处地，态度更加温情与体谅，对陷入生活围困的人们表现出更多的同情和抚慰。作品不追求深刻而追求诗意，往往比较抒情，带着或多或少的感伤的情调。过日子式的世俗化、平民化是这一时期戏剧的最明显的走向。

　　汹涌的经济浪潮和个体欲望的释放严重冲击着既有的人际关系，尤其是婚姻和家庭关系。这一阶段出现了一大批表现两性情感变异和婚姻危机的话剧作品，呈现出明显的新时代的特点，如赵耀民的《午夜心情》，王承刚、蔡伟的《热线电话》《午夜的探戈》，吴玉中的《情感操练》，苏雷的《灵魂出窍》，张健中的《生为男人》等都及时地反映了现实生活的变化和新趋向。这些作品的内容真切鲜活，和观众休戚相关，因而引起广泛的关注。与此相关的是出国潮引发的情感困境和苦恼也大量进入戏剧家的视野：夫妻或恋人中的一方出国而出现感情和婚姻的危机，或者人在异域的希望和失望、困苦和迷惘。这也是对 20 世纪 80 年代和 90 年代中国社会一大社会现象的反映和反思，是一种和世界相联系的戏剧叙事，也是全新的戏剧题材，有强烈的时代性。这类作品代表性的有乐美勤的《留守女士》、王建平的《大西洋电话》、张献的《美国来的妻子》等。

　　20 世纪八九十年代之交以来中国的城市社会还有一重要现象是股票交易的出现和大量人群的介入，买卖股票成为城市居民的日常生活内容，股市构成了一道鲜明的城市生活风景线。这一现实和由此而来的股民的心理世界及其引起的人际关系的异动也被作家们捕捉在笔底，于是有了赵化南的"股票三部曲"：《OK 股票》《股票的颜色》《股票的缘分》。赵化南还有对市民生活其他方面的描写。

一、沈虹光与《同船过渡》

　　沈虹光（1948—　），出生于江苏南通。1962 年入湖北省话剧团当演员，1974 年后从事专业创作,为湖北省话剧院和湖北省艺术研究所编剧。曾担任湖北省戏剧家协会副主席、省文联主席等职。

沈虹光是20世纪80年代以来重要的话剧作家之一,作品除了《五(二)班日志》《寻找山泉》《搭积木》《同船过渡》《临时病房》等著名话剧剧本外,还有短篇小说集《美人儿》、散文集《戏剧人生》和电视剧《的士518》等其他体裁作品。作品几乎全为当下现实的题材,贴近百姓生活,故事娓娓动听,人物平凡亲切,语言平实鲜活。1994年的话剧《同船过渡》是其代表作,也是公认的20世纪90年代小剧场戏剧的代表作。《临时病房》则是新世纪重要的话剧成就。

《同船过渡》的故事发生在某江岸城市的一所特殊的套房里。这所只有两个居室的套房却住着两户人家,一间里住着一对年轻夫妻米玲和刘强,另一间里住着退休小学女教师方老师。这种居住格局得名号称"团结户"。方老师有些挑剔,看不惯米玲和刘强,责怪他们不负责任,米玲和刘强则反感方老师的生硬、爱教训人,又嫌自己的住房太狭窄,受杂志上征婚广告的启发,就偷偷为终身未婚的方老师登了一则征婚广告,好把方老师嫁出去。登门应征的是已经退休即将下船的老船长高爷爷。方老师被蒙在鼓里,疑惑地说了半天才知道是有人冒名为她发了征婚启事,她恼羞成怒,将高爷爷骂走。很快电视台知道了这一退休教师和退休船长的"黄昏恋",要来拍电视,米玲和刘强积极张罗安排,又请来了高爷爷,但电视要拍的是两人组成的事实上并不存在的幸福的家庭,终于被方老师觉察,电视也没有拍成。米玲和刘强对自己的恶作剧造成的后果感到愧疚,决定在家里请两位老人吃饭。高爷爷对方老师和两个年轻人讲述了自己的婚姻生活和对人生的感悟,方老师听后对生活也有了新的理解,内心其实对高爷爷也产生了好感。但当高爷爷问她愿意不愿意的时候,矜持好强的方老师仍是不同意,高爷爷失望而去。他一走,方老师却喊着"我愿意",泪流满面。米玲和刘强也决定把高爷爷接进来一起住,但当他们去接高爷爷的时候,得悉高爷爷已经去世(一个版本未写高爷爷去世)。方老师仍在阳台上眺望江船,深情等待。

在米玲和刘强捉弄方老师的同时,他们夫妻之间也出现了裂痕。刘强大学毕业后辛辛苦苦干了十年,还没有提升,工资又低,心情不佳。米玲当年是看他是大学毕业,才和好了几年的男友雷子分手而和刘强结婚的,如今米玲觉得过这样的日子没意思,要挣钱过轻松的日子,就和前男友雷子一起做生意,开服装店。两人经常在一起活动,雷子甚至半夜找米玲去喝茶,引起刘强的不满,两人关系出现危机。当雷子把米玲送回来的时候,刘强借着酒劲又是要和雷子打架,又是对米玲动粗。他受到高爷爷的严厉斥责和制止,高爷爷用自己的人生经验和教训开导两人,说服他们珍惜作为夫妻的缘分。两人回心转意原谅了对方,他们紧紧拥抱,重归于好。

《同船过渡》的戏剧动力来自逼仄的居住条件造成的人际冲突,其情节也遵循冲突的发生、发展和解决的常规序列。但这一冲突的解决靠的不是清除产生矛盾的根源,它的解决甚至逆转发生在当事人的主观领域,是思想问题的解决,是人生观和价值观的改变造成的。这一思想扭转或成长来自高爷爷的婚姻自述和人生教训,主要表现在矛盾的主动一方,即米玲和刘强夫妇的转变方面。高爷爷过去的故事的介入,既改变了米玲、刘强和方老师关系的走向,也改变了他们自己正在进行的故事,挽救了他们陷入危机的婚姻关系。倔强生硬的方老师也被感动,做出了对她来说十分难能的新的人生选择。所以高爷爷的人生教训和人格魅力是解决剧中主体矛盾冲突的关键。高爷爷的故事是一个忏悔的故事,也是一个参悟人生最重要的为何物的故事。高爷爷的妻子因为他长时间不在家与人私通,被撞破后尽管十分后悔和愧疚,还是被高爷爷休弃,他于是没有了家,没有了伴。后来他从妻子的立场考虑同一个问题,检讨了自己,追悔自己的过错,但妻子却到死都不肯原谅他了。这是问题的关键,即在夫妻关系中(也包括别的人生伴侣),要多为对方着想,要宽容体谅,要珍惜相遇的缘分,不要为并不重要的东西争得你死我活。高爷爷说:"到老了才晓得,人这一辈子,最值得去计较,最长远、最有分量的是什么!"他用的尽管是"百年修得同船渡,千年修得共枕眠"和"一日夫妻百日恩"等尽人皆知的老话,但作为高爷爷的人生体悟就显得十分动人。刘强听罢老人的故事后又参照自己的人生体会,说:"老人还有多少日子,就是我们,就是人这一辈子其实也并不长,走到一起是缘分。同船过渡吧。"正是点题之笔。

《同船过渡》并不是冷静地揭示社会或人性的奥秘,而是对人的处世态度的劝诫和开导:在人生这条船上一起过渡的人,不要相争而要相让,拼死的争夺没有意义。这一主题的确立应该和当时由于要夺利而日趋紧张的人际关系和婚姻家庭领域因时代潮流而产生的不安定的动向有关,米玲和刘强之间的矛盾和裂痕说明了这一点。《同船过渡》可以说是用理想化的方式对时代的反映和提醒。

《同船过渡》笔调轻松温和,风格诙谐而具喜剧色彩。故事的讲述完全写实,人物也都真实可信,但另一方面它又是富于诗意的、抒情的,这和剧本对"船"这一意象的设置有关。这是一个和剧名吻合的象征性意象,人生被比成船,在船上一同过渡的人要相互珍爱。剧中方老师一再到阳台上眺望江船,而船笛更是不时以不同的色彩飘到团结户的客厅里来,这就打通了小小的局促的客厅和外面广阔的世界,给观众提供了悠远的想象空间,也使人物的感情得以抒发。船由于航行,总和远方及漫长的时间相关联,总能激发富含感情的人生联想。所以,江船的形象和笛音不仅十分贴切有效地烘托了主题,而且提高了作品的艺术格调,使得世俗的故事染上动人的诗意和抒情色彩。

二、过士行与《棋人》

过士行(1952—),出生于北京。1969年初中毕业下乡到黑龙江北大荒,4年后返城当工人,1978—1994年在《北京晚报》任文艺记者。1989年写出《鱼人》。1994年任中央实验话剧院编剧,后任中国国家话剧院编剧。

过士行的剧作风格独特,主题深沉,虽然外表是写实的,这写实却往往具有寓言性和象征性,多就具体故事探讨人生大道理,关心人生的根本问题,表现人的精神困境和人生选择的荒诞和无意义等。作品有"闲人三部曲":《鸟人》《鱼人》《棋人》;"尊严三部曲":《厕所》、《活着还是死去》(又名《火葬场》)、《回家》。还有《坏话一条街》

《青蛙》《遗嘱》，这几部作品都写于21世纪，有的作品已经失去现实主义外观，进入荒诞戏剧一流。

《棋人》为过士行的代表作，发表于1994年，为"闲人三部曲"的最后一部。围棋大国手何云清一生下棋，三十年没出过门，他单身一人，身边只有几个从年轻时就追随他的棋迷。他的人生是围棋人生，俗世人生他毫无领略体验。但到了晚年，他突然觉悟，感到自己一生枯寂简陋，没有意义，对世俗的常人的生活产生了强烈的渴望。他后悔这样过了一生，决定不再下棋。为彻底告别围棋，他甚至赶走一生的棋友，烧掉了棋盘。

何云清年轻时也有妻子，名唤司慧，因何云清沉湎于围棋对她完全忽视，她遗憾地离开何云清，改嫁他人。三十年后的今天，她带着儿子司炎到何云清的棋友聋子医生处看病。司炎所患为脑细胞增生症，即智力过剩，必须不断思考各种艰深的问题才能消耗掉多余的脑细胞。他智力高度发达，再复杂的自然或社会科学问题在他都如同儿戏，只有围棋能疏导他过剩的智力。由于司慧不许儿子下棋，司炎只能在意念中模拟，不能实践，于是积郁成疾。聋子医生认为能治此病的只有何云清，何云清答应见面，但见面时却不谈棋，而是谈女人。后因担心司炎初次下棋就和野棋下会毁了他，才和司炎下了一盘。何云清从这局棋中看到司炎超凡的围棋天赋和对围棋精深的理解，事后竟然魂不守舍，备了酒等待司炎的到来，然后自己喝得大醉。

尽管司炎是偷着找何云清下棋的，司慧还是知道了。司慧痛恨何云清下棋，如今他又要用围棋把儿子夺走，就来求何云清放了她儿子。何云清本来就在悔愧自己的人生，也觉得对不起司慧，所以在矛盾的心境中答应了司慧。他要用一局棋彻底击毁司炎，约定若司炎输棋就再也不下棋，一心侍奉母亲。这是一场剥夺司炎热爱智慧的权利的恶战，庄严得如同祭天仪式。何云清拿出最凶恶的一招，对稚嫩的司炎痛下杀手。当决定胜负的一子落定的时候，司炎惨叫一声死去。然后他的魂魄又来找何云清复盘，说他的棋并没有死，何云清也看到了确实如此。但司炎确实已经死了，他自由了，可以在另一个世界自由下棋了。

《棋人》主题比较复杂，有些地方显得纠缠混乱，人物思想的反复缺乏逻辑性。它要表现的主要是人生选择的困境，是理性智慧和感觉生命之间的矛盾，其主要倾向是对前者的怀疑和否定。围棋是高度抽象的理性活动，但它排挤了人的世俗生命和感性活动。到了年逾花甲之年，何云清发现他的一生过于单调冷寂，缺乏真切的生活内容，于是要诀别围棋，进行人生转向，去体验人的自然生命和感情，所以又是喝酒又是吟诗，正在下棋却兴致勃勃地到户外观看北返生儿育女的大雁。他想看到家里有年轻人的说笑和奔跑，他甚至和来向他报告情况的司炎的女朋友上了床，尽管是在醉酒当中。这表现了剧作者对这种高度的理性智慧的游戏的意义的怀疑，透露了他倾向感性和世俗的人生态度。但作者也有游移和矛盾。在前述两大人生形态的对立中，看似作者选择了前者，让何云清老年觉悟，归依后者，但何云清来回摇摆，未能决绝。在故事的设计上，作者将智慧和感性的矛盾置于男女之间，男人代表了智慧，女人代表感性，而且用了两代人，何云清与司炎，司慧与黄媛媛，司慧是何云清的前妻，黄媛媛是司炎的女朋友。两位代表生命和感性的女人似都不被作者看好，都罩着一层贬抑和蔑视的色彩，一个浮浅简单，一个依赖缠人，都不可爱。还有何云清对女性的评价："女人天生痛恨智慧。每当男人思考，女人就会落泪。"司慧对男人的评价是："男人思考的时候是最令人厌恶的时候。"对女人的这种否定性描写不能不牵连到对感性的态度。

何云清一方面是厌弃了自己的围棋人生，羡慕常人的生活，但下意识里却是做不到的，那就是当发现围棋天才时他十分激动，而且担心他上路时棋路被野棋败坏，要亲自指点他，说明他还是十分在意的。而且当决定在棋盘上屠杀司炎的时候，何云清很不乐意："他犯了什么罪？他有思考的权利，他有喜爱智慧的权利，他需要扶持，他需要帮助。"这也是在为智慧、为围棋辩护和呼叫，说明他并没有真正否定它。所以，该剧不仅表现了智性和感性生活选择上的矛盾，也说明了人生不能执迷于一端，人的生活中只有围棋，即使它绝顶高级，也是苍白的、残缺的，对一事的执迷本身就是值得怀疑的、昏妄的，在这一点上《棋人》又和《鸟人》《鱼人》相贯通。何云清的几个朋友都是一边迷恋围棋，一边又各自事业有成，而且享有世俗的生活，虽然棋艺不精，也没有很大的缺憾了——看来这里表现的是人生追求不能偏至的思想。而其中的聋子因家庭生活不幸，很羡慕何云清的清净，恨不能逃脱世俗的人生，又属于生活的围城现象了。

《棋人》试图通过自然背景的渲染使人物的活动和思想获得更开阔的意蕴，使剧作的哲理性和诗意相融会，让自然性的背景为剧本阐发的哲理进行诗意的象征和烘托：第一幕突出风，第二幕突出雪，第三幕突出月色，第四幕突出天光。呼啸的风、很大的雪、如水的月光、透亮的蓝天和无边的夜色，都增强了人物和故事所具有的感染力，使其更加动人。

三、杨利民与《地质师》

杨利民（1947—　），出生于黑龙江省齐齐哈尔。1964年进大庆油田当石油工人。1971年发表小说《暴风雪中》受到关注，调入大庆石油文工团从事专业创作。1976年毕业于中央戏剧学院编剧专修班，毕业后入大庆市文化局创评室从事创作，后又入中央戏剧学院读研究生，为文学硕士。后任大庆文化局创评室主任，又任黑龙江省作协副主席、省文联副主席等职。

杨利民为新时期重要的话剧作家，取材几乎不出大庆和黑土地，作品有鲜明的地域风格，是东北作家群的代表人物。作品有话剧《黑色的石头》《特殊的故事》《大荒野》《危情夫妻》《在这个家庭里》《北方的湖》《特殊的故事》《活着，并且高贵地活着》《秋天的二人转》《铁人轶事》等，另有影视作品和小说、散文多种。完成于1996年的《地质师》为其代表作。

《地质师》故事发生于1961—1994年之间，舞台空间为北京站前大街的一座宿舍楼四楼的一个单元房，从这里可以看到北京站的站前广场和时钟，也能听到时钟的报时声。这是北京石油学院学生芦敬的家，她的父亲是一位地质专家，牺牲在石油勘探路上，他的一张牵着骆驼面对大沙漠的照片就挂在客厅里。正是毕业离校的前夕，芦敬和同学们得知全班都要参加松辽平原的石油会战，都十分激动，满怀豪情。到芦敬的家里来告别和传送消息的是洛明和罗大生，一个诚挚素朴，一个精明热情，两个人都爱着芦敬。但芦敬被留校当了老师，洛明、罗大生、刘仁、曲丹等同学远赴北大荒。3 年以后罗大生借着和洛明共同完成的一份开发报告，调回了北京，当了干部，他深感庆幸，同时也感到不安。洛明则继续在恶劣异常的自然环境和个人身份的压力下（其父为海外华侨）进行着卓有成效的石油地质研究。罗大生回北京后就开始追求芦敬。洛明则给芦敬写了许多信都没有发出，他不想让芦敬跟着他受苦，芦敬表示要跟他去油田，被他拒绝，他认为芦敬应该和罗大生结婚。洛明在印度尼西亚的父亲派律师来让洛明去继承遗产，也被他回绝了。洛明在"文革"的极"左"政治中遭受种种挫折，但能从事自己喜爱的工作，他却感到很满足。由于生活条件恶劣，洛明得了关节强直症。罗大生获悉，马上叫他到北京治疗，使他得以康复。他到北京来，只想和两个老同学在一起待一会，对两位老同学感情深挚。到了 1994 年，都到了退休的年龄，洛明著作等身，是油田的总地质师，上了中央电视台的"东方之子"，达到人生和事业辉煌的顶峰，但他说这是一代人奉献的成果。而罗大生几十年前要写的专著，到现在还没有动笔。最后洛明来找两个老同学合作一个大项目，罗大生终于发奋，离开虚浮的生活，到新疆的塔里木油田去工作一年。因工致残、事业上也有突出成就的刘仁和他的妻子曲丹也来了。毕业离别时同学们唱着《地质队员之歌》，几十年后再次聚首而临近分别时他们又唱起了《地质队员之歌》："是那山谷的风，吹动了我们的红旗。是那狂暴的雨，洗刷了我们的帐篷……"

杨利民是一位戏剧诗人，他只对大庆歌唱，《地质师》是他为石油地质工作者唱出的深情赞歌。为作此剧，杨利民走访了十几位 20 世纪 60 年代的大学生，剧中人物洛明的主要原型则是油田开发研究院的高级地质师王启民，由此可想见其描写上的真实性。但是，该剧却不是一部表扬先进人物或劳模的剧作，它远远超越这个层次，因为它精彩表现的是具有普遍意义的高贵灵魂和辩证的人生困境。

《地质师》是一部用时间结构的戏剧，它的四幕都标明确切的年代，而每一个场景都有具体的时刻。其核心意象是车站的时钟，它总在活动于芦敬家的人物的视野中，提示着时间的流逝和在这流逝的时间中将要展开的百味人生。《地质师》唯一的场景是芦敬的家，而芦敬主要是一个结构性的人物，她是同学们奋斗故事的倾听者，这些故事通过对她讲述而表现出来，或者通过她的眼睛而反映出来。在这所有不多的人物中，主要是洛明和罗大生，两人形成鲜明的对比，从而阐释着令人困惑的人生辩证法。洛明和罗大生性格不同，一个热情精明，一个敦厚沉实。两人都爱着芦敬，两人都想成为地质师。但洛明命运坎坷，一生在严酷的政治和自然环境下苦斗，最后成为卓越的石油地质专家；罗大生受到生活的惠顾，早早地如愿以偿回到北京，享受舒适的京城生活，但到了退休年龄，他要写的专著却还没有动笔，就当年的志向来说，他的人生是失败的。人生的另一个内容是爱情。作为好友的两人都爱芦敬，但芦敬的真爱是洛明，洛明很清楚，对罗大生直言说芦敬不爱他。但因为爱情他放弃了爱人，或拒绝了爱人，因为他不能想象让自己深爱的人到东北的油田去受苦，而他又不能不去油田，不能不追求他的事业，他说他的远行和奋斗就是为了能在爱人的梦中出现。而且他又是一个没有爱情也能活的人。罗大生没有芦敬就不能活，他热烈追求芦敬，这也是他回到北京的重要考虑。他和芦敬结婚了，但芦敬直到晚年，在将要退休的时候才说自己爱上了这个丈夫，因为她的心底里一直都是洛明。也就是说，罗大生得到了爱人，却没有得到爱情，他的爱情追求实质上是失败的。生活的这一发展逻辑不是很让人迷惑和慨叹吗？但是在时针咔咔的行走声中，生活就是这样展露了它的真容。更出人意料的是，在这一与众不同的三角关系中，他们都是最好的朋友，除了在爱情上，罗大生对洛明有酸酸的感觉，两人曾经言来语去以外，他对洛明表现出了一个朋友所能有的至诚关爱，完全是亲兄弟般的情谊。洛明也从头至尾都是喜欢罗大生的，他对芦敬和罗大生说：我爱你们。这两人是他一生中最大的精神依靠。甚至他有把芦敬托付给罗大生的意思，他劝芦敬和罗大生结婚，说他不错，他能给你幸福，而我不能。到了晚年，罗大生真诚地检讨了自己的不足，又要奋起，争取到同样在远方的新疆的油田去，要写自己拖了一辈子未写的书。芦敬对他也是百般呵护和爱惜，怕洛明用他的成就伤害了罗大生，其温柔的感情和细密的用心都是让人动容的。

《地质师》在艺术上可谓完美，其别致而充盈着象外之旨的场景设置、其叙事的明亮清澈、人物形象塑造的鲜明、情感抒发的含蓄节制和余味绵长，都可圈可点。最重要的是车站和时钟两个场外象征意象的使用，天衣无缝地配合烘托了主题的表达，使得整个故事的思想和情感都充满了深远的想象。而场内的设置，即芦敬父亲的照片，同样点染了人物遥远、苍茫、严峻的心境和命运，有力地表现了两代石油人的精神境界和奋斗历程，使作品的意境更为开阔和悠远。全剧写了所有人33年的漫长人生，剧本漫溢着对人生几十年的感叹，甚至那个送信人，也完整地从她母亲手里接班到她把班传给自己的女儿，一条看似不经意的副线，却使作品更加丰满、真切和富有立体感。

第三节　历史剧与传奇剧

在20世纪的最后十年中，历史剧和古代题材的传奇剧在前一个十年的基础上有进一步的发展和开拓，似乎受时代风气和社会情势的影响并不明显。这一阶段的历史剧（包括传奇剧）主题和意向更为多样，有严肃的权力和人性的探讨，也有世相百态的展示和生活趣味的表达，各呈姿态，丰富多彩；艺术表现也都比较深刻蕴藉，戏剧趣味浓郁。

历史剧沿着20世纪80年代开辟的道路，继续关注权力的本性，权力对权力者本身的异化、扭曲和戕害，诠释权力和人性的关系，揭示权力和人性的奥秘和悲剧性。这是当代中国最引人瞩目的戏剧主题之一，具有很高的思想性和艺术价值，也是新时期之前未曾有过的戏剧主题。在20世纪90年代，这类作品有王福义的新城戏《铁血女真》、罗怀臻的淮剧《金龙与蜉蝣》、贾璐的京剧《曹操父子》等，甚至周长赋的话剧《沧海争流》和陈道贵的闽剧《天鹅宴》也包含这方面的思想意蕴。在政治、军事或权力场景中表现人性的作品还有陈健秋的湘剧《马陵道》、梅帅元等的壮剧《歌王》、刘鹏春的戏曲《刽子手世家》等。与此相关的还有许一苇的高甲戏《大河谣》、盛和煜的《瘦马御史》等，描写人格的复杂性和揭露腐败等。

表现知识分子人格和情操、知识分子和权力的关系的剧作仍有相当的数量，这是思想界对知识分子的角色地位、知识分子和政治权力的关系、知识分子的历史处境等问题持续关注的艺术反映。这类作品有罗怀臻的昆曲《班昭》、郭启宏的话剧《天之骄子》和《李白》、刘锦云的《风月无边》等。

大量的历史剧表现了各时代的仁人志士的奋斗和心灵世界、历史人物的人格和历史承担、他们崇高的责任心和道义感，还有爱国情操等，多为弘扬正面历史传统的，有姚远的话剧《李大钊》和《商鞅》、郑怀兴的莆仙戏《要离与庆忌》、陈宜等的歌剧《张骞》、黄维若等的歌剧《苍原》、孙德民的话剧《圣旅》等。潘茂金与覃焜的水族人民抗日题材的话剧《乌卡》也可归于这一类。

大量的历史剧或历史题材传奇剧在多种意义上表现了历史场景和人民心态，不同地区的历史风情、风俗世态，或仅用历史题材阐发人生哲理和揭示人性的奥秘。这类作品往往多有趣味，如查丽芳的话剧《死水微澜》、徐棻的话剧《辛亥潮》和川剧《死水微澜》、田沁鑫的话剧《生死场》、李龙云的话剧《正红旗下》、魏明伦的川剧《中国公主杜兰朵》和《变脸》、王仁杰的梨园戏《董生与李氏》、陈健秋的昆曲《偶人记》、余笑予等的京剧《法门众生相》、张永和的北京曲剧《烟壶》、姜朝皋和李景文的京剧《贵人遗香》等。

一、周长赋与《沧海争流》

周长赋（1949— ），出生于福建省莆田县（今莆田市）。高中毕业后回本乡当农民，1971年入莆田县文艺宣传队当演员，1973—1976年就学于厦门大学中文系，毕业后在莆田县文化局任编剧，后任福建省文化厅（今文化和旅游厅）剧目工作室主任等职。

周长赋为戏曲和话剧兼擅的剧作家。1971年发表最早的戏剧作品，80年代中期创作进入成熟期。其戏曲作品有《秋风辞》《风雪潼关》《涨潮》《江上行》，话剧有《风火吟》《沧海争流》《天苍苍野茫茫》等，此外还有歌剧、电视剧剧本。莆仙戏《秋风辞》首演于1985年，为其戏曲的成名作和代表作，也是当代戏曲的代表作之一，入选中国当代十大悲剧，发表当时曾被称代表了中国戏曲文学发展的新水平。《沧海争流》发表于1996年，为其话剧的代表作。两剧皆以表现复杂心理和情势见长。

《沧海争流》讲述清初的明朝抗清将领郑成功和他的部将、后来降清的施琅之间关系的一段史实。施琅才干卓著，能征善战，郑成功对他十分器重，在战取厦门以后以隆重的仪式亲自为他梳头束发。明永历皇帝要求郑成功南下广东勤王，施琅认为这是以己之短击敌之长，部队撤出，清军就可能偷袭厦门，自己的部队将失去根据地。郑成功则认为勤王是报效朝廷，义不容辞，决意南征。两人发生分歧。在广东的战事中，施琅不仅不积极，反而违抗郑成功的命令，私自撤兵，遭到撤职的处分。施琅的预见被事实证实，出兵广东失利，而厦门却遭清军占领。带着处分的施琅用他的智勇收复了厦门，立了大功。人们都期待郑成功将施琅复职，但郑成功为了压他的傲气，只给了他银子一千两，不答应复职。施琅一气之下，要求郑成功放他削发出家。又因施家一犯法的家丁逃到郑成功处求救被收留，施琅认为这是郑成功执法不严，偏偏负气杀了该家丁，又割下自己的头发交给郑成功，就要出家为僧。郑成功大怒，叫人把施琅和他的父亲及弟弟三人拿下，事情至此不可收拾。

施琅被关在船上，在苏家父女的舍命帮助下逃走。郑成功听到施琅脱逃投清，就杀了他的父亲和弟弟。其实那时施琅还没有投奔清军，郑成功的举措反倒使他下定了投敌的决心，两人成为不共戴天的仇敌。后来郑成功北伐包围南京，为使清军军官的家属不受他们失城的牵连，竟然围而不攻，中了清军的缓兵之计，致使功亏一篑。郑成功的整个军事运筹和举动、他的所思所想都在施琅的视线之下，施琅了解他，笑他的书生气，只恨朝廷不派自己去消灭郑成功。

郑成功失败后挥军东渡，从荷兰人手里夺回了台湾。施琅的部队追到海边，但看到浩浩荡荡的郑成功大军，施琅并未穷追，只有深深感叹。因为郑成功要进攻荷夷，施琅反倒命自己率领的清军部队暂退三里。许多年以后，施琅终于攻入台湾，郑成功早已过世，此时是他的无能的后人在统治台湾。这也是郑成功临终时预料到的，他知道他的后人绝不是施琅的对手。施琅在挖了郑成功的祖坟，要到郑成功的神庙里去杀降烧庙、要看看到底谁是最后的胜利者的时候，突然心虚下来，思想彻底转变。他感到自己是在步郑成功的后尘，在继续郑成功的事业。郑成功从荷兰人手里夺回台湾治理台湾，他现在又是把台湾重新并入中国的版图，是同样的大义之举。于是，他突然改烧庙为祭庙，要祭奠郑成功的忠魂了。自己一生和郑成功的仇怨和竞争都失去了意义，老年的施琅面对郑成功的灵魂泪流满面。

《沧海争流》的叙述从施琅攻取台湾后站在郑成功的神庙内开始，也在这里结束。故事的主体全从老年施琅的意识中流出，它是施琅和郑成功几十年恩怨争斗在老施琅面对台湾郑成功神像时的"闪回"。剧本的副标题是"施琅与郑成功的对话"，其实是老施琅的回忆，当折磨他一生的历史从心头流过的时候，他对历史的态度已经改变。施琅到了老年精神终于升华，不再汲汲计较于个人的荣辱得失，不再只想着基于自我一己的复仇和泄愤，而想到了国家，想到了历史的责任和后世的名声。这当然是可能的，但恐怕更体现了作者的愿望和期待。

《沧海争流》有两个音乐意义上的主题贯穿于全剧：一个是"仁、义、礼、智、信"五面一组的旗帜，一个是"举头红日近"的歌声。两者反复出现，象征和提示着作品的思想主题和郑成功的精神世界，尤其是后者。这两个意象甚至以它的象外之意，控制着郑、施之间的冲突，推动着剧情的发展。从剧本的描写看，郑成功这一形象的价值和动人之处主要在于对"义"的标举，义在中国人的道德感情结构中永远都占据着崇高的地位，"不义"是最大的恶德。郑成功是一个理想主义者，他是儒家精神乳汁哺育出来的一切以道德理想为旨归的人，义是他所有行为的根源和动力。为了这个义，他一再知其不可为而为之。南下广东的勤王远征是为了义，为了保护清军将领家属不受牵连更是义，而且义得那么普泛，竟是为了敌人的家属，以至被敌人利用而导致大局的逆转。那首反复弹唱的五言绝句中的"只有天在上，更无山与齐"，据郑成功解释，说的就是义的至高无上。然而，对这两句诗施琅却另有理解。他和他的亲随都认为这两句诗的涵义是一山不容二虎，是郑成功对他的嫉妒和防范、警告和压制，是权力斗争的信号。和郑成功形成鲜明对照的是，施琅是一个现实主义者，或者实用主义者，他没有多少文化却有足够的智慧，看问题容易看到本质并采取于己有利的对策。作为军事将领，他想的永远都只是取胜和保存自己的力量。施琅不同意南征，因为它不是明智之举，是犯了兵家大忌。郑成功对即将灭亡的明朝的忠心，施琅也未必真的理解和看重，他的思维是比较原始的，没有上升到政治的和道德的层面。这样的人永远都会是成功者，都不会成为悲剧英雄，因为他的行动都是为己而不是为原则的。在施琅的考量中，没有义只有利。因此，郑成功和施琅的冲突最终可归结为理想主义和现实主义的冲突、义和利的冲突、文化人格和素朴人格的冲突。在道德评价的光谱中，施琅式的人只能处于较灰暗的地位，而他的降清就几乎只能招致谴责。其实，施琅降清看似为郑成功的不策略的处置所致，其更深的根源还在于施琅本人的个性。他的思维是本能型的，郑成功伤害了他，他就要报仇，投靠清军是最好也几乎是唯一的选择，他不会考虑义与不义。

作者明显是更倾向于义的，因为最后，施琅在和郑成功的较量取得彻底胜利的时候，突然感到这胜利的无价值，他放弃了意气的泄愤，而转向对大义的崇敬和膜拜。施琅经过一生的搏斗，精神升华到了郑成功的层次，走向郑成功评价他的"重小功而轻大节"的反面。他在精神上归附了郑成功，当然也就是肯定了郑成功，最后是义的胜利。这个义的主题也有被细节消解的问题，为了对敌人的仁义而坐失胜利的良机，这很奇特，很能说明郑成功的性格和精神，而这一细节也是对这个义字的无言的评价，它已经到了迂腐的程度。

从文学的角度看，《沧海争流》中的施琅是更有价值的，他的性格更加鲜活跳脱，更多人性的内涵，更真实可信。相比之下，郑成功就稍逊一筹。而故事的最后，当施琅想："他收复台湾，建立奇功，我对他苦苦追杀，挖了他的祖坟，我成了什么人？"并最终承认郑成功"立功于国家，伸大义于天下"，而且把自己攻占台湾解释成和郑成功在精神境界上走到了一起的时候，却显得有些平庸和说教，思想的活力反倒不如转变前了。

二、王仁杰和《董生与李氏》

王仁杰（1942—2020），出生于福建省泉州。中学毕业后先后在泉州市的越剧团、歌剧团和梨园剧团工作，曾进修于上海戏剧学院戏剧文学系编剧专修班。曾任泉州市戏剧研究所所长、中国艺术研究院戏剧戏曲学客座教授、福建省文史馆员等职。

王仁杰的创作涉及多种戏剧体裁，有梨园戏、昆曲、歌剧、话剧等，而以梨园戏为主，他是一个梨园戏作家。作品有梨园戏《节妇吟》《董生与李氏》《皂隶与女贼》《陈仲子》《枫林晚》等，昆剧《琵琶行》、《邯郸记》、《牡丹亭》（担任剧本改编）等，越剧《唐琬》，歌剧《素馨花》等。题材采自尤凤伟现代农村题材小说《乌鸦》的古代传奇剧梨园戏《董生与李氏》为其代表作。

王仁杰以其独特的风格和文化态度见称于当代剧坛，其作品最突出的特点和魅力都来自其浓郁的中国古典文化韵味，这和梨园戏这种曲牌体的古典戏剧形式有关，也是他的自觉追求。他的剧本从结构到人物都是国画式的，都遵从中国传统戏剧的艺术原则和规范，唱词清丽雅洁，闪烁着宋词和元曲的辉光，走向古典戏剧抒情诗的传统，他因而被称为古典戏曲诗人。王仁杰不仅具有浓郁的文人的气质和追求，其文化思想也是崇尚传统、躲避和反对时髦风尚的，这种文化守成和复古道路的选择使他从人到文都独树一帜。

《董生与李氏》的故事奇特而又单纯。彭员外晚年娶得年轻貌美的续室李氏，孰料他不久阳间寿尽，两个小鬼来捉拿他。弥留之际，彭员外对年轻的妻子很不放心，怕自己死后她移情改嫁。他同意小鬼的建议，把他家娘子一并拘走，但拿不准到了阴间两人还能不能结成夫妻，所以要想别的办法。他拿十两银子贿赂小鬼宽限他一刻钟，等待董四畏的到来，要托他代为监管李氏并定期到他坟上述职。这董四畏是隔邻的蒙馆教师，其"四畏"是除孔子所言的畏天命、畏大人、畏贤人之言这"三畏"之外，另加一个"畏妇人"。此人"信而好古，好德不好色，年过四旬，尚鳏居而洁身自好"，所以彭员外十分信任他。董四畏认为这是鸡鸣狗盗之所为，不愿接受此项委托，但他不接受彭员外就是不闭眼，董四畏无奈答应，员外这才放心闭眼死去。董四畏于是走马上任，相当尽职，一边教书一边瞭望，李氏出门就跟在身后，引起李氏嘲骂。他数月跟踪观察，不见有何形迹，忽想到偷情不会在白天，于是又登墙夜窥，以至不小心从墙上摔倒下来。董生内心深处早对李氏动了心思，被李氏看在眼里，知道他在偷窥，故意在屋里说话，仿佛有另一个人在屋里。董生理直气壮去捉奸，被李氏骂得个痛快，缠着走不脱，两人的愿望顺势均得实现。董、李的奸情被彭员外的阴魂看在眼里，李氏来上坟，董生自然是跟来的，彭魂就来责骂董生是衣冠禽兽。董生起先还谎称李氏心志坚定，没半点差池，被揭穿后只好认罪。彭魂让他按原先的协议，对李氏施行家法，用鬼头刀杀掉李氏。董生说夫人无罪，要杀就杀自己，而李氏则甘愿受刑以开脱董生。由于彭魂催迫行刑，董生终至被逼反，勇敢地保护李氏，痛斥彭员外，骂他的行径不仁不义，说自己和李氏是两情相悦，合乎礼和义，决心和员外一拼到底。彭魂见大势已去，只好在一阵阴风中隐去。李氏为董生欢呼，说他凛然有正气，儒者雄风再继。得胜的董生正式向李氏求婚，问她愿不愿意和自己结为夫妻。李氏说，我愿不愿意，你昨夜就明白了。于是新人上花轿，皆大欢喜。

《董生与李氏》看似讲述董生和李氏两人的故事，一如剧名所示，但其思想主题却植根于一直以阴魂身份出场的彭员外。彭员外不仅老娶少妻，死后还要把妻子锁死在自己身上，还要霸占她，使她不得有别的选择，该剧正是要表现彭员外对女性贪占和敌视的态度。董生和李氏的由监视到相爱的故事不过是在为彭员外的女性态度演绎一个回答，它用节制而蕴藉的喜剧笔法嘲笑和羞辱了自私冷酷的彭员外，他的一厢情愿的奇妙设想和安排正是适得其反，反弹他一记响亮的耳光，从而张扬了女性独立的个人权利的胜利。

《董生与李氏》是一出十足的传奇。不论是彭员外美梦的逆火式破灭，还是董四畏的从履行承诺的监察到监守自盗的转变，都过于戏剧性和出人意料，但这两个始料未及实在又都在情理之中，顺理成章，作用于其中的是人性的逻辑。这种愿望和结果、初衷和后情的逆变虽然让人讶然解颐，过于戏剧性，但它正反映了中国社会或中国男性的普遍现实，其思想价值也正隐身于此。彭员外不管生前死后都是把李氏做他的殉葬品看待的，没有能力也要据有，死后也要据有。这是以男性欲望和利益为主体的中国文化和社会的绝妙概括。中国的上等人、统治者几千年来都是这么想的，这么做的，只是形式和程度有所不同而已。《董生与李氏》就是对这种心理、文化的喜剧性的嘲骂和批判。当然，该剧对董生和李氏也是揶揄调侃的，李氏的闷骚、董生的贼心贼胆的煎熬，都是让人产生喜剧感的。他们的行为虽大方向无可厚非，甚至应该得到肯定和支持，但具体表现毕竟算不得正直堂皇，这也正是该剧在人物描写上的真实处和思想表达上的微妙所在。此外，该剧是一个艳情故事，虽然唱词文雅，整个格调上却不免有些轻佻。

《董生与李氏》的中心人物是董生，其戏份最大，曲折复杂的心理描写都出现在他的身上，他的心理冲突发生在他的性格、文化和人性之间，这一冲突一步步推动他走向初衷的反面从而将自己解放，这是该剧的最大看点。剧本唱词典雅而对白俚俗，书卷气中有活泼的生活情态。剧本描写全无背景，就像一幅幅剪纸在活动，深具简洁的情趣。

三、魏明伦与《变脸》

魏明伦（1941—2024），出生于四川内江。从小生活在川剧戏班中，9岁入四川自贡市川剧团当演员，后任该团的导演、编剧。1996年入四川省川剧院任编剧。

魏明伦是新时期最负盛名的剧作家之一，和郑怀兴、郭启宏齐名。魏明伦是川剧作家，他的创作是四川风物、文化、历史的产物，浓郁的川味、麻辣而幽默是其剧作风格的主要标志。主要作品的背景都不出四川，故事与人物和四川的社会水乳交融，地方风味极为浓酽。魏明伦善摆龙门阵，剧作情节精彩，故事曲折，往往变幻莫测，出人意料。也时有矜夸才情、卖弄聪明的显摆和外露。

魏明伦不仅擅写戏曲剧本，而且有大量杂文、散文和碑文问世，大体是先在戏剧上成名，然后玩别的文体。他的重要剧作多写于20世纪80年代，有《易胆大》、《四姑娘》、《巴山秀才》（与南国合作）、《岁岁重阳》（与南国合作）、《潘金莲》等。20世纪90年代有《夕照祁山》《中国公主杜兰朵》《变脸》等。其中《潘金莲》和《中国公主杜兰朵》由于形式的先锋性、题材的敏感或特殊的机缘产生巨大影响。另还有杂文集《巴山鬼话》和话剧、电影剧本等作品。

川剧《变脸》发表于1997年，改编自魏明伦本人的同名电影剧本。故事发生在20世纪20年代的四川。流浪江湖的老艺人水上漂有家传的独门变脸绝技，但他独身一人，没有后代，很希望有个男孩来续他家香火，承传绝技。街上卖孩子的很多，无奈都是女孩。按祖上规矩，家传的独门技艺传男不传女，传女要遭天打雷劈。有一天水上漂终于买到一个非常乖觉懂事的男孩狗娃，水上漂就像有了家，深感幸福，两人其乐融融。但是，狗娃不能站在船头撒尿，必得到岸上解决问题，被水上漂看出破绽：原来狗娃是女孩。水上漂老江湖被骗，气恼不过，就赶狗娃走。而已经被转卖过七次的狗娃却十分依恋这个善良的老人，在被水上漂抛下后仍在水里追赶他的小船。水上漂不忍，还是救起狗娃，收留了她，从此教她学艺，一老一少各码头卖艺。别的技艺可以教，变脸却依然传男不传女，狗娃想学就在夜里独自打着灯自己揣摩，不料灯火被江风吹到脸谱上引燃起火。狗娃烧了水上漂的窝子，自知惹下大祸，水上漂让她滚她就乖乖地离开了。狗娃到街上很快又被卖她的人贩子发现抓去，关到楼上看管人贩子从戏院里偷来正待脱手的富家少爷天赐。狗娃一看是个男孩就偷偷把天赐送到水上漂的船上。水上漂看到这个从天而降的自称天赐的小男孩，大笑说是观音显灵，高兴异常。而被拐小孩的母亲早就报了案，警察局接到报告说天赐在船上露面，水上漂乐极生悲被当成人贩子投入大狱，关进死囚牢。狗娃没想到自己的感恩之举却害死了爷爷，她来探监，说大祸是自己惹的，要为爷爷求情。川剧名伶、艺名活观音的男旦梁素兰曾心仪水上漂的技艺，请他入剧团，被水上漂婉拒。他以名伶身份向作为戏迷的川军师长为水上漂辩白求情，未获允准。梁素兰接着为师长清唱《舍身崖》，在唱到慈航要割断绳索坠崖救父的时候，狗娃突然从房梁上吊下来，模仿慈航所为，为水上漂喊冤。但师长不听，狗娃毅然割断绳索摔下来，虽被梁素兰奋力接住，但仍然着地受伤。此事唤醒了师长的几分良知，他在最后时刻赶到刑场，释放了水上漂。水上漂听到是狗娃救了他，把奄奄一息的狗娃抱在怀里，求她活下来，要把变脸技艺教给她，但狗娃已含笑瞑目，水上漂抚尸痛哭。

《变脸》是四川20世纪20年代一幅色彩斑斓的风俗长卷，沿江码头形形色色的众生相顺着视点的移动徐徐展开，从卖儿女的农妇到看戏解闷的贵妇，从摆地摊的流浪艺人到万众瞻仰的名伶，从拐卖儿童的人口贩子到不可一世的警察局局长、川军师长，各按其自身的逻辑活动于街市之间。在这个嘈杂喧闹而又冷酷孤寂的世界上，同时寻找温存和依靠的狗娃和水上漂偶然相遇了，一个孤独的老人，一个被卖来卖去的孩子，他们在相互的选择和接受中表现出的善良和情义、同情心和正义感给冷酷丑恶的人世抹上一道温暖而鲜艳的色彩。这是顽强存在于下层人民身上的人性的光辉，其自身的质朴美好以及与环境构成的反差都足以使人得到深切的慰藉和感动。

在这幅风俗长卷中，最真实地存在着的社会的观念习俗，究其根源，都是为了人和人的生存，但其表现则愚昧而顽固。生育子息的渴望最根深蒂固地表现着，剧本一开始就是渲染送子观音的游行和崇拜，这种崇拜近于狂热。水上漂耿耿于心的也是无后，他渴望的是一个男性的后代，男孩才能延续香火和传承技艺，这是仍旺盛生存着的古老观念。自己没有宁愿出钱购买，狗娃和天赐的被拐卖都是这种观念的结果。这种观念是如此的顽固，对于水上漂来说完全没有别的选择。另一个方面是孝道和知恩图报的理念，它通过戏文在民间代代流传。活观音演《舍身崖》是多么能引人共鸣，多么感人至深，那是一个用生命救父的故事，它甚至直接被狗娃模仿，用于拯救捡到她的爷爷，而她的所有举动几乎都是在回报水上漂的善意和温情。有趣的是，狗娃舍身救祖父的义举孝行最终改变了水上漂的顽固观念，他同意把变脸的绝活传授给女孩狗娃，但此时狗娃已经处于弥留之际了。而这变化有力地表明这种人间深情和真情的力量，它足以改变最根深蒂固的风俗信念，所以这种草民身上的爱和情才是作品真正要揭示和颂扬的主题。

《变脸》将纷乱的世相作为底色和背景，在它上面点染着水上漂和狗娃的江湖传奇，主体故事和次要故事及背景自然而完美地融合为一体，相互勾连和推动，而毫无人工组织痕迹。剧本描写了大量的丑恶世态：颠顸嚣张的警察局局长，愚蠢而滥情的戏迷贵妇、阴狠邪恶的人贩子……他们不仅或近或远地都和主人公发生联系，而且全被涂以喜剧色彩，被作者投以调笑和鄙夷的目光。所以，一边是揪心、悲悯和感动，一边是笑骂、鄙视和痛恨，它的观赏效果可谓丰富而完整。

拓展阅读：

1. 高文升：《中国当代戏剧文学史》，广西人民出版社1990年版。
2. 于学剑：《当代戏曲创新思考》，中国文联出版社2000年版。
3. 蔺海波：《90年代中国戏剧研究》，北京广播学院出版社2002年版。
4. 苏琼：《走出"围城"：九十年代史剧形式的革新与史剧观念的演变》，《戏剧》2002年第1期。
5. 何玉人：《新时期中国戏曲创作概论》，文化艺术出版社2005年版。
6. 董健，胡星亮主编：《中国当代戏剧史稿：1949—2000》，中国戏剧出版社2008年版。
7. 徐晓钟，谭霈生主编：《新时期戏剧艺术研究》，中国戏剧出版社2009年版。
8. 吴保和：《中国当代小剧场戏剧》，上海远东出版社2016年版。

问题与思考：

1. 20世纪90年代的"历史话剧"对现实主义史剧的扩展。
2. 过士行"闲人三部曲"的戏剧观。
3. 孟京辉《思凡》中的"大众性"和"实验性"的融合。
4. 周长赋《沧海争流》中的"纪实"与"虚构"。
5. 20世纪90年代戏曲创作的艺术手段革新。
6. 魏明伦戏曲创作的审美风格。

第二十七章 台港文学

第一节 概 述

一、"本土化"甚嚣尘上的 90 年代

在 20 世纪 90 年代，台湾当局执政者虽然没有完全放弃"中国文学"的立场，且仍掌握了绝大部分文学资源，但在实际行动上，已不再阻拦甚至公开出面鼓励"本土文学论"的建构。在政权的庇护下，"本土化"理论队伍迅速壮大，舆论阵地不断蜕化和被占领，故"本土化"很快向解构"中国中心论"过渡，乃至达到甚嚣尘上的地步。

这里讲的"本土化"，其内涵不再是以往的"反日""反西化"，而是逐步演变为视祖国大陆为"他土"的"反中国"倾向。他们不仅在文学理论上宣传，而且向当局呼吁废除当前教科书以中国为中心的编撰标准，开放语文教科书的自由竞争制度。

为配合本土化的文学教育，从 1997 年 2 月起，台湾大专院校在外文系、中文系之外，开始独立设"台湾文学系"或"台湾文学研究所"。这本是对 50 年代国民党官方在各大学实施彻底的中国文学教育的一种反动。但某些人心目中的"台湾文学"，是不同于或独立于中国之外的文学。如同李登辉把国民党政权称为"外来政权"一样，他们把中国文学视为"外来文学"，因而设立"台湾文学系"的终极目的是强化中国文学与台湾文学的分离意识，把中国文学挤压成"外来文学"即"外国文学"，让中文系与外文系合并。这种颠覆是用意识形态取代学科建设，其负面效应是带来文学资源与权力的争夺。1999 年 3 月由官方"文建会"主办的"台湾文学经典研讨会"引发激烈的争辩，台湾笔会等团体质疑"正宗"的台湾本土作家赖和、杨逵、钟理和等人的作品为何不能成为台湾文学经典，就是最好的说明。稍后发生的《台湾新文学史》编写中的"双陈大战"也是文学诠释权的争夺，只不过陈芳明与陈映真争论的焦点主要不是台湾新文学史应如何写的这一类纯文学问题，而是争论台湾属何种社会性质，台湾应朝"独立建国"方向还是朝"国家统一"路线走这类大是大非问题。

台湾本土文坛内忧外患，它在向"中国"争自主权的同时，台湾文学内部的客家文学、台湾少数民族文学也在向以闽南语为主导的"台语文学"争自主权。这是世纪末在台湾文学主体性建构中的"内战"与"外战"部分，文学史家不应忽视。

台湾文坛不管如何受中心/边缘、台湾结/中国结矛盾的纠缠，只要有官方或明或暗的支持，独派拥有的文化与教育资源就会日益雄厚。仅文学刊物而论，独派拥有《文学界》《台湾文艺》《文学台湾》《笠》等四个刊物，而鲜明举起统派旗帜的只有《人间》等极少数刊物。

由于台湾文学系、研究所的相继建立，台湾文学正成为一门显学。在 20 世纪 90 年代，接连有不少大型文学研讨会召开。与这种鼎盛局面形成反差的是：在"去中国化"之风的盛吹下，90 年代的大陆文学研究比 80 年代大幅度滑坡。

从 1986 年兴起的女性文学研究，到了 90 年代仍方兴未艾，小说研究领域跨越了文化界限，从雅文学迈进俗文学领域。还有的论者用精神分析学及同志/酷儿理论，挑战小说中人物身份、性别的界线。

90 年代后期西方文论在台湾仍大行其道。一些学者所引进的后殖民论述，被作为建构台湾文学批评与台湾文学史的重要依据。这些学者的后学研究带有小众倾向，他们只将后学看作是一种从西方引进的思潮，而未将其看作新的思维方法和价值转型方法，多重视福柯等人的学术思想研究，相对地忽略了对社会文化形态的影响，这就影响了研究深度。

二、香港文学的主体性仍在

不少人担心香港回归后文学创作及其评论的自由空间会缩小，香港文学批评的主体将不复存在。从香港回归十年后看，文学活动、文学论争、文学批评仍保留了过去多元自由的面貌，主体性仍未消失。

首先，香港作家仍保留充分的创作自由，创作和研究均不设禁区。这里不提倡也没有人按照内地的"主旋律"去创作。相反，后殖民写作受到高度重视。也斯的《后殖民食物与爱情》，写出回归后香港的后殖民处境和吊诡性。陈冠中的《金都茶餐厅》，则探讨了"后殖民城市文化混杂的现象"。①

其次，论争允许各抒己见，决不采用行政手段解决。如"香港作家的本土文化身份"的讨论，是一个敏感话题。从 20 世纪 50 年代开始，罗湖边境关闭，两地人民断绝往来，香港文化因此中断与内地的交流，这种经验使香港诗人产生从未有过的身份认同感。特别是战后在香港土生土长的一代青年诗人，受西方文化影响远大于中国文化的熏陶，他们以做香港人自豪，在"九七"前不敢理直气壮地承认自己也是中国人。所谓对香港诗人本土文化身份的探讨，正是在这种背景下进行的。如果探讨时分寸掌握不好，过分鼓吹和强调本土文化身份，重复"九七"前有人认为香港文化身份不是"中国性"便是中西混杂的滥调，便有可能被视为不热爱祖国、还留恋殖民统治的表现。但没有人将这种讨论上纲上线，更没有哪位主管文化的官员出来定调子。正因为如此，不少作家在创作中仍通过"越洋越界旅行"的方法（现代主义技巧、诺贝尔视野、"伪造"地图、

---

① 冯伟才：《回归·后殖民·香港小说》，《香港文学》2007 年 7 月号。

虚构食谱、东欧流浪，再配上巴赫大提琴曲）来寻找建构维系香港的本土意识。①

第三，"九七"后的香港没有统一的作家协会，也没有统一的诗歌组织。相反，仅打国际牌的诗歌组织就有三种。香港作家曾担心"九七"后会成立统一的文联或作协组织，这种情况并未出现，以后也不会出现。

第四，香港作为大都市，其文化优势仍在，"九七"后仍担负着沟通中西文化桥梁的重任。早在80年代初，《诗风》社就出版了首次以中文译介世界当代健在诗人作品的《世界现代诗粹》，为中西诗学交流起了表率作用。国际华文诗人笔会出的会刊《诗世界》所刊登的有关文章，也可看出笔会的诗评家们在继承和发扬华文诗歌的优良传统，为整合世界华文诗坛所做的努力。编辑家王伟明以香港这个中西交汇的国际都市为立脚点，联系了众多华文诗人，先后编写了海内外三十多位华文诗人的笔谈和访问记，把这些诗人的文学经历以及各种不同背景、创作特色完整地呈现在读者面前。

在香港这个工商科技大都会里，讨论严肃文学及其批评是令人唏嘘而沉重的话题。香港难以出现经典文本和文论大家，其成绩远远比不上台湾和大陆。造成这种情况的原因是：

（1）在香港这片借来的土地上，香港人普遍没有昨天，也没有明天，有无根的感觉。这种心态显然不利于严肃文学的繁荣和诗评的写作。"九七"后，香港人不再有这种浮萍意识。但鉴于香港是经济为主导的社会，严肃文学在通俗文学的夹缝中生存，无经济效益的严肃文学创作和研究根本没有市场，即使有"艺术发展局"的资助，也只是杯水车薪，无法改变本土文学风气薄弱这一局面。

（2）人才容易外流。像叶维廉这样有分量的作家，先是流到台湾后又外流到海外。梁羽生、倪匡、陈浩泉、戴天、梁锡华、亦舒、阿浓在"九七"前夕均移民海外，黄维梁近年也到台湾教书。

（3）不像内地有《人民文学》《诗刊》这样长寿的刊物。除《香港文学》外，文学杂志多半旋生旋死、转瞬无声。

（4）不像内地有文学研究所一类的专门机构及随之而来的脱产研究人才。香港文评家多半是业余凭兴趣写作，缺乏耐性与恒心。

回归后的香港文学主体性虽然存在，但一时扭转不了文学大家难以出现的局面。

第二节　台湾文学创作

一、小说

这时期的台湾文学，较值得重视的有女性小说、新感官小说、网络小说、"台语文

---

① 许子东：《"后殖民小说"与"香港意识"》，载《呐喊与流言》，上海文艺出版社2004年版，第251页。

学"① 等。

女性小说。80 年代以后，随着妇女经济力量的抬头，价值多元变迁影响了社会及家庭结构，也改变了男女关系的模式，这样便有女作家的大面积崛起，如施叔青、李昂、苏伟贞、廖辉英、袁琼琼、萧飒、萧丽红等人。按照陈玉玲的说法，反省女性在社会结构中的性别角色的女性主义批评家，有激进与温和两派之分。温和主义路线代表主要有曹又方、朱秀娟、王碧莹等人。她们不像激进主义要颠覆父权，主张创造性离婚，争取身体自主权。她们认为女性只需要自我努力加上一点运动，便可以成为"全面成功的女人"。

如果说，80 年代的女性文学还处在女性化阶段的话，那到了 90 年代，女性文学就正式迈上了女性主义台阶。在这一片情欲新天地中所喊出的不再是传统的妩媚女人的温柔之声。陈雪写爱欲完全颠覆了男性文化霸权的专横局面，迫使男性世界自我反省。

新感官小说。1995 年 5 月，皇冠出版社推出了以写人间情色为主要内容的"新感官小说"：纪大伟的《感官世界》、陈雪的《恶女书》等。新感官小说的特征是在同性与异性之间，在主流与异端之间，直探情欲与官能的底层。

在书写的方式上，作者们多摒弃传统的隐喻式手法，在人物及时空背景上虽然也有小公务员、女大学生、中学体育老师，但整体说来，以脱离现实或边缘性的人物居多。

网络小说。20 世纪中叶以来，台湾高科技的发展带动了网际网络热。这种透过数位形成虚拟空间的新媒体，随着资讯高速公路的不断修建，在 80 年代后期逐渐成为一种强调即时反应、活泼对话、图文沟通的新兴网络文学。又称电子文学的网络文学，广义上是指凡以网络为媒介的文学网。它将传统"平面印刷"作品数位化，而后发表于网站或张贴在 BBS 文学创作版上。虽然不一定用图像和音乐作辅助手段，但它具备了电子文学的开放性及自我组织、互为连结的特质。狭义的网络文学是指含有"非平面印刷"成分并以数位方式发表的新型文学，学术上惯称超文本文学（hypertext literature）。非平面印刷成分的明显例子包括动态影像或文字、超链接设计（hyperlink）、互动式（interactivity）读写功能等。由于这些新元素的加入，扩张了文学创作的表现形式，同时也催生了新的美学向度。基本上，第一类网络文学只是把网际网络当作纯粹的发表媒介，而第二类则进一步将网络当作创作媒介，把诸多网络功能转化为创作工具。

正因为网络文学带有开放性和由此成为世纪末最受青睐的新媒体，故迷人的数位技术与文学内容结合后，便有可能导致文学文本书写的革命。它在降低现有平面出版媒体垄断力的基础上，反攻文学市场。难怪被平面出版媒体卡住和在传统出版市场中找不到或一时不想找出路的作家，纷纷到网上出版发行自己的新作。其中最著名的是痞子蔡的《第一次的亲密接触》，里面所写的"痞子蔡"和"轻舞飞扬"之间的网络恋情，众多网友读后感动得流泪，后被大陆买去版权，几个月便销出 6 万册以上。由此网络作家从网络出版到再出平面书便成了气候，《伤心咖啡店之夜》《哭泣吧恒河》的作者亦得益于网

---

① "台语"是错误表述，这里为体现文学史上的发展轨迹而保留引用中的表述，教材论述则一律使用"台湾闽南话"的表述。编者注。

络不受拘束与即时互动的长处而成为畅销书作家。另有撰写大众言情小说的藤井树、敷来浆、霜子、微酸美人，也不需要借助文学奖记录和报刊投稿作为出书基础。这种从网络逆向操作，逼得平面媒体不敢小视其存在的出书方式，冲击了出版业固有的模式，使其工作流程全面翻新，即畅销书的起点不再是送印刷厂装订成册，而是先到网上出版取得市场信息。

"台语文学"。随着90年代本土论述恶性膨胀，以及所谓"台湾文学国家化"口号的提出，"台湾意识"成了知识分子热烈讨论的话题，"台语文学"的创作也成了一股不可忽视的潮流。

台湾使用的语言除北京话外，另有鹤佬话（河洛话、闽南话）、客家话、少数民族语言。台湾话通常以闽南话为代表，因而"台语文学"一般是指用台湾闽南话写作的文学。过去的"台语文学"以民间文学为主，包括民谣、童谣、故事、笑话等，后有文人创作加入。"台语诗"的作者有林宗源、向阳、林央敏、黄劲莲、庄柏林、黄树根、牧阳子等。"台语散文"的作者有郑良伟、许极墩等。"台语小说"成绩较差，主要有宋泽莱等。理论工作者有洪惟仁、郑良伟等。

由于"台语文学"面临着语言的困境，全身心投入的作家并不多，故这些刊物登载的作品艺术粗劣者居多，以至被人讥之为"有'台语'而无'文学'"。

"台语文学"不仅有学术层面的问题，而且还牵涉族群和国家的认同。一些分离主义者，在"多语言文学"的遮掩下，把原本属于汉语方言的台湾闽南话膨胀为独立的"民族语言"，有意制造北京话与台湾闽南话的对立，企图利用语言的分裂为推行"台独"服务，这是不得人心的。另一方面，环绕在"台语文学"旗帜下的闽南语创作，其理论除陷入"书面文"不如"口语说"的"声音中心论"的误区外，另还陷入"因台湾意识激化成'准民族主义'而衍生的'正统心态'或'霸权心态'"。①

小说创作成绩突出者有张大春、黄凡。

张大春（1957—），祖籍山东济南，出生于台北。台湾辅仁大学毕业，现任教于台湾辅仁大学中文系。

无论是长篇小说还是短篇小说，张大春的作品内容和形式变幻无穷，举凡科幻、后设、魔幻写实、黑色幽默、现代侦探、历史传奇、政治寓言，还有新闻预设小说，他都实验过。张大春创作能量颇大，也极善于说故事和创新。他在20世纪90年代中期完成的《大说谎家》，把各种社会新闻和政治事件加以改编，企图以此颠覆"新闻反映现实"的合法性。1996年台湾地区领导人选举前夕推出的历史小说《撒谎的信徒》，和《解谜人》一样出现了天马行空式的政治戏谑。影射海军上尉尹清风被谋杀的悬案《没人写信给上校》，讽刺了检察侦查部门的无能和新闻报道的虚假。

张大春曾被誉为文坛顽童。除在新闻议题穿梭外，他还写少年成长小说，如《野孩子》

---

① 廖咸浩：《"台语文学"的商榷：其理论的盲点与囿限》，淡江大学"第三届文学与美学学术研讨会"论文，1989年6月17日。

《少年大头春生活周记》，表现了青少年在不良环境中的成长经验，写得颇有生活气息。

黄凡（1950— ），本名黄孝忠，台北市人。中原理工学院工程系毕业。出版有《赖索》《伤心贼》《黄凡小说精选集》等多种。

黄凡是当下最具代表性的知性型作家，是1980—1990年台湾文学的旗手和形式实验的嘲弄人。1979年发表的成名之作《赖索》，采用时空剪接的方法，将一个政治犯的今昔生活作对比，披露了当权者与本岛革命家的双重人格，同时讥讽了朝野双方政治理想的本质，并由此引导读者怀疑政治人物玩弄权势的正当性。作者开了政治小说先河，打开了一条政治、都市和后现代书写的道路，以至引领风骚十多年。

在写作鼎盛时期，黄凡和张大春、林燿德结盟倡导后现代，企图以此去解构乡土写实。他的两部虽未得大奖却很有分量的长篇《伤心贼》《反对者》，被不少论者认为是乡土写实派的后起殿军。他以都市为题材的小说《新年快乐》和把握都市整体精神的《财阀》，写出了政治与经济的互动关系，对台湾多重复杂系统作出深入的考察。

到了90年代，这位与张大春齐名的黄凡整整封笔十年。之后突然以长篇力作重新出发，并发表了不少中短篇小说。

二、散文和新诗

简媜（1961— ），台湾省宜兰县人。台湾大学中文系毕业，现专事创作。

在台湾中生代作家中，简媜的散文创作堪称一流。她的诗人气质大于叙述才能，写散文时力求淡化情节，主述者"我"的意志常常贯穿到底。所有素材她都要重新组织，且被其安排得递进转折，并用典雅精致的笔触抒写心灵的单向独白。她觉得散文具有舒缓的叙述魅力，能放纵想象，浓缩情理；不论是剖析人物内在世界，记录社会变迁，涵泳情思理绪，均允许作多向度的延展与叠印。她虽然以细腻的女性抒写见长，但在抒写生命意识和人生理念时，常弥漫出一种阳刚精神。简媜的散文集《女儿红》运用小说的手法去探讨女性内心世界的变化，表现手法不受束缚，写得很富于情感。另一本《红婴》，贯穿了她一以贯之的整体思想"爱"，内容同样与女性的生命经历密切相关。她这种既传统又现代的品格，被评论家万胥亭归类为"新古典的现代性灵派"。

诗歌创作有简政珍等人的作品值得重视。

简政珍（1950— ），台北县人（今新北市）。现为台中亚洲大学教授。出版有诗集《季节过后》《爆竹翻脸》《历史的骚味》《当闹钟与梦约会》等。

长期在书斋里讨生活的简政珍，勇于面对现实，对荒谬的社会不掩饰自己的不满和愤慨。如有"新史诗"之称的《历史的骚味》，以中国近代史情结和当代政治社会现状作背景，对现实中存在的诸如农药残毒、生态环境污染、股市长红、行贿选举、万年法统等丑恶现象一一作了讽刺和批判。

简政珍的诗与流行的政治诗的不同，在于反映现实却不过于贴近现实，沉思现实时不把功利放在首位。在他的诗行中，有着比功利更深层的哲学意识。简政珍的作品与干着喉咙叫喊的抗议诗或控诉诗的不同之处，还表现在他的诗没有单一的主题和明朗的题旨，其作品意象不算复杂，但里面有多层的意蕴。

简政珍喜欢在平淡中见深致，在平易中见含蕴，使自己的诗作和散文明显地划清了界限。既客观冷静又包含了是非感，这正是他的诗作受到重视的一个原因。

作为"创世纪"中坚代重要诗人的简政珍，其诗作融合了西方存在主义与东方佛教思想，把时间流动与空间断裂叠合在一起，带有浓厚的哲思色彩：不仅有"感觉的智能"，而且有"智能的狂喜"。为了达到诗歌沉潜、内省的效果，他在冷静中含藏着热情，下笔时又控制着激情的倾泻，从而形成他冷峻、深沉的风格。

陈黎（1954— ），本名陈膺文，台湾花莲人。台湾师范大学英文系毕业。出版有诗集《庙前》《给时间的明信片》《陈黎诗集1（1973—1993）》《苦恼与自由的平均律》等。

70年代登上文坛的陈黎，受现代主义文学的影响，诗作除了反思生命外，另有对都市文明的批判。80年代以后，他受后现代、后殖民的熏陶，不再重复以前的发声方式，去揭显男性隐藏于女性身体之上那君临的目光，而是另辟蹊径，拓展对家国史的勘查，由此开启了尝试练习各种诗文体的时代。他的叙事诗《最后的王木七》，用十六组黑色及水的意象谱写挽歌，内在的旋律加上起伏有致的节奏，使悲悯的情绪得到很好的体现。到了90年代，对音乐的入迷，也帮助他将意象提升到象征层次，使诗质更稠密，形式更舒展，作品更富前卫性。

世俗是陈黎作品的一大特色。嘲讽、激情如当年，冷静、自慎如今天。不管怎么样，他都无法忘怀现代社会的变迁、生命的转回和下层人物的遭遇。他的作品题材广泛，手法不断革新，属后现代的迟到者。

第三节　香港文学创作

一、小说

20世纪90年代香港小说，可以黄碧云的短篇小说《失城》为代表。它写陈路远、赵眉一家为逃避回归远走北美，后发现加拿大也是一座囚笼而再次漂流。这种"漂流异国"和"此地他乡"的题材，正符合许子东所命名的"失城文学"的特征。[①] 后来，在海外漂泊的故事和感慨"此地是他乡"的作品在逐渐减少。就是有怀旧感慨的也斯的《后殖民食物与爱情》，其体现的仍然是"香港意识"及随之而来的身份认同问题。此外，另一重要的收获是施叔青的"香港三部曲"，另有董启章的后现代小说。

施叔青（1945— ），台湾省彰化县人。淡江大学外文系毕业后，赴美专攻戏剧，返

---

① 许子东：《"后殖民小说"与"香港意识"》，载《呐喊与流言》，上海文艺出版社2004年版，第238－239页。

台后曾在政治大学、淡江大学任教。1977年赴港任香港艺术中心亚洲艺术节目策划部主任。1994年返台。其作品包括小说、散文、戏剧研究，其中小说数量大，且最有影响。

现代主义思潮风靡台湾之时，正是施叔青登上文坛之日。现代主义者的政治无意识或历史意识，以及弗洛伊德的心理分析和萨特的存在主义，对施叔青均产生过影响。这表现在她写的小说常用奇形怪状的生物作比喻，以增强其作品的修辞色彩，并以此去描写那些患了分裂症的人们的精神世界。这个卡夫卡式的梦魇气氛，使人感到难以接受，但确是一种可怕的存在。

施叔青中期的创作不再停留于挖掘隐秘幽暗的心理和以性、死亡、疯癫做主题，而改为描写边缘人的文化冲突以及与女性相关的家庭、婚姻问题。后期由于见证了70年代末至80年代香港"东方明珠"的景象，她便用了8年时间完成长篇小说"香港三部曲"，由《她名叫蝴蝶》《遍山洋紫荆》《寂寞云园》组成。其中描写鼠疫的祸害、两次大罢工、官地拍卖等重要历史事件，淋漓尽致地表现了这个自由港的繁华与悲凉。作者用作品主人公的生命史植入香港史的方式，从一个侧面去表现香港百年沧桑的命运，去体现香港历史的后殖民理论。正如李小良所说：施叔青作为一位相对于土生土长香港人的外来者来说，她对香港的书写，是在怀旧中"努力用文字重构百年来的殖民地香港"，并且"施叔青的香港叙述，真正是把殖民者铭刻于性别架构的殖民历史，从后殖民的批判导向，重新写书"。施叔青在她的《她名叫蝴蝶》和《遍山洋紫荆》中，"挪用了殖民论述的二元对立大框架——即东方/女人/被殖民者对西方/男人/殖民者——却在书写的缝隙中把这种东方主义的结构质疑、颠覆，去除建构于二元对立的差异政治中，殖民者对被殖民者的宰制，同时置疑两者的对立性，和各自的稳定性——他们其实早已互相侵吞，界限模糊"。① 总之，"香港三部曲"是施叔青创作进入成熟期的标志。

董启章（1967— ），香港出生。香港大学比较文学系毕业。1992年开始创作，出版有《纪念册》《小东校园》《安卓珍尼》等小说集。

在80年代后期，董启章创作的《安卓珍尼》，属女权主义小说，讲述女主人公厌烦丈夫给自己安排的豪华而没有自由的生活方式，到大帽山探险的故事。它触及了性别问题的核心，表现了一个不存在的物种的进化史。后来创作的《地图集》，企图在香港回归前夕重绘他心目中的香港地图。作品分"地图集""城市篇""街道篇""符号篇"四个部分。作者用游戏的口吻叙述一座想象的城市面貌，用地图折射殖民历史和反映香港身份的变化，并把历史空间化，"与后殖民批评家指出边缘性（种族性别阶段）已不能以从前的地理位置来定义，而是要考虑后殖民时期种族移徙及全球化的新空间组构的论点刚好不谋而合"。② 另一部作品《V城繁胜录》，城市不再是按叙事的论述方式表现出来，而是以后现代式的拼贴手法描绘作为"伎艺之城"的香港。作者用文本套文本的方

---

① 李小良：《"我的香港"：施叔青的香港殖民地》，载李小良等著《否想香港》，麦田出版社1997年版，第181页。
② 朱耀伟：《小城大说：后殖民叙事与香港城市》，载《香港文学@文化研究》，牛津大学出版社2002年版，第255页。

法传达出人已变成符号的信息。作品不仅解构了自己，也解构了传统的香港城市小说的写法。它和也斯的《记忆的城市·虚构的城市》、心猿的《狂城乱马》一样，均属跨越文类的后现代小说。①

二、新诗

这时期的"南来诗人"主要有张诗剑、傅天虹，本土诗人有罗贵祥、王良和、洛枫等人。

罗贵祥（1963—   ），祖籍广东南海，出生于香港。现任教于香港浸会大学，诗作散见于香港各种报纸杂志。

作为一位都市诗人，罗贵祥常将都市文明作为自己探讨的对象，反映了作为国际大都市的香港高度资讯化和商业化的一面。

罗贵祥作品的思辨色彩表现在对大众与私人、高贵与通俗的建构模式均作出深入的思考。他的诗作语意连绵，实验性强。洛枫曾将其作品定位于"后现代主义式的城市诗学"，并将其对都市文明的反思归纳为两点："第一是反对过去旧制中封闭自我的观念和表述模式，其次是于商品的潮流与流行文化的意识当中，寻求个人声音的发放，一方面既抗衡商业文化对艺术的吞灭，一方面又企图容纳两者之间相互的修正与协调，重重肯定与否定的思考程序里，诗人借种种矛盾、冲突、混杂，甚至是没有关联、互相抗拒的事物，呈示都市较为全面、整体的形貌。他的建构过程，是通过破坏与排斥的行动，才能重新理解都市文化各样潮流组合的可能，在都市建制庞大的支配力量下，体验个体与社会割切或共存的空间。"②

进入20世纪90年代以来，他坚持语言形式的实验，所不同的是，在《升降机与性别》等诗中加入了后殖民的内容，这和他过去实行的后现代路线一脉相承。

王良和（1963—   ），祖籍浙江绍兴，出生于香港。毕业于香港中文大学中文系，后在中学任教，现为香港教育学院教师，多次获香港青年文学奖和中文文学奖。出版有诗集《惊发》《柚灯》《火中之磨》《树根颂》等。

在新一代本土诗人中，王良和是一位有后劲和具有反省意识的诗人。他的声音是如此年轻，在诗中他常强调一个中心的存在，如《树根颂》中的《树根三颂》，写树根用自己的强大力量紧抓泥土不放，更显出"天地轴心"的中心形象。在多音复调、颠覆解构的潮流中，王良和仍固执地写自己感动、喜悦的咏物哲理诗，并尝试运用各种叙事语言，表达他独有的"自家风景"。"从余光中到里尔克、罗丹，以至凡·高，十年来（1986—1995）王良和的诗歌风格与内容，一方面是随生活与成长而循序渐进的蜕变，一方面又是自觉地寻找这种必需的变化。这种'变化'，除了是诗人内在成长过程自然的

---

① 朱耀伟：《小城大说：后殖民叙事与香港城市》，载《香港文学@文化研究》，牛津大学出版社2002年版，第255页。
② 洛枫：《香港诗人的城市观照》，载陈炳良编《香港文学探赏》，读书·新知·生活三联书店1991年版，第150－151页。

外现以外，同时亦是他在诗艺上刻意探索和实验的结果。"①

洛枫（1964—　），原名陈少红。香港出生。现任教于香港中文大学。出版有诗集《距离》《错失》《飞天棺材》等。

作为一个胸无城府的青年诗人，洛枫总是用无法遏制的生命激情不断激励自己。她既亢奋，又沉潜，常在自我中沉醉，在个人的心灵中思索。她最钟情的是个人的内心、个人的情感、个人的小天地。她拒绝阳光，拒绝自己的影子，喜欢在低头喝茶时，在茶中窥见对方的笑意；喜欢躲在参天的石柱背后，"用沉默对抗别人眼中的风景"。

洛枫写爱情或写城市，均以写"私藏讯息"——个人内心秘密的居多。无论是独奏还是合奏，是小诗还是大诗，洛枫的诗均有流行文化的特点，有时可以和流行歌曲并读。她的作品，既有女性的轻柔，亦有骑士的俊逸，结合为亦秀亦豪、尽情尽性的篇章。她后来的创作，十分关注世纪末城市的走向。

这时期的香港散文，绝大部分寄生在报纸副刊上。报刊负责人深知办报"靠新闻攻，靠副刊守"，尤其是靠有"新闻尾"之称的专栏去稳住读者不被电视夺走，故这时期栏目多，作者众，读者一大群。最有特色的是《信报》"封建割据"式的专栏：大鸣大放，各抒己见，不受任何意识形态的约束。

拓展阅读：

1. 刘登翰：《香港文学史》，人民文学出版社 1999 年版。
2. 许子东：《二十世纪九十年代香港小说与"香港意识"》，《清华大学学报》2001 年第 6 期。
3. 郝誉翔：《情欲世纪末：当代台湾女性小说论》，联合文学出版社 2002 年版。
4. 黎湘萍：《文学台湾》，人民文学出版社 2003 年版。
5. 何慧：《香港当代小说史》，广东经济出版社 2006 年版。
6. 王金城：《台湾新世代诗歌研究》，厦门大学出版社 2008 年版。
7. 龙扬志：《香港当代中文诗歌的代际经验与身份建构》，《南方文坛》2016 年第 4 期。

问题与思考：

1. 20 世纪 90 年代台湾文学的"本土化"特征。
2. 简媜散文的哲思意味和艺术品格。
3. 20 世纪 90 年代台湾诗歌的"生活美学"。
4. 施叔青"香港三部曲"中的殖民历史想象。
5. 20 世纪 90 年代香港诗歌话语方式的转变。

---

① 洛枫：《浑圆的实体有自己的重量：论王良和的"咏物哲理诗"》，载王良和著《树根颂》，呼吸诗社 1997 年版，第 166 页。

第五编 2000—2019年文学

2000—2019年，21世纪文学已经走过了二十年历程，但这一时期的文学风貌仍很难明确概括，因为文学历史发展具有内在延续性，而很多新的文学现象又需要沉淀。我们只能就代表性问题和重要现象作些描述性评说。

21世纪文学延续了20世纪90年代文学的基本特征，同时也出现了新的文学事实与新变化。但就目前而言，这些新变化尚未提供足以改变文学走向和呈现重要性质变化的东西。

21世纪中国文学可分为三足鼎立的板块：以文学期刊为主导的传统型文学、以商业出版为依托的大众文学、以网络媒介为平台的网络文学。这一时期，有三种文学现象值得关注：其一，传统精英写作沉稳推进，20世纪卓有成就的一批作家在21世纪持续耕耘，贡献出不少力作。其二，"底层叙事"蔚为大观，底层写作成为众人参与和众说纷纭的重大文学现象，形成了影响广泛的创作思潮。其三，网络文学快速发展和类型化，逐渐形成了自己的话语体系，影响力不断提升。

第二十八章　文学思潮

第一节　概　述

　　21 世纪文学至今已有二十余年。相比 20 世纪 20 年代的文学纷争，21 世纪的文学似乎安静了许多，虽然不乏喧闹之声，但是相比于五四的洪钟与 20 世纪 80 年代的大吕，21 世纪初这一声音的回响似是空谷的足音，余音不绝也步履沉稳。在这二十余年的时间中，文学沿着它既有的轨道在运行，有着宏大叙事主旋律的引导，也有着文学支脉的旁逸斜出。就其主流而言，似乎仍然处在 20 世纪 90 年代的延长线上，"第三代诗"之后没有第四代诗和诗人的出现，商业文明对文学的冲击持续深入，不断细化。一方面我们在努力告别，从新世纪迈入新时代；另一方面我们又在不断复刻传统的光荣与梦想。新世纪文学依然处在发展变化的过程之中，它还是一个"未完成"的状态。而种种所谓的"新质"或只是初见端倪的新生，或是被媒体放大之后的投机，究竟能否持续下去还无从判断。所有这一切，都让我们的宏观把握变得困难重重。① 就此状况而言，在文学现象的发掘中，我们努力突显"新"之于"新文学"和"新世纪"的新质因素，呈现出有别于 20 世纪 90 年代文学的别样风貌和特质。

　　首先，文学评奖活动的接力。随着 2012 年莫言获诺贝尔文学奖，中国人"诺奖情结"开始淡化，但是对于评奖的追求却没有因为情结的淡化而淡化，除了官方主办的"茅盾文学奖""鲁迅文学奖"等，民间文学奖也层出不穷，一方面显示着文学繁荣的热闹景象，另一方面也给文学以新的规训和导向。从对文学作品的品评鉴赏到对新人崛起的再度续航，文学的奖项眼花缭乱，文学的评奖也纷乱复杂。不少批评家的"帮忙"和文学作者的"卖力"，使得文学热闹非凡也丑闻不断。文学创作得到充分的肯定与鼓励的同时，也充斥着不良的现象。文学批评不断地学术化、专业化，也形成了文学批评的圈子化，进而与文学创作群体的互动，迎合时代主潮，成为当下文学重要的现象。

　　其次，文学创作精耕细作。处于 20 世纪 90 年代文学延长线上的 21 世纪文学，随着时代大潮不断地变动，并没有因为时代而给予文学应有的荣光。如同葛兆光所言，"盛世

---

① 赵勇：《文学生产与消费活动的转型之旅：新世纪文学十年抽样分析》，《贵州社会科学》2010 年第 1 期，第 63-73 页。

是平庸的",思想的平庸带来的是文学创作的平庸,平庸的表现之一即是在同一题材上写作的同质化现象,不断复制他者,不断自我复制。除此之外,很难创新的文学通过技术的提高,精耕细作,将问题细节化,将情节故事化,冗长烦闷来获取"长篇"的荣誉,或是"劳模"的称号。

再次,文学创作高原现状。因为同质化现象严重,文学创作多停留在同一水平,关注自我内心世界的开掘,即使有底层文学的突进,仍然难以将文学创作提升到一个新的高度。习近平总书记曾一针见血地指出,在文艺创作方面,存在着有数量缺质量、有"高原"缺"高峰"的现象,存在着抄袭模仿、千篇一律的问题,存在着机械化生产、快餐式消费的问题。借此观察即可看出,50后作家笔力仍健,在新世纪文坛中占据主流,其创作虽然新作频出,但是总体质量堪忧。新生代的作家似乎很难承续文脉,在努力追赶的同时陷入影响的焦虑。

最后,文学政治维度的回归。20世纪80年代文学受启蒙思想的影响重视文学的艺术审美追求,90年代受市场大潮的冲击,文学开始市场化写作,作家下海,作品商业化气息浓郁。但都逐渐摆脱对政治的依赖,从钟摆的一端指向另一端。新世纪以来,政治维度重新回归作家的视野,不同于五六十年代政治指导下的文学创作,新世纪文学创作的政治维度是文学将政治重新纳入现实生活语境,还原社会生活中政治维度之于现实的重要性。

第二节 "底层文学"的新变

在21世纪文学的发展中,"底层文学"作为世纪初新生的文学思潮引起大众的关注。关注的焦点主要集中于两个方面:一是"底层文学"之于20世纪文学的新变;二是关注"底层文学"的写作伦理。

21世纪"底层文学"的发生是20世纪90年代文学渐变的结果。从1996年蔡翔在《钟山》发表《底层》一文开始到1998年7月《上海文学》刊发以"倾听底层的声音"为编者按的文章再到2004年张韧在《文艺争鸣》上发表《从新写实走进底层文学》的文章,"底层文学"的概念正式提出。"底层文学"进入文学视野,应该首先关注到的是"何谓底层"以及是"谁的底层"。因为就"底层"而言,它是一种社会阶级分析方法的结果,最关键的是以经济为衡量标准的社会产物。底层可能指的是那些在社会经济结构中处于弱势地位的工人阶级或贫困群体,他们往往面临着经济剥削和社会不公。然而,从更广泛的社会学视角来看,底层也可能包括那些在文化、政治、社会等方面缺乏话语权和影响力的群体。这些群体可能因为种族、性别、教育水平、社会地位等因素而受到边缘化和歧视。因此,在底层的叙述中,不仅有文学之于其精神状况的描写,还有社会学、历史学等跨学科专业学者的耕耘,所以,从一开始,"底层"的复杂性就决定了它不单单是一种文学现象描写的对象,还有着对社会现状客观写实背后的精神诉求。也因此，底层本身的复杂决定了其难以描述的难度，但也增添了其书写和研究的可能性。

总体而言，"批评界在话语表达层面作了个大概认定，所谓底层，是指这样的群体，由于他们在经济、文化、组织等方面资源或缺、普遍缺乏话语权，因此'尚不具备完整表达自身要求的能力，暂时需要他人代言'"。① 从这个意义上来说，底层更多的不是在经济层面对其身份和社会地位的划分，而是从话语权力的角度展现其如何表述自己的问题。新世纪初，各种围绕底层的讨论不断展开，有的将底层写作纳入新乡土写作的叙事范畴进行讨论，力图在新世纪话语表述中寻求话语表达的理论路径。"在这样的背景下，贾平凹长篇《高兴》的推出，不但壮大了'底层文学'的阵容，提高了整体质量，也使对'底层文学'的讨论可以纳入到新时期以来，乃至鲁迅开创的'乡土文学'的脉络中来"。② "底层文学"概念的提出，不仅是"乡土文学"在新世纪的突围，将思想贫瘠和资源匮乏的乡土文学带入新的历史场域的一种尝试，也是扩展底层文学内涵，试图给予其合法性存在的方法和路径，只是在对于"底层"的关注上，游离于城乡之间的"底层文学"更多的笔触实质上是关注过渡地带的身份问题，以及由此而引发的社会问题的思考，在乡土文学的伤与痛中建立别样的痛感美学，这一点上的沟通，使得底层文学纳入新乡土写作有了底气，也有了地气。

也有将底层文学叙事与左翼文学相勾连，试图在红色左翼的链条上镶嵌新左翼的想象，"'左翼文学'拥有颇为丰富的理论建树，鲁迅、瞿秋白、毛泽东、郭沫若、茅盾、胡风、周扬、冯雪峰、丁玲等，都提出了新的命题并做出了自己的回答，他们的论述不仅为'底层文学'提供了可以直接借鉴的经验。而且马克思文艺理论中国化的过程，也为'底层文学'如何容纳、吸收新时期以来的各种思潮提供了方法论的基础。"③ 不可否认，底层文学的写作在表面上直接书写苦难以及承受苦难的个体，对于他们的遭遇表示精神上的同情，这不仅是左翼文学直接书写的素材，也是其情感共鸣的基础，因此"无论是'底层写作'本身，还是对'底层写作'的评论，都大量引用了现代文学特别是左翼文学的话语资源，可以见出'底层写作'与左翼文学传统有着千丝万缕的联系"。④ 但也不可忽视的是这种从理论上直接拔高或过度阐释的解法，一方面显示了批评家在面对底层文学时的思想的匮乏，将底层文学与左翼文学简单对接，既忽视了它们各自产生的不同的时代背景和社会语境，也对中国的左翼文学传统缺乏历史性反思，⑤ 另一方面，底层文学的左翼路径混淆了目的和手段。左翼文学的目标是以"革命"为目的的"主义"理想，搁置了对底层生存者直接境遇的关注，将笔触延伸至革命理性的境界，因此，

---

① 张光芒:《是"底层的人"，还是"人在底层"：新世纪文学"底层叙事"的问题反思与价值重构》，《学术界》2018 年第 8 期，第 43 – 57 页。
② 邵燕君:《当"乡土"进入"底层"：由贾平凹〈高兴〉谈"底层"与"乡土"写作的当下困境》，《上海文学》2008 年第 2 期，第 90 – 96 页。
③ 李云雷:《新世纪文学中的"底层文学"论纲》，《文艺争鸣》，2010 年第 11 期，第 25 – 33 页。
④ 季亚娅:《"左翼文学"传统的复苏和它的力量：评曹征路的小说〈那儿〉》，《文艺理论与批评》2005 年第 1 期，第 50 – 53 页。
⑤ 潘磊:《新世纪"底层文学现象"研究》，人民出版社 2017 年版，第 6 页。

美学意味的文学书写大大打了折扣；而底层文学是个体对自我生存境遇不满的一种宣泄或是对现实社会底层生活的反映，无法具有主义指导下的革命的目的，所以，两者之间的简单勾连虽具有可视化的理论路径，但实质上已经分道扬镳，没有从坐而论道到起而行之的实践转向。

更有将底层纳入传统的政治言说中，借助政治话语的流变来反思当下现实的无奈。廖亦武《中国底层访谈录》的终章为《底层的"真"表述》揭示了这一"再政治化"的行为方式："河南的农民在90年后期重新抬出毛泽东，他们要毛泽东时代的政治地位和邓小平时代的经济生活，不知这算不算当代中国底层自己的话语。如果是，这也是严重扭曲之后的东西，他们的愿望实际是被同化的剥削者的愿望，一个好处占全的阶级只能是统治阶级，但底层能成为统治阶级吗？假设'万一'底层成功了，他们又能保证多少同类享有政治上和经济上的双重统治地位？"① 朴素的政治需求与热忱情感需要在底层文学中比比皆是，不用说阎连科的《受活》中对政治的比附，也不用说《中国农民调查》的"三农"问题，单就曹征路的《那儿》所呈现的社会大潮之下的个体与政治的博弈，即可以看出政治性因素在文学中的影响千丝万缕，更可以见出政治对于人性的倾轧深入骨髓。不同于20世纪40—70年代政治文学的表达是以政策的图解和政治的附和为目的，新世纪"底层文学"的书写绵里藏针似的表达着对政治的失落或不满。事实上，无论是历史的语境政治的环境还是新世纪的生产方式的变化都不得不导向一个具体而微的路向，那就是对政治意识形态的消解，只是这种消极一方面呈现为放脚后妇女的小脚，"虽然一年放大一年，年年的鞋样上总还带着缠脚时代的血腥气"，另一方面则表现为以再政治化的方式消解政治，虽然表现形式上发生了较大的差异，但是在思考问题的理路上保持了高度的一致。

如果说"底层文学"概念的纠缠源于理解路径的不同，在此基础上呈现出的"谁的底层"则更多带有了写作伦理的意味。首先必须面对的问题即是"谁"的底层。毋庸置疑，在20世纪的中国文学脉络中，底层的展演往往是知识分子启蒙的对象，囿于知识水平，普通民众无法代表自身，更不用说通过文字来表达自己的思想与情感。萨义德援引马克思在谈及法国复辟时代的农民时说："他们无法表述自己，他们必须被别人表述。"所以，"被代言""被言说"似乎成为一个不可抗拒的结果。随着新世纪知识教育的普及，从底层崛起的青年一代有了为自己言说的欲望与诉说的权力，从路遥的《人生》《平凡的世界》到胡安焉的《我在北京送快递》，小说揭示了一个个底层青年如何从城乡之间的宽阔地带的挣扎到城市生存逼仄空间下的求生，安布罗斯说："艺术间的'边界线'实际上不是线，而是宽窄不等的'地带'，它们被'笼罩在神秘的昏暗中'……"，② 而从八十年代政治指导的语境到九十年代以来的资本权力，变化的是主导底层生存境遇的"神秘"推手，不变的是"昏暗"仍然在持续中。从郑小琼的《女工记》、

---

① 刘旭：《底层叙述：现代性话语的裂隙》，上海古籍出版社2006年版，第205页。
② 陆梅林、李心峰主编：《艺术类型学资料选编》，华中师范大学出版社1997年版，第577页。

谢湘南《零点的搬运工》和张守刚《工卡上的日历》到许立志《流水线上的兵马俑》《我咽下一枚铁做的月亮……》和王计兵的《赶时间的人》，变换的是职业，不变的是底层生活带来的痛与思。一个个底层作家的出现，改变的不仅是个体的生存境遇，还有个体言说的话语权力。当个体被他者代言，被言说者言说时，那种深入骨髓的痛感不是简单的文字所能表达的。"再低微的骨头里也有江河。我写，是因为我有话要说。（陈年喜）"所以，底层工作者自身的言说成为掌握话语权力的存在，突破了原有的启蒙路径的阐释，使得对于创作而言的读者阅读产生了更为深远的触动，这种触动一方面是来自底层写作者的生存境遇，无以言说的生存苦痛以及现实生活所迫产生的不同场域的残酷叙事，带给不同领域的读者以刺痛，或共鸣，或揭示人间另一种际遇；另一方面，在文学被大众娱乐化和消费化了的今天，孰真孰假、真假难辨，而底层写作者的"真"的境遇和"真"的情感更能滋润人们内心久久干涸的心田。比如范雨素的《我是范雨素》一文在网上广为传播，不单单是其素人写作身份的吸引和语言文字的风趣幽默，更多的是语言背后那种真切的情感表达直击喧哗浮躁的现实世界。其次，在面对底层写作者时，对其身份的厘定成为一个难题。众多的底层写作者无疑是具有双重身份的，一个是其底层身份的境遇，尤其是农村进入现代都市，无论是生存境遇还是思想情感始终无法完全融入现代社会，却又退回不到农耕文明，表现在情感上对土地的依恋，同时又有对现代文明的渴慕；一个是接受现代都市文明洗礼之后的启蒙者的意识和姿态，无论是其书写当下都市社会的生存境遇还是反观农业文明的冲击遭遇，在思想上试图深刻批判与反思，但情感上却成为一种羁绊，无法理性地去对待。丁帆指出："从价值理念上来看，许多作家过分迷恋田园牧歌式的农耕文明秩序，过多地揭露城市文明的丑恶，多多少少就削弱了作品更有可能进入深层历史内涵的可能性。"[①] 所以身份的两栖成为底层写作者的亮点也是痛点，他能直击现实的真实境遇，却不能抵达灵魂深处的批判反思，他能简单描摹社会表面现象，却不能揭示内在的深刻原因。有研究者指出："在底层的写作中，对人的关注与表达裂变为深层的人性关怀与表层的生存关怀两重，但往往又将重心向后者滑落。作家偏重于写底层的恐惧、屈辱、困惑、颓唐、挣扎和绝望，而没有去挖掘他们生活中乐观的一面。"[②] 某种程度上，这样的苛求既是作者自身知识能力的受限的结果，更是生活所迫的一种粗壮喘息，一边是疲于奔命的生计，一边是仰望月亮的理想，两者很难在一个具体而丰富的个体上实现和谐的统一，所以呈现出支离破碎的个体特性。

当前对于底层文学的关注热度不高，但是对于底层文学所展示出的命题似乎是20世纪中国文学持续关注的话题，从个体的生存境遇到时代的命运浮沉，从启蒙主义视域的关照到现代性中个人如何自适，底层写作中存在的种种问题很大程度上不来自写作本身，而是新世纪中国在历史变动中不可回避的社会问题。"人，作为一个独立的个体，也必然深处一定的群体之中，参与群体的发展和建设，当个体与群体出现这样或那样的不协调

---

① 丁帆：《"城市异乡者"的梦想与现实：关于文明冲突中乡土描写的转型》，《文学评论》2005年第4期，第32-40页。

② 刘巍：《新世纪文学底层写作的精神缺失》，《文艺争鸣》2009年第6期，第46-48页。

时，个体应做出价值判断，选择能反映时代精神的价值取向，促进相互的协调和群体的发展。"① 对于问题本身的关注往往超出了纯文学研究的藩篱，使我们不得不一次次地反躬自省，这既是底层文学观察的起点，也是最终的落脚点。

第三节 科幻文学异军突起

21世纪以来，中国科幻文学得到了长足的发展。其产业总值在2019年底已达658.71亿元，全年出版新书385种，尤其自《三体》（刘慈欣）、《北京折叠》（郝景芳）等本土科幻小说先后获得世界科幻最高奖"雨果奖"之后，媒体对中国科幻的关注、大众对科幻小说的接受以及学界对科幻文学的研究都达到了某种高潮。此外，王德威主编的《哈佛新编中国现代文学史》（2022）更以科幻作家韩松的创作为"压卷"之作。这些都表明科幻文学已摆脱其自晚清舶来时便一直处于的"边缘"位置，而逐步发展成中国文学的重要品类。

有学者将中国科幻的这一变化称为"新路径"（杨庆祥）或"新显学"（李静）。此种表述自然道出了当下科幻写作与其自身发展及主流文学之间的关系，即在创作主题、写作范式、现实关注以及艺术思维等方面的"新"。而要追溯中国科幻写作之"新"，则须回到20世纪90年代发生的一起重要文学事件——1991年《科幻世界》杂志的正式改名，这一刊物的前身是由四川省科学技术协会主管、四川省科普创作协会（1990年更名为四川省科普作家协会）主办的《科学文艺》杂志。这次改名，使中国科幻步入了一条既与以往自身传统，也与文学主流方向不尽相同的发展道路。它成为中国科幻在20世纪90年代迎来繁荣的新起点。这其后，"无论是国外科幻作品的译介和国际交流，还是本土科幻作品的创作与出版、科幻理论研究、科幻迷文化，都前所未有的丰富"②。同时，以《科幻世界》为阵地，大批被称为"新生代"的科幻作家开始崭露头角，他们的作品以某种"截然不同的形态告别了从晚清到90年代的中国'旧'科幻小说的样式，也以与之迥然相异的叙述在传统文学主流之外另立门户。"③ 在此后的十数年中，由科幻作者、媒介平台、文学评论、市场经济等众多要素共同形塑了"与中国梦的兴起，有着一种隐秘的关联"④ 的中国科幻"新浪潮"。

中国科幻写作的"新浪潮"主要表现在创作范式的转型、写作主题的拓展与民族资源的开掘三个方面。首先，就创作范式而言，20世纪90年代以来的科幻写作既有对文学创作自身思维方式转型，也包括科幻小说叙事模式的转型。就前者而言，中国科幻的新

---

① 巫晓燕：《作家文化心态与审美精神的嬗变》，中国社会科学出版社2011年版，第161页。
② 吴岩主编：《20世纪中国科幻小说史》，北京大学出版社2022年版，第190页。
③ 任一江：《文学新境与审美路标：论中国当代新科幻小说的四副面孔》，《北京社会科学》2018年第9期，第44-56页。
④ 宋明炜：《中国科幻新浪潮：历史·诗学·文本》，上海文艺出版社2020年版，第7页。

浪潮给文学写作带来了一场"思维革命",人们发现,一种不同于以往文学创作"归纳"思维模式的"演绎"思维逐渐崛起了。它打破了传统文学以塑造"典型"为己任的目标——这种"典型"是为把握现实中已然存在的实事和本质——转而去"表达不可能与不确定的世界,在科学和政治层面想象未来的历史,超越已知的、可见的空间"①。因此,"在新科幻小说的书写范围中,它所推演的世界无论在客观或主观层面都不再是现实之中业已存在的经验事实,它的目的也不是为了推知某种'规律'或'本质',而是由特定的观念为起点,去建构另一个可能出现但并不作'理想'保证的'替代世界'"②。例如,在刘慈欣的《三体》中,作者塑造了一个现实中不曾有过的"黑暗森林",进而构想了一种与以往人类经验截然不同的宇宙图景,其意义在于更新了科技时代人们的"宇宙观",使之获得了一种看待未来的独特视野。这也是中国科幻作为一种民族寓言与世界预言的题中之义。就后者来说,20世纪90年代以来的科幻写作逐渐打破了以往"科普型科幻"的叙事传统——它对"中国科幻文学传统的形成起过至关重要的作用,并直接促成了由作家、读者、出版者与研究者共同构成的中国科幻共同体"③,这使得从晚清舶来的"科学小说"真正转变为现代意义和文学意义上的"科幻小说"。在此浪潮中,很多"50—70年代的科幻创作观念,包括'科学文艺''儿童文学''为科普而科幻'等,被视作陈旧僵化的教条,科幻作家甚至集体向科普告别。"④ 这也可以说是一场对科幻创作模式的"形式解放"。

其次,在写作主题的拓展方面,20世纪90年代以来的中国科幻呈现出与以往极为不同的主题。突出的特征表现为一种"丰富性",它探讨了人类生活的各种方面和维度,而不仅限于传统的"科普""教育"或"启蒙"等有限的叙事范围。概而言之,当下科幻写作的主题主要包括"虚拟世界""后人类""外星文明""民族历史""生态环境""时间想象""近代物理"等方面。这些主题的出现,也体现了"新浪潮"科幻作家的某种写作焦虑,他们将创作视角从个体的人投向了作为整体的人类,如《三体》(刘慈欣)、《流浪地球》(刘慈欣)、"医院三部曲"(韩松)、"新人类三部曲"(王晋康)等;或是表达了对乡土世界和底层生活的关注,形构了一种"科幻现实主义",如《北京折叠》(郝景芳)、《乡村教师》(刘慈欣)、《中国太阳》(刘慈欣)、《幸福的尤刚》(吴楚)等;又或是考察了科技影响下人的生存处境问题,如《终极失控》(萧星寒)、《六道众生》(何夕)、《荒潮》(陈楸帆)、《国王与抒情诗》(李宏伟)等,这些创作潮流总体展现出一种对"人类命运共同体"的思考与描画。而除了展现"技术问题"之外,在这些小说里,科幻作家仍探讨了许多在传统文学中业已存在的话题,如现代性问题、乡

---

① 宋明炜:《再现不可见之物:中国科幻新浪潮的诗学问题》,陈思和、王德威主编《文学:2017春夏卷》,上海文艺出版社社2017年版,第132页。
② 任一江:《论中国新文学研究的思维范式及转向可能:从"典型论"与"新科幻"的"断裂"说开去》,《山西大学学报(哲学社会科学版)》2021年第6期,第11–18页。
③ 苏湛:《科普传统与中国科幻共同体的演变》,《中国现代文学研究丛刊》2021年第8期,第1–18页。
④ 吴岩主编:《20世纪中国科幻小说史》,北京大学出版社2022年版,第192页。

村教育问题、底层问题、人的异化问题以及情感与伦理问题等。

最后,在民族资源的开掘方面,20世纪90年代以来的科幻文学出现了被称为"历史科幻"的亚类型。正如有论者指出的,随着20世纪90年代中国新科幻小说的崛起,"一些科幻作家对历史素材给予了特别的关注,历史神话和太空歌剧、赛博朋克、人工智能等经典科幻题材一起成为中国科幻小说关注和书写的重要内容,并形成较为引人注目的分支,即历史科幻小说。"① 在这些"历史科幻"中,较为引人瞩目的特征是它与西方科幻叙事的不同,即引入了中国元素,用科幻来讲述中国自身的故事。这或可说是"一种将科幻文学作为'方法'的'文化寻根'。它试图在人们即将跨入未来之时,把一种民族的'根'与'魂'铭刻在科幻叙事构造的'现代神话'中"②。相关代表作品如姜云生的《长平血》,刘兴诗的《雾中山传奇》,晶静的《女娲恋》,钱莉芳的《天意》,长铗的《昆仑》以及飞氘(贾立元)的《一览众山小》等。

总而言之,在当下,中国科幻无疑作为一种独特的文类获得了它在中国文学版图上的合法位置。大量的创作实绩和文学研究也证明了其作为中国文学创作"新路径"和"新浪潮"的历史事实与光明前景。科幻小说作为现代化过程的描述者、见证者、预言者和反思者,在当今的"科技时代"更显得尤为重要。如今,越来越丰富的科幻写作和科幻研究,正向人们展示着某种"建构未来"的无限可能。

第四节 网络文学迭代更新

总体而言,21世纪文学"新质"的出现,多来自外部因素的介入。网络文学的发展壮大即是一例。这种变革从不同方面展现出网络文学的"新质"特质。最为直接的效应就是网络文学的流量与稿费的直接关联。从网络的浏览量到文本的长度,从日更的速度到打榜的推介,无不体现了新兴事物调动不同资源的能力,且展现出不同于以往作者—刊物—读者之间的流动模式。随着网络文学的勃兴,新世纪初网络文学借助影视剧的改编更是如虎添翼,一系列网络文本的电视剧改编,给传统文学带来冲击的同时,也给文学创作注入了新鲜的血液,激活了传统文学沉寂的因子,呈现出新的文学风貌。相对而言,新世纪初的网络文学还不成熟,远落后于欧美网络文学的发展。创作中的良莠不齐现象以及影视化改编所带来的创作路径的变化都提示着网络文学自身存在的问题。但是相比于媒介变动带来新质因素的介入来说,网络文学彰显的新风向值得重视。

首先是互联网的应用与普及改变了文学发表纸媒作为唯一平台的方式,使得越来越多的作者有机会得到发表的机会,也使得更多的读者以不同的媒介载体欣赏和阅读,网络文学的兴起与发展成为一股不可阻挡的潮流。从早期的贴吧、论坛、博客等网文初代

---

① 汪晓慧:《论中国当代科幻小说的"新历史书写":以新世纪前后中国历史科幻创作为例》,《当代作家评论》2019年第5期,第25–31页。
② 任一江、蒋洪利、王云杉:《中国新科幻文学十五讲》,北京时代华文书局2023年版,第206页。

平台到专门的网文门户如"起点中文""晋江原创""红袖添香"等,平台的迭代升级带来的是网络小说资本化的较量,尤其是网络文学的影视化改编使得网络平台也演变为资本的绞杀地。2009年之后,网络文学进入了IP全版权运营时代,带动网络文学走向"网络文学+"时代。"站长之家统计的数据显示,我国文学网站大约有千余个,比较活跃的文学网站有300家左右,点击量较大且具有较大影响力和较强经营能力的规模化原创文学网站有60余家。其中的大型文学网站是网络文学市场的主导力量。"①

其次,市场的推波助澜使得网络文学进入大众视野,通过不同的艺术形式介入网络文学,无论是各大网站平台的推送还是影视剧改变获得的流量等等,都将文学阅读的门槛降低,进而也改变了网络文学与读者互动的距离。伴随着网络文学自身的发展迭代,网络文学内部也发生着深刻的变革。1998年被称为网络文学元年,以痞子蔡为代表的一批网文作者开始将作品发布在互联网平台,标志着中国的网络文学诞生。仔细观察网络文学诞生初期的景观,网络文学虽然诞生于网络,但它更多被人所熟知则是来自传统出版,如今何在的《悟空传》、王小山的《这个杀手不太冷》、沙子的《我不是粒沙子》以及青春作家安妮宝贝、宁肯的作品等,此后几年大量的网络文学在传统出版行业里风生水起,从玄幻系列的《鬼吹灯》到历史系列的《明朝那些事儿》再到《侯卫东官场笔记》和紫金陈的犯罪推理系列。可以说网络文学在网络上收割流量,也并没有放弃传统的出版带来利益。不放弃的诱因一方面在于传统出版行业虽然带来的利润远小于网络平台,但是仍然有着比较优势的推介效用;另一方面则在于传统出版仍能带给作者以独特的殊荣,诸如学术研究对于纸质文本的依赖使得网络文学真正被纳入文学殿堂有了更大的可能。但是,网络文学从网络到纸媒的传播仍然有巨大的传播鸿沟,随着短视频市场的兴起,网络文学跳过纸本媒介直接转投视频门户,引起网络文学形式上革命性的变革。从最近一些影视剧的改编即可以看出。如愤怒的香蕉的《赘婿》先是在爱奇艺视频门户网站上线,后才在青岛出版社出版。影视剧《白夜追凶》和《狂飙》等,都是先在视频门户网站播放才有了实体书的出版或是视频流量带来的关注让实体书受到追捧等等。诸如此类的例子不胜枚举,这就导致了一个可能,那就是网络文学写作的影视剧倾向,在创作的同时考量视频用户对于网络文学的接受,抛弃传统出版行业的同时改变着创作思维方式的变迁。

最后,政策的扶持引导让网络文学在获"利"的同时也得到了"名"的实绩。从各种文学奖项诸如茅盾文学奖、鲁迅文学奖等国内文学高级奖项对于网络文学的接纳到近些年网络文学作家协会的成立以及网络作家被纳入作协管理体制等等,都对网络文学的发展带来了变革。受政府政策引导和市场阅读趋向的双重指引,根据历年网络文学市场调研报告,网络文学创作开始趋向严肃写作,网络文学现实题材再创历史新高,"现实+"题材进入创作视野,题材年增速超20%。究其原因,一方面是网络文学创作面向市场,

---

① 欧阳友权:《我国文学网站发展的四个阶段:从萌芽到探索,从商业化转型到高效发展的三十二年历程》,《中华读书报》,2023年4月9日。

阅读受众逐年增多，其中市场变现成为其重要的创作动力，而大众在网络文学的接受中对于现实问题的关注使得网络文学也开始面向现实，以图在网络文学的蓝海中捞取资本。另一方面，网络文学进入体制管理，所以，受体制化影响，不得不将创作的势头调转，从玄幻和历史的想象中脱嵌，并开始介入现实生活，且其对现实生活的表达起到的更多是一种发泄场的作用，满足现实生活想得不可得的物质与精神欲求，进而获得精神的慰藉。

网络文学之于文学的意义不是单纯的对于现实不满的宣泄和精神慰藉，除此之外，网络文学的独特审美更多在于其向下延伸的审美意识。从网络文学初期的野蛮生长到当下有秩序的良性竞争，市场是重要的导向，但更多是读者审美期待的诉求不断上升。从早期口水化的码字到艺术审美的自觉，从文本情节前后冲突混乱或脱节的情形中逐渐走向写作技巧的不断成熟，对于创作者的能力和素养的考验不断提升。在此基础之上，思想性的内在诉求也应运而生。

从内在的精神需求角度来说，向下延展的不仅是阅读受众，还有阅读受众所产生的网络流量，流量在某种意义上代表着价值观的取向，由此而引申出的平等权利的追寻。传统小说的写作是作者完成生产交付出版之后，读者与作者之间的沟通多是单向的被动与接受，如罗兰巴特"作品诞生，作者已死？"的文学理念。但是网络文学改变了这一传播形态。作者在写作的同时，及时与读者互动，根据读者的建议进行更改，可以说在一定意义上实现了文本创作的双向互动，随之而来的是观念的更换。这种观念的更换与其说是作者与读者双向互动的情感纽带，不如说是阅读中读者地位上升之后的一种身份意识的平等体现。当现实生活无法左右，当理性主义遭遇挫败，网络文学在精神上满足读者主体的精神需求，实现其对于人生理想的主导，从精神层面满足基本意义上的平等愿望，是网络文学的副产品，也是其不断生长的原动力之一。

在以流量为密码，以市场为导向的写作中，诸多网络文学作品的价值判断明显表现为二元对立，读者在阅读中直接感受主人公强有力的信念或力量，诉诸简单的情感需求和简单的人物设定，甚至超越常人的理解与想象，诸如玄幻、灵异、盗墓、穿越等题材网络小说。这类题材的小说在艺术形式与文学想象方面超出传统文学的限制，带来了作者对于文学以及自由的向往，主打"我的青春我做主"，一切看似不可思议的遭际在网络文学中都有了可实现的合理性。萧鼎的《诛仙》在武侠理想的基础上打造仙侠梦想，人魔混杂。从艺术形式方面多有传统武侠成长小说的痕迹，但是在功夫方面远超武侠的招式。它的似人似魔，它的既传统又现代等等幻想体验在此空间都得到了自圆其说、自成体系的合法性。天蚕土豆的《斗破苍穹》与《诛仙》同类，也是少年从一文不名到主宰江湖，这类小说在满足读者的精神想象同时，拓展了文学写作的想象力，对于以现实主义为主要艺术方法的纯文学写作不无裨益。李可的《杜拉拉升职记》从职场斗争的角度描写了小人物杜拉拉从民营企业小职员到外企职业经理人这一奋斗的经历。虽然在内容上更切贴近现实生活，但是在艺术形式上无疑与《诛仙》等玄幻类作品有着异曲同工之处，那就是成长主题对于所有处于社会底层人们的励志作用。

当然，网络文学并非隔绝现实主义，而是在现实之外，理想未满之时对于情与理，理想与现实之间的一种沟通。江南的《此间的少年》以金庸武侠小说为基础，勾连武侠理想与现实世界的青春主题小说，内在充斥的忧伤又何尝不是九把刀的《那些年》、韩寒的《三重门》、郭敬明《悲伤逆流成河》等青春文学的翻版。肖尧月的《全科医生》、钓鱼1哥的《天才名医》、真熊初墨的《手术直播间》聚焦医疗行业，讲述了医护人员的职业坚守和成长，社会关注的敏感话题的医患关系等等，让读者在网文中体会情节故事带来的愉悦，也对医疗工作者的艰辛有了更真切的体会。雷米、秦明、天下归元、滕萍等网络作家其对于公安职业的书写，《法医秦明》用先进经验积累起来的写作素材，构成海量的案例库，揭示了法医这一职业不为人知的另一面。蜘蛛的《十宗罪》、紫金陈的悬疑推理三部曲对于刑侦技术人员的职业以及过程中的推理分析都展现出一种内在的情绪与精神的紧张，进而从现实中抽离又回到现实之后的轻松。雷米在访谈中提及网络文学对于普法教育的作用："最初我在作品中并没有体现出法治精神。后来，当我意识到我的学生也会看到我的书，而我可以在讲台之外可以对学生形成影响的时候，我开始有意识地在作品中强调法治精神。通过角色的塑造和情节的铺陈，再给学生和读者上一堂'法律课'"。还有军旅题材小说如《送你一颗子弹》《狼群》等在军事爱好的读者眼里燃起了军旅梦想，既有铁血的豪情也有儿女情长的温柔，侠骨柔情。

随着科学技术的发展，AI智能手段广泛用于社会各领域，网络文学也出现危机。《阳光失了玻璃窗》是人工智能诗人小冰创作的诗集，集结了1920年以来的519位中国现代诗人，学习了他们的上千首诗，经过1万次的迭代学习，100个小时后，她获得了创作现代诗的能力。为了验证小冰的创造力，科学家们用了27个化名在多个网络社区诗歌讨论区中发布小冰的诗歌，又向多家媒体投稿并得到录用。之后人类编辑从她的数万首诗中挑出了139首结集出版，没有润色改动，诗句中的错别字也有意保留，书名《阳光失了玻璃窗》也是小冰自己起的。百万字AI长篇小说《天命使徒》获得第五届江苏青年科普科幻作品大奖，作为第一部有如此体量篇幅的人机融合生成小说，具体而言，《天命使徒》是采用"国内大语言模型+提示词工程+人工后期润色"的方式完成的。"人工智能占70%，人工占30%。"不从文学的角度评述AI文学的审美等价值，单从其写作方式和技术手段等方面的革命已经显现出未来网络文学的新趋向。在日更5000的网络文字生产力的诉求下，AI无疑有着解放脑力和劳力的双重功效，但是失去了个体思维的独特性之后的AI写作，在解决旧问题的同时，也意味着新问题的产生，换句话说，网络文学无论是从文学生产和学术研究，还是从自身的写作伦理和社会革命，都呈现出未来可期与任重道远的双重使命。

第五节 "非虚构"写作的勃兴

自2010年《人民文学》开设"非虚构"专栏并公开征集写作项目以来，"非虚构"写作重新进入大众的视野。早在1980年董鼎山的《所谓"非虚构小说"》发表以来，以

"非虚构"命名的文学层出不穷，囿于相关概念的含混以及非虚构关注的重点不同，所以对其重视程度不高。《人民文学》以"国刊"姿态的倡导在新世纪不温不火的写作态势中无疑投掷了一枚重磅炸弹，一时之间"赢粮景从"。先后有梁鸿的"梁庄三部曲"（《中国在梁庄》《出梁庄记》《梁庄十年》）、乔叶的《拆楼记》、王小妮出版《上课记》、李娟的《我的阿勒泰》、黄灯的《我的二本学生》《去家访》等。

回顾新世纪以来的"非虚构"写作现象，不禁要问的一个问题是：在报告文学成为中国文学的一种文体之后，我们为什么还需要"非虚构"？这一问题也直指"非虚构"写作的特质所在。

第一，模糊了文体的界限，带来了文学想象力的突围。在小说、诗歌、散文、戏剧等主要文体的主导下，文学创作很难脱离原有的写作模式和文体特质。对"非虚构"写作的倡导，让一种介乎于小说和散文之间，又不同于报告文学和纪实文学的写作类型出现，虽然这一类型不可避免带有重复其他文体的特点，但是游走于不同文体之间的"非虚构"写作，似乎让作者和读者都有了一丝阅读的松动，一种不必纠葛于用小说还是散文的写作与阅读的模式去创作和理解，带来的不仅是传统写作观念的突破，还有各自想象力的突围。这既是"非虚构"写作被批判的原因，也是其何以成为"非虚构"写作的独特新质之一。当我们以文学的视角进入现实社会的时候，问题并不是文学的笔触所能完全触及与抵达。黄灯、王小妮虽然是以教师的职业身份站在讲台上传道授业，但是与学生之间的隔膜不单单是知识意义上层级，还有对学生知识背景的不了解，只是在城市景观的统一关照下对学生的集体引导。"我相信做一个好老师并不难，真正的问题远比做个好老师复杂得多"，① 所以，当作者俯下身倾听来自学生的真实心声，当这种无法用文学描写的现实呈现在作者眼前时，"我深刻意识到，中国二本院校的学生，从某种程度而言，折射了中国最为多数普通年轻人的状况，他们的命运，勾画出中国年轻群体最为常见的成长路径。"② 这种突然的转向，是文学抵达世道人心之后一种社会化的"软化"，就像王小妮所说"我不觉得有软化，在看到更多的上行下效后，身处污秽遍地的泥塘中，强求随风飘零的小荷叶们独自保持洁净是需要强劲说服力和自我约束的。我要用他们能接受的方式，去重申个人的洁净观，让他们感受到一个自由多元而无强制的小环境"，③ 观察的视角从课堂内转向课堂外，这也是黄灯《去家访：我的二本学生2》进一步体察学生背后社会的动力所在。单纯的文学研究已经不能解释这类问题，需要借助不同学科的介入。而不同学科的理念和路径的不同，产生差异，也碰撞思想。田丰、林凯玄的《岂不怀归：三和青年调查》严格意义上属于社会学的田野调查，但是在写作方式上又是文学笔法，所以其当年出版高居文学榜榜单前列。而梁鸿的"梁庄系列"同样用文学的笔法讨论留守老人和儿童，农民工等等现象和群体，慕容雪村《中国，少了一味药》用现实主义的路径对于传销现象的调查等等，从方法学意义上讲，这类"非虚构"偏向

---

① 王小妮：《上课记》，中国华侨出版社2011年版，第4页。
② 黄灯：《我的二本学生》，人民文学出版社2020年版，第2页。
③ 王小妮：《上课记》，中国华侨出版社2011年版，第3页。

田野调查，也就是说社会学知识的引介更有助于对问题的展开，进而凸显其强有力的分析和理解力，在此基础之上，文学弥补社会问题之间的裂隙，让想象力重回大众审美和阅读视野。

第二，现实主义方式的另类回归，让"人"在生活中活起来。在20世纪80年代中后期，现代主义思潮勃兴，对于现实主义的关切逐渐被视为落后。随着历史进程的加快，90年代以来的文学在对"人"的关注程度上开始下降，将更多的注意力投放到历史或是时代的经济大潮中。但是，随着工业化的发展，经济的繁荣使得精神空虚，从电影市场票房2010年以后不断攀升，但是影片的经典性直线下降，这一反差更多的是物质生存得到满足之后，人的精神的再次失落。"非虚构"写作从侧面回应了这一时代关切的问题，将"人"重新带入现实，也将现实主义的创作方法再次回归到当下的文学创作中。梁鸿的"梁庄系列"关注底层的生存境遇，无论是留守家园还是外出谋生，这一时代大潮下的中国社会变迁的缩影被梁鸿记录下来，成为一个时代的经典。乔叶的《拆楼记》关注中国城市化进程中的"拆迁"问题，在她的笔下，拆迁不仅拆的是固有土地上建筑，而且是世道人心的溃散。"乔叶以毫不妥协的有力笔触，描绘出利益之下人与人、人与世界之间真实甚至是残酷的角力。在异常复杂棘手的现场，在层层逼仄的压迫感之中，她所刻画的人物看似狡黠沉着、精通世故，其实却经历着剧烈的内心起伏与煎熬。作品结合深邃的观察和有力掘进的语言，使读者从看似扭曲的种种现象中探寻真相，以及隐藏在背后的世道人心。"① 萧相风的《词典：南方工业生活》可以看到韩少功《马桥词典》的传统，相同的是以"词典"的方式结构文章，以共通的笔触描摹人心，不同的是《词典：南方工业生活》将关注点切近当下，消解掉被虚构文学所包装的人性的光辉和光明的结局，正如2010年度"人民文学奖"非虚构作品奖所言，"工业影响和塑造着现代人的感性，但它自身却往往不再是感性对象。《词典：南方工业生活》，让我们看到了工业中的人——那些曾是农民的工人，不是作为'问题'，而是作为活生生的人，在业中劳作和生活"。"人"从20世纪40—70年代文学中被消失到80年代文学高扬主体意识的"理念人"，再到新世纪文学中具体的人，对于"人"之为人的"人性"的问题的关注成为其书写的焦点。王小妮"深刻感觉到我们这一代大学生是因为考试而扭曲和盲目的'非人'"。② 当然这一"非人"远非鲁迅笔下"吃人"的礼教等，而是现实的残酷与人性的扭曲在同样看不见的手背后呈现出更为具体的人如何被镶嵌在社会中而丧失自我。对人的关注何以成为焦点，从《我的二本学生》到《去家访》，从学生到对学生背后的父母关注，因为"二本学生作为全中国最普通的年轻人，他们是和脚下大地黏附最紧的生命，是最能倾听到祖国大地呼吸的年轻群体。他们的信念、理想、精神状态，他们的生存、命运、前景，社会给他们提供的机遇和条件，以及他们实现人生愿望的可能性，是中国最基本的底色，也是决定中国命运的关键。"③ 黄灯既贴近了自己的学生，也贴近

---

① 《2011年度茅台杯人民文学奖授奖词》，《人民文学》2011年第12期，第203－204页。
② 王小妮：《上课记》，中国华侨出版社2011年版，第271页。
③ 黄灯：《我的二本学生》，人民文学出版社2020年版，第3页。

了家长,并在更深的意义上贴近了自己、贴近了教育、贴近了当下中国的现实。"非虚构"写作依靠人的真实生存经验探索人性幽微无疑更能抵达人性探索和启蒙的彼岸。如袁凌在其非虚构集《我的九十九次死亡》中通过对死亡经验的书写容纳和安放人性,伊险峰、杨樱的《张医生和王医生》则通过记录两位医生的个人成长史延伸出知识分子的自我认知、尊严和社会身份建构等问题。写作者意图以人性思考和伦理建构唤醒人们对人性的尊重,达到自由理想的境界。

第三,非虚构写法与虚构文学的互文。从文学本质意义上言,真实在文学上不可能存在,即使是局部的真实,也不构成对整体虚构的危险。虽然采取的是非虚构的写作手法,但究其本质也是虚构文学的一种,因为在描写时偶尔也会有虚构的地方,做不到完全意义上的写实,并且作者不时地会在文本中加入自己的看法,从整体把握的层面上对文本内容进行评述。因此,在进行创作时,非虚构文体的度很难把握,要如何真实地反映被遮蔽的主体的声音?在何种程度上真实?这些都是非虚构创作不可避免的难题,同类型的作家都存在这个写作难题。"非虚构文学的'非虚构性'包括了事实的真实、本质的真实、艺术真实以及作者的真实观、读者的真实感等层面。非虚构文学也是在'戴着镣铐跳舞',它贵在真实,也难在真实。"① 李幺傻的《暗访十年》和慕容雪村的《中国,少了一味药》都是通过暗访的形式卧底各种不同的群体,有传销、乞丐、代孕、血奴等,展现出底层中国一个个不同的真实场域。而这个真实往往是一种写作伦理的真实,因为只要是文学创作,无疑其本质的属性即为"虚构",只是相对于"非虚构"写作而言,"非"只是其写作策略或是写作方式之一种,王安忆认为:"什么是虚构?其实这个问题是不需要多说的,文学创作就是虚构。可是近些年来,有一个新的倾向产生了……非虚构倾向进入虚构领域。"② 这种进入,一方面来自虚构文学江河日下的纯文学写作模式远远地脱离大众和想象力的乏力,读者对于遥远的生活或理想主义虽有向往但更多的是关注现实的柴米油盐和无奈、痛楚,对于他者的关心保有一定的距离,最多表现出"附近的真实"关怀;另一方面"非虚构"的强势介入带有一种唤醒读者的痛感,尤其是在陌生化的环境中希望寻找到方向或指南的精神读物,而"非虚构"在现实中"虚构",在虚构中"真实"的写法更能从精神层面切近读者,也唤醒文学应有的社会责任。萧殷指出,"生活上真实的东西,未必就是艺术上真实的东西。艺术的真实应该比生活的真实更集中,更有组织,更典型。所谓艺术的真实,它是比生活的真实提高了一级的东西。一切不自觉的或群众还没有明确认识的重大问题,要求文学艺术家敏锐地明确地认识它,并描写它。只有如此,文学艺术才能帮助读者深一层地认识现实,并指导现实、改变现实。"③ 游走在"真实"与"虚构"边界的"非虚构"写作,在某种程度上切换着自身不同的面相,也因此,底层文学、网络文学,甚至科幻文学都可以照见"非虚

---

① 常品:《鱼和熊掌可以兼得:关于非虚构文学的真实性和文学性》,《现代语文》,2001 年第 1 期,第 142 – 143 页。
② 王安忆:《虚构与非虚构》,《天涯》,2007 年第 5 期,第 51 – 63 页。
③ 萧殷:《生活的真实与艺术的真实》,《文艺报》1951 年 4 月 10 日。

构"写作的身影。

当然,"非虚构"写作也存在不足。在新时代的语境下,"非虚构"写作不断调试着自身与时代需求之间的缝隙,回应时代关切问题的同时也努力构建自身的美学特质,折射时代讯息与历史自觉,也凸显文体特征和个体情感,成为新世纪文学初期不可绕开的一种文学现象和写作思潮。

拓展阅读:

1. 毕文君:《"新世纪文学"研究述评》,《南方文坛》2008年第1期。
2. 苏晓芳:《网络与新世纪文学》,中国社会科学出版社2011年版。
3. 杨剑龙:《新世纪初文化语境与文化现象》,中央编译出版社2012年版。
4. 李云雷:《新世纪底层文学与中国故事》,中山大学出版社2014年版。
5. 洪治纲:《论非虚构写作》,《文学评论》2016年第3期。
6. 邓晓雨:《当代中国"非虚构"写作研究》,吉林大学博士学位论文,2017年。
7. 张邦卫:《媒体化语境下新世纪文学的转型研究》,中国社会科学出版社2017年版。
8. 孟繁华:《新世纪文学论稿之文学现场》,人民文学出版社2018年版。
9. 杨玲:《新世纪文学研究的重构》,厦门大学出版社2019年版。
10. 洪治纲:《中国新世纪文学的日常生活诗学》,安徽教育出版社2020年版。

问题与思考:

1. "新世纪文学"命名的动力、依据、意义及其限度。
2. 21世纪文学对20世纪90年代文学的延续与断裂。
3. 茅盾文学奖评奖机制。
4. "底层"概念的生成与辨认。
5. 知识分子立场与底层文学的叙事伦理。
6. 非虚构写作的"真实性"问题。

第二十九章 诗歌创作

第一节 概　述

相对于20世纪90年代的诗歌来说，21世纪诗歌生态在巨变中呈现出复杂态势。21世纪诗歌，无论是在建构诗歌与现实的关系，还是在探索诗歌艺术多样化表现方式方面均作出了探索，呈现出了多元发展、菁芜并存的格局。

直面历史与现实，在寂寞中依然坚守精神的高地，是21世纪不少诗人创作的价值追求。他们在本土历史与现实中寻找灵感，书写自己的生命体验、文化态度和现实关怀。有的诗人通过对历史的省思，传达自己的生命感受和文化情怀。如诗人柏桦以超越私我的意识，试图探索"古典的东方如何转换成现代语境，如何与当下发生关系"的新路径。也有诗人表现出对现实的深切关怀。翟永明的诗作《老家》，对河南艾滋病人表现出了深切的关注。这些一辈子也难以走出方圆十里的老家的人，为了摆脱贫穷而卖血。然而，卖血带给他们的不仅是"蜂拥而至的/除了玉米肥大的手臂/还有手臂上密密麻麻的小孔/它们在碘酒和棉花的扑打下/瑟瑟发抖"，更重要的是罹患艾滋病后，整个世界的拒绝和冷漠。

就21世纪诗歌发展而言，诗歌民刊、底层诗歌与网络诗歌无疑是其中引人注目的风景。

当代诗歌中的民间刊物已经有不短的历史，早在20世纪70年代中后期，《今天》成为当代诗歌史中第一个产生较大影响的民间刊物，并在事实上成了"朦胧诗"的先声，开启了"一代诗风"。而后，民间诗刊发展更为迅猛，其中尤以《他们》《非非》《莽汉》等为代表，至1986年现代诗群体大展时，"全国已出的非正式打印诗集905种，不定期的打印诗刊70种，非正式发行的铅印诗刊和诗报22种。"可谓蔚为大观，这被视为"第三代"诗歌的崛起。此种情况至20世纪90年代继续发展，更多的诗歌民刊面世，《偏移》《发现》《倾向》《一行》《现代汉诗》《北回归线》《海上诗志》等民刊对诗坛产生着实质性的影响。1999年"盘峰论争"之后的诗坛，更是诗歌民刊和网络诗歌崛起并向"主流诗坛"叫板的时期，据诗歌民刊收藏者、诗人世中人的统计，2000年后创刊、复刊的已经达到了100余种。这一在几年前所作的判断而今看来已经显得比较"保守"，眼下的诗歌民刊发展较之几年前已经更为可观。这一时期的民刊数量上更为丰富，质量上也各有特色，整体水平较高，诸如《诗歌与人》《诗参考》《下半身》《诗歌现场》《诗歌杂志》《扬子鳄》《剃须刀》《新汉诗》《新诗代》等在诗歌界的影响已不低于主流诗歌媒体。正是这些有诗歌品质和独立立场的民刊形成了一种反对庸俗诗歌的力量，为当代诗歌的发展拓开了另一条道路。

底层诗歌是一个极富包容性的概念，在底层诗歌的命名之下可以派生出诸如草根诗歌、打工诗歌以及抗震诗歌等不同类别。新世纪底层诗歌的出现，一方面，是由于改革开放以来贫富分化日益显著，一批包括进城务工者、城市下岗职工和低收入者、农村留守者以及低安全矿业工作者在内的社会中的弱势群体、草根群体和打工群体等底层民众的生存状况和精神困境，日益受到社会关注，这自然也会将一部分诗人的目光牵引至此。另一方面，底层诗歌的出现也是这一时期诗人对20世纪90年代以来诗歌困境的某种反抗，他们希望借助对底层民众的关注来重建诗歌与现实的亲密关系，并力图改变诗歌日益边缘化的趋向。新世纪底层诗歌由于创作主体艺术水准的参差不齐，尽管在艺术上有些粗糙，但其所呈现的底层民众的本真生命形态，却有着直抵人性深处的情感力量。

随着20世纪末互联网的风起云涌，网络诗歌在中国崛起。2001年，华语诗歌界新老诗人们纷纷上网，或者说更多的人直接从上网开始写诗，网络诗歌时机逐渐成熟，出现了大批优秀的诗歌网站，诗歌论坛数量也以爆炸速度增加。"诗生活""诗江湖""扬子鳄""灵石岛""界限""诗家园""极光""翼"等是其中的佼佼者。据统计，到目前为止，全国诗歌站点有四百多个，诗歌的年产量约三百万首。与此同时，一些传统的诗刊如《诗刊》《诗歌报》《星星诗刊》等也开通了自己的网站，利用网络资源扩大自己的影响。2002年重庆出版社出版《诗歌的界限——网上现代诗选》，成为今年出版界接入网络诗歌的重要标志。汪洋大海般的网络诗歌发出的是没有被体制化、格式化和模式化的"民间"的声音，它是网络时代的民间文学，是民间话语的广场狂欢，它全方位地改变了这个时代诗歌的写作伦理和审美风貌，极大程度地降低了诗歌的"准入"，从而赋予诗歌更大的自由度，彻底松绑了长久以来诗歌被现实规则和意识形态所压抑的翅膀，唤醒了更多人内心蛰伏着的诗歌理想和诗歌能量。

借助于网络，不仅涌现了艾若、陈忠村、沉香木、朵朵、老枪、利子、燕南飞、冰黛儿等一批网络诗人，而且许多主流诗人如伊沙、刘春、韩东、朵渔等也开始参与到网络诗歌的活动中来，或出任驻站诗人、版主，或通过网站、个人空间发表自己的作品。这期间的梨花体事件和余秀华热，[①] 可以说是网络诗歌这一特性的典型案例。

网络诗歌也存在不少弊病。网络原创诗歌偏重新奇性、偶发性、狂欢性，选材个人化，语言的流俗化，趣味的极端化等等，给人的感觉浮躁有余，沉静不足。因此，网络诗歌到目前为止，给予当代汉诗思想和艺术上的贡献与人们的期待仍相去甚远。

---

① "梨花体"事件，源于国家一级作家赵丽华创作于2002年的一些网络诗歌（《一个人来到田纳西》《傻瓜灯——我坚决不能容忍》《摘桃子》《张无忌》等）2006年8月突然在网上流传，并引起网友的大量转发和调侃。赵丽华的这些诗作，一反传统诗歌的讲究意蕴、含蓄和情感内敛，而刻意追求一种言语直白、毫无意义深度和意境的"废话写作"。这是一次颠覆传统诗歌观念的个性化写作，而这样的个性化写作最终能够流传恐怕也只能在网络媒介中才能够真正实现。"余秀华热"，也是个性化书写借助网络平台而浮出水面的一个成功案例。这一事件，缘于2015年美籍华人沈睿的一篇名为《摇摇晃晃来到人间》的博客文章。在文中，沈高度赞叹余秀华的诗歌，称其是"中国的狄金森"。由此，这位"脑瘫女诗人"的诗歌，很快被各大媒体纷纷转载，其诗作《穿过大半个中国去睡你》更是广泛传播。

第二节 "70后"诗歌写作

21世纪头十年中,"70后"诗歌写作是一种非常重要的诗歌现象。"70后"这一专指生于20世纪70年代的中国诗人的概念,最早来自南京的小说写作者陈卫1996年所办的民刊《黑蓝》①。由于《黑蓝》并非纯粹的诗歌刊物,也由于停刊及其创办人过早消失于文坛等原因,"70后"这一提法在诗歌界并未迅速得到响应。但《黑蓝》关于"70后"的提示却影响了诗歌这一文类的当代历史。在接下来的几年中,客居深圳的诗人安石榴、潘漠子等人率先在自己创办的民刊《外遇》上推出了"70后"诗人专号。《外遇》,这份中国南方只出了四期的民间诗报,为人们保留了诗歌界"70后"正式以群体集结的方式面世的初期情景:这一期报纸有十二版的容量,专号名为"一九九九中国'70后诗歌版图",第一版收有安石榴关于"70后"诗歌写作的那篇著名的"宣言"——《七十年代:诗人身份的退隐和诗歌的出场》以及诗人严力的诗论《从自救的角度出发》,其他十一个版面共收有四十位"70后"诗人的诗作。② 据现存的资料,"一九九九中国'70后诗歌版图"可能是以书面形式最早的也最集中的"70后"诗人文本展示。从2000年始,关于"70后"诗人的"位置"设定和"历史"演绎,主要是由另一位70年代出生的南方诗人——黄礼孩来完成的。在2000年和2001年《诗歌与人》分别推出两期"中国七十年代出生的诗人诗歌展"之后,2001年6月,由黄礼孩主编的《"70后"诗人诗选》(福州:海风出版社)终于面世。诗选收录的诗人有孙磊、曾蒙、冯永锋等111位诗人。该书尽管近四百个页码,但由于人数众多,每位诗人的诗作一般只有1—3首,其意大约在推出新的"诗人"阵容,而具体的"诗作"展示,还待以后。2004年5月,展示"70后"文本实力的一部更大容量的《70后诗集》(分上、下册,康城、黄礼孩、朱佳发、老皮编,福州:海风出版社)面世。该诗集以千余页的篇幅,按姓氏拼音顺序收有安石榴、阿翔、安歇等78位诗人的诗作。该《诗集》每位诗人展示诗作10—20首,基本能反映该诗人写作的风格和诗艺特征。从此,"70后"作为一个完整的诗群被学术界接受并迅速在诗界产生越来越大的影响。应当说,"70后"的最初出场,其开始是源于一种对历史和文学的自觉,他们是在认识到作为一种特殊身份的"诗人"退隐之后才向当代诗坛亮出自己的身影的。在这一点上,他们虽然年轻,但对诗歌在这个时代的真实境遇和写作必须面临转型的认识,和许多优秀的"第三代"诗人有相似之

---

① 今天追溯"70后"这一概念的人大都参考了诗人安石榴的这段自述:"……1996年2月,南京的陈卫在他们自印的刊物《黑蓝》的封皮上公然打出了'70后——1970年以后出生的中国写作人聚集地'"字样。

② 这些诗人依次为——第二版:赵卡、仇水、高作苦;第三版:邵勇、朵渔、颜峻、余丛;第四版:潘漠子、渣巴、蒋林;第五版:巫昂、童蔚、石龙、荣光启、殷龙龙;第六版:陈末、彦龙、刘强本;第七版:安石榴、大虫、彭凯雷、穆青;第八版:李郁葱、蒋浩、徐伟锋、戴华、李云枫;第九版:黑光、刘春;第十版:南人、黄俊华、孙海冰、高晓涛、尢霖;第十一版:耿德敏、大伟、曾蒙、黄挺飞;第十二版:谢湘南、金鹏科。把殷龙龙放在其中应是误会,他是1962年出生的。

处。"70后"诗群的代表性诗人有：蒋浩、姜涛、胡续东、朵渔、潘漠子、刘春等。

"70后"诗歌带有明显的消费主义时代的文化气息，诗人常常直面商业经济时代的喧嚣，通过对青春时光的庸常的日常化、消费型的生活场景的经验性描述，回避种种主观的道德评判，从而使得政治的和反思政治的、批判的和反批判的两个时代的价值准则同时失效。具体而言，其创作特征主要表现为：其一，写作题材的日常化；其二，审美趣味的个人化和细节化；其三，道德倾向的现实化和底线化。

第三节 底层诗歌

21世纪诗歌的一种引人注目的走向是面向底层。在许多诗人，尤其是青年诗人的身上，我们可以看到由20世纪80年代为追求审美纯洁性而疏离现实，到如今回归现实、关注底层的转变。不少青年诗人纷纷著文表达与前迥异的诗歌观：诗人红松在"界限"网站提出："难道平民的喜怒哀乐悲欢离合只该是小说散文的主题，就不该是诗歌的表现范围吗？……关心小人物的命运，关怀社会底层。他们是大多数，他们将最终代表这个国家的物质文化水平。"① 诗人卢卫平说："我的诗歌是向下的。这里的下，是乡下的下，是身份卑下的下，是高楼底下的下，是下里巴人的下……在这些下里，有我泥土一样质朴的父老乡亲，有老鼠一样在城里东躲西藏的民工，有在深夜大街上修自己鞋的修鞋匠，有分不清鼻子眼睛的拾荒者，有缺胳膊少腿的乞丐，有盖着树叶露宿街头的老汉，有在另一个世界日夜牵挂我的母亲。这些下，让我的诗歌充满怜悯情怀。让我始终是一个谦卑的写作者。让我时刻牢记一个诗人的良知。"② 诗人田禾说："我从那一声声朴实的民谣、一间间破陋的土房子、一辆辆古老而破旧的吱呀吱呀的老水车、一群群叫嚷嚷的猪羊、一堆堆码到云层的柴垛、一缕缕缭绕在乡村上空的炊烟和那一张张山民黝黑而挚诚的面孔里发现了诗情。……我的乡村是一首写不完的诗，我将永远写我的乡村。"③

这种面向底层的姿态不只是停留在诗人的宣言里，更表现在他们的创作中。在80年代有重要影响的诗人翟永明、王小妮，进入21世纪后，写作方向发生了重要调整，开始把眼光投射到社会的弱者身上。翟永明的《老家》一诗，真实地描写了河南农村由于贫困而卖血导致的令人震惊的场景，而王小妮则这样描写《背煤的人》："我穿过桑林，观察那个漆黑的驼子。/他完全不看我/他浑浊的眼睛正把我灰一样擦掉。/大地无光的心胸，从那里到四张百元纸钞/有一条背煤人的秘密捷径。/他就躬着，紧守着捷径走，不偏离。/从暗到亮，再从亮到暗/这个被事先装置在煤层里的人。/黑被他走得更黑/所以，光才显得更亮。/他的眼睛受不了大明大暗/成了一对木珠。"读着这样的诗句，真让人欲

---

① 红松：《诗歌应关注社会底层》，载《2001年中国新诗年鉴》，海风出版社2002年版，第60页。
② 卢卫平：《向下的诗歌》，载《第三届华文青年诗人奖获奖作品》，漓江出版社2006年版，第33页。
③ 田禾：《我永远写我的乡村》，载《第三届华文青年诗人奖获奖作品》，漓江出版社2006年版，第70－71页。

哭无泪,我们也由此看到当代诗人的博爱胸怀。

"打工诗歌"是底层诗歌写作中的重要一支,其平民立场显而易见。这群游荡在城市与乡村之间的建设者承受着身份和生存的双重压力,而对于这样一个群体的心灵状态我们过去是知之甚少的。如在深圳打工的谢湘南写有《一只钟的生产流程》:

一十五个姐妹组装时间/从一数到十五每一片物质的羽毛/端正的弦,流水也叫线/钟拆开来叫塑料、纸片、铝合金、弹簧、齿轮、螺钉/另一种叫法是痤疮、长痘子的脸、失调的月经、感冒发烧/还有一种叫法是失学、早恋、虐待、饥饿或者老板的车子、情人、高尔夫球杆和卡洛英/一只钟在第三十只眼睛抵达一只纸箱/第三十一只眼睛是的/它看见美金看不见/内裤里的血/

如果不是来自"底层"的"生存现场",要从这样一个充满"毛茸茸的生活质感"的角度来表达,几乎是不可能的。这一只钟的最终流程会漠然无视打工者的艰辛,朝着满足老板的私欲而去。对诗人来说,这不是俯瞰众生的怜悯,而是众生之中的控诉——因为这种痛苦就是他自己的痛苦,隐约但是实在。再如在广东打拼多年的卢卫平于《在水果街碰见一群苹果》中写到的:

我老远就看见它们在微笑/等我走近它们的脸就红了/是乡下少女那种低头的红/不像水蜜桃红得轻佻/不像草莓红得有一股子腥气/它们是最干净最健康的水果/它们是善良的水果/它们当中最优秀的总是站在最显眼的地方/接受城市的挑选/

苹果当然是一种隐喻,这批"最干净最健康最善良"的水果来自乡下,她们的命运就是来到城市,接受城市的挑选。这是最令人感动的打工妹描写,也是城市诗人们翻遍书本也找不到的诗歌语言。

李少君是较早关注底层诗歌现象的诗歌编辑,他编选了《21世纪诗歌精选·草根诗歌特辑》,推出了王小妮、杨键、黄灿然、雷平阳、江非、卢卫平、田禾、江一郎、辰水等二十五位草根诗人。他还撰写了《草根性与新诗的转型》一文,认为"这些具有草根性特点的诗人们,也正在暗暗地汇成潜流,逐步浮出水面。"2005年长期关注打工诗歌的柳冬妩编选了一本《中国打工诗选》,并出版《从乡村到城市的精神胎记——中国"打工诗歌"研究》一书,由此引发了学界有关诗歌的底层写作、草根性、在生存中写作、农民诗歌等一系列话题的探讨。21世纪初底层诗歌写作之所以渐成声势,有其深刻的社会原因和新诗发展的自身原因。就社会而言,随着改革的深入,一些隐藏在深处的社会矛盾逐渐显示。"三农"问题、农民工、下岗工人、弱势群体越来越引起社会各阶层人民的重视。作为一个诗人,他们比一般人更早地发现了这一社会的矛盾与不公,并通过他们的诗歌表达了对弱势群体的关怀。就新诗发展而言,关注底层人民的生活与命运,在我国新诗中是屡见不鲜的。从"五四"时期的《相隔一层纸》《人力车夫》,到20世纪40年代的《追物价的人》《冬日黄昏桥上》,关注底层,关注民生疾苦,已构成新诗的一个传统。20世纪五六十年代的中国大陆,诗歌沦为政治的婢女,描绘底层苦难有给社会主义抹灰之嫌,这类作品几近绝迹。新时期以后，随着伤痕文学的大潮，出现了反映"文革"灾难的诗歌如《呼声》等，但其政治上拨乱反正的意义远远大于底层生活经验的展示。80年代中期，出现了于坚《罗家生》这样的写小人物的悲惨命运的诗歌，某种意义上可以说是开启了"新写实主义"的先河。不过，就"第三代"诗人创作的主流而言，从内容上说是明显的"向内转"，从形式上说则热衷于形形色色的语言实验。底层诗歌写作的出现，是青年诗人在经历了近二十年风雨变化后的一种调整，是对纯技术主义和过度疏离现实的一种反拨。

当然，作为诗歌，面向底层的写作不应只是一种生存的呼求，它首先应该是诗。也就是说，它应遵循诗的美学原则，用诗的方式去把握世界、去言说世界。我们在肯定诗人的良知回归的同时，更要警惕"题材决定论"的回潮。正如吴思敬所指出的："伟大的诗歌植根于博大的爱和强烈的同情心，但同情的泪水不等于诗。诗人要将这种对底层的深切关怀，在心中潜沉、发酵，通过炼意、取象、结构、完形等一系列环节，调动一切艺术手段，用美的规律去造型，达到美与善的高度协调与统一。也许这才是面向底层的诗人所面临的远为艰巨得多的任务。"①

拓展阅读：

1. 柳东妩：《从乡村到城市的精神胎记：中国"打工诗歌"研究》，花城出版社2006年版。
2. 刘春：《朦胧诗以后：1986—2007中国诗坛地图》，昆仑出版社2008年版。
3. 谢有顺：《乡愁、现实和精神成人：论新世纪诗歌》，《文艺争鸣》2008年第6期。
4. 王应平：《新世纪诗歌中的底层表达》，《文艺理论与批评》2012年第4期。
5. 张德明：《新世纪诗歌研究》，暨南大学出版社2013年版。
6. 刘波：《直面现实、历史与传统的新格局：论新世纪先锋诗歌的精神转型》，《当代作家评论》2014年第4期。
7. 张福贵、王文静：《民间意识·民间立场·民间身份：新世纪诗歌民间性考察的三个视点》，《东南学术》2018年第6期。
8. 罗小凤：《"诗歌事件化"作为传播策略：论新媒体时代的"诗歌事件化"现象及其反思》，《福建论坛》2019年第6期。
9. 刘波：《新世纪"70后"诗人群体的创作路径与诗学反思》，《中国文学批评》2022年第2期。

问题与思考：

1. "盘峰诗会"与新世纪诗歌秩序的分化。
2. 21世纪诗歌创作的"民间性"与"现实性"。
3. 民间诗刊与新世纪诗歌场域的建构。
4. 底层诗歌创作的题材以及艺术特征。
5. "70后"诗人创作的"代际特征"。
6. 网络媒介的崛起对新世纪诗歌的影响。
7. "余秀华诗歌现象"与新媒体时代诗歌创作的"大众化"。
8. 21世纪诗歌创作、批评的"地域性"转向。

---

① 吴思敬：《面向底层：世纪初诗歌的一种走向》，《南方文坛》2006年第5期，第20—22页。

第三十章 小说创作

第一节 概述

21世纪前20年文学标志着一种与20世纪90年代文学"有所区别的文学新走向"[①]，出现了某些新特点，如小说文本生产方式呈现出向"文学创意+故事策划+写手=小说"的大众文化生产线方式发展的趋势，导致文本数量激增，仅长篇小说的出版每年就在1000部以上[②]。据中国版本图书馆提供的数据，2017年新版长篇小说、中篇小说、短篇小说、故事微型小说约7350种，其中原创长篇小说约占1/3，数量约2450种；2018年新版当代小说6072种，其中原创长篇小说数量约2024种；2019年新版当代小说5542种，其中原创长篇小说数量约1508种，上述数量足以见出在中国社会市场化秩序逐步建立的语境中，21世纪小说创作呈现出了更加复杂多元的景象。日渐成熟的市场秩序，迅捷发展的新型网络媒介，浸润到小说的生产和流通领域，作家队伍重组，创作题材不断丰富，写作策略随之改变。

首先，新老作家济济一堂。

众多老作家基本退出文坛；一些先锋作家迅速衰落；曾经所谓的"右派"作家除王蒙等少数人仍有《这边风景》等作品面世外，已建树不多；陆天明、周梅森、张平等着意创作主旋律长篇小说的作家依然是这一阶段的重要力量，各自以《命运》《人民的名义》《国家干部》等作品，反映中国社会加速发展期、历史阵痛中复杂而艰难的现实图景，揭示社会阴暗面，呼吁社会正义和进步，持续彰显反腐文学的影响力；许多知青作家仍保持良好的创作势头，时有新作诞生，如韩少功的《暗示》《报告政府》《日夜书》《修改过程》、梁晓声的《天下知音》《人世间》、王安忆的《天香》《匿名》《考工记》、张炜的《能不忆蜀葵》《丑行或浪漫》《刺猬歌》《你在高原》《半岛哈里哈气》《独药师》《艾约堡秘史》、苏童的《蛇为什么会飞》《红粉》《武则天》《我的帝王生涯》《碧奴》《河岸》《黄雀记》、莫言《檀香刑》《四十一炮》《生死疲劳》《蛙》等；但在21世纪初期文坛大放异彩的，大都是20世纪六七十年代出生的、曾在90年代文坛相当活跃

[①] 吴秀明主编：《当代中国文学六十年》，浙江文艺出版社2009年版，第168页。
[②] 曹万生主编：《中国现代汉语文学史》，中国人民大学出版社2010年版，第690页。

的新生代作家,如毕飞宇(《青衣》《玉米》《平原》《推拿》《苏北少年"堂吉诃德"》)、李洱(《花腔》《石榴树上结樱桃》《应物兄》)、红柯《西去的骑手》《老虎!老虎!》《天下无事》《咳嗽的石头》《大河》《乌尔禾》《太阳深处的火焰》)、李冯(《今夜无人入睡》《英雄》《拯救逍遥老太婆》《十面埋伏》《中国故事》《有什么不对头》《孔子》《节日的诞生》)、迟子建(《伪满洲国》《群山之巅》《额尔古纳河右岸》《世界上所有的夜晚》《白雪乌鸦》《空色林澡屋》《候鸟的勇敢》《炖马靴》)、孙惠芬(《生死十日谈》《天高地远》《寻找张展》《赢吻》)、刘庆邦(《谁家的小姑娘》《遍地白花》《家道》《月光依旧》《神木》《哑炮》《断层》《红煤》《黑白男女》)、陈应松(《森林沉默》《猎人峰》《到天边收割》《魂不守舍》《失语的村庄》)、刘醒龙(《痛失》《弥天》《圣天门口》《蟠虺》《黄冈秘卷》)等逐渐成了小说创作的中坚力量;借助商业出版的运作,以韩寒(《三重门》《像少年啦飞驰》《长安乱》《一座城池》《光荣日》《他的国》《1988:我想和这个世界谈谈》)、郭敬明(《幻城》《1995—2005夏至未至》《迷藏》《悲伤逆流成河》《小时代1.0折纸时代》《小时代2.0虚铜时代》《小时代3.0刺金时代》《临界·爵迹》)、春树(《北京娃娃》《长达半天的欢乐》《春树四年》《2条命》《红孩子》《光年之美国梦》《乳牙》)、张悦然(《誓鸟》《樱桃之远》《是你来检阅我的忧伤了吗》《十爱》《水仙已乘鲤鱼去》《誓鸟》《茧》)、李傻傻(《红X》)、郑小驴(《西洲曲》《去洞庭》《消失的女儿》)等为代表的"80后"作家正成为当下文坛的生力军;除吴子龙(《谁的青春比我狂》)早逝外,以张悉妮(《假如我是海伦》)、青夏(《繁花泣露》)、唐朝(《把梦还我》)、李军洋(《一路向北》)、莫名(《天使没有翅膀》)、阳阳(《时光魔琴》)、浅痕(《莲灯》)、王占黑(《空响炮》)、张皓宸(《你是最好的自己》)为代表的90后作家也崭露头角;而杨渡(《喜糖的魔力》《闯江湖》)、龚彦竹(《走近,走向前》)、南妍朵(《人偶少女传奇》《国际小学》)等一批不容小觑的"00后"作家正在粉墨登场。

其次,小说类型多元化。

一是乡土小说继续深化。乡土小说一直是中国文学的强项,乡土生活在当代社会中占主流地位。阿来的《空山》、贾平凹的《秦腔》、毕飞宇的《平原》是观照"中国社会的现代化进程,城市化乡村社会的固有秩序的冲击及颠覆"的成功文本;阎连科的《受活》书写耙耧山脉的乡民生活,包含着深重的人性与哲学寓言;铁凝的《笨花》用丰富的细节,精细刻画了笨花村从清末到抗战时期的世态风情;范稳的《水乳大地》《悲悯大地》和马丽华的《如意高地》等,描写了天性纯朴、佛性十足的西藏。此外,反映乡土生活的长篇佳作还有莫言的《生死疲劳》和《四十一炮》、阎连科的《丁庄梦》、张炜的《丑行或浪漫》、韩东的《扎根》等。这一题材的中短篇小说创作成绩显著,迟子建的《青草如歌的正午》《酒鬼的鱼鹰》等,表现出"边缘乡村人"在城市文明侵入下的身体伤残和精神扭曲;孙惠芬的《歇马山庄的两个女人》,抒写着乡村女儿的追求与困惑;陈应松"神农架"系列中篇小说的乡土世界,是乡村弱势群体无奈而绝望的生存状态。丰富的题材、多样的表现手法,把这一时期的乡土小说推到了一个新的高度。

二是生态小说日渐明朗。环境污染和生态破坏逐渐成为当代社会的突出问题,文学以自己特有的方式开始了世界生态救赎的努力。21世纪小说中,涌现了一批"以生态整体主义为思想,以生态系统整体利益为最高的价值考察和表现自然和人的关系,探寻生态危机的社会根源"①的生态小说。较具代表性的作品有贾平凹的《怀念狼》、郭雪波的《大漠狼孩》和《银狐》、雪漠的《狼祸》等,而姜戎的《狼图腾》和杨志军的《藏獒》因其惊人的发行量,获得了很大的社会反响。

三是历史小说方兴未艾。对历史的思考与表现仍是作家热衷的话题,对历史的发现与书写,由"亲历叙述"走向"非亲历叙述",在现代语境中对"历史"进行再思考。值得关注的长篇小说有刘醒龙的《圣天门口》、李洱的《花腔》、格非的《人面桃花》、张一弓的《远去的驿站》、红柯的《西去的骑手》、熊召政的《张居正》等;中短篇创作中也有不少上乘之作,如严歌苓以"文化大革命"为背景的《拖鞋大队》《奇才》,叶广芩的《广岛故事》,陈昌平的《汉奸》等作品,通过个人记忆将历史与现实打通。迟子建出版于2005年的长篇小说《额尔古纳河右岸》获得了第七届茅盾文学奖,小说借助一个民族部落的现实生存和文化变迁以期表达作者对整个人类文明的某些忧思,通过一支鄂温克部落的最后一个酋长的女人之口讲述了他们近百年来的生命历程和精神遭遇。

四是底层写作逐渐成熟。从2005年至今,"底层叙事"成为某种文学时髦,但真正有分量的作品并不多见,不过值得一提的作品还是不少。长篇小说如余华的《兄弟》、东西的《后悔录》、林白的《万物花开》和《妇女闲聊录》、王安忆的《遍地枭雄》、王蒙的《尴尬风流》、毕淑敏的《女工》等选取寻常平民为主角,反映小人物在社会中的生活无奈和命运无常。而中短篇小说更集中体现了底层写作的成就,"短篇王"刘庆邦的《卧底》《神木》《穿堂风》《到城里去》等作品,一如既往地守望小人物的生存世界;韩少功的《报告政府》、鬼子的《大年夜》,迟子建的《踏着月光的行板》,孙慧芬的《燕子东南飞》,陈应松的《望粮山》《马嘶岭血案》《豹子最后的舞蹈》,曹征路的《那儿》《霓虹》,熊正良的《我们卑微的灵魂》,叶弥的《郎情妾意》,须一瓜的《地瓜一样的大海》,葛水平的《喊山》,冯积岐的《牵马的女人》,何玉茹的《一公里》,王建平的《大过年》,温亚军《下水》,王祥夫的《桥》,曹征路的《那儿》《赶尸匠的子孙》,杨映川的《不能掉头》,北北的《家住厕所》《王小二同学的爱情》,吴君的《亲爱的深圳》,胡学文的《命案高悬》等作家的众多短篇作品,都在倾听弱者的脉动,犀利地观照现实,以"原生态"的方式揭示社会最底层、最边缘化群体的生存境遇和精神状态。

五是非虚构小说风靡文坛。非虚构小说在国外由来已久,在国内作为一股写作潮流则始自2010年《人民文学》设立"非虚构"专栏,大力倡导非虚构写作。较为经典的代表作有梁鸿的"梁庄系列"(包括《中国在梁庄》《出梁庄记》《梁庄十年》),阿来的

---

① 王诺:《欧美生态文学》,北京大学出版社2003年版,第11页。

《瞻对：一个两百年的康巴传奇》，乔叶的《盖楼记》《拆楼记》，慕容雪村的《中国，少了一味药》，黄灯的《大地上的亲人》《我的二本学生》，伊险峰、杨樱的《张医生与王医生》，丁燕的《到东莞》，萧相风的《词典：南方工业生活》，孙惠芬的《生死十日谈》等。非虚构小说将目光锁定现实的种种藏污纳垢之处，以大胆真实的揭露、富有诗意的语言及审视的目光在当代文坛占据一席之地。非虚构小说回溯了从《诗经》以来的写实传统，展示了虚构小说之外的写实美学。

六是网络小说日趋火爆。互联网作为一种全新媒介，给当下的小说创作带来了新机遇。网络的"话语规则"改写了文学本身的原有规则，短信、博客、文学网站成为大众参与小说写作的重要平台，在线式、即时性、互动式等写作方式促进了小说写作的平民化、全民化趋势，已经形成穿越、玄幻、奇幻、探险、魔幻、悬疑、侦探、惊悚、恐怖、灵异、灵异、武侠、仙侠、修真、都市、言情、历史、架空历史、军事、网游、竞技、科幻、校园、搞笑、耽美、同人等①20 余种大类型、200 多种小分类，还新增了大量的二次元、体育、现实题材类型作品，网络小说日趋火爆。自 2000 年以来，相继出现了今何在的《悟空传》、慕容雪村的《成都，今夜请将我遗忘》《天堂向左，深圳向右》、江南的《此间的少年》、何员外的《毕业那天我们一起失恋》、上官谷二的《深圳，今夜激情澎湃》、江村的《成都，爱情只有八个月》、木子美的《遗情书》、天下霸唱的《鬼吹灯》、何马的《藏地密码》、萧潜的《飘邈之旅》、玄雨的《小兵传奇》、流浪的军刀《血火流觞》、萧鼎的《诛仙》、六道的《坏蛋是怎样炼成的》、烟雨江南的《亵渎》、静官的《兽血沸腾》、月关的《回到明朝当王爷》、跳舞的《恶魔法则》、唐家三少的《斗罗大陆》、天蚕土豆的《斗破苍穹》、我吃西红柿的《吞噬星空》《莽荒纪》、辰东的《遮天》《完美世界》《圣墟》、耳根的《我欲封天》、烽火戏诸侯的《雪中悍刀行》、会说话的肘子的《大王饶命》、爱潜水的乌贼的《诡秘之主》等具有影响的网络小说。根据中国社会科学院以网络文学领军企业阅文集团数据为蓝本所发布的《2019 年度网络文学发展报告》显示，2019 年中国网络文学作品达 2590.1 万部，国内网络文学创作者数量达到 1936 万人，签约作者数量达到 77 万，其中女性作者在总体数量上超越了男性作者，学历主要集中在大学本专科，重点分布在二、三线城市，其中 90 后年轻作者占比达 44.6%，新人渐成主力。中国网络小说内容生态日趋繁荣，且以巨大的存量、显著的增量、不断升级的品质和持续性的价值创新稳居文化产业源头的牢固地位。网络文学的火爆，引发了学界的密切关注。2006 年 6 月 26 日，全国首家地区性网络文学委员会在武汉成立，中国当代文学研究会也于同年成立了"新媒体文学"专业委员会。

七是小说的影视改编热潮出现。在 21 世纪的影视改编热潮中，《平凡的世界》《白鹿原》《装台》《经山历海》《我是余欢水》《人世间》《繁花》《小时代》《饺子》《大江大河》《活着》《贫嘴张大民的幸福生活》《激情燃烧的岁月》《康熙王朝》《狼图腾》

---

① 欧阳友权主编：《网络文学词典》，世界图书出版公司 2012 年版，第 11 页。

《红处方》《亮剑》《金陵十三钗》《归来》《一九四二》《大清相国》《风声》《奋斗》《大江大河》等由各类型小说改编的影视作品，因贴近真实历史、切合观众观影趣味、凸显生活质感而得到普遍好评，在获得高票房、收视率的同时，也彰显了当代小说的文化影响和精神力量。

第三，长篇小说创作新质化。

在经济全球化、文化多元化、消费时尚化的现代语境下，长篇小说的创作不但数量节节攀高，而且呈现较为成熟的艺术风貌，日益彰显出新质。

一是乡土小说中出现了"村落叙事"这一全新的叙事方式，作家热衷于将单个的村庄如受活庄（阎连科的《受活》）、机村（阿来的《空山》）、清风街（贾平凹的《秦腔》）等作为叙述和表现对象。

二是日常生活审美叙事不断兴盛，出现了不少细节化的原生态描写，如《秦腔》中对日常风俗的大量摹写。

三是追求本土化艺术手法。《檀香刑》仿拟民间说唱文学，《生死疲劳》采用章回体结构，《受活》中大量口语和方言的介入，从不同角度探索小说创作民族化的可能性。

四是文体不断创新。韩少功的《暗示》、叶兆言的《没有玻璃的花房》、王朔的《我的千岁寒》等提供了新的小说文本。

最后，文学奖励的国际化。

进入 21 世纪以来，国内具有最高荣誉性质、亦是文坛风向标之一的文学奖如茅盾文学奖①、鲁迅文学奖②已多次评选，其中的获奖小说在一定程度上标识着 21 世纪中国当

---

① 截至 2019 年，茅盾文学奖已达 10 届，其中 21 世纪以来先后评选了 5 届，各届获奖长篇小说分别为：第六届（1999—2002）熊召政的《张居正》、张洁的《无字》、徐贵祥的《历史的天空》、柳建伟的《英雄时代》、宗璞的《东藏记》；第七届（2003—2006）贾平凹的《秦腔》、迟子建的《额尔古纳河右岸》、周大新的《湖光山色》、麦家的《暗算》；第八届（2007—2010）张炜的《你在高原》、刘醒龙的《天行者》、莫言的《蛙》、毕飞宇的《推拿》、刘震云的《一句顶一万句》；第九届（2011—2014）格非的《江南三部曲》、王蒙的《这边风景》、李佩甫的《生命册》、金宇澄的《繁花》、苏童的《黄雀记》；第十届（2015—2018）梁晓声的《人世间》、徐怀中的《牵风记》、徐则臣的《北上》、陈彦的《主角》、李洱的《应物兄》。

② 截至 2019 年，鲁迅文学奖已经有了 7 次评奖，其中 21 世纪以来先后评选了 5 届，各届获奖中、短篇小说分别为：第三届（2001—2003）毕飞宇的《玉米》、陈应松的《松鸦为什么鸣叫》、夏天敏的《好大一对羊》、孙惠芬的《歇马山庄的两个女人》等中篇小说和王祥夫的《上边》、温亚军的《驮水的日子》、魏微的《大老郑的女人》、王安忆的《发廊情话》等短篇小说，第四届（2004—2006）蒋韵的《心爱的树》、田耳的《一个人张灯结彩》、葛水平的《喊山》、迟子建的《世界上所有的夜晚》、晓航的《师兄的透镜》等中篇小说和范小青的《城乡简史》、郭文斌的《吉祥如意》、潘向黎的《白水青菜》、李浩的《将军的部队》、邵丽的《明惠的圣诞》等短篇小说，第五届（2007—2009）乔叶的《最慢的是活着》、王十月的《国家订单》、吴克敬的《手铐上的蓝花花》、李骏虎的《前面就是麦季》、方方的《琴断口》等中篇小说和鲁敏的《伴宴》、盛琼的《老弟的盛宴》、次仁罗布的《放生羊》、苏童的《茨菰》、陆颖墨的《海军往事》等短篇小说，第六届（2010—2013）格非的《隐身衣》、滕肖澜的《美丽的日子》、吕新的《白杨木的春天》、胡学文的《从正午开始的黄昏》、王跃文的《漫水》等中篇小说和马晓丽的《俄罗斯陆军腰带》、叶舟的《我的帐篷里有平安》、叶弥的《香炉山》、张楚的《良宵》、徐则臣的《如果大雪封门》等短篇小说，第七届（2014—2017）石一枫的《世间已无陈金芳》、阿来的《蘑菇圈》、尹学芸的《李海叔叔》、小白的《封锁》、肖江虹的《傩面》等中篇小说和黄咏梅的《父亲的后视镜》、马金莲的《1987 年的浆水和酸菜》、冯骥才的《俗世奇人》（足本）、弋舟的《出警》、朱辉的《七层宝塔》等短篇小说。

代文坛的最高水平，但仍满足不了中国人民的要求和期待。随着经济交流的全球化和社会交往的无国界，中国人对一些国际性的文学奖项倾注了更多热情和企盼。目前，颇具影响的国际性奖项主要有瑞典的诺贝尔文学奖、西班牙的塞万提斯文学奖、马其顿的文学节杖奖、英国的布克奖、法国的龚古尔文学奖、爱尔兰的都柏林文学奖、意大利的诺尼诺国际文学奖、美国的普利策奖和美国国家图书奖、日本的芥川奖和直木奖。事实上，不少中国作家已相继获得过其中的一些奖项，如牛汉2003年获得了"文学节杖奖"，莫言于2004、2005、2006年分别获得了法兰西文化艺术骑士勋章、意大利诺尼诺国际文学奖和日本福冈亚洲文化大奖，多多2010年获得过纽斯塔特国际文学奖，姜戎、苏童、毕飞宇分别于2007、2009、2011年荣获过受"布克小说奖"（Man Booker Prize）启发而创立的"曼氏亚洲文学奖"，但中国国人心中的诺贝尔文学奖情结则显得更为浓厚。百余年来，中国人迫切希冀中国文学能凭借诺贝尔文学奖的获得冲出亚洲、走向世界，与国际接轨，进入全球视野。这一梦想终于在2012年10月11日得以实现。北京时间当日晚上7点，瑞典皇家科学院诺贝尔奖评审委员会宣布，中国作家莫言因为"创造了一个其复杂性令人想起威廉·福克纳与马尔克斯的世界"，"又找到了古典中国文学与口语创作传统这个出发点"，写出了"融合了民间故事、历史与当代的魔幻现实作品"而获得了2012年诺贝尔文学奖。这是诺贝尔文学奖创设117年以来中国籍作家首次获此殊荣，其意义和价值不容低估。正如中国作家协会在莫言荣获诺贝尔文学奖之际给他发的贺辞中所说："莫言的获奖，表明国际文坛对中国当代文学及作家的深切关注，表明中国文学所具有的世界意义。"①

总而言之，21世纪的市场化背景和现代电子媒介手段，为世纪初的小说创作提供了新的天地和机缘，同时也隐伏着深刻的危机，具体表现在以下几个方面：

首先，质与量发展不平衡。长篇小说每年出版1000部，占有绝对市场优势，但整体水平良莠不齐；中短篇小说创作没有得到市场的促进，数量远远不及长篇，在惨淡经营中进行艺术坚守。

其次，思想深度缺失。小说写作的个体化已成为一种势头，过于注重摹写个人的生活体验和生存状态，对人性和人类精神问题的探求缺少视野开阔、目光深邃的社会洞见，文学的人学内涵显得浅薄，以启蒙为主导的精英文学格局已被颠覆。

最后，文学性淡化。在商业化运作和媒体的炒作下，为迎合市场的需求，不少小说放弃传统经典的表达方式，语言的工匠化和结构的整体封闭性，作品的世俗化、大众化、通俗化趋向越来越明显，大众趣味过于显露，呈现出浓厚的消费主义时代的文学特质。

市场化和网络化是21世纪小说发展的"双刃剑"，给小说创作带来了不少正面、负面的因素。如何趋利避害，引导21世纪小说健康繁荣发展，值得文学界不断求索。

---

① http：//www.chinawriter.com.cn2012/10/11.

第二节 乡土小说

在 21 世纪前 20 年的小说创作中，乡土题材小说依然占据十分重要的地位，但其叙事手法和写作态度较之以前已发生了变化，正如人云："中国乡村文化的复杂性，在百年文学历史叙述中得到部分揭示的同时，却在 21 世纪的文化语境中显得扑朔迷离。"①

一是乡土小说的内容不一定以故事为主，而是一种细琐的事象和连缀的断片，向乡村生活的原生态逼近，具有解构乡土美学的意向，成为一种"先锋性叙事或后现代叙事"，乡村很难再被整合出一部完整的历史。

二是作家面对这种原生态的乡土生活，不再像过去那样一味地回归和歌颂，而以一种惆怅的情绪、反思的视角和困惑的姿态，抒写乡土前所未有的新变，哀叹不该消失的恬静，把读者也一同拉入对当下乡村现实的沉思与反思之中，进而祛除了"社会主义农村文学"的意识形态的性质②。

乡土小说的代表作家作品，主要有莫言的《檀香刑》《生死疲劳》《蛙》，贾平凹的《秦腔》，阎连科的《受活》，张炜的《丑行或浪漫》，铁凝的《笨花》，阿来的《空山》，毕飞宇的《平原》，刘醒龙的《圣天门口》，范小青的《赤脚医生万泉和》，关仁山的《白纸门》《天高地厚》，徐涛的《蟋蟀》，李师江的《逍遥游》等。

一、莫言与《蛙》

有着悠久农耕文明历史的中国人对土地怀有一种特殊的眷恋情感，出生于山东高密大栏乡平安庄的莫言也是一样。自 20 世纪 80 年代中期的《红高粱》家族以来，莫言的写作始终拥抱着高密东北乡这片生他养他的土地。90 年代后期的《丰乳肥臀》虽有一个蛊惑人心的书名，但并不能掩饰莫言在生/死、家/国之间审视乡土中国的创作意图。进入 21 世纪以来，莫言相继推出了一系列描写其"青春往事及故乡情景"的乡土小说。《檀香刑》在感官化、戏谑化、戏剧性的酷刑书写中，讲述中国民间、官府和德国列强之间的冲突，凸显殖民背景下清末乡村浓厚的民间气息。《生死疲劳》借地主西门闹被枪毙死后转生为驴、牛、猪、狗、猴、大头婴儿这一六道轮回的迷信故事，用幽默、戏谑、吊诡之类的魔幻手法展示 20 世纪 50 年代以来中国乡土、农民命运变迁的荒诞性和悲剧性。《四十一炮》通过一个少年罗小通的视角和倾诉，折射 90 年代初期中国农村改革期间两种势力、观念激烈冲突之时所呈现出来的人性裂变和道德迷惘。而 2009 年的长篇新作《蛙》，则以 5 封书信的结构方式、话本与剧本杂糅的独特形式，在一个乡村妇产科医生姑姑的人生旅途中透视乡土中国六十余年波澜起伏、风云变幻的生育历史。总而

---

① 孟繁华：《中国当代文学通论》，辽宁人民出版社 2009 年版，第 424 页。
② 陈晓明：《中国当代文学主潮》，北京大学出版社 2009 年版，第 583 页。

言之,莫言对中国大地和故土深情感念,与人民大众保持紧密联系,潜心于艺术创新和探索,穿透、逼视、拷问和反思乡土中国在迈向现代化进程中所承载和负荷的历史多重性,既"拓展了中国文学的想象空间、思想深度和艺术境界",又穿过这片土地"向着世界性延伸"①,进而于2012年10月荣膺全球瞩目的诺贝尔文学奖,成为首位获得该奖的中国籍作家。

《蛙》是莫言"酝酿十余年、笔耕四载、三易其稿、潜心打造的一部触及国人灵魂最痛处的长篇力作"②。在22万余字的小说篇幅里,小说叙事时间跨度长达60多年,试图以一个乡村妇产科医生为主人公,紧紧抓住计划生育这一敏感而重大的题材,在姑姑个人50余年传奇人生经历的叙说中,描绘新中国成立初期、"文革"、改革开放、21世纪等四段历史时期农村上演的一幕幕波澜起伏的"计划生育故事",既形象勾勒了新中国60年来为控制人口剧烈增长而实施计划生育国策所走过的曲折历程,又成功塑造了一个生动鲜明、感人至深的农村妇产科医生形象,同时也剖析了以蝌蚪为代表的知识分子的卑微灵魂和矛盾心理。

主人公姑姑(万心)是一个在乡村复杂历史语境中从事妇产科工作50多年的医生,也是一个具有传奇色彩、命运多变的悲剧人物。姑姑根正苗红,幼年时曾因父亲是八路军中名气很大的军医而被侵华日军抓进平度城,从而留有一段与日本司令斗智斗勇的传奇经历,使得村民后来对她敬重三分。20世纪50年代初,姑姑是一个朝气蓬勃、充满热情、人见人爱的姑娘。作为一名普通的乡村接生员,性格豪爽的姑姑推行新法接生,她接生的婴儿遍布高密,在鬼门关上也抢救过许多妇婴生命,很快取代"老娘婆"们的地位成为乡民眼里的送子观音。到了70年代末,姑姑当上了公社计划生育领导小组副组长,成为国家计划生育政策的坚定推行者。当时,姑姑也曾追求过属于自己的幸福,爱上了一个高大英俊、与她情投意合的空军飞行员。可是,飞行员的叛逃使姑姑受到牵连,她不仅丧失了幸福的婚姻生活,而且彻底改变了人生命运。由于感情的失败和打击,姑姑逐渐丧失自我,更加坚定了以实际行动向党尽忠的决心。正是奉行"生是党的人,死是党的鬼""决不让一个漏网"之类的信念,姑姑在执行计划生育政策的过程中由过去受人欢迎的观音菩萨变成了让无数家庭闻风丧胆的"活阎王"。让已经生育的男人结扎、让已经生育的怀孕妇女流产,成了姑姑人生中的两件大事。她带着小狮子等徒弟们运用各种手段与违反"计生"政策的村民斗智斗勇,围追堵截的情境如同当年的抗战场面一样,一幕幕悲喜剧在高密大地上演。譬如姑姑顶风冒雨驾船追赶怀孕五月的孕妇张拳之妻,致使孕妇跳河、终因体力不支而毙命;逼迫媳妇王仁美堕胎,不惜"大义灭亲",扒房揭瓦,"连环保甲",活生生害死两条人命;侏儒女王胆挺着超乎身材比例的肚子四处逃亡时,她甚至动用了关押亲属、收缴存款的司法手段。正是姑姑这样的无情追逐,

---

① 陈晓明:《中国当代文学主潮》,北京大学出版社2009年版,第586页。
② 这是上海文艺出版社2009年12月首次推出《蛙》时在封面勒口对莫言进行介绍的一段话。参见莫言:《蛙》,上海文艺出版社2009年版。

直接间接地导致了三位当事人的死亡。对于传统宗族社会而言,此举让人不能理解,她甚至被斥为"恶魔";而对于出身红色家庭、受着红色教育洗礼的党员来说,姑姑的冷酷无情又符合人物性格和命运演变的逻辑。"正是打着执行党的政策的旗号,各种带有荒诞剧色彩的野蛮执法也就有了合法性的借口。"① 步入晚年后,刚强的姑姑竟被青蛙吓丢了魂魄,而"蛙"其实就是"娃","这折射出的正是她内心中对于既往岁月戕害幼小生命而不断自省却不得解脱的一种本能恐慌"②,于是她与丈夫一起不断捏出无数神态各异的泥娃娃来忏悔。这样一个党的"计生"国策的忠诚拥护者和坚定执行者,一下子转变成了一个虔诚的忏悔者,人物性格的这一转变虽不够水到渠成,甚至有败笔之嫌,但使《蛙》在一定程度上成了一部具有忏悔意识的小说。

莫言的乡土小说似乎很少出现知识分子形象,但《蛙》中的蝌蚪(万小跑)恐怕能被视为"第一位塑造相当成功的知识分子形象"③。蝌蚪即"我",在小说中身兼叙述者之重任,也是一个具有负罪感与忏悔意识的人物形象。他既有饥饿的童年,也有参军入伍的经历,还是一名剧作家,正在搜集资料撰写一部永远都可能不会正式上演的话剧《蛙》。蝌蚪的这种经历,分明有着作家莫言自己的影子。透过小说的叙事过程,我们可以发现蝌蚪精神世界的深处存有一种强烈的罪感意识。在致杉谷义人先生的信中,他在不断进行理性而自觉的自我谴责,譬如"十几年前我就说过,写作时要触及心中最痛的地方,要写人生中最不堪回首的记忆。现在,我觉得还应该写人生中最尴尬的事,写人生中最狼狈的境地。要把自己放在解剖台上,放在聚光灯下","想用这种向您诉说的方式,忏悔自己犯下的罪"。为了个人前途,"我"曾致使妻子王仁美流产而死;为了小狮子,"我"也没有坚决阻止陈眉代孕。这些都让蝌蚪感到罪孽深重。正如人言,蝌蚪故事的核心主旨依然是"罪感与忏悔"④。借助蝌蚪这一形象,莫言如同鲁迅一样在进行某种不无严酷的自我解剖、批判与反思,俨然成了鲁迅精神的自觉传承者。

莫言小说语言向来汪洋恣意,魔幻夸张,而《蛙》却相当克制,干净而内敛,"放弃了他最为擅长的泥沙俱下的描述性语言流,也没有利用众声喧哗的民间口语,而是力求返璞归真,用超然的第三者视角,朴素、简洁、干净地讲述催人泪下的故事"⑤,这是由于《蛙》之文体大胆创新的缘故。由于这部小说结构由剧作家蝌蚪写给日本作家杉谷义人的5封书信构成,前四封附有姑姑50年来从事妇产科工作发生的各类故事,后一封附有一部话剧,将书信、元小说叙事和话剧巧妙融合杂糅,小说中嵌入书信、话剧等不

---

① 范建华:《中国人生存状态和精神变迁的标本——莫言新作〈蛙〉中姑姑形象分析》,《名作欣赏》2010年第10期,第37—38页。
② 姜畅:《莫言新作〈蛙〉中的自省意识探析》,《吉林师范大学学报(人文社会科学版)》2011年第6期,第25—26页。
③ 王春林:《历史观念重构、罪感意识表达与语言形式翻新——评莫言长篇小说〈蛙〉》,《南方文坛》2010年第3期,第46—48页。
④ 刘郁琪、陶海霞:《莫言小说〈蛙〉的叙事伦理》,《文学教育(上)》2010年第7期,第74—77页。
⑤ 吴义勤:《原罪与救赎——读莫言长篇小说〈蛙〉》,《南方文坛》2010年第3期,第43—45页。

同文体。因此,朴素、简洁的语言叙事尤其合乎书信这类文体的特性和要求。

然而,这部小说的生活场景描绘和民间故事书写依然可见莫言魔幻想象的传统和黑色幽默的色彩,其摇曳多姿的想象、匪夷所思的意象和神秘世俗的逸闻,在诙谐、戏谑、调侃、嬉闹之间给人带来了刺激和惊喜。譬如用身体器官为孩子命名的传统,学生蜂拥"吃煤"的场景,王胆逃跑、姑姑水上追击的戏仿,陈鼻在酒店"堂吉诃德"式的身体出卖,陈眉诞生的凄惨、青春悲苦的故事,蝌蚪捉拿小偷时的被围观与无奈,富翁找人代孕的荒唐和"荣耀",姑姑与郝大手(包括秦河)创作泥塑娃娃的场景,尽显莫言涉笔成趣的才情。尤其是姑姑晚年深陷一片蛙声如哭的噩梦场景,简直就是小说的神来之笔。一次酒后夜行时,姑姑遭到了不计其数的青蛙袭击,"它们波浪般涌上来,它们愤怒地鸣叫着从四面八方涌上来,把她团团围住。……它们似乎长着尖利指甲的爪子在抓着她的肌肤,它们蹦到了她的背上、脖子上、头上,使她的身体不堪重负……""……还有很多的青蛙牢牢地抓住她的衣服、头发,有两只用嘴巴咬住她的耳垂,好像两个可怕的耳饰。"这一冰冷恐怖的场景出神入化,充满魔幻现实主义的色彩,其表层神奇、魔幻而不可思议,实则是人物真实内心和隐秘灵魂的显现。通过这些场景,我们就可解读和确认有着旺盛繁殖能力却又低贱平常的"蛙"的象征意旨。"蛙",是青蛙,是青蛙的祖先蝌蚪,是哭声的"哇",是孩子的"娃",是女娲的"娲",说到底"蛙"就是人!而结尾部分九幕话剧《蛙》的第八幕对民国知县高梦九当庭判案的戏拟也堪称神来之笔。在电视戏曲片《高梦九》的拍摄现场,高梦九端坐大堂,陈眉抱婴闯入,高呼包青天为民女做主;高梦九假戏真做,重演一出《灰阑记》,把孩子判给小狮子。明明心怀善意,模仿清官判案套数,却葫芦官判葫芦案,做了恶的帮凶。现实与历史、假想与梦境、虚拟与真实浑然一体,"彼此激烈冲突的叙述声音构成了多声部的复调效应,而种种高度夸饰的戏剧手法又无不呼应着令人啼笑皆非的现实情境"①。

这一具有拉美魔幻现实主义色彩的小说《蛙》,不愧为 21 世纪初期中国文坛最重要的原创长篇小说之一。

二、贾平凹与《秦腔》

贾平凹一直眷顾着属于他的乡土,他的小说也一直关注着乡村中国的现代性问题。他从"寻根"时代开始,就以"商州"系列地域文化小说名噪一时,即使是《废都》也从另一个角度折射出他对乡土中国的依恋。可以说,乡土文学成为贾平凹不曾偏离的写作宗旨。《废都》之后,贾平凹写过的几部作品影响不大,直到 2005 年长篇小说《秦腔》问世,才给乡土文学带来了许多新变。

《秦腔》是贾平凹为其故乡——陕西东南一个叫棣花街的村镇所创作的一部小说。作者在棣花街出生,并在那里长到了 19 岁。作者于离开故乡 30 多年后写作这本书,是

---

① 梁振华:《虚拟的真实与真实的虚幻——莫言〈蛙〉阅读札记》,《中国图书评论》2010 年第 4 期,第 93 – 98 页。

"为了忘却的回忆""为故乡树起一块碑子"。作者怀着极其矛盾的心情,既为农村经济文化的迅速衰败而痛心,又用一种无可奈何的心情看着农民怀着朦胧希望走向都市、开始新的生活历程。于是,根据故乡陕西丹凤棣花街(村)的乡村日常生活场景,虚构了清风街这一民间社会,描述近10年来中国农村经济的破败、古老土地观念的改变、农民劳力向城市的流散、市场经济和商品观念对农村的渗入,试图描绘当下农村现实的图景,以秦腔为象征寓言式地哀挽传统文化的衰亡,正如小说单行本封底上所印两句话语的概括:"当代乡村变革的脉象,传统民间文化的挽歌。"正是在对历史的"重塑"与对现实的"颠覆"中,人们看到了乡村文化的溃败与贾平凹浓浓的乡土情结,表现了他对清风街村民的日常生活现状的忧虑和反思,以及在现代城市化进程中对社会发展路径的思考和对传统文化的观照。

在现代化进程中农村应该如何发展,这是一个重大现实的问题。在《秦腔》中,以君亭为代表的年轻一代的村干部主张建立农贸市场,而以秦安、夏天义为代表的老一代农民则并不赞成。最终以秦安的生病、失权结束,夏天义以个人英雄式的壮举维持了老一代农民以土地为本的信仰。更重要的是,在《秦腔》中,作者对中国传统文化——秦腔艺术的观照。在农村社会转型与传统农业文明的转型中,秦腔也走向了衰落。白雪热爱秦腔,是秦腔的名角,她为了秦腔可以放弃与丈夫一起在城里生活的机会,为了秦腔宁愿在人家的婚丧事上表演也不去城里,为了秦腔最终与丈夫夏风离婚。夏天智对秦腔的爱也到了痴迷的地步,画秦腔脸谱直至出版,临终时在听到秦腔音乐时才能合眼等。他们俩的结局,也就是秦腔艺术的悲凉结局。秦腔的衰败暗示着作者无言再面对乡村,创作也将由乡村转向都市。这种暗示在后来的《高兴》中得到验证。《秦腔》作为一个"象征和隐喻,它是传统乡村中国的象征,它证实着乡村中国曾经的历史和存在"①,是一部乡土中国泯灭的寓言。

《秦腔》逃离了规范化的乡土叙事,几乎没有完整的故事、情节和人物,采用魔幻现实主义的手法非常明显。

首先体现在叙述者身上。《秦腔》以"我"——一个叫张引生的农村青年的视角来观察清风镇上的人和事。他"属于那种'不可靠叙述者',即带有种种个我局限和偏见的叙事者"②,这种反常态的叙述主体在中国现当代文学史中似乎未见多少创新,但作为乡土民间文化中的"疯子"却另有独特之处。他不似"狂人"在叛逆理性煎熬下的"疯"态,也没有《尘埃落定》中的傻子那份洞悉本质的"大智若愚",他是乡土现实中在物质与精神双重贫困下仍保留着一份最坚韧的"生"和最原始鲜活的"爱"的生命个体。通过他,作家巧妙地"引"出了清风街的无数细节和场景。他不是真疯子,正是他异于常态,理性清醒,感情执著,功能特异,才决定了这部小说的叙事角度异常自由和丰富,既能自然主义状态地叙述清风街的人事纠纷,也能用奇异的视角(如各种小动

---

① 孟繁华:《中国当代文学通论》,辽宁人民出版社2009年版,第423页。
② 肖云儒:《〈秦腔〉:贾平凹的新变》,《小说评论》2005年第4期,第64-68页。

物）来窥探人世间的秘密，有时还能让灵魂在众人头上飞奔而过。这种可靠的在场叙述，真实还原了农村的面貌，表达出农民的爱与恨、情感和价值，接近了乡土的真实。事实上，《秦腔》中的人物叙述角度不仅是简单的第一人称的限制性视角的应用，同时在背后还隐藏着类似于第三人称的全知视角的观察。作者采用的是一种全聚焦叙事的混合型模式，在叙事者进入人物内心进行叙事时，这是主观的，但是它的叙述方式由于是人物心理的自我流动又有一定的客观性。其实，这是隐含了作者的全知视角。

同时，作品中出现了各种神秘现象。"疯子"张引生可以让机灵的老鼠到白雪那里传递爱的信息，还可以用他爱的祈祷使白雪打喷嚏；甚至可以看到清风街人头上的火焰，预知他们的阳寿与运势。不仅叙述者有着"特异功能"，小说中的普通人都有这种神奇的本领。俊奇娘一边和活人闲聊，一边与她死去的丈夫对话。中星的爹多次给人算卦，他预测着清风街的未来，他的预言还具有一定的准确性。白雪生孩子时的风雨变化，还有那只叫来运的狗竟然也会唱秦腔等。这都显示了运用魔幻的笔法的魅力。

《秦腔》可以说是一个意象的集合体。有会流泪的白果树，有会唱秦腔的狗，有白雪生的没屁眼的孩子，也有夏天义对乡土的留恋和执著，最后在象征性的洪水来后，夏天义去世了，这也是一个带有寓意的象征。最重要的意象莫过于"秦腔"了。在小说中，最能象征乡土文化和秦腔命运的是白雪和夏天智。夏天智好画秦腔脸谱，为出版脸谱书籍不惜花大工夫；他尊敬县团里的秦腔名角，甚至对儿媳白雪呵护有加，更是因为白雪秦腔唱得好，是秦腔旦角的后起之秀；他架高音喇叭播放秦腔，甚至死的时候用《秦腔脸谱集》当枕头，用秦腔脸谱马勺盖上脸才能合上眼。可以说，秦腔已经融入了他的生命，他离开人世，也意味着秦腔艺术在清风街的终结。秦腔作为陕西农村文化的意象，从辉煌到衰落，不仅暗示了传统乡村文化的衰落和流失，而且透视了时代变迁下农民生活变迁的悲喜与变化。

《秦腔》的叙事打破了传统长篇小说的叙事模式，没有宏大的叙事，没有贯穿始终的情节线索。情节不受制于人物，叙事也就更加灵活自如。作者采用还原原生态的写法，采用"密实的流连式的叙事"，叙述了"鸡零狗碎的颇烦日子"。虽然展现的是日常生活的片段、零散的一面，但是阅读全书后，一个乡村发生在一年多时间的事件、人物命运，却又清晰连贯地出现在脑海中。以白雪和夏风的结婚为始，又以他们的离婚为终，中间穿插夏家"天"字辈的"仁、义、礼、智"相继离开人世与秦安和君亭两个有矛盾的村领导的结局：秦安死了；君亭建起农贸市场，玩起小姐。引生自残却一如既往地爱着白雪，他们或许会有美好的明天……在结构故事、淡化情节的同时，暗中描绘出一幅饱满、生动的乡村图景，这足以见出贾平凹叙事艺术的高超。

小说语言是联系作者与读者之间的桥梁，叙述语言的形式在一定程度上可以体现隐藏在作者对作品中虚构现实的倾向。面对自己熟悉的商洛，贾平凹在《秦腔》中把文言、口语、方言、现代标准汉语巧妙地糅合在一起，具有明显的地方色彩，溢出浓厚的乡情。方言和俚语的写作，把日常生活节奏和韵律在语言中呈现，又与小说创作过程中的还原原生态的日常生活相统一。但是这种语言又是经过提炼的民间语言，符合现代汉语的规范,从而大大消除了读者的阅读障碍,形成了贾氏个性的、自成一体的语言风格。在《秦腔》中,贾平凹甚至还先后录入了22处秦腔曲牌和曲调,在增加了文章的音乐性的同时也营造了一种小说的整体氛围和基调。在整部作品中,对话构成了叙述语言的主体,在口头化、生活化的对话中,表现出《秦腔》回归本真方言土语的意向①。

总之,《秦腔》纷杂万端,混沌一片,如同一幅巨细无遗的乡村生活的全景画卷,是"一种既不同于各种现代主义,又与中国现当代文学史中许多现实主义小说拉开了距离的一部小说文本"②。但由于小说语言表述的方言化和叙事的"鸡零狗碎",加上贾平凹原先只是作为个人笔记而写作,没有过多考虑读者的接受,这部作品不是特别好读。

三、阎连科与《受活》

阎连科(1958—),河南洛阳嵩县人。1978年参军,历任战士、班长、排长、指导员、秘书。1980年开始创作。1986年毕业于河北大学政教系。1991年毕业于解放军艺术学院中文系。主要作品有长篇小说《情感狱》《日光流年》《坚硬如水》《受活》《风雅颂》《为人民服务》《丁庄梦》《四书》《炸裂志》《日熄》《中原》等,中短篇小说集《年月日》《黄金洞》《耙耧天歌》《朝着东南走》等10余部,《褐色桎梏》《我与父辈》《她们》《一派胡言》等多部散文、随笔、文论集,另有《阎连科文集》12卷,曾先后获第一、第二届鲁迅文学奖等。他的小说创作,以现实主义创作方法,或摄取故乡的人事景物,或叙说部队的所见所闻,但乡土题材成就更为显著,以耙耧山为背景,致力于家乡父老创业史、"文化大革命"怪现状、新时期狂想曲的书写,行文奇诡,感慨深切。不过,他的小说语言略显累赘,叙事结构冗长。

《受活》是一曲乡村悲歌,是一幅以受活庄为原地展开的在现实中进行的历史画卷,是试图超越一个民族、一个时代,折射人类命运的新寓言。首版《受活》的扉页上,这样描述了它的故事梗概:"一个付出了巨大牺牲,终于把自己融入现代人类进程的社会边缘的乡村,在一个匪夷所思的县长的带领下,经历了一段匪夷所思的'经典创业'的极致体验——用'受活庄里'上百个聋、哑、盲、瘸的残疾人组成'绝术团'巡回演出赚回来的钱,在附近的魂魄山上建起一座'列宁纪念堂',并要去遥远的俄罗斯把列宁的遗体买回来安放在中国大地上,从而希冀以此实现中国乡民的天堂之梦。"

这部小说的独特之处,就是对农民苦难和农村文化政治这种特殊的政治形式及其体制关系的描绘和揭示,阎连科一直以这种方式"执拗地书写乡土中国的痛楚"③。但这种描绘和揭示,不是用写实的手法,而是荒诞和超现实的技巧。自《日光流年》开始,阎连科改变了一贯坚持的传统现实主义真实再现乡村苦难的方法,转而采用荒诞的艺术手

---

① 岳凯华、林丽:《从〈秦腔〉到〈高兴〉:贾平凹叙事艺术的转变》,《理论与创作》2008年第4期,第78-80页。

② 李星:《当代中国的新乡土化叙述——评贾平凹长篇新作〈秦腔〉》,《小说评论》2005年第4期,第71-75页。

③ 陈晓明:《中国当代文学主潮》,北京大学出版社2009年版,第592页。

法。这部小说对荒诞世界的营构达到了巅峰状态,被誉为"中国当代文学'狂想现实主义'的奠基之作"①。

作家采用离奇、荒诞、隐晦、狂放的超现实主义的创作方法,塑造了以柳鹰雀为代表的荒诞形象群。

综观《受活》,柳鹰雀的个人奋斗史就是一条贯穿始终的主线。阎连科用超凡奇诡的想象、无与伦比的冷峻和深刻,刻画了这一"政治狂人",展现他痴情而迷乱的政治追求、贪婪又膨胀的权力欲、目空一切的狂妄自大。他身上有许多矛盾的东西,如对领袖的忠与愚、敬与渎,对革命的忠诚与私欲,对百姓的热爱与摆布,对商品经济的清醒与糊涂,对发展的努力与解构等。这许多矛盾的东西统一在他的身上,使他有了无数不可思议、超出常规的言行举动和思想。作为双槐县县长,为了摆脱贫困,他异想天开地提出了购买列宁遗体建纪念馆发展旅游业的想法,给牛书记、县委官员、百姓设想出一个"黄金世界"。他表面看来是为了双槐县的发展,但内心深处却是使自己成为一个世界的风云人物。他将自己的画像高悬在马克思、列宁、毛泽东之后,并召开县常委会决定在列宁纪念堂下为自己建墓室,让后人永远纪念和感激他。而购买遗体的钱,却是来自绝术团的表演。阎连科以独特的书写方式、深邃的思想敏感,嘲讽、揭露、批判了当今社会人文精神的缺失、市场经济下权力异化的现象。

与男性形象同样荒诞的,是女性形象茅枝婆,她的举动同样是荒诞的。文本"絮言"以"入社""红四""天堂日子""铁灾""大劫年""黑灾、红难、黑罪、红罪"全面讲述了她的往事。经历坎坷的红四方面军战士茅枝在纷乱的革命年代落户受活庄,嫁于石匠多年,身上却未见多少妻性。她是自己家庭的家长,更成为这个历来松散的庄落的领导者。顺应世道变化,茅枝引领受活庄人成立互助组,加入合作社,过上集体主义的劳动生活。在随后接踵而至的"大跃进"之灾、大荒年之劫、"文革"之难和盲目学大寨之苦中,茅枝以原始母亲般的博大襟怀和坚韧品格,为受活庄人顶起一片天空,带领他们在无比艰险的环境中生存下去,成了受活庄人眼中的"神化"人物。然而,茅枝婆不曾想到,她将人们带入了历史的正轨,历史却不依她的意愿而转向。岁月流转中,她逐渐丧失了控制权,开始保守落后,与现实生活格格不入;她的主张,得不到支持。因此,"退社"便成了她个人的独舞;不合时宜的抗争,就像堂吉诃德面对风车作战。最后,她还是被柳鹰雀要挟在绝术团饰演一个角色,终将自己的荒诞举动汇入柳鹰雀策划的荒诞演出中。

小说采用了"絮言体"的言说方式。

"絮言"犹如"花絮"一样,本是正文外的题外话、琐碎语,起补充、说明、注释等作用。一般而言,它很少出现在小说作品中。然而,《受活》却大张旗鼓地使用絮言参与叙事,人们阅读作品时恍然置身于一个纯絮言的文本中,絮言成了文本主干结构的语言组织形式。"絮言体"的言说方式,表现了阎连科小说创作叙事方式的不断翻新,

---

① 赵秀莲:《论阎连科小说〈受活〉》,《河南理工大学学报(社会科学版)》2008年第4期,第475-480页。

为阎连科的创作开辟了另一番神奇的天地。

从絮言的数量、类型、编排、结构作用等来看，《受活》中的絮言体的运用相当成熟和完善。小说总计8卷37章，其中有9章以絮言命名，加上零散、穿插的分布，絮言的文字占据全文三分之一多的篇幅。第一卷第三章是以"死冷"单独成章，再以"社教娃"和"社教"为小絮言加以解释；第二卷共5章，絮言数量较多，有"满全脸""当间""购列款""受活庆""耙耧调""主事"等16个，但内容较少，注释多于述说，故附于各章末尾，多而不杂乱，长却不累赘。在排列上，有依次出现的，如第六卷第二章的"黑灾、红难、黑罪、红罪"；有一个絮言中又包含了一个或几个絮言、一个絮言套另一个絮言、另一个絮言又套另一个絮言这种连环式的，如第三卷第三章的絮言"入社"从正文引出，这个絮言又引出絮言"红四"构成第四章，"红四"又引出絮言"天堂日子"构成第五章，第五章又引出絮言"铁灾"构成第六章，"铁灾"絮言中又包含一个附于絮言末的絮言"退社"，一环紧扣一环，一环连着一环。在篇幅上，短的几十个字，长的八九千字，不拘一格。在作用上，有对方言、习俗、传说等作单纯解释的，如"扁食""耳性""身影"等；有对人物生平、历史事件等进行回顾和阐述的，如"大劫年""敬仰堂""天堂日子"等。各自担负不同的意义，都为情节的发展服务，为人物性格的刻画服务①。

如第一卷第二章中茅枝婆见到来找她的县长时竟出口大骂："他是县长呀！我的老天爷，他哪是县长呀——他是猪，是羊，是一条死冷的狗！是臭猪上的蛆！是死冷的狗皮上的虱！"这是茅枝婆对县长的愤激、厌恶和仇视。其因何在？作者对"死冷"一词进行絮言处理，从而引出了柳县长对菊梅进行玩弄并使之生下四胞胎侏儒却抛弃不理的经历，道出了柳县长"其心里的冷酷和坚硬，是如死人的死心呢"的卑鄙、污浊、阴暗的人性。在"死冷"絮言中又加注了"社教娃"和"社教"两个絮言，进一步交代了柳县长从一个弃婴成长为国家干部的历程。这两个絮言向读者展示了柳县长"崇高的奋斗目标"和"我是你们的父母官，等于是你们的亲爹亲娘哩。全县八十万的百姓都是我的亲孩娃"的慈善、端庄、神圣背后的卑劣、荒淫和丑恶，为柳县长的漫画形象添写了至关重要的一笔。而第三卷第三、四、五、六章则更以排山倒海、连篇累牍式的排列安排了"入社""红四""天堂日子""铁灾"这四章絮言，集中、细腻地写出了受活庄人在茅枝婆的带领下所面临的种种苦难，为作品的一个重大内容"退社"作了深刻、有理、自然的铺垫和埋伏。从絮言中，读者可以完整地看到受活庄的发展史和茅枝婆的心灵演变史，理解茅枝婆誓死也要让受活庄人退社的那份执著和辛酸。

正文述说购买列宁遗体计划、柳县长带领绝术团四处表演筹措经费、残狗残猫为茅枝婆送葬哭坟等令人瞠目结舌式的故事。但在这种出神入化的超现实主义叙事背后，作家仍铭记着活生生的现实、已逝的苦难往事。絮言就像是一个庞大的记忆储备库，述说的是那些过去的事情，是受活村的演变史和受活村人的生存史，或者说是革命日子、散

---

① 何占涛：《〈受活〉絮言的叙事模式》，《小说评论》2009年第4期，第146-149页。

日子里发生的故事；正文说的则是当下的、正在进行的事，是现实中实实在在的事情。从这个意义上说，正文是超现实主义的，絮言则是现实主义的，两者并驾齐驱而又各自承担着不同的责任，并且形成了鲜明的对比：历史与现实、真实与荒谬、平缓与激越、庄重与滑稽，构成两个完全不同的叙事世界，极大地拉伸了小说的时间和空间维度。

《受活》的叙述语言尝试了融合书面语和口语、普通话和方言的努力。

阎连科一直坚持运用方言写作并最终形成了自己的特色。在《受活》中，阎连科似乎想从以前那剑拔弩张的语言中彻底摆脱出来，尽量做出一副轻松、亲和的姿态。叙述者仿佛是个讲故事的老人，唠唠叨叨，还不时要从"絮言"里调出记忆的储备。譬如小说标题"受活"，就是北方方言，意即享乐、享受、快活、痛快淋漓，也暗含有苦中之乐、苦中作乐之意。譬如对中国传统纪年时间法的使用，《受活》中所有时间的标记都用农历。特别是"立马""车转身"等地域方言，"中阴""红血公鸡"等民俗方言，"铁灾""大劫年"等历史方言，尤其是"了、呢、哩、啦、呀、嘛、哦"等语气词的运用，给小说叙述增加了一种与河南风俗人情紧密联系的特殊调子和韵味。不过，这种语气词的运用显得不够节制。语气词的点缀，固然体现了一种舒缓、自然的叙述调子，使得作者的思绪内敛，字里行间的激情随之消退，但频繁出现也造成了文本的重复与拖沓。

第三节　底层小说

当下虽有不少学者从经济学、社会学、文学等方面触及底层研究，但何谓底层没有一个公认的答案，不过"底层"就是处于社会最下层的人群则是共识。在西方，最早出现于意大利葛兰西《狱中札记》中的"底层"，指的就是欧洲社会那些从属的、被排除在主流之外的社会群体，主要指马克思主义范畴中的无产阶级[①]。随着时代的发展，底层又有了新的内容，又容纳了更多的边缘群体。在中国底层文学勃兴之前，学界已在关注"底层"问题。从20世纪90年代末廖亦武的《中国底层访谈录》系列开始，到2004年《天涯》杂志的"底层与关于底层的表述"专栏，"底层"概念逐渐成为一个重要命题。最早出现于蔡翔所撰散文《底层》中的"底层"，主要是指工人，那些生活在苏州河边棚户区靠体力劳动生存的人们，他们在政治、经济和文化上的地位至少都处于城市的最下层[②]；而陆学艺主编的《当代中国社会阶层研究报告》在职业类别的基础上，依据对组织资源、经济资源和文化资源等三种资源的占有程度，对当代社会阶层进行了明确划分，指出底层主要由商业服务业员工、产业工人、农业劳动者和城乡无业、失业、

[①] 葛兰西：《狱中札记》，转引自刘旭：《底层叙述：现代性话语的裂隙》，上海古籍出版社2006年版，第2页。该书和滕翠钦的《被忽略的繁复：当下"底层文学"讨论的文化研究》（上海三联书店2009年版）以及李云雷所著的《新世纪"底层文学"与中国故事》（中山大学出版社2014年版）和其所主编的《"底层文学"研究读本》（上海书店出版社2018年版）对于"底层"的概念均有周全而精当的梳理，可参看。

[②] 蔡翔：《底层》，《钟山》1996年第5期，第188–193页。

半失业阶层构成①。

底层小说的兴起，上承五四文学传统，近续新写实小说余绪，而底层文学的直接来源则是近年流行的"打工文学"。率先关注底层生存状态的《天涯》《三月风》《中国贫困地区》等刊物最早登载打工族文学创作和生活实录，《南方文学》开展"提高打工文学暨纯文学作品"大奖赛推波助澜，《创业者》从1997年第6期开辟"打工诗札"专栏引发了"打工诗歌"热潮。但打工文学与底层文学并非简单的等同关系，打工文学是底层文学的主要组成部分，只是一种底层写作，而底层文学不只包括打工文学，还包括以社会转型时期底层劳动者为主要描写对象、表达他们生存状态和心灵生活的各类文学作品，展现底层人的生存状态、生活方式、价值信念和道德理想，思考时代变革带给底层民众的悲剧命运。

简单地说，底层文学就是以反映社会底层人的生存状态和生存价值为题材的文学。它们直面社会生活的矛盾冲突、善恶美丑，关怀百姓大众的生老病死、喜怒哀乐，而被叙说的底层也主要集中在农民、进城务工者、下岗工人、城市失业人群、城市边缘群体、监狱犯人等几类人身上。他们遭受贫困的折磨，他们需要帮助，需要救济，在经济结构中处于下层，是缺乏话语权的弱势阶层，是沉默的大多数，较少占有组织资源、经济资源和文化资源。正如人云："从21世纪小说'底层叙事'的题材来看，关注底层民众尤其弱势群体的生存景观及其命运，无疑是其首要特征。"②

虽不能把底层写作简单地归结为人文关怀，但底层写作的基本意义是给予这些底层民众以人文关怀，使他们感到被关注、理解与尊重的温暖。"底层生活被作家关注并进入文学叙事，不仅传达了中国作家本土生活的经验，而且这一经验也从一个方面表现了他们的价值观和文学观。"③ 不过，目前大量的底层小说主题过于重复和表面化，在艺术上尚比较粗糙，需要提倡表现手法的多样化和题旨的多义化。

代表作有毕淑敏的《女工》、韩少功的《报告政府》、刘庆邦的《卧底》、陈应松的《马嘶岭血案》、鬼子的《大年夜》等。

一、毕淑敏与《女工》

继《红处方》《血玲珑》《拯救乳房》等一系列反映社会热点的作品之后，著名女作家毕淑敏首次将目光投向了底层，"我曾在一家重工业的工厂呆过10年，担任卫生所的所长，算是辅助生产的人员。虽然不是奋战在一线的产业工人，但所见所闻仍没齿难忘。我每天的工作就是给工人看病医伤，和他们一样三班倒。我住在工厂的宿舍区，能闻见他们炒菜的香味，也听得见他们争吵的叫骂。我无法不知晓他们的喜怒哀乐，也不能不注视着他们的人生起伏。当我值班的深夜，常常有急遽的电话铃声响起或是纷沓沉重的

---

① 参见陆学艺：《当代中国社会阶层研究报告》，社会科学文献出版社2002年版，第19-23页。
② 李运抟：《文学与民生疾苦——新世纪小说"底层叙事"的社会意义》，《理论与创作》2007年第4期，第50-53页。
③ 孟繁华：《坚韧的叙事：新世纪文学真相》，福建教育出版社2008年版，第70页。

脚步迫近，我就会浑身一激灵心跳加速——有人急病或是出了带血的红伤！我也曾坐着呼啸的救护车赶赴医院，身边的工友生命垂危。其中最引起我关注的是女工，她们如花的青春在厚厚的工装之下盛开和枯萎，化作了闪光的金属和鬓角的白发。那时，我暗暗下了决心，如果有一天我能拿起笔，我会写下她们"①。长篇小说《女工》就是作者长期生活体验的产物。

《女工》封面上的"一个仁爱劳累的灵魂疲倦了——改革开放时代中小人物的心灵史"句子告诉我们，小说以时代的大变迁为背景，描写一个城市普通下岗女工浦小提的生活经历和自尊自爱的坚强性格，刻画了一位内心坚强善良、对待生活和命运从容隐忍的女性。

浦小提的经历代表了40—50岁女工的生命历程，是一代下岗女工的缩影。在学生时代，她是个清秀孤傲且学习优秀的女孩，跟大多数人一样，怀有花一样的理想，只是理想之花还没有灿烂盛开便随时代的动荡而枯萎了。她家住在离集体的猪圈53米处，臭气熏天，苍蝇成群；婚姻阴差阳错，她无奈中嫁给自己不爱的男人而饱受创伤，而她的聪明又使她葬送了自己的婚姻；工作一路坎坷，最后为了女儿上大学而买断自己的工龄；做了下岗女工，却又求职无门；给人当保姆，雇主却是自己昔日的老师、同学、前夫和旧情人。她没有受过高等教育，她的原始学历只能算是小学。除了搬运金属块和做家务活之外，她基本上一无所长，只有靠出卖体力、拼命工作才能生存下去。虽然没有过多的奢求，但命运对她总是不公，步步紧逼，几乎把她逼上绝路。

她的命运也曾出现过可能的转机。临毕业时，如果让"姚司令"摸一下手，可能会分配到一个好工作，可惜她"不解风情"，不让男人乱碰自己；离婚后，如果愿意嫁给外国人，也可能实现梦寐以求的出国梦，但她不习惯外国人；如果愿意陪着留学归来、办有公司的女同学闲聊，便可轻松拿到一笔不菲的报酬，但她不愿不劳而获；如果愿以下岗女工为资本向大众哭诉，便可成为补肾酒的推销员，打打电话便可挣钱，但她不愿意出卖"下岗"二字，更不愿出卖"女工"二字；如果愿意与昔日情人在大床上同床共枕，她便可做将军夫人、住高级公寓……面对这一切机会，她全部放弃了，不是因为高傲，不是因为道德的约束，而是因为做人的本分。一个普通的人，对生活有一种素朴的认识：本本分分做人，凭自己的双手生存，不希望天上掉馅饼，根据自己的习惯生存，而这种习惯来源于传统的生活教养与普通工农家庭的熏陶。作家如此描写，显示了本分背后人性的尊严。

在寻找工作一路失败后，她的自尊心被击得粉碎，她为自己的命运哀伤，但怨天尤人没有用，剩下的本事就是洗衣做饭收拾房子买菜打扫卫生，长期的叫作保姆，短期的叫作小时工，只有这一条路了。靠双手确定了自己的位置，靠自己的双脚走出一条血路来。面对生活困境时，她不悲不戚，在本本分分中有尊严地活着。她干一行爱一行，兢兢业业，赢得了人们的尊重。

---

① 毕淑敏：《她们和我血肉相依（序）》，《女工》，海峡文艺出版社2004年版，第1–2页。

她又是贤妻良母型的女性。为了丈夫能安心学习，她承担了所有的家务，这种精神使抛弃她且成为大款的前夫在她面前自惭形秽，他只有通过施虐来掩盖内心的自卑和惶恐；为了使女儿能上大学本科，她买断了自己的工龄，补偿金成了女儿的学费。浦小提有着中国传统女性的美德，这种美德不是女性生存的紧箍咒，而是女性的生存策略，抑或是生存的看家本领。这不是丧失自我后的缴械投降，而是认清现实、脚踏实地的人生选择。①

小说择取的只是日常经验的事情，勾勒了浦小提从小学到中学，经历"文革"浩劫，分配到重工厂当普通女工，随后经历婚姻失败，最后下岗做起家庭服务员的大半生经历，作者虽很少评论或发惊世之语，但一个普普通通却又不乏灵气的浦小提、一个含辛茹苦却又决不放弃的浦小提、一个在艰苦生活中依然存有美好梦想的浦小提栩栩如生地展现在人们面前。总之，在人性浮躁、价值多元化的时代，情节并不复杂的《女工》所表现的困境中的女性虽然艰苦然而达观而宁静的人生状态，能引起人们关注时代变化中生活在底层的人的生活境遇。

《女工》从故事到语言，一如它的书名一样朴实无华，却又实实在在充满了感人的力量，据此改编的 26 集同名电视剧也于 2008 年搬上荧屏也激起了社会各界反响，这是继刘恒《贫嘴张大民的幸福生活》之后传神表现底层市民生活命运又一小说力作。

二、韩少功与《报告政府》

作为 20 世纪 80 年代"寻根文学"运动的领军人物，也是 21 世纪初期最有成就的作家之一，功成名就的韩少功虽在湖南汨罗过着隐居般的乡村生活，但他没有远离这个时代，而是以自己敏锐的触觉和深刻的洞察力亲近底层生活和剖析社会境况。他的小说创作始终保持着锐意求新的态度，从早期的短篇《飞过蓝天》《西望茅草地》，中篇《爸爸爸》《鞋癖》，到后来的长篇《马桥词典》《暗示》，再到最近的《报告政府》，种种新的尝试不断给读者带来了新的阅读期待和审美感受。

作为 21 世纪底层小说的代表作之一，中篇小说《报告政府》涉及的是监狱这样一个鲜为人知的世界，写的是一群身居底层、处于牢狱的小人物，讲述一个"实习记者"被阴差阳错地抓进监狱并与监狱里面形形色色的人遭遇的故事，通过这一普通犯人的眼睛叙述了监狱中的残酷、丑恶和血腥的生活，在一些栩栩如生的细节中细致捕捉且精当勾画了管教人员与犯人之间那种特殊而微妙的情感，刻画了黎头、瘸子、大嘴巴、冯大姐、车管教等一批人物形象，揭露贫困和权势对社会的破坏。黎头是 9 号仓的牢头，早年丧父，缺乏母爱和社会的关爱，因为杀人而入狱；他心狠手辣，胆子很大，甚至敢于顶撞持枪的警察，在犯人当中很有威望；后来，他组织犯人越狱，未遂，被执行死刑。瘸子乃一个自学的发明天才，因制造毒品被抓；他具有顽强的生存能力，能在牢中无中生有，利用废弃物件制作炉子改善伙食，甚至能用洗衣粉、糖、味精勾兑出白酒供牢头享用；

---

① 参见张喜田：《关注底层女性命运的力作——论毕淑敏的〈女工〉》，《当代文坛》2005 年第 3 期，第 65–67 页。

后来，他离奇地死在牢里，真相扑朔迷离。大嘴巴给煤矿老板打工，不仅没得到报酬，反而遭到毒打，于是愤而杀了老板及其家人；他不怕死，但在狱中惦记着唯一的亲人——年幼的女儿，担心她的未来，希望死后投胎变成一条狗去保护自己的女儿。冯大姐是监狱的管教人员，泼辣、粗心，表面严厉凶悍，对犯人很不客气，其实富有爱心和责任；她给予犯人帮助，鼓励犯人上诉以求轻判，替没钱的犯人掏律师费，私下里以家属名义给犯人送礼物，以犯人名义给家属写信寄去安慰；她令犯人感到畏惧，也赢得了犯人的尊敬。车管教很严厉，是底层的小公务员，生活不算好，为了儿子能有好前途，不惜让有大学文化的犯人做家教；与省里来提取犯人的武警过招，真是惊心动魄，表现出了一个男人的勇气和尊严。作者饱含着深情，把目光投向这些底层人的生活，关注他们的苦难，寄予了同情和理解。

《报告政府》关注的重心是残酷，让人们认识到的不只是"监狱"的残酷，还有整个"社会"都可能存在的残酷。实际上，小说中描写的这座监狱成了社会的一个隐喻。监狱的人员结构，可谓鱼龙混杂：十恶不赦的杀人犯、凶狠歹毒的抢劫犯、无耻下流的强奸犯、罪恶深重的贪污犯、拐卖妇女儿童的、盗窃的、诈骗的、嫖娼的、被冤枉的、被用来顶罪的，其中不乏原来身居高位的官员、腰缠万贯的富翁甚至还有刚刚踏入社会的大学生。这些人身怀绝技，在一起互相切磋，闲来无事便以打架斗殴互相比拼自身长短消遣度日。各个监房有各自的规矩，新犯人必免不了一顿打，算是给新犯人一个下马威，也是让老犯人活动一下筋骨，锻炼一下身体，消遣一下寂寞，发泄一下心中的郁闷与不平。监房的规矩花样翻新，要与牢头搞好关系就得使出浑身解数，或以实物行贿，或以甜言奉承，这样才能安安稳稳地生存。或者你就把牢头踩在脚下，你就成了这个牢房的皇帝，牢房里的一切都是你的财产。这就是监房里弱肉强食的生活，而这种生活与社会上的生活又是极其相似！他们犯罪，不是因为他们的道德问题，而是因为他们恰好处于犯罪条件之中。他们的"罪"仅仅是因为他们触犯了"文明"的禁忌，甚至是因为他们的无能、懒惰或愚昧。在现代法律面前，他们的生存伦理统统失效，他们所受的刑罚是罪有应得，不再具有丝毫正面意义，没有人会把他们的受罚提升到天国、道德、理想、革命、阶级的高度。韩少功对叙事人的非个性化处理看似简单，实际上却有着丰富的社会内涵。在这篇小说的结尾，正是来自一种世俗的力量使"黎头"放弃了中途逃跑的企图，管教与犯人之间获得了一种相互理解的能力①。事实上，这部小说共28节，大约三分之一的篇幅写狱外生活，其中第5～7节集中写"大嘴巴"的杀人原因，第24节写贵八条出狱后的生活和自杀等，可见作者"有意识地将牢狱世界与外面的世俗生活做了对比"②，由此通过监狱把触角延伸到了社会。

《报告政府》依然对小说的叙述形式保持着探索精神，尝试狂欢化写作。这篇小说语调不统一，开篇是喜剧气氛，后半部分却变成了正剧，充满了道德感人的意味；在结

---

① 参见徐志伟：《〈报告政府〉：对小说可能性的再次探寻》，《上海文学》2006年第1期，第73-75页。
② 李钧：《反讽的失落与张力的耗散——韩少功〈报告政府〉细读兼谈新批评的局限》，《山东农业大学学报（社会科学版）》2009年第1期，第96-101页。

构上，起于进狱，终于出狱，基本上是一个圆形的封闭结构，极其符合中国人传统审美惯例，但却疏离了韩少功早已熟稔的那种带有知识分子审视目光的文风，似乎沉醉于故事表面的流畅，用略带油滑的文字叙述故事，实则大胆采用第一人称的视角，试图对小说的叙事因素重新编码，让小说重新介入当代思想。在小说中，作家并没有刻意强调叙事人"我"的身份，而是让"我"以一个模糊的身份（一个实习记者，一个即将毕业的大学生，一个局长千金的男朋友，一个有参与敲诈妓女嫌疑的犯人）加入众语喧哗的对话中去。在叙事人不断变换视角、语气的过程中，监狱的众生相顿时以立体的形态呈现。

第四节　非虚构小说

"非虚构小说"起源于20世纪60年代的美国，杜鲁门·卡波特以1959年堪萨斯的系列谋杀案为素材，采访大量市民，用非虚构的手法，完成了《冷血》这部长篇纪实文学作品。《冷血》引起了巨大社会反响，同时也开创了非虚构小说这一文体。代表作还有诺曼·梅勒《夜幕下的大军》《刽子手之歌》、汤姆·沃尔夫的《电冷却器酸性试验》等作品。目前，学界关于"非虚构文学"大致有"广义"和"狭义"两种定义。广义上的"非虚构文学"，包括报告文学、纪实小说、口述实录体等纪实文体。而狭义上的理解，则是特指2010年《人民文学》引领的"非虚构"写作潮流，学者洪治纲、梁鸿等人都赞同这一观点。

中国文学界最早的相关介绍，则是董鼎山于文学杂志《读书》（1980年第4期）上发表的《所谓"非虚构"小说》一文。1988年又有美国作家约翰·霍洛韦尔《非虚构小说的写作》书籍的翻译出版，该书介绍了20世纪60年代美国文学界和新闻界出现的几种介于小说与新闻之间的写作形式。译者在序言中阐述了"非虚构"一词的由来："Nonfiction一词，在我国的语言里译成'纪实文学'比较好。但现在通用的几本英汉词典把它解释作'非小说类文学作品'，也有人把它译成'非小说'。经过一番衡量，又为了避免与其他词的翻译发生冲突，把它译成'非虚构文学作品'"① 比较妥当。

在第六届中国当代文学扬子江论坛上，王彬彬归纳西方非虚构文学有五个特征：一是现实性，题材直接取材于现实，最终指向现实；二是亲历性，即作者往往是事件的亲历者，或是通过实地考察和大量采访尽可能实现"在场"；三是见证性，见证了特定历史时段的时代变迁；四是个人性，作者对于人性、社会、历史的感观在全篇若隐若现；最后是文学性，这一点主要借助于细节。②"细节是文学作品'最深刻的支点'。"③ 这同样适用于风靡中国文坛的"非虚构小说"。

---

① [美] 约翰·霍洛韦尔：《非虚构小说的写作》，仲大军、周友皋译，春风文艺出版社1988年版，第1页。
② 参见孙庆云：《非虚构一词是否被滥用?》，《扬子晚报》2022年11月25日。
③ 冯骥才：《非虚构写作与非虚构文学》，《当代文学》2019年第2期，第45-47页。

事实上,"非虚构小说"写作热潮在中国大量涌现并非偶然。

首先,非虚构小说的流行背后蕴涵深刻的时代因素。"文变染乎世情,兴废系乎时序。"① 当今时代日新月异,科技进步给世人生活带来天翻地覆的变化。传统虚构小说手法已不能完全反映当代纷纭繁杂的快节奏社会,而直接取材于现实生活的写作保留了真实生活的生动性,往往更能攫取读者的兴趣。非虚构小说的激增,昭示着这一趋势:纪实写作的重要性日益凸显,传统虚构写作不再一枝独秀。

其次是国际荣誉的直接诱因。白俄罗斯作家兼记者阿列克谢耶维奇凭借系列非虚构作品而斩获2015年诺贝尔文学奖,其作品有《切尔诺贝利的回忆:核灾难口述史》《锌皮娃娃兵》《战争中没有女性》等。这似乎令人意料,客观上也给非虚构写作带来更广泛的声誉与影响。

此外,2010年《人民文学》开设"非虚构"专栏,同年10月11日又发起"人民大地·行动者"非虚构写作计划,向全国公开征集12个写作项目,各提供1万元资助基金,吁请作家和写作者以"吾土吾民"为重,采用多样化的方式方法,对相关的具体内容进行非虚构性的呈现,这具体表现在我们日常生活当中的各个方面,体现出在当今时代,中国人民有着多种多样的生活经验。② 且在"人民文学奖"的基础上,又增设"非虚构类奖"和"特别行动奖"。这极大地扩大了非虚构写作潮流的影响力。

目前,学界关于非虚构文学的定义尚未有定论。一方面,不少学者表示时髦的非虚构热,似乎可以涵盖虚构性之外的所有写作。另一方面,经典作品较少,部分非虚构作品缺乏夯实的采访或实地基础,粗制滥造,失却了非虚构的魅力。

国内非虚构小说的主要代表作品有梁鸿的"梁庄系列"、阿来的《瞻对:终于融化的铁疙瘩——一个两百年的康巴传奇》、乔叶的《拆楼记》、黄灯的《大地上的亲人》《我的二本学生》、慕容雪村的《中国,少了一味药》等。

一、梁鸿与"梁庄系列"

梁鸿(1973—),河南邓州人。文学博士,中国人民大学文学院教授,致力于中国现当代文学研究。出版非虚构文学著作《出梁庄记》《中国在梁庄》《梁庄十年》、中短篇小说集《神圣家族》、中篇小说《侵蚀》,学术著作有《黄花苔与皂角树》《新启蒙话语建构》《外省笔记》《"灵光"的消逝》等;学术随笔集《历史与我的瞬间》。曾获"首届非虚构大奖·文学奖"、"2010年度《人民文学》奖"、第十一届华语文学传媒大奖"年度散文家"等多项荣誉。

吴镇梁庄位于河南省穰县,一个偏远贫穷的小村庄,这是作者梁鸿生活了20年的故乡。"梁庄系列"的诞生最初源于作者对生活的质疑,她居于闹市,整日高谈阔论、出

---

① 周振甫:《文心雕龙今译》,中华书局1986年版,第404页。
② 参见项静:《媒介融合视野下的非虚构写作》,《文艺报》2022年9月26日。

手成章，却始终牵挂着梁庄。"从什么时候起，乡村成了民族的累赘，成了改革、发展与现代化追求的负面？什么时候起，乡村成为底层、边缘、病症的代名词？又是从什么时候起，一想起那日渐荒凉、寂寞的乡村，想起了在城市黑暗边缘忙碌，在火车站奋力挤拼的无数的农民工，就有悲怆欲哭的感觉？这一切，都是什么时候发生的，又是如何发生的？"带着这叩问乡村命运的一连串疑问，梁鸿重返故乡。耗费5年光阴，铸就了《中国在梁庄》《出梁庄记》这两部非虚构小说佳作。《中国在梁庄》，梁鸿经过5个月的调查采访，用个人口述历史还原梁庄近40年来的变迁史，记录了这片土地上人们真实的生活场景和他们面对的现实困境：农村留守儿童的孤独无望，农民养老、教育、医疗的缺失，农村自然环境的破坏，农村家庭的裂变，农民"性福"的危机等诸多问题[1]。

梁鸿在2008、2009年两年间利用寒暑假，居住在家乡近5个月，在这段时间里，她每天和村庄里的老人、中年人、少年一起吃饭说话聊天，对村里的姓氏成分、宗族关系、家族成员、房屋状态、个人去向、婚姻生育做类似于社会学和人类学的调查，用脚步和目光丈量村庄的土地、树木、水塘与河流，寻找往日的伙伴、长辈与已经逝去的亲人。年已古稀的老父亲，是梁鸿采访的首位对象。作为活字典的父亲对村庄的历史了如指掌，在村干部的眼里，这是一个"刺头"，为了合法权益，他和村干部斗争。透过这位老人，梁庄的历史徐徐展开。梁庄三大姓分别是梁、韩、王。韩家多出文化人，梁家则把控梁庄的政治架构，王家人籍籍无名，另有些小姓家庭。梁父对几十年间的政治口号和政策指向都记忆犹新，老贵叔为了梁庄耕地与靠砖厂牟利的官商斗智斗勇，这种亲历者的口述史较之小说家笔下的历史更显得残酷而直接。往事之外，梁鸿也用了大量笔墨去挖掘当代梁庄人的生命历程与现实困境。王家少年犯下奸杀案折射出农村心理问题的泛滥；梁庄小学破败荒凉的背后是村庄向上文化氛围的消失；村里大学生黯淡的出路，读书无用论越来越被认同。同为女性的作者，亦把目光投向了那些底层女性。菊秀是作者的同学，她企盼读书改变命运，但命运却一再捉弄，如今的菊秀身为人母，只能将希望寄托在幼孩身上。清秀的春梅难以忍受丈夫常年务工的冷清，正常夫妻诉求被家人村人视为淫荡，最终不堪压力而服毒自尽。作者以春梅这位劳务输出的牺牲者，揭示出打工农民的性权利该如何得到保障的社会命题。作品具有微观与宏观并存的视角，在第六章"被围困的乡村政治"中，梁鸿以县委书记的一段话昭示着乡村政治的孱弱："农民说了不算，时间长了肯定政治冷漠。当一个集体的一分子在集体当中没有地位，不能够参与公共事务时，他就会冷漠，个体行为就会加剧。当他认为他是集体中不可缺少的一部分，自然就会积极的。"[2] 对于农村新道德的忧虑，作者借由赵嫂（一位替俩儿子无偿养育3个孙辈的老人）的故事，娓娓道来年轻一辈打工农民的窘迫、农村养老的无所依以及市

---

[1] 梁鸿：《中国在梁庄》，江苏人民出版社2011年版，第1—4页。
[2] 梁鸿：《中国在梁庄》，江苏人民出版社2011年版，第174页。

场经济下传统孝道的陷落。

《出梁庄记》是《中国在梁庄》这部作品的扩展和掘进。梁鸿将镜头对准了外出务工的梁庄人，他们是梁庄隐性的在场者，这些进城农民的一举一动远程辐射着梁庄人的喜怒哀乐。书中主要对象有51人，其中外出务工时间长达20年以上的占据半数以上，10年以上15个，平均务工时间16.7年。打工农民不再是抽象的数字、刻板的定义，这是现代化进程无可避免的代价与牺牲。梁鸿更洞察到由此带来梁庄乃至全国"当代"的被悬置，过去和未来，传统和现代不能仅被作为"现在"的附庸而利用。《梁庄十年》沿着挖掘农民阵痛的道路继续行进，拼命挣扎的辛酸，女性群体因美丽而被迫改变人生轨道。至此，"梁庄三部曲"画上句号。

非虚构小说区别于传统小说的特征之一即在于跨界性。梁鸿采用田野调查的态度和工作方法，使用了社会学、新闻学的专业方法，使得整个文本具有夯实的现实基础和极高的真实度，也丰富了文学本身的厚度。在叙事方面，作者采取散点透视的方式。除了交代必要的人物故事背景，或以学者口吻进行理性剖析，作者将叙述主动权交给她采访的对象。梁庄人未经统一驯化的语言显得格外生动，因为他们自己就是故事的亲历者，情感之真挚充沛、语言之活泼动人丰饶了民间文学话语的版图。叙事的真实性借由作者的科学考据而得以保障，"作家自觉地从叙事策略上进行谋划，通过丰富的、多样化的实证性叙事手段，确保叙事的'高保真'效果，并借此强化叙事与读者之间的信任关系，是非虚构写作的重要叙事原则。"①

细节是非虚构小说的重要特质。非虚构小说往往用细节去勾勒人物形象，而非肖像描写。"虚构文学对形象、对情节的审美逻辑，（在非虚构中）被亲历性的细节建构的综合感受所替代，起承转合的叙述结构被个体生活的直接经验替代，细节与经验成为非虚构写作重塑现实应然路径。"② 从吃饭细节中，梁鸿通过细节向我们展示了父亲的倔强和曾经历的贫苦，"中午吃饭，做的是家乡的糊涂面，父亲不顾我们的坚决反对，执意要往里面放好几勺辣椒。"③ 背负奸杀案件的王家少年，作者则着重捕捉他单薄的身形、面对"我"眼神的躲闪与无神。

小说的语言具有诗意和理性的双重特质，作者回顾往事故人，笔端不自觉便流露出或伤感或唏嘘的诗性语句，而当作者深入剖析成因，风格则变为逻辑缜密、抽象哲理。同时，梁鸿的多重身份使得叙事语言产生多重审美意蕴。她既是梁庄养育的女性，也是梁庄的逃离者，当她阔别故乡多年后再来回望这个熟悉又陌生的小村庄，她既与梁庄人同频互振，又带着审视的目光。如果借用苏珊·S.兰瑟将女性声音划分为三种模式，即

---

① 洪治纲：《论非虚构写作的跨界特性及其意义》，《中国现代文学研究丛刊》2022年第10期，第22-35页。
② 颜彬：《微观痛感与中间化书写：女性非虚构写作的特质——以黄灯、梁鸿、丁燕、郑小琼为考察对象》，《当代作家评论》2022年第6期，第23-29页。
③ 梁鸿：《中国在梁庄》，江苏人民出版社2011年版，第12页。

作者型叙述声音、个人型叙述声音、集体型叙述声音的观点①，那么梁鸿在"梁庄三部曲"中所采取的则是个人型与集体型两种叙述声音：以个人视角言说主观底层世界，同时也赋予群体叙述底层世界的自由空间。

二、阿来与《瞻对》

藏族作家阿来凭借长篇小说《尘埃落定》荣获第五届茅盾文学奖后，始终笔耕不辍，21世纪以来他推出了4部长篇小说，分别是《机村史诗》（又称《空山》）《格萨尔王》《瞻对：终于融化的铁疙瘩——一个两百年的康巴传奇》和《云中记》。其中《瞻对：终于融化的铁疙瘩——一个两百年的康巴传奇》（以下简称《瞻对》）以非虚构的特色截然区别于其他3部作品，是非虚构小说写作潮流的瑰宝之一。

《瞻对》的由来源于作者在创作《格萨尔王》时听说的故事，素来从事虚构文学创作的他，认为历史真实已经足够精彩，无须再去想象和虚构，于是非虚构小说便成为阿来冥冥之中的选择。

瞻对，藏语意为"铁疙瘩"，即今天的四川新龙县，该地区地域空间虽小，但地理位置特殊：其北端和南端分别占据川藏大道的南北两路，成了中央王朝与西藏地方的重要连接纽带。瞻对人民风剽悍，尚武轻文，以劫掠往来物资为生存之道。作品以1744年发生在川藏大道上的一桩抢劫案为楔子，清朝政府与瞻对之间的战争为主线，揭露了从地方到中央的种种弊端，有机合成一幅清朝晚期的浮世绘。清朝政府在1730年（雍正八年）至1896年（光绪二十二年）共166年的时间里曾7次派兵，征讨瞻对这个仅有万余人口的弹丸之地。不同势力此消彼长，官兵与土司、土司与土司、土司与喇嘛、喇嘛与喇嘛，相互之间形成一张巨大的权力斗争网。民国时期，四川和西藏争夺瞻对的归属权，依旧硝烟不断。国民党军队、西部军阀、西藏地方军队乃至英国殖民势力，都以不同方式介入。直至1950年，在九州大地大一统的局势下，中国人民解放军仅派出一个排和平解放瞻对，瞻对这块铁疙瘩终于融化了！

纵观瞻对的地方史，不乏有识之士认识到瞻对的重要性，想依托改革治理这块战略土地以图边疆稳定。这群改革者血肉丰满，他们身上承载清朝最后的希望，琦善、凤全、赵尔丰、张荫堂、联豫皆属于改革者阵营。他们目光长远，尽忠职守，意识到改革西藏管理制度的必要性。先行者琦善最早提出藏区改革计划，积极整顿吏治，惩处贪污，力图肃清腐败。琦善虽未能贯彻到底，但毕竟以一己之力撕开缺口；驻藏帮办大臣凤全沿袭改革思路，却命丧理塘；川滇边务大臣赵尔丰胸怀"治边六策"，与西藏其他大臣张荫棠、联豫励精图治，卓有成效，然而辛亥革命爆发，晚清势力遭到统一清算，年近七旬的赵尔丰死于军阀之手。

小说同样塑造了叛逆的土司豪酋形象。西藏各个土司对瞻对虎视眈眈，班滚、洛布

---

① 参见苏珊·S. 兰瑟：《虚构的权威：女性作家与叙述声音》，董必康译，北京大学出版社2002年版，第17页。

七力、贡布郎加（布鲁曼）诸位土司，无一不想统一瞻对。小说摘录的藏文材料记载着贡布郎加（布鲁曼）的残暴行径，严惩帮助过清军的当地人，手段残忍。土司们遵循丛林法则，信奉武力，但在如此蛮荒的五谷不收之地，生产力落后，缺少持久丰厚的经济来源，即便强大如贡布郎加，依旧在重蹈前任土司的覆辙，权力诱惑无穷无尽的扩张，却未寻找根本的兴民安邦之道。

《瞻对》写作上的一大特色，即引用大量文献，这也是小说史实性的保障。阿来在创作过程中翻阅研读了大量相关史料，搜集、整理、甄别大量民间文化资料。阿来写作材料主要来自两方面，一是清史和清朝的档案，二是民间知识分子的记录。小说征引的史籍资料包括《清实录》《清代藏事辑要》《西藏志》《德格土司世系》、个人著述《西康纪游》《边藏风土记》、历史文件资料《景纹驻藏奏稿》《烟台条约》《密陈德格改流边川动折》等。如描绘康乾盛世川藏大道上的官兵被劫的过程，阿来直接摘录《清实录》内容："江卡汛撤回把总张凤带领兵丁三十六名，行至海子塘地方，遇夹坝二三百人，抢去驮马、军器、行李、银粮等物"。① 阿来为获得鲜活空间感，在创作时将每个故事涉及的村庄，发生战争的地方都实地考察一遍。

小说采取双线叙事，主要线索是历史情境下清廷先后7次征伐瞻对，次要线索即当下时空作者实地考察瞻对的现状。两条线索相互交织，历史回溯与现实反思并置。一方面作者通过爬梳瞻对的历史资料，以线性结构组织瞻对数百年来与清朝的战争纠纷，将重心放在清朝与瞻对土司的矛盾上，重现土司制度土崩瓦解过程。另一方面，作者又不时以"主观介入"姿态宕开一笔插入现实情境的所思所想，如自己创作状态、实地考察时的感悟、对历史事件进行个人解读等。交叉叙述，在较为客观呈现瞻对的风云历史基础上，同时间接启发读者从不同视角阐释历史。

作为藏族作家，阿来素来自觉以藏族文化为出发点，站在中华民族多元一体文化背景中追寻藏族历史。阿来自觉以"中华民族多元一体"的历史观和国家意识指引自己的写作，早在他的长篇小说《尘埃落定》中就已显露这一趋势，而非虚构小说《瞻对》则在另一维度延续这一传统。有论者指出："阿来深入探究族群关系的历史演变，并心怀憧憬，为消解分歧、隔阂而结构习非成是的陈旧知识和刻板印象，寄希望于建构一种更好的族群关系理想。"② 《瞻对》可谓是藏地的百科全书，阿来向我们展示了瞻对地区的土司制度和循环往复的战争史。而书写的背后是阿来对于民族关系与国家认同的思考与阐述。历史上藏汉矛盾若隐若现，在瞻对体现为当地藏民势力同清政府、民国政府的政治军事矛盾。清政府与民国政府的共同点即面临国力衰微的现实以及鞭长莫及，面对藏区的混乱，皆以武力镇压。国家认同，是阿来寻觅到的答案。一个多民族国家，唯有每个民族都对其国家具有强烈的归属感和认同感，才能有太平盛世。

---

① 阿来：《瞻对：终于融化的铁疙瘩——一个两百年的康巴传奇》，四川文艺出版社2014年版，第2页。
② 李思清：《〈清史稿〉涉藏及瞻对史事的记载——兼谈阿来的〈瞻对〉》，《阿来研究》2015年第3辑，第37－53页。

三、乔叶与《拆楼记》

乔叶（1972— ）本名李巧艳，河南省焦作修武县人。1993 年以散文写作开始创作生涯，在《十月》1998 年第 1 期发表小说处女作《一个下午的延伸》，先后出版小说《宝水》、《认罪书》、《藏珠记》，非虚构小说《拆楼记》等。同时散文集有《孤独的纸灯笼》《坐在我的左边》《迎着灰尘跳舞》《我们的翅膀店》等。长篇小说《宝水》获得第十一届茅盾文学奖，其他小说作品获得鲁迅文学奖、人民文学奖、百花文学奖等多个奖项，且有多部作品被翻译为多个语种，推介到英国、西班牙、俄罗斯、意大利、日本、韩国等国家。

《拆楼记》分为"盖楼记"和"拆楼记"上下两部分，直面社会拆迁问题。随着城镇化建设的不断推进，"我"姐姐家所在的张庄，即将被划归为市高新区的组成部分，姐姐和同村人想趁土地被征之前抢先盖楼，以获取更多的政府补偿。作为家族为数不多的高级知识分子，也出于牵连不断的血缘关系，乔叶以参与者、策划者、指挥者的身份亲历了故乡张庄的拆迁事件。为帮助姐姐一家脱贫致富，"我"身不由己地成了这场重大举措的幕后指挥。楼盖好后，短暂的利益联盟先后遭到上级部门瓦解，或直接拆房，或用亲人工作威胁，或用低保利诱，统一战线逐渐分崩离析。

张庄同中国大多数村庄一样，经济落后、缺乏特色，张庄人面对洪流般的现代化建设，只能默然接受世代定居的故乡被夷为平地的事实，但又企图借违章盖楼来换取更多的国家赔偿。张庄的个案具备普遍性，折射出中国千万个村庄的常态与拆迁现状。"因此，微观化地反映中国拆迁问题的《拆楼记》就超越了作者个人体验的局限性，成为一个纤毫毕现的人性标本，一部独特鲜活的社会档案。"①

小说集中描绘了两大人物群像：

一是农民群像。不同于以往拆迁事件中媒体塑造的沉默寡言、怯弱低微形象，张庄人先发制人，获得超额拆迁赔偿是他们统一目标。尽管他们依旧在权力金钱和社会影响力上处于劣势，但也表现出为利益铤而走险的狡猾一面。十几户农民沆瀣一气，又各自心怀鬼胎，希望通过别人与政府的斗争而使自己坐享其成。有村民沾沾自喜，为了促使村长弟弟成为出头鸟而主动借钱给其盖房；亦有村民为自己"钻漏洞"而得意，结果政府断其生路后无奈妥协。姐姐在"我"的记者朋友帮助她获得 6 万元赔款后后悔当初没能再多建一层，并准备继续加高违建楼房。如此种种的抗争虽说情有可原，却又与"革命""理性"等字眼毫不相关。

二是官员群像。乔叶在小说中以农妇妹妹身份自居，立场与官员并不一致，但不妨碍她用非虚构写作的态度去尽力还原官员本相。公务员"无敌"成熟圆滑，深谙官场之道，他对政策和农民心理都了如指掌，也十分清楚政府必须如期建设高新区的压力，"无

---

① 宋玉书：《〈拆楼记〉：拆解社会与人心深处的隐秘涡流》，《当代作家评论》2014 年第 3 期，第 181 – 187 页。

敌"愿意动用人脉关系帮助"我",而非冷眼旁观。其他基层政府官员如"土地爷""南办"等人物,他们在感性上同情无权无势的百姓,理性上又对上级言听计从。当脱离职场环境,他们也是谈笑风生、洞察世情、有血有肉的人,只是身在体制内不得不谨言慎行。或许曾经的他们都高唱"为人民服务"的口号,可晋升、薪资等织成的现实网络渐渐磨平人的棱角。

乔叶以农妇妹妹身份亮相,作为姐姐的军师尽可能动用各种关系去获取拆迁赔偿。一方面她是农民的女儿,与故乡故人有着千丝万缕的联系;另一方面,乔叶远离家乡数十年,中间巨大的隔膜又使得作者审视着张庄所发生的一切。在利益分配面前,"我"甚至使用"偷录"手段,丢弃了基本的是非标准和起码的道德立场。然而"我"无法乐在其中,深感与姐姐的"不可沟通性",对村人的批判同对自我的审视伴随着拆迁事件的始终。李敬泽对此评价道:"实际上,作为小说家,一直有两个乔叶在争辩:那个乖巧的、知道我们是多么需要安慰的小说家,和那个凶悍的、立志发现人性和生活之本相的小说家。现在,是后一位小说家当班。"①

第五节 生态小说

一般而言,生态文学就是以生态整体主义为基础,以生态系统整体利益为最高价值,考察、表现自然与人的关系,探索生态危机的社会根源的文学②。生态责任、文明批判、生态理想和生态预警是其突出的特点。因此,选择这一类题材,务必从动物的角度出发,从真正意义的生态意识出发,而不是从人类中心主义的价值、肤浅的生态平衡意识出发,试图打破传统的以人类为中心的思维方式,强调人与自然的相互协调和动态平衡,才是创作成功的生态小说的前提。之所以会出现生态文学的繁荣,其主要原因就是"愈演愈烈的生态危机"以及文学家"强烈的自然责任感和社会使命感"③。

生态文学是一种基于生态主义思想的写作。但遗憾的是,在文学实践中,生态主义思想并未得到实现。

当代中国的生态文学创作肇始于20世纪80年代,但主要是一些纪实性的作品。从90年代开始,出现了不少具有生态意识的小说家,生态小说创作得以迅速发展。21世纪以来,生态小说又获得了显著进步,开始从自然环境的描写推进到动物形象的塑造,出现了诸多狼、羊、狗等非人类的主体形象,作家们开始更为深入地思考、探索、分析生态危机的缘由,展示生态危机给人类社会造成的巨大伤害,对现代性进行质疑、追问与批判,并将呈现"族别写作和跨族别写作的携手并进""纯生态小说和泛生态小说相映

---

① 李敬泽:《拆楼记·序》,河南文艺出版社2012年版,第2页。
② 王诺:《欧美生态文学》,北京大学出版社2003年版,第11页。
③ 王诺:《欧美生态文学》,北京大学出版社2003年版,第2页。

生辉""由纪实走向虚构的写作形态"等发展态势①。

尽管力作不多,贾平凹的《怀念狼》、阿来的《空山》、郭雪波的《大漠狼孩》和《银狐》、雪漠的《狼祸》、姜戎的《狼图腾》、杨志军的《藏獒》、陈应松的《松鸡为什么鸣叫》等小说的出现,为拓展中国当代生态文学的新天地作出了极大的贡献,对揭露生态危机、呼吁生态保护也起到了重要的作用。

一、姜戎与《狼图腾》

姜戎(1946—),原名吕嘉民,姜戎是笔名。生于北京,籍贯上海。1967年,他作为北京知青自愿到内蒙古额仑草原插队并在草原生活了11年,打过狼群,掏过狼窝,养过狼崽。1978年返城。1979年,考入中国社科院的研究生院。现为中国社科院研究员,主攻政治经济学。姜戎为笔名,其真实姓名一直没有向外界透露,此前并不知名,未有作品问世,但以偶然方式闯进文坛的《狼图腾》甫一出版即轰动一时,甚至不少企业和单位员工人手一册,成为现代商业竞争时代拼搏精神和团队精神的写照,但也毁誉参半②。

被誉为"世界上迄今为止惟一一部描绘、研究蒙古草原狼的'旷世奇书'"③的《狼图腾》,其实是一部以狼为叙事主体的史诗般小说,小说带有作者半自传的性质。作为姜戎出版的第一部长篇小说,它构思于1971年,初稿于1997年,定稿于2003年岁末,2004年4月由长江文艺出版社出版。2015年2月,由法国导演让·雅克·阿诺执导拍摄的同名电影上映。凝结了作者11年"与狼共舞"的经历和30余年的研究积累,穿透人类发展史、生物进化史、生态伦理学、匈奴史、突厥史、汉民族史、蒙古帝国史,以"'文革'北京知青""额仑草原""内蒙古生产建设兵团"为特定的叙事平台,终于给人们奉献出了这部有关人与自然、人性与狼性、狼道与天道的长篇小说。小说以自愿来内蒙古锡林郭勒盟大草原下乡的北京知青陈阵对草原狼的所见所闻的经历为线索,逼真地描写了20世纪70年代"草原狼"与"草原人"游牧生活的发展状况,形象揭示了草原万物生态的内在关系,尤其是狼对整个草原生态的重要贡献。同时,小说追溯了游牧民族与农耕民族的历史文化渊源,探讨了游牧民族对中华文化的历史性贡献,呼吁中华民族要不断汲取强悍进取的狼的精神。

作品由两部分组成。前一部分以叙事为主,以几十个有关草原和草原狼的故事阐发草原文明与草原生态的特征及其相互适应性的思想;后一部分为尾声,尝试用谈论与对话的方式理性挖掘国民性格。

---

① 赵树勤、龙其林:《当代中国生态小说的发展趋势》,《淮阴师范学院学报》2008年第3期,第382-385页。
② 这部长篇小说自2004年出版以来,雷达、孟繁华、陈晓明、李建军、丁帆、李小江、周涛、顾彬等都曾发表过毁誉不一甚至截然对立的意见,可参见丁帆、施龙:《人性与生态的悖论——从〈狼图腾〉看乡土小说转型中的文化伦理蜕变》,《文艺研究》2008年第8期,第21-30页;吴秀明、陈力君:《从〈狼图腾〉看当代生态文学的发展》,《文艺研究》2009年第4期,第25-29页。
③ 陶安石:《狼烟里的访谈:访〈狼图腾〉作者姜戎先生》,《山西文学》2004年第9期,第45-50页。

《狼图腾》认真探讨了人与狼和草原生态的关系，全面展现了草原的生态变迁，蕴涵着丰富深刻的生态思想。

首先，阐释了草原人朴素的整体生态观。生物界是一个有机整体，相生相克，互为依赖。蒙古牧民深谙此理，"草原太复杂，事事一环套一环，狼是个大环，跟草原上那个环都套着，弄坏了这个大环，草原和牧业就维持不下去"。狼，作为草原上具有强烈攻击性的食肉动物，袭击牛羊，给人的生命财产带来危害，是牧民的天敌。但它们灭鼠、抓兔、猎黄羊、捕杀獭子，又有效遏制了草原的种种草食动物对草原的祸害。在草原生物圈中，草原狼具有不可或缺的作用，它保护草原的生态环境，维持草原的生态平衡，堪称草原的保护神。狼还是草原物种进化的功臣。草原狼在与人类和蒙古马的生存斗争中，造就了威猛出色的蒙古马，成就了草原人的骁勇剽悍。而牧民对狼的情感是复杂的，既打狼又护狼，甚至敬狼。打狼护狼，使狼的数量相对稳定，建立了人与动物相互依存的循环关系。狼在草原人心中又具有非常神圣的地位，被当作长生天——腾格里的使者。于是，狼的习性和生活习惯就成了腾格里的意志，人不可以逆转，只有遵从以狼的生活方式为中心的草原的自然规律，才不会遭到腾格里的报应。所以，草原人像崇敬腾格里一样敬畏狼，把狼作为自己死后灵魂升天的载体。

其次，阐释了敬畏生命的非人类中心主义的生态精神。草原及生活在草原上的各种生命平等，人与世界万物的生命也平等，都值得同情、理解和敬畏。作者对草原的实际主人——狼深怀敬意，热切赞美狼的机智勇猛。而对其他动物的描写，也感人肺腑：狗的勇猛忠诚，马的善良威猛，兔的狡猾多端，黄羊的快速奔跑，老兔为了生存拼搏到生命的最后一刻。这种敬畏经过数千百年积淀，成了草原人的老规矩：既不随意剥夺生物的生命权，也不肆意侵占草原生物的生存资源，还在迁徙时给弱势群体留下一些生存的食物。这些老规矩，进一步演化为传统草原牧民朴素的生态思想，即无意识的可持续发展观，充分尊重生物的生存权，保护和珍惜生存环境，善待生命。

最后，揭示了人类欲望与生态的矛盾。在极"左"政策的胁迫下，一些不懂草原生态规律的人肆意践踏了和谐的草原生态。"打狼"势力的代表包顺贵，一心想升官发财，好大喜功，毫无节制地杀群狼、掏狼崽，将狼赶尽杀绝，让乡亲迁来耕种；草原外来的盲流，贪得无厌，挖走了狼的过冬储备粮——冻黄羊。这些疯狂的举动给草原带来了无法挽回的灾难。狼被斩尽杀绝打破了原来稳固结实的生态链，生态平衡遭到破坏，生态问题蜂拥而至：草原鼠、兔、黄羊等，行动猖獗，草被啃光，草原退化；对草原的过度开垦直接加剧了草原沙荒。当一个水草丰美、物种繁多的千年草原在人的摧残下于二三十年内迅速退化为草场沙地时，自然界报复了人们，报复了陶醉于征服自然的人们。《狼图腾》的整个故事就是一个个忽视生态规律所带来的悲剧。这令人震惊的生态图景，不能不引起人们痛定思痛，关注生态问题。

《狼图腾》在人物群像塑造上也有独到之处。作品主要塑造了四类群像。第一类是动物群像。这篇以狼为叙事主体的动物小说，赋予狼以伟大的精神和高贵的品质，可说是一曲荡气回肠的狼的赞歌。在对狼组成巨大团队伏击庞大的黄羊群、狼群为了报复而围猎军马、为报军马之仇狼群遭到牧民猎杀等三场惊心动魄的"战役"描写中，展示了草原狼调兵遣将的军事才能、组织战役的非凡智慧和威武不屈的狼格尊严。而狼群搭"狼梯"飞进羊圈，享受胜利果实却不忘为老弱病残的同类预留食物；母狼运用自己的最高智慧和凶猛，誓死保护狼崽等故事，又淋漓尽致地体现了狼群的团结友爱和脉脉温情。这些生动的故事，颠覆了狼凶残、狡诈、贪婪的传统形象，赋予了草原狼一种全新的形象——强悍、智慧、温情，为了自由和尊严，敢于以命相拼。猎狗黄黄、二狼、小狼、天鹅等小动物形象，体现出的自然情趣、原始性灵也带给了广大读者深厚的审美情趣。第二类是以毕利格老人为首的蒙古族群。毕利格老人是额仑草原上的一条老狼王，布阵围猎如头狼一样睿智、勇猛、狡黠，活现了草原人的狼性形象；噶斯迈既像母狼一样英勇、泼辣，又善良敦厚；如小狼般勇敢的巴雅尔，掏狼窝，与狼搏斗，给读者留下了深刻的印象。第三类是以陈阵为代表的知青群群像。由初到草原面对草原狼时的心惊胆战、灵魂出窍，到随着草原生活经历的不断丰富，敢于钻狼洞、养小狼，性格逐渐发展、完善。第四类是以包顺贵等为代表的不理解腾格里的蒙古族群像。这群人在小说中则被概念化、符号化。

《狼图腾》的艺术成就是多方面的，主要表现在以下方面：

一是题材的独特新颖。这是我国第一部描摹了自然状态下蒙古草原和草原狼的长篇，作者所掌握的独一无二的素材，为读者提供了陌生化叙事对象，正如作者自述是"迄今为止唯一一部描绘、研究蒙古草原狼的'旷世奇书'"。

二是故事情节极富感染力。小说虽然采用传统讲故事的叙述方式，但在叙述中穿插了小故事。在侦察狼群、围猎黄羊时，陈阵回忆了自己刚到草原时经历的两个惊险场面，有意制造紧张气氛。在养小狼的故事中，插入牧民打围、打獭子、虐杀天鹅等故事，克服了传统叙述方法的平淡空泛。

三是结构整饬有序，浑然一体。整部小说以三个场面、两条线索、一个中心来结构布局，场面宏大而收放自如。小说通过一个知青的眼光，以狼群伏击围猎黄羊群、狼群雪夜袭击军马群、狼群与牧民大战三个激战场面为全书的主线，以陈阵抚养小狼的故事为叙述话语的中心，其间穿插着众多狼的传说、历史故事、民俗风情。整部小说既有机连贯，又充满浓厚的文化底蕴。

《狼图腾》也有瑕疵。它采用宏大叙事，但又插入大量的生态学和人文话语，损害了叙事的完整性。同时，小说有主题先行、图解观念的嫌疑。而滔滔不绝的议论，尤其是作品的后一部分《理性挖掘——关于狼图腾的讲座和对话》这长达四万多字的论文提纲与主体形象部分不太融洽，在一定程度上削弱了作品的艺术韵味和主体部分的思想内涵。

二、杨志军与《藏獒》

杨志军（1955— ），生于青海，祖籍河南孟津。曾当过兵，上过大学。1981年青海师范大学毕业后，他被分配到《青海日报》文艺部做记者，常驻青藏高原牧区6年，家养藏獒多年。1995 年，被调到青岛。杨志军创作产量颇丰，著有小说《环湖崩溃》《海昨天退去》《大悲原》《失去男根的亚当》《江河源隐秘春秋》《天荒》《大祈祷》《远去的藏獒》《敲响人头鼓》《藏獒》《藏獒二》《藏獒三》等。其中长篇小说《海昨天退去》获 1988 年全国文学新人奖，中篇小说《环湖崩溃》获《当代》文学奖，长篇纪实文学《喜马拉雅之谜》获人民文学奖，《藏獒》被评为 2005 年度"《当代》长篇小说年度最佳读者奖"，同年由人民文学出版社出版单行本，成为当年的销售热点读物。

藏獒是举世公认的最古老、最稀有、最威猛的大型犬种，拥有"国宝"和"东方神犬"等美誉，同时也是草原牧牛的忠贞卫士和草原和谐安宁的守护神。具有强烈"生态意识"①的杨志军，在这部以怀念藏獒、呼唤人性为主题的作品中探索了人与动物的关系。它在对藏区父亲和我同代人的生活状态进行描写，反映政治转型对人类信仰和生活深刻影响的同时，主要塑造和展示了 20 世纪 50 年代三江源青果阿玛西部草原的一群剽悍不羁、威风凛凛的藏獒的生活情状。小说故事发生在新中国成立初期，草原部落还处在较为原始的散居状态，世代累积而成的宿怨尚未化解。"父亲"是驻藏记者，在赶往西结古草原的途中，无意间用 1 袋天堂果（花生）将 7 个上阿妈草原的小男孩与 1 头雪山藏獒冈日森格引到了西结古草原，从而激发了深埋在两个部落之间的世代恩仇。7 个小男孩成为西结古草原人复仇的直接对象，陷入了危险的境地。冈日森格在历经一场场惊心动魄的搏斗后，不仅使主人转危为安，而且化解了两大草原部落的仇恨。

小说淋漓尽致地展现了藏獒鲜明的个性和精神，散发着浓郁、神秘的藏传佛教气氛。这些藏獒都有响亮而不凡的名字。冈日森格是雪山狮子的意思，多吉来吧是善金刚的意思，大黑獒那日是狮面黑金护法的称呼，大黑獒果日是勇健神母的称呼。其他如獒王虎头雪獒、白狮子嘎宝森格等都是富有王者之气的英雄美名。它们个个英武强壮，身手敏捷，通晓人性，忠于职守，为主人和所属獒群出生入死，很少违背行事的准则，是犬类中少见的精品。特别是当它们的尊严受到伤害，当神圣主人的权威和个人欲望冲突时，它们都选择了同一条道路——自杀。这种舍生取义的壮举，令人肃然起敬。

为了保护主人，冈日森格凭借着自己的机智勇猛，与西结古草原众多的藏獒周旋。在你死我活的惨烈搏斗中，依然恪守着祖传的"男不跟女斗"的规矩，保持着光明磊落的侠士风范，结果倒在众多獒牙之下，奄奄一息。身体复原后，它马上又踏上了寻找主人的艰险之途。为了荣誉、信念和责任，它展开了与獒王和党项饮血王罗刹的殊死搏斗。作者集中笔墨描写了这些精彩绝伦的惊险场面，表现了冈日森格熟练的技巧、轻快的动作、聪颖的头脑、高尚的素质和情操。大黑獒那日对爱情忠贞不渝，在情与理的两难选择时，险些撞墙自杀，为爱殉情。那日还在大雪灾中，用自己的奶汁救活了被困在帐篷里的尼玛爷爷一家四口。獒王虎头雪獒，沉稳刚猛，宽宏仁爱，充满王者的自信豪迈。智勇双全、年轻气盛的白狮子嘎保森格，敢于挑战獒王的权威，失败之后为维护自己的自尊跳崖自杀。灰色老公獒，老谋深算，对獒王忠心耿耿。藏獒们具有强烈的自我牺牲

---

① 参见邢秀玲：《〈藏獒〉背后的故事》，《文学自由谈》2009 年第 2 期，第 89 – 93 页。

品格，在感染了瘟疫之后，为防止疾病传播，集体远离草原，走进大雪山悄悄死去，并用尸体毒死狼群。这群藏獒放牧骏马牛羊，驱逐豺狼虎豹，守护家国家园，集中了草原最好的品质——勇敢仗义，疾恶如仇，威猛忠诚，伟岸健壮，体现了牧家生存的需要。同时，藏獒还和草原上的各种动物藏狗、狼、金钱豹、藏马熊等，组成一条彼此制约、相生相克的生物链。

生态小说中的动物形象，多用动物来影射人类。虽然写的是动物，但最终写的还是人自己。杨志军说："我写藏獒，也有一种用动物启蒙人类的冲动……我写藏獒，其冲动就是补缺，补缺人类的道德精神在物欲横流中被磨损被销蚀了的那一部分。"① 事实上，《藏獒》就将"对人性的美好愿望寄寓在一群藏獒身上，因此小说中的藏獒都是人化的藏獒"②，被小说着力书写的藏獒，正是作者呼唤人性、表达理性思考的载体和工具。因此，《藏獒》又是一部具有深厚文化和社会意义的长篇小说。

藏獒作为一种动物，与人类的恩怨情仇并无紧密联系，却总是充当了人类复仇的工具。人类把这些忠诚刚猛的卫士当作"用之不尽，取之不竭"的资源，无休止地让它们满足自己无限膨胀的私欲。西结古的流浪男孩巴俄秋珠，为报上阿玛草原人的杀父叔之仇，多次使唤西结古的藏獒们撕咬7个小男孩和他们的藏獒冈日森格。送鬼人达赤，为了实现自己的阴谋诡计，竟使用魔鬼式方法把一只品种纯正优良的幼獒，训练成自己的复仇魔王——嗜杀成性的党项饮血王罗刹，它像一颗炸弹一样严重威胁着草原的安全。冈日森格成功制服饮血王，为草原消除了一个巨大祸害，但因这一举动阻碍了强盗旦嘉措杀害上阿妈的7个小男孩，差点丧命于旦嘉措的叉子枪下。在这里，藏獒又成了人类彼此厮杀的工具，有时也扭曲了藏獒的光明磊落、见义勇为的精神。在与西结古藏獒首次对阵时，冈日森格被大黑獒姐妹群起而攻之，命悬一线。冈日森格与獒王称雄时，虽说此战与主人生死攸关，但冈日森格用獒族所不齿的卑贱手法获胜，也是不足取的。饮血王在无数残酷求生训练的摧残下，獒性几乎完全泯灭，人类的仇恨扭曲了獒性。

在《藏獒》中，"父亲"和梅朵拉姆与藏獒深挚动人的情义，给人留下了深刻的印象。"父亲"具有强烈的人道主义悲悯情怀，对藏獒充满着深情挚爱，称得上藏獒的守护神。当藏獒群突袭生命垂危的冈日森格时，他舍命保护；在西结古寺，他精心照顾重伤的冈日森格，甚至毫不吝惜地把自己的血液给它；同时，对咬伤自己的大黑獒那日，不计前嫌，也给予周到照料；嗜杀成性的饮血王惨败给冈日森格后，"父亲"用博大的悲悯之心将它救活，并用自己对藏獒广博的爱，慢慢感化和启迪了凶残暴戾的饮血王，使昔日残暴的饮血王改邪归正，成了守护草原的善金刚。而梅朵拉姆是一名美丽的汉族姑娘，也是受藏民喜爱的美丽仙女。她是美的化身，她美可在短时间内消除人与藏獒之间的隔阂，她的美感动了仇魔附体的巴俄秋珠。这一形象，不仅是美的理想的一种体现，更表现了作者对美的追求。

---

① 《杨志军访谈录》，《青海日报》2025年12月23日。
② 贺绍俊：《从狼到狗的文明履痕——评长篇小说〈藏獒〉》，《中国图书评论》2006年第2期，第40-41页。

在艺术上，《藏獒》的特征也相当鲜明。

首先，地域文化的描绘富有特色。这里有辽阔旷远的大草原、高大巍峨的大雪山、银色的月辉、灿烂的晚霞，还有祛病消灾的神奇藏药、佛经，遍地四野的秃鹫、野狼、雪豹、藏马熊等，弥漫着浓郁和神秘的藏族异域风情。还有一群群与藏民生活息息相关的草原精灵——藏獒，它们英武强壮，身手敏捷，通晓人性，忠于职守，构成了一个奇特动人、精彩纷呈的藏獒世界。凡此种种，呈现了高大、神秘的地域特征。长篇小说《藏獒》以其富有特色的地域文化和丰厚的思想内涵，吸引和震撼着读者。

其次，对比手法的通篇使用。在叙述故事时，小说采用贯穿全篇的对比手法，把各类事件连缀起来，组成一个多维的网状结构，勾画出一幅反映藏獒与藏民生活的民俗风情画。既有整体性对比，如两个草原部落之间的仇恨斗争、部落内部正义与邪恶的殊死搏斗、牧民和藏獒间的势不两立的较量、獒类世界争夺王者尊严的血腥厮杀、藏獒与其他动物之间的较量，这些尖锐的矛盾冲突和全景式的比照，注定了小说情节的波澜起伏和对其主题的多面思考。又有局部性对照，局部性的比照带给读者的震撼更为强烈。比如大黑獒那日对冈日森格的前后态度的转变，反映了藏獒丰富的情感世界。

再次，拟人化心理描写的巧妙。小说充分调动想象的空间，把人与物、物与物当成可以交流的对象，着力刻画动物的心理活动，勾勒了藏獒神奇丰富的内心世界，它们能恨、能爱，有种种思想，有血有肉，情感丰富，渗透了浓厚的人情味，越发显现出藏獒的神奇。这些细腻、传神的心理描写，与作者长期与藏獒为伍、深刻了解藏獒有直接的关系。心理描写丰厚了藏獒神奇丰富的心灵世界，读者常被这种精彩的心理描写所吸引。对动物的拟人化的写法，使小说具有典型的童话色彩。

最后，最后，《藏獒》文风质朴、纯粹而直观、生动，小说营造了一种诗意的激情澎湃的境界，属于一种诗性的文学。正如杨志军自己所说，《藏獒》就是"朴朴实实一首诗"①。

拓展阅读：

1. 党圣元、刘瑞弘：《生态批评与生态美学》，中国社会科学出版社 2011 年版。
2. 晏杰雄：《新世纪长篇小说文体研究》，作家出版社 2013 年版。
3. 黄轶：《中国当代小说的生态批判》，北京大学出版社 2014 年版。
4. 张继红：《启蒙、革命与后革命转移：20 世纪资源与新世纪"底层文学"》，中国社会科学出版社 2014 年版。
5. 梁鸿：《作为方法的"乡愁"：〈受活〉与中国想象》，中信出版社 2016 年版。
6. 王光东：《城乡关系视野中的新世纪小说创作》，复旦大学出版社 2017 年版。
7. 贺仲明：《乡土伦理与乡土书写：20 世纪 90 年代以来的乡土小说研究》，人民出版社 2017 年版。
8. 廖斌：《现代转型体验：新世纪乡土文学研究》，中国社会科学出版社 2021 年版。
9. 丁帆：《中国乡土小说的百年流变》，南京大学出版社 2021 年版。

---

① 杨志军：《〈藏獒〉：朴朴实实一首诗》，《长篇小说选刊》2006 年第 2 期，第 165 页。

10. 杨庆祥：《新南方写作：主体、版图与汉语书写的主权》，《南方文坛》2021 年第 3 期。
11. 张丽军：《乡土中国文化重建与新农民想象》，中华书局 2022 年版。
12. 雪莉·艾利斯：《开始写吧！非虚构文学创作》，刁克利译注，中国人民大学出版社 2023 年版。
13. ［美］安·兰德：《安·兰德的非虚构写作课》，熊亭玉译，九州出版社 2024 年版。

问题与思考：

1. 莫言《蛙》中的"鲁迅精神"。
2. 贾平凹《秦腔》与当代乡土小说的现代性思考。
3. 阎连科《受活》的荒诞现实主义特征。
4. 韩少功《报告政府》引发的审美感受。
5. 梁鸿"梁庄系列"的"非虚构"叙事策略。

第三十一章 散文、报告文学创作

第一节 概 述

20世纪90年代,散文的创作热、出版热、消费热促成了当代散文发展的繁荣局面。进入21世纪后,"散文热"并未完全降温,众多报刊尤其是商业报刊对散文的巨大需求,刺激了散文的扩大生产,使散文创作依然红火。近年来全国专门发表散文的刊物主要有八家,它们是天津的《散文》和《散文》(海外版)、郑州的《散文选刊》、广州的《随笔》、北京的《中华散文》、福州的《散文天地》、邯郸的《散文百家》、西安的《美文》。此外,还有不定期以丛刊面貌出现的《散文和人》《老百姓》《中外散文选萃》等。大型的文学期刊也越来越重视散文的创作,《收获》《十月》《人民文学》《青年文学》《天涯》《钟山》等纯文学刊物发表了不少当代优秀散文。除了散文刊物和文学刊物外,报纸副刊,生活类、消费类杂志等更是为散文提供了广阔的发表天地。另外,网络的发展使越来越多非名家的作者参与散文创作,散文的空间无限扩大,散文的题材越来越广泛,散文写作进一步迈向全民写作的新阶段。

第一,散文日益平民化是当代散文发展的一大趋势。进入21世纪以来,散文成为当下最具平民化色彩的一种文体。这表现在散文日益走向民间,走向大众,更加贴近普通人的世俗生活。散文内容大多无关宏旨,谈论美食、品茶、饮酒、垂钓、狩猎、种花等,多具有休闲和娱乐功能,从而为处于商品社会激烈竞争中的人们,提供了一片宁静的心灵憩息之地。如"大众散文""新都市散文""小女人散文""怀旧散文""音乐散文"等极大满足了大众的阅读需求。

在写亲情和友情的散文中,不乏具有人性和情感深度的作品。阎纲写丧女之痛的《我吻女儿的前额》,孙犁之女孙晓玲追忆父母四十年深挚不移的恩爱、父亲失伴后不尽哀思的《摇曳秋风遗念长》,史铁生讲述其成长经历、生命过程,书写小人物的喜怒哀乐、成败艰辛的《记忆与印象》等深深打动了读者。庞余亮的《半个父亲在疼》、张耀升的《黑色暗流》、刘亮程的《父亲》等散文一改过去"为尊者讳"的要求,呈现了父亲真实的面目和对亲情的理性反省,发人深思。

一些散文还表现了作者关注普通人尤其是处于社会底层的民众和弱势群体的生存状态的平民情怀。周同宾的《饥寒中的事情》、张承志的《与草枯荣》、韩少功的《山里少年》、杨泽文的《悲伤的矿洞》等关注乡村和荒原，与生活在最底层的普通人进行平等的灵魂对话，感受他们在沉默中深藏着的苦难与沉重。

第二，张扬散文的理性精神，在散文中追问历史与文化，思考社会与人生，探索生命的价值与意义等成为一些作家共同的追求。21世纪文化散文的创作热潮并未走向衰落。20世纪90年代余秋雨的《文化苦旅》开创了新时期文化散文的先河，并在文坛掀起了文化散文的创作热。自2000年以来，余秋雨相继出版了散文集《霜冷长河》（2000）、《行者无疆》（2001）、《千年一叹》（2002）和传记体散文《借我一生》（2004）等。在《行者无疆》和《千年一叹》中，余秋雨以一个中国文化史学者的身份在异域文化中遨游，对中华文明和欧洲文明、阿拉伯文明等进行了多方面的横向比较。

王充闾、林非、李国文、卞毓方、梁衡、李存葆、刘长春、夏坚勇、冯伟林、郭保林等作家也发表了大量以历史文化为主题的散文，构成了21世纪散文创作的新景观。王充闾把笔触伸向人性深处，借与历史人物的对话来言说自己的生命感悟。《终古凝眉》《用破一生心》《一夜芳邻》等散文对历史思考的角度非常独特。梁衡的《把栏杆拍遍》和《乱世中的美神》分别描写了文武双全的爱国词人辛弃疾和光耀史册的女词人李清照的命运，以选题精当、思想深刻受到好评。李存葆在《大河遗梦》《祖槐》《鲸殇》等作品中，表现了对自然生态环境恶化的忧虑。林非则渴望与古代那些心存高远、灵魂洁净的志士仁人对话，《询问司马迁》《浩气长存》等作品给历史人物注入了血脉和生机，显露出作者的生命情怀和价值理想。卞毓方的《思想者的第三种造型》歌吟了宁折不弯的思想者马寅初。李国文发表了大量以历史文化为主题的散文随笔，结集为《大雅村言》《中国文人的非正常死亡》《中国文人的活法》等多部著作。其散文嬉笑怒骂，言之有物。卞毓方创作的历史文化散文集《长歌当啸》、刘长春的散文集《墨海笔记》以其宏大的气魄、较厚重的历史意蕴受到好评。

思想随笔仍是很多文人、学者及时表达现实关怀、进行社会思想文化批判、思考形而上问题首选的文体样式。从20世纪90年代以来，市场经济的快速发展使社会物质发达与人们精神匮乏之间的矛盾日渐突出，人们在为生存忙碌、为物质享受奔波之时，开始放弃了对意义的探寻和对理想的坚守。面对知识界人文精神普遍失落的现状，张承志、张炜、周涛、史铁生、韩少功等作家高呼"抵抗投降"，决心"以笔为旗"，在其所守望的"麦田"里扬起理想主义的大旗。他们撰写了大量的思想随笔，使其在90年代一跃而为"时代文体"。进入21世纪，这些作家仍以散文作为抵抗浮躁、功利心态的武器，如韩少功的《进步的回退》、史铁生的《想念地坛》、张承志的《高贵的精神》、张炜的《方式和内心需要》、周国平的《单纯》等，质疑迷失于科技理性、工具理性的当今人类，探寻生命的终极意义，追求生命的永恒和纯净。韩少功在2006年结集的散文集《山南水北》转向乡村，以心灵贴近淳朴的农民，对山野自然和民间底层进行深入体察，反思现代人的种种弊病。《山南水北》中的许多篇章，看起来像一些闲笔，像一幅简约、恬静的国画，但蕴藏在背后的却是韩少功对当代社会诸多问题的深刻追问。

回忆录的写作、出版和阅读热潮不减。这些回忆录多结合自我的生命体验，展示了中国知识分子的坎坷历程，力求在反思中还原历史真实。2003年，年逾九旬的老作家杨绛先生倾尽心血创作的回忆录《我们仨》静思追忆往事，用心记述了他们家庭63年的风风雨雨、点点滴滴。2004年，章伯钧之女章诒和出版的回忆录《往事并不如烟》以哀婉的笔调、饱满的激情讲述了她父母的友人史良、储安平、张伯驹夫妇、康同璧母女、聂绀弩、罗隆基等的起落沉浮，产生了很大的反响。2009年，黄永玉著的《比我老的老头儿》用风趣的语言讲述了他相识的那些"比他老的老头"——钱锺书、沈从文、李可染、张乐平、林风眠、张伯驹、许麟庐、廖冰兄、郑可、陆志痒、余所亚、黄苗子等中国当代最优秀的艺术家们鲜为人知的感人故事，让读者感受到他们的精神追求和人格魅力。2013年，王蒙著的《王蒙八十自述》讲述了他80年的人生经历和人生智慧，既是作家个人也是时代的记录与缩影。

第三，散文的抒情性逐渐回归。20世纪90年代以来，理性色彩较强烈的文化散文和思想随笔的兴盛，淡化了当代散文的抒情性。而散文理论批评界也形成了一种漠视散文抒情属性进而否定"抒情散文"的倾向。对此现象，著名小说家、散文家贾平凹认为是当代散文家"激情"的缺乏导致了散文"无情（感）化""无形（象）化""琐碎化""哲理概念化"。学者兼散文家林非先生提出"从提高艺术水准与审美愉悦的角度而言，更倾向抒情意味强烈的散文，也就是狭义的散文"的主张。

世纪之交，在评论界开始对散文"说理代替抒情""知性淹没感性"表示质疑之时，刘亮程带着他的乡土散文集《一个人的村庄》出现了。被誉为"乡村哲学家"的刘亮程以一种满蕴诗意的生命感悟，以细腻精致的美文守望着精神的家园。其散文朴实、单纯、清新、优美的"田园牧歌"式的抒情风格，让读者倍感亲切、真实、自然。以文化散文著称的王充闾所作的怀人忆旧散文，如怀念嫂嫂的《碗花糕》、怀念童年生活的《青灯有味忆儿时》和《童年的风景》、纪念私塾先生的《我的第一个老师》等，注入了作者淡淡的哀愁和对已逝年华的追忆，让人感觉到暖暖温情。即使是以哲理思考见长的韩少功在散文集《山南水北》里记录下他对山野自然和民间底层的深入体察时，也敞开了他内心最柔软的一面，《扑进画框》《回到从前》《秋夜梦醒》等篇章情感真挚动人。阿来出版了《大地的阶梯》《草木的理想国：成都物候记》《语自在》等散文集，语言诗性灵动。

另外，新散文的兴起、在场主义散文的探索、"非虚构"散文的写作、网络散文的繁荣成为21世纪散文发展中值得关注的现象。

新散文兴起于20世纪90年代末期，云南的《大家》杂志设置了"新散文"栏目，一批多出生于20世纪六七十年代的新锐散文家如张锐锋、庞培、周晓枫、祝勇等在此登场，新散文的写作开始。尔后，北京的《人民文学》《十月》等主流文学期刊又相继开辟栏目倡导新散文。2002年中国文联出版社推出了以祝勇、周晓枫、张锐锋、宁肯等为代表的"深呼吸散文丛书"。2006年春风文艺出版社出版的"布老虎散文"丛书，推出了"新散文"春、夏、秋、冬卷。新散文写作以其特立独行的文体探索和多向度的精神追求进行了一场散文文体的革命。新散文作家们把散文当作一种创造性的文本经营，而不仅仅是记事、传达思想的工具。在艺术表现上，新散文作家们呈现出自觉的开放姿态。如祝勇的《一个军阀的爱情》采用了多元跳跃的复调方式，对散文的叙述进行了大胆的探索；祝勇的《旧宫殿》融小说、历史研究、散文等多种文体于一炉，体现了跨文体写作的热情与勇气。周晓枫的《后窗》更是一种后现代思维的拼接，全篇写的是对电影的种种感觉，汪洋恣肆，文法、结构、逻辑性等不再顾及。

在场主义散文兴起于2008年，以周闻道、周伦佑等18位散文家和文艺理论家联名发表的《散文：在场主义宣言》为标志。2010年5月，散文家周闻道和企业家李祥玉在北京共同发起"在场主义散文奖"，推出了高尔泰的《寻找家园》、章诒和的《伶人往事》、野夫的《尘世·挽歌》等作品。随后，《在场》杂志创刊，《文艺报》《文学报》等学术期刊亦纷纷推出专版，对在场主义散文理论进行深入探讨，倡导作者在散文创作中去蔽、敞亮、求真，介入当下现实，发现生命的本质。

"非虚构"散文肇启于2010年《人民文学》设立的"非虚构"专栏。韩石山的《既贱且辱此一生》、梁鸿的《中国在梁庄》、阿来的《瞻对》等作品发表于该栏目上并引起广泛关注。同年10月，《人民文学》杂志社启动的"人民大地·行动者"非虚构写作计划进一步推动了"非虚构"散文的写作风潮。《钟山》《收获》《花城》等刊物也都以特稿、专栏等方式共同关注"非虚构写作"。薛舒、黄灯、李娟等作家纷纷加入"非虚构"散文写作阵营。李娟在《人民文学》杂志上发表的《羊道》系列散文，讲述了她与哈萨克牧民扎克拜妈妈一家在新疆阿勒泰地区历经寒暑跋涉的游牧生活。长篇纪实散文《冬牧场》记录了她跟随哈萨克牧民居麻一家深入冬牧场生活的经历。李娟采用第一人称叙述，还原了边地生活的真实面貌，从细微处入手讲述故事，在平凡的生活中发现诗意，笔风朴实细腻。

以互联网为载体的网络散文进一步走向繁荣。随着电脑网络的普及，越来越多的人通过在网上开博客、写日志等方式来参与散文创作。"中国美文""新散文"等网站论坛的开设，也促进了网络散文的繁荣。《散文选刊》、《散文》月刊、《中华散文》等杂志开始选发原创网络散文。2001年王义军策划、主编的一套五册的《新媒体散文》中，网络散文是其最重要的组成部分。与传统散文的写作相比，网络散文的写作更自由，更丰富，更加生活化、个人化，在写作形式上天马行空，对传统散文的文体规范、阅读方式等提出了强劲的挑战。当然，消费时代网络散文的碎片化和游戏性也是不容忽视的现象。

21世纪以来，报告文学的发展呈现出多态并呈的局面。在主题取向上，报告文学的精英化和世俗化并存，以适应不同层次读者的阅读需求。20世纪90年代当代报告文学的写作已表现出疏离精英、亲近世俗的趋向。21世纪报告文学世俗化倾向延续，表现了作者对大众日常生活与人的普遍心理的关注。可贵的是，在文学渐趋世俗化的当下，仍然有一些报告文学作家自觉地履行"铁肩担道义"的使命，大胆地介入现实，写出自己独立而有深度的思考。如中国农民和土地的问题，成了报告文学创作关注的一大热点。何建明的《根本利益》，赵瑜、胡世全的《革命百里洲》，冷梦的《高西沟调查》等以对中国"三农"问题的历史与现实的观照和深刻的反思，尤其引人注目。报告文学作家对当代中国教育体制、教育功能、教育目的以及教育公平等"教育文化"的反思和批判，也在走向深化。何建明的《高考报告》、梅洁的《西部的倾诉》、刘元举的《中国家庭钢琴热带来的喜与悲》、卢跃刚的《东方马车：从北大到新东方的传奇》等是这一题材的代表作。这些作品表现了当代作家坚守报告文学的文化批判性、积极主动参与当代文化转型的姿态。

第二节 文化散文

20世纪90年代，市场经济大潮的兴起、现代社会的转型使传统价值观、道德观受到巨大的冲击。余秋雨等作家摒弃浮躁，潜心思考，审视中国传统文化、现代生活以及全人类的历史文明，他们创作的文化散文，思想深沉，内容厚重，气势恢宏，在当代散文史上留下了光辉的一笔。

进入21世纪，王充闾、林非、李国文、卞毓方、梁衡、李存葆、刘长春、夏坚勇、冯伟林、张加强、郭保林等一批作家继余秋雨之后崛起，使文化散文成了散文创作的一大重镇。这些作家以敏锐的现代眼光去观照和思考历史，给予历史人物、历史事件与历史生活以新的认识、新的诠释，表达了因历史而触发的现实感情、渴望与追求。与20世纪90年代兴起的文化散文相比，21世纪文化散文同样具有浓郁的理性色彩和文化意蕴，但更偏重历史的诗意叙述或者诗性历史的重构。作家们通过"散文激活历史"，通过生命的感性抒发来激活人们对历史的怀想，其探索历史的角度独特新颖。

文化散文存在的最突出的问题是，一些作品理性淹没感性，说理代替抒情，作者由于背着太重的历史知识的包袱而难以进入自由、自主的精神状态。另外，现代意识的匮乏使一些作品对历史的诠释仅停留在表层。

王充闾（1935— ），出生于辽宁省盘山县。现为中国作协主席团委员、辽宁省作协主席。已出版《清风白水》《春宽梦窄》《面对历史的苍茫》《沧桑无语》《何处是归程》《千秋叩问》《逍遥游：庄子传》《国粹：人文传承书》等散文集，诗词集《鸿爪春泥》《执化斋吟稿》，学术著作《诗性智慧》等。散文集《春宽梦窄》获中国作家协会首届"鲁迅文学奖"（1997），《一生爱好是天然》获中国散文学会首届"冰心散文奖"（2002）。

王充闾曾说过："从事历史文化散文的创作，形象地说，是一只脚站在往事如烟的历史尘埃上，另一只脚又牢牢地立足于现在。作家立足现在而与历史交谈，是一种真正的历史对话。"① 王充闾的历史文化散文并不是简单地再现历史的情景，不是单纯的道德伦理的评价，也不是作自始至终的历史理性的审视。他把历史纳入自己的审美视界，达成与历史的对话，在对历史人物的解读中渗透着主体深切的生命体验，并获得超越性的哲

---

① 王充闾：《沧桑无语·附录》，载《沧桑无语》，东方出版中心1999年版，第293页。

学感悟。如王充闾写李清照,不从"家国不幸"的主题入手,而是把镜头聚焦在女词人"那两弯似蹙非蹙、轻颦不展的凝眉"上,探究李清照的悲凉愁苦,不仅来自家庭和社会,更是植根于人的本性之中,是生命原始的悲哀在天才心灵上的投影,是个人的身世命运与人性固有的深度的苦闷、根本的惆怅交织在一起(《终古凝眉》);他写曾国藩,突出其"功名两个字,用破一生心"的苦,"他的苦主要来自过多、过强、过盛、过高的欲望,结果就心为形役,苦不堪言,最后不免活活地累死"(《用破一生心》);千古风流说纳兰之情,纳兰与"爱妻生死长别,幽冥异路,思念之情虽然饱经风雨消磨,却一时一刻也不能去怀",纳兰的一生是情感的化身,他是一个为情所累、情多不能自胜的人(《情在不能醒》);写陈梦雷,强调其痛——陈梦雷失友之痛、被挚友诽谤难明之痛以及痛写《绝交书》(《陈梦雷痛写〈绝交书〉》)。正因为王充闾和历史人物的对话建立在完全平等的意识之上,他能够在深切的理解和审美观照中走进历史人物的情感世界和精神世界,在历史人物最具个性化的生命之点上深入开掘,或不断升华。

《用破一生心》是曾国藩这一悲剧人物的真实写照。对曾国藩这位"中兴第一名臣"的一生,历来褒贬不一。曾国藩不仅是清朝汉族大臣中功勋、权势、地位无出其右者,而且在学术造诣上的精深也"冠冕一代"。但在曾国藩辉煌灿烂的人生背后,却掩埋着鲜为人知的另一面。他活得太假、太苦、太累,不仅官场上战战兢兢、如履薄冰,胜亦苦,败亦苦,"他在花团锦簇的后面,看到了重重的陷阱,不测的深渊",而且,苦也来自他自身。他既要创千秋之功业,又要做万古之完人,以致观人下棋,从旁边支了两招,事后也要后悔;与夫人在私房里开个玩笑,也要责备自己"房闱不敬"。虚伪和不真实构成了曾国藩人生的另一个方面。王充闾以一个"苦"字最深刻地概括了"中堂大人"曾国藩的一生。他认为曾国藩的"苦"源于一方面要超越平凡,一方面要超越此在。为了实现这两个超越,"他竟耗费了多少心血,历尽何等艰辛啊?他是一个地地道道、不折不扣的悲剧人物,是一个终生置身炼狱,心灵备受煎熬,历经无边痛苦的可怜虫"。立足于自己的体验与思考,王充闾从人性和文化的双重视角,对曾国藩的人生进行了深刻的解读。

第三节 思想随笔

思想随笔的写作,是在文学走向世俗化、平庸化的年代里引人注目的一种文学现象。这些散文的作者多为学者、小说家、诗人等。他们在商品化时代里以散文作为抵抗浮躁、功利的武器,执着坚持从个人的精神角度思考生命,探求理想的精神世界,寻找人类的精神家园。他们把形而上的哲思文学化,以诗性的语言表达自己的生命意识。代表作家有张炜、张承志、韩少功、史铁生、周国平等。张炜倾力于书写思想者的心路历程,体现出中国知识分子严肃的精神思考和执着的入世情怀。在2001年出版的思想随笔集《我跋涉的莽野》里,张炜说:"我对这个越来越吵闹的成人世界是反应强烈的。我当然不喜欢，不习惯，本能地要躲避和反抗。……我对付它的方法就是不断地靠想象返回自己的过去，进入我的那片莽野。"张炜如一坚韧的跋涉者，始终守望着心灵的故乡，对现代商业文明充满强烈的怀疑和批判精神。

张承志作别了小说，专事思想随笔的写作，出版了《一册山河》《谁是胜者》《文明的入门》《鲜花的废墟》《聋子的耳朵》等散文集。他继续坚持"以笔为旗"的思想斗士的姿态，在散文中张扬正义、崇高、血性，痛斥物化与世俗化。张承志的散文奇崛、高傲，充满历史厚度和生命激情的写作、富于情感冲击的语言和呐喊般的句式节奏，对散文创作中出现的消费化、快餐化、帮闲化倾向构成了强力反拨。史铁生在人生的困境和病痛的折磨中思考着生命的存在，探索生命如何超越苦难获得拯救之路。他对苦难的承担和对生命本真的探索表现出近似宗教徒的虔诚。从1990年发表的散文《我与地坛》，到2002年出版的随笔集《病隙碎笔》《写作之夜》，史铁生始终保持了一位灵魂求索者的从容，诉说着人类生命的脆弱无助和困境下直面"生与死"的生存勇气。《病隙碎笔》记录下了他对爱情与生命、性、权利、博爱、纯洁、残疾等理性的思考。《写作之夜》呈现给读者的是作者心灵无数的问答和对话。2002年8月，史铁生发表的散文《想念地坛》可视为《我与地坛》的姐妹篇。面对生与死，史铁生充满着宁静和安详，对人生和命运抱着一种智慧的参悟。学者周国平的思想随笔展示了他的哲学思考，文字凝练，内容深刻而富有哲理。

周国平（1945—　），出生于上海。1967年毕业于北京大学哲学系，1981年毕业于中国社会科学院研究生院哲学系，现为中国社会科学院哲学研究所研究员。著有散文集《守望的距离》《各自的朝圣路》《安静》《善良·丰富·高贵》《何来何往》《人生不较劲》，学术著作《尼采：在世纪的转折点上》《尼采与形而上学》，随感集《人与永恒》《风中的纸屑》《碎句与短章》，诗集《忧伤的情欲》，纪实文学《妞妞，一个父亲的札记》《岁月与性情——我的心灵自传》等。

周国平从哲学领域的研究学者走向散文创作。在哲学世界的精神游历，使周国平总是"耿耿于怀"于人生的根本问题，执著于生命终极问题的叩问。从最初的《守望的距离》到《各自的朝圣路》《安静》，再到《善良·丰富·高贵》，周国平的哲理散文贯穿着对人生重大问题的严肃思考和对现代人精神生活的密切关注，散文风格平易，文字简练浅白。《探索存在之谜》《每个人都是一个宇宙》《自我二重奏》《从生存到存在的途中》《生命的苦恼和创造的欢欣》《永远未完成》《思考死：有意义的徒劳》等散文，思考着人生的短暂和宇宙的永恒。在周国平看来，人生所有的追求、困惑、智慧、欢乐和痛苦都离不开"只有一个人生"这个大前提。因此，一切的爱和激情、冒险和悲剧、欢乐和痛苦才随之而来。周国平在认清了"生命一次性"的前提下，对"生与死""爱与孤独""幸福与痛苦""自然和生命"等人类永恒的问题进行了苦苦冥思，并在此中寻求智慧的人生。

面对现代人精神生活日益平庸化的时代症候，周国平在《探索存在之谜》《尼采与现代人的精神危机》《何尝失落》《救世和自救》《寻求智慧的人生》等作品中，多次表达了自己对这个"美从艺术中退出,爱从婚姻中退出,艺术从殿堂中退出"的时代的思考。在周国平看来,当今时代是一个没有信仰的时代。西方人自尼采的"上帝死了"之说之后,信仰彻底崩溃。而中国人在经历"文革"之后,也面临着信仰的危机。物欲横流的商业化社会不可避免地导致人精神的平庸化,而"缩减"正是这种精神文化平庸化的重要表征之一,"一切精神价值都缩减为实用价值,永恒的怀念和追求缩减为当下的官能享受"(《探索存在之谜》)。周国平对现代人的精神状况深为反感,他"用真理和谎言救助自己",始终与俗世保持一定的距离,以此坚守自己的精神园地。在《善良·丰富·高贵》一文中,周国平坚定地相信人的心灵应该是善良、丰富、高贵的,表现了他对社会与人性的最深切关注,也是他对人的精神状态的最迫切的期望。

第四节　抒情散文

抒情是散文的本质与天性。在散文的发展中,抒情散文是散文创作的正宗。但近年来,文化散文和思想随笔遍布于各级各类刊物和报纸上,一些散文作家过分追求散文的理性和思辨色彩,淡化了散文的抒情性。如何确立抒情散文在当代散文发展中的重要地位,如何使散文从文化负载过重、意识形态过强的倾斜状态中解脱出来,回归诗意,如何让散文艺术保持多样性和谐发展,是值得散文创作者和研究者认真思考的问题。

在评论界对此问题众说纷纭之时,被称为"20世纪中国最后一位散文家"刘亮程的出现具有特殊的意义。他以其独到的乡村生活的心灵体验,以一种满蕴诗意的语言,实现了散文文本对激情的渴望与审美的回归的本质要求。

刘亮程(1962—),新疆沙湾县(今沙湾市)人。乡村作家。1998年,他以散文集《一个人的村庄》令文坛瞩目,被誉为"乡村哲学家"。著有散文集《一个人的村庄》《风中的院门》《库车行》《在新疆》《一片叶子下生活》,诗集《晒晒黄沙梁的太阳》,长篇小说《虚土》《凿空》《捎话》《本巴》等。散文集《在新疆》获第六届鲁迅文学奖。长篇小说《本巴》获第十一届茅盾文学奖。

刘亮程说:"我全部的学识是我对一个村庄的见识。"① 而这个村庄,就是刘亮程从小到大居住二十多年的新疆沙湾县的黄沙梁村。尽管后来作者因生活所需离开了这个村庄,但这个村庄已成了他的生命之根。在刘亮程笔下,村庄的灰鸟、虫子、老狗、胡杨树、逃跑的马、挣断缰绳的牛,和那扛着铁锨的人构成了一个无垠的生命空间。

刘亮程的生命体验是独特的。他以朴素简单的文字表达了他对这个人畜共居的村庄和土地的感激,对自然万物的尊敬、理解。他认为:"任何一株草的死亡都是人的死亡。任何一棵树的夭折都是人的夭折。任何一粒虫的鸣叫也是人的鸣叫。"(《剩下的事情》)在他看来,人和动物、植物之间没有贵与贱、崇高与卑微的分别。如《通驴性的人》把

---

① 刘亮程:《黄沙梁》,载《一个人的村庄》,新疆人民出版社1998年版,第97页。

驴视作家庭成员，把驴当作生命的一部分；《我改变的事物》强调人与自然的和谐；《春天的步调》表现了人聆听虫子、西瓜、太阳、蚊子的生命情怀。在他的散文中，他往往给人与动物、植物以同样质朴和真诚的关爱。我们可以从中读出狗的为狗与处世之道（《狗这一辈子》），驴从身体到声音到举动所呈现出的强大、深刻与恢宏（《通驴性的人》），逃跑的马本身所蕴含的丰富哲学：不盲从和生存态度的从容（《逃跑的马》），虫子的无比快乐（《与虫共眠》），牛的任劳任怨（《卖掉的老牛》）等。刘亮程以颇具哲理性和生命激情的乡村散文来呼唤人们对生命的关注和热爱。

刘亮程散文的意象也是独特的。他笔下的意象总是与故乡、土地、动物有关。"铁锹"是他散文中经常出现的意象。"我出门时一般都扛着铁锹。它是这个世界伸给我的一只孤手。""我也会扛着我的铁锹在城市生活下去。对一个农民来说，城市的确是一片荒地，你可以开着车，拿着大哥大招摇过市，我同样能扛着铁锹走在人群里——就像走在自己的玉米地里一样，种点自己想种的东西。"（《扛着铁锹进城》）"铁锹"就是作者身世的情感符号，是他的底气、自信心和一生的荣耀。而《风中的院门》中的门是家园的象征。此外，还有黄沙梁、驴等也是刘亮程散文中经常出现的意象。

刘亮程散文的语言沉静、朴素、旷远且富有美感。如"炊烟是村庄的头发。我小时候这样比喻。大一些时我知道它是村庄的根。我在滚滚飘远的一缕缕炊烟中，看到有一种东西被它从高远处吸纳了回来，丝丝缕缕地进入每一户人家——从烟囱进入每一口锅底、锅里的饭、碗、每一张嘴"（《风中的院门》）。他在散文中省却了奇异的故事和华美的辞藻，然而，他却在最平常的农村生活细节中，用纯净而澄静的文字，舒展开自己深沉的生命体验，表达事物的微妙肌理，引发人们遥远而真切的记忆，唤起人们悠长的思绪。

第五节　报告文学

进入 21 世纪以来，报告文学在反思的基础上开始它前行的步伐。首先，报告文学有了属于自己的理论、创作的阵地。《报告文学》杂志 2007 年 7 月全面重新改版面市；之后，报告文学网正式开通。报告文学还将自己的影响扩大到《北京文学》《中国作家》《文汇报》《南方周末》等刊物。如《北京文学》（精彩阅读）开辟的"现实中国"栏目，刊登以百姓关心的热点话题为题材的报告文学，在读者中产生了较大反响。

其次，报告文学作家站在时代前列，关注社会焦点和热点话题，对现实问题进行多方审视与深邃思考，使 21 世纪以来的报告文学的题材走向多样化。

"三农"问题是众多作家关注的焦点，反映"三农"问题的报告文学作品，形成了一股创作热潮。报告文学作家密切关注当代中国最庞大的弱势群体——农民，表现中国的农民和土地的问题，显示出作家们强烈的责任感、忧患意识和人道主义情怀。影响较大的作品有李昌平的《我向总理说实话》，陈桂棣、春桃夫妇的《中国农民调查》，何建明的《根本利益》，赵瑜、胡世全的《革命百里洲》，冷梦的《高西沟调查》等。陈桂棣、春桃夫妇的《中国农民调查》是作者经历了长达两年多的采访后写成的作品，是一部零距离、全景式、深层次地反思"三农"问题的长篇报告文学。该书从对安徽部分农村的调查开始，重点叙述了三个不同类型的案例，反映了当前农民的生存状态，揭示了农民负担过重的种种原因，展现了农村税费改革的艰难曲折过程。赵瑜、胡世全的《革命百里洲》为我们讲述了一段沉甸甸的百年农民革命奋斗史、农村社会变迁史和农耕文化的兴衰史。它继承并发展了赵瑜在"中国体育三部曲"《强国梦》《兵败汉城》和《马家军调查》中所显示出的文化反思和文化批判的立场，采取一种超功利的社会与人类关怀的价值取向，由一个地域百年来所发生的以水患为主的自然灾害为切入点，生发至对其社会政治、经济、文化生活的全方位考察。在这中间，农民、农村和农业等"三农"问题是其核心。在历史与现实的坐标系上，一幅20世纪上半叶中国农民命运多舛的生存状态图跃然而出。

对当代教育问题的反思和批判，也成为21世纪报告文学创作的一大热点。作家对当代中国的教育体制、教育功能、教育目的以及教育公平等进行全方位聚焦，敢于直面传统与现代、文明与愚昧、贫困与富裕、专制与民主、激进与保守等因子对教育的正反面影响。何建明的《中国高考报告》在中西文化对比的广阔视野中，描述了由学生、老师、家长及全社会共同参与完成的悲喜交加，甚至以生命为代价的"龙门圆梦"大礼，对绵延千年的中华"考试文化"及其在当代承传的利弊得失作出深入的反省。其"想上大学肯定没有错，但理智地选择个人成才的人生之路必然收益更可观"的理念，表现出尊重个性、以人为本的人道关怀色彩。卢跃刚的《东方马车》是一部正面直击中国民办教育的报告文学。它所记录的是有"留学教父"之称的北大奇才俞敏洪创办的中国最大民办教育机构——新东方学校的坎坷历程。作品写的是新东方个案，要探讨的却是中国这驾东方马车如何才能在崎岖的道路上完成现代化进程的使命。

思考民主与法治问题，构成了21世纪报告文学创作的一大景观。代表作家有杨黎光、邢军纪、长江等。杨黎光书写"人性腐败"的《惊天铁案》记录了以"世纪大盗"张子强为首、横跨粤港两地作案的特大犯罪集团由生成到覆灭的过程。作者希望通过再现一个非常态下人性腐败的个案，表达对张子强们反社会、反理性、反人道和反规则的财富追求与积累方式的否定，以此进一步深究人性变异和欲望伸张悲剧的外在因素，即竞争加剧、结构失衡和阶层利益不均等社会运行机制的缺失，表达对构建更理智、更均衡和更有利于塑造健康人性的现代社会的强烈诉求与期盼。邢军纪的法制题材作品《第一种危险》详细披露了对震惊全国的郑州张金柱恶性交通肇事案真相进行调查的经过，以作家的勇气和良知反思法院在媒体和民众情绪化的声音影响下的误判错误，并认识到"对于一个文明的国家和民族来说，真正的危险是一种无序状态的危险，以至于无法无天，草菅人命，这才是一种最大的危险，也是一个国家和民族的第一种危险"。长江的《矿难如麻》则通过对山西两次矿难事件的调查，发掘出隐藏在事件背后的矿主为隐瞒事故真相，私自偷运、贿赂、对下恐吓、欺压等种种"资本原始积累"时期的罪恶。作品重在批判无良矿主及其幕后支持者无视法律与生灵、利欲熏心的人性堕落，拷问法律和欲望、财富和生命等现代化进程中所不可回避的重要命题。

另外，揭示自然生态危机，呼吁自然与人可持续发展，也是近年来报告文学表现的热门题材。著名生态报告文学作家徐刚长时间深入到长江、黄河源头进行艰苦的实地考察，写出了生态报告文学《长江传》，揭示了长江文明及其所面临的危机，对长江污染透出深深忧虑和反思。吴岗的《善待家园》以大量触目惊心的事实，展示了我国地质灾害所造成的严重后果，揭示了人祸是造成现在的地质灾害的最主要的原因，呼吁公民"善待家园，就是善待自己"，"防治地质灾害是每位公民义不容辞的责任"。李青松的《告别伐木时代》通过叙述黑龙江森工企业在国家为保护森林明令禁伐后的困境与选择，写出生态保护与恢复的沉重代价，并提出要建设"没有穷山恶水的现代化"的中国现代化之路。这些作品表达了作家们对以工业化为主体的现代化狂欢所带来的负面效应的拷问与检讨。

与以上批判性、反思性报告文学同样引人关注的，是重视时代事件的宏大叙事、弘扬时代精神与民族精神的报告文学。随着"科教兴国"战略的实施和2003年"神舟五号"载人飞船的发射成功，国防科技题材成为写作热点。其中较有代表性的作品有北方的《大漠飞天——中国载人航天发射实录》、左赛春的《中国航天飞行员纪实》、李鸣生的《风雨长征号》等。围绕三峡建设与移民、抗"非典"事件、"宝钢"建设等现实重大题材，挖掘新的时代精神与民族精神，也是作家写作的热点。较有影响的有刘继明的《梦之坝》、徐南铁的《"非典"的非典报告》、杨黎光的《瘟疫，人类的影子》、李春雷的《宝山》等。2008年的报告文学及时记录了现实中发生的几件大事。徐剑的《冰冷血热》记录了中电公司及其所属抗击灾害保电网的故事，是2008年年初抗击冰雪灾害题材报告文学的代表作。李瑾、陶野、何先鸿的《惊天动地》，吴国茂的《直击汶川大地震》，朱玉的《天堂上的云朵》，刘堂江、余冠仕、李炳亭、张泽科著的《热血师魂》等报告文学全面真实地记录了2008年汶川大地震发生后，中华民族万众一心、众志成城、抗震救灾的感人过程。孙晶岩的《五环旗下的中国》是作者两年来奔波各地、深入采访近两百多位奥运人士后撰写而成的一部全景式描写筹办北京2008年奥运会过程的长篇报告文学。何建明的《破天荒——中国对外开放的划时代事件》《台州农民革命风暴》，吕雷、赵洪的《国运——南方记事》，李春雷的《木棉花开》等是庆祝我国改革开放30周年，书写改革开放以来中国历史演进的代表性作品。在知识青年上山下乡运动40周年之际，朱晓军的《留守在北大荒的知青》提取知识青年上山下乡运动中具有历史况味与人性意味的群落，将叙事的重点放在呈现知识青年的情感生活和精神世界方面，以生动细腻的笔触，描写了一群四十年来始终坚守在北大荒的上山下乡知青们的故事。这一时期的报告文学还描写了一批堪称民族脊梁的当代英雄，表现了他们身上所具有的传统美德与民族精神。代表性作品有马文科的《大爱无言》、曾培新的《"布衣青天"杨剑昌》、齐良生的《善良，让她如此美丽》等。

再者，报告文学在创作形式上进行了大胆的探索，努力实现问题报告文学与人物报告文学、新闻真实性和文学性的有机融合。王光明、姜良纲的《中国有座鲁西监狱》通过全方位、多角度的描写，再现了鲁西监狱创业、改革和发展的历程，塑造了以监狱长曹务顺为代表的鲁西监狱开拓者等一批先进人物，歌颂了人民警察无私奉献的精神，真实再现了一座现代文明监狱的全貌。作品吸收了小说的笔法，重视真实饱满的人物塑造、生动有趣的细节描写，体现了作者在真实性和文学性之间构筑起作品的艺术张力的追求。何建明的报告文学多通过典型事件和细节描写来表现主题与塑造人物。《根本利益》通过法警队长骗抢死者家属抚恤金，农村妇女畅春英守着丈夫和儿子两副棺材、上访13年无人问津；两农民为家宅地基上访18年、告状32年；残疾医生李卫国因告发药店卖假药被官僚们逼得自杀等一系列触目惊心的典型事件，深刻揭露了农村存在的严重问题。而山西运城市纪检委副书记梁雨润为民申冤，他亲自为畅春英死去的丈夫和儿子抬棺送葬，从纪委拿3000元解决村上积案，以及夏县村嫂们编演《梁书记是咱百姓的好书记》的歌舞歌颂梁雨润等细节描写，使"百姓书记"梁雨润这一人物形象血肉丰满，真实可信。《国家行动》通过细节的提炼，以小见大。在"引子"中，作者通过反复筛选，写出了三个感人的老人形象，提炼了他们离家的细节，来体现三峡人是怎样难舍小家，但为了国家，为了大家，又不得不舍掉小家的奉献精神。《部长与国家》采用时空交错的跳跃形式，在有限的篇幅内展开广阔的历史背景，置人物于惊涛骇浪之中，以强烈的对比效果衬托出余秋里将军的豪迈气概与忠诚品格。李景田的《未扶正的反贪局长》和《跨国大诈骗》、郝在今的《协商建国》、杨黎光的《惊天铁案》、邓贤的《中国知青终结》、丁三的《蓝衣社碎片》等作品都注重情节、人物、细节的描写。

另外，一些报告文学的创作呈现出向"学术体"转变的趋向。胡平的《战争状态》是一部以文学形式写成的、具有鲜明学术个性的、独特的"20世纪中国沉思录"。作品在继承了"问题报告文学"的忧患意识、理性批判精神的同时，在结构方法、论证方式及引文注释等形式方面，体现了学术著作的诸多特点，开创了"学术体"报告文学的先河。王宏甲的《智慧风暴》与《中国新教育风暴》，赵瑜、胡世全的《革命百洲里》，邢军纪（沉钟）的《第一种危险》，魏荣汉、董江爱的《昂贵的选票》等报告文学，均表现出程度不同的"学术性"。

总之，21世纪报告文学在平和的心态中扎实稳步地发展前行。报告文学"表现出歌颂与批判、倾向性与真实性以及主旋律与多样化的进一步融合"①；报告文学进一步贴近时代生活、关注社会热点、题材多样化的探索产生了强烈的反响；报告文学甚为关注农民、工人、学生、妇女等弱势群体的生存状况，体现了作家对底层的人性关怀；报告文学的艺术品位的提升受到重视。但也存在精品力作不多、理论研究滞后等问题。

---

① 章罗生：《新世纪报告文学的审美新变》，华龄出版社2007年版，第3页。

拓展阅读：

1. 余秋雨：《余秋雨的历史散文》，河南文艺出版社2008年版。
2. 周明、刘茵主编：《21世纪报告文学排行榜》，百花洲文艺出版社2010年版。
3. 丁晓原：《"复调"与"复式"：新世纪十年报告文学观察》，《文艺争鸣》2011年第4期。
4. 汪娟：《生命、边缘、焦虑：周涛、刘亮程、李娟散文的共同言说方式》，《当代文坛》2013年第6期。
5. 张瑷：《底层现实的守望与期盼：社会转型时期"民生问题"报告文学研究》，中国社会科学出版社2016年版。
6. 程光炜：《文化散文研究资料》，百花洲文艺出版社2018年版。
7. 覃琳：《回忆录叙事研究》，对外经济贸易大学出版社2019年版。
8. 龚政文：《从〈马桥词典〉到〈山南水北〉：1990年代以来韩少功的文学世界》，湖南文艺出版社2022年版。
9. 丁晓原：《转型的风景：全媒体时代中国报告文学论》，东方出版中心2023年版。

问题与思考：

1. 文化散文的性质及其类别。
2. 余秋雨文化散文的艺术特征及其评价。
3. 周国平哲理散文的主要内容。
4. 史铁生散文的宗教性与思辨性。
5. 杨绛散文的记忆书写策略。
6. 刘亮程散文集《一个人的村庄》的诗性特征。
7. 韩少功散文创作的文体风格。
8. 新世纪散文创作对"形散神不散"的传统散文文体观念的突破。
9. 李娟边地散文的美学风格以及精神意蕴。
10. 新世纪报告文学的主题与功能。

第三十二章 戏剧创作

第一节 概 述

20世纪80年代"戏剧热"降温后，大量观众流失导致戏剧市场萧条冷寂。面对复杂严峻的市场环境，戏剧界开始了一系列改革和创新，这些努力使戏剧逐渐恢复活力，并呈现出繁荣局面。进入21世纪，现代科技特别是信息技术的发展，如多媒体和投影技术的应用、网络和数字媒体的兴起等，极大地丰富了戏剧的表现形式和内容，增强了观众的视觉体验，也为戏剧的传播和推广提供了新的平台。国家政策对21世纪戏剧的发展也有深远影响，政府通过制定一系列文化政策，大力扶持戏剧艺术，为戏剧的创新和发展提供强有力的支持。同时，随着教育水平的提高和信息的普及，观众的审美情趣日趋多样化和个性化，戏剧艺术家为了满足观众的需求，不断探索新的表现手法和艺术风格，使得21世纪的戏剧呈现出多元化特点。

商业化倾向成为21世纪戏剧发展的重要趋势。21世纪戏剧的商业化主要体现在其内容生产、营销手段和与观众互动等方面的深度变革中。随着互联网技术的飞速发展，戏剧作品越来越注重满足市场需求和观众口味，从而采用更加多元化和娱乐化的手段创作，如将流行文化、时尚元素融入传统戏剧，或是改编热门小说、电影，以此吸引更广泛的观众群体。近年来，一些制作团队尝试将现代元素融入戏剧演出中，如通过现代服装设计呈现角色的性格特点，或在舞台设计和灯光效果上采用现代技术，使得传统戏剧更加贴近现代观众的审美。同时，营销手段也变得更加多样和创新，如通过社交媒体平台进行宣传推广，利用明星效应吸引观众，或是开展线上直播、互动式观剧等新型观演模式，增强观众参与感和体验感。

21世纪戏剧不再局限于传统的表现手法，而是继续探索融合多种艺术形态。随着影视行业的迅猛发展，戏剧与影视作品之间产生了深度的文本互动，形成了一种新的互动传播模式。如孟京辉将茨威格的《一个陌生女人的来信》成功搬上舞台，而受欢迎的电影《分手大师》则源于俞白眉工作室的同名小剧场作品。2013年郭宝昌指导的话剧《大宅门》是对热播电视剧《大宅门》的改编，首演前剧未排完票先售罄。21世纪戏剧与影视互动，一定程度上扩大了戏剧的社会影响力，同时也是资本逐利下的现象，有着破坏戏剧生态的潜在风险。

进入21世纪，现实主义戏剧依旧占据重要位置。21世纪的现实主义话剧将视角下沉，聚焦真切的日常生活叙事。如李宝群的话剧《矸子山上的男人女人》反映了东北地区下岗工人的现实境遇，表现了下岗女工们的生活困境；张明、杨晓文的《兰州人家》聚焦于普通百姓的日常生活，展示了兰州人平凡真实的生活状态和精神风貌。同时，主旋律题材的现实剧在政府的重视和引导下出现高潮，这些主流现实剧在内容上讴歌党、国家和人民，具有鲜明的颂歌性质。如话剧《谷文昌》讲述了谷文昌在任福建东山岛的县委书记一职期间，让"荒岛"变成"宝岛"的事迹，歌颂了谷文昌同志对党忠诚，心系百姓，严于律己，廉洁奉公的崇高品格。随着时代的发展，现实剧也吸纳各种现代艺术表现手法，不断强化自身的艺术生命力，朝着戏剧艺术深化的方向前进。以革命历史为题材的主旋律戏剧也大量出现。这些革命历史题材剧也开始注重日常生活叙事，更加细腻真实地描写伟人、战士、模范作为普通人、常人的一面。如李宝群的《古田会议》真实再现了1929年毛泽东、周恩来、朱德、陈毅等老一辈无产阶级革命家探索中国革命道路和建设人民军队的曲折历程。

21世纪的小剧场戏剧也呈现出繁荣局面。此期的小剧场戏剧逐渐淡化实验色彩，隐去先锋棱角，逐渐向现实主义回归。一些剧作对历史进行虚构，是立足于当下的文化寓言和现实讽喻。如话剧《驴得水》讲述了民国时期的一个乡村学校发生的荒诞不经的故事，在黑色幽默中讽刺社会现实，凸显赤裸裸的人性；话剧《蒋公的面子》通过蒋介石兼任南京大学校长时邀请三位中文系教授赴宴的史实，形象地揭示了知识分子面对强权时的复杂心态。话剧借助历史，反讽当代知识分子的精神缺失，搭建起当今与戏中两个时代对话的桥梁。为迎合观众的审美需求，小剧场戏剧的创作题材逐渐趋于通俗化，以搞笑喜剧、白领戏剧和都市情感剧为主的商业戏剧泛滥，对艺术性和形而上的追求已经让位于对现实社会人生热点问题的关注。开心麻花、戏逍堂、雷子乐笑工厂、喜剧厂等民营剧团几乎沿着全面喜剧化的创作方向进行创作。白领戏剧、都市情感剧则是上海小剧场话剧的主要类型，此类戏剧展现的婚恋问题与都市青年的情感生活息息相关，迎合了观众的情感诉求。与此同时，小剧场戏剧在形式上依然继续着追求实验创新的步伐，多媒体影像技术被广泛地运用在小剧场的舞台演出中，众多小剧场的内部配套设施一应俱全，使之成了装备齐全、操控灵活的多变空间，如北京天桥艺术中心剧场内的灯光回路、北兵司马剧场的伸出式舞台、蜂巢剧场可调节升降或整体推移的观众座席等。此外，21世纪小剧场戏剧出现"去文本化"倾向，剧本的文学性减弱，戏剧的表演性增强。林兆华排《故事新编》时，让演员们直接阅读鲁迅的《故事新编》，找到最能触动自己的段落和语言，各自演绎，相互碰撞，最后由林兆华来整合，因此每场演出都不一样。21世纪的小剧场戏剧还尝试传统艺术形式与小剧场的嫁接，小品、相声、双簧等形式开始频繁出现在小剧场戏剧里，甚至创造了小品剧、相声剧等新的戏剧类别。

21世纪戏剧还出现了大量改编戏。20世纪90年代以来，随着导演中心地位的确立，对经典戏剧或其他体裁的文学作品进行改编与重构开始盛行。21世纪的戏剧改编仍要面对如何在改编中协调原作与二度创作、原作人文内涵与改编者艺术观念等问题。知名导演在改编中注重个人风格的展示，并在改编中注入现代文化视角。2003年，林兆华导演的话剧《赵氏孤儿》与田沁鑫导演的《赵氏孤儿》几乎于同一时间推出，引起关注。二者的改编各有特色，林版舞台风格大气、凝重、简约，使用大量紧凑的对白来展现紧张的戏剧节奏，在整体的现实主义风格中融入表现主义元素，将真牛真马搬上舞台。田版舞台风格则华美、诗意、充满激情，表现主义风格的舞台设计与演员狂热的肢体表达都给观众带来强烈的视觉冲击。值得注意的是，21世纪话剧对名著改编的意识，较多地来自编导人员对演出市场的敏感和判断。被选择改编的小说主要为中国现当代名著，如孟冰改编的《白鹿原》《平凡的世界》，田沁鑫改编的《四世同堂》，赵耀民改编的《长恨歌》，孟京辉执导、张先改编的《活着》等。

此外，在21世纪戏剧改编中，西方经典戏剧作品本土化演绎与改编也占有重要份额，其中，古希腊戏剧与莎士比亚戏剧继20世纪八九十年代后继续受到改编者的青睐。"李六乙·中国制造"戏剧计划将希腊戏剧《安提戈涅》《俄狄浦斯王》《被缚的普罗米修斯》等搬上中国舞台，并融入中国传统戏曲的"写意"风格，弱化戏剧冲突，呈现导演着意表现的"中国的现代戏"。2014年为纪念莎士比亚诞辰450周年，国内上演多部莎士比亚作品，黄盈工作室的《麦克白》使用拼贴手法在视觉上进行了大胆创新，在保持了原著的悲剧性的同时又加入了东方色彩的幽默元素。跨文化戏曲改编在21世纪也有新的突破，曾经被认为零碎缺乏戏剧性而难以改编成戏曲的荒诞派戏剧，以及曾经被认为风格难以和戏曲融合的西方现代戏剧，均被尝试搬上戏曲舞台。吴兴国的京剧《等待果陀》（2005）是对法国戏剧《等待戈多》的改编，该剧力图将传统戏曲和文化融入戏剧中，用东方戏曲形式演绎西方经典。众多外国剧团直接来华演出，西方舞台艺术引进规模更加立体、多元，不仅包括一流导演、演员，如英国的彼得·布鲁克，美国的罗伯特·威尔逊，日本的铃木忠志等，还涵盖戏剧创作、演出、制作、管理等领域的引进。当然，21世纪的戏剧引进也存在一些缺陷，如针对外国戏剧的专业批评不足，外国当代剧本翻译、出版不足等。

第二节　现实主义话剧

进入21世纪后，现实主义话剧创作仍占据话剧的很大份额。这一阶段的话剧题材以当代生活为主，作家将笔触伸到市井小民的生活细节里，描写普通人当下的生活情状，在大变动时代的挣扎拼搏、不适和自我调整，表现的多是和解的、温馨的、抚慰的、宽容的、感佩的思想感情。这类作品背后往往有一种质朴的、稳定的价值支撑，让人看后得到的是温暖和信念，如张明和杨晓文的《兰州老街》《兰州人家》，李宝群的《父亲》《矸子山上的男人女人》，沈虹光的《临时病房》，王立信的《平头百姓》等。20世纪90年代以来的戏剧多少都放弃了高视点，回避宏大话题和居高临下的启蒙态度，转向具体真切的生活描写。由于要真切具体，地方性几乎就不可避免了，于是各地民俗风情、地方文化和历史跃上舞台，作家们津津有味地挖掘和展示地方的气质和传统，而且带来更多的方言话剧的出现，这也是对文化地方化、多元化肯定的结果，因为各地的文化和民情用当地的方言表现是最为真切和传神的。《兰州老街》《兰州人家》等都是方言写成和演出的，同样的还有李冰的《搭白算数》《活就要活快活》和《你吓我》等。更多的作品虽然以普通话写成，但目的却是在表现地方历史和民风，如姚宝瑄的《立秋》、隋治操等的《凌河影人》、张明媛的《风刮卜奎》、广州话剧团集体创作的《西关女人》等，这也是各地政府肯定和积极支持的，而地方色彩也别具趣味，开人眼界。军旅话剧在这个时期从数量和声势上都仍然十分夺目，如孟冰和王焰珍的《我在天堂等你》、孟冰的《黄土谣》、姚远的《天堂里来的士兵》等，这些作品虽然很多都在竭力向人性上靠拢，或者着力挖掘诗意，但虚造痕迹比较明显，不够亲切，显得平庸和矫情。当代人的精神处境和心灵变迁也成为不少剧作家关注的问题，且集中表现在婚姻爱情领域。作品如喻荣军的《WWW.COM》、赖汉衍的《无话可说》、曹路生的《夏天的记忆》等。这一时期的现实主义话剧也注重吸纳各种现代艺术手法，在现实主义风格的基础上融入表现、象征乃至更多现代戏剧的艺术元素，极大地丰富了现实主义戏剧的舞台表现。

一、张明、杨晓文的《兰州人家》

张明（1958— ），出生于甘肃成县。先在甘肃省武都地区文工团、后在甘肃省话剧团当演员。1986年入甘肃联合大学戏剧创作干部专修科，两年后回原单位任编剧，曾任甘肃省话剧院院长。张明创作的话剧剧本有《极光》《艰难时事》《马背菩提》《兰州老街》《兰州人家》《老柿子树》《兰州好家》等，电视剧《走向外面的世界》《牛大碗》等。杨晓文（1965— ），出生于北京。甘肃省兰州市文艺创作研究中心专业作家。主要作品有话剧《兰州人家》《鸡毛信》《一个人和一柄剑的故事》《山中有片核桃林》《兰州老街》《老柿子树》等。

正如剧名所示，《兰州人家》讲述的是20世纪90年代兰州城里一个老户李大的家事，自然也联系到整个的社会和时代。蹬三轮为业的李大年已70，他40岁时妻子去世，一个光棍拉扯大四个女儿。他最大的愿望就是看到女儿们都过得好，但却一个个让他不省心。大女儿李大菊下了岗，在街上摆个小摊，不断被交警和城管驱逐；她的丈夫也下了岗，沉溺在彩票中，梦想一朝发财扬眉吐气。二女儿李俊红在群艺馆工作，丈夫在文化局当个科长，只想升官，为升官又是算命又是送礼，最后升到群艺馆当第七副馆长，号称副县级，负的责还不如看大门的多，还花了八千块钱去活动，气得李俊红大吵大闹，非离婚不可。三女儿李志娟辞去机关干部的职位下海经商，爱上做生意的同行被骗，被当刑警的丈夫发觉，约定离婚，幸亏李大不知道。四女儿李青果是个诗人，写的诗题为《男人》，诗中写道："男人，很讨厌，又没啥用处。唯一的长处，是站着像马一样撒尿。好男人和好女人，操——操！总是擦肩而过。"看得父亲一脸惊愕。她总是回绝姐姐给她介绍的对象，原来她爱上了一个比自己大一辈的知名作家，等着人家离婚，最后如愿以偿。

女儿的家庭生活似乎都出了问题，李大自己也在闹恋爱。他和居委会主任张妈互有好感，但就是害羞不敢表白，一壶水多年烧不开，反倒是见面就拌嘴。后来是三女婿段军谎称张妈要嫁高老师，才促使他下决心求女婿去为他探口风，结果一说即成，有情人终成眷属，李大引用听来的诗句发出感慨："爱情两个字好辛苦。"李大身上更重要的事发生在他和文庙之间。他家几代都是看守文庙的，他从小在文庙边上长大，退休以后又来看文庙。文庙已经不是当年的宏大规模，只剩一座大成殿和两个小楼，周围是高楼林立，它被挤在当中，而且政府已有文件下来，文庙要搬到城外去，原址上要盖二十四层的金融大厦。李大的精神和文庙紧紧相连，他说他是站在文化的根基上，他觉得文庙一拆根就断了，极力反对。他托高老师写报告，让女婿去找政府官员求情，请客花多少钱都不心疼。最后文庙总算被挽救，李大功不可没。

《兰州人家》通过一个普通的市民家庭的日常活动折射出社会的变化和时代的风尚，更反映出在这一变化中普通人经受的挫折苦痛和他们的挣扎与调适。今与昔的关系贯穿全剧，这里包含了李大切身的人生和社会体会以及温暖的人世挚情。李大有倔脾气和严正的道德观，旧社会他拉黄包车，差一点把一个妖冶的女客倒到黄河里去，今天街上到处都是白花花的大腿又该如何呢？他自然看不惯，但无可奈何。如今的贪污腐败、假货盛行、寡廉鲜耻他也看不惯，也只能看不惯罢了。但他同时也看到眼下是太平盛世，感到幸运和满足，希望女儿和自己都好好地活着，享受这太平的日子。李大的内心矛盾很有代表性，真实动人。李大的今昔苦痛更多、更明确地表现在文庙的拆移上。他说文庙如果拆除他就不能活了，这自然直接源自他的家庭记忆和童年经历，但广义地看却是传统文化和道德在当代的遭遇引起的不适和疼痛。李大身上沉淀着旧中国的文化和脾性，他对这种文化有着深沉的依恋。这种文化具形为文庙，文庙的拆除等于对他精神的扫荡，将销毁他的过去，使他的精神无所附丽。因为触动了他的根本，所以他才以一个退休工人的身份出来为文物保护呼吁奔走。这也是从传统的道德中心文化演变为以金钱为中心的观念的过程中引起的历史性疼痛，这种感受是社会性的、普遍的。李大的情怀和心境是当今中国社会心理一角的缩影。尽管这次以金融大厦置换文庙的开发遭到搁置，但这恐怕只是表面的和偶然的。文物可能会受到了保护，而传统的精神和道德就没有那么幸运了。

《兰州人家》写得真真切切、自自然然，可信又可喜。人物描写上，李大的倔强、质朴、孩子气、脸皮薄等表现得鲜明而有趣味。他偷偷拿气枪打居委会吵人的高音喇叭，他害羞张不开口向张妈表白却抱怨孩子们没良心不关心他一下，如此等等都十分传神，有生活的真滋味。众多的次要人物也都各具面目，没有一个是含混不清的。人物描写的成就得益于语言的纯熟、地道和个性化。《兰州人家》的语言是质朴的、鲜活的、幽默风趣的。剧中用兰州方言，几个外地人用外地口音，京剧演员出身的李俊红则职业性地使用京腔，这种完全配合人物身份的语言选择完全是从生活中来的，加上每个人自己的脾气口吻，就造成了多层次的真实感，把所有人都画活了。

二、李宝群的《矸子山上男人女人》

李宝群（1963— ），1984年毕业于辽宁大学中文系，1989年李宝群创作的两个短剧《两个老人的故事》《竹枝声声》被辽宁人民艺术院团搬上舞台。两个短剧的成功让李宝群找到了一条描写身边小人物的现实主义戏剧道路。2001年，从中央戏剧学院毕业的李宝群回到辽宁，先后创作了《母亲》《月亮花》《赵景顺》《远山的月亮》等十几部戏剧作品，2007年，李宝群创作的话剧《矸子山上的男人女人》成功上演并引起了很大的反响。之后，李宝群的个人创作再次达到旺盛期，他坚持"从生活中打捞剧本"，创作了《万世根本》《立春》《长夜》等戏剧。他的剧作多次入选国家舞台艺术精品工程，获曹禺戏剧文学奖等奖项。

《矸子山上男人女人》是李宝群重要的作品之一。在创作《矸子山上的男人女人》前，李宝群花了整整两年的时间走访数座重工业城市，接触了很多底层的普通工人，他走进棚户区，和捡煤女工们一起喝酒聊天，终于写出这些底层人的生存境遇和心路历程。剧本的剧情并不复杂，一座历史悠久、曾为共和国做出过重大贡献的矿山，由于资源枯竭，即将被迫关闭。多年在此以拣煤为生的中年女工们面临这样的变故都感到迷惘、焦灼、不知所措。她们中有劳模，有普通女工，年龄、性格各异，但都是典型的东北女人。采煤队唯一的男性——外号叫秦大咧咧，是党最基层的工作者，他从矿上赶来，撒谎告诉女人们矿上对一切都有了安排，让她们不用担心，当谎言被识破时，女人们哭闹成一团。故事就这样开始，以后的日子里，秦大咧咧这个质朴粗犷的汉子和她们一起度过了一段异常艰辛的日子，他尽其所能地让女人们生活得更好些。在秦大咧咧的鼓励下，她们慢慢坚强起来，开始了新的人生。冬雪飘飘，秦大咧咧也收获了爱情，他们一起相伴走出危机与彷徨的沼泽，重新点燃起心中的希望之光。

这部剧之所以能给予观众强大的艺术冲击力，主要来自几个方面。第一，戏剧情境的营造。《矸》的舞台情境是由低矮拥挤的老旧工棚房、运煤车的汽笛、各种平房、高矮不一的烟囱、杂乱的电视天线组成的。这种独特的场所给观众带来了巨大的心理压力。拣煤女工们不仅工作环境艰苦，而且她们的家人有的死于矿难，有的终身残疾丧失了劳动能力，她们中的大部分人都是家里主要的经济来源甚至是唯一来源。她们一没技术二没文化，矿山的关闭似乎要把她们推上生活的绝境。在这样的恶劣环境下表现出的顽强生命意识又感染着观众。第二，人物性格独特性的开掘。主人公铁柱是女子拣煤队的党支部书记，当拣煤女工们失去工作，生活陷入绝境时，他想尽一切办法帮女工们渡过难关。这是个助人为乐的党员，对这种人物的塑造容易走向外在崇高，而忽略了开掘他个人的独特性格和行为方式，但《矸》剧中的秦铁柱形象有血有肉极其丰满。秦铁柱有一个外号叫"秦大咧咧"，这主要是因为他平时喜欢胡咧咧、瞎话张嘴就来。当困境出现时，他一时找不到出路，但又不想让大家太难过就编瞎话。在第一场中，当大家逼问他矿上对非国营编制的下岗女工有什么政策没有？他拿出一个空白的小本告诉大家有政策，初步是九条。"头一条……第二…第三"，当他正在思量着如何编第四条时，性急地大咋呼，一把抢过本子要自己念，结果却发现本子是空白的。当瞎话被戳穿秦铁柱依旧嘴硬说"嘿嘿，那啥，我光听了，没记……有些政策还没研究哪。"秦铁柱不完美但是高大，不纯粹但是真实。面对困难，他没有苦口婆心的说教、没有居高临下的指责，他以自己独特的方式帮助大家、宽慰大家，这种独特性格所生发的独特的行为方式使得秦铁柱的形象立体、丰满、真实而高大。第三，强烈的人物内心冲突。亮亮是女子拣煤队最年轻的女工，她的父亲死于矿难，她和有眼疾的姑姑相依为命。当关矿的消息传来时，表面轻松的她内心也是矛盾的，不去夜总会工作，自己的日子根本过不下去，去夜总会工作，毕竟那是份不光彩的工作。最后她对佟丽说：我才二十三呢，赌我也要赌一把！这话表面上是说给别人听的，实际上她是在帮自己下决心。当刘大炮看上亮亮，她并不愿意，可是当她看到拣煤队其他的女工们过的生活，她坚决不和秦铁柱回去，并质问道："让我回去干啥？卖馄饨？养兔子？放羊？明告诉你们吧，死我也要死在城里！好日子在哪儿呢？我要给我姑治眼睛做手术，我要买新房子，我要活得像个人样。"最终亮亮选择了做刘大炮的"二奶"。没有人能够面对一个美好的事物被破坏，尤其是一个年轻貌美女子走向堕落而无动于衷。亮亮强烈的内心冲突所导致的前后行为的巨大变化刺痛了观众的心，也冲击着观众的神经。第四，舞台形式感形成的冲击力。《矸》剧的舞台是一个黑色的巨大的斜坡，这个斜坡拉大了舞台的距离，使舞台显得开阔而且沉重，造成强烈的视觉冲击。剧中不时穿插的和矿区相关的各种巨大声响以及苍凉粗犷的歌声，又给观众一种强烈的听觉冲击。《矸》剧也有一些小的瑕疵。比如该剧结尾时让秦铁柱为救黑子死在黑煤窑中就显得人为痕迹过重，但《矸》剧仍不失为一部优秀戏剧作品，它以其深沉、质朴、浑厚有力的主题立意，流畅激荡的画面，宏大的思想容量和丰厚的表现内涵，打造了一出别开生面、情致饱满的现实主义力作。

第三节　先锋戏剧

进入21世纪后，先锋戏剧在市场经济影响下，一改之前远离社会的边缘姿态，开始拥抱大众和市场，商业化属性日渐增强，甚至成为时髦的文化消费品。1999年，孟京辉的《恋爱的犀牛》上演，在票房上大获成功，这一现象级演出将先锋戏剧的发展推向了一个新的巅峰，同时也让人们发现了戏剧盈利的可能。之后，又有黄纪苏编剧、张广天导演的《切·格瓦拉》，几乎在同一时间上演的林兆华和田沁鑫排演的不同版本的《赵氏孤儿》、过士行编剧的《厕所》等，均在社会上收获了不俗的反响。消费主义的盛行与大众文化的兴起驱使着先锋戏剧走下高蹈的舞台，这使得先锋戏剧面临着现实和理论上的双重困境。面对市场，导演退居其次，观众成了第一要义；原本定位为远离市场和商业、带有实验性质的艺术形式也在商业化的运作中逐渐失去了"探索"的意义。"先锋"逐渐沦为时尚标签，先锋精神的探索出现钝化。如何平衡商业性与艺术性的关系，这成为21世纪先锋戏剧仍待处理的问题。21世纪的先锋戏剧虽然商业属性强化，但是其内容与形式在一定程度上仍然延续了以往的先锋特质。先锋戏剧在吸收外来文化要素的同时仍然保持着本土化的策略，用戏仿、拼贴、改变主题、续写、移植等方式为戏剧增添本土内涵；主题上多关注爱情、死亡、复仇等话题，喜剧性、荒诞性有增无减，符号化成为新的艺术特点；形式上的先锋主要体现在话剧语言的处理上，语言从载体成了内容本身；与观众的互动、新技术的运用也是先锋戏剧追求先锋的手段。

一、孟京辉

孟京辉（1964—　），出生于北京，孟京辉本是北京师范大学中文系的学生，大学毕业后出于对戏剧的热爱，参与了牟森改编的荒诞派戏剧《犀牛》，以此为首秀，孟京辉正式登上了戏剧的舞台。1988年孟京辉就读于中央戏剧学院导演系。1990年，孟京辉在中戏执导了自己的首部话剧《升降机》。1993年，他凭借自编自导的话剧《思凡》，获得中国小剧场戏剧展优秀导演奖。此后，孟京辉佳作频出，《我爱XXX》《爱情蚂蚁》《坏话一条街》《一个无政府主义者的意外死亡》《恋爱的犀牛》《盗版浮士德》《琥珀》《两条狗的生活意见》等都获得了社会的广泛关注，其中1999年排演的《恋爱的犀牛》更是话剧史上的一次历史性的演出，它创造了一次"票房神话"。

孟京辉的先锋戏剧可以粗略分为两个阶段，1998年从日本回来是其创作的分水岭。在此之前，初出茅庐的孟京辉对当时国内的戏剧形式深恶痛绝，他以"非主流"为口号，模仿西方的荒诞戏剧，把戏剧当成是一种个人思想情感和艺术追求的表达载体，在自己的艺术探索中逐渐形成了融理想、思考、叛逆、戏谑于一身的实验戏剧风格，这种"个人风格化"的戏剧形式把探索戏剧的革命浪潮推到了顶端。情节上的戏拟与拼贴、语言上的调侃以及动作上的游戏性是孟京辉常用的创作手法。孟京辉此时创作最显著的特征是荒诞、实验性强，他毫不在意自己的戏剧是否能被观众所理解并接受，在强烈个人色彩的戏剧创作中逐渐形成自己独具一格的"孟氏风格"。从日本考察回国后，孟京辉开始转变戏剧观念，觉得自己的戏剧创作不能仅仅局限在小圈子内，而应该走入群众与更多人交流。由此，孟京辉改变了自己的先锋策略，开始注重观演关系，其先锋戏剧的创作也从"小众"走向了"大众"，接连创作出《坏话一条街》《一个无政府主义者的意外死亡》等作品。从《恋爱的犀牛》开始，孟京辉将规范的商业运作方式带入自己的戏剧运作之中。此时孟京辉的戏剧创作呈现出以下几点新变：思想主题上由反叛转向消解崇高，戏剧形式上由实验走向了保守，市场运作上由民间边缘转向商业运作。

《恋爱的犀牛》是孟京辉最具代表性的作品。在这部戏剧中，孟京辉以强烈的形式感、狂放的想象力和毫无顾忌的戏谑搞笑，讲述了两个在爱情上带有偏执倾向的年轻人的恋爱故事以及他们对现实对人生的态度。剧中的男主角马路是犀牛饲养员，他爱上了心中已有别人的女孩明明。为了获得明明的欢心，马路努力改变着自己，比如天天洗澡、换袜子、学习电脑、掌握时髦技术、学习恋爱倾诉等等。他对其他女孩也都失去了兴趣，因而遭到了同伴的嘲笑，认为他不懂得明智的选择，仿佛是人群中的犀牛，暗指他是人类中的异类。但是，无论马路做多少努力，也不管他有多么深情，都不能撼动明明对另一个男人陈飞的真心，而明明在陈飞面前也就像马路在她面前一样卑微专一。最后，陷入癫狂状态的马路以爱情之名绑架了明明，并在明明面前亲手杀死了与自己亲密无间的犀牛图拉。孟京辉在剧中保持了其一贯的风格，如诗意化的台词、简洁的舞台布景、强烈的形式感以及充满戏谑幽默的语言等，使整场话剧充满游戏感，在关注社会现实的过程中与时代保持着一种距离，用反讽、黑色幽默和激烈的手法，在戏中体现出了一种诗意和激情。同时，戏剧的配乐加强了该剧的音乐性和节奏感，渲染了剧中的情景。此剧一问世，就受到了广大青年的追捧，观众透过男主角与女主角在爱情中的痴狂与偏执看到了自己的影子，并配合着现场的音乐音效产生了强烈的情感共鸣。《恋爱的犀牛》的成功，其中很大原因是观众被剧中两个偏执的人对于爱情的坚持和忠贞所感动，两位主人公做着现实中很多人都不敢做的梦，用他们自己的行为宣告着爱情的存在，唤醒了人们心中沉睡已久的真情、理想和信念。除此之外，它的成功还在于戏剧所呈现出来的舞台艺术表现力。孟京辉用舞台讲故事，用音乐帮助戏剧发展，从而使戏剧的感染力更上了一个层次，使其在口碑和票房上都得到了观众的双重认可。

《两只狗的生活意见》是孟京辉21世纪的一部重要作品。和孟京辉大多数小剧场话剧一样，《两只狗的生活意见》不讲究情节构成，整部话剧其实就是两只从乡下来的狗进城之后的一个个生活遭遇的片段。两只狗进入大城市本来是为了寻求更加快乐的生活，到了城市后却发现实际生活与他们所设想的生活截然不同。该剧以狗的视角剖析现实社会，展示人类社会中种种弊端，表现了现代社会中的生存难题，表达出现代人辛酸的生活状态和空虚的精神面貌。全剧在一种流行、时尚、亲切、叛逆、开心、狂欢中尽情演绎着青春的骚动与愤懑。它既拿现实任意开涮、针砭时弊，却又嬉皮笑脸地与现实保持一定的距离。该剧的剧本具有很强的灵活性，会根据不同地方的文化背景对台词进行修改，这让与现实生活、城市文化紧密联系的它常演常新；拥有喜剧外壳的悲剧表现了现实与理想的不断冲撞，展示了妥协与抗争的生存困境，引发了观众强烈的共鸣；表演的演员真实而夸张地捕捉到都市中青年的情绪特点，用出色的台词功底和高超的肢体语言对戏剧进行多角度的演绎，比如唱歌、击鼓、表演哑剧、进行各种各样的模仿，在表演过程中还与观众进行积极互动，增强了戏剧的表演性与感染力。整台演出仿佛意味着年轻一代正在用他们的身体、他们的直觉、他们的恶搞和无厘头冲破那种日渐变得僵硬的八股式传统戏剧的桎梏，形成一股新的剧场表演潮流。该剧在多个城市巡演，被视为"2007年度最成功的小剧场话剧"。

二、林兆华

林兆华（1936— ），天津人，1961年毕业于中央戏剧学院表演系，后进入北京人民艺术剧院，曾任北京人艺副院长。林兆华从1970年代末开始担任导演，1980年代中期开始受邀至海外演出，导演了《绝对信号》《车站》《野人》《鸟人》《棋人》《樱桃园》《赵氏孤儿》《哈姆雷特》等70余部作品。

林兆华的戏剧思想有过几次重大的转变，20世纪80年代初期他从现实主义戏剧转向先锋戏剧，而这一切起自于与高行健的合作。当时，高行健创作的剧本与人们熟悉的现实主义戏剧观念背道而驰，没有动人的故事情节，更没有复杂的人物性格和激烈的矛盾冲突，被断言根本就不是剧本，但这些不按传统套路写就的剧本激发了林兆华的创作激情。1982年，林兆华排演高行健的《绝对信号》取得巨大成功，后又继续合作排演了《车站》《野人》，这几次实验脱离了现实主义的戏剧传统，舞台上的景、光、音乐都具有独立的欣赏价值，一度被认为中国终于有了自己的先锋戏剧。虽然林兆华不愿意用先锋二字来形容自己的小剧场戏剧，但不可否认的是，林兆华的导演思想具有强烈的先锋意识。

林兆华提出"导演的第二主题"概念，让戏剧"不完全照着剧本走了"。传统的现实主义戏剧常常以剧本的思想为表达目的，所以常常出现"戏抬人"的局面——能否导出好戏取决于是否有好剧本，戏剧的重心被放在了剧本上。而林兆华却认为剧本原本的意义其实并不重要，导演除了剧本内容还应该要有自己的主题，要借助剧本来表达戏剧导演自己的思想，注重从原剧作中引申和阐发与当下生活相关的新资源。这一概念的提出，将"导演"和"演出形式"紧紧联系在了一起，导演成了决定戏剧好坏的关键因素。而林兆华提出的"表演的双重结构"则是对演员提出的要求。现实主义戏剧的表演要求演员把"假"的当成"真"的来演。而林兆华要求演员要直面这种虚假，并且在戏剧艺术的虚假本质上重新构筑了演员的表演体系：演员在舞台上不但需要扮演好角色，还要有自我，能超脱出角色的束缚表达出自己对人物和客观世界的态度，演员要能在角色、自身和评判者等不同身份中穿行。

20世纪90年代林兆华导演的《哈姆雷特》是中国最具先锋实验精神的戏剧之一，林并未对原著内容做出重大改动，讲述的还是哈姆雷特为父复仇的故事，但他对《哈姆雷特》进行了全新的阐释。林兆华将舞台打造为老旧失修的工厂，用灰暗的麻布铺满整个舞台，破旧积灰的风扇和左右两旁的机器偶尔发出机械声，演员们身着简朴得略显寒酸的衣服，留着现代发型，丹麦的王座也仅是用一张老式理发椅代替，将莎士比亚时代的贵族阶级一下子拉到了当下的寻常百姓之中。在人物的塑造上，通过角色互换的表演方式削弱了对哈姆雷特的塑造，增强了克劳狄斯这一角色的复杂性，取消了"鬼魂"的角色扮演，还将"墓地"作为独立的乐章贯穿全剧，象征意味浓厚。林兆华版的《哈姆雷特》结合当时的社会现实和文化精神赋予了原作新的解读，创造性地表达了"人人都是哈姆雷特"的主旨，重新诠释了《哈姆雷特》的思想。

21世纪后，林兆华又相继改编导演了《故事新编》《赵氏孤儿》《理查三世》《大将军寇流兰》《仲夏夜之梦》等。在排演《故事新编》时，林兆华让演员从鲁迅的《故事新编》中任意选择台词进行即兴表演，演员的台词和动作都是即兴创作的。在《理查三世》中，林兆华借鉴传统戏曲表现手法，试图建立一种"说书人的叙述"，让理查三世的扮演者多次跳出角色身份，并以角色之外的身份对其所作所为进行点评。在《赵氏孤儿》中，林兆华则实践了"人物对观众的叙述"，演员在对话时其眼睛不是看向对方，而是紧盯观众，将人物的对白转换为对观众的讲述，观众成了两位演员之间的中介。经过观众这个中介，台词中的情感被淡化了，演员的冷静的状态表达了"杀人不见血"的第二主题。林兆华有意识地借鉴中国传统戏剧精神和表现形式，打破了现实主义戏剧中台词和非语言表演之间的"一致"关系，深化了对先锋戏剧的探索。在主题上，《赵氏孤儿》将当代价值观念和古典悲剧巧妙地融为一体，对该剧传统的复仇主题进行改造。不同于田沁鑫版通过程婴形象呼唤"大义"，并使意外失父的孤儿发出存在主义式的追问，林兆华的版本不重在对人物善恶道德的评判，而是突出人物在特定环境下的特定选择，剧中的赵孤因为养育之恩不愿复仇，戏剧着力表现主人公人生的两难抉择，让该剧从传统的"忠义"模式中跳出来，这是站在现代思想角度对传统伦理的颠覆。

第四节　变革中的戏曲

　　21世纪戏曲中的历史剧与传奇剧仍保持不错的创作态势，一批在八九十年代积累了大量艺术经验的剧作家，如郑怀兴、周长赋、王仁杰继续向剧坛输出优秀的剧作，不少戏曲剧本结合新的时代背景和人文思想进行了创新。21世纪以来的戏曲历史剧依然强调思想性，注重对历史的反省和思辨，但同样受到市场化、商业化、娱乐化的影响，视角转向历史人物隐秘细碎的个人情感，在讲述重要历史事件时加入对情感与人性的挖掘。这一时期产生了许多优秀的历史剧剧目，如京剧《康熙大帝》《建安轶事》、昆剧《公孙子都》、桂剧《大儒还乡》、晋剧《傅山进京》等。一些由民间故事或古典小说、剧本的改编的古代传奇剧也产出了许多杰出的作品，如昆曲青春版《牡丹亭》，昆曲《红楼梦》与莆仙戏《踏伞行》等。

　　21世纪戏曲现代戏也出现了思想与艺术俱佳的作品。2016年第十五届文华奖中，获奖的五部戏曲中的四部均为戏曲现代戏，它们分别是豫剧《焦裕禄》、评剧《母亲》、淮剧《小镇》、现代京剧《西安事变》；第十六届文华奖的获奖的戏曲剧目也多为现代戏，包括秦腔《王贵与李香香》、豫剧《重渡沟》、苏剧《国鼎魂》、河北梆子《李保国》。这些剧目的成功离不开政府主管部门的鼓励和强调，也尚未完全剥离与主流意识的亲密关系，但在内容和形式上都有了发展和突破。首先从思想内容上看，21世纪戏曲现代戏仍然紧贴时代的脉搏，传达符合主流意识形态的价值观，但不再以二元对立思维塑造人物，展开冲突，而是以更加实事求是的态度和多元化的思维看待问题，体现了改革开放以来的思想进步。其次，从艺术追求来看，21世纪戏曲现代戏逐渐走出简单化和单向度的人物塑造模式，更多从人性角度切入，开拓人物的内心世界和异常的心理状态，显示了21世纪戏曲现代戏对人的认识与理解的加深。最后，从创作实践来看，戏曲现代戏的原创和改编在21世纪皆有亮色，出现了一批优秀的剧本，其中既有基于编剧深厚功底的原创剧本，如陈彦创作的秦腔《西京故事》，也有从卷帙浩繁的中国现当代文本中吸收养分的改编剧本，如豫剧《焦裕禄》。21世纪戏曲现代戏仍存在诸多待突破的方面。多年盛行的工具论导致戏曲现代戏很难完全遵循艺术规律创作，如何处理好当下现实题材与戏曲成熟的表现方式之间的关系；如何走出固定观众圈子，与更广泛的人群建立紧密纽带等问题，都有待进一步思考。

一、郑怀兴的《傅山进京》

郑怀兴自20世纪90年代以来创作不断，除了1991年创作的现代戏《长街轶事》外，他创作的基本是历史剧和传奇剧，主要有《要离与庆忌》《戏巫记》《王昭君》《上官婉儿》《傅山进京》等，尤以晋剧《傅山进京》影响最大。

《傅山进京》的故事发生在清朝康熙前期。清政权为了笼络人心征召傅山进京，傅山不肯应召，称病躲避。但朝廷声称将治傅山叛逆罪，株连全家。在这种情况下，傅山不得不妥协进京，但却穿上了朱衣上路。行至宛平，傅山不肯再前行，偏要住在简陋荒凉的小庙圆觉寺。康熙皇帝玄烨早已了解傅山，两人虽没见面却一直在进行着心理的较量。傅山认为玄烨以功名笼络士大夫，把野鹤驯化为鹦鹉，因而步步为营，不肯就范。玄烨无奈，竟微服夜访圆觉寺，拿着他所书"福"字来请教傅山，傅山借论书之机对康熙一顿奚落和揭露，批评他的书法学的是赵孟𫖯和董其昌，"未得正脉，难登逸品"，而当今朝廷推崇这两个人，是想逐渐摧毁中原士大夫之气节，培养天下读书人的奴性。从气度上傅山已猜出来访者为何人，但他没有毫的惧怕和退让，两人表面在论书，实质却是一场刀光剑影的人格和思想的搏斗，傅山的气节和见识已使玄烨佩服和欣赏。玄烨的最后一招是让傅山参加博学宏词的殿试，不料唯有傅山不到考场。玄烨再退一步，不参加考试仍授其中书之职，这样，傅山需要到保和殿朝拜谢恩，傅山仍不肯来，被连人带床抬到午门。皇帝说那就在午门跪拜谢恩，傅山仍不从命。他被人拉着去跪拜时跌倒，身边的人趁机说傅山已经谢恩，两方的面子都得以保全。玄烨最后下令放傅中书回归故里，颐养天年。傅山脱下朱衣，对陪同的孙子说："走，回太原去！"

《傅山进京》是应山西太原市青年晋剧院的邀请而作，邀请方意在纪念、宣扬地方名人。该主人公傅山是清初六大家之一，在诗、书、画、医多个领域都有杰出成就，又在明亡后武装抗清，其人格更为当世和后人所景仰。作者没有把剧本写成时跨数十年的传记剧，而是截取其晚年拒绝清廷征召这一件事，简洁明快地把他的人格和精神表现出来了。傅山拒召的思想根源或理由是该剧戏剧冲突的动力源泉，也是要表现的主题。拒召的思想由相互关联的两部分组成：一是亡国之痛激发的民族气节。作为明朝的臣民，清廷用暴力和吓唬让他屈服，傅山不能抵御和改变这一现实，但至少要保持不合作的态度。因此，傅山无奈进京时要特意穿上朱红衣服，以表明态度。被强行抬到午门时，傅山心中充满悲怆的故国之思："午门依旧朝代换，身边不见汉衣冠！多少忠魂萦午门何曾消散。与傅山泪眼相对不忍看！"他一再拒绝入宫就是"不甘俯首来称臣"。二是剧作重点表现的思想，即拒绝奴性，且不惜以生命去捍卫和保持士人的独立和尊严。这种感情和第一种感情是相关联的。傅山已看到要"恢复汉衣冠"难上加难，身份上已经是前朝遗民，但在精神上至少要维持一个底线，那就是保持意志的独立和人格的尊严，不臣服于清朝体现的暴力和压迫。这显然是他忠于故国、怀念故国感情的一种表达，是对清朝的变相抵抗，而同时也具有一种普遍性意义，超越了明、清的对立和具体的政权国家。傅山说："傅山不怕杀，就怕跪。"认为朝廷强迫士人出仕是"要以功名笼络士大夫，把野鹤驯化为鹦鹉"。又说"功名利禄相诱惑,只恐鸿儒变奴儒"。傅山的孙子也说:"伴行更谙爷秉性,一身正气耻为奴!"在和康熙帝玄烨雪夜论述时,傅山集中在人的品格和气节上,他说:"我始终不臣服岂恋明室,为的是把士人气节保全。"在此基础上,傅山总结出的历史规律振聋发聩:"明亡于奴非于满。"他感叹:"故都啊,风雨中你见证自古奴物毁江山!"而且严厉指斥了明统治者在毁灭士人尊严和人格上所犯下的罪行,他的这一思想甚至震撼了玄烨,因为这是普适的历史哲理。由于对个人的价值和独立意志的背定,对皇帝、对强权者也就没有了迷信,得出了人人平等的结论:"天下者,非一人之天下,乃天下人之天下也,就是市井贱夫也可平治天下。""皇帝草民本平等,身虽贫贱骨铮铮。""纵是玄烨待怎样,李白视帝王如平常!"这样的思想虽然产生于明朝的思想家,但今天听来仍然发人深省。

二、陈彦的《西京故事》

陈彦(1963—),陕西商洛人,作家、剧作家,1981年开始进行戏曲现代戏创作,涉及花鼓戏、眉户、秦腔、评剧等多种地方剧种,主要有《迟开的玫瑰》《大树西迁》《西京故事》(合称为"西京三部曲"),《大河村纪事》等戏剧作品,三次获"曹禺戏剧文学奖"。著有长篇小说《西京故事》《装台》《主角》《喜剧》,小说《主角》获第十届"茅盾文学奖"。陈彦以强烈的现实主义精神见称于当代剧坛,其现代戏创作面向当代生活题材,展现世俗生活中"小人物"五光十色的生活图景,从中挖掘流淌在日常生活中的动人情感和普通百姓身上的精神特质。

秦腔《西京故事》是陕西省戏曲研究院2011年推出的大型秦腔现代剧,该剧获得了第十四届文华奖,讲述的是民工罗天福一家人进城寻梦,谋求改变命运的故事。故事围绕进城务工的罗天福展开,罗天福年过半百,是个勤劳朴实、善良厚道、坚韧乐观的农民,他曾经当过民办教师和村长,并非目不识丁。他的一双儿女在西京城上重点大学,日常生活以及学费开支对于一家人来说是沉重的负担,然而他拒绝卖祖辈传下来的树龄六七百年的两棵古紫薇树,因为他坚信依靠踏实的劳动照样能支撑儿女完成学业。因此他与妻子和一双儿女进西京城,靠打"千层饼"的手艺挣钱。罗天福进城后,承担着一家四口的衣食房租和两个大学生每年两三万元的学费等经济压力。剧目没有停留在仅仅表现底层农民工经济困顿的生存状态,而是探讨了更为深入的价值取向问题:诚实劳动与一夜致富的抉择。这组矛盾背后所映射的,是对传统优秀道德和民族精神的坚守。围绕这个问题,陈彦在剧中设置了多组矛盾,以人物行动发展的对比来呈现作者的个人态度和价值取向。首先是罗天福与儿子罗甲成的对照。父亲罗天福是老实的农民,他拒绝卖掉祖传的每株三四十万的紫薇树,实际上就是拒绝了一夜致富的诱惑,选择靠自己诚实的劳动来支撑眼前的艰苦生活,他身上流淌的是中国农民勤劳淳朴的精神血液。罗天福的女儿罗甲秀是这种传统美德的传承者,她上进、懂事、体贴父母,靠当家教和捡废品补贴生活费以减轻父母的负担,显然她的精神是和父亲罗天福一脉相承的,他们身上凝聚了陈彦在剧作中肯定的正向价值,即用勤劳的双手踏实的劳动获取生活所需。这组矛盾的对立面是罗天福刚上大学的儿子罗甲成，罗甲成聪明好学、自尊心强，然而却心浮气躁、爱慕虚荣，他因为家里无法给他好的物质条件而心生埋怨。因为贫穷，罗甲成感到被人怜悯，在爱情上失意，又因不择手段竞争学生会主席被取消资格，自尊心受到严重伤害。他和父亲爆发激烈冲突，埋怨父亲没有卖掉家里的紫薇树一夜致富，没有给他体面的生活，他为了逃避窘迫的现实，弃学远走他乡，到一个不见天日的黑煤窑打工。罗天福的父子矛盾是剧中的主要冲突，不仅推动故事发展，也反映了陈彦对于靠劳动生活的中国普通老百姓的肯定和同情，对中华传统美德和勤劳精神传承的希冀。与此同时，陈彦还在剧中设置了另一个家庭作为罗天福家庭的对照，以深化矛盾和冲突，即戏剧的副线——房东西门锁一家。西门锁一家之所以能过上富裕的生活，是西门锁当村干部的父亲倒行逆施，通过不正当的手段把中村的村办企业倒腾进了自家名下，并非通过自己勤劳的劳动所得，但是罗天福并不羡慕西门锁一家的富裕生活。通过两个家庭的对照，陈彦深化了普通劳动者身上的精神特质，突出了作品所提倡的勤劳致富的正向价值。围绕着罗天福，陈彦还在《西京故事》中还展现了另一群普通劳动者——大杂院里的民工集体的故事，他们同样追求着"西京梦"。这些"窗口式"人物，展示了"五光十色的平民生活"，勾连起复杂的社会关系和精彩的生活场面，陈彦在戏曲中展示他们各自的灵魂嬗变和人格追求。这也是《西京故事》的最具特色的部分，用细腻的笔触勾勒底层百姓的生活情状，使剧情真实可感也更加触人心弦。

拓展阅读：

1. 孙惠柱：《第四堵墙：戏剧的结构与解构》，上海书店出版社2006年版。
2. 张仲年：《中国实验戏剧》，上海人民出版社2009年版。
3. 黄会林：《中国百年话剧史稿》（当代卷），北京师范大学出版社2009年版。
4. 孟京辉编：《先锋戏剧档案》，新星出版社2010年版。
5. 陶庆梅：《当代小剧场三十年（1982—2012）》，社会科学文献出版社2013。
6. 吴保和：《中国当代小剧场戏剧》，上海远东出版社2016年版。
7. 徐健：《时代、审美与我们的喜剧：新世纪以来话剧文化观察》，中国戏剧出版社2018年版。
8. 马亚琼：《中国当代儿童戏剧研究》，作家出版社2019年版。
9. 傅谨：《当代中国戏剧批评史》，中国社会科学出版社2019年版。
10. 胡星亮：《中国话剧与民族戏曲艺术：古今传承研究》，北京师范大学出版社2022年版。

问题与思考：

1. 21世纪话剧创作题材的转型。
2. 21世纪先锋戏剧的新变。
3. 孟京辉戏剧的先锋性。
4. 郑怀兴《傅山进京》的主题思想。
5. 李宝群《矸子山上的男人女人》的主题意蕴与艺术表现手法。

第三十三章 台港文学

第一节 概述

一、乱象丛生的台湾文学

战后的台湾诗史，从1960年代中期起逐渐形成了以"中国坐标"和"台湾坐标"著称的两个对立诗派：

以"创世纪""蓝星"为代表的现代诗集团。他们坚持"中国意识"，在艺术上或提倡新古典主义，强调新月派一类的"中国经验"，其中"创世纪"的中国经验表现为早期提倡的"新民族诗型"，后标榜"国际性"，到了1980年代末又提倡"大中国诗观"，重新回到早期的立场。

由本土诗人集结而成的"笠"诗派。他们由偏离到背弃大陆，由寻找到发现海洋，以美丽岛或"福尔摩沙"之名，在太平洋上建构自己不同于中原文化的"台湾坐标"。在艺术上，提倡"现代精神融合现实主义"，强调从乡土、本土出发的"台湾经验"。

这两大诗阵营泾渭分明的对峙，已有30多年的历史。尽管这对峙也有松动的时候，如当台湾政治天空由"蓝天"变"绿地"的政权和平转移后，这两个诗派在新世纪的对峙已由显性转为隐性，由热战变为冷战，由对抗变成交叉，但他们之间政治信仰的差异和诗坛权力的争霸，毕竟构成了20世纪末以来岛内诗坛论争不休的主线。

"泛蓝"阵营是民进党执政后特定的选民结构、政治文化和政治生态综合作用下的产物。"泛蓝"诗人在解除戒严前写的"乡愁诗"以及"解严"后写的"探亲诗"，其基调为：不能因五十年的分离而抛弃五千年的中华文化，两岸不应分裂而应逐步走向统一或维持现状。

在2000年国民党"仓皇辞庙"，"蓝天绿地"的政治格局正式形成后，"泛蓝"诗人写有嘲讽或批判劣质选举文化的诗作。尤其是在2006年，当百万"红衫军"怒吼，向贪腐的陈水扁"政权"挥戈时，"创世纪"的张默、管管、朵思、碧果等人一起上阵，以愤怒的诗弹射向"总统府"。另一些"泛绿"诗人则写了一些动用抹红、抹黑、抹黄手段讽刺和批判倒扁总部总指挥施明德的诗。

本来，诗是圣洁的艺术，不应沾上政党的色彩，但知识分子的使命感、责任感，使诗人们不愿躲在象牙塔内吟唱，他们希望通过诗歌创作或其他形式参与变革现实生活，这是不争的事实。

在小说创作上，黄凡对台湾因统独斗争产生的政治乱象反映得最得力。他在 2003 年出版的《躁郁的国家》，共有十三章，每章伊始，即有一生致力于反体制的黎耀南写给"总统"的信。这些信件涉及统独斗争、朝野争斗、经济问题、选举不公、权力角逐。作品毫不讳言说政客得了躁郁症，此症"传染"给全社会，因此整个"国家"成了躁郁之"国"，然后从躁郁走向疯狂。这一预言已被后来的政党轮替出现的黑金横行、黄钟毁弃、道德沦丧等众多奇诡现象所证实。黄凡的另一长篇《大学之贼》，通过高等学府充满人事权力斗争的黑色喜剧，讽刺了当今台湾社会存在的种种问题。

和黄凡的《躁郁的国家》相呼应，张启疆 2006 年发表的短篇小说《哈罗！总统先生》，不仅让读者看到台湾的政治本质就是一出骗术或一场梦幻，而且还通过"博爱特区"、"管制区"、"隔离区"和"不分区"，让大家看到"鬼脸"时代的种种疯狂行为。作者以"嘲讽冷冽的笔法"取代过去"含蓄影射手法"，使"小说反政治"的力量得到强化。原以科幻小说饮誉文坛的黄海，于 2004 年推出新作《永康街共和国》，写社区公投时，全区人民一致通过社区独立的议题，其中所写的黄、黑、绿之色狮子旗，表现了民众普遍希望过一种没有黑道袭击、色情入侵和环境污染的和谐社会。

和黄凡的创作走不同路向的是年轻作者。这是一个心中只有"小我"唯独没有"大我"的世代。他们注重的不是社会问题或政治乱象，而是自己的"肚脐眼"或隐私行为。表现在题材上，不是情欲开放、同性爱恋，就是雌雄一体的崇拜。在表现手法上，不是嗜好独语，就是用拼贴方式。社会描写淡化，情节不连贯和不可信，人物塑造肤浅，主题生涩得叫人难以下咽。

再现经典或重塑经典，是一种诠释权的确立，这不仅关乎文学也涉及政治。典型的例证是在本土化高唱入云的年代，由于民进党掌握了资源优势，作为塑造经典重要手段的作家全集出版，均以本土作家为主，如《陈千武诗全集》《詹冰诗全集》《钟肇政全集》《李魁贤文集》《李荣春全集》《洪醒夫全集》，另有皇民作家《王昶雄全集》《周金波集》。《台湾文学年鉴》也来了个大换脸，由"台湾的文学年鉴"变成名副其实的"台湾文学年鉴"，其报导所记载的均是有特殊含义的"台湾作家"的动态和史料。工具书本不应有政治色彩，但自从改由独派评论家彭瑞金主持后，"年鉴"的功能和性质发生了根本性的变化。

在再塑经典方面，洪范书店推出六册《陈映真小说集》，其中《归乡》《夜雾》《忠孝公园》，是陈氏停笔十多年后的新作。在这三个中篇里，陈映真持续发掘人的灵魂和书写被扭曲的意识，尤其是作品中所高扬的反"台独"的爱国主义精神，令人肃然起敬。这些作品，是时代的灵魂之镜，可惜这个时代的政客已越来越怕看到镜中自己的真面目。

在世纪交替之际，某些人在精神上始终无法摆脱从世纪末传染来的颓废情调，致使自杀成为台湾文坛的一个重要景观。邱妙津于 1995 年在巴黎自杀后，2003 年又有自缢身亡的黄国峻，以及于次年让生命时钟关闭的《FHM 男人帮》杂志总编辑袁哲生。他们提前离开这个令人烦扰的尘世，给文学界带来巨大的震动，促使人们重新审视已存的文坛秩序和作家生存的意义。

陈映真曾批评20世纪80年代后期的台湾青年奢靡、颓废、虚无谴责他们完全背弃了老一辈的理想主义尊严。其实，这种颓废、虚无在60年代存在主义风靡台湾时就出现过。不过，两者有本质的不同："80年代后期开始出现的'新人类'现象与60年代的苍白少年最大的不同在于：后者是白色恐怖政治下社会气氛低凝中，从外面移植进来的无可奈何；而前者却实实在在是台湾社会财富累积冲倒了原有道德格局，不得不然的本土现象。"另一不同之处是"新人类"的作品带有浓厚的感官色彩。① 如邱妙津喜爱写夹带情色的个人隐私，写用金钱换来的官能刺激。

在轻生厌世的作家观念中，死亡是现存的一种无可取代的最后可能性。和西方诗人里尔克、荷尔德林一样，出生于小说世家的黄国峻，从世纪末开始就被死亡的恒久而巨大的阴影所笼罩。当黄国峻生命之火猝然熄灭时，袁哲生曾写过悼文《偏远的哭声》。想不到过了一年，以外省的第二代之姿挑战河洛话乡土书写的这位优异小说家，不再"留得春光过小年"而接过黄国峻的"棒子"，又用自己的高贵生命去烛照生存的虚无。他的自杀再次昭示了生命的悲凉，同时意味着小说家形象的永远完成。正因为在有限的时空里猝逝，所以这几颗突然陨灭的耀眼之星，留给人们的将是永恒的思念。

新世纪的散文创作，文坛常青树宝刀不老，如琦君、张拓芜、王鼎钧、东方白、林文月、张晓风、曹又方、刘克襄、陈映真、蒋勋、古蒙仁，持续有新书问世。吴文超、柯嘉智、凌性杰，则以其新锐散文显出接棒态势。另有医师出身的黄信恩，其作品绵密有情，结构严谨。国文系科班出身的赖钰婷，作品富于本土色彩，基本功扎实。《联合文学》《野葡萄文学志》所策划的有关专题，颠覆了传统散文的写法，与流行文学区分开来。此外是各种各样的散文选集如"医疗散文""知性散文"的出版，满足了大学课程的需要。十五巨册《张秀亚全集》的出版，则是2005年散文界最重要的亮点。

与"蓝天绿地"的政治生态有关的是和"中国文学系"平行的"台湾文学系""台湾文学研究所"继世纪末后在许多大学纷纷建立。以本土作家为主要研究对象的学报和评论刊物接连创刊。台湾文学史书写中的国族认同问题引起激烈争辩。2001年，还发生了引起全岛抗议的《台湾论》汉译本事件。《台湾论》由日本评论家小林善纪用漫画的方式，表达自己在台湾这个所谓"国家"中看到了在自己祖国已消失的"日本精神"。书中对推行"台独"路线的李登辉万般美化和吹捧，而对反日的统派人士及祖国大陆作无情的抨击。此书出版后，"泛蓝"人士不是撕书就是在台湾最大的诚品书店前烧书，并推动拒买、拒读、拒作者入境的一连串活动，可由于有"台独"势力的支援，《台湾论》不仅没被打压下去，反而成为年度畅销书的头一名。事件结束后，前卫出版社出了有关这一事件的《台湾论风暴》，而统派陈映真主持的人间出版社却出版了批判《台湾论》的专书。

---

① 杨照：《文学的原像》，联合文学出版社1995年版，第120页。

当然，新世纪的台湾文学创作也有与乱象丛生无关的特别是不涉及政治的，如张默、孟樊的旅游诗和林明理的诗画，这里从略。

二、后殖民语境下的香港文学

谈香港文化不能离开殖民统治背景。21世纪的香港虽然不再有殖民者，但殖民时期留下的"遗产"非常丰厚。这表现在文化上，纯文学在急剧的社会语境中依旧处于边缘状态，"以通俗、娱乐为荣"的主流文化未有丝毫改变。正是在这种"以不变应万变"的情势下，香港的"新世纪文学"在后殖民环境下无重大突破，其创作特征与"九七"回归后并无本质不同。

"九七"并不是香港文学的分界点。当然，在回归前不少作家创作了以"九七"为题材的作品，但香港治权移交中国后，香港并没有发生翻天覆地的变化，至少"英皇道"没更名为"人民道"，"维多利亚公园"未变成"解放公园"，这就不难理解为什么以回归为题材的作品在减少。作家们像过去那样对政治、对社会变迁持一种漠然的态度，如新千年前后在香港发生的亚洲金融危机、香港居留权问题、"非典"肆虐的社会事件，许多作家均视而不见，仍我行我素写自己感兴趣的题材。这种情况的造成，是因为长期以来，香港作家习惯了有高度言论自由、创作自由却无法参与政治的无民主状况，故"政治冷感"一时难以改变。另一方面，严肃文学创作一直处于不景气之中，作品读者少，无法在社会上造成震动，故作家只好写个人生活或局限于"力比多"之中。这种不是"向外看"而是"向内转"的倾向，正如有的论者所说，与香港社会多年的殖民化有内在的联系。① 具体来说，本土意识弱化的作家们恢复原先写男女情爱和日常琐事，情色小说在这时尤为流行。如曾以《失城记》走红的黄碧云，"九七"后写的《桃花红》《无爱记》，便属七情六欲的文字。里面表现的欲魔情魔和幢幢鬼影，读之心惊肉跳。其中写的所谓"九七"大限已不再是恐惧的代名词。王良和的《鱼咒》所叙述的是成长过程中的性爱经验，萌动的春心与父女情结交汇在一起。余非的《煮一碟意大利粉的时间》所写的女商人关玲，所关心的是如何赚钱，如何获取更多的个人利益，至于政治和社会的变动，均不在她的视线之内。② 罗贵祥的《有时没有口哨》，写一对男女在旅途中各奔东西的经历，所采取的是仅有段落划分而无章节的"对倒"形式，和他的后现代诗手法相似。文学新人葛亮的《迷鸦》，写的是一则宿命的故事。在他笔下，佛教中的八苦四谛，总呈感伤状。作者原想给这篇小说涂上一层喜剧色彩，后被残酷的现实所掩盖。这种排除了传奇色彩的故事，符合生活真实，更使人觉得这种故事常在自己身边出现。

从刘以鬯到陶然，从黄仲鸣到陈宝珍，均喜欢改写古代故事。这种"故事新编"，在新世纪仍然流行，其主旨仍离不开借古讽今，如伊凡的《女娲织网》、黄劲辉的《最完美的故事——荆轲刺秦王》、黄仲鸣的《聊斋故事演绎》。微型小说这时也比过去活

---

① 赵稀方：《后殖民时代的香港小说》，《香港文学》2007年7月号。
② 赵稀方：《后殖民时代的香港小说》，《香港文学》2007年7月号。

跃，主要作者有东瑞、阿兆等。

如果说21世纪的文学与世纪末的文学有什么不同，那就纯文学与俗文学不再像过去那样壁垒分明。受现代派、后现代主义、后殖民主义影响的严肃文学作家，为追求市场效应，在大众媒体上发表散文时"扮俗"：注重可读性和娱乐性，而以通俗著称的作家为使文章短小精悍，常常"装雅"：省略主语，留下不少空白让读者思索。专栏文字比以往减少，尤其是文学性的"框框杂文"所占的比例越来越少，这与影视文化尤其是网络文化的"入侵"，有很大的关系。

"九七"前曾有学者预言，香港文学由于与内地文学加强互动和交流，香港文学可在内地得到更大的发展。可由于内地文学市场化，再加上内地文学品质在不断提高，故香港文学在流通方面并没有多大的突破。读者少、市场窄，这不是短期之内能解决的。

新世纪的香港新诗，对过去猜测回归后的变化及由此带来的不安与恐惧感，几乎成了被遗忘的记忆。多年写诗未结集的诗人出版处女诗集的在增多。这和特区政府继续执行对作家补助的政策有一定的关系。诗评集也比过去有起色，至少在整理香港新诗史料方面关梦南、叶辉做出重大的成绩。至于创作题材，仍以城市的咏唱为主，散文诗的创作尤为活跃。对诗的研究与推广，也比以往重视。

香港诗人分"本土"与"南来"两块。他们各写各的，彼此无视对方的存在，仍像过去那样不相往来。这两大创作群体虽不像台湾的"外省作家"与"省籍作家"那样矛盾冲突白热化和政治化，但其中确实潜藏着"香港意识"与"中国意识"的分歧和艺术观的重大差异。这时期曝光率极高的"南来诗人"，有尽情讴歌回归的王一桃，另有高产的新秀丽莎。

新世纪的香港散文，题材仍保留了多样化的趋势。无论是财经、科技，还是旅游、时尚、综艺，均在许多专栏作家的作品中出现。戴天的"港式专栏"仍坚持在写，比过去增多了时事评论。在香港新移民中，龙应台的杂文尤其引人注目。她发扬当年的"野火"风格，热烈地拥抱着自己所爱，毫不留情地抨击自己所憎。她不少以香港为题材的散文，对香港文化的主体性提出疑问，显示出作者锐利的目光。比龙应台更具香港文化身份的李欧梵《我的哈佛岁月》《清水湾畔》，刘绍铭的《文字还能感人的时代》，黄国彬的长篇散文《中大气象》，书卷气突出，文字清新感人。林行止有关财经的短论，文笔灵活松动。

在文学刊物方面，有充足经费作支撑的《香港文学》月刊，新千年后改由陶然接棒后，刊物的作者面有所扩大，内涵更丰富多彩，所坚持的仍是刘以鬯所开创的立足香港、面向世界的开放作风。先后受"艺术发展局"资助的刊物则有《当代文艺》《纯文学》《文学世纪》《香港诗刊》《诗网络》《文学与传记》《圆桌》《城市文艺》等。不过，一旦停止资助，大部分刊物只好关门大吉。香港作家协会主办的《作家》月刊及香港作家联会主办的《香港作家》，另有《香港文学报》《香港文艺报》，则靠自筹经费出版。受"艺术发展局"资助的文学评论刊物有已停刊的《香江文坛》及出刊不久的《文学研究》。这两个刊物对活跃评论尤其是强化香港文学研究方面，起了促进作用。

第二节 台湾文学创作

　　2004年3月的台湾地区领导人选举，实际上是一场"南北战争"，即北部的"泛蓝"（国民党）支持者占多数，而南部的民众大都是"泛绿"（民进党）支持者。这种南北分野的现象，早在20世纪末的台湾文坛就有所反映：一是以台北为基地，在城市现代化的导引下，延续中华文学的传统，创作具有鲜明中国意识的作品和色彩缤纷的都市文学；二是南部延续乡土文学的传统，用异议、"在野"文学特质与带有泥土味的"台语"创作小说、散文、新诗，书写他们的所谓"独立的台湾文学论"。

　　作为台湾政治经济文化中心的台北，从1950年代起，蒋介石就一直恪守一个中国原则，认为台湾是中国不可分割的一部分；在文化上，中国的人文传统一直规范着台湾文化，中原文化为台湾文学开启山林，注入风韵。在强势中国文化的支配下，"台湾文学不是中国文学"作为主旋律在台北难于演奏起来。就是到了90年代，"台湾文学"大有取代"中华民国文学"或"中国文学"的时候，台北还有一些作家坚持认为只有"中国文学"没有"台湾文学"。如有，也是中国台湾省文学。以特立独行、见解不凡著称的李敖，就持这种观点。他完稿于1990年的长篇小说《北京法源寺》，表现了传统政治文化的极端反动和落后，宣扬了知识分子的历史使命感。在回答中国应走什么道路时，充满了忧患意识，有着鲜明的中国特色。此外，设立在台北的"中国文艺协会"的众多外省作家也是统派或接近统派。尽管也赞同或使用"台湾文学"一词，但在他们眼中，"台湾"是中性的地理名词，不含政治内容（本书所用的"台湾文学"一词，也是如此）。

　　国民党与民进党无论是党纲还是具体的政治实践，均有重大的不同，这在一定程度上决定了"台北文学"的政治色彩和作家队伍的成分：以统派居多。作为"左统"而非"右统"的陈映真，便是统派作家中的另类代表。他的中篇小说《忠孝公园》，以敏锐的嗅觉描写了民进党上台后沦为在野的国民党及其追随者的震惊和愤慨，字里行间贯穿着对独派的严厉批判。蓝博洲的报告文学和长篇小说《藤缠树》，施善继的政治抒情诗和散文《毒苹果札记》，也有鲜明的中国意识。台北不仅统派作家居多，而且全台湾的统派或具有中国意识的传播媒体、出版机构、文学团体几乎都集中在这里。即使独派势力在不断渗透，有些统派媒体也开始动摇甚至被招安，但台北仍然是当下统派文学家的大本营。以弃笔从政的龙应台而论，她在当台北市文化局长期间，所营造的也是儒家文化而非偏狭的台湾本土文化。正因为中原文化在台北占上风，且这里享尽各种资源、资讯的优势，故许多激烈的统独斗争都选择在这座城市的媒体上进行，如世纪末的台湾文学经典之争。

　　台北是一个移民城市。那里的移民以大陆人为主。社会上流行的是以北京话为基础的"国语"，作家们的书写工具也多半为标准的汉语。"南部文学"与"台北文学"另一个重要分野正在于前者挑战"国语"，提倡用所谓"台语"写作，并企图用这种舍弃中文写作的"台语文学"去颠覆中国文学。从这种"国语"所谓"台语"的语言分歧方面,可看出南北文学的不同并非在于地理位置的区别,而是源于文化建构层面台湾与大陆的语言分裂。

台北是一个充满希望和幻想的城市。正因为充满幻想,台北的作家们不再留恋过于写实的田园模式的写作,代之而起的是蓬勃发展的都市诗、都市小说、都市散文。这些冠于"都市"文类的作者,对资本主义的工业文明作正面肯定。作家们欢呼现代都市文明高速的发展与进步,努力表现都市环境的急剧变化和科技文明所激发的想象世界。林燿德等人的创作实绩表明,都市文学已跃居为"台北文学"最强劲的潮流之一。这些都市文学中的都市现实、都市意象和作者的都市意识,和都市本身一样,都是迷宫的复合体。在高科技改变了读者的阅读习惯和传播方式的世纪末,都市文学不再具有乡土文学的解读形态。这些作品即使写到村镇,也是微型的城市或都市的近郊。他们或把城市当作人物的生活背景来处理,或表现作者对城市丑陋一面的批判。在台北走向现代化过程中,都市起着促使作家抛却田园诗而追求现代主义的作用。他们把笔伸向都市的每一个角落,而极少有人向乡镇转移。这种都市文学在制造五花八门的幻觉的同时,导引读者如何辨识和演绎都市空间。其意义不在于给别人揭示城乡对立的关系,而在于提供读者与空间交谈的可能性。

"台北文学"另一特征是后现代文学的兴起。后现代是一个有争议的术语,不同学术背景的评论家往往有不同的解释,因而没有必要把后现代看作是一个凝固的概念。但后现代文学如最活跃的文类后现代诗的确存在于台北文坛。

除后现代诗外,后设小说也是台北都市文学的一个新景点。这类后设小说不像写实主义那样强调文学对现实生活的反映,而着重强调虚构的作用,强调小说家的主观能动性,质疑传统文类对虚构与真实之间关系的看法。有些作者一边写小说,一边在作品中谈论小说创作的特征,谈论如何虚构情节,如何塑造人物,如何运用语言。其所探讨借助的媒介,是为后设语言。作家们正是用这种"评论另一种语言的语言",对作品本身情节、角色以及进行方式作一判断。这类花样翻新的作家有张大春、黄凡、林燿德、蔡源煌等人。

由此观之,如果有所谓"台北文学",则"台北文学"应是胡秋原、李敖、陈映真、蓝博洲、施善继、吕正惠等人为代表的以中国意识为中心的创作和评论,及黄凡、林燿德等人为代表的现代诗的都市化、小说的后设化、散文的速食化。

相对"台北"的统派文学与都市文学,"南部文学"更靠拢乡土文学。正如叶石涛所说:南部有着凋敝的农村、渔村及带状工业地带,工业化、都市化未有北部集中,都市还拥有广大田园腹地和劳动人民,所以一般说来南部没有北部那种都市丛林高度物化、异化,民众生活较保守、传统。在这种环境下,南部作家立足传统、扎根生活,较少用后设小说、超现实主义、意识流,屏东的陈冠学、曾宽,高雄的吴锦发、许振江,盐分地带的周梅春、陈艳秋,草根性强,以本土为主。北部作家以台北市为中心所创作的是都市丛林文学,以国际性著称;南部作家也不完全排斥前卫作品,同时大力推广文学本土化运动,让文学生根于社区,提倡文学与民间生活相结合。总之,他们不满足于乡土,而从乡土出发,将"台湾意识"逐渐演变为台湾本土意识。这种排斥中国意识的所谓具有主体性的路线,对"台北文学"主要从两方面进行攻击:攻击戒严时期文学政治化的倾向和解严后文学中存在的"中国结";攻击解严后因工业文明过度发达而导致人文精神丧失的"物质巨人,精神侏儒"的物化倾向。

叶石涛长期居住在南部的左营,是台湾乡土文学理论的奠基者。通过他的论述,人们不难看到从80年代开始的南北文学两条路线之争:已不完全是"城"与"乡"的对立,而上升为"中国结"与"台湾结"的矛盾冲突。即"台北文学",由国民党文化霸权所主宰,而以叶石涛、李乔、王拓、李敏勇为代表的"南部文学",却力图摆脱这种主宰。它强调台湾的乡土性、历史性与特殊性,认为台湾文学有不同于中国大陆的特色。因而这"南北文学"已不是一般的文学流派之争:如乡土文学与都市文学之争,或写实主义与后现代主义之争——这些争论确实存在,但在争论背后隐藏的是天南地北两个极端性派别的政治立场的差异,即以陈映真为代表的"北部"/统派和以叶石涛为代表的"南派"/独派之争。

当然,所谓"南北文学"之分,并不是绝对的,两者时有交叉。且不说同一作家在不同时期有不同的倾向,就说同一派别的作家在不同阶段也会出现思想追求的转捩和艺术风格的差异。

第三节 香港小说创作

21世纪的香港小说创作,文学大师仍然缺席,经典文本难产。小说方面有寒山碧反映内地政治运动的长篇《还乡》、林曼叔以"文革"为题材的小说。周蜜蜜的短篇小说集《香江情式》,其镜头转向本地风光,把或奇形怪状,或活色生香,或五味俱全、文武兼备的众生相写得淋漓尽致,把读者牵引进万花筒中,进入奇趣之境。尤其值得重视的是本土作家董启章的"自然史三部曲":第一部《天工开物·栩栩如生》,曾获华文世界三大重要好书奖。第二部《时间繁史·哑瓷之光(上、下)》也已问世,第三部《物种源史》的上册《贝贝重生之学习年代》已出版,下册也即将出版。这部逾百万字的小说吸纳了香港丰富的文化资源,其展叙故事的能力令人叹为观止,尤其是出自"新生代"作家之手,更值得重视。

这一时期,青年作家葛亮的创作成为香港文学的一道亮丽风景。

葛亮(1978—),祖籍安庆,出生于南京,先后毕业于南京大学和香港大学中文学,现任教于香港浸会大学。2005年开始发表作品,先后出版了《谜鸦》《朱雀》《北鸢》《问米》《瓦猫》《燕食记》等十多部小说作品,作品也先后获得鲁迅文学奖、曹雪芹华语文学大奖、首届香港书奖、联合文学小说奖首奖、梁实秋文学奖等奖项。长篇小说《朱雀》和《北鸢》先后入选"亚洲周刊华文十大小说"。纵观葛亮从2005年发表短篇小说《无岸之河》到2024年出版《风球》中篇小说集20年的创作历程，葛亮小说形成自己较为独特的艺术风格。

首先，葛亮小说中充满浓烈的历史感与古典主义情怀。葛亮小说的故事背景多发生在民国时期，《朱雀》通过南京三个世代的家族传奇，勾连民国往事、中日战争、十年动荡、20世纪80年代记忆与新千年前夕气象，通过小人物的命运叙写大时代变迁，展现了南京的历史演进脉络和城市文化。《北鸢》通过家族史的视角，将冯卢两个家族的命运沉浮放置在波诡云谲的民国时期，人生一线，恰似风筝。命运漂浮无着，人亦应有自己的主心骨个体命运的浮沉与民国时期的社会变迁相勾连，呈现出"这就是大时代，总有一方可容纳华美而落拓的碎裂"。《燕食记》通过岭南饮食文化的发展脉络，以荣贻生、陈五举师徒二人的传奇身世及薪火存续为线索，从商贾政客、革命志士、钟鼎之族、行会巨头等传奇人物到市井民生，世俗化的风情书写与精英式的经典叙事，见证辛亥革命以来，粤港经历的时代风云兴变与世情人生。王德威评价葛亮的《朱雀》和《北鸢》是"抒情民国"，通过"反其道而行，他遥想父祖辈的风华与沧桑，经营既古典又现代的叙事风格"。特别是在《北鸢》中，古典的情事、器物与技艺都将这一民国的历史感拉满。葛亮以个体的家族历史带入小说文本的叙事，让历史在叙述中也多了一些摇曳多姿的情感。自序中，葛亮说道，"与以往的写作不同，此时亦更为在意文字所勾勒的场景，时代于人于世，有大开大阖的推动，但我所写，已然是大浪淘沙后的沉淀。政客、军阀、文人、商人、伶人，皆在时光的罅隙中渐渐认清自己。"所以，葛亮小说呈现出的古典主义情怀与民国历史的背景和个体历史的记忆密不可分，在展现历史的同时也饱含深情，让文学弥补历史缝隙的叙事，形成一种合理的叙事风格。他说："我理解'常'的一端就是代表所谓的传统文化，但是在任何一个时代里，传统必然会遭受一系列的流失、冲击、凋零、重塑，这就是'变'的那一端。新古典主义某种意义上就是把这种传统的东西、古典的东西放在当下，用当下人的处理、消化重现一种来自传统的精神。"

其次，葛亮小说情感书写的理性节制与暗潮汹涌。葛亮的小说以其精细准确、近乎"格物"般的缜密叙述而著称，他的作品常常在理性节制的笔触下，暗藏着情感的跌宕起伏。在《浮图》中，葛亮记录了主人公连粤名的求学、恋爱、工作与生活，通过有节制的文字，展现了生活密密麻麻的线头和庞杂的物与人们的生活的碰撞。小说中情感书写的"常"与"变"，体现了葛亮在理性节制的叙事中探索现代人内心世界的方式。他在《北鸢》中认为，"相比之下，西人的艺术观，就很看重技术。他们是用了科学的精神来作画，讲究的是对自然的尊重，自身倒是其次了。"对于自身的压抑成了叙事的起点，尤其是在《朱雀》中，为爱奋不顾身冲决一切束缚的欲望，惊心动魄也凄婉动容。通过爱的表达来寻找自己，通过理性的节制来回归社会。葛亮曾言，如果让自己用一句话来形容民国，那就是"自由、智性、不拘一格"。"这句话概括了那个时代赋予人的一种最大地去发现自己、探索自己的可能性。"在《灵隐》中，葛亮继续以温润节制的叙述方式，追述了连思睿和青梅竹马男友林昭的故事，以及他们面对生活挑战时的情感厚度。小说中的物品，如宝蓝缎鞋面的拖鞋、雕在核桃中的观音等，都成为情感贮存地，勾动着过往心绪，展现了葛亮在节制中释放新鲜生命实感的能力。他的写作风格，通过对日常生活的无穷碎片的串联，拼贴出一幅时代的生命"浮图"，在"常"与"变"的流动场域里，展现了情感的无限薄的厚度。葛亮的小说在理性节制的叙述中，巧妙地融入了情感的暗潮汹涌，无论是通过食物、物品还是人物的情感纠葛，都展现了他对现代人内心世界的深刻洞察和对时代变迁的细腻捕捉。

最后，葛亮小说以近乎工笔画似的叙事技巧描摹出历史的细节和人物的心理。在葛亮的小说里，细节以一种近乎工笔画的形式描摹，他说"长篇小说非常需要沉淀，并且在这个过程中构置一种结构性的东西，而这种结构性的东西依赖于细节。在写长篇小说时，我的确重视细节的积累、积淀和打磨。"① 葛亮对民国时期的风物、掌故进行了细致的描写，将现代派叙事技法与民国时期的风物、掌故有机融合在一起。在小说中，无论是政经地理、城乡样貌、祭祀庆典，还是服饰、烹调、书画、曲艺，都被详尽地描绘出来，巨细靡遗。这种对细节的执着追求，使得《北鸢》不仅是一个故事的叙述，更是对一个时代的复原。读者通过这部作品，能够感受到民国时期的生活气息，体会到那个时代的文化韵味。在《燕食记》中对饮食的描写非常细致，例如"素烧鹅"、"瓠瓜五花肉"和"八宝素鸭"等菜肴的制作过程和味道，都被详细描绘，展现了岭南地区的历史和社会变迁。写《燕食记》他阅读了大量相关饮食的典籍，比如《随园食单》《山家清供》《食宪鸿秘》等等，这一系列的阅读，在丰富故事细节，让有骨架的民国立起来的同时，有了血肉之感，可亲可近，也让古典的文化在不经意的描述中流淌出来，进而言之，让文化自己说话。当然，这一方式不可避免地带来另一种结果，那就是从《北鸢》到《燕食记》中的"匠气"，虽有向《红楼梦》致意之感，但终究非局中之人，在形式上无限地靠近，却失了内在的肌理，反倒不如《朱雀》来得那么真切和自然。

从香港起笔开始写起的民国或南京，葛亮的小说多少带了一种比较的意味。精英主义意识关照之下的民国自有其历史的遭际与社会的变迁带来的怀旧与失落，之于小说而言，葛亮用文学的笔法审视历史和建构自身，个人的经历多是纸面上的一种浮沉，是不被个体所左右的命运的无奈。在新历史观的映照下，葛亮自身的精气神与民国、南京的精神融为一体，呈现出其独特的情感意趣和美学追求。

拓展阅读：

1. 白杨：《文化想象与身份探寻：近五十年香港文学意识的嬗变》，长吉林大学出版社 2006 年版。
2. 赵稀方：《后殖民理论与台湾文学》，人间出版社 2009 年版。
3. 赵小琪：《当代中国港澳台小说在内地的传播与接受》，中国社会科学出版社 2010 年版。
4. 黄万华：《百年香港文学史》，花城出版社 2017 年版。
5. 林强：《台湾当代散文空间诗学研究》，人民出版社 2017 年版。

---

① 卢欢：《葛亮：尊重一个时代，让它自己说话》，《长江文艺》2016 年第 12 期，第 112-121 页。

6. 陈光兴：《陈映真的第三世界：五十年代左翼文字的昨日今生》，东方出版中心 2017 年版。
7. 古远清：《台湾新世纪文学大事记（2000—2019）》，《人文》2020 年第 1 期。
8. 蔡伟保：《遥望理想：陈映真的批判视野、身份认同与"中间物"意识》，人民东方出版社 2023 年版。

问题与思考：

1. 龙应台《野火集》的主题及写作姿态。
2. 李敖杂文的语言风格。
3. 台湾新生代作家创作的"颓废美学"特征。
4. 张大春的"第四种批评"及其媒介学意义。
5. 朱天文文学创作的主题意蕴与艺术风格。
6. 简媜散文创作风格。
7. 林清玄禅理散文的文化内涵。
8. 陈映真创作中的"左翼传统"。
9. "台北文学"的思想追求与艺术特征。
10. 齐邦媛《巨流河》历史书写的人文精神。
11. 葛亮小说对海派小说"日常"与"历史"叙事结构的颠覆。

第三十四章　澳门文学

澳门新文学的萌芽期，虽然从 20 世纪 30 年代就已经开始，但发展过程则比较平淡迟缓。相对台湾、香港的当代文学发展状况，澳门当代文学的发展明显有些滞后。甚至可以说较长时间都处于一种不很景气的状态。直到 20 世纪 80 年代中期前后，澳门文学才开始逐步进入整体性的兴盛时期。"建立澳门文学形象"也开始成为澳门文学中人的奋斗目标。而澳门当代文学的发展及其现实表现，无疑和澳门社会发展和文化思想状况是密切相连的。

第一节　发展迟缓的原因

澳门文学发展比较迟缓的原因，主要表现在三个方面：

一是文学生长环境的综合影响。这是影响澳门文学发展的一个整体性原因。这种综合影响，包括殖民地历史、殖民文化、文学整体起步较晚、文学历史积累不够、文学氛围不浓和社会商业化等多种因素。澳门也毕竟太小，人口太少，文学的作者和读者自然也就有限。

二是文学创作整体队伍不强。主要由移民作家和本土作家构成的澳门创作群体，虽然也形成了比较明显的老、中、青三代作家群体，也出现了一些有创作特色的作家，但创作整体力量还是有限。本来从事文学创作的人就不很多，专心致志从事创作的作家就更少。澳门作家多是报纸编辑、中小学教师和部分热爱文学的社会青年，都有自己赖以为生的职业，创作纯属业余爱好。澳门作家大多是"多面手"，各种文体都写。"多面手"现象对作家个体来说不存在什么问题，对综合写作能力的提高或许还有益处。但从专门文体的艺术经验积累、文体意识的成熟和创作水平的提高来说，多少是有影响的。

三是长期以来文学发表园地很少。从 20 世纪 50 年代开始，澳门陆续出现了一些文艺刊物，如《新园地》、《澳门学生》、《红豆》和《澳门笔汇》等，但这些民间自办的刊物不仅规模小，有的时间也不长。1958 年 8 月创办的《澳门日报》的文学副刊"新园地"，成为澳门文学的一个重要园地，对澳门文学发展起了重要推动作用，但篇幅毕竟有限。由于缺乏发表园地，从 20 世纪 50 年代至 70 年代，澳门一些作者还把作品寄到香港报刊发表。作家凌钝后来把这些作品编成了两册集子《澳门离岸文学拾遗》，包括诗歌、散文、短篇小说和诗歌评论。长时间缺乏发表阵地的局面，当然影响了澳门文学的发展。八九十年代，文学作品的发表和出版情况虽有所改善。但情况还是不很乐观。正如澳门老作家陶里指出的："澳门的书籍（特别是文学书籍）市场十分狭小，印1000本，销售极量一二百本而已。因此，没有有关当局或热心人士的赞助，文学著作根本没可能出版。"①

如果说澳门文学的发展及其现实表现，无疑和澳门社会发展和文化思想状况密切相连。那么就文学与社会文化状况的关系来看，有两种关系值得特别注意：一是特殊社会状况提供了特殊审美对象，如澳门文学的取材、具体内容和主题表现就和澳门社会状况相关，包括殖民文化现象、中葡居民的生活及其关系、都市化和商业化情形及华侨生活等。二是澳门社会的都市化形成了发表园地的特殊性和尽可能满足一般读者需求的特征。长期以来，根植报纸副刊是澳门文学一个主要特征。这种文学依靠篇幅有限的报纸副刊的"报纸化"，不仅必须迎合报纸读者的阅读需求，事实上也决定了文学创作的媒体化、市场化、消遣化和大众化。澳门文学几种体裁的创作，较长时间情况是：散文创作最为活跃，诗歌创作影响比较大，小说创作则相对薄弱。这种情况其实也和上述问题相关。但澳门小说创作也有自己的特征和变化：一是报载长篇小说在澳门读者中有较大反响，二是80年代后短篇小说创作较为活跃。

澳门文学的媒体化、市场化、消遣化和大众化，使其文学创作往往具有两种互为交织的特征：这就是写实性与传奇性、日常化与理想色彩的结合。从反映社会的复杂性和多样化，以及描述现实生活的具体性和深刻性来说，澳门散文创作和小说创作的表现比较突出。

第二节 散文的写实性与日常化

澳门文学创作中，散文创作的作者最众而作品也最多。林中英曾指出："澳门文学园地中，散文创作比较起诗歌、小说、戏剧来，作者广、产量大。以历年累计，澳门的散文随笔可谓数量庞大，云兴霞蔚。"（《编者的话》，《澳门现代文学作品选》，第179页）澳门散文创作成果确实比较可观。如1996年澳门基金会出版的《澳门散文选》，选编了57位作家的114篇作品。中国友谊出版公司1998年出版的《澳门现代文学作品选》散文卷，选编了48位作者的84篇作品。这种集中性的选编当然只是"数量庞大"中的很有限的代表作。

澳门散文创作的兴盛，首先和散文样式及发表园地有关。众所周知，散文样式具有最明显的多样化特征。除了散文正宗即狭义上的艺术散文，还包括政论、时评、随笔、小品、回忆录、文艺通讯和日记等等。文体样式的多样化，不仅很多作者可以写，也使

---

① 陶里、林中英、郑炜明编：《澳门现代文学作品选》，中国友谊出版公司1998年版，第13页。

作品数量大为增加。从发表园地看，篇幅短小的散文也利于发表，澳门很多散文就是在报纸副刊以专栏形式发表。而报纸（不管日报还是周报）总是定期出的，这就保证了发表园地的稳定。不过，散文样式的多样化及发表园地的稳定，还是澳门散文兴盛比较表面或说最易见的原因。

从深层原因说，澳门散文创作的兴盛和社会环境、读者需求更有密切关系。在澳门这种高度商业化、都市化和物质化的社会环境中，生活紧张的人们是需要精神交流和心灵沟通的，也需要合适的精神产品。而散文恰恰具有这种日常化的审美功能。这也正如林中英在分析澳门散文创作兴盛时所说的："90年代，散文随笔在中国文坛上走俏，春风得意。澳门读者喜爱散文随意之情相同。社会走向都市化，市民更需要打量急速变化的生活，需要沟通心灵和增加一点文化气息。而以真实人生、真情实情为灵魂的散文随笔，正好向大众提供了精神上的需要。"读者的这种审美需求和精神需求，当然不仅仅是90年代才有的事情。而澳门散文创作所表现的写实化、日常化和情感化的特征，也符合大众市民的审美接受心理。因此，"作者围绕着生活开掘，日常化，随意化；敞开私人生活空间，袒露内心图景，人情世态事理，家长里短，儿女情怀，娓娓道来，亲切真挚。它记下人生足迹，叙述了个体经验，显现自我性情，表达对生活底蕴的感悟，抒发哲思情思。它是那样直接地进入读者的心灵。"① 这种分析确实吻合散文的客观情形。

就《澳门现代文学作品选》散文卷中所选编的90年代的澳门散文作品来看，上述创作特征也是显而易见的。这些多是以专栏形式在报刊上发表的散文作品，既有日常生活类的叙事散文、文化类的文化散文、哲理性的思想散文、游记类的抒情散文，也包括夹述夹议的政论时评等。虽然品种不一，题材多样，主题丰富，情趣各异，但写实化、日常化、个体化、情感化的特征是比较普遍的。而这些作品的现实主义表现，也恰恰体现在这些特征中。如方园的《最后一课》和吴志良的《大学新生"洗礼"》是写校园故事的：前者由上最后一课的英文老师分送给每个学生的英文祷告卡写起，由"愿主赐我平静的心去接受我不能改变的事实，愿主赐我勇气去改变我能改变的事实，愿主赐我智慧去分辨这些不同的事实"的祷告主题而回顾自己的人生态度，其由此及彼的人生感慨倒也耐人寻味；后者则讲述了葡萄牙天主教大学法律系举办的入学"洗礼"，将这种欧洲中世纪遗留下来的古老传统的"现代版"描述得妙趣横生，给人以历史和现实交织的沧桑感。林中英的《女人情结》写得较长，从"做个中性人"、"女性新人类"、"女人四十"和"沉甸甸的家"等多种角度描述和分析了女性的文化观念、年龄特征和心理变化，文字温婉却是经验和心灵的真实袒露。沈尚青的《十六的月亮》和永胜的《父亲》是写家庭亲情的作品：前者回顾了童年时代的亲情和情趣，生动地描写了父母对孩子们的关心和疼爱；后者则描写了父亲如何从一个魁梧的胖子变为骨架突出"消瘦得厉害"的瘦子的原因：困难时期，父亲为了节省口粮给孩子而自己忍饥节食，为了一家的生存

---

① 林中英：《编者的话》，载陶里、林中英、郑炜明编《澳门现代文学作品选》，中国友谊出版公司1998年版，第179–180页。

而辛勤劳作，直至后来患了浮肿而不幸早逝。这种悲伤沉重的描述却更加体现了亲情的刻骨铭心。有些作品则注重从日常生活中挖掘人生经验和生活哲理。如吴淑钿的《人故如新》，谈的是少年、青年、中年等不同年龄段的交友的特征和情感，读来就耐人寻味。孙鹏飞的《咒骂与爱情》揭示的是"咒骂与爱情"之间的有趣关系，该文或引经据典，或例举日常生活现象，妙趣横生中揭示了不同爱情表达方式的特殊意味。澳门几十万人拥挤在不足十平方公里的半岛上，居住环境确实拥挤不堪。陶天权的《窗帘的背后》写的就是这种"楼挤着楼，窗对着窗"的拥挤，并从"窗帘的背后"入笔，对澳门人家的挂窗帘情形进行由此及彼的论说，观察角度和议论都很有意思。张裕的《澳门的秋天红叶》和徐敏的《澳门新八景随想》都是写景物的，虽然是常见的借景抒情文章，但不乏真情实意。

上述散文都属于比较温和的写实抒情。但也有比较沉重或激越的文章。这方面，李成俊的散文创作比较突出。如《萧殷怒焚（创作论）》，从"文革"中的萧殷怒焚《创作论》切入，回忆了著名作家和理论家萧殷人生的一些曲折片断，歌颂了萧殷正直、宽厚和富有良知的人格形象。《纪念修社成立五十周年》，则回顾了抗战时期澳门的抗日社团和文艺团体的一些激动人心的勇敢活动，虽然篇幅不长也写得有些零碎，但有些悲壮的历史细节很感人；而《我以我血荐轩辕》写的是作者在抗战时期参加革命的亲身经历，虽然也存在写得零碎的问题，但同样也属于激越文字和血性文章。此外，林朗的《从肮脏的中国人所想起的》也值得注意。这是一篇比较尖锐的现实批判文章。它以具体事例展示了国人物质生活的不讲卫生、精神方面的污染以及骇人听闻的犯罪现象，揭示了物质主义、道德沦丧和人性毁灭的严峻问题。

整体而言，澳门散文的写实化和日常化，不是文笔犀利、问题尖锐和批判深刻的创作，也不属于金戈铁马、风云激荡、壮怀激烈的悲壮风格，而大体可谓比较温和的写实主义。但其生活描述、经验展示和人生感慨，也给读者提供了很多具有真情实感的审美感受。

第三节　小说的写实表现

澳门老作家陶里在《澳门小说发展概略》中，对20世纪的澳门小说发展史作了这样的阶段划分：30年代为萌芽期，60年代到70年代是发展期，80年代到90年代则进入了兴盛期。① 而这种兴盛，当然也是相对澳门小说以往的比较迟缓的发展情形而言。

相对散文创作和诗歌创作，澳门小说创作的发展过程确实显得更为迟缓些。这从创作队伍和出版情况两个方面都可看出。80年代以前，澳门的诗人和散文作者已经不算

---

① 陶里：《澳门小说发展概略》，载陶里、林中英、郑炜明编《澳门现代文学作品选》，中国友谊出版公司1998年版，第3-16页。

少，但小说作者却很少。80年代以后小说作者才逐渐增多，而这些作者大多还是以写诗歌和散文出名的。小说的发表园地和出版情况，很长时间也不理想。如澳门当代小说中的第一部短篇小说集《心雾》，直到1985年才出版。如能略为多发点小说的综合性文学杂志《澳门笔汇》，直到1987年才创刊。报纸连载长篇小说曾是澳门小说发表状况的一道醒目风景，但就长篇小说单行本出版情况看，从70年代到90年代总共也没多少部。屈指算来，只有长争的《万木春》（1976）、周桐的《错爱》（1988）、梁荔玲的《今夜没有雨》（1989）、邝淡奇的《血的赌博》（1992）、钟伟民的《抒情调的终止》（1994）和鲁茂的《白狼》（1995）。无论作品数量还是整体创作水准，澳门小说创作都明显弱于台港。尽管如此，澳门小说创作在艰难缓慢的发展中还是不断有所进步。80年代尤其90年代以来，澳门小说的创作、研究和出版都有了良好发展。如1996年澳门基金会出版了《澳门短篇小说选》，李毅刚编选了《澳门小说选》，《澳门现代文学作品选》有短篇小说卷。内地学者对澳门小说创作的关注也越来越多。

短篇小说创作无疑是大多澳门小说作者的首选。也出现了一些较有成绩或影响较大的作家。其中，澳门著名诗人和文学开拓者之一的陶里，转向小说创作后成绩就较突出，出版了短篇小说集《春风误》和《百慕她的诱惑》。特别是1987年在北京结集出版的《春风误》，体现了明显的写实风格和现实主义特征。其中作品主要都是描写华侨生活，由此当然也涉及本地人民的生活状况。作品内容涉及的时间跨度很长，从40年代一直到70年代；涉及国家则包括越南、柬埔寨、老挝和泰国。这就是说，《春风误》描述了从战争年代到和平年代的几个国家的人民的生活状况。如《三叔》描写的是乡村土豪恶霸欺压百姓的为非作歹的情形；《老更的香港脚》揭示的是人性的自私自利；《偶然》和《余琳玲》都是取材美国越战，虽然多少具有内地革命叙事的敌我二元对立的主题痕迹，但也写出了战争中的意外事件和悲剧根源；《迟来的缘》写的是一些国际贩毒者为谋巨利的铤而走险和吸毒者的社会危害；如此等等，都可以看出陶里前期小说的醒目创作特征：注重反映社会动荡、现实问题和世态炎凉，展示了东南亚各国的风土人情，善于选择"小中见大"的取材角度。陶里后期小说创作则比较追求艺术表现手法的创新，将现代主义和现实主义进行了结合。1996年出版的《百慕她的诱惑》，大多作品就采用了前卫表现手法如意识流和荒诞形式等。其间的《石卵之恋》则采取魔幻现实主义写法，由于艺术表现比较成功而颇受称道。

澳门著名女作家林中英的短篇小说创作也较突出。她先后出版了中短篇小说集《爱心树》《云和月》，还有和青年作家寂然的合集《一对一》。其中，《云和月》中的作品显得更为成熟也颇得好评。内收作者1984至1987年创作的共12篇作品，有《小夫妻》、《失业》、《结婚三周年》、《大年夜》和《新婚姻法》等。林中英小说多写凡人俗事，从日常生活中发现问题并开掘人生的意义和价值。作者尤其关注现代女性的命运与情感，探索了女性的爱情、婚姻和家庭生活中的种种问题。澳门女作家多是多面手，往往散文小说都写。如澳门资格较老的女作家林蕙，50年代末便开始写小说，后又写散文，其小说有散文化特点，其散文又有较强的故事性。梁荔玲的中短篇小说也值得注意，其《他来自越南》、《我身我心》和《今夜没有雨》等都是关注现实生活的创作。关于《澳门离岸文学拾遗》中编选的短篇小说，陶里认为剑莹写知识分子的作品和江映澜写社会底层人物的作品比较好。后者的《小芬的一天》是写工厂女工的生活，《冬暖》是写一个贫困家庭的生存困窘，都有很强的现实意义。

90年代以来，澳门小说创作出现了一些活跃的青年作者。他们的小说创作有着明显的共同点，主要体现在两个方面：一是更加关注现实中正在发生的变化，如移民问题，偷渡客问题，澳门人和内地人之间的既密切又复杂的关系等。二是现代主义特征，如创新意识强烈，运用"意识流"、象征主义和荒诞艺术等与传统小说迥然不同的表现手法。代表作品，有廖子馨的《洗头》和《命运——澳门故事》，梯亚的《钢门》、《陶渊明研究》和《第八天早晨》，许劲生的《失去的空间》，寂然的《月黑风高》，劲夫的《世间情爱》和《为谁呐喊》等。这些艺术手法新颖的作品，从不同角度描写了澳门的现实问题与社会矛盾。如《失去的空间》所揭示的"身份"问题就发人深思：一家人由于"身份"问题而不得不长久分住澳门和内地，这种亲人分离，从上辈人影响到下代人，由此产生了一系列的生存矛盾和精神痛苦。至于小说描写的偷渡客，在澳门则是日日提心吊胆。有的偷渡客拼命奋斗以企扎根著名赌城，更多的是终日惶惶而心力交瘁，有的则就此堕落。从这些青年作者的新锐小说创作来看，在将现代主义和现实主义相结合的艺术实验中，倒是更加显示了现实批判意识。

澳门长篇小说创作没有短篇小说活跃，社会影响却非同小可。因为发表园地主要是报纸。报纸连载形式使这些长篇小说拥有广泛读者。其中最重要的作家就是鲁茂和周桐。

资深小说家鲁茂于澳门小说创作的重要性，不仅在于他是澳门最专心致志的小说作家，而且成果最多影响很大。鲁茂坚持业余创作数十年，报纸连载小说就写过20多部，在《澳门笔汇》还发表了《海畔》《危情十日》《似花非花》等多个短篇。鲁茂在澳门生活和工作多年，非常熟悉澳门本土的风土人情和社会百态，有丰富的生活积累。这不仅给他的创作提供了厚实的生活基础，其取材也多以东南亚地区华人社会和澳门本土现实社会为背景。

整体来看，鲁茂长篇小说有这样三个特征：一是因为报载形式的特征和需要满足大众读者审美情趣，使其强化了故事性、通俗化和传奇色彩，而且题材上也有所侧重。鲁茂长篇小说的爱情题材或言情内容的作品就比较多，如有《辫子姑娘》、《黑珍珠》、《爱情的轨迹》、《小兰的梦》、《铁汉柔情》和《昨夜星辰》等等；而《星之梦》所描述的一个青年足球队员梦想成为足球明星的故事，也很有传奇性。二是体现了社会写实性，对社会矛盾和现实问题也有严肃思考。这就是说，鲁茂长篇小说在体现大众化和通俗化的同时，并没有忽视关注社会问题的社会写实性，前者和后者是结合的。比如在描写爱情故事及其男女情感时，作者也注重了对社会状况的描述和现实矛盾的揭示。无论是写一个刚强汉子重情重义的罗曼史的《铁汉柔情》，还是写一个知识分子爱情忏悔的《昨夜星辰》，抑或通过主人公曲折爱情而揭示爱情错误与真情所在的《爱情的轨迹》，都具有上述社会写实特征。《黑珍珠》的故事更有浪漫色彩，展示是一个出身贫寒的美丽坚强的少女周旋于众多追求者的过程，但其各种社会画面的描述却也揭示了社会的众生相。通俗化和现实性的结合，在后来出版了单行本的《白狼》中体现得最为突出。在鲁茂这部最有影响的代表作中，描述了葡澳高官私生子，也是中葡混血儿的黄白朗，"由人变狼"再"由狼变人"的转变过程。黄白朗先是成为黑社会分子，被捕后在狱中被黑帮陷害，使他痛感黑社会的残酷无情和不择手段，开始醒悟而从此改邪归正。其转变的描写虽然有些简单化，但整个作品却凝聚了作者对澳门社会问题的认真思考。三是关注普通人的世界。鲁茂长篇小说的主人公多是普通人或者说是"小人物"。这种关注普通人生存和命运的审美倾向，无疑显示了作者的平民意识。如《杜鹃花开》写的是一个小孤女的坎坷遭遇，《路漫漫》写的是一对患难夫妻的相濡以沫，《恩情》写的是底层市民之间的互相帮助，《百灵鸟又唱了》写的是一个音乐女教师的曲折生活经历。这种平民意识在鲁茂言情题材作品中也有鲜明体现。如《黑珍珠》和《辫子姑娘》就非常典型。

在澳门长篇小说创作中，后出的周桐（原名陈艳华）是与鲁茂齐名的作家。这位由散文创作转向小说创作的著名女作家，也是擅长创作报纸连载小说。70年代末至90年代中期共写了十多部报纸连载小说。长篇小说《错爱》后来出版了单行本，更使她名响一时。

既然也是报纸连载，周桐小说必然也要符合报纸特点和大众审美情趣。因此也同样具有故事化、通俗化和大众化的特征。如《幻旅迷情》的故事就具有浓厚传奇色彩：一个失恋少女爱上了有妇之夫，坠入爱河后双双游泰国。在泰国遇上一对经商的老年夫妇，少女与他们结下了忘年交的友情。这位少女与有妇之夫后出现感情问题而分手。再后来，这位少女又和老商人的侄儿合作创业，也重新开始了自己的人生旅途。这种"幻旅迷情"及其情节的曲折离奇，显然是非常通俗化的不折不扣的传奇故事，当然也符合普通市民的欣赏口味和消遣需要。又如写一个中东石油国的王储与澳门一女记者离合故事的《澳门假期》，取材本身就具有传奇性和浪漫色彩，当然也是很迎合大众读者审美情趣的作品。而《人生边际》则是描述一个内地青年来到澳门后的充满坎坷和磨难的奋斗经历，这种"小人物"从社会底层而崛起的故事及其显示的个人奋斗精神，对一般寻常市民来说也是具有诱惑力的。在体现报载小说通常特点的同时，周桐小说也显示了自己的风格和特征。概而言之有三个方面：

一是非常关注现代社会女性的生存和命运。这种取材选择及其主题意识构成了周桐小说最为突出的特征。周桐小说内容多是围绕女性的爱情、婚姻和家庭生活，由此对女性的痛苦和不幸表现了深深的同情，也突出了女性保持自我尊严和自我价值的主题。比如在《错爱》中，自从女主人公因为乳癌而被切除双乳后，其丈夫便有了外遇，后来其丈夫和一个外国女人所生的孩子就被送到家中来，结果引起一连串的家庭矛盾和纠纷。作品由此探索了什么是"错爱"和什么是"真爱"的问题。小说描述的故事虽然比较特殊，但它所揭示的涉及生理、心理、价值观念和实际生存的爱情婚姻问题却具有社会普遍意义。事实上很多人都会遇到"错爱"和"真爱"的问题。而《半截美人》则歌颂了女性独立自尊和实现自我价值的必要性。作品描写了一个患有严重足疾的少女，通过自强不息的艰苦奋斗，不仅有了自己的事业，最后也和所爱的人结为良缘。故事或许不无理想主义，但却非常动人和感人。

二是社会写实性和现实主义意识。事实上，关注现代女性命运的本身已经体现了周桐小说的社会写实性，也显示了其现实主义意识。但值得注意的是：在关注女性命运的同时，在描述女性爱情、婚姻和家庭的情况时，周桐并没限于男女关系，而是由此及彼对很多社会问题和现实现象进行了思考，使其社会写实性更为醒目，主题思想也变得丰富。上面谈到的《错爱》、《半截美人》和《幻旅迷情》，多少都体现了这种特征。又如《晚晴》，描写的是一个老人与初恋情人重逢后的情感波折，最后由于双方子女的阻挠而未成姻缘。老人的"黄昏恋"，所以往往被后代人不习惯、不理解甚至坚决反对，就包含了道德观念、文化心理和实用态度等复杂问题。《逃妻》写的是一个喜欢孩子的女人和一个不喜欢小孩的男人的离合故事。故事有些特别，但围绕孩子产生的矛盾却揭示了一些耐人寻味的社会观念问题。

三是女性的思维方式和叙事特征。周桐小说表现了明显的女性审美体验及审美特征。如文字较委婉，描写较细腻，富有情感性，善于刻画人物心理尤其善于捕捉女性心灵深处的变化，注意细节处理，等等。如《绿罗衫》，描述的是一个离婚的儿科女医生和一个离婚的外科医生的恋爱过程，其中对人物心理的刻画就较细腻。又如《八妹手记》和《狭路姻缘》，前者描写的是一个白领丽人不图功利的爱情选择，后者展示了一迟婚女子婚姻路上的各种遭遇，无论语言表达、情节结构还是人物刻画，也都体现了委婉细腻的女性审美特征。

总体来看，澳门文学发展状况虽然逊于台湾和香港文学，甚至明显滞后，但也具有自己的地域文化色彩。

拓展阅读：

1. 朱寿桐：《汉语新文学与澳门文学》，中国社会科学出版社 2018 年版。
2. 郑炜明：《澳门文学史》，齐鲁书社 2012 年版。
3. 王烈耀，龙扬志：《文学及其场域：1999—2009 澳门文学与中文报纸副刊》，社会科学文献出版社 2014 年版。
4. 饶芃子、莫佳丽等：《边缘的解读：澳门文学论稿》，中国社会科学出版社 2008 年版。
5. 陈少华：《重现与归来：20 世纪 80 年代以来的澳门汉语文学研究》，中国社会科学出版社 2013 年版。

问题与思考：

1. 澳门文学发展迟缓的原因。
2. 鲁茂何以成为 21 世纪澳门小说创作的代表作家。
3. 澳门新世纪青年作家的现实主义创作主题。
4. 陶里短篇小说的艺术特征。
5. 周桐小说的女性意识及其风格特征。

后　记

这部《中国当代文学史（1949—2019）》的撰写与修订，前后经历了十余年时间。与社会意识形态和研究对象的近距离乃至无距离的贴近，以及正在进行中的无法确定的当下性，为这本文学史的写作平添了特殊的难度。也许正因为如此，才激发了我们孜孜探索的兴趣。我们将21世纪以来当代文学创作与研究的新变、出现的新质及其存在的问题融入书中，以便延展当代文学叙述的历史时间，充分显现其当代性。

这是一部集体编写的著述，凝结了湖南师范大学、广西民族大学、中南财经政法大学、湖南大学、湖南工商大学和湖南第一师范学院等高校教师的思想与智慧。本书编写的具体分工如下：李运抟，前言、第一编至第四编的文学思潮、第三十四章；赵树勤，第一编至第五编的诗歌创作、后记；汤晨光，第一编至第四编的戏剧创作；古远清，第一编至第四编、第五编一二节的台港文学；罗宗宇，第一编至第四编的散文创作、报告文学；岳凯华，第三章、第三十章；龙永干，第九章、第十五章二、三、四节；彭文忠，第十五章第一节、第五至第七节、第十六章；刘长华，第二十三章；易瑛，第三十一章；张森，第三十二章；许永宁，第二十八章、第三十三章第三节，以及"拓展阅读"和"问题与思考"。伍丹、江雨晴也参与了本书修订的一些工作。全书由赵树勤负责统稿并修改定稿。

本书的出版，得到了湖南师范大学出版社的大力支持。湖南师范大学出版社编辑部主任李阳博士，不仅以睿智的眼光和宽阔的胸怀扶持了本书的出版，而且用专业的严谨和细致玉成了本书的付梓。在此，致以由衷的感谢！

本书在编写中，尽量吸收了学术界一些研究者的新成果，在此谨致谢意；同时，恳请学界同行和读者多提宝贵意见。

赵树勤
2025年6月于岳麓山下